누가 이 생각을 이루어 주랴

2

지은이 홍길주(洪吉周, 1786~1841)

조선 후기, 특히 19세기 한문학을 대표하는 문장가이다. 자는 헌중(憲仲)이고, 호로는 항해자(沆瀣子)·현산자(峴山子)·수일재(守一齋) 등을 사용했다. 기발한 발상과 절묘한 구성으로 변화가 백출하는 개성적인 문장을 구사함으로써, 박지원 이후 새롭고 개성적인 문학을 추구하는 문풍을 계승한 것으로 평가된다. 박지원의 아류는 아니어서, 박지원·홍석주·정약용 등 18세기 작가들의 영향권에 있었으나 이들과는 다른 자신만의 산문 세계를 개척하였다. 조선 후기 대표적인 문한 벌열가인 풍산 홍씨(豊山洪氏) 집안에서 태어났으나, 과거를 통한 입신을 포기하고 전업 작가로 살았다. 저서로 『현수갑고(峴首甲藁)』·『표롱을첨(縹礱乙幟)』·『항해병함(沆瀣丙函)』의 삼부작 문집, 「수여방필(睡餘放筆)」·「수여연필(睡餘演筆)」·「수여난필(睡餘瀾筆)」과 「수여난필 속(睡餘瀾筆續)」의 삼부작 필기인 '수여삼필(睡餘三筆)', 그리고 『숙수념(孰遂念)』과 편저인 『서림일위(書林日緯)』가 있다.

옮긴이 박무영(朴茂瑛)

이화여자대학교 대학원에서 정약용의 문학에 대한 연구로 박사학위를 취득했고, 2003년부터 연세대학교 국어국문학과에 재직하고 있다. 정약용의 문학으로부터 시작해, 조선 후기 한문학과 문화사에 대한 연구가 주된 관심 분야이다. 그 일환으로 홍길주의 산문에 대한 연구들이 있고, 홍길주의 삼부작 문집인 『현수갑고(峴首甲藁)』·『표롱을첨(縹礱乙幟)』·『항해병함(沆瀣丙函)』의 번역 프로젝트를 수행하여 출간했다. 최근엔 주로 조선시대 여성 작가와 젠더 상황에 대한 연구를 하고 있다.

누가 이 생각을 이루어 주랴 2
孰遂念숙수념

초판 1쇄 발행 2021년 8월 31일

지은이 | 홍길주
옮긴이 | 박무영
펴낸곳 | (주)태학사
등록 | 제406-2020-000008호
주소 | 경기도 파주시 광인사길 217
전화 | 031-955-7580
전송 | 031-955-0910
전자우편 | thspub@daum.net
홈페이지 | www.thaehaksa.com

편집 | 조윤형 여미숙 김선정
디자인 | 한지아 이보아
마케팅 | 김일신
경영지원 | 정충만
인쇄·제책 | 영신사

ISBN 979-11-6810-013-8 94810
ISBN 979-11-6810-011-4 (세트)

책임편집 | 조윤형
표지디자인 | 이보아
본문디자인 | 최형필

누가 이 생각을 이루어 주랴

2

孰遂念 숙수념

홍길주 지음 박무영 옮김

태학사

제9관
기己. 긍준념兢遵念

말에 실체가 있고, 행동에 일관됨이 있으면!

하지 않는 바가 반드시 있으니, 덕은 바로 여기에서 일어난다.

하물며 그것을 넘기라도 하면, 응답하듯 재앙이 이름에랴?

기己.「긍준념兢遵念」을 서술하다.

1.

조정의 시비와 벼슬길의 형세에 대해선 말하지 마라.

○ 시정의 속되고 조악한 이야기는 말하지 마라.

○ 음란한 일은 말하지 마라.

○ 다른 사람의 집안일은 말하지 마라.

○ 남의 과오를 말하지 마라.

○ 주인과 집에 머무는 빈객들, 모두 이를 경계하라. 자제와 젊은이들은 더욱 노력해야 할 것이다. 내방한 손님들께도 이런 금지를 알려라.

○ 주인이 경계를 어기면 장훈掌訓【을2】이 고한다. 세 번 어기면 장기록掌記錄【을9】에게 알려 책에 기록하게 한다.

○ 자제가 경계를 어기면 장훈이 꾸짖는다. 세 번 어기면 주인에게 알려 회초리로 친다.

○ 빈객이 세 번 어기면 집에 머무는 자는 내보내고, 내방자는 문전에서 거절한다.

2.

술을 과하게 마셔 체면을 잃는 자도 세 번까지가 한도이다. 취해서 주정을 부리며 함부로 행동하는 자가 있으면 한 번을 어겨도 처벌한다【세 번 말실수를 범한 자와 같은 벌을 준다】. 술에 취해 주정을 부린 이예吏隸[2]나 종들

---

1 말에 실체가 …… 일관됨이 있으면 : 『주역』 「가인(家人)」 상전(象傳)에 나온다. 원문은 "君子以言有物而行有恒."이다.

2 이예(吏隸) : 지방 관아에 딸린 아전(衙前)과 관노(官奴)를 아울러 이르던 말이다. 여기선 집안의 크고 작은 일을 맡아보는 마름이나 청지기 등을 부르는 말로 쓰였다.

은 매우 친다. [그래도] 고치지 않고 여러 번 저지르면 쫓아낸다.

○ 주인과 자제가 오입을 하면, 주인의 잘못은 기록으로 남기고, 자제들은 회초리를 친다.

3.

창녀 집과 술집에는 가지 마라.

○ 공무가 아니면 고관이나 귀인의 집에 가지 마라.

○ 칭찬할 만한 가정 내 행실이나 가훈이 없는 자의 집에는 가지 마라.

○ 학업을 숭상하지 않고, 술과 음식, 장난이나 좋아하는 자의 집에는 가지 마라.

○ 시사時事나 타인의 비밀에 대해 말하길 좋아하는 자의 집에는 가지 마라.

○ 잡된 사람들이 모이는 집에는 가지 마라.

○ 남을 방문하면 절대로 오래 앉아 있지 마라.

○ 부녀자들은 근친觀親이나 가까운 친척의 애경사哀慶事를 제외하곤 출입하면 안 된다. 동성同姓의 삼종 친척, 이성異姓의 종형제 이상의 바깥 남자와는 만나면 안 된다.

4.

운명을 이야기하는 사람이 자주 드나들게 하지 마라.

○ 무당이 문전에 접근하는 것은 절대로 경계하라.

○ 근본을 알 수 없는 여자들이 왕래하는 걸 허락하지 마라.

○ 술수, 신선이나 요괴, 비현실적인 황당한 이야기를 좋아하는 자들과는

교류하지 마라.

○ 과격한 말을 잘하는 사람과는 교유하지 마라.

○ 호기롭고 의협심이 있는 사람들은 간혹 급할 때 의지할 만하긴 하다. 그러나 종종 남의 집에 재앙을 끼치기도 한다. 반드시 신중하게 선택해서 교류해야 한다.

○ 용기와 힘이 비할 바 없이 뛰어나고 거기에 신의까지 있으나, 평소에는 조심스럽게 숨기고 있는 사람이라면, [그런 자와는] 깊이 교제해야 할 것이다. 만약 신의 없고 조급하고 사납다면 교제를 해서도 안 되지만 원한을 맺어서도 안 된다.

5.

관복이 아니면 비단을 사용하지 않는다. 기이하고 요사한 양식의 복장은 몸에 가까이하지 않는다.

○ 부녀자도 혼인이나 잔치 때가 아니면 비단이나 능라를 입지 못한다.

○ 요사스럽다고 할 만한 음식들은【근래엔 떡으로 사람 모양을 만들기도 하고, 떡과 고기로 꽃과 잎사귀 모양을 만들기도 한다】잔치 때라도 상에 올려선 안 된다. 그릇 역시 단단하고 소박한 것을 쓰도록 힘쓴다.

○ 거처에 애호품들을 늘어놓아선 안 된다. 자제들이 거처하는 곳이라면 거문고나 비파, 바둑판 같은 것조차 안 된다.

6.

고악古樂은 진정 육예六藝[3] 중 하나이다. 그러나 현재의 속악俗樂은 사람의 마음과 뜻을 방탕하게 만들므로 들어선 안 된다. 연회나 유람을 할 때 거문고 한 대, 피리 하나로 흥을 돋울 수는 있을 것이다. [그러나] 번잡한 소리[4]와 어지러운 춤을 눈과 귀에 가까이해선 안 된다. 기녀가 문에 오는 것은 절대로 경계하라.

○ 자제들이 과거에 급제했을 때도 광대를 데리고 [유가遊街를 해선] 안 된다. 그저 사당에 고하고 조상의 묘에 영광을 고할 때[5] 음악을 한 번 연주하면 된다.

○ 오늘날의 가요歌謠는 옛 시의 '온유하고 돈후한溫柔敦厚' 뜻을 영 잃었다. 노래를 익히는 자들은 모두 탕자들이니, 가까이 친하게 지내선 안 된다. 고시 중 의미가 깊고도 먼 것을 택해, 유람할 때마다 자제와 빈객들에게 느릿한 소리로 읊게 한다. 마음과 뜻을 화평하게 할 수 있고, 혈맥을 요동치게 할 수 있을 것이다. [이렇게 하면] 고인이 '읊으며 돌아오겠다.'라던 뜻[6]에 가까울 것이다.

○ 활쏘기는 비록 옛날과는 달라졌지만, 그래도 자신을 바로잡는 의미가 남아 있다. 때때로 연마해도 해롭지 않을 것이다. [그러나] 역시 오로지 그것만을 좋아해선 안 된다. 투호도 마찬가지다.

○ 잡기는, 자제들은 보지도 말아야 한다. 주인이라면, 노년에 바둑, 「상영도觴詠圖」,[7] 「삼재만변도三才萬變圖」[8] 따위를 가지고 여러 연로한 문사들

---

3 육예(六藝) : 고대 태학에서 교육되었던 사(士) 계급 이상의 필수 교양에 해당하는 여섯 가지 기예―예(禮), 악(樂), 사(射), 어(御), 서(書), 수(數)―를 가리킨다. 『주례(周禮)』.

4 번잡한 소리 : 원문은 '번성(繁聲)'이다. 경박하고 음탕한 음악을 가리킨다.

5 조상의 묘에 영광을 고할 때 : 원문은 '영분(榮墳)'이다. 과거에 급제하거나 새로 벼슬한 사람이 고향의 조상 묘에 찾아가 풍악을 울리며 그 영광을 아뢰는 것이다.

6 고인이 '읊으며 돌아오겠다.'라던 뜻 : 『논어』 「선진(先進)」에 나오는 증점(曾點)의 고사를 가리킨다. 공자가 문인들에게 각각 자기 뜻을 말하도록 했을 때 증점이 "늦은 봄에 봄옷이 이루어지면 관을 쓴 사람 대여섯 명, 동자 예닐곱 명과 함께 기수에서 목욕하고 무우에서 바람을 쐬고서 시를 읊으면서 돌아오겠습니다(暮春者春服旣成, 冠者五六人, 童子六七人, 浴乎沂, 風乎舞雩, 詠而歸)."라고 대답한 것을 가리킨다.

과 가끔 기분 전환을 하는 것도 좋을 것이다. 그러나 너무 탐닉해서 뜻을 상해선 안 될 것이다. 시운猜韻·시미猜謎·시패詩牌·초중종初中終[9] 같은 것은 문예에 가깝다. [그러니] 간혹 출입해도 좋을 것이다. [그러니] 일상이 되어선 안 된다【도박이나 투전 같은 것은 별원에 있는 빈객들까지도 절대 금한다】.

○「상영도」 한 판은 너무 더디다. 어떨 땐 한 판이 다 끝나도록 글 제목 하나도 못 만나고 시 한 수도 못 지으니, 재미없다. 지금 「문원아희文苑雅戲」로 대체한다.

○○○ 「문원아희도보文苑雅戲圖譜」[10]

〖천문天文〗육·오→안개, 사·삼→노을, 이·일→무지개

[해] 육→남退,[11] 오→남·칠언배율七言排律,[12] 사→남, 삼→남·부

---

7 「상영도(觴詠圖)」 : 유명 문학작품과 관련된 장소를 기록한 말판과 주사위를 사용해 진행하는 놀이이다. 주사위를 던져 도착하는 장소마다, 지정되어 있는 형식과 주제의 시문을 한정된 시간 내에 지어 내야, 술을 마시거나 다음 장소로 진출할 수 있는 게임이다. 중국에서 수입되어 조선 후기 경화 사족층 사이에서 유행했다.

8 「삼재만변도(三才萬變圖)」 : 당시에 유행하던 문예적 놀이인 듯하지만, 구체적인 것은 찾지 못했다. 다만, 왕세정(王世貞)이 만들었다는 〈상영람승삼재만변지도(觴咏攬勝三才萬變之圖)〉라는 것이 있다. 이것은 대체로 〈상영도〉의 한 종류라고 이야기되나, 우선 적어 둔다.

9 시운(猜韻)·시미(猜謎)·시패(詩牌)·초중종(初中終) : 모두 시를 가지고 노는 놀이의 이름들이다. '시운'은 시편을 완성한 다음 운(韻)을 써서 감추고, 판에 있는 여러 사람에게 맞히게 하는 놀이이고, '시미'는 임의로 시 한 구절을 가져다 안자(眼字)를 가려 놓고 그것을 맞히는 놀이이고, '시패'는 한 글자씩 글자를 써 넣은 나무 혹은 상아 패를 하나씩 집거나 내놓으면서 시구 한 줄을 만드는 놀이이다. '초중종' 놀이는 시조를 가지고 한 구절씩 짝을 맞추어 한 수를 완성하는 놀이이다. 한시를 가지고 하는 초중종 놀이도 있다. '시운'은 뒤에 나오는 「문원아희도보(文苑雅戲)」의 〖연구(聯句) 규칙〗에도 나온다.

10 번역문과 원문의 형태를 통일하고, 최대한 원본의 모습을 반영하는 것이 번역상의 원칙이나, 게임 규칙 부분에선 독자의 이해를 위해 원문에 없는 약물 및 형식을 사용해서 번역했다. 따라서 번역문과 원문의 형식이 일치하지 않는다.

11 남[退] : 판에서 나가는 것이다.

12 칠언배율(七言排律) : 배율은 율시와 같은 평측과 대우법 등을 갖추어 10구 이상의 장편으로 구수(句數)에 제한을 받지 않고 짓는 것이다. 적은 것은 10구에서 시작하여 200구 이상

賦,[13] 이·일 → 남

[달] 육 → 남, 오 → 남·칠언절구七言絶句,[14] 사 → 남·장단구長短句,[15]
　　삼·이 → 남, 일 → 해

[별] 육 → 남, 오 → 남·칠언율시七言律詩,[16] 사·삼 → 남, 이 → 해, 일
　　→ 달

[바람] 오·육 → 남, 사 → 해, 삼: 부賦, 이 → 달, 일 → 별

[구름] 육 → 해, 오 → 달, 사: 오언고시五言古詩,[17] 삼: 악장樂章,[18] 이 →

　　의 것도 있다. 오언으로 짓는 것이 통례이고 칠언으로 쓰인 배율은 그리 흔하지 않다. 율시의 정격에 구수를 더하여 지으므로 '장률'이라고도 부른다. 육조의 안연지(安延之) 등에게서 시작되었으나 당에 와서 이 체가 흥했고 배율이라는 이름을 얻었다고 한다.

13 부(賦) : 문체 이름이다. 시와 산문의 중간에 해당하는 운문으로, 사경(寫景)이나 서사(敍事)를 주로 하였으며, 한(漢)·위(魏)·육조(六朝) 시대에 성행했다.

14 칠언절구(七言絶句) : 절구는 기(起)·승(承)·전(轉)·결(結) 4구로 이루어진 한시체이다. 오언과 칠언이 주류이고, 육언절구(六言絶句)도 있다. 절구는 율시(律詩)와 같이 근체시(近體詩)에 속하는 형식으로, 엄격한 형식적 요구에 구속된다. 일정한 글자 수를 지켜야 하고, 글자마다 정해진 평측(平仄)을 맞추어야 하고, 기·승·결구의 끝에서 평성(平聲)으로 압운(押韻)해야 한다.

15 장단구(長短句) : 근체시인 율시와 절구는 한 구의 글자 수가 엄격히 정해져 있다. 반면, 한 구에 속하는 자수가 일정하지 않은 것이 장단구(長短句)이다. 장단구는 『시경』 시에서 시작되었고, 비교적 형식이 자유로운, 악부체(樂府體) 고시에 속하는 형식이다. 한편 '사(詞)'는 구법이 장단으로 일정하지 않기 때문에 사를 '장단구'로 일컫기도 한다.

16 칠언율시(七言律詩) : 율시(律詩)는 4운 8구로 구성된 근체시의 한 형식이다. 1구의 자수에 따라 5언과 7언으로 구분된다. 근체시 중에서도 형식이 가장 까다로워, 자수(字數)·구수(句數)뿐 아니라 대우(對偶)·성운(聲韻)·압운(押韻) 등이 모두 엄정한 규율에 맞아야 한다.

17 오언고시(五言古詩) : 고시는 고체시(古體詩)·고풍(古風)이라고도 부른다. 당(唐)에서 성립된 근체시(近體詩)와 구분하기 위해 수(隋) 이전의 시체를 통칭하는 말로 쓰인다. 근체시 성립 이후에는 근체시 형식에 부합하지 않는 시를 가리키기도 한다. 고시의 시체는 1구의 자수(字數)나 전체 구수(句數)의 제한이 없다. 평측법(平仄法)을 사용하지 않으며, 2구에 한 번씩 압운하는데, 칠언고시의 경우엔 제1구도 압운한다. 그러나 압운의 규칙 역시 비교적 자유로운 편이어서, 평성과 측성 모두 사용할 수 있고, 통운(通韻)이나 환운(換韻) 역시 자유롭다.

18 악장(樂章) : 개국의 위업을 찬양하고 제왕의 덕을 기리며 천하의 태평을 구가하는 궁중용 의식악(儀式樂) 및 연악(宴樂)에 쓰인 노래 가사를 총칭한다.

별, 일 → 바람 ○ 글 완성 후, 육 → 남

[비] 육·오 → 달, 사: 오언고시, 삼 → 별, 이 → 바람, 일 → 구름 ○ 별제別題

[이슬] 육 → 달, 오: 오언율시五言律詩,[19] 사 → 별, 삼 → 바람, 이 → 구름, 일 → 비

[서리] 육 → 별, 오: 오언절구五言絶句,[20] 사 → 바람, 삼 → 구름, 이 → 비, 일 → 이슬

[눈] 육: 상설시서賞雪詩序,[21] 오: 오언배율五言排律,[22] 사 → 구름, 삼 → 비, 이 → 이슬, 일 → 서리 ○ 글 완성 후, 육 → 겨울, 오 → 양원梁園[23]

[천둥] 육 → 비, 오: 오언절구, 사: 칠언고시七言古詩,[24] 삼 → 이슬, 이 → 서리, 일 → 눈 ○ 글 완성 후, 육 → 남지南至[25]

---

19 오언율시(五言律詩) : 각주 16 참조.

20 오언절구(五言絶句) : 각주 14 참조.

21 상설시서(賞雪詩序) : 한시는 제목과 함께 일종의 서문을 가지기도 하는데 이것을 '시서'라고 한다. 종종 아주 길어져서 본격적인 산문이 되기도 한다. 유종원의 〈우계시서(愚溪詩序)〉 같은 것이 대표적이다. '상설 시서'는 '눈 감상'을 주제로 지은 '시의 서문'이다.

22 오언배율(五言排律) : 각주 12 참조.

23 [눈] 육: …… 오 → 양원(梁園) : [눈]에서 별래의 '양원'으로 나가는 것은 양원의 별칭이 '설원(雪園)'이기 때문이다. ○ 양원은 서한(西漢) 시대 양 효왕(梁孝王)의 원림(園林)으로, 토원(免苑)이라고도 한다. 양 효왕이 세모에 이곳에서 사마상여(司馬相如)·매승(枚乘)·추양(鄒陽) 등과 함께 주연(酒筵)을 베풀었는데, 마침 눈이 내렸다. 그러자 사마상여에게 눈을 주제로 부(賦)를 짓게 했다고 한다. 남조 송(南朝宋)의 사혜련(謝惠連)이 이 원림의 설경을 배경으로 〈설부(雪賦)〉를 지으면서부터 '설원(雪園)'이란 별칭으로도 불린다. 『사기』 「양효왕세가(梁孝王世家)」, 『문선(文選)』.

24 칠언고시(七言古詩) : 각주 17 참조.

25 [천둥] 육: …… 육 → 남지(南至) : [천둥]에서 별래의 '남지'로 나가는 것은 땅속에 잠재했던 우레가 동지에 이르러 처음 발동하기 시작하기 때문이다. ○ 남지는 동지이다. 동짓달은 지뢰(地雷) 복괘(復卦)에 해당하는데, 순음(純陰)인 곤괘(坤卦)에서 양효(陽爻) 하나가 맨 아래에 다시 생긴 것이다. 이는 땅 아래에서 우레가 일어나는 형상으로, 만물이 태동하기 시작하는 것을 의미한다.

[번개] 육→비, 오: 오언율시, 사→이슬, 삼→서리, 이→눈, 일→천둥

[안개] 육→이슬, 오→서리, 사→눈, 삼: 부賦, 이→천둥, 일→번개

[노을] 육→눈, 오: 칠언율시, 사→천둥, 삼: 가歌,[26] 이→번개, 일→안개

[무지개] 육→설說, 오: 오언율시, 사→번개, 삼→안개, 이·일→노을

목(目) \ 사(楂)	육(六) 안개	오(五) 안개	사(四) 노을	삼(三) 노을	이(二) 무지개	일(一) 무지개	별제·별래· 증제[27]
해	남	남 칠언배율	남	남 부(賦)	남	남	
달	남	남 칠언절구	남 장단구	남	남	해	
별	남	남 칠언율시	남	남	해	달	
바람	남	남	해	부(賦)	달	별	
구름	해	달	오언고시	악장	별	바람	글 완성 후: 육→남
비	달	달	오언고시	별	바람	구름	별제: 기우청사
이슬	달	오언율시	별	바람	구름	비	
서리	별	오언절구	바람	구름	비	이슬	
눈	상설시서 (賞雪詩序)	오언배율	구름	비	이슬	서리	글 완성 후: 별래 육→겨울 오→양원

---

26 가(歌): 고시(古詩)의 한 형태로, 「악부(樂府)」에서 출발해서 원래는 민가(民歌)를 일컫는 말이었다. 뒤에 문인들이 고시에 '가'를 제목으로 붙이기 시작하면서, 민요풍 고시의 명칭이 되었다. 한 고조(漢高祖)의 〈대풍가(大風歌)〉, 두보(杜甫)의 〈음중팔선가(飮中八仙歌)〉, 백낙천(白樂天)의 〈장한가(長恨歌)〉 등이 그것이다.

천둥	비	오언절구	칠언고시	이슬	서리	눈	글 완성 후: 별래 육 → 남지
번개	비	오언율시	이슬	서리	눈	천둥	
안개	이슬	서리	눈	부(賦)	천둥	번개	
노을	눈	칠언율시	천둥	가(歌)	번개	안개	
무지개	설(說)	오언율시	번개	안개	노을	노을	

본처 도보(本處圖譜) 1. 천문부[28]

『인품人品』육·오 → 수령, 사·삼 → 미인, 이·일 → 승려

[성현] 육 → 남·훈어訓語,[29] 오 → 남·오언배율, 사·삼·이 → 남, 일 → 남·잠箴[30]

[신선] 육 → 남·전傳,[31] 오 → 남, 사 → 장단구, 삼 → 해, 이 → 성현,

---

27 별제·별래·증제 : 다른 제목으로 짓는 '별제(別題)', 본국(本局)에서 벗어나 별도의 판을 도는 '별래(別來)', 한 번 더 짓는 '증제(增題)'에 대한 설명과 규칙은 뒤에 나온다. 도보에서는 우선 포함해 두었다.

28 이하 도보(圖譜)들은 모두 위에 번역된 내용을 놀이용 말판 개념으로 재해석해서 번역자가 만들어 넣은 것이다. 내용상으론 도보 위에 번역된 내용과 같으나 실제 놀이 내용에 대한 이해를 돕기 위해 작성하였다.

29 훈어(訓語) : 기본적으로 '교훈의 말'이다. 주(周)의 훈교(訓敎) 문서를 '훈어'라고도 한다. 『서경』의 「요전(堯典)」, 「대우모(大禹謨)」, 「이훈(伊訓)」, 「탕고(湯誥)」 등이 모두 옛 성현과 어진 재상들이 서로 고하고 경계하는 언론들이다. 이것을 '훈어'라고 한다. ○ [성현]에서 훈어(訓語)를 요구하는 이유이다.

30 잠(箴) : 한문 문체의 하나로, 자기 자신이나 타인을 경계하는 글이다. '잠'은 본래 '침(鍼)'의 뜻으로, 의사가 침을 놓듯이 사람의 잘못을 풍간(諷諫)하거나 경계하는 것을 의미한다. 타인을 경계하는 글은 관잠(官箴), 자신을 경계하는 글은 사잠(私箴)으로 구분하기도 한다. 사언구(四言句)로 두 구마다 한 번씩 압운하는 것이 통례이지만, 반드시 지켜지는 것은 아니다.

31 전(傳) : 한문 문체의 하나로, 사람의 평생 사적을 기록해 후세에 전하는 것을 목적으로 하는 글이다. 사마천(司馬遷)의 『사기』 「열전(列傳)」에서 시작한 것으로 일반적으로 이야기된다. 따라서 정사(正史)의 일부로 사관(史官)만이 쓰는 글이었으나, 차츰 일반 문인들에게도 보급되어 개인의 본받을 만한 행실을 사적으로 입전하는 관행이 성립되었다. 이것을 사전(私傳)이라고 한다. 후대에는 가전(假傳)·탁전(托傳)·자전(自傳) 등 다양한 방식으로 발달하며 문예화하기도 했다. 또한 '전'은 한 인물의 일대기를, 기록자의 사관(史觀)에 따라 포폄(褒貶)하는 것을 목적으로 하는 글이다. 따라서 입전 대상 인물의 평생을 서술하

일 → 달

[재상] 육: 논論,32 오: 오언배율, 사 → 해, 삼 → 성현, 이 → 신선, 일: 송
頌33 ○글 완성 후, 육 → 남, 삼 → 문장가. 모두 완성하면 곧장 남.

[장수] 육 → 성현, 오 → 신선, 사: 칠언고시, 삼 → 바람, 이: 노포露
布,34 일 → 재상 ○글 완성 후, 육 → 제후公侯, 오 → 전쟁

[은자] 육: 산거기山居記,35 오 → 신선, 사: 오언고시, 삼 → 재상, 이·일
→ 장수 ○글 완성 후, 육 → 허유총許由塚36

는 본문 부분과 역사적 평가를 서술하는 사평(史評)을 기본 구조로 갖는다. ○신선의 전기
로는 동진(東晉) 갈홍(葛洪)의 『신선전(神仙傳)』, 전한(前漢) 유향(劉向)의 『열선전(列仙傳)』
등이 대표적이다.

32 논(論) : 한문 문체의 하나로, 의론문(議論文)의 한 형식이다. 제자백가가 논쟁하던 전국시
대의 글에서 기원을 찾는다. '논'을 편제(編題)로 한 것은 『순자(荀子)』의 「천론(天論)」, 「정
론(正論)」, 「예론(禮論)」, 「악론(樂論)」에서부터이다. '논(論)'이 문학적인 문체로까지 성립된
것은 당(唐) 이후의 일이며, 한유(韓愈)가 특히 이 문체에 뛰어났다. '논' 중에는 역사와 인
물을 논한 것, 정치·학예를 논한 것 등 여러 가지가 있는데, 그 내용에 따라 이론(理論)·정
론(政論)·경론(經論)·사론(史論)·문론(文論)·풍론(諷論)·우론(寓論)·설론(設論)으로 분류
하기도 한다. 서사증(徐師曾), 『문체명변(文體明辯)』.

33 송(頌) : 한문 문체의 하나로, 송덕(頌德)하는 문체이다. 본래 『시경』에서 비롯되었는데, 조
상의 은덕을 찬양하는 종묘(宗廟) 제례의 노래가 '송'이다. 후대로 내려오면서 신명에게
고한다는 목적은 사라지고 칭송만을 목적으로 하는 것으로 바뀌었고, 조상이나 왕들만이
아니라 일반적으로 덕을 찬송하는 문체가 되었다. 4언구로 두 구마다 압운하는 것이 정체
(正體)이다. 그러나 반드시 지키지는 않는다.

34 노포(露布) : 널리 눈에 뜨이게 할 목적으로 봉함하지 않는 글이라는 뜻이다. 원래는 사령
(赦令)·속령(贖令) 및 대상(大喪) 등을 공포(公布)하는 데 사용되었으나, 후한(後漢) 말에 이
르러 군사상의 격문(檄文)을 칭하는 것이 되었고, 북위(北魏)에 이르러 글이 적힌 천을 장
대에 걸어서 전쟁의 첩보를 알리는 것을 노포(露布)라 칭하면서 전승문(戰勝文)의 뜻으로
도 사용되었다.

35 산거기(山居記) : '기'는 한문 문체의 하나로, 사물이나 사건을 잊지 않기 위해 기록해 두는
것을 목적으로 하는 글이다. 기의 명칭은 『주례(周禮)』 「고공기(考工記)」에서 시작되나, 후
대로 오면서 사실과 사물에 대한 객관적 기록보다 작가의 의론(議論)이 확대되어 문예문
화되기도 했다. 당(唐) 한유의 〈화기(畫記)〉, 유종원의 〈영주팔기(永州八記)〉 등의 출현이
그것이다. 송(宋)의 구양수·소식 등에 이르면 기의 의론성은 더욱 강화되어 논설체에 가
까워지기도 한다. ○'산거기'는 산야에 은거하는 은자의 삶을 기록한 글이라는 뜻이다.
당(唐)의 사공도(司空圖)가 지은 〈산거기(山居記)〉 이래 많은 산거기 명편들이 지어졌다.

36 [은자] 육 …… 육 → 허유총(許由塚) : [은자]에서 별래의 '허유총'으로 나가는 것은 허유가

[문장가] 육: 논문서論文書,[37] 오 → 신선, 사: 칠언고시, 삼 → 재상, 이 → 장수, 일 → 은자

[귀인] 육 → 재상, 오: 칠언율시, 사 → 장수, 삼 → 은자, 이 → 문장가, 일: 잠箴 ○ 별제

[협객] 육 → 장수, 오 → 은자, 사: 오언고시, 삼: 가歌, 이 → 문장가, 일 → 귀인

[술꾼] 육 → 은자, 오 → 문장가, 사: 악부樂府,[38] 삼 → 귀인, 이: 주방酒榜,[39] 일 → 협객 ○ 글 완성 후, 육 → 전별餞別

[사냥꾼] 육 → 문장가, 오 → 귀인, 사 → 협객, 삼: 부賦, 이·일 → 술꾼 ○ 글 완성 후, 육 → 사호처射虎處[40]

요(堯) 임금 때의 은사(隱士)이기 때문이다. ○ 허유는, 요(堯)가 황제의 지위를 물려주려 하자 더러운 말을 들었다며 영수(潁水)에서 귀를 씻었다는 고사의 주인공이다.『고사전(高士傳)』'허유의 무덤[許由塚]'에 대해선 사마천이 "내가 기산(箕山)에 올라가 본 적이 있는데, 그 산 위에는 허유(許由)의 무덤이 있다는 말을 들었다(余登箕山, 其上蓋有許由冢云)."고 했다.『사기』〈백이열전(伯夷列傳)〉.

37 논문서(論文書) : '서'는 편지이다. 문장이나 문학에 대해 논하는 내용의 편지를 '논문서'라고 한다. 한유(韓愈)의〈여풍숙논문서(與馮宿論文書)〉같은 것이 있다.

38 악부(樂府) : 원래 한 무제(漢武帝) 때 세워진 음악을 관장하는 관청의 이름이었다. 그러다 악부에서 관장하는 음악에 수반된 문학도 악부라고 부르게 되었다. 여기엔 제사에 쓰이는 교사악(郊祀樂), 조회연향(朝會宴饗)을 위해 문인들이 음악에 협률해서 지은 시, 민간에서 채집한 민간시가(民間詩歌) 등이 포함되어 있었다. 후대에는 위(魏)·진(晉) 이후 당에 이르기까지, 음악에 올릴 수 있는 시가 및『악부』에 나오는 옛 시의 제목을 모방한 작품들까지 모두 악부라고 통칭하였다.

39 주방(酒榜) : 주방(酒牓)이라고도 한다. 사전적 의미로는 주점의 간판으로 내건 편액으로, 명사에게 써 주기를 청하여 널리 손님을 모으는 역할을 한다고 되어 있다. 그러나『오백가파방대전문수(五百家播芳大全文粹)』권79에 실려 있는 주방(酒牓)·다방(茶牓)·탕방(湯牓)·욕방(浴牓) 등에 해당하는 문장을 살펴보면, 모두 변려문으로서, 술·차·탕·욕의 시행에 대한 방방(放榜)의 의미를 내포하고 있다. 따라서 문체로서의 '주방'은 이를 기준으로 이해해야 할 것으로 생각된다.

40 [사냥꾼] 육 …… 육 → 사호처(射虎處) : [사냥꾼]에서 별래의 '사호처'로 나가는 것은 사냥 나갔다가 호랑이를 쏜 곳이기 때문이다. ○'사호처'는 사호석(射虎石)을 가리킨다. 한(漢)의 이광(李廣)이 북평태수(北平太守)로 있을 때, 사냥을 나갔다가 바위를 호랑이로 착각하고 화살을 쏘았는데, 화살이 그대로 바위를 뚫고 꽂혔다고 한다. 영평부(永平府)에서 6~7

[어부] 육: 도원기桃源記,⁴¹ 오 → 귀인, 사: 장단구, 삼 → 협객, 이 → 술
꾼, 일 → 사냥꾼

[목동] 육 → 협객, 오: 오언절구, 사 → 술꾼, 삼 → 사냥꾼, 이·일 →
어부

[미인] 육 → 술꾼, 오: 칠률회문七律回文,⁴² 사 → 사냥꾼, 삼: 가歌, 이
→ 어부, 일 → 목동 ○ 글 완성 후, 육 → 봄, 오 → 고소대姑蘇臺⁴³

[승려] 육·오 → 어부, 사 → 목동, 삼 → 미인, 이: 도량소道場疏,⁴⁴ 일:
게偈⁴⁵ ○ 글 완성 후, 육 → 불서佛書

리쯤 되는 곳에 사호석(射虎石)이 있다고 한다. 『사기』〈이장군열전(李將軍列傳)〉.

41 도원기(桃源記) : 〈도원기〉는 도잠(陶潛)의 〈도화원기(桃花源記)〉를 가리킨다. 〈도화원기〉
의 내용을 가지고 '기(記)'를 지으라는 과제이다. 〈도화원기〉의 내용은 다음과 같다. 동진
(東晉) 태원(太元) 연간에 무릉에 사는 한 어부가 시냇물에 뜬 복사꽃을 따라 거슬러 올라
가다가 시내가 끝나는 지점에서 굴을 통해 복사꽃이 만발한 동네로 들어가게 되었다. 그
곳엔 진(秦)의 난리를 피해 들어왔다는 사람들이 대대로 살고 있었다. 극진한 대접을 받
고 돌아왔으나, 다시는 그곳을 찾을 수 없었다. 『도연명집(陶淵明集)』.

42 칠률회문(七律回文) : 회문체(回文體)로 지어진 칠언율시라는 말이다. 회문체는 한시 잡체
의 하나로, 순방향이나 역방향 어느 쪽으로 읽어도 의미가 통하고, 평측(平仄)과 운(韻)도
맞도록 짓는 것이다. 진(晉)의 두도(竇滔)가 멀리 유사(流沙)로 가게 되자 그의 아내 소씨
(蘇氏)가 앞뒤 어디로 읽어도 문장이 되는 〈회문선도시(回文旋圖詩)〉를 지어 비단에 수놓
아 보냈다는 고사에서 유래하였다. 『진서(晉書)』〈두도처소씨열전(竇滔妻蘇氏列傳)〉.

43 [미인] 육 …… 오 → 고소대(姑蘇臺) : [미인]에서 별래의 '고소대'로 나가는 것은 고소대가
서시(西施)의 고사가 얽힌 곳이기 때문이다. ○ 고소대는 오왕(吳王) 부차(夫差)가 고소산
(姑蘇山)에 세웠다는 누대이다. 월(越)이 오에게 패한 뒤 월왕의 신하인 범려(范蠡)가 미인
계로 서시를 부차에게 바쳤다. 부차는 서시를 위해 고소대를 짓고 날마다 이곳에서 연회
를 즐기다 결국 월나라에 망했다. 『오월춘추(吳越春秋)』「구천음모외전(句踐陰謀外傳)」.

44 도량소(道場疏) : 불가와 도가에서 경축하거나 기도할 때 사용하는 글이다. 경사(慶詞)와
도사(禱詞)가 있는데, 경사는 생신소(生辰疏)라고 하고 도사는 공덕소(功德疏)라고도 한다.
『문체명변(文體明辯)』「도량소(道場疏)」.

45 게(偈) : 게송(偈頌)과 같은 말이다. 게송은 산스크리트어 가타(gāthā)의 음사(音寫)인 게타
(偈他)의 '게'와 풍송(諷頌)의 '송'을 합한 말이다. 가타(伽陀)·가타(伽他)라 음역하고, 풍송
(諷誦)·조송(造頌)·게송(偈頌)·송(頌)이라 번역한다. 일반적으로 운문체의 가요·성가·시
구·게문(偈文)·송문(頌文)을 뜻한다. 각 구는 3자·4자·5자·6자·7자 등으로 일정치 않
다. 다만 통상적으로 4구를 일게(一偈)로 한다.

목(目)	육(六) 수령	오(五) 수령	사(四) 미인	삼(三) 미인	이(二) 승려	일(一) 승려	별제·별래·증제
성현	남 훈어(訓語)	남 오언배율	남	남	남	남 잠(箴)	
신선	남 전(傳)	남	장단구	해	성현	달	
재상	논(論)	오언배율	해	성현	신선	송(頌)	글 완성 후: 육→남 삼→문장가 모두 완성하면 곧장 남.
장수	성현	신선	칠언고시	바람	노포(露布)	재상	글 완성 후: 별래 육→제후 오→전쟁
은자	산거기(山居記)	신선	오언고시	재상	장수	장수	글 완성 후: 별래 육→허유총
문장가	논문서(論文書)	신선	칠언고시	재상	장수	은자	
귀인	재상	칠언율시	장수	은자	문장가	잠(箴)	별제: 사군우열론
협객	장수	은자	오언고시	가(歌)	문장가	귀인	
술꾼	은자	문장가	악부	귀인	주방(酒榜)	협객	글 완성 후: 별래 육→전별
사냥꾼	문장가	귀인	협객	부(賦)	술꾼	술꾼	글 완성 후: 별래 육→사호처
어부	도원기(桃原記)	귀인	장단구	협객	술꾼	사냥꾼	
목동	협객	오언절구	술꾼	사냥꾼	어부	어부	
미인	술꾼	칠률회문(七律回文)	사냥꾼	가(歌)	어부	목동	글 완성 후: 별래 육→봄 오→고소대
승려	어부	어부	목동	미인	도량소(道場疏)	게(偈)	글 완성 후: 별래 육→불서

본처 도보 2. 인품부

〖명산名山〗육·오→나부산羅浮山, 사·삼→무산巫山, 이·일→회계산會稽山

[태산泰山]⁴⁶ 육→남·비碑,⁴⁷ 오·사→남, 삼→해, 이→성현, 일: 송頌 ○ 별제

[형산衡山]⁴⁸ 육→남, 오→해, 사→달, 삼: 부賦, 이→태산, 일→신선

[화산華山]⁴⁹ 육: 기記, 오→별, 사: 칠언고시, 삼→태산, 이→신선, 일→형산

[봉래산蓬萊山]⁵⁰ 육→태산, 오→신선, 사: 칠언고시, 삼→형산, 이→구름, 일→화산

---

46 태산(泰山) : 중국 산동성 북쪽에 있는 산이다. 산동성에서 가장 높은 산으로, 최고봉은 옥황봉이다. 오악(五岳)의 하나로, 예부터 신령한 산으로 여겼으며, 진 시황제나 한 무제, 후한 광무제 등이 천하가 평정되었음을 정식으로 하늘에 알리는 봉선의 의식을 거행한 장소이다. 도교의 주요 성지이기도 하다.

47 비(碑) : 사적을 기념하기 위하여 나무·돌·쇠붙이 따위에 글을 새겨 세워 놓는 건조물이다. 비석에 새겨지는 내용에 따라 탑비(塔碑)·묘비(墓碑)·신도비(神道碑)·사적비(事蹟碑)·송덕비(頌德碑) 등 여러 가지 이름으로 불린다. 비에 새겨지는 글인 비문(碑文) 혹은 비지(碑誌)는 산문으로 된 서(序)와 운문으로 된 명(銘)으로 구성된다. 비서(碑序)는 비문을 쓰는 경위를 설명하는 부분이고, 비명(碑銘)은 4언·5언·7언 등의 운문으로 짓는다. 여기서는 비석이 아니라 비지 혹은 비문을 가리키고 있다. ○ [태산]에서 '비지'를 요구하는 것은 태산(泰山)에 있는 진시황의 송덕비(頌德碑) 때문이다. '태산각석비(泰山刻石碑)'라고 하는 비석인데, 진시황이 천하 통일 후 이 산에 올라 송덕비를 세웠다. 줄여서 '태산비'라고도 한다.

48 형산(衡山) : 중국 호남성 형산현에 있는 산으로, 오악(五岳) 중 남악(南岳)이다. 준엄한 산세와 아름다운 72봉의 산봉우리로 인해 오악 중 가장 빼어난 산으로 인정된다. 역대로 많은 불교와 도교 신자들이 형산에 유명한 절과 암자를 지어 장수의 산으로도 불린다. 축융봉(祝融峯)·천주봉(天柱峯)·부용봉(芙蓉峯)·자개봉(紫盖峯)·석름봉(石廩峯)의 다섯 산봉이 가장 유명하다. 전설에 의하면 삼황(三皇)의 하나인 축융(祝融)이 이곳에 음악을 즐기며 살다가 죽어서 이곳에 묻혔다고 한다.

49 화산(華山) : 중국 서안에 있는 산으로, 오악(五岳) 중 서악(西岳)이다. 험준한 바위산으로, 조양봉(朝陽峰)·낙안봉(落雁峰)·연화봉(蓮花峯)·운대봉(雲臺峰)·옥녀봉(玉女峰)의 다섯 봉우리가 우뚝 솟아 있다.

50 봉래산(蓬萊山) : 발해(渤海) 가운데 있다고 하는 전설 속의 삼신산(三神山) 중 하나로, 신선들이 살며, 장생불사의 약이 나고 새와 짐승은 모두 희며, 궁궐이 황금과 백은으로 지어졌다고 한다. 『산해경(山海經)』 「해내북경(海內北經)」.

[천태산天台山**]**[51] 육 → 신선, 오 → 형산, 사 → 구름, 삼: 부부賦, 이 → 화산, 일 → 봉래산

[청성산青城山**]**[52] 육 → 형산, 오 → 화산, 사 → 봉래산, 삼: 가歌, 이·일 → 천태산

[아미산峨眉山**]**[53] 육 → 화산, 오: 칠언절구, 사 → 봉래산, 삼 → 천태산, 이: 여서儷序,[54] 일 → 청성산

[여산廬山**]**[55] 육 → 봉래산, 오 → 천태산, 사: 오언고시, 삼 → 청성산, 이·일 → 아미산

[안탕산雁宕山**]**[56] 육: 기記, 오 → 천태산, 사: 칠언고시, 삼 → 청성산, 이 → 아미산, 일 → 여산

---

51 천태산(天台山) : 중국 절강성(浙江省) 천태현(天台縣)에 있는 산이다. 고대부터 신선이 사는 곳으로 일컬어져 왔다. 도교에서는 남악(南嶽)으로 삼고, 불교 천태종(天台宗)의 발원지이기도 하다.

52 청성산(靑城山) : 중국 사천성(四川省) 성도에 있는 산이다. 도교(道敎)의 발흥지로서, 도교의 10대 동천(洞天) 중 제5동천으로 일컬어지는 곳이다.

53 아미산(峨眉山) : 중국 사천성(四川省)에 있는 산이다. 산의 모양이 눈썹과 비슷하게 생겼으므로 이렇게 부른다.

54 여서(儷序) : 변려문(騈儷文)으로 지어진 '서(序)'를 말한다. ○ '변려문'은 4언구와 6언구를 기본으로 하여 대구만으로 문장을 구성하는 한문 문체의 하나이다. 사륙문(四六文)·사륙변려문(四六騈儷文)이라고도 한다. 네 자와 여섯 자의 반복과 대구로 리듬을 맞추고, 평측(平仄)과 압운(押韻)을 적용해서 음조의 아름다움을 살리며, 전고(典故)의 사용을 중시하고 화려한 표현을 지향한다. 이렇게 해서 화려한 미문(美文)을 지향하는 것이 변려문의 특징이다. 음운학이 발달했던 위진남북조시대에 특히 유행했던 문체이다. ○ '서(序)'는 사물의 발단과 끝맺음을 서술하는 문체이다. '서'에는 책이나 글의 앞에 붙이는 서문에 해당하는 것뿐 아니라, 남을 전별할 때 지어 주는 송서(送序), 자기 생각을 적어 남에게 주는 증서(贈序), 수연(壽宴)에서 장수를 축원하는 수서(壽序), 자신의 생애나 생각을 서술하는 자서(自序) 등 다양한 하위 갈래가 있다. 왕발(王勃)이 지은 〈등왕각서(滕王閣序)〉나 이백(李白)의 〈춘야연도리원서(春夜宴桃李園序)〉같은 것이다.

55 여산(廬山) : 중국 강서성(江西省) 구강현(九江縣)에 있는 산으로, 봉우리가 높고 골이 깊기로 유명하다.

56 안탕산(雁宕山) : 중국 절강성 낙청현(樂淸縣)에 있는 산이다. 꼭대기에 호수가 있어 물이 언제나 차 있으니, 기러기가 봄에 돌아오면 그곳에서 유숙하므로 '안탕'이라 한다고 한다.

[구지산緱氏山**]**[57] 육 → 천태산, 오: 칠언절구, 사 → 청성산, 삼 → 아미
산, 이 → 여산, 일 → 안탕산

[무이산武夷山**]**[58] 육: 기기, 오 → 아미산, 사 → 여산, 삼 → 안탕산, 이:
정사상량문精舍上梁文,[59] 일 → 구지산

[나부산羅浮山**]**[60] 육 → 아미산, 오: 칠언율시, 사 → 여산, 삼 → 안탕산,
이 → 구지산, 일 → 무이산

[무산巫山**]**[61] 육 → 여산, 오 → 안탕산, 사 → 구지산, 삼: 부賦,[62] 이 →

57 구지산(緱氏山) : 중국 하남성(河南省)에 있는 산 이름으로, 구령(緱嶺) 또는 구산(緱山)이라
고도 한다. 신선이 사는 곳으로 알려져 있다.

58 무이산(武夷山) : 중국 복건성(福建省)에 있는 명산이다. 전설에 따르면, 팽조(彭祖)가 이 산
의 만정봉(慢亭峰)에 은거하였다고 한다. 주희(朱熹)가 은거하며 학문을 닦던 곳이라 더욱
유명하다.

59 [무이산(武夷山)] …… 정사상량문(精舍上梁文) : '정사'는 주희의 '무이정사(武夷精舍)'를 가
리킨다. 주희는 만년에 자신이 살던 무이산(武夷山)에 무이정사를 세우고 이곳에서 10년
동안 학문을 연구하고 제자를 길렀다. ○ 상량문은 한문 문체의 한 가지이다. 집 지을 때
대들보를 얹는 상량식 때 쓰는 축문이다. 반드시 길일을 택해 대들보를 얹는데, 친척들과
빈객들이 국수와 다른 물건들을 가지고 와서 축하하고 장인들을 위로했다. 그러면 대목
장이 국수를 대들보에 던지면서 이 글을 읊으며 축수했다. 앞머리와 끝머리는 변려체(駢
儷體)로 쓰고, 중간엔 사방(四方)과 상하(上下)에 배정되는 세 구로 된 여섯 수의 시를 넣는
다. 『문체명변(文體明辨)』. 북위(北魏)의 온자승(溫子昇)이 지은 〈창합문상량축문(閶闔門上
梁祝文)〉이 상량문의 시초라고 한다. 『곤학기문(困學紀聞)』 「잡지(雜識)」.

60 나부산(羅浮山) : 중국 광동성(廣東省) 혜주(惠州)에 있는 도교(道敎)의 명산으로, 제7동천으
로 불린다. 진(晉)의 갈홍(葛洪)과 수(隋)의 청하자(靑霞子)·소현랑(蘇玄朗) 등의 도사가 수
도하여 선술(仙術)을 얻었다고 한다.

61 무산(巫山) : 중국 사천성(四川省) 무산현(巫山縣)에 있는 산으로, 열두 봉우리로 이루어져
있다. 산의 모습이 '무(巫)'와 비슷해서 무산이라고 부른다고 한다. 부근에 삼협(三峽) 중
하나인 무협(巫峽)이 있어 경치가 아름답기로 유명하다. '무산신녀(巫山神女)'의 고사가 있
는 곳이다.

62 [무산(巫山)] …… 부(賦) : 무산에 이르러 부를 짓게 요구하는 것은, 송옥(宋玉)의 〈고당부
(高堂賦)〉 때문이다. 물론 소철(蘇轍)의 〈무산부(巫山賦)〉를 비롯해 무산의 고사를 부로 지
은 작품은 많지만, 송옥의 〈고당부〉가 그 기원이다. '무산의 구름과 비'에 대한 이야기가
처음 나오는 것도 송옥의 〈고당부〉 서문에서이다. "옛날에 선왕께서 고당(高堂)을 노니신
적이 있는데 피곤해서서 낮잠이 드셨습니다. 꿈에 한 부인을 만났는데 '저는 무산(巫山)의
여자인데, 고당에 객으로 왔습니다. 임금께서 고당을 노니신다는 말을 듣고 잠자리 시중
을 올리고자 합니다.'라고 말했습니다. 이에 선왕께서 그녀를 총애하셨습니다. 떠나면서

무이산, 일 → 나부산

[회계산會稽山][63] 육·오 → 무이산, 사: 오언고시, 삼 → 나부산, 이 →
무산, 일: 명銘[64] ○ 글 완성 후, 육 → 우혈禹穴[65]

사(楂) \ 목(目)	육(六) 나부산	오(五) 나부산	사(四) 무산	삼(三) 무산	이(二) 회계산	일(一) 회계산	별제·별래· 증제
태산	남 비(碑)	남	남	해	성현	송(頌)	별제: 봉선문
형산	남	해	달	부(賦)	태산	신선	
화산	기(記)	별	칠언고시	태산	신선	형산	
봉래산	태산	신선	칠언고시	형산	구름	화산	

작별하여 말하기를, '첩은 무산의 남쪽, 높은 언덕의 험준한 곳에 사는데, 아침에는 구름
이 되고 저녁에는 비가 되어 아침마다 저녁마다 양대(陽臺)의 아래에 있습니다.'라고 했습
니다. 아침에 보니 그 말대로였습니다. 하여, 그녀를 위해 사당을 세우고 '조운(朝雲)'이라
불렀다 합니다(昔者先王嘗游高唐, 怠而晝寢. 夢見一婦人曰, 妾巫山之女也, 爲高唐之客. 聞君游高
唐, 願薦枕席. 王因幸之. 去而辭曰, 妾在巫山之陽, 高丘之阻, 旦爲朝雲, 暮爲行雨, 朝朝暮暮, 陽臺之下.
旦朝視之, 如言. 故爲之立廟, 號曰朝雲)."

63 회계산(會稽山) : 중국 절강성(浙江省) 동부의 산이다. 도교(道敎)의 성지이다. 하(夏)의 우
왕(禹王)이 이곳에 여러 왕을 모아 놓고 그 공적을 헤아려 상과 봉작(封爵)을 내렸던 데서
'회계'라고 불리게 되었다고 한다. 춘추시대 월왕(越王) 구천(勾踐)이 와신상담(臥薪嘗膽)
끝에 '회계(會稽)의 치욕'을 설욕한 고사나 진시황제(秦始皇帝)가 천하를 순행하다 이 산에
이르러 공적을 찬양하는 석비(石碑)를 세운 사실로도 유명하다.

64 명(銘) : 자신에 대한 경계나 타인의 공적, 기물의 내력 따위를 금석·기물·비석 따위에 새
겨 기록하는 한문 문체이다. 원래 '새겨 넣는[銘]' 것이기에 '명'이라고 한다. 형식은 4언 운
문으로서 2구에 한 번씩 압운하는 것이 가장 일반적 형식이다. 명의 내용이나 명을 쓰게
된 동기 등을 밝히는 서문이 수반되는 경우도 있다. 묘지명(墓誌銘)이 대표적이어서, 묘지
명의 서문에서는 고인의 일생을 산문으로 기록한다. 종종 매우 긴 전기문(傳記文)이 되기
도 한다.

65 [회계산(會稽山)] 육 …… 유 → 우혈(禹穴) : [회계산]에서 별래의 '우혈'로 나가는 것은 우
(禹)의 유적(遺蹟)이 회계산에 있기 때문이다. ○ '우혈'의 정체에 대해선 기록이 각각이다.
우(禹)가 순수(巡狩)하다가 승하하여 묻힌 곳이라고도 하고, 우가 황제(黃帝)가 남긴 책을
얻어 보관해 둔 곳이라고도 하고, 한수(漢水)를 틔울 때 거처하던 곳이라고도 한다. 사마
천(司馬遷)은 『사기(史記)』 〈태사공자서(太史公自序)〉에서 "회계산(會稽山)에 올라 우혈을
찾았었다."고 했다. 사마천은 우혈을 우의 무덤으로 이해했던 듯하다.

천태산	신선	형산	구름	부(賦)	화산	봉래산	
청성산	형산	화산	봉래산	가(歌)	천태산	천태산	
아미산	화산	칠언절구	봉래산	천태산	여서(儷序)	청성산	
여산	봉래산	천태산	오언고시	청성산	아미산	아미산	
안탕산	기(記)	천태산	칠언고시	청성산	아미산	여산	
구지산	천태산	칠언절구	청성산	아미산	여산	안탕산	
무이산	기(記)	아미산	여산	안탕산	정사상량문(精舍上梁文)	구지산	
나부산	아미산	칠언율시	여산	안탕산	구지산	무이산	
무산	여산	안탕산	구지산	부(賦)	무이산	나부산	
회계산	무이산	무이산	오언고시	나부산	무산	명(銘)	글 완성 후: 별래 육 → 우혈

본처 도보 3. 명산부

〖가수佳水〗육·오→동강, 사·삼→여산폭포, 이·일→고무담

[바다] 육·오→남, 사→남·오언고시, 삼→해, 이→성현, 일→별

[황하黃河] 육→남, 오→성현, 사: 칠언고시, 삼→태산, 이→바다, 일: 송頌[66] ○ 별제

[절강浙江][67] 육→달, 오→태산, 사→바다, 삼: 부賦, 이·일→황하

[양자강揚子江] 육→바다, 오: 칠언율시, 사→황하, 삼→비, 이·일 → 절강

[동정호洞庭湖][68] 육→형산, 오: 칠언절구, 사→황하, 삼: 가歌, 이 →

---

66 [황하] …… 송(頌) : 황하와 관련된 유명한 송은 포조(鮑照)의 〈하청송(河淸頌)〉이 있다. 포조는 남조(南朝) 송(宋)의 문인이다. 문제(文帝) 때 황하와 제수(濟水)가 맑아지는 상서로운 일이 있었는데, 〈하청송〉은 그것을 찬송한 글이다. 황하는 늘 혼탁해서 황하인데, 상서로운 일이 있으려면 천 년에 한 번 맑아진다고 한다.

67 절강(浙江) : 중국 절강성(浙江省) 북부를 흐르는 강인 전당강(錢塘江)의 옛 이름이다. 강서성(江西省)과 경계에 있는 회옥산맥(懷玉山脈)에서 시작하여 동북쪽으로 흘러 항주만(杭州灣)으로 흘러든다.

절강, 일 → 양자강

[소상강瀟湘江]⁶⁹ 육 → 황하, 오 → 절강, 사: 칠언고시, 삼: 초사楚辭,⁷⁰
이 → 양자강, 일 → 동정호

[가릉강嘉陵江]⁷¹ 육: 도발圖跋,⁷² 오 → 절강, 사: 오언고시, 삼 → 양자
강, 이 → 동정호, 일 → 소상강

[오호五湖]⁷³ 육: 기記, 오 → 양자강, 사 → 동정호, 삼 → 소상강, 이 →
가릉강, 일: 찬贊⁷⁴

---

68 동정호(洞庭湖) : 중국 호남성(湖南省) 북부에 있는 큰 호수이다. 양자강(揚子江) 남쪽 유역
에 있다.

69 소상강(瀟湘江) : 동정호(洞庭湖)로 흘러 들어가는 소수(瀟水)와 상수(湘水)를 가리킨다.

70 초사(楚辭) : '사(辭)'는 우수와 격정 같은 개인적인 정서를 남방 가요의 형식을 빌려 표현하
는 한문 문체로, 양자강 중류 초(楚) 땅에서 지어져 '초사(楚辭)'라고도 불린다. 굴원(屈原)
의 〈이소(離騷)〉가 대표적인 작품이다. 한대(漢代)로 들어서면서 사부(辭賦)로 발전해서
한대 문학을 대표하게 된다. 형식은 장단구로 일정하지 않으나 6언이나 7언을 위주로 하
고 '혜(兮)'를 규칙적으로 섞어 운용한다. ○[소상강]에서 '초사(楚辭)'를 요구하는 것은, 굴
원이 초 회왕(楚懷王)에게 쫓겨나 멱라수(汨羅水)에 빠져 죽기까지 소상강 일대를 배회하
며 근심하고 슬퍼하였는데, 이때 굴원이 지은 것이 초사의 대명사로 쓰이는 〈이소(離騷)〉
이기 때문이다. 『사기』〈굴원열전(屈原列傳)〉.

71 가릉강(嘉陵江) : 중국 섬서성(陝西省) 서부 진령산맥(秦嶺山脈)에서 발원해서 남쪽 사천성
(四川省)으로 흘러 중경(重慶)에서 양자강(揚子江)에 합류되는 강이다.

72 [가릉강(嘉陵江)] …… 도발(圖跋) : 발(跋)은 책의 끝에 본문 내용의 대강이나 간행 경위 등
을 간략하게 적은 문장이다. 이것이 그림 위에 적히면 '도발'이 된다. ○가릉강을 그린 그
림으론 당(唐)의 오도자(吳道子)가 그린 〈촉도가릉강삼백여리(蜀道嘉陵江三百餘里)〉가 유
명하다. 당 현종(唐玄宗)이 어느 날 갑자기 가릉강(嘉陵江)의 산수가 그리워 오도자에게 즉
시 달려가 가릉강의 산수를 그려 오게 했다. 오도자는 빈손으로 돌아와 '그려 온 초본은
없지만, 모든 경치가 마음속에 들어 있다.'라고 말했다. 이에 그를 대동전(大同殿)으로 보
내 벽화를 그리게 한 결과, 가릉강 3백여 리에 걸친 산수를 하루 만에 다 그려 냈다고 한
다. 『산당사고(山堂肆考)』.

73 오호(五湖) : 오(吳)·월(越)·초(楚) 등 중국 남방 지역에 있는 다섯 개의 호수를 말한다. 다섯
개의 내용에 대해선 설이 엇갈린다. 팽려(彭蠡)·동정호(洞庭湖)·소호(巢湖)·태호(太湖)·
감호(鑒湖)를 오호라고 하기도 하고, 심지어 오호는 그 자체로 호수의 이름이지 다섯 개의
호수가 아니라는 설도 있다.

74 [오호(五湖)] …… 찬(贊) : 오호와 관련된 유명한 찬은 진세수(陳世修)가 〈범려유오호도(范
蠡遊五湖圖)〉에 붙였다는 찬이 있다. 진집중(陳執中)이 박주(亳州)를 다스릴 때 생일이 되자
친족들 대부분이 〈노인성도(老人星圖)〉를 바쳤다. 하지만 조카 진세수는 〈범려유오호도〉

[삼협三峽]⁷⁵ 육 → 동정호, 오: 칠언율시, 사 → 소상강, 삼 → 가릉강,
이·일 → 오호

[경호鏡湖]⁷⁶ 육: 송하감서送賀監序,⁷⁷ 오 → 소상강, 사 → 가릉강, 삼 →
오호, 이·일 → 삼협

[섬계剡溪]⁷⁸ 육 → 가릉강, 오: 오언절구, 사 → 오호, 삼 → 삼협, 이·
일 → 경호 ○ 글 완성 후, 육 → 완사석浣紗石⁷⁹

[동강桐江]⁸⁰ 육 → 오호, 오 → 삼협, 사: 오언고시, 삼 → 경호, 이 → 섬
계, 일: 조대명釣臺銘⁸¹

를 바치고 다음과 같은 찬을 지었다. "현명하도다, 도주공(陶朱公)이여! 월나라를 패자로
만들고 오나라를 평정했네. 이름이 죽은 뒤에 드러나나니, 조각배 타고 오호를 떠났다
네." 진집중은 그날로 사령장을 반납했다. 『세설신어보(世說新語補)』. ○ 도주공은 춘추시
대 월(越)의 대부(大夫)인 범려(范蠡)를 부르는 이칭이다. 그는 월의 구천(句踐)을 도와 오
(吳)를 멸망시켜 원수를 갚고 월왕이 패자(覇者)가 되게 한 뒤 벼슬을 그만두고 일엽편주
(一葉片舟)를 타고 오호(五湖)로 나가 성명(姓名)을 바꾸고 숨어 살았다고 한다. 『오월춘추
(吳越春秋)』〈구천벌오외전(句踐伐吳外傳)〉.

75 삼협(三峽) : 양자강(揚子江) 상류의 험난하기로 유명한 세 협곡으로, 구당협(瞿塘峽)·무협
(巫峽)·서릉협(西陵峽)의 합칭이다.

76 경호(鏡湖) : 절강성(浙江省) 소흥현(紹興縣) 남쪽에 있는 호수이다. 감호(鑑湖)·장호(長湖)·
태호(太湖)·하감호(賀監湖) 등으로도 부른다.

77 [경호(鏡湖)] …… 송하감서(送賀監序) : '하감'은 하지장(賀知章)이다. 하지장이 비서감(秘書
監)을 지냈으므로 '하감'이라 부른다. 천보(天寶) 3년 하지장이 고향인 회계산에 돌아가 도
사가 되고자 사직을 청했다. 황제가 허락하고 경호의 한 구비를 하사했다. 떠날 때 황제
가 직접 시를 내리고, 황태자와 백관이 모두 나와 전송했다고 한다. 그 상황을 가정하고,
하지장을 전송하는 서(序)를 지으라는 과제이다. 『신당서(新唐書)』〈하지장열전(賀知章列
傳)〉.

78 섬계(剡溪) : 중국 절강성(浙江省)에 있는 조아강(曹娥江)의 상류이다. 이곳에 대규(戴逵)가
살고 있었으므로 대계(戴溪)라고도 한다.

79 [섬계(剡溪)] …… 육 → 완사석(浣紗石) : [섬계]에서 별래의 '완사석'으로 나가는 것은 서
시가 비단을 빨던 바위[완사석]가 섬계에 있기 때문이다. ○ 월의 미인 서시가 절강성(浙
江省) 소흥(紹興) 근교의 저라산(苧蘿山) 아랫마을, 야계(邪溪)에서 비단을 빨았다 하여 '완
사계(浣紗溪)'라고 한다. 야계는 월계(越溪), 섬계(剡溪)로도 불린다.

80 동강(桐江) : 전당강(錢塘江)이 동려현(桐廬縣)을 지나는 부분의 이름이다.

81 [동강(桐江)] …… 조대명(釣臺銘) : 동강의 조대(釣臺)는 엄광(嚴光)이 낚시하던 곳이다. ○
엄광은 후한(後漢) 광무제(光武帝)의 젊은 시절 친구이다. 광무제가 제위에 올라 엄광을 초

28

[**여산폭포**廬山瀑布][82] 육 → 삼협, 오 → 경호, 사: 칠언고시, 삼 → 섬계, 이·일 → 동강

[**고무담**鈷鉧潭][83] 육 → 경호, 오: 오언배율, 사 → 섬계, 삼 → 동강, 이·일 → 여산폭포

사(植) 〳 목(目)	육(六)	오(五)	사(四)	삼(三)	이(二)	일(一)	별제·별래·증제
	동강	동강	여산폭포	여산폭포	고무담	고무담	
바다	남	남	남 오언고시	해	성현	별	
황하	남	성현	칠언고시	태산	바다	송(頌)	별제: 선하후해의
절강	달	태산	바다	부(賦)	황하	황하	
양자강	바다	칠언율시	황하	비	절강	절강	
동정호	형산	칠언절구	황하	가(歌)	절강	양자강	
소상강	황하	절강	칠언고시	초사(楚辭)	양자강	동정호	
가릉강	도발(圖跋)	절강	오언고시	양자강	동정호	소상강	
오호	기(記)	양자강	동정호	소상강	가릉강	찬(贊)	
삼협	동정호	칠언율시	소상강	가릉강	오호	오호	
경호	송하감서(送賀監序)	소상강	가릉강	오호	삼협	삼협	

빙하였으나, 엄광은 부춘산(富春山)에 은거하며 농사를 짓고 동강의 조대에서 낚시하며 살았다. 『후한서(後漢書)』「일민열전(逸民列傳)」.

82 여산폭포(廬山瀑布) : 중국 강서성의 여산에 있는 폭포이다. 이백의 "3천 척을 곧바로 흘러 내리니, 은하수가 구천에서 떨어지나 의심했네(飛流直下三千尺, 疑是銀河落九天)."라는 시구로 유명하다. 여산은 경치 좋기로 이름이 높으며, 옛날 주(周)의 광속(匡俗)이라는 선비가 이 산에 숨어 살면서 임금이 불러도 나오지를 않아 사자를 보내었더니, 그때에는 이미 신선이 되어 하늘로 올라가고 빈집만 남아 있었다 하여 '여산'이라는 이름이 생겼다고 한다.

83 고무담(鈷鉧潭) : 연못 이름이다. 호남성(湖南省) 영주시(永州市) 서쪽 산자락에 있다. 가운데 작은 샘이 있고 우계(愚溪)를 거쳐 소수(瀟水)로 들어간다. 모습이 다리미 같아서 이름이 고무[鈷鉧 : 다리미] 연못이다. 당(唐) 유종원(柳宗元)의 〈고무담기(鈷鉧潭記)〉가 유명하다.

섬계	가릉강	오언절구	오호	삼협	경호	경호	글 완성 후: 별래 육 → 완사석
동강	오호	삼협	오언고시	경호	섬계	조대명 (釣臺銘)	
여산폭포	삼협	경호	칠언고시	섬계	동강	동강	
고무담	경호	오언배율	섬계	동강	여산폭포	여산폭포	

본처 도보 4. 가수부

〖누대樓臺〗육·오 → 죽루, 사·삼 → 설당, 이·일 → 택승정

  [황학루黃鶴樓][84] 육: 기記,[85] 오: 칠언율시,[86] 사 → 달, 삼 → 신선, 이·
  일 → 형산

  [악양루岳陽樓][87] 육 → 신선, 오 → 구름, 사: 칠언고시, 삼: 부賦,[88] 이·
  일 → 황학루

---

84 황학루(黃鶴樓) : 중국 호북성 무한시(武漢市) 사산(蛇山)에 있는 누각인데, 삼국시대에 건
  립되었다고 한다. 악양루·등왕각과 함께 중국 '강남 3대 명루(名樓)'의 하나로 손꼽힌다.
  전설에 의하면, 신선인 왕자안(王子安)이 학을 타고 내려온 것을 기념해서 만들었다고
  한다.
85 [황학루(黃鶴樓)] …… 기(記) : 황학루와 관련된 기 중에서 유명한 것으로 당의 염백리(閻伯
  理)가 지은 〈황학루기(黃鶴樓記)〉가 있다.
86 [황학루(黃鶴樓)] …… 칠언율시 : 황학루를 읊은 대표적인 시인 최호(崔顥)의 〈황학루(黃鶴
  樓)〉 시가 칠언율시이다.
87 악양루(岳陽樓) : 호남성(湖南省) 악양현(岳陽縣) 서문(西門)의 옛 성루인데, 동정호를 굽어
  보고 앞으론 군산이 바라보여서 뛰어난 경치로 유명하다. 황학루(黃鶴樓)·등왕각(滕王閣)
  과 함께 중국 강남(江南) 3대 명루(名樓)로 꼽힌다. 삼국시대 오(吳)의 노숙(魯肅)이 이곳에
  누각을 지어 군대를 훈련하는 장소로 사용했었다. 이후 당(唐)의 장열(張說)이 파릉태수
  (巴陵太守)로 좌천되었을 때 누각이 있던 자리에 악양루를 짓고 문인들과 유배객들을 거
  느리고 누대에 올라 시를 읊고 풍류를 즐겨서 더욱 유명해졌다. 이후 이백(李白)·두보(杜
  甫)·이상은(李商隱)·이군옥(李群玉) 등 대시인들의 발길이 이어졌고 아름다운 시들이 지
  어졌다. 북송(北宋)의 범중엄(范仲淹)이 지은 〈악양루기(岳陽樓記)〉도 인구에 회자되었다.
88 [악양루(岳陽樓)] …… 부(賦) : 악양루와 연관된 부로는 왕찬(王粲)의 〈등루부(登樓賦)〉가 유
  명하다. 왕찬은 삼국시대 위(魏)의 시인이다. 건안칠자(建安七子)의 한 사람으로 꼽힌다.
  그가 악양루에 올라 자신의 괴로운 생애를 탄식한 부(賦)를 지은 것이 〈등루부〉인데, 왕
  찬의 자가 중선(仲宣)이었으므로, 악양루를 중선루(仲宣樓)라고도 한다.

[등왕각滕王閣][89] 육 → 바람, 오 → 화산, 사 → 문장가, 삼 → 황학루,
이: 여서(儷序),[90] 일 → 악양루

[연우루煙雨樓][91] 육 → 비, 오: 칠언율시, 사 → 황학루, 삼 → 악양루,
이·일 → 등왕각

[취대吹臺][92] 육: 기記, 오 → 황학루, 사 → 악양루, 삼 → 등왕각, 이·일
→ 연우루

[원경루遠景樓][93] 육 → 악양루, 오: 오언배율, 사 → 등왕각, 삼 → 연우
루, 이·일 → 취대

[관작루鸛雀樓][94] 육 → 등왕각, 오: 오언율시, 사 → 연우루, 삼 → 취

---

89 등왕각(滕王閣) : 중국 강서성(江西省) 남창시(南昌市)에 있는 누각이다. 당 고조(唐高祖)의
아들 이원영(李元嬰)이 홍주자사(洪州刺史)로 있을 때 지었다. 후에 이원영이 등왕(滕王)에
봉해졌기 때문에 등왕각이라 불렀다.

90 [등왕각(滕王閣)] …… 여서(儷序) : 여서(儷序)는 각주 54 참조. ○ 등왕각을 읊은 여서는 왕
발(王勃)의 〈등왕각서(滕王閣序)〉가 가장 유명하다. 홍주자사(洪州刺史) 염백서(閻伯嶼)가
등왕각을 중수한 기념으로 중양절에 큰 연회를 베풀고 참석한 손님들에게 서문을 짓게
하였다. 그때 뜻밖에 나이 어린 왕발이 나타나서 이 서문을 지어 좌중을 압도했다고 한다.
〈등왕각서(滕王閣序)〉.

91 연우루(煙雨樓) : 중국 절강성(浙江省) 가흥(嘉興) 남호(南湖) 가운데 섬에 세워진 누각이다.
원래는 오대(五代)의 후진(後晉) 때 호숫가에 세워졌었으나 사라졌고, 명(明) 가정(嘉靖) 연
간에 남호 가운데 작은 섬에 다시 지었다. 청(淸)의 건륭제(乾隆帝)가 여덟 차례나 이 정자
에 올라 20여 편의 시를 남겼고, 〈연우루도(煙雨樓圖)〉에 성대한 찬을 남기기도 했다.

92 취대(吹臺) : 중국 하남성(河南城) 개봉현(開封縣) 동남쪽에 있는 누대이다. 춘추시대 사광
(師曠)이 음악을 연주하던 대(臺)라고 전한다. 한나라 때 양 효왕(梁孝王)이 증축하고 '명대
(明臺)'라고 했다. 양 효왕이 항상 여기에서 음악을 연구했으므로 취대(吹臺)·번대(繁臺)라
고도 한다. 『이원총화(履園叢話)』「고적·취대(古跡·吹台)」.

93 원경루(遠景樓) : 중국 사천성(泗川省) 미주(眉州)에 있는 누대이다. 미주는 소식(蘇軾)의 고
향이다. 미주 지주(眉州知州)였던 여희성(黎希聲)이 원경루를 짓고 소식에게 기문을 청해
〈미주원경루기(眉州遠景樓記)〉를 지어 받았다.

94 관작루(鸛雀樓) : 산서성(山西省) 영제시(永濟市) 포주(蒲州) 고성의 서쪽, 황하의 동쪽 기슭
에 있다. '관작루(鸛鵲樓)'라고도 하는데, 황새와 참새들이 종종 그 위에 집을 지어 얻은 이
름이다. 북주(北周) 때 처음 지어졌는데, 누대의 장관뿐 아니라 주위의 수려한 풍경이 더
해져서 당송 시대 문인·학자들이 허다한 명편을 남겼다. 그중 왕지환(王之渙)의 〈등관작
루(登鸛雀樓)〉 시가 단연 유명하다.

대, 이·일 → 원경루

[현산정峴山亭**]** 95 육 → 연우루, 오 → 취대, 사: 오언고시, 삼 → 원경
루, 이·일 → 관작루 ○ 글 완성 후, 육 → 양공비羊公碑96

[남루南樓**]** 97 육 → 취대, 오 → 원경루, 사 → 관작루, 삼: 부賦, 이·일
→ 현산정 ○ 글 완성 후, 육 → 절도사98

[난정蘭亭**]** 99 육: 계첩서禊帖序,100 오 → 원경루, 사 → 관작루, 삼 → 현

---

95 현산정(峴山亭) : 중국 호북성(湖北省) 양양현(襄陽縣) 남쪽 현산(峴山)에 있는 누대이다. 서
진(西晉) 때 세워졌는데, 양양태수였던 양호(羊祜)를 기념하기 위해 지어진 것이다. 양호
가 이 장소를 좋아해 늘 여기에 올라 술을 마시고 시를 읊었다고 한다. 양호는 서진의 장
수로, 자는 숙자(叔子)이다. 문무를 겸비하였고 청렴하고 겸손하며 정직해서 명망이 높았
다. 양후사(羊侯祠)와 함께 지어졌으나 전란으로 정자와 사당이 모두 사라지고 송대(宋代)
에 현재의 자리로 이건했다. 『진서(晉書)』〈양호열전(羊祜列傳)〉.

96 [현산정(峴山亭)] 육 …… 육 → 양공비(羊公碑) : [현산정]에서 별래의 '양공비'로 나가는 것
은 둘 다 양호(羊祜)와 관련된 유적이기 때문이다. ○ 양호가 양양태수로 베푼 선정을 기려
현산(峴山)에 세웠다는 비석이다. 이 비석을 바라보는 사람들은 모두 양호를 그리워하며
눈물을 떨어뜨렸다 하여, '타루비(墮淚碑)'라고도 했다. 『진서(晉書)』〈양호열전(羊祜列傳)〉.

97 남루(南樓) : 중국 호북성(湖北省) 악주(鄂州) 무창현(武昌縣)에 있다. 원래는 삼국시대 손권
(孫權)의 궁궐 정문이었다고 하는데, 무창현 관아의 남쪽에 있어서 '남루'라고 한다. 진(晉)
의 유량(庾亮)이 무창도독(武昌都督)으로 있을 때, 달 밝은 밤, 부하들이 풍월을 즐기고 있
는 남루에 올라가서 주연을 함께하며 격의 없이 즐겼던 고사가 전한다. 『세설신어(世說新
語)』「용지(容止)」. 이 일화는 아주 유명해서 남루는 일명 '유량루(庾亮樓)'라고도 불린다.

98 [남루(南樓)] 육 …… 육 → 절도사 : [남루]에서 별래의 '절도사'로 나가는 것은 유량(庾亮)이
뒷날의 절도사와 같은 직책인 무창도독이었기 때문이다. 도독은 도(道)마다 주둔하던 무
장(武將)을 부르는 말로, 후에 절도사(節度使)로 명칭이 변했다.

99 난정(蘭亭) : 중국 절강성(浙江省) 소흥현(紹興縣) 난저(蘭渚)의 산록에 있는 누대이다. 동진
(東晉) 때의 명필 왕희지(王羲之)의 원림이 있던 곳이다. 춘추시대 월왕 구천(句踐)이 이곳
에 난초를 심었고, 한대에 역정(驛亭)을 세웠으므로 난정이라는 이름이 생겼다고 한다. 왕
희지가 명사 40여 인을 초청해 곡수유상(曲水流觴)의 연회를 열고, 〈난정집서(蘭亭集序)〉
를 쓴 곳으로 유명하다. 아지(鵝池)·곡수유상정(曲水流觴亭)·묵지(墨池) 등 왕희지의 고사
가 많이 남아 있다.

100 [난정(蘭亭)] …… 계첩서(禊帖序) : '계첩서'는 일차적으론 〈난정서(蘭亭序)〉를 가리킨다.
글 안에 '수계(修禊)'한다는 말이 있는데 '수계'란 '계사(禊事)'를 행하는 것이다. 이는 3월
상사일(上巳日)에 물가에 나가 흐르는 물에 몸을 씻어 액막이를 하는 풍속을 일컫는다.
역사상 가장 유명한 수계가 왕희지(王羲之)의 난정수계(蘭亭修禊)일 것이다. 영화(永和) 9
년 3월 상사일에 왕희지는 손작(孫綽)·사안(謝安) 등 명사 41인과 계 제사(禊祭祀)를 행한

산정, 이·일 → 남루 ○ 별제

[취옹정醉翁亭][101] 육 →관작루, 오: 육언율시, 사 → 현산정, 삼: 금조琴操,[102] 이 → 남루, 일 → 난정 ○ 글 완성 후, 육 → 한림[103]

[죽루竹樓][104] 육 → 현산정, 오 → 남루, 사 → 난정, 삼: 부賦, 이·일 → 취옹정

[설당雪堂][105] 육 → 남루, 오: 칠언율시, 사 → 난정, 삼 → 취옹정, 이·일 → 죽루

뒤에 곡수유상(曲水流觴)의 연회를 즐기며 시를 지었다. 이날 지은 26인의 시를 시집『난정집(蘭亭集)』으로 묶었는데, 여기에 왕희지가 쓴 서문이 〈난정집서〉이다. 이후로 문인과 명사들이 술 마시며 시를 짓거나 학문을 의논하는 모임을 원래의 뜻과 상관없이 '수계' 혹은 '아집'이라고 부르게 되었다.

101 취옹정(醉翁亭) : 중국 안휘성(安徽省) 저주현(滁州縣)에 있는 누대 이름이다. 송(宋)의 구양수(歐陽脩)가 저주 지사(滁州知事)로 재임할 적에 낭아(琅邪)의 산수를 몹시 좋아해 늘 휘하 관료들을 데리고 노닐었는데, 산승 지선(智仙)이 그를 위해 산중에 정자를 지었다고 한다. 여기에 구양수가 '취옹정'이라 이름을 붙이고 〈취옹정기(醉翁亭記)〉를 지었다.

102 [취옹정(醉翁亭)] …… 금조(琴操) : '금조'는 거문고[琴] 연주곡인 금곡(琴曲)에 붙어 있는 가사이다. 고대에 시(詩)와 악(樂)이 분화되기 이전에 거문고 반주에 맞추어 부르던 노래이다. 한(漢)의 채옹(蔡邕)이『시경』이후 유실되어 가던 옛 노랫말을 모아『금조(琴操)』를 편찬하였다. 가사의 시형(詩形)은 사언(四言)과 초사(楚辭) 형식이 많다. ○ 취옹정의 취옹은 구양수의 호이다. 구양수와 관련된 금곡으로 〈취옹조(醉翁操)〉가 있다. 〈취옹조〉는 거문고 곡[琴曲名]인데 〈취옹음(醉翁吟)〉, 〈취옹인(醉翁引)〉으로도 불린다. 구양수 당시 심준(沈遵)이 구양수를 방문하고 거문고 곡을 지었고, 후에 여산도사(廬山道士) 최한(崔閑)이 악보로 만들었고, 여기에 소식(蘇軾)이 가사를 지었다. 본래는 금곡이었지만 나중에는 사패(詞牌)로 쓰였다.

103 [취옹정(醉翁亭)] 육 …… 육 → 한림 : [취옹정]에서 별래의 '한림'으로 나가는 것은 구양수가 한림원 학사(翰林院學士)를 지냈기 때문이다.

104 죽루(竹樓) : 북송(北宋)의 왕우칭(王禹偁)이 황주자사(黃州刺史)로 있을 때 황주의 특산인 대나무로 기와 대신 지붕을 덮어 지은 누각이다. 왕우칭의 〈황주신건소죽루기(黃州新建小竹樓記)〉가 있다.

105 설당(雪堂) : 송 신종(宋神宗) 원풍(元豐) 3년 소식(蘇軾)은 황주(黃州)로 좌천되었다. 다음 해 마정경(馬正卿)이 황주성 동문 밖 옛 군영의 땅 50무를 얻어 주어 경작하도록 했는데, 이것이 동파(東坡)이다. 동파 아래 버려진 원림을 얻어 당(堂)을 지었는데 당이 완성되던 날 큰 눈이 내렸다. 이에 이름을 '설당'이라고 하고, 사방 벽에 눈 내린 경치를 그렸다고 한다. 소식(蘇軾),『설당기(雪堂記)』.

[택승정擇勝亭][106] 육 → 난정, 오 → 취옹정, 사·삼 → 죽루, 이 → 설당,

일: 명銘 ○ 증제增題: '문답의공곡問答擬公穀'[107]

사(植) \ 목(目)	육(六)	오(五)	사(四)	삼(三)	이(二)	일(一)	별제·별래·증제
	죽루	죽루	설당	설당	택승정	택승정	
황학루	기(記)	칠언율시	달	신선	형산	형산	
악양루	신선	구름	칠언고시	부(賦)	황학루	황학루	
등왕각	바람	화산	문장가	황학루	여서(儷序)	악양루	
연우루	비	칠언율시	황학루	악양루	등왕각	등왕각	
취대	기(記)	황학루	악양루	등왕각	연우루	연우루	
원경루	악양루	오언배율	등왕각	연우루	취대	취대	
관작루	등왕각	오언율시	연우루	취대	원경루	원경루	
현산정	연우루	취대	오언고시	원경루	관작루	관작루	글 완성 후: 별래 육 → 양공비
남루	취대	원경루	관작루	부(賦)	현산정	현산정	글 완성 후: 별래 육 → 절도사
난정	계첩서(禊帖序)	원경루	관작루	현산정	남루	남루	별제: 필첩진 안변
취옹정	관작루	육언율시	현산정	금조(琴操)	남루	난정	글 완성 후: 별래 육 → 한림
죽루	현산정	남루	난정	부(賦)	취옹정	취옹정	

---

106 택승정(擇勝亭): 소식(蘇軾)의 〈택승정명(擇勝亭銘)〉에만 존재하는, 천막으로 만든 정자이다. 〈택승정명〉에 의하면 어디든지 가고 싶은 곳이 있다면 바로 설치할 수 있기에 그렇게 이름을 지었다고 했다. 『동파전집(東坡全集)』.

107 문답의공곡(問答擬公穀): '공곡'은 『춘추공양전(春秋公羊傳)』과 『춘추곡량전(春秋穀梁傳)』의 합칭이다. 이 책들의 문체를 흉내 내어[擬] 문답체의 글을 지으라는 과제이다. 택승정의 '택승', 즉 선택하는 문제와 문답체로 의리를 설명해 가는 『공양전』, 『곡량전』의 문체를 결합한 출제이다.

설당	남루	칠언율시	난정	취옹정	죽루	죽루	
택승정	난정	취옹정	죽루	죽루	설당	명(銘)	증제: 문답의 공곡

본처 도보 5. 누대부

『**궁실**宮室』 육·오 → 구로회, 사·삼 → 취성정, 이·일 → 평산당

[**아방궁**阿房宮][108] 육 → 해, 오 → 태산, 사 → 신선, 삼: 부賦,[109] 이: 조詔,[110] 일 → 화산

[**장화대**章華臺][111] 육 → 아방궁, 오 → 장수, 사·삼 → 아방궁, 이 → 황학루, 일: 잠箴

[**미앙궁**未央宮][112] 육 → 구름, 오 → 재상, 사 → 화산華山, 삼 → 아방궁, 이: 상량문, 일 → 장화대 ○ 글 완성 후, 육 → 조회朝會

[**건장궁**建章宮][113] 육 → 아방궁, 오 → 이슬, 사: 칠언고시, 삼 → 봉래

---

108 아방궁(阿房宮) : 중국 섬서성(陝西省) 서안(西安)에 있는 진시황제(秦始皇帝)가 세운 궁전이다. 항우(項羽)에게 함락되던 기원전 206년까지 궁궐이 완성되지 않아서, 아방궁은 원래 기획했던 궁궐의 전전(前殿)이었다고 한다. 항우에게 함락되었을 때 불탔는데, 그 불길이 석 달 동안 꺼지지 않았다 한다.

109 [아방궁(阿房宮)] …… 부(賦) : 아방궁과 관련된 부(賦)는 당(唐)의 두목(杜牧)이 지은 〈아방궁부(阿房宮賦)〉가 가장 널리 알려져 있다. 풍부한 상상력으로 아방궁의 장려함과 화려하고 사치스러운 궁정 생활을 묘사했다. 나아가 진(秦)이 백성의 힘을 아끼지 않고 백성의 재물을 수탈하다가 끝내 망국에 이르렀음을 보여줌으로써 당(唐) 당대의 통치자들에 대한 풍유를 실천하려 했다고 평가된다.

110 조(詔) : 조서(詔書). 황제가 반포하는 명령문이다.

111 장화대(章華臺) : 장화궁(章華宮)이라고도 한다. 중국 호북성(湖北省) 잠강(潛江)에 초 영왕(楚靈王) 6년에 건설한 이궁이다. "토목의 기술을 다하고, 보물 창고를 다 허비하고 온 나라를 바쳐 경영하여 몇 년 만에 완성되었다(窮木土之技, 單珍府之實, 擧國營之, 數年乃成)."고 하는 거대한 토목공사였다. 변양(邊讓)이 〈장화대부(章華台賦)〉를 지어 풍자했다. 『후한서(後漢書)』「문원전·변양전(文苑傳·邊讓傳)」.

112 미앙궁(未央宮) : 섬서성(陝西省) 장안현(長安縣)에 있었던 한(漢)의 궁전이다. 한 고조(漢高祖)의 명으로 소하(蕭何)가 지었다. 장안 성중에서 제일 높은 지역인 서남쪽 용수원(龍首原) 위에 지었으므로 '서궁(西宮)'이라고도 했다. 중국 역사상 가장 많은 왕조가 사용하였고, 존재 기간도 가장 길었던 황궁이다.

산, 이 → 장화대, 일 → 미앙궁

[동작대銅雀臺][114] 육 → 아방궁, 오: 칠언배율, 사 → 장화대, 삼: 부賦,[115] 이 → 미앙궁, 일 → 건장궁 ○ 증제: '기동작연의좌씨記銅雀宴擬左 氏'[116]

[화청궁華淸宮][117] 육 → 장화대, 오: 칠언율시, 사 → 미앙궁, 삼 → 건 장궁, 이·일 → 동작대

[황금대黃金臺][118] 육: 기記, 오 → 미앙궁, 사 → 건장궁, 삼 → 동작대,

---

113 건장궁(建章宮) : 한(漢)의 장안(長安)에 있었던 궁전이다. 한 무제(漢武帝) 태초(太初) 연간 에 건립하였고, 미앙궁(未央宮)의 서쪽에 있었다.

114 [동작대(銅雀臺)] : 중국 하북성(河北省) 임장현(臨漳縣)에 있던 누대이다. 한(漢) 말기 건안 (建安) 15년 겨울에 조조(曹操)가 세운 것으로, 구리로 큰 공작을 주조하여 누대 위에 두었 으므로 이름을 '동작대'라고 하였다.

115 [동작대(銅雀臺)] …… 부(賦) : 동작대와 관련한 부(賦)로는 조식(曹植)의 〈동작대부(銅雀臺 賦)〉가 유명하다. 건안(建安) 15년 동작대가 완성되자, 조조(曹操)는 자신의 아들들에게 누대에 올라 부를 짓게 했는데, 조식이 붓을 들자마자 글을 지어 이 작품을 완성했다고 한다. 『업중기(鄴中記)』. ○ 조식은 삼국시대 건안문학(建安文學)의 대표적 인물이다. 조 조의 아들이고 조비(曹丕)의 아우여서 이들의 문학을 기려 '삼조(三曹)'로 칭하기도 한다. 자는 자건(子建)이다.

116 [동작대(銅雀臺)] …… 기동작연의좌씨(記銅雀宴擬左氏) : '동작연(銅雀宴)'은 조조가 동작대 를 짓고 연 대대적인 낙성 잔치이다. 기녀들을 모아 가무와 악기를 연주했고, 무장들은 활쏘기 시합을 했으며, 문관들은 조조의 아들인 조식의 영도하에 시와 부를 지어 자신들 의 재주를 뽐내고 조조를 송덕하는 노래를 지었다. 동작대의 증제인 '기동작연의좌씨(記 銅雀宴擬左氏)'는 조조의 동작연을 기록하는 글을 짓되, 『춘추좌씨전』의 문체를 모방해 지으라는 과제이다. 의고문(擬古文)을 짓는 과제이다.

117 화청궁(華淸宮) : 중국 섬서성(陝西省) 여산(驪山) 기슭에 있는 당(唐)의 궁궐이다. 온천이 있는 곳이어서 당 태종(唐太宗)이 탕천궁(湯泉宮)을 건설했고, 현종(玄宗)이 궁을 확장하 고 화청궁(華淸宮)으로 개명했다. 온천이기 때문에 화청지(華淸池)라고도 한다. 현종이 양귀비와 함께 자주 이곳으로 행차한 것으로 유명하다.

118 황금대(黃金臺) : 중국 하북성(河北省) 역현(易縣)에 있던 누대이다. 전국시대 연(燕)의 소 왕(昭王)이 곽외(郭隗)에게 현자를 초빙할 방법을 묻자 곽외는 '천금매골(千金買骨)'의 고 사를 이야기하며, 못난 자신을 먼저 등용하면 자신보다 훌륭한 사람이 올 것이라고 대답 했다. 이에 소왕은 곽외를 위하여 황금대를 짓고 스승으로 섬기면서 인재를 불러 모았 다. 이에 악의(樂毅)가 위(魏)에서, 추연(鄒衍)이 제(齊)에서, 극신(劇辛)이 조(趙)에서 오는 등 선비들이 다투어 연으로 모여들었다고 한다. 『전국책(戰國策)』「연책(燕策)」.

이 · 일 → 화청궁

[기린각麒麟閣**]** [119] 육: 비碑, 오 → 건장궁, 사 → 동작대, 삼 → 화청궁, 이 · 일 → 황금대

[녹야당綠野堂**]** [120] 육 → 동작대, 오 → 화청궁, 사 · 삼 → 황금대, 이 → 기린각, 일: 찬贊 [121] ○ 별제

[주금당晝錦堂**]** [122] 육 → 화청궁, 오 → 황금대, 사 · 삼 → 기린각, 이: 상량문上梁文, 일 → 녹야당

[삼괴당三槐堂**]** [123] 육 → 황금대, 오 → 기린각, 사 · 삼 → 녹야당, 이 →

---

119 기린각(麒麟閣) : 한(漢)의 미앙궁(未央宮) 안에 있던 전각 이름이다. 한 무제(漢武帝) 때 기린을 잡은 것을 기념해 지은 건물이다. 선제(宣帝) 때 곽광(霍光) · 장안세(張安世) · 한증(韓增) · 조충국(趙充國) · 위상(魏相) · 병길(丙吉) · 두연년(杜延年) · 유덕(劉德) · 양구하(梁丘賀) · 소망지(蕭望之) · 소무(蘇武) 11인의 초상화를 이곳에 걸어 그들의 공적을 기렸다. 『한서(漢書)』〈소건전 · 소무(蘇建傳 · 蘇武)〉. 후대엔 뛰어난 공적을 기리는 영예의 전당이라는 의미로 자주 쓰인다.

120 녹야당(綠野堂) : 중국 하남성(河南省) 낙양(洛陽) 남쪽에 있었던 배도(裴度)의 별장이다. 배도는 당 헌종(唐憲宗) 때의 재상으로, 변경의 반란을 평정하는 공을 세웠다. 만년에 환관이 전횡하자 관직을 사퇴하고 낙양에서 살았다. 오교(午橋)에 별장을 지어 꽃나무 만여 그루를 심고, 겨울에 지낼 따뜻한 집과 여름에 지낼 시원한 누대를 짓고 '녹야당'이라고 불렀다. 여기서 배도는 백거이(白居易) · 유우석(劉禹錫) 등과 시주(詩酒)의 모임을 즐겼다고 한다. 『신당서(新唐書)』〈배도전(裴度傳)〉.

121 [녹야당(綠野堂)] …… 찬(贊) : 녹야당과 관련된 찬(贊)으론 배도가 자신의 초상화에 붙인 〈화상자찬(畫像自贊)〉이 있다. "너의 재주 뛰어나지 않고, 너의 모습 드러나지 않으니, 어찌 재상이 되겠으며, 어찌 장군이 되겠는가? 한 조각의 마음은, 그림으론 그려 낼 수 없도다(爾才不長, 爾貌不揚, 胡爲相, 胡爲將? 一片靈臺, 丹靑莫狀)."『고금사문유취(古今事文類聚)』.

122 주금당(晝錦堂) : 중국 하남성(河南省) 안양현(安陽縣) 상주(相州)에 있던 송(宋) 한기(韓琦)의 고택이다. 한기가 재상이 되어 고향에 돌아가게 되자 중건했고, 구양수가 그를 위해 〈상주주금당기(相州晝錦堂記)〉를 지었다. 『고문진보(古文眞寶)』. ○ '주금'은 '의금야행(衣錦夜行)'을 뒤집은 말이다. '부귀를 얻고서 고향에 돌아가지 않는다면 비단옷을 입고 밤에 돌아다니는 것과 같다.'라고 했다던 항우(項羽)의 말을 뒤집어, 출세해서 고향에 돌아가게 되었으므로 '비단옷을 입고 낮에 돌아왔다.'고 한 것이다.

123 삼괴당(三槐堂) : 소식(蘇軾)의 〈삼괴당명(三槐堂銘)〉에 의하면, 송(宋) 진국공(晉國公) 왕호(王祜)가 태조 · 태종을 섬기며 문무와 충효를 겸비해서 재상감으로 명망이 있었다. 그러나 직언을 하다 끝내 재상이 되지 못하고 양주(襄州)로 좌천되자, 뜰에 홰나무 세 그루[三槐]를 심고 "내 자손 가운데 반드시 삼공(三公)이 되는 이가 있을 것이다."라고 했다고 한

주금당, 일: 명銘 ○ 증제增題: '위공지명의상서魏公之命擬尙書'[124]

[구로회九老會][125] 육→기린각, 오: 오언배율, 사→녹야당, 삼→주
금당, 이·일→삼괴당

[취성정聚星亭][126] 육: 집서集序,[127] 오→녹야당, 사→주금당, 삼→
삼괴당, 이·일→구로회

[평산당平山堂][128] 육→주금당, 오: 오언율시, 사→삼괴당, 삼→구
로회, 이·일→취성정

다. 그 후 그 예언대로 그의 아들 위국(魏國) 문정공(文正公) 왕단(王旦)이 정승이 되었다
고 한다. 그 후 손자인 왕소(王素)도 높은 벼슬을 지내게 되었고, 이에 후손들이 삼괴당
(三槐堂)을 지었다고 한다.

124 [삼괴당(三槐堂)] …… 위공지명의상서(魏公之命擬尙書) : 위공(魏公)은 왕호(王祜)의 아들로
서 위국공(魏國公)에 봉해진 문정공(文正公) 왕단(王旦)을 가리킨다. 〈삼괴당명(三槐堂銘)〉
의 명(銘)이 "아아, 위대하구나! 위공의 업은 홰나무와 함께 싹텄도다(嗚呼休哉! 魏公之業,
與槐俱萌)."로 시작한다. 이 구절을 주제로 『서경』의 문체를 흉내 내어 의고문을 지으라
는 과제이다.

125 구로회(九老會) : 당(唐)의 백거이(白居易)가 노년에 은퇴한 후 낙양의 향산(香山)에서 호고
(胡杲)·길교(吉皎)·유진(劉眞)·정거(鄭璩)·노정(盧貞)·장혼(張渾)·이원상(李元爽)·석여
만(釋如滿) 등 여덟 사람과 함께 시사(詩社)를 결성하고 모임을 즐겼다. 이 모임을 구로회
라고 한다. ○ 구로회가 누대의 이름이 아니므로 의아하나, 뒤에 서술되는 합제(合題)에
[승려]와 [구로회]를 합해서 '여만 스님께 드림(贈如滿師)'을 제목으로 과제가 제출되는
것을 보면 여기서의 '구로(九老)'가 구로회를 지칭하는 것이 맞는 것으로 보인다.

126 취성정(聚星亭) : 후한(後漢) 때 진식(陳寔)이 아들 기(紀)와 심(諶)을 대동하고 순숙(荀淑)을
방문하자, 팔룡(八龍)이라 불리던 순숙의 여덟 아들, 검(儉)·곤(緄)·정(靖)·도(燾)·강(江)·
상(爽)·숙(肅)·부(敷) 등이 시중을 들었다. 이때 천문을 관장하는 태사(太史)가 하늘에 덕
성(德星)이 한 지점에 모인 것을 보고 "5백 리 안에 현인이 모였다."라고 천자에게 아뢰었
다고 한다. 이로 인해 영천(潁川)에 있는 진씨의 정자를 취성정(聚星亭)이라고 했다.

127 집서(集序) : 문집의 서문을 뜻한다.

128 평산당(平山堂) : 중국 강소성(江蘇省) 양주(揚州) 대명사(大明寺) 안에 있는 건축물이다. 송
인종(宋仁宗) 경력(慶曆) 8년에 당시 양주 지부(知府)였던 구양수(歐陽脩)가 지었다. 여기
앉아서 보면 강남의 여러 산이 역력히 눈앞에 있는 것이 마치 평산당과 같은 높이에 있
는 듯해서 평산당이라는 이름이 붙었다고 한다.

목(目) \ 사(植)	육(六) 구로회	오(五) 구로회	사(四) 취성정	삼(三) 취성정	이(二) 평산당	일(一) 평산당	별제·별래·증제
아방궁	해	태산	신선	부(賦)	조(詔)	화산	
장화대	아방궁	장수	아방궁	아방궁	황학루	잠(箴)	
미앙궁	구름	재상	화산	아방궁	상량문	장화대	글 완성 후: 별래 육→조회
건장궁	아방궁	이슬	칠언고시	봉래산	장화대	미앙궁	
동작대	아방궁	칠언배율	장화대	부(賦)	미앙궁	건장궁	증제: 기동작연의좌씨
화청궁	장화대	칠언배율	미앙궁	건장궁	동작대	동작대	
황금대	기(記)	미앙궁	건장궁	동작대	화청궁	화청궁	
기린각	비(碑)	건장궁	동작대	화청궁	황금대	황금대	
녹야당	동작대	화청궁	황금대	황금대	기린각	찬(贊)	별제: 배진공행장
주금당	화청궁	황금대	기린각	기린각	상량문	녹야당	
삼괴당	황금대	기린각	녹야당	녹야당	주금당	명(銘)	증제: 위공지명의상서
구로회	기린각	오언배율	녹야당	주금당	삼괴당	삼괴당	
취성정	집서(集序)	녹야당	주금당	삼괴당	구로회	구로회	
평산당	주금당	오언율시	삼괴당	구로회	취성정	취성정	

본처 도보 6. 궁실부

〖초목草木〗육·오→난초, 사·삼→두약, 이·일→원추리

[계수나무] 육→달, 오→태산, 사: 악부樂府, 삼→신선, 이·일→구름

[소나무] 육→형산, 오: 칠언배율, 사: 오언고시, 삼→구름, 이·일→계수나무

[대나무] 육→비, 오→계수나무, 사: 칠언고시, 삼: 부賦, 이·일→소나무 ○ 글 완성 후, 육→전사全史 ○ 별제

[잣나무] 육 → 계수나무, 오 → 은자, 사·삼 → 소나무, 이 → 대나무,
일: 찬贊 ○ 글 완성 후, 육 → 어사御史[129]

[노송나무] 육 → 계수나무, 오: 칠언절구, 사 → 소나무, 삼 → 대나무,
이·일 → 잣나무

[오동나무] 육 → 소나무, 오: 오언율시, 사 → 대나무, 삼 → 잣나무,
이·일 → 노송나무

[홰나무] 육 → 대나무, 오: 오언절구, 사 → 잣나무, 삼 → 노송나무,
이·일 → 오동나무

[버드나무] 육 → 잣나무, 오 → 노송나무, 사: 칠언고시, 삼 → 오동나
무, 이·일 → 홰나무

[단풍나무] 육 → 노송나무, 오: 오언율시, 사 → 오동나무, 삼 → 홰나
무, 이·일 → 버드나무

[뽕나무] 육 → 오동나무, 오 → 홰나무, 사: 오언고시, 삼 → 버드나무,
이·일 → 단풍나무 ○ 글 완성 후, 육 → 길쌈

[영지] 육 → 홰나무, 오 → 버드나무, 사·삼 → 단풍나무, 이 → 뽕나
무, 일: 송頌 ○ 글 완성 후, 육 → 도록道錄,[130] 오 → 처방문

[난초] 육 → 버드나무, 오 → 단풍나무, 사 → 뽕나무, 삼: 금조琴操,[131]

---

129 [잣나무] 육 …… 육 → 어사(御史) : [잣나무]에서 별래의 '어사'로 나가는 것은, 어사의 소
속 관청인 사헌부(司憲府)의 별칭이 '백부(柏府)'이기 때문이다. 한대(漢代)에 사헌부에 잣
나무를 줄지어 심었더니, 수천 마리의 까마귀가 서식한 일이 있었다고 한다. 이에 사헌
부의 별칭이 되었다. 『한서(漢書)』〈주박전(朱博傳)〉.

130 도록(道錄) : 도교의 경전과 부적 따위를 가리킨다.

131 [난초] …… 금조(琴操) : 난초와 관련된 금조로 가장 유명한 것은, 공자(孔子)가 자신의 신
세를 난초에 견주어 지은 〈의란조(猗蘭操)〉이다. 채옹(蔡邕)은 『금조(琴操)』〈의란조(猗蘭
操)〉에서 "〈의란조〉는 공자가 지은 것이다. 공자가 여러 제후를 방문했으나 제후들은 임
용하지 못했다. 공자가 위(衛)에서 노(魯)로 돌아오던 중 은곡(隱穀)을 지나다가 난초가
무성하게 자라 있는 것을 보고는 탄식하면서 말하기를 '난초는 왕자의 향기가 되는 것이
마땅한데, 지금 무성하게 자라나서 뭇 풀들과 짝이 되었구나. 이는 비유하자면 어진 자
가 때를 만나지 못하여 비루한 자들과 어울리고 있는 것과 같다.'라고 하였다. 그러고는

이·일 → 영지

[두약] 육 → 단풍나무, 오: 칠언절구, 사 → 뽕나무, 삼 → 영지, 이·일 → 난초

[원추리] 육 → 뽕나무, 오 → 영지, 사·삼 → 난초, 이 → 두약, 일: 송頌

사(植) 목(目)	육(六) 난초	오(五) 난초	사(四) 두약	삼(三) 두약	이(二) 원추리	일(一) 원추리	별제·별래· 증제
계수나무	달	태산	악부	신선	구름	구름	
소나무	형산	칠언배율	오언고시	구름	계수나무	계수나무	
대나무	비	계수나무	칠언고시	부(賦)	소나무	소나무	글 완성 후: 별래 육→전사(全史) ○ 별제: 묵군당중수기
잣나무	계수나무	은자	소나무	소나무	대나무	찬(贊)	글 완성 후: 별래 육 → 어사
노송나무	계수나무	칠언절구	소나무	대나무	잣나무	잣나무	
오동나무	소나무	오언율시	대나무	잣나무	노송나무	노송나무	
홰나무	대나무	오언절구	잣나무	노송나무	오동나무	오동나무	
버드나무	잣나무	노송나무	칠언고시	오동나무	홰나무	홰나무	
단풍나무	노송나무	오언율시	오동나무	홰나무	버드나무	버드나무	
뽕나무	오동나무	홰나무	오언고시	버드나무	단풍나무	단풍나무	글 완성 후: 별래 육 → 길쌈
영지	홰나무	버드나무	단풍나무	단풍나무	뽕나무	송(頌)	글 완성 후: 별래 육 → 도록 오 → 처방문
난초	버드나무	단풍나무	뽕나무	금조 (琴操)	영지	영지	

수레를 멈추고 거문고를 당겨서 연주하며 노래하길……(〈猗蘭操〉者, 孔子所作也. 孔子歷聘 諸侯, 諸侯莫能任. 自衛反魯, 過隱穀之中, 見薌蘭獨茂, 喟然歎曰: '夫蘭當爲王者香, 今乃獨茂, 與眾 草爲伍. 譬猶賢者不逢時, 與鄙夫爲倫也.' 乃止車援琴鼓之云……)."이라고 해설했다.

두약	단풍나무	칠언절구	뽕나무	영지	난초	난초	
원추리	뽕나무	영지	난초	난초	두약	송(頌)	

본처 도보 7. 초목부

〖화훼花卉〗 육·오→석류꽃, 사·삼→앵두꽃, 이·일→말리화

[매화] 육→달, 오: 칠언율시, 사·삼→신선, 이→재상, 일: 찬贊 ○

글 완성 후, 육→태수太守[132]

[연꽃] 육: 설說,[133] 오→신선, 사: 오언고시, 삼→절강, 이→문장가,

일→매화

[국화] 육→은자, 오: 칠언율시, 사→매화, 삼→소나무, 이·일→

연꽃 ○ 글 완성 후, 육→중양절

[모란] 육: 보서譜序,[134] 오→매화, 사→연꽃, 삼→귀인, 이·일→국

---

132 [매화] 육 …… 육 → 태수(太守) : [매화]에서 별래의 '태수'로 나가는 것은, 육개(陸凱)의 〈증범엽시(贈范曄詩)〉 때문이다. 남북조 시대 육개가 강남태수로 있을 때, 매화가 피자 장안의 범엽에게 매화 한 가지와 함께 시를 부쳐 보냈다는 고사가 있다. 시는 다음과 같다. "매화를 꺾다 역졸을 만나, 농두의 그대에게 부치오. 강남엔 있는 게 없어, 그저 한 가지의 봄을 드리오(折花逢驛使, 寄與隴頭人. 江南無所有, 聊贈一枝春)." 『형주기(荊州記)』.

133 [연꽃] …… 설(說) : 연꽃과 관련된 유명한 설은 송 주돈이(周敦頤)의 〈애련설(愛蓮說)〉일 것이다. 연꽃을 꽃 중의 군자라 칭송하며, 연꽃에 군자의 덕을 비유한 글이다. ○ '설'은 사물의 이치를 해설하고 자신의 견해를 서술하는 한문 문체이다. 해설을 위주로 하므로 '설(說)'이라고 한다. 설이라는 명칭은 『주역』 '설괘(說卦)'에서 시작되었지만, 당의 고문 운동가들에게서 문예적 문체로 재해석되었다. 대표적인 작가가 한유이다. 〈사설(師說)〉처럼 자신의 의견을 직서하기도 하지만, 한유의 '잡설(雜說)'이나 유종원의 〈포사자설(捕蛇者說)〉처럼 사물이나 사실을 비유적으로 서술하는 우의적인 작품이 많다. 송의 소순(蘇洵) 이래 '명설(名說)'이나 '자설(字說)' 같은 하위 문체가 더해지기도 하였다.

134 [모란] …… 보서(譜序) : '보서(譜序)'는 '족보에 붙인 서문'이라는 뜻이다. 이 과제는 '모란의 족보'인 '모란보(牡丹譜)'의 서문을 지으라는 과제이다. ○ 모란과 관련된 '보'로는 구양수의 『모란보(牡丹譜)』가 있다. 경우(景祐) 연간 낙양유수(洛陽留守)로 재직하던 구양수는 모란의 재배 역사, 품종, 꽃 색깔, 명명의 원칙, 관리 기술, 재배 방법, 병해 예방법, 관련 풍속 등에 대해 상세히 기술한 모란 전문서를 지었다. 바로 〈낙양모란기(洛陽牡丹記)〉인데, 최초의 전문적인 '화보(花譜)'였다. 구양수는 이로 인해 '모란화신(牡丹花神)'으로 불리기도 한다. 〈낙양모란기〉는 흔히 「모란보(牡丹譜)」라고 불린다. 『송사(宋史)』 「예문지(藝

화 ○ 별제

[복사꽃] 육 → 매화, 오: 칠언절구, 사 → 연꽃, 삼 → 국화, 이 · 일 →
모란

[살구꽃] 육 → 연꽃, 오: 오언율시, 사 → 국화, 삼 → 모란, 이 · 일 →
복사꽃

[두견화] 육 → 국화, 오: 오언배율, 사 → 모란, 삼 → 복사꽃, 이 · 일 →
살구꽃

[백목련] 육 → 모란, 오: 오언절구, 사 → 복사꽃, 삼 → 살구꽃, 이 · 일
→ 두견화

[해당화] 육 → 복사꽃, 오 → 살구꽃, 사: 오언고시, 삼 → 두견화, 이 ·
일 → 백목련

[장미] 육 → 살구꽃, 오: 오언절구, 사 → 두견화, 삼 → 백목련, 이 · 일
→ 해당화

[수선화] 육 → 두견화, 오 → 백목련, 사: 삼오칠언三五七言,[135] 삼 → 해
당화, 이 · 일 → 장미

[석류꽃] 육 → 백목련, 오: 오언절구, 사 → 해당화, 삼 → 장미, 이 · 일
→ 수선화

[앵두꽃] 육 → 해당화, 오 → 장미, 사: 칠언고시, 삼 → 수선화, 이 · 일
→ 석류꽃

[말리화] 육 → 장미, 오: 칠언절구, 사 → 수선화, 삼 → 석류꽃, 이 · 일
→ 앵두꽃

文志)」.

135 삼오칠언(三五七言) : 시체(詩體)의 일종으로, 한 수 중에 3·5·7언 구를 섞어서 사용하는
것이다. 당의 이백(李白)이 지은 〈삼오칠언(三五七言)〉이 이러한 형식을 처음 시도한 작
품으로 알려져 있다.

사(楂) 목(目)	육(六) 석류꽃	오(五) 석류꽃	사(四) 앵두꽃	삼(三) 앵두꽃	이(二) 말리화	일(一) 말리화	별제·별래·증제
매화	달	칠언율시	신선	신선	재상	찬(贊)	글 완성 후: 별래 육 → 태수
연꽃	설(說)	신선	오언고시	절강	문장가	매화	
국화	은자	칠언율시	매화	소나무	연꽃	연꽃	글 완성 후: 별래 육 → 중양절
모란	보서(譜序)	매화	연꽃	귀인	국화	국화	별제: 화왕세가
복사꽃	매화	칠언절구	연꽃	국화	모란	모란	
살구꽃	연꽃	오언율시	국화	모란	복사꽃	복사꽃	
두견화	국화	오언배율	모란	복사꽃	살구꽃	살구꽃	
백목련	모란	오언절구	복사꽃	살구꽃	두견화	두견화	
해당화	복사꽃	살구꽃	오언고시	두견화	백목련	백목련	
장미	살구꽃	오언절구	두견화	백목련	해당화	해당화	
수선화	두견화	백목련	삼오칠언	해당화	장미	장미	
석류꽃	백목련	오언절구	해당화	장미	수선화	수선화	
앵두꽃	해당화	장미	칠언고시	수선화	석류꽃	석류꽃	
말리화	장미	칠언절구	수선화	석류꽃	앵두꽃	앵두꽃	

본처 도보 8. 화훼부

【금조禽鳥】 육·오→제비, 사·삼→꾀꼬리, 이·일→닭

[봉황] 육→재상, 오→구름, 사→문장가, 삼: 부賦, 이→소나무, 일: 송頌 ○ 글 완성 후, 육→간의諫議[136]

---

136 [봉황] 육 …… 육 → 간의(諫議) : [봉황]에서 별래의 '간의'로 나가는 것은 당의 이선감(李善感)이 극언으로 상소한 일을 두고 "봉황이 아침 해가 뜨는 곳에서 운다(鳳鳴朝陽)."라고 사람들이 칭찬했다는 고사 때문이다. 간의가 간쟁하는 직책이기 때문에, [봉황]에서 '간의'로 보내는 것이다. ○『신당서(新唐書)』〈한원전(韓瑗傳)〉에 따르면, 당 고종(唐高宗) 때 한원(韓瑗)과 저수량(褚遂良)이 직간을 하다가 연달아 죽고 나자 20여 년간 내외에 간언하는 자가 없었다. 후에 고종이 봉천궁을 지으려 하자 어사 이선감이 상소해서 극언하니 당시 사람들이 기뻐하며 '봉황이 조양에서 운다.'라고 했다는 일화가 있다. 이 말은 원래『시경』「대아(大雅)」〈권아(卷阿)〉의 "봉황이 우네, 저 높은 산에서. 오동이 자라네, 저

[난새] 육 → 계수나무, 오: 칠언율시, 사 → 천태산, 삼 → 소나무, 이·일 → 봉황

[공작] 육 → 문장가, 오: 칠언절구, 사: 송頌, 삼 → 봉황, 이·일 → 난새

[봉새] 육: 우언寓言,[137] 오 → 봉황, 사 → 난새, 삼: 가歌, 이·일 → 공작
　○ 글 완성 후, 육 → 제자諸子[138]

[학] 육 → 봉황, 오 → 난새, 사: 칠언고시, 삼 → 공작, 이·일 → 봉새
　○ 글 완성 후, 육 → 화표주華表柱[139]

[매] 육 → 난새, 오: 오언율시, 사 → 공작, 삼 → 봉새, 이·일 → 학 ○
　글 완성 후, 육 → 어사御史[140]

[해오라기] 육 → 공작, 오 → 봉새, 사: 오언고시, 삼 → 학, 이·일 → 매

조양에서(鳳凰鳴矣, 于彼高岡, 梧桐生矣, 于彼朝陽)."에서 나왔다.

137 [봉새] …… 우언(寓言) : 우언은 한문 문체 중 하나로, 비유적 이야기에 깊은 도리나 의미를 실어서 교훈을 주고자 하는 문체이다. 이야기의 주인공은 사물이나 사람 혹은 동식물이 모두 동원될 수 있다. 이런 형식이 제일 먼저 보이는 것이 『장자(莊子)』이다. 이후로 한문 문체의 하나로 성립되었다. ○ 봉새는 '북쪽 바다에 사는 크기가 몇천 리나 되는지 알 수 없는 물고기인 곤(鯤)이 변해서 된 새로, 9만 리 창공을 난다.'는 거대한 신화적 동물이다. 장주(莊周)는 『장자』 「소요유(逍遙遊)」편에서 봉새를 등장시켜 자신의 높은 뜻을 은유하였다.

138 [봉새] 육 …… 육 → 제자(諸子) : [봉새]에서 별래의 '제자'로 나가는 것은 봉새가 등장하는 최초의 문헌이 제자서(諸子書)의 하나인 『장자(莊子)』이기 때문이다.

139 [학] 육 …… 육 → 화표주(華表柱) : [학]에서 별래의 '화표주'으로 나가는 것은 정령위(丁令威) 때문이다. 화표주는 고대 중국에서 교량이나 궁전, 성문 앞에 세워 두었던 돌기둥이다. 한(漢) 때 요동 사람 정령위가 신선술을 익혀서, 천 년 만에 학이 되어 요동 성문의 화표주에 돌아와 앉았다. 그러나 아무도 알아보는 사람이 없어 슬퍼했다는 고사가 있다. 『수신후기(搜神後記)』.

140 [매] 육 …… 육 → 어사(御史) : [매]에서 별래의 '어사'으로 나가는 것은 어사의 직분을 초목을 말려 죽이는 서릿발이나 가차 없이 사냥하는 매에 비유하기 때문이다. ○ 두목(杜牧)의 〈위퇴지를 호부원외랑에 제수하고, 배덕융을 전중시어사에 제수하고, 노영을 감찰어사에 제수하는 등의 제고(韋退之除戶部員外郞裴德融除殿中侍禦史盧潁除監察禦史等制)〉에서 "한에서 어사를 임명할 때 입추에 많이 한 것은 서리와 바람이 비로소 엄해지고 송골매와 새매가 처음 사냥을 시작하기 때문이니, 고인의 뜻을 알 수 있다(漢家授署禦史, 多於立秋, 蓋以風霜始嚴, 鷹隼初擊, 古人垂旨, 可以知之)."고 했다. 『전당문(全唐文)』.

[기러기] 육→붕새, 오: 칠언절구, 사→학, 삼→매, 이·일→해오라기 ○ 글 완성 후, 육→가을, 오→바둑

[두견새] 육→학, 오→매, 사: 칠언고시, 삼→해오라기, 이·일→기러기

[앵무새] 육→매, 오: 칠언율시, 사→해오라기, 삼→기러기, 이·일→두견새

[원앙새] 육→해오라기, 오: 육언절구, 사→기러기, 삼→두견새, 이·일→앵무새 ○ 별제

[제비] 육→기러기, 오: 오언율시, 사→두견새, 삼→앵무새, 이·일→원앙새

[꾀꼬리] 육→두견새, 오→앵무새, 사: 일언지십언一言至十言,[141] 삼→원앙새, 이·일→제비 ○ 글 완성 후, 육→청명淸明

[닭] 육→앵무새, 오→원앙새, 사: 오언고시, 삼→제비, 이·일→꾀꼬리 ○ 증제增題: '손괘문언보巽卦文言補'[142]

사(植) 목(目)	육(六)	오(五)	사(四)	삼(三)	이(二)	일(一)	별제·별래·증제
	제비	제비	꾀꼬리	꾀꼬리	닭	닭	
봉황	재상	구름	문장가	부(賦)	소나무	송(頌)	글 완성 후: 별래 육→간의
난새	계수나무	칠언율시	천태산	소나무	봉황	봉황	
공작	문장가	칠언절구	송(頌)	봉황	난새	난새	

---

141 일언지십언(一言至十言) : 잡체의 하나로, 1글자 1구로 시작해서 2글자 1구, 3글자 1구……식으로 늘려 가 10글자 1구까지 이르는 방식으로 짓는다.

142 [닭] …… 손괘문언보(巽卦文言補) : 『주역』「설괘전(說卦傳)」에 의하면 손괘(巽卦)는 닭에 해당한다. [닭]으로부터 손괘와 관련된 증제가 등장하는 까닭이다. ○ '문언'은 공자가 주역을 해설한 이른바 '십익(十翼)' 중 「문언전(文言傳)」을 가리킨다. 64괘 중 건괘(乾卦)와 곤괘(坤卦)만 '문언전'이 있다. 여기서는 손괘에 문언을 보충하는 글을 지으라는 과제이다.

붕새	우언(寓言)	봉황	난새	가(歌)	공작	공작	글 완성 후: 별래 육 → 제자
학	봉황	난새	칠언고시	공작	붕새	붕새	글 완성 후: 별래 육 → 화표주
매	난새	오언율시	공작	붕새	학	학	글 완성 후: 별래 육 → 어사
해오라기	공작	붕새	오언고시	학	매	매	
기러기	붕새	칠언절구	학	매	해오라기	해오라기	글 완성 후: 별래 육 → 가을 오 → 바둑
두견새	학	매	칠언고시	해오라기	기러기	기러기	
앵무새	매	칠언율시	해오라기	기러기	두견새	두견새	
원앙새	해오라기	육언절구	기러기	두견새	앵무새	앵무새	별제: 혼서
제비	기러기	오언율시	두견새	앵무새	원앙새	원앙새	
꾀꼬리	두견새	앵무새	일언지십언 (一言至十言)	원앙새	제비	제비	글 완성 후: 별래 육 → 청명
닭	앵무새	원앙새	오언고시	제비	꾀꼬리	꾀꼬리	증제: 손괘문언보

본처 도보 9. 금조부

《어수魚獸》육 · 오 → 소, 사 · 삼 → 원숭이, 이 · 일 → 물고기

[용] 육 → 장수, 오 → 비, 사: 칠언고시, 삼: 가歌,[143] 이 → 소나무, 일 → 봉황

[기린] 육: 해解,[144] 오 → 이슬, 사 → 연꽃, 삼 → 봉황, 이 · 일 → 용

---

143 [용] …… 가(歌) : 용을 소재로 한 '가'로 유명한 것은 두보의 〈건원중우거동곡현작가칠수(乾元中寓居同穀縣作歌七首)〉 중 여섯 번째 노래이다. 동곡현(同穀縣)에 우거(寓居)하면서 지은 노래인데, 그 여섯째 수에서 만장담(萬丈潭)의 용(龍)을 소재로 만년의 불우함을 노래하였다. 『두소릉시집(杜少陵詩集)』.

144 [기린] …… 해(解) : '해'는 의혹을 분변하고 해석하는 것으로, 논쟁의 대상에 대한 분석을 주요 내용으로 하는 논변류(論辯類)의 문체이다. 한유(韓愈)의 〈획린해(獲麟解)〉가 그 대

[사자] 육→문장가, 오: 오언율시, 사→청성산, 삼→용, 이·일→
기린

[코끼리] 육·오→용, 사→기린, 삼: 부부賦, 이·일→사자

[거북이] 육→용, 오→기린, 사·삼→사자, 이→코끼리, 일: 찬贊

[호랑이] 육→기린, 오→사자, 사: 오언고시, 삼→코끼리, 이·일→
거북이

[사슴] 육→사자, 오: 오언율시, 사→코끼리, 삼→거북이, 이·일→
호랑이

[무소] 육→코끼리, 오→거북이, 사·삼→호랑이, 이→사슴, 일:
명銘145

[곰] 육→거북이, 오: 오언절구, 사→호랑이, 삼→사슴, 이·일→
무소○글 완성 후, 육→자사刺史146

[말] 육: 설說,147 오→호랑이, 사: 칠언고시, 삼→사슴, 이→무소,
일→곰

[나귀] 육→사슴, 오: 오언율시, 사→무소, 삼→곰, 이·일→말○
별제

표적인 작품이다. ○ 일반적으로 기린이 나오는 것은 태평성대를 상징하는 상서이다.
그러나 춘추시대 노 애공(魯哀公) 14년 봄에 기린이 잡히자 공자는 눈물을 흘리며 울었다.
한유(韓愈)는 〈획린해〉를 지어, 이 일이 상서가 아니라는 것을 논리 정연하게 해명했다.
145 [무소] …… 명(銘) : 무소의 가죽은 아주 단단해서 자르기 어려운 것의 대명사이다. 따라
서 종종 칼날의 날카로움을 드러내기 위해 동원되는 소재이기도 하다. 왕찬(王粲)의 〈검
명(劍銘)〉에선 "뭍에선 무소와 외뿔소를 베고, 물에선 고래를 끊으니, 군자가 차면, 진실
로 위신을 드높이리(陸剸犀兕, 水截鯢鯨. 君子服之, 式章威靈)."라고 했다.
146 [곰] 육 …… 육→자사(刺史) : [곰]에서 별래의 '자사'로 나가는 것은, 지방 장관인 자사의
행차를 '웅식주번(熊軾朱幡)'이라고 표현하는데, 이 성어 자체가 자사를 상징하기 때문이
다. '웅식(熊軾)'은 수레 앞턱 가로나무[橫木]를 곰 모양으로 꾸민 것이다.
147 [말] …… 설(說) : 말과 관련된 유명한 '설'로는 한유의 「잡설(雜說)」 중 네 번째 글인 〈마설
(馬說)〉이 있다. 천리마와 백락(伯樂)의 관계에 비유하여 진정한 지우를 만나는 것의 어
려움을 이야기했다.

[소] 육→무소, 오→곰, 사→말, 삼: 가歌,[148] 이·일→나귀 ○글 완
성 후, 육→농사, 오→전사全史[149]

[원숭이] 육→곰, 오: 칠언절구, 사→말, 삼→나귀, 이·일→소

[물고기] 육→말, 오→나귀, 사: 장단구, 삼→소, 이·일→원숭이

사(植) 목(目)	육(六) 소	오(五) 소	사(四) 원숭이	삼(三) 원숭이	이(二) 물고기	일(一) 물고기	별제·별래· 증제
용	장수	비	칠언고시	가(歌)	소나무	봉황	
기린	해(解)	이슬	연꽃	봉황	용	용	
사자	문장가	오언율시	청성산	용	기린	기린	
코끼리	용	용	기린	부(賦)	사자	사자	
거북이	용	기린	사자	사자	코끼리	찬(贊)	
호랑이	기린	사자	오언고시	코끼리	거북이	거북이	
사슴	사자	오언율시	코끼리	거북이	호랑이	호랑이	
무소	코끼리	거북이	호랑이	호랑이	사슴	명(銘)	
곰	거북이	오언절구	호랑이	사슴	무소	무소	글 완성 후: 별래 육→자사
말	설(說)	호랑이	칠언고시	사슴	무소	곰	
나귀	사슴	오언율시	무소	곰	말	말	별제: 고사삼십칙

---

148 [소] …… 가(歌) : 소와 관련된 '가'로 유명한 것은 춘추시대 위(衛)의 영척(甯戚)이 불렀다
는 〈반우가(飯牛歌)〉가 있다. 〈구각가(扣角歌)〉·〈우각가(牛角歌)〉·〈상가(商歌)〉라고도 한
다. 영척이 미천했을 때 제나라 동문 밖에서 소를 먹이며 환공이 나오길 기다렸다가 소
뿔을 두드리며 이 노래를 불렀다. 환공이 이 노래를 듣고 수레에 싣고 돌아와 만나 보았
고, 영척은 첫날은 경내를 다스리는 일을, 다음 날은 천하를 경영하는 일을 유세하여 환
공에게 등용되었다. 『여씨춘추(呂氏春秋)』「이속람(離俗覽)」.

149 [소] 육 …… 오 → 전사(全史) : [소]에서 별래의 '전사(全史)'로 나가는 것은 '우마주(牛馬走)'
때문이다. 이 말은 사마천이 〈보임소경서(報任少卿書)〉에서 자신을 소개하는 말로 사용
한 어휘이다. 이 편지 서두에서 그는 자신을 '태사공의 우마주(太史公牛馬走)'라고 했다.
'우마주'는 '소와 말을 관장하는 하인'이라는 말이고, 태사공은 사마천의 부친인 사마담
(司馬談)이다. 자신을 태사공인 사마담의 불초한 자식이라는 뜻의 겸사로 사용한 것이
다. 『문선(文選)』. ○'태사(太史)'는 역사 기술을 맡은 관직이다. 사마천은 사마담을 이어
태사를 지냈다.

소	무소	곰	말	가(歌)	나귀	나귀	글 완성 후: 별래 육→농사 오→전사
원숭이	곰	칠언절구	말	나귀	소	소	
물고기	말	나귀	장단구	소	원숭이	원숭이	

본처 도보 10. 어수부

〖기용器用〗육·오→거울, 사·삼→지팡이, 이·일→부채

[수레] 육→귀인, 오→용, 사→대나무, 삼: 부賦, 이·일→황금대
○ 증제: '속고공기續考工記'[150]

[칼] 육→용, 오→협객, 사: 오언고시, 삼→기린각, 이·일→수레
○ 글 완성 후, 육→병서兵書

[활] 육→번개, 오: 칠언절구, 사→수레, 삼→사냥꾼, 이·일→칼
○ 글 완성 후, 육→사호처射虎處

[벼루] 육→경호, 오→수레, 사·삼→칼, 이→활, 일: 명銘 ○ 글 완성 후, 육→시화詩話[151] ○ 별제

[붓] 육: 설說, 오→수레, 사→칼, 삼→활, 이·일→벼루 ○ 글 완성 후, 육→서화書畵

[홀] 육→칼, 오→활, 사·삼→벼루, 이→붓, 일: 관잠官箴[152]

---

150 [수레] …… 속고공기(續考工記) : 「고공기(考工記)」의 속편을 짓는 과제이다. 「고공기」는 『주례(周禮)』 「동관(冬官)」 중 한 편이다. 선진(先秦) 시대 장인(匠人)들이 담당하던 수공업의 생산기술과 이론을 기술한 책이다. 다루는 대상에 따라 공목(攻木)·공금(攻金)·공피(攻皮)·설색(說色)·완마(捖摩)·단치(搏埴)의 6종으로 나누어, 30가지의 수공업을 기술하고 있다. 수레를 제작하는 일도 포함되어 있다.

151 시화(詩話) : 시에 대한 평론이나 시·시인과 관련된 일화 등의 한담(閑談)을 자유롭게 기록한 일종의 수필식 평론서이다. 송 구양수의 『육일시화(六一詩話)』를 시작으로, 동일한 형식의 평론서를 일컫는 명칭이 되었다.

152 관잠(官箴) : 원래 임금에게 경계하도록 관원들이 지어 바치는 글이다. 『춘추좌씨전(春秋左氏傳)』 양공(襄公) 4년 조에 "옛날 주의 신갑이 태사가 되었을 적에 백관에게 명하여 관

[솥] 육: 괘상론卦象論,¹⁵³ 오→활, 사→벼루, 삼→붓, 이·일→홀

[화로] 육→벼루, 오: 오언율시, 사→붓, 삼→홀, 이·일→솥

[술항아리] 육→붓, 오: 칠언절구, 사→홀, 삼→솥, 이·일→화로

[병풍] 육: 기記, 오→홀, 사→솥, 삼→화로, 이·일→술항아리

[책상] 육→솥, 오→화로, 사·삼→술항아리, 이→병풍, 일: 명銘○ 글 완성 후, 육→육경六經

[거울] 육→화로, 오→술항아리, 사: 사詞,¹⁵⁴ 삼→병풍, 이·일→책상○글 완성 후, 육→단오端午¹⁵⁵

[지팡이] 육→술항아리, 오→병풍, 사: 칠언고시 인(引),¹⁵⁶ 삼→책상, 이·일→거울○증제: '양로의의대기養老義擬戴記¹⁵⁷, ¹⁵⁸

잠을 올리도록 하였습니다(昔周辛甲之爲太史也, 名百官, 官箴王闕)."라고 했다. 후대엔 관리들의 자세를 경계하는 글도 관잠이라고 하였다. 각주 30 참조.

153 괘상론(卦象論) : '괘상'에 대해 논술하는 과제이다. '괘상'이란『주역』의 8괘 또는 64괘가 상징하는 물상을 의미한다. ○ [솥]의 원문은 '정(鼎)'이다. '정'은 일반적인 조리 도구가 아니라 고대의 의식용 그릇이고, 괘(卦)의 이름이기도 하다. [솥]에서 괘상론이 출제된 이유이다.

154 사(詞) : 전사(塡詞)·시여(詩餘)·장단구(長短句)·악부(樂府) 등으로도 불린다. 당 말기부터 시작해서 송에서 전성을 이루었다. 원래는 민간에서 불리던 노래의 가사를 문인들이 새롭게 창작하는 것으로 시작했다. 따라서 시에서 표현하기 어려운 섬세한 미적 감성이나 정감을 개인 독백의 형식으로 진술한다. 사는 본래 노래 가사였기에 악곡명을 제목으로 쓴다. 악곡에 따라 운(韻), 자수(字數)·구수(句數), 형식을 규정한 사보(詞譜)가 있고, 이 사보에 의거해 짓는다. 형식은 길이에 따라 소령(小令)·중조(中調)·만사(慢詞)로 나누고, 장수(章數)에 따라 단조(單調)와 쌍조(雙調)로 나뉜다.

155 [거울] 육 …… 육→단오(端午) : [거울]에서 별래의 '단오'로 나가는 것은 단오에 거울을 진상하는 풍습이 있었기 때문이다. 당 현종(唐玄宗) 때 양주(揚州)에서 수심경(水心鏡) 하나를 진상했는데, 5월 5일 양자강 복판에 화로를 옮겨 놓고 제조한 거울이라고 했다. 송(宋)의 한림원에서 단오첩자(端午帖子)를 지어 바칠 때 이 전고를 많이 사용했기 때문에, 단오를 송축하는 전고가 되었다.『용재시화(容齋詩話)』. ○ [양자강]과 [거울]의 합제에 대한 각주 257 참조.

156 칠언고시 인(引) : 칠언고시 형태로 인(引)을 짓는 과제이다. '인'은 한문 문체의 하나로, 짧은 서문에 해당한다. 자기 생각을 덧붙여[引] 서술한다는 뜻이다. 당(唐) 이후 유행하였다.

157 연세대본엔 '기(己)', 규장각본엔 '기(記)'로 되어 있다. '대기(戴記)'를 의미하는 것이 분명

[부채] 육→병풍, 오: 오언율시, 사→책상, 삼→거울, 이·일→지팡이 ○ 글 완성 후, 육→여름

사(柶) 목(目)	육(六) 거울	오(五) 거울	사(四) 지팡이	삼(三) 지팡이	이(二) 부채	일(一) 부채	별제·별래·증제
수레	귀인	용	대나무	부(賦)	황금대	황금대	증제: 속고공기
칼	용	협객	오언고시	기린각	수레	수레	글 완성 후: 별래 육→병서
활	번개	칠언절구	수레	사냥꾼	칼	칼	글 완성 후: 별래 육→사호처
벼루	경호	수레	칼	칼	활	명(銘)	글 완성 후: 별래 육→시화 ○ 별제: 석허중전
붓	설(說)	수레	칼	활	벼루	벼루	글 완성 후: 별래 육→서화
홀	칼	활	벼루	벼루	붓	관잠(官箴)	
솥	괘상론(卦象論)	활	벼루	붓	홀	홀	
화로	벼루	오언율시	붓	홀	솥	솥	
술항아리	붓	칠언절구	홀	솥	화로	화로	
병풍	기(記)	홀	솥	화로	술항아리	술항아리	
책상	솥	화로	술항아리	술항아리	병풍	명(銘)	글 완성 후: 별래 육→육경
거울	화로	술항아리	사(詞)	병풍	책상	책상	글 완성 후: 별래 육→단오
지팡이	술항아리	병풍	칠언고시 인(引)	책상	거울	거울	증제: 양노의의대기
부채	병풍	오언율시	책상	거울	지팡이	지팡이	글 완성 후: 별래 육→여름

본처 도보 11. 기용부

하므로, 연대본이 오자이다.

158 [지팡이] …… 양로의의대기(養老義擬戴記) : 『대기(戴記)』의 문체를 의고해서 '양로의'를 작성하는 과제이다. 『예기』「곡례 상(曲禮上)」에 "대부는 나이가 칠십이 되면 일을 그만 두되, 만약 사직할 수 없으면 반드시 안석과 지팡이를 하사한다(大夫七十而致事, 若不得謝, 則必賜之几杖)."고 하였다.

52

〖음악音樂〗 육·오→노래, 사·삼→춤, 이·일→휘파람

[거문고] 육: 시서詩序, 오→봉황, 사→아미산, 삼→술꾼, 이→오
　　　동나무, 일: 명銘○별제

[큰 거문고] 육→봉황, 오: 칠언율시, 사→구지산, 삼→공작, 이·일
　　　→거문고○증제: 의욕기장擬浴沂章[159]

[경쇠] 육→건장궁, 오→학, 사·삼→거문고, 이: 진경석표進磬石
　　　表,[160] 일→큰 거문고

[생황] 육→대나무, 오→거문고, 사: 오언고시, 삼→큰 거문고, 이·
　　　일→경쇠○증제: 보망육시補亡六詩[161]

[통소] 육→거문고, 오→큰 거문고, 사→경쇠, 삼: 부賦,[162] 이·일

---

159 [큰 거문고] …… 의욕기장(擬浴沂章): 『논어』 '욕기장'을 모의해 글을 짓는 과제이다. '욕
기장'은 『논어』 「선진(先進)」편에 나온다. 자로(子路)·증석(曾晳)·염유(冉有)·공서화(公
西華)가 공자를 모시고 앉아 있었는데, 공자가 각자의 포부를 물었다. 증석이 한옆에서
드문드문 큰 거문고를 타고 있다가 지목을 당하자 '떵' 하고 큰 거문고를 내려놓고 일어
서서 대답했다. "늦은 봄 봄옷이 만들어지면 관을 쓴 사람 대여섯 명과 동자 예닐곱 명과
함께 기수에서 목욕하고 무우에서 바람 �쐰 뒤 노래하면서 돌아오겠습니다(暮春者, 春服旣
成, 冠者五六人, 童子六七人, 浴乎沂, 風乎舞雩, 詠而歸)." [큰 거문고]의 원문은 '슬(瑟)'이다. 증
석이 타고 있던 악기다.

160 [경쇠] …… 진경석표(進磬石表): '경석을 바치는 표문'을 짓는 과제이다. 경석은 중국 안
휘성(安徽省) 영벽현(靈璧縣) 석경산(石磬山)에서 나는 돌로, 음질이 청량하고 여음이 길
어 경쇠를 만드는 재료가 된다. ○ '표'는 신하가 임금에게 올리는 글이다. 자기의 심중
을 나타내 임금에게 알린다는 의미에서 '표(表)'라고 한다. 신하가 국왕에게 올리는 표문
과 외교문서로서의 표문으로 크게 나뉜다. 내용에 따라 하표(賀表)·사표(謝表)·청표(請
表)·진봉표(進奉表)·걸표(乞表)·양표(讓表) 등이 있는데, 여기서 요구하는 것은 진봉표
에 해당한다. 진봉표는 특정 물건이나 책 등을 올리면서 함께 바치는 글이다.

161 [생황] …… 보망육시(補亡六詩): 『시경』 「소아(小雅)」 중 「녹명지십(鹿鳴之什)」의 〈남해(南
陔)〉, 「백화지십(白華之什)」의 〈백화(白華)〉, 〈화서(華黍)〉, 〈유경(由庚)〉, 〈숭구(崇丘)〉, 〈유
의(由儀)〉, 여섯 편을 합해서 '육시(六詩)'라고 부른다. 이들은 모두 편명만 있고 시가 없
다. 이에 대해선 원래부터 가사가 없는 곡이었다는 설과 망실되었다는 설 등이 있다. 주
희는 『집전(集傳)』에서 이 시들을 생황으로 연주된 '생시(笙詩)' 혹은 여섯 편의 생시라는
뜻으로 '육생시(六笙詩)'라고 불렀다. ○ [생황]의 원문이 '생(笙)'이므로, 없어진 여섯 편
의 생시를 보충해서 짓는 과제가 주어졌다.

162 [통소] …… 부(賦): 통소를 제재로 지은 부로 유명한 것은 왕포(王褒)의 〈통소부(洞簫賦)〉

→ 생황 ○ 글 완성 후, 육 → 부마駙馬163

[공후] 육 → 큰 거문고, 오: 칠언절구, 사 → 경쇠, 삼 → 생황, 이·일 → 퉁소

[비파] 육 → 경쇠, 오 → 생황, 사: 칠언고시, 삼 → 퉁소, 이·일 → 공후

[아쟁] 육 → 생황, 오: 오언절구, 사 → 퉁소, 삼 → 공후, 이·일 → 큰 거문고

[피리] 육 → 퉁소, 오: 오언율시, 사 → 공후, 삼 → 큰 거문고, 이·일 → 아쟁

[종] 육: 종률의鍾律議,164 오 → 공후, 사 → 큰 거문고, 삼 → 아쟁, 이·일 → 피리 ○ 글 완성 후, 육 → 남지南至165

[북] 육 → 큰 거문고, 오 → 아쟁, 사·삼 → 피리, 이 → 종, 일: 명銘

[노래] 육 → 아쟁, 오: 칠언율시 옥련환玉連環七律,166 사 → 피리, 삼 →

가 있다. 왕포는 서한의 부 작가로, 그의 〈퉁소부〉는 본격적인 영물부(詠物賦)의 시작으로 평가된다.

163 [퉁소] 육 …… 육 → 부마(駙馬) : [퉁소]에서 별래의 '부마'로 나가는 것은 농옥(弄玉)과 소사(蕭史)의 고사 때문이다. 진 목공(秦穆公)의 사위인 소사가 퉁소를 잘 불어서 그가 퉁소를 불면 공작과 백학이 날아들었다고 한다. 소사는 아내 농옥에게 퉁소로 봉황 울음소리를 내도록 가르쳤는데 몇 년이 지나자 퉁소 소리가 봉황의 울음소리와 비슷하게 되었다. 그러자 봉황이 날아와 그 지붕에 머물렀다. 목공이 봉황대를 지어 주자, 그들은 몇 년 동안 거기 머물며 내려오지 않더니, 어느 날 봉황을 따라 날아가 버렸다고 한다. 『열선전(列仙傳)』. 이 고사는 이후 두보의 〈정부마댁연동중(鄭駙馬宅宴洞中)〉에서처럼, 부마를 지칭할 때 흔히 인용되었다.

164 [종] …… 종률의(鍾律議) : 종은 악기이고, 종률은 음률이다. '종률에 대한 논의', 즉 음률을 주제로 논술문을 짓는 과제이다.

165 [종] 육 …… 육 → 남지(南至) : [종]에서 별래의 '남지'로 나가는 것은 동짓달이 황종월(黃鍾月)이기 때문이다. ○ 남지는 동지의 다른 이름이다. 태양의 궤도가 가장 남쪽으로 내려가 있기 때문에 '남지'라고 한다. 동지를 '황종(黃鍾)'이라고도 한다. 고대엔 12율관에 갈대 재를 넣어 암실에 두고 12절기의 도래를 알아냈다고 한다. 매 절기에 이를 때마다 상응하는 율관 속의 재가 움직이는데, 동지에는 황종률관(黃鍾律管)의 재가 날린다고 한다. 때문에 동짓달을 황종월(黃鍾月)이라고도 부른다.

종, 이·일→북 ○ 글이 완성된 뒤, 육→전별餞別

[춤] 육→피리, 오: 칠언절구, 사→종, 삼→북, 이·일→노래

[휘파람] 육→종, 오→북, 사: 오언고시, 삼→노래, 이·일→춤 ○

글 완성 후, 육→그리움

사(揷) 목(目)	육(六) 노래	오(五) 노래	사(四) 춤	삼(三) 춤	이(二) 휘파람	일(一) 휘파람	별제·별래· 증제
거문고	시서(詩序)	봉황	아미산	술꾼	오동나무	명(銘)	별제: 금보
큰 거문고	봉황	칠언율시	구지산	공작	거문고	거문고	증제: 의욕기장
경쇠	건장궁	학	거문고	거문고	진경석표 (進磬石表)	큰 거문고	
생황	대나무	거문고	오언고시	큰 거문고	경쇠	경쇠	증제: 보망육시
퉁소	거문고	큰 거문고	경쇠	부(賦)	생황	생황	글 완성 후: 별래 육→부마
공후	큰 거문고	칠언절구	경쇠	생황	퉁소	퉁소	
비파	경쇠	생황	칠언고시	퉁소	공후	공후	
아쟁	생황	오언절구	퉁소	공후	큰 거문고	큰 거문고	
피리	퉁소	오언율시	공후	큰 거문고	아쟁	아쟁	
종	종률의 (鍾律議)	공후	큰 거문고	아쟁	피리	피리	글 완성 후: 별래 육→남지
북	큰 거문고	아쟁	피리	피리	종	명(銘)	
노래	아쟁	칠언율시 옥련환 (玉連環七律)	피리	종	북	북	글 완성 후: 별래 육→전별

---

166 칠언율시 옥련환[玉連環七律] : 옥련환체(玉連環體)로 칠언율시를 짓는 과제이다. 옥련환
은 잡체시의 하나로, 앞 구의 마지막 글자를 뒤 구의 첫 글자로 사용해서, 옥을 이어 만든
팔찌처럼 시의 각행에 서로 이어지도록 짓는 것이다. 글자를 전체로 사용하기도 하지만
주로 파자하여 부분적으로 연결한다. 뒤 구의 첫 글자가 앞 구의 마지막 글자에 감추어
져 있기에 장두체(藏頭體)라고도 부른다.

춤	피리	칠언절구	종	북	노래	노래	
휘파람	종	북	오언고시	노래	춤	춤	글 완성 후:별래 육→ 그리움

본처 도보 12. 음악부

〖첫 번째 붙음初付〗

육은 예禮에 붙고, 오는 악樂에 붙고, 사는 사射에 붙고, 삼은 어御에 붙고, 이는 서書에 붙고, 일은 수數에 붙는다.

[예禮] 육·오·사→〖천문天文〗, 삼·이·일→〖인품人品〗

[악樂] 육·오·사→〖명산名山〗, 삼·이·일→〖가수佳水〗

[사射] 육·오·사→〖누대樓臺〗, 삼·이·일→〖궁실宮室〗

[어御] 육·오·사→〖초목草木〗, 삼·이·일→〖화훼花卉〗

[서書] 육·오·사→〖금조禽鳥〗, 삼·이·일→〖어수魚獸〗

[수數] 육·오·사→〖기용器用〗, 삼·이·일→〖음악音樂〗

〖총칙總例〗

짝을 나누되 사람 수는 한정하지 않는다. 쌍륙의 사柶 하나를 던진다.

○ 먼저 난退 자는 두 번째 붙는다再付【두 번째 붙을 때는 한 번에 두 개의 사를 던진다. 만약 육·오를 얻으면 바로 천문에 붙고, 사·일을 얻으면 바로 궁실에 붙는다[167]. 두 번째 났는데, 판 가운데 아직 못 난 사람이 있으면 세 번째 붙는다三付【세 번째 붙을 때는 한 번에 세 개의 사를 던져 합해서 쓴다】. 판에 참여한 사람들이 모두 한 번은 나고 나서야 판을 흩는다【판을 흩을 때, 두 번째 붙었

---

[167] 각각의 예에서, 앞의 수 육·사로 큰 범주를(예·악·사·어·서·수)를 정하고, 뒤의 수 오·일로 하위 범주를 정한다. 첫 번째 예에선 육→예, 오→천문으로 이동한다. 따라서 육·오 사(栖)를 얻으면 [천문]에서 시작한다.

56

거나 세 번째 붙은 사람이 아직 나지 않았어도 상관없이 흩는다】.

○승부는 난 순서가 아니라 얼마나 많은 글을 지었는지, [획득한] 동그라미圈 수를 비교해 고하를 정한다. 고문古文은 동그라미 세 개, 부賦와 변려문騈儷文은 동그라미 두 개, 시詩와 가歌, 사언四言은 모두 동그라미 한 개씩이다. 두 번째 붙은 뒤엔 동그라미 수를 두 배로 하고, 세 번째 붙은 다음엔 동그라미 수를 세 배로 한다. 반드시 정해진 시한[168]【아래에 나온다】내에 글을 완성해야 동그라미를 받는다. 시한 내에 완성하지 못하면 첫 번째 붙은 것初付으로 내려 붙이고, 앞서 받은 동그라미를 삭제한다【세 번째 붙은 자라도 다시 첫 번째 붙은 것이 된다. ○첫 번째 붙었을 때 동그라미를 못 받은 자가 두 번째 붙었을 때는, 던지는 법과 동그라미를 주는 법이 모두 처음 붙었을 때와 같다. 합해서 던지거나 동그라미를 두 배로 주는 것은 하지 않는다. 처음 붙었을 때와 두 번째 붙었을 때 모두 동그라미를 못 받은 자는 세 번째로 붙어도 처음 붙는 것과 동일하게 취급한다. 처음 붙을 때와 두 번째 붙었을 때 동그라미가 하나인 경우는 세 번째 붙어도 두 번째 붙는 것과 동일하게 취급한다. ○두 번째 붙었을 때, 처음 붙었을 때 글을 지었던 곳에 또 도착해서 다시 '글 짓는 사作柶'[169]를 얻어 글을 완성하면, 동그라미를 네 배로 준다. 세 번째 붙었을 때는 여섯 배의 동그라미를 주는데, 동일한 제목으로 세 번 글을 지으면 곧바로 일등魁이 된다. ○아래에서 '두 번째 붙었다再付'라고 하는 것은 모두 '처음 붙었을初付' 때 동그라미를 받고, 다시 붙은 자를 가리킨다】.

○글을 지은 후, 다시 앞서와 같은 글 짓는 사를 얻으면, 꼭 다시 지을 필요 없이 '이웃 사隣柶'를 살펴서 그것을 사용한다【육·오가 서로 이웃이고, 사·삼이 서로 이웃이고, 이·일이 서로 이웃이다】. 만약 다른 글 짓는 사를 얻었으면 또 짓는다【이웃 사가 바로 다른 글 짓는 사이면, 글을 지을 수 없고, 위아래 사

---

168 시한 : 원문은 승한(繩限)이다. 노끈의 정해진 길이만큼 타는 시간 동안을 시한으로 하는 것이다.
169 '글 짓는 사[作柶]' : 글을 짓도록 규정되어 있는 장소에 도달하는 숫자의 주사위를 가리킨다.

를 살펴 사용해야 한다. 글은 사를 빌려서 지을 수 없기 때문이다. ○ 별래別來의 경우
에는 이웃 사를 빌려 사용할 수 없다. ○ 별래는 아래에 나온다】.

【기타 규칙雜例】

연달아 세 곳에서 글 짓는 사를 얻어, 세 편의 글을 모두 시한 내에 완
성하면, 세 개의 동그라미를 더 준다. 글 짓는 사를 얻을 수 있는 두 곳에
이르러, 연달아 두 개의 글 짓는 사를 얻고 두 편의 글을 모두 시한 내 완
성하면, 동그라미 두 개를 더 준다.

○ 상량문에는 변려문과 시가 함께 있다. 따라서 변려문과 시의 동그
라미를 함께 받는다. 이 밖에 시에 서序가 붙었거나, 찬贊에 인引이 있거
나, 부賦 아래에 송頌이 붙어 있거나, 비문의 끝에 명銘이 있는 경우 모두
두 가지 글의 동그라미를 함께 받는다.

○ 나는 곳에서, '짓고 나는 사退作査'를 얻어 시한 내 글을 완성하고 나
가면 동그라미를 두 배로 준다.

○ 하나의 시한 안에 두 편의 글을 완성하면, 앞의 동그라미와 지금의
동그라미 모두 두 배가 된다.

○ 두 단段에 걸쳐 동그라미가 두 배가 되면, 동그라미를 네 배로 준다.
세 단을 겸하면 동그라미를 여덟 배로 준다. [그러나] 네다섯 단을 겸해도
동그라미는 여덟 배를 넘지 못한다.

○ 동그라미를 더 받는 동시에 동그라미를 두 배로 받게 된다면, 본래
의 동그라미만 두 배가 되고, 더 받은 동그라미는 두 배로 주지 않는다.

○ [문장가]에 도착해 시한 내에 글 두 편을 완성하면, 자신의 동그라
미는 두 배가 되고, 더해서 판에 있는 모든 사람이 앞서 받은 동그라미와
이번에 받은 동그라미를 다 걸어 갖는다【앞에 얻은 동그라미가 없는 자는 내
버려 두고, 뒤에 채우기를 면해 준다. ○ 뒤에 채우는 방법은 아래 '시운猜韻'[170]에 나온
다】.

58

○[문장가]에 도착해 글 짓는 사를 얻어 문장을 완성하고 나면, 마음대로 제목을 내서【도착한 곳의 원래 제목에 구애받지 않는다】 글 짓는 사를 얻었거나 아니거나를 막론하고 판에 있는 모든 사람에게 지어 바치게 한다. 그것의 등수를 심사해서, 그가 전에 얻은 동그라미와 이번에 얻은 동그라미를 임의로 늘려 주거나 깎는다. 이것을 '문장가의 맹주 노릇文章主盟'이라고 부른다.

○[문장가]에 도착해 글을 완성하고 나면, 다시 사 하나를 던져 나아간다.

○[문장가]에 도착해 시한 내에 글을 완성한 적이 있는 사람을 '문장선진文章先進'이라고 부른다. [문장선진은] 뒤에 다른 곳에 도착해 글 짓는 사를 얻으면, 짓지 않아도 동그라미를 받고 지으면 동그라미를 두 배로 받는다.

○판 가운데 문장선진이 있으면, 지금 뒤에 [문장가]에 이른 자가 글 짓는 사를 얻지 못하거나, 글 짓는 사를 얻었어도 시한 내에 문장을 완성하지 못했을 경우, 앞서 얻은 동그라미를 모두 문장선진에게 바친다【전에 [문장가]에 도착한 적이 있지만 글 짓는 사를 얻지 못했거나 글을 완성하지 못했을 경우엔 '선진先進'이라고 부르지 않는다】.

○두 사람이 함께 [문장가]에 도달했는데, 한 사람은 글 짓는 사를 얻고 다른 사람은 못 얻었다면, 글 짓는 사를 얻은 사람은 시한 내 글을 완성한 뒤, [글 짓는 사를] 얻지 못한 사람을 마음대로 아무 곳에나 물려 놓을 수 있다. 만약 둘 다 글 짓는 사를 얻었다면, 먼저 완성한 사람이 뒤에 완성한 사람을 세 자리 물리고, 동시에 앞서 얻은 동그라미와 이번에 얻은 동그라미를 모두 빼앗아 가진다【앞서 얻은 동그라미가 없는 사람은 뒤에 채우

---

170 시운(猜韻) : 뒤의 『[연구(聯句) 규칙]』에 나온다. '시운'은 시의 운자를 알아맞히는 놀이이다. 여기선 놀이 속의 놀이로 사용되지만, 독립된 놀이로도 논다.

게 할 수도, 면해 줄 수도 있다. 먼저 완성한 사람이 당시에 너그러운지 편협하게 하는
지에 달려 있을 뿐이다. 선진의 법도 같다】.

○ 문장선진이 두 번째 붙어서 화산·여산·동정호·삼협·황학루·악
양루·등왕각에 도착하면, 어떤 사를 얻었든 글을 지어 동그라미를 받는다.

○ 문장선진이 두 번째 붙어서 또 [문장개]에 도착하면, 사를 던지기
전에 곧장 동그라미 세 개를 받는다. 글 짓는 사를 얻으면 짓지 않아도
동그라미를 받고, 글이 완성되면 다섯 배의 동그라미를 받는다.

○ 문장선진이 두 번째 붙어서 다시 [[문장개]에] 도착하고, 세 번째 붙
어서 또 [[문장개]에] 도착하면, 곧장 일등이 된다.

○ [문장개]에 도착해 연달아 두 번 글 짓는 사를 얻고, 두 편의 글을
모두 시한 내에 완성하면, 두 배의 동그라미를 받는다. 다시 두 개의 사
를 던져 나아간다.

○ 판이 흩어지고 나면, 꼴찌를 한 사람은 일등을 한 사람에게 절하고
술 한 잔을 바친다. 일등의 동그라미가 열 개를 넘으면 두 번 절하고 두
잔을 바친다. 꼴찌를 한 사람이 동그라미가 없으면, 동그라미를 얻은 사
람들에게 두루 [술잔을] 바친다.

고문古文【200자字 이상, 시간 제한: 불꽃 심지[171] 3치.】

여문儷文【10연聯 이상, 불꽃 심지는 위와 같음.】

고시古詩·배율排律·장단구長短句【8운韻 이상, 불꽃 심지 2치.】

부부賦【10운 이상, 불꽃 심지는 위와 같음. 초사楚辭도 같음.】

사언四言·게게偈【6운 이상, 불꽃 심지 1치.】

율시律詩·절구絶句·삼오칠언三五七言【불꽃 심지는 위와 같음.】

---

171 불꽃 심지 : 원문은 화승(火繩)이다. 불붙인 불꽃 심지의 길이를 정해 주는 것이다. 정해
진 길이가 다 타는 동안을 시한으로 정한다.

가歌【5운 이상, 불꽃 심지는 위와 같음.】

회문回文·옥련玉連【불꽃 심지 2치.】

악부樂府【모두 고시와 같음.】

악장樂章·금조琴操·사詞【모두 가歌와 같음.】

일언지십언一言至十言【불꽃 심지는 고시와 같음.】

기사記事【50자 이상, 동그라미圈 2개.】

상정觴政·시령詩令·소령小令【20자 이상, 동그라미 1개.】

단결丹訣【4운 이상, 동그라미는 [위와] 같음. 위 기사 이하 불꽃 심지는 모두 1
치.】

상량문上梁文【시와 겸하므로 5치의 시한을 준다. ○ 기타 시에 서序가 붙었거나,
찬贊에 인引이 붙었거나, 부賦 아래 송頌이 달렸거나, 비문 끝에 명銘이 이어진 등
등을 짓기 원할 경우, 모두 두 가지 문장의 시한을 넉넉히 허락한다. ○ 구수句數
가 여기에 정한 규칙보다 두 배일 경우엔 두 배의 동그라미를 받는다. 성현과 문
장선진은 정해진 구수와 불꽃 심지의 제한을 받지 않는다.】

〖동점 처리比較〗[172]

일등 두 사람의 동그라미 수가 같거나, 꼴찌 두 사람의 동그라미 수가
같거나, 혹은 여러 사람의 동그라미 수가 같은 경우, 글을 지어 글을 빨
리 완성하는 순서로 등수를 정한다.

한사망·사閑似忙詞[173]【2인 비교】

---

172 동점 처리[比較] : 과거 시험에서 동점자가 발생하여 우열을 가려야 할 때 다시 보이는 시
   험을 '비교시(比較試)'라고 한다.
173 한사망·사(閑似忙詞) : 송의 소식이 시작한 사체(詞體)이다. 3자구와 7자구를 번갈아 짓는
   데, 1·2구를 한 운으로 압운하고, 다음 3·4구는 다른 운으로 압운하는 방식이다. 특히 3
   자구는 전구(前句)를 뒤집어 사용하는 것으로 이어 가는데, 예를 들면 첫 구의 '한사망(閑
   似忙)'을 3구에서는 '망사한(忙似閑)'으로 짓는 식이다. 이 방식이 꼬리가 머리를 두르고
   있는 모양과 같다고 해서 '요두체(繞頭詩)'라고도 한다. 원래는 소식이 주최하고 왕안석

오잡조·사五雜組詞[^174]【3인 비교】

양두섬섬·사兩頭纖纖詞[^175]【4인 비교】

오운시五韻詩【양왕장강강체梁王長康强體[^176] ○5인 비교】

수미음首尾吟[^177]【6인 비교】

급취편急就篇[^178]【7인 비교】

(王安石)·진관(秦觀)·불인화상(佛印和尚) 등이 참석한 연회에서 소식이 제안한 주령(酒令)이었다고 한다.

174 오잡조·사(五雜組詞) : 사체의 한 가지이다. 원래는 3언 6구의 고악부(古樂府)로, 첫 구인 '오잡조(五雜組)'를 편명으로 삼은 것이다. 『사계(詞繫)』에는 이에 대한 송 범성대(范成大)의 언급이 인용되어 있다. "〈오잡조(五雜組)〉와 〈양두섬섬(兩頭纖纖)〉은 거의 소령(小令)에 가깝다. 공평중(孔平仲)이 이것을 짓는 걸 가장 좋아해서 사(詞)로 장난을 쳤다. 그러므로 또한 그것을 본받았다."『석호집(石湖集)』.『사계』에 의하면 사보(詞譜)엔 둘 다 누락되었다고 한다.

175 양두섬섬·사(兩頭纖纖詞) : 7언 4구의 고악부 잡체시 중 하나이다. 첫 구의 "양두섬섬월초생(兩頭纖纖月初生)"으로부터 '양두섬섬'이라는 이름이 붙었다.

176 오운시(五韻詩) 양왕장강강체(梁王長康强體) : 오운시는 육조시대 양 고조(梁高祖)가 신하들과 지은 오자첩운시(五字疊韻詩)를 말한다. ○ '첩운(疊韻)'이란 운모(韻母)가 같은 글자를 연이어 사용하는 것이다. 오언첩운시는 첩운으로 오언구를 지은 것이다. ○ 첩운시는 양 고조(梁高祖)가 처음 시작했다. "양 고조가 일찍이 오자첩운(五字疊韻)을 지었는데, '뒷창엔 석류와 버드나무가 있고(後牖有榴柳)'라고 했다. 조정 신하들을 모아 함께 짓도록 했는데 유효작(劉孝綽)은 '양왕께선 길이 강건하시네(梁王長康强)', 심약(沈約)은 '뱃머리에서 새우잠을 자니(偏眠船舷邊)', 유견오(庚肩吾)는 '비수를 차고 매양 수중보에 막히네(載匕每礙块)', 서리(徐摛)는 '신이 어제 우의 묘에 제사 지내고, 6곡의 삶은 사슴고기를 남겼나이다(臣昨祭禹廟, 殘六斛熟鹿肉)', 하손(何遜)은 조조의 고사를 써서 '해 질 녘 소주의 고소대는 황폐하구나(暮蘇姑枯盧)'라고 했다. 오균(吳均)은 오랫동안 생각에 잠겼지만 끝내 아무 말도 하지 못하니, 고조가 불쾌해했다. 잠시 뒤 조서를 내려 '오균은 대등하지 않고 하손은 불손하니, 정위(廷尉)에게 회부해 [문죄하는 게] 마땅하다.'고 했다(梁高祖嘗作五字疊韻, 曰:'後牖有榴柳', 會朝士並作. 劉孝綽曰'梁王長康强', 沈約曰'偏眠船舷邊', 庚肩吾曰'載匕每礙块', 徐摛曰'臣昨祭禹廟, 殘六斛熟鹿肉', 何遜用曹瞞故事, 曰'暮蘇姑枯盧'. 吳均沈思良久, 竟無所言, 高祖怏然不悅. 俄有詔曰:'吳均不均, 何遜不遜, 宜付廷尉'.)"『태평광기(太平廣記)』. '양왕장강강체'는 유효작의 구를 가져다 이 체의 별명으로 삼은 것이다.

177 수미음(首尾吟) : 시체의 이름이다. 시의 첫 구[首]와 마지막 구[尾]를 동일하게 짓는 것으로, 송(宋) 소옹(邵雍)의 〈수미음(首尾吟)〉에서 시작되어 뒤에 시체의 이름으로 성립되었다.

178 급취편(急就篇) : 급취장(急就章)이라고도 한다. 서한(西漢)의 사유(史遊)가 편찬한 자서(字書)인 동시에 백과사전의 성격을 지닌 책이다. 전체 1,394자로, 각종 물명과 성씨·인명·금수(錦繡)·음식·의복·신민(臣民)·기물·충어(蟲魚)·복식·음악에서 궁실·식물·동물·

팔음체시八音體詩[179]【8인 비교 ○ 이상 모두 일등을 겨룬다.】

대소언大小言[180]【2인 비교】

헐후체歇後體[181]【3인 비교】

고침체藁砧體[182]【4인 비교】

판判[183]【5인 비교】

육갑체六甲體[184]【6인 비교】

질병·약품·관직·법률·지리 등에 이르기까지 광범위한 내용이 수록되어 있다. 기본적으로 자서이므로 낱글자를 나열하는 방식으로 서술되는데, 제언체(齊言體)의 율문인 독특한 문체로 서술되어 있다. 즉 책 전체가 3언·4언·7언의 운문으로 서술되어 있으며, 3언과 4언은 두 구마다 압운하고, 7언은 매 구마다 압운하고 있다. 이런 문체는 암송의 편리성 때문에 고안된 것으로 생각된다. 후대에 이를 이어받아 다양한 '급취편·장'들이 지어졌다. 대표적인 것으로 송 구양수의 『주명급취장(州名急就章)』, 왕응린(王應麟)의 『성씨급취편(姓氏急就篇)』 같은 것들이 있다.

179 팔음체시(八音體詩) : 잡체시의 하나로, 금(金)·석(石)·사(絲)·죽(竹)·포(匏)·토(土)·혁(革)·목(木) 여덟 글자를 매 안짝 구의 첫머리에 넣어 짓는 것을 팔음체 혹은 팔음시라고 한다. ○ 팔음은 여덟 가지 재료로 만들어진 악기가 내는 소리를 가리키는 말이다. 여덟 가지 재료는 금(金)·석(石)·사(絲)·죽(竹)·포(匏)·토(土)·혁(革)·목(木)이니, 악기로는 종(鍾)·경(磬)·금슬(錦瑟)·대금[簫管]·피리[笙竽]·훈(壎)·고(鼓)·축어(柷敔)에 해당한다.

180 대소언(大小言) : 대언(大言)과 소언(小言)의 합칭이다. 잡체시의 일종으로, 지극히 크게 과장해 말하는 체와, 반대로 지극히 작은 것을 묘사하는 체이다.

181 헐후체(歇後體) : 잡체시의 하나로, 시를 지을 때 어구(語句)의 끝을 숨기고 앞부분만 남겨 뜻을 암시하는 방식으로 시어를 사용하는 것을 말한다. '헐후(歇後)'란 뒷부분을 생략한다는 말이다. 일종의 은어이자 언어 유희인데, 당의 정계(鄭綮)가 이 방식으로 풍자시를 지어 '정오헐후체(鄭五歇後體)'로 불렸다.

182 고침체(藁砧體) : 잡체시 가운데 하나로, 은어를 시어로 사용해 짓는 시체이다. ○ 『옥대신영(玉臺新詠)』에 실린 한대(漢代) 잡곡가사(雜曲歌辭) 중 무명씨가 지은 〈고절구(古絕句)〉의 첫째 수 첫 구가 '고침금하재(藁砧今何在)'이다. '고침'은 원래 풀을 베는 도구이지만, 이 시에서는 남편을 가리키는 은어로 사용되었다. 이 시는 전체가 은어로 이루어져 있는데, 글자의 음과 모양, 뜻을 이용해 원관념을 숨기는 방식의 은어를 사용했다. 이런 방식으로 시를 짓는 것을 고침체라고 한다.

183 판(判) : 판결문이다.

184 육갑체(六甲體) : 잡체시의 하나로, 육십갑자(六十甲子)의 글자를 넣어 짓는 시체이다. 육갑 중에서 운자를 선택하기도 하고, 시어로 사용하기도 한다. ○ 육갑체의 시초로 언급되는 것은 남조(南朝) 진(陳)의 심형(沈炯)이 지은 〈육갑시(六甲詩)〉이다. 20구의 오언고시인 이 시는 매 짝의 첫 글자로 갑(甲)·을(乙)·병(丙)·정(丁)·무(戊)·기(己)·경(庚)·신

이합체離合體[185][7인 비교]

성명시姓名詩[186][참동계 졸장체參同契卒章體[187] ○ 8인 비교 ○ 이상은 모두 꼴찌를 겨룬다.]

집구문集句文[188][경6 ○ 판에 있는 모든 사람의 동그라미 숫자가 같아서, 일등과 꼴찌가 가려지지 않을 때 이것으로 비교한다.]

〖별래別來: 5부部, 40곳處〗

'별래'는 모두 육이 나온 사六杳로 짓는데, 정해진 구수句數나 시간 제한에 구애받지 않는다. 글이 완성되면 동그라미를 두 배로 받은 다음 다시 원래의 자리에 붙고, 두 번째 붙은 것으로 친다. 두 번째 붙은 사람은 세 번째 붙은 것으로 치고, 세 번째 붙은 자는 바로 일등으로 인정한다. 만약 육이 나온 사六杳를 얻지 못하고 다른 사를 얻으면, 본래 있던 곳의 사本處杳를 다시 사용한다.

○ 별래의 사別來杳를 얻으면, 오길 원하는 자는 오고 오길 원하지 않는 자는 본래의 사를 사용해도 된다.

(辛)·임(壬)·계(癸)를 넣어 지었다.

185 이합체(離合體): 잡체시의 한 가지로, 시를 읽을 때 시어의 낱글자를 파자한 다음 다시 합쳐서 새로운 글자를 만들어 읽어야 의미가 통하도록 고안된 시체이다. 일종의 글자 수수께끼를 바탕으로 운용되는 시체이다.

186 성명시(姓名詩): 잡체시의 하나로, 매 구마다 사람의 성명을 삽입해 짓는다. 시 속에 사람의 성명이나 자(字)·호(號) 등을 직접 삽입하기도 하고, 풀이를 통해서만 드러나도록 숨겨 놓기도 한다. 한자의 중의적 특성을 활용해 시어를 운용하는 것으로, 문자 유희에 가까운 시체다. 인명시(人名詩)라고도 부른다.

187 참동계 졸장체(參同契卒章體): 『참동계』의 마지막 장[卒章]인 「자서계후장(自敍啓後章)」은 사언체(四言體)로 서술되어 있다. ○『참동계』 또는 『주역참동계(周易參同契)』는 후한(後漢) 환제(桓帝) 때 위백양(魏伯陽)이 저술한 도교 경전이다.

188 집구문(集句文): 기존의 유명 문장에서 가져온 구절을 조각조각 모아서 말을 이어 나가는 방식으로 문장을 짓는 것을 말한다. ○『숙수념』 제10관, 「경(庚). 식오념(式敎念)」 6에 홍석주와 홍길주 형제가 이 방식으로 주고받은 편지가 실려 있다. 홍길주의 〈가형께 올리는 편지(上書家兄)〉와 홍석주의 〈답서(答書)〉이다.

○두 차례 별래로 와서 글을 완성하면, 곧장 일등으로 인정한다.

○문장선진의 별래는 오가 나온 사五卺로도 짓는다. 육경·전사·우혈·양원·한림은 사나 삼이 나온 사四卺·三卺로도 짓는다.

○별래에서 글 짓는 사作卺를 얻지 못했지만 머물기를 원하는 자는 머물게 허락한다. [그러나] 세 번 던져서도 글 짓는 사를 얻지 못하면 본래 있던 곳으로 돌아가 붙는다.

○세 번 던져서, 그 안에 육이 나온 사를 얻어 [글을] 지은 사람은 두 배의 동그라미를 받을 뿐 두 번째 붙은 것으로 치지는 않는다.

○두 번 던져서 얻는 자는 동그라미 수를 두 배로 한 다음에 다시 육을 사용한다. 세 번 던져 얻은 자는 그렇게 하지 않는다.

○별래에서 돌아오기 전에는 원래 있던 곳에서 사용하던 법을 사용하지 못한다.

[시령時令] 봄: 오언고시 건제체建除體,[189] 청명: 칠언율시, 여름: 오언고시, 단오: 오언율시, 가을: 부賦, 중양절: 칠언율시, 겨울: 칠언고시 수체數體,[190] 남지: 복괘찬復卦贊[191]

---

189 건제체(建除體) : 잡체시의 한 종류이다. 건(建)·제(除)·만(滿)·평(平)·정(定)·집(執)·파(破)·위(危)·성(成)·수(收)·개(開)·폐(閉), 이 열두 글자를 차례로 넣어서 짓는 시체이다. 남조 송의 포조(鮑照)의 시가 유명하다. ○'건제'는 고대 음양가(陰陽家)에서 날의 길흉을 정하는 열두 별자리의 이름이다.

190 수체(數體) : 잡체시의 한 종류로, 매 홀수 구 첫 자에 '一(일)'에서 '十(십)'까지를 차례로 놓아 짓는 시체이다.

191 남지 : 복괘찬(復卦贊) : 동지를 맞아, 복괘의 찬(贊)을 짓는 과제이다. 남지는 동지의 다른 말이다. 『주역』에서는 태양의 시작을 동지로 보고 복괘(復卦)를 11월에 배치하였다. 복괘(☳)의 상은 음효만 쌓인 가운데 양효가 한 개 들어간 것이니, 이것은 음이 극에 달해 일양(一陽)이 시작되는 모습으로, 새로운 시작을 의미한다. 따라서 주(周)에서는 11월을 정월로 삼고 동지를 설로 삼았다.

[**관작官爵**] 제후公侯¹⁹²: 책명策命,¹⁹³ 부마: 잠箴, 간의諫議: 봉사封事,¹⁹⁴ 한림:

제고制誥,¹⁹⁵ 어사: 탄문彈文,¹⁹⁶ 절도사: 칠언고시, 자사刺史: 공이公移,¹⁹⁷

태수: 오언고시 읍명체邑名體¹⁹⁸

[**서적書籍**] 육경: 책策,¹⁹⁹ 제자諸子: 변辨,²⁰⁰ 전사全史: 오언고시 인명체人名體,

---

192 제후[公侯] : 원문은 '공후(公侯)'인데 공후(箜篌)와 구분하기 위해 '제후'로 번역했다.

193 책명(策命) : 황제가 태자나 왕 혹은 제후 등을 책봉할 때 내는 책봉 문서이다.

194 간의(諫議) : 봉사(封事) : 간의는 간의대부(諫議大夫)의 약칭으로, 임금의 정사를 논란하는 언론을 담당하는 관직이다. 봉사(封事)는 밀봉해서 황제가 직접 뜯어보게 한 상소문이다. 임금에게 기밀의 사안을 건의할 때 누설을 방지하기 위해서 검정 주머니에 담아 밀봉하여 올렸기 때문에 '봉사'라고 한다.

195 한림 : 제고(制誥) : 제고는 황제가 반포하는 조령(詔令)을 일컫는다. 한림원의 학사[翰林學士]가 주로 제고의 작성을 담당했다. 특히 백거이의 제고가 유명해서, 한림학사로 재직하면서 작성한 백여 편에 달하는 「한림제고(翰林制誥)」가 『백씨장경집(白氏長慶集)』에 실려 있다.

196 어사 : 탄문(彈文) : 탄핵하는 글이다. 탄묵(彈墨)이라고도 한다. 어사의 직책과 관련된 글이다.

197 자사(刺史) : 공이(公移) : 자사는 대표적인 지방 장관의 직책이다. 공이는 관아 사이에 왕래하는 공문서로, 이문(移文)이나 회이(回移)라고도 한다.

198 읍명체(邑名體) : '지명시(地名詩)'라고도 한다. 시 안에 군(郡)·주(州)·현(縣)의 이름이나 도리명(道里名), 산천·명승고적의 이름 등을 넣어 짓는 것이다. 단순히 지명을 넣기도 하지만, 한자의 중의성을 이용해 이중으로 읽히도록 기교를 부리기도 한다. 현존하는 최초의 지명시는 남조 송(南朝宋) 사장(謝莊)의 〈심양에서 남경까지, 도리명을 모아서 시를 이루다(自潯陽至都, 集道里名, 爲詩)〉이다.

199 책(策) : 한문 문체의 하나로, 책문(策問)과 대책(對策)을 아울러 일컫는 말이다. 주로 과거 시험에서 정치의 도(道)와 방법에 대해 제출되는 질문과 이에 대한 답안이다. 문제는 책문(策問) 또는 책제(策題)라고 하여 조령체(詔令體)이고, 답안은 대책(對策)이니 사책(射策)이니 하여 주의체(奏議體)에 속한다. 유협의 『문심조룡(文心雕龍)』에 의하면 "대책은 임금의 질문에 응해 직접 진술하는 것이고, 사책이란 것은 사실을 탐구해 의견을 바치는 것(又對策者, 應詔而陳政也. 射策者, 探事而獻說也)."이라고 하였다. 한편 선비나 현직 관료가 개인적으로 시무책에 대해 임금에게 올리는 것도 '책'이다. 제책(制策)·시책(試策)·진책(進策)이라 한다.

200 제자(諸子) : 변(辨) : '변'은 한문 문체 중의 하나인 논변체(論辨體)에 속하는 문체이다. 시비와 진위를 가리는 논술 문체로, '변'은 '판별하다'라는 뜻이다. 형식이나 체제가 '난(難)'과 비슷하지만, 변은 혐의를 주로 따져 밝히고, 난은 힐책에 초점을 맞춘다. 이 문체가 본격적으로 지어진 것은 당송 고문가들부터이다. 한유의 〈휘변(諱辨)〉이나 유종원의 〈동엽봉제변(桐葉封弟辨)〉 같은 것이 대표적이다. ○ 제자백가가 다투어 유세하던 춘추전국

병서兵書: 서序, 시화詩話: 평評, 불서佛書: 칠언고시, 도록道錄: 오언율시,

처방문: 오언고시 약명체藥名體[201]

[고적古蹟] 우혈禹穴: 오언고시, 양원梁園: 부賦, 고소대姑蘇臺: 칠언절구 집구

시集句詩,[202] 화표주華表柱: 명銘, 허유총許由塚: 갈碣,[203] 양공비羊公碑: 칠언

고시, 서시의 완사석西施浣紗石: 사詞, 이광의 사호처李廣射虎處: 칠언율시

[인사人事] 조회朝會: 오언배율, 전쟁: 격檄,[204] 농사: 권농문勸農文, 길쌈: 오

언율시, 서화書畫: 발跋, 바둑: 오언고시, 그리움懷思: 사수시四愁詩,[205] 전

별餞別: 서序[206]

시대에 논변체의 기본 형식이 확립되었다고 볼 수 있다.

201 약명체(藥名體) : 잡체시의 한 종류이다. 각 구마다 약 이름을 하나씩 넣어 짓는다. 한자의 특성을 이용해, 약 이름을 중의적(重意的)으로 이용하는 수사를 구사하는 시체이다. 육조시대에 시작된 것으로 알려져 있는데, 왕융(王融)·양간문제(梁簡文帝)·원제(元帝)·유견오(庾肩吾)·심약(沈約)·경릉왕(竟陵王) 등이 모두 이 체의 시를 지었다. 당에 와서 크게 유행하였으며, 약명체라는 이름도 성립되었다.

202 칠언절구 집구시(集句詩) : 칠언절구를 집구시로 짓는 과제이다. 집구시는 기성의 시구(詩句)를 모아 한 편의 시를 만드는 작법이다. 진(晉)의 부함(傅咸)이 경전 구절을 모아 만든 집경시(集經詩)가 시작이라 한다.

203 허유총(許由塚) : 갈(碣) : 허유 무덤의 비석에 쓸 묘갈문을 짓는 과제이다. ○'갈'은 비석의 한 종류로, 부석(趺石)은 네모나고 수석(首石)은 둥근, 5품 이하 관원이 사용하는 비석이다. 여기에 적히는 문장도 '갈'이라고 한다. 고대에는 '비'와 '갈'을 통용했다. '갈'의 문체역시 비지(碑誌)와 유사하다. 명(銘)은 있을 수도 없을 수도 있다.

204 전쟁 : 격(檄) : '격'은 격문(檄文)이다. 사람들을 선동하거나 의분을 고취하려고 쓰는 글이다. 격서(檄書)라고도 한다. 전쟁에서 적군을 설복하거나 힐책하기 위해 선포하는 글도 있고, 급히 여러 곳으로 보내 여러 사람에게 알리기 위해 쓰는 글도 있다.

205 그리움[懷思] : 사수시(四愁詩) : '사수시'는 후한(後漢) 장형(張衡)이 지은 4장체 시이다. 이 시의 매 장은 차례로 동·남·서·북 사방의 먼 곳에 있는 그리운 사람[美人]을 거론하며, 길이 멀어서 가지 못하는 심정을 노래한다. 매 장마다 반복되는 구절 속에 특정 단어만 바꾸는, 반복적 형식을 구사한다. ○당시 한(漢)의 조정은 무너져 가고 천하는 극도로 피폐해져 갔다. 『문선(文選)』에 수록된 이 시의 소서(小序)에선 "그때 천하는 점차 무너지고 장형은 울울히 뜻을 얻지 못하여 사수시를 지었다(時天下漸弊, 張衡鬱鬱不得志, 爲四愁詩)." 라고 했다.

206 전별(餞別) : 서(序) : 사람을 전송하는 자리에서 지어지는 송서(送序)를 짓는 과제이다. 송서는 남과 이별할 적에 이별의 아쉬움이나 당부, 교훈의 뜻을 붙여 적어 주는 글이다.

부	별래: 5부, 40곳							
시령	곳	봄	청명	여름	단오	가을	중양절	겨울	남지
	작문	오언고시 건제제	칠언율시	오언고시	오언율시	부	칠언율시	칠언고시 수체	복쾌찬
관작	곳	제후	부마	간의	한림	어사	절도사	자사	태수
	작문	책명	잠	봉사	제고	탄문	칠언고시	공이	오언고시 읍명체
서적	곳	육경	제자	전사	병서	시화	불서	도록	처방문
	작문	책	변	오언고시 인명체	서	평	칠언고시	오언율시	오언고시 약명체
고적	곳	우혈	양원	고소대	화표주	허유총	양공비	서시의 완사석	이광의 사호처
	작문	오언고시	부	칠언절구 집구시	명	갈	칠언고시	사	칠언율시
인사	곳	조회	전쟁	농사	길쌈	서화	바둑	그리움	전별
	작문	오언배율	격	권농문	오언율시	발	오언고시	사수시	서

별래(別來) 5부(部) 40곳(處)

〖별제別題 12곳〗

부部마다 한 곳씩이다.

○별제가 있는 곳에 도착해서, 아직 원래의 글 짓는 사를 얻지 못했지만 사를 던지지 않고 별제를 짓기 원하는 자는 허락한다. 구수句數는 본래의 법과 같다. 불꽃 심지의 제한은 모두 2촌이다. 동그라미를 받는 것은 본래의 법과 비교해 하나를 더해 준다. 두 번째 붙는 자는 별제를 지을 수 없다. 이미 동그라미를 세 개 이상 가진 사람도 지을 수 없다.

비: 기우청사祈雨靑詞,[207] 귀인: 사군우열론四君優劣論,[208] 태산: 봉선문

---

[207] 비 : 기우청사(祈雨靑詞) : 비를 비는 기우제에서 쓸 청사를 작성하는 과제이다. '청사'는 도교 제사인 초제(醮祭) 때 천신(天神)에게 고하는 글이다. 붉은 먹으로 푸른 등나무 종이에 쓰기 때문에 청사라고 한다.

[208] 귀인 : 사군우열론(四君優劣論) : 네 임금의 우열을 논평하는 과제이다. '사군'은 전국시대

封禪文,²⁰⁹ **황하**: 선하후해의先河後海議,²¹⁰ **난정**: 필첩진안변筆帖眞贗辨,²¹¹

녹야당綠野堂: 배진공행장裵晉公行狀,²¹² **대나무**: 묵군당중수기墨君堂重修

記,²¹³ **모란**: 화왕세가花王世家,²¹⁴ **원앙새**: 혼서婚書,²¹⁵ **나귀**: 고사삼십칙

의 네 임금인 위(魏)의 신릉군(信陵君), 제(齊)의 맹상군(孟嘗君), 조(趙)의 평원군(平原君),
초(楚)의 춘신군(春申君)이다.

209 태산ㆍ봉선문(封禪文) : 태산에서 봉선의 제사를 지낼 것을 논의하는 글을 짓는 과제이다.
○'봉선'은 고대에 천명을 받은 제왕이 천지에 제사하는 큰 의식이다. 봉(封)은 태산 위
에 단을 쌓고 하늘의 은공에 보답하는 제사이고, 선(禪)은 태산 아래 양보산(梁父山)에서
땅의 은덕에 보답하는 제사이다. 『사기』〈사마상여열전(司馬相如列傳)〉에 의하면, 사마
상여(司馬相如)가 임종 직전 지어 바친 봉선서(封禪書)에 의거해 한 무제(漢武帝)가 태산에
가서 봉선을 행했다고 한다. 『문선(文選)』「부명(符命)」에는 봉선서를 봉선문(封禪文)이라
고 했다.

210 황하ㆍ선하후해의(先河後海議) : 기우제를 지낼 때 황하[河]의 신에게 먼저 제사를 지내고
바다[海]의 신에게는 뒤에 지내는 것에 대해 논술하는 과제이다. ○『예기(禮記)』「학기
(學記)」에서는 "삼왕이 물에 제사를 드릴 때는 모두 황하에 먼저 지내고 뒤에 바다에 지
냈다. 하나는 원류이고 하나는 말단이니, 이런 것을 근본에 힘쓴다고 하는 것이다(三王之
祭川也, 皆先河而後海. 或源也, 或委也, 此之謂務本)."라고 했다. 『예기집설(禮記集說)』은 이에
대해 "산은 물의 근원이다. 장차 비가 오도록 기도하려는 것이기 때문에 먼저 그 근원에
제사를 지내는 것이다. 삼왕이 물에 제사를 지낼 때 황하를 먼저 하고 바다를 뒤에 한 것
은 근본을 중시함을 보인 것이다(山者, 水之源, 將欲禱雨, 故先祭其本源. 三王祭川, 先河後海, 示
重本也)."라고 해설했다.

211 난정ㆍ필첩진안변(筆帖眞贗辨) : 필첩의 진위를 가리는 변(辨)을 짓는 과제이다. ○ 왕희지
(王羲之)의 「난정첩(蘭亭帖)」은 워낙 진위 논쟁이 많다. 각주 99, 100 참조.

212 녹야당(綠野堂)ㆍ배진공행장(裵晉公行狀) : 녹야당의 주인인 배도의 행장을 짓는 과제이
다. ○ 배진공은 배도(裵度)이다. 당나라 헌종 연간에 회서(淮西)의 난을 평정하고 그 공
으로 진국공(晉國公)에 봉해졌다. 녹야당은 그의 만년의 거처이다. 『신당서(新唐書)』〈배
도열전(裵度列傳)〉 각주 120 참조.

213 대나무ㆍ묵군당중수기(墨君堂重修記) : 묵군당을 중수한다고 가설하고 이에 대한 기문을
짓는 과제이다. ○ 묵군(墨君)은 먹으로 그린 대나무를 가리킨다. 왕희지가 대나무를 '군
(君)'이라고 칭한 이래 대나무는 죽군ㆍ묵군 등 '군'으로 호칭된다. 묵군당은 송 문동(文同)
의 거처이다. 문동이 영태현(永泰縣) 옛집 죽림 속에 묵군당(墨君堂)을 짓고, 안에 먹으로
대나무 그림을 그려 걸고서는 소동파에게 기문(記文)을 부탁했다. 이에 소동파는 「묵군
당기(墨君堂記)」를 지었다. 문동은 유명한 묵죽(墨竹) 화가이며 소식의 표형제이다. 이 둘
은 묵죽을 소재로 '흉중죽(胸中竹)'의 회화 이론을 정립하였다.

214 모란ㆍ화왕세가(花王世家) : '화왕 모란의 세가'를 작성하는 과제이다. ○ 화왕은 모란을
가리킨다. 『본초강목(本草綱目)』에 "뭇 꽃들 중 모란을 제일로 친다. 그러므로 세상에선
화왕이라고 일컫는다(群芳中以牡丹爲第一, 故世謂花王)."라고 했다. '세가'는 제후(諸侯)의

故事三十則, **벼루: 석허중전石虛中傳,**[216] **거문고: 금보琴譜**

별제 12곳		
부(部)	곳[處]	제목
천문	비	기우청사(祈雨靑詞)
인품	귀인	사군우열론(四君優劣論)
명산	태산	봉선문(封禪文)
가수	황하	선하후해의(先河後海議)
누대	난정	필첩진안변(筆帖眞贗辨)
궁실	녹야당	배진공행장(裵晉公行狀)
초목	대나무	묵군당중수기(墨君堂重修記)
화훼	모란	화왕세가(花王世家)
금조	원앙새	혼서(婚書)
어수	나귀	고사삼십칙(故事三十則)
기용	벼루	석허중전(石虛中傳)
음악	거문고	금보(琴譜)

별제 12곳

[**부지**部志]

처음 부部의 경계에 도착해서 육이 나온 사六柶를 얻었는데, 진행하는 대신 별제를 짓겠다는 사람은 허락하고, 해당 부의 지部志를 짓게 한다. 부 안의 14목目을 편 안에 나열해 서술하도록 요구한다. 불꽃 심지의 한 계는 2치이다. 시한 내에 글을 완성하면 동그라미 다섯 개를 주고, 곧장

전기이다. 『사기』에 처음 등장하며, 분봉된 국가의 군주나 제후들을 다루어, 황제의 본기(本紀)에 대한 제후의 열국사(列國史)의 의미로 사용되었다.

215 원앙새 : 혼서(婚書) : 혼서는 신랑 집에서 신부 집으로 납채할 때 보내는 서간이다. 예서(禮書) · 예장(禮狀)이라고도 한다. 원앙새는 부부 금실을 상징하는 새이므로 혼서와 짝이 되었다.

216 벼루 : 석허중전(石虛中傳) : 석허중의 전(傳)을 짓는 과제이다. ○ 석허중은 벼루를 의인화한 이름이다. 당의 문숭(文嵩)이 지은 〈석허중전(石虛中傳)〉이 있는데, 주인공인 벼루의 성이 석(石)이고 이름은 허중(虛中 : 가운데가 비었다는 뜻)이고, 즉묵후(卽墨侯)에 봉해졌다고 했다. 『고금사문유취(古今事文類聚)』.

해당 부의 제3위로 올린다. 오 이하의 사로는 짓지 못한다. 두 번째 붙은 자도 짓지 못한다.

〖증제增題 8곳〗

해당 목目의 주註에 나온다.

○ 증제增題가 있는 곳에 도착해 글 짓는 사를 얻고, 원래 제목으로 글을 지었으나 불꽃 심지가 남아 다시 시한 내에 증제를 지으면, 원제는 두 배의 동그라미를 받고, 증제는 바로 동그라미 열 개를 받는다. 그리고 두 번째 붙은 것으로 친다. 두 번째 붙은 자는 곧장 일등이다.

○ 증제가 완성되기 전 시한이 끝나면 원제의 본래 동그라미만 받는다.

○ 원제가 완성되었고 시한도 남았지만 증제를 짓기 원하지 않는다면, 원제의 본래 동그라미만 받는다.

○ 여덟 곳 이외에 스스로 증제를 출제해서 짓겠다는 자가 있으면 허락한다. 규칙은 모두 위와 같다.

○ 증제는 육경六經 중 한 가지 문체를 모방할 뿐, 다른 문체로는 짓지 못한다.

○ 한 판 안에 두 번 증제를 짓는 자는 곧바로 일등이다.

〖합제合題 80곳〗

[문장가]는 제목을 합해서合題 지을 수 있는 곳이 많다. 그러나 기록하지 않으니, '문장'은 한 판의 주인이어서 모든 것을 통괄하기 때문이다.

[해]·[바다]: 바다의 해돋이海上日出, 칠언율시
[달]·[술꾼]: 술잔을 잡고 달에게 묻다把酒問月, 칠언고시[217]

---

217 [달]·[술꾼] …… 칠언고시 : '술잔을 잡고 달에 묻다'를 제목으로 칠언고시를 짓는 과제

[달]·[미녀]: 미인이 달을 대하고佳人對月, 칠언절구

[달]·[아미산]: 아미산 월가峨眉山月歌, 칠언고시[218]

[달]·[남루]: 남루에서 달구경하는 글南樓賞月會序[219]

[달]·[계수나무]: 달 속 계수나무月中桂, 오언율시

[달]·[생황]: 달 아래 피리를 불다月下吹笙, 삼오칠언三五七言

[바람]·[호랑이]: 바람이 호랑이를 따르는 것에 대한 찬송風從虎贊[220]

[구름]·[무산]: 무산의 아침 구름巫山朝雲, 부賦[221]

[구름]·[용]: 구름이 용을 따르는 것에 대한 설雲從龍說[222]

[비]·[무산]: 무산의 저녁 비巫山暮雨, 오언절구[223]

[서리]·[단풍]: 칠언절구

[눈]·[아미산]: 칠언고시

[눈]·[섬계][224]: 오언절구

이다. ○ 이백(李白)의 시 〈술잔을 잡고 달에게 묻다(把酒問月)〉가 있다. 칠언고시이다.

218 [달]·[아미산] …… 칠언고시 : '아미산(峨嵋山)의 달'을 제목으로 칠언고시를 짓는 과제이
   다. ○ 아미산은 중국 사천성 아미현(峨眉縣) 서남쪽에 있는 산이다. 이백(李白)의 시 중
   〈아미산월가(峨眉山月歌)〉가 있는데, 이 시는 칠언절구이다. 각주 53 참조.

219 [달]·[남루] : 남루에서 달구경하는 글(南樓賞月會序) : '남루에서 달을 구경하는 모임'의
   서(序)를 짓는 과제이다. ○ 남루(南樓)는 중국 호북성(湖北省) 무창현(武昌縣) 성남에 있는
   데 일명 완월루(玩月樓)이다. 유량(庾亮)이 무창을 다스릴 때 여러 명사와 여기서 달을 구
   경한 고사가 있다. 『세설신어(世說新語)』. 각주 97 참조.

220 [바람]·[호랑이] …… 대한 찬송(風從虎贊) : '바람이 호랑이를 쫓음'을 찬송하는 찬(贊)을
   짓는 과제이다. ○ 『주역(周易)』 「건괘(乾卦)·문언(文言)」에 "구름은 용을 따르고, 바람은
   호랑이를 쫓는다(雲從龍, 風從虎)."라고 했다. 용과 호랑이는 임금을, 구름과 바람은 신하
   를 상징하는 것으로, 임금과 신하가 의기투합함을 말한다.

221 [구름]·[무산] …… 부(賦) : '무산의 아침 구름'을 주제로 부를 짓는 과제이다. '무산의 아
   침 구름'에 대해서는 각주 62 참조.

222 [구름]·[용] …… 대한 설(雲從龍說) : '구름이 용을 따름'에 대한 설(說)을 짓는 과제이다.
   각주 220 참조.

223 [비]·[무산] …… 오언절구 : '무산의 저녁 비'를 제목으로 오언절구를 짓는 과제이다. 각
   주 62 참조.

224 [눈]·[섬계] : 진(晉)의 왕희지(王羲之)가 산음(山陰)에 살았는데, 어느 날 밤에 눈이 내리
   자 갑자기 섬계(剡溪)에 사는 대규(戴逵)가 생각났다. 그 즉시 작은 배를 타고 밤새 배를

[눈]·[취성당]: 시령詩令[225]

[눈]·[매화]: 오언고시

[눈]·[나귀]: 눈 속에 나귀 탄 나그네雪中騎驢客, 오언율시[226]

[성현]·[기린]: 성현은 반드시 기린을 알아보는 것에 대한 찬송聖人必
知麟頌[227]

[신선]·[봉래산]: 가歌

[신선]·[바다]: 오언고시

[신선]·[영지]: 선인이 영지를 캐는 것에 대한 설仙人採芝說

[신선]·[봉황]: 선인이 봉황을 탄 노래仙人騎鳳歌, 칠언고시

[신선]·[난새]: 선인이 난새를 탄 그림仙人乘鸞圖, 칠언절구

[신선]·[사슴]: 사슴을 탄 선인에 대한 찬송騎鹿仙人贊

[신선]·[화로]: 단결丹訣[228]

저어 대규의 집을 찾아갔다. 그러나 문 앞에 이르러서는 대규를 만나지 않고 그냥 돌아섰다. 이유를 물으니, 흥이 나서 갔다가 흥이 다해 돌아왔으니, 하필 대규를 꼭 만날 것이야 있겠느냐고 대답했다는 고사가 있다. 『세설신어(世說新語)』.

225 [눈]·[취성당]: 시령(詩令): 눈 내릴 때 취성당에 모여 시를 짓는 모임에서 사용할 시령을 짓는 과제이다. ○'시령'은 여럿이 모여 시를 지으면서, 시 짓는 시한이나 벌칙 등을 규정해 두는 것이다. 구양수의 〈눈 속에 객들과 모여 시를 짓다(雪中會客賦詩)〉의 제목 아래 "영주(潁州)에서 짓다. 옥(玉)·월(月)·이(梨)·매(梅)·연(練)·서(絮)·백(白)·무(舞)·아(鵝)·학(鶴) 등의 글자는 모두 사용하지 마라."라고 했다. 이것이 시령이다. 이 시가 탄생한 장소가 구양수의 취성당이다.

226 [눈]·[나귀] …… 오언율시: '눈 속에 나귀 탄 나그네'를 제목으로 오언율시를 짓는 과제이다. ○당의 시인 맹호연(孟浩然)이 나귀를 타고 눈 내리는 파교(灞橋) 위를 지나가면서 시구를 찾느라 고심했다는 고사가 있다. 이후 시인이 시 창작에 잔뜩 몰입한 흥취를 '나귀 타고 시구를 모색하다(騎驢索句)'라고 한다. 그림의 주제(畫題)로도 많이 쓰였다.

227 [성현]·[기린] …… 대한 찬송(聖人必知麟頌): '성현은 반드시 기린을 알아보는 것에 대한 송'을 짓는 과제이다. ○춘추시대 노 애공(魯哀公)이 서쪽 벌판에서 기린을 잡으니, 공자가 "기린은 어진 짐승이니 왕자의 아름다운 상서이거늘 어째서 왔는가?" 하며 옷깃을 적실 정도로 울고 나서 절필했다고 한다. "성인은 반드시 기린을 알아본다(聖人者必知麟)."는 이 사건을 주제로 다룬 한유(韓愈)의 〈획린해(獲麟解)〉에 나오는 구절이다. 각주 144 참조.

228 단결(丹訣): 연단(煉丹)의 방법, 또는 그것을 적은 비결을 말한다.

[재상]·[기린각]: 위상과 병길에 대한 찬송魏丙贊[229]

[재상]·[녹야당]: 퇴직을 청하는 상소乞休疏

[재상]·[삼괴당]: 하계賀啓[230]

[재상]·[홀]: 기사記事

[재상]·[솥]: 명銘

[장수]·[미인]: 낭자군의 격문娘子軍檄[231]

[장수]·[절강]: 오자서 제문祭伍子胥文[232]

[장수]·[기린각]: 곽광의 초상을 그리도록 하는 조서圖霍光像詔[233]

---

229 [재상]·[기린각] …… 대한 찬송(魏丙贊) : 한 선제(漢宣帝) 때의 명재상인 위상(魏相)과 병길(丙吉)은 기린각에 초상화가 안치된 '기린각십일공신(麒麟閣十一功臣)' 중 두 명이다. 이들에 대한 '찬'을 짓는 과제이다.

230 [재상]·[삼괴당] : 하계(賀啓) : '삼괴당의 자손이 예언대로 재상이 된 것을 축하하는 계'를 짓는 과제이다. ○ '계'는 문체의 일종으로 윗사람에게 올리는 글이다. 자기 생각을 윗사람에게 개진(開陳)한다는 뜻이다. 처음엔 임금에게 아뢰는 글을 '계'라 했으나 당(唐) 이후로는 윗사람에게 올리는 글을 모두 '계'라 하게 되었다. '하계'는 축하하는 글이라는 뜻이다. ○ 삼괴당에 대해선 각주 123 참조.

231 [장수]·[미인] : 낭자군의 격문(娘子軍檄) : 낭자군에게 반포하는 격문을 짓는 과제이다. ○ 낭자군(娘子軍)은 당 고조(唐高祖) 이연(李淵)의 셋째 딸인 평양공주(平陽公主)가 조직하고 통솔하던 군대다. 평양공주는 자소(柴紹)와 결혼해 장안에 있었는데, 고조가 기병한다는 밀지를 받고 가산을 처분해 군사를 일으켜서 고조에게 응했다. 공주가 정병(精兵) 만여 명을 이끌고 위수(渭水) 북쪽에서 고종의 군대와 만나, 자소와 함께 각각 막부를 설치하고 함께 경성을 포위하니, 군중에선 '낭자군'이라고 불렀다고 한다. 『구당서(舊唐書)』 〈평양공주전(平陽公主傳)〉.

232 [장수]·[절강] : 오자서 제문(祭伍子胥文) : 절강에 버려진 오자서(伍子胥) 장군에게 바치는 제문을 짓는 과제이다. ○ 오자서는 월왕(越王)에게 직간을 하다가 죽임을 당했고, 그 시신은 절강(浙江)에 버려졌다. 이후 오자서의 사당이 절강 가에 지어졌고, 오자서의 한이 절강의 파도를 일으킨다는 민간의 전설이 있어 왔다.

233 [장수]·[기린각] …… 하는 조서[圖霍光像詔] : '기린각에 안치할 장수 곽광의 초상화를 그리라는 조서'를 짓는 과제이다. ○ 곽광(霍光)은 기린각십일공신(麒麟閣十一功臣)의 첫머리를 차지하는 인물로, 한의 무제(武帝)·소제(昭帝)·선제(宣帝) 세 조(朝)를 거치며 정권을 잡았고, 그 사이에 창읍왕(昌邑王)을 폐위하고 선제를 세우는 등 전후 20년 동안 국정(國政)을 좌우했다. 『한서(漢書)』. 선제는 기린각을 세우고 열한 공신의 도상을 기린각 안에 안치하면서 곽광을 제일 앞에 두고, 이름을 쓰지 않고 '대사마·대장군·박륙후, 성 곽씨(大司馬大將軍, 博陸侯, 姓霍氏)'라고만 쓰는 등 최고의 존중을 표시했다.

[장수]·[말]: 곽가의 사자화郭家獅子花, 칠언율시[234]

[장수]·[칼]: 장군검명將軍劍銘

[은자]·[여산]: 도연명에게 부치는 편지寄陶淵明書[235]

[은자]·[매화]: 고산의 매화孤山梅, 칠언고시[236]

[은자]·[거문고]: 산인이 타는 거문고 소리를 듣다聽山人彈琴, 오언배
율[237]

[협객]·[황금대]: 칠언율시

[협객]·[칼]: 가歌[238]

[술꾼]·[술항아리]: 상정觴政[239]

---

234 [장수]·[말] …… 칠언율시 : '장군 곽자의(郭子儀) 집안의 사자화'를 주제로 칠언율시를
짓는 과제이다. ○'사자화'는 명마 이름이다. 구화규(九花虯)라고도 한다. 이마 높이가 9
척이고 몸의 털이 국화 무늬 같았다고 한다. 당 대종(唐代宗) 때 절도사 이덕산(李德山)이
진상했는데, 대종이 다시 곽자의에게 붉은 옥으로 만든 채찍·재갈과 함께 하사했다고
한다. ○곽자의는 당의 명장이다. 당 현종(唐玄宗) 때는 안녹산의 난을 토벌했고, 숙종과
대종 때에는 토번을 정벌하는 등 많은 공을 세웠다. 분양왕(汾陽王)에 봉해져서 곽분양
(郭汾陽)이라고도 불린다. 『신당서(新唐書)』〈곽자의열전(郭子儀列傳)〉.

235 [은자]·[여산] : 도연명에게 부치는 편지(寄陶淵明書) : '여산의 은자, 도연명에게 부치는
편지'를 짓는 과제이다. 도연명은 여산 자락에서 은거했다.

236 [은자]·[매화] …… 칠언고시 : '고산의 매화'를 주제로 칠언고시를 짓는 과제이다. ○고
산은 중국 절강성(浙江省) 항주(杭州)의 서호(西湖) 근처에 있는 산이다. 북송(北宋) 시대
임포(林逋)의 은거지로 유명하다. 그는 매화를 매우 사랑해서, 고산에 은거해 매화를 심
고 학을 기르면서 살았다. 이를 사람들은 '매처학자(梅妻鶴子)'라고 일컫는다. '고산의 매
화'는 임포의 고사를 가리키고 있다.

237 [은자]·[거문고] …… 오언배율 : '산인의 거문고 연주를 듣다'를 제목으로 오언배율을 짓
는 과제이다. ○산인은 세상을 떠나 은거하는 고사(高士)를 일컫는 말이다. 산인과 거문
고 연주를 연관시킨 작품으론 당의 상건(常建)이 지은 〈장산인탄금(張山人彈琴)〉이 유명
하다.

238 [협색]·[칼] : 가(歌) : 전국시대 맹상군(孟嘗君)의 식객이었던 풍환(馮驩)이 자신의 재능을
알아주지 않는 데 불만을 품고 칼을 두드리면서 노래하기를 "장검이여! 돌아갈거나. 밥
을 먹는데 생선이 없구나", "장검이여! 돌아갈거나. 문을 나섬에 수레가 없구나", "장검이
여! 돌아갈거나. 편안히 지낼 집이 없구나." 하였다 한다. 『전국책(戰國策)』「제책(齊策)」.

239 [술꾼]·[술항아리] : 상정(觴政) : 술자리의 상정을 정하는 과제이다. ○'상정'은 상령(觴
令) 또는 주령(酒令)이라고도 한다. 술자리의 흥을 돋우기 위해 정하는 규칙 따위를 말한

[사냥꾼]·[매]: 칠언절구

[사냥꾼]·[활]: 오언절구

[어부]·[무이산]: 뱃노래棹歌, 칠언절구[240]

[어부]·[동강]: 어부사漁父辭[241]

[목동]·[소]: 칠언절구

[목동]·[피리]: 오언고시

[미인]·[오호]: 일엽편주에 서시를 싣고扁舟載西施, 오언율시[242]

[미인]·[화청궁]: 청평조清平調, 칠언절구[243]

다. 일단 받은 술을 다 마시지 못하고 남길 때, 벌주로 한 잔 더 마시기로 하는 것 따위이다.

240 [어부]·[무이산] …… 칠언절구 : 주희의 〈무이도가(武夷棹歌)〉를 본받아, 칠언절구의 뱃 노래를 짓는 과제이다. ○ 원문 '도가(棹歌)'는 어부들이 고기잡이 때 부르는 뱃노래로, 문 인들이 강호의 삶을 노래하는 독특한 방식의 시가 관습을 나타내는 용어로 정착되기도 했다. 여기선 주희가 무이산(武夷山) 아홉 골짜기의 아름다움을 노래한 10수의 칠언절구 〈무이도가〉를 가리키고 있다. 〈무이도가〉는 〈무이구곡가(武夷九曲歌)〉로도 불리는데, 단순한 풍경 묘사가 아니라 학문에 입문하여 차례로 성취해 가는 단계를 비유한 것이라 고 흔히 해석된다.

241 [어부]·[동강] : 어부사(漁父辭) : 동강 어부의 어부사를 짓는 과제이다. ○ 〈어부사〉는 『초 사(楚辭)』에 실린 굴원의 작품 중 한 편이다. 굴원이 쫓겨난 뒤 강가에서 한 어부를 만나 나눈 대화를 내용으로 한다. 어부는 세상의 변화에 따라 더불어 살 것을 권하지만 굴원 은 자신의 고결함을 더럽힐 수 없다는 신념을 포기하지 않는다. 이에 어부는 "창랑의 물 이 맑으면 갓끈을 빨 수 있고, 창랑의 물이 탁하면 발을 씻을 수 있다(滄浪之水清兮, 可以濯 吾纓. 滄浪之水濁兮, 可以濯吾足)."고 노래하며 사라진다. 이후 '어부사'는 은자의 노래를 뜻 하는 것이 되었다. ○ 동강(桐江)은 후한의 은사 엄광(嚴光)이 은거하며 낚시질하던 곳이 다. 엄광은 광무제(光武帝)의 친구로, 광무제가 황제가 되자 부춘산(富春山) 밑 동강(桐江) 칠리탄(七里灘)에서 낚시질하며, 광무제의 초빙을 거절하고 은사로 일생을 보냈다. 『후 한서(後漢書)』 「일민열전(逸民列傳)·엄광(嚴光)」.

242 [미인]·[오호] …… 오언율시 : '작은 배에 서시를 싣고 오호로 떠나다'를 주제로 오언율 시를 짓는 과제이다. ○ 춘추시대 월왕(越王) 구천(句踐)의 신하인 범려(范蠡)는 서시를 이 용한 미인계로 오(吳)를 멸망시킨 다음 곧장 오호(五湖)에 배를 띄워 서시를 데리고 함께 떠났다고 한다. 『사기』 「화식열전(貨殖列傳)」 등에 범려가 오호로 떠난 기록은 보이지만 서시와 함께 떠난 일은 출처가 모호하다. 청(清) 적호(翟灝)의 『통속편(通俗編)』에 의하면, 두목(杜牧)이 〈두추랑(杜秋娘)〉 시에서 "서시는 고소대를 내려와, 한 척 배로 범려를 따라 갔네(西子下姑蘇, 一舸逐鴟夷)."라고 한 것에서 부회된 것이라고 했다.

243 [미인]·[화청궁] …… 칠언절구 : 화청궁의 미인을 찬미하는 '청평조' 칠언절구를 짓는 과

76

[미인]·[뽕나무]: 나부가 뽕나무 따는 노래羅敷采桑行, 오언고시[244]

[미인]·[연꽃]: 채련곡采蓮曲, 칠언고시

[미인]·[앵무새]: 미인이 앵무새를 희롱하다美人調鸚鵡, 칠언절구[245]

[미인]·[거울]: 미인이 거울을 보다美人對鏡, 오언고시

[미인]·[공후]: 소령小令[246]

[미인]·[노래]: 장단구長短句

[승려]·[구로회]: 여만 스님께 드림贈如滿師, 칠언절구[247]

제이다. ○'청평조'는 이백이 지은 〈청평조(淸平調)〉 3수를 가리킨다. 당 현종이 흥경궁 (興慶宮) 안 침향정(沈香亭)에 모란이 피자 양귀비와 함께 이백을 불러 새로운 곡조의 악 부[樂府新調]를 짓게 했는데, 그때 이백이 지어 올린 것이라 한다. 양귀비를 모란에 비유 하여 찬미한 노래로 유명하다. 화청궁은 당 현종이 양귀비와 함께 자주 들러 온천을 즐 겼던 행궁이다.

244 [미인]·[뽕나무] …… 오언고시 : '나부가 뽕잎을 따다'를 주제로 오언고시를 짓는 과제이 다. ○ 전국시대 한단(邯鄲) 사람인 진씨(秦氏)의 딸 나부가 어느 날 밭두둑에서 뽕잎을 따 고 있었는데, 조왕(趙王)이 보고 혹하여 차지하려고 하였다. 그러자 나부는 쟁(箏)을 타 면서 〈맥상상(陌上桑)〉이란 노래를 지어 부르며 거절했다고 한다. 『고금주(古今注)』. ○ '행(行)'은 악부풍의 고시에 붙는 관습적 장르명이다.

245 [미인]·[앵무새] …… 칠언절구 : 규방에 갇혀 앵무새와 노는 미인의 울적한 심사를 주제 로 칠언절구를 지으라는 과제이다. ○ 앵무새는 규방에 갇힌 미인의 적막한 심사를 대변 하고 투사하는 상관물로 많이 쓰였다. 여기선 당의 풍연사(馮延巳)가 '우미인(虞美人)' 조 (調)로 지은 사(詞) 작품인 〈옥 갈고리에 난새 그린 기둥 앞에서 앵무새를 희롱하다(玉鉤 鸞柱調鸚鵡)〉라는 작품을 암시하고 있다.

246 [미인]·[공후] : 소령(小令) : '공후'를 제목으로 하는 소령의 사(詞)을 짓는 과제이다. ○사 (詞)는 전체 글자 수에 따라 소령(小令)·중조(中調)·장조(長調)로 구분해 부른다. 58자 이 내의 사(詞)를 소령이라 한다. 『초당시여(草堂詩餘)』. ○미인·공후·사(詞)가 교차하는 지 점엔 사패명 '공후곡(箜篌曲)'이 있다. 공후곡은 '당다령(唐多令)'의 이명이다. 원(元) 장저 (張翥)의 〈당다령사(唐多令詞)〉에 '꽃 아래 자개 공후(花下鈿箜篌)' 구절이 있어 공후곡(箜篌 曲)이라고도 부른다. 이 사(詞)는 유과(劉過)의 〈당다령·노엽만정주(唐多令·蘆葉滿汀洲)〉 를 정체로 하는데, 쌍조 60자, 전후단 각 5구, 4평운을 형식으로 한다. 단 이 사패는 중조 이다.

247 [승려]·[구로회] …… 칠언절구 : '구로회의 여만선사(如滿禪師)에게 주다'를 제목으로 칠 언절구를 짓는 과제이다. ○ 여만선사는 구양수가 만들었던 구로회의 아홉 노인 중 한 명이다. 구양수의 자전적 글인 〈취옹선생전(醉翁先生傳)〉에서는 "숭산의 승려 여만과는 불교의 벗이다(與嵩山僧如滿爲空門友)."라고 했다.

[태산]·[소나무]: 오대부에 봉하는 조서封五大夫詔[248]

[봉래산]·[바다]: 해상신산기海上神山記[249]

[봉래산]·[거문고]: 수선조水仙操, 오언율시[250]

[청성산]·[학]: 서좌경을 노래함詠徐佐卿, 칠언절구[251]

[아미산]·[설당]: 아미산 눈 녹은 물峨嵋雪水, 오언율시[252]

[구지산]·[퉁소]: 구산의 옥퉁소 노래緱山玉簫歌[253]

---

248 [태산]·[소나무]: 오대부에 봉하는 조서(封五大夫詔): '태산의 소나무를 오대부에 봉하는 조서'를 짓는 과제이다. ○ 진시황이 태산에 올라 봉선의 제사를 올리고 내려오는 도중 갑자기 비바람을 만나 나무 아래로 피한 일이 있었다. 그 나무를 '오대부(五大夫)'의 작위에 봉했다고 한다. 『사기』 「진시황본기(秦始皇本紀)」. 동한(東漢) 응소(應劭)의 〈한관의(漢官儀)〉에서는 이 나무가 소나무(松樹)라고 했다. 『예문유취(藝文類聚)』.

249 [봉래산]·[바다] …… 오언율시: '바다 가운데의 신산에 대한 기(記)'를 짓는 과제이다. 봉래산은 신선이 산다는 동해의 삼신산(三神山) 중 하나이다.

250 [봉래산]·[거문고] …… 오언율시: 오언율시로 '수선조'를 짓는 과제이다. 수선조는 거문고 곡의 이름이다. 백아(伯牙)가 완성한 곡이라고 한다. 『금사(琴史)』에 의하면, 백아는 성련(成連) 선생에게 거문고를 배웠는데, 3년이 되어도 완성되지 않아 신묘하고 적막한 정(情)은 얻을 수가 없었다. 성련이 그를 데리고 동해 가운데 봉래산으로 들어가서는, 스승 방자춘(方子春)을 모셔 오겠다며 그를 남겨 두고 떠나 오랫동안 돌아오지 않았다. 사방에 바닷물 용솟음치는 소리와 슬피 우는 새들의 울음소리뿐 아무도 없는 그곳에서 그는 거문고를 당겨 수선조를 지었고, 마침내 대성하게 되었다고 한다.

251 [청성산]·[학] …… 칠언절구: '청성산으로 날아간 도사 서좌경을 노래함'이라는 제목으로 칠언절구를 짓는 과제이다. ○ 서좌경은 청성산의 청성도인(淸城道人)으로, 학(鶴)으로 변신해 날아다녔다고 한다. 당 현종(唐玄宗)이 어느 날 학 한 마리를 쏘자 학은 활을 맞은 채 날아가 버렸는데, 그 학이 바로 서좌경이었다. 그는 도관으로 돌아와 나중에 찾으러 올 것이라며 그 화살을 맡기고 떠났다. 후에 현종이 안녹산의 난으로 파천해 갔을 때 그 화살을 찾았다고 한다. 『태평광기(太平廣記)』.

252 [아미산]·[설당] …… 오언율시: '아미산 눈 녹은 물'을 주제로 오언율시를 짓는 과제이다. ○ '아미산 눈 녹은 물'은 소식(蘇軾)의 〈범자풍에게 보내는 편지(致范子豐書)〉에 나온다. "임고정 아래로 열 몇 걸음도 안 되는 곳이 바로 큰 강입니다. 그 강물의 반은 아미산의 눈 녹은 물이니, 내가 마시고 먹고 목욕하는 걸 모두 이 물로 합니다. 어찌 꼭 고향에 돌아가야만 하겠습니까?(臨皐亭下不十數步, 便是大江. 其半是峨嵋雪水, 吾飮食沐浴皆取焉. 何必歸鄕哉?)" 설당은 소식이 이곳에 지은 집이다.

253 [구지산]·[퉁소]: 구산의 옥퉁소 노래(緱山玉簫歌): '구지산의 옥퉁소'를 주제로 '가(歌)'를 짓는 과제이다. ○ 관련된 고사는 신선 왕자교(王子喬)의 고사이다. 왕자교는 주 영왕(周靈王)의 태자 진(晉)이다. 퉁소로 봉황(鳳凰)의 울음소리를 잘 냈는데, 도사 부구공(浮丘

[나부산]·[매화]: 사詞[254]

[회계산]·[난초][255]: 오언고시

[바다]·[붕새][256]: 부賦

[바다]·[용]: 오언율시

[양자강]·[거울]: 백련경을 바치는 표문進百鍊鏡表[257]

[동정호]·[악양루]: 칠언율시

[소상강]·[기러기][258]: 칠언절구

公)을 만나 숭산(嵩山)으로 들어가 신선이 되었다. 30여 년 만에 나타나 환량(桓良)에게 7월 7일 구지산(緱氏山) 꼭대기에서 자신을 기다리도록 왕실에 알리라고 했다. 그날이 되자 백학을 타고 나타났다가 사라졌다고 한다. 『열선전(列仙傳)』.

254 [나부산]·[매화] : 사(詞) : 나부산의 매화를 주제로 사를 짓는 과제이다. ○ 나부산은 중국 광동성(廣東省) 증성현(增城縣)에 있는 산이다. 이 산에는 매화가 많아서 '나부매(羅浮梅)'라는 말이 생길 정도로 유명하다.

255 [회계산]·[난초] : 회계산은 왕희지의 난정이 있는 곳이다.

256 [바다]·[붕새] : 『장자』 「소요유(逍遙遊)」에 "북쪽 바다에 물고기가 있는데 그 이름이 곤(鯤)이고 그 크기가 몇천 리가 되는지 모른다. 이것이 변하여 새가 되는데 그 이름이 붕(鵬)이고 그 등이 몇천 리가 되는지 모른다. …… 붕이 남해로 날 때는 물을 3천 리를 치고 회오리바람을 타고 9만 리를 날아올라 여섯 달을 가서야 쉰다(北冥有魚, 其名爲鯤, 鯤之大, 不知其幾千里也. 化而爲鳥, 其名爲鵬, 鵬之背, 不知其幾千里也. …… 鵬之徙於南冥也, 水擊三千里, 搏扶搖而上者九萬里, 去以六月息者也)."고 하였다.

257 [양자강]·[거울]: 백련경을 바치는 표문(進百鍊鏡表) : '양자강에서 단련한 백련경을 바치는 표'를 짓는 과제이다. ○ 백련경(百鍊鏡)이란 백 번 단련해서 만든 거울이란 뜻인데, 감심경(江心鏡)·수심경(水心鏡)·반룡경(盤龍鏡) 등으로도 불린다. 당 현종(唐玄宗) 때 양주(揚州)에서 수심경(水心鏡) 하나를 진상했는데, 맑고 밝은 기운에 눈이 부셨고, 뒷면에는 날아오를 듯한 반룡(盤龍)이 새겨져 있었다. 거울을 진상한 양주참군(揚州參軍) 이수태(李守泰)의 말에 의하면, 이 거울은 본래 거울 장인 여휘(呂暉)가 도사 용호(龍護)의 도움을 받아 5월 5일 양자강 복판에 화로를 옮겨 놓고 제조한 거울이라고 했다. 후에 가뭄이 들자 도사 섭법선(葉法善)이 응음전(凝陰殿)에서 이 거울에 새겨진 반룡에게 제사를 지내니 순식간에 구름이 모여들면서 단비가 내렸다고 한다. 『고금사문유취(古今事文類聚)』. ○ 표(表)에 대해서는 각주 160 참조.

258 [소상강]·[기러기] : 이 두 제재가 어우러진 문예적 전통으론 '소상팔경(瀟湘八景)' 중 '평사낙안(平沙落雁)'이 있다. '소상팔경'은 중국 호남성의 소수(瀟水)와 상강(湘江)이 만나는 지역의 여덟 가지 풍경(八景)을 화제(畫題)로 뽑아 놓은 것이다. 북송 말의 문인화가 송적(宋迪)이 최초로 그렸다는 설이 있다. 이후 이 주제로 수많은 제화시가 지어졌고, 노래로도 불렸다. 팔경은 '소상야우(瀟湘夜雨)'·'동정추월(洞庭秋月)'·'원포귀범(遠浦歸帆)'·'평사

[소상강]·[큰 거문고]: 오언배율·259

[삼협]·[두견새]: 칠언율시

[삼협]·[원숭이]260: 오언고시

[황학루]·[학]261: 부賦

[동작루]·[벼루]262: 칠언고시

[건장궁]·[앵무새]263: 칠언율시

[소나무]·[학]: 칠언율시

[오동나무]·[봉황]: 율부律賦264

낙안(平沙落雁)'·'어촌낙조(漁村落照)'·'강천모설(江天暮雪)'·'산시청람(山市晴嵐)'·'한사만
종(寒寺晚鐘)'인데, 그중 '평사낙안'은 '모랫벌에 내려앉는 기러기'를 화제로 삼은 것이다.

259 [소상강]·[큰 거문고]: 오언배율 : 전설에 따르면 상강(湘江)에 빠져 죽은 순의 두 아내 아
황(娥皇)과 여영(女英)은 상강의 수신(水神)이 되었다고 한다. 초사(楚辭) 〈원유(遠遊)〉에
는 "상수의 신령으로 하여금 큰 거문고를 타게 하고, 바다의 신 해약이나 수신 풍이로 하
여금 춤추게 하노라(使湘靈鼓瑟兮, 令海若舞馮夷)." 하는 구절이 있다. 여기서부터 상수의
수신인 아황과 여영이 큰 거문고를 탄다는 뜻의 '상령고슬(湘靈鼓瑟)' 성어가 생겼다. ○
당의 전기(錢起)가 성시(省試)에서 지은 오언배율의 〈성시상령고슬(省試湘靈鼓瑟)〉 시가 유
명하다.

260 [삼협]·[원숭이] : 진(晉)의 환온(桓溫)이 장강(長江)을 거슬러 올라 삼협(三峽)에 이르렀
을 때, 군사 중 한 명이 원숭이 새끼 한 마리를 잡았다. 그 어미가 백여 리를 따라오며 슬
피 울다가 배 위로 뛰어올라 죽었다. 배를 갈라 보니 창자가 마디마디 끊겨 있었다고 한
다. 『세설신어(世說新語)』.

261 [황학루]·[학] : 각주 84~86 참조.

262 [동작루]·[벼루] : 삼국시대 위(魏)의 조조(曹操)가 동작대(銅雀臺)를 세우면서, 흑연(黑鉛)
에 호도(胡桃) 기름을 섞어서 구운 기와를 얹었는데, 후대에 사람들이 그 옛터를 파 그 기
와를 얻어서 벼루를 만들었다고 한다. 『북저기문(北渚紀聞)』 〈동작대와(銅雀臺瓦)〉. 각주
114 참조.

263 [건장궁]·[앵무새] : 한 무제가 건설한 건장궁은 상림원(上林苑) 내에 있던 건물이다. 상
림원에는 온갖 진기한 짐승과 새들을 길렀는데, 그중엔 흰색과 붉은색의 앵무새도 있었
다고 한다. 『삼보황도(三輔黃圖)』「원유(苑囿)」.

264 율부(律賦) : 부(賦)의 일종으로, 부를 다시 배부(排賦)·율부(律賦)·문부(文賦)로 나누는데,
그중 하나이다. 율부는 당송(唐宋) 시대에 과거(科擧)에서 시부(詩賦)를 출제함으로써 생
겨난 한층 규식화(規式化)된 부체이다. 성률(聲律)과 대우(對偶)에 대한 엄격한 규정이 적
용되는, 기교적 성격이 도저하다.

[버드나무]·[꾀꼬리]: 육언절구

[매화]·[학]: 오언절구

[코끼리]·[홀]: 명銘

합제, 80곳		
목(目) 1	목(目) 2	제목
해	바다	바다의 해돋이(海上日出) - 칠언율시
달	술꾼	술잔을 잡고 달에게 묻다(把酒問月) - 칠언고시
달	미녀	미인이 달을 대하고(佳人對月) - 칠언절구
달	아미산	아미산 월가(峨眉山月歌) - 칠언고시
달	남루	남루에서 달구경하는 글(南樓賞月會序)
달	계수나무	달 속 계수나무(月中桂) - 오언율시
달	생황	달 아래 피리를 불다(月下吹笙) - 삼오칠언(三五七言)
바람	호랑이	바람이 호랑이를 따르는 것에 대한 찬송(風從虎贊)
구름	무산	무산의 아침 구름(巫山朝雲) - 부(賦)
구름	용	구름이 용을 따르는 것에 대한 설(雲從龍說)
비	무산	무산의 저녁비(巫山暮雨) - 오언절구
서리	단풍	칠언절구
눈	아미산	칠언고시
눈	섬계	오언절구
눈	취성당	시령(詩令)
눈	매화	오언고시
눈	나귀	눈 속에 나귀 탄 나그네(雪中騎驢客) - 오언율시
성현	기린	성현은 반드시 기린을 알아보는 것에 대한 찬송(聖人必知猿頌)
신선	봉래산	가(歌)
신선	바다	오언고시
신선	영지	선인이 영지를 캐는 것에 대한 설(仙人採芝說)
신선	봉황	선인이 봉황을 탄 노래(仙人騎鳳歌) - 칠언고시
신선	난새	선인이 난새를 탄 그림(仙人乘鸞圖) - 칠언절구
신선	사슴	사슴을 탄 선인에 대한 찬송(騎鹿仙人贊)
신선	화로	단결(丹訣)
재상	기린각	위상과 병길에 대한 찬송(魏丙贊)
재상	녹야당	퇴직을 청하는 상소(乞休疏)

재상	삼괴당	하계(賀啓)
재상	홀	기사(記事)
재상	솥	명(銘)
장수	미인	낭자군의 격문(娘子軍檄)
장수	절강	오자서 제문(祭伍子胥文)
장수	기린각	곽광의 초상을 그리도록 하는 조서(圖霍光像詔)
장수	말	곽가의 사자화(郭家獅子花) - 칠언율시
장수	칼	장군검명(將軍劍銘)
은자	여산	도연명에게 부치는 편지(寄陶淵明書)
은자	매화	고산의 매화(孤山梅) - 칠언고시
은자	거문고	산인이 타는 거문고 소리를 듣다(聽山人彈琴) - 오언배율
협객	황금대	칠언율시
협객	칼	가(歌)
술군	술항아리	상정(觴政)
사냥꾼	매	칠언절구
사냥꾼	활	오언절구
어부	무이산	뱃노래(棹歌) - 칠언절구
어부	동강	어부사(漁父辭)
목동	소	칠언절구
목동	피리	오언고시
미인	오호	일엽편주에 서시를 싣고(扁舟載西施) - 오언율시
미인	화청궁	청평조(淸平調) - 칠언절구
미인	뽕나무	나부가 뽕나무 따는 노래(羅敷采桑行) - 오언고시
미인	연꽃	채련곡(采蓮曲) - 칠언고시
미인	앵무새	미인이 앵무새를 희롱하다(美人調鸚鵡) - 칠언절구
미인	거울	미인이 거울을 보다(美人對鏡) - 오언고시
미인	공후	소령(小令)
미인	노래	장단구(長短句)
승려	구로회	여만 스님께 드림(贈如滿師) - 칠언절구
태산	소나무	오대부에 봉하는 조서(封五大夫詔)
봉래산	바다	해상신산기(海上神山記)
봉래산	거문고	수선조(水仙操) - 오언율시
청성산	학	서좌경을 노래함(詠徐佐卿) - 칠언절구
아미산	설당	아미산 눈 녹은 물(峨帽雪水) - 오언율시
구지산	퉁소	구산의 옥퉁소 노래(緱山玉簫歌)

나부산	매화	사(詞)
회계산	난초	오언고시
바다	붕새	부(賦)
바다	용	오언율시
양자강	거울	백련경을 바치는 표문(進百鍊鏡表)
동정호	악양루	칠언율시
소상강	기러기	칠언절구
소상강	큰 거문고	오언배율
삼협	두견새	칠언율시
삼협	원숭이	오언고시
황학루	학	부(賦)
동작루	벼루	칠언고시
건장궁	앵무새	칠언율시
소나무	학	칠언율시
오동나무	봉황	율부(律賦)
버드나무	꾀꼬리	육언절구
매화	학	오언절구
코끼리	홀	명(銘)

〖합제合題 규칙〗

【제목 바꾸기換題 이외 여러 규칙도 종류별로 덧붙인다.】

두 사람이 서로 합제하는 곳에 도착해서, 던졌는데 같은 사가 나오면 기록된 대로 동시에 짓는다. 먼저 완성한 사람이 나중에 완성하는 사람의 동그라미를 빼앗아 자기 동그라미에 더한다【이번의 동그라미만 뺏는다】.

글 짓는 사람은 본래의 사를 판의 진행에 사용하지 않는다【아래도 같다. ○같은 사인 동시에 글 짓는 사이면, 본래의 제목은 짓지 않는다. ○사를 던지고 반드시 모두 한 바퀴 던지는 것을 본 다음에 사를 움직인다. 글 짓는 사를 얻었어도 반드시 한 바퀴 모두 던지길 기다린 다음에 짓는다】.

○합제하는 곳에 도착해서, 같은 사가 안 나오고 '바꾸기 사換査'가 나오면, 제목을 바꿔서 짓고, 각기 [자기개] 지은 것에 해당하는 동그라미를 받는다【갑이 을의 글 짓는 사로 짓고, 을이 갑의 글 짓는 사로 짓는 것과 같다】.

○ 한곳에 두 사람이 동시에 도착해 같은 사를 얻으면, 글 짓는 사가 아니라도 짓는다. 먼저 완성한 자가 나중에 완성하는 자의 이번 동그라미를 뺏는다【뺏긴 자는 다음에 던져 글 짓는 사를 얻어도 [글을] 짓지 못하고, 이웃 사를 살펴서 쓴다】.

○ 동시에 한곳에 도착해서, 하나는 글 짓는 사를 얻어 시한 내에 글을 완성하고 다른 하나는 얻지 못했다면, 그 자리에 머무르고 사를 쓰지 못한다【다음에 던져서 글 짓는 사를 얻더라도 짓지 못하고, 이웃 사를 살펴 쓴다】.

○ 어떤 부部의 일등과 해당 부의 꼴찌가 함께 글 짓는 사를 얻어, 일등의 글이 먼저 완성되면 꼴찌의 이번 동그라미를 뺏는다.

○ 만약 판에 있는 모든 사람이 동시에 한곳에 도착하면, 사를 던지지 않고 동시에 글을 짓는다. 글이 완성되는 순서로 승부를 결정한다. 전에 얻은 동그라미의 숫자는 논외로 한다. 문장선진만은 전에 얻은 동그라미를 합산할 수 있다【별래別來를 지나와 글을 완성한 자는 별래 때 얻은 동그라미 수를 합산할 수 있다】.

○ 판에 있는 모든 사람이 제각기 도착한 곳에서 일제히 글 짓는 사를 얻으면, 글이 모두 완성된 다음 다시 별도로 제목 하나를 내어 각기 한 편씩 짓되, 각 사람의 제목의 뜻이 모두 작품 가운데 들어가게 하도록 요구한다. 한 편이 완성되면 각각 해당 동그라미를 받는다. 네 사람이면 연주連珠[265]를 짓는다【30자 이상, 불꽃 심지 1촌, 동그라미 2개를 받는다】. 다섯 사람이면 칠언장편, 여섯 사람이면 오언배율, 일곱 사람이면 '칠七'【매승枚乘의 〈칠발七發〉 체[266]이다. 300자 이상, 불꽃 심지 3촌, 동그라미 3개를 받는다】, 여덟

---

265 연주(連珠) : 한문 문체 중 하나로, 후한 장제(章帝) 때 시작되었다. 직설적으로 사물이나 사정을 말하지 않고, 화려하고 함축된 문사로 사례나 비유를 연달아 꿰어 놓음으로써 숨겨진 뜻을 전달해 독자가 깨닫게 하는 방식을 운용한다. 서로 관련된 내용을 구슬을 꿰듯 꿰어 놓았다고 해서 '연주'라고 부른다. 대우를 맞추고 압운을 하는 변려체(騈儷體)의 일종이다. 『문심조룡(文心雕龍)』, 『문체명변(文體明辯)』.

266 매승(枚乘)의 〈칠발(七發)〉 체 : 〈칠발〉은 한(漢)의 매승(枚乘)이 지은 부(賦)이다. 초(楚)의

사람이면 여서儷序를 짓는다【두 번째거나 세 번째 붙은 사람이라도 같은 제목의
작품에선 동그라미를 두 배로 받지 않는다】.

〖연구聯句 규칙〗

판 가운데 모든 사람이 같은 부部 안에 도착하면, 높고 낮은 서열에 따
라 연구聯句267를 짓는다【절구나 율시나 배율이나 고시 등, 그때마다 사람 수를 세
서 정한다】. 백량대柏梁臺의 고사268를 준용해, 각기 자기가 도착한 곳 제
목의 의미로 구를 만든다. 편이 원만해진 뒤【불꽃 심지의 제한엔 구애되지 않
는다】순위가 제일 낮은 자가【두 번째 붙었거나 세 번째 붙은 사람일지라도 당시
순위의 높고 낮음만 따질 뿐이다】동그라미 하나를 받는다【두 번째 붙었거나 세
번째 붙은 사람이라도 동그라미를 두 배로 주진 않는다】. [이후로는 서열에 따라] 차
례로 동그라미를 하나씩 더해 간다.

○ 판 가운데 사람들이 모두 [각기] 각 부의 첫머리部首에 도착하면, 부

태자가 병이 나자 오(吳)의 빈객이 그를 만나 그의 병이 과도한 탐락과 향락에서 발생했
다는 것을 알고, 일곱 번의 문답을 통해 깨우친다는 것이 내용이다. 오의 빈객은 음악, 음
식, 탈것, 잔치, 사냥, 바다 유람 등 여섯 가지의 극도로 사치하고 즐거운 일을 묘사하며,
이런 것들을 향유하는 데 대한 태자의 부정적 대답을 유도한다. 마지막으로 방술을 행
하는 도사를 만나 천하의 비밀과 만물의 시비를 의논하도록 하자, 문득 태자의 병이 낫
는다는 설정이다. 화려한 문사를 구사하는 호화로운 작품이지만, 그 주지는 귀족 자제
들의 부패와 향락, 안일을 풍자하는 것이라는 것이 대체적인 해석이다. 주객의 문답이
라는 형식과 일곱 단계로 구성하는 결구 방식은 후세인들에게 이어져, 〈칠계(七啓)〉,
〈칠명(七命)〉 등의 작품이 지어졌다. 이에 소위 '칠(七)'의 문체가 성립되었다.
267 연구(聯句) : 두 사람 이상이 각각 2구 1운(二句一韻)씩 차례로 돌아가며 지어서, 이것을 모
아 한 편의 시를 만드는 시작 방식이다. 주로 시회(詩會) 같은 곳에서 유흥의 일종으로 지
어졌다.
268 백량대(柏梁臺)의 고사 : 백량대는 한 무제(漢武帝)가 장안(長安)에 지은 누대의 이름이다.
향백(香柏)으로 들보를 하고 높이가 수십 길이었다고 한다. 무제는 백량대에서 잔치를
열어 신하들과 연구(聯句)를 지으며 놀았는데, 구(句)마다 압운하는 방식의 칠언시 연구
방식을 창안했다. 이 형식은 매 구를 평성으로 압운하며 환운(換韻)도 허락하지 않는데,
백량체(柏梁體)라고 불린다. 무제는 이것을 지을 수 있는 신하만 백량대에 오르도록 허
락했다고 한다. 『삼보구사(三輔舊事)』, 『삼진기(三秦記)』.

의 순서에 따라 앞의 방법처럼 연구를 짓고, 각기 동그라미 하나씩 받는다【각 부의 제3위에 [각기] 모두 도착했을 때도 이 방법을 시행한다】.

○판 가운데 모든 사람이 각자 나는 곳退地에 도착하면, 차례대로【[해]·[성현]·[달]·[별]·[태산]·[바다]·[신선]·[바람]·[형산]·[황하]·[구름]·[재상], 이 순서로 한다】 앞의 방법으로 연구를 짓는다. 편이 완성된 뒤에 사를 던져서 '글을 짓고 나는 사作退丑'를 얻은 사람은 동그라미 두 개이고, 단벌로 '나는 사退丑'를 얻은 자는 동그라미 하나, '나는 사'를 얻지 못한 자는 동그라미가 없다【[구름], [재상]은 글이 완성된 뒤에는 '나는 곳退地'으로 친다】.

○판 가운데 모든 사람이 모두 같은 사를 얻으면 연구를 짓는다. 각각 동그라미 하나를 받는다【글 짓는 사를 얻은 사람이 있어도 본래 제목은 짓지 않는다】.

○별래는 판 가운데 사람들과 연구를 짓지 않는다【앞뒤 여러 법은 모두 판 가운데에만 적용된다. 별래는 돌아가기 전에는 판 바깥의 사람이다】.

○'연구를 위한 사聯句丑'는 다른 용도로 쓰지 못한다.

○문장선진이 뒤에 다른 사람과 함께 한곳에 도착해 같은 사를 얻으면 '같은 제목同題'의 법을 적용하지 않는다. 문장선진은 '대어對語'[269] 한 짝을 내서 함께 도착한 사람에게 대對를 짓도록 한다. 완성하면 각각 동그라미 하나씩 받고, 완성하지 못하면 앞서 얻은 동그라미를 뺏는다.

○문장선진이 뒤에 칠언율시를 짓는 곳에 도착하면, 시편을 완성한 다음 운韻을 감추고 써서, 판에 있는 여러 사람에게 맞히게 한다猜韻. 운을 못 맞힌 자는 앞에서 얻은 동그라미를 모두 바친다. 한 글자를 못 맞힌 자는 동그라미 하나를 바치고, 두 글자를 못 맞힌 자는 동그라미 두

---

269 대어(對語) : 대우(對偶)·대구(對句)·반친(反襯)·대비(對比) 등과 같은 말이다. 평행의 어법과 결구 방식을 사용해 두 구, 한 짝을 만드는 것이다. 두 구가 문법적 구조가 동일하고, 대칭되는 자리에 각각 비슷하거나 대비되는 말이 놓이도록 구를 짜는 것이다. 여기선 대구의 한 구를 출제해서, 상대가 나머지 짝을 채우도록 요구하라는 지침이다.

개를 바친다【나머지도 이렇게 한다】. 모두 맞힌 자는 동그라미 하나를 받는
다【앞서 얻은 동그라미를 내놓아야 하는 자가 앞서 얻은 동그라미가 없다면, 후에 동
그라미가 생길 때까지 기다려 연달아 세 차례 빼앗아 채운다. 동그라미 몇 개를 바쳐야
하는 자가 앞서 얻은 동그라미 수가 모자란다면, 뒤에 동그라미가 있을 때까지 기다려
채운다. 판이 흩어질 때까지 채우지 못하는 자는 '동그라미를 빚졌다負圈'라고 하고, 순
위가 동그라미가 없는 사람보다 밑이니, 일등에게는 절을 열 번 하고, 동그라미가 없는
자에까지 술잔을 바쳐야 한다. ○글을 완성하지 못해서 동그라미를 깎여야 할 자가 앞
에서 얻은 동그라미가 없다면, 곧장 '동그라미를 빚진 것負圈'으로 꼴찌로 친다】.

○문장선진이 뒤에 모종의 글을 짓는 곳에 도착하면, 등미체燈謎體[270]
로 지어 판 가운데 여러 사람에게 맞히게 하기도 한다. 하나도 맞히지 못
한 자는 앞에서 얻은 동그라미를 전부 내놓고, 맞히기도 하고 못 맞히기
도 한 자는 맞추지 못한 수만큼 동그라미를 내놓는다. 모두 맞힌 자는 동
그라미 하나를 받는다.

문장에서 『역易』의 「단전象傳」, 「상전象傳」, 「괘사卦辭」, 「효사爻辭」, 「문
언전文言傳」, 「계사전繫辭傳」, 「서괘전序卦傳」, 「잡괘전雜卦傳」을, 『서書』의
전典·모謨·고誥·훈訓[271]을, 『대기戴記』, 『주례周禮』 「고공기考工記」 등의
체를 모방하거나, 시에서 3백 편의 편장篇章을 모방한 자는 모두 동그라
미를 세 개 더 준다. 문장에서 『춘추春秋』의 삼전三傳, 『국어國語』, 『전국
책戰國策』, 제자諸子, 태사공太史公을 모방한 자는 동그라미를 두 개 더 준

---

270 등미체(燈謎體): 중국 풍속에선 정월 대보름 전후 닷새 동안 밤에 등불을 밝히는데, 이때
채색등 위에 매달아 사람들에게 알아맞히게 하는 수수께끼[謎語]가 '등미'이다. 내용을
숨기고 각종 암시를 제공해서 사람들이 알아맞히도록 한다. 남송 무렵 출현했다고 논의
되는데, 등미는 규칙이 엄정하고 문학적 성격도 강해, 명·청 시대에 문인들의 문예적 놀
이로 성행했다. 이 등미의 규칙을 적용한 글을 지어, 판에 있는 사람들에게 알아맞히도
록 하는 문제를 내라는 지시이다.
271 『서(書)』의 전(典)·모(謨)·고(誥)·훈(訓): 『서경(書經)』의 「요전(堯典)」, 「순전(舜典)」, 「대
우모(大禹謨)」, 「고요모(皐陶謨)」, 「이훈(伊訓)」, 「탕고(湯誥)」, 「대고(大誥)」, 「강고(康誥)」, 「주
고(酒誥)」, 「소고(召誥)」, 「낙고(洛誥)」, 「강왕지고(康王之誥)」를 가리킨다.

다. 시에서 한漢·위魏·악부樂府를 모방한 자는 동그라미를 하나 더 준다. 서위徐渭·원굉도袁宏道·종성鐘惺·담원춘譚元春[272] 이하의 투에 떨어진 자들은 동그라미를 주지 않는다.

○ 또 「운희韻戲」도 있다.

○○○ 「운희韻戲」의 규칙

「운희韻戲」의 도구는 나무로 된 판局 하나, 네모난 패方牌 170개이다. 다섯 사람이 함께 논다.

○ 평성운平聲韻[273] 각 운에서 다섯 글자씩 뽑는다. 지至·진眞·선先·양陽·경庚·우尤에선 열 자씩 뽑는데 '배자倍字'라고 부른다. 강江·가佳·효肴·담覃·염鹽·함咸에선 각 다섯 글자 미만[으로 뽑는데]【네 글자나 세 글자, 혹은 두 글자를 뽑는데, 요는 합해서 스무 글자가 되게 한다】, '윤자閏字'라고 부른다. 그러면 모두 170개의 글자가 된다. 패마다 한 조각에 한 글자씩 쓴다. 다섯 사람이 각각 34자씩 가지고 놀이를 한다.

○ 먼저 갑甲·을乙·병丙·정丁·무戊의 순서를 정한다【각자 한 글자씩 뽑

---

272 서위(徐渭)·원굉도(袁宏道)·종성(鐘惺)·담원춘(譚元春) : 모두 명 말기의 문인들이다. 서위와 원굉도는 명 중기를 풍미한 의고파(擬古派)에 반대하며 독창성과 개성을 주장한 공안파(公安派) 계열의 문인들이다. 종성과 담원춘은 경릉파(竟陵派) 문인들이다. 이들은 공안파를 계승하였으며, 성령(性靈)을 주장했다. 이들의 문학관이나 그 실천은 도(道)를 전달하거나 성정(性情)을 도야하는 도구로서만 문학의 존재를 인정하는 전통적인 유가적 문학관과는 대척적 지점에 존재한다. 따라서 정조의 문체반정에서 부정적으로 평가되는 대표적 문인들이다.

273 평성운(平聲韻) : 한자의 운부(韻部)에는 평성운과 측성운(仄聲韻)이 있다. 평성운에는 모두 30개 운부가 속해 있다. 상평성(上平聲)인 동(洞)·동(冬)·강(江)·지(支)·미(微)·어(魚)·우(虞)·제(齊)·가(佳)·회(灰)·진(眞)·문(文)·원(元)·한(寒)·산(刪) 15운과, 하평성(下平聲)인 선(先)·소(蕭)·효(肴)·호(豪)·가(歌)·마(麻)·양(陽)·경(庚)·청(靑)·증(蒸)·우(尤)·침(侵)·담(覃)·염(鹽)·함(鹹) 15운부이다.

아, 운부韻部의 선후에 따라 순서를 정한다】. 갑이 된 자가 먼저 내고, 나머지가 차례대로 이어 간다【다섯 사람이 한 번씩 내면 '한 바퀴一輪'이다】.

○ 갑이 먼저 내서 양국陽局을 만들고, 판 위에 둔다. 을·병·정·무가 이어서 낸 글자가 갑이 낸 글자와 같은 운이면 모아서 판 위에 함께 둔다. 다른 운이면 같은 판에 있는 여러 사람에게 보여 주고, 즉시 판 밑으로 던진다. 이를 '음국陰局'이라고 한다【'양국陽局'은 일명 '선천국先天局'이고, '음국陰局'은 일명 '후천국後天局'이다】. 윤자를 내면 역시 판 밑으로 던진다. 이를 '투윤投閏'이라고 한다.

○ 먼저 낸 사람은 '투음投陰'이나 '투윤投閏'을 할 수 없고, 양국만 관장한다【판을 바꿀 때易局는 구애되지 않는다. ○'판을 바꾸는 것'은 아래에 나온다. 아래에서 '판을 바꾼다'라고 하는 것은 판 위의 여러 글자가 모두 1운 3자一韻三字가 된 다음을 가리킨다】.

○ 한 운의 두 글자가 판 위에 나와 있을 때, 다음 낼 사람의 손안에 해당 운의 글자가 있다면, 다른 글자를 내지 못하고 바로 그 글자를 내서, 합해서 1운 3자가 되게 해야 한다【있는데도 내지 않고 다른 글자를 내면 바로 꼴찌가 된다. ○ 자기 차례인 사람이 같은 운의 글자가 없어 부득이 다른 글자를 냈는데, 그다음 사람이 같은 운의 글자가 있으면 역시 이 법을 적용한다. 한 바퀴를 다 돌았는데 아직도 세 글자가 차지 않았으면, 있으면서도 내지 않은 사람을 찾아내 꼴찌로 한다】.

○ 한 운의 두 글자가 판 위에 나와 있으면, 세 글자가 만들어지기 전엔 다른 운으로 두 글자를 또 만들 수 없다【음국은 상관 없다】. 한 운의 네 글자가 판 위에 나와 있으면, 다섯 글자가 되기 전엔 다른 운으로 네 글자를 또 만들 수 없다【판을 바꿀 때와 음국은 상관없다】. 어기는 자는 모두 꼴찌로 한다【어떤 이는 "꼴찌로 정하는 것은 너무 심하니 도로 거둬들이고 바꿔서 내게 해야 한다."고도 한다. ○ 다른 방법: 아직 세 글자가 못 된 두 글자가 있으면, 또한 [다른 것을] 네 글자로 [만드는 것을] 금한다. 아직 다섯 글자가 못 된 네 글자가 있으면

역시 [다른 것을] 두 글자로 [만드는 것을] 금한다. 이 법은 사용해도 되고, 사용하지 않아도 된다].

○ 한 운의 네 글자가 판 위에 나와 있는데, 다시 한 글자를 내서 합해서 다섯 글자로 만든 사람은 다섯 글자를 모두 가져다 [자기] 자리 앞에 놓는다. 이것이 '준雋[274]을 하나 얻은 것'이다. 그러면 갑이었던 사람은 준雋을 얻은 사람에게 선을 양보한다. 그다음 바퀴부터는 준을 얻은 자가 선이 된다[준을 얻은 이가 먼저 내는 것은 갑이 먼저 내는 것과 방법이 같다. ○ 준을 얻어 선이 되었는데 다시 준을 얻는 자가 나오면, 나중에 준을 얻은 자가 선이 된다]. 준을 얻은 자가 먼저 내기 전에는 다시 1운 4자를 만들 수 없다[어떤 이는 "두 글자도 금한다."라고 한다]. 어기는 자는 꼴찌로 한다.

○ 음국과 양국에 나온 글자가 30운부韻部를 거의 다해 가면 판을 바꾼다[30부가 다 차지 않았거나, 20여 부에 이르렀더라도 판을 바꿀 수 있으면 바꾼다. 오직 판에 있는 자의 재량에 달렸다]. 판을 바꾸는 자는 판 위에 있는 글자가 모두 1운 3자가 되게 한다. 이것은 판을 바꾸기 위한 준비이다[판을 바꾸기로 의논이 정해지기 전에는 1운 3자를 여럿 만들어선 안 된다. 판 위에 별개의 운韻 세 개가 있어야 비로소 [1운 3자] 하나를 만들 수 있고, 별개의 다섯 개 운이 있어야 비로소 두 개를 만들 수 있다]. 판 위에 있는 글자가 모두 1운 3자가 된 다음에 다음 차례인 사람은 다른 글자를 낼 수 없고 오직 네 번째 글자만을 내야 한다. 그다음 차례인 사람은 다섯 번째 글자가 있으면 가져다 준雋을 만든다. 다섯 번째 글자가 없으면 다시 다른 운의 네 번째 글자를 낸다[네 번째 글자가 없으면, 선을 잡은 사람이라도 '투음'·'투윤'을 한다. ○ 네 번째 글자가 있

---

274 준(雋) : 활을 쏠 때 정곡을 맞히는 것을 말한다. 『예기정의(禮記正義)』 「사의(射義)」에 인용된 정현(鄭玄)의 주에 "호랑이와 곰과 표범과 큰 사슴의 가죽으로 그 곁을 꾸미고, 또 네모지게 만들어서 과녁으로 삼은 것을 곡(鵠)이라 한다. 이것을 곡이라고 하는 것은 간곡(鳽鵠)에서 이름을 가져온 것이다. 간곡은 작은 새로, 맞히기가 어렵다. 이 때문에 이것을 맞추는 것으로 준을 삼는다(以虎熊豹麋之皮飾其側, 又方制之以爲準, 謂之鵠, 謂之鵠者, 取名於鳽鵠, 鴻鵠小鳥而難中, 是以中之爲雋)." 하였다.

으면서도 내지 않으면 꼴찌가 된다). 이렇게 되면 판을 바꿀 때이다. 드디어 판 위에 있는 글자를 다 쓸어 각자 가져가 준雋을 만들고, 양국은 비게 한다(첫 바퀴에서는 갑이 먼저 낸 뒤에 을·병·정·무는 모두 투음이나 투윤을 내야 하고, 갑과 같은 운의 글자를 내면 안 된다. 너무 빨리 판을 바꾸지 않기 위해서다. 판을 바꾸는 것은 반드시 모두의 의논이 같아진 뒤에야 시행할 수 있다. 앞질러 먼저 판을 바꾸어서는 안 된다. ○어떤 이는 "세 바퀴 전에는 1운 2자를 만들어선 안 된다. 세 바퀴 이후라도 판 위의 글자가 세 개의 개별 운이 되지 않으면 1운 2자를 만들지 말아야 한다. 판을 바꾸려 할 때만은 구애되지 않는다."고 한다. 마땅히 이 설을 좇아야 한다). 판을 바꿀 때 새로 준雋을 취한 자는 선을 잡을 수 없고, 이전 순서에 따라 낼 뿐이다.

○판을 바꾸기 전에 선을 잡은 자가 방법이 없게 되면(손안에 음자와 윤자만 있을 때), 앞서 준을 얻은 자에게 먼저 내도록 양보한다(앞서 준을 얻은 자가 없을 때는 다음 자리에 양보한다).

○양국이 빈 다음, 음국의 글자를 판 위에 다 꺼내 놓는다(윤자는 모두 버린다). 양국 말미에 내던 차례대로 아무거나 내고 갖는다. 음국엔 준을 얻거나, 먼저 내는 것에 대한 법이 없다. 또 여러 금지 조항도 없다(음국 가운데 이미 다섯 글자가 찬 것이 있으면 버린다).

○이미 음국 가운데 있는 운자韻字를 양국에 꺼내 놓는다(배자倍字도 상관없다). 양국에 낸 운자를 실수로 음국으로 던졌거나 같은 운을 다른 운으로 착각하거나, 다른 운을 같은 운으로 착각하거나 하는 것은 모두 '잘못 냈다誤出'라고 한다. 다음 자리에 앉은 사람이 그 손에 쥔 글자들을 뺏고, 낸 글자는 환수하고 다른 글자로 바꿔 낸다(즉시 깨닫지 못하고 한참 살핀 다음에야 알게 되면 그 판은 흩어 엎고, 처음 잘못한 자를 찾아내 꼴찌로 한다).

○판이 끝난 뒤 얻은 준雋의 숫자로 승부를 정한다. 10준雋 이상을 얻어 일등을 한 자는 '정괴正魁'라 하고, 몫이 100이다. 15준 이상은 '대괴大魁'라 하고 몫이 150이다. 20준 이상은 '배괴倍魁'라 하고 몫은 200이다.

10준도 못 채운 일등은 '평괴平魁'라 하고 몫은 70이다[두 명의 일등 동점자 兩魁 이상과 하위 동점자兩輪 이상은 모두 비교해서 순위를 정한다. 일등이나 하위가 아니더라도 같은 수의 준을 얻은 사람들은 비교해서 순위를 정한다. 각각 한 글자씩 뽑아, 운부의 선후로 등수를 매긴다. ○ 다섯 사람이 각각 6준씩 얻었으면 '대악교괴對嶽較魁'[275]라 하고, 몫은 30이다. 한 사람이 10준, 네 사람이 각각 5준씩 얻었으면 '헌화괴獻花魁'[276]라 하고, 몫은 100이다. 한 사람이 14준, 네 사람이 각각 4준씩 얻었으면 '내정괴來庭魁'[277]라 하고, 몫은 140이다. 한 사람이 18준, 네 사람이 각각 3준씩 얻었으면 '정주괴呈珠魁'[278]라 하고, 몫은 180이다. 한 사람이 8준, 다음이 7준, 다음이 6준, 다음이 5준, 다음이 4준을 얻었으면 '등대괴登臺魁'[279]라 하고, 몫은 80이다. 일등이 둘이면兩魁 '할홍교괴割鴻較魁'[280]라 하고, 몫은 60이다. 일등이 셋이면 '정치교괴鼎峙較魁'[281]라 하고, 몫은 50이다. 일등이 넷이면 '거해교괴據海較魁'[282]라 하고, 몫은 40이다. 하위 동점

---

275 대악교괴(對嶽較魁) : '대악교괴'의 유래는 명확치 않다. 다만 다섯을 비교하는 것이므로, '악'은 '오악(五嶽)'을 의미하는 듯하다. 즉 '오악에 대하여 으뜸을 가림'이라는 뜻으로 보인다. 오악은 중국의 가장 큰 산들로, 태산(泰山)·화산(華山)·항산(恒山)·형산(衡山)·숭산(嵩山)이다.

276 헌화괴(獻花魁) : 유래는 미상이다.

277 내정괴(來庭魁) : '내정'은 와서 조회한다는 뜻이다. 『시경』「대아(大雅)·탕지십(蕩之什)」〈상무(常武)〉에 나온다. "사방이 이미 평정되니, 서나라가 와서 조회하도다. 서나라가 어기지 않으니, 왕은 돌아가자 하셨도다(常武四方旣平, 徐方來庭, 徐方不回, 王曰還歸)."

278 정주괴(呈珠魁) : '정주'는 주옥같은 글로 임금에게 의견을 올린다는 말이다. 한유(韓愈)의 〈악착(齷齪)〉에 "구름 헤치고 하늘 문 앞에서 소리치며, 배 속을 헤쳐 낭간 같은 계책 바치고 싶네(排雲叫閶闔, 披腹呈琅玕)."에서 나왔다.

279 등대괴(登臺魁) : 삼공(三公)의 지위에 오르는 것을 '등대'라고 한다. 한(漢)에서는 상서(尙書)·어사(禦史)·알자(謁者)를 삼대(三臺)라고 했는데, 이들은 후대의 삼공이다. 따라서 삼공의 지위에 오르는 것을 '대에 오른다(登臺)'고 했다. 고관을 범칭하는 말로도 사용된다.

280 할홍교괴(割鴻較魁) : '할홍'은 항우와 유방이 오랜 싸움에 지친 나머지 전쟁을 중지하고, 홍구(鴻溝)를 기준으로 나눠서 서쪽은 유방이 차지하고, 동쪽은 항우가 차지하기로 협약한 일을 가리킨다. 『사기』「항우본기(項羽本紀)」.

281 정치교괴(鼎峙較魁) : '정치'는 솥발처럼 셋이 비등한 형세로 대치해 있는 것을 말한다.

282 거해교괴(據海較魁) : 네 명을 비교하는 것이니 '거사해(據四海)'를 의미하는 것으로 보인다. 『공자가어(孔子家語)』「오제덕(五帝德)」에 우(禹)에 대해 묻는 재아(宰我)의 질문에 공자가 대답하는 말 중에 "사계절과 같이 어김없이 일을 행하며, 사해를 장악하였다(履四

자가 두 명이면 '등설쟁장滕薛爭長'283이라 한다. 하위 동점자가 셋이면 '삼방저공三邦底貢'284이라 한다. 하위 동점자가 네 명이면 '군어조룡群魚朝龍'285이라 한다. 한 준도 못 얻은 자는 '백판白板'286이라 한다】.

일등 한 자의 몫은 제일 꼴찌인 사람에게서 걷는다【만약 두 명 이상의 하위 동점자가 있으면, 비교로 정해진 순서에 따라 차례로 거둔다. 하위 동점자가 두 명이면, 꼴찌를 면한 사람이 10분의 4를 내고, 꼴찌인 사람이 10분의 6을 낸다. 세 명이면 꼴찌를 면한 두 사람이 각기 10분의 3씩 내고, 꼴찌인 사람이 10분의 4를 낸다. 네 명이면 꼴찌를 면한 세 사람이 각기 10분의 2씩 내고, 꼴찌인 사람이 10분의 4를 낸다. 백판으로 꼴찌인 사람은 당연히 거두어야 할 몫 외에 20을 더 걷는다. 규칙을 어겨 꼴찌로 결정된 사람은 [나머지] 네 사람이 각각 10씩 걷는다】.

이등인 사람은 아괴亞魁라 하고, 몫이 10이다【일등을 정하는 비교에 참여했으면 몫이 12이고, 꼴찌를 정하는 비교에 참여했으면 몫은 없다. ○ 대악對嶽은 꼴찌를 비교한 것으로 친다. 아래도 모두 같다】.

삼등인 사람은 참좌參座287라 하고 몫이 5이다【일등을 정하는 비교에 참여했으면 몫이 7이고, 꼴찌를 비교하는 비교에 참여했으면 몫이 없다】.

사등인 사람은 시유侍遊288라 하고, 몫은 없다【일등을 비교하는 것에 참여

時, 據四海)."라는 말이 나온다.

283 등설쟁장(滕薛爭長) : 노 은공(魯隱公) 때 등후(滕侯)와 설후(薛侯)가 노(魯)에 조회하러 와서 서로 자리다툼을 벌였다. 여기에서 유래해서, 높은 자리 혹은 일등을 다투는 것을 말하는 성어가 되었다.

284 삼방저공(三邦底貢) : 『서경』「우공(禹貢)」에 나오는 말이다. "[화살대를 만드는 대나무] 균과 노와 호는 세 나라에서 공물로 바쳐 유명하다(惟箘簵楛, 三邦底貢, 厥名)." 이에 대해 공영달의 전(傳)에서는 "세 가지 물건이 모두 운몽택(雲夢澤)에서 나서, 운몽택과 가까운 세 나라에서 항상 공물로 바쳤는데, 그 이름을 천하가 좋다고 칭찬했다(三物皆出雲夢之澤, 近澤三國常致貢之, 其名天下稱善)."라고 해설했다.

285 군어조룡(群魚朝龍) : 여러 물고기가 용왕에게 조회한다는 뜻이다.

286 백판(白板) : 임명장에 임명을 증명하는 인장이 없는 것을 말한다.

287 참좌(參座) : '자리에 참석했다'는 뜻의 명명이다.

288 시유(侍遊) : '놀이에 배석했다'는 뜻의 명명이다.

했으면 몫이 2이다].

아괴 이하의 몫은 일등을 정하는 비교에 참여했는지 여부와 상관없이 모두 꼴찌인 사람에게서 거둔다[일등을 정하는 비교에 참여했고 꼴찌를 면한 자는 몫을 거두는 데서 빠진다].

○일등을 한 자는 준籌 하나를 택해서, [그것을] 운으로 삼아 칠언율시 한 편을 짓는다. 아괴는 두 편을 짓고, 참좌는 세 편을 짓고, 시유는 네 편을 짓고, 꼴찌居末는 다섯 편을 짓는다. 모두 일등을 한 자居魁가 운을 정해 준다[일등부터 시유까지는 운자를 지정받을 뿐, 다섯 글자를 모두 정하진 않는다. 꼴찌인 사람만 다섯 편 중 세 편에 다섯 글자 모두를 정해 받는다].[289]

일등을 한 사람은 또 여러 글자 중 한 글자를 뽑아, 고인古人의 칠언율시 중 그 글자로 압운된 것 한 편을 외운다. 다시 두 글자를 뽑아 아괴에게 주고, 참좌에게는 세 글자, 시유에게는 네 글자, 꼴찌에겐 다섯 글자를 뽑아 주고, 각각 외우게 한다[백판은 짓기와 외우기에 각각 한 편씩을 더한다].

비교하는 경우엔 본래 지어야 할 것 외에 다시 글자를 뽑아 운으로 삼아서[일등을 한 자가 뽑는다] 칠언율시 연구聯句 한 편을 짓는다[둘이서 일등을 가리면, 일등魁은 3구를, 아괴는 5구를 짓는다. 셋이서 가리면 일등이 2구, 아괴와 참좌는 각각 3구씩 짓는다. 넷이서 가리면 일등이 1구, 아괴와 참좌가 각기 2구씩, 시유가 3구를 짓는다. 다섯이서 가리면 일등은 1구를 짓는데, 운을 달지 않으니 안짝 구를 가리킨다. 아괴와 참좌는 각각 한 구씩 짓는데, 운을 달아 지으니, 바깥 짝 구를 가리킨다. 시유는 2구, 꼴찌末는 3구를 짓는다. 둘이서 꼴찌를 가리면, 시유가 3구, 꼴찌가 5구를 짓는다. 셋이서 가리면 참좌와 시유가 각각 2구씩, 꼴찌가 4구를 짓는다. 넷이서 가리면 아괴 1구, 참좌와 시유 각 2구, 꼴찌가 3구를 짓는다. 누구에게 어떤 구를 맡길지는 모두 일등을 한 자居魁가 배정한다. 다른 방법: 비교를 할 경우, 일등이 되었든 꼴등

289[일등부터 시유까지는 …… 정해 받는다] : 칠언율시를 지어야 하는데, 칠언율시는 1·2·4·6·8구의 끝자리에 압운한다. 즉 압운해야 하는 글자가 다섯 글자이다. 운만 지정해 주느냐, 아니면 구체적인 글자까지 다 지정해 주느냐를 이야기하고 있다.

이 되었든 뽑은 글자의 운부로 등수를 정하지 않고 운을 뽑아 시를 지어서 시가 완성되는 순서로 등수를 정한다. 일등을 가리는 경우엔 칠언七言으로 한 연聯을 짓고, 꼴찌를 가리는 경우엔 칠언율시 한 편을 짓는다. 대악은 꼴찌를 겨루는 것으로 간주한다. 판을 끝낸 뒤 연구聯句 한 편을 짓는데, 일등이 제1구를, 아괴는 제2구를, 참좌는 제3·4구를, 시유는 제5·6구를, 꼴찌는 제7·8구를 지을 뿐이다. 비교할 것이 없는 경우에는 따로 연구를 짓는 시령詩令을 행한다】.

○ 또 「유예보游藝譜」가 있다.

○○○ 「유예보游藝譜」

〖평성 상平聲上〗

[동東] 육: 오언고시 7운七韻, 오 → 경庚, 사: 칠언율시, 삼 → 우虞, 이: 칠언절구, 일 → 소嘯

[동冬] 육 → 원元, 오 → 설屑, 사: 칠언율시, 삼: 오언율시, 이: 칠언절구, 일 → 염鹽

[강江] 육 → 우虞, 오 → 마麻, 사 → 유宥, 삼: 오언율시, 이: 칠언절구, 일 → 원元

[지支] 육: 칠언배율 8운, 오: 오언배율 8운, 사: 칠언율시, 삼: 오언율시, 이: 육언절구, 일 → 양陽

[미微] 육: 오언고시 8운, 오: 칠언배율 6운, 사: 칠언율시, 삼 → 우尤, 이: 오언절구, 일 → 마馬

[어魚] 육 → 지紙, 오: 오언배율 6운, 사: 칠언율시, 삼: 오언율시, 이 → 우遇, 일 → 강江

[우虞] 육: 칠언고시 9운, 오 → 경庚, 사 → 어語, 삼: 오언율시, 이: 칠언절구, 일 → 소篠

[제齊] 육→선先, 오: 오언배율 8운, 사: 칠언율시, 삼→마麻, 이: 칠언
절구, 일→옥屋

[가佳] 육→제霽, 오→회灰, 사: 칠언율시, 삼→산刪, 이: 오언절구,
일→미微

[회灰] 육→진眞, 오: 오언배율 10운, 사→맥陌, 삼: 오언율시, 이: 칠
언절구, 일→한루

사(植) 목(目)	육(六)	오(五)	사(四)	삼(三)	이(二)	일(一)
동(東)	오언고시 7운	경(庚)	칠언율시	우(麌)	칠언절구	소(嘯)
동(冬)	원(元)	설(屑)	칠언율시	오언율시	칠언절구	염(鹽)
강(江)	우(麌)	마(麻)	유(宥)	오언율시	칠언절구	원(元)
지(支)	칠언배율 8운	오언배율 8운	칠언율시	오언율시	육언절구	양(陽)
미(微)	오언고시 8운	칠언배율 6운	칠언율시	우(尤)	오언절구	마(馬)
어(魚)	지(紙)	오언배율 6운	칠언율시	오언율시	우(遇)	강(江)
우(虞)	칠언고시 9운	경(庚)	어(語)	오언율시	칠언절구	소(篠)
제(齊)	선(先)	오언배율 8운	칠언율시	마(麻)	칠언절구	옥(屋)
가(佳)	제(霽)	회(灰)	칠언율시	산(刪)	오언절구	미(微)
회(灰)	진(眞)	오언배율10운	맥(陌)	오언율시	칠언절구	한(루)

《평성 중平聲中》

[진眞] 육: 오언고시 10운, 오: 칠언배율 8운, 사: 칠언율시, 삼→동東,
이: 칠언절구, 일: 사언四言 8운

[문文] 육→지紙, 오→질質, 사→어魚, 삼: 오언율시, 이: 오언절구,
일→증蒸

[원元] 육→진眞, 오: 오언배율 10운, 사→유有, 삼: 오언율시, 이: 칠
언절구, 일→약藥

[한寒] 육→우尤, 오: 칠언배율 6운, 사: 칠언율시, 삼: 오언율시, 이→
어語, 일→제霽

[산刪] 육: 오언고시 6운, 오 → 질質, 사 → 완玩, 삼: 오언율시, 이: 칠언
절구, 일: 오언절구

[선先] 육: 칠언고시 10운, 오: 칠언배율 10운, 사: 칠언율시, 삼: 오언
율시, 이: 오언절구, 일 → 대隊

[소蕭] 육 → 경庚, 오 → 호皓, 사 → 효肴, 삼: 오언율시, 이: 칠언절구,
일: 육언절구

[효肴] 육 → 산霰, 오 → 양養, 사 → 한寒, 삼: 오언율시, 이: 칠언절구,
일 → 제齊

[호豪] 육: 오언고시 8운, 오: 오언배율 8운, 사: 칠언율시, 삼: 오언율
시, 이 → 질質, 일 → 청青

[가歌] 육: 칠언고시 10운, 오 → 양陽, 사: 칠언율시, 삼: 오언율시, 이:
칠언절구, 일 → 대隊

사(植) 목(目)	육(六)	오(五)	사(四)	삼(三)	이(二)	일(一)
진(眞)	오언고시 10운	칠언배율 8운	칠언율시	동(東)	칠언절구	사언 8운
문(文)	지(紙)	질(質)	어(魚)	오언율시	오언절구	증(蒸)
원(元)	진(眞)	오언배율 10운	유(有)	오언율시	칠언절구	약(藥)
한(寒)	우(尤)	칠언배율 6운	칠언율시	오언율시	어(語)	제(霽)
산(刪)	오언고시 6운	질(質)	완(玩)	오언율시	칠언절구	오언절구
선(先)	칠언고시 10운	칠언배율 10운	칠언율시	오언율시	오언절구	대(隊)
소(蕭)	경(庚)	호(皓)	효(肴)	오언율시	칠언절구	육언절구
효(肴)	산(霰)	양(養)	한(寒)	오언율시	칠언절구	제(齊)
호(豪)	오언고시 8운	오언배율 8운	칠언율시	오언율시	질(質)	청(青)
가(歌)	칠언고시 10운	양(陽)	칠언율시	오언율시	칠언절구	대(隊)

〖평성 하平聲下〗

[마麻] 육 → 설屑, 오: 오언배율 10운, 사: 칠언율시, 삼: 오언율시, 이:
칠언절구, 일 → 청青

[양陽] 육 → 제齊, 오: 칠언배율 10운, 사 → 마馬, 삼: 오언율시, 이: 오

언절구, 일: 사언 10운

[경庚] 육→지支, 오: 오언배율 10운, 사: 칠언율시, 삼: 오언율시, 이: 칠언절구, 일→월月

[청靑] 육→양陽, 오→유有, 사: 칠언율시, 삼: 오언율시, 이: 육언절구, 일→가佳

[증蒸] 육: 칠언고시 7운, 오→치寘, 사: 칠언율시, 삼→동冬, 이→경梗, 일: 사언 8운

[우尤] 육: 오언고시 10운, 오: 칠언배율 10운, 사: 칠언율시, 삼: 오언율시, 이: 칠언절구, 일→우遇

[침侵] 육: 오언고시 8운, 오: 오언배율 8운, 사: 칠언율시, 삼: 오언율시, 이→한寒, 일→석錫

[담覃] 육→어語, 오→우虞, 사→한翰, 삼: 오언율시, 이→가歌, 일→호豪

[염鹽] 육→치寘, 오: 오언배율 6운, 사: 칠언율시, 삼→소蕭, 이→산刪, 일→괘卦

[함咸] 육→유有, 오→옥屋, 사→설屑, 삼→가歌, 이: 오언절구, 일→침侵

사(植) 목(目)	육(六)	오(五)	사(四)	삼(三)	이(二)	일(一)
마(麻)	설(屑)	오언배율 10운	칠언율시	오언율시	칠언절구	청(靑)
양(陽)	제(齊)	칠언배율 10운	마(馬)	오언율시	오언절구	사언 10운
경(庚)	지(支)	오언배율 10운	칠언율시	오언율시	칠언절구	월(月)
청(靑)	양(陽)	유(有)	칠언율시	오언율시	육언절구	가(佳)
증(蒸)	칠언고시 7운	치(寘)	칠언율시	동(冬)	경(梗)	사언 8운
우(尤)	오언고시 10운	칠언배율 10운	칠언율시	오언율시	칠언절구	우(遇)

침(侵)	오언고시 8운	오언배율 8운	칠언율시	오언율시	한(寒)	석(錫)
담(覃)	어(語)	우(虞)	한(翰)	오언율시	가(歌)	호(豪)
염(鹽)	치(寘)	오언배율 6운	칠언율시	소(蕭)	산(刪)	괘(卦)
함(咸)	유(有)	옥(屋)	설(屑)	가(歌)	오언절구	침(侵)

【상성(上聲)】

[지紙] 육: 칠언고시 8운, 오: 오언고시 10운, 사→소蕭, 삼→치寘, 이: 오언절구, 일→담覃

[어語] 육: 칠언고시 7운, 오: 오언고시 9운, 사→치寘, 삼→가歌, 이 →문文, 일→어御

[우麌] 육: 칠언고시 9운, 오: 오언고시 10운, 사→지紙, 삼→문文, 이 →마馬, 일: 사언 8운

[회賄] 육: 칠언고시 6운, 오→소蕭, 사→미微, 삼→마禡, 이→양漾, 일→약藥

[완阮] 육→진眞, 오: 오언고시 7운, 사→동東, 삼→마麻, 이: 칠언절 구, 일→석錫

[조早] 육→우麌, 오: 오언고시 8운, 사→우遇, 삼→산刪, 이: 오언절 구, 일→직職

[선銑] 육→우尤, 오: 오언고시 6운, 사→제霽, 삼→동東, 이→맥陌, 일: 사언 8운

[소篠] 육→우虞, 오: 오언고시 7운, 사→마麻, 삼: 오언율시, 이→옥屋, 일→동冬

[호皓] 육→선先, 오: 오언고시 9운, 사→맥陌, 삼→소嘯, 이: 칠언절 구, 일→태泰

[가哿] 육→선先, 오: 오언고시 7운, 사→마禡, 삼→어魚, 이→경梗, 일→대隊

[마馬] 육: 칠언고시 9운, 오: 오언고시 10운, 사→가歌, 삼→담覃, 이:
칠언절구, 일: 오언절구

[양養] 육: 칠언고시 8운, 오: 오언고시 9운, 사→경庚, 삼→괘卦, 이
→한旱, 일: 사언 8운

[경梗] 육: 칠언고시 8운, 오: 오언고시 8운, 사→진眞, 삼: 오언율시,
이: 오언절구, 일→월月

[유有] 육: 칠언고시 9운, 오: 오언고시 10운, 사→우遇, 삼→증蒸, 이:
칠언절구, 일→호皓

사(楂) 목(目)	육(六)	오(五)	사(四)	삼(三)	이(二)	일(一)
지(紙)	칠언고시 8운	오언고시 10운	소(蕭)	치(寘)	오언절구	담(覃)
어(語)	칠언고시 7운	오언고시 9운	치(寘)	가(歌)	문(文)	어(御)
우(麌)	칠언고시 9운	오언고시10운	지(紙)	문(文)	마(馬)	사언 8운
회(賄)	칠언고시 6운	소(蕭)	미(微)	마(禡)	양(漾)	약(藥)
완(阮)	진(眞)	오언고시 7운	동(東)	마(麻)	칠언절구	석(錫)
조(旱)	우(麌)	오언고시 8운	우(遇)	산(刪)	오언절구	직(職)
선(銑)	우(尤)	오언고시 6운	제(霽)	동(東)	맥(陌)	사언 8운
소(篠)	우(虞)	오언고시 7운	마(麻)	오언율시	옥(屋)	동(冬)
호(皓)	선(先)	오언고시 9운	맥(陌)	소(嘯)	칠언절구	태(泰)
가(哿)	선(先)	오언고시 7운	마(禡)	어(魚)	경(梗)	대(隊)
마(馬)	칠언고시 9운	오언고시 10운	가(歌)	담(覃)	칠언절구	오언절구
양(養)	칠언고시 8운	오언고시 9운	경(庚)	괘(卦)	한(旱)	사언 8운
경(梗)	칠언고시 8운	오언고시 8운	진(眞)	오언율시	오언절구	월(月)
유(有)	칠언고시 9운	오언고시 10운	우(遇)	증(蒸)	칠언절구	호(皓)

【거성去聲】

[송送] 육: 칠언고시 5운, 오→지紙, 사→호皓, 삼→회灰, 이: 오언절
구, 일→문文

[치寘] 육: 칠언고시 8운, 오: 오언고시 9운, 사→지支, 삼→양養, 이
→마禡, 일→송送

[미未] 육 → 양陽, 오: 오언고시 5운, 사 → 한翰, 삼 → 제齊, 이 → 유有, 일 → 맥陌

[어御] 육 → 소蕭, 오: 오언고시 4운, 사 → 동東, 삼 → 약藥, 이: 오언절구, 일 → 어語

[우遇] 육: 칠언고시 8운, 오: 오언고시 10운, 사 → 지支, 삼 → 양養, 이 → 강江, 일 → 옥沃

[제霽] 육: 칠언고시 7운, 오: 오언고시 9운, 사 → 선先, 삼 → 어語, 이 → 경敬, 일 → 각覺

[태泰] 육 → 선先, 오: 오언고시 8운, 사 → 우麌, 삼 → 한寒, 이 → 양漾, 일: 사언 7운

[괘卦] 육: 칠언고시 7운, 오: 오언고시 9운, 사 → 양陽, 삼 → 우麌, 이 → 청青, 일 → 경徑

[대隊] 육 → 진眞, 오: 오언고시 10운, 사 → 어魚, 삼 → 미微, 이 → 소篠, 일 → 미未

[원願] 육 → 우尤, 오: 오언고시 7운, 사 → 호豪, 삼 → 미微, 이 → 침侵, 일 → 질質

[한翰] 육: 칠언고시 7운, 오: 오언고시 8운, 사 → 지支, 삼 → 마碼, 이 → 원元, 일 → 태泰

[산霰] 육: 칠언고시 7운, 오: 오언고시 9운, 사 → 동東, 삼 → 치寘, 이: 육언절구, 일 → 제霽

[소嘯] 육 → 우麌, 오: 오언고시 8운, 사 → 제齊, 삼 → 설屑, 이: 칠언절구, 일 → 회灰

[마碼] 육: 칠언고시 7운, 오 → 우尤, 사 → 지紙, 삼 → 약藥, 이 → 원願, 일 → 함咸

[양漾] 육: 칠언고시 9운, 오: 오언고시 9운, 사 → 지支, 삼 → 제霽, 이: 오언절구, 일 → 선銑

[경敬] 육: 칠언고시 5운, 오 → 설屑, 사 → 호豪, 삼 → 청青, 이: 오언절
구, 일 → 염鹽

[경徑] 육 → 산霰, 오: 오언고시 7운, 사 → 침侵, 삼 → 한翰, 이 → 완阮,
일 → 회賄

[유宥] 육 → 우尤, 오: 오언고시 10운, 사 → 옥屋, 삼 → 침侵, 이 → 선銑,
일 → 원願

사(植) 목(目)	육(六)	오(五)	사(四)	삼(三)	이(二)	일(一)
송(送)	칠언고시 5운	지(紙)	호(皓)	회(灰)	오언절구	문(文)
치(寘)	칠언고시 8운	오언고시 9운	지(支)	양(養)	마(麻)	송(送)
미(未)	양(陽)	오언고시 5운	한(翰)	제(齊)	유(有)	맥(陌)
어(御)	소(蕭)	오언고시 4운	동(東)	약(藥)	오언절구	어(語)
우(遇)	칠언고시 8운	오언고시 10운	지(支)	양(養)	강(江)	옥(沃)
제(霽)	칠언고시 7운	오언고시 9운	선(先)	어(語)	경(敬)	각(覺)
태(泰)	선(先)	오언고시 8운	우(虞)	한(寒)	양(漾)	사언 7운
괘(卦)	칠언고시 7운	오언고시 9운	양(陽)	우(虞)	청(靑)	경(徑)
대(隊)	진(眞)	오언고시 10운	어(魚)	미(微)	소(篠)	미(未)
원(願)	우(尤)	오언고시 7운	호(豪)	미(微)	침(侵)	질(質)
한(翰)	칠언고시 7운	오언고시 8운	지(支)	마(麻)	원(元)	태(泰)
산(霰)	칠언고시 7운	오언고시 9운	동(東)	치(寘)	육언절구	제(霽)
소(嘯)	우(虞)	오언고시 8운	제(齊)	설(屑)	칠언절구	회(灰)
마(禡)	칠언고시 7운	우(尤)	지(紙)	약(藥)	원(願)	함(咸)
양(漾)	칠언고시 9운	오언고시 9운	지(支)	제(霽)	오언절구	선(銑)
경(敬)	칠언고시 5운	설(屑)	호(豪)	청(靑)	오언절구	염(鹽)
경(徑)	산(霰)	오언고시 7운	침(侵)	한(翰)	완(阮)	회(賄)
유(宥)	우(尤)	오언고시 10운	옥(屋)	침(侵)	선(銑)	원(願)

〖입성入聲〗

[옥屋] 육: 칠언고시 9운, 오: 오언고시 10운, 사 → 우虞, 삼 → 괘卦, 이:
오언절구, 일 → 송送

[옥沃] 육 → 지支, 오: 오언고시 7운, 사 → 어魚, 삼 → 양漾, 이 → 경梗,

일 → 경敬

[각覺] 육 → 선先, 오: 오언고시 6운, 사 → 산刪, 삼 → 우虞, 이 → 양養,
일 → 한旱

[질質] 육: 칠언고시 7운, 오: 오언고시 7운, 사 → 산霰, 삼 → 마麻, 이
→ 월月, 일: 사언 6운

[월月] 육: 칠언고시 5운, 오: 오언고시 7운, 사 → 동冬, 삼 → 지紙, 이:
칠언절구, 일 → 한翰

[설屑] 육: 칠언고시 6운, 오 → 양陽, 사 → 회灰, 삼 → 한翰, 이: 칠언절
구, 일 → 유有

[약藥] 육 → 경庚, 오: 오언고시 10운, 사 → 제霽, 삼 → 양漾, 이: 오언절
구, 일 → 회賄

[맥陌] 육: 칠언고시 5운, 오: 오언고시 8운, 사 → 호豪, 삼 → 산霰, 이:
칠언절구, 일 → 가佳

[석錫] 육 → 경庚, 오: 오언고시 6운, 사 → 마馬, 삼 → 문文, 이: 오언절
구, 일 → 태泰

[직職] 육 → 옥屋, 오: 오언고시 8운, 사 → 한寒, 삼 → 효肴, 이 → 가刕,
일: 사언 9운

[집緝] 육: 칠언고시 7운, 오 → 진眞, 사 → 우遇, 삼 → 원元, 이 → 괘卦,
일 → 동冬

[엽葉] 육 → 치寘, 오: 오언고시 8운, 사 → 질質, 삼 → 대隊, 이 → 유有,
일 → 증蒸

사(楂) 목(目)	육(六)	오(五)	사(四)	삼(三)	이(二)	일(一)
옥(屋)	칠언고시 9운	오언고시10운	우(虞)	괘(卦)	오언절구	송(送)
옥(沃)	지(支)	오언고시 7운	어(魚)	양(漾)	경(梗)	경(敬)
각(覺)	선(先)	오언고시 6운	산(刪)	우(虞)	양(養)	한(旱)
질(質)	칠언고시 7운	오언고시 7운	산(霰)	마(麻)	월(月)	사언 6운

월(月)	칠언고시 5운	오언고시 7운	동(冬)	지(紙)	칠언절구	한(翰)
설(屑)	칠언고시 6운	양(陽)	회(灰)	한(翰)	칠언절구	유(宥)
약(藥)	경(庚)	오언고시10운	제(霽)	양(漾)	오언절구	회(賄)
맥(陌)	칠언고시 5운	오언고시 8운	호(豪)	산(霰)	칠언절구	가(佳)
석(錫)	경(庚)	오언고시 6운	마(馬)	문(文)	오언절구	태(泰)
직(職)	옥(屋)	오언고시 8운	한(寒)	효(肴)	가(哿)	사언 9운
집(緝)	칠언고시 7운	진(眞)	우(遇)	원(元)	괘(卦)	동(冬)
엽(葉)	치(寘)	오언고시 8운	질(質)	대(隊)	유(宥)	증(蒸)

〖첫 번째 붙음初付〗

○ 육六은 〖평성 상平聲上)〗에 붙인다.

【육→지支, 오→미微, 사→어魚, 삼→우虞, 이→제齊, 일→회灰】

오五는 〖평성 중平聲中〗에 붙인다.

【육→한寒, 오→산刪, 사→선先, 삼→소蕭, 이→호豪, 일→가歌】

사四는 〖평성 하平聲下〗에 붙인다.

【육→양陽, 오→경庚, 사→청靑, 삼→증蒸, 이→우尤, 일→침侵】

삼三은 〖상성上聲〗에 붙인다.

【육→완阮, 오→호皓, 사→마馬, 삼→양養, 이→경梗, 일→유有】

이二는 〖거성去聲〗에 붙인다.

【육→산霰, 오→마禡, 사→양漾, 삼→경敬, 이→경徑, 일→유宥】

일一은 〖입성入聲〗에 붙인다.

【육→약藥, 오→맥陌, 사→석錫, 삼→직職, 이→집緝, 일→엽葉】

부(部) \ 사(植)	육(六) 평성 상	오(五) 평성 중	사(四) 평성 하	삼(三) 상성	이(二) 거성	일(一) 입성
평성 상	지(支)	미(微)	어(魚)	우(虞)	제(齊)	회(灰)
평성 중	한(寒)	산(刪)	선(先)	소(蕭)	호(豪)	가(歌)
평성 하	양(陽)	경(庚)	청(靑)	증(蒸)	우(尤)	침(侵)
상성	완(阮)	호(皓)	마(馬)	양(養)	경(梗)	유(有)
거성	산(霰)	마(禡)	양(漾)	경(敬)	경(徑)	유(宥)

입성	약(藥)	맥(陌)	석(錫)	직(職)	집(緝)	엽(葉)

【총칙總例】

○ 모임 중에 사백詞伯 한 사람을 세워 맹주盟主로 삼는다. [그는] 함께 놀지 않고 제목이나 운, 등수를 정하는 등의 일만 전담한다. 나머지 사람은 수에 상관없이 모여서 노는데, 쌍륙의 사尜 하나를 던진다.

○ 얻은 몫이 200이 차면【혹 넘으면】난다. 몫을 계산해서 승부를 정한다. 몫이 같은 자는 나는 순서로 등수를 정한다. 여러 사람이 다 났는데 한 사람만 뒤처져 있으면 꼴찌로 정하고 판을 마친다. 판을 시작한 뒤, 세 번째 던져서 몫 100을 얻으면 바로 일등이다【다른 방법: 각각 열 번씩 던지고 판을 끝낸다. 얻은 몫으로 승부를 정한다. 다만 곧장 일등이 된 자는 먼저 난다】.

○ 시를 지은 뒤 다시 앞의 사를 얻은 경우, 다른 전사轉尜를 차용한다【예를 들어, [동東]에서 4가 나와 칠언율시를 지었는데, 뒤에 다시 4가 나오면, 3을 차용해서 우虞로 옮겨 가는 것 같은 경우이다】.

○ 이 밖에 판에서 의심쩍은 일이 있을 때는 모두 맹주의 지휘를 받는다.

【점수 계산計分】 [290]

[칠언배율] 이하二下·삼상三上: 몫 100, 삼중三中: 몫 80, 삼하三下: 몫 40, 차상次上: 몫 10

[오언배율] 이하·삼상: 몫 80, 삼중: 몫 50, 삼하: 몫 30, 차상: 몫 5

---

290 【점수 계산[計分]】: 시문(詩文)을 평가하는 등급으로 과거 시험의 성적 내는 방법을 이용하고 있다. 과거 답안의 성적은 상등(上等)에 해당하는 것이 상상(上上)·상중(上中)·상하(上下)의 3단계, 이등에 해당하는 것이 이상(二上)·이중(二中)·이하(二下)의 3단계, 삼등에 해당하는 것이 삼상(三上)·삼중(三中)·삼하(三下)의 3단계이다. 그 이하 품제(品第)에 들지 못하는 것을 차상(次上)·차중(次中)·차하(次下) 3단계로 나누고, 제일 아래 단계로 갱등(更等)·갱외(更外)·갱지갱(更之更)의 3단계로 나눈다. 즉 상상(上上)부터 갱지갱(更之更)까지 15단계로 채점하는 것이다. 보통 삼하(三下) 이상을 합격자로 처리하는 것이 통례이다. 『증보문헌비고(增補文獻備考)』「선거고(選擧考)」.

배율 10운은 몫 10을 가산한다.

[칠언고시] 이하: 몫 80, 삼상: 몫 70, 삼중: 몫 50, 삼하: 몫 20

[오언고시] 이하: 몫 70, 삼상: 몫 60, 삼중: 몫 50, 삼하: 몫 20

[칠언율시] 이하: 몫 70, 삼상: 몫 60, 삼중: 몫 40, 삼하: 몫 20

[오언율시] 이하: 몫 50, 삼상: 몫 40, 삼중: 몫 30, 삼하: 몫 15

[칠언절구·육언절구] 이하: 몫 50, 삼상: 몫 40, 삼중: 몫 20, 삼하: 몫 10

[오언절구·사언시] 이하: 몫 40, 삼상: 몫 30, 삼중: 몫 20, 삼하: 몫 10

등급 시체(詩體)	이하(二下)	삼상(三上)	삼중(三中)	삼하(三下)	차상(次上)	비고
칠언배율	100	100	80	40	10	10운(韻)은 10 가산
오언배율	80	80	50	30	5	
칠언고시	80	70	50	20		
오언고시	70	60	50	20		
칠언율시	70	60	40	20		
오언율시	50	40	30	15		
칠언절구· 육언절구	50	40	20	10		
오언절구· 사언절구	40	30	20	10		

○이중二中은 이하二下에 비해 몫을 10 더하고, 이상二上은 몫을 20 더한다. 한 판에 세 번 이상二上을 얻으면 점수와 상관없이 곧장 일등이다. 상등上等은 어느 시체詩體든 상관없이 몫 계산 없이 곧장 일등이다. ○'갱외更外'와 '위격違格'[291]은 원래 몫에서 10을 뺀다. 한 판에서 두 번 '갱외'나 '위격'을 받는 자는 원래의 몫을 다 삭제하고, 곧장 꼴찌로 간주한다.

---

291 위격(違格) : 정해진 규칙을 어기는 것을 말한다. '실격(失格)'과 같은 말이다.

〖**시한繩限**〗

칠언배율 8운 이상, 오언배율 10운: 1치 5푼

칠언배율 6운, 오언배율 6운 이상, 칠언고시 7운 이상, 오언고시 8운
  이상: 1치

칠언고시 6운 이하, 오언고시 7운 이하, 칠언율시·사언시 9운 이상: 8푼

사언시 8운 이하, 오언율시: 6푼

칠언절구, 육언절구: 5푼

오언절구: 4푼

○ 고인古人의 칠언율시 두 편에서 글자를 가져다 오언율시 한 편을 짓거
나, 10여 운의 고시에서 글자를 가져다 칠언율시 한 편을 짓는다. [이런 것으로]
'시패詩牌'[292]를 대신할 수 있다.

○○○ [예시 1][293]【두보의 〈곡강曲江〉[294] 칠언율시 두 편으로 오언율시 한 편
을 만들었다.】

하루아침의 즐거움 함께할 뿐,

어찌 만고를 슬퍼하리.

봄바람은 해를 향해 돌고,

작은 시내는 강물로 흘러드오.

---

292 시패(詩牌) : 각주 9 참조.

293 이 시는 두보의 〈곡강〉에 사용된 글자만을 사용해 지은 것이다. 따라서 원문의 글자와
  대조하며 읽어야 할 필요가 있어서 각주로 실어 놓는다.
  "且共一朝樂, 何須萬古愁. 春風向日轉, 細水入江流. 看蝶時回眼, 尋花每點頭. 人歸酒正盡, 醉臥此生
  浮."

294 두보의 〈곡강(曲江)〉 : 두보가 47세 때 지은 2수의 칠언율시이다. 곡강은 장안(長安)에 있
  는 연못 이름으로, 풍광이 아름답기로 유명해서, 특히 봄이면 꽃을 찾는 사람들로 붐볐

나비를 보느라 때로 눈 돌리고,

꽃을 찾아 늘 머릴 끄덕이오.

사람은 돌아가고 술도 다하고,

취해 누우니 이 삶이 떠가네.

○○○ [예시] 2]²⁹⁵【왕유의 〈연지행燕支行〉²⁹⁶으로 칠언율시 한 편을 만들었다.】

검 하나로 백만의 군사를 움직이니,

궁중의 전별 술잔 사양하지 마시라.

천 병사 전쟁을 맹세하며 포효하는 날,

몇몇 기마병 관문을 뛰어올라 나서는 때

성채 안 차가운 하늘에 화고畵鼓가 울리고,

다고 한다. ○ 이 시 속의 글자를 가지고 새로 시를 쓰는 놀이이니, 아래에 〈곡강(曲江)〉
의 전문을 실어 놓는다.

"一片花飛減却春, 風飄萬點正愁人. 且看欲盡花經眼, 莫厭傷多酒入脣. 江上小堂巢翡翠, 苑邊高塚臥
麒麟. 細推物理須行樂, 何用浮名絆此身."

"朝回日日典春衣, 每日江頭盡醉歸. 酒債尋常行處有, 人生七十古來稀. 穿花蛺蝶深深見, 點水蜻蜓款
款飛. 傳語風光共流轉, 暫時相賞莫相違."

295 이 시는 왕유의 〈연지행〉에 사용된 글자만을 사용해 지은 것이다. 따라서 원문의 글자
를 대조하며 읽어야 할 필요가 있어서 각주로 실어 놓는다.

"一劍曾連百萬師, 宮中餞酒不須辭. 千兵誓戰咆呼日, 數騎當關躍躍出時. 塞裏寒天鳴畵鼓, 城頭明月動
青旗. 歸來帶甲朝金闕, 大將功多帝已知."

296 왕유의 〈연지행(燕支行)〉: 왕유(王維)가 21세 때 지은 칠언가행체(七言歌行體) 변새시(邊塞
詩)이다. 연지는 산 이름이니, 바로 언지산(焉支山)이다. 한 무제(漢武帝) 때 곽거병(霍去
病)이 수만의 군대를 이끌고 농서(隴西)로 출정해 언지산을 천여 리나 지나 흉노를 토벌
하였다. 왕유는 그 사실을 가지고 무장의 출정(出征)과 승리를 칭송하는 시를 지은 것이
다. ○ 이 시 속의 글자를 가지고 새로 시를 쓰는 놀이이니, 아래 원문을 실어 놓는다.

"漢家天將才且雄, 來時謁帝明光宮. 萬乘親推雙闕下, 千官出餞五陵東. 誓辭甲第金門裏, 身作長城玉
塞中. 衛霍才堪一騎將, 朝廷不數貳師功. 趙魏燕韓多勁卒, 關西俠少何咆勃. 報讐只是聞嘗膽, 飲酒不
曾妨刮骨. 畫戟雕戈白日寒, 連旗大斾黃塵沒. 疊鼓遙翻瀚海波, 鳴笳亂動天山月. 麒麟錦帶佩吳鉤, 颯
沓靑驪躍紫騮. 拔劍已斷天驕臂, 歸鞍共飲月支頭. 漢兵大呼一當百, 虜騎相看哭且愁. 教戰雖令赴湯
火, 終知上將先伐謀."

성 머리 밝은 달빛에 푸른 깃발 움직인다.

돌아와 갑옷 입고 궁궐에 조회하면,

대장의 큰 공이야 제왕께서 벌써 아시리.

○ 고인의 칠언시 한 연聯 열네 글자를 작은 종이 열네 조각에 나누어 쓴 다음에, 조합해서 원래 구를 찾아내게 한다. 〈시운猜韻〉보다 더 재미있다.

○ 세상에는 종이 쟁반으로 속마음을 알아맞히는 방법으로, '타심통他心通'[297]이라 하는 것이 있다. [그러나] 얄팍해서 쉽사리 탄로가 난다. 지금 두어 가지를 고쳐서 '시심반猜心盤'이라고 이름을 붙였다.

○○○ 도식圖式 1

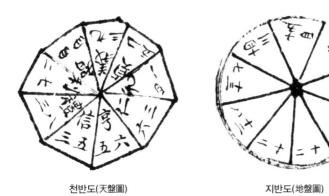

천반도(天盤圖)   지반도(地盤圖)

---

297 타심통(他心通) : 원래는 불교에서 말하는 육신통(六神通)의 하나이다. 육신통이란 부처나 아라한에게 갖춰진 자유자재의 불가사의한 권능으로, 여섯 가지 신통력이다. 사람의 전생을 알 수 있는 숙명통(宿命通), 세상의 모든 것을 볼 수 있는 천안통(天眼通), 일체의 번뇌를 제거하고 일체를 깨달을 수 있는 누진통(漏盡通), 일체를 듣고 이해할 수 있는 천이통(天耳通), 중생의 마음을 알 수 있는 타심통(他心通), 변화자재하게 왕래하며 하늘에 오르고 땅속에 들어가고 어떤 것에도 막히지 않고 마음대로 다닐 수 있는 신족통(神足通)이다. ○ 여기서는 '다른 사람의 마음을 안다'는 뜻의 놀이 제목으로 전용되어 있다.

(1) 임의로 천반을 지반 위에 두고, 아홉 글자【원元부터 정貞까지】중 한 글자를 집어 마음에 둔다.

(2) 마음에 둔 글자 아래에서 천반과 지반의 오른쪽 수를 합한다.

(3) 지반의 본래 방에서 시작해서 오른쪽으로 돌며 계산해서, 합한 수와 같아지면 멈춘다.

(4) 천반의 마음에 둔 글자를 지반의 멈춘 방 위에 옮겨 놓는다.

(5) 다시 천반과 지반의 왼쪽 수【옮긴 곳의 왼쪽 수를 가리킨다】를 합한다.

(6) 지반의 멈춘 방에서 시작하여 오른쪽으로 돌며 계산해서 합한 수와 같아지면 멈춘다.

(6) 다시 천반의 마음에 둔 글자를 지반의 멈춘 방 위로 옮긴다.

(7) 그리고 맞히는 사람에게 보여 준다. 그러면 맞히는 사람은 즉시 그 사람이 마음에 둔 글자를 알 수 있다【원元·형亨·이利·정貞·인仁·의義·예禮·지智·신信의 순서로, 지반의 오른쪽 수인 10에서 18까지의 순서에 배정한다. 두 방이 딱 맞으면 바로 마음에 둔 곳이다】.

◯◯◯ 도식圖式 2

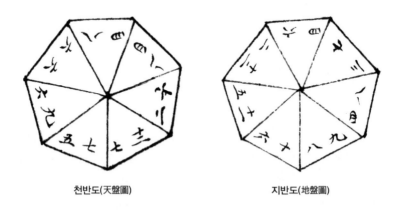

천반도(天盤圖)　　　　　　　　지반도(地盤圖)

(1) 천반을 지반 위에 임의로 놓고, 천반 가운데 오른쪽 숫자 하나를 집

어 마음에 둔다.

(2) 그리고 지반에서 만나는 오른쪽 수와 합한다.

(3) 지반의 본 방으로부터 시작해서 오른쪽으로 돌린다. 나머지는 위와
같다【천의 오른쪽 4는 지의 오른쪽 6에 배정하고, 천의 오른쪽 7은 지의 오른쪽 7
에 배정하고, 천의 오른쪽 8은 지의 오른쪽 8에 배정하고, 천의 오른쪽 10은 지의
오른쪽 9에 배정하고, 천의 오른쪽 6은 지의 오른쪽 10에 배정하고, 천의 오른쪽 9
는 지의 오른쪽 11에 배정하고, 천의 오른쪽 12는 지의 오른쪽 12에 배정한다. 그
배정된 곳을 찾으면 바로 마음에 둔 곳이다】.

[298] 세간에 '시권猜拳'이란 것이 있는데, 억단臆斷에서 나와 맞히기도 하고 못
맞히기도 한다. 지금 새로운 법을 만들어 반드시 맞힐 수 있게 만들었다.

○○○ 예시【어떤 사람이 왼쪽·오른쪽 손에 바둑돌을 쥐고 있는데, 그 수는 모
른다.】

(1) 먼저 묻는다. "왼손 안의 바둑돌에 2배를 하면, 오른손 안의 바둑돌
보다 몇 개가 많은가?" 뭐라 답한다.

(2) 다시 묻는다. "오른손 안의 바둑돌에 2배를 하면, 왼손 안의 바둑돌
보다 몇 개가 많은가?" 뭐라 답한다.
【왼쪽이 많은 수에 2배를 해서 오른쪽이 많은 수에 더해 3으로 나누면 바로 왼손
안의 수이다. 오른쪽이 많은 수에 2배를 해서 왼쪽이 많은 수에 더해 3으로 나누
면 바로 오른손 안의 수이다. 만약 왼쪽은 남는데 오른쪽은 모자란다면, 왼쪽의
남는 수에 2배를 해서 오른쪽의 모자라는 수를 빼고, 3으로 나누어 얻는다. 만약

---

298 연세대본엔 한 칸 내려 써 있는데, 다음의 발례(發例)와 연결되는 것으로 보아, 올려 써야
할 듯하다.

오른쪽은 남는데 왼쪽은 모자란다면, 왼쪽의 모자란 수에 2배를 해서 오른쪽의

남는 수를 빼고, 3으로 나누어 얻는다.】

혹은

(1) 먼저 묻는다. "왼손 안의 바둑돌에 3배를 하면 오른손 안의 바둑돌보
    다 몇 개가 많은가?" 뭐라 답한다.

(2) 다시 묻는다. "오른손 안의 바둑돌에 3배를 하면, 왼손 안의 바둑돌
    보다 몇 개가 많은가?" 뭐라 답한다.

【왼쪽이 많은 수에 3배를 해서, 오른쪽이 많은 수에 더해 8로 나누면, 왼쪽 수이다.

오른쪽이 많은 수에 3배를 해서, 왼쪽이 많은 수에 더해 8로 나누면, 오른쪽 수이

다. 한쪽은 남고 한쪽은 모자라는 경우의 방법은 위와 같다.】

혹은

(1) 먼저 묻는다. "왼손 안의 바둑돌에 2배를 하면 오른손 안의 바둑돌
    보다 몇 개가 많은가?" 뭐라 답한다.

(2) 다시 묻는다. "오른손 안의 바둑돌에 3배를 하면, 왼손 안의 바둑돌
    보다 몇 개가 많은가?" 뭐라 답한다.

【왼쪽이 많은 수에 3배를 해서, 오른쪽이 많은 수에 더해 5로 나누면, 왼쪽 수이다.

오른쪽이 많은 수에 2배를 해서, 왼쪽이 많은 수에 더해 5로 나누면, 오른쪽 수이

다. 한쪽은 남고 한쪽은 모자라는 경우의 방법은 위와 같다.】

○ 이런 것들은 노인이 졸음을 쫓기 위한 것이니, [그제] 장기나 바둑보다
조금 나을 뿐이다. 예藝와 비슷한 좋은 일이라 생각하고 늘 해서, 일상적 업
무에 방해가 되어선 안 된다. 하물며 공부하는 젊은 선비야 어찌 하루라도
이런 것에 탐닉해서 공부를 방해하도록 할까 보냐? 절대 조심하라.

第九觀 己. 兢遵念

言有物, 行有恒,

必有所毋, 德乃斯興.

矧或越厥, 裁至如膺?

述 己「兢遵念」

1.

　　勿言朝庭得失及仕宦勢利之事.

○勿言市井鄙俚齷瑣之談.

○勿言淫媟.

○勿言他人家庭間事.

○勿言人過惡.

○主人及賓客在館者皆戒之. 而子弟年少者, 尤宜加勉. 至賓客來訪者, 亦
　　告以此禁.

○主人犯戒, 掌訓【乙二】糾之. 至三犯, 告掌記錄【乙九】, 令錄于策.

○子弟犯戒, 掌訓訶責之. 至三犯, 告于主人, 施櫬楚.

○賓客三犯, 在館者謝遣, 來訪者戒門拒之.

2.

飲酒之過多失儀者, 亦以三犯爲限. 而或有醉酗狂肆者, 一犯有罰【罰同言失之三犯者】. 吏隸奴僕被酒狂酗者, 痛施笞治. 不悛而屢犯, 則逐.

○主人及子弟犯外色, 則主人錄過, 子弟施楚.

3.

勿往娼家酒家.

○非公事, 勿往公卿貴人家.

○家行庭訓, 無可稱者之家, 勿往.

○不尙學業, 好酒食嬉戲者之家, 勿往.

○喜談論時事及他人隱匿者之家, 勿往.

○聚會雜賓之家, 勿往.

○凡訪人切忌久坐.

○婦女非歸寧及至親家哀慶, 不可出入. 同姓三從親以外, 異姓從兄弟以外, 不可與男子相見.

4.

談命之人, 勿許數來.

○巫覡切戒近門.

○女流之未詳其根着者, 勿許來往.

○喜談術數及靈異虛幻者, 不可交.

114

○好爲危言者, 不可交.

○豪俠好義之人, 固或有緩急可仗. 而亦往往貽禍人家. 交遊之際, 切宜愼擇.

○勇力絶倫, 而兼有信義, 平居謹愼韜晦者, 宜深相交結. 若無信躁暴, 則不可交, 亦不可結怨.

5.

非公服, 不可用錦緞. 冠衣制度之奇衺者, 不可近身.

○婦女非昏宴之時, 不可服綺羅綾緞.

○膳羞之品, 近於奇邪者【近世有以餅爲人形者. 又有以餅肉爲花葉形者】, 雖宴樂之時, 不可登盤. 器用亦務從堅朴.

○所居室不可陳列玩好之器. 子弟所居, 雖琴瑟棋局之屬, 不可.

6.

古樂固六藝之一. 而今之俗樂, 蕩人心志, 不可聽. 燕會及游賞時, 或以一琴一笙, 佐其娛. 繁聲亂舞不可近耳目. 妓女切戒至門.

○子弟雖中科第, 不可率倡優. 只於告廟及榮墳時, 一奏樂.

○今之歌謠, 大失古詩溫柔敦厚之義. 習歌之人, 皆是宕子, 不可親近. 須擇古詩之指歸深遠者, 每游賞之時, 令子弟賓客曼聲諷吟. 可以和平其心志, 動盪其血脈. 於古人詠歸之意, 庶乎近之.

○射雖異於古, 正己之義猶有存者. 時或習之, 無害. 亦不可一向好著. 投壺亦云.

○雜技, 子弟則不宜接於目. 主人老境或以棋局·「觴詠圖」·「三才萬變圖」之類, 與諸文士年老者暢懷, 亦可. 但不可太耽喪志. 猜韻·猜謎·詩牌·初中終之屬, 近於文藝. 間或出入可也. 日以爲常, 則不可【博塞馬弔之類, 雖別院賓客, 切戒之】.

○「觴詠圖」一局太遲. 又或終局不遇一題, 不作一詩. 殊覺沒興. 今以「文苑雅戲」代之.

○○○「文苑雅戲圖譜」

(天文)【六五霧, 四三霞, 二一虹】○ 日【六退, 五退·七排, 四退, 三退·賦, 二一退】月【六退, 五退·七絶, 四退·長短句, 三·二退, 一日】星【六退, 五退·七律, 四三退, 二日, 一月】風【五·六退, 四日, 三賦, 二月, 一星】雲【六日, 五月, 四五古, 三樂章, 二星, 一風○文成後六退】雨【六五月, 四五古, 三星, 二風, 一雲○有別題】露【六月, 五五律, 四星, 三風, 二雲, 一雨】霜【六星, 五五絶, 四風, 三雲, 二雨, 一露】雪【六賞雪詩序, 五五排, 四雲, 三雨, 二露, 一霜○文成後 六多五梁園】雷【六雨, 五五絶, 四七古, 三露, 二霜, 一雪○文成後六南至】電【六雨, 五五律, 四露, 三霜, 二雪, 一雷】霧【六露, 五霜, 四雪, 三賦, 二雷, 一電】霞【六雪, 五七律, 四雷, 三歌, 二電, 一霧】虹【六說, 五五律, 四電, 三霧, 二·一霞】

(人品)【六五牧, 四三美, 二一僧】○聖賢【六退·訓語, 五退·五排, 四三二退, 一退箴.】神僊【六退·傳, 五退, 四長短句, 三日, 二聖, 一月】宰相【六論, 五五排, 四日, 三聖, 二仙, 一頌○文成後, 六退, 三文. 皆成直退.】將帥【六聖, 五仙, 四七古, 三風, 二露布, 一相○文成後, 六公侯, 五征戰】隱逸【六山居記, 五仙, 四五古, 三相, 二一將, ○文成後, 六許塚】文章【六論文書, 五仙, 四七古, 三相, 二將, 一隱】豪貴【六相, 五七律, 四將, 三隱, 二文, 一箴○有別題】俠士【六將, 五隱, 四五古, 三歌, 二文, 一豪】酒客【六隱, 五文, 四樂府, 三豪, 二酒榜, 一俠○文成後, 六餞別】獵夫【六文, 五豪, 四俠, 三賦, 二·一酒○文成後, 六射虎處】漁翁【六桃源記, 五豪, 四長短句, 三俠, 二酒, 一獵】

116

牧童【六俠, 五五絶, 四酒, 三獵, 二一漁】 美女【六酒, 五七律回文, 四獵, 三歌, 二漁, 一牧 ○文成後, 六春, 五姑蘇】 僧徒【六五漁, 四牧, 三美, 二道場疏, 一偈 ○文成後, 六佛書.】

(名山)【六五羅, 四三巫, 二一稽】 ○泰【六退碑, 五四退, 三日, 二聖, 一頌 ○有別題】 衡【六退, 五日, 四月, 三賦, 二泰, 一仙】 華【六記, 五星, 四七古, 三泰, 二仙, 一衡】 蓬萊【六泰, 五仙, 四七古, 三衡, 二雲, 一華】 天台【六仙, 五衡, 四雲, 三賦, 二華, 一蓬】 靑城【六衡, 五華, 四蓬, 三歌, 二一台】 峨嵋【六華, 五七絶, 四蓬, 三台, 二儷序, 一靑】 廬【六蓬, 五台, 四五古, 三靑, 二一峨】 雁宕【六記, 五台, 四七古, 三靑, 二峨, 一廬】 猴【六台, 五七絶, 四靑, 三峨, 二廬, 一宕】 武夷【六記, 五峨, 四廬, 三宕, 二精舍上梁文, 一猴】 羅浮【六峨, 五七律, 四廬, 三宕, 二猴, 一武】 巫【六廬, 五宕, 四猴, 三賦, 二武, 一羅】 會稽【六五武, 四五古, 三羅, 二巫, 一銘 ○文成後, 六禹穴】

(佳水)【六五桐, 四三瀑, 二一鈷】 ○海【六五退, 四退·五古, 三日, 二聖, 一星】 河【六退, 五聖, 四七古, 三泰, 二海, 一頌 ○有別題】 浙江【六月, 五泰, 四海, 三賦, 二一河】 揚子【六海, 五七律, 四河, 三雨, 二一浙】 洞庭【六衡, 五七絶, 四河, 三歌, 二浙,[1] 一楊】 瀟湘【六河, 五浙, 四七古, 三楚辭, 二楊, 一洞】 嘉陵【六圖跋, 五浙, 四五古, 三楊, 二洞, 一湘】 五湖【六記, 五楊, 四洞, 三湘, 二嘉, 一費】 三峽【六洞, 五七律, 四湘, 三嘉, 二一五湖】 鏡湖【六送賀監序, 五湘, 四嘉, 三五湖, 二一峽】 剡溪【六嘉, 五五絶, 四五湖, 三峽, 二一鏡 ○文成後, 六浣石】 桐江【六五湖, 五峽, 四五古, 三鏡, 二剡, 一釣臺銘】 廬瀑【六峽, 五鏡, 四七古, 三剡, 二一桐】 鈷鉧潭【六鏡, 五五排, 四剡, 三桐, 二一瀑.】

(樓臺)【六五竹, 四三雪, 二一勝】 ○黃鶴【六記, 五七律, 四月, 三仙, 二一衡】 岳陽【六仙, 五雲, 四七古, 三賦, 二一黃】 滕王【六風, 五華, 四文, 三黃, 二儷序, 一岳】 煙雨【六雨, 五七律, 四黃, 三岳, 二一滕】 吹臺【六記, 五黃, 四岳, 三滕, 二一煙】 遠景【六岳, 五五排, 四滕, 三煙, 二一吹】 鸛雀【六滕, 五五律, 四煙, 三吹, 二一遠】 峴山【六煙,

1 浙: 연세대본엔 '絶'로, 규장각본, 동양문고본, 버클리본엔 '浙'로 되어 있다.

五吹, 四五古, 三遠, 二一雀○文成後, 六羊碑】**南樓**【六吹, 五遠, 四雀, 三賦, 二一峴○文成後, 六節度】**蘭亭**【六禊帖序, 五遠, 四雀, 三峴, 二一南○有別題】**醉翁**【六雀, 五六律, 四峴, 三琴操, 二南, 一蘭○文成後, 六翰苑】**竹樓**【六峴, 五南, 四蘭, 三賦, 二一醉】**雪坒**【六南, 五七律, 四蘭, 三醉, 二一竹】**擇勝**【六蘭, 五醉, 四三竹, 二雪, 一銘○增題問答擬公穀】

(宮室)【六五老, 四三星, 二一平】○**阿房**【六日, 五泰, 四仙, 三賦, 二詔, 一華山】**章華**【六阿, 五將, 四三阿, 二黃鶴, 一箴】**未央**【六雲, 五相, 四華山, 三阿, 二上梁文, 一章○成後, 六朝會】**建章**【六阿, 五露, 四七古, 三蓬, 二章華, 一央】**銅雀**【六阿, 五七排, 四章華, 三賦, 二央, 一建○增題記銅雀宴擬左氏】**華清**【六章華, 五七律, 四央, 三建, 二一銅】**黃金**【六記, 五央, 四建, 三銅, 二一清】**麒麟**【六碑, 五建, 四銅, 三清, 二一金】**綠野**【六銅, 五清, 四三金, 二狄, 一贊○有別題】**畫錦**【六清, 五金, 四三狄, 二上梁文, 一綠】**三槐**【六金, 五狄, 四三綠, 二畫, 一銘○增題魏公之命擬尙書】**九老**【六狄, 五五排, 四綠, 三畫, 二一槐】**聚星**【六集序, 五綠, 四畫, 三槐, 二一老】**平山**【六畫, 五五律, 四槐, 三老, 二一星】

(草木)【六五蘭, 四三杜, 二一男】○**桂**【六月, 五泰, 四樂府, 三仙, 二一雲】[**松**]【六衡, 五七排, 四五古, 三雲, 二一桂】[**竹**]【六雨, 五桂, 四七古, 三賦, 二一松○文成後, 六全史○有別題】**柏**【六桂, 五隱, 四三松, 二竹, 一贇○文成後, 六御史】**檜**【六桂, 五七絕, 四松, 三竹, 二一柏】**梧**【六松, 五五律, 四竹, 三柏, 二一檜】**槐**【六竹, 五五絕, 四柏, 三檜, 二一梧】**柳**【六柏, 五檜, 四七古, 三梧, 二一槐】**楓**【六檜, 五五律, 四梧, 三槐, 二一柳】**桑**【六梧, 五槐, 四五古, 三柳, 二一楓, ○文成後, 六紡績】**芝**【六槐, 五柳, 四三楓, 二桑, 一頌○文成後, 六道籙, 五醫方】**蘭**【六柳, 五楓, 四桑, 三琴操, 二一芝】**杜若**【六楓, 五七絕, 四桑, 三芝, 二一蘭】**宜男**【六桑, 五芝, 四三蘭, 二杜, 一頌】

(花卉)【六五榴, 四三櫻, 二一茉】○**梅**【六月, 五七律, 四三仙, 二相, 一贊○文成後, 六太守】**芙蓉**【六說, 五仙, 四五古, 三淅, 二文章, 一梅】**菊**【六隱, 五七律, 四梅, 三松, 二一芙○文成後, 六重陽】**牧丹**【六譜序, 五梅, 四芙, 三豪, 二一菊○有別題】**桃**【六梅, 五七絕, 四芙, 三菊, 二一丹】**杏**【六芙, 五五律, 四菊, 三丹, 二一桃】**杜鵑**【六菊,五五排, 四丹, 三桃, 二一杏】**辛夷**【六丹, 五五絶, 四桃, 三杏, 二一杜】**海棠**【六桃, 五杏, 四五古, 三杜, 二一辛】**薔薇**【六杏, 五五絶, 四杜, 三辛, 二一棠】**水仙**【六杜, 五辛, 四三五七言, 三棠, 二一薔】**石榴**【六辛, 五五絶, 四棠, 三薔, 二一水】**櫻桃**【六棠, 五薔, 四七古, 三水, 二一榴】**茉莉**【六薔, 五七絶, 四水, 三榴, 二一櫻】

(禽鳥)【六五鷰, 四三鶯, 二一鷄】○**鳳**【六相, 五雲, 四文章, 三賦, 二松, 一頌○文成後, 六諫議】**鸞**【六桂, 五七律, 四天台, 三松, 二一鳳】**孔雀**【六文, 五七絶, 四頌, 三鳳, 二一鸞】**鵬**【六寓言, 五鳳凰, 四鸞, 三歌, 二一孔○文成後, 六諸子】**鶴**【六鳳, 五鸞, 四七古, 三孔, 二一鵬○文成後, 六華表】**鷹**【六鸞, 五五律, 四孔, 三鵬, 二一鶴○文成後, 六御史】**鷺**【六孔, 五鵬,[2] 四五古, 三鶴, 二一鷹】**鴈**【六鵬, 五七絶, 四鶴, 三鷹, 二一鷺○文成後, 六秋, 五圍棋】**杜鵑**【六鶴, 五鷹, 四七古, 三鷺, 二一鴈】**鸚鵡**【六鷹, 五七律, 四鷺, 三鴈, 二一鵑】**鴛鴦**【六鷺, 五六絶, 四鴈, 三鵑, 二一鸚○有別題】**燕**【六鴈, 五五律, 四鵑, 三鸚, 二一鴛】**鶯**【六鵑, 五鸚, 四一言至十言, 三鴛, 二一燕○文成後, 六清明】**鷄**【六鸚, 五鴛, 四五古, 三燕, 二一鶯○增題巽卦文言補】

(魚獸)【六五牛, 四三猿, 二一魚】○**龍**【六將, 五雨, 四七古, 三歌, 二松, 一鳳】**麟**【六解, 五露, 四芙, 三鳳, 二一龍】**獅**【六文, 五五律, 四靑城, 三龍, 二一麟】**象**【六五龍, 四麟, 三賦, 二一獅】**龜**【六龍, 五麟, 四三獅, 二象, 一贊】**虎**【六麟, 五獅, 四五古, 三象, 二一龜】**鹿**【六獅, 五五律, 四象, 三龜, 二一虎】**犀**【六象, 五龜, 四三虎, 二鹿, 一銘】**熊**【六龜, 五五絶, 四虎, 三鹿, 二一犀○文成後, 六刺史】**馬**【六說, 五虎, 四七古, 三鹿, 二犀, 一熊】**驢**【六鹿, 五五律, 四犀, 三熊, 二一馬○有別題】**牛**【六犀, 五熊, 四馬, 三歌, 二一驢○文成後, 六耕稼, 五全史】**猿**【六熊, 五七絶, 四馬, 三驪, 二一牛】**魚**【六馬, 五驪, 四長短句, 三牛, 二一猿】

(器用)【六五鏡, 四三杖, 二一扇】○**車**【六豪, 五龍, 四竹, 三賦, 二一黃金○增題: 續考工記】**劍**【六龍, 五俠, 四五古, 三猰, 二一車○文成後, 六兵書】**弓**【六霏, 五七絶, 四車, 三獵, 二一劍○文成後, 六射虎處】**硯**【六鏡湖, 五車, 四三劍, 二弓, 一銘○文成

---

2 五鵬: 연세대본엔 '鵬鳥'로 되어 있다. 연세대본의 이 부분엔 필사에 문제가 있다.

後, 六詩話○有別題】**筆**【六說, 五車, 四劍, 三弓, 二一硯○文成後, 六書畫】**笏**【六劍,
五弓, 四三硯, 二筆, 一官箴】**鼎**【六卦象論, 五弓, 四硯, 三筆, 二一笏】**爐**【六硯, 五五
律, 四筆, 三笏, 二一鼎】**罇**【六筆, 五七絶, 四笏, 三鼎, 二一爐】**屛**【六記, 五笏, 四鼎, 三
爐, 二一罇】**案**【六鼎, 五爐, 四三罇, 二屛, 一銘○文成後, 六六經】**鏡**【六爐, 五罇, 四
詞, 三屛, 二一案○文成後, 六端午】**杖**【六罇, 五屛, 四引七古, 三案, 二一鏡○增題:養
老義擬戴記[3], **扇**【六屛, 五五律, 四案, 三鏡, 二一杖○文成後, 六夏】

(音樂)【六五歌, 四三舞, 二一嘯】○[**琴**]【六詩序, 五鳳, 四羕, 三酒, 二梧, 一銘○
有別題】**瑟**【六鳳, 五七律, 四綏, 三孔, 二一琴○增題:擬浴沂章】**磬**【六建, 五鶴, 四三
琴, 二進磬石表, 一瑟】**笙**【六竹, 五琴, 四五古, 三瑟, 二一磬○增題:補亡六詩】**簫**【六
琴, 五瑟, 四磬, 三賦, 二一笙○文成後, 六駙馬】**箜篌**【六瑟, 五七絶, 四磬, 三笙, 二一
簫】**琵琶**【六磬, 五笙, 四七古, 三簫, 二一箜】**箏**【六笙, 五五絶, 四簫, 三箜, 二一瑟】**笛**
【六簫, 五五律, 四箜, 三琵, 二一箏】**鍾**【六鍾律議, 五箜, 四琵, 三箏, 二一笛○文成後,
六南至】**鼓**【六琵, 五箏, 四三笛, 二鍾, 一銘】**歌**【六箏, 五玉連環七律, 四笛, 三鍾, 二一
鼓○文成後, 六餞別】**舞**【六笛, 五七絶, 四鍾, 三鼓, 二一歌】**嘯**【六鍾, 五鼓, 四五古,
三歌, 二一舞○文成後, 懷思】

(初付)【六付禮, 五付樂, 四付射, 三付御, 二付書, 一付數】○**禮**【六五四天文, 三二
一人品】**樂**【六五四名山, 三二一佳水】**射**【六五四樓臺, 三二一宮室】**御**【六五四草木,
三二一花卉】**書**【六五四禽鳥, 三二一魚獸】**數**【六五四器用, 三二一音樂】

(總例) 分耦, 不限人數. 以雙陸之單隻, 擲査.

○先退者再付【再付時, 一擲兩査. 如得六五則直付天文, 四一則直付宮室】再退
而局中猶有未退者, 則三付【三付時, 一擲三査, 合用之】. 必參局人皆經一退,
然後散局【散局時, 再付三付者未及退, 不拘而散之】.

○勝負不以退之先後論, 以文之多少, 較圈, 定高下. 古文三圈, 賦儷

---

3 記: 연세대본엔 '己'로 되어 있고, 나머지 본엔 모두 '記'이다.

二圈, 詩歌四言皆一圈. 再付後倍圈, 三付後三倍圈. 必於繩限【見下】內文成, 然後受圈. 限內不就, 降付初付, 而削其前圈【雖三付者, 還作初付. ○初付無圈者, 再付, 擲法圈法幷仝初付. 不許合擲倍圈. 初再付俱無圈者, 三付仝初付. 初再付中一有圈, 三付全再付. ○再付, 到初付時曾到作文處, 又得作查, 文成, 則四倍圈. 三付六倍圈, 而一題三作, 直許魁. ○下凡稱再付者, 皆指初付有圈而再付者也】.

○作文後, 又得前作查, 不必又作, 照隣查, 用之【六五相隣, 四三相隣, 二一相隣】. 若得他作查則又作【若隣查卽他作查, 則不可作文, 宜照上下查用. 盖文則不可借查而作. ○別來不可以隣查借用 ○別來見下】.

【雜例】 連三處得作查, 三文俱成於限內, 加三圈. 到作文兩查處, 連得兩作查, 兩文俱成於限內, 加二圈.

○上梁文有儷有詩. 故兼受儷詩之圈. 此外, 如詩幷序·贊幷引·賦下綴頌·碑末系銘之類, 皆兼受兩文之圈.

○在退地, 得退作查, 限內文成而退, 則倍圈.

○一限內文成二篇, 則幷倍前圈與今圈.

○兼兩段倍圈, 則四倍圈. 兼三段, 則八倍圈. 雖兼四五段, 不可過八倍.

○加圈而兼倍圈, 只倍本圈, 加圈則不倍.

○到文章, 限內文成二篇, 則旣倍己圈, 又幷收在局諸人前圈今圈, 而有之【無前圈者置之, 許免後充. ○後充見下猜韻】.

○到文章, 得作查, 文成後, 在局諸人無論其得作查與否, 任意出題【不拘所到本題】, 幷令製呈. 考其高下, 任增減其前圈今圈. 謂之'文章主盟'.

○到文章, 文成後, 更擲一查, 進用.

○曾到文章, 限內成文者, 謂之文章先進. 後到它處得作查, 則不作而直受圈, 作則倍圈.

○局中有文章先進, 今有後到文章者, 或未得作查, 或得作查而文未成於限內, 則幷納前圈于先進【雖曾到文章, 未得作查, 未成文, 則不稱先進】.

○ 兩人俱到文章, 一得作查一否, 則作查者限內文成之後, 任降置未得者于某處. 若俱得作查, 先成者降置後成者三位, 而幷奪前圈今圈, 而有之【無前圈者, 或令後充, 或許免. 惟在先成者臨時闊狹. 先進法全】.

○ 文章先進再付, 到華山·廬山·洞庭·三峽·黃鶴·岳陽·滕王, 毋論得某查, 作文受圈.

○ 文章先進再付, 又到文章, 則擲查之前, 直⁴受三圈. 得作查, 則雖不作亦受圈, 而文成則五倍圈.

○ 文章先進再付又到, 三付又到, 則直許魁.

○ 到文章, 連得再作查, 兩文俱成於限內, 則倍圈. 又擲兩查, 進用.

○ 局散後, 居末人拜進一杯酒于居魁人. 魁過十圈, 則再拜進二觥. 居末者無圈, 則徧進于有圈諸人.

古文【無減二百字, 限火繩三寸】, 儷文【無減十聯, 繩上全】, 古詩·排律·長短句【無減八韻, 繩二寸】, 賦【無減十韻, 繩上全. 楚辭全】, 四言·偈【無減六韻, 繩一寸】, 律·絶·三五七言【繩上全】, 歌【無減五韻, 繩上全】, 回文·玉連【繩二寸】, 樂府【幷全古詩】, 樂章·琴操·詞【幷全歌】, 一言至十言【繩全古詩】, 記事【無減五十字, 二圈】, 觴政·詩令·小令【無減二十字, 一圈】, 丹訣【無減四韻, 圈全. 上記事以下, 繩幷一寸】, 上梁文【以兼詩, 故許限五寸 ○ 他如願作詩幷序·贊幷引·賦下綴頌·碑末系銘之類, 皆許寬展二文之限. ○ 句數倍此定例者, 倍圈. 聖賢及文章先進, 不拘句例繩限】.

（比較）【居魁兩人全圈, 居末兩人全圈, 或多人全圈, 則作文, 以文成先後定其序.】閑似忙詞【兩較】五雜組詞【三較】兩頭纖纖詞【四較】五韻詩【梁王長康疆體 ○ 五較】首尾吟【六較】急就篇【七較】八音體詩【八較 ○ 以上幷魁較】大小言【兩較】歇後體【三較】藥砧體【四較】判【五較】六甲體【六較】離合體【七較】姓名詩【參同契卒章體 ○ 八較 ○ 以上幷末較】集句文【庚六 ○ 在局諸人皆全圈, 不分魁末, 則以此比較】.

---

4 直: 연세대본엔 '査'로 되어 있고, 나머지 본엔 모두 '直'이다.

（別來五部四十處）【別來者并以六查作, 不拘句例繩限. 文成, 受倍圈, 還付本處, 以再付論. 再付者以三付論, 三付者直許魁. 若不得六查而得他查, 則還用本處查. ○凡得別來查, 願來者來, 不願來者許從本查用. ○再度別來, 文成, 直許魁. ○文章先進別來, 以五查亦作. 六經·全史·禹穴·梁園·翰苑, 以四三查亦作. ○別來, 未得作查願住者, 許住. 三擲, 未得作查, 還付本處. ○三擲內得六查而作者, 只受倍圈, 不許以再付論. ○再擲得者倍圈, 後還用六. 三擲得者否. ○別來未還而前, 不得用本處所用之法.】

（時令）春【建除體五古】清明【七律】夏【五古】端午【五律】秋【賦】重陽【七律】冬【數體七古】南至【復卦贊】

○（官爵）公侯【策命】駙馬【箴】諫議【封事】翰苑【制誥】御史【彈文】節度【七古】刺史【公移】太守【邑名體五古】

○（書籍）六經【策】諸子【辨】全史【人名體五古】兵書【序】詩話【評】佛書【七古】道籙【五律】醫方【藥名體五古】

○（古蹟）禹穴【五古】梁園【賦】姑蘇臺【七絕集句】華表柱【銘】許由塚【碣】羊公碑【七古】西施浣紗石【詞】李廣射虎處【七律】

○（人事）朝會【五排】征戰【檄】耕稼【勸農文】紡績【五律】書畫【跋】圍棋【五古】懷思【四愁詩】餞別【序】

（別題十二處）【每部一處 ○到有別題處, 未得原作查, 不願行查, 願作別題者, 許之. 句例全本法. 繩限并二寸. 受圈照本法, 增一圈. 再付者不許作別題. 前有三圈以上者, 亦不許作.】雨【祈雨靑詞】豪貴【四君優劣論】泰【封禪文】河【先河後海議】蘭亭【筆帖眞贋辨】綠野【裵晉公行狀】竹【墨君堂重修記】牧丹【花王世家】鴛鴦【婚書】驢【故事三十則】硯【石虛中傳】琴【琴譜】

（部志）【初到部界, 得六查, 不願進用, 而願作別題者, 許, 令作本部志. 要使部內十四目列敍於篇內. 繩限二寸. 限內文就, 予五圈, 直升置本部第三位. 五查以下不許作. 再付者不許作.】

（增題八處）【見本目註中. ○到有增題處得作查, 作原題而繩限未盡, 又作增題於限內, 則原題倍圈, 而增題直受十圈. 仍以再付論, 再付者直許魁. ○增題未及成而限盡,只受原題本圈. ○原題成而限雖未盡, 不願作增題, 則只受原題本圈. ○八處之外, 或有自出增題願作者, 亦許. 而法并全上. ○增題唯倣六經中一體, 不可作他體. ○一局內再作增題者, 直魁.】

（合題八十處）【文章多有可合題處, 而不錄者, 以文章爲一局之主, 无所不統故也.】日海【海上日出 七律】, 月酒客【把酒問月 七古】, 月美女【佳人對月 七絶】, 月峨嵋【峨眉山月歌 七古】, 月南樓【南樓賞月會序】, 月桂【月中桂 五律】, 月笙【月下吹笙 三五七言】, 風虎【風從虎贊】, 雲巫山【巫山朝雲賦】, 雲龍【雲從龍說】, 雨巫山【巫山暮雨 五絶】, 霜楓【七絶】, 雪峨嵋【七古】, 雪剡溪【五絶】, 雪聚星【詩令】, 雪梅【五古】, 雪驢【雪中騎驢客 五律】, 聖麟【聖人必知獜頌】, 仙蓬萊【歌】, 仙海【五古】, 仙芝【仙人採芝說】, 仙鳳【仙人騎鳳歌 七古】, 仙鸞【仙人乘鸞圖 七絶】, 仙鹿【騎鹿仙人贊】, 仙爐【丹訣】, 相猄閣【魏丙贊】, 相綠野【乞休疏】, 相三槐【賀啓】, 相笏【記事】, 相鼎【銘】, 將美【娘子軍檄】, 將浙江【祭伍子胥文】, 將猄閣【圖霍光像詔】, 將馬【郭家獅子花 七律】, 將劍【將軍劍銘】, 隱廬山【寄陶淵明書】, 隱梅【孤山梅 七古】, 隱琴【聽山人彈琴 五排】, 俠金臺【七律】, 俠劍【歌】, 酒罇【觴政】, 獵鷹【七絶】, 獵弓【五絶】, 漁武夷【棹歌 七絶】, 漁桐江【漁父辭】, 牧牛【七絶】, 牧笛【五古】, 美五湖【扁舟載西施 五律】, 美華淸【淸平調 七絶】, 美桑【羅敷采桑行 五古】, 美芙蓉【采蓮曲 七古】, 美鸚【美人調[5]鸚鵡 七絶】, 美鏡【美人對鏡 五古】, 美篊篌【小令】, 美歌【長短句】, 僧九老【贈如滿師 七絶】, 泰松【封五大夫詔】, 蓬海【海上神山記】, 蓬琴【水仙操 五律】, 靑城鶴【詠徐佐卿 七絶】, 峨雪堂【峨嵋雪水 五律】, 緱簫【緱山玉簫歌】, 羅浮梅【詞】, 會稽蘭【五古】, 海鵬【賦】, 海龍【五律】, 揚子鏡【進百鍊鏡表】, 洞庭岳陽【七律】, 湘鴈【七絶】, 湘瑟【五排】, 峽鵑【七律】, 峽猿【五古】, 黃鶴鶴【賦】, 銅雀硯【七古】, 建章鸚【七律】, 松鶴【七律】, 梧鳳【律賦】, 柳鶯【六絶】, 梅鶴【五絶】, 象笏【銘】

（合題例）【換題以下諸例, 類附】兩人交到合題處, 擲得全查, 則依所錄

―――――――――
5 調: 연세대본엔 '詞'로, 규장각본, 동양문고본, 버클리본엔 '調'로 되어 있다.

同作. 先成者奪後成者之圈, 添於己圈【只奪今圈】. 作文者, 本查不用於行局【下全○全查而兼作查, 則不作本題. ○大凡擲查必觀一輪皆擲然後行查. 雖得作查, 必俟一輪皆擲, 然后乃作】.

○到合題處, 不得全查而得換查, 則【如甲得乙作查, 乙得甲作查】換題而作之, 各依所作, 受圈.

○兩人同到一處得全查, 則雖非作查, 亦作. 先成者奪後成者今圈【見奪者, 后擲雖得作查, 不許作. 照隣查用】.

○同到一處, 一得作查, 限內文成, 一未得, 則仍住其處, 不得用查【後擲雖得作查, 不許作, 照隣查用】.

○每部首位與本部下位, 俱得作查, 首位文先成, 則奪下位今圈.

○若局中諸人同到一處, 則不擲查而同作文. 以文成次序決勝負. 不論前圈多少. 唯文章先進許計前圈【曾經別來, 文成者, 許計別來時所得之圈】.

○局中諸人各其所到之處, 齊得作查, 則文皆成後, 又別出一題, 各作一篇, 而要令各人題意俱入于篇中. 篇成, 各受其圈. 四人則作連珠【无減三十字, 繩一寸, 受二圈】五人則七言長篇, 六人則五排, 七人則七【枚發體. 无減三百字, 繩三寸, 受三圈】. 八人則儷序【雖再付三付者, 全題之作, 不倍圈】.

(聯句例) 局中諸人竝到同部之內, 則依其尊卑之序作聯句【或絶或律或排或古, 隨時量人數而定】. 遵柏臺故事, 各以自己所到處題意成句. 篇圓後【不拘繩限】, 位最卑者【雖再付三付者, 但論時居位尊卑】受一圈【再付三付不倍圈】. 以次遞加一圈.

○局中諸人俱到各部部首, 則依部次序作聯句, 如上法, 而各受一圈【俱到各部而第三位, 亦行此法】.

○局中諸人俱各到退地, 依次【日‧聖‧月‧星‧泰‧海‧仙‧風‧衡‧河‧雲‧相, 以此爲序】作聯句, 如上法. 篇成后, 擲查得作退查者, 二圈, 單退查者, 一圈. 未得退查者, 无圈【雲‧相, 文成后, 方以退地論】.

○局中諸人俱得同查則聯句. 各受一圈【雖有得作查者, 不作本題】.

○別來, 不與局中人, 聯句【凡前後諸法皆用於局中. 別來未還前, 便是局外人】.

○聯句查不得他用.

○文章先進後與他人偕到一處, 得全查, 則不用同題法. 文章先進出對語一隻, 令偕到者屬對. 成則各受一圈, 不成則奪其前圈.

○文章先進後到作七律處, 篇成後, 藏韻而書之, 令局中諸人猜之. 失韻者悉納前圈. 猜不透一字者納一圈, 不透二字者納二圈【餘倣此】. 全猜者受一圈【前圈當奪者, 本無前圈, 則俟後有圈, 連奪三次以充之. 當納幾圈者, 前圈未滿其數, 則俟後有圈而充之. 至散局而未充者, 謂之負圈, 位居無圈之下, 十拜於魁, 進觥及於無圈. ○文未成, 當削圈者, 无前圈, 則直以負圈, 居末論】.

○文章先進後到作某文處, 或以燈謎體作之, 令局中諸人猜之. 全不猜者悉納前圈, 或猜或否者納圈如未猜之數. 全猜者受一圈.

文之倣『易』彖·象·卦爻辭·文言·繫辭·序卦·雜卦傳, 『書』之典謨誥訓, 『戴記』·『周禮』考工等體, 『詩』之倣三百篇篇章者, 皆加三圈. 文之倣『春秋』三傳·『國語』·『戰策』·諸子·太史公者, 加二圈. 詩之倣漢·魏·樂府者, 加一圈. 其墮在徐·袁·鍾·譚以下科臼者, 并不許圈.

○又有韻戲

○○○ 韻戲記例

韻戲之具, 木局一, 方牌一百七十片. 同戲五人.

○平聲每韻各選五字. 而至眞先陽庚尤, 則各選十字, 名曰倍字. 江佳肴覃鹽咸, 各未滿五字【或四或三或二, 要令合爲二十字】. 名曰閏字. 凡一百七十字. 每牌, 一片書一字. 五人各取三十四字, 爲戲.

○先定甲乙丙丁戊之序【各拈一字, 以韻部先後定其序】. 爲甲者先出, 餘以次繼之【五人各一出, 爲一輪】.

126

○ 甲先出, 爲陽局, 置諸局面. 乙丙丁戊繼出之字, 若與甲所出字全韻, 則聚以同置諸局面. 若是他韻, 則遍示同局諸人, 而卽投之局底. 謂之陰局【陽局一名先天局, 陰局一名後天局】. 若出閏字, 則亦投之局底. 謂之投閏.

○先出者不得投陰投閏, 只掌陽局【易局時不拘. ○易局見下. 下凡言易局者, 皆指局面諸字皆成一韻三字之後也】.

○一韻二字出在局面, 而次出者手中, 如有同韻之字, 則毋得出他字, 而直出厥字, 合成一韻三字【有之而不出, 出他字, 則直論末. ○當次者无同韻字, 不得已出他字, 而又其次者有全韻字, 則亦用此法. 若遍一輪, 而未成三字, 則覈發有而不出者, 論末】.

○ 一韻二字出在局面, 未成三字之前, 毋得更成他韻二字【陰局不拘】. 一韻四字出在局面, 未成五字之前, 毋得更成他韻四字【易局時及陰局, 不拘】. 犯者竝論末【或曰: "論末太過, 宜令還入而換出." ○一法: 二字有未成三字者, 則亦禁四字. 四字有未成五字者, 則亦禁二字. 此法從亦可, 不從亦可】.

○一韻四字出在局面, 而又出一字, 合成五字者, 並收五字, 置諸座前. 是爲得一雋. 於是爲甲者, 讓先出於得雋者. 自其次輪得雋者先出【得雋先出亦與甲先出之法, 同. ○得雋, 先出之後, 又有得雋者, 則後得雋者先出】. 得雋者未先出之前, 毋得更成一韻四字【或曰: "亦禁二字"】. 犯者論末.

○陰陽局所出之字, 幾盡三十韻部, 則乃行易局【雖未盡滿三十部, 或至二十餘部, 而局可易則易之. 唯在當局者量宜通變】. 易局者, 令局面所在之字, 皆成一韻三字, 是爲易局之漸【易局議定之前, 無得多成一韻三字, 局上有三各韻, 然後始可成一, 有五各韻, 然後始可成二】. 局面所在之字, 皆成一韻三字之後, 當次者毋得出他字, 而直出第四字. 又次者如有第五字, 則取以爲雋. 如無第五字, 則又出他韻第四字【若無第四字, 則雖先出者投陰投閏. ○有第四字而不出者, 論末】. 是爲易局之時. 遂掃盡局面所在之字, 各各取入爲雋, 而陽局空焉【第一輪, 甲先出後, 乙丙丁戊皆當投陰閏, 不宜出與甲同韻之字. 盖不欲易局太早也.

易局必待僉議之同, 然后可行. 不當徑先易局. ○ 或曰: "三輪之前, 不可成一韻二字. 雖三輪後, 局面字未滿三各韻, 則毋得成一韻二字. 唯將行易局, 則不拘." 此說當從之】. 易局之時, 新取雋者不得先出, 只循前序而出之.

○ 易局之前, 先出者技竭【手中只有陰閏字也】, 則讓於前雋, 使之先出【無前雋則讓於次坐】.

○陽局旣空之後, 遂取陰局中字, 盡出置局面【閏字竝去之】. 依陽局末梢所出之次, 任意出取. 而陰局則無得雋先出之法. 又無犯禁諸條【陰局中如有已滿五字者, 則棄之】.

○ 已在陰局中韻字, 出置陽局【倍字不拘】. 已出陽局上韻字, 誤投陰局, 或全韻而認爲異韻, 或異韻而認爲全韻者, 皆名誤出. 次坐者奪其手中諸字, 還收所出字, 而換出他字【未卽覺, 察久乃知之, 則毀散其局, 而蘗始誤者, 論末】.

○ 局畢後, 以得雋多少爲勝負. 而十雋以上居魁, 謂之正魁, 一百分. 十五雋以上, 謂之大魁, 一百五十分. 二十雋以上, 謂之倍魁. 二百分. 未滿十雋之魁, 謂之平魁, 七十分【凡兩魁以上及兩輪以上, 皆比較定序. 而雖非魁末, 得雋之數全者, 亦比較定序. 各拈一字, 以韻部[6]先後爲次第. ○五人各六雋, 曰對嶽較魁, 三十分. 一人十雋, 四人各五雋, 曰獻花魁, 一百分. 一人十四雋, 四人各四雋, 曰來庭魁, 一百四十分. 一人十八雋, 四人各三雋, 曰呈珠魁, 一百八十分. 一人八雋, 次七次六次五次四, 曰登臺魁, 八十分. 兩魁曰割鴻較魁, 六十分. 三魁曰鼎峙較魁, 五十分. 四魁曰據海較魁, 四十分. 兩輪曰滕薛爭長. 三輪曰三邦底貢. 四輪曰群魚朝龍. 不得一雋者, 謂之白板】. 凡居魁之分, 皆收諸最末人【若有兩輪以上, 則以比較所定之序, 挨次收之. 兩輪, 則免末者出十分之四, 居末者出十分之六. 三輪, 則免末者二人各出十分之三, 居末者出十分之四. 四輪, 則免末三人各出十分之二, 居末者出十分之四. 白板居末者, 於當收之外加收二十分. 犯禁論末者, 四人各收十分】第二人謂之亞魁, 十分

---

6 部: 연세대본엔 '府'로 되어 있고, 나머지 본은 모두 '部'이다.

【參魁較則十二分, 參末較則無分. ○ 對嶽以末較論. 下幷仝】第三人謂之參座, 五分【參魁較則七分. 參末較則無分】第四人謂之侍遊, 無分【參魁較則二分】. 亞魁以下之分, 無論參魁較與否, 竝收諸最末人【參魁免末者, 不與分收】.

○ 居魁者自擇一雋爲韻, 作七律一篇. 亞魁二篇, 參座三篇, 侍遊四篇, 居末五篇. 幷居魁者命韻【自魁至侍遊, 皆只得字而不盡定五字. 唯居末者則五篇中三篇, 盡定五字】. 居魁者又於諸字中拈出一字, 自誦古人七律中押其字者一篇. 又拈二字與亞魁, 三字與參座, 四字與侍遊, 五字與居末, 各令誦之【白板, 作與誦, 各加一篇】. 比較, 則於本所當作之外, 又拈字爲韻【居魁者拈之】, 作聯句七律一篇【兩魁較, 則魁作三句, 亞作五句. 三較則魁二句, 亞參各三句. 四較則魁一句, 亞參各二句, 侍三句. 五較則魁一句, 無韻, 指內句也. 亞參各一句, 有韻, 指外句也. 侍二句, 末三句. 兩末較, 則侍三句, 末五句. 三較則參侍各二句, 末四句. 四較則亞一句, 參侍各二句, 末三句. 某人某句之分屬, 幷居魁者排定. 一法: 凡比較, 毋論魁末, 不以拈字之韻部定序, 而拈韻賦詩, 以詩成遲速, 定序. 魁較則七言一聯, 末較則七律一篇. 而對嶽以末較論. 罷局後只作聯句一篇, 而魁作第一句, 亞作第二句, 參作第三四句, 侍作第五六句, 末作第七八句而已. 亦无比較者, 別作聯句之令】.

○ 又有游藝譜

○○○ 游藝譜

平聲上○東【六五古七韻, 五庚, 四七律, 三虁, 二七絕, 一嘯】冬【六元, 五屑, 四七律, 三五律, 二七絕, 一鹽】江【六虁, 五麻, 四有, 三五律, 二七絕, 一元】支【六七排八韻, 五五排八韻, 四七律, 三五律, 二六絕, 一陽】微【六五古八韻, 五七排六韻, 四七律, 三尤, 二五絕, 一馬】魚【六紙, 五五排六韻, 四七律, 三五律, 二遇, 一江】虞【六七古九韻, 五庚, 四語, 三五律, 二七絕, 一篠】齊【六先, 五五排八韻, 四七律, 三麻, 二七絕, 一屋】佳【六霽, 五灰, 四七律, 三刪, 二五絕, 一微】灰【六眞, 五五排十韻, 四陌, 三五律,

二七絶, 一旱】

平聲中○眞【六五古十韻, 五七排八韻, 四七律, 三東, 二七絶, 一四言八韻】文【六紙, 五質, 四魚, 三三律, 二五絶, 一蒸】元【六眞, 五五排十韻, 四有, 三五律, 二七絶, 一藥】寒【六尤, 五七排六韻, 四七律, 三五律, 二語, 一霽】刪【六五古六韻, 五質, 四玩, 三五律, 二七絶, 一五絶】先【六七古十韻, 五七排十韻, 四七律, 三五律, 二五絶, 一隊】蕭【六庚, 五皓, 四肴, 三五律, 二七絶, 一六絶】肴【六霰, 五養, 四寒, 三五律, 二七絶, 一齊】豪【六五古八韻, 五五排八韻, 四七律, 三五律, 二質, 一青】歌【六七古十韻, 五陽, 四七律, 三五律, 二七絶, 一隊】

平聲下○麻【六屑, 五五排十韻, 四七律, 三五律, 二七絶, 一青】陽【六齊, 五七排十韻, 四馬, 三五律, 二五絶, 一四言十韻】庚【六支, 五五排十韻, 四七律, 三五律, 二七絶, 一月】青【六陽, 五有, 四七律, 三五律, 二六絶, 一佳】蒸【六七古七韻, 五寘, 四七律, 三冬, 二梗, 一四言八韻】尤【六五古十韻, 五七排十韻, 四七律, 三五律, 二七絶, 一遇】侵【六五古八韻, 五五排八韻, 四七律, 三五律, 二寒, 一錫】覃【六語, 五虞, 四翰, 三五律, 二歌, 一豪】鹽【六寘, 五五排六韻, 四七律, 三簫, 二刪, 一卦】咸【六有, 五屋, 四屑, 三歌, 二五絶, 一侵】

上聲○紙【六七古八韻, 五五古十韻, 四蕭, 三寘, 二五絶, 一覃】語【六七古七韻, 五五古九韻, 四寘, 三歌, 二文, 一御】麌【六七古九韻, 五五古十韻, 四紙, 三文, 二馬, 一四言八韻】賄【六七古六韻, 五蕭, 四微, 三禡, 二漾, 一藥】阮【六眞, 五五古七韻, 四東, 三麻, 二七絶, 一錫】旱【六霰, 五五古八韻, 四遇, 三刪, 二五絶, 一職】銑【六尤, 五五古六韻, 四霽, 三東, 二陌, 一四言八韻】篠【六虞, 五五古七韻, 四麻, 三五律, 二屋, 一冬】皓【六先, 五五古九韻, 四陌, 三嘯, 二七絶, 一泰】哿【六先, 五五古七韻, 四禡, 三魚, 二梗, 一隊】馬【六七古九韻, 五五古十韻, 四歌, 三覃, 二七絶 一五絶】養【六七古八韻, 五五古九韻, 四庚, 三卦, 二旱, 一四言八韻】梗【六七古八韻, 五五古八韻, 四眞, 三五律, 二五絶, 一月】有【六七古九韻, 五五古十韻, 四遇, 三蒸, 二七絶, 一皓】

去聲○送【六七古五韻, 五紙, 四皓, 三灰, 二五絶, 一文】寘【六七古八韻, 五五古九韻, 四支, 三養, 二禡, 一送】未【六陽, 五五古五韻, 四翰, 三齊, 二有, 一陌】御【六蕭,五五古四韻, 四東, 三藥, 二五絶, 一語】 遇【六七古八韻, 五五古十韻, 四支, 三養, 二江, 一沃】霽【六七古七韻, 五五古九韻, 四先, 三語, 二敬, 一覺】泰【六先, 五五古八韻, 四霽, 三寒, 二漾, 一四言七韻】卦【六七古七韻, 五五古九韻, 四陽, 三霽, 二靑, 一徑】隊【六眞, 五五古十韻, 四魚, 三微, 二篠, 一未】願【六尤, 五五古七韻, 四豪, 三微, 二侵, 一質】翰【六七古七韻, 五五古八韻, 四支, 三禡, 二元, 一泰】霰【六七古七韻, 五五古九韻, 四東, 三寘, 二六絶, 一霽】嘯【六霽, 五五古八韻, 四齊, 三屑, 二七絶, 一灰】禡【六七古七韻, 五尤, 四紙, 三藥, 二願, 一咸】漾【六七古九韻, 五五古九韻, 四支, 三霽, 二五絶, 一銑】敬【六七古五韻, 五屑, 四豪, 三靑, 二五絶, 一鹽】徑【六霽, 五五古七韻, 四侵, 三翰, 二阮, 一賄】宥【六尤, 五五古十韻, 四屋, 三侵, 二銑, 一願】

入聲〇屋【六七古九韻, 五五古十韻, 四虞, 三卦, 二五絶, 一送】沃【六支, 五五古七韻, 四魚, 三漾, 二梗, 一敬】覺【六先, 五五古六韻, 四刪, 三虞, 二養, 一旱】質【六七古七韻, 五五古七韻, 四霰, 三麻, 二月, 一四言六韻】月【六七古五韻, 五五古七韻, 四冬, 三紙, 二七絶, 一翰】屑【六七古六韻, 五陽, 四灰, 三翰, 二七絶, 一宥】藥【六庚, 五五古十韻, 四霽, 三漾, 二五絶, 一賄】陌【六七古五韻, 五五古八韻, 四豪, 三霰, 二七絶, 一佳】錫【六庚, 五五古六韻, 四馬, 三文, 二五絶, 一泰】職【六屋, 五五古八韻, 四寒, 三肴, 二哿, 一四言九韻】緝【六七古七韻, 五眞, 四遇, 三元, 二卦, 一冬】葉【六寘, 五五古八韻, 四質, 三隊, 二宥, 一蒸】

初付〇六付平上【六支, 五微, 四魚, 三虞, 二齊, 一灰】五付平中【六寒, 五刪, 四先, 三蕭, 二豪, 一歌】四付平下【六陽, 五庚, 四靑, 三蒸, 二尤, 一侵】三付上【六阮, 五皓, 四馬, 三養, 二梗, 一有】二付去【六霽, 五禡, 四漾, 三敬, 二徑, 一宥】一付入【六藥, 五陌, 四錫, 三職, 二緝, 一葉】

總例〇 立會中詞伯一人, 爲主盟. 不與戲, 專管命題韻考等之事. 餘人不拘數, 會戲, 而以雙陸之單隻, 擲査.

〇所得之分滿二百【或過嬴】, 則退. 計分多寡, 定勝負. 而同分者, 以退之先後定序. 諸人皆退而一人獨後, 則論末, 罷局.□⁷ 始局後, 第三擲得百分, 直許魁【一法: 各十擲而罷局. 以所得分多寡, 定勝負. 唯直許魁者, 先退】.

○作詩後, 又得前査, 借用他轉査【如東得四作七律, 後又得四, 則借用三轉至巍】.

○此外臨局有疑, 幷稟主盟指揮.

計分【七排, 二下·三上百分, 三中八十分, 三下四十分, 次上十分. 五排, 二下·三上八十分, 三中五十分, 三下三十分, 次上五分, 排律十韻, 加十分. 七古, 二下八十分, 三上七十分, 三中五十分, 三下二十分. 五古, 二下七十分, 三上六十分, 三中五十分, 三下二十分. 七律, 二下七十分, 三上六十分, 三中四十分, 三下二十分. 五律, 二下五十分, 三上四十分, 三中三十分, 三下十五分. 七絶·六絶, 二下五十分, 三上四十分, 三中二十分, 三下十分. 五絶·四言, 二下四十分, 三上三十分, 三中二十分, 三下十分. ○再中比二下, 加十分, 二上加二十分. 一局三得二上, 不論分, 直魁. 上之等, 無論某體, 不計分, 直魁. ○更外及違格, 減元劃十分. 一局再居更外違者, 盡削元劃, 直論末.】

○ **繩限**【七排八韻以上·五排十韻, 限一寸五分. 七排六韻五排六韻以上·七古七韻以上·五古八韻以上, 皆限一寸. 七古六韻以下·五古七韻以下·七律·四言九韻以上, 皆限八分. 四言八韻以下·五律, 皆限六分. 七絶·六絶, 限五分. 五絶限四分.】

○ 或以古人七律二篇, 取其字, 作五律一篇, 或以十餘韻古詩, 取其字, 作七律一篇. 可代詩牌.

○○○ 發例一【取杜甫曲江七律二篇 成五律一篇】

且共一朝樂, 何須萬古愁? 春風向日轉, 細水入江流. 看蝶時回眼, 尋花每點頭. 人歸酒正盡, 醉臥此生浮.

一劍曾連百萬師, 宮中餞酒不須辭. 千兵誓戰咆呼日, 數騎當關躍出時. 塞裏寒天鳴畫鼓, 城頭明月動青旗. 歸來帶甲朝金闕, 大將功多帝已知.

○ 或以古人七言一聯十四字, 分書于小紙十四片, 令合驗本句. 比猜韻, 尤妙.
○ 俗有紙盤猜臆之法, 名曰他心通者. 淺露易綻. 今改作數件, 名曰猜心盤.

○○○ 圖式一

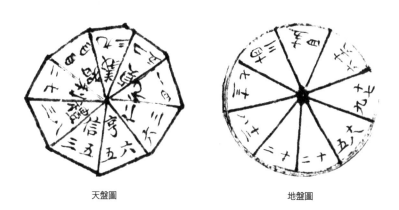

天盤圖　　　　　　　地盤圖

任實天盤於地盤上, 拈九字【自元至貞】中一字, 存于心. 遂就心存字下, 天地盤右數合之. 從地盤本窠起, 右幹以計, 如所合數而止. 移置天盤心存字, 於地盤所止窠上. 又以天地盤左數【指移置處左數】合之. 從地盤所止窠起, 右幹以計, 如所合數而止. 又移置天盤心存字, 於地盤後所止窠上. 乃示猜者. 猜者即能知其人心存字【以元亨利貞仁義禮智信爲序, 以配地盤右數自十至十八之次第, 兩窠適合, 即心存處】.

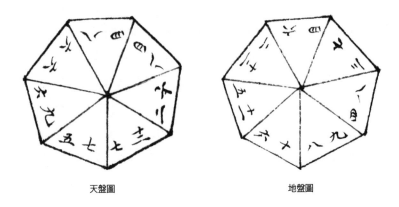

○○○ 圖式二

天盤圖　　　　　　　地盤圖

任置天盤於地盤上, 拈天盤中一右數存心. 仍與地盤所値右數, 合之. 從地盤本窠起, 右斡.餘仝上【以天右四, 配地右六. 天右七, 配地右七. 天右八, 配地右八. 天右十, 配地右九. 天右六, 配地右十. 天右九, 配地右十一. 天右十二, 配地右十二. 得其配處, 卽心存處】.

俗有猜拳, 出於臆斷, 或中或否. 今立新法, 使之必中.[8]

○○○ 發例【如有人左右手握棋子, 不知數】

先問曰: "左手內棋子, 倍之, 則比右手內棋子, 多幾何?" 答云云. 又問曰: "右手內棋子, 倍之, 則比左手內棋子, 多幾何?" 答云云【左多倍之, 合右多, 三歸之, 卽左數. 右多倍之, 合左多, 三歸之, 卽右數. 若左多右少, 或右多左少, 則倍多減少, 倍少減多. 各三歸之而得】.

或先問曰: "左手內碁子, 三之, 則比右手內碁子, 多幾何?" 答云云. 又

---

8 俗有猜拳 …… 使之必中 : 연세대본엔 한 칸 내려 써 있는데, 다음의 발례(發例)와 연결되는 것으로 보아 올려 써야 할 듯하다.

問曰:"右手內碁子, 三之, 則比左手內碁子, 多幾何?"答云云【左多三之, 合右多, 八歸之卽左數. 右多三之, 合左多, 八歸之, 卽右數. 一多一少, 法全上】.

　　或先問曰:"左手內碁子, 倍之, 則比右手內碁子, 多幾何?"答云云. 又問曰:"右手內碁子, 三之, 則比左手內碁子, 多幾何?"答云云【左多三之, 合右多. 五歸之, 卽左數. 右多倍之, 合左多, 五歸之, 卽右數. 一多一少, 法全上】.

○ 凡此諸件, 皆老人排睡之資, 以爲差賢於博奕而已. 不可認作近藝之好事, 常常做作, 致妨正務. 況年少功業之士, 尤豈容一日耽着以害工夫耶? 切須戒之.

제10관
경庚. 식오넘式敖念

시는 산의 스무나무에서 흥기했고,[1]
성인께서 기수와 무우의 소풍 인정하시니[2]
허가서라도 지닌 듯, 느긋하게 오락을 즐긴다.
국자에서 넘쳐난 물에, 마침내 큰길이 잠기듯
술꾼·노름꾼, 함께 달리지 않을 자 드물다.

경庚. 「식오넘式敖念」을 서술하다.

1.

군자가 잔치를 열고 즐기는 것은 가슴을 펴고 일과 휴식에 리듬을 주기 위해서이다. 돈회惇會·가회嘉會 등 여러 모임은 앞에 이미 나왔다【병14·15】. 좋은 계절의 한가한 날마다 간혹 북원北園에 올라 오로원吾老園과 태허부太虛府의 아름다운 경치를 마음껏 즐기거나【갑9】, 강이나 호수, 계곡【갑10】과 연못【갑9】 사이에서 실컷 노는 것 중 어느 것도 안 될 것이 없다. 다만 자제들은 유람에 탐닉해 공부를 소홀히 해선 안 된다.

○ 바야흐로 봄, 여린 꽃들이 처음 꽃눈을 틔우고 나긋한 버들이 갓 펴질 때는 서호西湖에서 놀 때다.

○○○ 〈서호의 이른 봄西湖早春詩〉

비 그치자 잔물결 한 장 남짓,

---

1 시는 산의 스무나무에서 흥기했고 : '스무나무에서 흥기했다'는 것은 『시경』「국풍·당풍(唐風)」〈산유추(山有樞)〉를 가리킨다. "산에는 스무나무가 있고, 진펄에는 느릅나무가 있네. 그대에겐 옷이 있으나 입지도 않고 바꾸지도 않고, 그대에겐 수레와 말이 있으나 달리지도 않고 몰지도 않네. 그러다가 죽으면 다른 사람이 즐기리(山有樞, 隰有楡. 子有衣裳, 弗曳弗婁. 子有車馬, 弗馳弗驅, 宛其死矣, 他人是愉)." 모시서(毛詩序)에선 이 시가 진 소공(晉昭公)이 훌륭한 정치를 펼치지도 못할 뿐 아니라 즐거워해야 할 때 즐거워할 줄 모르니 근심만 깊어지고 뜻은 더욱 위축됨을 풍자한 것이라고 했다. ○'흥기했다'는 말의 원문은 '흥(興)'이다. 시경의 수사법 중 하나로, 눈앞의 사물에서 어떤 시상을 떠올리는 것을 말한다. 원관념과 보조관념 사이의 인과 관계가 있는 비유와는 달리 일종의 자유연상에 의해 시상이 발흥하는 방식이라고 할 수 있다.

2 성인께서 기수와 무우의 소풍 인정하시니 : 여기서 성인은 공자이다. 각자 자기 뜻을 말해 보라는 공자의 명에 대해, 증점(曾點)이 "늦은 봄 봄옷이 이루어지면 관을 쓴 사람 대여섯, 동자 예닐곱 명과 함께 기수에서 목욕하고 무우에서 바람을 쐬고서 시를 읊으면서 돌아오겠습니다(莫春者春服旣成, 冠者五六人, 童子六七人, 浴乎沂, 風乎舞雩, 詠而歸)."라고 대답했다. 그러자 공자가 감탄하며 "나는 점을 허여(許與)하노라." 하고 대답했다는 일화가 『논어』「선진(先進)」에 전한다.

동풍은 지난밤에 봄빛을 알렸네.

모래톱 따라 여린 풀들 신록이 뾰족하고,

언덕 끼고 늘어진 버들 옅은 노랑 품었다.

잔설은 갈라져 용조전龍爪篆[3] 이루고,

저녁놀은 엉겨 봉황잠[4] 되었네.

흔들흔들 작은 배 고운 노랫소리,

둘둘 셋셋 짝지은 아가씨들일세.

○ 무르익은 봄이 화창하고, 꾀꼬리와 꽃이 사람을 유혹할 때면 남강南江
에서 놀아야 한다.

○○○ 〈남강의 늦봄南江晚春詩〉

작은 배 〈춘강곡春江曲〉[5] 소리,

저녁 하늘에 복사꽃은 아름다운데.

푸른 산은 정말 그림 같으니,

보슬비가 간밤에 지나갔다네.

용은 맑은 피리 소리에 놀라 잠을 깨고,

앵무새는 먼 데 노랫소리에 답하여 우네.

우뚝 날아갈 듯 높은 다락집 안에,

---

3 용조전(龍爪篆) : 전서(篆書) 38체 중 하나이다. 한 장제(漢章帝) 때 조희(曺喜)가 창안한 서체
로, 모양이 용의 발톱같이 생겼다고 해서 붙은 이름이다.

4 봉황잠 : 원문은 '봉두장(鳳頭粧)'이다. 봉황 모양의 여성용 머리 장식이다.

5 〈춘강곡(春江曲)〉 : 〈춘강곡〉엔 두 가지가 있다. 하나는 옛 거문고 곡[古琴曲]인 〈춘강곡〉
이다. 당의 곽원진(郭元振)이 지었다는 이 거문고 곡은 전쟁에 나가 죽어 돌아오지 않는 남
편을 그리는 아내의 노래이다. 한편 양 간문제(梁簡文帝) 소강(蕭綱)이 지은 〈춘강곡〉도 있
다. 이별하는 여인의 슬픔을 노래한 서정시이다.

그저 다시 누워 조수 소리 듣는다.

○○○ 〈비 갠 서담雨後西潭詩〉【학해 동자學澥童子 지음】

각건당【갑3】 높아 자줏빛 구름 날고,

날아오른 용마루 푸른 하늘 너머 솟았네.

좌석엔 맑은 술 단지와 구슬 신발 널렸고,[6]

뜰 앞 수놓은 장막에선 고운 노랫소리 난다.

이 모든 게 내 맘 즐겁게 못해,

표연히 높이 올라 명산을 찾아가네.

위로는 바람을 타고 현포縣圃[7]에 오르고,

아래론 구름 헤치고 안탕鴈宕[8]에 들어가리.

문을 나서며 한 번 웃으니 천지가 넓고,

삼라만상 한 바퀴 우러러 바라본다.

문득 고개 돌려 동북 모퉁이 바라보니,

깎아지른 만 길 부용 봉우리 솟았네.

굽어진 산길엔 예쁜 새 울음도 끊기고,

텅 빈 거친 벌판 백로도 날아가 버렸네.

간밤 성긴 발 너머 빗소리 들리더니,

---

6 구슬 신발 널렸고 : 원문의 '주리(珠履)'는 보석으로 장식한 신발이니, 권문세가의 빈객을 뜻한다. 조(趙)의 평원군(平原君)이 춘신군(春申君)에게 사자를 보냈는데, 사자는 위세를 보이기 위해 대모잠(瑇瑁簪)을 꽂고 보석으로 꾸민 칼집을 차고 춘신군을 만나러 갔다. 그러나 춘신군의 상객(上客)들은 모두 보석으로 장식한 신발을 신고 마중 나와서 몹시 창피를 당했다는 고사가 있다. 『사기』「춘신군전(春申君傳)」.

7 현포(縣圃) : 전설 속 신선의 거처로 곤륜산 꼭대기에 있다고 한다.

8 안탕(鴈宕) : 안탕산(雁宕山)이다. 중국 절강성 낙청현(樂淸縣) 동쪽에 있는 산이다. 절정에는 호수가 있는데 그곳의 물은 언제나 마르지 않아, 봄에 돌아온 기러기가 그곳에 머물므로 '안탕'이라 한다고 한다. 높은 절벽과 기이한 봉우리와 폭포가 많은 것으로 유명하다.

뒷개울 울음 거세고 앞개울 불었다.
만고의 푸른 산, 산 너머의 골짜기,
위에는 폭포 있어 천하의 장관일세.
산길 따라 물소리 점점 가까워지니,
걸음걸음 머뭇대며 옥지팡이 짚네.
아름다운 물 예쁜 산 볼 겨를도 없이,
고운 빛 안개 노을 멀리 눈에 들어온다.
모르는 사이 내 몸은 진경眞境에 들어,
정신이 황홀하여 세상일은 다 잊었네.
문득 놀라나니, 큰 언덕이 앞을 막고 일어나
일만 봉우리에 진주 장막 수직으로 드리웠네.
눈이 아롱져 그 기세 바라볼 수 없고,
입이 벌어져 그 모습 말로 할 수 없네.
미려尾閭에서 샌⁹ 큰 바다를 쏟아붓는 듯,
긴 바람이 불어 놀란 물결을 뒤집네.
교룡이 들판에서 싸우니 비바람 급하고,
고래가 눈보라 뿜어내니 강물이 끓는다.
옥돌이 어지럽게 떨어지며 쟁쟁 울고,
선녀의 부서진 패옥 어지럽게 날린다.
가뭄에 마르지 않고 장마에 더하지 않아,
봄이 오고 가을 가도 영원히 변함없네.
곧장 날아 떨어지는 칠만 척 폭포,
맑은 못에 뿜어 드니 복판이 출렁인다.

---

9 미려(尾閭)에서 샌 : 미려는 바다 밑에 있는 구멍으로, 이 구멍으로 물이 쉴 새 없이 빠져나간
다고 한다. 『장자』 「추수(秋水)」에 나온다.

갑자기 솟구쳐 바위에 부딪히니 급한 번갠가 놀라고,

웅덩이를 채우고 콸콸 흐르니[10] 천 리를 간다.

솔숲이 문득 바뀌며 붉은 누각 솟았으니,

석양에 난간 기대 있노라니 마음 화창하다.

못물을 굽어보니 물은 맑고 차가워,

옥잔에 담아내니 새로 빚은 막걸리.

십주十洲·삼도三島[11]가 눈앞에 있으니,

굳이 큰 배 타고 봉래蓬萊·낭풍閬風 찾으랴?

바다가 갈라진들 황하가 터진들 비교가 되랴,

지극히 크고 지극히 넓어 측량할 수 없구나.

가슴속 만 섬의 먼지 상쾌히 씻었으니,

호연한 기상 내 잘 길렀도다.[12]

○○○ 〈비 갠 동담雨後東潭詩〉

어둑어둑 내리는 오월의 비,

우리 농부들[13] 소원 흡족하다.

---

10 웅덩이를 채우고 콸콸 흐르니 : 원문 '영과혼혼(盈科混混)'은 맹자의 다음 말을 편집해 인용하고 있다. "근원이 있는 물은 콸콸 흘러서 밤낮을 그치지 아니하니, 웅덩이를 채우고 다시 전진하여 사해에 이른다. 근본이 있는 자는 이와 같다(原泉混混, 不舍晝夜, 盈科而後進, 放乎四海, 有本者如是)." 『맹자』「이루 하(離婁下)」.

11 십주(十洲)·삼도(三島) : 도교에서 말하는 바다속 선경(仙境)이다. 십주는 조주(祖洲)·영주(瀛洲)·현주(玄洲)·염주(炎洲)·장주(長洲)·원주(元洲)·유주(流洲)·생주(生洲)·봉린주(鳳麟洲)·취굴주(聚窟洲)이고, 삼도는 봉래(蓬萊)·영주(瀛洲)·방장(方丈)의 이른바 삼신산(三神山)이다.

12 호연한 기상 내 잘 길렀도다 : 『맹자』「공손추 상(公孫표上)」에 "나는 나의 호연지기를 잘 기른다(我善養吾浩然之氣)."에서 가져왔다.

13 농부들 : 원문은 '삼농(三農)'이다. 원래는 원지(原地)와 습지(濕地)와 평지(平地)의 농사를 합해서 지칭하는 말로, 『주례(周禮)』「천관(天官)·태재(太宰)」의 "삼농에서 아홉 가지 곡식

농부들의 기쁨이기만 하랴?

맑은 샘 만 갈래 뿜어 나와서,

외딴 봉엔 흰 명주 펼쳐졌고,

수직 벼랑엔 구슬 기와 세웠네.

우르릉 쾅쾅 천둥과 번개 일고,

포효하는 곰과 범 소리 사납다.

획획 온갖 구멍이 소리 내고,[14]

빽빽이 백 가지 귀신이 숨었다.

깊은 못은 감괘坎卦[15]가 된 듯하고,

큰 산은 간괘艮卦[16] 되어 놓였다.

기이한 바위 상아홀을 뽑은 듯하고,

흩뿌려진 포말은 둔한 바위를 간다.

위가 벌어졌으니 문득 태괘兌卦[17] 같고,

아래가 터졌으니 바로 손괘巽卦[18] 같네.

서늘한 폭풍이 찌는 더위 막아,

아침엔 겹옷을 벗지 못하네.

종놈 불러 날리는 여울 퍼다가,

을 생산한다(三農生九穀)."에서 나온 말이다. 변해서 농사 혹은 농민을 가리키기도 한다.

14 획획 온갖 구멍이 소리 내고 : 『장자』「제물론(齊物論)」에서 바람을 논하는 내용을 인용하고 있다. "자기가 말했다. '대저 대지가 기를 내뿜으니 그 이름이 바람이다. 이는 일어나지 않으면 그만이지만, 일단 일어나면 온갖 구멍이 노하여 소리친다(子綦曰: 夫大塊噫氣, 其名 爲風. 是唯無作, 作則萬竅怒呺)."

15 감괘(坎卦) : 주역 팔괘(八卦)의 하나이다. 괘형(卦形)은 '☵'이며, 괘상(卦象)으론 물에 해당한다.

16 간괘(艮卦) : 주역 팔괘의 하나이다. 괘형은 '☶'이며, 괘상으론 산에 해당한다.

17 태괘(兌卦) : 주역 팔괘(八卦)의 하나이다. 괘형(卦形)은 '☱'이며, 괘상으론 연못[澤]에 해당한다.

18 손괘(巽卦) : 주역 팔괘의 하나이다. 괘형은 '☴'이며, 괘상으론 바람에 해당한다.

불 때서 조호반[19] 익히게 하고,

술 한 동이 곁들여,

그대와 서로 권하네.

거나하게 취하고 배부르니,

삼라만상 다투어 나아오네.

한 줄기 폭포도 기이할 텐데,

하물며 쌍으로 흘러 뿜누나.

하나와 하나가 둘이 되고,

흩어져 백·천·만이 되었다가

순식간에 다시 하나 되니,

혼돈混沌의 제물론齊物論[20]일세.

이에 알게 되었네, 동담의 물이,

바로 한 폭 선천도先天圖[21]임을.

---

19 조호반 : '조호(雕胡)'는 수생 식물로, 가을에 맺는 열매가 조호미(雕胡米)이다. 이것으로 지은 밥이 조호반(雕胡飯)이다. 서한(西漢)의 회계 사람 고고(顧翺)는 어머니가 조호반을 좋아해서 늘 자식들을 데리고 직접 조호미를 따다가 어머니를 봉양했다. 그러자 집 부근의 태호(太湖)에서 조호가 나왔고, 군읍에서는 그 마을에 정표(旌表)했다고 한다. 『태평어람(太平御覽)』,『본초강목(本草綱目)』.

20 혼돈(混沌)의 제물론(齊物論) : 혼돈은 세상이 개벽하기 전에 원기(元氣)가 아직 나뉘지 않고 한 덩어리로 뭉쳐 있는 상태를 말한다. 『장자(莊子)』「응제왕(應帝王)」에는 세상의 중앙을 관장하는 중앙제(中央帝)로 의인화되어 있다. 남해제(南海帝) 숙(儵)과 북해제(北海帝) 홀(忽)이 종종 중앙제인 혼돈의 땅에서 만났는데, 혼돈이 이들을 매우 후하게 대접했다. 숙과 홀은 혼돈의 후한 대접에 보답하기 위해, '사람들은 누구나 일곱 구멍이 있어 보고 듣고 먹고 숨 쉬고 하는데, 혼돈만이 구멍이 없으니 한번 시험 삼아 파 보자.' 하고, 하루에 구멍 하나씩을 뚫어 주었다. 이레 만에 구멍 일곱을 뚫자, 혼돈은 그만 죽고 말았다. 이목구비의 일곱 구멍은 외계와의 감각적 소통 통로이고, 외계와의 감각적 소통이 혼돈의 상태를 깨트린다는 우화로 이해될 수 있다. ○ '제물론(齊物論)'은 『장자』의 편명이다. 시비(是非)와 미추(美醜)라는 편견과 아집의 세계를 초월해 일체의 사물이 모두 동등한 가치를 지니는 만물제동(萬物齊同)의 세계를 주장하고 있다. 만물이 분화하기 이전의 원기 상태의 혼돈은 미추와 시비, 우열, 나아가 주객 분리 이전의 세계이다.

21 선천도(先天圖) : 『주역』의 원리를 그림으로 해설한 것으로, 송(宋)의 소옹(邵雍)이 진단(陳

○가을날의 밝은 달은 동계東溪·남강南江이 더욱 제격이다.

○○○ 〈가을날 동계에 배를 띄우고秋泛東溪詩〉【해거자海居子[22] 지음】

동계의 물은 비단처럼 푸른데,
비단 닻줄, 상아 돛대에 웃음과 노래 실었네.
밝은 달 환한 모래밭 가을빛은 먼데,
맑은 물결 한 줄기 은하수에 닿았네.

푸르디푸른 대 삿갓에 초록 도롱이,
은자 홀로 낚시 드리웠다 돌아간다.
연꽃과 한 빛깔, 봐도 뵈지 않더니,
어가漁歌 이는 곳에 백구 날아간다.

싸늘한 하늘 만 리 티끌 한 점 없고,
그림 속 산수가 거울 속에 열렸다.
봄내 신선 세계로 가는 길 찾더니,
문득 복사꽃 따라가 돌아오지 않네.

搏)의 책을 얻어 만든 〈복희선천괘위도(伏羲先天卦位圖)〉를 말한다. 복희씨에게서 유래했
다고 한다.
22 해거자(海居子) : 홍길주의 동생인 홍현주(洪顯周, 1793~1865)의 호이다. 자는 세숙(世叔),
호는 해거재(海居齋)·약헌(約軒)이며, 본관은 풍산(豊山)이다. 홍인모(洪仁謨)의 아들이고,
홍석주·홍길주 형제의 아우이다. 정조의 차녀 숙선옹주(淑善翁主)의 남편으로 영명위(永
明尉)에 봉해졌다. 시호는 효간(孝簡)이다. 뛰어난 문장가였으며, 시문과 서화, 차를 즐겼
는데, 청의 문인 오숭량(吳嵩梁), 옹수곤(翁樹崑) 등과도 시문을 통해 교류했다. 『해거재시
집(海居齋詩集)』 등의 문집을 남겼다.

○○○ 〈가을날 남강에 배를 띄우고秋泛南江詩〉【해거자 지음】

만 리 가을 강가,
맑게 갠 풍경 원근이 같다.
비단 돛은 비췻빛 대나무가 맞고,
가을 해는 붉은 단풍을 등졌구나.
조수 빠지니 외딴 섬 나타나고,
구름 돌아가니 양 언덕 비었네.
봉래산을 바라볼 수 있을 듯,
지척이 바다 어귀로 통하누나.

○눈 온 경치는 또 동계東溪를 최고로 친다. 이 몇 곳은 사계절 어느 때나
다 좋다. 여기선 그 가장 아름다운 때를 말한 것뿐이다. 태허부太虛府는 인간
을 벗어난 땅이니 인간 세상에 있는 곳이 아니다. 열흘 이상 [그곳에] 가지 않
으면 천박함과 인색함이 [가슴에] 쌓인다. 안쪽에 방과 마루가 있어 식구들을
들일 수 있다. 때때로 단출하게 옮겨 가서 달을 보내고 계절을 보내도 좋을
것이다.

○○○ 〈태허부로 옮기고移居太虛府詩〉

온 우주 향해 긴파람 부니, 우주는 얼마나 넓고도 넓은가.
우주 밖 몇만 리, 봉새는 하늘길 넓은 줄 모르고 나니
북두성[23]의 이떤 이, 옷자락은 무지개고 별 모자 썼네.

───────────────

23 북두성 : 원문은 '두지유(斗之維)'이다. '유두(維斗)'를 풀어 쓴 것인데, '뭇별들의 벼리(綱維)'
라는 말이니, 북두성을 가리키는 별칭이다. 『장자』「대종사(大宗師)」에 나오는 표현이다.

거처마다 모두 봉래이고 영주며, 곳곳의 누대 구름 끝에 솟았다.

서쪽엔 넘실대는 너른 호수, 오리와 학이 모이는 곳,

남쪽엔 아득히 넓고 맑은 강, 교룡과 용이 서린 곳.

홀연 웬일인지 펄럭이며 높이 들려서, 푸른 난새 타고 위로 흰 달에 닿았네.

앞으론 광막한 아홉 벌판[24] 펼쳐지고, 아래론 가파른 다섯 산악[25] 굽어 뵌다.

구슬과 옥돌로 그대의 뜰을 만들고, 금과 옥으로 그대의 단을 만들었네.

태화太和[26]의 바람 동짓달도 따뜻하고, 상청上淸[27]의 기운 유월에도 싸늘하다.

편안히 잠들었다 호연히 깨어, 소금素琴[28]을 당겨 그대 위해 한 번 타네.

한 번 타니 숲마다 메아리치고, 두 번 타니 급한 여울 울리네.

세 번 타고 다시 네 번 타니, 자주 구름 비취 안개 다 서리네.

억지로 이름을 태허부라 지으니, 이제부터 천년만년 편안히 살며 달게 먹으리.[29]

---

24 아홉 벌판 : 원문은 '구야(九野)'이다. '구천(九天)'과 같은 말이다. 『여씨춘추(呂氏春秋)』「유시(有始)」에 "하늘엔 아홉 벌판이 있고, 땅에는 아홉 주가 있다(天有九野, 地有九州)."고 했다. 이 단어는 『열자(列子)』「탕문(湯問)」에도 나오는데, 장담(張湛)은 '구야'에 대해 "하늘의 여덟 방위[八方]와 중앙이다."라고 주석했다.

25 다섯 산악 : 원문은 '오악(五嶽)'이다. 중국의 다섯 큰 산을 합해서 일컫는 말이다. 태산(泰山)·화산(華山)·형산(衡山)·항산(恒山)·숭산(嵩山)이다.

26 태화(太和) : 천지 사이에 충만하고 조화로운 기운을 가리키는 말이다.

27 상청(上淸) : 천상, 천공 혹은 도교에서 말하는 삼청(三淸)의 하나이다. 도교의 삼청은 상청(上淸)·옥청(玉淸)·태청(太淸)이다. 『운급칠첨(雲笈七籤)』에서는 "상청의 하늘은 끊어진 노을 밖에 있는데, 팔황노군이 있어 구천의 선을 운용하며 상청의 궁에 거처한다(上淸之天, 在絶霞之外, 有八皇老君, 運九天之仙, 而處上淸之宮也)."고 했다.

28 소금(素琴) : 원래는 장식하지 않은 거문고를 뜻하지만, 장식도 줄도 없는 거문고, 즉 도잠(陶潛)의 무현금(無絃琴)을 가리키기도 한다. 동진(東晉)의 도잠은 아무 장식도 없고 현도 걸지 않은 거문고 한 벌을 집에 걸어 두었다가 술기운이 얼큰히 오르면 손으로 어루만져 뜻만 위탁했다고 한다. 『송서(宋書)』〈도잠전(陶潛傳)〉.

도관【갑9】과 절【갑10】도 종종 방문해서 가슴속을 깨끗하게 해야 한다.

○○○ 〈도사를 방문하고訪道士詩〉【학해 동자學瀣童子 지음】

북산엔 흰 구름 많아, 둥실둥실 누각 같아라.
한 그루 소나무 먼 봉우리 감추고, 흐르는 물 깊은 골 둘렀다.
화려한 집 숲에서 나타나는데, 영롱한 붉은 담을 둘렀네.
밝은 달이 담쟁이 장막 비추고, 듬성듬성 별들이 갈대발에 걸렸네.
그 가운데 도 닦는 이 있어, 높은 관에 넓은 띠 둘렀는데,
밤 추위에 별 모자 기울고, 차가운 날씨에 날개옷 얇도다.[30]
산속엔 푸른 풀이 자라니, 아이종 불러 선약을 심네.
밝은 달 아래 흩어져 앉으니, 펄럭펄럭 여윈 학 같네.
내 홍진 세상 떠날 때부터, 구름 낀 숲[31]에 진짜 약속 있었네.
내 붉은 명아주 지팡이 짚고, 내 오색구름 나막신[32] 신고
샘물 소리 따라 걷노라니, 하늘 그림자 점점 적막해지네.
전에 내가 이 산에 들었을 때, 산꽃이 한창 꽃을 토했는데
지금 내가 북산에 들어오니, 꽃은 벌써 어지러이 지는구나.
낙화는 사립문에 가득하고, 참새가 시끄럽게 울며 난다.

---

29 달게 먹으리 : 원문의 '감찬(甘餐)'은 맛좋은 음식, 혹은 달게 잘 먹는다는 뜻이다. 이 단어
　가 쓰인 시로 육유(陸游)의 〈즉사(即事)〉가 있다. "늙어 가매 만사가 어린아이 같아서, 잘
　자고 잘 먹는 것만 알 뿐일세(老來百事似嬰兒, 美睡甘餐只自知)." 이 글에서도 비슷한 의미로
　사용되었다.
30 밤 추위에 …… 날개옷 얇도다 : '별 모자'의 원문은 '성관(星冠)'으로, 칠성관(七星冠)의 준말
　이다. '날개옷'의 원문은 '우의(羽衣)'로, 새 깃으로 만든 옷이다. 둘 다 도사(道士)의 복장이다.
31 구름 낀 숲 : 원문은 '운림(雲林)'이다. 구름이 끼어 있는 깊은 숲이라는 말이지만, 보통 은
　사의 거처를 뜻한다.
32 오색구름 나막신 : 원문은 '채운교(彩雲矯)'이다. 원래 '운교'는 승려나 도사의 신발을 일컫
　는 말이다. 여기선 '채(彩)'가 덧붙었다.

구름 깊은 숲엔 사슴 잠들고, 이슬 맑은 시내엔 물고기 뛴다.
산사람[33]은 내 오는 걸 보자, 바삐 일어나 야복을 걸치고
내게 읍하고 별의 단[34] 오르게 해, 구름 장막으로 맞이하네.
좋은 시절은 다시 오기 어려우니, 그저 함께 맑은 술잔 대하네.
굽어보니 산길 깊숙하고, 우러러보니 하늘은 넓다.
난간에 기대 흐르는 물소리 듣자니, 영혼과 가슴 다 담박해진다.
맑은 밤 허명虛明의 경지에 드니, 삼라만상이 모두 적막하다.
마주하고 둘 다 말이 없으니, 이 즐거움 알 이 누가 있으랴.

○○○ 〈스님을 방문하고訪上人詩〉

또롱또롱 가는 샘물 소리가,
나를 치자 숲으로 이끌었네.
고요한 방 스님 말소리 들리고,
텅 빈 뜰에 부처의 마음 보인다.
구름과 산이 함께 주인 되고,
비와 바람도 서로 찾아드네.
마침 드문 종소리도 그친 때,
푸른 안개 온 골짝 드리운다.

○ 북산은 몇 해에 한 번씩은 가서, 서른여섯 봉우리 깊은 곳까지 두루 찾
아다녀야 한다【갑9】.

---

33 산사람 : 원문은 '산인(山人)'이다. 산인은 세상을 떠나 은거하는 고사를 일컫는 말이다.
34 별의 단 : 원문은 '성단(星壇)'으로, 도사가 별에게 제사 지내는 장소다.

○○○ 〈북산 유람기遊北山記〉

　북산은 예부터 누구도 알지 못했던 곳이어서, 신선이나 여러 부처도 자리 잡았던 적이 없다. 그러므로 이름이 없다. 태허부 북쪽에 있어 북산이라고만 부른다.

　특별히 가파르고 기이한 봉우리가 서른여섯 개이고, 나머지 아름다운 언덕이나 봉우리들은 이루 다 헤아릴 수 없다. 산 전체의 둘레는 수백 리인데, 신령한 동부洞府나 깊이 감춰진 골짝처럼 외지고 신비한 곳들이 많다. 항해자가 [여기에] 거처를 정하면서 비로소 개척되어 드러났다. 절과 도관道觀, 집들이 이어지고, 은거자와 나무하는 이들의 발걸음도 이어진다. 산에는 독초나 맹수가 없고, 돌길은 깊숙이 이어지지만 위험하진 않다. 그러나 여기까지 오는 세상 사람은 아주 드물다.

　삼광동천【갑9】의 북쪽에서부터 험난한 곳들을 지나고 깎아지른 산길을 걸어 2~3리 정도 가면 북산의 발치에 이른다. 그곳의 바위는 모두 단단하고 희고 매끄럽고, 쟁그랑 소리를 내고 언덕처럼 쌓이고 물에 잠긴 옥돌 같다. 그곳의 물은 고이고 흐르고 솟구치고 파도치고, 소리를 내며 흐르거나 콸콸거리며 끓어오르거나 부딪는다. 그곳의 흙은 전부 희고 검푸르고 옥처럼 밝고 환해서, 깨끗하고 단단하면서도 기름지고 윤이 난다. 그곳의 큰 봉우리들은 모두 가파르고 깊고 높고 험해서, 홀을 깎아 세운 듯 하늘까지 닿고, 작은 것들도 모두 깊고 높이 뻗어 이어진다. 그곳의 벼랑과 골들은 전부 빙 둘러싸고 가운데는 텅 비어서, 아가리를 벌리고 송곳니를 드러낸다. 그곳의 동혈洞穴은 모두 구불구불 이어지면서도 화창하게 밝고, 붉고 검푸르게 허공을 머금어, 신령하고 빼어난 기운을 배태해 신선을 길러 낸다. 그곳의 나무들은 소나무·너도밤나무·계수나무·녹나무·가래나무·벽오동나무·굴거리나무·박달나무·등자나무·귤나무·군선과 무화과 숲이 많다. 그곳의 풀은 지초·난초·명

협초·고수풀·창출·원추리·서대초·길상초 덤불이 많다. 그곳의 새는
원추리·난새·동박새·타조·할미새·영요鶊鷂[35]·돌새·사다새·꾀꼬리·
앵무새·희유希有[36] 떼가 많다. 그곳의 짐승은 기린과 추우, 각단角端[37]·
노루·염소 쌍이 많다. 이것이 그 대강의 [모습]이다. 구름과 무지개가 겹
겹이 휩싸고, 안개와 노을이 뭉게뭉게 일어나며, 해와 달보다 찬란히 빛
나고, 별들의 하늘에 떠다니며, 순식간의 신비로운 조화와 만물의 근원
이 되는 등의 것은 보는 자가 각자 제 깜냥대로 볼 뿐이다.

어느 해 어느 달 어느 날, 항해자가 어떤 이를 데리고 북산에 들어가
십수 일을 묵고 돌아왔다. 그가 항해자에게 말했다. "자네가 기왕 이 산
아래에 집터를 잡고 천년 세월 숨겨져 있던 곳을 열어서 드러내었네. 왜
이 산을 온통 다 소유하지 않는가? 그 기이한 봉우리와 깊은 골짝의 뛰
어난 곳에 모두 집을 지어 사용하고 그대의 별관으로 삼으면, 태허부니
운수루【갑10】니 하는 것들과 나란할 텐데?" 항해자가 대답했다. "아! 옛
날 성인들께서도 배나 수레가 닿는 곳이라고, 통역으로 말이 통하는 곳
이라고 전부 강역으로 삼지는 않으셨네. 이 산에 절경이 많지만 삼광동
천과 태허부가 실로 으뜸일세. 바위 절벽이나 못과 폭포의 경치도 두 연
못[동담과 서담]에 필적할 것이 없네. 내가 이미 그중 좋은 것을 가졌는데,

---

35 영요(鶊鷂):『산해경(山海經)』에 나오는 새로, 관곡(崔谷)에 산다. 산닭처럼 생겼는데 꼬리
가 길고 불꽃처럼 붉으며, 푸른 부리를 가졌고, 자기 이름을 부르며 운다고 한다. 이 새를
먹으면 가위눌리지 않는다고 한다.『산해경(山海經)』「중산경(中山經)」.

36 희유(希有): 고대 중국의 전설상의 거대한 이조(異鳥)이다.『신이경(神異經)』의「중황경(中
荒經)」에 따르면 곤륜산 위에 이름이 희유라는 큰 새가 사는데, 남쪽을 향해 왼쪽 날개를
펼쳐 동왕공(東王公)을 덮고 오른 날개론 서왕모(西王母)를 덮는다고 한다. 등 위에 조그맣
게 깃털이 없는 곳이 있는데 그 너비가 1만 9천 리(里)이다. 서왕모는 매년 이 새의 날개 위
에 올라 동왕공을 만난다고 했다.

37 각단(角端): 전설상의 신수(神獸)이다. 기린과 비슷하고 머리 위에 뿔이 하나 있으며, 하루
에 1만 8천 리를 가고, 사방 오랑캐의 언어를 알아듣는다고 한다. 성스러운 임금이 왕위에
있으면서 방외의 유원(幽遠)한 일에 밝게 통달하면 책을 받들고 온다고 한다.『송서(宋書)』
「부서지(符瑞志)」.

어찌 꼭 다 가져야 흐뭇하겠는가?"

그 사람이 말했다. "자네가 태허부에 대한 기문 이하 여러 기記들에서 그 물색을 자세히 말한 적이 없었네. 그런데 유독 이 산에 대해서는 세세하게 이야기하는군. 아마도 이 산이 제일 기이하기 때문이겠지. [그런데] 지금 '[그보다] 못하다'라고 말하는 건 무슨 까닭인가?" 항해자가 말했다. "현인·군자의 도덕과 사업은 언어로 서술할 수 있네. 그러나 저 신성한 사람은 [뭐라] 이름 지어 말할 수 없네. 자네는 세세한 기록이 사실은 [그보다] 못하기 때문이라는 것을 모르는구면? 아! 자네가 또 이 기문이 진짜 세세한지 어찌 아는가? 자네가 또 이 산이 진정 내 소유가 아닌 줄 어찌 아는가? 자네는 자유롭지 못한 사람일세. 참으로 내 일에 간여할 만한 인물은 아닐세."

○○○ 〈북산을 유람하고游北山詩〉

북산 꼭대기는 별들의 곁에 있어,
천년의 쌓인 기운 검푸른 능선에 엉겼네.
서른여섯 봉우리 하늘에 높이 꽂혀,
검은 학, 들오리의 등을 내려다보네.
골골마다 수풀 나무 울창히 푸르고,
봉봉마다 구름 안개 짙게 깔렸네.
내 붙잡고 오르는 수고도 없이 와서,
즐겁게 먼 하늘과 늦게까지 마주하네.
우습세도 너희 분분히 유람 다니는 자들,
덤불 헤치고 돌길 밟으며 오갈 바를 잃네.
뒷사람의 지팡이가 앞사람 나막신에 닿고,
아래 고개 웃음이 중간 고개 기침에 답하누나.

눈을 들어 산의 높음 보지 못하니,

자신이 산속에 있음 누가 알 수 있으랴?

돌아와 홀로 강소대【갑9】에 오르니,

어느 곳 동글동글 한 주먹 흙덩이인가?

○ 항해루【갑10】와 운수루, 두 누대는 모두 높고 널찍하며 내외가 나뉘어
있다. 때때로 거처해도 좋을 것이다.

○동계 남쪽 기슭의 처사【갑10】와는 때때로 왕래하는 게 좋다. 섬계刻溪의
고사[38]처럼 눈 내릴 때 작은 배로 방문하면 더욱 좋을 것이다.

○○○ 〈동계에 눈 내릴 때 남쪽 기슭의 처사를 방문하고東溪雪中 訪南岸處士詩〉

그대 집은 흰 눈 속,

흰 눈은 때로 흩어지고 모이네.

모여선 시내에 날리는 눈 되니,

푸른 슬슬주가 숲 나무 덮었네.

내 텅텅 지팡이 울리며 와선,

산 해가 질 때까지 머뭇거리네.

그대를 대하면 눈을 대한 듯,

고담준론으로 속마음을 펼치네.

---

38 섬계(剡溪)의 고사 : 섬계는 중국 절강성(浙江省)에 있는 시내 이름이다. 진(晉)의 왕휘지(王
徽之)가 근처 산음(山陰)에 살았는데, 한밤중에 눈이 내리자 갑자기 섬계에 사는 대규(戴逵)
가 보고 싶었다. 즉시 출발해서 밤새 눈 속에 배를 저어 아침에 대규의 문 앞에 이르렀을
때는 이미 눈이 그쳤고 왕휘지는 대규를 만나지 않고 돌아섰다. 까닭을 물으니, 흥이 나서
갔다가 흥이 다해 돌아왔을 뿐이니, 군이 대규를 만나야 할 필요가 있겠느냐고 대답했다
는 일화가 있다. 『세설신어(世說新語)』.

한탄하노니, 대안도가 속되어,
왕자유의 걸음 돌이키게 했네.[39]
옷깃 헤치고 추운 줄 모르니,
숲 가엔 가는 달이 돋아 온다.

2.

집 안 서쪽과 남쪽의 여섯 개 원院【갑5·6】은 깊고 그윽하며 특별히 아름다
우니, 역시 먼 곳에 못지않다. 유유자적 거닐기 위해 밖으로 갈 필요가 없다.
서삼원西三院에서 글하는 선비文士나 이야기 벗譚朋들과 자주 마음을 후련하
게 터놓기도 하고, 문장을 서로 품평하기도 한다. 깊숙이 거처하느라 갑갑한
안식구들이 간혹 남삼원南三院에 왕래하는 것도 나쁠 것 없다.

3.

돈회惇會·가회嘉會, 두 모임【갑14·15】 외에 명목 없는 연회를 자주 하는 것
은 마땅치 않다. 생일이나 기쁜 일이 있어 음식을 차려 친척과 벗들을 초대
할 때도 돈회나 가회를 겸해야 한다. 집 안에 있는 빈객들과는 때때로 향연
을 베풀지 않을 수 없다【1년에 한 번 정도가 적당하다】. [그러나] 역시 가회와 겸해
야지, 배불리 먹고 취해서 환호하는 것만 일삼아선 안 된다. 기녀들은 절대
참석시켜선 안 된다.
　○좋은 계절이나 세속 명절에는 음식을 차려 손님을 부르기도 한다. 술과

---

39 대안도가 속되어, …… 돌이키게 했네 : 안도(安道)는 대규(戴逵)의 자이다. 원문의 '왕자(王
　子)'는 왕자유(王子猷)이니, 자유는 왕휘지의 자이다.

고기, 나물과 과일 등의 차림은 낙양의 진솔회眞率會 고사[40]를 본받아 간소하게 차리도록 애쓴다. 꽃놀이나 달 놀이, 연못가의 정자【갑9】나 강가의 정자【갑10】에서 하는 구경에는 술 한 잔에 안주 한 접시면 유람하며 놀기에 충분할 것이다. 그러나 모두 읍하고 사양한 뒤에 젓가락을 들고, 잠箴으로 경계한 후에 잔을 들어, 위엄 있는 모습과 행동거지가 반듯해서 본받을 만하게 하고, 지나치게 먹고 마시기만 하는 허물이나 말실수가 없도록 해야 한다.

○○○ 〈작은 모임 의례小集儀〉

손님과 주인 등 여러 사람은 서로 읍하고 자리로 나간다【아랫사람이나 어린 사람은 절을 한다】. 젊은이 한 사람이 무릎을 꿇고 '말씀에 대한 경계談戒'를 외운다【기己. 5마디 1수─首五節다】.[41] 손님과 주인은 모두 읍한다. 술과 음식이 나오면, 다시 무릎을 꿇고 "덕으로 이어 가며 취하지 마십시오."[42]라고 고한다. 손님과 주인은 모두 읍한다. 흩어질 때도 또 서로 읍한다【아랫사람이나 어린 사람은 절을 한다】.

---

40 낙양의 진솔회(眞率會) 고사 : 북송 때 사마광(司馬光)이 은퇴하고 낙양(洛陽)에 살면서, 문언박(文彦博)·석여언(席汝言)·왕상공(王尙恭)·초건중(楚建中)·왕신언(王愼言)·범순인(范純仁)·선우신(鮮于侁)·송숙달(宋叔達) 등과 만든 모임이 진솔회이다. 이 모임의 규칙은 술은 다섯 차례 이상 돌리지 못하고, 음식은 다섯 가지 이상을 넘지 않는 것이었다고 한다.
41 기(己). 5마디 1수[一首五節]다 : 『숙수념』 제9관인 「기(己). 궁준념(兢遵念)」의 첫머리에는 '말에 대한 경계'가 나온다. "……을 말하지 마라[勿言]"로 시작하는 다섯 조항의 금지 사항이다. 독립된 글로 친다면 1수 5절이라고 할 것이다. "조정의 시비와 벼슬길의 형세에 대해선 말하지 마라. 시정의 속되고 조악한 이야기는 말하지 마라. 음란한 일은 말하지 마라. 다른 사람의 집안일은 말하지 마라. 남의 과오를 말하지 마라(勿言朝庭得失及仕宦勢利之事, 勿言市井鄙俚齷齪之談, 勿言淫媟, 勿言他人家庭間事, 勿言人過惡)." 달리 말에 대한 경계를 내용으로 하는 독립된 잠(箴)이나 계(戒)는 『숙수념』에 없다.
42 덕으로 이어 가며 취하지 마십시오 : 『서경(書經)』 〈주고(酒誥)〉의 한 구절이다. "술은 늘 마시지 마라. 여러 나라가 술을 마시되, 오직 제사 때에만 할 것이니, 덕으로 이어 가 취하지 마라(無彝酒. 越庶國飮, 惟祀, 德將無醉)."

○ 모임에서 술을 마시지 않는 사람에게는 단술을 낸다.

○ 농사철에는 주인이 자제와 빈객, 하인들을 이끌고 집 가까운 농막으로 가서 몸소 밭갈이를 감독한다. 술을 마련하고 돼지를 잡아 농군들을 배불리 먹인다.

○○○ 〈밭갈이 감독 의례監耕儀〉

주인이 자제와 빈객을 이끌고 직접 밭두렁 위에 나가 선다. 농부들은 모두 늘어서서 절을 한다. 밭갈이 감독이 끝나면, 자제 한 사람이 무릎을 꿇고 '농부를 위로할 것勞農'[43]을 아뢴다. 종자에게 술과 고기를 내오게 해 농부들을 대접한다. 농부들은 다시 늘어서서 절을 한 뒤 먹는다. 농부들이 배불리 먹기를 기다린 다음, 술과 음식을 주인 이하 [여러 사람에게] 내온다. 나머지는 '작은 모임小集'의 의례와 같다.

○ 김맬 때도 술을 가지고 가 들밥 내는 것을 감독한다.

○○○ 〈들밥 내는 것을 감독하는 의례督饁儀〉

주인이 자제와 빈객을 이끌고 직접 밭두렁에 나가 선다. 농부들과 들밥 나르는 아낙들은 모두 늘어서서 절한다. 주인은 김매기를 열심히 하는지 몸소 살핀다. 그러고는 각기 들밥을 내오도록 명한다. 들밥 내오는

---

43 농부를 위로할 것[勞農] : 원문 '노농(勞農)'은 '농부를 위로한다'는 뜻이다. 참고로 『예기(禮記)』「월령(月令)」에는 음력 10월[孟冬之月]에 "이달에는 증제에서 크게 마신다. 천자가 이에 내년에 풍년 들기를 일월성신에게 빌고 크게 희생을 잡아 공사와 문려에 제사하며 사냥하여 포획한 것으로 선조와 오사의 신에게 제사한다. 그리고 농부들을 위로하여 휴식하게 한다(是月也, 大飲烝, 天子乃祈來年于天宗, 大割祠于公社及門閭, 臘先祖五祀, 勞農以休息之)."라고 했다.

아낙들은 각자 밥을 받들어 주인 앞에 늘어놓는다. 주인은 숟가락을 들고 직접 한두 입 맛본다. 농부들에게 모여서 먹도록 명한다. 자제가 꿇어앉아 '농부를 위로할 것'을 고한다. 나머지는 '밭갈이 감독監耕'의 의례와 같다.

　　○돌아올 무렵, 들밥 내온 부녀자들에게 쌀을 한두 되씩 준다.

　○수확할 때도 한번 가서 본다. 술과 밥을 많이 차려서 농군들과 하인들에게 골고루 배불리 먹인다. 의례는 '밭갈이 감독'의 의례와 같다.

　○부인은 봄에 남원南院【갑6】의 빈방을 택해 누에 치는 여자를 불러서 누에 치기와 길쌈을 배운다. 일이 끝나면, 음식을 차려서 누에 치는 여자와 일을 맡았던 여자 종을 대접한다.

○○○ 〈실잣기 의례績成儀〉

　　안주인은 동쪽을 향해 앉고, 딸과 며느리는 좌우로 모시고 앉는다. 누에 치는 여자와 손님으로 온 여자들은 서쪽을 향하고 앉는다. 일 맡은 사람이 꿇어앉아 실잣기가 끝났음을 아뢴다. 누에치기 선생蠶師을 치하하고 음식을 낸다. 배불리 먹고 나면, 일 맡은 사람은 안주인의 명을 받들어 누에 치는 여자에게 예물을 준다. 누에 치는 여자는 절하고 받는다. 안주인은 답례로 절을 한다.

　○집 짓는 일이 끝나면 낙성연을 하고, 책 인쇄가 끝나도 당연히 잔치한다. 그러나 모두 가회를 겸해서 한다. 공장工匠들과 감독들에겐 따로 성찬을 차려 준다【담을 쌓거나 꽃을 심는 작은 일이라도 주인이 직접 감독했으면 반드시 술과 밥을 인부들에게 대접한다. 대략 '밭갈이 감독'처럼 한다】.

　○섣달 이후 한 차례 재물을 풀어 음식을 마련해, 이예吏隸들과 남녀 종들,

장인들과 동원된 이웃 백성들 모두가 취하도록 마시고 배부르게 먹도록 해준다. 그리고 사흘의 휴가를 준다. 3일째 되는 날 여러 사람이 돈을 추렴해 모여서 술을 마신다. 그리고 음식을 차려 주인에게 바친다【한 상뿐이다. 집의 권속들을 두루 대접하진 못하게 한다】.

○○○ 〈섣달 술추렴 의례臘釀儀〉

주인과 자제와 빈객들은 마루 위에 벌여 앉는다. 뜰의 동서에 긴 돗자리를 깐다. 이예 이하는 종종걸음으로 섬돌 아래로 나와 늘어서서 절한다. 주인은 자제에게 말을 전하게 하는데 "너희들이 1년 내내 시키는 일을 하느라 수고가 많았다. 이제 세밑을 만나 이 변변찮은 음식을 마련해 만분의 일이라도 보답하려 한다."라고 한다. 이예 이하는 모두 늘어서서 절하고, 동서로 나눠 돗자리에 앉는다【남자는 동쪽, 여자는 서쪽이다】. 자제가 직접 한 상을 들어 이예들의 우두머리【여러 이예들 중 나이가 많고 공이 있어서 이예들의 행수가 된 자이다】 앞에 놓는다. 이예의 우두머리는 일어나 절하고 "어찌 감히, 어찌 감히……."라고 한다. 그리고 여러 노복에게 서로 술병과 밥상을 나르게 한다【두세 사람이 한 상을 받기도 하고, 네댓 사람이 한 상을 받기도 한다】. 모두 취하도록 마시고 배불리 먹는다. 끝나면 모두 일어나 계단 아래로 나와 늘어서서 절하고 물러난다. 물러난 다음, 주인 이하에게 술과 음식을 내오는 것은 '작은 모임'의 의례와 같다【혹 돈회나 가회를 겸하기도 한다】. 주인은 자제에게 노예의 우두머리 한 사람을 계단 아래로 불러 나오게 한다. 주인은 자제에게 말을 전하게 한다. "너희들에게 사흘의 휴가를 준다." 노예의 우두머리가 절하고 물러난다.

○ 셋째 날, 돈을 추렴해서 모여 술을 마신다. 주인은 그중 생각이 있고 삼갈 줄 아는 사람 하나를 감시자로 정해, 창기를 끼고 놀거나 뒤섞여 주정하는 것을 금하게 한다.

○ 추렴이 끝나면 노예의 우두머리 한 사람이 종종걸음으로 계단 아래로 들어와 꿇어앉아 고한다. "저희 무리가 크게 추렴을 했으니, 삼가 한 상 올립니다." 주인이 가져오도록 명령한다. 썰어 먹은 다음 직접 술을 따라 노예의 우두머리에게 내린다. 노예의 우두머리는 받아서 꿇어앉아 마신다. 일어나 절하고 물러난다.

○ 집이 가까운 친척이나 어진 선비 중 어버이의 장수를 축하하는 날을 만났으나 돈이 없어 차리지 못하는 자는 적당히 헤아려 자금을 도와준다. 당일에는 술병을 들고 가, 그 집에서 돈회나 가회를 겸해 행한다.

4.

마음을 즐겁게 하는 도구들에 대해선 앞에서 음악과 도박에 대한 경계를 말할 때 이미 대충 서술했다【기6】. 여기에 다시 나열하지 않는다. 그리고 유람이나 구경, 모임이나 잔치에서 주인과 손이 회포를 펼치기에 시문보다 나은 것이 없다. 다른 유희는 굳이 늘어놓을 것도 없다.

○ 주인이 연로하더라도 평소에는 시서詩書와 경전·역사에 힘써야 한다. 겨를이 있으면 글을 지을 뿐, 다른 오락에 마음이 빠져서는 안 된다. 울적하고 적막할 때는 집안의 말동무談友를【을4】 불러, 고금에 대해 마음껏 변론하는 것으로 농담을 대신한다.

○○○ 〈우담友談〉

주인 늙은이主人翁가 말동무談友에게 말했다. "자네는 자네와 나의 행운을 아는가?"

말동무가 대답했다. "들어 봅시다."

주인 늙은이가 말했다. "지금 세상은 요순시절일세. 자네와 내가 이런 세상을 만났으니, 행운이 아닌가?"

말동무가 말했다. "들어 봅시다."

주인 늙은이가 말했다. "요순이 요순인 이유는 집집마다 봉해 줄 만했기 때문일세.[44] 이기理氣와 성명性命은 공자 문하의 높은 제자들도 상세히 알지 못했던 것일세. 그런데 오늘날엔 시골 서당 서생들도 모두 틀림없이 이야기하네. 시서詩書와 육경의 뜻은 공안국孔安國[45]·정강성鄭康成[46] 이하 누구도 틀린 곳이 없을 수 없었던 것일세. 그런데 지금 어린 유생이나 공사貢士[47]들도 손바닥 가리키듯 이야기하네. 양웅揚雄은 훌륭한 선비였지만 신하의 큰 윤리는 잘 알지 못했네.[48] 속수涑水 선생은 독실하게 공부한 사람이었지만, 제왕의 정통正統엔 정통하지 못했네.[49] [그런데] 지

---

44 요순이 요순인 …… 만했기 때문일세 : '집집마다 봉해 줄 만하다'라는 것은, 요순의 치세에는 교화가 잘 이루어져 집집마다 책봉을 받을 만큼 뛰어난 인물이 많았다는 뜻이다. 교화가 잘 이루어진 태평성대를 일컫는다.

45 공안국(孔安國) : 서한(西漢)의 문신이자 학자로, 자는 자국(子國)이다. 공자의 12세손이다. 공자 고택에서 나온 고문 경서들을 해독·정리해서, 금문으로 번역했다. 그 후 무제에게 이 『고문상서(古文尚書)』를 올려 56편으로 확정했으며, 이를 직접 해석함으로써 고문 경서가 퍼져 나가는 계기를 마련했다. 저술로『상서공씨전(尚書孔氏傳)』이 남아 있으나, 후대의 위작이라는 것이 중론이다.

46 정강성(鄭康成) : 정현(鄭玄)의 자가 강성이다. 정현은 후한(後漢)의 학자이다. 마융(馬融)에게 배워 모든 경전에 통달했다고 한다. 고문경학(古文經學)을 위주로 하고 금문경설(今文經說)까지 겸하여 일가를 이루었다. 저술로『모시전(毛詩箋)』이 있고, 삼례(三禮)와『주역(周易)』,『상서(尚書)』,『논어(論語)』의 주(注)를 냈다.

47 공사(貢士) : 향시에 급제하여 국자감시에 응시할 수 있는 자격을 지닌 사람을 가리킨다.

48 양웅(揚雄)은 훌륭한 …… 알지 못했네 : 양웅은 서한 시대의 학자이다. 왕망(王莽)이 왕위를 찬탈해 세운 신(新)에서 벼슬을 해서 대부가 되었다. 이 때문에 후세의 비난을 받았다. 『한서(漢書)』「양웅전(揚雄傳)」.

49 속수(涑水) 선생은 …… 정통하지 못했네 : '속수 선생'은 송의 사마광(司馬光)을 가리킨다. 사마광은 속수현 출신이다. ○'제왕의 정통엔 정통하지 못했다'는 것은 사마광이『자치통감(資治通鑑)』에서 조조(曹操)의 위(魏)를 정통으로 기술한 것을 두고 하는 말이다. 사마광은 촉한(蜀漢)의 소열제(昭烈帝) 유비는 한 황실의 혈통으로부터 너무 멀리 내려와 계보를

금 세상에 글자를 아는 선비라면 이것을 모르는 사람이 있는가? 왕상王

祥과 맹종孟宗의 효도50는 백 년, 천 년의 서적을 뒤적여 봐야 겨우 한둘이

나 만나는 것일세. 오늘날 백 가구 사는 현縣치고 두꺼운 얼음 속에서 물

고기가 뛰어오르고, 쌓인 눈 속에서 죽순을 캐지 않는 곳이 있는가? 서

한西漢 시대에는 학자가 몹시 많았네. 육경六經의 책이래야 지금으로 치

면 겨우 수십 권 정도에 해당할 뿐일세. 그러나 '큰선비大儒'니 '석학碩士'

이니 불리는 사람들도 모두 한 가지 경전에 정통했을 뿐, 다른 책들은 있

는 줄도 몰랐네. 지금은 백가百家의 주석이 딸린 경전 본문만 하더라도

이미 몇백 권이 넘네. 그 나머지 제자백가와 역사서, 시와 문장 등의 책

들이 숭산嵩山이나 대산岱山만큼이나 쌓여 있네. 그것들을 대충 훑어보

기라도 하지 않으면 선비로 과거를 볼 수도 없네. 옛날의 문인들을 [살펴

보면], 포조鮑照51·사영운謝靈運52·심전기沈佺期53·송지문宋之問54·위응

따질 수 없으므로 그를 한의 정통 계승자로 할 수 없다고 했다. 반면 주희(朱熹)는『자치통
감강목(資治通鑑綱目)』에서 촉한을 정통으로 기술하고 조위(曹魏)를 윤립(閏立), 즉 비정통
으로 처리했다.

50 왕상(王祥)과 맹종(孟宗)의 효도 :『소학』류의 유교 서적에 등장하는 대표적 효자들이다.
삼국시대 오(吳)의 맹종은 모친을 위해 겨울철 눈 속에서 죽순을 얻었고, 진(晉)의 왕상은
얼음을 뚫고 나온 잉어를 얻었다는 일화가 전한다.

51 포조(鮑照) : 육조시대(六朝時代) 송(宋)의 시인이다. 자는 명원(明遠)이고, 참군직(參軍職)을
지냈기 때문에 포참군(鮑參軍)이라고도 불린다. 북주(北周)의 유신(庾信)과 함께 '포·유(鮑
庾)'로, 사영운(謝靈運)·안연지(顏延之)와 함께 '원가삼대가(元嘉三大家)'로 병칭된다. 기이
한 풍취(奇趣)가 있는 시로 유명했다. 특히 악부(樂府)에 뛰어났는데, 현실 생활에 밀착해
서 서민적이고 사회성이 두드러진다는 특성을 지닌다고 평해진다. 오언시(五言詩)의 전
성기이던 육조시대에 칠언시(七言詩)를 지어 후대에 영향을 미쳤다.

52 사영운(謝靈運) : 남북조시대 동진(東晉)의 시인이다. 자가 영운(靈運)이고 이름은 공의(公
義)인데 자로 행세했다. 조부의 뒤를 이어 강락공(康樂公)에 책봉되었기에 사강락(謝康樂)
으로도 칭해진다. 산수시의 창작에 전력해서 새로운 산수시의 길을 개척한 것으로 평가
된다. 안연지(顏延之)와 함께 '안·사(顏謝)'로 병칭된다.

53 심전기(沈佺期) : 초당(初唐)의 궁정시인이다. 자는 운경(雲卿)이다. 초당사걸(初唐四傑)의
뒤를 계승하여 율시라는 새로운 시형(詩型)을 완성한 것으로 평가된다. 송지문(宋之問)과
함께 '심·송(沈宋)'으로 병칭되었다.

54 송지문(宋之問) : 초당의 시인으로, 자는 연청(延淸)이다. 심전기(沈佺期)와 함께 측천무후

물韋應物[55]· 맹호연孟浩然[56] 같은 명가들은 모두 시는 했지만, 문장은 잘 하지 못했네. 이고李翶[57]· 증공曾鞏[58]은 문장을 했지 시는 잘하지 못했네. 당의 독고급獨孤及[59]과 양숙梁肅,[60] 송의 유개柳開[61]와 목수穆脩[62]는 고문

(則天武后)와 중종(中宗)의 궁정시인으로 활동했으며, '심·송(沈宋)'으로 병칭되었다. 측천 무후와 무씨 일파에 아부한 행적으로 악명이 있지만 문학적으로는 뛰어났으며, 특히 오 언시(五言詩)에 훌륭한 재능이 있었다. 율시체(律詩體)를 완성한 공이 있다고도 평가된다. 저서로『송지문집(宋之問集)』이 있다.

55 위응물(韋應物) : 중당(中唐) 대종(代宗)·덕종(德宗) 연간의 시인이다. 소주자사(蘇州刺史)를 지내서 '위소주(韋蘇州)'로도 칭해진다. 소박하고 자연스러운 언어로 전원과 산림의 고요 한 정취를 표현하는 시를 써서, '평담자연(平淡自然)'의 풍격을 이루었다고 평가된다. 당(唐) 자연파 시인의 대표자로서, 왕유(王維)·맹호연(孟浩然)·유종원(柳宗元)과 함께 왕·맹·위· 유(王孟韋柳)로 병칭된다.

56 맹호연(孟浩然) : 성당(盛唐) 시기의 산수전원시를 대표하는 시인이다. 이름은 호(浩)이고, 자가 호연(浩然)이다. 호는 녹문거사(鹿門處士)이다. 양양 출신이어서 '맹 양양(孟襄陽)'으 로 불리고, 벼슬한 적이 없다 해서 '맹 산인(孟山人)'이라고도 불린다. 그의 시는 대부분 오 언시로, 산수 전원과 은거 생활의 흥취, 떠돌아다니는 여행의 심정을 그려 냈다. 도연명의 전원시를 계승한 산수전원시파로, 왕유(王維)와 함께 '왕·맹(王孟)'으로 병칭된다. 저서로 『맹호연집(孟浩然集)』 3권이 있다.

57 이고(李翶) : 당의 학자·정치가·문장가이다. 자는 습지(習之)이다. 문장으로 이름이 높았 는데, 특히 한유(韓愈)가 주도한 고문운동의 적극적 추종자였다. '도'에 관한 한유의 관념 을 천명하며, 문장으로 도를 밝힐 것을 강조하고, 불교를 억제하고 '복성(復性)'할 것을 주 장했다. 저서로『복성서(復性書)』,『이공문집(李文公集)』 등이 있다.

58 증공(曾鞏) : 북송의 학자·정치가·문장가다. 자는 자고(子固)이고, 남풍(南豊) 출생이라 남 풍 선생(南豊先生)으로 불린다. 구양수의 문하이며, 한유의 고문을 추종한 고문 작가로, 당 송팔대가(唐宋八大家) 중 한 명이다. '문으로 도를 밝힐 것[文以明道]'을 주장하며 육경에 근 본을 둔 문장을 강조하였다. 그의 문장은 특히 의론과 서사에 뛰어난 것으로 평가된다. 문집으로『융평집(隆平集)』,『원풍유고(元豊類稿)』가 있다.

59 독고급(獨孤及) : 당의 관리이자 문장가이다. 자는 지지(至之), 시호는 헌(憲)이다. 대종(代 宗)에게 좌습유(左拾遺)로 부름을 받아 태상박사(太常博士)·예부원외랑(禮部員外郎)을 지 냈고, 호주(濠州)·서주(舒州)·상주(常州)의 자사(刺史)를 역임했다. 문학에선 유가의 경전 에 바탕을 둔 의론(議論)을 장기로 삼았다. 한유가 고문운동을 펼칠 때 그를 모범으로 여 겼다고 한다. 저서로『비릉집(毘陵集)』이 있다.

60 양숙(梁肅) : 당의 관원이며, 문장가이다. 자는 경지(敬之) 혹은 관중(寬中)이다. 독고급(獨 孤及)을 스승으로 삼아서 고문운동의 선구적 작가가 되었다. 문장에서 '고박(古樸)'을 숭상 해 한유·유종원·이고의 모범이 되었으며, 한유·구양첨(歐陽詹) 등을 관직에 추천하기도 했다. 그러나 한편으로는 천태종을 독실하게 믿어서 담연(湛然)의 제자가 되었고, 교연(皎 然)·원호(元浩)·영소(靈沼)·석거휘(釋去喧)·석거우(釋法禺) 등의 고승과 교유하기도 했다.

을 잘하는 것으로 유명하지만, 그들의 사蒔는 종종 서툴고 촌스러워서
규범에 맞지 않았네. 오늘날의 사대부들은 시의 성률에 정통하지 못하
거나, 문장을 규범에 맞도록 짓지 못하거나, 거기서 더 나아가 글씨와 그
림까지 모두 잘하지 못하면, 자기 마을의 벗들 사이에도 감히 끼지 못하
네. 빛나는 도술과 언행이 옛날에도 이런 적이 없었을 것이네. 나는 요
순시대에 집마다 있던 [훌륭한] 사람들이라도 반드시 다 이렇진 않았을
것 같네."

　말동무가 말했다. "어허, 그대가 참으로 격발된 바가 있어서 하는 말
이구려! 지금 시대를 요순시대에 비견할 만한 것은, 그러나 여기 있는 것
이 아니지요. 또 그대는 지금 세상의 선비들이 사람마다 성性을 이야기
하고 이理를 말하는 것이 진짜로 성리에 대해 아는 것이라고 여기시오?
그대는 지금 세상의 선비들이 사람마다 육경을 분석하는 것이 진짜로
육경을 아는 것이라고 여기시오? 그대는 지금 세상의 선비들이 사람마
다 군신의 큰 윤리에 대해서 밝은 것이 진짜로 군신의 큰 윤리를 아는 것
이라고 여기시오? 그대는 지금 세상의 선비들이 사람마다 선대의 지극
한 행실을 현양하는 것이 진짜로 지극한 행실의 근본을 아는 것이라고

저서로 『양숙집(梁肅集)』이 있다.
61 유개(柳開) : 북송의 문인이다. 원래 이름은 한유와 어깨를 겨룬다는 뜻의 '비유(肩愈)', 자
는 유종원을 계승한다는 의미의 소원(紹元)이었다. 후에 한유·유종원을 비판하면서 이름
을 개(開), 자를 중도(仲塗)로 고쳤다. 여경사(如京使)를 지냈기 때문에 '유 여경(柳如京)'이
라고도 불린다. 송 초기의 화미한 문풍에 반대하여 송 고문운동의 창도자가 되었다. 한유·
유종원의 산문을 제창하여 고도(古道)를 부흥하고 경전을 조술하여 창작하는 것을 스스
로 사명으로 삼았다. 저서로『하동집(河東集)』이 있다.
62 목수(穆脩) : 북송의 학자, 문인이다. 자는 백장(伯長)이다. 진박(陳搏)을 사사해서『태극도
(太極圖)』를 배워 주돈이(周敦頤)에게 전했고,『춘추』의 학문에도 정통했다. 오대(五代) 이
후의 화려한 서곤체(西崑體) 문풍에 불만을 품고 유개(柳開)의 뒤를 이어 한유와 유종원의
고문 전통을 회복하는 데 힘썼다. 그들의 문집을 간행하고 개봉의 상국사(相國寺)에서 직
접 판매하기까지 했다. 윤수(尹洙)와 소순흠(蘇舜欽)·구양수 등이 모두 그의 영향을 받았
다. 저서로『목참군집(穆參軍集)』이 있다.

164

여기시오? 그대는 지금 세상의 선비들이 누구나 책에 해박한 것이 진짜로 책을 아는 것이라고 여기시오? 그대는 지금 세상의 선비들이 누구나 시문에 능숙한 것이 진짜로 시문을 아는 것이라고 여기시오? 만약 진짜 아는 것이라면, 더욱 요순시대를 바라볼 순 없을 것이오.”

주인 늙은이가 말했다. “나는 그것이 혹 진짜가 아닐까 참으로 두려웠는데 그대는 도리어 그것이 진짜일까 봐 걱정하는구려? 그 설명을 듣고 싶소.”

말동무가 대답했다. “그대는 요순에 대한 [내] 설을 들어 보시려오? 요가 50년 동안 천하를 다스렸지만, 신하들이나 백성들은 정치가 잘되는지 못되는지 알지 못했소. 신하들이나 백성들뿐이 아니오. 요임금 자신조차도 잘되는지 못되는지 알지 못했소. 그래서 어린아이의 노래는 ‘알지 못하고 깨닫지 못하며, 임금의 법을 따를 뿐이네.’라고 했고, 노인의 노래는 ‘임금의 힘이 내게 무슨 상관이랴.’ 했던 것이오.[63] 사람들이 알지도 깨닫지도 못하게 한 것이 참으로 요임금의 법이었소. 그래서 공자께선 요임금을 찬미하며 ‘높고 높도다. 천하를 가졌으면서도, [정사에] 관여하지 않았다.’[64]라고 하셨고, 순임금을 찬미하면서는 ‘아무것도 하지 않으면서 다스린 자가 순이시리라.’[65]라고 하셨소. 백성 다스리는 일을

---

63 어린아이의 노래는 …… 했던 것이오 : 언급된 두 구절은 〈강구요(康衢謠)〉와 〈격양가(擊壤歌)〉를 가리킨다. 요(堯)가 재위한 지 50년 만에 저자에 잠행하니, 아이들이 “우리 백성들을 성립시킨 것이 모두 임금의 덕이라, 알지도 못하고 깨닫지도 못하며, 임금의 법을 따를 뿐일세(立我烝民, 莫非爾極. 不識不知, 順帝之則).”라는 노래를 불렀다. 한 노인은 배를 두드리며 “해가 뜨면 일하고 해가 지면 쉬노라. 우물 파서 물 마시고 밭 갈아서 밥 먹으니, 임금의 힘이 내게 무슨 상관이랴(日出而作, 日入而息. 鑿井而飲, 耕田而食. 帝力何有於我哉)?”라고 노래를 불렀다고 한다. 전자를 〈강구요〉, 후자를 〈격양가〉라고 부른다. 백성들이 태평시대를 구가하는 모습을 말한다.

64 높고 높도다. …… 관여하지 않았다 : 『논어』 「태백(泰伯)」에 나온다. “공자께서 말씀하셨다. ‘높고 높도다! 순과 우는 천하를 소유하시고도 관여치 않으셨도다’(子曰: ‘巍巍乎! 舜禹之有天下也而不與焉’).”

65 아무것도 하지 …… 자가 순이시라 : 『논어』 「위령공(衛靈公)」에 나온다. “공자께서 말씀하

이야기하시면서는 '따르게 할 수는 있지만, 알게 할 수는 없다.'⁶⁶라고 하셨고, '백성은 날마다 쓰면서도 알지 못한다.'⁶⁷고도 하셨소. 만약 요순 [시대]에 집집마다 있던 백성들이 모두 희씨羲氏와 화씨和氏의 역상曆象,⁶⁸ 백이伯夷의 예禮,⁶⁹ 후기后夔의 음악,⁷⁰ 고요皐陶의 전형典刑⁷¹과 선기璿璣·옥형玉衡의 제도,⁷² 하도河圖·낙서洛書의 수數⁷³를 알았다면, 무엇으로써

셨다. '아무것도 하지 않으면서 다스린 자가 순이시리라. 무엇을 하셨겠는가? 자신을 공손히 하고 바르게 남면해 계셨을 뿐이다.'(子曰: '無爲而治者, 其舜也與? 夫何爲哉? 恭己正南面而已矣')."

66 따르게 할 …… 수는 없다 : 『논어』「태백(泰伯)」에 나온다.

67 백성은 날마다 쓰면서도 알지 못한다 : 『주역(周易)』「계사(繫辭)」에 나온다. "한 번 음이고 한 번 양인 것을 도라고 한다. 그것을 계승하는 것은 선이고 그것을 이루는 것은 성이다. 어진 자가 보면 인이라 말하고, 지혜로운 자가 보면 지라고 말하며, 백성은 날마다 쓰면서도 알지 못한다. 그러므로 군자의 도가 드물다(一陰一陽之謂道, 繼之者善也, 成之者性也, 仁者見之謂之仁, 知者見之謂之知, 百姓日用而不知, 故君子之道鮮矣)."

68 희씨(羲氏)와 화씨(和氏)의 역상(曆象) : 희씨와 화씨는 천문과 기상[曆象]을 관찰해서 자연의 절기와 시간을 알려 주는 요 시대의 직책이었다. "이에 희와 화에게 명하사 하늘을 공경하여 해와 달과 별의 상을 관찰하고 책력을 만들어 경건히 사람들의 시간, 농사철을 알리셨다(乃命羲和, 欽若昊天, 曆象日月星辰, 敬授人時)." 『상서(尙書)』「우서(虞書)·요전(堯典)」.

69 백이(伯夷)의 예(禮) : 순(舜)은 백이를 종묘의 제사를 관장하는 관직인 질종(秩宗)으로 삼아 삼례(三禮)를 맡도록 했다. 삼례는 천신(天神)·인귀(人鬼)·지기(地祇)에게 제사하는 예이다. "제순(帝舜)이 말씀하기를 '아, 사악이여. 나의 삼례를 맡을 자가 있는가?'라고 하시니, 모두가 '백이입니다.'라고 했다. 제순이 '맞다. 아, 백아. 너를 질종으로 삼노니, 밤낮으로 삼가고 정직하고 청렴하도록 하라.'고 하셨다(帝曰: '咨, 四岳. 有能典朕三禮?' 僉曰: '伯夷.' 帝曰: '俞. 咨伯. 汝作秩宗, 夙夜惟寅, 直哉惟淸')." 『상서(尙書)』「우서(虞書)·순전(舜典)」.

70 후기(后夔)의 음악 : 후기는 순의 신하로 음악을 담당했다. "황제가 말씀하기를 '기야. 너에게 명하여 음악을 주관하게 하노니, 주자를 교육하되, 정직하면서 온화하고 너그러우면서 장엄하며, 강하되 포악함이 없으며 소탈하되 오만하지 않게 하라. 시는 뜻을 읊는 것이요, 노래는 말소리를 길게 내는 것이요, 소리는 맞추어 길게 빼야 하고, 음률은 소리를 조화시키는 것이니, 팔음이 어울려 서로 차례를 빼앗지 않으면 신과 사람이 화합할 것이다.'라고 하셨다. 기가 말하기를 '아, 제가 석경을 치고 석경을 어루만지니 온갖 짐승들이 따라서 춤을 추었습니다.'라고 했다(帝曰: '夔, 命汝典樂, 敎胄子, 直而溫, 寬而栗, 剛而無虐, 簡而無傲. 詩言志, 歌永言, 聲依永, 律和聲, 八音克諧, 無相奪倫, 神人以和.' 夔曰: '於, 予擊石拊石, 百獸率舞')." 『상서』「우서(虞書)·순전(舜典)」.

71 고요(皐陶)의 전형(典刑) : '전형'은 일반형법(一般刑法)이다. 고요는 순의 조정에서 법을 담당하여 형벌을 제정하였다.

72 선기(璿璣)·옥형(玉衡)의 제도 : 요(堯)에게 섭정의 명을 받은 순(舜)이 '선기·옥형으로 칠

요순이 되었겠소? 공자께서는 성性과 천도天道에 대해 말씀하시지 않으셨소.[74] 어찌 자유子游·자하子夏 무리의 재주와 식견이 오늘날 사람만 못해서 이것을 말해 주기에 부족했기 때문이었겠소? [공자께서는] 반드시 죽간竹簡에 쓰고 과두문자蝌蚪文字를 사용하셨소.[75] 어찌 성인의 지혜가 채륜蔡倫[76]·채옹蔡邕[77]·풍도馮道[78]·화응和凝[79]보다 못해서 서적을 천하에

정(七政)을 가지런히 하였다.'고 한다.『상서(尙書)』「요전(堯典)」. 이 구절에 대한 해석은 구구하지만, 선기옥형(璿璣玉衡)이라는 천체 관측기를 살펴 칠정(七政), 즉 금(金)·목(木)·수(水)·화(火)·토(土)·일(日)·월(月)의 운행을 관찰했다는 뜻이라는 것이 가장 일반적인 해석이다.

73 하도(河圖)·낙서(洛書)의 수(數) : 하도는 복희씨(伏羲氏) 때 황하에서 나온 용마의 등에 새겨져 있던 그림이다. 1에서 10까지의 수가 반점의 형식으로 배열되어 있었다고 한다. 복희씨가 이것을 보고『주역』의 팔괘(八卦)를 그렸다고 한다. 낙서는 하(夏)나라 때 낙수(洛水)에서 등에 1에서 9까지의 수가 반점 형식으로 배열된 거북이가 나왔다고 하는데, 거북이 등의 이 무늬를 낙서라고 한다. 우(禹)가 이것을 보고 홍범구주(洪範九疇)를 지었다 한다.

74 공자께서는 성(性)과 …… 말씀하시지 않으셨소 :『논어』「공야장(公冶長)」에 자공이 "선생님의 덕이 문장으로 드러난 것은 들을 수 있었으나 선생님께서 성과 천도를 말씀하신 것은 들을 수 없었다(夫子之文章, 可得而聞也, 夫子之言性與天道, 不可得而聞也)."라고 했다는 내용이 있다.

75 죽간(竹簡)에 쓰고 과두문자(蝌蚪文字)를 사용하셨소 : 과두문자는 고대의 문자이다. 황제(黃帝) 때 창힐(倉頡)이 만들었다고 하는데, 글자가 올챙이[蝌蚪] 모습을 닮았다 하여 붙여진 이름이다. 한 무제(漢武帝) 때 공자의 옛집 벽 속에서 발견된 서적들이 죽간에 과두문자로 쓰인 것이었다고 한다.『한서(漢書)』「경십삼왕전(景十三王傳)」. 죽간은 종이의 사용 이전에 대나무를 엮어 종이 대신 사용하던 것이다.

76 채륜(蔡倫) : 후한(後漢) 사람으로, 종이의 발명자이다.『후한서(後漢書)』「환자열전(宦者列傳)」.

77 채옹(蔡邕) : 후한 말의 문신이자 서예가로, 자는 백개(伯喈)이다. 전서(篆書)와 예서(隸書)에 뛰어났으며, 예서 2분과 전서 8분을 섞어서 만든 팔분체(八分體)와 비백체(飛白體)의 창시자로 알려져 있다.

78 풍도(馮道) : 당 말기부터 오대십국 시대에 걸쳐 활약했던 관료이다. 자는 가도(可道)다. 후당(後唐)·후진(後晉)·요(遼)·후한(後漢)·후주(後周)의 다섯 왕조, 열한 명의 임금을 섬기면서 재상의 지위를 유지했다. 이 때문에 후세의 유자들에겐 파렴치한 간신으로 간주되었다. 그러나 한편으론『구경(九經)』의 간행 사업을 벌였는데, 이는 역사상 최초로 국가가 주관한 유가 경전 인쇄사업으로 평가되기도 한다.

79 화응(和凝) : 오대(五代) 때의 문인이며 법의학자이다. 자는 성적(成績)이다. 풍도와 절친한 사이로, 그 역시 후량(後梁)·후진(後晉)·후한(後漢)·후주(後周)의 네 왕조를 두루 거쳤다. 문학을 좋아해서 단가염곡(短歌艷曲)에 뛰어났다. 자신의 시집을 스스로 간행해 세상에

널리 퍼트릴 수 없었겠소? 덕을 아는 자가 드물어야, 성인이 존귀해지는 것입니다. 경전에 통달하고 문사에 익숙한 사람이 적어야, 큰선비나 거장들이 간간이 나와 서로 이어지는 것이오. 만약 세상 사람이 모두 진짜 안다면 성인은 존귀하기 힘들고, 백성은 덕을 일으키지 않을 것이며, 큰선비가 간간이 나오지도 않아, 각자 자기가 들은 것만 뽐낼 것이오. [그러면] 오늘날과도 비교할 수 없을 만큼 세상은 쇠퇴하고 비루해질 것이오. 하물며 요순의 시대와 함께 논할 수 있겠소? 그러니 내가 '오늘날 소위 안다는 것이 반드시 모두 진짜 아는 것은 아닐 것이라'고 하는 것이오. 진짜 아는 것이 아니어야만, 오히려 요순시대를 향해 발돋움해 뒤따라갈 수 있을 것이오."

주인 늙은이가 말했다. "그것이 진짜가 아니라는 이유를 들어 봅시다."

말동무가 대답했다. "'이理'란 나무의 무늬이고, '성性'이란 노여움怒의 다른 이름이오. 나무의 무늬를 풀이하면서 '하늘天'이라 하면 되겠소? 나무의 무늬를 연구하면서 '하나一'라고 하면 되겠소? 사람의 얼굴과 몸은 천만 사람이 모두 같소. 짐승이어야 달라집니다. 눈썹이 눈 아래에 있는 사람은 없고, 배꼽이 가슴에 있는 사람도 없고, 귀가 가운데 있고 입이 좌우에 있는 사람 없소. 이것을 가지고 세상 사람들의 얼굴이 모두 같다고 한다면, [그래도] 될 것이오. 그러나 쌍둥이 형제처럼 똑같이 생긴 사람들이라도 사람들은 구분할 수 있소. 요堯·순舜·우禹·탕湯이 성인이라는 점에선 동일하지만, 성性이 완전히 같지는 않았소. 하물며 어리석은 사람하고 같겠소? 옛 분 중에 성性에 대해 제일 잘 아는 사람은 맹자이셨소. 그가 '성은 선하다.'고 하셨으니, 모든 사람의 성이 다 선하다는 것을 알 수 있소. 그가 '성을 참는다忍性'라고 하셨으니, 군자의 성이라도 [제멋대로] 맡겨 두어선 안 된다는 것을 알 수 있소. [그러니] 만약 나무

유포해서 사람들의 조소를 받았던 것으로 유명한 인물이다.

사이로 날아다니는 새를 가리키면서 '얼굴과 눈과 온몸이 사람과 같다.'
라고 한다면, 그대는 믿겠소?

옛날 성스러운 왕들께선 『시詩』와 『서書』로 세상을 다스리셨소. 공자
께서는 자신의 도를 세상에서 시행하실 수 없게 되자, 여섯 경전六經[80]을
정리하고 서술해서, 문하의 제자들과 토론하셨지요. 문하의 제자들은
다시 그 뜻을 받들어 서로 그 도를 강론하고 밝혔습니다. 여기서 네 가지
책四書[81]이 만들어진 것이오. 육경의 주지가 사서에 모두 있으니, [달리]
주석이나 해설에 의지할 필요가 없소. [그러니] 사서를 버리고 달리 육경
의 해석을 구하는 것은 배와 노를 버리고 달리 시내를 건널 방법을 구하
는 것과 같소. 육경을 버리고 사서만을 숭상하는 것은 집과 방은 허물고
마당에만 물 뿌리고 쓸고 하는 것과 같소.

신하 된 자의 충성은 자기 임금을 편안하게 하는 것이 최고지요. 임금
을 편안하게 하는 방법이 있으니, 나라가 편안해진 다음에야 임금이 편
안해집니다. 나라를 편안하게 하는 방법이 있으니, 백성이 풍족해진 다
음에야 나라가 편안해지지요. 백성을 풍족하게 하는 방법이 있으니, 사
대부가 지위와 녹봉에 담담하고 재물에 깨끗한 다음에야 백성이 풍족해
지지요. 신하 된 자의 의리는 자기 임금을 성인으로 만드는 것이 첫째입
니다. 임금을 성인으로 만드는 방법이 있으니, 도덕을 숭상한 다음에야
그 임금이 성인이 됩니다. 도덕을 숭상하는 방법이 있으니, 말이 반드시
임금의 뜻을 거스른 다음에야 도덕이 높아지지요. 말이 반드시 임금의
뜻을 거스르는 방법이 있으니, 사대부가 자신의 이해를 돌아보지 않은
다음에야 말이 반드시 임금의 뜻을 거스르게 되오.

공자는 미자계微子啓[82]의 후예요. 미자계는 성인이오. [그러니] 공자께

---

80 여섯 경전[六經] : 『시경』, 『서경』, 『주역』, 『예경(禮經)』, 『춘추경(春秋經)』, 『악경(樂經)』이다.
81 네 가지 책[四書] : 『논어』, 『맹자』, 『중용』, 『대학』이다. 송의 성리학자들에 의해 재정리된
   경서 체계이다.

선 겨우 한 번 '세 명의 어진 사람'이라고, 기자箕子·비간比干과 함께 섞어

거론하고 말았을 뿐이오.[83] 드러내 '우리 조상이신 미자微子'라고 말씀하

신 적이 없소. 정고보正考父[84]는 훌륭한 대부이고, 공자의 조상이오. 공자

께서 옛 현인들에 대해 많이 논의하셨지만, 한 번도 거론하신 적이 없소.

맹희백孟僖伯[85]이 아니었다면 고보考父의 훌륭함을 어떻게 알 수 있었겠

소? 공보가孔父嘉[86]는 충신이고 공자의 조상이오. 공자께선 『춘추』에서

겨우 한 번 서술했을 뿐이어서, 그 사적을 자세히 알 수가 없소. 좌구명

---

82 미자계(微子啓) : 은의 마지막 왕인 주(紂)의 서형(庶兄)이다. 이름이 계(啓)이고, 미(微)에
봉해져 미자(微子)라고 불린다. 주가 주색을 일삼으며 폭정을 하자 이를 간하다 못해 국외
로 망명했다.

83 세 명의 …… 말았을 뿐이오 : '세 명의 어진 사람'은 미자(微子)·기자(箕子)·비간(比干)이
다. 주(紂)의 폭정에 각각 다른 방식으로 대응했지만, 모두 충신·현자로 평가되는 인물들
이다. 『논어』「미자(微子)」의 해당 부분은 다음과 같다. "미자는 떠났고, 기자는 종이 되었
으며, 비간은 간하다 죽었다. 공자께서는 '은에는 세 명의 어진 사람이 있었다.'라고 하셨
다(微子去之, 箕子爲之奴, 比干諫而死. 孔子曰: '殷有三仁焉')."

84 정고보(正考父) : 춘추시대 송(宋)의 상경(上卿)으로, 공자(孔子)의 선조이다. 정(正)은 시호
이고, 고보(考父)는 자(字)이다. 대공(戴公)·무공(武公)·선공(宣公) 등 3대를 보좌하여 세
번 명(命)을 받았으나 관직이 높아질수록 더욱 공손하게 처신했다. 집안의 솥[鼎]에는 "일
명을 받아서는 [고개를] 숙이고, 이명을 받아서는 [허리를] 굽히고, 삼명을 받아서는 [몸
을] 구부리며, 담장을 따라서 달려가도 또한 감히 나를 업신여기지 못하리. 여기에 미음
을 끓이고 여기에 죽을 끓여 내 입에 풀칠하리라(一命而僂, 再命而傴, 三命而俯, 循牆而走, 亦莫
余敢侮. 饘於是, 鬻於是, 以餬余口)."라는 명을 새겼다고 한다. 정보고의 선조인 미자계(微子
啓)가 세운 예악이 송이 쇠퇴하면서 전승이 끊기자 정고보가 주의 태사(太史)에게서 「상송
(商頌)」 12편을 얻어 돌아와 선왕에게 제사 지냈다고 한다. 정고보와 관련된 기사들은 『춘
추좌씨전』의 소공(昭公) 7년에 실려 전한다.

85 맹희백(孟僖伯) : 노(魯)의 대부이다. 이름이 확(玃)이라 흔히 중손확(仲孫玃)이라고 부른다.
임종에 앞서 두 아들 맹의자(孟懿子)와 남궁경숙(仲孫閱)에게 공자를 스승으로 삼아 예를
배울 것을 유언했다고 한다. 이 유언에서 솥에 새긴 명과 관련한 정고보의 사적이 언급된
다. 『춘추좌씨전』 소공(昭公) 7년.

86 공보가(孔父嘉) : 춘추시대 송(宋) 사람으로, 공자의 6대조이다. 송 목공(宋穆公)의 고명을
받아 상공(殤公)을 옹립하여 섬겼다. 그는 상공의 대사마를 지냈는데, 상공은 재위 10년
동안 열한 번이나 전쟁을 일으켜 백성들이 견디지 못하는 지경이었다. 당시 태재(太宰)였
던 화독(華督)이 그러한 상황에 대한 책임을 공보가에게 씌워 살해했는데, 화독이 공보가
의 아내를 탐내서 그를 제거한 것이었다고 한다. 이후 후손들이 멸문의 화를 피해 노의 추
읍(陬邑)으로 도망쳐 정착했다. 『춘추좌씨전(春秋左氏傳)』 환공(桓公) 2년.

과 공양고公羊高[87]가 아니었으면 공보의 충성을 어떻게 알았겠소? 맹자의 어머니는 훌륭한 여성이시오. 유자정劉子政[88]이 전하지 않았더라면, 사람들이 또 어떻게 맹자에게 그런 어머니가 계셨다는 것을 알았겠소? 그대는 왕상과 맹종의 자손이 공문서를 안고 관청 문 앞에서 호소하고, 편지를 들고 고관의 행차 앞에 뛰어들고, 짚단처럼 문서를 손에 들고 고위직 관리의 집으로 바쁘게 달려갔다는 말을 또 들어 본 적이 있소?

한 가지 경전에 정통하면, 이것으로 임금을 섬기고, 이것으로 백성을 다스리며, 이것으로 사신 가서 [외교적] 대응을 전담하고, 이것으로 옥사를 판단했소. 한 가지 경전의 백 배를 읽고 외웠다면, 그 재주와 덕망, 성과도 한漢나라 사람 백 명의 몫이어야 할 것이오. 문장을 잘하지 못하는 사람은 후세가 그의 시를 읽을 것이오. 시를 잘하지 못하는 사람은 후세가 그의 문장을 읽을 것이오. 서툴고 촌스러워 규범에 맞지 않는 자는 규범의 선편을 열 수 있을 것이오. [그러나] 이미 여러 가지에 모두 능숙하고, 정밀하게 [정해진 규칙을] 따르니, 백 년 뒤, 한 글자라도 더 보태 후학들에게 미친 영향을 찾으려 한들 찾을 수 있겠소?"

주인 늙은이가 말했다. "자네의 설이 참으로 말이 되는구려. 그렇다면 물어보세. 오늘날 요순을 향한 발돋움이 될 만한 것은 어디에 있겠는가?"

말동무가 말했다. "삼황三皇의 시대에는 서계書契도 없었으니, 그 도道를 고찰할 도리가 없소. [그런데] 복희씨가 글자를 만든 이후 요순에 이르기까지, 한 권의 책도 후세에 전하지 않는 것은 어째서이겠소? 진秦이 책을 태워서 없어졌다고 하겠소? 공자께서 한 번도 복희씨伏羲氏와 헌원씨軒轅氏[89]에 대해 언급하지 않으신 것은 어째서일까요? 요순시대는 헌원

---

87 좌구명과 공양고(公羊高) : 좌구명과 공양고가 『춘추좌씨전』과 『춘추공양전』에서 공보가에 대해 부연했다.
88 유자정(劉子政) : 한(漢)의 유향(劉向)이다. 자정은 그의 자이다.
89 복희씨(伏羲氏)와 헌원씨(軒轅氏) : 삼황(三皇) 가운데 두 사람이다. 복희씨는 복희(宓羲)·포

제10관 경(庚). 식오념(式敖念) **171**

씨와 제곡帝嚳[90]의 시대로부터 머지않으니, 그 책이 틀림없이 남아 있었을 것이오. 이는 필시 하夏·은殷 시대 어름에 없어진 것일 것이오. 은이 천하를 차지하자 하의 예를 바탕으로 가감했고, 주周가 천하를 차지하자 은의 예를 바탕으로 가감했소. 하와 은의 예禮가 이미 바뀌었으니, 그 전장典章과 제도의 기록들도 아울러 전하지 않는 것이오. 공자께서는 그 대강을 말씀하실 수 있지만, 또한 고증하기엔 문헌이 부족하다고 탄식하시기도 했었소.[91] 이는 공자의 시대에 이미 그 서적들이 온전하지 않았다는 것이니, 또한 진시황의 죄는 아니지요. 옛날 성인들은 그 도道를 혁신해서 그 예禮를 고치고 나면, 옛 전적은 제쳐놓고 다시 돌아보지 않았고, 흩어져 없어지게 내버려 두지 굳이 지키지는 않았소. 부지런히 수집하고 열심히 고증하면서 털끝 하나라도 빠질까 두려워하는 후세와는 달랐지요. 하夏와 은殷이 쇠퇴하자 예는 오래되어 낡았소. 그것을 계승하는 자는 고치지 않을 수 없었소. 순舜과 우禹의 무렵에는 성인이 연달아 나타났고, 시대도 타락한 적이 없고 백성이 바뀐 적도 없소. 그러나 제도帝道는 변해서 왕도王道가 되었소. 변했지만 융성해지지 않고 점차 쇠퇴한 것은 왜 그렇겠소? 그 형세가 부득불 그랬기 때문이니, 성인이라도 어찌할 수 없었던 것이지요. 물은 반드시 점차 아래로 흐르기 마련이고, 고금의 시대도 이와 마찬가지지요. 우임금 이후 지금까지가 4천여 년이오. 천하를 맡아 다스리는 자는 시대마다 모두 요순이며 우임금이

희(包牺)·포희(庖牺)·복희(伏戲)·여희(盧戲)·희황(戲皇)·황희(皇戲) 등 여러 가지로 불린다. 헌원씨는 황제(黃帝)이다.

90 제곡(帝嚳): 오제(五帝) 중 한 사람으로, 고신씨(高辛氏)이다. 황제(黃帝)의 증손으로, 요(堯)에게 천하를 물려주었다. 『사기』「오제본기(五帝本紀)」.

91 공자께서는 그 …… 탄식하시기도 했었소: 『논어』「팔일(八佾)」에 나온다. "하의 예를 내가 말할 수 있으나 [그 후손인] 기로는 증명하기 부족하고, 은의 예를 내가 말할 수 있으나 [그 후손인] 송으로는 증명하기 부족하니, 문헌이 부족하기 때문이다. 충분하다면 내가 증명할 수 있을 것이다(夏禮吾能言之, 杞不足徵也, 殷禮吾能言之, 宋不足徵也, 文獻不足故也. 足則吾能徵之矣)."

었소.

　지금의 시대는 오히려 지금의 시대지요. 다만 전국시대의 전쟁이나 진의 분서갱유焚書坑儒, 왕망과 조조의 찬탈, 다섯 오랑캐가 중국華夏을 더럽힌 일, 기타 무력이나 패란의 일이 일어나지 않았을 뿐이오. 공덕은 아래의 백성들에게 흡족히 미쳐서, 뒷골목에 슬프고 괴로운 소리가 없소. 상서庠序와 학교에서는 화목하게 『시詩』와 『예禮』, 효도와 사양을 토론하지요. 정치와 풍속, 언어와 문장이 날로 비속하고 자질구레해지는 것은 요와 순, 우임금이라도 어쩔 수 없을 것이오. 예악과 제도의 변화에 이르면 또 몇 차례나 될지 알 수 없지요. 정전井田 제도가 반드시 있지는 않을 것이고, 봉건제도가 반드시 있지도 않을 것이고, 육형肉刑[92]이 반드시 있지도 않을 것이오. 혼인에 친영親迎[93]이나 관례의 삼가三加[94]가 꼭 옛날 같지도 않을 것이오. 곤룡포나 면류관의 꾸밈이나 패옥의 숫자, 황종黃鍾 · 대려大呂의 음도 반드시 옛날 그대로란 법은 없지요. 바뀌고 나면, [그에 관련된] 옛 책도 반드시 다 전해지진 않을 겁니다. 어떻게 그것을 아느냐? 하 · 은 · 주 때문에 압니다. 성인이 성인인 것은 다른 게 아니오. 시대에 따라 잘 변혁하는 것이오.

---

92 육형(肉刑) : 육체를 손상하는 형벌을 말한다. 먹으로 문신하는 묵형(墨刑), 코를 베는 의형(劓刑), 발뒤꿈치를 베는 월형(刖刑), 생식기를 베는 궁형(宮刑), 사형인 대벽(大辟) 등의 총칭이다. 육형을 처음 사용한 것은 고대의 세 임금, 우 · 탕 · 무왕부터라고 한다. 『춘추공양전(春秋公羊傳)』 양공(襄公) 29년에 대한 하휴(何休)의 훈고에서는 공자의 "삼왕이 육형을 가할 것을 생각하니, 세상이 많이 교활해지고 간사해진 것에 대응한 것이었다(三王肉刑揆漸加, 應世點巧奸僞多)."라는 말을 인용하고 있다.

93 친영(親迎) : 유교적 혼인 예식인 육례(六禮)의 마지막 절차로, 신랑이 직접 신부의 집으로 가서 신부를 맞아 와 자신의 집에서 혼례를 진행하는 절차이다. 육례는 납채(納采) · 문명(問名) · 납길(納吉) · 납징(納徵) · 청기(請期) · 친영(親迎)이다. 『예기(禮記)』 「혼의(昏儀)」.

94 삼가(三加) : 관례에서 초가(初加) · 재가(再加) · 삼가(三加)로 세 번 관을 갈아 씌우는 것을 말한다. 『예기』 「관의(冠義)」. 정현은 "처음엔 치포관을 씌우며 다음엔 피변을 씌우고 다음엔 작변을 씌운다. 매번 더욱 귀한 것을 씌우니 점점 더 성인이 되는 까닭이다(初加緇布冠, 次加皮弁, 次加爵弁, 每加益尊, 所以益成也)."라고 해설했다.

그다음은 큰 현인大賢입니다. 큰 현인은 세상에서 그 풍속이 가려 버린 것을 살펴 드러내지요. 공자와 맹씨의 전승은 끊겼고 육경은 진秦 때 타버렸소. 한漢에는 참으로 빛나는 학자들이 많았소. [그러나] 그 뒤로, 경전을 이야기하는 자는 참위서讖緯書[95]에 현혹되고, 도를 추구하는 자는 훈고에 매몰되고, 이理를 이야기하는 자는 불교와 노장에 빠졌소. 천하가 천여 년 동안 휩쓸린 듯이 한 궤도였소. 그러다 송의 주자周子와 정자程子·주자朱子가 나와서 이 도斯道를 부흥시켰으니, 사람들이 지금까지 그것에 의지하지요. 주자周子·정자·주자朱子가 큰 현인인 이유는 그들이 천하가 동의하는 것을 그대로 따르지 않고 그 바깥에서 구했기 때문이오.

그다음은 호걸스러운 선비요. 호걸스러운 선비는 구차하게 세상과 같은 것을 따르지 않지요. 제齊·양梁과 초당初唐의 시가 예쁘장하게 잘되지 않은 것은 아니오. [그러나] 두자미杜子美[96]는 침울하고 웅장하며 노련한 말로 그것을 바꾸었소. 그것이 좋지 않아서 바꾸었다는 말이 아니오. 풍속과 동일한 것을 싫어했을 뿐이지요. 연국공燕國公과 허국공許國公,[97] 사걸四傑[98]의 문장은 성대해서 아름답지 않은 것은 아니오. [그러나]

---

95 참위서(讖緯書) : 참위설(讖緯說)을 내용으로 하는 서적들이다. '참(讖)'은 예언 따위로 사람의 길흉화복을 예언하는 것이고, '위(緯)'는 유가의 6경에 대응하여 경서 뒤에 숨은 신비를 밝히는 것이다. 시위(詩緯)·역위(易緯)·서위(書緯)·예위(禮緯)·악위(樂緯)·춘추위(春秋緯)·효경위(孝經緯) 따위로, 경전 해석에 가탁해 길흉화복의 신비한 예언을 적은 책들이 위서(緯書)이다. 참위서도 같은 말이다. 전한 말기부터 시작되어 후한 시대에 유행하였다.
96 두자미(杜子美) : 당의 시인 두보(杜甫)의 자가 자미이다.
97 연국공(燕國公)과 허국공(許國公) : 당 현종(唐玄宗) 때의 명신인 연국공 장열(張說)과 허국공 소정(蘇頲)이다. 문장으로 이름을 떨쳐, '연허대수필(燕許大手筆)'로 병칭되며 칭송되었다. 『신당서(新唐書)』〈소정열전(蘇頲列傳)〉.
98 사걸(四傑) : 당 초기의 '초당사걸(初唐四傑)'을 가리킨다. 왕발(王勃)·양형(揚炯)·노조린(盧照隣)·낙빈왕(駱賓王)이다. 특히 변려문을 잘 지어 화려한 문장으로 당세를 풍미한 작가들이다. 비록 육조시대의 기교적이고 화려한 시풍을 탈피하지는 못했지만, 오언율시를 시험하고 칠언가행(七言歌行)의 시체를 발전시키는 등 당의 문학적 전환에 공헌한 것으로 평가된다.

한 이부韓吏部[99]는 웅장하고 드넓은宏瑋渾灝 말로 그것을 바꾸었소. 그것
이 좋지 않아 바꾸었다는 말이 아니오. 풍속과 동일한 것을 싫어했을 뿐
이오. 그런데 두보와 한유는 모두 당의 쇠퇴기에 태어나 떠돌며 쫓겨 다
니며 곤액을 겪었소. 주자周子와 두 분 정자, 이 세 선생의 시대는 송의
정치가 이미 무너진 때였고, 주자朱子는 게다가 송이 남쪽으로 옮겨 간
뒤에 태어나셨소. 이것은 하늘이 하는 것이지 인력으로 되는 일이 아니
오. 상앙商鞅[100]이 정치를 바꿔 선왕의 도가 무너졌고, 왕개보王介甫[101]가
법을 바꿔 송의 복이 깎였소. 왕세정王世貞 · 이반룡李攀龍,[102] 종성鍾惺 · 담
원춘譚元春,[103] 전수지錢受之[104] · 김인서金人瑞[105]의 무리가 문학을 바꿔, 중

---

99 한 이부(韓吏部) : 당의 한유(韓愈)를 가리킨다. 한유가 이부상서를 지냈기 때문에 이렇게
불린다.

100 상앙(商鞅) : 전국시대 진(秦)의 재상이다. 위앙(衛鞅) 또는 공손앙(公孫鞅)으로도 불린다.
진 효공(秦孝公)에게 채용되어 개혁을 단행함으로써 진 제국(秦帝國) 성립의 기반을 세웠
다. 그 공적으로 상(商)을 봉토로 받으면서 상앙이라 불렸다. 엄격한 법치주의 정치를 펴
많은 사람의 원한을 샀다. 『사기』 〈상군열전(商君列傳)〉. 각주 214 참조.

101 왕개보(王介甫) : 개보는 왕안석(王安石)의 자다. 북송 신종(神宗) 때의 학자 · 정치가로, 호
는 반산(半山)이고 형국공(荊國公)에 봉해졌다. 신법(新法)을 제창하며 부국강병을 꾀하
였으나, 구양수(歐陽脩) 등 구법당(舊法黨)의 반대로 실패하였다. 『송사(宋史)』 〈왕안석열
전(王安石列傳)〉.

102 왕세정(王世貞) · 이반룡(李攀龍) : 명의 중 · 후기에 걸쳐 고문사(古文辭)를 주장하며 복고
풍조를 이끌었던 후칠자(後七子)의 대표적인 인물들이다. 가정(嘉靖) · 융경(隆慶) 연간에
활동했으므로 가정칠자(嘉靖七子)라고도 한다. ○ 이반룡은 자가 우린(于鱗), 호가 창명
(滄溟)이다. 이몽양(李夢陽) 등 전칠자(前七子)의 고문주의를 계승하여 진(秦) · 한(漢)의 고
문을 모범으로 삼고, 성당(盛唐) 이전 시의 격조를 중시하는 고문사파(古文辭派)를 창도
하였다. ○ 왕세정은 자가 원미(元美), 호가 엄주산인(弇州山人)이다. 후칠자의 한 사람으
로, 학식은 그중 최고라는 평을 받았다. 이반룡 사후 고문사파를 이끌었다.

103 종성(鍾惺) · 담원춘(譚元春) : 명(明) 말의 문인들이다. 명 중기를 풍미한 의고파(擬古派)에
반대하며 독창성과 개성을 주장한 공안파(公安派)를 계승하여, 성령(性靈)을 주장했다.
둘 다 경릉(竟陵) 사람이므로 이들의 문학적 주장과 유파를 경릉파(竟陵派)라고 한다. 합
작으로 『고시귀(古詩歸)』, 『당시선(唐詩選)』 등을 평선(評選)하였다.

104 전수지(錢受之) : 수지(受之)는 전겸익(錢謙益)의 자이다. 명말청초(明末淸初)의 문신으로,
호는 목재(牧齋)이다. 우산 선생(虞山先生)으로도 불린다. 명(明)에서 출사했으나 명이 망
하자 복명(復明) 운동에 참여하기도 했다. 그러나 결국 청(淸)에 항복하고 출사해서, 예

국이 왼쪽으로 옷깃을 여미는 지경[106]에 빠졌소. 이들은 모두 자기 재능을 자부하고 뜻을 오만하게 가져, 아래로는 같은 것을 따르려 하지 않고, 위로는 잘 변혁하지 못했던 것이지요.

성인이 세상에 나타나지 않은 지 2천 년이오. 다행히 큰 현인과 호걸스러운 선비를 만나 바꾼다고 해도, 그 시대가 이미 대력大曆·정원貞元[107]이요, 희령熙寧[108]·경원慶元[109]이었소. 불행히 상앙 이하의 몇 사람을 만난다면, 또한 장차 어찌했겠소! 이런 이유로 성인을 만나 바꿀 수 없을 바에야 차라리 어리석은 듯 푹 젖어서 천하의 늘 그런 것에 얽매이고 세

부시랑(禮部侍郎)으로『명사(明史)』의 편집을 맡았다. 그가 죽은 뒤 건륭제(乾隆帝) 때 두 왕조에서 벼슬한 불충한 신하로 비난받고 저서의 판목이 모두 불태워졌다. 시문(詩文)에 뛰어나, 청 초 시단의 맹주 중 하나로 활동했다. 저서로『초학집(初學集)』,『유학집(有學集)』 등이 있다.

105 김인서(金人瑞) : '성탄(聖歎)'이란 자로 더 널리 알려진 김성탄의 이름이다. 명말청초의 문인이자 문학 비평가이다. 그의 원래 이름은 채(采)이고, 자는 약채(若采)였다. 일설에는 원래 성이 장(張)이었다고도 한다. 명이 망한 후 이름을 인서(人瑞)로, 자를 성탄(聖歎)으로 바꾸고, 스스로는 늑암법사(泐庵法師)로 칭했다. 김성탄은 소설이나 희곡을 경전이나 전통적인 시가와 대등한 지위를 갖는 것으로 다루었기에, 백화문학 운동의 선구로 칭송받는다. 특히 그는 '육재자서설(六才子書說)'을 주장하였는데,『장자(莊子)』,『이소(離騷)』,『사기(史記)』,『두시(杜詩)』,『수호전(水滸傳)』,『서상기(西廂記)』를 천하 재자(才子)의 책이라고 하며, 각각의 책에 대해 평점 비평을 시행했다. 그중『수호전』,『서상기』에 대한 비평이 특히 널리 영향을 미쳤다.

106 왼쪽으로 옷깃을 여미는 지경 : 원문은 '좌임(左衽)'이다. 오른쪽 옷섶을 왼쪽 옷섶 위로 여미는 것으로, 오랑캐의 풍속을 가리키는 말이다. "관중(管仲)이 아니었으면, 우리는 머리를 풀어 헤치고 옷깃을 왼쪽으로 여미게 되었을 것이다(微管仲, 吾其被髮左衽矣)."『논어』「헌문(憲問)」.

107 대력(大曆)·정원(貞元) : 대력은 당 대종(唐大宗)의 연호이고, 정원(貞元)은 당 덕종(唐德宗)의 연호이다. 중당(中唐) 이후, 당의 전성기가 지난 시기이다.

108 희령(熙寧) : 송 신종(宋神宗)의 연호다. 이 시기에 왕안석(王安石)이 신종의 신임을 업고 신법(新法)을 시행했다.

109 경원(慶元) : 송 영종(宋寧宗)의 연호다. 경원당화(慶元黨禍)가 일어난 시기이다. 경원 연간에 한탁주(韓侂胄)와 조여우(趙汝愚)의 권력 싸움이 벌어졌는데, 주희(朱熹)는 조여우의 편에서 한탁주를 탄핵했다. 이에 한탁주는 도학(道學)을 위학(僞學)이라 배척하여 주희의 관작을 삭탈함과 동시에 승상 조여우 등을 축출하고 도학자의 등용을 금지하였다. 이를 '경원당화'라고 한다.

상의 동일한 바를 따르며, 수백 년 동안 이미 진행되어 온 풍속을 벗어나지 않고 수천 리가 모두 그런 틀에서 벗어나지 않는 게 낫소. 사대부들은 특별한 공적이나 뛰어난 절개가 없고, 여항에선 감히 남다른 논의나 걸출한 행실을 하지 않으니, 오히려 다스려진 편안한 세상이 되는 데 해롭지 않을 것이오.

요순시대 이후 다스려진 편안한 시대를 꼽는 자는 반드시 삼대三代를 들먹이오. 삼대 이후 다스려진 편안한 시대를 꼽는 자는 반드시 한의 문제文帝[110]를 들먹이오. 한 문제는 공손하고 검소하며 묵묵히 도를 지켜 천하에 앞서 솔선했소. [그럼에도] 가생賈生[111] 같은 현인을 얻고도 그를 끝까지 등용하진 못했소. 율력을 개정하고 복장을 바꾸는 것은 사양하느라 겨를이 없었소. [그러다] 무제武帝 때가 돼서야 비로소 태초력太初曆으로 고쳐 만들고 하의 정월夏正을 다시 사용했소.[112] 그 예악과 제도는 가생의 설을 따른 게 많았지만, 천하에는 또한 어지러운 사고가 많았소. 그래서 '요순이 되지 못할 바엔 차라리 한 문제가 돼라.'는 것이오. 한 문제라는 자는 참으로 삼대로 올라가는 계단이고, 삼대는 또한 요순시절

---

110 한의 문제(文帝) : 한(漢)의 제5대 황제로, 이름은 유항(劉恒)이다. 부역과 세금을 줄이고 농경을 장려하여 경제를 회복시키고 사회를 안정시켜 태평성세를 이루었다. 언로를 열어서 비방목(誹謗木) 제도를 부활하고, 육형(肉刑)과 같은 비인간적인 법을 없앴다. 경제(景帝)의 집정기와 함께 문경지치(文景之治)로 칭송된다. 『한서(漢書)』「문제기(文帝紀)」.

111 가생(賈生) : 가의(賈誼)다. 서한(西漢) 때의 낙양(洛陽) 사람으로, 시문에 뛰어나고 제자백가의 학설에 정통했다. 20세에 문제(文帝)에게 발탁되어 박사(博士)가 되었다가 태중대부(太中大夫)로 승진되었다. 정삭(正朔)과 복색(服色)을 고치고 법률을 제정하며 예악(禮樂)을 일으키는 등의 개혁정치를 단행하려 했으나, 주발(周勃) 등 당시 고관들이 반대해서 장사왕 태부(長沙王太傅)로 좌천되었다. 4년 뒤 복귀하여 문제의 막내아들인 양 회왕(梁懷王)의 태부가 되었으나 왕이 낙마하여 급서하자 이를 상심한 나머지 33세의 젊은 나이로 죽었다. 『사기』〈가생열전(賈生列傳)〉.

112 태초력(太初曆)으로 고쳐 …… 다시 사용했소 : 태초력은 한 무제(漢武帝) 태초(太初) 원년에 꿍등평(鄧鄧平)이 만든 중국 최초의 공식 역법(曆法)이다. 태초력은 이전에 사용했던 전욱력(顓頊曆)이 하력(夏曆)의 10월인 건해월(建亥月)을 한 해의 첫 번째 달로 했던 것을 고쳐서 하력의 정월(正月)인 건인월(建寅月)을 한 해의 첫 달로 정했다.

로 올라가는 계단이오. 지금 요순을 향해 발돋움할 수 있는 것은 참으로 세상에 호걸스런 선비가 없기 때문이오."

주인 늙은이가 말했다. "만약 세상에 호걸스러운 선비가 있다면, 오늘날의 변혁은 어떠해야겠소?"

말동무가 말했다. "잘 모르겠습니다. 주자周子·정자程子·주자朱子 같은 현인들도 황제黃帝, 요·순, 우·탕 같은 성인들만은 못했소. 황제·요·순·우·탕의 법도 시대를 따라 변했소. [그러나] 그것을 바꾼 것은 모두 성인들이었지, 이단이 아니었소. 주周의 「고명誥命」은 요순의 「전典」과 다르오. 공자가 애호하신 것은 오직 『시詩』, 『서書』뿐이었지만, 그 언어와 글에는 『시』, 『서』와 같은 것이 하나도 없소. 좌씨와 태사공[의 역사 서술]은 『서』가 변한 것이오. 〈이소離騷〉와 〈천문天問〉[113]은 『시』가 변한 것이오. 두보의 시와 한유의 문장이 좋기는 하지만, 역시 『시』, 『서』와 대등할 수는 없소. 『시』와 『서』도 시대에 따라 변하는데 하물며 한유와 두보이겠소?

오늘날 변혁의 방법에 대해선, 내가 참말 그 길道을 알지 못하오. [그러나] 반드시 성명과 이기를 담론하는 사람이 세상에 한두 명도 안 되게 해야 하오. 육경의 문장과 제자백가의 서적을 읽는 자가 만 명에 한두 명도 안 되게 해야 하오. 사언시 한 구절을 만들거나, 서찰이나 소장訴狀의 문장을 만들 수 있는 사람이 천 명 중 한두 명도 안 되게 해야 하오. 조정에서는 청렴하고 강직해서, 명예와 이익을 경쟁하지 않도록 장려하고, 민간에서는 효도와 공경을 힘써 실천하고, 가식으로 꾸미는 짓을 하지 않게 해야 하오. [이렇게] 수십 년을 시행하면, 조정이나 민간에서나 만족스럽게 지내며 정치가 제대로 되는지 아닌지도 모르고, 거리에서는 더벅

---

113 〈이소(離騷)〉와 〈천문(天問)〉 : 굴원(屈原)이 지은 초사(楚辭) 작품들이다. 〈이소〉는 간신의 참소로 쫓겨난 굴원이 자신의 근심과 슬픔, 우국충정을 노래한 것이다. 〈천문〉은 우주의 현상과 설화, 역사에 대한 의문을 설정하여 하늘에 묻는 형식의 장편 초사이다.

머리를 늘어뜨린 아이가 '알지도 못하고 깨닫지도 못한다.'고 노래하게 될 것이오. 이렇게 된다면 진짜 요순시절이라고 해도 될 것이오. 어찌 발돋움할 뿐이겠소? 그러나 이런 것은 성인이 나타난 후에야 가능한 일이오. 호걸스러운 선비가 이것을 하겠다고 하다가는 장차 발을 헛디뎌 넘어지는 낭패를 당하고, 쓰이지 못하고 궁하게 지내며, 시대는 더욱 쇠퇴하고 비천해질 것이오. 상앙이나 왕개보 같은 무리가 이 말을 듣는다면, 천하의 불행은 더더욱 이루 말로 할 수 없게 될 것이오. 내가 그대의 강권에 망언했소. 그대는 우선 이 이야기를 숨겨 두고, 함부로 남들에게 말하지 마시오."

○ 말동무가 이야기하는 고사는 반드시 그것이 어느 책에서 나왔는지 물어서 가져다 살펴보고 사람을 시켜 베껴 놓도록 한다. 책을 보거나 사람과 이야기를 하다가 그 출전이 명확하지 않은 게 있으면 두루 찾아서 베껴 기록해놓는다. 근래 사람이 지은 책에서 나중에 참고할 만한 격언이나 묘한 논의를 발견하면 그때마다 베껴 놓게 한다. 늘 펼쳐 보면서 음미하면 또한 심심파적이 될 만할 것이다. 많이 모이면 진체관【갑8】에 맡겨, 분류하고 모아서 따로 한 책을 만들게 해도 안 될 것 없으리라.

5.

경서와 고문사古文詞는 노인이 송독하기 어려우니, 반드시 직일直日의 방법[114]을 사용해야 한다. 그 방법은 매일 어떤 책에서 몇 편을 추려【임의로 아무

---

114 직일(直日)의 방법 : '직일안배(直日安排)'라는 것이 있다. 날마다 해당 날짜에 역(易)의 괘(卦)를 안배하는 것이다. 이처럼 날마다 해당 과제를 배당해 놓고 외워 가는 방법이라는 뜻이다.

편이나 뽑으면 된다. 반드시 순서대로 할 필요는 없다】그중 한 편을 주主로 하고 나머지 편은 보좌陪로 한다. 자제나 글벗文友【을3】에게 주편主篇을 몇 차례 읽게 하고, 나머지 편도 모두 한 번 본다. 밤이나 새벽, 잠이 안 올 때 깊이 침잠해서 사색하고 익힌다. 다음 날 주편을 바꿔 정하고, 나머지 편들 중에서도 깊이 연구할 필요 없는 것이 있으면 다른 편으로 바꾼다. 그 말과 이치가 모두 좋은 것은 남겨 두었다가, 며칠 되면 바꾼다.

○○○ 예시: 『시경詩經』

1일	관저 (關雎)115 【주主】	사제 (思齊)116	양사(良耜)117	맹(氓)118	소명(小明)119	초지화 (苕之華)120
2일	관저	사제	양사	소완(小宛)121 【주】	맹	소명
3일	관저	사제	양사	소완	죽간(竹竿)122	무양(無羊)123 【주】
4일	관저	사제	양사	소완	죽간【주】	무양
5일	관저	사제【주】	소완	호천유성명 (昊天有成命)124	무양	완구(宛丘)125
6일	관저	호천유성명	형작(泂酌)126	절남산 (節南山)127	대숙우전 (大叔于田)128 【주】	은무(殷武)129

---

115 관저(關雎) : 『시경』「국풍(國風)·주남(周南)」의 편명.
116 사제(思齊) : 『시경』「대아(大雅)·문왕지십(文王之什)」의 편명.
117 양사(良耜) : 『시경』「주송(周頌)·민여소자지십(閔予小子之什)」의 편명.
118 맹(氓) : 『시경』「국풍·위풍(衛風)」의 편명.
119 소명(小明) : 『시경』「소아(小雅)·곡풍지십(谷風之什)」의 편명.
120 초지화(苕之華) : 『시경』「소아·어조지십(魚藻之什)」의 편명.
121 소완(小宛) : 『시경』「소아·절남산지십(節南山之什)」의 편명.
122 죽간(竹竿) : 『시경』「국풍·위풍」의 편명.
123 무양(無羊) : 『시경』「소아·홍안지십(鴻雁之什)」의 편명.

180

○ 경서를 곱씹어 외우는 [방법으로], '글자 찾기 법覓字法'이 있다.

가령 『상서』를 외운다고 하자. 처음 '왈약계고제요曰若稽古帝堯'130를 외우면서 [첫 글자인] '왈曰' 자를 얻는다. 그 아래 문장을 계속 외우면서 [두 번째 글자인] '약若' 자를 찾는데, '흠약호천欽若昊天'에 이르러서 그것을 얻는다. 다시 그 아래 문장을 외우면서 [세 번째 글자인] '계稽' 자를 찾아, '왈약계고제순曰若稽古帝舜'에 이르러서 그것을 얻는다. 다시 그 아래 문장을 외우면서 [네 번째 글자인] '고古' 자를 찾아, '왈약계고대우曰若稽古大禹'에 이르러 그것을 얻는다. [다섯 번째 글자인] '제帝' 자는 '지승우제祗承于帝'에서 얻고, [여섯 번째 글자인] '요堯' 자는 「열명說命」의 '비궐후유요순俾厥后惟堯舜'131에서 얻는다. ['왈약계고제요曰若稽古帝堯'의 다음 구절인, '왈방훈曰放勳'의 첫 글자] '왈曰' 자는 '왈시여지고曰時予之辜'132에서 얻고, 「태서 하泰誓下」에서 [두 번째 글자인] '방放' 자를 얻고,133 「무성武成」에서 [세 번째 글자인] '훈勳' 자를 얻는다.134 이런 식으로 한 부部가 끝나면, 「요전堯典」을 다시 외우면서 차례로 찾아 나간다. 몇 바퀴를 외워 다 찾은 다

---

124 호천유성명(昊天有成命) : 『시경』「주송·청묘지십(淸廟之什)」의 편명.

125 완구(宛丘) : 『시경』「국풍·진풍(陳風)」의 편명.

126 형작(泂酌) : 『시경』「대아·생민지십(生民之什)」의 편명.

127 절남산(節南山) : 『시경』「소아·절남산지십」의 편명.

128 대숙우전(大叔于田) : 『시경』「국풍·정풍(鄭風)」의 편명.

129 은무(殷武) : 『시경』「상송(商頌)」의 편명.

130 왈약계고제요(曰若稽古帝堯) : 『상서』의 첫머리로, 「우서(虞書)」의 「요전(堯典)」이 시작되는 부분이다. "옛날 요임금에 대하여 살펴보면, 큰 업적을 세우셨으니, 경건하시고 밝으시고 문채 나시고 생각이 깊으시며 편안하시어, 진실로 공손하고 능히 사양하시어, 빛이 사방을 덮고 천지에 이르렀다(曰若稽古帝堯, 曰放勳, 欽明文思安安, 允恭克讓, 光被四表, 格于上下)."

131 비궐후유요순(俾厥后惟堯舜) : 『상서』「상서(商書)·열명 하(說命下)」에 나오는 구절이다.

132 왈시여지고(曰時予之辜) : 『상서』「상서·열명 하」에 나오는 구절이다.

133 「태서 하(泰誓下)」에서 …… 자를 얻고 : 『상서』「주서(周書)·태서 하(泰誓下)」의 "숭신간회, 방출사보(崇信奸回, 放黜師保)"에 '방(放)' 자가 나온다.

134 「무성(武成)」에서 [세 …… 자를 얻는다 : 『상서』「주서(周書)·무성(武成)」의 "아문고문왕, 극성궐훈, 탄응천명, 이무방하(我文考文王, 克成厥勳, 誕膺天命, 以撫方夏)."에 '훈(勳)'자가 나온다.

음에 마친다. 이렇게 하면 암송이 절로 충분히 익숙해지고, 번거로운 일도
잊을 수 있다.

○'상우법尚友法'도 있다. 고古【상고시대부터 전국시대 끝까지】· 한漢· 당唐· 송宋·
명明 그리고 기타雜【진秦· 오吳· 위진남북조魏晉南北朝· 수隋· 오대五代· 금金· 원元· 청淸
을 통틀어 '기타雜'라고 했다】, 동국東【단군부터 근래 죽은 사람까지】, 동시대今【살아 있
는 사람】에서 각각 한 사람씩 모두 여덟 사람을 뽑되, 반드시 여덟 가지 일八事
로 나누어 뽑는다. 하나는 도덕德이고, 하나는 문장과 기예詞이고, 하나는 반
듯하고 곧으며 용감하게 말해서 경계가 될 만한 사람直이고, 하나는 정무에
숙련되고 재정을 주관할 만한 사람務이고, 하나는 용력으로 외부로부터의
모욕을 방어할 만한 사람力이고, 하나는 고상하고 한가로워 함께 유람하며
감상할 만한 사람逸이고, 하나는 변론을 잘해 문답을 나눌 만한 사람談이고,
하나는 의술에 정통해 보호해 줄 만한 사람醫이다. 서첩에 여덟 사람을 죽 적
고, 장기록掌記錄【을9】에게 그 사람의 사적을 조사하게 해서 본다. 동시대인
이라면 글벗에게 별도로 소전小傳이나 찬贊을 짓게 한다. 다음 날이 되면 다
시 바꿔 뽑아 매일의 과제로 삼는다.

○○○ 예시

고古: 주작州綽【역力】[135]
한漢: 구순寇恂【무務】[136]

---

135 주작(州綽)【역(力)】: 춘추시대의 유명한 역사(力士)이다. 주작은 진(晉)과 제(齊)의 전쟁에
  서 진의 장수로 출전해 제의 장수인 식작(殖綽)을 화살로 맞히고, 곽최(郭最)를 생포하는
  등 활약을 떨쳤다. 『춘추좌씨전(春秋左氏傳)』 양공(襄公).
136 구순(寇恂)【무(務)】: 후한(後漢) 광무제(光武帝) 때의 명장(名將)으로, 하내(河內)· 영천(穎
  川)· 여남(汝南)의 태수를 연임하며 선정을 베풀었다. 자는 자익(子翼), 시호는 위(威)이
  다. 옹노후(雍奴侯)에 봉해져서 구 옹노(寇雍奴)로도 불린다. 영천(穎川)에 도적 떼가 일어
  나자 구순이 영천 태수로 부임하여 안정시켰다. 그 후 광무제를 따라 이 지역을 다시 지
  나게 되었는데 영천 백성들이 길을 막고는 "폐하에게서 구순을 다시 1년간 빌리길 원합

당唐: 원결元結【사詞】[137]

송宋: 사양좌謝良佐【덕德】[138]

명明: 이시면李時勉【직直】[139]

기타雜: 대규戴逵【일逸】[140]

동국東: 허준許浚【의醫】[141]

동시대今: 장윤성張允誠【담談】[142]

니다(願從陛下復借寇一年)."라고 했다 한다. 『후한서(後漢書)』〈구순전(寇恂傳)〉.

137 원결(元結)【사(詞)】: 당 현종(唐玄宗)·대종(代宗) 때 사람으로 자는 차산(次山)이고, 호는 의간자(猗玗子) 또는 만랑(漫郎)·만수(漫叟)·오수(聱叟) 등이다. 벼슬은 도주자사(道州刺史)·용관경략사(容管經略使)를 지냈다. 전란으로 인한 인민의 고통과 사회상에 눈길을 돌린 작품이 많았으며, 표현의 기교보다는 내용을 중시하였다. 대표작〈용릉행(舂陵行)〉에 감동한 두보(杜甫)는〈동원사군용릉행(同元使君舂陵行)〉을 지었고, 시정과 시폐를 폭로하고 풍자한〈계악부십이수(系樂府十二首)〉는 백거이(白居易) 신악부(新樂府)의 선구로 평가된다. 저서로『원차산집(元次山集)』이 있다.

138 사양좌(謝良佐)【덕(德)】: 송의 학자로, 자는 현도(顯道), 시호는 문숙(文肅)이며, 채주(蔡州) 상채(上蔡) 사람으로 상채 선생으로 불리기도 한다. 정호(程顥)에게 수학했으며, 유초(游酢)·여대림(呂大臨)·양시(楊時)와 함께 정호 문하의 네 선생[程門四先生]으로 불린다. 사상에 선불교적 색채를 지니고 있어 주희로부터 비판을 받기도 했다. 저서로『논어해(論語解)』,『상채어록(上蔡語錄)』등이 있다.

139 이시면(李時勉)【직(直)】: 명의 관원이며 학자이다. 이름은 무(懋)로, 자가 시면이다. 호는 고렴(古廉)이다. 건문(建文)·영락(永樂)·홍희(洪熙)·선덕(宣德)·정통(正統)·경태(景泰) 6조를 거치며 벼슬하였는데, 여러 차례 굽히지 않는 강직한 언론으로 말썽을 겪었다. 영락 19년에는 북경으로 천도하는 것을 반대하는 상소를 올렸고, 선종(宣宗) 때엔 언론으로 하옥되었다. 선덕 초년에 복관되어 벼슬이 국자감좨주(國子監祭酒)에 이르렀다. 시호는 문의(文毅)였다가 뒤에 충문(忠文)으로 고쳐졌다. 그의 강직함은, 평소 환관인 왕진에게는 인사도 건네지 않았다는 일화가 있을 정도이다. 『명사(明史)』〈이시면전(李時勉傳)〉.

140 대규(戴逵)【일(逸)】: 동진(東晉) 사람으로, 자는 안도(安道)이다. 박학다재하며 거문고를 잘 탔고, 그림에 뛰어나 인물화와 산수화를 잘 그렸다. 평생 출사하지 않고 은거자로 살았다. 저서에『대규집(戴逵集)』이 있었다고 한다. 『진서(晉書)』「은일열전(隱逸列傳)·대규(戴逵)」.

141 허준(許浚)【의(醫)】: 선조(宣祖)·광해군 때 어의(御醫)로 30여 년 봉사했다. 자는 청원(清源), 호는 구암(龜巖)이다. 『동의보감(東醫寶鑑)』을 비롯해『언해태산요집(諺解胎産要集)』,『언해구급방(諺解救急方)』,『언해두창집요(諺解痘瘡集要)』,『벽역신방(辟疫神方)』,『신찬벽온방(新纂辟瘟方)』,『맥결집성(脈訣集成)』,『찬도방론맥결집성(纂圖方論脈訣集成)』등의 의학 서적을 집필하였다.

○ 전에 지은 『상우서尚友書』는 네 조목으로 나눴었다. 지금 아래에 수록한다. 매일의 과제로 뽑을 때는 이 책의 수록 여부에 구애될 필요 없다.

○○○ 『상우서尚友書』[143]

지금 사람 중에서 찾는다면 존귀하면서 덕이 있는 사람을 스승으로 삼고, 선량하면서 학문적 성취도 있는 자를 벗으로 삼는다. 옛사람 중에서 찾는다면 성인을 스승으로 삼고, 현인을 벗으로 삼는다. 이것이 맹자께서 말씀하신 '상우尚友'이다.[144] 나는 벗 삼을 만한 지금 사람이 드문 데 상심해서, 내가 존경하고 사랑하는 옛사람들을 가려 뽑아 『상우서尚友書』를 지었다. 아침저녁으로 이것을 보다 보면 마치 그 사람들을 쫓아 어울리는 것 같을 것이다. 어찌 꼭 눈을 훔치고 소매를 붙잡으며[145] 말소리, 웃음소리를 직접 접한 다음에야 벗이라 하겠는가?

---

142 장윤성(張允誠)【담(談)】: 무인으로, 홍길주의 『수여방필 하(睡餘放筆下)』에 그에 관한 단락이 두 개 있다. 홍씨 집안에 어려서부터 출입한 겸인으로, 재주와 논변이 뛰어나지만 불우했고 벼슬도 현달하지 못했다고 한다. 이야기를 잘해서 다른 사람의 말과 행동을 흉내 내며 보고 들은 것을 이야기하면 좌중이 모두 포복절도했다고 한다.

143 홍길주의 문집인 『현수갑고 하(峴首甲藁下)』 권8, 「장서기(藏書紀)」 2에도 실려 있다. 『숙수념』 본과 비교할 때, 글자의 출입이 제법 확인되고, 생략된 단락도 발견된다. 뒤의 원문에는 서로 다른 부분들을 표시해 놓았다.

144 이것이 맹자께서 말씀하신 '상우(尚友)'이다: 옛사람을 그들의 시와 글을 통해 사귀는 것이 '상우(尚友)'이다. 『맹자(孟子)』 「만장 하(萬章下)」에 나온다. "맹자께서 만장에게 말씀하셨다. '한 고을의 좋은 선비라야 한 고을의 좋은 선비를 벗할 수 있고, 한 나라의 좋은 선비라야 한 나라의 좋은 선비를 벗할 수 있으며, 천하의 좋은 선비라야 천하의 좋은 선비를 벗할 수 있다. 천하의 좋은 선비를 벗하는 것만으로도 부족하다 여겨지면 또 과거로 거슬러 올라가 옛사람을 의론한다. 그 시를 읊고, 그 글을 읽고서도 그 사람을 모른다면 가당키나 한가? 이로써 그 시대를 논하는 것이다. 이것이 '상우(尚友)'이다(孟子謂萬章曰: '一鄉之善士, 斯友一鄉之善士, 一國之善士, 斯友一國之善士, 天下之善士, 斯友天下之善士. 以友天下之善士爲未足, 又尚論古之人. 頌其詩, 讀其書, 不知其人, 可乎? 是以論其世也. 是尚友也')."

145 소매를 붙잡으며: 원문의 섬거(摻袪)는 친근함의 표시이다. 『시경』 「정풍(鄭風)」 〈준대로(遵大路)〉에 "큰길을 따라가 그대의 소매를 붙잡네(遵大路兮, 摻執子之袪)."라는 구절이 있다.

「갑집甲集」

'도道'는 선비의 본령이다. 거둬들여 간직하면 덕행이 되고, 드러내 시행하면 공적이 된다. 지금 언행이 도에 부합하는 스물한 분을 뽑아 「갑집甲集」으로 했다. [그런데] 이윤伊尹·부열傅說·주공周公·소공召公·백이伯夷·태공太公과 공자孔子·안연顔淵·증삼曾參부터 자사子思·맹자孟子까지를 뽑지 않은 이유가 무엇인가? 스승이라 해야 하지 않겠는가? 어찌 벗이라 부르겠는가?

○ 단목사端木賜[146]는 자가 자공子貢이다. 공자를 스승으로 섬겨, 말 잘하는 것으로 칭찬을 받았다. 그의 총명함과 통찰력은 아마 태어나면서부터 아는 성인[147]에 버금갈 것이다.

○ 민손閔損[148]은 자가 자건子騫이다. 효성스럽고 덕이 있었으니, 역시

---

146 단목사(端木賜) : 복성(複姓)인 단목(端木)에 이름이 사(賜)이다. 자는 자공(子貢·子贛)이다. 위(衛) 사람으로, 공자 문하의 뛰어난 열 제자[孔門十哲] 중 한 사람으로 꼽힌다. 단목사는 일을 잘 처리해서 노(魯)와 위(衛)의 재상을 지냈다. 외교 문제를 잘 처리해서 제(齊)·오(吳)·월(越)·진(晉)에 유세하여 오가 제를 공격하게 해서 노를 지키기도 했다. 상업적 재능도 뛰어나 공자의 제자 중 가장 부유했으며 공문(孔門)의 재정적 후원자이기도 했다. 『사기』「중니제자열전(仲尼弟子列傳)」,「화식열전(貨殖列傳)」. ○ 공자는 자신의 제자들을 평하면서 소위 공문사과(孔門四科) 중 언어에 뛰어난 사람으로 자공을 지목했다. 『논어(論語)』「선진(先進)」.

147 태어나면서부터 아는 성인 : 원문은 '생지(生知)'이다. '생이지지(生而知之)'의 준말이다. 태어나면서부터 사람의 도리를 아는, 성인의 경지를 가리키는 말이다.

148 민손(閔損) : 성은 민(閔), 이름은 손(損), 자는 자건(子騫)이다. 공문사과(孔門四科)에서 덕행으로 거론된 사람이다. 특히 효로 유명해서, 공자의 칭찬을 받았다. "공자께서 말씀하셨다. '효성스럽구나! 민자건이여. 사람들이 그 부모 형제의 말에 트집을 못 잡는구나'(子曰: '孝哉, 閔子騫! 人不間於其父母昆弟之言')." 『논어』「선진(先進)」. ○ 노(魯)의 계씨(季氏)가 민자건을 비읍(費邑)의 읍장으로 삼으려 하자 민자건이 거절한 일화가 『논어』「옹야(雍也)」에 나온다. "계씨가 민자건을 비읍의 읍장으로 삼으려 했다. 민자건이 말했다. '나를 위해 잘 말해 주게. 만약 나를 다시 부른다면 나는 반드시 문강 가에 가 있을 것일세(季氏使閔子騫爲費宰. 閔子騫曰: '善爲我辭焉. 如有復我者, 則吾必在汶上矣)." 사마천은 이 일을 두고 "대부 벼슬을 하지 않았고, 올바르지 않은 임금의 녹을 먹지 않았다(不仕大夫, 不食汚君之祿)."라고 평했다. 『사기(史記)』〈중니제자열전(仲尼弟子列傳)〉.

공자께 배웠다. 계로季路나 염유冉有 같은 공자 문하의 뛰어난 제자들도
모두 의롭지 않은 벼슬살이를 했지만,[149] 민자건만은 초연했다.

○중유仲由[150]는 자가 자로子路이다. 역시 공자의 뛰어난 제자이다. 강
하고 용감하지만 남을 해치지 않아 공자께서 항상 칭찬하셨다. 내게는
경외하는 벗이다. 그러나 죽음은 적절하지 못했으니, 이 점은 내가 안타
깝게 여긴다.

○자가 자유子游인 언언言偃과 자가 자하子夏인 복상卜商[151]은 모두 공
자의 문하에서 학문으로 이름이 있던 사람이다.

○자가 자개子開인 유약有若[152]과 자가 백우伯牛인 염경冉耕, 자가 중궁

---

149 계로(季路)나 염유(冉有) …… 벼슬살이를 했지만 : 계로는 중유(仲由)의 자이다. 염유는
염구(冉求)이다. 중유와 염구는 함께 노(魯)의 권세가였던 계씨의 가신(家臣)으로 있었다.
『논어』에는 계자연(季子然)이 공자에게 중유와 염유에 대해 묻는 내용이 있다. 공자는 이
들이 '숫자나 채우는 신하[具臣]'라고 답한다. 그러면서도 "아비를 죽인다든지 군주를 시
역하는 일은 역시 따르지 않지요(弒父與君, 亦不從也)."라고 답해서, 은근히 노의 군주를
엿보는 계씨를 풍자한다. 『논어』 「선진(先進)」. 특히 염유는 계씨를 위해 중과세 정책을
실시해서 공자로부터 "우리 무리가 아니다. 얘들아, 북을 두드려 그를 성토함이 옳다(非
吾徒也. 小子鳴鼓而攻之, 可也)."는 질책을 들었다. 『논어』 「선진(先進)」.
150 중유(仲由) : 성은 중(仲), 이름은 유(由), 자는 자로(子路)이다. 변(卞) 지방 사람이다. 성격
이 곧고 급하며, 단순하고 용감한 성품을 가졌던 것으로 유명하다. ○공자께서는 "해진
솜옷을 입고 여우나 담비 가죽옷을 입은 자와 나란히 서 있으면서도 부끄러워하지 않는
자는 아마도 자로일 것이다. 남을 해치지 않고 남의 것을 탐하지 않으니 어찌 착하다고
하지 않겠는가?(衣敝縕袍, 與衣狐貉者立, 而不恥者, 其由也與! 不忮不求, 何用不臧?)"라고 칭찬
하신 적이 있다. "남을 해치지 않고 남의 것을 탐하지 않으니 어찌 착하다고 하지 않겠는
가?(不忮不求, 何用不臧?)"는 『시경』 「패풍(邶風)」의 〈웅치(雄雉)〉편을 인용한 것이다. 『논
어』 「자한(子罕)」. ○자로는 위(衛) 공리(孔悝)의 읍재(邑宰)가 된 후 위첩(衛輒)의 난(亂)을
만나 살해되었다. 함께 있던 자고(子羔)가 같이 피할 것을 권했지만, 무모하게 뛰어들었
다가 끝내 목숨을 잃었다. 『사기(史記)』 〈중니제자열전(仲尼弟子列傳)〉.
151 자가 자유(子游)인 …… 자하(子夏)인 복상(卜商) : 언언은 오(吳) 사람으로 공자보다 45세
어렸다. 공자는 자유가 학문에 익숙하다고 인정했다. 복상은 위(衛) 사람으로 공자보다
44세 어렸다. 공문십철(孔門十哲)의 한 사람으로 예(禮)를 잘 알았고, 『춘추』를 전공해서
『공양전』, 『곡량전』의 원류가 되었다고 평가된다. 공자 사후 서하(西河)에 살면서 제자
들을 교육했고, 위 문제(魏文帝)가 그를 스승으로 섬겼다. 『사기(史記)』 〈중니제자열전(仲
尼弟子列傳)〉. ○공자는 문하의 제자 중 학문으로는 자유와 자하를 꼽았다(文學子游子夏).
『논어』 「선진(先進)」.

仲弓인 염옹冉雍153과 자가 자장子張인 전손사顓孫師,154 자가 자사子思인 원

헌原憲,155 자가 자용子容인 남궁도南宮絛156도 모두 공자께 배운 사람들이

다. 유약은 성인의 모습을 닮아서 일컬어진 사람이고, 염경과 염옹은 모

---

152 자가 자개(子開)인 유약(有若) : 유약은 공자보다 43세 어렸는데, 모습이 공자와 비슷하다
고 알려진 사람이다. 공자가 돌아가자 공자 문하의 제자들이 그를 공자의 생시처럼 섬
겼다고 한다. 『사기(史記)』 〈중니제자열전(仲尼弟子列傳)〉. 『논어』에서도 다른 제자들은
이름으로 불리는데 유약만은 '유자(有子)'로 칭해진다.

153 자가 백우(伯牛)인 …… 중궁(仲弓)인 염옹(冉雍) : 염경과 염옹은 모두 노(魯) 사람이다. 공
자가 덕행이 있다고 인정했던 인물들이다. 염경은 악질이 있어 공자를 안타깝게 했다.
염옹의 아버지는 천인이었는데, 공자는 염옹에게 덕행이 있으니 그 출신의 비천함과 상
관없이 임금을 시킬 만하다고 인정했다. 『사기(史記)』 〈중니제자열전(仲尼弟子列傳)〉.

154 자가 자장(子張)인 전손사(顓孫師) : 진(陳) 사람으로 공자보다 48세 어려, 공문에서 가장
연소한 제자였다. 외모가 뛰어났다고 알려져 있다. ○ 『논어』 「자장(子張)」에는 자장의
성격을 보여 주는 다음과 같은 말이 있다. "자장이 말했다. '선비는 위태로운 것을 보면
목숨을 바치고, 얻을 것을 보면 의를 생각하며, 제사를 지낼 때는 공경할 것을 생각하고,
초상을 지낼 때는 슬퍼할 것을 생각한다. 이러면 괜찮을 뿐이다'(子張曰: '士見危致命, 見得
思義, 祭思敬, 喪思哀. 其可已矣')."

155 자가 자사(子思)인 원헌(原憲) : 송(宋) 사람으로 공자보다 36세 어렸다. 출신이 미천하나
곧은 성격으로 평생 안빈낙도하며 세속적인 것에 물들지 않았다. 공자가 노 사구(魯司寇)
를 맡았을 때는 공자의 가재(家宰)가 되었었다. ○ 공자 사후 원헌이 초야에 묻혀 살았는
데, 자공(子貢)이 위(衛)의 재상이 되어 네 필 말이 끄는 수레를 타고 원헌을 찾아갔다. 그
는 원헌의 초라한 행색을 보고 "부자께선 병이라도 나셨습니까?"라고 물었다. 이에 원헌
은 "재물이 없는 것을 가난이라 하고, 도를 배우고도 행하지 못하는 것을 병이라고 한다
고 나는 들었소. 나는 가난한 것이지 병든 것이 아니오."라고 대꾸했다. 이를 듣고 자공
은 평생 자기가 한 말을 부끄러워했다고 한다. 『사기(史記)』 「중니제자열전(仲尼弟子列傳)」,
『고사전(高士傳)』.

156 자가 자용(子容)인 남궁도(南宮絛) : 노(魯) 맹희자(孟僖子)의 아들이다. 성이 남궁이고 이
름이 도(絛)이며, 자는 자용(子容)이다. 남용(南容)으로도 불렸다. 공자의 제자로 학식이
높으며 언행이 신중했다. ○ 공자는 그에 대해 "나라에 도(道)가 있으면 버려지지 않을 것
이고, 나라에 도기 없어도 형벌로 죽는 일은 없을 것이다(國有道, 不廢, 國無道, 免於刑戮)."
라고 평가했다. "남용이 백규의 글을 세 번씩 되풀이하여 읽으니, 공자가 형의 딸을 그의
아내로 삼았다(南容三復白圭, 孔子以其兄之子妻之)." 한다. 『논어』 「선진(先進)」. ○ '백규의
글을 세 번 되풀이 읽었다'는 것은 "흰 구슬의 티는 갈아 없앨 수 있어도, 말의 허물은 어
찌할 수가 없네(白圭之玷, 尙可磨也, 斯言之玷, 不可爲也)."라는 『시경』 〈억(抑)〉의 구절을 세
번 되풀이하며 읽었다는 뜻으로, 말을 조심하는 신중한 성격을 드러내는 일화이다. 『사
기(史記)』 〈중니제자열전(仲尼弟子列傳)〉.

두 덕행으로 드러난 사람들이었다. 전손사는 뜻이 높고 의젓했고, 원헌은 가난을 편안히 받아들여 [사람에게] 부끄러움을 가르쳤다. 남궁도는 말을 신중히 해서 죄의 위험으로부터 멀찍이 떨어졌다. 모두 철인이지만, 원헌은 내가 더욱 소중하게 생각하는 분이다.

위의 열한 사람은 성인의 영역에서 노닐었다. 도통道統을 잇거나 도를 전하지는 못했지만, 또한 모두 [훌륭한] 말과 고상한 행동으로 우뚝하게 백대의 스승이 되었다. 나는 그들을 쫓아 노닐어 견문을 넓히고 여러 가지로 수양하는 실질로 삼아, 사숙하는 데[157] 만에 하나라도 도움을 받고자 한다.

○전금展禽[158]은 노魯의 대부다. 지조가 곧고 기상은 온화했지만, 바른 말을 할 땐 굽히지 않았다. 이 사람을 벗으로 삼으면 불의에 빠지지 않을 수 있을 것이다.

시대가 공자보다 앞서지만 공자 문하의 여러 분을 먼저 이야기한 것은 공자를 높여서이다.

○동중서董仲舒[159]는 한漢의 광천廣川 사람이다. "의義를 바로잡고 이익

---

137 사숙하는 데 : 원문은 '숙애(淑艾)'로,『맹자』「진심 상(盡心上)」에서 나왔다. "군자가 가르치는 방법이 다섯 가지이다. 단비처럼 변화시키는 경우가 있고, 덕을 이루게 하는 경우가 있고, 재주를 발휘하게 하는 경우가 있고, 물음에 답하는 경우가 있고, 혼자서 잘 닦아 나가게 하는 경우가 있다(君子之所以敎者五. 有如時雨化之者, 有成德者, 有達材者, 有答問者, 有私淑艾者)." 여기서 '숙애(淑艾)'는 다른 이의 모범을 통해 스스로 수양한다는 뜻이니, '사숙(私淑)'의 어원이기도 하다.

158 전금(展禽) : 노의 대부 유하혜(柳下惠)이다. 성이 전이고 이름은 획(獲)이며 자는 계금(季禽) 혹은 자금(子禽)이다. 유하(柳下)는 그의 식읍(食邑)이고 혜(惠)는 그의 시호(諡號)이다. 노의 사사(士師)를 맡아 형벌과 송사를 관장했다. ○『맹자』는 「만장(萬章)」에서, "백이는 청렴한 성인이고, 이윤은 사명을 자임했던 성인이고, 유하혜는 온화한 기질의 성인이다(伯夷, 聖之淸者也, 伊尹, 聖之任者也, 柳下惠, 聖之和者也)."라고 했다.

159 동중서(董仲舒) : 서한(西漢)의 학자이다. 경제(景帝) 때 춘추박사가 되었다. 무제(武帝) 때

188

을 도모하지 마라. 도道를 밝히고 공功을 따지지 마라."라고 말한 적이 있다. 나는 그 말에 감복한다.

○ 제갈량諸葛亮은 자가 공명孔明이니, 촉한蜀漢의 재상이다. 진퇴는 이윤伊尹[160]과 비슷하고, 정치는 관중管仲과 비슷하다. 어린 군주를 보필한 것은 주공周公과 비슷하고, 계책을 세워 승리를 거둔 것은 자방子房[161]과 비슷하다. 크고 깊은 재주와 지혜, 열렬하고 빛나는 충성과 의리, 바르고 큰 지조, 온화하면서도 엄격한 기상 등에 이르면 온전히 성인의 모습을 갖춘 사람이었다. 하늘이 돕지 않으시어 끝내 이룬 것 없이 죽었다. 세상에 간혹 한두 가지 작은 흠을 가지고 그를 말하는 이가 있는데, [그것이] 어찌 사람 때문이겠는가? 공은 삼대 이후로 오직 한 사람이다. 나는 언제나 그에게 우러러 절한다.

○ 한유韓愈[162]는 자가 퇴지退之이고, 당唐의 창려昌黎 사람이다. 세상은

〈현량대책(賢良對策)〉을 올려, 백가를 몰아내고 유술만을 존숭할 것을 건의하여 무제에게 채택됨으로써 유학이 이후 2천 년 동안 중국의 정통 학술로 자리 잡는 계기를 마련했다. 저술로 『춘추번로(春秋繁露)』가 있다. ○ "의(義)를 바로잡고 이익을 도모하지 마라. 도(道)를 밝히고 공(功)을 따지지 마라."는 『춘추번로』의 〈교서왕에게 월의 대부들이 어질지 못하다고 대답하다(對膠西王越大夫不得爲仁)〉라는 글에서 나온 것이다. "그 도를 바르게 하고 그 이익을 도모하지 않으며, 그 이치를 닦고 그 공에 급급하지 않는다(正其道, 不謀其利, 修其理, 不急其功)." 『한서(漢書)』 〈동중서전(董仲舒傳)〉.

160 이윤(伊尹) : 은 탕왕(殷湯王)의 어진 재상이다. 신야(莘野)에서 농사를 짓던 중에 탕왕이 세 번이나 폐백을 보내어 간곡하게 초빙하자, 마침내 탕왕을 도와 하(夏)의 걸(桀)을 멸망시키고 은을 천자국으로 만들었다.

161 자방(子房) : 장량(張良)의 자가 자방이다. 한 고조(漢高祖) 유방(劉邦)의 책사로 한의 개국을 도왔으며, 그 공으로 유후(留侯)에 책봉되었다. 한신(韓信) · 소하(蕭何)와 함께 한초삼걸(漢初三杰)로 불린다.

162 한유(韓愈) : 당의 문인이지 사상가이다. 자는 퇴지(退之)이며, 선조가 창려(昌黎) 출신이므로 '한 창려(韓昌黎)'라고도 불린다. 경조윤(京兆尹) 등 여러 관직을 기쳤으며, 원화(元和) 10년에는 〈논불골표(論佛骨表)〉를 지어 조주자사(潮州刺史)로 좌천되기도 했다. 이후에 돌아와 만년엔 이부시랑(吏部侍郎)을 지났다. 해서 '한 이부(韓吏部)'라고도 칭해진다. 시호는 '문(文)'으로 '한 문공(韓文公)'으로도 불린다. 사상적으로는 도가와 불가를 배척하고 유가의 정통성을 적극 옹호 · 선양했고, 문장에서는 유종원(柳宗元)과 함께 고문운동을 주도, 산문의 새로운 경지를 개척한 것으로 평가된다. '문도합일(文道合一)', '기성언의

그의 문장을 칭송하지만 퇴지 스스로는 도에 종사한다 여겼으니, 의연하게 우뚝한 기상을 지녔다. 그의 문장 역시 육경六經의 여파이니, 드넓게 광범위해서 한 가지만 능숙한 것이 아니었다. 내가 진심으로 그를 배우려 하지만, 재상에게 올린 여러 편지[163]만큼은 참말 못마땅하다. 그러나 역시 자신의 재주가 쓸 만하다고 말한 것이지, 한낱 배고픔과 곤궁함을 들어 동정을 구걸한 것은 아니다. 조주자사潮洲刺史가 되어 다스리니 오랑캐들이 글을 알게 되었고, 경조윤京兆尹이 되어 다스리니 백성들이 법을 두려워했다. 그를 등용했다면 왜 도움이 되지 않았겠는가?

○ 염계 선생濂溪先生 주무숙周茂叔[164]은 천사백 년 동안 전해지지 않던 도를 터득해, 맹자의 뒤를 이었다.

○ 명도 선생明道先生 정백순程伯淳[165]은 큰 현인이다. 주자朱子께서 그의

(氣盛言宜)', '무거진언(務去陳言)', '문종자순(文從字順)' 등 고문의 이론과 작법을 주장해서 후세에 큰 영향을 미쳤다. 저서로 『한창려집(韓昌黎集)』 등이 있다. ○ 한유는 문학이란 도를 밝히는 도구이고, 자신이 고문을 배우고 짓는 것은 유가의 도를 배우고 밝히는 데 목적이 있다고 천명했다. 도의 근원을 밝힌 글인 〈원도(原道)〉에서는 자신이 맹자 이후 끊어진 유가의 도통을 이어받은 사람임을 자부했다.

163 재상에게 올린 여러 편지 : 한유는 19세에 처음 과거 시험을 치러서, 네 번의 도전 끝에 진사과에 합격했다. 다시 다음 시험인 박학굉사과(博學宏辭科)에 세 번 응시하였으나 모두 고배를 마셨다. 28세 때 박학굉사과 응시를 포기하고 재상의 추천을 통해 진출해 보기로 하고, 두 달 사이에 세 차례 자신을 스스로 추천하는 장문의 편지를 썼다. 〈상재상서(上宰相書)〉, 〈후십구일부상서(後十九日復上書)〉, 〈후이십구일부상서(後二十九日復上書)〉 등 세 통의 편지가 그것이다. 편지의 답장은 없었고, 한유가 본격적으로 벼슬길에 나아가게 된 것은 그로부터 몇 년 후 이부의 시험에 합격하고부터이다.

164 주무숙(周茂叔) : 주돈이(周敦頤)이다. 그의 자가 '무숙'이고, 말년에 여산 기슭의 염계에 서원을 세워 후학을 가르쳤기에 염계 선생이라 불린다. 주돈이는 송대 도학의 개조로 불린다. 태극으로부터 만물이 생성하는 과정을 그림으로 풀이하였으며, 우주 생성의 원리와 인간의 도덕원리는 본래 하나라는 이론을 주장하였다. ○ "천사백 년 동안 전해지지 않던 도를 터득해, 맹자의 뒤를 이었다."는 것은 이른바 '도통(道統)'을 가리킨다. 송대 성리학에서 강조된 유가의 도통론에 따르면, 유가의 도통은 요(堯)·순(舜)·우(禹)·탕(湯)·문(文)·무(武)·주공(周公)에서 시작해서, 공자(孔子)·증자(曾子)·자사(子思)·맹자(孟子)로 이어지다가 천 년을 건너뛰어 주돈이·정호(程顥)·정이(程頤)·주희(朱熹)로 이어졌다고 주장된다.

초상화에 찬贊을 쓰시면서 "원기가 한데 모여, 자연히 이루어졌도다."[166]
고 하셨다. 이 말에 나는 이의가 없다. 동생인 이천 선생伊川先生 정숙正叔[167]
은 엄정하셨다.

○ 횡거 선생橫渠先生 장자후張子厚[168]는 총명하고 배우길 좋아하신 것
이 두 분 정자二程와 우열을 다투셨다.

○ 소옹邵雍[169]은 자가 요부堯夫이고, 시호는 강절康節이다. 상수학象數學
에 정통하였으니, 세상에 드문 뛰어난 인물이어서 바라보아도 그 기슭
조차 볼 수 없다.

○ 회암 선생晦庵先生 주중회朱仲晦[170]는 배우지 않은 것이 없으셨다. 육

---

165 정백순(程伯淳) : 북송의 학자 정호(程顥)를 가리킨다. 그의 자가 백순이다. 호가 명도(明
道)이므로 '명도 선생'으로 주로 불린다. 주돈이의 제자이다. '이기일원론(理氣一元論)',
'성즉리설(性則理說)' 등을 주창하여 송대 신유학의 기초를 세웠고, 이는 주희에게 계승되
어 성리학의 중핵을 이루었다. 저서에 『정성서(定性書)』, 『식인편(識仁篇)』 등이 있다.

166 원기가 한데 모여, 자연히 이루어졌도다 : 주희가 지은 〈육선생화상찬(六先生畫像贊)〉 중
명도 선생(明道先生)을 송찬한 내용의 일부이다. 여섯 명의 선생은 정호·정이·소옹·장
재·주돈이·사마광이다. 〈명도 선생 화상찬〉은 "봄기운처럼 만물을 다습게 하고 산처
럼 우뚝하여라, 옥 같은 빛이요 쇠 같은 소리로다. 원기가 한데 모여, 자연히 이루어졌도
다. 좋은 날씨와 상서로운 구름, 온화한 바람과 단비로다. 용덕이 한가운데 있으니, 은택
이 넓도다(揚休山立, 玉色金聲. 元氣之會, 渾然天成. 瑞日祥雲, 和風甘雨. 龍德正中, 厥施斯普)."이다.

167 정숙(正叔) : 정호의 동생 정이(程頤)이다. 그의 자가 정숙(正叔)이고, 호가 이천(伊川)이다.
『주역(周易)』에 대한 특별한 연구가 있었다. 저서에 『역전(易傳)』이 있다.

168 장자후(張子厚) : 북송의 학자 장재(張載)를 가리킨다. 그의 자가 자후(子厚)이고, 횡거진
(橫渠鎭) 출신이어서 횡거 선생으로 불린다. 『경학이굴(經學理窟)』, 『정몽(正蒙)』, 『서명(西
銘)』 등의 저서가 있다. 특히 『정몽』에서는 송 최초로 '기일원(氣一元)'의 철학사상을 전개
하여, 우주 만물은 기(氣)의 집산에 따라 생멸·변화하는 것이며 이 기의 본체는 태허(太
虛)로서, 태허가 곧 기라고 설파하였다. 정호·정이 형제와 함께 『주역』과 『중용』을 중심
으로 송 신유학의 기초를 세웠다.

169 소옹(邵雍) : 북송의 학자이다. 자가 요부(堯夫), 호는 안락선생(安樂先生)이고, 시호는 강
절(康節)이다. 주돈이·장재·정호·정이와 함께 북송오자(北宋五子)로 병칭되며, 도학의
중심 인물로 존중된다. 이지재(李之才)에게서 『하도(河圖)』, 『낙서(洛書)』와 복희팔괘(伏
羲八卦)를 배워서, 역 철학을 발전시켜 독특한 수리철학(數理哲學)을 완성하였다. 저서에
『황극경세서(皇極經世書)』, 『관물내외편(觀物內外篇)』, 『어초문답(漁樵問答)』, 『이천격양집
(伊川擊壤集)』 등이 있다.

경의 장구章句를 나눠 후학들에게 길을 열어 주셨으니, 그 공이 맹자보다 못하지 않다.

위 여섯 선생은 모두 송의 큰 선비大儒들이시다. 내 감히 벗할 수 없으나 감히 벗하지 않을 수도 없는 분들이다. 그들의 덕행과 공적은 이미 사람들의 이목 앞에 환하게 드러나 있으니, 내가 사적으로 현양할 수 있는 바가 아니다. 그러므로 말을 간단히 했다. 송에는 훌륭한 선비들이 많았으나, 대체로 모두 이 선생들의 문인門人들이다. 지금 다 나열하지 않는 것은 [그들을] 높은 분들 안에 포괄시켰기 때문이다.

「을집乙集」

내가 고인 중에서 덕을 닦고 실천에 힘쓴 사람 네 분, 자신을 깨끗하게 간직하고 세상으로부터 숨어 버린 사람 열두 분, 녹봉을 버리고 이익을 거절한 선비 세 분, 진퇴를 흉내 낼 수 없는 선비 두 분, 모두 스물한 분을 얻었다. 합해서 수록하고 「을집乙集」이라 한다.

○ 계찰季札171은 오吳의 공자로서, 의리에 따라 나라를 양보했으니, 나

---

170 주중회(朱仲晦) : 주희(朱熹)이다. 자가 중회(仲晦)이고, 호는 회암(晦庵)이다. 성리학(性理學)의 집대성자이다. 자연과 인간의 모든 문제, 자연철학과 도덕철학을 통합해서 이(理)와 기(氣)로 일관되게 설명하는 철학 체계를 완성했다. 저술로『사서장구집주(四書章句集註)』,『주역본의(周易本義)』,『시집전(詩集傳)』등이 있고, 제자들이 편찬한『주문공문집(朱文公文集)』,『주자어류(朱子語類)』등이 있다. ○주희는『논어』와『맹자』에 대한 기존의 주석을 '이기론(理氣論)'의 관점에 입각해 집주(集註) 형식으로 재해석하고, 기존『예기』의 편들인『대학』과『중용』을 독립시켜 여러 장으로 나눈 다음, 성리학에 입각한 주석을 가해 새로운 체제와 내용을 가진 것으로 재정립했다.

171 계찰(季札) : 춘추시대 오(吳)의 왕 수몽(壽夢)의 넷째 아들이다. 수몽이 그에게 왕위를 물려주려고 하였으나 계찰은 받지 않았다. 이후에도 여러 번 왕위를 사양하고 여러 나라를 주유하며 예악(禮樂)을 제창하고 유가 사상을 선양하였다. 연릉(延陵)에 봉해졌기 때문에 연릉계자(延陵季子)라고 불린다.

라가 어지러울 때도 자신은 편안했다.

○ 거원蘧瑗[172]은 자가 백옥伯玉으로, 위衞의 훌륭한 대부이다. 나는 과오가 적은 사람이 되고 싶지만 잘되지 않는다. 때문에 이 분을 벗으로 삼는다.

○ 노중련魯仲連[173]은 전국시대의 고상한 선비이다. 나는 전국시대의 유세가遊說家들은 일절 벗하지 않는데, 노중련만은 벗하려 한다. 그가 유자儒者다운 기상을 가졌기 때문이다.

○ 장주莊周[174]는 자가 자휴子休로, 몽蒙 사람이다. 그의 사람됨이 황당하기는 해도, 역시 아주 고상하다. 『시경』에 "농담을 좋아함이여善戱謔兮"[175]라는 말이 있으니, 자휴는 내 농담 친구일 뿐이다.

○ 장량張良은 자가 자방子房으로, 한 고조漢高祖의 군사軍師이다. 충성심과 지략이 있고, 현명하고도 용감했다. 진출엔 근거가 있었고 물러남

---

172 거원(蘧瑗) : 춘추시대 위(衞)의 대부이다. 어진 성품과 100세까지 장수한 것으로 유명한 인물이다. ○'과오가 적은 사람이 되고 싶지만'은 『논어』「헌문(憲問)」에 나오는 거원의 일화를 원용한 것이다. 공자가 위에 갔을 때 거원의 집에 묵은 적이 있는데, "거백옥이 공자에게 사자를 보내어 문안드리자 공자는 그에게 '선생께선 무엇을 하시느냐?'고 물었다. 사자는 '선생께선 과오를 적게 하려 하지만 아직 능히 하지 못하십니다.'라고 대답하였다. 사자가 나가자 공자는 '좋은 사자이다! 좋은 사자이다!'라고 말했다(蘧伯玉使人於孔子. 孔子與之坐而問焉曰: '夫子何爲?' 對曰: '夫子欲寡其過, 而未能也.' 使者出, 子曰: '使乎使乎')."고 한다.

173 노중련(魯仲連) : 전국시대 제(齊)의 정객으로, 높은 지조를 지녔던 것으로 유명한 인물이다. 노련(魯連)이라고도 하며, 노중련자(魯仲連子) 혹은 노련자(魯連子)로 존칭하기도 한다. 진(秦)의 군대에 포위되었던 조(趙)를 도와 위기를 넘기게 도와준 행적이 있다. 이에 조의 평원군(平原君)이 봉작을 내리려 했지만 노중련은 바닷가로 피해 몸을 숨기면서 "나는 부귀하면서 남에게 굽히기보다는 차라리 빈천하면서 세상을 가볍게 여기고 마음대로 살겠다(吾與富貴而詘於人, 寧貧賤而輕世肆志焉)."는 말을 남겼다고 한다. 『사기』〈노중련추양열전(魯仲連鄒陽列傳)〉.

174 장주(莊周) : 장자(莊子)이다. 전국시대 송(宋)의 몽(蒙) 사람이다. 도가(道家)의 대표적 인물로, 노자와 함께 '노·장(老莊)'으로 병칭된다. 저서로『장자(莊子)』가 전한다. 발랄한 상상력으로 이루어진 우화 및 비유로, 문학으로 쓴 철학서란 평을 받는다.

175 농담을 좋아함이여[善戱謔兮] : 『시경』「위풍(衞風)」〈기오(淇奧)〉의 "농담을 좋아함이여, 지나치게 하지는 않도다(善戱謔兮, 不爲虐兮)."라는 구절을 인용했다.

엔 예상한 바가 있었으니, 일개 지략가의 부류가 아니다.

한漢 이후 훈공과 업적, 지략이 있는 선비들을 나는 모두 「병집」에 수록했다. 그러나 제갈공명은 「갑집」에, 장자방은 「을집」에 두었다.

○ 동방삭東方朔[176]은 자가 만천曼倩이고, 한 무제漢武帝 때 사람으로, 역시 내 농담 친구이다. 그러나 그의 사람됨을 농담만으로 재단할 순 없다.

○ 소광疏廣[177]은 자가 중옹仲翁으로, 한의 태자태부太子太傅였다. 하루아침에 벼슬에서 물러나 돌아갔으니, 기미를 알아본 자이다.

○ 엄광嚴光[178]은 자가 자릉子陵으로, 후한後漢의 고사高士이다. 선비들의 은둔은 대부분 혼탁한 시대를 만나 써 줄 사람이 세상에 없었기 때문이었다. 자릉은 한의 중흥기를 만났고 황제도 널리 인재를 찾아 힘써 등용했다. 그런데도 끝내 떠났으니, 왜일까? 그래도 자릉의 공이 풍이馮異나 등우鄧禹[179]보다 높은 것은 은거가 출사보다 낫기 때문인 것이다.

○ 황헌黃憲[180]은 자가 숙도叔度로, 언행에 대해선 전해지는 바가 없다.

---

176 동방삭(東方朔): 서한(西漢)의 문인이다. 재치 있는 언변으로 한 무제(漢武帝)의 사랑을 받았다. 정치의 득실에 대해 이야기하고, 부국강병에 대한 계책을 펼치기도 했으나 채택되진 않았다. 〈답객난(答客難)〉과 〈비유선생지론(非有先生之論)〉 등의 글이 있다. 한편 민간에선 수많은 설화의 주인공이기도 하다.

177 소광(疏廣): 서한의 도가사상가로, 호는 황로(黃老)이다. 선제(宣帝)에게 중용되어 태자태부(太子太傅)가 되었으나, 조카인 태자소부(太子少傅) 소수(疏受)에게 "내가 들으니 만족할 줄 알면 욕되지 않고, 그칠 줄 알면 위태롭지 않다고 하였다. 공을 이루면 떠나는 것이 하늘의 도리이다(吾聞知足不辱, 知止不殆, 功遂身退, 天之道也)."라고 하고는 함께 사직하고 집으로 돌아갔다. 『한서(漢書)』 「소광전(疏廣傳)」.

178 엄광(嚴光): 후한(後漢) 광무제(光武帝)의 젊은 시절 친구이다. 광무제가 제위에 올라 엄광을 초빙했으나 엄광은 응하지 않고, 부춘산(富春山)에 은거하며 농사를 짓고 동강(桐江)의 조대(釣臺)에서 낚시하며 살았다. 『후한서(後漢書)』 「일민열전(逸民列傳)」.

179 풍이(馮異)나 등우(鄧禹): 후한(後漢) 광무제(光武帝)의 신하들이다. 풍이는 광무제가 천하를 평정하는 과정에서 함께 고난을 겪으며 광무제를 지키고 군사를 이끈 명장(名將)이다. 등우는 어려서 광무제와 친구였는데, 광무제를 도와 천하를 평정하는 데 공을 세워 고밀후(高密侯)에 봉해졌다.

180 황헌(黃憲): 후한의 학자로, 대대로 빈천해서 그의 아비는 우의(牛醫)였다. 그러나 당대의 명사들이 모두 그를 고결하게 여겼으며, 조정에서 초빙했으나 끝내 출사하지 않고 은

그러나 한 시대의 훌륭한 선비들이 모두 자신이 그보다 못하다고 여겼다. 전해지는 것이 없어 더욱 고결하다.

○ 곽태郭泰[181]는 자가 임종林宗으로, 은거해서는 세상의 스승이 되었다. [반면] 서치徐穉[182]는 자가 유자儒子로, 알아주길 바라지 않았다. 서치가 아마도 곽태보다 나았던 것이다!

○ 연독延篤[183]은 자가 숙견叔堅으로, 야인으로 살며 뜻을 추구한 사람이다. 내 형님이신 연천자淵泉子께서는 그를 가장 후하게 인정하셨다.

○ 방덕공龐德公[184] 또한 고결한 선비이다. 내가 보기에 지금 세상에는

거했다고 한다. 『후한서(後漢書)』를 쓴 범엽(范曄)은 〈황헌열전(黃憲列傳)〉의 논찬에서 "황헌의 말과 풍모는 전하는 바가 없다. 그러나 그를 본 군자들은 모두 깊이 탄복하고, 허물과 인색함을 버렸다(黃憲言論風旨, 無所傳聞. 然士君子見之者, 靡不服深遠, 去玭吝)."고 했다. 〈황헌열전〉에는 그를 기리는 주변 인물들의 말만 기록되어 그를 간접적으로 드러낼 뿐, 황헌의 구체적인 언행은 적혀 있지 않다.

181 곽태(郭泰) : 후한의 명사로, 자는 임종(林宗)이다. 한미한 출신으로, 젊어서 굴백언(屈伯彦)에게 배웠다. 여러 서적에 널리 통하고, 신장이 8척이고 외모도 아름다웠으며, 특히 언변이 뛰어나서 우렁찬 목소리로 폭포수처럼 언설을 쏟아 내었다고 한다. 낙양에서 이응(李膺)과 교유하여 명성이 자자했는데, 고향으로 돌아올 때 수천 대의 수레가 배웅을 나왔다고 한다. 화를 피해서 향리에 은거해 교육에 전념했는데, 제자가 천 명에 달했다고 한다. 외척과 환관이 전횡(專橫)하는 세상에서도 절조를 굽히지 않았으나, 언행이 신중하여 당고(黨錮)의 화를 면할 수 있었다고 평가된다. 『후한서(後漢書)』〈곽태전(郭太傳)〉.

182 서치(徐穉) : 후한의 고사(高士)로, 학문과 지조가 높아 곽태(郭太)로부터 '남주고사(南州高士)'라는 존칭을 받았다. 가난하게 살며 스스로 농사를 지어 자기 힘으로 번 것이 아니면 먹지 않았고, 공손하고 검소하며 의롭고 겸손했다 한다. 환제(桓帝) 때 예장태수 진번(陳蕃)이 서치를 조정에 추천한 이래 효렴(孝廉)과 현량(賢良)으로 다섯 번이나 천거되었고 삼공(三公)의 관부(官府)에서도 계속 초빙했으나 끝내 나아가지 않았다. 『후한서(後漢書)』〈서치열전(徐穉列傳)〉.

183 연독(延篤) : 후한의 학자이며 관리이다. 마융(馬融)에게 배워 경전과 백가의 학설에 널리 정통하고 문장을 잘 지어 명성이 있었다. 정치에서 너그러움과 인애를 주장했고 백성들을 사랑했다. 강직하기로도 유명해서, 대장군인 양기(梁冀)가 우황을 판매하려는 것을 저지해 양기를 부끄럽게 만든 일화가 있다. 연독은 이 일 이후 병을 핑계로 조정에서 물러나 향리에서 글을 가르치는 것으로 생활했다.

184 방덕공(龐德公) : 후한 때 사람으로, 방공(龐公) 또는 방거사(龐居士)라고도 부른다. 원래는 남군(南郡)의 양양(襄陽)에 살았는데, 형주자사(荊州刺史) 유표(劉表)가 초빙하자 가솔을 모두 거느리고 녹문산(鹿門山)으로 피해 들어가 다시는 세상에 나오지 않았다. ○ 유표가

후손에게 재앙을 물려줄 자가 셀 수 없이 많다. 심하면 후손까지 기다릴 것도 없이 자신을 위태롭게도 한다. 나는 이것을 몹시 걱정한다. 이런 이유로 기꺼이 이 사람과 벗한다.

위의 다섯 사람도 모두 후한後漢 때 사람들이다.

○도잠陶潛[185]은 자가 연명淵明으로, 진晉의 은사이다. 조심하지 않아도 고결하고, 애쓰지 않아도 올곧았다. 백이伯夷처럼 살지도, 유하혜柳下惠처럼 살지도 않고,[186] 천성을 보전해서 참된 경지眞에 귀의했다. 전국시대 이후로 맑고 고상하게 속세에서 벗어나 있었던 사람으로는 도연명이 으뜸이다.

○ 무유서武攸緒[187]는 당唐나라 사람으로, 그 집안이 측천무후則天武后

찾아가서 "선생이 밭두둑에서 살면서 벼슬을 받지 않으니, 후세에 무엇을 자손에게 남겨 주겠소?" 하니, 방덕공은 "세상 사람들은 모두 위태로움을 남겨 주지만 나만은 편안함을 남겨 주겠습니다. 비록 물려준 것은 다르지만 아무것도 남겨 주지 않은 것은 아닐 겁니다(世人皆遺之以危, 今獨遺之以安. 雖所遺不同, 未爲無所遺也)."라고 대답하였다 한다. 『후한서(後漢書)』「일민열전(逸民列傳)」·방공(龐公)」.

185 도잠(陶潛) : 동진(東晉) 말부터 남조 송(宋) 초기까지 산 전원시인이다. 자는 연명(淵明) 혹은 원량(元亮)이고, 스스로는 오류 선생(五柳先生)이라고 했고, 시호가 정절(靖節)이어서 도 정절(陶靖節)로도 불린다. 팽택현령(彭澤縣令)을 지내다 어느 날 문득 벼슬을 버리고 떠나 전원으로 돌아갈 것을 노래한 〈귀거래사(歸去來辭)〉로도 유명하다. 산수전원문학의 비조로 꼽힌다. 저서로『도연명집(陶淵明集)』이 있다.

186 백이(伯夷)처럼 살지도 …… 살지도 않고 : 원문의 "불이이불혜(不夷而不惠)"는 양웅이 『법언(法言)』「연건(淵騫)」에서 이홍(李弘)을 평하면서 한 말이다. "그 뜻을 굽히지 않고 그 몸을 얽매이지도 않고 …… 백이처럼 [결벽]하지도 않고 유하혜처럼 [불공(不恭)]하지도 않고, 가부의 중간에 있다(不屈其意, 不累其身……不夷不惠, 可否之間也)."

187 무유서(武攸緒) : 당(唐) 측천무후(則天武后)의 조카이다. 성품이 깨끗하고 욕심이 없어 무후(武后)가 정권을 잡자 벼슬을 버리고 숭산(嵩山)에 숨어 살았다. 무승사(武承嗣)와 무삼사(武三思)도 측천무후의 조카들이다. 그들이 "황위를 훔치고 종묘사직을 위태롭게 했다."는 것은 측천무후가 조카인 무승사에게 황위를 넘겨 주려 시도했던 일을 가리킨다. 이 계획은 적인걸 등의 반발에 부딪혀 목적을 이루지 못했고, 결국 유폐되어 있었던 중종(中宗)이 복위(復位)하는 것으로 결말이 났다. 무유서는 이러한 일들에 연루되지 않아, 무씨(武氏)가 패망한 뒤에도 그는 화를 면했고 천수(天壽)를 누렸다. 『구당서(舊唐書)』「외척열전(外戚列傳)」.

의 친족이었다. 무승사武承嗣·무삼사武三思 무리가 황위를 훔치고 종묘 사직을 위태롭게 했지만, 그 홀로 높이 먼 곳에 뜻을 두어 자신의 이름을 온전히 보존했다. 남들은 쉽게 하기 어려운 일이다.

○ 원덕수元德秀[188]는 자가 자지紫芝로, 그도 당나라 사람이다. 그는 사람됨이 지극히 맑아 음식을 익혀 먹는 속인과는 부류가 달랐다.

○ 이비李泌[189]는 자가 장원長源으로, 당 덕종唐德宗 때의 재상이다. 그 사람이 황당무계한 것 같지만 실상은 도가 있었다. [그러나] 군주가 꺼리는 것을 보고는 처음의 뜻을 버렸다. 자신을 깨끗이 보존한 채 깊이 숨어 세상에서 사라지지 않고, 어찌 이토록 구차하게 행동했을까?

○ 희이 선생希夷先生 진단陳摶[190]은 자가 도남圖南으로, 송 태조宋太祖 때

---

188 원덕수(元德秀) : 당대의 시인이다. 한때 노산령(魯山令)을 해서 원 노산(元魯山)으로 불리기도 한다. 성격이 순박하고 깨끗해서 천하의 고결한 인물로 꼽혔다. 이화(李華)는 〈원 노산묘갈명(元魯山墓碣銘)〉에서 공은 "『대역』의 간이함과 황로의 청정함을 겸비했다(『大易』之易簡, 黃老之淸淨, 惟公備焉)."고 했다. 재상이었던 방관(房琯)은 "자미의 얼굴을 보면 명리를 탐하는 마음이 모두 사라진다."고 경탄하였다 한다. 노산령을 물러난 이후에는 하남(河南)의 육혼(陸渾)에서 산수를 벗하며 묻혀 살았다. 『구당서(舊唐書)』 〈원덕수전(元德秀傳)〉.

189 이비(李泌) : 당 중기의 관료이며 학자이다. 업현후(鄴縣侯)에 봉해져 이 업후(李鄴侯)라고도 칭해진다. 어려서부터 총명해서 경전과 역사서를 널리 섭렵했고 『역상(易象)』에 정통했으며, 문장과 시에도 뛰어났다. 현종(玄宗)·숙종(肅宗)·대종(代宗)·덕종(德宗)을 두루 섬겼지만, 출사와 은거를 반복했다. 현종 때는 한림봉공(翰林供奉)으로 동궁의 속관이 되었으나 양국충(楊國忠)을 풍자하는 시를 짓고서 물러나 영양(潁陽)에 은거하였고, 안사의 난[安史之亂] 때는 숙종(肅宗)에게 군사 참모로 초빙되어 지우를 입었으며, 은청광록대부(銀靑光祿大夫)에 제수되었으나 다시 형산(衡山)으로 물러나 은거하며 도교를 수련했다. 대종(代宗)이 즉위하여 한림학사(翰林學士)가 되었으나, 권신 원재(元載)에게 죄를 얻자 항주(杭州) 자사로 나가 화를 피했다. 덕종(德宗) 때 원재가 실세하자 다시 조정으로 들어와 산기상시(散騎常侍)가 되었고, 정원(貞元) 연간에 중서시랑평장사(中書侍郞平章事)가 되었고 업현후(鄴縣侯)에 봉해졌다. 서서로 『이비집(李泌集)』이 있었으나 실전되었다.

190 진단(陳摶) : 북송의 도가 학자이며 양생가이다. 호는 부요자(扶搖子)이며, 당 태종(唐太宗)이 내린 희이선생(希夷先生)이라는 호로 주로 불린다. 무당산(武當山)에서 20여 년 은거하며 신선술을 연마하다 나중에는 화산(華山)으로 옮겨 갔다. 『주역』 및 도교 양생술에 정통했다고 한다. 도교 양생술을 기록한 『태식결(胎息訣)』, 도양금단술(導養金丹術)이 언급된 『지현편(指玄篇)』 등의 저술이 있었다. 마의도자(麻衣道者)를 스승으로 삼아 역학(易學)

사람이다. 세상에선 선생이 처음에는 천하를 평정할 뜻을 가졌었다고
하는데, 그렇지는 않다. 이는 모두 선생의 농담이었을 뿐이다. 그러기에
한바탕 웃고 돌아갔을 것이다.

소부巢父와 허유許由의 일191은 믿을 수 없다. 그래서 내가 기록하지 않
고 도남만 기록했으니, 소부와 허유는 [그 안에] 있다. 전기傳記에 잡다하
게 나오는 검루黔婁나 영계기榮啓期192 같은 무리는 다 셀 수 없을 만큼 많
다. 그러므로 나는 그들은 기록하지 않고 도연명만 기록했으니, 검루나
영계기 같은 이들은 거기에 포함되어 있다.

○ 전약수錢若水193는 자가 담성澹成이다. 송에서 벼슬했는데, 추밀부

을 연구하여, 〈태극음양설(太極陰陽說)〉, 〈태극도(太極圖)〉, 〈선천방원도(先天方圓圖)〉 등
의 저술을 남겼다. 이는 뒤에 주돈이와 소옹을 거쳐 송대 이학의 중요한 바탕이 되었다.
○ 진단은 당 말에 태어나 오대십국의 혼란기를 거쳐 송 초기까지 생존했다. 혼란기에
왕조가 교체되는 소식을 들을 때마다 늘 얼굴을 찡그렸는데, 어느 날 길 위에서 송 태조
조광윤이 등극했다는 소문을 듣고는 놀라고 기뻐하며 크게 웃었다. 까닭을 물으니 다시
크게 웃으며 "[천하가] 이제 평정되겠구나." 했다고 한다. 그러고는 화산에 은둔해서 다
시는 세상에 나오지 않았다.

191 소부(巢父)와 하유(許由)의 일 : 허유와 소부는 요(堯) 시대의 은자이다. 요가 허유에게 천
하를 양위하고자 하자 허유는 더러운 소리를 들었다고 영수(潁水) 가에서 귀를 씻었다.
그때 소부가 소를 끌고 와 물을 먹이려다 물이 더럽혀졌다고 하여 상류로 가서 물을 먹
였다고 한다.

192 검루(黔婁)나 영계기(榮啓期) : 검루는 전국시대 제(齊)의 은사이다. 제와 노(魯)의 임금이
초빙하였으나 벼슬하지 않고 가난하게 살아, 죽었을 때는 몸을 가릴 만한 이불 하나 없
었다고 한다. ○ 영계기는 자가 창백(昌伯)으로, 춘추시대 은사이다. 공자가 태산을 지나
다가 길에서 그를 만났는데 남루한 차림의 영계기는 '사람으로 태어났고, 남자가 되었
고, 90년을 산' 세 가지 즐거움[三樂]을 말했다고 한다. 『열자(列子)』「천서(天瑞)」. 자족하
며 스스로 인생을 즐기는 삶의 전형으로 여겨진다.

193 전약수(錢若水) : 북송(北宋)의 대신이다. 자는 담성(澹成) 혹은 장경(長卿)이다. 벼슬은 간
의대부(諫議大夫)를 거쳐 동지추밀원사(同知樞密院事)에 이르렀다. 진종(眞宗) 때는 적을
막고 변방을 안정시키는 대책을 올려 주목을 받았다. 국량과 식견이 있어 큰일을 결단
하는 데 능했고, 계모에 대한 지극한 효성으로 널리 알려졌다. ○ 전약수가 진단(陳摶)을
찾아갔을 때, 그 곁의 한 노승이 전약수를 한참 쳐다보다가 부젓가락으로 '주부득(做不
得)'이라 쓰고는 "급류 속에서 용감하게 물러날 사람이다(急流中勇退人也)."라고 했다고
한다. '신선은 되지 못하지만 벼슬살이에 연연하지는 않을 사람'이라는 뜻이었다고 한
다. 전약수는 추밀부사(樞密副使)가 된 40세의 나이로 관직에서 물러났다. 『소씨문견록

사추밀부사樞密副使에 이르자 용단을 내려 [물러나] 돌아갔다. 그가 은퇴하려 할 때, 시절은 편안하고 조용했고 군주도 마음이 맞아 그를 쓰려 했고 나이도 많지 않았다. 이 때문에 사람들은 그의 은퇴를 더욱 어려운 일로 생각한다. 쇠락한 시대의 사대부들은 세상을 이롭게 할 만한 재주도 없고 백성들에게 베풀 공덕도 없으면서 높은 지위와 풍성한 은총을 누린다. 그러면서도 도리어 "임금께서 장차 나를 쓰려고 하시고, 나도 장차 큰일을 하려 한다."면서, 꿋꿋이 물러나려 하지 않는다. 그러다 화를 초래하고 재앙에 이르니, 후회해도 되돌릴 수 없다. 선생을 보면 이마에 땀이 나지 않겠는가?

○ 안정 선생安定先生 호원胡瑗[194]은 자가 익지翼之이니, 송나라 사람이다. 배우는 이를 잘 훈도했다. 동시대에 자가 명복明復인 손복孫復과 자가 수도守道인 석개石介[195]가 있었지만, 선생이 가장 뛰어났다.

○ 절효 선생節孝先生 서적徐積[196]은 자가 중거仲車로, 안정 선생의 문인

(邵氏聞見錄)』.

194 호원(胡瑗) : 북송의 학자이며 교육자이다. 대대로 안정보(安定堡)에 살아 안정 선생(安定先生)으로 불린다. 그는 송대 이학(理學)이 배태되던 시기의 중요 인물로서, 유가 경술에 정통해서 명체달용(明體達用)의 학문을 주장했다. 저서로『주역구의(周易口義)』,『홍범구의(洪範口義)』,『춘추구의(春秋口義)』 등이 있다. ○ 호원은 교육자로서도 특별한 위치를 지닌다. 그는 백의로서 천하의 스승이 되었다고 일컬어지는데, 강학에서 경의(經義)와 치사(治事)의 이재(二齋)를 두어 학생들이 뜻에 따라 나누어 공부하게 하였고, 특히 치사에는 강무(講武)·수리(水利)·산술(算術)·역법(曆法) 등을 포함시켜 경세치용(經世致用)을 중시했다고 한다. 그가 소주(蘇州)와 호주(湖州) 일대에서 몸소 실천한 교학 방법은 역사에서 '소호교법(蘇湖敎法)'이라고 칭해지며 후세에까지 영향을 미쳤다. 예로 송 인종(宋仁宗)은 태학을 설립하면서 그 방법을 채택하기도 했다.

195 자가 명복(明復)인 …… 수도(守道)인 석개(石介) : 북송 초기의 유학자들로, 호원과 함께 송초삼선생(宋初三先生)으로 병칭된다. 손복은 호가 태산(泰山)이다. 태산에 은거하며 강학에 힘쓰다가, 범중엄(范仲淹)·부필(富弼) 등의 천거로 벼슬길에 나아갔다. 대표적 저술로『춘추존왕발미(春秋尊王發微)』가 있다. ○ 석개는 손복의 문인으로, 자는 수도(守道) 혹은 공조(公操)다. 태산서원(泰山書院)·조래서원(徂徠書院) 등을 창건하고『역』,『춘추』 등을 가르쳤다. 둘 다 의리를 중시하고 기존 주소의 설에 구애되지 않아서 송대 이학의 선성이 되었다.

이다. 어질고 효성스러웠으며 벼슬하지 않았다.

「병집丙集」

널리 고금을 살펴보면, 재주를 쌓고 공업을 펼쳐
군왕을 보필하고 백성에게 은혜 베푸는 것이, 현자들의 급선무였다.
혹 [때를] 만나 [재주를] 펼치면, [이름이] 금석문에 찬란히 빛나고,
혹 어려운 운수[197]를 만나 병이 들면, 역사가 애도하고 슬퍼한다.
장군으로 재상으로, 문文으로 무武로,
대도大道[198]를 바로잡고 왕실을 보필하고,
안으론 직언을 펼치고, 밖으론 좋은 정치를 베풀며,
충의를 간직하고 절개 지켜, 죽어도 바꾸지 않으니,
그 부류가 단일하지 않고, 그 수는 헤아리기 어렵다.
그중 탁월한 자를 뽑으니, 명성은 높고 공적은 많다.
벼슬자리에 있는 모든 이들, 나의 여러 벗들을 보라.
이에 「병집丙集」을 서술해 「을집乙集」 뒤를 잇는다.[199]

---

196 서적(徐積) : 북송의 농인(聾人) 학자이다. 만년에 초주(楚州) 남문 밖에 살며 남곽옹(南郭
翁)이라 자호했다. 호원(胡瑗)의 제자이다. 효자로 유명해서, 아버지의 이름에 석(石) 자
가 있다 하여 평생토록 석기(石器)를 쓰지 않았고 길에서 돌을 만나면 피하고 밟지 않았
으며, 어머니 상을 만나서 3년 시묘하는 동안 곡소리가 끊이지 않았다고 한다. 신종(神
宗)이 자주 불러 보았으나 귀가 먹어 벼슬할 수 없었다. 향리에 은거했으나 사방의 일에
대해 모르는 것이 없었다고 한다.
197 어려운 운수 : 원문은 '둔(屯)'이다. '둔'은 『주역』 64괘 중 세 번째 괘이다. '둔'은 초목의 싹
이 처음 힘들게 땅을 뚫고 나오면서 충분히 신장되지 못하고 구부러진 모습을 그린 문자
이다. 여기에서 '어렵다[難]'라는 의미가 파생되었다.
198 대도(大道) : 원문은 '대유(大猷)'이다. 『상서』 「주서(周書) 주관(周官)」의 "옛날 대유의 세상
에는 혼란하지 않을 때 다스림을 만들고 위태롭지 않을 때 나라를 보호했다(若昔大猷, 制
治于未亂, 保邦于未危)."에서 나온 말이다. 채침(蔡沈)은 『집전』에서 '대유'는 '대도(大道)'라고
해석했다.
199 「병집」의 서언은 압운까지 한 4언체 율문으로 작성되어 있다. 원문의 형식을 살리기 위

모두 쉰두 분이다.

○ 중산보仲山甫와 윤길보尹吉甫[200]는 모두 주 선왕周宣王 때 사람들이다. [주周의] 중흥을 도운 공적이 있다.

○ 관중管仲[201]은 이름이 이오夷吾로, 제 환공齊桓公을 도와 제후들의 패자가 되게 했다. 그의 도覇道는 유자들이 정말로 비천하게 여기는 것이지만, 삼대三代 이후로 관중처럼 정치를 잘한 사람은 없었다. 어찌 가볍게 말할 수 있겠는가?

○ 공손교公孫僑[202]는 자가 자산子産으로, 정鄭의 공족公族이다. 공자께서는 그가 군자의 네 가지 도를 갖추었다고 칭찬하셨다.

○ 안영晏嬰[203]은 시호가 평중平仲으로, 제 경공齊景公의 대부이다. 온화

해 두 구씩 율문 형식으로 벌려 썼다.

200 중산보(仲山甫)와 윤길보(尹吉甫) : 주 선왕(周宣王)의 신하들이다. 중산보는 노 헌공(魯獻公)의 둘째 아들로 이름은 전하지 않으며, 중산보는 그의 자이다. 번(樊) 땅에 봉해져 번중(樊仲)·번목중(樊穆仲)·번후(樊侯) 등으로 불린다. 『시경(詩經)』 「대아(大雅)」 〈증민(烝民)〉은 윤길보가 중산보의 치적을 찬미해 지은 것이다. ○ 윤길보는 성이 '혜(兮)'이고 이름은 '갑(甲)'이며, 자는 백길보(伯吉父) 혹은 백길보(伯吉甫)이다. 윤(尹)은 관직명이다. 문무(文武)의 재주를 모두 지녀 북방의 험윤(玁狁)을 정벌하는 데에 큰 공을 세웠다. 이를 찬미한 내용이 『시경(詩經)』 「소아(小雅)」 〈유월(六月)〉에 나온다. "문무겸전한 길보여, 만방에서 법으로 삼도다(文武吉甫, 萬邦爲憲)."

201 관중(管仲) : 성은 관, 이름은 이오(夷吾)이고, 자가 중(仲)이다. 이름보다 자로 더 알려져 있다. 춘추시대 제(齊)의 재상으로, 법가(法家)의 대표적 인물이다. 제 환공(齊桓公)을 도와 군사력의 강화, 상업·수공업의 육성을 통해 부국강병을 추구했다. 환공이 여러 제후와 아홉 번 회맹하여 한 번 천하를 바로잡아[九合一匡] 춘추오패(春秋五霸)의 우두머리가 되도록 보좌했다. 『사기』 〈관안열전(管晏列傳)〉.

202 공손교(公孫僑) : 춘추시대 정 목공(鄭穆公)의 손자로, 간공(簡公)·정공(定公)·헌공(獻公)·성공(聲公) 네 조정에서 재상으로 있으면서 뛰어난 외교로 진(晉)과 초(楚) 사이에 처한 정(鄭)이 무사히 보전되도록 했다. 『춘추좌씨전(春秋左氏傳)』 소공(昭公) 20년. ○ 『논어』 「공야장(公冶長)」에서 공자는 자산이 네 가지 점에서 군자의 덕을 갖추고 있다고 말했다. "공자께서 자산은 군자의 도를 네 가지 갖추었으니, 몸가짐이 공손하고, 윗사람을 섬김이 경건하며, 백성을 양육함이 은혜롭고, 백성을 부림이 의롭다고 하셨다(子謂子産有君子之道四焉, 其行己也恭, 其事上也敬, 其養民也惠, 其使民也義)."

하고 공경스럽고 독실하며 검소했다. 나는 요즘 사람들의 교제에는 공경이 없는 것이 슬프다. 하여 그를 벗한다.

○ 악의樂毅[204]는 연 소왕燕昭王을 보좌했다. 용병술이 뛰어났고, 충성스럽고 의로운 사람이었다.

○ 굴평屈平[205]의 자는 원原으로, 초나라에 태어나,

충성스럽고 올곧아, 왕의 허물 간했다네.

세상과 불화해, 끝내 멀리 떠났으니,

상수湘水는 깨끗하고, 상산湘山은 푸르렀네.

저 소인배들,[206] 지위와 녹을 탐하며,

나라의 위태함, 이웃의 고생 보듯 하네.

---

203 안영(晏嬰) : 춘추시대 제(齊)의 정치가이다. 자가 중(仲)이며 시호가 평(平)이어서 평중(平仲)이라고도 불리고, 안자(晏子)로 존칭되기도 한다. 제(齊) 영공(靈公)과 장공(莊公)·경공(景公) 3대에 걸쳐 재상을 지냈다. 청렴하고 합리적인 정치로 존경을 받았다. 그의 언행을 기록한 『안자춘추(晏子春秋)』가 있다. ○『논어』 「공야장(公冶長)」에 "안평중은 사람들과 잘 사귀는구나, 오래될수록 더욱 존경하니(晏平仲善與人交, 久而敬之)."라는 공자의 말이 나온다.

204 악의(樂毅) : 전국시대의 무장(武將)으로, 자는 영패(永霸)이다. 연 소왕(燕昭王)을 도와 연을 진흥시켰다. 조(趙)·초(楚)·한(韓)·위(魏)·연(燕)의 연합군을 이끌고 당시 강국이던 제를 쳐서 70여 성을 함락시킴으로써 강한 제가 연을 정벌했던 원수를 갚았다. 소왕이 죽고 혜왕(惠王)이 즉위하자, 그를 시기하는 혜왕 때문에 조(趙)로 달아나 관진(觀津)에 봉해졌다.

205 굴평(屈平) : 전국시대 초(楚)의 정치가이자 시인이다. 이름은 평(平), 자가 원(原) 혹은 영균(靈均)이었다. 보통 굴원(屈原)으로 칭해진다. 초 회왕(楚懷王)의 신임을 받아 좌도(左徒)·삼려대부(三閭大夫)를 역임하며 내정과 외교의 중책을 맡았다. 그러나 귀족들의 배척을 받아 두 차례 한수(漢水) 이북과 상강(湘江) 유역으로 방축되었다. 초가 진의 공격을 받아 무너진 다음 멱라강(汨羅江)에 투신해서 순국했다. 방축되어 떠돌면서 〈이소(離騷)〉, 〈어부사(漁父辭)〉, 〈구장(九章)〉 등의 초사를 지었는데, 이로 인해 초사(楚辭)의 비조로 추앙된다.

206 소인배들 : 원문은 '과비자(夸毗子)'이다. 자신을 과시하거나 남에게 빌붙는 사람, 즉 소인배를 이른다. 『시경』 「대아(大雅)」 〈판(板)〉에, "하늘이 노하고 계시니, 과시하거나 빌붙어서, 위의를 다 어지럽히며 착한 사람이 아무 일도 못하게 하지 말지어다(天之方懠, 無爲夸毗, 威儀卒迷, 善人載尸)."라고 한 데서 온 말이다.

내 그대를 벗해, 아득한 세상²⁰⁷에서 만나리.

「구장九章」²⁰⁸을 노래하니, 눈물이 가슴에 가득하네.²⁰⁹

○ 소하蕭何²¹⁰는 한 고조漢高祖의 재상이다. 고조가 천하를 얻는 데는 소하의 공이 컸다. 재물 운반과 군량 조달을 관리한 것은 그의 능력 중 그저 한 가지일 뿐이다.

지금 나라의 재정은 점점 줄고 해마다 흉년이 거듭된다. 나는 공의 그 '한 가지 능력'을 얻고 싶으니, 쓰고도 남을 것이다. 아아, 그런 사람은 진짜 없는 것일까? 옛날 훌륭한 재정 담당자로 한에는 경수창耿壽昌²¹¹이 있었고, 당엔 유안劉晏²¹²과 한황韓滉²¹³이 있었다. 나는 그들은 다 뽑지

---

207 아득한 세상 : 원문의 '충막(沖漠)'은 충막무짐(沖漠無朕)의 준말이다. 『이정유서(二程遺書)』권15에 "충막하여 아무 조짐이 없으나 삼라만상이 모두 갖추어져 있다(沖漠無朕, 萬象森然已具)."라는 말이 있다.

208 「구장(九章)」 : 서한의 유향(劉向)이 편찬한 『초사(楚辭)』의 편명으로, 아홉 편으로 구성되어 있다. 〈석송(惜誦)〉, 〈섭강(涉江)〉, 〈애영(哀郢)〉, 〈추사(抽思)〉, 〈회사(懷沙)〉, 〈사미인(思美人)〉, 〈석왕일(惜往日)〉, 〈귤송(橘頌)〉, 〈비회풍(悲回風)〉이다. 굴원이 추방당한 뒤 군왕을 생각하고 나라를 근심하며 시름에 겨운 충정을 노래한 작품들이다.

209 굴원을 해설하는 부분은 바깥 짝의 끝에 '혜(兮)' 자가 달린 4언체 율문이 구사되고 있다. 초사의 비조인 굴원에 대한 오마주일 것이다. 그에 따라 번역에서도 두 구씩 벌려 썼다.

210 소하(蕭何) : 한 고조(漢高祖)의 개국공신이다. 유방의 군대가 진의 수도 함양(咸陽)에 입성했을 때 소하는 진의 승상부(丞相府)와 어사부(御史府) 소장의 율령과 각종 지도 등을 접수해서 전국의 산천 험지와 군현의 사정을 장악했다. 이것은 이후 정책을 제정하고 초한전쟁에서 승리하는 데 중요한 바탕이 되었다. 초한전쟁 동안에는 관중(關中)에 머물러 있으면서 양식과 군사의 보급을 맡아, 수십만에 달하는 군사를 한 번도 굶기지 않았다고 한다. 한 고조가 즉위하자 공신으로 찬후(鄼侯)에 봉해졌다. 뒤에 한신(韓信)·영포(英布) 등 이성 제후왕들을 제거하는 데 협조하고 상국(相國)에 제수되었다. 『사기』 「소상국세가(蕭相國世家)」.

211 경수창(耿壽昌) : 서한 선제(宣帝) 때의 인물로, 상평창(常平倉) 제도를 처음 창안한 사람이다. 상평창 제도는 일종의 곡가 조정 제도로서, 풍년이 들면 국가가 곡물을 사들여 농민들을 이롭게 하고, 흉년이 들면 곡식을 풀어 빈민들을 구제하는 제도이다.

212 유안(劉晏) : 자는 자안(士安)이다. 당대(唐代) 최고의 재정가로 평가되는 인물이다. 소금 전매법, 조운(漕運)과 상평법을 개혁하는 등 일련의 재정 개혁을 실시하여 안사(安史)의 난리 이후 피폐해진 당의 재정을 안정시켰다. 건중(建中) 원년에 양염(楊炎)에게 모함을 당하고 자결했다. 『구당서(舊唐書)』 〈유안열전(劉晏列傳)〉.

않고 다만 공이 그들까지 겸하게 했다. 상앙商鞅[214]과 상홍양桑弘羊[215] 같은 자들은 도척盜蹠[216]이 조정에 있는 꼴이다.

○ 가의賈誼[217]는 유자儒者이고, 재능도 대단했다. 실행을 너무 서둘렀던 것을 애석하게 여길 따름이다.

○ 급암汲黯[218]은 자가 장유長孺로, 고지식하고 곧은 선비다. 그러나 참

---

213 한황(韓滉) : 자는 태충(太沖)이다. 관리의 고적(考績)과 이재(理財)에 밝았다. 당 현종(唐玄宗) 때 진출하여, 대종(代宗) 때는 유안과 함께 여러 도의 재정을 나눠 관장했다. 경원(涇原) 지방에서 군사 반란이 일어났을 때[涇原兵變] 한황은 군사를 훈련하여 동남 지구를 보전하였고, 강남의 식량과 옷감을 운반해 조정에 공급하여 덕종(德宗)의 신임을 받았다.

214 상앙(商鞅) : 전국시대 진(秦)의 재상이다. 진 효공(秦孝公)에게 채용되어, 두 차례에 걸친 변법(變法)을 성공시켜 진을 부강하게 함으로써 진 제국(秦帝國) 성립의 기반을 세웠다. 토지제도와 행정구획, 조세제도와 도량형 등의 제도 전반을 개혁하였다. 특히 중농억상(重農抑商) 정책을 시행하고, 군사적 공로에 의해서만 작위를 수행하는 등 농사와 전쟁에 모든 것을 집중하고 이를 통해 절대왕권을 강화하는 이른바 경전(耕戰) 정책을 추진했다. 법가(法家)의 대표적인 인물로서, 엄혹한 법률을 제정하여 엄격한 법치주의 정치를 펼쳤다. 효공의 사후에 모반으로 지목되어 전투에서 사망했고, 사후 거열형(車裂刑)에 처해졌다. 거열형은 그가 제정한 잔인한 법률의 상징적인 예이기도 하다. 각주 100 참조.

215 상홍양(桑弘羊) : 서한 무제(武帝)·소제(昭帝) 때의 관리로 재무 전문가였다. 흉노와의 전쟁을 수행하던 무제 시대의 재정을 담당해서, 산민(算緡)·고민(告緡)·염철전매(鹽鐵專賣)·균수(均輸)·평준(平准)·주각(酒榷)·화폐개혁 등의 정책을 시행해서 국가의 재정 수입을 증대시켰다. 무제 사후 국가의 이권 독점 및 각종 민폐에 대한 불만이 쏟아져, 상홍양 등 재정 담당 관리들과 민간 대표들의 염철회의(鹽鐵會議)가 열리기도 했다. 그와 함께 무제의 고명대신이었던 곽광(霍光)과 반목하여, 모반을 획책하였다는 죄목으로 처형되었다.

216 도척(盜蹠) : 춘추시대 노(魯) 사람으로, 유하혜(柳下惠)의 동생이다. 성은 전(展), 이름은 척(跖) 혹은 척(蹠)이라고 하고, 유하척(柳下跖)·유전웅(柳展雄)이라고도 한다. 9천 명의 졸개를 거느리고 세상을 돌아다니며 제후들의 영토를 침범하여 약탈을 일삼았다. 이에 큰 도적의 상징이 되어 '도척'이라 불렸다. 『장자(莊子)』 「도척(盜跖)」.

217 가의(賈誼) : 한 문제(漢文帝) 때의 문인이며 학자이고 정치가이다. 시문에 뛰어나고 제자백가에 정통했다. 문제의 총애를 받아 약관으로 박사(博士)가 되었다. 1년 만에 태중대부(太中大夫)가 되어, 진(秦)으로부터 이어진 율령·관제·예악 등의 제도를 정비하고자 했다. 그러나 주발(周勃) 등 당시 고관들에게 배척되어 장사왕(長沙王)의 태부(太傅)로 좌천되었고, 4년 뒤 양왕(梁王)의 태부로 복귀하였다. 그러나 양왕이 낙마해 급서하자 상심해서 33세로 죽었다. 저서에 『신서(新書)』 10권이 있다.

218 급암(汲黯) : 한 무제(漢武帝)의 신하로, 자는 장유(長孺)이다. 거침없는 직간(直諫)으로 유명해서, 황제의 잘못을 면전에서 지적했고, 조정에서 시비를 논쟁하고 권신들을 거침없

으로 크게 쓸 만한 재능을 지녔던 사람이다. 직언만이 아니었다.

○ 소무蘇武[219]는 자가 자경子卿으로, 열렬한 충성심을 지녀 오랑캐들이 두려워했다. 참으로 천지를 메울 기상을 가진 자였다.[220]

○ 곽광霍光[221]은 자가 자맹子孟으로, 배우지 못한 단점이 드러나긴 하지만, 그가 임금을 보좌하고 천하를 다스린 것은 썩은 선비 백 명, 천 명이 할 수 없는 일이었다.

○ 병길丙吉[222]은 자가 소경少卿으로, 재상이었다. 공손하고 신중한 덕을 지녀 자신의 공功을 말하지 않았다.

○ 소망지蕭望之[223]는 자가 장천長倩으로, 역시 훌륭한 선비이다.

이 비판했다. 황로(黃老)의 무위지치(無爲之治)를 주장했으나 받아들여지지 않자 회양태수(淮陽太守)를 마지막으로 관직에서 물러났다. 무제는 그를 '사직(社稷)의 신하'에 가깝다고 칭찬했다고 한다. 『사기』 「급암열전(汲黯傳)」.

219 소무(蘇武) : 서한 시대의 대신이다. 흉노 정벌에 공을 세운 소건(蘇建)의 아들이다. 무제(武帝) 때 중랑장(中郞將)으로 흉노에 사신으로 갔다가 억류되었다. 위협과 회유에도 불구하고 투항하지 않아 북해(北海) 부근에서 19년간 유폐되었다가, 흉노와 화친(和親)한 소제(昭帝)의 요청으로 귀환했다. 후에 선제(宣帝)의 옹립에 가담하여 그 공으로 관내후(關內侯)가 되었다. 선제는 그를 기린각 십일공신(麒麟閣十一功臣) 중 한 명으로 현양했다.

220 참으로 천지를 …… 가진 자였다 : '천지를 메울 기상'이란 맹자가 이른 바 호연지기(浩然之氣)이다. 맹자는 호연지기가 무엇이냐고 묻는 공손추의 질문에 "이 호연지기는 지극히 크고 지극히 굳세니, 곧음으로써 기르고 해치지 않는다면, 하늘과 땅 사이를 메울 것이다(其爲氣也, 至大至剛, 以直養而無害, 則塞乎天地之間)."라고 대답한 바 있다. 『맹자』 「공손추상(公孫丑上)」.

221 곽광(霍光) : 서한(西漢) 때의 대신이다. 명장 곽거병(霍去病)의 이복동생이다. 무제(武帝)의 신임을 받아 대사마대장군(大司馬大將軍)·박륙후(博陸侯)로 고명대신이 되었다. 무제 사후 소제(昭帝)를 보필해 정사를 담당했고, 연왕(燕王) 단(旦)의 반란을 기회로 상관걸·상홍양 등의 정적을 제거하고 실권을 장악하였다. 소제가 죽은 뒤 계승자인 창읍왕(昌邑王)의 제위(帝位)를 박탈하고 선제(宣帝)를 옹립해서 섭정했다. 선제는 그를 기린각 십일공신(麒麟閣十一功臣)의 첫머리에 놓았다.

222 병길(丙吉) : 서한의 대신으로, 관대하고 어진 정치를 펼친 것으로 칭송된다. 한 무제(漢武帝) 말엽에 무고(巫蠱)의 옥사(獄事)를 다스리게 되었을 때 황증손인 유순(劉詢), 훗날의 선제(宣帝)가 갓난아기로 옥에 갇혀 있었는데, 병길이 그를 보호해서 목숨을 구했다. 뒷날에는 곽광에게 선제를 맞이하여 옹립하도록 건의하기도 했다. 선제가 즉위한 뒤에도 병길은 이 사실을 말하지 않아 아무도 몰랐다고 한다. 나중에 선제가 그 사실을 알고 그를 박양후(博陽侯)에 봉했다. 기린각 십일공신(麒麟閣十一功臣)의 하나이다.

이상은 모두 한漢의 문제文帝·경제景帝·무제武帝·소제昭帝·선제宣帝·

원제元帝 때 사람들이다.

○ 유향劉向[224]은 자가 자정子政으로, 한漢의 종실이다. 박학하고 대단

한 문장가였으며, [성품이] 곧아 돌아가지 않았다.

○ 등우鄧禹[225]는 자가 중화仲華로, 한 세조漢世祖의 재상이었다. 한의

중흥을 보좌하고 천하를 평정했다. 초빙할 때까지 기다리던 고인의 의

리[226]를 어기고 자진해서 군문軍門에 나아간 것은 애석하다. 왜 그는 자

---

223 소망지(蕭望之) : 서한(西漢)의 학자로, 농민 출신이나 학문을 좋아해『제시(齊詩)』와『노
　논어(魯論語)』 등에 정통했다고 한다. 선제(宣帝)의 신임을 얻어 대홍려(大鴻臚)·태자태
　부(太子太傅)를 지냈다. 선제의 고명대신이 되어 원제(元帝)를 옹위했다. 원제 때 홍공(弘
　恭)·석현(石顯) 등 환관의 전횡을 막아 제도를 개혁하려 했으나 오히려 모함에 빠져 자살
　했다.

224 유향(劉向) : 서한 말의 학자이다. 원래 이름은 경생(更生)이었다. 초 원왕(楚元王) 유교(劉
　交)의 4세손이고, 유흠(劉歆)의 아버지다. 선제(宣帝) 때 명유(名儒)로 선발되어 석거각(石
　渠閣)에서 오경(五經)을 강의하였다. 성제(成帝) 때 광록대부(光祿大夫)가 되어 이름을 '향
　(向)'으로 고쳤다. 궁중 도서의 교감을 명령받아 해제서인『별록(別錄)』을 지었으며, 이로
　써 목록학의 비조로 칭해진다. 외척의 횡포를 견제하고 천자에게 감계(鑑戒)가 되도록
　상고부터 진(秦)·한(漢)까지 부서재이(符瑞災異)의 기록을 집성한『홍범오행전론(洪範五
　行傳論)』을 저술하였다. 이 밖에 경전에 대한 주석서인『오경통의(五經通義)』, 굴원과 송
　옥의 사부를 모은『초사(楚辭)』, 춘추전국 이래 인물들의 언행을 모은『신서(新序)』와『설
　원(說苑)』, 모범적인 여인들의 전기인『열녀전(列女傳)』 등을 편찬하였다.

225 등우(鄧禹) : 후한 초기의 명장이며 군사 이론가이다. 시호는 원후(元侯)다. 광무제가 천
　하를 평정하고 후한을 건립하는 것을 도왔다. 그 공로로 대사도(大司徒)에 제수되고, 고
　밀후(高密侯)에 봉해졌다. ○ 등우는 어려서 장안에서 광무제 유수(劉秀)와 친하게 지냈
　다. 경시(更始) 원년, 유수가 하북(河北)을 순행할 때 등우는 업(鄴)으로 뒤따라 찾아와서
　"영웅을 불러들이고, 민심을 기쁘게 하는 데 힘써서 고조의 업을 세우고 만민의 목숨을
　구하라(延攬英雄, 務悅民心, 立高祖之業, 救萬民之命)."고 요구했다. 고조(高祖)는 개국의 군
　주에게 올리는 묘호이다.

226 초빙할 때까지 기다리던 고인의 의리 :『예기(禮記)』「유행(儒行)」에서 선비의 행실을 묻
　는 애공의 질문에 공자가 대답한 말에서 나온다. 선비는 자신을 귀하게 여기면서 학문
　과 충성·신의, 행실을 갖추고 초빙할 때까지 기다린다는 것이다. "애공이 말했다. '선비
　의 행실에 대해 여쭙습니다.' …… 공자가 모시고 앉아 말했다. '선비는 자리에 보물을 갖
　추고 초빙을 기다리고, 밤낮으로 힘써 공부해서 자문해 주길 기다리며, 충심과 신의를
　간직하고 뽑히기를 기다리며, 힘써 실천해서 써 주기를 기다립니다'(哀公曰: '敢問儒行.'
　…… 孔子侍曰: '儒有席上之珍以待聘, 夙夜强學以待問, 懷忠信以待擧, 力行以待取)."

206

신을 아끼지 않은 것일까?

○ 양진楊震[227]의 자는 백기伯起이고, 이고李固[228]의 자는 자견子堅으로, 모두 후한의 재상들이다. 양진은 청렴하고 조심스러워 수치를 당하지 않았고, 이고는 정직하고 아부하지 않았다. [그러나] 모두 죄 없이 죽임을 당했으니, 애석하다!

○ 진번陳蕃[229]은 자가 중거仲擧로, 후한後漢 당고黨錮[230]의 선비 중 으뜸이다.

---

227 양진(楊震) : 후한(後漢)의 관리로, 청렴으로 유명하다. 경전에 밝고 책을 널리 읽어서 '관서의 공자[關西孔子]'라고 불렸다. 무재[茂才]로 천거되어 형주자사(荊州刺史)·동래태수(東萊太守)를 지냈다. 그가 태위(太衛)로 있을 때 안제(安帝)의 유모인 왕성(王聖)과 중상시 번풍(樊豊) 등이 권세를 부리며 부패가 만연하였다. 양진은 여러 차례 상소를 올려 간언했지만 도리어 번풍의 모함으로 파면당하자 울분을 참지 못하고 자결하였다. ○ 청렴하기로 유명해서, 뇌물을 주는 왕밀(王密)에게 "하늘이 알고 귀신이 알며, 내가 알고 그대가 안다(天知, 神知, 我知, 子知)."고 대답했다는 일화가 유명하다. 『후한서(後漢書)』〈양진열전(楊震列傳)〉.

228 이고(李固) : 후한 중기의 관료이다. 젊어서부터 박학해서 조야에 명성을 떨쳤다. 형주자사(荊州刺史)·태산태수(太山太守)를 역임하며 두 곳의 반란을 평정했다. 질제(質帝)가 죽은 후 유산(劉蒜)을 황제로 세우려 하다 환제(桓帝)를 옹립한 양기(楊冀)와 대립했다. 끝내 양기의 모함을 받고 죽었다. 『후한서(後漢書)』〈이고열전(李固列傳)〉.

229 진번(陳蕃) : 후한의 명신으로, 호광(胡廣)에게 수학했다. 효렴으로 천거되어, 낭중(郎中)·의랑(議郎)·낙안태수(樂安太守)·예장태수(豫章太守) 등을 역임했다. 권신과 환관이 득세한 조정에서 엄정한 정사와 언론으로 여러 차례 파면과 좌천을 거듭했다. 영제(靈帝) 때 고양후(高陽侯)에 봉해졌는데, 대장군 두무(竇武)와 함께 환관들을 제거하려는 계획을 세웠다가 실패해서 피살당했다.

230 당고(黨錮) : 후한의 환제(桓帝)·영제(靈帝) 때 사대부 관료들이 환관의 전횡에 저항하다가 정치적 금고를 당한 사건을 말한다. '고(錮)'란 종신토록 관리가 되지 못하도록 금고한다는 뜻이다. ○ 후한의 환제(桓帝)는 환관의 힘을 빌려 외척 양기(梁冀)를 제거한다. 이를 계기로 환관이 내정을 전횡하고 토지를 겸병하는 등 횡포를 자행했다. 이에 지방관과 태학(太學)의 학생들이 진번(陳蕃)과 이응(李膺) 등을 옹립하고 시정(時政)을 비판하며 환관 세력에 대항하였다. 환제는 국정을 문란하게 한다는 이유로 이응·범빙(范滂) 등 관료 2백여 명을 체포하고 이어 종신금고(終身禁錮)에 처하였다. 환제가 죽고 외척 두무(竇武)가 영제(靈帝)를 옹립해 세력을 잡으면서 다시 진출한 진번·이응 등이 환관 세력을 제거할 계획을 세웠으나 오히려 환관 세력에게 역습을 당해 진번이 살해되고 두무는 자살했다. 당인(黨人)에 대한 탄압이 다시 일어나 이응·두밀(杜密) 등 백여 명이 살해되었고, 수많은 당인이 금고형(禁錮刑)에 처해졌다.

아, 당고 때 여러 훌륭한 이들이 당한 화를 이루 다 애도할 수 있으랴!
그들이 반드시 다 도에 맞는 것은 아니었을 수 있겠지만, 대개는 훌륭한
선비들이었다. 많아서 내가 다 기록하지 못했고, 또 우열을 가릴 겨를도
없다. 「을집」에 곽임종을 수록하고, 「병집」에 중거仲擧를 수록했으니, 여
러 훌륭한 이들은 대개 여기에 포괄된다.

○ 도간陶侃[231]은 자가 사행士行으로, 재주가 많고 공도 커서 탁월하게
위대한 사람이다.

○ 사안謝安[232]은 자가 안석安石으로, 고아함으로 세속을 제압했고 신
중함으로 나라를 지켰다.

[도간과 사안은] 모두 동진東晉 사람이다.

○ 고윤高允[233]은 자가 백공伯恭으로, 북위北魏 사람이다. 곧고 강직해

---

231 도간(陶侃) : 동진(東晉)의 무장이다. 영가(永嘉)의 난리 때 무창(武昌)을 지켜 공을 세웠으
며 명제(明帝) 때는 정남대장군(征南大將軍)으로서 왕돈(王敦)의 반란과 소준(蘇峻)의 변을
평정하는 등 많은 전공을 세웠다. 지방관으로서의 치적도 있어, 형주(荊州)를 다스릴 때
는 길에 떨어진 물건을 줍는 자가 없었고, 관리의 직책에 충실하며 음주와 도박을 좋아
하지 않아 사람들의 칭송을 받았다고 한다. 『진서(晉書)』〈도간열전(陶侃列傳)〉.

232 사안(謝安) : 동진(東晉)의 재상(宰相)이다. 젊어서부터 청담으로 유명했다. 초빙을 거절
하고 회계산(會稽山) 산음현(山陰縣)에 은거하며 왕희지(王羲之)·허순(許詢) 등과 산수를
즐기며 사씨(謝氏)의 자제를 교육했다. 중년이 넘어 출사했는데, 간문제(簡文帝) 사후 제
위(帝位)를 찬탈하려는 환온(桓溫)의 야망을 저지하였다. 환온이 죽은 뒤 재상이 되어, 저
수(底水)에서 전진왕(前秦王) 부견(符堅)의 군대를 격파하는 등의 업적을 세웠다. 다재다
능해서 행서(行書)를 잘 썼고 음악에도 정통했다. 성정이 한가하고 온화하며 일 처리가
분명하고 과단성이 있었고, 권세를 전단하지 않았고 공을 믿고 오만하지 않아서 재상의
풍모가 있었다고 한다. ○『구당서(舊唐書)』〈배도전(裴度傳)〉에 보면 "왕도와 사안은 앉
아서 아속(雅俗)을 제압했다(王導謝安坐鎭雅俗)."라는 구절이 나온다.

233 고윤(高允) : 북위(北魏)의 관료이며 문인이다. 자는 백공(伯恭)이다. 문학을 좋아하고 경
사(經史)와 천문, 술수(術數)에 밝았다. 중서박사(中書博士)·중서시랑(中書侍郎) 등을 지내
며, 최호(崔浩)와 함께 북위(北魏)의 국사를 편찬하고, 경목태자 탁발황(景穆太子拓跋晃)을
교도하는 책임을 맡았다. 5대의 임금을 섬기면서 존경과 예우를 받았다. ○『국사(國史)』
사건으로 최호가 처형된 뒤 고윤도 연좌되어 사형을 기다리고 있었다. 태자가 그를 살
리기 위하여, 최호에게 죄를 미루도록 권했다. 그러나 고윤은 최호는 사무가 바빠 일을
관장하기만 하였고 자신이 더 많이 만들었다고 곧이곧대로 대답했다. 이에 세조는 직신

서 신하로서의 충절을 다했다. 내가 찬탈을 했거나 정당하지 않은 나라들에서는 벗을 취하지 않았으니, 고윤 한 사람뿐이다.

○ 방교년房喬年[234]은 자가 현령玄齡이고, 두여회杜如晦[235]는 자가 극명克明으로, 당 태종唐太宗을 도와 창업과 수성守成에 모두 큰 공적이 있었다. [그러나] 공손히 물러나고 겸손하게 사양해서 자신들의 자취를 드러내지 않았다.

○ 위징魏徵[236]은 자가 현성玄成이다. 그도 태종을 보좌했는데, 직간으로 유명했다. 태종이 허심탄회하게 간언을 받아들이자 배구裴矩[237] 같은

(直臣)이라고 칭찬하고 사면했다는 일화가 있다. 『위서(魏書)』 〈고윤열전(高允列傳)〉.

234 방교년(房喬年) : 당(唐) 창업기의 재상이다. 시문에 능했고 경전과 역사에 해박했다. 당 고조(唐高祖) 이연(李淵)과 태종(太宗) 이세민(李世民) 부자가 진양(晉陽)에서 기병하자, 이세민의 편에 가담하여 적극적으로 계책을 내고 기록을 관장하고 인재를 선발하는 등 활약했다. 후에 고조의 아들들 사이의 황위 다툼인 현무문(玄武門) 사변을 획책해서 두여회(杜如晦) 등 다섯 사람과 함께 최고의 공을 세웠다. 태종이 즉위한 뒤 중서령(中書令)이 되었고 형국공(邢國公)에 봉해져, 조정을 통괄하는 책임을 졌다. 국사를 편수해서 『진서(晉書)』를 편찬했다.

235 두여회(杜如晦) : 당(唐) 창업기의 재상이다. 진양 기병(晉陽起兵) 이후 이세민의 막부에서 모신(謀臣)이 되었다. 현무문의 사변에 참여해서 일등공신이 되었고, 태종 즉위 후 태자좌서자(太子左庶子)·병부상서(兵部尙書)·상서우복야(尙書右僕射) 등 요직을 거쳤고, 채국공(蔡國公)에 봉해졌다.

236 위징(魏徵) : 당(唐) 창업기의 재상이다. 뛰어난 정치가이자 학자이며 문인이기도 했다. 당 고조(唐高祖)에게 귀순하여 고조의 장자 이건성(李建成)의 측근이 되었다. 황태자 건성이 이세민과의 경쟁에서 패하였으나, 태종은 위징을 간의대부(諫議大夫) 등의 요직을 거쳐 재상(宰相)으로 중용했다. 태종을 보좌하며 굽힐 줄 모르는 직간으로 왕도정치를 역설하여 정관지치(貞觀之治)를 이룬 일대의 명상으로 평가된다. 『수서(隋書)』, 『양서(梁書)』, 『진서(陳書)』, 『제서(齊書)』 등 정사 편찬사업과 『군서치요(群書治要)』의 편찬에도 공헌했다. ○ 위징은 태종에게 전후 2백여 차례에 걸쳐 상소문을 올려 성현의 정치를 역설했고, 황제의 노여움에도 안색을 변하지 않고 계속했다고 한다. 위징이 죽자 태종은 "구리로 거울을 만들면 의관(衣冠)을 바르게 할 수 있고, 옛 역사를 거울로 삼으면 흥망을 알 수 있고, 사람을 거울로 삼으면 득실을 밝힐 수 있다. 짐이 항상 이 거울 세 개를 보존해서 나의 허물을 방지했는데, 이제 위징이 세상을 떠났으니 거울 하나를 잃었다."라고 탄식했다고 한다. 『구당서(舊唐書)』 〈위징열전(魏徵列傳)〉.

237 배구(裴矩) : 북제(北齊)·북주(北周)·수(隋)·당(唐) 네 왕조에서 활약한 인물로, 자는 홍대(弘大)이다. 수 양제(隋煬帝)에게 아첨하여 신임을 받았다. 우문술(宇文述)의 반란 이후 당

무리까지 모두 간언을 올릴 수 있었다. 아, 요즘 사대부들이야 모두 배구에게도 죄인이거늘, 하물며 공公에게랴!

○ 저수량褚遂良[238]은 자가 등선登善으로, 태종太宗과 고종高宗을 섬겼다. 역시 강직한 선비였다.

○ 자가 회영懷英인 적인걸狄仁傑[239]과 송경宋璟[240]【역사에 자字가 일실되었다】, 자가 자수子壽인 장구령張九齡[241]은 모두 당의 훌륭한 재상들이다. 적

에 투항했다. 당 태종을 만난 뒤 배구는 태종에게 직언을 하며 간쟁했다. 사마광은 이에 대해 "배구가 수에 아첨하고 당에 충성한 것은 그의 본성이 변해서가 아니다. 군주가 자신의 과실에 대해 듣는 것을 싫어하면 충성이 변하여 아첨이 되고, 군주가 직언 듣기를 즐기면 아첨이 변하여 충성이 된다. 여기에서 임금은 형체이고 신하는 그림자이므로, 형체가 움직이면 그림자가 따라 움직인다는 것을 알 수 있다(裵矩佞于隋而忠于唐, 非其性之有變也. 君惡聞其過, 則忠化爲佞, 君樂聞直言, 則佞化爲忠. 是知君者表也, 臣者影也. 表動則影隨矣)."라고 하였다. 『자치통감강목(資治通鑑綱目)』.

238 저수량(褚遂良) : 당 초기의 정치가이며 서예가이다. 박학다재하고 문학과 역사에 정통했다. 당에 귀순한 후 간의대부(諫議大夫)·중서령(中書令) 등을 역임하며 조정의 대권을 잡았다. 장손무기(長孫無忌)와 함께 태종의 유조를 받아 정치를 보좌했으며, 고종이 즉위하자 상서우복야(尙書右僕射)에 올랐고 하남군공(河南郡公)에 봉해졌다. 고종이 황후를 폐하고 무측천(武則天)을 세우는 것에 대해 격렬하게 반대하며 저지하려다 담주도독(潭州都督)으로 좌천되었다. 이후 여러 차례 좌천을 거듭하여 애주자사(愛州刺史)로 있을 때 임지에서 죽었다.

239 적인걸(狄仁傑) : 측천무후(則天武后)가 세운 무주(武周)의 재상을 지내며 정치를 쇄신하여 '무주(武周)의 치(治)'를 이끈 인물이다. 특히 적인걸은 측천무후에게 여릉왕(廬陵王) 이현(李顯)을 태자로 삼을 것을 직간(直諫)하여 당 왕조가 계속될 수 있게 하였다. 이현은 측천무후의 아들로, 고종(高宗)이 죽은 뒤 중종(中宗)으로 즉위하였으나 측천무후에 의해 폐위되어 있었다. 측천무후가 적인걸의 건의를 받아들여 중종을 태자(太子)로 세웠고, 이로써 이씨(李氏)의 당(唐) 왕조가 계승될 수 있었다. 또 적인걸은 민생을 안정시켜 백성에게도 존경을 받았으며, 장간지(張柬之)·환언범(桓彦范)·경휘(敬暉)·두회정(竇懷貞)·요숭(姚崇) 등 새로운 인재들을 발탁해서 정치의 기풍을 쇄신하였다. 이들 중 장간지·환언범 등은 정변을 일으켜 황위를 무씨에게 넘기려는 측천무후를 압박하여 태자에게 이양하도록 하였으며, 요숭 등은 현종(玄宗) 시대 당(唐)의 전성기를 이끌었다.

240 송경(宋璟) : 자는 광평(廣平)이다. 박학다재하며 문학에 특별히 뛰어났다. 무후(武后)와 당의 중종(中宗)·예종(睿宗)·상제(殤帝)·현종(玄宗)의 5조에 거쳐 벼슬을 살면서, 일생 당을 진흥시키기 위해 노력했다. 요숭(姚崇)과 함께 현종의 개원성세(開元盛世)를 보좌해서, '요·송(姚宋)'으로 병칭된다.

241 장구령(張九齡) : 당 개원(開元) 연간의 재상이며 문인이다. 호는 박물(博物)이다. 문학적

인걸은 측천무후 때 재상을 지냈지만 끝내 당唐이 보존되도록 했으니, 군자들은 그 공을 소중하게 여겨 그의 행적을 용서한다. 송경과 장구령은 모두 현종玄宗 때의 재상으로 강직하게 행동했다.

○ 장순張巡[242]은 자가 순巡으로, 당의 충신이다. 문무의 재주를 겸비했으니, 한 번 죽어 절개를 지킨 것이 그저 다가 아니다.

○ 곽자의郭子儀[243]는 자가 자의子儀로, 현종玄宗·숙종肅宗·대종代宗·덕종德宗 4대를 거치며 지혜로 혼란을 잠재웠고, 용기로 교활한 자를 제압했으며, 충성으로 나라를 지켰고, 명철함으로 자신을 보전했다. 부유했지만 공손했고, 귀했지만 겸손했으며, 공이 높을수록 뜻을 더욱 낮추었다. 군주는 시기하고 의심했으며 간신들이 집권한 때였지만, 몸이 위험에 처하지 않았고 복을 누리고 장수하며 많은 자손을 두었다. 지금까지도 위로 사대부들부터 아래로 마부나 하인·여종에 이르기까지 복 있는 이를 말하려면 반드시 '곽영공郭令公'을 들먹이며 누구나 부러워한다. 공

재능으로 재상 장열(張說)의 추천을 받아 중서사인(中書舍人)·중서시랑(中書侍郎)을 거쳐 재상이 되었다. 행동거지가 우아하고 풍모가 범상치 않았다고 한다. 식견이 있고 충성스러웠으며 법을 준수하고 직언으로 용감하게 간쟁했으며 훌륭한 인재들을 선발하고 권귀에게 아부하지 않아 '개원지치(開元之治)'를 이룩하는 데 공헌했다고 평가된다. 문학적으로는 소박한 언어로 구성된 청담한 시풍의 오언고시를 발전시켜 육조 이래의 화려한 시풍을 일소했다는 평가를 받는다.

242 장순(張巡) : 당 중기의 관료이다. 당 현종 때 안녹산(安祿山)의 난이 일어나자 옹구(雍丘)에서 기병하여 저항하였다. 지덕(至德) 2년, 군량도 없고 원군도 없는 상황에서 허원(許遠)과 함께 수양성(睢陽城)을 사수하다 사로잡혀 순국했다. 박학다식했고 문학적 재능도 뛰어나『구당서(舊唐書)』는 "문장으로 이름을 떨쳤다."라고 기록했다.『구당서(舊唐書)』「충의열전(忠義列傳)」.

243 곽자의(郭子儀) : 당 중기의 무장이다. 현종(玄宗)부터 숙종(肅宗)·대종(代宗)·덕종(德宗)까지 4대를 섬겼다. 안녹산의 난을 토벌해 장안(長安)을 탈환했고, 토번(吐蕃)을 정벌하는 등 무공을 세워 상보(尙父)의 칭호를 받고 분양왕(汾陽王)에 봉해졌다. 개인적으로도 85세의 수를 누리며, 여덟 명의 아들과 일곱 명의 사위들이 모두 높은 관직에 올랐고, 손자들이 다 알아보지도 못할 만큼 많았다고 한다. 세속적인 복과 지위를 모두 누린, 부귀영화를 대표하는 인물이다. 세상에선 곽분양(郭汾陽) 혹은 곽영공(郭令公)이라 칭한다.『신당서(新唐書)』〈곽자의열전(郭子儀列傳)〉.

은 실로 이런 말을 들을 만한 이유가 있는 사람이다.

○안진경顔眞卿244은 자가 청원淸源으로, 충성스럽고 정직하며 굳세고 열렬한 사람이었다.

○ 육지陸贄245는 자가 경여敬輿로, 덕종德宗 때 직언으로 진출했다가 끝내 직언 때문에 내쳐졌다. 학문과 정치적 실무 능력을 겸비했고, 충성과 재주를 모두 갖췄으니, 옛날의 '사직을 지키는 신하'246에 가까우리라!

○ 배도裴度247는 자가 중립中立으로, 장수와 재상의 재주를 겸비해 헌

---

244 안진경(顔眞卿) : 당 중기의 관료이며 서예가이다. 자는 청신(淸臣)이다. 원문의 '청원(淸源)'은 확인할 수 없다. 노군공(魯郡公)에 봉해졌으므로 안 노공(顔魯公)으로도 불린다. 안녹산의 반란이 일어났을 때 평원태수(平原太守)로 의병을 일으켜 맞섰다. 후에 헌부상서(憲部尙書)에 임명되었으나, 회서절도사(淮西節度使) 이희열(李希烈)이 난을 일으키자 권신 노기(盧杞)의 모략으로 덕종(德宗)으로부터 반군을 회유하라는 명을 받았다. 이후 반군에 억류되어 살해되었다. 서예가로 더 유명해서, 해서(楷書), 행서(行書), 초서(草書)에 모두 능하였으며, 안진경체를 창시했다. 우세남(虞世南)·구양순(歐陽詢)·저수량(褚遂良) 등과 함께 당사대가(唐四大家)로 불린다.

245 육지(陸贄) : 당(唐)의 문신이자 학자이다. 시호가 선공(宣公)이어서 육 선공(陸宣公)으로 흔히 불린다. 박학굉사과(博學宏辭科)에 급제하여 덕종 때 한림학사(翰林學士)가 되었다. 주자(朱滋)의 반란 때는 조서를 도맡아 지었는데, 뜻과 말이 간절해서 억세고 사나운 장졸들이 모두 감격하여 울었다고 한다. 후에 재상이 되어서는 폐정(弊政)을 시정하고 가혹한 조세를 혁파하는 데에 노력했다. 배연령(裴延齡)의 참소로 충주별가(忠州別駕)로 좌천되어 그곳에서 죽었다. 『구당서(舊唐書)』〈육지열전(陸贄列傳)〉. ○육지는 조정에서 근무할 때 수많은 제고(制誥)와 주의(奏議)를 제작했다. 모두 변려문(騈儷文)으로 제작되었지만 육조 이래의 화려하고 형식적인 변려문에 비해 비교적 소박하고 충실한 내용의 변려문을 구사했다. 그의 주의(奏議)는 적절한 내용과 형식으로 후세의 전범이 되었다. 후인들이 육지의 주의를 모아 『육선공주의(陸宣公奏議)』를 간행했다.

246 사직을 지키는 신하 : 원문의 '사직신(社稷臣)'은 사직지신(社稷之臣)의 준말이다. 『맹자』 「진심 상(盡心上)」에서 나온 말이다. "사직을 편안하게 하는 신하가 있으니, 사직을 편안하게 하는 것을 기쁨으로 삼는 자이다(有安社稷臣者, 以安社稷爲悅者也)."

247 배도(裴度) : 당의 재상이다. 오원제(吳元濟)의 반란을 평정하여 진국공(晉國公)에 봉해졌다. 배 진공(裴晉公)으로 흔히 불린다. 이후 목종(穆宗)·경종(敬宗)·문종(文宗) 3조에 걸쳐 절도사와 재상을 지냈다. 정도를 굳게 지키는 것으로 헌종을 보좌하여 원화 연간의 중흥기[元和中興]를 실현했다. 이덕유(李德裕)·이종민(李宗閔)·한유(韓愈) 등의 명사를 추천하고, 이광안(李光顔)·이소(李愬) 등의 명장을 중용했으며, 유우석(劉禹錫) 등의 사람들을 보호해서, '안팎을 드나들며 그 일신에 나라의 안위가 달린 것이 20년이었다.'라고 역사에선 평가한다. ○ 만년에 환관이 전횡하자 관직을 사퇴하고 낙양에 은거했다. 오교

종헌宗·목종穆宗·경종敬宗·문종文宗의 재상을 지냈다. 기미를 보고 일찌
감치 [뜻을] 거둬들여, 명성은 오래 전해지고 도道에도 흠이 생기지 않았다.

당 말기의 재상 중에 이덕유李德裕나 우승유牛僧孺[248] 같은 자들도 재능
을 갖췄으나, 당파를 만들어 서로 반목하며 끝내는 국가에 해를 끼쳤다.
나는 모두 취하지 않는다.

○ 유공작柳公綽[249]은 자가 자관子寬으로, 그도 헌종憲宗 때 사람이다.
집안을 예로 다스렸다. 그 사람 됨됨이를 살펴보면 역시 재상이나 장수
감이다.

○ 이항李沆[250]은 자가 태초太初로, 너그러운 도량으로 재상을 지냈고,
경세제민經世濟民의 계책도 겸비했다.

○ 왕증王曾[251]은 자가 효선孝先으로, 충직하고 후덕한 장자長者였다.

(午橋)에 별장을 짓고 꽃나무 만여 그루를 심고, 겨울에 지낼 따뜻한 집과 여름에 지낼 시
원한 누대를 짓고 '녹야당'이라고 불렀다. 여기서 배도는 백거이(白居易)·유우석(劉禹錫)
등과 시주(詩酒)의 모임을 즐기며 살았다고 한다. 『신당서(新唐書)』 「배도전(裴度傳)」.

248 이덕유(李德裕)나 우승유(牛僧孺) : 둘 다 당(唐)의 재상들이다. 이덕유의 자는 문요(文饒),
우승유의 자는 사암(思黯)이다. 이 둘은 역사상 '우이당쟁(牛李黨爭)'으로 불리는 당쟁의
핵심 인물들이다. 목종(穆宗)에서 무종(武宗)까지의 시대에 우승유·이종민(李宗閔)이 하
나의 당을 결성하고, 이길보(李吉甫)·이덕유 부자가 하나의 당을 이루어 대립했던 일이
다. 이들은 약 40년 동안 서로를 배격하며 정권을 다투었다. 『신당서(新唐書)』 〈이덕유열
전(李德裕列傳)〉.

249 유공작(柳公綽) : 당의 관료이며, 서예가이기도 하다. 덕종 때 현량방정직언극간과(賢良方
正直言極諫科)로 등제했으며, 헌종 때는 오원제(吳元濟)의 반란을 평정하는 데 참여했다.
총명하고 학문을 좋아해서 집에 만여 권의 장서가 있었다고 한다. ○ 가법(家法)이 엄격
했던 것으로 유명해서, 검약과 겸손, 동족의 화목과 엄격한 학문 수양 등을 강조하는 가
법이 『소학(小學)』의 「가언(嘉言)」, 「선행(善行)」 등의 편에서 거듭 인용된다.

250 이항(李沆) : 북송 태종(太宗)·진종(眞宗) 때의 재상이며 시인이다. 시호는 문정(文靖)이
다. 성격이 곧고 진실했으며 대체를 알았고, 직위에 임해서는 신중하게 처신했고 명성
을 구하지 않았으며, 행동은 법도를 따라 사람들이 사적인 것을 요구하지 못했다고 한
다. 『송사(宋史)』 〈이항열전(李沆列傳)〉.

251 왕증(王曾) : 북송의 재상이며 시인이다. 진종(眞宗) 때 기국공(沂國公)에 봉해졌는데, 진
종이 천서관(天書觀)을 세우고자 하니, 이에 대해 극력 간쟁했다. 인종이 즉위하자 중서
시랑(中書侍郞)·동중서문하평장사(同中書門下平章事)에 제수되었는데, 계략을 세워 권신

○ 범중엄范仲淹252은 자가 희문希文으로, 이윤伊尹이 되고자 하는 뜻을 가져 도의 실천에 구차하지 않았다. 그의 아들인 범순인范純仁253은 자가 요부堯夫로, 역시 훌륭한 재상이었다.

○ 한기韓琦254는 자가 치규稚圭로, 재상이 되어서는 천하를 안정시켰고, 장군이 되어서는 변경을 평정했다. 덕이 높고 도량이 넓었으니 이른바 '거인'255이다.

○ 부필富弼256은 자가 언국彦國으로, 충직하게 재상 노릇을 해서 한기와 나란히 명성을 떨쳤다.

인 정위(丁謂)를 축출했다. 『송사(宋史)』〈왕증열전(王曾列傳)〉.

252 범중엄(范仲淹) : 북송(北宋)의 정치가이자 학자, 문인이다. 시호가 문정(文正)이어서, 흔히 범 문정공(範文正公)으로 불린다. 흥화현령(興化縣令)·비각교리(秘閣校理)·진주통판(陳州通判)·소주지주(蘇州知州) 등의 직책을 거쳤으나 직간으로 인해 여러 차례 좌천되었다. 인종 때 곽황후(郭皇后)의 폐위를 놓고 재상 여이간(呂夷簡)과 대립하였는데, 구양수(歐陽修)·한기(韓琦) 등과 함께 군자의 붕당을 자칭하며 경력당의(慶曆黨議)를 일으켰다. 뒤에 하송(夏悚) 일파와의 알력으로 지방관으로 좌천되어 죽었다.

253 범순인(范純仁) : 북송의 대신으로, 범중엄의 차남이다. 호원(胡瑗)과 손복(孫復)에게 수학했고, 범중엄의 사후 출사했다. 철종(哲宗) 때 재상에 제수되었다. 왕안석의 신법에 반대하다 내침을 당했고, 장돈(章惇)의 미움을 받아 영주(永州)로 귀양을 갔다. 휘종 때 관문전대학사(觀文殿大學士)에 임명되었으나 안질을 이유로 사퇴했다.

254 한기(韓琦) : 북송(北宋)의 정치가이다. 호가 공수(贛叟)이고, 위국공(魏國公)에 봉해졌다. 지주안무사(知州按撫使)로 있을 때 사천(四川)의 기민(飢民) 190만 명을 구제하였고, 이어 서하(西夏)의 침입을 격퇴하여 변경 방비에도 역량을 과시함으로써, 30세에 이미 문무에 명성을 떨쳐 추밀부사(樞密副使)가 되었다. 지방관과 삼사사(三司使)를 거쳐 재상의 지위에 올랐다. 그러나 왕안석(王安石)의 청묘법(靑苗法) 실시를 맹렬히 비난하고, 또 거란이 요구해 온 영토 할양에도 반대하며 왕안석과 정면 대립함으로써 관직에서 물러났다.

255 거인 : 명공거인(名公鉅人)의 약칭이다. 명망이 있는 중요한 인물을 가리키는 말이다.

256 부필(富弼) : 북송의 재상이며 문인이다. 한국공(韓國公)에 봉해졌다. 송 인종(宋仁宗) 때 지제고로 거란에 사신 가서, 세폐(歲幣)를 늘리는 조건으로 영토 분할의 요구를 거절하는 성과를 거두었다. 이후 추밀부사(樞密副使)가 되어 범중엄 등과 함께 경력신정(慶曆新政)을 추진했다. 신정의 실패 후 지운주(知鄆州)·지청주(知青州) 등으로 나가 수십만의 재난민을 구조하였다. 영종 때 다시 재상이 되었으나 왕안석의 신법에 반대해서, 판호주(判亳州)로 좌천되었다. 지방관으로 나가서도 청묘법을 집행하길 거부했다. 뒤에 낙양에 물러나 있으면서 신법 폐지 청원운동을 계속했다. 『송사(宋史)』〈부필열전(富弼列傳)〉.

○ 구양수歐陽脩[257]는 자가 영숙永叔으로, 문학으로 등용되어 참지정사參知政事에 이르렀다. 곧바로 직간하고 말을 돌리지 않았다.

○ 사마광司馬光[258]은 자가 군실君實로, 힘써 공부해 자신을 수양했고, 오직 충성으로 나라를 보좌했다.

○ 여공저呂公著[259]는 자가 회숙晦叔이다. 사마군실司馬君實과 함께 재상을 지냈는데, 계책과 업적이 있었다.

송에 훌륭한 재상들이 많았지만, 여기선 그중 더욱 뛰어난 자를 뽑아 이항 이하 여덟 명을 수록했다.

○ 유안세劉安世[260]는 자가 기지器之로, 사마군실司馬君實에게 배웠다.

---

257 구양수(歐陽脩) : 북송의 관료이자 문인이다. 호는 취옹(醉翁)·육일거사(六一居士) 등이다. 시호가 문충(文忠)이므로 흔히 구양 문충공(歐陽文忠公)으로 불린다. 인종(仁宗)·영종(英宗)·신종(神宗) 3조에 걸쳐 벼슬하였으며, 한림학사(翰林學士)·추밀부사(樞密副使)·참지정사(參知政事) 등을 역임했다. 범중엄(範仲淹)을 중심으로 활동하다가, 신종(神宗) 때 왕안석(王安石)의 신법(新法)에 반대하여 관직에서 물러났다. 『신당서(新唐書)』,『오대사기(五代史記)』를 편찬했고, 저서로 『구양문충공집(歐陽文忠公集)』이 있다. 문학적으로 더욱 유명해서, 당송팔대가(唐宋八大家)의 한 사람이다. 한유의 고문운동을 계승해서 북송 문학 개혁 운동의 영수였다.

258 사마광(司馬光) : 북송의 관료이자 사학자이다. 호는 우부(迂夫)·우수(迂叟)이다. 속수 선생(涑水先生)이라고도 하며, 죽은 뒤 온국공(溫國公)에 봉해졌으므로 사마 온공(司馬溫公)이라고도 한다. 신종(神宗) 때 왕안석의 신법에 반대해서 추밀부사를 사퇴하고, 지방으로 나갔다. 철종(哲宗)이 즉위하자 중앙에 복귀, 정권을 담당하였다. 왕안석의 신법을 폐지하고 구법(舊法)으로 대체하여, 구법당(舊法黨)의 수령으로서 수완을 크게 발휘하였으나, 몇 달 안 되어 죽었다. 당시의 연호를 따서 '원우(元祐)의 재상(宰相)'이라고 일컬어진다. 그 뒤로 신법당이 다시 세력을 얻자, '원우(元祐)의 당적(黨籍)'에 올라 냉대를 받았다. 북송 말부터는 명신으로 추존되었다. 저술로는 편년체의 역사서인『자치통감(資治通鑑)』과『속수기문(涑水紀聞)』,『사마문정공집(司馬文正公集)』 등이 있다.

259 여공저(呂公著) : 북송의 정치가이며 학자이다. 시호는 정헌(正獻)이다. 구양수와 함께 왕안석의 신법에 반대하였다. 철종 때 사마광(司馬光)과 함께 신법을 폐지하며 국정을 주도하였고, 사마광 사후에는 독자적으로 국정을 담당했나. 사후에 신국공(申國公)에 봉해졌으나, 이후 정국의 변화에 따라 여러 차례 추탈되고, 원우당적에 편입되었다. '치심양성(治心養性)'을 근본으로 학문을 강론해서 송대 '여학(呂學)'의 단서를 열었다. 저서에『여정헌집(呂正獻集)』 등이 있다.

260 유안세(劉安世) : 북송 후기의 대신이다. 호는 원성(元城)·독역노인(讀易老人)이다. 사마광에게 수학했고, 사마광과 여공저의 추천으로 관직에 나갔는데, 직간으로 유명해서 당

강직함으로 세상의 존중을 받았다.

송에는 직간하는 선비가 많았지만, 공만 수록해서 나머지 사람들까지 드러내고자 했다.

○범조우范祖禹[261]는 자가 순부淳夫로, 역시 같은 시대 사람이다. 강의를 잘하는 것으로 유명했다.

○이강李綱[262]은 자가 백기伯紀로, 송이 남쪽으로 옮겨 가게 되자 힘과 뜻을 다해 [송을] 바로잡아 회복시키는 것을 자기 임무로 삼았다. 그의 주의奏議 여러 편은 육지陸贄와 방불하다.

○악비岳飛[263]는 자가 붕거鵬擧이고, 남송 초기의 맹장으로서 용병술이 고인古人보다도 뛰어났다. [그러나] 거의 성공할 무렵 진회秦檜의 간계

시 사람들이 '어전(御殿)의 호랑이'라고 불렀다고 한다.

261 범조우(範祖禹) : 북송의 관료이다. 자는 순부(淳夫)·순보(純甫)·몽득(夢得), 호는 화양선생(華陽先生), 시호는 정헌(正獻)이다. 사마광을 따라『자치통감(資治通鑑)』의 편수에 참가했고, 철종이 즉위한 뒤『신종실록(神宗實錄)』을 편수했다. ○그는 황제에게 강의할 때면 "고의(古義)를 열거하고 시사(時事)를 개입시키며, 말이 간략하면서도 합당하고 군더더기가 하나도 없으며, 의리가 명백해서 찬란히 문맥이 이루어졌다. 소식은 그를 강관 중에 제일이라고 칭찬했다.(開列古義, 參之時事, 言簡而當, 無一長語, 義理明白, 粲然成文. 蘇軾稱爲講官第一)."고 한다.『송사(宋史)』〈범조우열전(範祖禹列傳)〉.

262 이강(李綱) : 북송과 남송이 바뀌는 즈음의 관료이다. 호는 양계(梁溪)이다. 흠종(欽宗) 초 금(金)의 군대가 변경(汴京)에 들어왔을 때 군민을 모아 격퇴했고, 금과의 화친을 극력 반대했다. 고종이 즉위하자 승상으로 부름을 받아 내치와 군정에 힘썼으나 황잠선(黃潛善) 등의 방해로 70여 일 만에 물러났다. 천하의 중망을 입고 사직과 백성의 안위를 자신의 소임으로 삼아 그 명성이 금에까지 떨쳤으며 애국적 내용을 담은 시문을 많이 지었다. 저서로『역전내외편(易傳內外篇)』,『논어상설(論語詳說)』,『양계집(梁溪集)』등이 있다.

263 악비(岳飛) : 남송 초의 명장이다. 금이 북송의 수도인 개봉(開封)을 점령하고 휘종(徽宗)과 흠종(欽宗)이 포로로 잡혀가자 고종(高宗)과 함께 남쪽으로 내려갔다. 이후 무한(武漢)과 양양(襄陽)을 거점으로 호북(湖北) 일대를 거느리는 대군벌(大軍閥)이 되었다. 다른 군벌들과 협력해서 금의 남하를 저지하고, 금이 점령했던 일부 지역을 수복했다. 그러나 주화파였던 재상 진회(秦檜)가 악비를 무고하여 옥에 가둔 후, "분명하진 않지만, 그 사세가 아마 그런 일이 있었을지도 모른다(雖不明, 其事體莫須有)."고 근거 없는 유죄 추정으로 처형하였다. 효종(孝宗) 때 무목(武穆)이라는 시호가 내려졌고, 영종(寧宗) 때 악왕(鄂王)에 추봉되었다. 저서에『악무목집(岳武穆集)』이 있다.

로 죽었다. 그 열렬한 충의는 만고에 빛난다.

　나는 활과 칼로 이름을 세운 사람과 벗하는 경우가 드물다. [그러나] 곽
영공郭令公과 공만은 벗한다. 촉한蜀漢의 수정후壽亭侯 관우關羽는 용맹과
지략, 충성과 의리가 공과 막상막하이다. 그런데 후세 사람들이 그를 왕
의 작위로 제사를 지낸다.[264] 내가 감히 벗으로 삼지 못하는 이유이다.

　○ 문천상文天祥[265]은 자가 이선履善으로, 송이 망하자 순국해서 인의
仁義를 끝까지 다했다.

　○ 육수부陸秀夫[266]는 자가 군실君實로, 그도 송을 위해 순국했다.

　아! 이 두어 사람들이 평화로운 시대에 태어나 현명한 군주를 보좌했
더라면 그 공적을 어찌 다 기술할 수 있었을 것인가?

　○ 유기劉基[267]는 자가 백온伯溫으로, 경세제민經世濟民의 재주로 명明을

---

264 후세 사람들이 …… 제사를 지낸다 : 관우에게 '왕'이라는 작위가 붙기 시작한 것은 송에
　서부터이다. 송에서 관우는 '소열무안왕(昭烈武安王)', '의용무안왕(義勇武安王)'으로 추존
　된다. 명에서는 관우에게 제(帝)라는 시호가 붙는다. 먼저 성조(成祖)가 정변으로 왕위를
　찬탈한 자신의 행동을 관우의 영험한 도움을 받은 것이라고 주장하면서 신격화하기 시
　작했는데, 이후 신종(神宗)은 관우를 제(帝)에 봉했다. 관우에 대한 이러한 숭배는 청대
　까지도 계속되어 관우의 시호는 '인용위현호국보민정성수정우찬선덕충의신무관성대
　제(仁勇威顯護國保民精誠綏靖羽贊宣德忠義神武關聖大帝)'가 된다.

265 문천상(文天祥) : 남송의 정치가이자 시인으로, 원(元)의 남하에 끝까지 저항한 순국 영웅
　이다. 자는 송서(宋瑞) 혹은 이선(履善)이고, 호는 문산(文山)이다. 원(元)이 남하하여 송의
　수도 임안(臨安)에 다다르자 가재를 털어 의용병 1만을 모아서 임안을 방어하는 전투에
　참가했다. 공제(恭帝)의 명으로 원으로 강화를 청하러 갔으나, 그사이 임안은 함락되고,
　송은 멸망했다. 문천상은 포로가 되어 북송(北送)되던 중 탈주해 복건성(福建省) 복주(福
　州)로 가 탁종(度宗)의 장자 익왕(益王)을 받들고, 송을 회복하기 위해 노력했다. 그러나
　광동성(廣東省) 오파령(五坡玲) 전투에서 다시 체포되어 북경에서 3년간 구금되어 있었
　다. 원 세조(元世祖)가 간절히 회유했으나 끝내 거절하고 순국했다.

266 육수부(陸秀夫) : 자는 군실(君實) 또는 연옹(宴翁)이고, 별호는 동강(東江)이다. 남송의 좌
　승상이다. 문천상(文天祥) · 장세걸(張世傑)과 '송말삼걸(宋末三傑)'로 병칭된다. 남송이 망
　하자, 그는 복주(福州)에서 익왕(益王)을 세워 원에 대한 저항을 계속했고, 익왕이 죽자
　다시 위왕(衛王)을 세우고 좌승상이 되었다. 원의 군사가 송의 최후 보루였던 애산(厓山)
　을 격파하자, 처자를 바다에 밀어 넣은 다음 위왕을 등에 업고 함께 바다에 빠져 죽었다.
　『송사(宋史)』〈육수부열전(陸秀夫列傳)〉.

보좌했다. 태조太祖가 천하를 얻자 공로를 사양하고 권력으로부터 피했지만, 애석하게도 끝내 장자방張子房처럼 멀리 달아나 자신을 보호하지는 못했다.²⁶⁸

○ 방효유方孝孺²⁶⁹는 자가 희직希直으로, 돈후하고 우아하며 학문이 있었다. 죽음도 반듯했지만, 재주와 책략은 모자랐다.

○ 우겸于謙²⁷⁰은 자가 정익廷益으로, 장군·재상감이었다. 순수한 충

---

267 유기(劉基) : 명 건국기의 개국공신이다. 절강성 청전(靑田) 사람이므로 유 청전(劉靑田)이라고 불리고, 성의백(誠意伯)에 봉해졌기에 유 성의(劉誠意)로도 불린다. 원말명초(元末明初)의 전략가이며 정치가로, 주원장(朱元璋)의 모사가 되어 천하를 통일하는 데 중요한 역할을 하였다. 명의 건국 이후에는 어사중승(御史中丞)·태사령(太史令) 등을 역임하며 역법을 제정하고 군정체제를 건립하는 등의 공을 세웠다. 그러나 승상 이선장(李善長)과의 불화로 벼슬에서 물러났다. 유기는 고향에 은거하여 형적을 감추고, 술 마시고 바둑을 두며 지냈고 자신의 공을 입에 올리지 않았다. 그럼에도 호유용(胡惟庸)의 모함으로 태조의 의심을 받아 울분 끝에 죽었다. 그는 천문·병법·수리에 정통하고 시문은 더욱 뛰어났다. 문학사에선 유기와 송렴(宋濂), 고계(高啓)를 명초시문삼대가(明初詩文三大家)로 병칭한다.

268 장자방(張子房)처럼 멀리 …… 보호하지는 못했다 : 장량(張良)의 자가 자방이다. 한 고조(漢高祖) 유방(劉邦)의 책사로 한의 개국을 도왔으며, 그 공로로 유후(留侯)에 책봉되었다. 한신(韓信)·소하(蕭何)와 함께 한초삼걸(漢初三杰)로 불린다. ○ 장량은 유후(留侯)에 봉해지고 나서는 스스로 "내가 지금 세 치의 혀로써 제왕의 스승이 되어, 만 호에 봉해지고 제후가 되었으니, 이는 포의로선 궁극이라, 내게 충분하다. 이제는 인간의 일을 버리고 적송자를 따라서 노닐고 싶을 뿐이다(今以三寸舌爲帝子師, 封萬戶, 位列侯, 此布衣之極, 於良足矣. 願棄人間事, 欲從赤松子游耳)."라고 하고는, 벽곡(辟穀)과 도인술(道引術)을 닦아 신선이 되고자 했다고 한다. 『사기』「유후세가(留侯世家)」.

269 방효유(方孝孺) : 명 초기의 학자이며 문인, 관료이다. 자는 희직(希直) 또는 희고(希古)이고, 호는 손지(遜志)이다. 촉헌왕(蜀獻王)이 그의 거처에 '정학(正學)'이란 이름을 내렸으므로 방정학(方正學) 혹은 정학 선생(正學先生)으로도 불리고, 그의 고향이 구성(緱城)이므로 구성 선생(緱城先生)으로도 불린다. 송렴(宋濂)에게 수학했다. 혜제(惠帝) 때 시강학사(侍講學士)를 지내며 신임을 받았다. 훗날 영락제(永樂帝)가 되는 연왕(燕王)이 황위를 찬탈하고서 그에게 즉위 조서를 쓰도록 강요하자 그는 붓을 땅에 내던지며 거부하다가 능지처참의 극형에 처해졌다. 저술에『주례변정(周禮辨正)』등 몇 가지가 있었으나 모두 영락제에 의해 소각되고,『손지재집(遜志齋集)』과『방정학문집(方正學文集)』만이 전한다.『명사(明史)』.

270 우겸(于謙) : 명의 관료로, 호는 절암(節庵)이다. 선종(宣宗) 때 주고후(朱高煦)의 모반을 평정하는 공을 세웠다. 하남(河南)과 산서(山西)의 순무사(巡撫使)가 되어 치적이 있었고, 영

218

정으로 사직을 보호한 공로가 있었지만 끝내는 [그] 공로 때문에 죽었다.

○ 왕수인王守仁[271]은 자가 백안伯安으로, 배우길 좋아하고 문무의 재능을 겸비했다. 학문은 자못 순수하지 못했다.

「정집丁集」

문사文詞는 도道에 대해 그저 말단에 지나지 않는다. [그러나 문사를 통해] 도를 밝히지 않을 수도 없다. 예전 문학이 장기였던 사람들은 도리어 간혹 경박하고 시끄러우며 방탕하고 제멋대로여서 좋은 점을 찾아볼 수 없기도 하다. 그중 훌륭한 자를 가려 뽑아, 겨우 열다섯 사람을 얻어서 「정집」을 만들고 마무리한다. 이미 다른 집集에 들어간 사람은 중복해서 보이지 않았다.

○ 사마천司馬遷[272]은 자가 자장子長으로, 한 무제漢武帝 때 태사령太史令

종(英宗) 때에는 병부시랑이 되었다. 와랄부(瓦剌部)의 야선(也先)이 남침한 토목지변(土木之變)이 일어나 영종이 포로가 되자 경제(景帝)를 옹립하고 경사(京師)를 수호하였다. 이에 야선은 영종이 이용 가치가 없음을 알고 송환하였고, 송환 후 영종이 복위하자 우겸은 대역죄로 처형되었다. 헌종(憲宗)이 즉위한 후에 복권되었다. 저서로『우충숙집(于忠肅集)』이 있다.

271 왕수인(王守仁) : 호는 양명(陽明)이고 시호는 문성(文成)이다. 사람들은 왕양명(王陽明)이라고 부른다. 명 중기의 사상가·철학자·서예가·교육자이며 군대 지휘자이기도 하다. 신호의 난[宸濠之亂]을 평정하는 등 군공을 세워 신건백(新建伯)으로 봉해졌다. 학자로서의 왕수인은 육왕심학(陸王心學)을 집대성한 사람으로, 심즉리(心卽理)·지행합일(知行合一)·만물일체(萬物一體) 등의 학설을 확립했다. 저서로『전습록(傳習錄)』,『왕문성공전서(王文成公全書)』가 있다.

272 사마천(司馬遷) : 서한의 사관(史官)으로, 태사령(太史令) 사마담(司馬談)의 아들이다. 사마담을 이어 태사령이 되어『사기(史記)』를 완성했다. 흉노에게 투항한 이릉(李陵)을 변호하다 무제의 노여움을 사 궁형(宮刑)을 받았으나 저술을 계속해『사기』310편을 완성했다.『사기』는 삼황오제(三皇五帝)부터 한 무제(漢武帝)까지 3천여 년의 역사를 정리한 역사서이다. 본기(本紀)·표(表)·서(書)·세가(世家)·열전(列傳)의 다섯 부분으로 나눠 기술하면서도 서로 연계되도록 기술한 기전체 역사서의 시작이다.『사기』는 역사뿐 아니라 문학적으로도 후대에 큰 영향을 미쳤다. 특히 사실적이며 생생한 사건, 인물 묘사와 군

이었다. 그가 지은 『사기史記』의 문장은 고인보다 뛰어나다. 그의 논의는 순수하지는 않지만, 그래도 또한 종종 도道에 맞으니, 학문을 모르는 자라고는 할 수 없다. 간혹 비분강개해서 정도正道를 넘기도 한다.

○ 사마상여司馬相如[273]는 자가 장경長卿으로, 그도 동시대 사람이다. 그의 문장은 사부詞賦가 장기인데 사치스럽고 화려하다. 〈간렵서諫獵書〉는 바른말을 해서 도움이 되었고, 〈봉선서封禪書〉는 아부해서 자신에게 흠집을 남겼다.

○ 진자앙陳子昂[274]은 자가 백옥伯玉으로, 당나라 사람이다. 고시古詩를

더더기 없는 문체는 문학적으로도 백미로 꼽힌다. ○ 사마천은 『사기』 곳곳에서 '세상의 부조리'를 개탄하고, "믿음을 보여도 의심하고 충성을 다해도 비방한다."라며 자신의 억울한 심경을 표출하고 있다. 부당한 억압을 딛고 통쾌하게 복수한 인물들을 대거 역사 서술에 편입시키는가 하면, 역사의 흐름에 영향을 주거나 대세를 바꾼 사람이면 누구든 기록하여 그 역할과 작용을 각인시켰다. 이를 통해 부당한 권력을 비판하고 약자를 옹호했다.

[273] 사마상여(司馬相如) : 서한의 사부(詞賦) 작가이다. 양 효왕(梁孝王)을 위해 지은 〈자허부(子虛賦)〉가 한 무제(漢武帝)의 눈에 띄어 등용되었다. 이후 사부를 지어 바쳐, 동방삭(東方朔)·매고(枚皐)·엄조(嚴助) 등과 함께 사랑받았다. 29편의 부와 4편의 산문이 남아 있다. 그의 사부(詞賦)는 화려함으로 유명해서, 후육조(後六朝)의 문인들에게 지대한 영향을 미쳤다. ○ 〈간렵서(諫獵書)〉는 사냥을 좋아하는 한 무제에게 사냥의 위험성을 지적하며 '천자의 존귀함을 경시하고 안전을 돌보지 않으며 위험을 무릅쓰는 것을 즐거움으로 삼는 것은 천자가 취해서는 안 되는 일'이라고 경고, 권면하고 있는 글이다. 『사기』에는 〈간렵소(諫獵疏)〉로, 『예문유취』에는 〈상서간무제(上書諫武帝)〉라는 제목으로 소개되어 있다. ○ 〈봉선서(封禪書)〉는 사마상여가 유작으로 남겨 한 무제에게 전한 글이라고 한다. 봉선(封禪)은 고대의 군왕이 즉위한 후 그 공덕에 보답하기 위해 천신과 지신에게 제사를 지내는 의식이다. 이 글에서 사마상여는 무제(武帝)의 공덕을 칭송하면서 봉선을 권유했다.

[274] 진자앙(陳子昂) : 초당(初唐)의 시인이다. 우습유(右拾遺) 벼슬을 한 적이 있어 진 습유(陳拾遺)라고도 불린다. 시정(時政)에 대한 상소가 측천무후(則天武后)의 마음에 들어 발탁되었다. 두 차례에 걸쳐 변경 지방으로 종군한 경험이 있어 훗날 그의 시에 영향을 미쳤다. 부친상으로 향리에 물러나 있는 동안 무고한 죄명으로 옥중에서 죽었다. 문학적으로 진 자앙은 당 초기 시문의 개혁자로 평가된다. 당시의 시는 일반적으로 육조 궁정시(六朝宮廷詩)를 계승해 수사(修辭)에 편중하는 경향이 있었다. 그는 '한(漢)·위(魏)의 풍골(風骨)'을 중시하고 굳세고 힘이 있으며 깃든 뜻이 심원한 시를 지었다. 이로써 초당(初唐)에서 성당(盛唐)으로 넘어가는 시풍 전환에 영향을 미쳤다는 평가를 받는다. 문집으로 『진백

잘했다. 사람 됨됨이에서도 그 텅 비고 고요한 모습은 본받을 만하다.

○ 자가 태백太白인 이백李白, 자가 자미子美인 두보杜甫, 자가 호연浩然인 맹호孟浩, 위응물韋應物【자는 알 곳이 없다】, 자가 낙천樂天인 백거이白居易[275]는 모두 당의 시인들이다. 이백의 시는 호방하고 거침없으며 힘 있고 표일하다. 두보의 시는 질박하고 정직하면서 무겁고 강건하며, 그 사람됨 역시 성실하고 순박했다. 맹호의 시는 담담하고 소박하며, 위응물의 시는 평평하고 느슨하다. 백낙천은 은퇴로 칭송받았으니, 시만 잘 쓴 것이 아니었다.[276]

원화元和 무렵에는 또 유종원柳宗元[277] · 유우석劉禹錫[278] · 원진元稹[279]이

옥문집(陳伯玉文集)』 10권이 있다.

275 자가 태백(太白)인 …… 낙천(樂天)인 백거이(白居易) : 이백과 두보는 대표적인 성당(盛唐) 시인이고, 맹호와 위응물은 자연의 풍광을 주로 읊은, 역시 성당 때의 시인이다. 백거이는 신악부운동(新樂府運動)을 이끈 중당(中唐)의 시인이다.

276 『현수갑고 하(峴首甲藁下)』 권8, 「장서기(藏書紀)」 2 소재 「상우서」에는 이 단락 뒤에 다음의 한 단락이 추가되어 있다. "나는 젊어서 시를 좋아해 도연명과 이 몇 사람들을 벗으로 삼았다. 시를 이야기하는 세상 사람들은 반드시 당시(唐詩)를 최고로 친다. 그러나 천지는 시간과 함께 움직여 변화하고, 사람의 소리와 기운도 [그에] 따라 달라진다. 현재에 살면서 억지로 옛것을 모방하거나 북쪽을 뒤집어 남쪽처럼 그려 내는 것은 성인이라도 할 수 없고, 할 수 있다라도 가짜다. 이른바 '옛날을 배운다'라는 것은 그 법을 따르고 그 규칙을 준수하는 것일 뿐이다. 음조와 기운은 미칠 수 있는 것이 아니다(余少好詩, 與陶徵君及此數子爲友. 世之譚詩者, 必宗唐. 然天地與時而運化, 人之聲氣從而不相入. 彊今而貌古, 反北以狀南, 雖聖人弗能, 設能之, 贗也. 所謂'學古'者, 依其法, 遵其式耳. 音調氣韻, 非所及也)."

277 유종원(柳宗元) : 당의 문인이다. 하동 사람이어서 유 하동(柳河東), 하동 선생(河東先生)이라고 불린다. 유주자사(柳州刺史)를 지내 유 유주(柳柳州)라고도 불린다. 한유(韓愈)와 함께 고문운동(古文運動)을 제창한, 당송팔대가 중 한 명이다. 흔히 '한 · 유(韓柳)'로 병칭된다. 그의 산문은 논설적 성격이 강하고 필봉이 예리하며 풍자가 신랄하다. 경치와 물상을 묘사하며 논의를 의탁하는 유기(遊記)도 유명하다. 저서로 『유하동집(柳河東集)』이 있다.

278 유우석(劉禹錫) · 당 중기의 시인이다. 태자빈객(太子賓客)을 지냈으므로 유 빈객(劉賓客)으로 불렸다. 박학굉사과(博學宏詞科)에 급제하여 두우(杜佑)의 막료가 되었다. 감찰어사(監察御史)가 되어 왕숙문(王叔文) · 유종원(柳宗元) 등과 개혁을 기도하다가 실패해 낭주사마(朗州司馬)로 좌천되었고, 10년 후 다시 소환되었으나 필화로 연주자사(連州刺使)로 좌천되었다. 뒤에 배도의 추천으로 태자빈객(太子賓客) · 검교예부상서(檢校禮部尙書)를 지냈다. 지방관으로 있으면서 민가를 주목해 '죽지사(竹枝詞)'라는 새로운 양식 전통을 성립시켰고, 만년에는 백거이(白居易)와 교유하며 시문에 정진했다. 『유몽득문집(柳夢得

시문으로 저명했으나 처신을 잘못해 소인의 부류로 떨어졌다. 그러므로 나는 이들을 빼 버렸다. 유종원은 정말로 유식한 사람이어서 그가 자중하지 않았던 것이 애석하다. 만년에는 스스로 조금 고쳤다. 내가 그의 문장을 정말 좋아했었다.

○ 이고李翶[280]는 자가 습지習之로, 한퇴지韓退之를 배워 고문을 했다. 유자儒者다운 말이 많다.

○ 자가 자첨子瞻인 소식蘇軾[281]과 [그의] 동생인 자유子由 소철蘇轍[282]은

文集)』이 있다.

279 원진(元稹) : 당의 관료이며 시인이다. 자는 미지(微之) 혹은 위명(威明)이다. 15세의 나이로 명경과(明經科)에 급제해 관직에 나섰다. 초년에는 환관과의 갈등으로 좌천당하는 등의 일을 겪었으나 뒤에는 환관의 도움으로 높은 관직에 올랐다. 배도(裵度)는 그가 환관인 위홍간(魏弘簡)과 함께 국정을 어지럽혔다고 탄핵하기도 했다. 무창군절도사(武昌軍節度使)로 재임하던 중 병사하였다. 뛰어난 문학적 재능으로 '원 재자(元才子)'로 불렸고, 백거이와 함께 두보를 추앙하며, 신악부(新樂府) 운동을 주도하여 시가 혁신을 이끌었다. 그의 시풍을 원화체(元和體)라고 한다. 백거이와 함께 '원·백(元白)'으로 병칭된다.

280 이고(李翶) : 당 중기의 학자이며 문인이다. 한유(韓愈)의 조카사위로 그의 학문을 계승 발전시켰으며, 한유 고문운동의 열렬한 지지자였다. 그는 한유를 이어 '문으로 도를 밝힐 것[文以明道]'을 강조하고 불교를 반대하고 '성을 회복할 것[復性]'을 주장했다. 이고의 〈복성서(復性書)〉 3편은 인간의 본성을 논하고, 인간의 모든 행동을 유가적 '중도(中道)'를 표준으로 할 것을 주장해서, 송대(宋代) 성리학의 선구가 되었다. 저서로 『이문공집(李文公集)』이 있다.

281 소식(蘇軾) : 북송의 관료이자 학자, 문인이다. 호는 동파거사(東坡居士)로, 소동파(蘇東坡)로 더 널리 알려졌다. 소순(蘇洵)의 아들이며 소철(蘇轍)의 형으로, 이들은 '삼소(三蘇)'로 병칭된다. 구양수에게 인정을 받아 그의 후원으로 문단에 등장하였다. 왕안석의 신법을 반대하는 구법당에 속해 있다가 지방관으로 좌천되었고, 이후로도 좌천과 유배를 반복했다. 휘종(徽宗)의 즉위와 함께 귀양살이가 풀렸으나 돌아오던 도중 상주(常州)에서 사망하였다. ○ 소식은 북송 중기 문단의 영수로서, 시·사(詞)·산문·서화(書畫)에 두루 높은 성취를 이룩한 대문호이며 예술가이기도 하다. 시는 청신호방(淸新豪放)한 풍격으로 황정견(黃庭堅)과 함께 '소·황(蘇黃)'으로 병칭되었고, 사(詞)에서도 신기질(辛棄疾)과 함께 호방파(豪放派)의 대표적인 인물로 꼽힌다. 호방한 품격의 산문은 구양수와 함께 '구·소(歐蘇)'로 병칭된다. 당송팔대가의 한 명이다. ○ 송 철종(宋哲宗) 원우(元祐) 연간에 왕안석의 신법을 반대하는 구법당 내부에 분열이 생겨 소위 원우삼당(元祐三黨)이 결성된다. 낙당(洛黨)·삭당(朔黨)·촉당(蜀黨)인데, 소식은 촉당의 영수로서 정이(程頤)가 영수였던 낙당과 대립했다. 낙당과 촉당의 대립은 북송의 멸망까지 지속되었다.

282 소철(蘇轍) : 호는 난성(欒城)이고, 소식의 동생이다. 왕안석의 신법에 반대해서 지방 관

모두 송나라 사람들이다. 그들의 아버지 소명윤蘇明允[283]에서부터 문장을 했다. 자첨은 더욱 흉내 낼 수 없이 기이하게 변화하니, 실로 문장에 있어 신의 경지에 이른 사람이다. 불행히 그 사람됨이 군자들에게 비난받기도 한다. 그러나 역시 볼만한 점이 많다. 소철의 문장 역시 좋기는 하지만 그 형에게는 많이 못 미친다.

○ 증공曾鞏[284]은 자가 자고子固로, 그도 송나라 사람이다. 문장에 법도와 기강이 있다.

○ 황정견黃庭堅[285]은 자가 노직魯直으로, 소자첨과 친구였다. 시를 잘했는데, 두보를 배워 [시풍이] 자못 굳세다.

○ 육유陸游[286]는 자가 무관務觀으로, 송이 남쪽으로 내려간 이후의 사

리로 좌천되었다가 철종 때 구법당이 정권을 잡자 우사간(右司諫)·상서우승(尙書右丞)을 거쳐 문하시랑(門下侍郞)이 되었다. 그러나 또다시 신법당에 의하여 귀양을 갔고, 사면된 후에는 하남성(河南省)의 영창(穎昌)으로 은퇴하였다. 당송팔대가의 한 사람이며, 시문 외에도 많은 고전의 주석서를 남겼다. 저서로 『난성집(欒城集)』, 『난성응소집(欒城應詔集)』, 『시전(詩傳)』, 『춘추집전(春秋集傳)』, 『고사(古史)』 등이 있다.

283 소명윤(蘇明允) : 북송의 문인 소순(蘇洵)의 자가 명윤이다. 호는 노천(老泉)이다. 뛰어난 문장가로, 아들 소식·소철과 함께 '삼소'라 불렸으며, 당송팔대가 중의 한 명이다. 문장 중에서도 정론(政論)에 특히 뛰어나 논의가 명백하고 필세가 웅건하다고 평가되었다. 저서에 『가우집(嘉祐集)』이 있다.

284 증공(曾鞏) : 북송의 관료이며 문인이다. 남풍 출신이어서 남풍 선생(南豐先生)이라 불린다. 제주(齊州)·양주(襄州)·창주(滄州) 등의 지주(知州)를 지냈고, 60세가 지나서 중앙의 관직인 사관수찬(史館修撰)·중서사인(中書舍人)에 올랐다. 정치가 청렴결백하고 근면하며 민생의 질고를 잘 돌보았다는 평가를 받는다. 문학적 성과가 뛰어나 『송사(宋史)』 「열전(列傳)」에서는 "문장을 함에 상하로 치달리면서 내놓는 것마다 더욱 공교로웠으니, 육경에 근본을 두고 사마천과 한유를 참작했다. 당시의 글을 잘 짓는 사람 중에 그보다 나은 자가 드물었다(爲文章, 上下馳騁, 愈出而愈工, 本原六經, 斟酌於司馬遷·韓愈. 一時工作文詞者, 鮮能過也)."고 평가했다. 당송팔대가(唐宋八大家)의 한 사람이다.

285 황정견(黃庭堅) : 북송의 시인이자 화가이다. 호는 산곡도인(山穀道人)·부옹(涪翁)이다. 왕안석의 신법을 반대하는 정치적 노선으로 경력에 부침을 겪고, 의주(宜州)에 유배되어 병사했다. 문학적으로는 소위 강서시파(江西詩派)의 창시자이다. 두보를 모범으로 삼아 법고(法古)를 중시하는 시풍을 지녔으며, 생경하고 난삽하며, 요체(拗體)를 즐겨 구사했다. 장뢰(張耒)·조보지(晁補之)·진관(秦觀)과 함께 소식의 문하에서 놀아 소문사학사(蘇門四學士)로 합칭된다. 소식과 함께 '소·황(蘇黃)'으로 병칭되었다.

람이다. 강개한 뜻과 기개를 시로 드러냈다. 그는 시로 말하지 않는 것
이 없었으니, 역시 대가이다.

　나는 잘 살펴서 「정집丁集」을 뽑았다. 한漢·당唐엔 문장을 잘하는
사람이 많지만, 사람됨이 벗할 만하지 않으면 뽑지 않았다. 송宋·명明
사이에는 훌륭한 사람이 많지만, 문장이 내 취향이 아니면 뽑지 않았
다. 그래서 이처럼 수가 적다. 옛말에 그 사람을 알려면 그 벗을 보라
고 했으니, 이것을 보는 사람들은 내가 사람의 어떤 점을 높이 치고,
문장의 어떤 점을 좋아하는지 알 수 있을 것이다.

6.

　잡체雜體의 시와 문장에는 즐겁게 놀 수 있는 것이 아주 많다【회문回文287·
옥련환玉連環288·집구集句289 따위는 이미 「기6」에서 대충 보였다】. 옛날부터 있었던

---

286 육유(陸游): 남송(南宋)의 시인이다. 호는 방옹(放翁)이다. 북송 말에 태어난 그는 금에 대
　해 끝까지 항전을 주장하는 태도를 견지해서 주화파들로부터 여러 차례 배척되었다. 송
　영종(寧宗) 때 효종(孝宗)·광종(光宗)의 『양조실록(兩朝實錄)』과 『삼조사(三朝史)』의 편수
　를 주관해서 보장각대제(寶章閣待制)가 되었다. 이후에는 물러나 산음(山陰)에 칩거했다.
　그는 최고의 다작 시인으로 꼽힌다. 32세부터 85세까지 50년간에 1만 수(首)의 시를 남
　겼다. 비통한 우국의 시를 지어 애국시인으로 알려졌지만, 만년에는 전원생활에 귀의해
　서 평이하고 쉬운 시어로 담담하고 고요한 시풍을 열었다. 양만리(楊萬里)·범성대(范成
　大)·우무(尤袤)와 더불어 남송사대가(南宋四大家)로 불린다. 격앙강개(激昂慷慨)한 사(詞)
　작가로도 유명하다.
287 회문(回文): 회문체는 한시 잡체의 하나로, 순방향이나 역방향 어느 쪽으로 읽어도 의미
　가 통하고, 평측(平仄)과 운(韻)도 맞도록 짓는 것이다. 진(晉)의 두도(竇滔)가 멀리 유사
　(流沙)로 가게 되자 그의 아내 소씨(蘇氏)가 앞뒤 어디로 읽어도 문장이 되는 〈회문선도
　시(回文旋圖詩)〉를 지어 비단에 수놓아 보냈던 것에서 시작되었다고 한다. 『진서(晉書)』
　〈두도처소씨열전(竇滔妻蘇氏列傳)〉.
288 옥련환(玉連環): 잡체시의 하나로, 앞 구의 마지막 글자를 뒤 구의 첫 글자로 사용해서,

것은 지금은 모두 수록하지 않는다.

회문回文이 옥련환玉連環을 겸하는 것은 옛사람들이 지은 적 없다.

○○○ 예시[290]

> 작은 섬 텅 빈 모래톱엔 저물어 돌아오는 기러기
>
> 새 건너가는 비스듬한 시내, 맞은편 언덕엔 단풍.
>
> 바람에 구르는 매미 소리, 맑은 달빛 속에 울고,
>
> 북두성 가로질러 나는 학, 먼 하늘 복판에 있네.
>
> 안뜰엔 급한 소리, 다듬잇돌에 방망이 울리고,
>
> 한밤중 심해지는 추위, 우물엔 오동잎 진다.

옥을 이어 만든 팔찌처럼 시의 각행에 서로 이어지도록 짓는 것이다. 글자를 전체로 사용하기도 하지만 주로 파자하여 부분적으로 연결한다. 뒤 구의 첫 글자가 앞 구의 마지막 글자에 감추어져 있기에 장두체(藏頭體)라고도 부른다.

289 집구(集句): 기성의 시구(詩句)를 모아 한 편의 시를 만드는 작법이다. 진(晋)의 부함(傅咸)이 경전 구절을 모아 만든 집경시(集經詩)가 시작이라 한다.

290 이 시는 번역보다 원문의 모습이 더 중요하므로, 원문을 각주로 보여 둔다.

空洲小嶼晚歸鴻, 鳥度斜川對岸楓. 風轉語蟬淸月叫, 斗橫飛鶴遠天沖. 中庭響急碪鳴杵, 午夜催寒井落桐. 同望四山靑繞棟, 東南挹翠聳岷嵷.

이 시는 옥련환체이다. 각 구의 마지막 글자를 파자하면 그 일부분이 다음 구의 첫 글자가 된다. 첫 구의 마지막 글자인 '홍(鴻)'에서 두 번째 구의 첫 글자인 '조(鳥)'가 나오는 식이다.

이 시가 회문을 겸하려면 마지막 글자부터 거꾸로 읽어도 의미가 통하고 압운 등 형식적 조건을 충족해야 한다. 앞의 시를 거꾸로 읽으면 다음과 같이 된다.

嵷岷聳翠挹南東,	높은 산은 비췻빛으로 솟아 남동쪽에 엄습하고
棟繞靑山四望同.	서까래를 두른 푸른 산은 사방이 동일하구나.
桐落井寒催夜午,	오동잎 지는 싸늘한 우물, 밤 깊기를 새촉하고
杵鳴碪急響庭中.	방망이 울리는 급한 다듬잇돌 소리, 뜰 안에 울린다.
沖天遠鶴飛橫斗,	하늘 복판 먼 학은 북두성을 가로질러 날고
叫月淸蟬語轉風.	달빛 속 맑은 매미 소리 바람에 구르며 울린다.
楓岸對川斜度鳥,	단풍 언덕과 마주한 시내, 비스듬히 건너가는 새
鴻歸晚嶼小洲空.	기러기 돌아간 저문 섬, 작은 모래톱이 비었다.

함께 사방 산 바라보니, 푸름이 용마루를 둘렀는데,

동남쪽 엄습하는 비취색, 높은 산이 솟았구나.

○ 변려문騈儷文[291]으로 짓는 회문은 간혹 지은 자가 있긴 하지만, 말을 잘 엮기가 더욱 어렵다.

○○○ **예시**[292]

구슬 가진 여룡은 글을 토하고,

비단 조개는 기운을 뿜네.

---

291 변려문(騈儷文) : 원문의 '여어(儷語)'는 '변려문'을 말한다. 네 글자 구와 여섯 글자 구를 다양한 방식으로 조합하며 글을 이어 나가고, 전체가 대구(對句)로 이루어진다. 운(韻)과 성조(聲調)를 맞추기도 하며 전고를 많이 사용하고 화려한 수사를 구사하는 것을 속성으로 하는 문체이다. 사륙문(四六文)·사륙변려문(四六騈儷文)이라고도 한다.

292 이 변려문은 번역보다 원문의 모습이 더 중요하므로, 원문을 각주로 보여 둔다.

珠驪吐文, 錦蜃噓氣, 傑偉之士衆集, 詞賦之英羣興. 淙淙之泉流, 碎瓊響答猿叫. 燦燦之石彩, 鋪綺光動虹潛. 山爲水兮水爲山, 暮復朝兮朝復暮. 逝風長而筆落, 馳景晏而觸揮. 樓危湧丹, 合雲烟而橫星月. 堅邃繚翠, 藏神鬼而遁虎熊. 喬松之年永, 懷夢邈壺嶠. 許巢之標高, 抱思騁穎箕.

이것을 거꾸로 읽으면서[回文], 변려문 형식으로 재배치해 읽으면 아래와 같다.

箕穎騁思, 抱高標之巢許.	기산·영수로 생각을 달려, 높은 푯대의 소유·허부 향하고
嶠壺邈夢, 懷永年之松喬.	원교·방호에 맴도는 꿈, 영원한 왕자교·적송자 생각한다.
熊虎遁而鬼神藏, 翠繚邃堅.	호랑이와 곰이 숨고 귀신도 감췄으니, 비췻빛 두른 깊은 골짝,
月星橫而烟雲合, 丹湧危樓.	달과 별 비끼고 안개와 구름 합하니, 붉게 솟구친 높은 누각.
揮觸而晏景馳,	술잔을 명령하니, 저녁 빛은 달려가고,
落筆而長風逝.	붓을 휘두르니, 먼 바람이 지나간다.
暮復朝兮朝復暮,	밤은 다시 아침, 아침은 다시 밤,
山爲水兮水爲山.	산은 물이 되고 물은 산이 되네.
潛虹動光, 綺鋪彩石之燦燦.	잠긴 용이 빛에 움직이니, 비단 깐 듯 번쩍이는 채색 바위,
叫猿答響, 瓊碎流泉之淙淙.	원숭이 울음 메아리에 답하니, 옥을 부순 듯 졸졸 흐르는 시내.
興羣英之賦詞,	여러 영재의 사부를 수집하고,
集衆士之偉傑.	뭇 선비 중 뛰어난 이 모았으니
氣噓蜃錦,	비단 조개는 기운을 뿜고,
文吐驪珠.	구슬 문 용은 문장을 토하네.

226

뛰어난 선비가 많이 모이니,

사부의 영웅 떼 지어 일어난다.

졸졸거리는 샘물, 부서진 옥 소리는 원숭이 울음에 답하고

번쩍이는 바위 색, 펼친 비단빛에 잠긴 용 움직이네.

산은 물이 되고 물은 산이 되며,

저녁은 다시 아침, 아침은 다시 저녁

먼 바람 지나니, 붓이 움직이고,

달리는 해 저무니, 술잔을 지시하네.

붉게 솟은 가파른 누각, 구름 안개와 합해 달과 별을 가로지르고

푸름으로 쌓인 깊은 골짝, 귀신을 감추고 호랑이와 곰을 숨겼네.

왕자교와 적송자[293]의 긴 날들, 꿈은 방호와 원교[294]를 감돌고,

허유·소부[295]의 높은 푯대, 그리움 안고 영수와 기산으로 달린다.

○106운부韻部[296]에서 각각 한 글자씩 가져다 글을 지으면, 더욱 새롭고 기

---

293 왕자교와 적송자 : 왕자교(王子喬)와 적송자(赤松子)이다. 전설 속에 나오는 선인으로, 둘
다 불로장생한 것으로 유명하다.

294 방호와 원교 : 발해 바다 동쪽 멀리 떨어진 곳에 신선들이 산다는 다섯 선산(仙山)이 있다
고 한다. 방호(方壺)와 원교(員嶠)는 그중의 두 곳이다. 『열자(列子)』「탕문(湯問)」에 나온
다. "발해의 동쪽 몇억만 리인지 모를 곳에 큰 골짜기가 있다. …… 그 가운데 다섯 산이
있는데, 하나는 대여이고, 둘은 원교이고, 셋은 방호이고, 넷은 영주이고, 다섯은 봉래이
다(渤海之東, 不知幾億萬里, 有大壑焉. …… 其中有五山焉. 一曰岱輿, 二曰員嶠, 三曰方壺, 四曰瀛
洲, 五曰蓬萊)."

295 허유·소부 : 요 시대의 고사(高士)인 허유(許由)와 소부(巢父)이다. 허유와 소부가 기산(箕
山)에 들어가 숨어 살았는데, 요가 허유를 불러 구주(九州)의 장(長)으로 삼으려고 하였
다. 그러자 허유가 더러운 말을 들었다고 하면서 영수(潁水)의 물에 귀를 씻었다. 소부가
소를 끌고 와서 물을 먹이려고 하다가 허유가 귀를 씻는 사연을 듣고는 소의 입을 디럽
히지 않겠다며 소를 끌고 상류로 올라가서 물을 먹였다고 한다. 『고사전(高士傳)』.

296 106운부(韻部): 한자의 음을 운에 따라 분류해 각 분류 항마다 그중 한 글자를 표목으로
삼은 것이 운부이다. 혹은 운목(韻目)이라고도 한다. 운부의 수는 자음 체계의 변천과 음
운학의 발달에 따라 다양하게 바뀌어 왔다. 송의 『광운(廣韻)』은 206운이고, 원(元)의 『절
운(切韻)』은 193운이었다. 금(金)의 왕문욱(王文郁)이 지은 『평수신간운략(平水新刊韻略)』

이하다.

○○○ 〈역사를 엮다史撰〉[297]

멀리 소흘기[298]를 보면, 포희·신농·헌원·제곡이 계셨네.

요는 공경하고 순은 효도하며, 하는 검소하고 은은 덕스러웠네.

주를 세우심에 이르러서는, 상서로운 소명인 듯 받들었다.

이후론 전쟁의 진흙탕에 이르러, 다툼과 약탈 끝나지 않으니,

영정[299]은 사납고 항우는 위험해, 황제가 위대한 한漢을 여셨다.

두 번 무너지고 다시 연장됐으나, 간사한 조조가 환란을 불렀다.

여섯 나라가 번갈아 이어 가니, 어찌 합하는 데 이르겠나?

당이 일어나 나라를 세우고,[300] 위대한 사업을 정돈했다.

주황의 반역과 곽위의 찬탈,[301] 탐학과 살육이 법을 무너뜨렸다.

에서는 106운이 되었는데, 이것을 흔히 평수운(平水韻)이라고 한다. 이 평수운으로 한시 압운의 기준을 삼았으므로 시운(詩韻)이라고도 한다. '106운부'는 이 평수운을 가리킨다.

297 이 시는 번역보다 원문의 모습이 더 중요하므로, 원문을 각주로 보여 둔다.

迥觀疎仡, 庖農軒嚳. 堯欽舜孝, 夏儉殷德. 誕曁有周, 奉若吉命. 降逮戰塗, 闋奪未定. 嬴暴項剽, 帝啓大漢. 再頹復引, 姦曺召患. 六邦迭襲, 詎適所合. 唐興化家, 整頓偉業. 晃逆威僭, 貪殺壞法. 宋星聚奎, 濂閩楷範. 奇渥狡獮, 厥運甚憯. 天監羅障, 咸懷近遠. 虜祾孔暗, 我東道顯.

본문과 제목에 사용된 글자까지 합하면 모두 106글자로, 전부 다른 운부에 속하는 글자들이다.

298 소흘기 : 소흘기(疏仡紀)는 십기(十紀)의 하나로, 일반적으로 '태고시대'라는 뜻으로도 쓰인다. ○ 십기는 인황씨(人皇氏)로부터 공자가 획린(獲麟)했을 때까지, 즉 『춘추』에 기록된 마지막 시기인 노 애공(魯哀公) 14년까지의 276만 년을 10기로 나눈 것이다. 시간 순서로, 구두(九頭)·오룡(五龍)·섭제(攝提)·합락(合雒)·연통(連通)·서명(序命)·순비(循蜚)·인제(因提)·선통(禪通)·소흘(疏訖)이다. 『광아(廣雅)』「석천(釋天)」.

299 영정 : 영정(嬴政)은 진시황의 이름이다.

300 나라를 세우고 : 원문은 '화가(化家)'이다. 집을 나라로 바꾸었다는 뜻인 화가위국(化家爲國)의 줄인 말로, 새로운 나라를 세우는 것을 말한다.

301 주황의 반역과 곽위의 찬탈 : 오대(五代)의 혼란을 가리킨다. 당 말에 후량(後梁)·후당(後唐)·후진(後晉)·후한(後漢)·후주(後周)가 각기 나라를 세우고 난립해 50년간 혼란 시대

228

송은 오성이 규성에 모였으니, 염·민濂閩이 모범이 되셨네.[302]

기악[303]이 교활하게 어지럽히니, 그 운세가 매우 참혹하네.

하늘의 감시가 장막을 펼쳐, 원근을 모두 품는도다.

오랑캐 요기 몹시 어두워, 우리 동방에 도가 드러났도다.

○○○ 〈둘째에게 답함答仲〉【연천 선생 작이다.】[304]

기러기 보며 멀리 그리워하다, 잉어를 사서 봉함을 열었네.[305]

가 지속되었다. 그중 후량을 세운 양 태조(梁太祖)의 이름이 주황(朱晃)이다. 원래 이름은
주온(朱溫)이었는데, 당 희종(唐僖宗)이 주전충(朱全忠)이란 이름을 내렸다. 이후 애제(哀
帝) 때 선양의 형식으로 제위를 탈취해 후량을 건국했고, 주황으로 개명했다. ○ 곽위(郭
威)는 후주를 건국한 사람이다. 후한(後漢)의 고조(高祖) 유지원(劉知遠)을 도와 건국에 공
을 세웠다. 고조 사후 은제(隱帝) 유승우(劉承祐)가 등극하자 군사적 공훈을 세우고 덕망
을 얻었으나, 유승우의 견제로 위기에 처하자 반란을 일으켜 은제를 살해하고 유빈(劉
贇)을 황제로 세웠다. 머지않아 유빈도 살해하고 스스로 황제가 되어 후주를 건국했다.

302 송은 오성이 …… 모범이 되셨네 : 송의 건국 초기에 하늘에 다섯 별(금·목·수·화·토성)
이 규성(奎星)에 모여, 마치 구슬을 엮어 놓은 듯한 별자리를 형성했다고 한다. 북송 도학
의 주역들인 다섯 명의 학자가 그러한 천문 현상에 응해 나타난 것이라고 성리학자들은
해석한다. 규성은 28수 가운데 서쪽 첫째 별자리인데, '문예'를 상징하는 별자리이다. 다
섯 명의 학자들이란 북송의 주돈이(周敦頤)·정호(程顥)·정이(程頤)·장재(張載)·소옹(邵
雍)을 가리킨다. 남송 때 이들의 학설을 발전시켜 성리학으로 집대성한 이가 주희(朱熹)
이다. 『동몽선습(童蒙先習)』. ○ 염·민(濂閩)은 염계(濂溪)와 민중(閩中)이다. 염계는 주돈
이(周敦頤)가 살던 곳이고, 민중은 주희(朱熹)가 살던 곳이다.

303 기악 : 기악온(奇渥溫)으로, 원 태조(元太祖) 칭기즈칸(成吉思汗) 일족의 몽고인 성이다.

304 이 시는 번역보다 원문의 모습이 더 중요하므로, 원문을 각주로 보여 둔다.
瞻鴻逈想, 買鯉啓緘, 忻接手潤, 奚減面譚, 剏報溫淸, 顒竢吉祺, 我懷則降, 若瘳渴饑, 載覿妙搆, 巧思
坌涌, 山舞斓斒, 海胎老蚌, 平上去入, 數恰百六, 燈謎繼解, 貂尾敢續, 醻管染翰, 霞絲錦蔚, 無日小技,
暫慰耿結, 安枕戞飯, 課誦敎訓, 青春何遠, 刮眼相遭, 金馬玄冬, 書贈同胞.
본문과 제목까지 합하면 모두 106글자이다. 각기 다른 운목에 속하는 글자들 106개로 이
루어져 있다.

305 기러기 보며 …… 봉함을 열었네 : 기러기는 철새이므로 기러기가 날아가는 방향을 보며
그쪽의 고향을 생각한다는 뜻이다. 잉어를 사서 봉함을 열었다는 것은 〈음마장성굴행
(飲馬長城窟行)〉의 "나그네가 멀리서 찾아와, 내게 잉어 한 쌍을 주고 가기에, 아이 불러
잉어를 삶게 했더니, 배 속에 한 자의 비단 편지가 있네(客從遠方來, 遺我雙鯉魚, 呼童烹鯉魚,

기쁘게 손길을 접하니, 얼굴 맞댄 이야기보다 어찌 못하겠나?

하물며 부모님 안부[306] 알려 와, 복된 즐거움을 맞이함에랴.

내 마음 기쁘기가, 마치 허기와 갈증을 달랜 듯하네.

묘한 결구를 보자니, 공교로운 생각이 샘솟듯 모여,

산엔 봉황이 날개 치며 춤추고,[307] 바다엔 늙은 조개가 배태했군.[308]

평·상·거·입, 백여섯 개 숫자가 딱 맞으니

등미(燈謎)[309]나 이어서 풀지, 감히 담비 꼬리를 이어 붙이겠는가?[310]

붓을 적셔 편지에 쓰니, 진홍빛 노을 비단에 아롱졌네.

작은 기예라 하지 말게, 잠시나마 그리움 위로하니.

잠자리 편하고 배불리 먹고, 과송課誦[311]과 가르침으로,

봄은 얼마나 멀었을까? 눈 비비며 서로 만나세.[312]

中有尺素書).”에서 왔다. 이 노래는 한(漢)의 악부(樂府)인데, 이 노래부터 이후 잉어는 종종 편지를 뜻하게 되었다.

306 부모님 안부 : 원문의 '온정(溫淸)'은 '동온이하정(冬溫而夏淸)'의 준말로, 자식이 부모님께 겨울에는 따뜻하게 해 드리고 여름에는 서늘하게 해 드리는 일을 말한다. 『예기』「곡례상(曲禮上)」. ○ 여기선 부모의 안부를 의미하는 말로 쓰였다.

307 산엔 봉황이 날개 치며 춤추고 : 『시경』「대아(大雅)」〈권아(卷阿)〉의 “봉황이 나네, 그 깃을 홰홰 치네(鳳凰于飛, 翽翽其羽).”에서 왔다. 수컷인 봉(鳳)과 암컷인 황(凰)이 다정히 나는 모습을 형용한 것으로, 부부의 금실이 좋은 것을 말한다.

308 바다엔 늙은 조개가 배태했군 : '늙은 조개가 구슬을 잉태하다[老蚌珠胎]'에서 왔다. 원래는 노년에 훌륭한 자식을 둔 것을 말하지만, 후엔 노년에 자식을 얻는 것을 두루 말한다.

309 등미(燈謎) : 원래는 정월대보름에 등불놀이를 할 때 장두시구(藏頭詩句)를 지어 등에 붙이고 사람들에게 알아맞히게 하는 놀이이다. 넓은 의미로 수수께끼 혹은 수수께끼 형식의 시도 의미한다.

310 담비 꼬리를 이어 붙이겠는가? : '구미초속(狗尾貂續)'에서 나왔다. 담비 꼬리로 만든 관이 부족해서 개 꼬리로 만든 관으로 잇는다는 말로, 원래는 관작을 남발하는 것을 의미하지만, 훌륭한 것에 보잘것없는 것을 잇는다는 비유로 쓰이기도 한다. ○ 조왕(趙王) 사마륜(司馬倫)이 즉위하자 그의 무리가 모두 높은 벼슬을 하고 심지어 노복들까지 작위를 얻었다. 이에 시중(侍中)·중상시(中常侍) 등의 관을 장식하는 담비 꼬리가 부족하게 되자 개 꼬리로 대신했던 데서 나온 말이다. 『진서(晉書)』「조왕륜열전(趙王倫列傳)」.

311 과송(課誦) : 일과로 시간과 분량을 정해 놓고 경전을 송독하는 일이다.

312 눈 비비며 서로 만나세 : '괄목상대(刮目相對)'에서 가져왔다. 눈을 비비고 상대방을 새삼

금마의 현동313에, 써서 아우에게 주네.

○ 집구문集句文. 중국인 가운데 간혹 [이것을 지은 이가] 있다. 그러나 집구시集句詩보다도 더 어렵다.

○○○314 〈가형께[소철, 〈황노직에게 보내는 편지與黃魯直書〉]315 편지 올립니다[소순, 〈황제께 올리는 편지上皇帝書〉]〉316

엎드려 형을 뵈오니[유종원, 〈복기에 대해 논하여 이 목주에게 보내는 편지與李睦州服氣書〉]317 몹시 기쁩니다[소순, 〈석창언이 북으로 사신 가는 것을 전송하는 글에 부쳐送石昌言北使引〉].318 남풍南豊[구양수, 〈수재 증공을 전송하는 글送曾鞏秀才

스럽게 본다는 뜻으로, 상대의 학식이나 재주가 딴 사람으로 보일 만큼 크게 진전한 것을 말한다. 삼국시대 오(吳)의 무장인 여몽(呂蒙)이 처음엔 무식했으나 손권(孫權)의 충고로 학문을 닦아 몰라볼 만큼 달라졌다. 놀란 노숙이 이유를 물었다. 그러자 '선비란 헤어진 지 사흘이 지나 다시 만나면 눈을 비비고 대면할 정도로 달라져야 하는 법'이라는 대답이 돌아왔다는 고사에서 유래한 것이다.

313 금마의 현동 : 오행상, 금(金)은 흰색[白]에 해당하고, 흰색은 천간(天干)으로는 경(庚)이다. 마(馬)는 지지(地支)로는 오(午)이다. 합하면 '경오'이니 '금마(金馬)'는 경오년(庚午年)이다. 현동(玄冬)의 현(玄)은 흑색이고, 북방이며 겨울이다. 그러므로 겨울을 현동이라고 한다. 즉 이 표현은 '경오년 겨울'이라는 뜻이다.

314 홍길주의 〈가형께 편지 올립니다(上書家兄)〉와 홍석주의 〈답장(答書)〉은 모두 당송팔가의 문장에서 집구하였다.

315 가형께[소철, 〈황노직에게 보내는 편지(與黃魯直書)〉] : 〈與黃魯直書〉 "家兄子瞻與魯直往還甚久"에서 '家兄'을 가져왔다. ○ 이하는 원문에서 집구된 상황을 보이기 위해, 번역 없이 원문을 보인다. 아울러 원문의 주석에 달린 원출처의 제목이 문집이나 기타 자료와 차이가 나는 경우도 있다. 작품 이름에 약간의 출입이 있는 것은 일반적인 관습이다. 따라서 각주에는 그러한 차이가 그대로 노출되어 있다.

316 편지 올립니다 …… 올리는 편지(上皇帝書)〉] : 〈上仁宗皇帝書〉에서 '上 …… 書를 가져왔다.

317 엎드려 형을 …… 보내는 편지(與李睦州服氣書)〉] : 〈與李睦州服氣書〉 "伏睹兄, 貌笑口順, 而神不偕來"에서 "伏覩兄"을 가져왔다.

318 몹시 기쁩니다 …… 글에 부쳐(送石昌言爲北使引)〉] : 〈送石昌言爲北使引〉 "又數年, 遊京師, 見昌言長安, 相與勞苦如平生歡, 出文十數首, 昌言甚喜稱善"에서 '甚喜'를 가져왔다.

序)】[319]의 문장은【소식, 〈매 직강에게 보내는 편지與梅直講書〉】[320] 종일토록 읽어도【소순, 〈구양 내한께 올리는 편지上歐陽內翰書〉】[321] 싫지 않습니다만【한유, 〈구책을 전송하는 글送區册序〉】,[322] 구구한【한유, 〈적을 토포한 것을 포상하는 일을 논하며 올리는 글論捕賊行賞表〉】[323] 감개가 없을 수는 없습니다【왕안석, 〈시정에 대한 상소上時政疏〉】.[324] 옛날 군자들은【소식, 〈취백당기醉白堂記〉】[325] 문장 짓는 법을 배울 때【구양수, 〈서무당이 남쪽으로 돌아가는 것을 전송하는 글送徐無黨南歸序〉】[326] 그 읽은 것이 모두 성인의 책이었고【한유, 〈재상께 올리는 글上宰相書〉】,[327] 『좌씨左氏』, 『국어國語』, 장주莊周·굴원屈原의 문장을 조금 취했을 뿐이었습니다【유종원, 〈스승이라는 이름을 피하라는 수재 원군진의 편지에 답함報袁君陳秀才避師名書〉】.[328] 그 이하는【소식, 〈방학정기放鶴亭記〉】[329] 오직 태사공의 글이【한

---

319 남풍(南豐)【구양수 …… 전송하는 글(送曾鞏秀才序)】: 〈送曾鞏秀才序〉 "廣文曾生來自南豐, 入太學, 與其諸生群進於有司."에서 '南豐'을 가져왔다.

320 문장은【소식 …… 보내는 편지(與梅直講書)】: 〈上梅直講書〉 "方學爲對偶聲律之文, 求升斗之祿, 自度無以進見於諸公之間."에서 '之文'을 가져왔다.

321 종일토록 읽어도 …… 올리는 편지(上歐陽內翰書)】: 〈上歐陽內翰書〉 "由是盡燒其曩時所爲文數百篇, 取『論語』·『孟子』·『韓子』及其他聖人·賢人之文, 而兀然端坐, 終日以讀之者, 七八年矣."에서 '終日以讀之'를 가져왔다.

322 싫지 않습니다만 …… 전송하는 글(送區册序)】: 〈送區册序〉 "與之翳嘉林, 坐石磯, 投竿而漁, 陶然以樂, 若能遺外聲利, 而不厭乎貧賤也."에서 '不厭'을 가져왔다.

323 구구한【한유, …… 올리는 글(論捕賊行賞表)】: 〈論捕賊行賞表〉 "所以區區盡言, 不避煩黷者, 欲令陛下之信行於天下也."에서 '區區'를 가져왔다.

324 감개가 없을 …… 대한 상소(上時政疏)】: 〈上時政疏〉의 "此臣所以竊爲陛下計, 而不能無慨然者也."에서 '不能無慨然者也'를 가져왔다.

325 옛날 군자들은【소식, 〈취백당기(醉白堂記)〉】: 〈醉白堂記〉 "古之君子, 其處己也厚, 其取名也廉."에서 '古之君子'를 가져왔다.

326 문장 짓는 …… 전송하는 글(送徐無黨南歸序)】: 〈送徐無黨南歸序〉 "東陽徐生, 少從予學爲文章, 稍稍見稱於人."에서 '學爲文章'을 가져왔다.

327 그 읽은 …… 올리는 글(上宰相書)】: 〈上宰相書〉 "其所讀皆聖人之書, 楊墨釋老之學, 無所入於其心."에서 '其所讀皆聖人之書'를 가져왔다..

328 『좌씨(左氏)』, 『국어(國語)』, …… 편지에 답함(報袁君陳秀才避師名書)】: 〈報袁君陳秀才避師名書〉 "『左氏』·『國語』·莊周·屈原之辭, 稍采取之, 穀梁子·太史公甚峻潔, 可以出入. 餘書俟文成, 異日討也."에서 "『左氏』·『國語』, 莊周·屈原之文, 稍采取之'를 가져왔다.

329 그 이하는【소식, 〈방학정기(放鶴亭記)〉】: 〈放鶴亭記〉 "其下有人兮, 黃冠草履, 葛衣而鼓琴."에

유, 〈왕수재를 전송하는 글送王秀才序〉】³³⁰ 법도가 있어서 볼만합니다【한유, 〈유자후 묘지柳子厚墓誌〉】.³³¹ 그다음으로는【소식, 〈등주에서 양부에 사례하는 계登州謝兩府啓〉】³³² 오직 한유와【유종원, 〈위중립에게 보내 스승의 도를 논의하는 편지與韋中立論師道書〉】³³³ 구양수가【구양수, 〈취옹정기醉翁亭記〉】³³⁴ 그중 낫습니다【한유, 〈맹동야를 전송하는 글送孟東野序〉】.³³⁵ 한자韓子는【유종원, 〈모영전을 읽고, 뒤에 붙임讀毛穎傳後題〉】³³⁶ 마치 귀신이 솜씨를 부린 듯【한유, 〈정요 묘지貞曜墓誌〉】³³⁷ 한 가지만 잘하지 않습니다【한유, 〈궁귀를 보내는 글送窮文〉】.³³⁸ 구양자는【소순, 〈구양 내한께 올리는 편지上歐陽內翰書〉】³³⁹ 한가하며 평담하여【구양수, 〈매성유 묘지梅聖愈墓誌〉】³⁴⁰ 피리처럼 울리고 옥처럼 빛나니【유종원, 〈벗에게 보내 문장을 논하는 편지與友人論文書〉】³⁴¹ 모두 천하의 기이한 재목입니다【왕안석, 〈유

서 '其下'를 가져왔다.

330 오직 태사공의 …… 전송하는 글(送王秀才序)〉】: 〈送王秀才序〉 "子弓之事業不傳, 惟太史公書弟子傳, 有姓名字, 曰馯臂子弓."에서 '惟太史公書'를 가져왔다.

331 법도가 있어서 …… 〈유자후 묘지(柳子厚墓誌)〉】: 〈柳子厚墓誌〉 "衡湘以南爲進士者, 皆以子厚爲師, 其經承子厚口講指畫爲文詞者, 悉有法度可觀."에서 '有法度可觀'을 가져왔다.

332 그다음으로는【소식, …… 사례하는 계(登州謝兩府啓)〉】: 〈登州謝兩府啓〉 "過此以還, 未知所措."에서 '過此以還'을 가져왔다.

333 오직 한유와 …… 논의하는 편지(與韋中立論師道書)〉】: 〈與韋中立論師道書〉 "獨韓愈奮不顧流俗, 犯笑侮, 收召後學, 作〈師說〉, 因抗顏而爲師."에서 '獨韓愈'를 가져왔다.

334 구양수가【구양수, 〈취옹정기(醉翁亭記)〉】: 〈醉翁亭記〉 "太守謂誰? 廬陵歐陽脩也."에서 "歐陽脩'를 가져왔다.

335 그중 낫습니다 …… 전송하는 글(送孟東野序)〉】: 〈送孟東野序〉 "從吾遊者, 李翶・張籍其尤也."에서 '其尤也'를 가져왔다.

336 한자(韓子)는【유종원, …… 뒤에 붙임(讀毛穎傳後題)〉】: 〈讀毛穎傳後題〉 "楊子誨之來, 始持其書, 索而讀之, 若捕龍蛇搏虎豹, 急與之角, 而力不敢暇, 信韓子之怪於文也."에서 '韓子之'를 가져왔다.

337 마치 귀신이 ……【한유, 〈정요묘지(貞曜墓誌)〉】: 〈貞曜先生墓誌銘〉 "及其爲詩, 劌目鉥心, 刃迎縷解, 鉤章棘句, 搖擢胃腎, 神施鬼設, 間見層出."에서 '神施鬼設'을 가져왔다.

338 한 가지만 …… 보내는 글(送窮文)〉】: 〈送窮文〉 "又其次曰文窮, 不專一能, 怪怪奇奇, 不可時施, 只以自嬉."에서 '不專一能'을 가져왔다.

339 구양자는【소순, …… 올리는 편지(上歐陽內翰書)〉】: 〈上歐陽內翰書〉 "蓋執事之文, 非孟子・韓子之文, 而歐陽子之文也."에서 '歐陽子之'를 가져왔다.

340 한가하며 평담하여【구양수, 〈매성유 묘지(梅聖愈墓誌)〉】: 〈梅聖俞墓誌銘〉 "其初喜爲淸麗閒肆平淡, 久則涵演深遠, 間亦琢刻以出怪巧, 然氣完力餘, 益老以勁."에서 '閒肆平淡'을 가져왔다.

종원전을 읽고讀柳宗元傳〉】.[342] 우리 형께선【구양수, 〈유조정기游儵亭記〉】[343] 『시』·『서』·『역』·『춘추』와【한유, 〈도란 무엇인가原道〉】[344] 백가의 서적에【한유, 〈후계에게 답하는 편지答侯繼書〉】[345] 침잠하시고【한유, 〈병부 이 시랑께 올리는 편지上兵部李侍郎書〉】[346] 그 틈에【유종원, 〈처음 서산에 노닐며 유람한 기문始得西山宴游記〉】[347] 두 사람의 글을 가져다 보시면【유종원, 〈유우석께 보내 주역의 9·6괘를 논하는 편지與劉禹錫論易九六書〉】,[348] 문장을 짓는 것이【한유, 〈학문하는 것에 대한 풀이進學解〉】[349] 시냇물이 쏟아져 이르는 듯할 것입니다【소철, 〈자첨의 『화도시집』에 부쳐子瞻和陶詩集引〉】.[350] 증공을【증공, 〈주둔전을 전송하는 글送周屯田序〉】[351] 또 어찌 선망하겠습니까?【동파, 〈전 적벽부前赤壁賦〉】[352] 증공은【증공, 〈범 자정께

---

341 피리처럼 울리고 …… 논하는 편지(與友人論文書)〉】: 〈與友人論爲文書〉 "而爲文之士, 亦多漁獵前作, 戕賊文史, 抉其意, 抽其華, 置齒牙間, 遇事蜂起, 金聲玉耀, 誑聾瞽之人, 徼一時之聲."에서 '金聲玉耀'를 가져왔다.

342 모두 천하의 …… 〈유종원전을 읽고(讀柳宗元傳)〉】: 〈讀柳宗元傳〉 "余觀八司馬皆天下之奇材也, 一爲叔文所誘, 遂陷於不義."에서 '皆天下之奇材也'를 가져왔다.

343 우리 형께선【구양수, 〈유조정기(游儵亭記)〉】: 〈遊儵亭記〉 "吾兄晦叔, 爲人慷慨喜義, 勇而有大志."에서 '吾兄'을 가져왔다.

344 『시』·『서』 …… 〈도란 무엇인가(原道)〉】: 〈原道〉 "其文, 『詩』·『書』·『易』·『春秋』"에서 '『詩』·『書』·『易』·『春秋』'를 가져왔다.

345 백가의 서적에 …… 답하는 편지(答侯繼書)〉】: 〈答侯繼書〉 "仆少好學問, 自五經之外, 百氏之書, 未有聞而不求, 得而不觀者. 然其所誌. 惟在其意義所歸."에서 '百氏之書'를 가져왔다.

346 침잠하시고【한유, …… 올리는 편지(上兵部李侍郎書)〉】: 〈上兵部李侍郎書〉 "遂得究窮於經傳史記百家之說, 沈潛乎訓義, 反復乎句讀, 礱磨乎事業, 而奮發乎文章."에서 '沈潛乎'를 가져왔다.

347 그 틈에 …… 유람한 기문(始得西山宴游記)〉】: 〈始得西山宴遊記〉 "其隙也則, 施施而行, 漫漫而游."에서 '其隟也'를 가져왔다.

348 두 사람의 …… 논하는 편지(與劉禹錫論易九六書)〉】: 〈與劉禹錫論周易九六說書〉 "足下取二家言觀之, 則見畢子·董子膚末於學而遽云云也."에서 '取二家言觀之則'을 가져왔다.

349 문장을 짓는 …… 대한 풀이(進學解)〉】: 〈進學解〉 "沈浸醲郁, 含英咀華. 作爲文章, 其書滿家."에서 '作爲文章'을 가져왔다.

350 시내물이 쏟아져 …… 『화도시집』에 부쳐(子瞻和陶詩集引)〉】: 〈子瞻和陶詩集引〉 "然自其斥居東坡, 其學日進, 沛然如川之方至."에서 '沛然如川之方至'를 가져왔다.

351 증공을【증공, 〈주둔전을 전송하는 글(送周屯田序)〉】: 〈送周屯田序〉 "南豐曾鞏序"에서 '曾鞏'을 가져왔다.

352 또 어찌 …… 〈전 적벽부(前赤壁賦)〉】: 〈前赤壁賦〉 "自其不變者而觀之, 則物與我皆無盡也, 而又

답하는 편지答范資政書)】³⁵³ 깊고 넓어 끝없이 나아가며【한유, 〈남전현 현승 관청

의 벽에 적은 기문藍田縣丞廳壁記)】³⁵⁴ 관후하고도 박학하니【소철, 〈추밀 한태위

께 올리는 글上樞密韓太尉書)】³⁵⁵ 지극하지 않다고 할 수는 없습니다【소식, 〈형세

가 덕보다 못함을 논함形執不如德論)】.³⁵⁶ 만약 저【소순, 〈형론:임상衡論:任相〉】³⁵⁷ 분

방하고 자유롭게【유종원, 〈저술을 양보한다고 한 것에 대해 위형에게 답한 편지答韋

珩推避文墨事書)】³⁵⁸ 그 말을 쏟아내서【한유, 〈유자후를 제사하는 글祭柳子厚文)】³⁵⁹

사마천처럼 준엄하고 사마상여처럼 풍성한 경지라면【유종원, 〈양 경조윤께

드리는 글與楊京兆書)】³⁶⁰ 역시 꼭 그렇지는 않다고 해야 할 것입니다【소순,

〈간신을 변석하는 논문辨姦論)】.³⁶¹ 앞에서 말씀드린【한유, 〈도란 무엇인가原道)】³⁶²

한자韓子와【소식, 〈한비론韓非論)】³⁶³ 구양자歐陽子도【구양수, 〈추성부秋聲賦)】³⁶⁴

何羨乎?"에서 '又何羨乎'를 가져왔다.

353 증공의【증공, 〈범자정께 답하는 편지(答范資政書)〉】: 〈答范資政書〉"若鞏之鄙, 竊伏草茅, 閣下
於羈旅之中, 一見而已."에서 '鞏之'를 가져왔다.

354 학문이 정밀하고 …… 적은 기문(藍田縣丞廳壁記)〉】: 〈藍田縣丞廳壁記〉"博陵崔斯立種學績文,
以蓄其有, 泓涵演迤, 日大以肆."에서 '泓涵演迤'를 가져왔다.

355 관후하고도 박학하니 …… 올리는 글(上樞密韓太尉書)〉】: 〈上樞密韓太尉書〉"今觀其文章, 寬
厚宏博, 充乎天地之間, 稱其氣之小大."에서 '寬厚宏博'을 가져왔다.

356 지극하지 않다고 …… 못함을 논함(形執不如德論)〉】: 〈形勢不如德論〉"夫三代·秦·漢之君, 慮
其後世而爲之備患者, 不可謂不至矣."에서 '不可謂不至矣'를 가져왔다.

357 만약【소순, 〈형론, 임상(衡論:任相)〉】: 〈衡論, 任相第三〉"若夫相, 必節廉好禮者爲也, 又非豪縱不
趨約束者爲也."에서 '若夫'를 가져왔다.

358 분방하고 자유롭게 …… 답한 편지(答韋珩推避文墨事書)〉】: 〈答韋珩示韓愈相推以文墨事書〉
"雄之遺言措意, 頗短局濡濯, 不若退之猖狂恣睢, 肆意有所作."에서 '猖狂恣睢'를 가져왔다.

359 그 말을 …… 제사하는 글(祭柳子厚文)〉】: 〈祭柳子厚文〉"犧尊靑黃, 乃木之災. 子之中棄, 天脫羈
鞿. 玉佩瓊琚, 大放厥辭."에서 '大放厥辭'를 가져왔다.

360 사마천처럼 준엄하고 …… 드리는 글(與楊京兆書)〉】: 〈與楊京兆書〉"誠使博如莊周, 哀如屈原,
奧如孟軻, 壯如李斯, 峻如馬遷, 富如相如, 明如賈誼, 專如揚雄, 猶爲今之人, 則世之高者至少矣."에서
'峻如馬遷, 富如相如'를 가져왔다.

361 역시 꼭 …… 변석하는 논문(辨姦論)〉】: 〈辨姦論〉"由是言之, 二公之料二子, 亦容有未必然也."에
서 '亦容有未必然也'를 가져왔다.

362 앞에서 말씀드린【한유, 〈도란 무엇인가(原道)〉】: 〈原道〉"斯吾所謂道也, 非向所謂老與佛之道
也."에서 '向所謂'를 가져왔다.

363 한자(韓子)와【소식, 〈한비론(韓非論)〉】: 〈韓非論〉"太史遷曰: 申子卑卑, 施於名實. 韓子引繩墨,

이미 그 글이 선진先秦의 고서에는 미치지 못합니다【소식, 〈왕상에게 보내는 편지與王庠書〉】.[365] 하물며 증공이겠습니까?【증공, 〈구양 사인에게 부치는 편지寄歐陽舍人書〉】[366] 군자는【소식, 〈왕군의 보화당에 대한 기王君寶繪堂記〉】[367] 경전에 통달하고 옛것을 배워【소식, 〈『육일거사집』 서문六一居士集序〉】[368] 그 근본을 양성하고 그 결실을 기다립니다【한유, 〈이익에게 답하는 편지答李翊書〉】.[369] 그 글은【소식, 〈현승 장문잠에게 답합答張文潛縣丞〉】[370] 널리 분별하여 변론하니 웅장하고 위대해서【구양수, 〈황몽승 묘지黃夢升墓誌〉】[371] 비록 붓을 놀려 장난스런 말을 갑자기 지어도【소식, 〈범 문정공 문집의 서문范文正公文集序〉】[372] 모두【유종원, 〈최 요주에게 보내 석종유를 논하는 편지與崔饒州論石鐘乳書〉】[373] 위로는

切事情, 明是非, 其極慘核少恩, 皆原於道德之意."에서 '韓子'를 가져왔다.

364 구양자(歐陽子)도【구양수, 〈추성부(秋聲賦)〉】: 〈秋聲賦〉 "歐陽子方夜讀書, 聞有聲自西南來者, 悚然而聽之"에서 '歐陽子'를 가져왔다.

365 이미 선진의 …… 보내는 편지(與王庠書)〉】: 〈與王庠書〉 "西漢以來, 以文設科而文始衰, 自賈誼·司馬遷, 其文已不逮先秦古書, 況其下者?"에서 '其文已不逮先秦古書'를 가져왔다.

366 하물며 증공이겠습니까? …… 부치는 편지(寄歐陽舍人書)〉】: 〈寄歐陽舍人書〉 "而世之學者, 每觀傳記所書古人之事, 至於所可感, 則往往衋然不知涕之流落也. 況其子孫也哉? 況鞏也哉?"에서 '況鞏也哉'를 가져왔다.

367 군자는【소식, 〈왕군 보회당기(王君寶繪堂記)〉】: 〈王君寶繪堂記〉 "君子可以寓意於物, 而不可以留意於物."에서 '君子'를 가져왔다.

368 경전에 통달하고 …… 〈『육일거사집』 서문(六一居士集序)〉】: 〈六一居士集序〉 "自歐陽子出, 天下爭自濯磨, 以通經學古爲高, 以救時行道爲賢, 以犯顏納諫爲忠."에서 '通經學古'를 가져왔다.

369 그 근본을 …… 답하는 편지(答李翊書)〉】: 〈答李翊書〉 "將蘄至於古之立言者, 則無望其速成, 無誘於勢利, 養其根而竢其實, 加其膏而希其光, 根之茂者其實遂, 膏之沃者其光曄, 仁義之人, 其言藹如也."에서 '養其根而竢其實'을 가져왔다.

370 그 글은 …… 장문잠에게 답합(答張文潛縣丞)〉】: 〈答張文潛書〉 "其爲人深不願人知之, 其文如其爲人, 故汪洋淡泊, 有一唱三嘆之聲, 而其秀傑之氣, 終不可沒."에서 '其文'을 가져왔다.

371 널리 분별하여 …… 〈황몽승 묘지(黃夢升墓誌)〉】: 〈黃夢升墓誌〉 "讀之, 博辯雄偉, 其意氣奔放, 若不可禦."에서 '博辯雄偉'를 가져왔다.

372 비록 붓을 …… 범 문정공 문집의 서문(范文正公文集序)〉】: 〈范文正公文集序〉 "如火之熱, 如水之濕, 蓋其天性有不得不然者, 雖弄翰戲語, 率然而作, 必歸於此."에서 '雖弄翰戲語, 率然而作'을 가져왔다.

373 모두【유종원, …… 논하는 편지(與崔饒州論石鐘乳書)〉】: 〈與崔饒州論石鐘乳書〉 "東南之竹箭, 雖旁岐揉曲, 皆可以貫犀革, 北山之木, 雖離奇液瞞空中立枯者, 皆可以梁百尺之觀."에서 '皆可以'를

순과 우를 엿보아【한유, 〈학문하는 것에 대한 풀이進學解〉】[374] 광대하고 엄숙할 것입니다【한유, 〈우 양양께 올리는 편지上于襄陽書〉】.[375] 참으로 이와 같다면【한유, 〈장 복야께 올리는 편지上張僕射書〉】[376] 증자고가 내 책을 읽도록【왕안석, 〈증자고에게 보내는 편지與曾子固書〉】[377] 할 수 있을 것입니다【유종원, 〈위중립에게 답해서 스승의 도를 논하는 편지答韋中立論師道書〉】.[378] 하필【구양수, 〈능계석기菱溪石記〉】[379] 그의 책을 읽은【구양수, 〈왕언장 화상기王彦章畫像記〉】[380] 뒤에야【구양수, 〈매성유 시집 서문梅聖兪詩集序〉】[381] 문장을 하겠【유종원, 〈진사 왕참원의 화재를 축하하는 편지賀進士王參元失火書〉】[382]습니까?【소철, 〈황주 쾌재정기黃州快哉亭記〉】[383]

가져왔다.

374 위로는 순과 …… 대한 풀이(進學解)〉】: 〈進學解〉 "上規姚姒, 渾渾無涯."에서 '上窺姚姒'를 가져왔다.

375 넓고 넓으며 …… 올리는 편지(上于襄陽書)〉】: 〈上于襄陽書〉 "揚子雲曰 : '商書灝灝爾, 周書噩噩爾.' 信乎! 其能灝灝而且噩噩也."에서 '灝灝而噩噩'를 가져왔다.

376 참으로 이와 …… 올리는 편지(上張僕射書)〉】: 〈上張僕射書〉 "苟如是, 雖日受千金之賜, 一歲九遷其官, 感恩則有之矣, 將以稱於天下曰知己, 知己則未也."에서 '苟如是'를 가져왔다.

377 증자고가 내 …… 보내는 편지(與曾子固書)〉】: 〈與曾子固書〉 "子固讀吾書每如此, 亦某所以疑子固於讀經有所不暇也."에서 '子固讀吾書'를 가져왔다.

378 할 수 …… 논하는 편지(答韋中立論師道書)〉】: 〈答韋中立論師道書〉 "居南中九年, 增脚氣病, 漸不喜鬧, 豈可使呶呶者, 早暮咈吾耳, 騷吾心?"에서 '可使'를 가져왔다.

379 하필【구양수, 〈능계석기(菱溪石記)〉】: 〈菱溪石記〉 "而好奇之士聞此石者, 可以一賞而足. 何必取而去也哉?"에서 '何必'을 가져왔다.

380 그의 책을 …… 〈왕언장 화상기(王彦章畫像記)〉】: 〈王彦章畫像記〉 "讀其書, 尙想乎其人, 況得拜其像識其面目, 不忍見其壞也."에서 '讀其書'를 가져왔다.

381 뒤에야【구양수, 〈매성유 시집의 서문(梅聖兪詩集序)〉】: 〈梅聖兪詩集序〉 "然則非詩之能窮人, 殆窮者而後工也."에서 '而後'를 가져왔다.

382 문장을 하겠 …… 축하하는 편지(賀進士王參元失火書)〉】: 〈賀進士王參元失火書〉 "以足下讀古人書, 爲文章, 善小學, 其爲多能若是, 而進不能出群士之上以取顯貴者, 蓋無他焉."에서 '爲文章'을 가져왔다.

383 습니까?【소철, 〈황주 쾌재정기(黃州快哉亭記)〉】: 〈黃州快哉亭記〉 "烏睹其爲快也哉?"에서 '也哉'를 가져왔다.

○○○ 〈답장〉【연천 선생 작이다.】

아우의 편지를 받으니 몹시 기쁘네【유종원, 〈여공에게 보내는 편지與呂恭〉】.384
내 병을 정확히 맞혔네【유종원, 〈사관 한유에게 보냄與史官韓愈〉】.385 그러나 모
르는 것도 있는 듯하니【한유, 〈최입지에게 답함答崔立之〉】386 우선 자네에게
대략 보여 주려 하네【유종원, 〈우계의 [신에게] 대답함愚溪對〉】.387 오늘날처럼
문자가 쇠퇴한 적이 없었네【소식, 〈현승 장문잠에게 답함答張文潛縣丞〉】.388 경
전을 천착하고 이것을 옮겨 저것과 짝 지우며【구양수, 〈형남의 악 수재에게
줌與荊南樂秀才〉】.389 색칠에나 힘쓰고 성음이나 자랑하는 것을 공교롭다 여
기네【유종원, 〈스승의 도를 논해 위중립에게 답함答韋中立論師道〉】.390 사실을 돌
아보지 않고 거짓과 괴이함을 더하기도 하고【유종원, 〈오무릉에게 답하며 「비
국어」를 논함答吳武陵論非國語〉】.391 혹은 괴이하고 궁벽해서 읽을 수 없는 지
경에 이르기도 하네【소식, 〈구양 내한께 사례함謝歐陽內翰〉】.392 그렇지 않은

---

384 아우의 편지를 …… 보내는 편지(與呂恭)〉】: 〈與呂恭論墓中石書〉 "宗無白: 元生至, 得弟書, 甚
善."에서 '得弟書甚喜'를 가져왔다.

385 내 병을 …… 한유에게 보냄(與史官韓愈)〉】: 〈與史官韓愈致段秀實太尉逸事書〉 "前者書進退之力
史事, 奉答誠中吾病, 若疑不得實未即籍者, 誠是也."에서 "誠中吾病"을 가져왔다.

386 그러나 모르는 …… 〈최입지에게 답함(答崔立之)〉】: 〈答崔立之書〉 "雖僕亦固望於吾子, 不敢望
於他人者耳. 然尙有似不相曉者, 非故欲發余乎?"에서 '然尙似有不相曉者'를 가져왔다.

387 우선 자네에게 …… [신에게] 대답함(愚溪對)〉】: 〈愚溪對〉 "姑示子其略. 吾茫洋乎無知, 冰雪之
交, 衆裘我絺, 溽暑之鑠, 衆從之風, 而我從之火."에서 '姑示子其略'을 가져왔다.

388 오늘날처럼 문자가 …… 장문잠에게 답함(答張文潛縣丞)〉】: 〈答張文潛縣丞〉 "文字之衰, 未有
如今日者也."에서 '文字之衰未有如今日者'를 가져왔다.

389 경전을 천착하고 …… 악수재에게 줌(與荊南樂秀才)〉】: 〈與荊南樂秀才〉 "而涉獵書史, 姑隨世
俗作所謂時文者, 皆穿蠹經傳, 移此麗彼, 以爲浮薄, 惟恐不悅於時人, 非有卓然自立之言如古人者."에
서 '穿蠹經傳移此麗彼'를 가져왔다.

390 색칠에나 힘쓰고 …… 위중립에게 답함(答韋中立論師道)〉】: 〈答韋中立論師道〉 "及長, 乃知文
者以明道, 是故不苟爲炳炳烺烺務采色誇聲音, 而以爲能也."에서 '務采色夸聲音以爲工'를 가져왔다.

391 사실을 돌아보지 …… 「비국어」를 논함(答吳武陵論非國語)〉】: 〈答吳武陵論非國語〉 "夫爲一書,
務富文采, 不顧事實, 而益之以誣怪, 張之以閭誕, 以炳然誘後生, 而終之以僻, 是猶用文錦覆陷阱也."
에서 '不顧事實而益之以誣怪'를 가져왔다.

자들은【소철, 〈신사책 두 번째臣事策二道〉】393 매우 가까운 데에 어둡고【한유,

〈왕홍중 신도비王弘中神道碑〉】394 세속적인 글이나 지으므로【한유, 〈풍숙에게

보내 문장을 논함與馮宿論文〉】,395 도에 가까운 말은 한마디도 찾을 수 없다네

【소순, 〈전 추밀께 올림上田樞密〉】.396 자고子固의 문장은【소식, 〈증자고에게 줌與曾

子固〉】397 넉넉하고 두루 갖추어서【소순, 〈구양 내한께 올림上歐陽內翰〉】398 밖

은 비쩍 말랐으나 안은 살져 있다네【소식, 〈평도시評陶詩〉】.399 펼쳐서 읽어

보면【구양수, 〈오충 수재에게 답함答吳充秀才〉】400 마치 보통 사람들과 다를 것

이 없는 것 같지만【소식, 〈순경론荀卿論〉】,401 반복해 읽어【구양수, 〈장 수재에게

---

392 혹은 괴이하고 …… 내한께 사례함(謝歐陽內翰)〉】:〈謝歐陽內翰〉"士大夫不深明天子之心, 用意
過當, 求深者或至於迂, 務奇者怪僻而不可讀. 余風未殄, 新弊復作."에서 '或至於怪僻而不可讀'를 가
져왔다.

393 그렇지 않은 …… 두 번째(臣事策二道)〉】:〈臣事策二道〉에는 '其不然者'가 나오지 않는다.
〈신사책 일곱 번째(臣事策七)〉에 나온다. 착오인 듯하다. "臣欲使兩府大臣, 詳察天下漕刑之
官, 唯其有所擧按, 不畏强禦者而後, 使得至於兩制, 而其不然者, 不免爲常吏."에서 '其不然者'를 가
져왔다.

394 매우 가까운 ……【한유, 〈왕홍중신도비(王弘中神道碑)〉】:〈唐故江南西道觀察使中大夫洪州刺
史兼御史中丞上柱國賜紫金魚袋贈左散騎常侍太原王公神道碑銘〉 약칭 〈王仲舒神道碑〉의 말미에
붙은 사(詞)에서 '切近昧陋'를 가져왔다. "詞曰:生人之治, 本無斯文. 有事其末, 而忘其源. 切近昧
陋, 道由是堙. 有志其本, 而泥古陳."

395 세속적인 글이나 …… 문장을 논함(與馮宿論文)〉】:〈與馮宿論文〉"時時應事作俗下文字, 下筆令
人慚, 及示人, 則人以爲好矣."에서 '作俗下文字'를 가져왔다.

396 도에 가까운 …… 〈전추밀께 올림(上田樞密)〉】:〈上田樞密書〉"何則, 天下之學者, 孰不欲一蹴
而造聖人之域, 然及其不成也, 求一言之幾乎道, 而不可得也."에서 '求一言之幾乎道而不可得也'를 가
져왔다.

397 자고(子固)의 문장은【소식, 〈증자고에게(與曾子固)〉】:〈與曾子固〉"又嘗見先君欲求人爲撰墓
碣, 雖不指言所屬, 然私揣其意, 欲得子固之文也."에서 '子固之文'을 가져왔다.

398 넉넉하고 두루 …… 내한께 올림(上歐陽內翰)〉】:〈上歐陽內翰〉"執事之文, 紆餘委備, 往復百折,
而條達疏暢, 無所間斷."에서 '紆餘委備'를 가져왔다.

399 밖은 비쩍 ……【소식, 〈평도시(評陶詩)〉】.① 〈評韓柳詩〉"所貴乎枯淡者, 謂其外枯而中膏, 似淡
而實美, 淵明·子厚之流, 是也."에서 '外枯而中膏'를 가져온 것으로 보인다. ② 또, 〈與蘇轍書〉
에는 도연명을 품평하는 구절로 '質而實綺, 癯而實腴'도 있다. ③ 한편, 소식이 지은 〈評陶
詩〉는 찾아지지 않는다. 정확한 것은 미상이다.

400 펼쳐서 읽어 보면 …… 수재에게 답함(答吳充秀才)〉】:〈答吳充秀才〉"前辱示書及文三篇, 發而
讀之, 浩乎若千萬言之多, 及少定而視焉, 才數百言爾."에서 '發而讀之'를 가져왔다.

주는 두 번째 편지與張秀才第二書)】402 오래되면 맛이 있어서【증공, 〈홍악전洪渥

傳〉】,403 오랠수록 더욱 사랑스러워진다네【구양수, 〈소명윤 묘지蘇明允墓誌〉】.404

평소에 묻고 배운 바가【증공, 〈의황현 현학기宜黃縣學記〉】405 경전과 역사 기

록, 백가의 설을 연구해【한유, 〈이 병부시랑께 올림上兵部李侍郎〉】406 그 꽃은 떨

어뜨리고 그 열매를 거둔【소철, 〈동헌기東軒記〉】407 자가 아니라면【한유, 〈지

킴에 대한 경계守戒〉】,408 또 누가 이렇게 할 수 있겠는가?【왕안석, 〈영곡시서靈

谷詩序〉】409 그 말을 구해 보면 이따금 잘못된 바가 있는 듯하지만, 요는 그

귀결이 도에 합치되지 않는 바가 적다는 것일세【증공, 〈서간 「중론」의 서문徐

幹中論序〉】.410 한漢나라 이래【한유, 〈맹간 상서에게用與孟簡尙書〉】411 도가 있으면

---

401 마치 보통 …… 【소식, 〈순경론(荀卿論)〉】: 〈荀卿論〉 "顏淵默然不見其所能, 若無以異於衆人者,
而夫子亟稱之."에서 '若無以異於衆人者'를 가져왔다.

402 반복해서 읽다 …… 번째 편지(與張秀才第二書)】: 〈與張秀才第二書〉 "前日去後, 復取前所觇古
今雜文十數篇, 反復讀之, 若〈大節賦〉·〈樂古〉·〈太古曲〉等篇, 言尤高而志極大."에서 '反復讀之'를
가져왔다.

403 오래되면 맛이 있어서【증공, 〈홍악전(洪渥傳)〉】: 〈洪渥傳〉 "洪渥撫州臨川人. 爲人和平, 與人
遊, 初不甚歡, 久而有味."에서 '久而有味'를 가져왔다.

404 오랠수록 더욱 …… 〈소명윤 묘지(蘇明允墓誌)〉】: 〈故霸州文安縣主簿蘇君墓誌銘〉 "及即之, 與
居愈久愈可愛, 間而出其所有, 愈叩而愈無窮."에서 '愈久愈可愛'를 가져왔다.

405 평소에 묻고 …… 〈의황현 현학기(宜黃縣學記)〉】: 〈宜黃縣學記〉 "其在堂戶之上, 而四海九州之
業, 萬世之策皆得. 及出而履天下之任, 列百官之中, 則隨所施爲, 無不可者. 何則? 其素所學問然也."에
서 '素所學問'을 가져왔다.

406 경전과 역사 …… 병부시랑께 올림(上兵部李侍郎)】: 〈上兵部李侍郎書〉 "性本好文學, 因困厄
悲愁無所告語, 遂得究窮於經傳史記百家之說, 沈潛乎訓義, 反復乎句讀, 礱磨乎事業, 而奮發乎文章"
에서 '究窮於經傳史記百家之說'을 가져왔다.

407 그 꽃은 ……【소철, 〈동헌기(東軒記)〉】: 〈東軒記〉 "及其循理以求道, 落其華而收其實, 從容自得,
不知夫天地之爲大與死生之爲變, 而況其下者乎?"에서 '落其華而收其實'을 가져왔다.

408 자가 아니라면 …… 대한 경계(守戒)〉】: 〈守戒〉 "此野人鄙夫之所及, 非有過人之智而後能也."에
서 '非有'를 가져왔다.

409 자가 아니라면, ……【왕안석, 〈영곡시서(靈谷詩序)〉】: 〈靈谷詩序〉 "雖然, 觀其鑱刻萬物, 而接
之以藻繢, 非夫詩人之巧者, 亦孰能至於此?"에서 '者, 亦孰能與於此'를 가져왔다.

410 그 말을 …… 「중론」의 서문(徐幹中論序)】: 『中論』序 "幹獨能考六藝, 推仲尼·孟軻之旨, 述而
論之. 求其辭, 時若有小失者, 要其歸不合於道者, 少矣."에서 '求其辭, 時若有所失者, 要其歸不合於道
者, 少矣'를 가져왔다.

서도 문장에도 능통한 자로는 한유만 한 이가 없네【구양수, 〈이고의 문장을 읽고讀李翶文〉】.⁴¹² 한유 이후 3백여 년이 지나서야 구양자를 얻었네【소식, 『육일거사집』의 서문六一居士集序〉】.⁴¹³ 그가 지은 문장은【구양수, 〈석만경 묘표石曼卿墓表〉】⁴¹⁴ 장차 『시』·『서』의 작자와 나란할 걸세【증공, 〈왕자직 문집의 서문王子直文集序〉】.⁴¹⁵ 내가 이미【한유, 〈정요 선생 묘지貞曜先生墓誌〉】⁴¹⁶ 공부한 지 20여 년일세【한유, 〈이익에게 답함答李翶〉】.⁴¹⁷ 기타【한유, 〈맹동야를 전송하는 글送孟東野序〉】⁴¹⁸ 저술을 한 선비들 중【구양수, 〈서무당이 남으로 돌아가는 것을 전송하는 글送徐無黨南歸序〉】⁴¹⁹ 박학하면서도 정밀하고, 고우면서도 들뜨지 않아, 도의 근본에 돌아오는 자로【증공, 〈손 도관에게 답함答孫都官〉】⁴²⁰ 증공만 한

---

411 한씨 이래【한유, 〈맹간 상서에게(與孟簡尙書)〉】:〈與孟尙書書〉"漢氏以來, 群儒區區修補, 百孔千瘡, 隨亂隨失, 其危如一髮引千鈞, 綿綿延延, 浸以微滅."에서 "漢氏以來"를 가져왔다.

412 도가 있으면서 …… 문장을 읽고(讀李翶文)〉】:〈讀李翶文〉"況西翶一時, 有道而能文者, 莫若韓愈."에서 '有道而能文者莫若韓愈'를 가져왔다.

413 한유 이후 …… 〈육일거사집』의 서문(六一居士集序)〉】:〈六一居士集序〉"愈之後二百有餘年而後, 得歐陽子. 其學推韓愈·孟子以達於孔氏, 著禮樂仁義之實, 以合於大道."에서 '愈之後三百有餘年而後, 得歐陽子'를 가져왔다.

414 그가 지은 …… 〈석만경 묘표(石曼卿墓表)〉】:〈石曼卿墓表〉"其爲文章, 勁健稱其意氣."에서 "其爲文章"을 가져왔다.

415 장차 『시』, …… 〈왕자직 문집의 서문(王子直文集序)〉】:〈王子直集序〉"然子直晩自以爲不足, 而悔其少作, 更欲窮探力取, 極聖人之指要, 盛行則欲發於見之事業, 窮居則欲推而托之於文章. 將與『詩』·『書』之作者並, 而又未知孰先孰後也."에서 '將與『詩』·『書』之作者幷'을 가져왔다.

416 내가 이미【한유, 〈정요 선생 묘지(貞曜先生墓誌)〉】:〈貞曜先生墓誌銘〉"有以後時開先生者, 曰：吾既擠而與之矣, 其猶足存耶."에서 '吾既'를 가져왔다.

417 공부한 지 …… 〈이익에게 답함(答李翶)〉】:〈答李翶書〉"雖然, 學之二十餘年矣. 始者, 非三代·兩漢之書不敢觀, 非聖人之志不敢存."에서 '學之二十餘年矣'를 가져왔다.

418 기타【한유, 〈맹동야를 전송하는 글(送孟東野序)〉】:〈送孟東野序〉"其存而在下者, 孟郊東野. 始以其詩鳴, 其高出魏晉, 不懈而及於古, 其他浸淫乎漢氏矣."에서 "其他"를 가져왔다.

419 저술을 한 …… 전송하는 글(送徐無黨南歸序)〉】:〈送徐無黨南歸序〉"予讀班固「藝文志」, 唐「四庫書目」, 見其所列, 自三代秦漢以來, 著書之士, 多者至百餘篇, 少者猶三·四十篇, 其人不可勝數, 而散亡磨滅, 百不一·二存焉."에서 '著書之士'를 가져왔다.

420 박학하면서도 정밀하고, …… 도관에게 답함(答孫都官)〉】:〈答孫都官書〉"而閣下不以其所深且專以久者勵鞏, 博而精, 麗而不浮, 其歸本於道者教鞏, 乃告之曰：其詳擇而去其非是者焉."에서 "博而精, 麗而不浮, 其歸本於道者"를 가져왔다.

자가【증공, 〈범 자정께 올림上范資政〉】⁴²¹ 어찌 있을 수 있겠는가?【소식, 〈백관
에게 부과하는 대책課百官策〉】⁴²² 내가, 입으로 그 말을 외우고 마음으로 그
뜻을 생각하며【한유, 〈우 양양께 올림上于襄陽〉】⁴²³ 반복해 마지않는【증공, 〈지
무주 전순노를 전송하는 시의 서문送錢純老知婺州詩序〉】⁴²⁴ 까닭일세【증공, 〈남헌기
南軒記〉】.⁴²⁵ 또한 모의하고 훔치고, '청'으로 '백'에 짝을 맞추고, 가죽을 살
찌우고 살을 두껍게 하고, 힘줄을 부드럽게 하고 뼈를 무르게 하는 것을
문학이라고 여기는 세상 사람들을【유종원, 〈모영전 뒤에 쓰다毛穎傳後題〉】⁴²⁶
교정하려는 까닭일세【왕안석, 〈세 성인론三聖人論〉】.⁴²⁷ 이것이 어찌 고인이
이야기하신 바, "아는 자에겐 말할 수 있지만 속인과 더불어 말하기는
어렵다."라는 것과 같은 것이 아니겠는가?【한유, 〈수재 진동을 전송하는 글送陳
秀才彤序〉】⁴²⁸ 문장은 선비의 말기末技일세. 그러나【유종원, 〈양 경조윤에게 답
함答楊京兆〉】⁴²⁹ 이것에 통달하지 않고 큰 현인이나 군자가 될 수 있었던

---

421 증공 같은 …… 범 자정께 올림(上范資政)〉】: 〈上范資政〉 "夫賢乎天下者, 天下之所慕也. 況若鞏
者哉!"에서 '若鞏者哉'를 가져왔다.

422 어찌 용인하겠는가? …… 부과하는 대책(課百官策)〉】: 〈爲治策, 課百官〉 "聖人爲天下, 豈容有
此曖昧而不決?"에서 '豈容有'를 가져왔다.

423 내가, 입으로 …… 양양께 올림(上於襄陽)〉】: 〈上襄陽於相公書〉 "手披目視, 口詠其言, 心惟其義,
且恐且懼, 忽若有亡, 不知鞍馬之勤, 道途之遠也."에서 '口詠其言, 心惟其義'를 가져왔다.

424 반복해 마지않는 …… 시의 서문(送錢純老知婺州詩序)〉】: 〈餡閣送錢純老知婺州詩序〉 "此賦詩
者所以推其賢, 惜其去, 殷勤反復而不能已."에서 '反復而不能已'를 가져왔다.

425 까닭일세【증공, 〈남헌기(南軒記)〉】: 〈南軒記〉 "其過也改, 趨之以勇, 而至之以不止. 此吾之所以
求於內者."에서 "吾之所以'를 가져왔다.

426 또한, 세상의 …… 뒤에 쓰다(毛穎傳後題)〉】: 〈讀韓愈所著毛穎傳後題〉 "世之模擬竄竊, 取青媲
白, 肥皮厚肉, 柔筋脆骨, 而以爲辭者之讀之也, 其大笑固宜."에서 '世之摸擬竄竊, 取青媲白, 肥皮厚肉,
劯桑脆骨, 而以爲辭者'를 가져왔다.

427 교정하려는 까닭일세【왕안석, 〈세 성인론(三聖人論)〉】: 〈三聖人論〉 "是以孟子論是三人者, 必
先伯夷, 亦所以矯天下之弊耳."에서 '亦所以矯'를 가져왔다.

428 이것이 어찌 …… 전송하는 글(送陳秀才彤序)〉】: 〈送陳秀才彤序〉 "故吾不征於陳, 而陳亦不出於
我. 此豈非古人所謂可爲智者道, 難與俗人言者類耶?"에서 '此豈非古人所謂可爲知者道難與俗人言者
類耶'를 가져왔다.

429 문장은 선비의 …… 경조윤에게 답함(答楊京兆)〉】: 〈與楊京兆憑書〉 "文章士之末也. 然立言存
乎其中, 即末而操其本, 可十七八, 未易忽也."에서 '文章士之末也'를 가져왔다.

자는 없었네【한유, 〈후계에게 답함答侯繼〉】.[430] 우리 아우께서는【유종원, 〈유종직의 『서한문류』 서문柳宗直西漢文類序〉】[431] 재주가 높고 식견이 밝으며【소식, 〈이치에게 답함答李薦〉】,[432] 이 학문에 힘을 쏟은 지 오랠세【소식, 〈도사 유면에게 답함答劉沔都曹〉】.[433] 마땅히 더욱 넓고 풍성하며 전아하고 장중하여【증공, 〈왕평보 문집의 서문王平父文集序〉】[434] 그 아직 도달하지 못한 높이를 더하도록 힘써야 할 것일세【한유, 〈장적에게 거듭 답함重答張籍〉】.[435] 함부로 증공을 논하지 말게나【왕안석, 〈단봉에게 답함答段縫〉】.[436]

○○○ 〈'집팔가문集八家文' 뒤에 쓰다〉【연천 선생 작이다.】

옛날에는 말이 반드시 자기 자신에게서 나왔다. 육조六朝의 문文이 표절로 비난을 받지만, 그래도 잘라서 [새로] 재단하고 녹여서 [다시] 주조했지, 고인의 말을 덩어리째 그냥 사용하지는 않았다. 고인의 말을 덩어리째 잘라 내고 찢어다가 글을 만드는 것은 송나라 사람들의 표表·계啓에서 시작됐다. 처음엔 일시적으로 기교를 자랑하는 것이었다. [그러다] 점

---

430 이것에 통하지 …… 〈후계에게 답함(答侯繼)〉】: 〈答侯繼書〉 "雖今之仕進者不要此道, 然古之人 未有不通此而能爲大賢君子者."에서 '未有不通此而能爲大賢君子者'를 가져왔다.

431 우리 아우께서는 ……『서한문류』 서문(柳宗直西漢文類序)〉】: 〈柳宗直西漢文類序〉 "幸吾弟宗直愛古書, 樂而成之."에서 '吾弟'를 가져왔다.

432 재주가 높고 …… 〈이치에게 답함(答李薦)〉】: 〈答李端叔書〉 "足下才高識明, 不應輕許與人, 得非用黃魯直·秦太虛輩語, 真以爲然耶?"에서 '才高識明'을 가져왔다.

433 이 학문에 …… 유면에게 답함(答劉沔都曹)〉】: 〈答劉沔都曹書〉 "及所示書詞, 清婉雅奧, 有作者風氣. 知足下致力於斯文, 久矣."에서 '致力於斯文, 久矣'를 가져왔다.

434 마땅히 더욱 …… 문집의 서문(王平甫文集序)〉】: 〈王平甫文集序〉 "其文閎富典重, 其詩博而深矣"에서 '閎富典重'을 가져왔다. 그 앞에 붙은 '當務使'는 출전이 없다.

435 그 아직 …… 거듭 답함(重答張籍)〉】: 〈重答張籍書〉 "吾子不以愈無似, 意欲推而納諸聖賢之域, 拂其邪心, 增其所未高. 謂愈之質有可以至於道者, 浚其源, 導其所歸, 漑其根, 將食其實."에서 '增其所未高'를 가져왔다.

436 함부로 증공을 …… 〈단봉에게 답함(答段縫)〉】: 〈答段縫書〉 "足下姑自重, 毋輕議鞏."에서 '毋輕議鞏'을 가져왔다.

점 빠져들어 마침내는 공령문功令文이 되었고, 온 세상이 숭상하게 되었다. 집구集句해서 시를 만드는 것을 식자들은 비판한다. 끌어다 엮는 것이 구차하고, 힘들지만 쓸모는 없으며, 게다가 가슴속 하고 싶은 말을 다 할 수도 없기 때문이다. 그런데 하물며 문장이겠는가?

내 아우 헌중憲仲이 나와 함께 당송팔가唐宋八家의 글을 읽었다. 그러다 장난삼아 팔가八家의 문집 속에 있는 말을 가지고 편지를 만들어 내게 보여 주었다. 나 역시 장난삼아 그 문체를 흉내 내서 답장을 썼다. 헌중은 재기가 넘치고, 사고도 한창 날카롭다. 하루에 수천 마디의 말을 쏟아내고도 종이와 먹이 부족해서 한스러워하는 사람 같다. 그 세차게 쏟아낸 나머지에 사고가 마구 넘쳐흐르는 것을 기이하다고 여기는 것도 당연하다. 나는 지금 나이 마흔이다. 총명이 못 따라가고, 정력도 날로 고갈돼 간다. [그런데도] 도리어 그 하지도 못할 것에 힘을 쏟아 무익한 유희에 종사해서야 역시 잘못 아니겠는가?

그렇긴 하지만 그것이 여러 사람의 말을 구가하고 여러 사람의 장점을 합쳐서, 반드시 자기 자신에게서 나오기를 기약하지 않음을 보고 있으면, 옛사람들이 재상으로서 천하를 맡아 다스리던 방법道과 비슷한 것도 같다. 아마도 장난 중에선 도道와 가까운 것이리라! 우선 나란히 놓아, 헌중의 재능을 드러내고 내 허물을 기록해 놓는다. 또한 우리 형제가 함께했던 즐거움을 드러내 보일 뿐이다.

○수수께끼에도 옛날 것을 모방하지 않고도 기발하고 심오해서 찾아내기 어려운 것들이 많다. 지금 우선 두어 단을 기재해 두니, 호사자는 풀어 보아도 좋을 것이다.

○○○ 수수께끼奇謎 1

기이한 글귀 화려한 액자에 남으니, 내가 와 시비를 경계한다.
텅 빈 시내에 고운 해 저물고, 교차하는 바람에 매운 서리 나른다.

○○○ 수수께끼 2

흰 구름 봉황의 깃, 붉은 금 이무기의 뿔
푸른 비둘기 짝을 부르고, 붉은 메추라기 인연을 고른다.
저녁에 나와 잠깐 놀고, 새벽엔 집에서 일어난다.
취해 넘어져 버들을 읊고, 붉은 말 복사뼈에선 바람이 난다.
아롱아롱 무늬 비단을 짜니, 예우가 절로 넉넉하다.

○○○ 수수께끼 3

깃발과 북이 차례로 나와, 상장군 옹위하며 행진을 인도하고,
고誥와 명命 널리 선포하고, 어진 선비 발탁해 직위에 앉히네.
금 술잔에 구슬 같은 단술, 넘치지도 모자라지도 않게 따르고,
옥 저울에 구슬 추, 높지도 낮지도 않게 [무게를] 다네.
새로운 읍에 솥발을 세우니,[437] 나라의 기틀 끝이 없고,
맹세의 단에 소귀를 올리니,[438] 패자의 위엄 다툴 자 없다.

---

437 새로운 읍에 솥발을 세우니 : '솥'의 원문인 '정(鼎)'은 고대의 의식용 그릇이다. 솥은 왕위나 제업, 종종 국가 권력 그 자체를 상징한다. 따라서 '솥발을 세웠다'는 것은 혁명이나 창업의 뜻이 있다. 한편 '정족(鼎足)'이라는 말은 흔히 삼정승(三政丞)의 비유이기도 하다. 고대의 솥에는 대개 세 개의 다리가 달려 있는데, 세력이나 지위가 이처럼 정립(鼎立)해서 균형을 잡고 있는 것에 비유한 것이다.
438 맹세의 단에 소귀를 올리니 : 춘추시대 제후들이 회맹(會盟)할 때 맹주가 희생인 소의 귀

날카로운 도끼가 계란 껍질을 만나니, 가슴께서 한 번 치고,

무너진 언덕은 용문의 못에 임했으니, 발을 들고 반쯤 구부린다.

새로운 책 한 부部, 붓과 벼루 물리자 장황을 재촉하고,

좋은 곡식 천 균困, 밭두렁이 비자 창고가 넘쳐난다.

명당明堂의 네 문은 높고 트여서, 구이와 팔만[439]이 출입하고

함곡函谷의 겹문은 깊고도 엄하니, 동빈과 서개[440]가 방황한다.

○○○ 수수께끼 4

전금展禽	악의樂毅	안영晏嬰	급암汲黯
오사伍奢	염옹冉雍	도개到漑	글염暨艷
법정法正	상총向寵	서서徐庶	등훈鄧訓
왕찬王粲	우금于禁	조효趙孝	감택闞澤
곽회郭淮	좌사左思	하순賀循	육적陸績
최감崔鑑	포조鮑照	가도賈島	요합姚合
섭일聶壹	이헌李憲	구순寇恂	미불米芾
부찰傅察	관감管敢	심괄沈括	경엄耿弇
한강韓絳	항타項它	위관衛綰	적청狄青
송강宋江	조내曹鼐	허국許國	해진解縉

를 벤 다음 제기에 피를 받아 삽혈(歃血)하는 의식을 행했다.

439 구이와 팔만 : 구이팔만(九夷八蠻)은 중국의 주변 이민족을 총칭하는 말이다. 구이는 동방의 아홉 종족이다. 『후한서』 「동이열전(東夷列傳)」에 따르면, 견이(畎夷)·어이(於夷)·방이(方夷)·황이(黃夷)·백이(白夷)·적이(赤夷)·현이(玄夷)·풍이(風夷)·양이(陽夷)이다. 팔만은 남방의 8개 종족이다. 『이아주(爾雅註)』에 의하면, 천축(天竺)·해수(咳首)·초요(僬僥)·파종(跛踵)·천흉(穿胸)·담이(儋耳)·구지(狗軹)·방춘(旁春)이다.

440 동빈과 서개 : 빈(賓)과 개(价)는 사신을 의미한다. 원문의 '동빈서개(東賓西价)'는 사방에서 온 사신들을 가리키는 듯하다.

제태齊泰　산운山雲　응근應謹　주발周勃　사비謝朏　동양董養　위풍韋諷

몽염蒙恬　구변苟變　번쾌樊噲　완함阮咸　포증包拯　설선薛瑄[441]

---

441 이 수수께끼는 인물의 사적을 연결하며 풀어 나가야 하는 것으로 보이나, 풀지 못하였다. 원문의 모습을 보여 둔다. 따라서 수수께끼 풀이에 필요한 각주의 내용도 정할 수 없다. 아래에는 등장하는 인물들의 기본적인 인적 사항을 유명 고사를 중심으로 간단히 정리해 두었다.

· 전금(展禽) : 각주 158 참조.
· 악의(樂毅) : 각주 204 참조.
· 안영(晏嬰) : 각주 203 참조.
· 급암(汲黯) : 각주 218 참조.
· 오사(伍奢) : 춘추시대 초(楚)의 대부(大夫)이며 오자서(伍子胥)의 아버지이다. 초 평왕(楚平王) 때 태자태부(太子太傅)로 있으면서 태자소부(太子少傅)였던 비무기(費無忌)가 태자를 참소(讒訴)하자, 태자를 구원하기 위해 간(諫)하다 비무극(費無極)의 참소로 피살되었다.
· 염옹(冉雍) : 각주 153 참조.
· 도개(到漑) : 남조(南朝) 양(梁)의 문장가이며 관료이다. 효성과 우애, 청렴으로 알려졌다. 무제(武帝)가 도개와 함께 수행하고 있던 도신(到藎)을 시험해 본 다음, "…… 나방이 불로 날아드는 것 같으니, 어찌 자신을 불사르길 아끼랴? 필시 노년은 그 이미 닥쳤으니, 젊은 충신에게 빌어 주어도 좋으리(如飛蛾之赴火, 豈焚身之可吝. 必耄年其已及, 可假之於少藎)."라고 〈연주(聯珠)〉를 지어 주었다는 '비아부화(飛蛾赴火)'의 고사로도 유명하다.
· 글염(曁艶) : 삼국시대 오(吳)의 정치가이다. 사람됨이 맑고 엄격했으며, 능력에 따라 고위 관리라도 강등시키고, 탐관오리들을 군의 막부에 배정하는 등 관직의 기강을 세우는 개혁을 단행했다. 그러나 서표(徐彪)와 함께 주살되었다.
· 법정(法正) : 후한 말 유비(劉備)의 모사였다. 기이한 계책을 잘 세워 유비의 신임과 존중을 받았다.
· 상총(向寵) : 삼국시대 촉(蜀) 사람이다. 겸손하고 온화하며 공명정대한 성품에 군사(軍事)에 정통했다. 제갈량은 〈출사표(出師表)〉에서 군영의 일은 모두 그와 상의하라고 추천했다. 한가(漢嘉)에서 반란이 일어나자 평정에 나섰다가 죽었다.
· 서서(徐庶) : 삼국시대 위(魏)의 문신이다. 유비에게 제갈량을 추천한 인물이다. 후에 조조가 어머니를 인질로 잡고 부르자 유비를 떠나 조조에게로 갔다.
· 등훈(鄧訓) : 동한(東漢) 때의 관원으로, 베풀기를 좋아하고 선비를 예우해서 따르는 자가 많았다고 한다. 호타하(虖沱河)와 분하(汾河) 사이에 운하 놓는 일을 감독하게 되있을 때, 이 일의 폐해를 장제(章帝)에게 보고하여 멈추게 해서, 매년 억만의 비용을 절감하고 인부 수천 명의 목숨을 구했다.
· 왕찬(王粲) : 삼국시대 위(魏)의 관리이자 문인으로, '건안칠자(建安七子)' 중 한 명이다. 조조를 따라 남으로 손권(孫權)을 정벌하고 돌아오는 도중에 병으로 죽었다.
· 우금(于禁) : 삼국시대 위(魏)의 무장(武將)이다. 조조의 전쟁을 따라다니며 허다한 전공

을 세웠다. 군기가 엄격해서 자신의 친구를 죽이는 것도 서슴지 않았다. 관우에게 패해 항복하고 포로가 되었다가 방환되었으나, 결국 그 일로 인해 모욕을 당하고 자살했다.

· 조효(趙孝) : 전국시대 조(趙)의 8대 군주 효성왕(孝成王)을 가리킨다. 진(秦)과의 전투에서, 반간계(反間計)에 속아 명장 염파(廉頗) 대신 조괄(趙括)을 장수로 삼았다. 조괄의 군대는 장평(長平)에서 생매장을 당했고 조는 대패했다.

· 감택(闞澤) : 삼국시대 오(吳)의 학자이며 문신이다. 어려서는 가난해서 책을 베껴 주는 일을 해 종이와 붓을 마련했는데, 한 번 쓰고 나면 다 외웠다는 일화가 전한다.

· 곽회(郭淮) : 삼국시대 위(魏)의 명장이다. 제갈량이 위를 정벌했을 때 곽회는 적정을 정확하게 판단하고 대책을 마련하는 등 전공을 세웠다. 이후에도 촉한의 강유(姜維)를 격퇴하는 등 많은 전공을 세웠다.

· 좌사(左思) : 서진(西晉)의 유명한 문인이다. 그의 〈삼도부(三都賦)〉는 당시 엄청난 반향을 일으켜, 낙양의 종잇값을 올렸다는 고사를 낳았다. 진 혜제(晉惠帝) 때 권신 가밀(賈謐)의 무리에 붙어 소위 '노공이십사우(魯公二十四友)'의 중요 성원이 되었으나, 가밀이 주살되자 의춘(宜春)에 물러나 살면서 저술에 전념했다.

· 하순(賀循) : 회계군 산음(山陰) 사람으로, 진(晉)의 재상이다. 문장을 잘 짓고 매우 박학했으며 특히 예학(禮學)에 정통했다고 한다.

· 육적(陸績) : 삼국시대 오(吳) 사람이다. 회귤(懷橘) 고사로 유명한 사람이다. 청렴한 관직 생활로 유명해서, 파직되어 돌아올 때 짐이 적어 배가 바람을 받을 수 없을 정도로 가벼워서, 바위를 구해 신고서야 비로소 떠날 수 있었다는 고사도 전한다. 천문과 역산(曆算)에 밝았다고 한다.

· 최감(崔鑒) : 북위(北魏)의 관리이다. 지방관으로 재임하면서, 백성 가운데 연로자들에게 임시 태수와 현령 직을 내리도록 상주하여 시행하거나, 경내의 구리 기구를 녹여서 농기구를 만들게 해서, 군대와 민간이 모두 이익을 얻게 하는 등의 정책을 시행했다.

· 포조(鮑照) : 각주 51 참조.

· 가도(賈島) : 중당(中唐)의 시인이다. 여러 차례 과거를 보았으나 성공하지 못했고, 말단 관리를 지냈다. 시어의 선택과 표현에 고심하는 고음(苦吟)으로 유명해서 한유(韓愈)와 '퇴고(推敲)'의 일화를 남겼다.

· 요합(姚合) : 중당(中唐)의 시인이다. 특히 가도(賈島)와 친해서 '요·가(姚賈)'로 병칭된다. 오언율시가 특히 유명해서 '유절청초(幽折淸峭)'하다고 평가되며, 남송의 영가사령(永嘉四靈)과 강호파(江湖派) 시인들이 그의 시를 본받은 것으로 논의된다.

· 섭일(聶壹) : 서한 무제 때의 안문군(雁門郡) 마읍현(馬邑縣)의 토호로, 소위 마읍의 계책[馬邑之謀]을 발동한 인물이다. 흉노족을 유인해서 섬멸하고자 하는 계책을 세웠으나 실패했다.

· 이헌(李憲) : 북송의 환관이자 장수이다. 군사와 재정 분야에서 공적이 많았다. 그러나 결국 '공을 탐하고 명성을 도모했다(貪功圖名)', '임금을 속이고 백성을 해쳐 나라에 근심을 끼쳤다(罔上害民, 貽患國家)'는 죄목으로 탄핵되고 좌천되어 생을 마쳤다. ○ 역사서에 등장하는 여러 명의 '이헌(李憲)'들이 있다. 수수께끼의 문맥에 따라 누군지가 결정될 것이다.

· 구순(寇恂) : 각주 136 참조.

· 미불(米芾) : 북송의 서화가이다. 글씨는 왕희지(王羲之) 서풍을 이은 행초(行草)가 장기
이고, 그림으로는 '미법산수(米法山水)'의 원조이다. 기암괴석을 몹시 좋아해서 돌을 석
형(石兄)·석장(石丈)이라 부르며 절을 하는 기행으로 유명하다.

· 부찰(傅察) : 북송의 관료로, 신법당의 권신이었던 채경(蔡京)이 사위로 삼으려 했다가
거절당한 일로 유명하다. 금(金)에 사신으로 갔다가, 길에서 만난 금의 태자(太子) 알리
불(斡離不)에게 무릎을 꿇고 예를 올리는 것을 거부하다 그 자리에서 도끼를 맞고 죽었
다고 한다.

· 관감(管敢) : 서한(西漢) 이릉(李陵)의 휘하에 있던 군관(軍官)이었다. 이릉의 막하에 있었
으나 교위(校尉)에게 모욕을 당하고 흉노에 투항했다. 준계산의 전투에서 이릉 군대의
실상을 흉노에게 알려 주어 이릉의 군대를 몰살시켰다.

· 심괄(沈括) : 북송의 학자이며 관료이다. 정치적으로는 왕안석의 신법당에 속했다. 외교
와 민정에 공적이 있었고, 매우 박학해서 천문·수학·지리·본초(本草) 분야에서 저술
과 업적이 있었다.

· 경엄(耿弇) : 후한 건국의 명장(名將)이다. 『후한서(後漢書)』에는 경엄이 모두 46개 군(郡)
을 평정하고 3백여 성(城)을 함락시켰다고 기록되어 있다.

· 한강(韓絳) : 북송의 재상으로, 뒷일을 걱정하지 않고 과감히 일을 했고, 사대부들을 초
치하는 것을 좋아해서 사마광을 여러 차례 추천하기도 했다. 왕안석의 신법에 찬성해,
왕안석이 내놓은 안건마다 "지극히 마땅하니 채택해야 합니다(至當可用)."라고 했다고
한다.

· 항타(項它) : 항우(項羽)의 조카로, 초한전쟁(楚漢戰爭)의 와중에 초군을 이끌고 활동하지
만, 팽성 전투에서 포로가 되어 유방에게 투항했다. 유방은 항타에게 유씨(劉氏) 성을
하사하고, 평고후(平皐侯)에 봉했다.

· 위관(衛綰) : 서한(西漢) 중기의 대신이다. 성품이 온후하고, 아랫사람을 사랑하며 동료
들과 경쟁하지 않았고 신중했다고 한다. 그러나 특별한 장점은 없었고, 승상이 되어서
도 자기 직분 내에서 처리할 수 있는 일만을 보고하였고 특별한 제안을 하거나 책임질
만한 일을 저지르지 않았다고 한다.

· 적청(狄青) : 북송의 명장이다. 한미한 출신으로, 서하(西夏)와의 전쟁에 출정해서는 구
리로 만든 가면을 쓰고 머리를 풀어 헤친 채 싸워 적군이 두려워했다고 한다. 이후 그를
추천받은 범중엄이 『춘추좌씨전』을 가르쳤고, 이때부터 독서해서 병법에 통달하게 되
었다고 한다. 용맹하면서도 지략이 있었으며, 부하들과 동고동락하면서 부하들의 공
을 추천하기를 좋아했다고 한다.

· 송강(宋江) : 북송 사람으로, 휘종(徽宗) 선화(宣和) 연간에 회남(淮南)에서 발생했던 농민
반란의 수령이다. 시내암(施耐庵)이 지은 『수호지(水滸誌)』의 주인공이기도 하다.

· 조내(曹鼐) : 명 초기의 관료이다. 몽고의 야선(也先)이 명의 변경인 대동(大同)을 침범한
'토목의 변[土木之變]'을 정벌하러 나간 전쟁에 각신으로 영종(英宗)을 호종했다가 순국
했다.

· 허국(許國) : 명의 대신으로, 휘상(徽商)의 아들이다. 세종(世宗)·목종(穆宗)·신종(神宗) 3

조에 걸쳐 여러 관직을 역임했다. 운남(雲南)에서 일어난 반란을 평정한 공으로 소보(少保)가 되었고 무영전대학사(武英殿大學士)에 제수되었다.

· 해진(解縉) : 명 전기의 관료이자 서예가이다. 학문과 시에 능해 문한직(文翰職)을 두루 거쳤고, 『영락대전(永樂大典)』 편찬 때 총재를 맡았다. 그러나 황제에 적절한 예를 갖추지 않았다는 죄목으로 금의위(錦衣衛)에 하옥되어 죽었다. 그는 당대 최고의 서예가로 독특한 서풍(書風)을 전개했는데, 특히 소해(小楷)와 행초(行草)가 뛰어났다고 한다.

· 제태(齊泰) : 명 초기의 대신이다. 태조의 고명대신으로 건문제(建文帝)를 보좌하였는데, 황자들의 세력을 약화시킬 목적으로 주(周)·대(代)·상(湘)·제(齊)·민(岷) 등 다섯 왕을 차례로 폐했다. 연왕(燕王) 주체(朱棣)가 정난(靖難)을 일으켰고, 제태는 체포되었으나 굴복하지 않고 죽어 구족이 멸해졌다.

· 산운(山雲) : 명 초기의 무장이다. 성조(成祖)의 북정(北征)에 여러 차례 참여하고, 광서(廣西) 경내의 요족(瑤族)과 장족(壯族)의 반란을 진압하는 등 많은 공적을 세웠다.

· 응근(應謹) : 미상.

· 주발(周勃) : 서한 초기의 관료이자 군사 전문가이다. 한(漢)의 건국공신이다. 혜제(惠帝) 때, 섭정이던 여후(呂后)가 죽자 진평(陳平)과 함께 여록(呂祿)의 군권을 뺏고 여씨들을 주살한 다음, 혜제를 폐위하고 고조의 넷째 아들인 유항(劉恒)을 문제(文帝)로 옹립해 한 왕실을 안정시켰다. 이후 공이 높으면 재앙을 초래할 것이라 우려해 정계를 떠났다고 한다.

· 사비(謝朏) : 남조(南朝) 양(梁)의 대신이자 문인이다. 10세에 문장을 지어 효무제(孝武帝)가 신동이라고 칭찬했다고 한다.

· 동양(董養) : 서진(西晉) 혜제(惠帝) 때의 태학생이다. 가후(賈后)가 정승 양준(楊駿)을 죽이고 시어머니인 태후를 폐위하자, 동양은 〈무화론(無化論)〉을 지어 "하늘과 인간의 윤리가 이미 사라졌으니, 큰 난리가 날 것(天人之理既滅, 大亂作矣)"이라고 예언했다. 회제(懷帝) 때는 낙양성의 땅이 꺼지며 흰색과 푸른 거위가 나왔는데, 푸른 거위는 날아갔지만 흰 거위는 날지 못했다. 그것을 본 동양은 푸른 거위는 오랑캐의 상징이고 흰 거위는 나라의 상징이니, 곧 난리가 날 것이라고 예언하곤 아내를 데리고 촉으로 들어가 종적을 감췄다고 한다.

· 몽염(蒙恬) : 진(秦)의 장군이다. 진시황(秦始皇)이 제(齊)를 멸망시킬 때 큰 공을 세웠고, 북으로 흉노를 물리쳐 하남(河南)을 수복했다. 이후에는 만리장성의 축조를 담당해서 완성했다. 진시황이 죽은 뒤 승상 이사(李斯)와 환관 조고(趙高)의 모함으로 투옥되어 자살했다.

· 구변(苟變) : 전국시대 위(衛)의 무장이다. 달걀 두 개의 고사가 『자치통감(資治通鑑)』에 전한다. 노(魯)의 자사(子思)가 위후(衛侯)에게 구변을 중용하도록 추천하자, 위후는 구변이 지방 관리로 있을 때 남의 달걀 두 개를 먹은 일이 있는 것을 거론하며 거절했다. 그러자 자사는 목수가 나무를 사용하는 비유를 들며, 작은 실수로 방패나 성 같은 인물을 버리지 않도록 간했다고 한다.

· 번쾌(樊噲) : 한의 개국공신이다. 원래 패읍(沛邑)의 개백정이었으나, 한 고조 유방을 패공(沛公)으로 받들고 진(秦)을 쳐 전승을 거두었다. 홍문의 잔치[鴻門宴]에서 항우(項羽)

○○○ 〈감서甘誓〉

【공벽孔壁의 고문古文[442]에 「감서甘誓」[443] 한 편이 있는데, 금문今文과 다르다. 그 문체는 다른 고문에 비해서도 좀 더 난삽하다. 편 가운데 몇 구절은 금문의 문법과 아주 다르다. 그 의미는 더욱 불가해하다. 이 때문에 감히 억지로 풀이하지 못하고 뒤에 올 명철한 이를 기다린다.】

에게 살해될 뻔한 유방을 구하기도 했다. 그러나 후에는 고조의 의심을 받아 위기에 처했으나, 고조가 사망함으로써 위기를 넘기기도 했다.

· 완함(阮咸) : 서진(西晉) 초기의 문인이다. 자는 중용(仲容)으로, 죽림칠현(竹林七賢) 중 한 명이다. 음률에 정통하고 비파 연주를 잘해서 당대에 '묘달팔음(妙達八音)'이라 불리기도 했다.

· 포증(包拯) : 북송의 문신이다. 공평하고 사사로움이 없는 정치를 펼쳐, 귀척(貴戚)과 환관들이 함부로 하지 못했다. 특히 송사를 공평무사하게 처결한 것으로 유명해 포청천(包青天)이라 불린다. 고위직에 오른 뒤에도 소박하고 검소해서 청백리로 칭송되었다.

· 설선(薛瑄) : 명의 학자이자 관료이다. 소위 '하동학파(河東學派)'의 종주로, 정주(程朱)의 학문을 바탕으로 '자신을 수양하고 남들을 가르쳐[修己教人] 본성을 회복할 것[復性]'을 종지로 하였다.

442 공벽(孔壁)의 고문(古文) : 한(漢)의 노 공왕(魯恭王)이 궁을 넓히기 위하여 공자의 옛집을 허물었는데, 그 벽 속에서 진(秦)의 분서를 피해 숨겨 놓았던 『고문상서(古文尚書)』, 『예기』, 『논어』, 『효경』 등 과두문자(蝌蚪文字)로 적힌 경전들이 나왔다고 한다.

443 「감서(甘誓)」 : 『상서(尚書)』 「하서(夏書)」의 편명(篇名)이다. 감(甘)은 지명이고 서(誓)는 맹세하는 말이다. 하(夏)의 계(啟)가 즉위한 다음 병사를 일으켜 유호씨(有扈氏)를 토벌하려 하면서 지은 군사 동원령에 해당하는 글이다. ○ 이 수수께끼는 〈감서〉의 문체를 흉내 내되, 내용은 꿈을 의인화한 것이다. 따라서 원문의 문체를 이해할 필요가 있다. 아래에 『상서』에 실린 〈감서〉의 번역과 원문을 실어 둔다.

  "계가 유호씨와 감의 벌판에서 전투를 하시매 〈감서〉를 지었다. 감에서 큰 싸움을 하니, 이에 육경을 불러 왕께서 말씀하셨다. '아, 여섯 가지 일을 맡은 사람들이여, 내가 너희에게 맹세하여 고하노라. 유호씨는 오행을 함부로 하고 삼정을 태만하게 내버렸으니, 하늘이 그 명을 끊어 버리려 한다. 지금 내가 하늘의 벌을 공손히 시행하리라. 왼쪽 군사가 왼편에서 공격하지 않으면, 네가 명을 공손히 받들지 않은 것이다. 오른쪽 군사가 오른편에서 공격하지 않으면, 네가 명을 공손히 받들지 않은 것이다. 수레 모는 자가 그 말을 올바로 몰지 않는다면, 네가 명을 공손히 받들지 않은 것이다. 명을 따르면 조상들 앞에서 상을 내릴 것이고, 명을 따르지 않으면 사직 앞에서 죽일 것이다. 나는 처자까지 죽이겠노라(啟與有扈戰於甘之野, 作〈甘誓〉. 大戰於甘, 乃召六卿, 王曰: '嗟! 六事之人, 予誓告汝. 有扈氏威侮五行, 怠棄三正, 天用剿絶其命. 今予惟恭行天之罰. 左不攻於左, 汝不恭命. 右不攻於右, 汝不恭命. 禦非其馬之正, 汝不恭命. 用命, 賞於祖. 弗用命, 戮於社. 予則帑戮汝')."

감甘에서 큰 전투가 벌어졌다. 이에 여섯 장수六師를 소집하니, 지志·선력宣力·검원黔元·쌍명雙明·자묵子墨·사음司音이다.[444] 임금이 말씀하셨다. "유수씨有垂氏가 나의 백 가지 직책을 태만히 하고, 나의 총명聰明을 어둡게 하니, 실로 음양陰陽과 밤낮晦明에 변란을 일으켜, 나를 병들어 몹시 피곤하게 한다. 이제 짐이 반드시 정벌하리라. 아, 너 지志야, 너는 내 대군을 통솔하여 그 준동을 다스려라. 네가 애초에 나태하였으니, 네가 힘썼다면 어찌 감히 내 강역을 침범함이 있었겠는가? 네가 빼앗긴다면 짐은 크게 너를 벌하리라. 아, 너 역力아, 네가 굳게 꿇어앉아 있기만 했어도, 도적을 물리치는 데 너끈했으리라. 도적이 더욱 침범하는 것은 실로 네가 먼저 폈기 때문이다. 너는 힘써라! 송곳의 찌름을 불러들이지 마라. 아, 너 원元아, 네가 곧으면 이길 것이고, 네가 기울면 궤멸되리라. 네가 땅에 엎어지면, 짐은 너를 몹시 치리라. 아, 너 명明아, 밝아 어둡지 마라. 네가 군대를 맡았으니, 득실이 크게 달려 있도다. 네가 연달아 넘어지면, 네가 실로 죄의 괴수이니, 산초가루로 너를 벌하리라. 아, 너 묵墨아, 도적을 물러가게 하매, 네가 적에게 권유하라. 역시 네가 명령을 따르면, 수놓은 비단을 상으로 주리라. 명령을 따르지 않으면 황량한 시렁으로 귀양 보내서, 좀 벌레나 막게 하리라. 아, 너 음音아, 지志가 떨쳐 항거하지 않고, 역力이 단단히 지키지 않고, 원元이 무기력하여 달아나고, 명明이 어리석어 엎드리고, 묵墨이 배반하여 적을 불러들이면, 너를 믿을 것이다. 너는 그때 크게 소리쳐 경계해서, 각기 두려워 초심으로 돌아가게 하라. 네가 준행하지 않으면 큰 잔의 물이 있으리라."

【복생伏生의 『대전大傳』[445]에 말했다. "교전交戰이 일어나자 사음은 세 번에 그쳤다. 쌍

---

444 감(甘)에서 큰 …… 자묵(子墨)·사음(司音)이다 : '달콤하다'라는 뜻의 '감(甘)'을 지명으로 해서, 달콤한 졸음과의 전쟁을 우화화하고 있다. 전쟁에 소집된 여섯 장수, 지(志)·선력(宣力)·검원(黔元)·쌍명(雙明)·자묵(子墨)·사음(司音)은 각각 마음, 다리, 머리, 두 눈, 문장, 소리 등이다.

명은 먼저 벽으로 달려 들어가 현문縣門446이 열리지 않았다. 자묵은 깃발을 뽑아 말의 멍에에 꽂고447 땅에 널브러졌다. 선력은 깃발을 눕히고448 말을 풀어놓아 이광李廣의 흉내를 냈다.449 검원은 마치 적의 명령을 받드는 자처럼 부복했다. 지는 군대를 지휘하지 못하고 달아나 몽택夢澤까지 갔다가 돌아왔다. 이에 다시 무리를 모아 고했다. '오늘의 패배는 누구의 죄인가?' 자묵은 '저는 남을 따르는 자입니다. 쌍명이 실로 나를 버렸습니다.'라고 했다. 명은 '먼저 달아난 것은 사음이었습니다.'라고 했다. 사음은 '제가 맡은 것은 기氣이니, 지志가 저의 장수입니다.'라고 했다. 선력이 '오늘 일은 원수에게 책임이 있습니다.'라고 했다. 임금이 한참 묵묵히 있다가 '참으로 지에게 죄가 있다. 그러나 내가 가게 하는 것이니 홀로 어쩌겠는가?'라고 하였다. 이에 벌이 모두 시행되지 않았다."】

---

445 복생(伏生)의 『대전(大傳)』: 서한(西漢)의 복생이 지었다는 『상서대전(尙書大傳)』을 가리킨다. 정현(鄭玄)의 서문에 의하면, 복생이 남긴 『상서』에 대한 해설을 그 문인 장생(張生)과 구양생(歐陽生) 등이 기록한 것이라고 한다. 이 책은 이미 오래전에 완전한 모습을 잃어서, 〈홍범오행전(洪範五行傳)〉만 대략 전체적 모습이 있을 뿐 나머지는 사라졌다. ○ 복생은 성은 복(伏), 이름은 승(勝)이고, 자는 자천(子賤)이다. 존칭을 붙여 '복생'으로 부른다. 특히 『상서』에 정통한 인물로, 진(秦)에서 박사(博士)를 지냈다. 복승은 진의 분서(焚書)를 피해 벽 속에 숨겨 두었던 『상서』를 바탕으로, 서한 초기 제(齊)와 노(魯)에서 『상서』를 가르쳤다고 한다. 복승이 숨겨 두었던 『상서』는 수습되었을 때 스물아홉 편만 남았었다고 한다.

446 현문(縣門): 고대에 성을 지키기 위해 설치되었던 갑판(閘板)이다. 내성의 문안에 설치해서 평시에는 들어 올려놓았다가 적이 쳐들어오면 내려서 방어를 공고히 하는 장치이다. ○ 여기서는 두 눈이 먼저 감기고 열리지 않았다는 뜻이니, 현문은 눈꺼풀에 해당한다.

447 깃발을 뽑아 말의 멍에에 꽂고: 도망치는 것을 비유하는 말이다. 『춘추좌씨전』 선공(宣公) 12년에 초(楚)와 진(晉)의 전쟁 중에 일어난 사건에 대한 기록이 있다. 진의 전차가 구덩이에 처박히자 초 사람이 벗어날 방법으로 깃발을 빼서 말의 멍에에 꽂으라고 가르쳐주었다. 요령대로 구덩이를 빠져나온 진나라 사람이 돌아보며 "자주 도망쳐 본 대국의 경험에는 못 미치겠다."라고 했다는 기사이다.

448 깃발을 눕히고: 원문은 '언기(偃旗)'인데, 적의 눈에 띄지 않도록 깃발을 내리는 것이다.

449 말을 풀어놓아 이광(李廣)의 흉내를 냈다: 한의 장군 이광이 흉노와 싸울 때, 휘하의 기병들에게 말 안장을 풀어 놓도록 해서, 적들이 유인을 의심해서 공격하지 못하도록 하는 전략을 사용한 적이 있다. ○ 이광은 한 무제(漢武帝) 때의 장수이다. 40여 년 동안 흉노와 대치하면서 70여 차례의 크고 작은 전투를 치러 승전했다. 흉노가 두려워하며 존경하여 '비장군(飛將軍)'으로 불렸다고 한다.

〈무성武成〉[450]

【공벽孔壁에서 나온 글에는 이 편篇이 〈감서〉와 합해져 있다. 〈무성〉에 대해선 예전 선비들이 많이 의심했다. 이 글은 글 속에 '무성武成'이라는 두 글자가 있으니, 아마도 이것이 바로 진짜 〈무성〉일 것이다. 또 『상서』의 '서誓'체엔 정벌 전쟁과 공적을 평가하는 일을 동시에 서술한 것이 없다. 그래서 여기선 두 편으로 나누었다. 그러나 주석은 불가능하니, 그에 대한 설명은 앞의 편과 같다.】

1월 경신일庚申日 해가 기울 무렵, 여러 장수가 감甘에서 전투를 했다. 저물자 혼미해져 그 약속과 맹서를 저버리니, 이에 도적이 크게 창궐했다. 소천小遷[451]에 임금은 좌우의 사士 열 명에게 자기 무리를 거느리고 가서 구하도록 명령했다. 열 명의 사가 여러 장수를 거느리고 다시 크게 떨쳐 일어났다. 이때 왼쪽의 다섯 사내는 흡석歙石[452]을 들고 오른쪽의 다섯 사내는 현규玄圭[453]를 잡고 물길을 이끌었다. 왼쪽 다섯 사내는 저폐楮幣[454]를 받들어 내오고, 오른쪽 다섯 사내는 흰 털의 장대를 잡고 휘

---

450 〈무성(武成)〉: 『상서』「주서(周書)」의 편명으로, 무왕이 주(紂)를 정벌하고 나서 주의 죄를 천지와 명산대천에 고하는 내용이다. 송(宋)의 채침(蔡沈)은 〈무성〉편은 편간(編簡)이 흐트러져 앞뒤 순서가 잘못되었다고 보아 왕안석(王安石)과 정자(程子) 등이 개정한 순서를 참고하여 바로잡았다.

451 소천(小遷): 해가 서쪽으로 기우는 것, 혹은 그 시각을 가리킨다. 소환(小還)이라고도 한다. 『회남자(淮南子)』「천문훈(天文訓)」에 "태양이 조차에 이르렀을 때를 소환이라 하고, 비곡에 이르렀을 때를 포시라 하고, 여기에 이르렀을 때를 대환이라 한다(日至于鳥次, 是謂小還, 至于悲谷, 是謂餔時, 至于女紀, 是謂大還)."라고 하였다.

452 흡석(歙石): 흡주(歙州)에서 나는 유명한 벼룻돌이다. 꽃무늬를 비롯한 온갖 아름다운 무늬를 드러내는 검푸른색의 돌로, 석질이 세밀하고 윤기가 돌며, 견고하고 따뜻하면서도 부드러워, 먹을 갈아도 소리가 나지 않고, 기름처럼 먹이 퍼지며, 오랫동안 먹이 마르지 않는다고 한다. ○ 뒤의 현규와 함께 벼루와 먹이라는 수수께끼로 쓰였다.

453 현규(玄圭): 검은색의 옥돌로, 위는 뾰족하고 아래는 네모진 의례용 옥기이다. 동시에 색이 검고 모양이 비슷해서 먹을 가리키는 말로 사용되기도 하다. 여기선 후자의 의미로 사용되었다.

454 저폐(楮幣): 일반적으론 종이돈을 가리키는 말이나, 여기선 종이와 비단이라는 의미로 사용되었다.

254

둘렀다. 수백 수천의 관을 쓴 이들이 별처럼 대열에 모이니, 항오行伍가 있고 진법陳法이 있었다. 이때 지志는 더욱 채찍질하며 앞장서고, 선력宣力은 더욱 자신의 직책을 떠나지 않으며, 검원黔元은 더욱 그 몸가짐을 단정히 하고, 쌍명雙明은 더욱 반짝이며 보좌하고, 자묵子墨은 길이 들어 대기하고, 사음司音은 침묵하며 때로 하품을 했다. 유수씨有垂氏의 군사가 크게 꺾여서 수만 리를 물러나 도망쳤다.

대천大遷455에 여러 장수가 성공을 보고했다. 무업武業이 이루어졌음을 널리 고하고, 무리에게 큰 상을 내렸다. 임금이 말했다. "아! 도적을 물리치는 데는 여러 방법이 있다. 빈객의 말에 힘입었으니, 짐이 시끄럽고 방종함을 크게 막을 수 있었던 것이 아니로다." 이에 말하였다. "도적이 제압되고 도적이 죽었으니, 짐이 몇 배나 편안하도다. 짐에게 난세를 다스리는 신하 열 사람이 있어, 한마음, 한 덕德으로 이르러 모였도다.456 아름답도다! 이에 공적을 따져, 다섯에게는 작위를 주고, 둘에겐 땅을 나누어 준다. 너희는 두 손을 합해 늘어뜨리고457 받들라. 아, 너희 여러 장수는 처음에는 혹 게으르기도 했으나, 가다듬어 허물을 고쳐 잘 끝마쳤다. 각기 좋은 상을 내리리라."

【『대전大傳』에서 말했다. "상이 시행되자 삼팽씨三彭氏458가 불쾌해하며 말했다. '내가

---

455 대천(大遷) : 대환(大還)이라고도 한다. 태양이 맨 서쪽에 이르렀을 때를 가리킨다.

456 짐에게 난세를 …… 이르러 모였도다 : 『상서』 「주서(周書)·태서(泰誓)」에 나오는 주 무왕(周武王)의 말을 이용하였다. "내가 난을 다스리는 신하 10인이 있으니, 마음이 같고 덕이 같다(予有亂臣十人, 同心同德)." 원문의 '난신(亂臣)'에 대해 공영달은 '잘 다스리는 신하[治理之臣]'라고 주석했다.

457 두 손을 합해 늘어뜨리고 : 원문은 '수공(垂拱)'이다. 임금 앞에서 두 손을 마주 잡아 아래로 늘어뜨려 공경을 표시하는 예법을 가리킨다. 『예기』 「옥조(玉藻)」. ○ 농시에 『상서』〈무성(武成)〉에 나오는 말인 것도 기억할 필요가 있다. 〈무성〉에선 무위지치(無爲之治)의 의미로 사용되었다.

458 삼팽씨(三彭氏) : 도교에서 말하는 삼시신(三尸神)이다. 세 마리의 벌레로, 상충(上蟲)은 뇌속에, 중충(中蟲)은 명당(明堂)에, 하충(下蟲)은 배에 있다 한다. 이 벌레가 사람 몸속에 숨어 그 사람의 잘잘못을 기억했다가, 경신일(庚申日)이 되면 잠든 틈을 타 하늘로 올라가

오늘 임금의 허물을 하늘에 상소해서, 술과 밥을 구하려 했다. 지금 열 사내가 공적을 아뢰니, 이는 내 일을 방해하는 것이다.' 이에 임금에게 물었다. '열 사내가 무슨 공이 있습니까?' 사음이 대신하여 아뢰었다. '사흘을 잔 뒤, 주畫를 나섰어도 옛날에는 빠르다 여겼습니다.[459] 지금 임금께선 주를 지나며 하루도 묵지 않으셨으니, 열 사내의 공입니다.' 삼팽씨가 말했다. '그렇지 않습니다. 주는 가까운 읍일 뿐입니다. 전단田單이 받든 땅은 동쪽에 있습니다.[460] 임금께서 여기에 도착하시면 역시 피곤하실 겁니다. 이때가 되면 열 사내인들 무슨 공을 세우겠습니까?' 군이 혹할 듯했다. 지가 듣고서 크게 노하여 유자후柳子厚를 불러 팽씨를 꾸짖게 했다.[461] 그러고는 유폐시키고, 검원·쌍명·선력과 함께 나누어 지켰다. 유수씨가 마침내 감히 야읍夜邑에 들어가지 못했다. 당시 사람들이 그것을 '경신일의 지킴庚申之守'이라고 불렀다." ○『일주서逸周書』의 「무성해武成解」[462]에서 말했다. "유수씨

서 상제(上帝)에게 보고한다고 한다. 하여 경신일이면 잠을 자지 않고 그 벌레가 못 나가도록 지키는데, 이를 일러 '경신일을 지킨다[守庚申]'라고 한다.

459 사흘을 잔 …… 빠르다 여겼습니다 : 『맹자』「공손추 하(公孫丑下)」의 내용을 이용하고 있다. 맹자가 제(齊)를 떠나면서, 혹시나 제왕이 마음을 돌이켜 부를까 하여 사흘이나 제의 동남쪽에 있는 주(晝)라는 고을에서 머물러 묵은 뒤 떠나면서 그것도 오히려 빠르게 느껴진다는 말을 한 적이 있다. "내가 사흘 잔 뒤에 주를 나갔으나 내 마음에 오히려 빠르게 여겨졌다(三宿而後出晝, 於予心猶以爲速)."

460 전단(田單)이 받든 땅은 동쪽에 있습니다. : 전단은 전국시대 제(齊)의 장수이다. 연(燕)이 제를 공격해 제의 모든 성을 함락시키고 즉묵성(卽墨城) 하나만 남아 있었다. 당시 즉묵성을 지키던 전단은 기발한 작전으로 승리를 거두고, 여세를 몰아 제의 72개 성을 수복했다. 『사기』〈전단열전(田單列傳)〉. ○ 전단을 인용한 것은 '즉묵'이라는 지명 때문으로 보인다. 벼루를 의인화한 가전체 소설로, 당의 문숭(文嵩)이 지은 〈석허중전(石虛中傳)〉이 있다. 주인공인 벼루의 성이 석(石)이고 이름은 허중(虛中)이고, 즉묵후(卽墨侯)에 봉해졌다고 했다. 『고금사문유취(古今事文類聚)』. 따라서 '전단이 받든 땅'이란 즉묵이고, 문맥상으로는 벼루이다.

461 유자후(柳子厚)를 불러 팽씨를 꾸짖게 했다 : 유종원(柳宗元)의 〈매시충문(罵尸蟲文)〉을 가리킨다. 도사에게서 시충에 대한 이야기를 들은 유자(柳子)가 천제가 시충을 통해 몰래 인간을 감시해서 벌할 리가 없다는 내용으로 시충을 꾸짖고 축문을 덧붙인 것이다. 희문이다.

462 『일주서(逸周書)』의 「무성해(武成解)」 : 진(晉)의 급군(汲郡) 사람 부준(不準)이 위 양왕(魏襄王) 묘의 도굴품에서 발견한 죽서(竹書) 중 하나다. 때문에 '급군의 무덤에서 나온 『주서』'라는 뜻의 『급총주서(汲冢周書)』로도 불린다. 『상서(尙書)』와 비슷한 성격의 책으로, 원명은 『주서(周書)』지만, 원본이 흩어져 없어지고 남은 편들로만 구성되었기 때문에 『일주

가 패배해 달아나서는 임금에게 고하도록 했다. '내가 사람에게는 마귀지만, 역시 천지가 만든 것이다. 유웅씨有熊氏[463]와 상 고종商高宗[464]이 모두 나와 함께 몽택夢澤에서 밭을 갈았다. 지금 그대는 참으로 조심하지 않고 나를 적절하지 않은 때에 불러냈다. 불러내 놓곤 다시 쫓아내니, 내가 할 말이 있다. 앞으로 그대는 끝까지 내게 저항할 수 있겠는가?' 임금이 근심하셔서, 야읍夜邑의 땅을 나눠서 경계를 짓고 그를 봉했다. 연초를 사르고, 무즙을 마시며 맹세하였다. '뒤로는 조읍朝邑까지 이르지 않고, 앞으로는 동혼東昏까지 이르지 않는다. 감히 여기를 지나, 추鄒의 맹씨孟氏가 사흘 머문 고을을 침범하는 자가 있다면, 썩은 흙으로 된 담장[465] 같다는 [질책이] 있으리라.'" ○『대전』과 「주서해周書解」는 모두 연천 선생이 기록한 것이다.】

서(逸周書)』라고 한다. 전체 10권에 정문(正文) 70편인데, 11편은 목차만 있고 내용이 없다. 42편에는 진(晉)의 오경박사인 공조(孔晁)의 주가 있다. 각 편의 편명에는 모두 '해(解)' 자가 붙어 있고, 서(序) 한 편이 각 권의 처음이나 끝에 붙어 있다. 정문은 기본적으로는 기사의 시대에 따라 편찬되어 있고, 주(周) 문왕(文王)·무왕(武王)·주공(周公)·성왕(成王)·강왕(康王)·목왕(穆王)·여왕(厲王)·경왕(景王) 때의 일이 기록되어 있다. ○ 이 책의 성격에 대해선 의견이 분분하다. 그렇기 때문에 희작적 의고(擬古)의 대상으로 오히려 적절했을 것이다. 「무성해」라는 편명은 「무칭해(武稱解)」, 「무순해(武順解)」, 「무오해(武寤解)」 등의 『일주서』 편명과 매우 흡사하지만, 『일주서』에 「무성해」는 없다.

463 유웅씨(有熊氏) : 상고시대의 부족으로, 황제(黃帝)가 유웅씨의 한 분파로부터 유래했다고 한다. 여기서는 황제를 가리킨다. 황제가 한번은 낮잠을 자다가 화서씨(華胥氏)의 나라로 여행 가는 꿈을 꾸었다. 임금도 없고 백성들은 욕망도 없어 자연히 나서 자연히 살다가 죽을 뿐이며, 산다는 것을 좋아할 줄도 모르고 죽는다는 것을 싫어할 줄도 모르며, 비명에 죽는 일도 없고, 어려서 죽는 일도 없는 나라였다. 황제는 이후 38년 동안 천하를 잘 다스려 거의 화서씨의 나라처럼 되게 하였다고 한다. 『열자(列子)』「황제(黃帝)」.

464 상 고종(商高宗) : 이름은 무정(武丁)으로, 상(商)의 23대 군주이다. 무정이 명상 부열(傅說)을 찾는 과정이 꿈과 관련되어 있다. 꿈에 한 성인을 만났는데 그의 이름이 열(說)이었다. 꿈에서 깬 그는 사방으로 두루 그 사람을 찾아, 마침내 죄를 짓고 길 닦는 노역을 하고 있던 열을 찾아내 부(傅)라는 성을 붙여 주고 재상으로 삼았다고 한다. 『사기』「은본기(殷本紀)」.

465 썩은 흙으로 된 담장 : 『논어』「공야장(公冶長)」편에서 가져왔다. 재여(宰予)가 낮잠을 자는 것을 목격한 공자가 "썩은 나무는 조각할 수 없고, 거름흙으로 쌓은 담장은 흙손질할 수가 없다. 내 재여에 대하여 무엇을 꾸짖겠는가?(朽木不可雕也, 糞土之墻, 不可杇也. 於予與何誅?)"라고 했다.

○회문回文으로 된 문장만은 몹시 짓기 어렵다. 여러 번 붓을 대어 본 적이 있으나 짓지 못했다.

○○○ 반쪽 예

바다를 헤엄치는 것은 물고기요, 하늘을 나는 것은 새이니, 사람이 세상에 붙어사는 것과 같다. 자신의 즐거움을 즐기고 거처할 곳에 거처하는 것, 어떤 사람이 이렇게 할까?[466]

○분부합벽체分符合壁體는 더욱 어렵다. 그 방법은 편偏·방旁[467]이 있는 글자로 시를 짓되, 합해서 읽어도 글이 되고, 좌우를 나누어 읽어도 글이 되게 한다.

○○○ 반쪽 예[468]

기러기는 날고 골짝 단풍은 고요하고　　　　　　　鴻翔峽楓靜

【오른쪽으로 보면 "새 깃은 바람을 끼고 다투고鳥羽夾風爭"가 되고, 왼쪽으로 보면 "강 언덕엔 산의 나무 푸르다江皐山木靑"가 된다. 그러나 모두 말이 원만하지 않으니, 끝내 좋은 구절은 하나도 얻지 못했다.】

○그러나 이런 것들은 모두 무익한 장난이다. 자주 해선 안 된다.

---

466 원문은 다음과 같다. "海游則魚, 天飛則鳥, 若人於世寓也. 樂其樂而居所居者, 爲何人斯?"
이것을 거꾸로 읽으면[回文] 다음과 같다.
"이 사람은 어찌 된 사람인가? 거처할 곳에 거처하며 자신의 즐거움을 즐기는구나. 사람에게 있어 세상에 붙어사는 것은 새는 하늘을 날고 물고기는 바다를 헤엄치는 것과 같은 일이다(斯人何爲者? 居所居而樂其樂也. 寓世於人, 若鳥則飛天, 魚則游海)."
467 편(偏)·방(旁) : 한자의 구성상, 한 글자의 왼쪽인 편(偏)과 오른쪽인 방(旁)을 말한다.
468 원문이 중요한 경우이므로, 예외적으로 원문을 노출했다.

第十觀 庚, 式敖念

詩興山樞, 聖與沂雩.
持之有符, 寬以居娛.
譬濫于觴, 遂埶莊衢.
隷酗傯捕,[1] 希不同趨.
述 庚「式敖念」

1.

君子燕樂, 所以舒心志, 節勞佚也. 惇嘉諸會, 已見於上【丙十四·十五】. 每於佳時暇日, 或登北園, 窮吾老·太虛之勝【甲九】, 或趺宕乎江·湖·溪【甲十】·潭【甲九】之間, 固無所不宜. 唯子弟則不可耽遊而嬉學.

○方春, 弱卉始芽, 嫩柳初舒, 宜游西湖.

○○○ 〈西湖早春詩〉

雨後微波一丈强, 東風昨夜報春光.
緣洲細草尖新綠, 夾岸垂楊暗淺黃.
殘雪拆成龍爪篆, 晚霞凝作鳳頭粧.

---

1 捕 : 연세대본엔 '蒲', 규장각본, 버클리본, 동양문고본엔 '𤲮'로 되어 있다.

輕舟蕩槳纖歌發, 兩兩三三伴女郎.

○春闌景明, 鶯花媚人, 宜游南江.

○○○〈南江晚春詩〉

小櫂春江曲, 桃花媚晚霄.
蒼山正如畫, 微雨已前宵.
龍睡驚清笛, 鶯啼答遠謠.
亭亭飛閣裏, 聊復臥聽潮.

○○○〈雨後西潭詩〉【學澹童子作】
角巾堂【甲三】高紫雲颺, 飛甍聳出青天上.
座上清樽珠履錯, 庭前綉幕纖歌唱.
是皆不足快吾心, 飄然遠舉名山訪.
上可御風登縣圃, 下可披雲入鴈宕.
出門一笑天地濶, 森羅萬象環覷仰.
回首忽望東北隅, 萬丈削出芙蓉嶂.
好鳥啼斷山路轉, 白鷺飛盡平蕪曠.
昨夜疏簾聽雨聲, 後溪鳴激前溪漲.
萬古蒼山山外洞, 上有飛瀑天下壯.
漸聞山逕水聲近, 步步跎蹢拄玉杖.
麗水佳山看不暇, 烟霞秀色來遠望.
不覺吾身入眞境, 心神恍惚都相忘.
忽驚巨崖當前起, 萬峰直垂眞珠帳.
眼纈不能觀其勢, 口咶不能言其狀.

尾閭泄之大海注, 長風吹飜驚波浪.

蛟龍鬪野風雨急, 鯨鯢噴雪江河盪.

瓊瑤亂落鳴琮琤, 仙女碎佩紛相向.

大旱不涸霖不添, 春來秋去長無恙.

飛流直下七萬尺, 噴入澄潭中蕩漾.

奔騰激石驚疾雷, 盈科混混千里放.

松林忽轉丹閣聳, 斜日憑欄意氣暢.

俯視潭水水淸洌, 瓊杯酌出新醪釀.

十洲三島羅眼前, 何必樓船尋蓬閬?

海坏[2]河決豈足較, 至大至廣不可量.

快滌胸中萬斛塵, 浩然一氣吾善養.

○○○ 〈雨後東潭詩〉

冥冥五月雨, 足我三農願.

豈直三農喜, 澄泉萬道噴,

孤峰素練展, 矗崖珠領建.

轟砳電雷翁, 咆嘷熊虎健.

舂舂衆竅怒, 森森百鬼遁.

深潭似爲坎, 鉅嶂跱成艮.

奇石擢牙芀, 濺沫磨頑鈍.

上呀却似兌, 下坼仍如巽.

冷飈屛蒸暑, 袷衣朝不褪.

呼僮掬飛湍, 炊熟雕胡飯,

侑以一罇酒, 與君相酬勸.

陶然足醉飽, 萬象爭來獻.

一水尚云奇, 況且雙流潠.

一與一爲二, 散作百千萬,

須臾復爲一, 混沌齊物論.

乃知東潭水, 卽一先天圖.

○秋天皓月, 尤與東溪及南江, 相宜.

○○○〈秋泛東溪詩〉【海居子作】

東溪之水碧如羅, 錦纜牙檣載笑歌.

月白沙明秋色遠, 澄波一道接銀河.

青青篛笠綠簑衣, 惟有幽人垂釣歸.

一色荷花看不見, 漁歌起處白鷗飛.

萬里寒空絕點埃, 畫中山水鏡中開.

春來爲訪仙源路, 便逐桃花去不迴.

○○○〈秋泛南江詩〉【海居子作】

萬里秋江上, 晴光遠近同.

錦帆迎翠竹, 霜日背丹楓.

潮落孤洲出, 雲歸兩岸空.

蓬萊如可望, 咫尺海門通.

262

○ 雪色則又以東溪爲最. 盖此數處無不宜於四時. 而今特言其最盛耳. 太虛絶境, 非人世所有. 旬日不到, 鄙吝當積. 內有堂室, 足容眷屬. 以時簡率移居, 經月閱序, 可也.

○○○ 〈移居太虛府詩〉

長嘯一宇宙, 宇宙何漫漫.

宇宙之外幾萬里, 鵬飛不識天衢寬.

若有人兮斗之維, 霓爲衣裾星爲冠.

所居無非蓬與瀛, 樓臺處處飛雲端.

西有平湖演漾, 鳧鶴之所集,

南有澄江浩渺, 蛟龍之所蟠.

忽何爲乎翩然而遠擧, 上摩素月驂青鸞.

平臨九垓鋪廣漠, 俯瞰五嶽交巑岏.

珠璣爲君庭, 金玉爲君壇.

太和之風窮臘煖, 上淸之氣六月寒.

夷然睡浩然醒, 援我素琴爲君而一彈.

一彈響萬林, 再彈鳴急湍.

三彈又四彈, 紫雲翠靄皆槃桓.

强以名之曰太虛府, 從此千年萬年佚居而甘餐.

道觀【甲九】蘭若【甲十】亦宜時訪以澄襟抱.

○○○ 〈訪道士詩〉【學溧童子作】

北山多白雲, 浮浮似樓閣.

孤松隱遠岫，流水護深壑．

麗宇出林中，玲瓏屏丹臒．

皎月照蘿幃，疎星掛蘆箔．

中有修道者，冠峨又帶博，

夜涼星冠轉，天寒羽衣薄．

山中碧草長，呼僮種靈藥．

散坐明月下，翩翩似瘦鶴．

自我出紅塵，雲林有眞約．

扶我丹藜杖，躡我彩雲屩．

步隨泉聲去，天影轉窅漠．

昔我入此山，山花方吐萼．

今我入北山，紛紛花已落．

落花滿柴門，飛鳴喧鳥雀．

雲深林鹿睡，露清谿魚躍．

山人見我來，忙起野服着，

揖我上星壇，邀我入雲幕．

佳辰難再遇，聊與對淸酌．

俯瞰山蹊邃，仰觀天宇廓．

憑欄聽流泉，翣襟共澹泊．

淸宵入虛明，萬象都寂寞．

相對兩無語，誰能知此樂．

○○○〈訪上人詩〉

泠泠細泉籟，引我到蕭林．

室靜聞僧語，庭虛見佛心．

雲山仝作主, 風雨亦相尋.

政値疎鍾歇, 蒼烟萬壑陰.

○北山宜數歲一往, 遍搜三十六峰之奧【甲九】.

○○○ 〈遊北山記〉

北山古無窺者, 上仙諸佛之所未揀也. 以故無名. 緣其在太虛府之北也, 謂之北山.

其峯特奇以峭者三十有六, 餘岡巒之秀不勝數. 山之總周蓋數百里, 多靈洞嵌壑絶異之境. 自沆瀣子卜居, 始拓以顯之. 寺觀齋宇, 幽人樵客之迹, 相望焉. 山無毒草猛獸, 崟徑奧而不危. 然世之人亦尠有至者.

自三光洞天【甲九】之北, 歷崎嶇履巉峀三二里, 而得山之脚. 其石, 皆磝磝礉厲, 礧礐硪砝, 磟魂而碌碌. 其水, 皆淵溶湢潲, 潚潚漈涾, 潊瀄而沸激. 其土, 皆嵪艶瑩璄, 瑟栗而膩潤. 其峯巒之大者, 皆嶒峋嵂峴, 欹璋而劘穹, 其小者, 皆³嵳嶪峩, 崝嶙而嵊崳. 其崖谷, 皆匼慅崷岹, 張口而鋸牙. 其洞穴, 皆盤迤巒朗, 赫儵涵虛, 胎霧秀而毓仙眞. 其木, 多松櫧梣桂橙柟梓梧樆檀橙橘君仙古度之林. 其艸, 多芝蘭蓀菱蔘尤宜男書帶吉祥之叢. 其禽鳥, 多鵷鸞鸀鴕鵠鸚鴲鶘栗留鸚鵡希有之羣. 其獸, 多猚獜騹虞角端麞麛之友.

此其大較也. 至其函沓雲霓·發潚烟霞, 輝焜乎日月·泛游乎星霄, 神化之所留欻·物象之所宗祖, 觀者各足其量而已.

某歲某月之日, 沆瀣子携客入山, 宿旬有幾日而反. 客謂沆瀣子, 曰: "子旣卜宅于玆山下, 發千古之蒙蔽而顯之矣. 奚不擧玆山而全有之? 其

---

3 碬: 연세대본과 동양문고본엔 '碍'로, 규장각본과 버클리본엔 '慓'로 되어 있다.

奇峯邃洞瓊[4]瑋之所, 皆築室以御之, 以爲子之別館, 如太虛雲水【甲十】
者, 比乎?" 沆瀣子曰: "噫! 古之聖人, 舟車之所曁·象譯之所通, 未嘗盡
爲之疆域也. 兹山雖多絶境, 而三光·太虛實爲之甲. 至其巖崖潭瀑之
觀, 又未有兩潭敵也. 吾旣拔其尤而有之, 何必盡取以爲慊哉!" 客曰: "子
于太虛以下諸記, 皆未嘗道其物色之詳. 而獨兹山焉, 屑屑也. 意兹山之
寂奇也. 今云不及, 奚以哉?" 沆瀣子曰: "賢人君子之道德事功, 言語之所
可述也. 若夫神聖人, 則不能名焉. 子不知屑屑之記乃其所以不及歟? 嗚
呼! 子又安知此記之眞屑屑也? 子又安知兹山之眞不我有也? 子拘人也.
誠不足以間吾事."

○○○ 〈游北山詩〉

北山上與星辰配, 千年積氣凝蒼黛.
三十六峯高揷天, 俯視玄鶴駕鴛背.
谷谷林樹鬱蔥蒨, 峀峀雲烟濃灑霴.
我來不費攀陟勞, 好與長空晚相對.
笑爾紛紛游覽者, 披莽躋磴迷進退.
後人笻觸前人屐, 下嶺笑答中嶺欬.
擧目不見山之高, 誰知身在山之內?
歸來獨上絳霄臺【甲九】, 何處團團一拳塊?

○ 沆瀣【甲十】雲水二樓, 皆曠敞辨外內. 時居之, 可也.
○ 東溪南岸處士【甲十】, 宜時相往來. 而雪中以小櫂相訪, 如剡中故事, 尤好.

---

4 瓊: 규장각본엔 '環', 연세대본, 버클리본, 동양문고본엔 '璚'로 되어 있다.

○○○ 〈東溪雪中 訪南岸處士詩〉

君家白雪裏, 白雲時散聚.

聚爲溪雪飛, 瑟瑟被林樹.

我來憂鳴筇, 跚蹦山日暮.

對君如對雪, 高談展心素.

所嗟安道俗, 遂迴王子步.

披襟不知寒, 林際細月吐.

2.

宅中西南六院【甲五·六】, 幽邃奇麗, 固亦不讓於遐境. 逍遙自適, 无待於外.
頻與文士譚朋, 暢敍于西三院, 或以文詞相揚摧. 女眷深居壹鬱, 或往來南三
院, 無害也.

3.

惇嘉二會【甲十四·十五】之外, 不宜頻作無名之燕集. 如生日及遇喜, 設饌邀
集宗族賓友, 亦當兼行惇嘉之會. 宅中所在之賓客, 不可不時與饗燕【歲一行之
可】. 而亦當兼以嘉會, 不可徒事醉飽懽呼. 切勿參以女樂.

○ 良時俗節, 或設饌會客. 酒肉蔬果之品, 務從簡薄, 倣洛中眞率會故事.
花前月下之集, 潭亭【甲九】江榭【甲十】之賞, 一杯酒·一楪殽亦足濟勝. 而俱宜
揖遜而后下筯, 箴警而后擧觶, 俾威儀動止, 秩秩可則. 無有醉飽之愆言語之
失.

○○○ 〈小集儀〉

賓主諸人相揖就坐【卑幼拜】. 年少一人跪誦談戒【已. 一首五節】. 賓主皆揖. 酒饌至, 又跪告曰:"德將毋醉." 賓主皆揖. 散時又相揖【卑幼拜】.

○ 會時不飲酒者, 進醴.
○ 農時, 主人携子弟賓客吏奴, 躬往近宅田庄, 監耕. 置酒宰豚, 以飽農人.

○○○ 〈監耕儀〉

主人率子弟賓客, 躬詣壟上立. 農夫皆列拜. 視耕訖, 子弟一人跪告勞農. 遂命從子進酒肉, 饋諸農夫. 農夫又列拜而后吃.[5] 俟農夫吃[6]飽後, 方進酒饌于主人以下. 餘如小集儀.

○ 耘時亦攜酒督餉.

○○○ 〈督餉儀〉

主人率子弟賓客, 躬詣壟上立. 農夫餉婦皆列拜. 主人親視耘耨勤慢. 仍命各進餉飯. 餉婦各捧飯, 列置于主人前. 主人取匙, 親嘗一二口. 命衆農夫聚吃.[7] 子弟跪告勞農. 餘同監耕儀.
　　○ 臨歸, 給餉婦米, 人各一二斗.

---

5 吃 : 연세대본엔 '咺'로 되어 있다.
6 吃 : 연세대본엔 '咺'로 되어 있다.
7 吃 : 연세대본엔 '咺'로 되어 있다.

268

○穫時亦一往觀之. 大設酒食, 均飽農人及從隸. 儀同監耕.

○婦人於春月, 擇南院【甲六】中空屋, 招蠶女, 學蠶績. 功成, 設饌, 饋蠶女及執事婢使.

○○○〈績成儀〉

主婦東向坐, 女婦左右侍坐. 蠶婦及女賓來者, 西向坐. 執事者跪告績功旣成. 敬勞蠶師, 乃進膳羞. 旣飽, 執事者以主婦命, 致幣于蚕婦. 蚕婦拜受. 主婦答拜.

○築室成則有落, 錄書竣亦當有宴. 而俱兼行嘉會. 工匠及監董人, 別設盛饋【雖築垣種卉之小役, 主人躬視, 則亦須以酒食饋役夫. 略如監耕儀】.

○吏隸奴婢工匠及隣氓任使者, 俱當於臘后, 一捐貲設饌, 使之醉飽. 仍許三日之暇. 第三日, 衆人醵錢會飲. 仍設饌享主人【只一盤. 勿令徧及宅眷】.

○○○〈臘醵儀〉

主人及子弟諸客, 列坐堂上. 設長席于庭東西. 吏隸以下, 趨詣階下羅拜. 主人使子弟傳語曰: "爾輩終歲任使, 多著勤勞. 今當歲成, 設玆薄饌, 聊報萬一." 吏隸以下, 皆羅拜, 分東西, 列坐于席【男東女西】. 子弟親奉一盤, 置于吏長【諸吏之中, 年老有功, 爲衆隸之行首者】之前. 吏長起拜, 稱不敢不敢. 遂命諸僕互相搬運壺槃【或二三人共一盤, 或四五人共一盤】, 皆醉飽. 訖, 皆起詣階下, 羅拜而退. 旣退, 乃進酒饌于主人以下, 如小集儀【或兼行悼嘉】. 主人命子弟, 招奴隸之長一人, 詣階下. 主人使子弟傳語曰: "給爾輩三日暇." 奴長拜退.

　　○第三日醵錢會飲. 主人命以其中有識慮見憚者一人, 定爲糾察, 俾禁挾娼及酗挐.

○ 釀訖, 奴隸之長一人, 趨入階下, 跪告: "僕輩大釀, 敬進一盤." 主人命取至. 啗訖, 親酌酒賜奴隸之長. 奴長受, 跪飮. 起拜而退.

○家近宗族及賢士, 遇壽親餪喜之辰, 而貧詘不能辦具者, 量宜助賷. 其日挈壺酒以往, 兼行帨會或嘉會于其家.

4.

適情之具, 前因音樂博塞之戒, 略已敍錄【己六】. 玆不複列. 而游賞燕集之時, 賓主暢懷, 無過詩文. 他戲不必陳也.

○ 主人雖年老, 平居宜以詩書圖史爲務. 暇則著述文詞而已, 不宜有他娛以溺心志. 若値幽鬱涔寂之時, 延宅中談友【乙四】, 騁辯古今, 以助笑謔.

○○○ 〈友談〉

主人翁謂談友, 曰: "子知子與我之幸乎?" 談友曰: "願聞之." 主人翁曰: "今之時, 唐虞之世也. 子與我俱遭是世, 非幸乎?" 談友曰: "願聞之."

主人翁曰: "唐虞之所以爲唐虞, 比屋之可封也. 夫理氣性命, 孔門高弟之所未能詳也. 而今之鄕塾秀才, 皆言之, 不差繆. 詩書六經之義, 孔安國‧鄭康成以下, 擧不能無失. 而今之童生‧貢士, 談之若指掌. 揚雄名儒也, 不明乎人臣之大倫. 涑水篤學也, 不達乎帝王之正統. 今之世, 識字之儒, 有昧於是乎? 王祥‧孟宗之孝, 閱千百年之籍, 厪一二遇. 今之百室之縣, 有不跳魚于積氷‧擢荀于厚雪者乎? 西漢之世, 學者極盛. 而六經之策, 董敵今數十卷書. 然其號稱大儒碩士者, 率裁通一經, 不知有他書. 今經文之倂百家註說者, 已不啻累百弓. 其餘子史詩文諸書, 積之抗嵩·岱. 不窺其大略, 不能爲功令儒. 古之文士, 如鮑·謝·沈·宋·韋·孟諸名家, 皆詩而不能文. 李翺·曾鞏, 則文而不能詩. 唐之獨孤及·梁肅, 宋之柳開·穆脩, 以善古文名, 而其辭往往拙野, 不馴乎繩墨. 今之士大夫, 詩不能精聲律, 文不能循尺度, 推其餘而不能兼工乎書畫, 顧不敢自齒於鄕黨朋友間. 道術言行之郁郁焉, 古無倫也. 吾恐唐虞比屋之民, 未必盡如是也."

談友曰: "噫嘻, 子固有激而言歟! 今時之可比於唐虞者, 顧不在是也. 且子以爲今世之士人人而談性說理者, 其眞知性理耶? 子以爲今世之士人人而剖析六經者, 其眞知六經耶? 子以爲今世之士人人而明君臣之大倫者, 其眞知君臣之大倫耶? 子以爲今世之士人人而顯揚家世之至行者, 其眞知至行之所本耶? 子以爲今世之士人人而博於書者, 其眞知書耶? 子以爲今世之士人人而能詩文者, 其眞知詩文耶? 使其眞知乎, 滋不得于唐虞希也."

主人翁曰: "吾誠懼其或未眞也, 而子轉病夫其眞歟? 願聞其說."

談友曰: "子欲聞唐虞之說乎? 堯治天下五十年, 而群臣百姓不知其治不治. 不惟群臣百姓而已. 竝與堯而不自知其治不治. 是故, 童子之謠曰: '不識不知, 順帝之則', 老人之歌曰: '帝力何有於我哉!' 夫使人不識不知者, 固帝堯之則也. 是故, 孔子贊堯曰: '巍巍乎, 有天下而不與焉', 其贊舜曰: '無爲而治者, 其舜也與!' 其論治民, 則曰: '可使由之, 不可使知之', 又曰: '百姓日用而不知.' 使唐虞比屋之民, 盡知羲和之曆象·伯夷之禮·后夔之樂·皋陶之典刑·璿璣玉衡之度·河圖洛書之數, 何以爲唐虞? 孔子不言性與天道. 豈游·夏之徒, 其才識不如今之人, 不足以與聞乎此歟? 書必竹簡, 字必蝌蚪. 豈聖人之知, 不如蔡倫·蔡邕·馮道·和凝, 不能廣書籍於天下乎? 知德者鮮, 然後聖人尊. 通經傳習文詞者寡, 然后宏儒鉅匠間出而相望. 使天下而皆眞知乎, 則聖人不足尊, 而民不興德, 宏儒不間出, 而各矜其所聞. 世之衰且庳, 將不得與今時比. 矧可唐虞之與論乎? 吾故曰: '今之所謂知者, 未必皆眞知也.' 唯其未眞知也, 尙可以跂唐虞而追之爾."

主人翁曰: "願聞其所以未眞."

談友曰: "理者, 木之紋也, 性者, 怒之謚也. 訓木之紋曰天, 可乎? 究木之紋曰一, 可乎? 人之面目百體, 萬千人皆同. 至於禽獸, 然後有不同焉. 人固未嘗有眉在目下者矣, 人固未嘗有臍在臆上者矣, 人固未嘗有中耳而左右口者矣. 以此而謂之天下之人面皆同, 可也. 然孿兄弟, 雖有酷相肖者, 人亦得而辨之. 堯舜禹湯, 聖則同, 而性則未嘗盡同也. 況愚人乎? 古之知性者, 莫如孟子. 其曰'性善', 則知凡人之性未嘗無善也. 其曰'忍性', 則知君子之性亦不可以任之也. 若夫指樹間之飛鳥, 曰: '面目百體與人同', 子又可信之耶?

古之聖王, 以詩書治天下. 孔子不能行其道于天下, 刪述六經, 與門弟子討論之. 門弟子又推其義, 而相與講明其道. 於是乎, 四書作焉. 六經之指具在四書, 固不藉註說爲也. 舍四書而別求六經之解, 猶舍舟楫而別求濟川也. 舍六經而專尙四書, 猶壞室堂而汎埽其門庭也.

人臣之忠, 莫大於安其君. 安其君有道, 國寧而後君安. 寧其國有道, 百姓足然後國寧. 足百姓有道, 士大夫恬於爵祿而介於貨, 然後百姓足. 人臣之義, 莫大於聖其君. 聖其君有道, 崇道德, 然後君聖. 崇道德有道, 言必拂其志, 然後道德崇. 言必拂其志有道, 士大夫不恤其身之利害, 然后言必拂其志.

孔子微子啓之裔也. 微子啓聖人也. 孔子廑一稱之於'三仁', 而與箕子比干混舉之. 未嘗表而稱之曰'吾祖微子'也. 正考父賢大夫也, 而孔子之祖也. 孔子論古賢人多矣, 而未嘗舉也. 微孟僖伯, 考父之賢, 孰知之? 孔父嘉忠臣也, 而孔子之祖也. 孔子董一書於『春秋』之經, 而不可詳其事實也. 微左丘明·公羊高, 孔父之忠, 孰知之? 孟子之母哲媛也. 微劉子政之傳, 人又孰知有孟母? 子又嘗聞王祥孟宗之子孫, 抱牒而號公門, 齎牘而犯躅路, 秉書卷如藁束, 奔走于薦紳大夫之室乎?

一經之通, 以是而事君, 以是而理民, 以是而專對, 以是而折獄訟. 所讀誦者, 百倍乎一經, 則宜其才德事功之百漢人也. 不能文者, 后世讀其詩. 不能詩者, 后世讀其文. 拙野不繩墨者, 能開乎繩墨之先. 旣兼而能之矣, 旣精而循矣, 百年之後, 求其一字之膡, 以沾被來學, 顧可得耶?"

主人翁曰: "子之說, 信辯矣. 敢問, 今之可以跂唐虞者, 奚在也?"

談友曰: "三皇之世, 書契不造, 其道不可得以究已. 自伏羲造字以來, 至于唐虞, 無一卷書之傳后世, 何也? 將謂之亡於秦火耶? 孔子之言, 不一及羲軒, 何也? 唐虞之去軒嚳未遠, 其書必有存者. 是必至夏殷之間而失之耳. 殷有天下, 因夏禮而損益之, 周有天下, 因殷禮而損益之. 夏殷之禮旣革矣, 幷與其典章制度之記錄者, 而不傳焉. 孔子盖能言其略, 而又歎其文獻之不足徵. 是在孔子時, 其書已不全矣, 亦非嬴氏罪也. 古之聖人, 旣新其道, 而改其禮, 置其舊典而不復問, 任其散佚而不必守. 非如後世之役役乎蒐索, 勞勞乎攷證, 猶恐其一毫之缺也. 夏殷之衰, 禮久而敝. 承之者不得不改也. 虞夏之際, 聖人繼作, 時未嘗汙也, 民未嘗易也. 而帝道之變而爲王道. 變之, 不隆而浸乎庳, 何也? 盖因其勢之不得不然, 雖聖人無如之何矣. 水之流, 必漸而下, 時之古今, 亦猶是也. 自大禹以后至于今, 四千餘年. 司天下者, 世世皆堯舜禹也.

今之時則猶今之時也. 唯戰國之爭·秦之坑焚·莽操之篡·五胡之亂華, 其餘兵革悖亂之事, 不作而已. 功德洽于下民, 而閭里無愁苦之聲. 庠序學校之間, 雍雍乎詩禮孝讓而已. 若其政事風俗言語文章之日卑以纖, 雖堯舜禹, 無如之何矣. 至其禮樂制度之變, 又不知有幾遭也. 井田未必存也, 封建未必存也, 肉刑未必存也. 昏之親迎·冠之三加, 未必如古也. 袞冕之章·佩玉之數·黃鐘大呂之音, 未必如古也. 旣變之後, 其古書未必皆傳也. 何以知之? 以夏殷周, 知之也. 聖人之爲聖人, 無他焉.

因時而善變也.

其次大賢也. 大賢之于世, 視其俗之所蔽, 而章之. 孔子·孟氏之傳絕, 而六經燔于秦. 漢之學者, 固嘗彬彬矣. 嗣厥後, 說經者眩於讖緯, 求道者泥於訓詁, 談理者溺於佛老. 天下靡然而一轍, 盖千有餘年. 而有宋周程朱子出, 斯道復興, 人至今賴之. 周程朱子之所以爲大賢, 以其不狃乎天下之同, 而求之於其外也.

其次豪傑之士也. 豪傑之士之于世, 不徇其苟同. 齊梁始唐之詩, 非不妍然工矣. 杜子美則以沈鬱雄老之辭, 易之. 非謂其不善而易之也. 厭其同乎俗而已. 燕許四傑之文, 非不蔚然麗矣. 韓吏部則以宏瑋渾灝之辭, 易之. 非謂其不善而易之也. 厭其同乎俗而已. 然杜甫·韓愈, 皆當唐之衰亂, 流離竄斥, 阨困之與處. 周程三子之時, 宋之治已漓矣, 而朱夫子又生南渡後. 此天也, 非人力也. 若夫商鞅變政, 而先王之道圮, 王介甫變法, 而宋祚削. 王·李·鍾·譚·錢受之·金人瑞之徒, 變文詞, 而中國淪於左袵. 此皆負其才亢其志, 下之不肯循乎同, 上之不能衷乎變者也.

聖人之不作於世, 二千年矣. 幸而得大賢人豪傑之士而變之, 其時則已大曆貞元矣, 熙寧慶元矣. 若又不幸而遇商鞅以下數人, 則又將如之何哉! 是故, 與其不能得聖人而變之也, 無寧淪淪貿貿, 拘天下之所常, 循天下之所一, 不離乎數百年已漸之俗, 不脫乎數千里同然之臼. 士大夫無奇功脩節, 閭巷之間, 不敢爲崖異之論·偉絕之行, 猶不害其爲治安之世也.

唐虞之後, 數治安者, 必曰三代. 三代之後, 數治安者, 必曰漢文. 漢文恭儉玄黙, 爲天下先. 得賈生之賢, 不能究其用. 其于改正朔易服色, 謙讓未遑焉. 及至武帝, 始改造太初曆, 復用夏正. 其禮樂制度, 多從賈生之說, 而天下亦紛然多故矣. 故曰: '與其不得爲唐虞, 寧爲漢文.' 漢文者固三代之堦也. 而三代則又唐虞之堦也. 今之可以跂唐虞, 固在乎世無豪傑之士也."

主人翁曰: "使世有豪傑之士, 則今之變之也, 當奈何?"

談友曰: "未可知爾. 周·程·朱子之賢, 固未若黃帝·堯·舜·禹·湯之聖也. 黃帝·堯·舜·禹·湯之法, 有時而變. 變之者, 皆聖人也, 非異端也. 周之「誥命」, 不同乎堯·舜之「典」. 孔子雅好者, 惟詩書. 然其言語文辭, 無一似詩書者. 左氏·太史, 書之變也. 〈離騷〉·〈天問〉, 詩之變也. 杜詩·韓文雖善, 又未可與詩書幷也. 詩書有時而可變, 況韓杜乎?

今之所以變之也, 吾固未知其道爾. 其必使性命理氣, 談之者, 世不一二人. 六經之文·百家之籍, 讀之者, 萬不一二人. 詩之能成四言一句·文之能作書札訴牒者, 千不一二人. 朝廷之上, 勉爲淸直, 而不名利之爭, 巷野之中, 敦行孝悌, 而不虛僞之餙. 行之數十年, 在朝在野, 熙熙然, 不知國之治不治, 而街衢之垂髫, 必有不識不知之誦矣. 夫如是, 謂之眞唐虞, 可也. 奚翅跂而已哉! 然是必聖人作然后能也. 豪傑之士欲致此, 則將見其躓頓狼狽, 不見用以窮, 而時之益衰以庳也. 使商鞅·王介甫之徒而聞此言, 則天下之不幸又不勝言也. 吾旣被子之彊, 而妄言之. 子姑秘是說, 毋輕告人."

○談友所言故事, 必問其出自何書, 取考, 而使人鈔之. 凡看書及與人言語, 有未詳其出典者, 皆博考以鈔錄之. 得近世人所著書, 有格言妙論, 可備考閱者, 輒令鈔錄. 常常披玩, 亦足消寂. 聚多, 則付之津逮館【甲八】, 俾分類蒐輯, 別作一書, 亦無不可.

5.

經書及古文詞, 老人難於誦讀, 須用直日之法. 其法, 每日以某書幾篇拈取【任抽其篇, 不必循次】, 以其中一篇爲主, 餘篇爲陪. 使子弟或文友【乙三】, 誦其主篇數過, 餘篇亦皆一看. 夜曉少睡時, 沈浸思貫. 明日則換定主篇, 而餘篇有不足深究者, 亦換以他篇. 其辭理俱長者, 留之, 至累日乃換.

○○○ 發例【詩經】

一日	關雎【主】	思齊	良耜	氓	小明	苕之華
二日	關雎	思齊	良耜	小宛【主】	氓	小明
三日	關雎	思齊	良耜	小宛	竹竿	無羊【主】
四日	關雎	思齊	良耜	小宛	竹竿【主】	無羊
五日	關雎	思齊【主】	小宛	昊天有成命	無羊	宛丘
六日	關雎	昊天有成命	泂酌	節南山	大叔于田【主】	殷武

○溫誦經書, 有'覓字法'

假如誦『尚書』, 則始誦"曰若稽古帝堯", 而得'曰'字. 繼誦其下文, 而覓'若'字, 至"欽若昊天", 得之. 又誦其下文, 而覓'稽'字, 至"曰若稽古帝舜", 得之. 又誦其下文, 而覓'古'字, 至"曰若稽古大禹", 得之. '帝'字得於"祗承于帝", '堯'字得於「說命」"俾厥后惟堯舜". '曰'字得於"曰時予之辜", 「泰誓下」得'放'字, 「武成」得'勳'字. 如是至竟一部, 而復誦「堯典」, 以次覓之. 至誦幾遍, 覓盡而后止. 則誦自浹熟, 亦可忘煩.

○有'尚友法': 古【自上古至戰國之末】·漢·唐·宋·明·雜【秦·吳·魏晉南北朝·隋·五代·金·元·清, 通謂之雜】, 東【自檀君至近故者】, 今【生存人】, 各擇一人凡八人, 而必分八事取之. 一道德, 一詞藝, 一方直敢言可備規箴, 一通鍊機務可幹貲產, 一有勇力可捍禦外侮, 一高爽閑逸可共游賞, 一善談辯可問答, 一精醫技可保護. 列書八人于帖, 令掌記錄【乙九】考取其人事蹟, 觀之. 今人則令文友別作小傳或贊. 至明日又改擇之, 日以爲課.

276

○○○ 發例

古州綽【力】・漢寇恂【務】・唐元結【詞】・宋謝良佐【德】・明李時勉【直】・雜戴逵【逸】・東許浚【醫】・今張允誠【談】

○曾有所著『尙友書』, 分以四科. 今錄于左. 而課日所取, 不必拘此書之載否.

○○○『尙友書』

求之於今之人, 則師其尊而有德者, 友其良而有業者. 求之於古之人, 則其聖者師之, 其賢者友之. 此孟子所謂'尙友'也. 余傷今之人鮮可友. 迺取古人余所欽愛者, 作『尙友書』. 以之晨夕覽觀, 若從其人而游. 又何必濯眼摻袪, 親接其言笑, 而後友云乎哉?

「甲集」

道者, 士之領. 斂而藏諸躬, 則爲德行,[8] 發而施諸用, 則爲功業. 今取其言行之合乎道者, 二十有一人, 爲「甲集」. 何不取伊・傳・周・召・伯夷・太公, 及孔子・顏・曾, 以至于子思・孟子也? 曰師之云乎? 豈曰友之云乎?

○端木賜, 子贛. 師孔子, 以言語稱. 其聰明睿達, 盖生知之亞也.

○閔損, 子騫. 孝而有德, 亦學于孔子. 孔門高弟, 如季路・冉有,[9] 皆仕非其義, 獨子騫超焉.

---

8 行 : 연세대본엔 '則'으로 되어 있다.

9 冉有 : 『현수갑고(峴首甲藁)』엔 '冉有' 뒤에 '者'가 있다.

○仲由, 子路. 亦孔子高弟. 强勇不怯, 夫子常稱之. 盖余畏友也. 然死不得其所,[10] 余傷[11]之.

○言偃子游·卜商子夏, 皆孔門之有文學者.

○有若子開·冉耕伯牛·冉雍仲弓·顓孫師子張·原憲子思·南宮縚子容, 皆學于孔氏者. 若稱其似聖人, 耕雍俱以德行顯. 師高有威,[12] 憲安貧而勵恥. 縚謹[13]言以遠罪. 皆哲人也, 憲尤余所重.

　　右十一人游於聖人之域. 雖不能嗣統傳道, 亦皆立言尙行, 卓乎爲百世師. 余從之游,[14] 以資其博聞交修之實, 庸助淑艾之萬一.

○展禽, 魯大夫. 志介而氣和, 直道無詘. 友斯人, 可無[15]陷於非義.
時在孔子前, 而先之以孔門諸人者, 所以尊孔子也.

○董仲舒, 漢廣川人. 嘗曰: "正其誼, 不謀其利. 明其道, 不計其功." 余服其言.

○諸葛亮, 孔明, 蜀漢丞相. 出處類伊尹, 爲政類管仲. 輔幼主類周公, 出謀決勝類子房. 至其才智[16]之宏深, 忠義之炳烈, 操執之正大, 氣象之溫厲, 蓋具聖人之全體者. 天之不佑,[17] 竟死無成. 世或以一二微疵道之者, 豈人乎哉? 公三代后一人. 余未嘗不望之而拜焉.

○韓愈, 退之, 唐昌黎人. 世稱以文章, 而退之自以配道, 毅然有特立氣. 其文亦六經餘, 恢奇浩汪, 弗一其能. 余固將學焉, 上宰相諸書, 固病矣. 然亦自道其才可用, 不[18]徒以饑窮丐憐而已. 刺潮, 蠻人知文, 尹京

---

10 所: 『현수갑고』엔 '宜'로 되어 있다.
11 傷: 『현수갑고』엔 '譏'로 되어 있다.
12 威: 『현수갑고』엔 '儀'로 되어 있다.
13 謹: 『현수갑고』엔 '愼'으로 되어 있다.
14 游: 『현수갑고』엔 '友'로 되어 있다.
15 無: 『현수갑고』엔 '友'로 되어 있다.
16 才智: 『현수갑고』엔 '經濟'로 되어 있다.
17 佑: 『현수갑고』엔 '弔'로 되어 있다.

兆, 民畏法. 苟用之, 豈[19]無所裕哉?

○周茂叔濂溪先生, 得千四百年不傳之道, 以紹乎孟氏.

○程伯淳明道先生, 大賢也. 朱夫子贊其像曰: "元氣之會, 渾然天成." 是言也, 吾無間然. 弟正叔伊川先生, 嚴而正.

○張子厚橫渠先生, 明而好學, 與二程相軒輊.

○邵雍堯夫, 諡康節. 邃數學, 寔命世之傑, 望之不見其涘.

○朱仲晦晦庵先生, 無所不學. 章六經, 以開後學, 其功不在孟子下.

右六先生, 皆有宋[20]大儒也. 余固不敢友, 亦不敢不友. 其德行事功, 旣已焜燿人目耳, 非余所得以私譽. 故簡其辭. 宋多儒賢, 而大要皆諸先生門人. 今不殫列者, 括於尊也.

「乙集」

余於古之人, 得脩德惇行者四人, 絜身遯世者十有二人, 棄祿辭利之士三人, 進退不可方之士二人, 凡二十一人. 合以錄之, 曰「乙集」.

○季札吳公子, 義以讓國, 國難而身靖.

○蘧瑗伯玉, 衛賢大夫. 余思寡過而未能. 故友夫子.

○魯仲連, 戰國時高士. 余於戰國游說諸士, 一切不与友, 而唯連之[21]友焉. 爲其有儒者氣也.

○莊周子休, 蒙人. 雖荒唐乎其人, 亦至高. 詩云: "善戲謔兮", 子休余謔友爾.

○張良子房, 漢高帝師. 惟忠惟謀, 惟明惟勇. 進有攸據,[22] 退有攸觀,

18 不:『현수갑고』엔 '固未甞'로 되어 있다.
19 豈:『현수갑고』엔 '豈' 앞에 '則'이 있다.
20 有宋:『현수갑고』엔 '宋人所謂'로 되어 있다.
21 之:『현수갑고』엔 '之' 다음에 '與'가 있다.
22 據:『현수갑고』엔 '据'로 되어 있다.

匪一智士倫也.

盖自漢以下, 勳業智略之士, 余皆錄之于「丙」, 而唯孔明「甲」焉, 子房「乙」焉.

○東方朔曼倩, 漢武帝時人, 亦余諧友. 然其人不可以諧度.

○疏廣仲翁, 漢太子太傅. 一朝致仕歸, 盖見機者.[23]

○嚴光子陵, 後漢之高士. 士之隱遯者, 率遭濁世, 世無用者. 子陵旣際漢中興, 帝又旁求力庸, 而卒去之, 何也? 然子陵之功, 盖有高於馮・鄧者, 處愈出耳.

○黃憲叔度, 言行無所傳. 而一時賢士, 皆自以弗及. 其無所傳, 愈益[24]高焉.

○郭泰林宗, 隱而爲世師. 徐穉孺子, 遯而不求知. 徐其愈乎郭歟!

○延篤叔堅, 潛居求志. 余兄淵泉子最與之厚.[25]

○龐德公, 亦高士. 余觀今世之遺後以危者不勝計. 甚或自危其身, 無待乎遺後. 余甚傷之, 以故樂與斯人友.

右五人亦皆後漢時.

○陶潛淵明, 晉徵士. 不飭而絜, 不彊而貞. 不夷而不惠, 全其天而歸諸眞. 自戰國以來, 淸高離俗之士, 唯淵明爲寂.

○武攸緒, 唐人, 其家卽天后親. 方嗣・思之徒竊位傾宗國, 君獨卓乎遐矯, 以全其名. 尤人之所難爲.

○元德秀紫芝, 亦唐人. 其爲人也至淸, 類非火食者.

○李泌長源, 唐德宗時相. 其人若詭誕者, 實有道. 視其君之忌, 以墮始志. 何不絜身深藏, 不見於世, 而迺苟且若是乎?

---

23 見機者:『현수갑고』엔 '知所傳之無功也見幾而往賢乎哉'로 되어 있다.
24 益:『현수갑고』엔 '盖'로 되어 있다.
25 厚:『현수갑고』엔 '厚' 다음에 '余亦友之'가 더 있다.

○陳搏圖南希夷先生, 宋太祖時人. 世謂先生始有定天下之志, 非也. 是皆[26]先生戱耳. 以故大笑歸.

巢父·許由之事, 不可信. 故余不錄而特錄圖南. 巢·許在矣. 黔婁·榮啓期之徒, 雜見于傳記者, 不勝多. 故余不錄而特錄陶淵明. 婁期之徒, 擧矣.

○錢若水澹成, 仕宋至樞密副使, 勇決歸. 方其歸也, 時寧謐, 主又嚮用, 年亦未及耄. 是以其退也人尤謂難. 衰世士大夫, 無才績利於時, 無功惠[27]洎乎民, 位隆寵盛. 顧曰: "上將用我, 我亦將有爲", 堅不肯退. 旣而招禍逮菑, 欲悔而靡追. 視夫子, 不顙泚乎?

○胡瑗翼之安定先生, 宋人. 善訓誨[28]學者. 同時有孫復明復·石介守道, 而唯先生爲英.

○徐積仲車節孝先生, 安定門人. 賢且孝, 不仕.

「丙集」

逖覯窮宙, 蘊才展業,

弼君惠氓, 賢者攸急.

或遭而布, 煒煌金石,

或屯以疢, 悼傷史策.

唯將唯相, 曰文曰武,

匡贊大猷, 王室是輔,

內敷讜言, 外宣良治,

抱忠秉節, 之死靡移,

---

26 皆:『현수갑고』엔 '盖'로 되어 있다.
27 惠:『현수갑고』엔 '利'로 되어 있다.
28 訓誨:『현수갑고』엔 '誨'가 없다.

其類匪一, 厥數難究.

簡厥卓卓, 名崇績茂.

凡百有位, 眂我羣友.

爰述丙書, 嗣乙之後.

凡五十有二人.

○仲山甫·尹吉甫, 竝周宣王時人. 輔佐中興, 有德有烈.

○管仲夷吾, 相齊桓, 霸諸侯. 其道固儒者所卑, 而盖自三代以降[29]后, 治之善, 未有如仲者. 烏可得以易言乎哉?

○公孫僑子產, 鄭公族. 孔子稱其有君子之道, 四焉.

○晏嬰平仲, 齊景公大夫. 溫敬篤儉. 余悼近世之交者無敬. 故友之.

○樂毅佐燕昭王, 善用兵, 忠義士也.

○屈平字原, 生楚國兮,

　　旣忠且貞, 諫王愳兮.

　　世莫与好, 卒離遜兮,

　　湘水之潔, 湘山碧兮.

　　彼夸毗子, 饕位祿兮,

　　視國危困, 若隣瘠兮.

　　我友之子, 遐冲漠兮.

　　載歌[30]「九章」, 涕盈臆兮.

○蕭何, 漢高帝相. 高帝得天下, 何功爲多. 治財運餽餉, 特其一能耳. 方今國計漸蹙, 歲又洊荒. 余思得公一能而用之有裕. 嗚呼, 豈眞無其人哉? 古之善理財者, 漢有耿壽昌, 唐有劉晏·韓滉. 余皆不採, 而特以公兼之. 至若商鞅·桑弘羊之徒, 迺盜蹠在朝廷者耳.

---

29 降: 『현수갑고』엔 '后'로 되어 있다.
30 歌: 연세대본엔 이 글자가 누락되어 있다.

○賈誼, 儒者, 其才亦大矣. 惜其用之欲太驟耳.

○汲黯長孺, 戇直士. 然其才固有可大用者. 不獨直言而已.

○蘇武子卿, 忠烈爲胡所畏. 眞間天地氣者.

○霍光子孟, 雖以不學見短, 其輔主理天下, 非腐儒百千輩所可能也.

○丙吉少卿, 相. 以德恭愼, 不言功.

○蕭望之長倩, 亦善士. 以上俱漢文·景·武·昭·宣·元間人.

○劉向子政, 漢宗室. 博學宏文, 直而不回.

○鄧禹仲華, 漢世祖相. 佐中興定天下. 惜其自進于軍門, 違古人待聘之義. 胡其不自愛也?

○楊震伯起, 李固子堅, 並後漢宰.[31] 震廉謹不媿,[32] 固正直不阿. 俱以非罪死, 惜夫!

○陳蕃仲擧, 後漢黨錮之首.[33]

嗟乎, 黨錮諸賢之禍, 可勝悼哉! 其人或未必盡出乎中道, 而大略皆賢士. 余以多故不盡記, 又不暇優劣.「乙」焉而錄郭林宗,「丙」焉而錄仲擧, 諸賢葢統於是矣.

○陶侃士行, 材茂功鉅, 卓然是偉人.

○謝安安石, 雅以鎭俗, 重以持邦.

皆東晋人.

○高允伯恭, 北魏人. 貞直盡臣節. 余於僭僞諸朝,[34] 無所取友, 特允一人而已.

○房喬年玄齡, 杜如晦克明, 佐唐太宗, 創業守成, 咸有丕績. 恭遜謙讓, 不見其迹.

---

31 宰:『현수갑고』엔 '宰' 뒤에 '臣'이 더 있다.
32 媿:『현수갑고』엔 '愧'로 되어 있다.
33 之首:『현수갑고』엔 '中人'으로 되어 있다.
34 朝:『현수갑고』엔 '國'으로 되어 있다.

○魏徵玄成, 亦佑太宗, 以直諫顯. 方太宗虛心受言, 裴矩之徒, 咸能進諫.[35] 噫嘻, 近世之士大夫, 擧裴矩之罪人, 況於公乎!

○褚遂良登善, 事太宗·高宗. 亦直士.

○狄仁傑懷英·宋璟【史失字】[36]·張九齡子壽, 皆唐賢相. 狄相天后, 卒以存唐, 君子重其功, 以恕其迹. 宋·張皆相玄宗, 秉直以行.

○張巡巡, 唐之忠臣. 文武材全, 不獨一死以爲節也.

○郭子儀子儀, 歷玄·肅·代·德四朝, 智以戡亂, 勇以威獝, 忠以護國, 哲以保身. 富而恭, 貴而謙, 功益高而志益下. 遇猜疑之主, 姦臣秉政, 而身不危, 享用祉福, 壽耇多子孫. 至于今, 上自士大夫, 下至興儓僕妾, 語福履, 必曰'郭令公', 莫不願慕. 公實有以致此者.

○顏眞卿淸源, 忠直毅烈人.

○陸贄敬輿, 德宗時以直道進, 竟以直道擯. 文學政事之能該, 誠忠才智之能具, 其庶幾古社稷臣歟!

○裴度中立, 以將相才, 相憲宗·穆宗·敬宗·文宗. 觀幾蚤歛, 名遠而道不玷.

唐季之相, 如李德裕·牛僧孺者, 非不才且能矣, 樹黨交軋, 卒爲國家害. 余並不取.

○柳公綽子寬, 亦憲宗時. 理家有禮. 度其人, 又將相材.

○李沆太初, 以德器爲相, 兼有經濟策.

○王曾孝先, 忠厚長者.

○范仲淹希文, 有伊尹志, 行道不苟. 其子純仁堯夫, 亦賢宰相.

○韓琦稚圭, 爲相而安天下, 爲將而定邊圉. 德崇而量恢, 所謂鉅人.

○富弼彦國, 忠直爲相, 与韓齊名.

---

35 進諫: 『현수갑고』엔 '犯顏'으로 되어 있다.

36【史失字】: 『현수갑고』엔 주석이 없다.

○歐陽脩永叔, 以文學見用, 至叅知政事. 讜直[37]不回.

○司馬光君實, 力學以誠身, 單忠以輔國.

○呂公著晦叔, 与君實同相, 有謨業.

宋多賢宰相, 今擢其尤俊者, 錄李沆以下八人.

○劉安世器之, 師司馬君實, 以直爲世所重.

宋多直諫士, 獨書公以見其餘.

○范祖禹淳夫, 亦同時. 以善講名.

○李綱伯紀, 當宋南渡, 單厥志力, 以匡復爲己任. 其奏議諸篇, 髣髴陸贄.

○岳飛鵬擧, 南渡初猛將, 用兵出古人上. 功幾成而死檜之姦. 忠烈炳萬古.

夫以弓刀立名者, 余鮮与友. 獨友郭令公及公. 蜀漢關壽亭侯, 勇略忠義, 盖与公上下. 而后世以王爵禋.[38] 余所以不敢友也.

○文天祥履善, 宋亡而殉, 仁盡義至.

○陸秀夫君實, 亦殉宋.

嗚呼! 使玆數子生平[39]世佐良[40]主, 其功業豈勝述哉?

○劉基伯溫, 以經濟才, 輔我皇明. 太祖得天下, 遜功避權, 惜其終不能如子房之遲晦[41]以保其躬.

○方孝孺希直, 惇雅有文學. 死又得其正, 于才略[42]則固短也.

○于謙廷益, 將相才.[43] 純忠有社稷功, 竟以功死.

---

37 直: 연세대본엔 '直'이 누락되어 있다.

38 禋: 『현수갑고』엔 '禋' 다음에 '之'가 더 있다.

39 平: 『현수갑고』엔 '治'로 되어 있다.

40 良: 『현수갑고』엔 '明'으로 되어 있다.

41 晦: 『현수갑고』엔 '屬'로 되어 있다.

42 于才略: 『현수갑고』엔 '於治術'로 되어 있다.

43 將相才: 『현수갑고』엔 '將相才' 앞에 '眞'이 더 있다.

○王守仁伯安, 好學具文武才. 學頗駁.

「丁集」

文詞之於道, 亦末矣. 然道不得不明. 古之長於是者, 顧或浮躁放狂, 蔑足与徵善. 今遴其賢者, 厪[44]十有五人, 爲「丁集」以終焉. 其已見於他集者, 不複見.[45]

○司馬遷子長, 漢武帝時太史令. 作『史記』, 文章高於古人. 其議論雖駁,[46] 然亦往往合於道, 不可謂不知學者. 時或激慨以過正.

○ 司馬相如長卿, 亦同時. 其文長詞賦, 侈麗. 其諷以有補者, 〈諫獵書〉也, 其詼以自玷者, 〈封禪書〉也.

○陳子昂伯玉, 唐人. 善古詩. 其人亦可像其冲漠.

○李白太白·杜甫子美·孟浩浩然·韋應物【字无攷】[47]·白居易樂天, 俱唐詩人. 李豪肆遒逸. 杜質直沈[48]健, 其人亦忠朴. 孟澹以素, 韋平以緩. 白以休退稱, 不獨詩[49]也.[50]

元和之際, 又有柳宗元·劉禹錫·元稹, 以詩文著而持身不度, 陷于小人之科. 余故棄之. 宗元固有識, 惜其不自重. 晚季稍自艾. 其文則余固嘗好之.

○李翺習之, 學韓退之爲古文. 多儒者言.

○蘇軾子瞻, 弟轍子由, 皆宋人. 自其父明允爲文章. 子瞻尤奇變不可

---

44 厪:『현수갑고』엔 '厪' 뒤에 '得'이 더 있다.

45 複見:『현수갑고』엔 '賮'로 되어 있다.

46 駁:『현수갑고』엔 '駮'으로 되어 있다.

47【字无攷】:『현수갑고』엔 주석이 없다.

48 沈:『현수갑고』엔 '雄'으로 되어 있다.

49 詩:『현수갑고』엔 '詩' 앞에 '能'이 더 있다.

50 不獨詩也:『현수갑고』엔 '不獨詩也'와 '元和之際' 사이에 "余少好詩, 與陶徵君及此數子爲友. 世之譚詩者, 必宗唐. 然天地与時而運化, 人之聲氣從而不相入. 彊今而貌古, 反北以狀南, 雖聖人弗能, 設能之, 贗也. 所謂'學古'者, 依其法, 遵其式耳. 音調氣韻, 非所及也."가 더 있다.

286

方,[51] 信神於文者. 其人不幸爲君子所非. 然亦多有可觀. 轍文亦善, 然大不及其昆.

○曾鞏子固, 亦宋人. 文有法紀.

○黃庭堅魯直, 与蘇子瞻友. 善詩, 學杜, 頗崛鬱.[52]

○陸游務觀, 宋南渡后人. 忼慨有志氣, 詩以發之. 其詩無所不言, 亦大家.

余於「丁集」, 簡之審矣. 漢·唐之人多文矣, 而人不足友, 則不敢採. 宋明之間多賢矣, 而文非余所喜, 則不敢選. 所以若是尠[53]也. 古語曰: "欲知其人, 視其友", 庶幾覽者知余之於人何所尙, 於文奚所耆也.

6.

詩文雜體, 可以遊戲適情者, 甚多【如回文·玉連環·集句之類, 略見己六】. 其已在於古者, 今不具錄, 而如以回文兼玉連環, 古人無作.

○○○ 發例

空洲小嶼晩歸鴻, 鳥度斜川對岸楓.
風轉語蟬淸月叫, 斗橫飛鶴遠天沖.
中庭響急碪鳴杵, 午夜催寒井落桐.
同望四山靑繞棟, 東南挹翠聳岷崒.

---

51 方: 『현수갑고』엔 '測'으로 되어 있다.
52 崛鬱: 『현수갑고』엔 '倔强'으로 되어 있다.
53 尠: 『현수갑고』엔 '其鮮'으로 되어 있다.

○ 儷語回文, 或有作之者, 而綴語尤難工.

○○○ 發例

珠驪吐文,

錦蜃噓氣.

傑偉之士衆集,

詞賦之英輩興.

淙淙之泉流, 碎瓊響答猨叫.

燦燦之石彩, 鋪綺光動虯潛.

山爲水兮水爲山,

暮復朝兮朝復暮.

逝風長而筆落,

馳景晏而觸揮.

樓危湧丹, 合雲烟而橫星月.

壑邃繚翠, 藏神鬼而遁虎熊.

喬松之年永, 懷夢遠壺嶠.

許巢之標高, 把思騁穎箕.

○ 韻部百六, 各取一字爲文, 尤新奇.

○○○ 〈史撰〉

迥觀疎仡, 庖農軒嚳.

堯欽舜孝, 夏儉殷德.

誕暨有周, 奉若吉命.

288

降逮戰塗, 閴奪未定.

嬴暴項劓, 帝啓大漢.

再頹復引, 姦曹召患.

六邦迭襲, 詎適所合.

唐興化家, 整頓偉業.

晃逆威僭, 貪殺壞法.

宋星聚奎, 濂閩楷範.

奇渥狡獪, 厥運甚僭.

天監羅障, 咸懷近遠.

虜禊孔暗, 我東道顯.

○○○ 答仲【淵泉先生作】

瞻鴈逈想, 買鯉啓緘.

忻接手潤, 奚減面譚.

矧報溫淸, 顯迓吉祺.

我懷則降, 若瘳渴饑.

載覿妙搆, 巧思坌涌.

山舞翩鶩, 海胎老蚌.

平上去入, 數恰百六.

燈謎繼解, 貂尾敢續.

蘸管染翰, 霞絳錦蔚.

無曰小技, 暫慰耿結.

安枕饜飯, 課誦斅訓.

靑春何遠, 刮眼相遭.

金馬玄冬, 書贈同胞.

○集句文. 中國人或有之, 而比詩甚難.

　　○○○ 〈上書【老,〈上皇帝書〉】家兄【穎,〈與黃魯直書〉】〉

　　伏覩兄【柳,〈與李睦州服氣書〉】甚喜【老,〈送石昌言北使引〉】南豊【歐,〈送曾鞏秀才序54〉】之文【坡,〈與梅直講書〉】終日以讀之【老,〈上歐陽內翰書〉】不厭【韓,〈送區冊序〉】區區【韓,〈論捕賊行賞表〉】不能無慨然者也【王,〈上時政疏〉】古之君子【坡,〈醉白堂記〉】學爲文章【歐,〈送徐無黨南歸序〉】其所讀皆聖人之書【韓,〈上宰相書〉】『左氏』·『國語』, 莊周·屈原之文, 稍采取之【柳,〈報袁君陳秀才避師名書〉】其下【坡,〈放鶴亭記〉】惟太史公書【韓,〈送王秀才序〉】有法度可觀【韓,〈柳子厚墓誌〉】過此以還【坡,〈登州謝兩府啓〉】獨韓愈【柳,〈與韋中立論師道書〉】歐陽脩【歐,〈醉翁亭記〉】其尤也【韓,〈送孟東野序〉】韓子之【柳,〈讀毛穎傳後題〉】神施鬼設【韓,〈貞曜墓誌〉】不專一能【韓,〈送窮文〉】歐陽子之【老,〈上歐陽內翰書〉】閑肆平淡【歐,〈梅聖愈墓誌〉】金聲玉耀【柳,〈與友人論文書〉】皆天下之奇材也【王,〈讀柳宗元傳〉】吾兄【歐,〈游儵亭記〉】沈潛乎【韓,〈上兵部李侍郎書〉】『詩』·『書』·『易』·『春秋』【韓,〈原道〉】百氏之書【韓,〈答侯繼書〉】其陳也【柳,〈始得西山宴游記〉】取二家言觀之則【柳,〈與劉禹錫論易九六書〉】作爲文章【韓,〈進學解〉】沛然如川之方至【穎,〈子瞻和陶詩集引〉】又何羨乎【坡,〈前赤壁賦〉】曾鞏【曾,〈送周屯田序〉】鞏之【曾〈答范資政書〉】泓涵演迤【韓,〈藍田縣丞廳壁記〉】寬厚宏博【穎,〈上樞密韓太尉書〉】不可謂不至矣【坡,〈形執不如德論〉】若夫【老,〈衡論:任相〉】猖狂恣睢【柳,〈答韋珩推避文墨事書〉】大放厥辭【韓,〈祭柳子厚文〉】峻如馬遷富如相如【柳,〈與楊京兆書〉】亦容有未必然也【老,〈辨姦論〉】向所謂【韓,〈原道〉】韓子【坡,〈韓非論〉】歐陽子【歐,〈秋聲賦〉】其文已不逮先秦古書【坡,〈與王庠書〉】況鞏也哉【曾,〈寄歐陽舍人書〉】君子【坡,〈王君寶繪堂記〉】通經學古【坡,〈六一居士集序〉】養

────────────────

54 序: 연세대본과 동양문고본엔 '序'로, 규장각본과 버클리본엔 '書'로 되어 있다.

290

其根而竢其實【韓,〈答李翊書〉】 其文【坡,〈答張文潛縣丞〉】 博辯雄偉【歐,〈黃夢升墓誌〉】 雖弄翰戲語率然而作【坡,〈范文正公文集序〉】 皆可以【柳,〈與崔饒州論石鐘乳書〉】 上窺姚姒【韓,〈進學解〉】 灝灝而噩噩【韓,〈上于襄陽書〉】 苟如是【韓,〈上張僕射書〉】 可使【柳,〈答韋中立論師道書〉】 子固讀吾書【王,〈與曾子固書〉】 何必【歐,〈菱溪石記〉】 讀其書【歐,〈王彥章畫像記〉】 而後【歐,〈梅聖兪詩集序〉】 爲文章【柳,〈賀進士王參元失火書〉】 也哉【穎,〈黃州快哉亭記〉】

○○○ 答書【淵泉先生作】

得弟書甚喜【柳,〈與呂恭〉】 誠中吾病【柳,〈與史官韓愈〉】 然尙似有不相曉者【韓,〈答崔立之〉】 姑示子其略【柳,〈愚溪對〉】 文字之衰未有如今日者【坡,〈答張文潛縣丞〉】 穿蠹經傳移此儷彼【歐,〈與荊南樂秀才〉】 務采色夸聲音以爲工【柳,〈答韋中立論師道〉】 不顧事實而益之以誣怪【柳,〈答吳武陵論非國語〉】 或至於怪僻而不可讀【坡,〈謝歐陽內翰〉】 其不然者【穎,〈臣事策二道〉】 切近昧陋【韓,〈王弘中碑〉】 作俗下文字【韓,〈與馮宿論文〉】 求一言之幾乎道而不可得也【老,〈上田樞密〉】 子固之文【坡,〈與曾子固〉】 紆餘委備【老,〈上歐陽內翰〉】 外枯中腴【坡,〈評陶詩〉】 發而讀之【歐,〈答吳充秀才〉】 若無以異於衆人者【坡,〈荀卿論〉】 反復讀之【歐,〈與張秀才第二書〉】 久而有味【曾,〈洪渥傳〉】 愈久而愈可愛【歐,〈蘇明允墓誌〉】 非有【韓,〈守戒〉】 素所學問【曾,〈宜黃縣學記〉】 究窮於經傳史記百家之說【韓,〈上兵部李侍郎〉】 落其華而收其實【穎,〈東軒記〉】 者亦孰能與於此【王,〈靈谷詩序〉】 求其辭時若有所失者要其歸不合於道者少矣【曾,〈徐幹中論序〉】 漢氏以來【韓,〈與孟簡尙書〉】 有道而能文者莫若韓愈【歐,〈讀李翶文〉】 愈之後三百有餘年而後得歐陽了【坡,〈六一居士集序〉】 其爲文章【歐,〈石曼卿墓表〉】 將與詩書之作者幷【曾,〈王子直文集序〉】 吾旣【韓,〈貞曜先生墓誌〉】 學之二十餘年矣【韓,〈答李翊〉】 其他【韓,〈送孟東野序〉】 著書之士【歐,〈送徐無黨南歸序〉】 博而精麗而不浮其歸本於道者【曾,〈答孫都官〉】 豈容有【坡,〈課百官策〉】 若羣者哉【曾,〈上范資政〉】 吾之所以【曾,〈南軒記〉】 口詠其言心惟其義【韓,〈上于襄陽〉】 反復而不能已【曾,〈送錢純老知婺州詩序〉】 亦所以矯【王,〈三聖人論〉】 世之摸擬竄竊 取靑媲白肥皮厚肉柔骫脆骨而以爲辭者【柳,〈毛穎傳後題〉】 此豈非古人所謂可爲知者道難與俗人言者類耶【韓,〈送陳秀才彤序〉】 文章士之末也然【柳,〈答楊京兆〉】 未有不通此而能爲大賢君子者【韓,〈答侯繼〉】 吾弟【柳,〈柳宗直西漢文類序〉】才高識明【坡,〈答李膺〉】致力於斯文久矣【坡,〈答劉沔都曹〉】當務使閎富典重【曾,〈王平父文集序〉】增其所未高【韓,〈重答張籍〉】母輕議罩【王,〈答段縫〉】

○○○ 〈集八家文後題【淵泉先生作】〉

古之於辭必已出. 六朝文, 雖以剽竊見譏, 然尙有所裁剪鎔鑄, 不專用古人成語也. 其割裂古人成語, 以爲文者, 盖自宋人之表啓始. 其始也, 以夸一時之巧. 浸淫乎遂爲功令, 而擧世尙之. 夫集句爲詩, 識者譏焉. 以其牽綴苟且, 勞而無用, 而且不能盡其胸中之所欲言也. 而況於文乎哉!

吾弟憲仲與余, 讀唐宋八家文. 遂戲取八家集中語爲書, 以示余. 余亦戲效其體, 以答之. 憲仲才方富思方銳. 日馳騁數千言, 若有恨於紙墨之不足者. 其以沛然之餘而思有所橫溢爲奇也, 亦宜. 余今年四十矣. 聰明不逮, 菁華日竭. 而顧乃黽勉其所不能, 以從事於無益之遊戲, 不亦過乎?

雖然, 觀其驅駕群言, 翕集衆長, 而不必其出於已也, 有似乎古人宰天下之道. 其亦戲之近乎道者歟! 姑竝存之, 以著憲仲之能, 而以志吾過. 且見吾兄弟相與之樂云爾.

○謎語亦多有不倣乎古, 而奇奧難詰者. 今姑載數段, 好事者演之, 可也.

○○○ 奇謎 一

奇句留華扁, 我來戒是非.
川虛麗日春, 風交肅霜飛.

○○○ 奇謎 二

白雲鳳翎, 紫金蟒角.
蒼鳩呼侶, 紅鵪擇綠.
昏出乍遊, 晨興于室.
醉倒詠柳, 朱駰風踝.
斑爛織綾, 恩禮自優.

○○○ 奇謎 三

旗鼓序出, 擁上將而啓行,
誥命誕宣, 擢賢士而居職.
金巵瓊醴, 不溢不縮之斟,
珠衡玉錘, 無仰無低之稱.
峙鼎足於新邑, 邦基無疆,
升牛耳於盟壇, 霸威莫競.
利斧遇鷄子之殼, 當心一撞,
崩厓臨龍門之淵, 翹足半俯.
新書一部, 筆硯退而裝績催,
嘉穀千囷, 畎畝空而倉廩溢.
明堂四門之軒豁, 出入九夷八蠻,

函谷重關之深嚴, 彷徨東賓西价.

○○○ 奇謎 四

展禽 樂毅 晏嬰 汲黯 伍奢 冉雍 到漑 暨豔 法正 向寵 徐庶 鄧訓
王粲 于禁 趙孝 闞澤 郭淮 左思 賀循 陸績 崔鑑 鮑照 賈島 姚合
聶壹 李憲 寇恂 米芾 傅察 管敢 沈括 耿弇 韓絳 項佗 衛縮 狄青
宋江 曹鼐 許國 解縉 齊泰 山雲 應謹 周勃 謝朏 董養 韋諷 蒙恬
荀爽 樊噲 阮咸 包拯 薛瑄

○○○ 〈甘誓〉【孔壁古文, 有甘誓一篇, 與今文不同. 其文體比他古文稍澁. 而篇
中數句, 亦大不類今文文法. 至其意義, 尤不可解. 是以, 不敢强爲之釋, 以俟來哲.】

大戰于甘. 乃召六帥, 惟志·惟宣力·惟黔元·惟雙明·惟子墨·惟司
音. 君曰: "有垂氏, 怠我百職, 惛我聰明, 實變亂陰陽晦明, 大俾我儷于
病. 今朕必伐. 咨汝志, 汝統我大師旅, 越厥蠢. 惟汝惰于始, 汝惟勵, 曷
敢有犯我疆? 汝之有奪, 朕則弘罰汝. 咨汝力, 汝惟堅爾蹕, 其尙裕于退
寇. 寇之滋侵, 汝實先乎舒. 汝勗哉! 毋速乎錐刺. 咨汝元, 汝之直允克,
汝之傾允敗績. 汝仆于地, 朕其大撞汝. 咨汝明, 惟明毋昏. 肆汝職師, 臧
否大繫, 汝比僨,[55] 汝實魁于罪, 罪汝以屑椒. 咨汝墨, 却寇, 惟汝誘寇.
亦惟汝用命, 賞惟錦綉. 不用命, 大竄于荒陂, 俾禦蠱蟲. 咨汝音, 志之不
奮于拒, 力之不劼于守, 元之懦而北, 明之愚而伏, 墨之畔而招寇, 惟汝
恃. 汝于時, 其大呼以警之, 俾各懼而反于初. 汝不遵, 厥有大杯水在."
【伏生『大傳』曰: 旣交綏, 司音三而竭. 雙明先奔入壁, 縣門不開. 子墨拔旆投衡, 而委

地. 宣力偃旗縱馬, 而學李廣. 黔元俯伏若聽命于敵者. 志不能軍, 北奔至夢澤而返. 乃復合衆而諗, 曰: "今日之敗, 誰之罪也?" 子墨曰: "吾隨人者也. 雙明實棄我." 明曰: "先奔者, 司音也." 音曰: "我之司者, 氣也, 志吾之帥也." 力曰: "今日之事, 責在元帥." 君嘿然良久, 曰: "志固有罪矣. 然吾之所之也, 獨奈何哉?" 於是, 罰皆不行.】

〈武成〉【孔壁文, 此篇合于〈甘誓〉. 〈武成〉一書, 先儒多疑之. 此篇, 篇中有'武成'二字, 疑此卽眞〈武成〉. 且『尙書』誓體, 無兼敍征戰告功之事者. 故今分爲二篇. 而註釋之不能, 說同上篇】

惟一月庚申昳, 羣帥戰于甘. 昏迷墜厥約誓, 寇乃大猖獗. 小遷, 君命左右士十夫, 帥厥徒邁救. 十夫旣擧羣帥, 復大振. 于時, 左五夫擧斂石, 右五夫執玄圭, 以導水. 左五夫捧楮幣進, 右五夫秉白旄竿麾之. 有數百千冠子星集于列, 有行有陳. 惟時志益策而先之, 惟宣力益不離于次, 惟黔元益端其持, 惟雙明益光瑩以相, 惟子墨忸而竢, 惟司音默而時呿. 有垂氏師大沮, 退北數萬里.

大遷, 羣帥報功. 誕告武成, 肆大賚于衆. 君若曰: "嗚呼! 惟却寇多術. 藉功于賓言, 匪朕能奕塞讙泆." 玆曰: "寇制寇戕, 朕彌倍蓰. 朕有亂臣十夫, 同心同德, 厥有底于集. 休哉! 乃績, 列爵惟五, 分土惟二. 爾其垂拱而承之. 粤汝羣帥, 其或隳于厥始, 式克補愆, 以有厥終. 其各有嘉賞."

【『大傳』曰: 賞才行, 三彭氏不悅, 曰: "我將以是日, 上訴君過于穹, 以要酒食. 今十夫奏績, 是沮吾事也." 乃問于君, 曰: "十夫何功哉?" 司音代之奏曰: "三宿而後出書, 古以爲速. 今君過書而不一宿, 十夫之功也." 三彭氏曰: "不然. 書近邑耳. 田單之所奉者, 在東. 使君至此, 則亦將困矣. 當是時也, 十夫亦何功哉!" 君將惑焉. 志聞之大怒, 召柳子厚, 罵彭氏. 而幽之, 與黔元·雙明·宣力, 分部而爲守. 有垂氏遂不敢入夜邑. 時人謂之庚申之守. ◯ 『逸周書』〈武成解〉曰: 有垂氏旣北, 使告于君. 曰: "吾雖魔于人, 亦天地之所命也. 有熊氏商高宗, 皆與我田于夢澤. 今子實不恪而招我于非其時. 旣招而復逐之, 我則有辭矣.

且子能終拒我乎?' 君患之, 乃割夜邑之地, 分界而封之. 爇烟茶, 歃蘁薑汁, 而盟. 曰: "後不盡朝邑, 前不盡東昏. 有敢過此, 而侵鄹孟氏三宿之邑者, 有如糞土之牆." ○大傳及周書解, 皆淵泉先生所錄.】

○唯回文文極難作. 盖嘗屢下筆而未就.

○○○ 半例

海游則魚, 天飛則鳥, 若人於世寓也. 樂其樂而居所居者, 爲何人斯?

○ 分符合壁體又難. 其法以文字之有偏傍者爲詩, 合讀旣成文, 左右分讀亦成文.

○○○ 半例

鴻翱峽楓靜【右看爲 '鳥羽夾風爭', 左看爲 '江皋山木青'. 然語皆未圓, 終不能得一好句.】

○然此皆無益之嬉, 不可數爲.

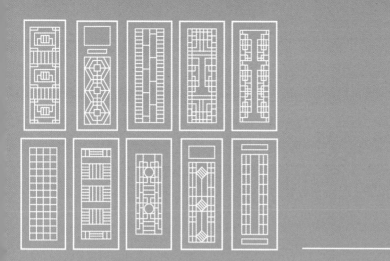

제11관
신辛. 동지넘動智念

물결 타면 흐르고 물가에 이르면 멈춰,[1] 만나는 대로 응하고,

사뿐사뿐 즐겁게 날아다니니[2] 내 다리로 걷는 것이 아닐세.

도를 아는 자와는 말해도, 모르는 자에게 증명할 순 없도다.

신辛. 「동지넘動智念」을 서술하다.

1.

여행은 남자가 하지 않을 수 없는 일이다. 공적으로는 관직에 부임하고 과거에 응시하며, 사적으로는 성묘하고 친척을 방문하는 일은 더욱이나 그만둘 수 없다. 늙은 사람은 수레를 타거나 가마를 타고, 젊은이는 말도 타고 나귀도 탄다. 여정을 계산해서 길 양식을 마련하되, 날씨를 예측할 수 없으니 여유 있게 해야지 인색하게 해선 안 된다. [맡길] 일을 계산해서 [데려갈] 사람을 뽑는다. 사람이 많으면 도리어 번거로우니, 단출하게 하고 많이 [데려가지] 않는다.

○ 노인은 글 잘하고 이야기 잘하는 선비 하나를 길동무로 삼아 도중의 무료함을 달래지 않을 수 없다.

○ 꼭 필요한 약재는 많이 챙겨야 한다.

○ 술 좋아하고 싸움 좋아하는 하인들은 데려가면 안 된다.

2.

도중에 명승지가 있으면 좀 돌아가더라도 방문해야 한다.

○ 지나는 길에 친척 집이나 고상하고 훌륭한 선비나 문인의 거처가 있으

---

1 물결 타면 …… 이르면 멈춰 : 원문은 '감지유행(坎止流行)'이다. 환경에 따라 진퇴와 행지를 결정하는 것을 말한다. 가의(賈誼)의 〈복조부(服鳥賦)〉에 나오는 구절이 성어로 굳었다. 원문은 "지혜를 버리고 몸을 잊으니, 초연하게 자기를 잊어, 텅 비고 황홀한 경지로, 도와 함께 비상한다. 물결을 타면 흘러가고, 물가에 이르면 멈춰서, 육신을 운명에 맡기고, 내 것이라 여기지 않네(釋知遺形兮, 超然自喪, 寥廓忽荒兮, 與道翺翔. 乘流則逝兮, 得坻則止. 縱軀委命兮, 不私與己)."이다. 『한서(漢書)』 「가의전(賈誼傳)」. '坎'은 '坁'로도 쓴다.

2 사뿐사뿐 즐겁게 날아다니니 : 원문은 '혹영지선(或泠之善)'인데, 『장자』 「소요유(逍遙遊)」의 '영연선야(泠然善也)'를 변형해 이용했다. "열자는 바람을 타고 돌아다니는데, 사뿐사뿐 즐겁게 날아다니다가, 열닷새가 지나면 돌아왔다(夫列子禦風而行, 泠然善也, 旬有五日而後反)." 자유로운 정신적 여행[神遊]을 가리키는 것으로 인용되었다.

면 돌아가더라도 방문하지 않을 수 없다.

○ 비바람이 심할 땐 길을 가지 않고, 여관에 머물러야 한다.

○ 도중에 불어난 시내를 만나면 무리해서 건너선 안 된다.

○ 가깝다고 험한 길로 가선 안 된다.

○ 다리를 건널 땐 반드시 말에서 내린다.

○ 물길은 더욱 조심해야 한다.

○ 어두워진 다음엔 길을 가지 않는다. 횃불을 들어도 위험하다.

○ 길가에 오래된 비석이 있으면 반드시 말에서 내려 살펴본다.

○ 도중에 훌륭한 사람의 묘 앞을 지나게 되면, 가까이 있으면 참배하고 멀리 있으면 말에서 내려 걸어 지난다. 굳이 말에서 내릴 필요까지 없는 경우라면 예를 표하고 지나간다.

○ 길이 옛 현인의 고택을 지나게 되면, 반드시 찾아가 오래 배회한 다음 떠난다. 서원은 반드시 찾아 참배한다.

○ 효자나 열녀의 정려문旌閭門을 지나게 되면 반드시 예를 표한다. 마을 사람들에게서 그 사적을 채집해 기록해 두면 더욱 좋을 것이다.

○ 객점에 도착하면 반드시 인근 마을의 노인들을 불러 위로한다. 그리고 산천과 풍속을 물어보고, 농사가 풍년인지 민생은 편안한지 물어본다. 고을 수령의 정사에 대해선 절대 물어선 안 된다.

○ 길에서 귀인이 길을 물리는 소리를 들으면 급히 피해 준다. [그러나] 자신의 벽제辟除³를 범하는 자가 있더라도 풀어 주고 문제 삼지 마라.

○ 고을에서 묵게 되었을 때, 수령이 먼저 와서 뵈면 들이고 사례한다. 그렇지 않다면 좀 아는 사이라도 먼저 보러 가선 안 된다.

○ 고을 수령이 음식을 보내면 받지만 다른 것은 받지 마라.

---

3 벽제(辟除) : 귀인이 행차할 때 선도하는 군졸들이 큰 소리를 질러 길을 비키게 하던 제도이다. 원래는 길을 열고 불결한 것들을 치우게 하던 일이었으나, 뒤에는 귀인이나 관원들의 위엄을 과시하는 의례로 되었다.

○ 고을 수령이 친척이나 절친한 벗이라면 곧장 관아로 들어가 머물러도 좋다. 그것이 아니라면 전에 알던 사람이라도 내가 먼저 소식을 통해선 안 된다. 달리 머물 만한 곳이 있으면, 말을 달려 지나가는 것이 옳다.

3.

늘 왕래하는 곳과 대로에는 30리나 50리마다 한 곳씩 노복들이 살게 하고, 돈과 재물을 넉넉하게 주어 객점을 열게 한다. 후미진 깨끗한 곳에 방을 만들고 병풍과 장막, 이부자리와 베개, 탁자와 기물들을 준비해 두어 머물러 쉬게 될 때 사용할 수 있게 한다. 이것은 천 리 길을 갈 때도 식량을 싸 가지고 다니지 않을 수 있는 방법이다. 비바람을 만나 시내가 불어나거나 길이 막혀 여러 날 머물게 되더라도 행장이 비는 지경에 이르지 않을 수 있고, 낮고 협소한 거처에 대한 걱정도 면할 수 있다.

4.

부녀자들은 백 리 밖으로는 초상이 나도 달려가지 않는 법이다.[4] 큰일이 아니라면 여행은 불가하다. 부득이한 행차나 시아버지나 남편의 부임지에 가게 되는 일이 있더라도, 하루에 80리 이상은 가지 않는다. 새벽길이나 밤길은 더더욱 안 된다.

---

4 부녀자들은 백 …… 않는 법이다 : 『대대례기(大戴禮記)』「본명(本命)」에 나온다. "그러므로 여자는 규문 안에서 하루를 마치고, 백 리 먼 길의 초상에 달려가지 않는다(是故, 女及日乎閨門之內, 不百里而奔喪)."

5.

학업을 닦는 젊은 자제들은 말 위에서든 객점에서든 풀이하고 외우기를
멈춰선 안 된다.

6.

노인에겐 가마 안이 책을 펼쳐 보기에 가장 좋은 곳이다. [그러니] 행낭에
책 몇 권 넣어 두지 않을 수 없다. 또는 노복이 관리하는 객점마다 각각 서너
다섯 부의 책을 비치해 두어, 머물러 쉬게 될 때 넘겨 보며 즐길 거리가 되게
한다. 만약 [책을] 잘 지키지 않아 흩어지고 잃어버리는 일이 발생하면 관리
하던 자를 매질한다.

7.

산과 강의 아름다운 경치가 뜰 안에 다 있으니, 바깥세상을 선망할 것도 없
다. 그러나 역내城內의 명산대천과 볼만한 성읍과 정자들 역시 내키는 대로
두루 구경해서 가슴을 넓히고, 나아가 먼 곳의 특별한 선비들을 찾아 사귀지
않을 수 없다. 학업에 전념하고 있는 자제들이라도 때때로 여행을 시켜 문장
기운文氣을 기르게 해야 한다. 단, 어버이가 늙으신 경우엔 멀리 여행해선 안
되고, 여행하더라도 기한을 넘겨서는 안 된다.
○ 몹시 험한 산길을 만나면, 아무리 좋은 경치가 있어도 모험을 해선 안
된다.
○ 도중에 거친 산천풍토나 유람하며 구경한 명승지들, 만난 사람들에서

자질구레한 일에 이르기까지 일행 중 문자를 아는 사람을 시켜 모두 기록하게 한다. 집에 돌아온 다음 장기록【을9】에게 주어 책에 싣게 한다. 혹은『장유팔지壯遊八志』【정6】의 체제에 맞춰 분류해서 책으로 만들기도 한다.

8.

중국 명승지에 가 볼 방법이 없는 것은 우리나라 사대부들의 참으로 큰 한이다. 그러나 심신이 맑고 원활하면 봉래·낭풍도 언제나 내 앉은자리 곁에 있다. 하물며 사람 사는 곳이겠는가? 연천 선생께서 지으신 〈필유기筆游記〉라는 것이 있다. 지금 그중에서 산천 명승지와 옛 성현과 시인, 은사의 유적지를 뽑아 아래에 기록한다. 일없이 한가히 있을 때 베개를 고이고 열람하면, 이 산에 오르고 이 강가에 이르러 옛사람들과 만나 서로 너나들이하는 것과 무엇이 다르겠는가?

○○○ 〈**필유기**筆游記〉【연천 선생의 기록이다. 지금 약간 **빼고** **뽑았다.**】

북경에서 출발하는 노정【부록: 운남雲南·귀주貴州 노정】

북경北京에서 출발 ─ 노구교蘆溝橋 40리 ─ 양향현良鄕縣 31리 ─ 방산현房山縣 24리 ─ 탁주涿州 70리 ─ 신성현新城縣 50리【백구하白溝河[5]가 있다】─

---

5 백구하(白溝河): 금에게 수도 변경(汴京)이 함락되고, 휘종(徽宗)과 흠종(欽宗)이 포로로 잡혀감으로써 북송은 끝났다. 북송의 신하인 장숙야(張叔夜)는 휘종과 흠종을 따라 북으로 가다가 백구하에 이르러 자살하였다. ○〈필유기〉의 노정은 홍석주의 원본에서 홍길주가 선별, 재구성한 것이다. 따라서 노정 위의 장소들은 '목적지에 도달하기 위해 거쳐야 하는 노정' 이상의 의미가 있다. 홍길주는, 노정에 포함되지 않으나 의미가 있는 주변의 고적들을 주석의 형식으로 노정 옆에 부기하고 있다. 번역에선 원주(原註)로 특기된 장소들에 한해 그에 대한 문화적 기억 중 널리 알려진 것을 각주로 붙여 참고하도록 한다.

웅현雄縣 70리【역수易水[6]가 있다】 — 임구현任邱縣 70리 — 하간부河間府 70리 — 헌현獻縣 50리【호타하滹沱河[7]가 있다】 — 부장역富庄驛 40리 — 부성현阜城縣 40리 — 경주景州 50리 — 동광현東光縣 60리 — 남피현南皮縣 50리 — 창주滄州 70리 — 청현靑縣 70리 — 정해현靜海縣 90리 — 천진부天津府 75리 — 갈고葛沽 60리 — 동거진同居鎭 — 한촌韓村 약 200리 — 염산현鹽山縣 70리 — 경운현慶雲縣 60리 — 해풍현海豐縣 43리 — 점화현霑化縣 40리 — 빈주濱州 60리 — 무정부武定府 90리 — 상하현商河縣 90리 — 덕평현德平縣 55리 — 능현陵縣 70리 — 덕주德州 70리 — 평원현平原縣 70리 — 우성현禹城縣 70리 — 제하현齊河縣 70리 — 제남부濟南府 40리 — 화불주산華不注山 15리 — 용산역龍山驛 70리 — 장구현章邱縣 40리 — 추평현鄒平縣 60리【20리면 장백산長白山[8]에 도달한다】 — 장산현長山縣 30리 — 임치현臨淄縣 70리 — 청주부靑州府 55리 — 창락현昌樂縣 70리 — 낙현濰縣 50리 — 창읍현昌邑縣 80리 — 회부역灰埠驛 80리 — 내주부萊州府 70리 — 주교역朱橋驛 60리 — 황산관黃山舘

---

6 역수(易水) : 전국시대 자객 형가(荊軻)의 일화가 얽힌 곳이다. 형가가 연(燕) 태자 단(丹)의 부탁으로 진왕(秦王)을 죽이러 떠날 때, 역수 가에 이르러 고점리(高漸離)의 축(筑)에 맞춰 "바람결 쓸쓸해라 역수 물 차가운데, 장사 한번 떠나가면 다시 오지 않으리(風蕭蕭兮易水寒, 壯士一去兮不復還)."라고 노래를 부르고 작별했다. 『전국책(戰國策)』 「연책(燕策)」.

7 호타하(滹沱河) : 호타하와 관련된 한 광무제의 일화가 있다. 광무제가 황제가 되기 전 하북성(河北省) 요양현(饒陽縣)의 무루정(無蔞亭)에서 풍이(馮異)에게 팥죽을 대접받아 배고 픔을 면하고, 또 남궁(南宮)에 이르러 보리밥을 대접받은 뒤에 호타하를 건너간 적이 있었다. 『후한서(後漢書)』〈풍이열전(馮異列傳)〉.

8 장백산(長白山) : 산동성 추평현에 있는 장백산은 전국시대 제(齊)의 은사인 진중자(陳仲子)의 은거지이다. 진중자는 본래 진(陳)의 공족으로 전란을 피해 제로 와서 전씨로 성을 바꾸었다. 해서 전중(田仲)이라고도 한다. 진중자는 그 형이 더러운 벼슬을 한다고 여겨 형과 어머니를 떠났다. 제와 초(楚)의 초빙을 물리치고 처음에는 오릉(於陵)에, 다음엔 장백산에 은거해 '더러운 임금의 조정엔 들어가지 않고, 어지러운 세상의 먹거리는 먹지 않는다'는 뜻을 보이다가, 끝내는 굶어 죽었다. 그의 청렴에 대해 맹자는 찬탄하면서도 '지렁이의 청렴'이라고 폄하하기도 했다. 『맹자』 「등문공 하(滕文公下)」. "제의 선비 중에 나는 중자를 반드시 거벽으로 친다. 그러나 중자가 어찌 청렴한 선비일 수 있겠는가? 중자의 지조를 채우려면 지렁이가 된 뒤에야 가능할 것이다(於齊國之士, 吾必以仲子爲巨擘焉. 雖然, 仲子惡能廉? 充仲子之操, 則蚓而後可者也)."

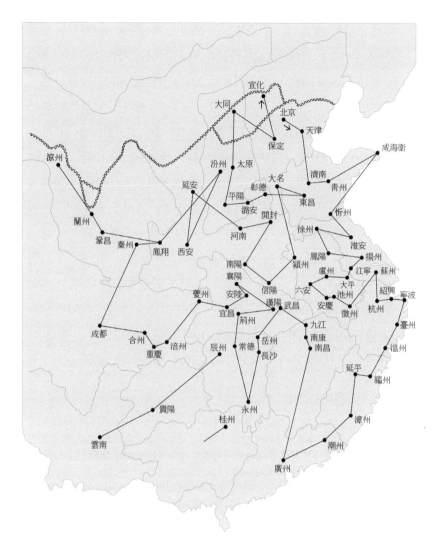

〈필유기 노정 약도(筆游記路程略圖)〉

여기에 보이는 〈필유기 노정 약도〉는 노정 전체의 이미지를 전달하고자 작성된 것이므로, '부(府)' 단위를 기본으로 표시 가능한 지점들을 지선으로 연결해서 노정을 만들어 보였다. 그러나 실제 〈필유기〉의 노정은 총 851곳을 경유하는 66,793리의 노정이다. 여기에 별로(別路)와 수로(水路)까지 따로 표시되어 있다. 따라서 실제 〈필유기〉의 노정은 이 지도에 표시된 것보다 훨씬 상세하고도 복잡한 노정이다. 기본적으론 진행 방향을 따라 만들어진 노정이지만, 종종 되돌아오거나, 멀리 우회하거나, 혹은 서로 멀리 떨어진 장소들이 곧장 연결되기도 하고, 때론 불가능한 노정도 포함되어 있다.

60리 — 황현黃縣 60리 — 등주부登州府 60리 — 복산현福山縣 135리 — 영해주寧海州 75리 — 위해위威海衛·영성현榮成縣 합해서 250리【성산成山[9]이 있다】 — 문등현文登縣 150리 — 정해위靖海衛 20리 — 해양현海陽縣 150리 — 내양현萊陽縣 140리 — 즉묵현卽墨縣 180리 — 교주膠州 90리 — 고밀현高密縣 55리 — 제성현諸城縣 110리 — 안구현安丘縣 100리 — 임구현臨朐縣 145리 — 박산현博山縣 200리 — 내무현萊蕪縣 100리 — 태안부泰安府 120리 — 태산泰山 5리 — 영양현寧陽縣 110리 — 곤주부袞州府 50리 — 곡부현曲阜縣 30리【공림孔林·문수汶水[10]가 있다】 — 추현鄒縣 50리【맹묘孟廟[11]가 있다. 역산嶧山[12]까지 약 20리】 — 사수현泗水縣 90리 — 신태현新泰縣 130리 — 몽음현蒙陰縣 60리 — 기수현沂水縣 120리 — 여주莒州 70리【기수沂水[13]가 있다】 — 기주부沂州府 190리 — 해주海州 240리 — 목양현沭陽縣 120리 — 안동현安東縣 145리 — 회안부淮安府 60리 — 청하현淸河縣 50리 — 도원현桃源縣 65리 — 숙천현宿遷縣 120리 — 비주邳州 90리 — 역현嶧縣 110리 — 등현滕縣 150리 — 패현沛縣 120리 — 풍현豐縣 55리 — 탕산현碭山縣 70리 — 소현蕭縣 100리 — 서주부

---

9 성산(成山) : 산동반도(山東半島)의 동쪽 끝에 있는 산 이름으로, 성산산맥(成山山脈)의 마지막 부분으로 바다를 향해 돌출되어 있는 곳이다. 『사기』 「진시황기(秦始皇紀)」에 의하면 진시황이 신선을 만나기 위해 발해(渤海) 동쪽으로 가서 성산(成山)을 샅샅이 뒤지고 지부에 올라가 돌을 새겨 세웠다고 한다.

10 공림(孔林)·문수(汶水) : 공림은, 노(魯)의 성 북쪽 사수(泗水)에 만든 공자의 무덤과 이후 형성된 공자 후손의 무덤이 합쳐진 가족묘역이다. ○ 문수는 노의 북쪽, 제(齊)와의 국경 지역이었던 곳을 흐르는 강이다. 공자가 강학하던 장소이다.

11 맹묘(孟廟) : 맹자의 사당이다. 북송 경우(景佑) 4년에 처음 건립되었다.

12 역산(嶧山) : 이사(李斯)가 쓴 역산비(嶧山碑)가 있다. 진시황(秦始皇)이 즉위 28년 동쪽 지방을 순행할 때 역산에 올라 세운 비석이다. 진시황의 공덕을 찬양하는 내용의 이 비석은 명필 이사가 소전체(小篆體)로 쓴 비석이었다고 한다.

13 기수(沂水) : 기수와 관련된 문화적 기억의 영점은 공자의 제자 증점(曾點)일 것이다. 『논어』 「선진(先進)」에는 각자의 포부를 묻는 공자의 질문에 대해 증점은 "늦은 봄날 봄옷으로 갈아입고 몇몇 사람들과 기수에서 목욕하고 무우에서 바람 쐬고 시를 읊으며 돌아오고 싶다."라고 대답했다는 일화가 남아 있다. 공자가 증점의 이 말을 마음에 들어 했기에, 이후 수많은 철학적 해석을 낳으며 유자들의 삶의 한 방식으로 재해석되곤 했다.

徐州府서주부 50리 — 도산역桃山驛 50리 — 협구역夾溝驛 40리 — 숙주宿州 60리 —
영벽현靈璧縣 110리 — 홍현虹縣 55리 — 오하현五河縣 80리 — 임회현臨淮縣
71리 — 봉양부鳳陽府 20리 — 정원현定遠縣 90리 — 대류역大柳驛 90리 —
제주滁州 60리 — 전초현全椒縣 50리 — 화주和州 140리 — 강포현江浦縣 100
리 — 육합현六合縣 100리 — 의진현儀眞縣 50리 — 양주부楊州府 70리 — 과
주진瓜州鎮 40리 — 금산金山 10리 — 초산焦山 10리 — 북고산北固山 9리 —
진강부鎮江府 약 2리 — 구용현句容縣 110리 — 강녕부江寧府 90리【다른 길:
금산金山에서 출발 — 용담龍潭 76리 — 서하산栖霞山 52리 — 연자기燕子磯 32리 — 강
녕부江寧府 25리】— 종산鍾山 10리 — 채석진采石鎮 120리 — 태평부太平府 20
리 — 무호현蕪湖縣 60리 — 번창현繁昌縣 45리 — 무위주無爲州 95리 — 소
현巢縣 88리 — 석량진石梁鎮 60리 — 노주廬州 120리 — 서성현舒城縣 120리
— 육안주六安州 120리 — 곽산현霍山縣 90리 — 곽산霍山 5리 — 동성현桐城
縣 260리 — 잠산현潛山縣 130리 — 안경부安慶府 120리 — 동류현東流縣 45
리 — 지주부池州府 180리 — 청양현靑陽縣 80리 — 석태현石埭縣 84리 — 태
평현太平縣 65리 — 이현黟縣 130리 — 휴령현休寧縣 80리 — 휘주부徽州府 60
리 — 적계현績溪縣 60리 — 정덕현旌德縣 70리 — 경현涇縣 110리 — 영국부
寧國府 100리 — 경정산敬亭山 12리 — 고순현高淳縣 120리 — 표수현漂水縣
70리 — 모산茅山 50리 — 금단현金壇縣 65리 — 의흥현宜興縣 120리 — 상주
부常州府 120리 — 무석현無錫縣 90리 — 혜산惠山 7리 — 소주부蘇州府 93리
【보대교寶帶橋[14] 15리】— 호구산虎邱山 8리【태호太湖[15]가 있다】— 서동정산西洞庭

---

14 보대교(寶帶橋) : 일명 장교(長橋)라고도 불리는, 소주에 있는 돌다리이다. 당(唐) 시대에 처
음 만들어졌고, 교각 사이에 배가 드나들 수 있는 교공(橋孔)이 53개나 되는 긴 다리이다.
당시 소주자사였던 왕중서(王仲舒)가 두르고 있던 보대(寶帶)를 풀어 건설 자금에 보탰다
고 해서 '보대교'라 불리게 되었다고 한다. 특별한 문화적 기억보다 경관 자체로 인상적인
'명승'이었던 것 같다. 한반도의 기록에선『연원직지(燕轅直指)』나『표해록(漂海錄)』등 중
국 여행과 관련된 특별한 경우에만 언급되었을 뿐이다.

15 태호(太湖) : 호수 이름으로, 진택(震澤)·입택(笠澤)·오호(五湖) 등으로도 불린다. 이 거대

山 180리 — 동동정산東洞庭山·오강현吳江縣 약 100리 — 원화현元和縣 45리 — 곤산현崑山縣 70리 — 태창주太倉州 50리 — 가정현嘉定縣 36리 — 청포현靑浦縣 83리 — 송강부松江府 50리 — 풍경진風涇鎭 54리 — 가선현嘉善縣 18리 — 가흥부嘉興府 36리 — 동향현桐鄕縣 55리 — 석문현石門縣 45리 — 호주부湖州府 150리 — 덕청현德淸縣 90리 — 당서진塘棲鎭 30리 — 북신관北新關 40리 — 항주부杭州府 10리 — 서호西湖 2리 — 여항현餘杭縣 70리 — 임안현臨安縣 35리 — 천목산天目山 50리 — 어잠현於潛縣 약 60리 — 분수현分水縣 72리 — 동려현桐廬縣 90리 — 엄주부嚴州府 95리 — 난계현蘭溪縣 95리 — 금화부金華府 50리 — 금화산金華山 20리 — 의오현義烏縣 110리 — 동양현東陽縣 40리 — 승현嵊縣 180리 — 제기현諸暨縣 210리 — 소산현蕭山縣 155리 — 전청진錢淸鎭 30리 — 소흥부紹興府 40리 — 회계산會稽山 13리 — 상우현上虞縣 120리 — 여요현餘姚縣 58리 — 자계현慈溪縣 100리 — 진해현鎭海縣 110리 — 영파부寧波府 60리 — 사명산四明山 150리 — 봉화현奉化縣 약 80리 — 영해현寧海縣 130리 — 천태현天台縣 105리 — 천태산天台山 3리 — 태주부台州府 90리 — 선거현仙居縣 90리 — 진운현縉雲縣 185리 — 처주부處州府 90리 — 석문산石門山 80리 — 청전현靑田縣 70리 — 온주부溫州府 120리 — 낙청현樂淸縣 80리 — 안탕산雁宕山 90리 — 평양현平陽縣 100리 — 분수관分水關 125리 — 복녕부福寧府 170리 — 영덕현寧德縣 110리 — 나원현羅源縣 70리 — 연강현連江縣 100리 — 복주부福州府 95리 — 민청현閩淸縣 130리 — 고전현古田縣 150리 — 병남현屛南縣 135리 — 건녕부建寧府 115리 — 건양현建陽縣 120리 — 무이산武夷山 128리 — 숭안현崇安縣 30리 — 연산현鈆山縣 130리 — 광신부廣信府 80리 — 옥산현玉山縣 100리 — 회옥산懷玉山 140

한 호수는 우(禹)의 치수(治水)에서부터 이름이 나오고, 춘추시대 범려(范蠡)가 복수를 이룬 뒤 서시를 데리고 배를 타고 오호(五湖)로 떠났다는 등, 이루 말할 수 없이 많은 문화적 기억들의 집적지이다. 심지어 태호 근처에서 생산되는 태호석(太湖石)은 귀한 정원용 괴석으로 유명하여 조선의 정원에까지 놓여졌다.

리 — 개화현開化縣 120리 — 상산현常山縣 75리 — 강산현江山縣 50리 — 선하령仙霞嶺 100리 — 포성현浦城縣 120리 — 송계현松谿縣 130리 — 구령현甌寧縣 160리【건계建溪[16]가 있다】 — 연평부延平府 130리 — 우계현尤溪縣 160리 — 덕화현德化縣 200리 — 영춘주永春州 30리 — 안계현安溪縣 120리 — 동안현同安縣 115리 — 장태현長泰縣 100리 — 장주부漳州府 40리 — 장포현漳浦縣 120리 — 조안현詔安縣 140리 — 분수관分水關 25리 — 요평현饒平縣 140리 — 조주부潮州府 150리 — 게양현揭陽縣 80리 — 보령현普寧縣 40리 — 동해교채東海嶠寨 약 100여 리 — 해풍현海豊縣 90리 — 평안역平安驛 70리 — 평정순사平政巡司 80리 — 평산순사平山巡司 80리 — 혜주부惠州府 70리 — 박라현博羅縣 30리 — 나부산羅浮山 50리 — 증성현增城縣 50리 — 광주부廣州府 162리 — 화현花縣 84리 — 청원현清遠縣 250리 — 영덕현英德縣 180리 — 옹원현翁源縣 125리 — 소주부韶州府 180리 — 시흥현始興縣 220리 — 남웅부南雄府 100리 — 대유령大庾嶺 80리 — 남안부南安府 30리 — 숭의현崇義縣 120리 — 상유현上猶縣 90리 — 용천현龍泉縣 170리 — 만안현萬安縣 80리 — 태화현泰和縣 120리 — 길안부吉安府 80리 — 길수현吉水縣 45리 — 협강현峽江縣 140리 — 옥사산玉笥山 40리 — 신감현新淦縣 120리 — 낙안현樂安縣 130리 — 의황현宜黃縣 100리 — 무주부撫州府 120리 — 진현현進賢縣 100리 — 남창부南昌府 110리【무호현蕪湖縣으로부터 수로로 번창구현繁昌舊縣 70리 — 동릉현銅陵縣 100리 — 대통진大通鎭 30리 — 지구역池口驛 55리 — 안경부安慶府 120리 — 동류현東流縣 85리 — 마당산馬當山 70리 — 소고산小姑山 10리 — 팽택현彭澤縣 10리 — 호구현湖口縣 100리 — 남강부南康府 90리 — 오성진吳城鎭 90리 — 초사樵舍 130리 — 남창부南昌府 55리】 — 여간현餘干縣 250리 — 요주부饒州府 120리 — 도창현都昌縣 160리 — 남강부南康府 80리　여산廬山 20리 — 구강부九江府 25리【팽려호彭蠡湖[17]가 있다】 — 호구현湖口縣 60리 — 석종산石鐘山 1리 — 팽택

16 건계(建溪) : 중국 복건성(福建省) 민강(閩江)의 북쪽 발원지이다. 민(閩)은 주희의 고향이다.

현팽택현彭澤縣 100리 ― 소고산小孤山 5리【심양강潯陽江[18]이 있다】― 숙송현宿松縣 130리 ― 황매현黃梅縣 60리 ― 광제현廣濟縣 95리 ― 기주蘄州 70리 ― 기수현蘄水縣 100리 ― 황주부黃州府 110리 ― 적벽산赤壁山 1리 ― 무창현武昌縣 15리 ― 번구樊口 5리 ― 화용진華容鎭 45리 ― 백호진白湖鎭 40리 ― 무창부武昌府 90리 ― 금구진金口鎭 60리 ― 가어현嘉魚縣 90리 ― 포기현蒲圻縣 95리 ― 임상현臨湘縣 130리 ― 악주부岳州府 70리 ― 군산君山 30리 ― 녹각순사鹿角巡司 20리 ― 골라수汨羅戍 140리 ― 상음현湘陰縣 60리 ― 장사부長沙府 120리 ― 상담현湘潭縣 100리 ― 예릉현醴陵縣 160리 ― 유현攸縣 140리 ― 다릉주茶陵州 110리 ― 영현酃縣 70리 ― 계동현桂東縣 125리 ― 계양현桂陽縣 120리 ― 침주郴州 165리 ― 계양주桂陽州 75리 ― 임무현臨武縣 140리 ― 남산현藍山縣 80리 ― 영원현寧遠縣 85리 ― 도주道州 70리 ― 영주부永州府 150리 ― 기양현祁陽縣 100리 ― 상녕현常寧縣 130리 ― 형주부衡州府 120리 ― 형산현衡山縣 100리 ― 형산衡山 30리 ― 상향현湘鄉縣 190리 ― 영향현寧鄉縣 120리 ― 익양현益陽縣 110리 ― 용양현龍陽縣 130리 ― 상덕부常德府 80리 ― 도원현桃源縣 80리 ― 자리현慈利縣 210리 ― 석문현石門縣 90리 ― 풍주灃州 60리 ― 안향현安鄉縣 80리 ― 화용현華容縣 95리 ― 석수현石首縣 170리 ― 공안현公安縣 120리 ― 형주부荊州府 120리 ― 사시순사沙市巡司 15리 ― 학혈구순사郝穴口巡司[19] 75리 ― 감리현監利縣 160리 ― 면양주沔陽

---

17 팽려호(彭蠡湖) : 파양호(鄱陽湖) 혹은 팽려택(彭蠡澤)이라고도 한다. 문학적 저술들을 통해 유명할 뿐 아니라 지리학적 논쟁을 통해서도 유명하다. 팽려호는 『상서』 「우공(禹貢)」에서부터 등장한다. 주희가 '구강팽려변(九江彭蠡辨)'을 통해 『상서』 기록의 오류에 대해 변증해서 특별히 유명하다.

18 심양강(潯陽江) : 구강(九江)이라고도 불린다. 심양강과 관련한 가장 유명한 문학작품은 당의 시인 백거이(白居易)의 〈비파행(琵琶行)〉일 것이다. 〈비파행〉은 백거이가 강주사마(江州司馬)로 좌천되어 있을 때, 늙어 장사꾼의 아내로 전락한 옛 장안의 명기였다는 여자를 만나 그의 이야기를 노래한 시이다. 〈비파행〉은 "심양강 가에서 밤에 손님을 전송하노라니, 단풍잎 갈대꽃에 가을바람 쓸쓸하네(潯陽江頭夜送客, 楓葉荻花秋瑟瑟).",로 시작된다.

19 학혈구순사(郝穴口巡司) : 원문은 '郝帒巡司'로 되어 있다. '帒'이 무슨 글자인지는 확인하지

州 200리 ― 잠강현潛江縣 140리 ― 천문현天門縣 130리 ― 경산현京山縣 90리 ― 응성현應城縣 60리 ― 한천현漢川縣 110리 ― 한양부漢陽府 120리【한수漢水[20]가 있다】― 효감현孝感縣 140리 ― 운몽현雲夢縣 40리 ― 덕안부德安府 60리 ― 수주隨州 130리 ― 조양현棗陽縣 180리 ― 양양부襄陽府 140리 ― 광화현光化縣 180리 ― 균주均州 140리 ― 무당산武當山 100리 ― 곡성현穀城縣 약 200리 ― 남장현南漳縣 170리 ― 의성현宜城縣 130리 ― 안륙부安陸府 190리 ― 형문주荊門州 90리 ― 당양현當陽縣 120리 ― 의창부宜昌府 210리 ― 귀주歸州 240리 ― 파동현巴東縣 120리 ― 무산巫山 150리 ― 무산현巫山縣 30리 ― 백제성白帝城 120리 ― 기주부夔州府 10리 ― 운양현雲陽縣 140리 ― 만현萬縣 140리 ― 충주忠州 170리 ― 풍도현酆都縣 110리 ― 부주涪州 90리 ― 장수현長壽縣 120리 ― 중경부重慶府 250리 ― 합주合州 205리 ― 정원현定遠縣 90리 ― 순경부順慶府 150리 ― 서충현西充縣 80리 ― 남부현南部縣 120리【가릉강嘉陵江[21]이 있다】― 보령부保寧府 70리 ― 창계현蒼溪縣 40리 ― 광원현廣元縣 200리 ― 소화현昭化縣 40리 ― 검문관劍門關 90리 ― 검주劍州 60리 ― 재동현梓潼縣 105리 ― 염정현鹽亭縣 100리 ― 사홍현射洪縣 90리 ―

못하였다. 다만 『대청일통지(大淸一統志)』 권268에 의하면, 형주부(荊州府) 강릉현(江陵縣)에 학혈구순사(郝穴口巡司)가 존재하고, 경로상으로도 맞다. 따라서 번역에서는 '학혈구순사'를 취했다.

20 한수(漢水) : 파총산(嶓冢山)에서 발원하여 한양부(漢陽府)에서 강으로 유입되는 물줄기의 이름이다. 한양부와 한수 일대는 더 유명한 것을 특정하기 힘들 정도로 고대부터 수많은 문화적 기억들이 집적된 곳이다. "도도히 흐르는 양자강과 한수여, 남쪽 나라의 벼리일세(滔滔江漢, 南國之紀)." 『시경』 「소아(小雅)·소민지십(小旻之什)」 〈사월(四月)〉. "장강(長江)과 한수(漢水)가 조회하듯 바다로 모여든다(江漢朝宗于海)." 『상서』 「우공(禹貢)」.

21 가릉강(嘉陵江) : 양자강 상류의 지류이다. 섬서성 봉현의 가릉곡(嘉陵谷)을 경유하기에 붙여진 이름이다. 가릉강을 그린 당(唐) 오도자(吳道子)의 〈촉도가릉강삼백여리(蜀道嘉陵江三百餘里)〉가 유명하다. 당 현종(唐玄宗)이 문득 가릉강의 산수가 그리워 오도자에게 즉시 달려가 가릉강의 산수를 그려 오도록 했다. 오도자는 빈손으로 나타나 "그려온 초본은 없지만, 모든 경치가 마음속에 들어 있다."라고 했다. 이에 그를 대동전(大同殿)으로 보내 벽화를 그리게 했다. 그러자 가릉강 3백여 리에 걸친 산수를 하루 만에 다 그려냈다고 한다. 『산당사고(山堂肆考)』.

동주부潼州府 60리 — 중강현中江縣 120리 — 덕양현德陽縣 100리 — 한주漢州 45리 — 금당현金堂縣 35리 — 신도현新都縣 30리 — 성도부成都府 50리 — 쌍류현雙流縣 40리 — 신진현新津縣 50리 — 팽산현彭山縣 55리 — 미주眉州 40리 — 청신현靑神縣 80리 — 가정부嘉定府 70리 — 아미현峨嵋縣 60리 — 아미산峨嵋山 50리 — 협강현夾江縣 120리 — 홍아현洪雅縣 55리 — 단릉현丹稜縣 30리 — 포강현蒲江縣 40리 — 공주邛州 60리 — 대읍현大邑縣 40리 — 청성산靑城山 90리 — 관현灌縣 50리 — 온강현溫江縣 80리 — 비현郫縣 30리 — 신번현新繁縣 32리 — 팽현彭縣 30리 — 십방현什邡縣 70리 — 면죽현綿竹縣 75리 — 안현安縣 90리 — 창명현彰明縣 100리 — 강유현江油縣 60리 — 평도역平度驛 50리 — 용안부龍安府 210리 — 양지애구陽地臨口 30리 — 청당령靑塘嶺 190리 — 문현文縣 180리 — 계주階州 200리 — 성현成縣 280리【동곡同谷[22]이 있다. ○ 면죽綿竹으로부터 곧장 한중漢中 길로 나오면: 면주綿州 140리 — 재동현梓潼縣 120리 — 검주劍州 105리 — 검문관劍門關 60리 — 소화현昭化縣 90리 — 광원현廣元縣 40리 — 석궤각石櫃閣 25리 — 비선각飛仙閣 15리 — 주필역籌筆驛 40리 — 신선역神宣驛 10리 — 칠반관七盤關 70리 — 영강주寧羌州 65리 — 면현沔縣 175리 — 포성褒城 90리 — 한중부漢中府 40리 — 청교역靑橋驛 90리 — 마수역馬首驛 40리 — 무관역武關驛 50리 — 유패역留壩驛 45리 — 송림역松林驛 65리 — 삼차역三岔驛 60리 — 초량역草凉驛 50리 — 봉현鳳縣 70리 — 양당현兩當縣 90리 — 휘현徽縣 70리 — 성현成縣 100리】 — 구지산仇池山 100리 — 서화현西和縣 약 50리 — 예현禮縣 70리 — 복강현伏羌縣 120리 — 진주秦州 120리 — 청수현淸水縣 120리 — 백사진白沙鎭 30리 — 백가진百家鎭 30리 — 함의관咸宜關 120리 — 농주隴州 40리

---

22 동곡(同谷) : 두보의 〈동곡칠가(同谷七歌)〉로 유명한 곳이다. 원제는 〈건원 중에 동곡현에 우거하면서 노래를 짓다(乾元中寓居同谷縣作歌)〉이다. 두보는 48세이던 건원 2년, 안녹산·사사명의 반란[安史之亂]을 만나 촉(蜀)으로 들어가기 전에 한 달가량 동곡에 머문 적이 있다. 그때 전쟁으로 인한 가족과의 이별과 자신의 처지에 대한 감회 등을 읊은 시가 바로 〈동곡칠가〉이다. 이백(李白)의 〈촉도난(蜀道難)〉과 함께 세상의 환란을 근심하고 고발하는 문학의 백미로 꼽힌다.

— 견양현汧陽縣 90리 — 보계현寶鷄縣 60리 — 봉상부鳳翔府 60리 — 기산현岐山縣 50리 — 기산岐山 50리 — 인유현麟遊縣 50리 — 영수현永壽縣 80리 — 빈주邠州 70리 — 순화현淳化縣 140리 — 예천현醴泉縣 120리 — 건주乾州 40리 — 무공현武功縣 65리 — 부풍현扶風縣 20리 — 미현郿縣 40리 — 태백산太白山 50리 — 주질현盩厔縣 약 100리 — 흥평현興平縣 75리 — 함양현咸陽縣 50리 — 서안부西安府 50리 — 종남산終南山 50리 — 호현鄠縣 약 50리 — 용수산龍首山 70리【패교灞橋[23]가 있다】— 남전현藍田縣 90리 — 남교藍橋 50리 — 진령秦嶺 90리 — 상주商州 70리 — 낙남현雒南縣 90리 — 위남현渭南縣 260리 — 신풍진新豐鎭 60리 — 임동현臨潼縣 20리 — 고릉현高陵縣 50리 — 삼원현三原縣 35리 — 부평현富平縣 90리 — 포성현蒲城縣 90리 — 백수현白水縣 45리 — 요주耀州 110리 — 동관현同官縣 70리 — 의군현宜君縣 90리 — 중부현中部縣 75리 — 부주鄜州 140리【칠저수漆沮水[24]가 있다】— 감천현甘泉縣 90리 — 연안부延安府 90리 — 의천현宜川縣 260리 — 용문산龍門山 약 200리 — 한성현韓城縣 50리 — 합양현郃陽縣 90리 — 조읍현朝邑縣 100리 — 동주同州 30리 — 화주華州 70리 — 소화산少華山 10리 — 태화산太華山 80리 — 화음현華陰縣 20리 — 동관현潼關縣 40리 — 문향현閿鄕縣 60리 — 영보현靈寶縣 60리 — 합주陝州 60리 — 웅이산熊耳山 110리 — 민지현澠池縣 30리 —

---

23 패교(灞橋) : 패교의 문화적 이미지는 두 가지로 대표된다. 하나는 이별이다. 패교 주변은 버드나무가 아름답기로 유명하다. 고대로부터 사람을 전송할 때, 장안(長安) 동쪽의 패교까지 배웅 나가 다리의 버들을 꺾어서 주는 풍속이 있었다. 이 때문에 이 다리엔 쇄혼교(銷魂橋)라는 별명이 있고, '절류(折柳)'는 이별을 뜻하는 말로 쓰인다. ○ 다른 하나는 성당(盛唐) 시인 맹호연(孟浩然)의 '패교의 나귀 탄 나그네[灞橋騎驢客]'이다. 그는 눈 속에 나귀를 타고 패교를 지나며 시상을 많이 얻었다고 한다. 이 모습을 소식은 "그대는 또한 못 보았는가, 눈 속에 나귀 탄 맹호연이, 눈썹 찌푸리고 시 읊느라 산처럼 솟은 어깨를[又不見, 雪中騎驢孟浩然, 皺眉吟詩肩聳山]."이라고 노래했고, 이것을 화제(畫題)로 한 수많은 그림이 그려졌다.

24 칠저수(漆沮水) : 칠수와 저수를 합한 이름이다. 두 강이 모두 검은빛을 띠어서 붙여진 이름이다. 두 강물의 사이 칠저(漆沮)는 주(周)의 선조 고공단보(古公亶父)가 처음 터를 잡고 살던 곳으로, 주의 발상지이다.

의창역義昌驛 40리 ─ 함곡관函谷關 80리 ─ 신안현新安縣 1리 ─ 하남부河南
府 70리【북망산北邙山[25] 40리】 ─ 낙양 고성洛陽故城 20리【천진교天津橋[26]를 건넌
다】 ─ 의양현宜陽縣 90리 ─ 숭현嵩縣 95리 ─ 이양현伊陽縣 90리 ─ 여주汝州
90리 ─ 겹현郟縣 90리 ─ 우주禹州 70리 ─ 등봉현登封縣 120리 ─ 숭산嵩山
10리 ─ 언사현偃師縣 90리 ─ 맹진현孟津縣 40리 ─ 맹현孟縣 28리 ─ 온현
溫縣 50리 ─ 공현鞏縣 42리 ─ 사수현汜水縣 40리 ─ 형양현滎陽縣 40리 ─
하음현河陰縣 50리 ─ 형택현滎澤縣 30리 ─ 정주鄭州 45리 ─ 중모현中牟縣
70리【변하汴河[27]가 있다】 ─ 개봉부開封府 70리【주선진朱仙鎭[28] 40리】 ─ 진류현
陳留縣 50리 ─ 기현杞縣 60리 ─ 통허현通許縣 60리 ─ 울씨현尉氏縣 40리 ─
유천현洧川縣 60리 ─ 장갈현長葛縣 30리 ─ 허주許州 50리 ─ 양성현襄城縣

---

25 북망산(北邙山) : 북망(北芒) 또는 망산·북산이라고도 한다. 한(漢)·위(魏) 이래로 왕후(王侯)와 공경(公卿)을 장사 지내는 곳이다.

26 천진교(天津橋) : 중국 하남성 낙양시 서남쪽에 있던 다리 이름으로, '천진교의 새벽달[天津曉月]'은 낙양팔경(洛陽八景)의 하나로 유명했다. 황제와 후비들, 왕공 귀족, 문인 묵객들이 봄여름이면 그 위에 많이 노닐어서, 수많은 시인의 시가 있다. ○ 천진교 남쪽엔 소옹(邵雍)의 안락와(安樂窩)가 있었다. 이 집은 왕안석의 신법에 반대하는 구법당의 일화가 얽혀 있다. 소옹의 만년 거처인 안락와는 구법당이었던 왕공신(王拱辰)이 낙양윤(洛陽尹)으로 있으면서 천진교 남쪽에 30칸짜리 집이다. 그런데 이 땅이 공전이었으므로 뒤에 신법의 시행에 따라 공매될 위기에 처했다. 그러자 역시 구법당이었던 사마광이 성금을 모아 매입해서 소옹이 계속 살게 해 주었다.『고금사문유취(古今事文類聚)』〈매택유강절(買宅遺康節)〉. ○ 소옹이 천진교 위에서 난데없는 두견새 소리를 듣고 천하가 크게 어지러워질 것을 예언했다는 일화도 유명하다.『송사(宋史)』.

27 변하(汴河) : 수 양제(隋煬帝)가 만든 대운하로, 장안(長安)에서 강남의 강도(江都)까지 이른다. 변수(汴水)를 근간으로 만들었기 때문에 시문에서는 주로 변하(汴河)라고 한다. 변하는 영양현의 대주산(大周山) 입구에서 발원해서 중모현 북쪽 6리의 관도(官渡)를 지나간다. 양제는 이 운하의 둑을 따라 버들을 심고 무려 40여 개의 이궁(離宮)을 지었다. 수가 망한 뒤에 버들만 남아 망국의 회한을 일으키는 시문의 소재로 유명하다.

28 주선진(朱仙鎭) : 남송(南宋) 초의 충신 악비(岳飛)의 원한이 서린 곳이다. 악비는 금(金)과의 전쟁에서 연전연승하고, 주선진에서 금군(金軍)을 대파하고 기세를 몰아 황하를 건너 추격할 준비를 하고 있었다. 이때 주화파였던 진회(秦檜)가 화의(和議)를 주장하여 황제에게 악비를 소환토록 했다. 악비는 "10년의 공력이 하루아침에 무너진다."라며 분개했지만 회군하지 않을 수 없었다. 결국 진회의 모략으로 '혹 [그런 일이] 있었을지도 모른다[莫須有]'라는 모호한 죄명으로 하옥되어 죽었다.

90리 ─ 섭현葉縣 50리 ─ 보안역保安驛 60리 ─ 유주裕州 60리 ─ 박망역博望驛 60리 ─ 남양부南陽府 60리【와룡강臥龍岡[29] 7리】─ 등주鄧州 120리 ─ 신야현新野縣 70리 ─ 당현唐縣 105리 ─ 동백현桐柏縣 140리 ─ 신양주信陽州 240리 ─ 나산현羅山縣 120리 ─ 광산현光山縣 115리 ─ 광주光州 40리 ─ 식현息縣 90리 ─ 정양현正陽縣 80리 ─ 확산현確山縣 90리 ─ 여녕부汝寧府 90리 ─ 상채현上蔡縣 70리 ─ 서평현西平縣 60리 ─ 언성현鄢城縣 75리 ─ 임영현臨潁縣 60리 ─ 서화현西華縣 130리 ─ 언릉현鄢陵縣 90리 ─ 부구현扶溝縣 45리 ─ 태강현太康縣 95리 ─ 진주부陳州府 50리 ─ 항성현項城縣 120기 ─ 침구현沈邱縣 60리 ─ 태화현太和縣 110리 ─ 영주부潁州府 80리 ─ 영상현潁上縣 120리 ─ 곽구현霍邱縣 70리 ─ 수주壽州 130리 ─ 회원현懷遠縣 140리 ─ 몽성현蒙城縣 140리 ─ 치하집雉河集 90리 ─ 의문진義門鎭 50리 ─ 호주亳州 70리 ─ 녹읍현鹿邑縣 60리 ─ 자성현柘城縣 65리 ─ 휴주睢州 90리 ─ 영릉현寧陵縣 50리 ─ 귀덕부歸德府 60리 ─ 우성현虞城縣 70리 ─ 단현單縣 70리 ─ 성무현城武縣 50리 ─ 조현曹縣 70리 ─ 정도현定陶縣 60리 ─ 조주부曹州府 40리 ─ 복주濮州 120리 ─ 개주開州 60리 ─ 내황현內黃縣 60리 ─ 청풍현淸豊縣 40리 ─ 남락현南樂縣 40리 ─ 대명현大名縣 40리 ─ 대명부大名府 8리 ─ 조성현朝城縣 90리 ─ 양곡현陽穀縣 45리 ─ 수장현壽張縣 20리 ─ 운성현鄆城縣 100리 ─ 거야현鉅野縣 60리 ─ 가상현嘉祥縣 50리 ─ 제령주濟寧州 50리 ─ 문상현汶上縣 90리 ─ 동평주東平州 35리 ─ 동아현東阿縣 70리 ─ 평음현平陰縣 35리 ─ 비성현肥城縣 75리 ─ 장청현長淸縣 90리 ─ 임평현荏平縣 90리 ─ 고당주高唐州 65리 ─ 박평현博平縣 70리 ─ 동창부東昌府 40리【제령주濟寧州부터 수로水路로: 대장구大長溝 52리 ─ 남왕하간南旺下間 32리 ─ 왕로구工老口 31리 ─ 양산박梁山泊 63리 ─ 대묘갑戴廟閘 5리 ─ 장추진張秋鎭 39리 ─ 성동갑聖東閘 40리 ─ 통제갑通濟閘 59리 ─ 동창부東昌府 5리】─ 당읍현堂邑縣

---

29 와룡강(臥龍岡) : 제갈량(諸葛亮)이 출사하기 전 은거해 살던 곳이라고 전한다.

40리 ─ 임청주臨淸州 90리 ─ 청하현淸河縣 50리 ─ 위현威縣 70리 ─ 광종현廣宗縣 25리 ─ 거록현鉅鹿縣 35리 ─ 평향현平鄕縣 58리 ─ 계택현鷄澤縣 12리 ─ 곡주현曲周縣 30리 ─ 광평부廣平府 40리 ─ 한단현邯鄲縣 50리 ─ 무안현武安縣 68리 ─ 자주磁州 90리 ─ 임장현臨漳縣 65리 ─ 창덕부彰德府 70리 ─ 탕음현湯陰縣 45리 ─ 준현濬縣 70리 ─ 활현滑縣 20리 ─ 기현淇縣 50리 ─ 위휘부衛輝府 50리 ─ 연진현延津縣 70리 ─ 양무현陽武縣 40리 ─ 원무현原武縣 30리 ─ 신향현新鄕縣 65리 ─ 휘현輝縣 40리 ─ 소문산蘇門山 7리 ─ 획가현獲嘉縣 60리 ─ 수무현修武縣 45리 ─ 무척현武陟縣 35리 ─ 온현溫縣 60리 ─ 회경부懷慶府 50리 ─ 제원현濟源縣 70리 ─ 반곡盤谷 20리 ─ 왕옥산王屋山 80리 ─ 양성현陽城縣 120리 ─ 택주부澤州府 80리 ─ 고평현高平縣 85리 ─ 장평역長平驛 30리 ─ 장자현長子縣 55리 ─ 노안부潞安府 50리 ─ 호관현壺關縣 30리 ─ 평순현平順縣 78리 ─ 노성현潞城縣 55리 ─ 양원현襄垣縣 75리 ─ 심주沁州 160리 ─ 심원현沁源縣 120리 ─ 백자진柏子鎭 50리 ─ 곽산霍山 약 100리 ─ 곽주霍州 30리 ─ 조성현趙城縣 50리 ─ 홍동현洪洞縣 35리 ─ 평양부平陽府 55리 ─ 양릉현襄陵縣 30리 ─ 태평현太平縣 60리 ─ 강주絳州 50리 ─ 곡옥현沃縣 50리 ─ 익성현翼城縣 55리 ─ 강현絳縣 60리 ─ 문희현聞喜縣 70리 ─ 하현夏縣 50리 ─ 안읍현安邑縣 55리 ─ 해주解州 55리 ─ 평륙현平陸縣 90리 ─ 예성현芮城縣 100리 ─ 우향현虞鄕縣 60리【강수絳水[30]가 있다】 ─ 포주부蒲州府 60리 ─ 임진현臨晉縣 70리 ─ 의씨현猗氏縣 40리 ─ 만천현萬泉縣 65리 ─ 영하현榮下縣 70리【분수汾水[31]가 있다】 ─ 하진현

---

30 강수(絳水):『전국책(戰國策)』「진책(秦策)」에는 중기(中期)가 진왕(秦王)에게 지씨(智氏)의 고사를 이용해 간언하는 이야기가 나온다. 지씨는 한(韓)·위(魏)와 연합해서 조양자(趙襄子)를 포위하고는 진수(晉水)를 끌어들여 진양(晉陽)을 물바다로 만들어 승리했다. 지씨는 이 현장을 한 강자(韓康子), 위 환자(魏桓子)와 함께 돌아보며 "분수(汾水)를 이용하면 위 땅의 안읍(安邑)이 물바다가 될 것이고, 강수(絳水)를 이용하면 한 땅인 평양(平陽)도 물바다가 되리라는 것을 깨달았다."라고 이야기한다. 일종의 위협이다. 이 내용은 이후『사기(史記)』,『자치통감(資治通鑑)』,『설원(說苑)』등 여러 사서와 유서에 지속적으로 인용된다.

河津縣 85리 — 향녕현鄕寧縣 120리 — 길주吉州 60리 — 포현蒲縣 120리 —

습주隰州 110리 — 분서현汾西縣 160리 — 영석현靈石縣 105리 — 개휴현介休

縣 65리 — 효의현孝義縣 40리 — 분주부汾州府 35리 — 문수현文水縣 70리 —

교성현交城縣 35리 — 청원현淸源縣 40리 — 태원현太原縣 40리 — 태원부太

原府 40리 — 성진역成晉驛 70리 — 석령관石嶺關 50리 — 흔주忻州 40리 —

정양현定襄縣 50리 — 오대현五臺縣 100리 — 오대산五臺山 120리 — 번치현

繁峙縣 약 100리 — 회인현懷仁縣 60리 — 대동부大同府 70리 — 혼원주渾源州

120리 — 항산恒山 20리 — 영구현靈邱縣 약 150리 — 용천관龍泉關 130리 —

부평현阜平縣 70리 — 왕쾌진王快鎭 50리 — 곡양현曲陽縣 70리 — 정주定州

60리 — 신락현新樂縣 50리 — 무극현無極縣 60리 — 심택현深澤縣 40리 —

진주晉州 40리 — 고성현藁城縣 40리 — 진정부眞定府 60리 — 영수현靈壽縣

50리 — 평산현平山縣 23리 — 정형현井陘縣 80리 — 정형구井陘口 40리 —

획록현獲鹿縣 20리 — 원씨현元氏縣 90리 — 난성현欒城縣 35리 — 조주趙州

40리 — 고읍현高邑縣 50리 — 찬황현贊皇縣 45리 — 임성현臨城縣 45리 —

내구현內邱縣 45리 — 순덕부順德府 60리 — 임현任縣 35리 — 당산현唐山縣

50리 — 강평현降平縣 20리 — 동진촌東陳村 40리 — 영진현寧晉縣 35리 —

속록현束鹿縣 70리 — 기주冀州 75리 — 남궁현南宮縣 60리 — 조강현棗强縣

85리 — 형수현衡水縣 50리 — 무읍현武邑縣 38리 — 무강현武强縣 38리 —

심주深州 50리 — 안평현安平縣 50리 — 여현蠡縣 37리 — 고양현高陽縣 60리

— 안주安州 40리 — 보정부保定府 60리 — 완현完縣 70리 — 만성현滿城縣 45

리 — 안숙현安肅縣 60리 — 정흥현定興縣 70리 — 내수현淶水縣 30리 — 역

주易州 40리 — 자형관紫荊關 80리 — 광창현廣昌縣 100리 — 울주蔚州 130리

— 서령현西寧縣 90리 — 회안현懷安縣 90리 — 만전역萬全驛 60리 — 선화부

---

31 분수(汾水) : 수(隋) 말엽 왕통(王通)의 강학처로 유명하다. 문도가 천여 명에 이르렀다고
한다. 『자치통감(資治通鑑)』「수기(隋紀)」. ○'강수'에 대한 각주 30 참조.

宣化府宣化府 60리 — 보안주保安州 60리 — 토목역土木驛 40리 — 회래현懷來縣 25리 — 유림역楡林驛 30리 — 거용관居庸關 58리 — 창평주昌平州 40리 — 천수산天壽山 18리 — 북경北京 93리

부록 : 운남·귀주雲貴 노정

도원桃源에서 출발 — 정가역鄭家驛 60리 — 신점역新店驛 70리 — 계정역界亭驛 90리 — 마저역馬底驛 80리 — 신주부辰州府 60리 — 신계현辰谿縣 100리 — 회화역懷化驛 100리 — 나구역羅舊驛 80리 — 원주沅州 40리 — 편수역便水驛 70리 — 황주역晃州驛 50리 — 옥병현玉屏縣 50리 — 청계현淸溪縣 55리 — 진원부鎭遠府 75리 — 편교사偏橋司 50리 — 황평주黃平州 50리 — 청평현淸平縣 60리 — 평월부平越府 60리 — 신첨사新添司 60리 — 용리현龍里縣 60리 — 귀양부貴陽府 50리 — 청진현淸鎭縣 45리 — 안평현安平縣 50리 — 안순부安順府 60리 — 진녕주鎭寧州 40리 — 관새령關索嶺 55리 — 반강영盤江營 30리 — 안남현安南縣 30리 — 강서파江西坡 40리 — 연교역軟橋驛 59리 — 보안주普安州 33리 — 역자공역亦資孔驛 50리 — 평이소平夷所 20리 — 전남승경滇南勝境 12리 — 평이현平夷縣 15리 — 백수역白水驛 52리 — 교수역交水驛 40리 — 마룡주馬龍州 70리 — 역룡역易龍驛 80리 — 양림역楊林驛 60리 — 판교역板橋驛 60리 — 운남부雲南府 35리

부록 : 유주柳州 노정

계림부桂林府에서 출발 — 소교역蘇橋驛 60리 — 삼리역三里驛 40리 — 영복현永福縣 35리 — 횡당역橫塘驛 35리 — 대분역大分驛 120리 — 강구역江口驛 120리 — 운등역雲騰驛 120리 — 뇌당역雷塘驛 80리 — 유주부柳州府 70리

부록 : 서량西涼 노정

복강현伏羌縣에서 출발 — 영원현寧遠縣 90리 — 공창부鞏昌府 90리 — 위

원현渭源縣 90리 — 임조부臨洮府 120리 — 사니역沙泥驛 90리 — 경운역慶雲驛 60리 — 난주蘭州 60리 — 사정역沙井驛 40리 — 고수역苦水驛 70리 — 홍성자역紅城子驛 50리 — 남대통역南大通驛 40리 — 평번현平番縣 30리 — 무승보武勝堡 30리 — 분구보岔口堡 40리 — 진강보鎭羌堡 50리 — 안원보安遠堡 40리 — 고랑현古浪縣 60리 — 쌍탑보雙塔堡 30리 — 대하역大河驛 70리 — 양주부涼州府 100리

○ 일정한 방향 없는 정신의 여행神遊 같은 것은 애당초 지역이나 거리에 구속되지 않는다. 옛사람이 지은 『십주기十洲記』나 『신이경神異經』[32] 같은 것은 모두 심하게 고착된 것들이다. 바보 앞에서 꿈 이야기를 할 수 있겠는가? 『숙수념』은 정신의 여행을 하는 자들을 위한 지남철이다. 독자가 스스로 추구할 수 있을 터이니, 지금 갖추어 논하지 않는다.

---

32 옛사람이 지은 『십주기(十洲記)』나 『신이경(神異經)』: 둘 다 한의 동방삭(東方朔)을 작가로 표방하지만 후인의 의작(擬作)이라는 것이 정설이다. 둘 다 『산해경』을 모방해서 신화적인 지리를 묘사하는 작품으로, 지괴소설(志怪小說)로 분류되기도 한다. 『십주기』의 정식 명칭은 『해내십주기(海內十洲記)』이다.

第十一觀 辛. 動智念

坎止流行, 隨遇斯應,

或泠之善, 匪由朕脛.

可與知者道, 不可與不知者證.

述 辛「動智念」.

1.

行役, 男子之所不可無也. 公而赴職應舉, 私而省墓尋親戚, 尤是不可已者. 衰老者, 或車或轎, 少壯者或馬或驢. 計途齎糧, 而風雨不可料, 則宜裕而不宜嗇. 度事選徒, 而多人反爲累, 則宜簡而不宜衆.

○老人則不可不與能文善談之士一人爲伴, 以助途中消遣.

○藥料之切於用者, 宜多齎之.

○僕隸嗜飲喜鬭者, 不可從行.

2.

途遇名勝, 雖稍迂廻, 不可不訪.

○親戚及高賢文士之居, 在所經者, 雖迂廻不可不訪.

○大風雨不可行, 宜住宿店舘.

○路有川漲, 不可强涉.

○不可耽近而就險路.

○遇橋必下馬.

○水路益宜愼之.

○不可於昏黑後作行. 雖秉炬亦危道也.

○途傍有古碑, 須下馬看之.

○途過[1]名賢墓前, 近則瞻拜, 遠則下馬步過. 其不必下馬者, 式而過.

○路經古賢人遺宅, 必佇尋之, 徘徊良久而后去. 書院必審謁.

○過孝烈旌閭, 必式. 或採訪其事實於村里人錄之, 尤好.

○到店必招隣里父老勞問. 仍詢山川風俗及歲功豊儉民生休戚. 至邑宰政令, 決不可問.

○路遇貴人呵呼, 急避之. 有犯自己呵辟者, 縱之勿問.

○過宿邑治, 守宰先來見, 則入謝. 否則雖稍有面雅, 不可先見.

○邑宰之饋酒食則受, 他物則勿受.

○邑宰是親戚切友, 則直入衙舍留宿, 可也. 否則雖曾相識者, 不可自我先通消息. 有他可住處, 則馳過可也.

3.

慣徃來處若大路, 皆令奴僕居之每三五十里而一所, 多給錢財, 俾開店舍. 作室堂於淨僻處, 備有屛帷枕衾槃卓器用, 以待止憩時供給. 此行千里不齎糧之法也. 雖遇風雨, 川漲路塞, 住宿多日, 可不致行橐之罄, 又免居處湫隘之患.

---

1 過 : 연세대본과 동양문고본엔 '過'로, 규장각본과 버클리본엔 '遇'로 되어 있다.

4.

婦女不百里而奔喪. 非有[2]大事故不可行役. 如不得已而行, 或赴舅夫任所, 則日行不可過八十里. 尤不可犯晨暮.

5.

少年子第攻業者, 馬上店中亦不可廢繹誦.

6.

老人則轎車中, 最宜繙書. 橐裏不可不貯若干卷. 或於奴僕所管店舍, 各置三五部書籍, 以供止憩時披玩. 如有不謹守散失, 笞其管者.

7.

江山之勝, 盡在庭戶之間, 固不待外慕. 而域內名山大川及城邑樓榭之可觀者, 亦不可不隨意歷覽, 以廣胸次, 因以求遠方奇士而交之. 子弟雖專於學業, 亦不可不時使遊觀, 以長文氣. 但親老者, 不可遠游, 游亦不可過期.

○遇山径截險處, 雖有奇勝, 不可冒進.

○凡途中所過山川風土, 或游觀名勝, 或會遇人士, 以至瑣細之事, 皆令從

---

2 非有: 연세대본과 동양문고본엔 '非有'로, 규장각본과 버클리본엔 '有非'로 되어 있다.

行之觧文字者錄之. 還家後授掌記錄【乙九】, 載于策. 或以『壯遊八志』【丁六】義
例分類成書.

8.

中國名勝之無因而至, 固左海士大夫之至恨也. 然神淸而心融, 則蓬萊閣
風未嘗不在吾几席. 況人境乎? 淵川先生有〈筆游記〉. 今鈔其山川名勝及古
聖賢騷人逸士留蹟之地, 錄于左. 閒居少事, 支枕而閱之, 其與登是山臨是流,
遇古人而相爾汝者, 奚以異焉?

○○○ 〈筆游記〉【淵泉先生錄. 今略有删鈔.】

自北京記路【附雲貴路程】

自北京起路 蘆溝橋 四十里 — 良鄉縣 三十一里 — 房山縣 二十四里
— 涿州 七十里 — 新城縣 五十里【有白溝河】— 雄縣 七十里【有易水】— 任
邱縣 七十里 — 河間府 七十里 — 獻縣 五十里【有滹沱河】— 富庄驛 四十
里 — 阜城縣 四十里 — 景州 五十里 — 東光縣 六十里 — 南皮縣 五十里
— 滄州 七十里 — 靑縣 七十里 — 靜海縣 九十里 — 天津府 七十五里 —
葛沽 六十里³ — 同居鎭 — 韓村 約有二百里 — 鹽山縣 七十里 — 慶雲縣
六十里 — 海豐縣 四十三里 — 霑化縣 四十里 — 濱州 六十里 — 武定府
九十里 — 商河縣 九十里 — 德平縣 五十五里 — 陵縣 七十里 — 德州 七
十里 — 平原縣 七十里 — 禹城縣 七十里 — 齊河縣 七十里 — 濟南府 四
十里 — 華不注山 十五里 — 龍山驛 七十里 — 章邱縣 四十里 — 鄒平縣

---

3 六十里: 규장각본엔 '七十里'로 되어 있다.

六十里【二十里到長白山】— 長山縣 三十里 — 臨淄縣 七十里 — 青州府 五十五里 — 昌樂縣 七十里 — 濰縣 五十里 — 昌邑縣 八十里 — 灰埠驛 八十里 — 萊州府 七十里 — 朱橋驛 六十里 — 黃山舘 六十里 — 黃縣 六十里 — 登州府 六十里 — 福山縣 一百三十五里 — 寧海州 七十五里 — 威海衛·榮成縣 合二百五十里【有成山】— 文登縣 一百五十里 — 靖海衛 二十里 — 海陽縣 一百五十里 — 萊陽縣 一百四十里 — 卽墨縣 一百八十里 — 膠州 九十里 — 高密縣 五十五里 — 諸城縣 一百十里 — 安丘縣 一百里 — 臨朐縣 一百四十五里 — 博山縣 二百里 — 萊蕪縣 一百里 — 泰安府 一百二十里 — 泰山 五里 — 寧陽縣 一百十里 — 袞州府 五十里 — 曲阜縣 三十里【有孔林·汶水】— 鄒縣 五十里【有孟廟, 至嶧山, 約二十里】— 泗水縣 九十里 — 新泰縣 一百三十里 — 蒙陰縣 六十里 — 沂水縣 一百二十里 — 莒州七十里【有沂水】— 沂州府 一百九十里 — 海州 二百四十里 — 沭陽縣 一百二十里 — 安東縣 一百四十五里 — 淮安府 六十里 — 清河縣 五十里 — 桃源縣 六十五里 — 宿遷縣 一百二十里 — 邳州 九十里 — 嶧縣 一百十里 — 滕縣 一百五十里 — 沛縣 一百二十里 — 豐縣 五十五里 — 碭山縣 七十里 — 蕭縣 一百里 — 徐州府 五十里 — 桃山驛 五十里 — 夾溝驛 四十里 — 宿州 六十里 — 靈壁縣 一百十里 — 虹縣 五十五里 — 五河縣 八十里 — 臨淮縣 七十一里 — 鳳陽府 二十里 — 定遠縣 九十里 — 大柳驛 九十里 — 滁州 六十里 — 全椒縣 五十里 — 和州 一百四十里 — 江浦縣 一百里 — 六合縣 一百里 — 儀眞縣 五十里 — 楊州府 七十里 — 瓜州鎭 四十里 — 金山 十里 — 焦山 十里 — 北固山 九里 — 鎭江府 約二里 — 句容縣 一百十里 — 江寧府 九十里【一路:自金山起 — 龍潭七十六里 — 栖霞山 五十二里 — 燕子磯 三十二里 — 江寧府 二十五里】— 鍾山 十里 — 采石鎭 一百二十里 — 太平府 二十里 — 蕪湖縣 六十里 — 繁昌縣 四十五里 — 無爲州 九十五里 — 巢縣 八十八里 — 石梁鎭 六十里 — 盧州 一百二十里 — 舒城縣 一百二十里 — 六安州 一百二十里 — 霍山縣 九

十里 一霍山 五里 一桐城縣 二百六十里 一潛山縣 一百三十里 一安慶
府 一百二十里 一東流縣 四十五里 一池州府 一百八十里 一青陽縣 八
十里 一石埭縣 八十四里 一太平縣 六十五里 一黟縣 一百三十里 一休
寧縣 八十里 一徽州府 六十里 一績溪縣 六十里 一旌德縣 七十里 一涇
縣 一百里 一寧國府 一百里 一敬亭山 十二里 一高淳縣 一百二十里
一溧水縣 七十里 一茅山 五十里 一金壇縣 六十五里 一宜興縣 一百二
十里 一常州府 一百二十里 一無錫縣 九十里 一惠山 七里 一蘇州府 九
十三里【寶帶橋 十五里】一虎邱山 八里【有太湖】一西洞庭山 一百八十里 一
東洞庭山・吳江縣 約一百里 一元和縣 四十五里 一崑山縣 七十里 一太
倉州 五十里 一嘉定縣 三十六里 一青浦縣 八十三里 一松江府 五十里
一風涇鎮 五十四里 一嘉善縣 十八里 一嘉興府 三十六里 一桐鄉縣 五
十五里 一石門縣 四十五里 一湖州府 一百五十里 一德清縣 九十里 一
塘棲鎮 三十里 一北新關 四十里 一杭州府 十里 一西湖 二里 一餘杭縣
七十里 一臨安縣 三十五里 一天目山 五十里 一於潛縣 約六十里 一分
水縣 七十二里 一桐廬縣 九十里 一嚴州府 九十五里 一蘭溪縣 九十五
里 一金華府 五十里 一金華山 二十里 一義烏縣 一百十里 一東陽縣 四
十里 一嵊縣 一百八十里 一諸暨縣 二百十里 一蕭山縣 一百五十五里
一錢清鎮 三十里 一紹興府 四十里 一會稽山 十三里 一上虞[4]縣 一百二
十里 一餘姚縣 五十八里 一慈溪縣 一百里 一鎮海縣 一百十里 一寧波
府 六十里 一四明山 一百五十里 一奉化縣 約八十里 一寧海縣 一百三
十里 一天台縣 一百五里 一天台山 三里 一台州府 九十里 一仙居縣 九
十里 一縉雲縣 一百八十五里 一處州府 九十里 一石門山 八十里 一青
田縣 七十里 一溫州府 一百二十里 一樂清縣 八十里 一雁宕山 九十里
一平陽縣 一百里 一分水關 一百二十五里 一福寧府 一百七十里 一寧

---

4 虞: 연세대본과 동양문고본엔 '虞'로, 규장각본과 버클리본엔 '吳'로 되어 있다.

德縣 一百十里 — 羅源縣 七十里 — 連江縣 一百里 — 福州府 九十五里 — 閩清縣 一百三十里 — 古田縣 一百五十里 — 屏南縣 一百三十五里 — 建寧府 一百十五里 — 建陽縣 一百二十里 — 武夷山 一百二十八里 — 崇安縣 三十里 — 鈆山縣 一百三十里 — 廣信府 八十里 — 玉山縣 一百里 — 懷玉山 一百四十里 — 開化縣 一百二十里 — 常山縣 七十五里 — 江山縣 五十里 — 仙霞嶺 一百里 — 浦城縣 一百二十里 — 松谿縣 一百三十里 — 甌寧縣 一百六十里【有建溪】— 延平府 一百三十里 — 尤溪縣 一百六十里 — 德化縣 二百里 — 永春州 三十里 — 安溪縣 一百二十里 — 同安縣 一百十五里 — 長泰縣 一百里 — 漳州府 四十里 — 漳浦縣 一百二十里 — 詔安縣 一百四十里 — 分水關 二十五里 — 饒平縣 一百四十里 — 潮州府 一百五十里 — 揭陽縣 八十里 — 普寧縣 四十里 — 東海潛寨 約一百餘里 — 海豐縣 九十里 — 平安驛 七十里 — 平政巡司 八十里 — 平山巡司 八十里 — 惠州府 七十里 — 博羅縣 三十里 — 羅浮山 五十里 — 增城縣 五十里 — 廣州府 一百六十二里 — 花縣 八十四里 — 清遠縣 二百五十里 — 英德縣 一百八十里 — 翁源縣 一百二十五里 — 韶州府 一百八十里 — 始興縣 二百二十里 — 南雄府 一百里 — 大庾嶺 八十里 — 南安府 三十里 — 崇義縣 一百二十里 — 上猶縣 九十里 — 龍泉縣 一百七十里 — 萬安縣 八十里 — 泰和縣 一百二十里 — 吉安府 八十里 — 吉水縣 四十五里 — 峽江縣 一百四十里 — 玉笥山 四十里 — 新淦縣 一百二十里 — 樂安縣 一百三十里 — 宜黃縣 一百里 — 撫州府 一百二十里 — 進賢縣 一百里 — 南昌府 一百十里【自蕪湖縣, 由水路, 繁昌舊縣 七十里 — 銅陵縣 一百里 — 大通鎮 三十里 — 池口驛 五十五里 — 安慶府 一百二十里 — 東流縣 八十五里 — 馬當山 七十里 — 小姑山 十里 — 彭澤縣 十里 — 湖口縣 一百里 — 南康府 九十里 — 吳城鎮 九十里 — 樵舍 一百三十里 — 南昌府 五十五里】— 餘干縣 二百五十里 — 饒州府 一百二十里 — 都昌縣 一百六十里 — 南康府 八十里 — 廬山 二十里 — 九江府 二十五里【有彭蠡湖】— 湖口縣 六十里 —

326

石鐘山 一里 ― 彭澤縣 一百里 ― 小孤山 五里【有潯陽江】― 宿松縣 一百三十里 ― 黃梅縣 六十里 ― 廣濟縣 九十五里 ― 蘄州 七十里 ― 蘄水縣 一百里[5] ― 黃州府 一百十里 ― 赤壁山[6] 一里 ― 武昌縣 十五里 ― 樊口 五里 ― 華容鎮 四十五里 ― 白湖鎮 四十里 ― 武昌府 九十里 ― 金口鎮 六十里 ― 嘉魚縣 九十里 ― 蒲圻縣 九十五里 ― 臨湘縣 一百三十里 ― 岳州府 七十里 ― 君山 三十里 ― 鹿角巡司 二十里 ― 汨羅戍 一百四十里 ― 湘陰縣 六十里 ― 長沙府 一百二十里 ― 湘潭縣 一百里 ― 醴陵縣 一百六十里 ― 攸縣 一百四十里 ― 茶陵州 一百十里 ― 酃縣 七十里 ― 桂東縣 一百二十五里 ― 桂陽縣 一百二十里 ― 郴州 一百六十五里 ― 桂陽州 七十五里 ― 臨武縣 一百四十里 ― 藍山縣 八十里 ― 寧遠縣 八十五里 ― 道州 七十里 ― 永州府 一百五十里 ― 祁陽縣 一百里 ― 常寧縣 一百三十里 ― 衡州府 一百二十里 ― 衡山縣 一百里 ― 衡山 三十里 ― 湘鄉縣 一百九十里 ― 寧鄉縣 一百二十里 ― 益陽縣 一百十里 ― 龍陽縣 一百三十里 ― 常德府 八十里 ― 桃源縣 八十里 ― 慈利縣 二百十里 ― 石門縣 九十里 ― 澧州 六十里 ― 安鄉縣 八十里 ― 華容縣 九十五里 ― 石首縣 一百七十里 ― 公安縣 一百二十里 ― 荊州府 一百二十里 ― 沙市巡司 十五里 ― 郝穴巡司 七十五里 ― 監利縣 一百六十里 ― 沔陽州 二百里 ― 潛江縣 一百四十里 ― 天門縣 一百三十里 ― 京山縣 九十里 ― 應城縣 六十里 ― 漢川縣 一百十里 ― 漢陽府 一百二十里【有漢水】― 孝感縣 一百四十里 ― 雲夢縣 四十里 ― 德安府 六十里 ― 隨州 一百三十里 ― 棗陽縣 一百八十里 ― 襄陽府 一百四十里 ― 光化縣 一百

---

5 小孤山 五里 …… 蘄水縣 一百里 : 연세대본에서는 소고산에서부터 기수현까지의 경로가 빠지고 대신 미주(眉注)로 첨부되어 있다. "【彭澤下有 ― 小姑山 五里(有潯陽江) ― 宿松縣 一百五十里 ― 黃梅縣 六十里 ― 廣濟縣 九十五里 ― 蘄州 七十里 ― 蘄水縣 一百里】" 필사 과정의 단순 누락을 교정한 것으로 보인다.

6 赤壁山 : 연세대본과 동양문고본엔 '赤壁山'으로, 규장각본과 버클리본엔 '赤壁'으로 되어 있다.

八十里 — 均州 一百四十里 — 武當山 一百里 — 穀城縣 約二百里 — 南漳[7]縣 一百七十里 — 宜城縣 一百三十里 — 安陸府 一百九十里 — 荊門州 九十里 — 當陽縣 一百二十里 — 宜昌府 二百十里 — 歸州 二百四十里 — 巴東縣 一百二十里 — 巫山 一百五十里 — 巫山縣 三十里 — 白帝城 一百二十里 — 夔州府 十里 — 雲陽縣 一百四十里 — 萬縣 一百四十里 — 忠州 一百七十里 — 酆都縣 一百十里 — 涪州 九十里 — 長壽縣 一百二十里 — 重慶府 二百五十里 — 合州 二百五里 — 定遠縣 九十里 — 順慶府 一百五十里 — 西充縣 八十里 — 南部縣 一百二十里【有嘉陵江】 — 保寧府 七十里 — 蒼溪縣 四十里 — 廣元縣 二百里 — 昭化縣 四十里 — 劍門關 九十里 — 劍州 六十里 — 梓潼縣 一百五里 — 鹽亭縣 一百里 — 射洪縣 九十里 — 潼州府 六十里 — 中江縣 一百二十里 — 德陽縣 一百里 — 漢州 四十五里 — 金堂縣 三十五里 — 新都縣 三十里 — 成都府 五十里 — 雙流縣 四十里 — 新津縣 五十里 — 彭山縣 五十五里 — 眉州 四十里 — 青神縣 八十里 — 嘉定府 七十里 — 峨嵋[8]縣 六十里 — 峨嵋[9]山 五十里 — 夾江縣 一百二十里 — 洪雅縣 五十五里 — 丹稜縣 三十里 — 蒲[10]江縣 四十里 — 邛州 六十里 — 大邑縣 四十里 — 青城山 九十里 — 灌縣 五十里 — 溫江縣 八十里 — 郫縣 三十里 — 新繁縣 三十二里 — 彭縣 三十里 — 什邡縣 七十里 — 綿竹縣 七十五里 — 安縣 九十里 — 彰明縣 一百里 — 江油縣 六十里 — 平度驛 五十里 — 龍安府 二百十里 — 陽地隘口 三十里 — 青塘嶺 一百九十里 — 文縣 一百八十里 — 階州 二百里 — 成縣 二百八十里【有同谷 ○ 自綿竹 直出漢中路：綿州 一百四十里 — 梓潼縣 一百二十里 — 劍州 一百五里 — 劍門關 六十里 — 昭化縣 九十里 — 廣元縣 四十里 —

---

7 漳：연세대본, 동양문고본, 버클리본엔 '漳', 규장각본엔 '嶂'으로 되어 있다.
8 嵋：연세대본엔 '眉'로 되어 있다.
9 嵋：연세대본엔 '眉'로 되어 있다.
10 蒲：연세대본엔 '浦'로 되어 있다.

石櫃閣 二十五里 ― 飛仙閣 十五里 ― 籌筆驛 四十里 ― 神宣驛 十里 ― 七盤關 七十里 ―

寧羌州 六十五里 ― 沔縣 一百七十五里 ― 襃城 九十里 ― 漢中府 四十里 ― 青橋驛 九十

里 ― 馬首驛 四十里 ― 武關驛 五十里 ― 留壩驛 四十五里 ― 松林驛 六十五里 ― 三岔驛

六十里 ― 草凉驛 五十里 ― 鳳縣 七十里 ― 兩當縣 九十里 ― 徽[11]縣 七十里 ― 成縣 百

里】― 仇池山 一百里 ― 西和縣 約五十里 ― 禮縣 七十里 ― 伏羌縣 一百

二十里 ― 秦州 一百二十里 ― 清水縣 一百二十里 ― 白沙鎮 三十里 ―

百家鎮 三十里 ― 咸宜關 一百二十里 ― 隴州 四十里 ― 汧陽縣 九十里

― 寶鷄縣 六十里 ― 鳳翔府 六十里 ― 岐山縣 五十里 ― 岐山 五十里 ―

麟遊縣 五十里 ― 永壽縣 八十里 ― 邠州 七十里 ― 淳化縣 一百四十里

― 醴泉縣 一百二十里 ― 乾[12]州 四十里 ― 武功縣 六十五里 ― 扶風縣

二十里 ― 郿縣 四十里 ― 太白山 五十里 ― 盩屋縣 約一百里 ― 興平縣

七十五里 ― 咸陽縣 五十里 ― 西安府 五十里 ― 終南山 五十里 ― 鄠縣

約五十里 ― 龍首山 七十里【有灞橋】― 藍田縣 九十里 ― 藍橋 五十里 ―

秦嶺 九十里 ― 商州 七十里 ― 雒南縣 九十里 ― 渭南縣 二百六十里 ―

新豐鎮 六十里 ― 臨潼縣 二十里 ― 高陵縣 五十里 ― 三原縣 三十五里

― 富平縣 九十里 ― 蒲城縣 九十里 ― 白水縣 四十五里 ― 耀州 一百十

里 ― 同官縣 七十里 ― 宜君縣 九十里 ― 中部縣 七十五里 ― 鄜州 一百

四十里【有漆沮水】― 甘泉縣 九十里 ― 延安府 九十里 ― 宜川縣 二百六

十里 ― 龍門山 約二百里 ― 韓城縣 五十里 ― 郃陽縣 九十里 ― 朝邑縣

一百里 ― 同州 三十里 ― 華州 七十里 ― 少華山 十里 ― 太華山 八十里

― 華陰縣 二十里 ― 潼關縣 四十里 ― 閿鄉縣 六十里 ― 靈寶縣 六十里

― 陝州 六十里 ― 熊耳山 一百十里 ― 澠池縣 三十里 ― 義昌驛 四十里

― 函谷關 八十里 ― 新安縣 一里 ― 河南府 七十里【北邙山 四十里】― 洛

---

11 重慶府 …… 徽: 동양문고본에는 이 부분의 1장(張) 분량이 누락되어 있다.

12 乾: 연세대본과 동양문고본엔 '軋'로, 규장각본과 버클리본엔 '乾'으로 되어 있다.

陽故城 二十里【度天津橋】— 宜陽縣 九十里 — 嵩縣 九十五里 — 伊陽縣 九十里 — 汝州 九十里 — 郟縣 九十里 — 禹州 七十里 — 登封縣 一百二十里 — 嵩山 十里 — 偃師縣 九十里 — 孟津縣 四十里 — 孟縣 二十八里 — 溫縣 五十里 — 鞏縣 四十二里 — 氾水縣 四十里 — 滎陽縣 四十里 — 河陰縣 五十里 — 滎澤縣 三十里[13] — 鄭州 四十五里 — 中牟縣 七十里【有汴河】— 開封府 七十里【朱仙鎮 四十里】— 陳留縣 五十里 — 杞縣 六十里 — 通許縣 六十里 — 尉氏縣 四十里 — 洧川縣 六十里 — 長葛縣 三十里 — 許州 五十里 — 襄城縣 九十里 — 葉縣 五十里 — 保安驛 六十里 — 裕州 六十里 — 博望驛 六十里 — 南陽府 六十里【臥龍岡 七里】— 鄧州 一百二十里 — 新野縣 七十里 — 唐縣 一百五里 — 桐柏縣 一百四十里 — 信陽州 二百四十里 — 羅山縣 一百二十里 — 光山縣 一百十五里 — 光州 四十里 — 息縣 九十里 — 正陽縣 八十里 — 確山縣 九十里 — 汝寧府 九十里 — 上蔡縣 七十里 — 西平縣 六十里 — 郾城縣 七十五里 — 臨潁縣 六十里 — 西華縣 一百三十里 — 鄢陵縣 九十里 — 扶溝縣 四十五里 — 太康縣 九十五里 — 陳州府 五十里 — 項城縣 一百二十里 — 沈邱縣 六十里 — 太和縣 一百十里 — 潁州府 八十里 — 潁上縣 一百二十里 — 霍邱縣 七十里 — 壽州 一百三十里 — 懷遠縣 一百四十里 — 蒙城縣 一百四十里 — 雉河集[14] 九十里 — 義門鎮 五十里 — 亳州 七十里 — 鹿邑縣 六十里 — 柘城縣 六十五里 — 睢州 九十里 — 寧陵縣 五十里 — 歸德府 六十里 — 虞城縣 七十里 — 單縣 七十里 — 城武縣 五十里 — 曹縣 七十里 — 定陶縣 六十里 — 曹州府 四十里 — 濮州 一百二十里 — 開州 六十里 — 內黃縣 六十里 — 清豐縣 四十里 — 南樂縣 四十里 — 大名縣 四十里 — 大名府 八里 — 朝城縣 九十里 — 陽穀縣 四十五里 — 壽張縣

---

13 河陰縣 五十里 — 滎澤縣 三十里: 규장각본엔 "河陰縣 五十里 — 滎澤縣 三十里"가 빠져 있다.
14 集: 연세대본, 동양문고본, 버클리본엔 '集'으로, 규장각본엔 '縣'으로 되어 있다.

二十里 — 鄆城縣 一百里 — 鉅野縣 六十里 — 嘉祥縣 五十里 — 濟寧州 五十里 — 汶上縣 九十里 — 東平州 三十五里 — 東阿縣 七十里 — 平陰縣 三十五里 — 肥城縣 七十五里 — 長清縣 九十里 — 荏平縣 九十里 — 高唐州 六十五里 — 博平縣 七十里 — 東昌府 四十里【自濟寧州 由水路：大長溝 五十二里 — 南旺下閘 三十二里 — 王老口 三十一里 — 梁山泊 六十三里 — 戴廟閘 五里 — 張秋鎮 三十九里 — 聖東閘 四十里 — 通濟閘 五十九里 — 東昌府 五里】— 堂邑縣 四十里 — 臨清州 九十里 — 清河縣 五十里 — 威縣 七十里 — 廣宗縣 二十五里 — 鉅鹿縣 三十五里 — 平鄉縣 五十八里 — 鷄澤縣 十二里 — 曲周縣 三十里 — 廣平府 四十里 — 邯鄲縣 五十里 — 武安縣 六十八里 — 磁州 九十里 — 臨漳縣 六十五里 — 彰德府 七十里 — 湯陰縣 四十五里 —濬縣 七十里 — 滑縣 二十里 — 淇縣 五十里 — 衛輝府 五十里 — 延津縣 七十里 — 陽武縣 四十里 — 原武縣 三十里 — 新鄉縣 六十五里 — 輝縣 四十里 — 蘇門山 七里 — 獲嘉縣 六十里 — 修武縣 四十五里 — 武陟縣 三十五里 — 溫縣 六十里 — 懷慶府 五十里 — 濟源縣 七十里 — 盤谷 二十里 — 王屋山 八十里 — 陽城縣 一百二十里 — 澤州府 八十里 — 高平縣 八十五里 — 長平驛 三十里 — 長子縣 五十五里 — 潞安府 五十里 — 壺關縣 三十里 — 平順縣 七十八里 — 潞城縣 五十五里 — 襄垣縣 七十五里 — 沁州 一百六十里 — 沁源[15]縣 一百二十里 — 柏子鎮 五十里 — 霍山 約 一百里 — 霍州 三十里 — 趙城縣 五十里 — 洪洞縣 三十五里 — 平陽府 五十五里 — 襄陵縣 三十里 — 太平縣 六十里 — 絳州 五十里 — 曲沃縣 五十里 — 翼城縣 五十五里 — 絳縣 六十里 — 聞喜縣 七十里 — 夏縣 五十里 — 安邑縣 五十五里 — 解州 五十五里 — 平陸縣 九十里 — 芮城縣 一百里 — 虞鄉縣 六十里【有絳水】— 蒲州府 六十里 — 臨晉縣 七十里 — 猗氏縣 四十里 — 萬泉縣 六十五里 — 榮下縣 七十里

---

15 源: 연세대본엔 '原'으로 되어 있다.

【有汾水】─ 河津縣 八十五里 ─ 鄉寧縣 一百二十里 ─ 吉州 六十里 ─ 蒲縣 一百二十里 ─ 隰州 一百十里 ─ 汾西縣 一百六十里 ─ 靈石縣 一百五里 ─ 介休縣 六十五里 ─ 孝義縣 四十里 ─ 汾州府 三十五里 ─ 文水縣 七十里 ─ 交城縣 三十五里 ─ 清源縣 四十里 ─ 太原縣 四十里 ─ 太原府 四十里 ─ 成晉驛 七十里 ─ 石嶺關 五十里 ─ 忻州 四十里 ─ 定襄縣 五十里 ─ 五臺縣 一百里 ─ 五臺山 一百二十里 ─ 繁峙縣 約 一百里 ─ 懷仁縣 六十里 ─ 大同府 七十里 ─ 渾源州[16] 一百二十里 ─ 恒山 二十里 ─ 靈邱縣 約 一百五十里 ─ 龍泉關 一百三十里 ─ 阜平縣 七十里 ─ 王快鎮 五十里 ─ 曲陽縣 七十里 ─ 定州 六十里 ─ 新樂縣 五十里 ─ 無極縣 六十里 ─ 深澤縣 四十里 ─ 晉州 四十里 ─ 藁城縣 四十里 ─ 眞定府 六十里 ─ 靈壽縣 五十里 ─ 平山縣 二十三里 ─ 井陘縣 八十里 ─ 井陘口 四十里 ─ 獲鹿縣 二十里 ─ 元氏縣 九十里 ─ 欒城縣 三十五里 ─ 趙州 四十里 ─ 高邑縣 五十里 ─ 贊皇縣 四十五里 ─ 臨城縣 四十五里 ─ 內邱縣 四十五里 ─ 順德府 六十里 ─ 任縣 三十五里 ─ 唐山縣 五十里 ─ 降平縣 二十里 ─ 東陳村 四十里 ─ 寧晉縣 三十五里 ─ 束鹿縣 七十里 ─ 冀州 七十五里 ─ 南宮縣 六十里 ─ 棗强縣 八十五里 ─ 衡水縣 五十里 ─ 武邑縣 三十八里 ─ 武强縣 三十八里 ─ 深州 五十里 ─ 安平縣 五十里 ─ 蠡縣 三十七里 ─ 高陽縣 六十里 ─ 安州 四十里 ─ 保定府 六十里 ─ 完縣 七十里 ─ 滿城縣 四十五里 ─ 安肅縣 六十里 ─ 定興縣 七十里 ─ 淶水縣 三十里 ─ 易州 四十里 ─ 紫荊關 八十里 ─ 廣昌縣 一百里 ─ 蔚州 一百三十里 ─ 西寧縣 九十里 ─ 懷安縣 九十里 ─ 萬全驛 六十里 ─ 宣化府 六十里 ─ 保安州 六十里 ─ 土木驛 四十里 ─ 懷來縣 二十五里 ─ 楡林驛 三十里 ─ 居庸關 五十八里 ─ 昌平州 四十里 ─ 天壽山 十八里 ─ 北京 九十三里

---

16 州 : 연세대본과 동양문고본엔 '州'로, 규장각본과 버클리본엔 '縣'으로 되어 있다.

附 雲貴路程

自桃源[17]起路 — 鄭家驛 六十里 — 新店驛 七十里 — 界亭驛 九十里 — 馬底驛 八十里 — 辰州府 六十里 — 辰谿縣 一百里 — 懷化驛 一百里 — 羅舊驛 八十里 — 沅州 四十里 — 便水驛 七十里 — 晃州驛 五十里 — 玉屏縣 五十里 — 清溪縣 五十五里 — 鎮遠府 七十五里 — 偏橋司 五十里 — 黃平州 五十里 — 清平縣 六十里 — 平越府 六十里 — 新添司 六十里 — 龍里縣 六十里 — 貴陽府 五十里 — 清鎮縣 四十五里 — 安平縣 五十里 — 安順府 六十里 — 鎮寧州 四十里 — 關索嶺 五十五里 — 盤江營 三十里 — 安南縣 三十里 — 江西坡 四十里 — 軟橋驛 五十九里 — 普安州 三十參里 — 亦資孔驛 五十里 — 平夷所 二十里 — 滇南勝境 十二里 — 平夷縣 十五里 — 白水驛 五十二里 — 交水驛 四十里 — 馬龍州 七十里 — 易龍驛 八十里 — 楊林驛 六十里 — 板橋驛 六十里 — 雲南府 三十五里

附 柳州路程

自桂林府 起路 — 蘇橋驛 六十里 — 三里驛 四十里 — 永福縣 三十五里 — 橫塘驛 三十五里 — 大分驛 一百二十里 — 江口驛 一百二十里 — 雲騰驛 一百二十里 — 雷塘驛 八十里 — 柳州府 七十里

附 西涼路程

自伏羌縣起路 — 寧遠縣 九十里 — 鞏昌府 九十里 — 渭源縣 九十里 — 臨洮府 一百二十里 — 沙泥驛 九十里 — 慶雲驛 六十里 — 蘭州 六十里 — 沙井驛 四十里 — 苦水驛 七十里 — 紅城子驛 五十里 — 南大通驛 四十里 — 平番縣 三十里 — 武勝堡 三十里 — 岔口堡[18] 四十里 — 鎮羌

---

17 自桃源: 규장각본엔 '桃源縣'으로 되어 있다.

堡 五十里 — 安遠堡 四十里 — 古浪縣 六十里 — 雙塔堡 三十里 — 大河
驛 七十里 — 凉州府 一百里

○ 至若神遊無方, 未始有疆域道里之拘. 如古人所著『十洲記』·『神異經』,
皆泥之甚者. 痴人之前, 可說夢乎哉? 孰邃念一書乃神游者之一部指南. 讀者
可自求之. 今不具論.

---

18 岔口堡 : 규장각본엔 '岔山堡'으로 되어 있다.

제12관
임玉. 거업념 백居業念伯

팔주八疇[1]의 서술, 일과 사물에 드러나네.

그에 근본을 두자면, 어찌해야 될까?

안은 전일專—[2]하게, 밝은 성대히 해야 하리.

온갖 일에 이르지만, 옛 연구와 중복되진 않으니,

나더러 어눌하다 말라, 자세한 것을 기록함이니.

임玉. 「거업념居業念」을 서술하다.

1.

사람은 하루라도 공부를 하지 않을 수 없다. 나이가 들고 기운이 떨어져도 경전을 음미하고 이치를 연구하며, [마음을] 함양하고 지키는 공부를 소홀히 해선 안 된다. 관청에서 일할 때나 집에 있을 때나 일과 사물에 대응하는 것이 모두 공부다.

2.

노인의 총명과 정력으론 고서를 많이 기억하기 어렵다. 그러니 [일부분을] 뽑아 외우는 것도 나쁘지 않다. 『사부송유四部誦惟』[3]라는 것이 있다. 지금 그 목록을 아래에 적어 놓는다.

---

1 팔주(八疇) : 홍범구주(洪範九疇)에서 황극(皇極) 한 가지를 뺀 나머지를 말한다. 주 무왕(周武王)이 기자(箕子)에게 천하를 다스리는 방도를 묻자, 기자가 하늘이 우(禹)에게 내려 준 아홉 가지 법칙을 말하였는데, 이를 홍범구주라고 한다. 그 아홉 가지 법칙은 오행(五行)·오사(五事)·팔정(八政)·오기(五紀)·황극·삼덕(三德)·계의(稽疑)·서징(庶徵)·오복(五福)으로, 그중 황극을 뺀 나머지를 팔주라 한다. 북송(北宋)의 학자 풍시행(馮時行)은 다음과 같이 말하였다. "황극은 가운데 있으면서 위를 총괄하고 아래를 관통하여 팔주와 함께 아홉이 된다(皇極居中, 上總下貫, 與八疇爲九)."『서경대전(書經大全)』「주서(周書) 홍범(洪範)」.

2 전일(專一) : 원문은 '유일(唯一)'이다. 이 말은 『서경(書經)』「대우모(大禹模)」에서 가져왔다. "인심은 위태하고, 도심은 은미하니, 오직 정밀하고 오직 전일하여 그 중도를 잡으라(人心惟危, 道心惟微, 惟精惟一, 允執厥中)." 마음을 오로지 하나로 모아 집중하는 것을 뜻한다.

3 『사부송유(四部誦惟)』 : 홍석주가 편찬한 책이다. '사부송유'는 경전·역사·제자·문집[經史子集] 4부로 나누어 외우고 생각한다는 뜻이다. 이 책의 앞에는 〈『사부송유』목록(四部誦惟目錄)〉과 홍길주의 『『사부송유』해설(四部誦惟詮)〉이 실려 있고, 이어 '송유'의 대상이 되는 글들이 편집되어 있다. 현재 국립중앙도서관에 4권 2책의 필사본이 소장되어 있다. 뒤에 나오는 〈『사부송유』별본 목록(四部誦惟別本目錄)〉 이하는 홍길주의 기획이다.

○○○ 〈사부송유 목록四部誦惟目錄〉【연천 선생께서 뽑으셨다.】

경부經部

· 『역易』

　　「건乾」

　　「계사繫辭」: 「상전上傳」 제1·4·5·8·10·11·12장

　　　　　　　　 「하전下傳」 제2·5장

· 『서書』

　　「우서虞書」: 「요전堯典」, 「순전舜典」, 「대우모大禹謨」, 「고요모皐陶謨」, 「익

　　　　직益稷」

　　「하서夏書」: 「우공禹貢」

　　「주서周書」: 「목서牧誓」, 「홍범洪範」, 「무일無逸」, 「고명顧命」

· 『시詩』

　　「국풍國風」: 「주남周南」(전체)

　　　　　　　　 「소남召南」(전체)

　　　　　　　　 「위衛」: 〈석인碩人〉

　　　　　　　　 「정鄭」: 〈여왈계명女曰鷄鳴〉

　　　　　　　　 「진秦」: 〈소융小戎〉, 〈겸가蒹葭〉

　　　　　　　　 「빈豳」: 〈칠월七月〉, 〈동산東山〉

　　「소아小雅」: 〈천보天保〉, 〈백구白駒〉, 〈사간斯干〉, 〈대동大東〉

　　「대아大雅」: 〈문왕文王〉, 〈대명大明〉, 〈생민生民〉, 〈증민烝民〉, 〈한혁韓

　　　　奕〉

　　「노송魯頌」: 〈비궁閟宮〉

· 『예기禮記』

　　「삼년문三年問」

· 『주례周禮』

338

「고공기考工記」: 〈총서總敍〉

· 『논어論語』

　「향당鄕黨」(전체)

　「선진先進」: 〈욕기장浴沂章〉

　「미자微子」(전체)

· 『대학大學』(전체)

· 『중용中庸』(전체)

· 『맹자孟子』

　「양혜왕 상梁惠王上」: 〈수장首章〉, 〈소상장沼上章〉, 〈이민이속장移民移

　　粟章〉, 〈곡속장穀觫章〉

　「양혜왕 하梁惠王下」: 〈호악장好樂章〉, 〈호용장好勇章〉, 〈설궁장雪宮

　　章〉, 〈명당장明堂章〉

　「공손추 상公孫丑上」: 〈관안장管晏章〉, 〈호연장浩然章〉

　「공손추 하公孫丑下」: 〈경축장景丑章〉, 〈삼숙출주장三宿出晝章〉

　「등문공 상滕文公上」: 〈상례장喪禮章〉, 〈허행장許行章〉

　「등문공 하滕文公下」: 〈진씨장陳氏章〉, 〈경춘장景春章〉, 〈호변장好辯章〉

　「만장 상萬章上」: 〈이윤장伊尹章〉

　「만장 하萬章下」: 〈집대성장集大成章〉

　「고자 상告子上」: 〈우산장牛山章〉

　「진심 하盡心下」: 〈설대인장說大人章〉, 〈졸장卒章〉

· 『효경孝經』

　「경일장經一章」

사부史部

· 『좌씨춘추전左氏春秋傳』

　「은공隱公」: 〈정백이 언에서 공숙단을 죽이다鄭伯克段于鄢〉

「환공桓公」: 〈장애백이 고정을 간하다臧哀伯諫郜鼎〉

「장공莊公」: 〈장작의 전투長勺之戰〉

「민공閔公」: 〈진의 태자 신생이 동산의 고락씨를 정벌하다晉太子申生 伐東山皐落氏〉

「희공僖公」: 〈소릉의 맹약召陵之盟〉, 〈진 문공이 한 번 싸워 패자가 되 다晉文公一戰而覇〉

「선공宣公」: 〈왕손만이 초 임금이 솥의 크기를 묻는 것을 물리치다 王孫滿却楚子問鼎〉

「성공成公」: 〈안혁의 전투安革之戰〉

「양공襄公」: 〈오 임금이 계찰을 보내 방문하게 하다吳子使札來聘〉

「소공昭公」: 〈우윤 자혁이 초 임금에게 대답하다右尹子革對楚子〉

· 『국어國語』

「노어魯語」: 〈공보 문백이 조정에서 물러나와公父文伯退朝〉장

· 『전국책戰國策』

「초책楚策」: 〈막오자화가 사직을 근심하는 신하를 논하다莫敖子華論 憂社稷〉, 〈장신이 총애하는 신하에 대해 논하다莊辛論幸臣〉

「위책魏策」: 〈범대의 술자리范臺之觴〉, 〈당휴가 진왕을 알현하다唐雎 見秦王〉

「연책燕策」: 〈악의가 연의 혜왕에게 보고하다樂毅報燕惠王〉

「제책齊策」: 〈제 선왕이 안촉을 인견하다齊宣王見顔斶〉

· 『사기史記』

〈백이전伯夷傳〉, 〈화식전貨殖傳〉

· 『한서漢書』

〈중산정왕이 음악을 듣다가 [울고] 대답하다中山靖王聞樂對〉4

---

4 〈중산정왕이 음악을 듣다가 [울고] 대답하다(中山靖王聞樂對)〉: 『한서』 「경십삼왕전(景十

· 『후한서後漢書』

　〈연독이 이문덕에게 보낸 편지延篤與李文德書〉[5]

자부子部

· 『장자莊子』

　「소요유逍遙遊」(전체)

　「추수秋水」(절록)

· 『순자荀子』

　「권학勸學」(절록)

　「애공哀公」(절록)

· 주자周子

　〈태극도설太極圖說〉

· 장자張子

　〈서명西銘〉

· 정숙자程叔子

　〈사물잠四勿箴〉, 〈명도선생묘표明道先生墓表〉

· 주자朱子

　〈대학서大學序〉, 〈중용서中庸序〉, 〈소학제사小學題辭〉, 〈경재잠敬齋箴〉,
　〈진 시랑에게 보낸 편지與陳侍郎書〉, 〈위 응중에게 보낸 편지與魏
　應仲書〉

집부集部

· 『초사楚辭』

三王傳)·중산정왕승(中山靖王勝)」에 나온다.

5 〈연독이 이문덕에게 보낸 편지(延篤與李文德書)〉: 『후한서(後漢書)』「연독열전(延篤列傳)」
　에 나온다.

굴원屈原: 〈구가九歌〉, 〈복거卜居〉, 〈어부漁夫〉

· 『문선文選』

　　송옥宋玉: 〈등도자호색부登徒子好色賦〉

　　이사李斯: 〈진평왕께 바쳐 축객을 간하는 편지上秦王諫逐客書〉

　　가의賈誼: 〈과진론過秦論〉

　　사마상여司馬相如: 〈장문부長門賦〉

　　추양鄒陽: 〈옥중상서獄中上書〉

　　사마천司馬遷: 〈임소경에게 답하는 편지報任少卿書〉

　　이릉李陵: 〈소무에게 답하는 편지答蘇武書〉

　　양운楊惲: 〈손회종에게 답하는 편지報孫會宗書〉

　　양웅楊雄: 〈해조解嘲〉

　　제갈량諸葛亮: 〈출사표出師表〉

　　조식曹植: 〈낙신부洛神賦〉

　　이밀李密: 〈진정표陳情表〉

　　도잠陶潛: 〈귀거래사歸去來辭〉

　　유준劉峻: 〈광절교론廣絶交論〉

　　강엄江淹: 〈한부恨賦〉, 〈별부別賦〉, 〈건평왕께 바치는 상서詣建平王上
　　　　書〉

· 『문원영화文苑英華』

　　유신庾信: 〈애강남부哀江南賦〉

　　왕발王勃: 〈등왕각시서滕王閣詩序〉

· 『당송팔대가唐宋八大家』

　　한유韓愈: 〈불골표佛骨表〉, 〈맹 상서에게 보낸 편지與孟尙書書〉, 〈정
　　　　상서를 전송하는 글送鄭尙書序〉, 〈맹 동야를 전송하는 글送孟東野
　　　　序〉, 〈동소남을 전송하는 글送董邵南序〉, 〈구책을 전송하는 글送區
　　　　册序〉, 〈반곡으로 돌아가는 이원을 전송하는 글送李愿歸盤谷序〉,

〈남전현승청벽기藍田縣丞廳壁記〉, 〈원도原道〉, 〈휘변諱辯〉, 〈진학해進學解〉, 〈획린해獲麟解〉, 〈잡설 1·4雜說一四〉, 〈장중승전 후서張中丞傳後敍〉, 〈송궁문送窮文〉, 〈남해신묘비南海神廟碑〉, 〈평해서비平海西碑〉, 〈전중소감 마군 묘지殿中少監馬君墓誌〉, 〈악어문鰐魚文〉, 〈하남 장 원외 제문祭河南張員外文〉

유종원柳宗元: 〈석종유를 논의하는 최 요주에게 보낸 편지與崔饒州論石鍾乳書〉, 〈처음 서산에서 노닌 기始得西山宴游記〉, 〈우계대愚溪對〉

구양수歐陽修: 〈범 사간께 올린 편지上范司諫書〉, 〈붕당론朋黨論〉, 〈유미당기有美堂記〉, 〈취옹정기醉翁亭記〉, 〈석만경 제문祭石曼卿文〉, 〈추성부秋聲賦〉

소순蘇洵: 〈변간론辨奸論〉, 〈목가산기木假山記〉, 〈명이자설名二子說〉

소식蘇軾: 〈범증론范增論〉, 〈전표성주의서田表聖奏議序〉, 〈영벽 장씨 원정기靈壁張氏園亭記〉, 〈이군산방기李君山房記〉, 〈방학정기放鶴亭記〉, 〈석종산기石鍾山記〉, 〈전적벽부前赤壁賦〉, 〈후적벽부後赤壁賦〉

소철蘇轍: 〈황루부黃樓賦〉

왕안석王安石: 〈맹상군전을 읽고讀孟嘗君傳〉

증공曾鞏: 〈도산정기道山亭記〉

○○○ 〈『사부송유』 해설四部誦惟詮〉

　해거자[6]가 항해자에게 물어 왔다. "어떻게 해야 독서라고 할 수 있습니까?" 항해자가 대답했다. "아마도 외우고 생각하는 것이겠지? 문장을 외우는 것은 내 안에 많이 쌓이도록 하는 것이고, 그 의미를 생각하는 것은 내가 얻은 것을 굳히는 것일세. 외우기만 하고 생각하지 않으면 흘러

---

6 해거자 : 해거자(海居者)는 홍길주의 동생인 홍현주의 호이다.

가 버리고, 생각만 하고 외우지 않으면 고갈되지." 해거자가 말했다. "제가 뜻은 있습니다. 그러나 [이미] 늦어, 폭넓게 독서를 할 수가 없습니다. 집약적이면서도 오래 갈 만한 것으로 [독서 목록을] 받았으면 합니다." 항해자가 말했다. "자네 질문이 좋구나! 우주 사이에 책 한 질이 있는데, 집약적이면서도 넓게 포괄하고 있으니, 그 이름이 『사부송유四部誦惟』라네. 그 책은 여러 서적에 흩어져 있어 아직 [한곳에] 모인 적이 없네. [적당한] 사람을 기다리는 것이지. 자네가 해 보겠는가?"

해거자가 말했다. "감히 여쭙습니다. '사부四部'란 무엇을 말합니까?"

항해자가 [다음과 같이] 대답했다.

"첫째는 아홉 가지 경전九經이다. 둘째는 여섯 가지 역사로 그것을 증명하고, 셋째는 제자諸子로 폭을 넓히며, 넷째는 백가百家의 문장에서 드날린다.

첫 번째 아홉 가지 경전의 첫째는 『역易』이고, 둘째는 『서書』이고, 셋째는 『시詩』이고, 넷째는 『예禮』이고, 다섯째는 『논어論語』이고, 여섯째는 『대학大學』이고, 일곱째는 『중용中庸』이고, 여덟째는 『맹자孟子』이고, 아홉째는 『효경孝經』이다. 이들은 모두 성인과 철인들의 말씀이다. 어찌 감히 가려 뽑겠는가? 그 전체를 완전히 익힌 다음, 그 정수를 따서 음미하길 더해야 한다. 『대학』과 『중용』은 실제로 전문일 뿐 자를 수도 없다.

두 번째 여섯 가지 역사의 첫째는 『춘추좌씨전春秋左氏傳』이고, 둘째는 『국어國語』이고, 셋째는 『전국책戰國策』이고, 넷째는 태사공太史公의 [『사기史記』]이고, 다섯째는 『한서漢書』이고, 여섯째는 『후한서後漢書』이다. 『춘추』에는 큰 장章이 없어, 경전에서 전傳을 거론하지 않고 역사의 첫머리에 두었으니, 폄하하려는 것이 아니다. 삼국시대 이후론 세상이 갈수록 쇠락하고 문은 갈수록 나약해져서 추천할 만한 것이 없다. 『춘추좌씨전春秋左氏傳』은 [잘] 헤아리면서도 아름답고, 『국어國語』는 고우면서도 모범적이고, 『전국책戰國策』은 거리낌 없으면서도 엄숙하고, 태사공의 [『사기史記]는 씩씩하면서도 포괄적이고, 『한서漢書』는 잘 규명하지만 막히고, 『후한서後漢書』는 곧지만 통한다.

세 번째 제자諸子의 장자莊子니 순자苟子니 하는 이들은 전국시대 [사람들]이다. 웅변으로만 치달려서, 도道에 맞지 않고 말은 극단적이다. 주자周子·장자張子·정자程子·주자朱子는 송宋의 현인들이다. 이들만이 구경九經을 보좌하는 이들이다.

네 번째 백가百家는 어지러울 정도로 많지만, 그래도 역시 네 가지 책뿐이다. 첫째는 『초사楚辭』, 둘째는 『문선文選』, 셋째는 『문원영화文苑英華』, 넷째는 『당송팔가문唐宋八家文』이다. 진秦·한漢에서 송宋까지 풍성하다. 전념하다 막힌 것엔 『초사』가 약이고, 확고해서 협소해진 것엔 『문선』이 약이고, 담담해서 흐지부지되는 것엔 『문원영화』가 약이다. 흐트러져 법도가 없는 것엔 『당송팔가문』이 약이다."

해거자가 그 설명을 듣고는 연천 선생께 나아가 가려서 몇 권을 만들었다.

○『사부송유四部誦惟』에는 별본도 있다. 조금 많이 뽑아, 나이가 아주 많지는 않아 아직 총명이 다하지 않은 사람들에게 준다.

○○○ 〈『사부송유』 별본 목록四部誦惟別本目錄〉

아홉 가지 경전: 새벽 공부九經晨講
·『역易』
　「건乾」, 「곤坤」, 「계사 상전繫辭上傳」, 「계사 하전繫辭下傳」
·『서書』
　「우서虞書」: 「요전堯典」, 「순전舜典」
　「하서夏書」: 「우공禹貢」

「주서周書」:「목서牧誓」,「홍범洪範」,「무일無逸」

· 『시詩』

「국풍國風」:「주남周南」(전체)

「소남召南」(전체)

「패풍邶風」:〈곡풍谷風〉

「위풍衛風」:〈기오淇澳〉,〈석인碩人〉,〈맹氓〉

「위풍魏風」:〈벌단伐檀〉

「진풍秦風」:〈소융小戎〉,〈겸가蒹葭〉

「빈풍豳風」:〈칠월七月〉,〈동산東山〉

「소아小雅」:〈천보天保〉,〈육월六月〉,〈사간斯干〉,〈대동大東〉,〈초자楚茨〉

「대아大雅」:〈문왕文王〉,〈대명大明〉,〈황의皇矣〉,〈생민生民〉,〈권아卷阿〉,〈숭고崧高〉,〈증민烝民〉,〈한혁韓奕〉

「주송周頌」:〈청묘清廟〉

「노송魯頌」:〈비궁閟宮〉

「상송商頌」:〈은무殷武〉

· 『예기禮記』

「학기學記」

「경해經解」

「방기坊記」

「중용中庸」(변서)

「삼년문三年問」

「대학大學」(변서)

「빙의聘義」

· 『주례周禮』

「고공기考工記」:〈총서總敍〉

· 『춘추전春秋傳』

346

「은공隱公」: 〈정백이 공숙단을 죽이다鄭伯克段〉, 〈주와 정이 서로 미워하다周鄭交惡〉, 〈당에 가서 고기잡이를 보다如棠觀魚〉

「환공桓公」: 〈고대정郜大鼎〉, 〈초 무왕이 수를 침략하다楚武王侵隨〉, 〈자동이 태어나다子同生〉

「장공莊公」: 〈조귀가 수레 앞에 오르다曹劌登軾〉

「민공閔公」: 〈신생이 고락을 치다申生伐皋落〉

「희공僖公」: 〈소릉의 맹약召陵之盟〉, 〈진 공자 중이가 재난에 처하다晉公子重耳之及於難〉, 〈개지추가 공을 말하지 않다介之推不言祿〉, 〈부신이 정을 정벌하는 일에 대해 간하다富辰諫伐鄭〉, 〈음식을 베풀어 즐겁게 하다展喜犒師〉, 〈진 문공이 한 번 싸워 패자가 되다晉文公一戰而霸〉, 〈성복의 전투城濮之戰〉, 〈건숙이 아들을 보내다蹇叔送子〉, 〈극결이 백적자를 잡다郤缺獲白狄子〉

「문공文公」: 〈계손행보가 거복을 내쫓다季孫行父逐莒僕〉

「선공宣公」: 〈초 임금이 솥을 묻다楚子問鼎〉

「성공成公」: 〈종의가 남음을 연주하다鍾儀操南音〉, 〈언릉의 전투鄢陵之戰〉

「양공襄公」: 〈숙손표가 녹명을 노래하자 삼배하다叔孫豹三拜鹿鳴〉, 〈일곱 아들이 뜻을 말하다七子言志〉, 〈계찰이 주의 음악을 보다季札觀周樂〉, 〈북궁문자가 정에 예가 있음을 논하다北宮文子論鄭有禮〉, 〈북궁문자가 위의에 대해 논하다北宮文子論威儀〉

「소공昭公」: 〈도괴屠蒯〉, 〈투호연投壺宴〉, 〈우윤 자혁이 '기초' 시를 읊다右尹子革誦祈招〉, 〈위 헌자가 경양 사람의 [뇌물]을 거절하다魏獻子辭梗陽人〉

· 『논어論語』(전체)

· 『맹자孟子』

「양혜왕 상梁惠王上」: 〈곡속장觳觫章〉

「공손추 상公孫丑上」: 〈호연장浩然章〉

「등문공 상滕文公上」: 〈허행장許行章〉

「등문공 하滕文公下」: 〈호변장好辯章〉

· 『효경孝經』(전체)

세 가지 역사: 낮 공부三史晝貫

· 『국어國語』

「주周」: 〈가릉의 회합柯陵之會〉

「노魯」: 〈원거에게 제사를 지내다祀爰居〉, 〈이혁이 그물을 끊다里革斷罟〉, 〈공보문백의 어머니가 길쌈을 하다公父文伯母績〉

「진晉」: 〈조 문자가 관례를 하다趙文子冠〉

「초楚」: 〈영왕이 장화대를 만들다靈王爲章華〉, 〈왕손어가 흰 패옥을 논하다王孫圉論白珩〉

· 『전국책戰國策』

「동주東周」: 〈안솔이 솥을 논하다顔率論鼎〉

「진秦」: 〈진진이 초를 떠나 진으로 가다陳軫去楚之秦〉

「제齊」: 〈추기가 거울을 보다鄒忌窺鏡〉, 〈소진이 제에 합종책으로 유세하다蘇秦說齊合從〉, 〈순우곤이 [휜] 구슬과 말을 받다淳于髡受璧馬〉, 〈안촉이 선왕을 알현하다顔斶見宣王〉, 〈선생 왕두先生王斗〉, 〈정곽군이 제모변을 총애하다靖郭君善齊貌辯〉, 〈조의 위후가 제의 사신에게 묻다趙威后問齊使〉

「초楚」: 〈막오 자화莫敖子華〉, 〈자량·소상·경리子良昭常景鯉〉, 〈장신이 총애하는 신하에 대해 논하다莊辛論幸臣〉, 〈한명이 춘신군을 알현하다汗明見春申君〉

「조趙」: 〈전단이 조사에게 묻다田單問趙奢〉, 〈좌사 촉룡左師燭龍〉7

「위魏」: 〈범대의 술자리范臺之觴〉, 〈당휴가 진왕을 알현하다唐雎見秦王〉

「한韓」: 〈소진이 한에 합종책으로 유세하다蘇秦說韓合從〉

「연燕」: 〈소진을 헐뜯다惡蘇秦〉, 〈곽외郭隗〉

· 『사기史記』

〈백이전伯夷傳〉, 〈평원군전平原君傳〉, 〈신릉군전信陵君傳〉, 〈범휴전范睢傳〉, 〈형가전荊軻傳〉, 〈유협전론游俠傳論〉, 〈골계전滑稽傳〉, 〈화식전貨殖傳〉

제자: 저녁 공부諸子旴習

· 『순자荀子』

「권학勸學」: '나는 일찍이 종일토록吾嘗終日'에서 '중정中正也'까지

「영욕榮辱」: '사람이 나매人之生'부터 '크게 해친다大害也'까지

「유효儒效」: '나는 천하면서我欲賤'부터 '망친다는 것이 이것을 말한다斯亡此之謂也'까지

「부국富國」: '묵자의 말에墨子之言'부터 '한탄한다는 것이 이것을 말한다懲嗟此之謂也'까지

「의병議兵」: '예라는 것은禮者'에서 '쓰지 않는다는 것이 이것을 말한다不用此之謂也'까지

「해폐解蔽」: '무릇 사물을 관찰하는데凡觀物'부터 '과오가 없겠는가無過乎'까지

「부賦」: '천하가 다스려지지 않으니天下不治'부터 '어찌 함께할 것인가曷維其同'까지

「대략大略」: '자공이 공자께 여쭙대 사가 권태로워子貢問於孔子曰賜倦'부터 '소인은 쉬는구나小人休焉'까지

「애공哀公」: '노 애공이 공자께 묻기를 과인이 태어나魯哀公問於孔子曰

---

7 〈좌사 촉룡(左師燭龍)〉: 『전국책』의 〈촉룡이 조태후를 설득하다(觸龍說趙太后)〉이다.

眞人生'부터 '위태로움이 장차 이르지 않겠습니까危將焉不至矣'까지

· 『장자莊子』

「소요유逍遙遊」(전체)

「제물론齊物論」: '남곽南郭'부터 '그 누구인가其誰耶'까지

　　　　　　　　　'설결이 묻기를齧缺問'부터 '의 단서리오?之端乎'까지

「양생주養生主」(전체)

「대종사大宗師」: '남백자기南伯子綦'부터 '의시疑始'까지

　　　　　　　'자사子祀'부터 '화들짝 깰 것이다蘧然覺'까지

「병매駢拇」(전체)

「마제馬蹄」(전체)

「거협胠篋」(전체)

「재유在宥」: '황제가 서서黃帝立'부터 '홀로 존재하리獨存乎'까지

「천도天道」: '환공이 책을 읽는데桓公讀書'부터 '뿐이겠군요已夫'까지

「천운天運」: '공자가 서쪽으로 노닐었을 때孔子西遊'부터 '아마도 궁지에 빠지겠구나其窮哉'까지.

「추수秋水」: '기가 현을 그리워하고夔憐蚿'부터 '성인만이 할 수 있는 것이다聖人能之'까지.

　　　　　　'공자가 광에 가셨을 때孔子遊於匡'부터 '사과하고 물러나다辭而退'까지.

　　　　　　'장자가 낚시질하고 있을 때莊子釣'부터 '진흙에서塗中'까지

　　　　　　'혜자가 양의 재상이 되자惠子相梁'부터 '내게 꽥꽥대는가嚇我耶'까지.

「지락至樂」: '안연이 동쪽으로 가게 되었는데顏淵東之'부터 '행복이 지속하는福持'까지

「달생達生」: '환공이 사냥을 나갔는데桓公田'부터 '나가 버렸다去也'까지

350

'공자가 구경하는데孔子觀於'부터 '명이다命也'까지

「산목山木」: '장자가 가다가莊子行於'부터 '곳인가鄉乎'까지

'저자 남쪽市南'부터 '해치리오害之'까지

「서무귀徐無鬼」: '황제가 장차 보려고黃帝將見'부터 '물러났다而退'까지

· 『한비자韓非子』

「세난說難」: '옛날 정 무공이昔者鄭武公'부터 '거의리라幾矣'까지

「공명功名」: '재능이 있더라도夫有材'부터 '공을 세우게 하다效功也'까지

「대체大體」: '옛날 온전히古之全'부터 '다스려지지 않음이 적을 것이 다少不治'까지

「외저설우 하外儲說右下」: '조보는 네 마리 말이 끄는 수레造父御四馬' 부터 '성공하겠는가以成功乎'까지

고문: 밤 공부古文宵肆

· 초楚

굴원屈平: 〈이소離騷〉, 〈구가九歌〉, 〈복거卜居〉

송옥宋玉: 〈호색부好色賦〉, 〈초왕의 질문에 답하다對楚王問〉

악의樂毅: 〈연의 혜왕에게 답하는 글報燕惠王書〉

· 진秦

이사李斯: 〈축객을 간하는 편지諫逐客書〉

· 한漢

중산왕승中山王勝: 〈악을 듣고 대답하다聞樂對〉

사마천司馬遷: 〈임 소경에게 답하는 편지報任少卿書〉

사마상여司馬相如: 〈장문부長門賦〉, 〈간렵서諫獵書〉, 〈유파촉격喻巴蜀檄〉, 〈난촉부로難蜀父老〉, 〈봉선문封禪文〉

회남왕안淮南王安: 〈초은사招隱士〉

양운楊惲: 〈손회종에게 답하는 편지報孫會宗書〉

양웅楊雄: 〈해조解嘲〉

반표班彪: 〈왕명론王命論〉

주부朱浮: 〈팽총에게 보내는 편지與彭寵書〉

연독延篤: 〈이문덕에게 답하는 편지李文德書〉

제갈량諸葛亮: 〈출사표出師表〉

조식曹植: 〈낙신부洛神賦〉

왕찬王粲: 〈등루부登樓賦〉

혜강嵇康: 〈양생론養生論〉

· 진晉

도잠陶潛: 〈귀거래사歸去來辭〉

유준劉峻: 〈광절교서廣絶交論〉

강엄江淹: 〈한부恨賦〉, 〈별부別賦〉, 〈건평왕에게 바치는 상서詣建平王
上書〉

유신庾信: 〈애강남부哀江南賦〉

· 당唐

한유韓愈: 〈원도原道〉, 〈원인原人〉, 〈대우문對禹問〉, 〈잡설 1雜說一〉, 〈잡
설 4雜說四〉, 〈획린해獲麟解〉, 〈진학해進學解〉, 〈휘변諱辯〉, 〈쟁신
론爭臣論〉, 〈장중승전 후서張中丞傳後敍〉, 〈운주계당시鄆州谿堂詩〉,
〈화기畵記〉, 〈남전현승청벽기藍田縣丞廳壁記〉, 〈이십구 일 뒤 다시
올리는 편지後卄九日復上書〉, 〈장 복야께 올리는 편지上張僕射書〉,
〈우 양양께 올리는 편지上于襄陽書〉, 〈등주 북에서 우 양양께 올
리는 편지鄧州北上于襄陽書〉, 〈이익에게 답하는 편지答李翊書〉〉,
〈장적을 대신해 이 절동에게 보내는 편지代張籍與李浙東書〉, 〈과
목에 응시할 때 어떤 이에게 보낸 편지應科目時與人書〉, 〈여의산
인에게 답하는 편지答呂醫山人書〉, 〈맹 상서에게 보내는 편지孟尙
書書〉, 〈맹 동야를 전송하는 글送孟東野序〉, 〈반곡으로 돌아가는

이원을 전송하는 글送李愿歸盤谷序〉, 〈양 소윤을 전송하는 글送楊少尹序〉, 〈동소남을 전송하는 글送董邵南序〉, 〈정 상서를 전송하는 글送鄭尙書序〉, 〈석 처사를 전송하는 글送石處士序〉, 〈온 처사를 전송하는 글送溫處士序〉, 〈요 도사를 전송하는 글送廖道士序〉, 〈승려 문창을 전송하는 글送浮屠文暢序〉, 〈고한 상인을 전송하는 글送高閑上人序〉, 〈구책을 전송하는 글送區册序〉, 〈은 원외를 전송하는 글送殷員外序〉, 〈상사일 태학에서 거문고 연주를 듣고 지은 시에 쓰다上巳日太學聽琴詩序〉, 〈장 원외 제문祭張員外文〉, 〈유자후 제문祭柳子厚文〉, 〈십이랑 제문祭十二郞文〉, 〈평회서비平淮西碑〉, 〈남해신묘비南海神廟碑〉, 〈원씨선묘비袁氏先廟碑〉, 〈유주나지묘비柳州羅池廟碑〉, 〈유자후 묘지柳子厚墓誌〉, 〈대리평사 왕군 묘지大理評事王君墓誌〉, 〈번소술 묘지樊紹述墓誌〉, 〈전중소감 마군 묘지殿中少監馬君墓誌〉, 〈악어문鰐魚文〉, 〈송궁문送窮文〉, 〈불골표佛骨表〉, 〈제이생벽題李生壁〉

순서대로 공부하기: 순과일표順課日表

【'순과順課'라는 것은 경經·사史·자子·집集의 순서를 따라 암송하는 것이다. 편篇과 장章도 원본의 차례대로 한다. 다만 『예기』와 『사기』는 순서를 좀 바꿔서 분량을 비슷하게 맞춘다.】

갑자甲子 『역易』

을축乙丑 『서書』

　　　　『시詩』: 「주남周南」, 「소남召南」

병인丙寅 『시』: 〈곡풍谷風〉부터 〈은무殷武〉까지

정묘丁卯 『예기禮記』: 「학기學記」, 「경해經解」, 「방기坊記」, 「대학大學」

무진戊辰 『예기』: 「중용中庸」, 「삼년문三年問」, 「빙의聘義」

기사己巳 『춘추전春秋傳』: 〈정백이 공숙단을 죽이다鄭伯克段〉부터 〈성

복의 전투城濮之戰〉까지

경오庚午 『춘추전』: 〈건숙이 아들을 보내다蹇叔送子〉부터 〈북궁문자
가 위의에 대해 논하다北宮文子論威儀〉까지

신미辛未 『춘추전』: 〈도괴屠蒯〉부터 〈위 헌자가 경양 사람의 [뇌물]을
거절하다魏獻子辭梗陽人〉까지

『주례周禮』

『맹자孟子』【『주례』를 『춘추』보다 뒤에, 『맹자』를 『논어』보다 앞에 둔 것
은 분량을 맞추기 위해서이다.】

임신壬申 『논어論語』: 「학이學而」부터 「자한子罕」까지.

계유癸酉 『논어』: 「향당鄕黨」부터 「위령공衛靈公」까지

갑술甲戌 『논어』: 「계씨季氏」부터 「요왈堯曰」까지.

『효경孝經』

을해乙亥 『국어國語』

『전국책戰國策』: 〈안솔이 솥을 논하다顔率論鼎〉부터 〈선생 왕
두先生王斗〉까지

병자丙子 『전국책』: 〈정곽군이 제모변을 총애하다靖郭君善齊貌辯)〉부터
〈곽외郭隗〉까지

정축丁丑 『사기史記』: 〈백이전伯夷傳〉, 〈신릉군전信陵君傳〉, 〈형가전荊
軻傳〉

무인戊寅 『사기』: 〈평원군전平原君傳〉, 〈유협전론遊俠傳論〉, 〈화식전貨
殖傳〉

기묘己卯 『사기』: 〈범휴전范雎傳〉, 〈골계전滑稽傳〉

경진庚辰 『순자荀子』

『한비자韓非子』【『한비자』를 『장자』보다 앞에 두는 것에 대해서는 신미
辛未에서 설명했다.】

신사辛巳 『장자莊子』: 「소요유逍遙遊」에서 「마제馬蹄」까지

354

임오壬午 『장자』:「거협胠篋」에서 「황제장견黃帝將見」까지

계미癸未 〈이소離騷〉에서 〈초왕의 질문에 답하다對楚王問〉까지

갑신甲申 〈연의 혜왕에게 답하는 편지報燕惠王書〉에서 〈간렵서諫獵書〉
까지

을유乙酉 〈유파촉격喩巴蜀檄〉에서 〈해조解嘲〉까지

병술丙戌 〈왕명론王命論〉에서 〈귀거래사歸去來辭〉까지

정해丁亥 〈광절교론廣絶交論〉에서 〈애강남부哀江南賦〉까지

무자戊子 〈원도原道〉에서 〈쟁신론爭臣論〉까지

기축己丑 〈장중승전 후서張中丞傳後敍〉에서 〈우 양양께 올리는 편지上
于襄陽書〉까지

경인庚寅 〈등주 북에서 우 양양께 올리는 편지鄧州北上于襄陽書〉에서
〈동소남을 전송하는 글送董邵南序〉까지

신묘辛卯 〈정 상서를 전송하는 글送鄭尙書序〉에서 〈유자후 제문祭柳子
厚文〉까지

임진壬辰 〈십이랑 제문祭十二郎文〉에서 〈유주나지묘비柳州羅池廟碑〉까지

계사癸巳 〈유자후 묘지柳子厚墓誌〉, 〈제이생벽題李生壁〉

섞어 공부하기: 착과일표錯課日表

【매일 사부四部의 책을 모두 한다. '착錯'이라고 한 것은 경·사·자·집이 착종되면서 무
늬를 형성하기 때문이다.】[8]

---

8 이하 표에는 번역 대신 원제목을 사용한다. 원문의 제목도 표에서는 좀 더 축약되어 있다.
작품명 앞의 괄호는, 경전[經]은 (역)=『주역』, (춘)=『춘추좌씨전』, (논)=『논어』, (서)=『서
경』, (맹)=『맹자』, (시)=『시경』, (예)=『예기』, (주)=『주례[周禮]』를 각각 가리킨다. 역사
서[史]는 (전)=『전국책』, (사)=『사기』, (국)=『국어』를 각각 가리킨다. 제자[子]는 (장)=
『장자』, (순)=『순자』, (한)=『한비자』를 각각 가리킨다. 원문에 따른 것이다.

	경(經)	사(史)	자(子)	집(集)
갑오	(역)「건(乾)」 (춘)〈신생벌고락(辛生伐皋落)〉 (논)「공야장(公冶長)」	(전)〈곽외(郭隗)〉	(장)〈남곽자기(南郭子綦)〉	〈낙신부(洛神賦)〉, 〈원도(原道)〉, 〈송동소남서(送董邵南序)〉
을미	(서)〈요전(堯典)〉 (춘)〈북궁논위의(北宮論威儀)〉 (맹)〈호변(好辯)〉	(전)〈장신론행신(莊辛論幸臣)〉	(장)〈자사(子祀)〉	〈보임소경서(報任少卿書)〉, 〈획린해(獲麟解)〉, 〈송온처사서(送溫處士序)〉
병신	(역)「계 하(繫下)」 (시)〈주남(周南)〉 (춘)〈정유례(鄭有禮)〉	(전)〈한명현춘신(汗明見春申)〉	(장)「마제(馬蹄)」	〈유파촉격(喩巴蜀檄)〉, 〈답여의산인서(答呂醫山人書)〉, 〈송정상서서(送鄭尙書序)〉
정유	(시)「소남(召南)」 (예)「대학(大學)」 (춘)〈자동생(子同生)〉	(전)〈추기규경(鄒忌窺鏡)〉	(순)〈묵자지언(墨子之言)〉	〈한부(恨賦)〉, 〈잡설 1(雜說一)〉, 〈악어문(鰐魚文)〉
무술	(시)〈청묘(淸廟)〉, 〈은무(殷武)〉 (주)「고공(考工)」 (춘)〈여당관어(如棠觀魚)〉	(사)「평원군전(平原君傳)」	(장)〈공자관어(莊孔子觀於)〉	〈여이문덕서(與李文德書)〉, 〈원씨선묘비(袁氏先廟碑)〉, 〈상우양양서(上于襄陽書)〉, 〈대리왕군묘지(大理王君墓誌)〉
기해	(서)〈순전(舜典)〉 (춘)「극결획백적(郤缺獲白狄)」 (논)「자한(子罕)」	(전)〈진진거초(陳軫去楚)〉	(장)「소요유(逍遙遊)」	〈축객서(逐客書)〉, 〈상사청금서(上巳聽琴序)〉, 〈남해신묘비(南海神廟碑)〉
경자	(역)「곤(坤)」 (춘)〈부신간벌정(富辰諫伐鄭)〉 (논)「학이(學而)」	(사)〈신릉군전(信陵君傳)〉	(한)〈부유재(夫有材)〉	〈초은사(招隱士)〉, 〈휘변(諱辯)〉, 〈번소술묘지(樊紹述墓誌)〉
신축	(예)「중용(中庸)」 (춘)〈주정교오(周鄭交惡)〉	(국)〈이혁단고(里革斷罟)〉	(장)〈혜자상량(惠子相梁)〉	〈복거(卜居)〉, 〈제이생벽(題李生壁)〉
임인	(춘)〈우윤자혁(右尹子革)〉 (논)「술이(述而)」 (맹)「곡속(穀觫)」	(전)〈좌사촉룡(左師觸龍)〉	(장)〈설결문(齧缺問)〉	〈상건평왕서(上建平王書)〉, 〈진학해(進學解)〉, 〈송이원서(送李愿序)〉
계묘	(예)〈경해(經解)〉. (춘)〈삼배녹명(三拜鹿鳴)〉 『효경(孝經)』	(전)〈선생왕두(先生王斗)〉	(장)〈황제립(皇帝立)〉	〈출사표(出師表)〉, 〈상장복야서(上張僕射書)〉, 〈나지묘비(羅池廟碑)〉
갑진	(시)〈천보(天保)〉, 〈초자(楚茨)〉 (춘)「극단(克段)」 (논)「양화(陽貨)」	(사)〈유협전론(遊俠傳論)〉	(장)「거협(胠篋)」	〈귀거래사(歸去來辭)〉, 〈답이익서(答李翊書)〉
을사	(예)「학기(學記)」 (춘)〈계찰관주악(季札觀)〉	(국)〈가릉지회(柯陵之會)〉	(장)「양생주(養生主)」	〈봉선문(封禪文)〉, 〈유자후묘지(柳子厚墓誌)〉

	周樂〉	(전)〈안솔논정(顔率論鼎)〉			
병오	(시)〈숭고(崧古)〉, 〈한혁(韓奕)〉 (춘)〈언릉전(鄢陵戰)〉 (논)「태백(泰伯)」	(국)「문백모적(文伯母績)」		(장)〈시남(市南)〉	〈호색부(好色賦)〉,〈등주북상우양양서(鄧州北上于襄陽書)〉,〈송고한상인서(送高閑上人序)〉
정미	(서)「우공(禹貢)」 (춘)〈중이급어난(重耳及於難)」〉	(국)〈영왕장화(靈王章華)〉 (전)〈안촉현선왕(顔斶見宣王)〉		(장)「변무(騈拇)」	〈보손회종서(報孫會宗書)〉,〈송궁문(送窮文)〉
무신	(시)〈곡풍(谷風)〉, 〈벌단(伐檀)〉 (춘)〈종의(鍾儀)〉 (논)「위정(爲政)」	(국)〈왕손어백형(王孫圉白珩)〉 (전)〈순우곤벽마(淳于髠璧馬)〉		(장)〈공자유어광(孔子遊於匡)〉	〈이소(離騷)〉,〈남전현승청벽기(藍田縣丞廳壁記)〉,〈송구책서(送區冊序)〉,〈송은원외서(送殷員外序)〉
기유	(예)「방기(坊記)」 (춘)〈건숙송자(蹇叔送子)〉 (논)「옹야(雍也)」	(전)〈전단문조사(田單問趙奢)〉		(순)〈애공문(哀公問)〉	〈보연혜왕서(報燕惠王書)〉,〈여맹상서서(與孟尙書書)〉,〈송맹동야서(送孟東野序)〉
경술	(역)「계사 상(繫上)」 (춘)〈경양인(梗陽人)〉 (논)「향당(鄉黨)」	(전)〈범대지상(范臺之觴)〉 (사)「백이전(伯夷傳)」		(순)〈인지생(人之生)〉,〈자공문(子貢問)〉	〈여팽총서(與彭寵書)〉,〈원인(原人)〉
신해	(춘)〈투호연(投壺宴)〉	(사)〈범휴전(范雎傳)〉		(장)〈장자조(莊子釣)〉	〈대초왕문(對楚王問)〉,〈송요도사서(送廖道士序)〉
임자	(춘)〈조귀(曹劌)〉 (논)「안연(顔淵)」 (맹)〈호연(浩然)〉	(전)〈자량소상(子良昭常)〉		(장)「남백자기(南伯子綦)〉	〈해조(解嘲)〉,〈송양소윤서(送楊少尹序)〉,〈송석처사서(送石處士序)〉
계축	(서)「목서(牧誓)」 (춘)〈개지추(介之推)〉 (논)「이인(里仁)」	(전)〈당휴(唐睢)〉		(장)〈안연동지(顔淵東之)〉	〈애강남부(哀江南賦)〉,〈송문창서(送文暢序)〉
갑인	(춘)〈계손축거복(季孫逐莒僕)〉 (논)「선진(先進)」	(전)「막오자화(莫敖子華)〉		(한)〈고지전(古之全)〉,〈조보어(造父御)〉	〈장문부(長門賦)〉,〈장중승전후서(張中丞傳後敍)〉,〈대장적여이절동서(代張籍與李浙東書)〉
을묘	(시)「문왕(文王)〉,〈권아(卷阿)〉 (춘)〈초무왕침수(楚武王侵隨)〉 (논)「계씨(季氏)」	(전)〈정곽군선(靖郭君善)〉		(장)〈장자행어(莊子行於)〉	〈별부(別賦)〉,〈대우문(對禹問)〉,〈제십이랑문(祭十二郎文)〉
병진	(춘)〈전희호사(展喜犒師)〉	(사)「화식전(貨殖傳)」		(장)〈환공독서(桓公讀書)〉	〈간렵서(諫獵書)〉,〈잡설4(雜說四)〉
정사	(시)〈소융(小戎)〉,〈동산(東山)〉 (춘)〈일전이패(一戰而霸)〉 (논)「자장(子張)」	(전)〈소진세제(蘇秦說齊)〉		(장)〈환공전(桓公田)〉	〈광절교론(廣絕交論)〉,〈평회서비(平淮西碑)〉

무오	(서)〈홍범(洪範)〉 (춘)〈고대정(郜大鼎)〉 (논)「헌문(憲問)」	(국)〈조문자관(趙文子冠)〉	(순)〈아욕천(我欲賤)〉	〈왕명론(王命論)〉, 〈화기(畵記)〉, 〈제유자후문(祭柳子厚文)〉
기미	(예)「삼년문(三年問)」 (춘)〈초자문정(楚子問鼎)〉 (논)「요왈(堯曰)」	(전)〈소진세한(蘇秦說韓)〉 (사)〈형가전(荊軻傳)〉	(장)〈황제장견(黃帝將見)〉	〈등루부(登樓賦)〉, 〈전중소감마군묘지(殿中少監馬君墓誌)〉
경신	(서)「무일(無逸)」 (춘)〈도괴(屠蒯)〉 (논)「미자(微子)」	(사)〈골계전(滑稽傳)〉	(한)〈석자정(昔者鄭)〉	〈난촉부로(難蜀父老)〉, 〈운주계당시(鄆州谿堂詩)〉, 〈응과목여인서(應科目與人書)〉
신유	(춘)〈성복지전(城濮之戰)〉 (논)「위영공(衛靈公)」	(국)〈사원거(祀爰居)〉	(장)〈공자서유(孔子西遊)〉	〈양생론(養生論)〉, 〈쟁신론(爭臣論)〉
임술	(예)「빙의(聘義)」 (춘)〈소릉지맹(召陵之盟)〉 (논)「팔일(八佾)」	(전)〈조위후(趙威后)〉	(장)〈기련현(夔憐蚿)〉	〈구가(九歌)〉, 〈후이십구일부상서(後卄九日復上書)〉, 〈불골표(佛骨表)〉
계해	(춘)〈칠자언지(七子言志)〉 (논)「자로(子路)」 (맹)「허행(許行)」	(전)〈악소진(惡蘇秦)〉	(순)〈오상(吾嘗)〉, 〈예자(禮者)〉, 〈범관물(凡觀物)〉, 〈천하불치(天下不治)〉	〈문악대(聞樂對)〉, 〈제장원외문(祭張員外文)〉

【갑자甲子부터 계사癸巳까지는 순과를 사용하고, 갑오甲午부터 계해癸亥까지는 착과를 사용한다. 이렇게 하여 60일이 지나면 경·사·자·집을 두 바퀴 돌게 된다.】

과제를 나누는 일과표分課日表

· 아홉 가지 경전: 아침 강의九經晨講

	역(易)	서(書)	시(詩)	예(禮)	주례 (周禮)	춘추 (春秋)	논어 (論語)	맹자 (孟子)	효경 (孝經)
자 (子)	건(乾)	○	〈숭고 (崧高)〉, 〈증민 (烝民)〉	「경해 (經解)」	○	〈소릉지맹 (召陵之盟)〉, 〈진일전이패 (晉一戰而覇)〉	「팔일 (八佾)」, 「계씨 (季氏)」	○	○
			〈혁(奕)〉			〈계손축거복 (季孫逐居僕)〉			
축 (丑)	곤(坤)	「순전 (堯典)」	○	○	〈고공서 (考工敍)〉	〈언릉전 (鄢陵戰)〉	「위령공 (衛靈公)」, 「자장 (子張)」	○	○

인(寅)	○	○	「주남(周南)」	○	○	〈자동생(子同生)〉,〈초자문정(楚子問鼎)〉	「학이(學而)」,「자한(子罕)」	〈호변(好辯)〉	전체
						〈칠자언지(七子言志)〉			
묘(卯)	○	○	〈청묘(淸廟)〉,〈비궁(閟宮)〉	「대학(大學)」	○	〈정백극단(鄭伯克段)〉,〈초침수(楚侵隨)〉	「선진(先進)」	○	○
			〈은무(殷武)〉			〈도괴(屠蒯)〉			
진(辰)	○	「순전(堯典)」	〈소융(小戎)〉,〈겸가(蒹葭)〉	○	○	〈개지추(介之推)〉,〈극결획적(郤缺獲狄)〉	「위정(爲政)」,「술이(述而)」	「허행(許行)」	○
			〈칠월(七月)〉,〈동산(東山)〉			〈계찰관악(季札觀樂)〉			
사(巳)	계상(繫上)	○	「소남(召南)」	「삼년문(三年問)」	○	〈건숙송자(蹇叔送子)〉,〈투호연(投壺宴)〉	「공야장(公冶長)」,「요왈(堯曰)」	○	○
						〈경양인(梗陽人)〉			
오(午)	○	○	○	「중용(中庸)」	○	〈조귀(曹劌)〉	「미자(微子)」	○	○
미(未)	○	「우공(禹貢)」	〈문왕(文王)〉,〈대명(大名)〉	○	○	〈주정교악(周鄭交惡)〉,〈부진간(富辰諫)〉	「태백(泰伯)」,「안연(顏淵)」	○	○
			〈황의(皇矣)〉,〈생민(生民)〉,〈권아(卷阿)〉			〈전희호사(展喜犒師)〉,〈우윤자혁(右尹子革)〉			
신(申)	계하(繫下)	○	○	「방기(坊記)」	○	〈신생벌고락(辛生伐皐落)〉	「양화(陽貨)」	○	○
유(酉)	○	「홍범(洪範)」	〈천보(天保)〉	「학기(學記)」	○	〈여당관어(如棠觀魚)〉,	「헌문(憲問)」	○	○

			〈유월(六月)〉,〈사간(斯干)〉			〈고대정(皆大鼎)〉			
			〈대동(大東)〉,〈초자(楚茨)〉			〈정유례(鄭有禮)〉			
술(戌)	○	「목서(牧誓)」	○	「빙의(聘義)」	○	〈중이급어난(重耳及於難)〉,〈종의(鍾儀)〉	「옹야(雍也)」,「자로(子路)」	〈곡속(斛觫)〉	○
						〈배록명(拜鹿鳴)〉			
해(亥)	○	「무일(無逸)」	〈곡풍(谷風)〉,〈기오(淇澳)〉	○	○	〈성복전(城濮戰)〉,〈북궁위의(北宮威儀)〉	「이인(里仁)」,「향당(鄉黨)」	〈호연(浩然)〉	○
			〈석인(碩人)〉,〈맹(氓)〉,〈벌단(伐檀)〉						

· 세 가지 역사: 낮 공부 三史晝貫

	국어(國語)	전국책(戰國策)	사기(史記)
자(子)·오(午)	〈가릉지회(柯陵之會)〉,〈사원거(祀爰居)〉	〈소진세제(蘇秦說齊)〉,〈조위후(趙威后)〉,〈자량소상(子良昭常)〉,〈악소진(惡蘇秦)〉	〈유협론(游俠論)〉,〈골계(滑稽)〉
축(丑)·미(未)	〈이혁단고(里革斷罟)〉	〈안솔론정(顏率論鼎)〉	〈범휴(范雎)〉
인(寅)·신(申)	〈문백모적(文伯母績)〉	〈정곽군선제모변(靖郭君善齊貌辨)〉,〈막오자화(莫敖子華)〉,〈전단문조사(田單問趙奢)〉	〈형가(荊軻)〉
묘(卯)·유(酉)	〈조문자관(趙文子冠)〉	〈진진거초지진(陳軫去楚之秦)〉,〈선생왕두(先生王斗)〉,〈장신론행신(莊辛論幸臣)〉,〈한명현춘신(汗明見春申)〉,〈좌사촉룡(左師燭龍)〉	〈신릉군(信陵君)〉

진(辰) · 술(戌)	〈영왕위장화(靈王爲章華)〉	〈추기규경(鄒忌窺鏡)〉, 〈순우곤수벽마(淳于髡受璧馬)〉, 〈안촉현선왕(顏斶見宣王)〉, 〈범대지상(范臺之觴)〉, 〈소진세한(蘇秦說韓)〉, 〈곽외(郭隗)〉	〈백이(伯夷)〉, 〈평원군(平原君)〉
사(巳) · 해(亥)	〈왕손어론백형(王孫圉論白珩)〉	〈당휴현진왕(唐雎見秦王)〉	〈화식(貨殖)〉

· 제자: 낮 공부諸子旰習

	순자(荀子)	장자(莊子)	한비자(韓非子)
자·묘·오·유	〈인지생(人之生)〉, 〈자공문(子貢問)〉, 〈노애공문(魯哀公問)〉	「양생주(養生主)」·〈남백자기(南伯子綦)〉, 「거협(胠篋)」·〈공자서유(孔子西遊)〉, 〈환공독서(桓公讀書)〉, 〈혜자상량(惠子相梁)〉, 〈시남(市南)〉	〈고지전(古之全)〉, 〈조보어(造父御)〉
축·진·미·술	〈아욕천(我欲賤)〉, 〈묵자지언(墨子之言)〉	〈남곽(南郭)〉, 〈설결문(齧缺問)〉, 「변무(騈拇)」, 「마제(馬蹄)」·〈황제립(黃帝立)〉, 〈장자조(莊子釣)〉, 〈공자관어(孔子觀於)〉, 〈장자행어(莊子行於)〉	〈석자정(昔者鄭)〉
인·사·신·해	〈오상(吾嘗)〉, 〈예자(禮者)〉, 〈범관물(凡觀物)〉, 〈천하불치(天下不治)〉	「소요유(逍遙遊)」·〈자사(子祀)〉, 〈기련현(夔憐蚿)〉, 〈공자유어광(孔子遊於匡)〉, 〈안연동지(顏淵東之)〉, 〈환공전(桓公田)〉, 〈황제장견(黃帝將見)〉	〈부유재(夫有材)〉

· 고문: 밤 공부古文宵肄

	선진(先秦)	한(漢)	위진육조 (魏晉六朝)	한창려(韓昌黎)
건(建)	〈이소(離騷)〉	〈간렵서(諫獵書)〉	○	〈원인(原人)〉, 〈휘변(諱辯)〉, 〈후이십구일부상서(後廿九日復 上書)〉, 〈송양소윤서(送楊少尹序)〉
제(除)	○	〈보임소경서 (報任少卿書)〉	〈별부(別賦)〉	〈상장복야서(上張僕射書)〉, 〈송부도문창서(送浮屠文暢序)〉, 〈송은원외서(送殷員外序)〉

만(滿)	〈축객서(逐客書)〉	〈장문부(長門賦)〉, 〈문악대(聞樂對)〉	〈광절교론(廣絶交論)〉	〈잡설·일(雜說一)〉, 〈잡설 사(雜說四)〉, 〈상사태학청금서(上巳太學聽琴序)〉, 〈불골표(佛骨表)〉
평(平)	〈구가(九歌)〉	〈보손회종서(報孫會宗書)〉, 〈답이문덕서(答李文德書)〉	○	〈운주계당시서(鄆州谿堂詩序)〉, 〈남전현승청벽기(藍田縣丞廳壁記)〉, 〈대장적여이절동서(代張籍與李浙東書)〉, 〈송동소남서(送董邵南序)〉, 〈송온처사서(送溫處士序)〉
정(定)	○	〈봉선문(封禪文)〉	〈양생론(養生論)〉	〈답이익서(答李翊書)〉, 〈송석처사서(送石處士序)〉, 〈송요도사서(送廖道士序)〉, 〈송궁문(送窮文)〉, 〈제이생벽(題李生壁)〉
집(執)	〈복거(卜居)〉	〈해조(解嘲)〉	〈상건평왕서(上建平王書)〉	〈화기(畫記)〉, 〈응과목시여인서(應科目時與人書)〉, 〈여맹상서서(與孟尙書書)〉, 〈번소술묘지(樊紹述墓誌)〉
파(破)	○	〈초은사(招隱士)〉	〈낙신부(洛神賦)〉	〈쟁신론(爭臣論)〉, 〈등주북상우양양서(鄧州北上于襄陽書)〉, 〈답여의산인서(答呂醫山人書)〉, 〈제장원외문(祭張員外文)〉, 〈남해신묘비(南海神廟碑)〉
위(危)	〈보연혜왕서(報燕惠王書)〉	〈왕명론(王命論)〉	○	〈대우문(對禹問)〉, 〈송정상서서(送鄭尙書序)〉, 〈송구책서(送區冊序)〉, 〈제십이랑문(祭十二郎文)〉, 〈유주나지묘비(柳州羅池廟碑)〉
성(成)	○	〈난촉부로(難蜀父老)〉	〈귀거래사(歸去來辭)〉	〈원도(原道)〉, 〈진학해(進學解)〉, 〈송맹동야서(送孟東野序)〉, 〈악어문(鰐魚文)〉
수(收)	〈대초왕문(對楚王問)〉	〈출사표(出師表)〉	〈애강남부(哀江南賦)〉	〈전중소감마군묘지(殿中少監馬君墓誌)〉
개(開)	○	〈여팽총서(與彭寵書)〉	〈등루부(登樓賦)〉	〈상우양양서(上于襄陽書)〉, 〈송이원귀반곡서(送李愿歸盤谷序)〉, 〈송고한상인서(送高閑上人序)〉,

				〈평회서비(平淮西碑)〉, 〈유자후묘지(柳子厚墓誌)〉
폐(閉) 9	〈호색부(好色賦)〉	〈유파촉격(喩巴蜀檄)〉	〈한부(恨賦)〉	〈획린해(獲麟解)〉, 〈장중승전후서(張中丞傳後敍)〉, 〈제유자후문(祭柳子厚文)〉, 〈원씨선묘비(袁氏先廟碑)〉, 〈대리평사왕군묘지(大理評事王君墓誌)〉

【갑자甲子에서 계해癸亥까지 60일간, 경전과 문집은 모두 5바퀴, 역사는 10바퀴, 제자서는 20바퀴를 읽게 된다. 달리 갑자에서 정해丁亥까지는 경전만 2바퀴 공부하고, 무자戊子에서 기해己亥까지는 역사만 또 2바퀴 공부하고, 경자庚子에서 신해辛亥까지는 제자서만 4바퀴 공부하고, 임자任子에서 계해癸亥까지는 문집만 1바퀴 공부하는 방법도 있다.】

단일 과목 일과표單課日表【수록하지 않는다.】

○ 젊은이들은 경서를 전부 외워야지 뽑아 외워선 안 된다.

○ 노인들은 음미하며 외우는 사이에 날이 저물고 정신이 피로해지면, 곧바로 촛불을 켜지 않고 조용히 누워 흡종翕宗해서 정신과 정기神精가 안으로 보전되도록 한다. [이렇게 하면] 병을 물리칠 수 있고, 외운 글도 오래 기억할 수 있다.

○ 흡종은 「시언時言」에 나온다【본3】.

---

9 건(建)·제(除) …… 개(開)·폐(閉) : 고대의 술수가들이 천문의 십이진을 인사의 길흉화복에 배열해 놓은 것이다. 고대의 책력(冊曆)에는 날짜 밑에 이를 써 놓고 날짜의 길흉을 정해 택일하는 데 썼다.

○○○ 시언時言 1단

어둡고 고요한 곳에 있으면서, 눈꺼풀을 닫아 빛을 보존하고, 누워서 몸을 잊어버린다. 그러면 천지의 진眞이 엉기고, 만물의 조상이 현신하고, 보고 듣는 너머의 세계가 펼쳐지고, 지극한 이치의 빈터가 이웃에 펼쳐지고, 큰 도大道의 벌판으로 둘러싼다. 이것을 '흡종翕宗'이라 한다.

第十二觀 壬. 居業念伯

八疇攸述, 著于事物.

本之則曷?

俾內唯一, 俾表有蔚.

伊萬爲是逵, 不複古悉.

微我云吃, 乃識此纖末.

述 壬「居業念」

1.

人不可一日不學. 雖年紀已老, 血氣已衰, 溫經窮理·涵養持守之功, 不可懈也. 居官居家, 卽事卽物, 無非學也.

2.

老人聰明精力, 不能多記古書. 則選而誦之, 無害. 有四部誦惟. 今記目錄于左.

○○○ 〈四部誦惟目錄〉【淵泉先生選】

經部

(『易』)「乾」,「繫辭」上傳: 第一章·第四章·第五章·第八章·第十章·
第十一章·第十二章, 下傳: 第二章·第五章

(『書』)「堯典」【虞】·「舜典」·「大禹謨」·「皋陶謨」·「益稷」,「禹貢」【夏】,「牧
誓」【周】·「洪範」·「無逸」·「顧命」

(『詩』)「周南」全【國風】·「召南」全·「衛」〈碩人〉·「鄭」〈女曰鷄鳴〉·「秦」
〈小戎〉·〈蒹葭〉·「豳」〈七月〉·〈東山〉,〈天保〉【小雅】·〈白駒〉·〈斯
干〉·〈大東〉,〈文王〉【大雅】·〈大明〉·〈生民〉·〈烝民〉·〈韓奕〉,
〈閟宮〉【魯頌】

(『禮記』)「三年問」

(『周禮』)「考工記」總敍

(『論語』)「鄉黨」全·〈浴沂章〉【先進】·「微子」全

(『大學』) 全

(『中庸』) 全

(『孟子』)〈首章〉【梁惠王上】·〈沼上章〉·〈移民移粟章〉·〈觳觫章〉,
〈好樂章〉【梁惠王下】·〈好勇章〉·〈雪宮章〉·〈明堂章〉,〈管晏章〉
【公孫丑上】·〈浩然章〉,〈景丑章〉【公孫丑下】·〈三宿出晝章〉,〈喪
禮章〉【滕文公上】·〈許行章〉,〈陳氏章〉【滕文公下】·〈景春章〉·〈好
辯章〉,〈伊尹章〉【萬章上】,〈集大成章〉【萬章下】,〈牛山章〉【告子
上】,〈說大人章〉【盡心下】,〈卒章〉

(『孝經』)「經一章」

史部

(『左氏春秋傳』)〈鄭伯克段于鄢〉【隱公】,〈臧哀伯諫郜鼎〉【桓公】,〈長

366

勺之戰〉【「莊公」】·〈晉太子申生伐東山皐落氏〉【「閔公」】,〈召陵之盟〉
【「僖公」】·〈晉文公一戰而霸〉,〈王孫滿却楚子問鼎〉【「宣公」】,〈安
革之戰〉【「成公」】,〈吳子使札來聘〉【「襄公」】,〈右尹子革對楚子〉【「昭
公」】

(『國語』)〈公父文伯退朝章〉【「魯」】

(『戰國策』)〈莫敖子華論憂社稷〉【「楚」】·〈莊辛論幸臣〉,〈范臺之觴〉
【「魏」】·〈唐雎見秦王〉,〈樂毅報燕惠王〉【「燕」】,〈齊宣王見顏斶〉
【「齊」】

(『史記』)〈伯夷傳〉·〈貨殖傳〉

(『漢書』)〈中山靖王聞樂對〉

(『後漢書』)〈延篤與李文德書〉

子部

(『莊子』)「逍遙遊全」,「秋水」【節錄】

(『荀子』)「勸學」【節錄】,「哀公」【節錄】

(周子)〈太極圖說〉

(張子)〈西銘〉

(程叔子)〈四勿箴〉·〈明道先生墓表〉

(朱子)〈大學序〉·〈中庸序〉·〈小學題辭〉·〈敬齋箴〉·〈與陳侍郎書〉·
〈與魏應仲書〉

集部

(『楚辭』)〈九歌〉【屈原】·〈卜居〉·〈漁夫〉

(『文選』)〈登徒子好色賦〉【宋玉】,〈上秦王諫逐客書〉【李斯】,〈過秦論〉
【賈誼】,〈長門賦〉【司馬相如】,〈獄中上書〉【鄒陽】,〈報任少卿書〉【司馬
遷】,〈答蘇武書〉【李陵】,〈報孫會宗書〉【楊惲】,〈解嘲〉【楊雄】,〈出師

表〉【諸葛亮】,〈洛神賦〉【曹植】,〈陳情表〉【李密】,〈歸去來辭〉【陶潛】,〈廣
絕交論〉【劉峻】,〈恨賦〉【江淹】·〈別賦〉·〈詣建平王上書〉

(『文苑英華』)〈哀江南賦〉【庾信】,〈滕王閣詩序〉【王勃】

(『唐宋八大家』)〈佛骨表〉【韓愈】·〈與孟尙書書〉·〈送鄭尙書序〉·〈送
孟東野序〉·〈送董邵南序〉·〈送區冊序〉·〈送李愿歸盤谷序〉·
〈藍田縣丞廳壁記〉·〈原道〉·〈諱辯〉·〈進學解〉·〈獲麟解〉·〈雜
說【一四】〉·〈張中丞傳後敍〉·〈送窮文〉·〈南海神廟碑〉·〈平海西
碑〉·〈殿中少監馬君墓誌〉·〈鰐魚文〉·〈祭河南張員外文〉,〈與
崔饒州論石鍾乳書〉【柳宗元】·〈始得西山宴游記〉·〈愚溪對〉,〈上
范司諫書〉【歐陽修】·〈朋黨論〉·〈有美堂記〉·〈醉翁亭記〉·〈祭石
曼卿文〉·〈秋聲賦〉,〈辨奸論〉【蘇洵】·〈木假山記〉·〈名二子說〉,
〈范增論〉【蘇軾】·〈田表聖奏議序〉·〈靈壁張氏園亭記〉·〈李君山
房記〉·〈放鶴亭記〉·〈石鍾山記〉·〈前赤壁賦〉·〈後赤壁賦〉,〈黃
樓賦〉【蘇轍】,〈讀孟嘗君傳〉【王安石】,〈道山亭記〉【曾鞏】

○○○〈四部誦惟詮〉

海居子問於沆瀣子,曰:"何如,斯可謂之讀書矣?"沆瀣子曰:"其誦惟
乎?誦其文,所以富吾蓄也,惟其義,所以固吾得也.誦而不惟則流,惟而
不誦則竭."海居子曰:"吾有志矣.晚不能博爾.願受其約而易久."沆瀣
子曰:"善女之問也!宇宙之間,有書一襲,約而括乎博,其名曰四部誦惟.
其書散在方策,未嘗薈也.盖竢其人焉爾.女欲之乎?"

海居子曰:"敢問.何謂四部?"沆瀣子曰:"一曰九經.二曰徵之以六史,
三曰弘之以諸子,四曰奮之乎百家之文.一九經.一曰『易』,二曰『書』,
三曰『詩』,四曰『禮』,五曰『論語』,六曰『大學』,七曰『中庸』,八曰『孟子』,
九曰『孝經』.是皆聖哲之言.庸敢選乎?旣融厥全,擷其粹而益味之.『學』

曁『庸』, 實唯全文, 不可斷. 二六史. 一曰『左氏春秋傳』, 二曰『國語』, 三曰『戰國策』, 四曰太史公, 五曰『漢書』, 六曰『後漢書』.『春秋』無鉅章, 經不擧傳, 而冤于史, 非詘也. 三國以降, 世彌衰而文采弱, 不足薦也.『左氏』絜而文,『國語』麗而則,『戰策』肆而肅, 太史雄而括,『漢書』糾而塞,『後漢』直而通. 三諸子. 曰莊, 曰荀, 戰國也. 馳騖乎宏辯, 道不偕而辭造夫極. 曰周, 曰張, 曰程, 曰朱, 宋賢也. 是唯九經之輔. 四百家. 繽乎其庶矣, 亦唯有四書. 一曰『楚詞』, 二曰『文選』, 三曰『英華』, 四曰『八家』. 秦漢至宋, 賅矣. 專而濔,『楚詞』醫. 固而竇,『選』醫. 淡而泯,『英華』醫. 放而不度,『八家』醫."

海居子受其說, 詣淵泉先生, 而遴之爲若干卷.

○ 四部誦惟又有別本. 選稍多, 以御年未甚衰·聰明未竭者.

○○○ 〈四部誦惟別本目錄〉

九經晨講

(『易』)「乾」,「坤」,「繫辭上傳」,「繫辭下傳」

(『書』)「堯典【虞】·舜典」,「禹貢【夏】,「牧誓【周】·洪範·無逸」

(『詩』)「周南」全【國風】,「召南」全,「邶」〈谷風〉,「衛」〈淇澳〉·〈碩人〉·〈氓〉,「魏」〈伐檀〉,「秦小戎」·「蒹葭」,「豳」〈七月〉·〈東山〉·〈天保】【小雅】〈六月〉·〈斯干〉·〈大東〉·〈楚茨〉·〈文王】【大雅】〈大明〉·〈皇矣〉·〈生民〉·〈卷阿〉·〈崧高〉·〈烝民〉·〈韓奕〉·〈清廟】【周頌】,〈閟宮〉【魯頌】,〈殷武〉【商頌】

(『禮記』)「學記」·「經解」·「坊記」·「中庸」【幷序】·「三年問」·「大學」【幷序】·「聘義」

(『周禮』)「考工記」總敍

(『春秋傳』)〈鄭伯克段〉【隱公】·〈周鄭交惡〉·〈如棠觀魚〉,〈郜大鼎〉【桓公】·〈楚武王侵隨〉·〈子同生〉,〈曹劌登軾〉【莊公】,〈申生伐皐落〉【閔公】,〈召陵之盟〉【僖公】·〈晉公子重耳之及於難〉·〈介之推不言祿〉·〈富辰諫伐鄭〉·〈展喜犒師〉·〈晉文公一戰而霸〉·〈城濮之戰〉·〈蹇叔送子〉·〈郤缺獲白狄子〉,〈季孫行父逐莒僕〉【文公】,〈楚子問鼎〉【宣公】,〈鍾儀操南音〉【成公】·〈鄢陵之戰〉,〈叔孫豹三拜鹿鳴〉【襄公】·〈七子言志〉·〈季札觀周樂〉·〈北宮文子論鄭有禮〉·〈北宮文子論威儀〉, 屠蒯【昭公】·〈投壺宴〉·〈右尹子革誦祈招〉·〈魏獻子辭梗陽人〉

(『論語』) 全

(『孟子』)〈觳觫章〉【「梁惠王上」】,〈浩然章〉【「公孫丑上」】,〈許行章〉【「滕文公上」】,〈好辯章〉【「滕文公下」】

(『孝經』) 全

三史畫貫

(『國語』)〈柯陵之會〉【「周」】,〈祀爰居〉【「魯」】·〈里革斷罟〉·〈公父文伯母績〉,〈趙文子冠〉【「晉」】, 靈王爲章華【「楚」】·〈王孫圉論白珩〉

(『戰國策』)〈顏率論鼎〉【「東周」】,〈陳軫去楚之秦〉【「秦」】,〈鄒忌窺鏡〉【「齊」】·〈蘇秦說齊合從〉·〈淳于髡受璧馬〉·〈顏斶見宣王〉·〈先生王斗〉·〈靖郭君善齊貌辯〉·〈趙威后問齊使〉,〈莫敖子華〉【「楚」】·〈子良昭常景鯉〉·〈莊辛論幸臣〉·〈汗明見春申君〉,〈田單問趙奢〉【「趙」】·〈左師燭龍〉,[1]〈范臺之觴〉【「魏」】·〈唐雎見秦王〉,〈蘇秦說韓合從〉【「韓」】,〈惡蘇秦〉【「燕」】·〈郭隗〉

---

1 燭龍: 규장각본엔 '燭龍'으로 되어 있고, 연세대본, 동양문고본, 버클리본엔 모두 '燭龍'으로 되어 있다. 『전국책(戰國策)』〈촉룡세조태후(觸龍說趙太后)〉를 가리키기 때문에, 내용상 '觸龍'이어야 맞다.

(『史記』)〈伯夷傳〉·〈平原君傳〉·〈信陵君傳〉·〈范雎傳〉·〈荊軻傳〉·
〈游俠傳論〉·〈滑稽傳〉·〈貨殖傳〉

諸子旴習

(『荀子』) 吾嘗終日【止】中正也【「勸學」】, 人之生【止】大害也【「榮辱」】, 我欲
賤【止】斯亡此之謂也【「儒效」】, 墨子之言【止】懲嗟此之謂也【「富國」】, 禮
者【止】不用此之謂也【「議兵」】, 凡觀物【止】無過乎【「解蔽」】, 天下不治
【止】曷維其同【「賦」】, 子貢問於孔子曰賜倦【止】小人休焉【「大略」】, 魯
哀公問於孔子曰寡人生【止】危將焉不至矣【「哀公」】

(『莊子』)「逍遙遊」【全】, 南郭【止】其誰耶【「齊物論」】·齧缺問【止】之端乎,
「養生主」【全】, 南伯子綦【止】疑始【「大宗師」】·子祀【止】蘧然覺,「駢拇」
【全】,「馬蹄」【全】,「胠篋」【全】, 黃帝立【止】獨存乎【「在宥」】, 桓公讀書
【止】已夫【「天道」】, 孔子西遊【止】其窮哉【「天運」】, 夔憐蚿【止】聖人能之
【「秋水」】·孔子遊於匡【止】辭而退·莊子釣【止】塗中·惠子相梁【止】嚇
我耶, 顏淵東之【止】福持【「至樂」】, 桓公田【止】去也【「達生」】·孔子觀
於【止】命也, 莊子行於【止】鄉乎【「山木」】·市南【止】害之, 黃帝將見
【止】而退【「徐無鬼」】

(『韓非子』) 昔者鄭武公【止】幾矣【「說難」】, 夫有材【止】效功也【「功名」】, 古
之全【止】少不治【「大體」】, 造父御四馬【止】以成功乎【「外儲說右下」】

古文宵肆

〈離騷〉【楚 屈平】·〈九歌〉·〈卜居〉, 〈好色賦〉【宋玉】·〈對楚王問〉, 〈報燕
惠王書〉【樂毅】, 〈諫逐客書〉【秦 李斯】, 〈聞樂對〉【漢 中山工勝】, 〈報任
少卿書〉【司馬遷】, 〈長門賦〉【司馬相如】·〈諫獵書〉·〈喩巴蜀檄〉·〈難
蜀父老〉·〈封禪文〉, 〈招隱士〉【淮南王安】, 〈報孫會宗書〉【楊惲】, 〈解
嘲〉【楊雄】, 〈王命論〉【班彪】, 〈與彭寵書〉【朱浮】, 〈答李文德書〉【延篤】,

〈出師表〉【諸葛亮】, 〈洛神賦〉【曹植】, 〈登樓賦〉【王粲】, 〈養生論〉【嵆康】, 〈歸去來辭〉【晉 陶潛】, 〈廣絶交論〉【劉峻】, 〈恨賦〉【江淹】・〈別賦〉・〈詣建平王上書〉, 〈哀江南賦〉【庾信】, 〈原道〉【唐 韓愈】・〈原人〉・〈對禹問〉・〈雜說一〉・〈雜說四〉・〈獲麟解〉・〈進學解〉・〈諱辯〉・〈爭臣論〉・〈張中丞傳後敍〉・〈郵州谿堂詩〉・〈畫記〉・〈藍田縣丞廳壁記〉・〈後廿九日復上書〉・〈上張僕射書〉・〈上于襄陽書〉・〈鄧州北上于襄陽書〉・〈答李翊書〉・〈代張籍與李浙東書〉・〈應科目時與人書〉・〈答呂醫山人書〉・〈與孟尙書書〉・〈送孟東野序〉・〈送李愿歸盤谷序〉・〈送楊少尹序〉・〈送董邵南序〉・〈送鄭尙書序〉・〈送石處士序〉・〈送溫處士序〉・〈送廖道士序〉・〈送浮屠文暢序〉・〈送高閑上人序〉・〈送區册序〉・〈送殷員外序〉・〈上巳日太學聽琴詩序〉・〈祭張員外文〉・〈祭柳子厚文〉・〈祭十二郎文〉・〈平淮西碑〉・〈南海神廟碑〉・〈袁氏先廟碑〉・〈柳州羅池廟碑〉・〈柳子厚墓誌〉・〈大理評事王君墓誌〉・〈樊紹述墓誌〉・〈殿中少監馬君墓誌〉・〈鰐魚文〉・〈送窮文〉・〈佛骨表〉・〈題李生壁〉

順課日表【順課者, 順經史子集之序而誦之也. 篇章亦依原次, 而唯『禮記』・『史記』稍換第次, 取均多寡云】

甲子	『易』
乙丑	『書』
	『詩』:「周南」,「召南」
丙寅	『詩』:〈谷風〉【止】〈殷武〉
丁卯	『禮記』:「學記」,「經解」,「坊記」,「大學」
戊辰	『禮記』:「中庸」,「三年問」,「聘義」
己巳	『春秋傳』: 鄭伯克段【止】城濮之戰
庚午	『春秋傳』: 蹇叔送子【止】北宮文子論威儀

辛未	『春秋傳』: 屠蒯【止】魏獻子辭梗陽人
	『周禮』
	『孟子』【『周禮』後於『春秋』, 『孟子』先於『論語』, 亦以均多寡也】
壬申	『論語』: 學而【止】子罕
癸酉	『論語』: 鄕黨【止】衛靈公
甲戌	『論語』: 季氏【止】堯曰
	『孝經』
乙亥	『國語』
	『戰國策』: 顔率論鼎【止】先生王斗
丙子	『戰國策』: 靖郭君善齊貌辯【止】郭隗
丁丑	『史記』: 〈伯夷傳〉, 〈信陵君傳〉, 〈荊軻傳〉
戊寅	『史記』: 〈平原君傳〉, 〈遊俠傳論〉, 〈貨殖傳〉
己卯	『史記』: 〈范雎傳〉, 〈滑稽傳〉
庚申	『荀子』
	『韓非子』【韓先於莊, 說見辛未.】
辛巳	『莊子』: 「逍遙遊」【止】「馬蹄」
壬午	『莊子』: 「胠篋」【止】〈黃帝將見〉
癸未	『離騷』【止】〈對楚王問〉
甲申	報燕惠王書【止】諫獵書
乙酉	喩巴蜀檄【止】解嘲
丙戌	王命論【止】歸去來辭
丁亥	廣絶交論【止】哀江南賦
戊子	原道【止】爭臣論
己丑	張中丞傳後敍【止】上于襄陽書
庚寅	鄧州北上于襄陽書【止】送董邵南序
辛卯	送鄭尙書序【止】祭柳子厚文

壬辰　　祭十二郎文【止】柳州羅池廟碑

癸巳　　柳子厚墓誌【止】題李生壁

錯課日表【每日兼收四部. 謂之錯者, 以其經史子集錯綜成章也.】

	經	史	子	集
甲午	(易)乾·(春)辛生伐皋落·(論)公冶長	(戰)郭隗	(莊)南郭子綦	洛神賦·原道·送董邵南序
乙未	(書)堯典·(春)北宮論威儀·(孟)好辯	(戰)莊辛論幸臣	(莊)子祀	報任少卿書·獲麟解·送溫處士序
丙申	(易)繫下·(詩)周南·(春)鄭有禮	(戰)汗明見春申	(莊)馬蹄	喩巴蜀檄·答呂醫山人書·送鄭尚書序
丁酉	(詩)召南·(禮)大學·(春)子同生	(戰)鄒忌窺鏡	(荀)墨子之言	恨賦·雜說(一)·鱷魚文
戊戌	(詩)清廟(止)殷武·(周)考工·(春)如棠觀魚	(史)平原君傳	(莊)孔子觀於	與李文德書·袁氏先廟碑·上于襄陽書·大理王君墓誌
己亥	(書)舜典·(春)郤缺獲白狄·(論)子罕	(戰)陳軫去楚	(莊)逍遙遊	逐客書·上巳聽琴序·南海神廟碑
庚子	(易)坤·(春)富辰諫伐鄭·(論)學而	(史)信陵君傳	(韓)夫有材	招隱士·諱辯·樊紹述墓誌
辛丑	(禮)中庸·(春)周鄭交惡	(國)里革斷罟	(莊)惠子相梁	卜居·題李生壁
壬寅	(春)右尹子革·(論)述而·(孟)穀觫	(戰)左師燭龍	(莊)齧缺問	上建平王書·進學解·送李愿序
癸卯	(禮)經解·(春)三拜鹿鳴·(孝)經	(戰)先生王斗	(莊)皇帝立	出師表·上張僕射書·羅池廟碑
甲辰	(詩)天保(止)楚茨·(春)克段·(論)陽貨	(史)遊俠傳論	(莊)胠篋	歸去來辭·答李翊書
乙巳	(禮)學記·(春)季札觀周樂	(國)柯陵之會·(戰)顏率論鼎	(莊)養生主	封禪文·柳子厚墓誌
丙午	(詩)崧高(止)韓奕·(春)鄢陵戰·(論)泰伯	(國)文伯母績	(莊)市南	好色賦·鄧州北上于襄陽書·送高閑上人序
丁未	(書)禹貢·(春)重耳及於難	(國)靈王章華·(戰)顏閬見宣王	(莊)駢拇	報孫會宗書·送窮文
戊申	(詩)谷風(止)伐檀·(春)鍾儀·(論)爲政	(國)王孫圉白珩·(戰)淳于髡璧馬	(莊)孔子遊於匡	離騷·藍田縣丞廳壁記·送區冊序·送殷員外序
己酉	(禮)坊記·(春)蹇叔送子·(論)雍也	(戰)田單問趙奢	(荀)哀公問	報燕惠王書·與孟尚書書·送孟東野序

庚戌	(易)繫上·(春)梗陽人·(論)鄉黨	(戰)范臺之觴·(史)伯夷傳	(荀)人之生·子貢問	與彭寵書·原人
辛亥	(春)投壺宴	(史)范雎傳	(莊)莊子釣	對楚王問·送廖道士序
壬子	(春)曹劌·(論)顏淵·(孟)浩然	(戰)子良昭常	(莊)南伯子綦	解嘲·送楊少尹序·送石處士序
癸丑	(書)牧誓·(春)介之推·(論)里仁	(戰)唐雎	(莊)顏淵東之	哀江南賦·送文暢序
甲寅	(春)季孫逐莒僕·(論)先進	(戰)莫敖子華	(韓)古之全·造父御	長門賦·張中丞傳後敍·代張籍與李浙東書
乙卯	(詩)文王(止)卷阿·(春)楚武王侵隨·(論)季氏	(戰)靖郭君善	(莊)莊子行於	別賦·對禹問·祭十二郎文
丙辰	(春)展喜犒師	(史)貨殖傳	(莊)桓公讀書	諫獵書·雜說四
丁巳	(詩)小戎(止)東山·(春)一戰而霸·(論)子張	(戰)蘇秦說齊	(莊)桓公田	廣絕交論·平淮西碑
戊午	(書)洪範·(春)郤大鼎·(論)憲問	(國)趙文子冠	(荀)我欲賤	王命論·畫記·祭柳子厚文
己未	(禮)三年問·(春)楚子問鼎·(論)堯曰	(戰)蘇秦說韓·(史)荊軻傳	(莊)黃帝將見	登樓賦·殿中少監馬君墓誌
庚申	(書)無逸·(春)屠蒯·(論)微子	(史)滑稽傳	(韓)昔者鄭	難蜀父老·鄆州谿堂詩·應科目與人書
辛酉	(春)城濮之戰·(論)衛靈公	(國)祀爰居	(莊)孔子西遊	養生論·爭臣論
壬戌	(禮)聘義·(春)召陵之盟·(論)八佾	(戰)趙威后	(莊)夔憐蚿	九歌·後廿九日復上書·佛骨表
癸亥	(春)七子言志·(論)子路·(孟)許行	(戰)惡蘇秦	(荀)吾嘗·禮者·凡觀物·天下不治	聞樂對·祭張員外文

【自甲子至癸巳, 用順課. 自甲午至癸亥, 用錯課. 盖汔六旬, 而經史子集皆再周.】

分課日表

九經晨講

	易	書	詩	禮	周	春	論	孟	孝
子	乾	○	崧高·烝民	經解	○	召陵之盟·晉一戰而霸	八佾·季氏	○	○

			奕			季孫逐莒僕			
丑	坤	堯典	○	○	考工敍	鄢陵戰	衛靈公·子張	○	○
寅	○	○	周南	○	○	子同生·楚子問鼎	學而·子罕	好辯	全
						七子言志			
卯	○	○	清廟·閟宮	大學	○	鄭伯克段·楚侵隨	先進	○	○
			殷武			屠蒯			
辰	○	舜典	小戎·蒹葭	○	○	介之推·郤缺獲狄	為政·述而	許行	○
			七月·東山			季札觀樂			
巳	繫上	○	召南	三年問	○	蹇叔送子·投壺宴	公冶長·堯曰	○	○
						梗陽人			
午	○	○		中庸	○	曹劌	微子	○	○
未	○	禹貢	文王·大名	○	○	周鄭交惡·富辰諫	泰伯·顏淵	○	○
			皇矣·生民·卷阿			展喜犒師·右尹子革			
申	繫下	○	○	坊記	○	辛生伐皇落	陽貨	○	○
酉	○	洪範	天保·六月·斯干	學記	○	如棠觀魚·郜大鼎	憲問	○	○
			大東·楚茨			鄭有禮			
戌	○	牧誓	○	聘義	○	重耳及於難·鍾儀	雍也·子路	穀觫	○
						拜鹿鳴			
亥	○	無逸	谷風·淇澳	○	○	城濮戰·北宮威儀	里仁·鄉黨	浩然	○
			碩人·氓·伐檀						

三史畫貫

	國	戰	史
子午	柯陵之會，祀爰居	蘇秦說齊，趙威后，子良昭常，惡蘇秦	游俠論，滑稽
丑未	里革斷罟	顏率論鼎	范雎

寅申	文伯母績	靖郭君善齊貌辨, 莫敖子華, 田單問趙奢	荊軻
卯酉	趙文子冠	陳軫去楚之秦, 先生王斗, 莊辛論幸臣, 汗明見春申, 左師燭龍	信陵君
辰戌	靈王爲章華	鄒忌窺鏡, 淳于髡受璧馬, 顏斶見宣王, 范臺之觴, 蘇秦說韓, 郭隗	伯夷, 平原君
巳亥	王孫圉論白珩	唐雎見秦王	貨殖

諸子旰習

	荀	莊	韓
子卯午酉	人之生, 子貢問, 魯哀公問	養生主 南伯子綦, 胠篋 孔子西遊, 桓公讀書, 惠子相梁, 市南	古之全, 造父御
丑辰未戌	我欲賤, 墨子之言	南郭, 齧缺問, 駢拇, 馬蹄, 黃帝立, 莊子釣, 孔子觀於, 莊子行於	昔者鄭
寅巳申亥	吾嘗, 禮者, 凡觀物, 天下不治	逍遙遊 子祀, 夔憐蚿, 孔子遊於匡, 顏淵東之, 桓公田, 黃帝將見	夫有材

古文宵肄

	先秦	漢	魏晉六朝	昌黎
建	離騷	諫獵書	○	原人, 諱辯, 後廿九日復上書, 送楊少尹序
除	○	報任少卿書	別賦	上張僕射書, 送浮屠文暢序, 送殷員外序
滿	逐客書	長門賦 聞樂對	廣絶交論	雜說一, 雜說四, 上巳太學聽琴序, 佛骨表
平	九歌	報孫會宗書 答李文德書	○	鄆州谿堂詩序, 藍田縣丞廳壁記, 代張籍與李浙東書, 送董邵南序, 送溫處士序
定	○	封禪文	養生論	答李翊書, 送石處士序, 送廖道士序, 送窮文, 題李生壁
執	卜居	解嘲	上建平王書	畵記, 應科目時與人書, 與孟尙書, 樊紹述墓誌
破	○	招隱士	洛神賦	爭臣論, 鄧州北上于襄陽書, 答

				呂醫山人書, 祭張員外文, 南海神廟碑
危	報燕惠王書	王命論	○	對禹問, 送鄭尚書序, 送區冊序, 祭十二郎文, 柳州羅池廟碑
成	○	難蜀父老	歸去來辭	原道, 進學解, 送孟東野序, 鱷魚文
收	對楚王問	出師表	哀江南賦	殿中少監馬君墓誌
開	○	與彭寵書	登樓賦	上于襄陽書, 送李愿歸盤谷序, 送高閑上人序, 平淮西碑, 柳子厚墓誌
閉	好色賦	喻巴蜀檄	恨賦	獲麟解, 張中丞傳後敍, 祭柳子厚文, 袁氏先廟碑, 大理評事王君墓誌

【自甲子至癸亥, 六十日. 而經與集皆五周, 史十周, 子廿周. 一法, 甲子至丁亥, 專治經再周, 戊子至己亥, 專治史, 亦再周. 庚子至辛亥, 專治子四周, 壬子至癸亥, 專治集一周.】

單課日表(不錄)

○ 年少者經書宜全誦, 不可選.

○ 老人溫誦之暇, 日暮神疲, 勿卽燃燭, 靜臥翁宗, 使神精內全. 可以却病, 抑所誦之書亦可久存.

○ 翁宗出時言【本三】

○○○ 時言 一段

居闇而處寂也, 闔睫存照, 臥而謢軀. 天地之眞凝焉, 萬物之祖朝焉, 視聽之表羅焉, 至理之虛隣焉, 大道之原衛焉. 此之謂翁宗.

378

제13관
임玉. 거업넘 중居業念仲

3.

저술과 시문 이외에도 편찬할 만한 책은 아주 많다. 경전을 담론하고 역사를 편찬하는 것에서부터 견문을 기록하는 것까지 못 할 게 없다. 『정관십술靜觀十述』【정6】은 후학들의 저서를 위한 총례總例이다. 다만 '성性'과 '이理'에 대한 담론은 참된 깨달음과 실제 소득이 있어서 앞서 밝혀지지 않은 것을 밝히는 것이 아니라면, 종이에다 써서 지리멸렬하고 중첩된다는 [남들의] 비웃음을 사서는 안 된다. '괴이한 일을 기록한志怪' 책은 지어선 안 된다.

○ 단편 우언寓言은 오묘한 깨달음妙悟을 드러내거나 문장의 기세를 키울 수 있다. 간혹 지어도 해롭지 않을 것이다. 예전에 지은 단편 몇 권이 있다. 지금 그중 몇 단락을 초록해, 뒤에 올 사람들을 위해 문을 연다.

○○○ 『진장경眞藏經』【전체 ○ 이 글 중 몇 단락엔 실로 『숙수념』의 큰 관건이 되는 것들이 있다. 독자는 자세히 살피길.】

지극히 허한 것至虛이 하늘이 되고, 지극히 실한 것至實이 땅이 된다. 허虛는 실實의 본원本源이고, 실實은 허虛의 대대對待이다.

지극히 허한 것은 기氣로 가득 차고實, 지극히 실한 것은 기가 비었다虛. 출렁이는 것은 하늘이 아니고, 단단한 것은 땅이 아니다.

하늘과 땅의 [기가] 맺혀, 융성해져서 불쑥 돌출하여 사람이 되었다. 이는 하늘과 땅의 배설물이다.

우러러 생각하는 것은 하늘에 복종하기 때문이고, 굽히고 일하는 것은 땅을 존경하기 때문이다. 성인은 하늘과 땅을 똑같이 생각한다.

한 번 움츠러드는 것을 '숙肅'이라 하고, 한 번 펴지는 것을 '창暢'이라고 한다. 한 번 돌아오는 것을 '생生'이라 하고, 한 번 돌아가는 것을 '민泯'이라 한다. 기氣가 가득한 것을 '왕성하다盛'라고 하고, 기氣가 비어 있는 것을 '각박하다刻'라고 한다. 기氣가 끊기고 이理가 자라는 것을 '보존存'이라 한다.

하늘과 땅은 항상 보존하고, 성인은 항상 보존한다.

눈은 보는 것으로 이름이 붙여졌지만, 보지 않을 때 보존된다. 귀는 듣는 것으로 이름이 붙여졌지만, 듣지 않을 때 보존된다. 마음은 생각하는 것으로 이름이 붙여졌지만 생각하지 않을 때 보존된다.

기쁨을 깎아 내고 흥분을 멈춰야 순수한 덕精德이 왕성해진다. 빛을 거두고 소리를 침묵시켜야 조화가 엉겨 편안해진다. 소경이나 귀머거리의 상태에 들어가는 것을 '크게 넓힌다大弘'라고 하고, 마른나무나 인형처럼 되는 것을 '크게 이룬다大成'라고 한다.

물物을 물로 대하고 그와 더불어 움직이지 않으니, 하늘이 장구하다. 하늘에 응답하되 그 때문에 줄지는 않으니, 땅이 장구하다. 인간은 그 마음을 쓰지 않으면 장수할 수 있다.

3을 만나면 5에서 2를 빼고, 5를 만나면 10에서 5를 빼니, 하루면 빼는 것이 100이다. 10을 만나면 5에 5를 더하고, 5를 만나면 3에 2를 더하니, 하루면 더하는 것이 100이다.

더한 것이 진眞이 되니, 엉겨서 확고하게 머문다. 부패하지도 새지도 않으며 넓고 밝게 찬란히 비친다.

눈을 닫고 미세한 것을 보고, 귀를 막고 먼 소릴 듣는다. 하늘이 깨지고 땅이 깨지며 내 정신이 질주한다.

무늬와 채색이 사라지자 큰 시야大眂가 생기고, 종소리와 북소리가 그치자 큰 청각大聽이 생긴다. 그 소재를 모르게 되자, 양장陽藏[1]의 문으로 들어간다. 양장은 하늘과 땅의 집이다.

---

1 양장(陽藏): 양기(陽氣)를 저장함, 양기를 보존함의 뜻이다. 여기서는 명사형으로 '양기의 온전한 저장소'쯤의 뜻으로 쓰였다. '진장(眞藏)' 역시 마찬가지이다.

양장이 내 집이니, 천지와 더불어 수명을 같이할 것이다. 이는 자신을 다스리는 것이다.

위는 「상장上藏」이다.

덕을 기르는 것이 하늘天이고, 몸을 기르는 것이 땅地이고, 일을 따르는 것이 사람人이다.

외물과 깊이 교섭하면 하늘을 상하고, 기운과 깊이 교섭하면 땅을 상한다. 일에 항상 골똘하면 사람을 상한다.

옥을 조탁하면 아무리 정교해도 하늘이 만든 것을 해친다. 질펀한 강이 바람으로 격해지면 땅의 거느림을 무너뜨린다. 미세한 분석이 입신의 경지면 인간의 '참됨眞'을 멸한다.

그러므로 하늘을 실현한 자는 오래 신령하고, 땅을 실현한 자는 오래 편안하며, 인간을 실현한 자는 오래 순조롭다.

그러니 저 이른바, '느낌感者' · '깨달음悟者' · '사모함慕者' · '권함勸者' · '격함激者' · '궁구함窮者' · '복종함服者' · '친함親者' · '자랑誇者' · '지극함摯者' · '명성名者' · '미혹惑者'이라는 것들은 설령 선善 쪽으로 치우쳤다 해도 하늘의 덕성은 아니다.

단정한 용모에 근엄한 말로 일의 원인에 대해 해박하게 분석하고, 옛일을 거론해서 당대를 비방하고, 무리를 자랑하며 일어나니, 현자는 일반 사람들에 비해 드물다고 하는 것, 이것은 천하의 간사한 짓이니 선왕께서 베어 죽이신 것이다. 덕에 가까워 속이기 쉽기 때문이다.

뛰어난 재능에 특별한 지취志趣, 탁월하게 아름답고 여유로워 정한 데 없이 출입하며 못 가는 곳이 없다. 없는 것을 빌려 오고 짝을 찾아내 남들이 연구하지 않는 것을 밝히며, 자기를 스승으로 삼아 자신을 내세우고 남들의 입에는 재갈을 물린다. 이것은 천하의 속임수이니 선왕께서 물리치신 것이다. 지혜와 비슷해서 선동하기 쉽기 때문이다.

이 두 가지를 끊어 버리면 하늘의 덕이 온전하고, 땅의 몸이 편안하며, 사람의 일이 순조롭다.

'도道'에는 '사물四勿'[2]이 있다. 접하지 말며, 말하지 말며, 움직이지 말며, 생각하지 마라.

'덕德'에는 '육인六因'[3]이 있다. 삶에서 나오고因生, 마음에서 나오며因心, 보는 데서 나오고因眂, 듣는 데서 나오며因聽, 존재에서 나오고因在, 만남에서 나온다因遇.

'인因'이라는 것은 따른다는 것이고, '물勿'이라는 것은 하지 말라는 것이다. '인'을 강제하지도 말고, '물'을 명심하지도 마라. 저절로 따르고 저절로 하지 않으니, 이래야 저절로 하늘이다. 하늘은 땅이고, 땅은 사람이다.

'예禮'는 변화를 다스리는 것이지 근본을 다스리는 것이 아니다. 하늘이라는 근본을 따르니, 어찌 과업業에 의지하겠는가? 땅이라는 근본을 따르니, 어찌 조심함愼에 의지하겠는가? 사람이라는 근본을 따르니, 어찌 꾀謀에 의지하겠는가? 성인은 '인因'하고, 현인은 '인因'을 깨닫는다.

큰 지혜大知는 책임도 크고, 작은 지혜小知는 책임도 작다. 지혜가 없으면 책임도 없다. 책임이 없으면 수고도 없고, 수고하지 않으니 크게 고요하다大靜. 크게 고요하면 크게 원만하고大圓, 크게 원만하면 크게 진실하다大眞. 크게 진실하면 크게 오래간다大久.

위는 「중장中藏」이다.

---

2 사물(四勿): 유가의 핵심적인 교리 중 하나인 '사물'을 명백하게 환기하는 동시에 비틀고 있다. ○'사물'은 공자가 안연(顔淵)에게 답한 극기복례(克己復禮)의 네 가지 구체적인 조목이다. "예가 아니면 보지 말며, 예가 아니면 듣지 말며, 예가 아니면 말하지 말며, 예가 아니면 움직이지 마라(非禮勿視, 非禮勿聽, 非禮勿言, 非禮勿動)." 『논어』「안연(顔淵)」.

3 육인(六因): 모든 것이 일어나는 원인을 여섯 가지로 나눈 것으로, 불가(佛家)의 용어이다. 그것을 가져와 비틀어 사용하고 있다. ○'육인'은 능작인(能作因)·구유인(俱有因)·상응인(相應因)·동류인(同類因)·변행인(遍行因)·이숙인(異熟因)이다.

당연한 바所當然를 알면, 무엇을 기뻐하고 무엇을 성내겠는가? 그에 순응하면, 무엇을 의심하고 무엇을 두려워하겠는가? 운명에 자리 잡고 이치를 돌아보면, 놀라지 않을 수 있다. 때를 받아들이고 기미를 따르면, 두려워하지 않을 수 있다. 지혜로 보태지 않으면 번뇌와 근심은 사라진다. 이 몇 가지를 제거하면, 하늘과 땅이 편안해진다.

군자가 사람을 다스릴 때는 순응할 뿐 독려하지 않고, 인도하되 몰아대진 않는다. 도달할 수 있는 것을 함께하고, 원대한 [목표]에 급급해하지 않는다. 마음을 편안하게 먹고 '도道'에 머무니, 천하가 모두 옳다고 한다. 기예와 학술, 공적과 재능은 한 개인의 사적인 장점이다. 한 개인의 사적인 장점으로 남들이 좋아하지 않는 것을 강제하지 마라. [그러면] 천하의 사람들이 제자리에서 편안할 것이다.

봄의 무성함을 살피고 가을의 혹독함을 본뜨니, 장엄하면서도 후덕하다. 네 가지를 그치고息四 여덟 가지를 맡아 다스리니職八, 세상 사람이 모두 장수를 누린다.

시각적 아름다움을 멈춰, 천하 [사람들의] 눈을 기른다. 번화한 소리를 죽여, 천하 [사람들]의 귀를 기른다. 달고 맛있는 것을 끊어, 천하 [사람들의] 입을 기른다. 화려한 무늬를 막아 천하 [사람들의] 몸을 기른다. 이것이 '네 가지를 그치는息四' 것이다.

먹을 것이 공평하면 가난이 없고, 재화가 흔하면 다툼이 없다. 정치가 간략하면 범법자가 없고, 마음이 쉬면 병이 없다. 말하지 않아도 교화되니, 그러면 다섯 가지 가르침五教4이 돈독해진다. 시행하지 않아도 본받

---

4 다섯 가지 가르침[五敎] : '오교(五敎)'는 『상서(尙書)』 「순전(舜典)」에 나오는 용어이나. "오품이 순하지 않아, 너를 사도로 삼으니, 공경히 오교를 펴되 너그러움에 있게 하라(五品不遜, 汝作司徒, 敬敷五敎, 在寬)." '오교'가 무엇인지에 대해서는 여러 가지 설이 있다. 대표적인 것으로 맹자는 부자유친(父子有親)·군신유의(君臣有義)·부부유별(夫婦有別)·장유유서(長幼有序)·붕우유신(朋友有信)으로 해석했고[『맹자』「등문공 상(滕文公上)」], 공영달(孔穎達)은 부의(父義), 모자(母慈), 형우(兄友), 제공(弟恭), 자효(子孝)로 해설했다.

으니, 그러면 민간의 풍속이 조화롭게 된다. 위력을 보이지 않아도 두려워하니, 그러면 백성들이 혁명하지 않는다. 상하가 서로 잊으니, 그러면 백성은 편안하게 보존된다存. 이것이 '여덟 가지를 맡는職八' 것이다.

도道는 여러 생각 없이 오직 그 근원만 본다. 말은 허다한 변설辯說 없이 오직 그 단서만 뽑아낸다. 정치는 여러 가지 사무 없이 오직 그 원인因만 다스린다.

수고하지 않고 쉬니 오래되면 크게 편안해지고, '원시의 혼돈混元'으로 돌아가 '진장眞藏'을 얻게 된다. 마음을 간직하고 몸을 간직하며, 하늘을 간직하고 땅을 간직하니, 이를 일러 '지극한 도'라 하니, 유원悠遠하여 쉬지 않는다.

위는 「하장下藏」이다.

○○○ 『시언時言』【모두 일곱 편, 만여 마디이다. 오묘한 논의와 기발한 문장이 많아, 이루 다 뽑을 수가 없다. 지금 마흔여섯 단락만 잘라 기록한다.】[5]

「제4, 물언物言」

[제1화]

끝없이 흐르는 것이 '물物'이다. '물物'은 '물水'과 같다. 끝없이 돌고 도

---

5 『시언(時言)』은 홍길주의 문집 『현수갑고 하(峴首甲藁下)』 권8, 「장서기 2(藏書紀二)」에도 실려 있다. 문집본에는 「1. 덕내(德內第一)」, 「2. 아언(雅言第二)」, 「3. 변재(辨才第三)」, 「4. 물언(物言第四)」, 「5. 정론(政論第五)」, 「6. 일여(逸餘第六)」로 편집되어 있다. 원래 열 몇 편이었는데 모두 없어지고 다섯 편만 남았으며, 「6. 일여」는 흐트러져서 어느 편인지 불분명한 단락들을 모았다고 했다. 그중 「4. 물언」만 여기에 실려 있다. 문집본의 「4. 물언」과 여기 실린 「4. 물언」의 내용엔 약간의 차이가 있다. ○ 원문의 전체 단락은 46개로 나뉘어 있다. 여기에서는 이를 두 편으로 나누고, 그중 '물언'은 다시 두 개의 삽화 [제1화], [제2화]로 묶어 번역했다.

는 것이 '말言'이다. '말'은 '고리環'와 같다【「제4. 물언物言第四」 ○ 아래도 같다】.

　수수께끼를 좋아하는 초楚의 공자公子가 있었다. 양梁에서 온 손님이
[그를] 만나 말했다. "수수께끼로 겨뤄 보면 어떻겠습니까?"

　공자가 말했다. "좋지요."

　손님이 말했다. "캄캄하게 아래를 덮고 있는 것은 무엇이겠습니까?"

　공자가 말했다. "구름 끼고 비가 내리겠군요."

　손님이 말했다. "그렇다면 뿔과 비늘이 있는 것이겠군요?"

　공자가 말했다. "아니오. 이것은 큰 바다冥海에 있습니다."

　손님이 말했다. "여섯 달 만에 쉬며, 하늘을 등에 지고 남쪽으로 가는
것,[6] 아닙니까?"

　공자가 말했다. "이것은 날개가 있소."

　손님이 말했다. "제가 들으니, 태생胎生이고[7] 정수리는 붉으며, 청전靑田[8]
의 깊은 곳에서 살고, 아득한 구고九皐에서 우니,[9] 그 소리가 끼룩끼룩,
하늘까지 다다른다 합니다."

　공자公子가 말했다. "선생의 말씀에 따른다면, 그 색이 희겠군요."

---

6 여섯 달 …… 가는 것 : 『장자』「소요유(逍遙遊)」편에 나오는, 북명(北冥)에 있다는 곤(鯤)이
　변한 붕새[鵬]에 대한 묘사를 편집하고 있다. "여섯 달을 가서야 쉰다(去以六月息者)." "등으
　로는 푸른 하늘을 지고서 아무 막힘이 없어야 남쪽으로 날아가는 것을 도모한다(背負靑天,
　而莫之夭閼者, 而後乃今將圖南)."

7 태생(胎生)이고 : 학의 별칭이 '태선(胎仙)'이다. 고대엔 학이 난생(卵生) 아닌 태생(胎生)이
　라고 여기기도 했다. 『본초강목(本草綱目)』〈학(鶴)〉. "학은 새들의 우두머리니, 신선들이
　타고 다니며, 천육백 년 만에 태(胎)로 태어난다. 이 때문에 '태선'이라고 칭한다."『상학경
　(相鶴經)』.

8 청전(靑田) : 중국 절강성 청전현(靑田縣) 서북쪽에 있는 산 이름인데, 학(鶴)의 산지로 유명
　하다. "목계야(沐溪野)의 청전(靑田) 가운데에 한 쌍의 백학(白鶴)이 해마다 새끼를 낳아 크
　게 자라면 날아가 버리고 부모 한 쌍만 남아 있는데, 티 없이 희어서 사랑스럽다. 대다수
　사람들이 신선이 기른 것이라고들 말한다."『태평어람』「영가군기(永嘉郡記)」.

9 아득한 구고(九皐)에서 우니 : 『시경』「소아(小雅)」〈학명(鶴鳴)〉에서 가져왔다. "학이 구고
　에서 우니, 소리가 벌판에 들리도다(鶴鳴于九皐, 聲聞于野)."

손님이 말했다. "한겨울 11월 초, 양기陽氣는 아래로 숨고 음기陰氣는 위에서 맺혀, 하늘은 닫히고 땅은 [만물을] 감추니, 매서운 추위가 엉겨 일렁입니다. 이때면 하늘은 온통 구름으로 덮여, 처음엔 자욱이 모이다 이윽고 펄펄 날립니다. 화려한 지붕은 붉은색이 묻히고, 무성하던 소나무도 푸름을 감춥니다. 상서로움이 〈신남산信南山〉 시에 올랐고,[10] 계절의 감회는 〈출거出車〉의 노래에서 펼쳐졌습니다."[11]

공자公子가 말했다. "아니오. 이것은 하늘에서 내려옵니다."

손님이 말했다. "지난번 한여름엔 더위가 몹시 심해서, 슬퍼하는 백성들이 고개를 빼고 '내 곡식을 어이할꼬.'라고 했습니다. [그러자] 동쪽에서 바람이 불어오고 구름과 무지개가 모였고, 자욱한 비 기운이 앞서더니 가랑비가 흠뻑 내렸지요. 그대의 밭두둑을 넘쳐서 다시 내 봇도랑에 물을 대 주었습니다. 공자公子의 조상께선 저녁에 신녀神女를 만나셨고,[12] 저의 선군께선 교외의 모임에서 우인虞人과 헤어졌지요."[13]

---

10 상서로움이 〈신남산(信南山)〉 시에 올랐고 : 〈신남산〉은 『시경』 「소아(小雅)」의 편명이다. 제2장에 눈이 나온다. "하늘은 온통 구름으로 덮여, 진눈깨비 펄펄 날린다(上天同雲, 雨雪雰雰)." 수수께끼의 앞부분은 여기서 '동운(同雲)', '분분(雰雰)' 등의 시어를 가져오기도 했다.

11 계절의 감회는 〈출거(出車)〉의 노래에서 펼쳐졌습니다 : 〈출거〉는 『시경』 「소아(小雅)」의 편명이다. 제4장에 눈이 나온다. "옛날 내가 떠날 때는, 기장이 한창 아름답더니, 지금 와서 보니, 진눈깨비에 길이 진창이네(昔我往矣, 黍稷方華. 今我來思, 雨雪載塗)."

12 공자(公子)의 조상께선 저녁에 신녀(神女)를 만나셨고 : 전국시대 초 회왕(楚懷王)이 고당(高唐)에서 낮잠을 자는데, 꿈에 한 여인이 "첩은 무산의 여자로서 고당의 나그네가 되었습니다. 임금께서 고당을 유람하신다는 소문을 듣고 왔으니, 잠자리를 받들고 싶습니다(妾巫山之女也, 爲高唐之客. 聞君遊高唐, 願薦枕席)."라고 했다. 이튿날 아침 그 여자가 떠나면서 "첩은 무산의 양지쪽 높은 구릉 험준한 곳에 사는데, 아침이면 아침 구름이 되고 저녁이면 지나가는 비가 되어 아침마다 저녁마다 양대 아래에 있을 것입니다(妾在巫山之陽, 高丘之岨, 旦爲朝雲, 暮爲行雨, 朝朝暮暮, 陽臺之下)."라고 했다는 고사가 있다. 『문선(文選)』 〈고당부(高唐賦)〉. ○ 이야기에 나오는 공자가 초나라 사람이므로, '공자의 조상'이라고 말한 것이다.

13 저의 선군께선 …… 우인(虞人)과 헤어졌지요 : '우인'은 고대에 산림과 장원을 관리하던 관리이다. 위(魏)나라 문후(文侯)가 우인과 사냥하기로 약속하였는데, 그날 마침 신하들과 술을 마시고 즐기던 중 비가 내렸다. 이에 신하들이 만류하였으나, 문후는 직접 찾아가서

공자가 말했다. "이것은 소리聲가 납니다."

손님이 말했다. "쇠와 돌은 바탕이 단단해서 두드리면 쟁쟁 울립니다. 조릿대와 왕대는 가운데가 비어서 불면 웁니다. 옛날 제홍帝鴻 때, 영륜 伶倫에게 조칙을 내렸습니다.[14] 이기씨伊耆氏에 이르러서는 기夔가 신과 사람을 융화시켰습니다.[15] 맑고도 구슬퍼 상성商聲이 되기도 하고, 질박 하고 탁해서 궁성宮聲이 되기도 합니다. 「아雅」로는 덕을 [기리고], 「송頌」 으로는 공功을 [기립니다.] 패邶와 위衛의 노래는 근심스럽고,[16] 진유溱洧와 복상濮上에서 나온 노래는 음란합니다.[17] [그러내] 이것들이라고 음陰이라 하지 못하겠습니까?"

공자가 말했다. "이것은 종묘에 쓰이고 향연에 올려집니다."

손님이 말했다. "의적儀狄이 이것을 만들자 우임금이 미워했습니다.[18]

약속을 파하였다. 『통감절요(通鑑節要)』「주기(周紀) 위열왕(威烈王)」. ○ 이 대화의 상대자 가 양(梁)에서 온 손님[客]이므로, '저의 선군'이라고 한 것이다. 위(魏)의 도읍이 양(梁)이 었기 때문에 '위'를 '양'이라고도 부른다.

14 옛날 제홍(帝鴻) …… 조칙을 내렸습니다 : 제홍은 황제(黃帝)의 시호이다. 영륜은 황제 때 의 악관(樂官)으로, 황제의 명으로 처음 악률(樂律)을 제정했다고 한다.

15 이기씨(伊耆氏)에 이르러서는 …… 사람을 융화시켰습니다 : 이기씨는 요(堯)를 가리킨다. 기(夔)는 요순시대의 악관(樂官)이다. '신과 사람을 융화시켰다.'는 것은 『서경』「우서(虞書) 순전(舜典)」의 말을 인용하고 있다. "제순(帝舜)이 말씀하였다. '기(夔)야! 너를 명하여 전악 (典樂)을 삼으니 …… 음률은 소리를 잘 조화시키는 것이니, 여덟 가지 악기가 내는 소리가 능히 어울려 서로 차례를 빼앗지 말아야 신(神)과 사람이 화합할 것이다'(帝曰 夔, 命汝, 典樂 …… 律和聲, 八音能諧, 毋相奪倫, 神人以和)."

16 패(邶)와 위(衛)의 노래는 근심스럽고 : 『시경』「패풍(邶風)」과 「위풍(衛風)」을 가리킨다. 「국 풍(國風)」중에 「주남(周南)」,「소남(召南)」을 제외한 나머지 13 국풍을 변풍(變風)이라고 한 다. 〈모시서(毛詩序)〉에 따르면 "왕도가 쇠하여 예의가 폐해지고 정치와 교화를 잃어 나라 의 정사가 딜라지며 집안의 풍속이 변해져 변풍과 변아(變雅)가 일어났다."고 하였다. 변 풍에는 시대를 근심하고 슬퍼하는 시들이 많이 들어 있다고 본다.

17 진유(溱洧)와 복상(濮上)에서 나온 노래는 음란합니다 : '진유'는 진수(溱水)와 유수(洧水)이 다. 옛 정(鄭) 땅이다. 진수와 유수는 남녀가 봄놀이를 즐기는 곳으로 유명하다. 복상은 복 수(濮水) 일대를 가리키는데, 복수는 옛 위(衛) 땅으로, 남녀가 남몰래 만나기에 적당한 곳 이었다고 한다. 이 두 장소에서 지어진 노래가 많은 『정풍』과 『위풍(衛風)』은 음시(淫詩)를 대표한다.

상수商受가 [술에] 빠지니, 희무姬武가 〈주고酒誥〉를 지었습니다.¹⁹ 성인은 양을 정하지 않으셨으나, 오히려 문란한 지경에 이를까 두려워하셨습니다.²⁰ 광달曠達한 자는 [이로써] 근심을 풀어 버리니, 오래 탄식할 일이 없습니다. 사당에서 이것을 사용하곤 '신神께서 이미 취하셨도다.'라 하고, 향연에 올리면 '우리에겐 맛있는 음식이 있다.'라고 합니다."²¹

공자가 말했다. "아닙니다, 아닙니다. 이것은 사람의 마음을 미혹합니다."

손님이 말했다. "아름다운 두 갈래 쪽진 머리, 맑고 빛나는 두 눈동자. 손은 따뜻한 옥 같고 눈썹은 가는 갈고리 같지요. 붉은 연지를 바르고 흰 분을 칠했습니다. 고운 버선은 먼지를 날리고, 가벼운 옷자락은 안개를 떨칩니다. 왕들과 제후들께 고운 모습 바치고, 호걸과 부자들께 아양을 떱니다. 웃음은 하채下蔡를 현혹하고,²² 말은 중구中冓를 추하게 만들지

---

18 의적(儀狄)이 이것을 …… 임금이 미워했습니다 : 의적은 우임금 때 사람으로, 처음으로 술을 만들었다고 한다. 제녀(帝女)가 의적에게 술을 빚게 했더니 맛이 좋아 우에게 올렸는데, 우는 술을 마셔 보고 맛이 좋자 의적을 멀리해서 미주(美酒)를 끊고는, 후세에 반드시 술로써 나라를 망치는 자가 있을 것이라고 했다고 한다. 『전국책(戰國策)』「위책(魏策)」.

19 상수(商受)가 [술에] …… 〈주고(酒誥)〉를 지었습니다 : '상수'는 상(商)의 마지막 임금인 주왕(紂王)이다. 그의 이름이 수(受)이다. '희무'는 주공(周公)의 이름이다. 〈주고〉는 『상서(尙書)』「주서(周書)」에 나온다. 주 성왕(周成王)이 강숙(康叔)을 은(殷)의 옛 도읍인 매방(妹邦)에 봉했는데, 그곳 백성들이 주왕의 영향을 받아 술을 즐기므로, 주공(周公)이 성왕의 명을 받아 술을 경계하는 글을 지어 반포했다. 그것이 〈주고〉이다.

20 성인은 양을 …… 이를까 두려워하셨습니다 : 『논어』「향당(鄉黨)」에 나온다. "술엔 주량을 두지 않으셨으나, 문란한 데 이르지 않으셨다(惟酒無量, 不及亂)."

21 사당에서 이것을 …… 있다.'라고 합니다 : 앞의 것은 『시경』「소아(小雅)·곡풍지십(谷風之什)」〈초자(楚茨)〉 5장 "효성스런 자손들 자리로 돌아가니, 공축이 고하네. 신명께서 모두 취하셨으니, 시동께선 일어나소서(孝孫徂位, 工祝致告, 神具醉止, 皇尸載起)."에서 가져왔다. ○ 후자는 『시경』「소아(小雅)·녹명지십(鹿鳴之什)」〈녹명(鹿鳴)〉의, "내게 맛 좋은 술이 있으니, 귀한 손님과 잔치하며 즐긴다(我有旨酒, 嘉賓式燕以敖)."에서 가져왔다. 수수께끼이므로, '지주(旨酒)'에서 '주(酒)'는 감췄다.

22 웃음은 하채(下蔡)를 현혹하고 : 하채는 춘추시대 초(楚)의 읍명(邑名)으로, 공자들의 봉지(封地)이다. 송옥(宋玉)의 〈등도자호색부(登徒子好色賦)〉에 "싱긋 한번 웃으니, 양성을 미혹시키고, 하채를 어지럽히네(嫣然一笑, 惑陽城, 迷下蔡)."라고 한 것에서 가져왔다.

요.[23] 사람을 몹시 미혹하기로 이보다 앞서는 것이 무엇이겠습니까?"

공자가 말했다. "이것은 제 궁중에서 많이 기르고 있는 것입니다."

손님이 말했다. "제가 처음 궁중에 들어왔을 때 마구간이 크고 넓은 것을 보았습니다. 마부와 종들은 모두 푸른 수건을 두르고 녹의綠衣[24]를 입었습니다. 채찍을 쥐고서 꾸짖자, 땀을 흘리며 나는 듯 달리는데, 푸른 갈기는 구름을 끌고, 검은 발굽은 파도를 차는 듯했습니다. 어떤 것은 기주冀州의 결제駃騠라 불리는 것이고, 어떤 것은 대완大宛의 도도騊駼[25]라는 것이고, 어떤 것은 호랑이 무늬에 사마귀 몸매를 하고 있고, 또 어떤 것은 몸은 하나인데 그림자가 열 개였습니다. 해를 쫓아 함께 달리며 잠시도 쉬지 않았습니다. 궁중에서 기르는 것으로는 이것이 가장 훌륭하지요."

공자가 말했다. "아닙니다. 이것은 사람이 타는 것입니다."

손님이 말했다. "제가 든건대, 지인至人은 허공에서 가뿐가뿐 잘 다니고,[26] 대지가 숨氣을 내쉬니[27] 자취도 없이 움직인다더군요. 휙휙 북쪽에

---

23 말은 중구(中冓)를 추하게 만들지요 : 중구는 규방이다.『시경』「용풍(鄘風)」〈장유자(牆有茨)〉에 "중구의 말이여, 말할 수 없구나. 말할 수 있다면, 말이 추해지도다(中冓之言, 不可道也, 所可道也, 言之醜也)."라고 한 것에서 가져왔다.

24 녹의(綠衣) : 하급 관리의 복색이다.

25 기주(冀州)의 결제(駃騠)라 …… 대완(大宛)의 도도(騊駼) : 기주와 대완은 명마의 산지이고, 결제와 도도는 명마의 이름이다. 결제는 북방 이민족(戎狄)의 준마이고, 도도는 북방에서 나는 털빛이 푸른 야생마이다. 결제와 도도는 비황(飛黃)·길량(吉良)·용매(龍媒)·천원(天苑)과 함께 천자의 마구간에 있는 여섯 마리의 명마로 유명했다.『수서(隋書)』「백관지(百官志)」.

26 지인(至人)은 허공에서 가뿐가뿐 잘 다니고 : 지인은 도덕 수양이 최고 경지에 이른 사람, 혹은 도가에서 범속을 조탈한 경지에 이른 사람을 이르는 말이다. 원문의 "영연이선(泠然以善)"은『장자』「소요유(逍遙遊)」에서 바람을 타고 다니는 열자(列子)의 모습을 형용한 구절에서 가져온 것이다. '영연(泠然)'은 가볍고 경쾌한 모습을 나타내는 형용사이고, '선(善)'은 잘한다는 말이다.

27 대지가 숨[氣]을 내쉬니 :『장자』「제물론(齊物論)」에 나오는 말을 이용했다. "자기가 말했다. '대지[大塊]가 숨을 내쉬니 그 이름이 풍이다. 없으면 그만이지만 일어나면 만 개의 구멍들이 노하여 고함을 지른다'(子綦曰: '夫大塊噫氣, 其名爲風, 是唯無作, 作則萬竅怒呺')."

서 일어나 남해까지 이르는데,[28] 모든 구멍들이 일제히 성난 고함을 지르고[29] 갖가지 괴이한 일이 잇달아 일어납니다. 왕이 된 자는 세차고雄, 일반 백성들은 습하며雌, 어리석은 자는 일정하고恒, 성인은 때에 맞습니다時."[30]

공자가 말했다. "이것은 기氣는 있으나 모습形은 없습니다."

손님이 말했다. "그렇다면 캄캄하게 아래를 덮고 있는 것이겠군요."

양梁 손님의 말이 천 번 구르고 만 번 뒤집혀서, 중간에는 이리저리 흩어졌다가 다시 처음으로 돌아왔다. 말이 잘 구르는 것이 이러하도다!

그러므로 말한다. 근본을 추구하지 않고 구차히 같은 것만 따른다면, 하늘이 용이 될 수도 있고, 말이 바람이 될 수도 있다. 하물며 덕德과 이익利은 극히 작은 것에서 갈라지니, 지혜로운 사람도 분명하게 분별하기 어렵다! 그래서 '반드시 근본을 추구해야 한다.'고 말하는 것이다.[31]

---

28 획획 북쪽에서 일어나 남해까지 이르는데 : 『장자』 「추수(秋水)」편에 나오는 뱀과 바람의 문답을 인용했다. "바람이 대답했다. '그렇다. 나는 획획 소리를 내며 북해에서 일어나 남해로 들어간다'(風曰: '然, 予蓬蓬然起於北海, 而入於南海也')."

29 모든 구멍들이 …… 고함을 지르고 : 각주 27 참조.

30 왕이 된 …… 때에 맞습니다[時] : 각각 웅풍(雄風), 자풍(雌風), 항풍(恒風), 시풍(時風)을 가리킨다. 웅풍은 세찬 바람이고, 자풍은 습한 바람, 항풍은 무역풍처럼 일정한 방향으로 부는 바람이며, 시풍은 계절에 따라 적절히 부는 바람을 말한다. ○『서경』 「홍범(洪範)」에서는 성스러움[聖]을 시풍에, 몽매함[蒙]을 항풍에 비유하였다. "曰聖時風若 …… 曰蒙恒風若." ○송옥(宋玉)의 〈풍부(風賦)〉에서는 웅풍을 대왕(大王)에, 자풍을 서인(庶人)의 모습에 비유한 바 있다. "그 맑고 서늘한 바람은 병을 낫게 하고 숙취를 풀어 줍니다. 눈과 귀를 밝게 해 주고, 몸을 편안하게 해 주어 사람을 이롭게 합니다. 이것이 바로 대왕의 웅풍입니다. …… 입술에 닿으면 입술이 트고 눈에 닿으면 눈가가 짓무릅니다. 씹고 물고 빨고 소리치게 되어, 살아도 죽어도 끝나지 않습니다. 이것은 바로 서인의 '자풍'입니다(淸淸泠泠, 愈病析酲. 發明耳目, 寧體便人. 此所謂大王之雄風也 …… 中脣爲胗, 得目爲蔑, 啗齰嗽獲, 死生不卒, 此所謂庶人之雌風也)."

31 [제1화]와 [제2화] 사이에, 『숙수념』에는 없고 『현수갑고』에만 있는 단락이 있다. "관중(管仲)이 그릇이 적다고 그가 검소한 사람인가 의심하고, 관중이 검소하지 않다고 예(禮)를

[제2화]

어떤 이가 물었다. "자네는 무엇이 부럽소?"

"성인聖人이 부럽소."

"성인도 부러워하는 것이 있겠소?"

"있지요. 성인은 하늘을 부러워하지요."

"하늘도 부러워하는 것이 있겠소?"

"왜 없겠소? 저 하늘은 도리어 사람을 부러워합니다."

"무슨 말이오?"

"하늘은 인간을 똑같이 여기고 고루 사랑합니다. [그러나] 지혜로운 자는 지나치고 어리석은 자는 못 미칩니다. 하늘이 어찌 모든 사람이 다 같이 선善으로 귀의하는 것을 원하지 않겠소? 어리석은 자들은 하늘이 몽매하다 여깁니다. [그러나] 만일 하늘의 명天命으로 인간의 교화를 시행한다면, 세상에 불선不善할 자가 어디 있겠소? 이것이 하늘이 도리어 사람을 동경하는 이유입니다."

"그렇다면 누가 동경하는 것이 없을 수 있겠소?"

"동경하는 것이 없는 사람이 어디 있겠소? 세상에서 서로 동경하는 것은 고리처럼 이어지지요."

"그 해설을 여쭙고 싶소."

[다음과 같은 이야기를] 했다.

위魏의 천인 중에 가난하고 어리석은 자가 있었소. 아침으로 푸성귀, 저녁으로 호박도 댈 수가 없었지요. 겨울에도 베옷을 입고, 장맛비에도

아는 사람인가 의심한다면, 이것은 하늘이 구름과 비를 내리시는 것을 보고 용인가 의심하고, 사람이 말[馬]을 모는 것을 보고 바람인가 의심하는 형국이다(以管仲之器小, 而疑其儉, 以管仲之不能儉, 而疑其知禮, 此猶以天之施雲雨, 而疑其龍, 以馬之爲人御, 而疑其風也)."

지붕을 덮을 것이 없었습니다. [그래서] 늘 마을 동쪽의 농부에게 양식을 빌었지요. 하루는 가서 물었더랍니다.

"세상에 저처럼 가난한 사람이 없습니다. 하늘이 온갖 곡식을 내서 사람을 먹이지만, 저는 술지게미와 쌀겨도 계속 먹을 수가 없습니다. 하늘이 명주·삼·모시·누에고치를 내서 사람을 입히시지만, 저는 살갗과 허리를 가릴 것이 없습니다. 구기자·가래나무·오동나무·개오동 같은 재목을 내서 집을 지어 사람이 살게 하시지만, 저는 문지도리를 매어 놓은 새끼줄이 끊어져도 고칠 수가 없습니다. 하늘이 만민을 내실 때 각자 재주를 주어서 스스로 벌어먹게 하셨습니다. 그런데 저는 『시경』과 『서경』을 알지 못하고, 학교에서 배울 수도 없습니다. 벼와 기장도 구별하지 못하니, 땅을 일구고 개간하는 데서 일할 수도 없습니다. [제] 재주로는 망치와 끌을 잡을 수도 없고, [제] 지혜로는 재물을 경영할 수도 없습니다. [심령이] 거칠고 조야하니 무당이나 의원이 될 수도 없습니다. 어째서 하늘은 남들에겐 골고루 주시면서 제게 주시는 건 인색한 것입니까?

당신은 젊어서 [밭 가운데] 봇도랑에서 일해서, 늙어서는 자손에게 재산을 나누어 주었습니다. 창고는 가득하고 가축도 번성합니다. 추워지기 전에 가죽옷을 입고, 허기지기 전에 밥을 먹습니다. 세상살이의 모든 즐거움이 다 당신에게 있습니다. 제가 남몰래 부러워했습니다. 당신 같은 사람은 세상에 무슨 부러운 것이 있겠습니까?"

마을 동쪽에 사는 늙은이가 말했지요.

"자네가 참으로 가엾구먼! 나라고 어찌 부러운 것이 없겠는가? 나는 식구 수를 헤아려 곡식을 나누고, 수확을 계산해 아껴 쓰네. 아침이면 계산서를 가지고 온 자가 뜰에 가득하고, 저녁에는 어음을 손에 쥔 자가 방을 채운다네. 자칫 조금이라도 어긋나면 모자라는 것이 몇만을 헤아리게 되지. 사냥과 음악과 여자는 남자면 다 좋아하는 것이고, 아름다운 비단과 기름진 음식도 세상이 모두 원하는 것이지. 그러나 내겐 [그릴] 겨를이 없네.

내 들으니, 업鄴 군에 한가한 공자가 있다고 하더군. 시첩侍妾이 수백 명이고, 기지를 뽐내고 언변이 능숙한 식객이 천여 명이라고 하네. 모두 대모로 만든 비녀를 꽂고 구슬로 장식한 신을 끌고 다닌다지. 수놓인 비단이 삼베마냥 쌓여 있고, 무소뿔과 진주조개가 기와나 벽돌처럼 놓였다고 하네. 하인들도 굴屈에서 나온 참마驂馬[32]를 타고, 노비들도 역아易牙의 음식[33]을 질리도록 먹는다네. 공자라는 사람은 들어오면 정鄭·위衛의 음악[34]을 듣고, 나가선 가벼운 수레를 몰고 깃발들을 세워, 멧돼지와 들소를 쫓고 양과 사슴을 잡는다네. 금과 벽옥과 진주, 그리고 무늬 비단은 몇 단이 남았는지 묻지도 않고 쓴다네. 내 전부터 그의 부가 부러웠지만 얻지 못했네. 이런 사람이라면, 어찌 더 바랄 것이 있겠는가? 자네는 가서 한번 물어보게나.”

그 가난한 사람은 그만 망연자실해졌지요. 다음 날 음식을 구걸하러 공자의 집에 갔다가, 그 밑의 가신家臣을 통해 공자를 만났습니다. 가난한 자가 말했지요.

“저는 위魏의 천한 사람입니다. 듣자니, 공자께선 제후들보다 더 부자

---

32 굴(屈)에서 나온 참마(驂馬) : ‘굴’은 춘추시대 진(晉)의 지명으로 명마(名馬)의 생산지로 유명한 곳이고, 참마는 한 수레를 끄는 세 필의 말이다. 굴에서 나는 명마는 『춘추좌씨전』 희공(僖公) 2년 조에 보인다. 진의 순식(荀息)이 굴읍(屈邑)에서 나는 명마와 수극(垂棘)에서 나는 구슬을 우공(虞公)에게 주어 길을 빌린 뒤 괵(虢)을 멸한 기사이다.

33 역아(易牙)의 음식 : 역아는 춘추시대 제 환공(齊桓公)의 신하로, 요리를 잘하고 음식의 맛을 잘 알았다고 한다. 『맹자』「고자 상(告子上)」에는 “맛에 이르러서는 천하가 역아를 기준으로 한다(至於味, 則天下期於易牙).”라는 말도 나온다. 따라서 ‘역아의 음식’이란 최고의 미식을 뜻한다.

34 정(鄭)·위(衛)의 음악 : 춘추전국시대 정과 위의 속악(俗樂)을 가리킨다. ‘정위지음(鄭衛之音)’은 유가에서는 난세(亂世)의 음악으로 배척되었고, 음란한 음악의 대명사로 쓰인다.

고, 제후에 맞먹는 권세를 지니셨다고 합디다. 하려고 하면 못 할 일이 없고, 구해서 못 얻을 것이 없다고 하더군요. 아마도 공자께선 천하에 더 바랄 것이 없으리라 싶습니다."

공자가 한숨을 쉬고 탄식하며 말했지요.

"내 어찌 바라는 것이 없겠나? 내가 천 종鍾의 부[35]로 남들에게 베푸니, 부리지 못할 자가 없었네. 그러나 유학하는 선비들은 불러들일 수 없었네. 내 어려서부터 제후의 집안에서 자라 성인聖人의 책을 못 배웠네. 새 사냥, 짐승 사냥에만 탐닉하고, 재물과 여색만 취했었지. [그러자] 인의仁義를 이야기하고 왕도와 패도를 말하는 선비들은 내게 등용되는 것을 수치로 여기고 숨어 버렸네. 이것이 내가 오랫동안 깊이 통탄하는 것이라네. 그대는 성곽 서쪽에 '선생'으로 불리는 사람이 있다는 말을 듣지 못했는가? 그 사람은 읽은 책이 만 권이 넘고, 저서가 거의 백만 마디 말이라네. 그 문하에는 제자가 수천 명일세. 독실하게 『시詩』를 [공부하고] 부지런히 '예禮'를 [실천해], 아침저녁으로 강론하고 익힌다네. 이것은 내가 예전부터 몹시 원했지만 얻지 못한 것일세."

다음 날 그 가난한 사람은 곽서 선생郭西先生의 문에 가서 그를 뵙고 말했지요.

"업鄴의 공자는 천하의 부호이자 귀하신 분입니다. 세상에 그보다 더한 사람은 없을 겁니다. 그런데도 도리어 선생께는 못 미친다고 하니, 선생께선 거의 성인이신가 봅니다? 선생께서는 아마도 남에게서 사모하실 게 없으실 테지요."

선생이 크게 한숨을 쉬며 노래했지요.

---

35 천 종(鍾)의 부 : '종'은 양을 되는 그릇의 이름이다. 1곡(斛) 4두(斗)에 해당한다. '천 종'은 엄청난 부를 말한다.

깊은 숲의 호랑이, 받으려 해도 뿔이 없네.

넓은 벌의 기린, 날고 싶어도 날개가 없네.

수놓은 비단은 비를 막을 수 없고,

생강과 계피론 배고픔 면할 수 없네.

하늘이 만물을 내심에

어찌 두루 이롭게, 골고루 베풀 수 있으랴?

그 가난한 사람이 말했지요.

"그러면 선생께서도 사모하시는 것이 있습니까?"

선생이 대답했지요.

"그렇소. 장부가 독서를 할 때는 반드시 뜻을 이루길 추구하고, 군자가 수신할 때는 반드시 의로운 일을 하고자 하오. 임금을 좇아 나라에 은혜를 베푸는 것은 이 세상 최고의 즐거움이고, 명예를 쌓아 어버이를 빛내는 것은 자식 된 자의 인지상정이지요. 갓끈을 날리고 솥鼎을 벌여 놓으며, 보불黼黻[36]을 입고 붉은 수레를 타는 것은 남자의 영광을 드러내는 일입니다.

나는 상씨商氏의 문하에서 『역易』을 전해 받고,[37] 복자卜子의 무리에게 『시詩』를 전해 받았으며,[38] 손무孫武[39]의 후예에게 병법을 배우고, 귀곡

---

36 보불(黼黻) : 임금의 대례복(大禮服) 치마에 놓는 수로, 보(黼)는 흑백색으로 도끼의 모양을 수놓은 것이고, 불(黻)은 흑청색으로 '아(亞)' 자 모양을 수놓은 것이다. 일반적으로 임금의 복장을 가리킨다.

37 상씨(商氏)의 문하에서 『역(易)』을 전해 받고 : 상씨는 공자의 제자인 상구(商瞿)를 가리킨다. 상구는 노(魯) 사람으로 자는 자목(子木)이다. 『사기』 「중니제자열전(仲尼弟子列傳)」에서는 공자가 역(易)을 상구에게 전했다고 하고, 상구 이하 8대에 걸친 역학의 전승을 기록하고 있다.

38 복자(卜子)의 무리에게 『시(詩)』를 전해 받았으며 : 복자는 자하(子夏)의 존칭이니, 자하의 성이 복(卜)이다. 이름은 상(商)이다. 『논어(論語)』에는 자하가 시에 대한 식견으로 공자에게 칭찬받는 일화가 여럿 나온다. "나를 흥기하는 사람이 상(商)이로구나! 비로소 함께 시

자鬼谷子의 방에서 『음부陰符』를 읽었소.[40] 천하를 주유한 것이 수십 년, 열세 나라에 유세했으나, 내 옷은 해지고 내 발엔 굳은살이 박여서 내 가난한 집 들창문 밑으로 돌아왔소. 장차 내 학도들이나 가르치며 늙어 죽을 것이오.

내 들으니, 위魏에 부자 형제 일곱 명이 [모두] 대부가 된 사람이 있다 하오. 매달 받는 녹봉이 수백, 수만이고, 서른다섯 솥의 음식[41]을 먹는다오. 나라에 일이 생기면 서로 부축해 조정에 올라 계책을 올리고 법을 받드니, 임금도 그들에게 예를 표한다오. 이런 사람이라면 하늘이 그를 독실하게 돌본다고 할 만하지요. 나는 평생 이들을 부러워했소."

가난한 사람이 이 말을 듣고 마침내는 일곱 대부의 집에 들어갔습니다. 그 집 고용인과 사귀고 음식을 얻어먹은 지 한 달여 만에 비로소 일곱 대부를 만날 수 있었습니다. 곽서 선생의 말을 전하고서, 말했지요.

를 말할 수 있겠다(起予者商也! 始可與言詩已矣)."라고 칭찬했다는 일화가 대표적이다. 『논어』 「팔일(八佾)」. 이후 시경학(詩經學)은 자하를 조종으로 삼는다. 현재 전해지는 유일한 시경 이본인 『모시(毛詩)』는 자하로부터 전승되어 모형(毛亨)과 모장(毛萇)에게 전해진 것이라고 하고, 『모시』 첫머리의 〈대서(大序)〉 역시 자하의 작이라고 전한다.

39 손무(孫武) : 전국시대 제(齊)의 사람으로, 병법에 뛰어난 이론가이자 무장이다. 『손자병법(孫子兵法)』 82편의 저자이다.

40 귀곡자(鬼谷子)의 방에서 『음부(陰符)』를 읽었소 : 귀곡자는 종횡가(縱橫家)의 비조이다. 성은 왕(王)이고 이름은 후(詡)라고 한다. 춘추시대 사람으로, 청계(淸溪)의 귀곡(鬼谷)에 은거했으므로 '귀곡 선생'이라고 한다. 소진(蘇秦)과 장의(張儀)가 그의 제자이다. ○『음부』는 『황제음부경(黃帝陰符經)』이라고도 불리는 『음부경(陰符經)』을 말한다. 황제(黃帝)가 찬술했다고 전해지는 도가류(道家類)의 책으로, 신선술(神仙術)·부국안민(富國安民)·강병전승(强兵戰勝)의 방법들을 서술하고 있다. 이 책에 대해서는 태공(太公)·범려(范蠡)·장량(張良)·제갈량(諸葛亮)·이전(李筌) 등이 지었다는 수많은 주석서가 있는데, 귀곡자 역시 이 책의 주요 주석자로 거론된다.

41 서른다섯 솥의 음식 : '오정식(五鼎食)'이란 말이 있다. 고대에 제례를 행할 때 대부는 다섯 개의 솥에 소·양·돼지·생선·순록의 다섯 가지 고기를 담아 올렸다. 여기서 나와 고관대작의 호화로운 식생활을 비유하는 말로 쓰인다. 여기서는 일곱 명의 대부가 한 가족이므로, 대부 한 사람당 다섯 솥씩, 서른다섯 솥이라는 말이다.

"온 세상이 간절히 바라고 부러워하는바, 지극히 즐거우면서 아무 근심 없기로는 주인의 가문이 완벽하다고 할 만합니다. 주인께도 여전히 만족스럽지 않은 것이 있습니까?"

그러자 일곱 대부는 서로 쳐다보며 슬피 말했다.

"어찌 그게 그렇겠는가? 부귀영달은 사람이면 누구나 원하는 것이고, 빈천貧賤과 근심은 사람이면 누구나 피하는 것일세. 그런데 우리 일곱 부자가 모두 높은 벼슬자리에 있으니, 총애가 두터우면 책임도 무겁고 하사품이 넉넉하면 형벌도 가혹한 법일세. 붉은 칠을 한 수레를 타지만 나아가면 솥에 삶겨 죽는 혹독한 형벌이 두렵고, 옷차림과 패옥이 찬란하지만 물러나면 모탕[42]에서 머리를 잘리는 형벌을 당할까 겁난다네. 살아선 계책이 성공하지 못할까 두렵고, 죽어서는 명예가 빛나지 않을까 두렵네. 안으로는 생사와 영욕榮辱이 서로 공박하고, 밖에선 위험과 두려움, 재앙과 복이 번갈아 닥치지. 우리는 이것이 몹시 두렵다네.

내 듣기에 거취를 마음에 두지 않는 선비가 중산中山에 있다는데, '중산자中山子'라고 한다더군. 중산자의 사람됨이 곧고 진실하고 편안하고 담담하며, 명민해서 학문에 힘쓴다네. 세상의 책이란 책은 읽지 않은 것이 없고, 세상의 일이라면 모르는 일이 없다네.

천자께서도 그 명성을 들으시고, 제후들은 그 덕을 사모한다네. 삼진三晉[43]의 임금들이 잇달아 폐백을 갖추어 초빙했지만 데려올 수 없었네. 그러나 위魏에 전쟁이 나면 반드시 그에게 계책을 자문하게 하고, 조빙朝聘[44]이 있으면 반드시 그에게 응대할 말을 의논하게 한다네. 초상이나 제사가 있으면 반드시 그에게 전례典禮를 묻게 한다네. 임금이 두 번

---

42 모탕 : 참수형이 시행될 때 죄인의 목 밑에 받치는 나무토막이다.
43 삼진(三晉) : 춘추시대 진(晉)을 셋으로 나누어 제후가 된 위(魏)·한(韓)·조(趙)를 말한다.
44 조빙(朝聘) : 제후가 직접 또는 사신을 보내어 정해진 시기에 천자(天子)를 알현하는 일을 말한다. 춘추시대에는 제후가 패주(霸主)를 알현하는 일도 조빙이라 하였다.

이나 [직접] 가서 자문했고, 말 네 필의 수레[45]를 몰고 깃발을 꽂은 경대부卿大夫들이 길에 끊이지 않는다네. 한마디 말이라도 하면, 위魏의 임금과 신하들은 큰 보배처럼 받든다네. 임금은 또 담당 신하에게 다달이 그 창고를 채워 주고 해마다 그 집안을 보살피게 했고, 중산을 둘러싼 밭 수백 무畝를 식읍으로 삼게 했다네. 이 때문에 중산자는 바위 동굴에서 가난하게 살지만, 처자식은 굶주림과 추위를 모르고, 노복들도 밭 갈고 베 짜는 일에 종사하지 않는다네. 나아가도 두려울 게 없고 물러나도 근심거리가 없으며, 몸은 언덕과 골짝에서 편안하면서도 이름은 제후에게 드러났다네. 의식은 풍성하고 영예와 존귀함도 충분하지. 우리는 자신들을 돌아볼 때마다 서글퍼진다네. 자네는 왜 가서 물어보지 않는가?"

그러자 그 가난한 사람은 멍한 표정으로 "주인 [같은 사람도] 아직 바라는 게 있다니, 참으로 끝이 없구나!"라고 했지요.

다음 날 중산에 가서 중산자를 뵙고 말했지요. "사람들은 부귀를 좋아하고, 재앙과 환란을 두려워합니다. 가난하고 천한 처지를 근심하고 편안하고 즐거운 것을 좋게 여기지요. 그러나 부귀를 추구하면 재앙과 환란이 따르고, 편안하고 즐겁기를 추구하면 가난하고 천한 처지가 따라옵니다. 이는 성인이나 철인哲人들도 다 갖지는 못했던 것입니다. 지금 선생께선 부귀의 즐거움을 얻고도 재앙과 환란에 [이르는] 길은 끊어 버렸고, 가난하고 천한 근심을 해결하고도 편안한 즐거움은 오롯이 차지하셨습니다. 아마도 세상 사람 중에 선생처럼 높은 덕과 온갖 복을 갖춘 이는 없을 듯합니다. 선생 같은 분이시라면 세상에 바랄 것이 없을 수 있겠습니다."

---

45 말 네 필의 수레 : 원문은 '관개(冠蓋)'이다. 임금의 명을 받든 사신(使臣)이나 고위직의 관리가 타는 수레로, 말 네 필이 끌게 되어 있고 덮개가 있다.

중산자가 말했지요.

"그렇지 않소. 내 어찌 동경하는 바가 없겠소?"

가난한 자가 놀라 물었습니다.

"감히 여쭈니, 선생께서 부러워하는 사람은 누구입니까?"

중산자가 말했습니다.

"내가 동경하는 것은 바로 당신이오."

그러자 가난한 사람은 낯빛이 변해 혀를 빼물고, 얼굴은 흐르는 땀으로 뒤덮인 채 한참 있다가 물었지요.

"선생님께선 이게 무슨 말씀인지요?"

중산자가 말했지요.

"앉게. 내 자네에게 말하리다. 지식이란 몸을 옭아매는 밧줄이고, 재물이란 집안의 재앙일세. 그래서 좋은 나무는 반드시 도끼에 찍히는 재앙을 만나고, 아름다운 옥은 반드시 조탁당하는 슬픔을 겪지. 행실이 독실한 선비는 큰 부잣집에서는 나오지 않는 법일세. 지금 나는 산속에 살면서 누추한 오두막에서 편안히 지내네. 여뀌와 콩잎을 달게 먹고, 늘 갈옷을 입고 새끼줄로 띠를 매지. 움직이는 데 편하면 그뿐, 걸치고 묶고 하는 것들엔 익숙하지 않다네. 내가 아는 게 없었으면, 누추한 거리 밖에서 [벽제辟除의] 호령 소리가 나면 울안에서는 허둥지둥 넘어지고 자빠지는 일이 어찌 있겠으며, 이끼 덮인 마당에 일산을 꽂아 두고 우거진 계수나무에는 네 필 말을 매어 두는 일이 어찌 있겠나? 나를 옷으로 구속하고 띠로 묶어서, 앉거나 눕거나 내 뜻대로 하지 못하게 하는 일이 왜 또 있겠는가?

또 가난은 내 분수일세. [그런데] 지금 내 아내는 손으로 베를 짜지 않고, 자식들은 쟁기를 잡지 않네. 편안히 앉아서 밥을 먹으면서 늘 이럴 수 있으리라 여기니, 위魏가 양식을 보내 주어 그렇게 만든 것일세. 어느 날 갑자기 내가 죽으면, 자손들은 위로는 선비가 될 수도 없을 것이고,

아래로는 농부가 될 수도 없을 것일세. 심지어 거지도 될 수 없을 것일세. 내가 이런 봉양을 받지 않았으면, 나는 은거해서 홀로 즐거울 테고 자손들은 가난하고 미천한 삶에 익숙해서 그것을 편안하게 여기게 되었을 것일세. 지금 내가 살아서는 나의 즐거움을 온전히 누리지 못하고, 죽어서는 자손들에게 근심을 남기게 된 것은, 지식과 재물이 그렇게 만든 것일세. 그러니 '내가 부러운 것은 자네'라고 말하는 걸세."

가난한 사람은 돌아가 이 말을 제 처자식에게 해 주었답니다. [그러고는] 죽을 때까지 근심스럽고 슬픈 모습을 하지 않았다고 합디다.

이렇게 본다면, 세상에 자족하면서 부러운 것이 없는 자가 어디 있겠습니까?

「제7, 회언悔言」[46]

덕이 충만해도 시기가 적절하지 않으면 시행되지 않는다. 지혜가 투철해도 스승의 도움이 없으면 열리지 않는다. 말이 훌륭해도 사람들이 좋아하지 않으면 전파되지 않는다. 쓰이려 들면 치욕을 당하고, 의도하면 어긋난다【제7. 「회언悔言」○ 아래도 같다】.

새가 무리를 지어 날 때 동풍이 불면 바람결을 따라 서쪽으로 날고, 서

---

46 「회언(悔言)」은 『현수갑고 하(峴首甲藁下)』 권9, 「장서기 3(藏書紀三)」의 목차에 제목만 실려 있는 작품으로, 『시언』과는 별도의 작품으로 처리되었다. 한편, 『숙수념』에서는 『시언』에 '모두 일곱 편이고, 그중 46단락을 절록했다.'라는 주석이 달려 있다. 그리고 「제4, 물언」과 「제7, 회언」의 내용이 그 아래 절록으로 편집되어 있고, 모두 합해서 46단락이다. 즉 『숙수념』에서는 『시언』의 제4장이 「물언」, 제7장이 「회언」인 것으로 처리된 것이다. 이러한 차이는 『숙수념』과 『현수갑고』의 편찬 과정에 따른 변화로 보인다. ○『현수갑고』는 30세 이전의 작품을 모은 것이고, 『숙수념』은 43세 무렵에 만들어진 것이다.

풍이 불면 바람결을 따라 동쪽으로 향한다. 거스르고 혼자 날아서 함께 동쪽이나 서쪽으로 향하지 않는 자를 '무리가 아니다.'라고 한다. 무리가 아니니 참으로 어긋난다.

동해로 여행 간 사람이 [해안의] 절벽에 올라 그 망망하게 넓은 모습을 바라보았다면, 이것으로 '바다를 보았다.'라고 여긴다. 남들도 미상불 '바다를 보았다.'라고 여긴다. 지금 배를 건조하고 식량을 모아, 미친 풍랑을 넘고 위태로운 파도를 가르며, 날과 달이 지나고 해를 넘겨 가며 반드시 그 끝까지 가려고 한다. 그런 뒤에야 스스로 '바다를 보았다.'라고 여기는 자라면 도리어 어찌 어긋나는 것이 아니겠는가?

산에 오르는 사람을 못 보았는가? 앞선 자가 끌고 뒤에 선 자는 부축하고, 절벽에 매달리고 나무에 붙기도 하면서, 열 걸음에 여덟 번은 넘어지다가, 고갯마루의 능선을 만나 앉는다. 땀을 말리고 숨을 몰아쉬면서 세상 제일 높은 곳까지 올라왔다고 스스로 생각한다. 어떤 사람은 태산의 꼭대기에 오르고도 오히려 부족하다고 여긴다. 이 두 사람이 본 것이 어찌 같겠는가?

'지知'가 '지志'에게 말했다. "어째서 팔지 않는가?"
지志가 말했다. "나는 어긋난다. 어긋나니 팔아도 필시 욕을 먹을 것이다."
"무엇을 '어긋난다'라고 하는가?"
"높은 것은 우러르고 낮은 것은 누르는 것이 인지상정이다. 그런데 나는 높은 산을 업신여기고 개미 언덕을 두려워한다. 강한 것은 피하고 약한 것은 경멸하는 것이 정상적인 이치이다. 그런데 나는 호랑이나 이리는 이기지만 모기나 이는 두려워한다. 도리어 크게 어긋나지 않은가?"

물을 만나면 배를 탄다. 옛날부터 그랬다. 남쪽 지방의 헤엄 잘 치는 어떤 사람은 천 길 물이라도 발가벗고 건넌다. 비록 잘하기는 하지만 정도正道는 아니다. 북쪽 사는 사람이 그 기술을 듣고 황하에서 시도해 보려고 했다. 어떤 이가 배를 만들라고 권하자 "어찌 그리 오래 지체할 수 있으랴?" 했다. [그러곤] 바지를 걷고 정강이를 담그더니 차츰차츰 만 길 파도 속으로 들어갔다. 그러나 요행히 죽지는 않았다. 그의 여러 숙부와 형제, 친척과 이웃들이 둘러서서 그것을 지켜보았는데, 모두 그가 죽지 않은 걸 요행으로 여겼지만, 여전히 어떤 이의 말이 그럴듯하다고는 생각하지 않았다. 이때쯤이면 그 어떤 이는 이미 멍에를 돌려 가 버렸다.

나도 수레를 돌려 떠났을 것이다. 무엇을 팔겠는가?

세상이 한창 황옥璜玉과 우옥瑀玉으로 사치를 하는데, 나는 벽돌과 기와를 가지고 [그것을] 배척한다. 세상은 한창 큰 바다에 눈을 둥그렇게 뜨는데, 나는 도랑물을 가지고 [그것을] 흘겨본다. 지초芝草와 명협蓂莢47이 들판에 나면 나무하는 늙은이가 반드시 눈을 흘기며, 기린과 봉황이 벌판에 모이면 마을 개들이 반드시 으르렁거리며 짖는다.

한가히 살면서 외출이 드물 땐 화류마驊騮馬48가 벌판에 버려진다. 만리 길을 떠날 때가 되고 나서야 찾지만, 너무 늦다. 만 리 길을 가면서도 여전히 찾지 않는 자는 모두 중도에 쓰러진다.

---

47 지초(芝草)와 명협(蓂莢) : 둘 다 진귀한 풀이다. 지초는 영지(靈芝)로 불로장생의 약초이고, 명협은 요임금 때 났었다는 상서로운 풀이다. 초하루부터 보름까지 하루에 한 잎씩 났다가, 열엿새부터 그믐까지 하루에 한 잎씩 떨어져 달력 노릇을 했다고 한다.

48 화류마(驊騮馬) : 명마의 이름이다. 주 목왕(周穆王)의 팔준마(八駿馬) 중 하나로, 몸통의 털빛은 붉고 갈기는 검어서, 땀을 흘리면 피를 흘리는 듯 보였다고 한다.

태산의 꼭대기에선 가시덤불을 땔감으로 베지 않고, 우거진 덤불에선 번여璠璵[49]가 드러나지 않는다. 옛날의 도道는 재능이었는데, 오늘날의 도는 지체와 문벌地閥이다.

뛰어난 장인은 스스로 팔지 않고, 준마는 스스로 울지 않는다. 아름다운 규수는 스스로 중매하지 않고, 철인哲人은 스스로 천거하지 않는다. 알아주지 않으면 그만일 뿐이다.

홍자洪子가 길에 나섰다가, 시내에서 빨래하는 사람을 보았다. 하늘을 향해 머리를 쳐들고는 말했다. "뜨거운 해로 내 빨래를 말려 주십시오." 얼마 뒤 밭에서 김매는 사람을 만났다. [그도] 또한 하늘을 향해 머리를 쳐들고 말하였다. "단비를 내려 내 모를 일으켜 주십시오." 종종걸음으로 지나쳐 여행자를 만났다. [그도] 또한 하늘을 향해 머리를 쳐들고 말했다. "비가 오면 젖을까 겁나고, 볕이 나면 땀이 날까 겁납니다. 흐리고 큰 비는 오지 않아 내 길에 편리하게 해 주십시오." 홍자가 휘이 한숨을 쉬고 말했다. "천하를 다스리는 것은 거의 지난至難한 일이로다! 모든 백성이 혜택을 받는 것은 요순이나 [되어야] 겨우 가능하겠구나!"

어떤 관상 잘 보는 사람이 대부를 뵈었다. 대부는 재물을 모아 부국을 도모하려 하던 참이라, 객에게 읍하고 나오게 했다.

"선생은 세상 사람의 관상을 많이 보았소. 세상에 부유한 관상을 가진 사람이 얼마나 되오?"

객이 말했다. "소인이 세상 사람의 관상을 많이 보긴 했습니다. 젊었

---

49 번여(璠璵) : 춘추시대 노(魯)의 보옥(寶玉) 이름이다. 공자가 그 아름다움을 칭찬한 일이 있다. 『일논어(逸論語)』. 훌륭한 인재를 비유하는 말이기도 하다.

을 때는 하루 수천 명의 관상을 보았고, 중년 이후로는 날마다 수백 명의
관상을 보았습니다. 이제는 늙었습니다만, 하루에 보는 관상이 수십 명
보다 적진 않습니다. 팽조彭祖[50]만큼 장수할 사람도 있었고, 조趙·위魏의
[제후만큼] 귀하게 될 사람도 있었고, 자손이 몇백 명일 사람도 있었고, 평
생 병 없이 기체가 건강하고 순조로울 자도 있었습니다. 다만 부자의 관
상을 지닌 사람은 보지 못했습니다."

대부가 물었다. "무슨 말인가?"

"소인의 고향에는 집에 수천 금을 지닌 사람이 두어 명 됩니다. 백 금
을 축적한 사람은 몇십 집입니다. 수십 금을 지닌 자는 백여 호가 넘습니
다. [그들은] 곡식은 곳간에 넣어 두고 돈은 창고에 매어 두고는, 친척이
[자기] 문 앞에서 쓰러져 죽어도 돌아보지 않았습니다. [그런데] 그것을 노
리고 있는 도적이 있었습니다. 아침엔 풀섶에 숨어 있다가 저녁나절이
면 도깨비와 결탁해서, 밤을 틈타 담장을 넘어 들어가 [한] 무리가 짊어
지고 나오면 [다른] 한 떼가 떠메고 달아났습니다. 다음 날에야 [도둑맞은
것을] 알았지요. 이런 일이 열 달 동안 그치지 않았습니다. 그러자 천 금
을 가진 집안에선 친척들을 모아서 대비했습니다. 백 금을 가진 집들은
밤마다 횃불을 켜 놓고 자지 않았고, 십 금을 가진 집들은 처자를 데리고
떠났습니다. 미친 듯 뛰어다니며 죽음으로 지키느라, 자나깨나 편치 못
했습니다. 얼마 되지 않아 재물도 바닥이 났습니다.

소인은 가난뱅이입니다. 집이 그들 사이에 있지만, 저 혼자 편히 자고
거친 현미밥이라도 달게 먹으며 동요하지 않았으니, 결국 처음보다 손
해 본 것이 없었습니다. 재물이란 한 사람의 재물이 아닙니다. 모으기만

---

50 팽조(彭祖) : 장수한 것으로 유명한 전설적 인물이다. 원문은 '전팽(錢彭)'이다. '전'은 성이
고, '팽'은 그가 봉해진 땅 이름이다. 이름은 경(鏗)이다. 팽에 봉해진 이후 후손들이 팽을
성씨로 삼아, 팽씨의 조상이 되었으므로 '팽조'로 흔히 불린다. 요(堯) 때 팽성(彭城)에 봉
해진 뒤, 하(夏)·은(殷)·주(周) 삼대에 걸쳐 8백 년을 살았다고 한다.

하고 흩지 않으면, 오늘은 왕이나 공자公子의 부를 지녔어도 내일이면 빌어먹고자 해도 할 수 없을 것입니다. 오늘날의 부자란 모두 그렇습니다. 그러니 소인이 세상 사람의 관상을 많이 보았지만, 부유한 상을 지닌 사람은 본 적이 없는 것입니다."

그러니 서민의 부는 이웃과 공유해야 한다. 선비의 부는 친척과 벗들과 공유해야 한다. 공경·대부의 부는 조정과 공유해야 한다. 제후의 부는 나라 안 모두와 공유해야 한다. 천자의 부는 천하와 공유해야 한다. 그런 뒤에야 그것을 '부'라고 부를 수 있다.

과수원을 가진 사람이 머슴을 시켜 과일을 수확하고는, 번번이 절반을 머슴에게 상으로 주었다. 다음 해엔 수확이 두 배였고, 그다음 해엔 세 배였다. 이 사람의 과수원은 흉작인 해가 없었다. 천하를 다스리는 사람이 이렇게 한다면, 상하가 풍족해서 흉년 드는 해가 없을 것이다.

사물이 아름다운 것은 복이 아니고, 사물이 누추한 것도 재앙이 아니다. 그러니 맑은 물로 끓인 엷은 차는 사람의 몸을 해치지 못한다. 못생긴 여자와 늙은 계집종은 남의 집안을 뒤엎지 못한다. 낮은 관직과 박한 녹봉은 남의 일족을 침몰시키지 못한다. 짚을 엮어 만든 처마 끝과 진흙을 쌓아 만든 계단참은 남의 사직을 망치지 못한다.

사람들에겐 작은 소원도 있고 큰 소원도 있다. 작은 소원은 인지상정을 따르지만, 큰 소원은 대중들과는 전혀 다르다. 공사·안자顏子가 될 수 없을 바에야 차라리 배우지 않으리라. 여상呂尙·관중管仲[51]이 될 수 없을

---

51 여상(呂尙)·관중(管仲) : 둘 다 최고의 재상으로 평가되는 인물들이다. ○여상은 주(周)의

바에야 차라리 무지하리라. 장자莊子·한유가 될 수 없을 바에야 차라리 문장을 하지 않으리라. 천 리 밖 털끝까지 분별할 만큼 눈이 밝지 않을 바에야 차라리 소경이 되리라. 오성五聲을 구별하고 육률六律을 명료하게[52] 알 수 있을 만큼 귀가 밝지 못할 바에야 차라리 귀머거리가 되리라. 황금과 보석을 산처럼 쌓아 놓을 만큼 부유하지 못할 바에야 차라리 뒷 골목에서 표주박이나 들고 있으리라. 뜰에 진晉과 초楚를 무릎 꿇릴 정 도로 존귀하지 못할 바에야 차라리 구유 곁에서 채찍이나 잡으리라. 한 쪽 팔로 만 근을 들어 올릴 정도로 힘이 좋지 못할 바에야 차라리 참새 깃털 하나를 짊어지고서도 땀을 흘리리라.

지금 산자山子[53] 같은 명마는 굴레와 고삐를 씌우지 않아도 평원을 뛰 어넘고 대륙을 건너 하루에 수천 리를 달리고도 지치는 법이 없다. 이는 참으로 날래서 그 이상은 없다. 그 아래로는 하루에 천 리를 달리기도 하 고, 하루에 육칠백 리를 달리기도 한다. [그런가 하면] 이삼백 리도 못 달리 기도 하고 백 리도 못 달리기도 하니, 모두 제각기 힘에 한계가 있다. 말 을 모는 자는 [자기개] 바라는 것을 [말에게] 요구한다. 천 리를 갈 수 있는 말에게 수천 리를 요구하고, 몇백 리를 갈 수 있는 말에게 천 리를 요구

재상이다. 성은 강(姜), 이름은 상(尙), 자는 자아(子牙)로, 강태공(姜太公)으로 흔히 불린다. 무왕(武王)을 도와 은(殷)을 정벌해 천하를 평정했다. 관중은 춘추시대 제(齊)의 재상으로, 이름은 이오(夷吾)이다. 제 환공(齊桓公)을 도와 부국강병을 이룩하여 환공이 패자(霸者)가 되게 했다.

52 오성(五聲)을 구별하고 육률(六律)을 명료하게 : 오성은 궁(宮)·상(商)·각(角)·치(徵)·우 (羽)의 오음(五音)을 말하고, 육률은 십이율(十二律) 중 양성(陽聲)인 태주(太簇)·고선(姑洗)· 황종(黃鍾)·이칙(夷則)·무역(無射)·유빈(蕤賓)을 통칭하는 말이다.

53 산자(山子) : 주 목왕(周穆王)의 여덟 마리 준마 중 하나이다. 『목천자전(穆天子傳)』에 의하 면 그는 적기(赤驥)·도려(盜驪)·백의(白義)·유륜(踰輪)·산자(山子)·거황(渠黃)·화류(華騮)· 녹이(綠耳)의 여덟 마리 준마를 가지고 있었는데, 이 말들을 타고 서왕모(西王母)를 만나러 갔다고 한다.

한다. 그리하여 굴레와 재갈을 채우고, 채찍을 댄다. [그러고는] 땀을 비 오듯 흘리다 결국 쓰러져 죽어야 그만둔다. [그러나] 비루먹고 부스럼투 성이에다 절름발이여서, 정강이를 끌며 천천히 걷는 것들은 풍성한 풀 밭이 있는 평원이나 언덕에 놓여나 제 본성대로 살며 타고난 수명을 다 누린다. [능력보다 많은 것을 요구받는] 이런 말들이 어찌 그런 삶을 얻을 수 있 겠는가?

그러므로 [더 이상] 위가 없으면 구속하는 것도 없다. [더 이상] 아래가 없 으면 벌 받을 것도 없다. 위가 있고 아래가 있으면, 구속의 창고이고 징 벌의 수렁이다. 사람들은 어리석은 사람下愚이 될까 봐 참으로 불안해한 다. 그래서 뜻 있는 선비가 되길 바란다. 남들도 '[지닌] 뜻이 있다'라고 인 정해 준다. 뜻이 있으면, 그 위에는 '도가 있는' 선비가 있다. 이렇게 밟아 올라가다 보면 성인에 이르러서야 [더 이상] 위가 없게 된다. 현인이 되고 서 그치면, 밤낮으로 성인처럼 하기를 사모한다. 그렇지 못하면 근심스 럽고 부끄럽고 슬퍼져서 자신이 늘 부족한 것처럼 여겨진다. 남들도 [그 에게서] 성인을 기대하다가 감당치 못하면 비난이 집중된다. 그 가장 어 리석은 자下愚만은 그렇지 않다. 천하에 이런 것들이 있다는 걸 알지 못 하니 근심도 없다. 남들도 이런 것들을 바라지 않으니 책망도 하지 않는 다. 근심하지 않으니 편안하고, 책망이 없으니 즐겁다. 그러므로 말한 다. 큰 소원을 실현하지 못할 바에야 차라리 소원이 없는 것이 낫다. 인 지상정의 소원을 추구하는 것은 근심을 부르는 짓이다.

빈객 중에 모 씨와 친한 사람이 있었다. 한번은 모 씨에게 백 금金을 청한 적이 있었는데, 모 씨는 자기 재산을 털어 들어주었다. 보검과 명 마를 청한 적도 있었는데, 모 씨는 차고 있던 것을 풀고, 타고 있던 것에 서 내려 보내 주었다.

얼마 후, 빈객이 병이 심해서 특별한 약을 먹어야 했다. 세상을 [두루] 찾아보았지만 구할 수 없었다. 그러나 끝내 모 씨에게는 말하지 않았다. 어떤 사람이 물었다. "그대는 모 씨에게 세 번 부탁해서 못 얻은 적이 없었소. 모 씨보다 그대를 사랑할 사람은 세상에 없소. 지금 그대가 병들어 죽을 지경이 되어 온 세상으로 약을 구하면서도 모 씨에겐 말하지 않으니, 왜 그러시오?"

빈객이 대답했다. "내가 들으니, 남의 충성을 끝까지 받으면 충성하던 자는 게을러지고, 남의 도움을 끝까지 받으면 돕던 자는 돌아선다 하더이다. 지난번 내가 얻은 것은 마침 그가 지니고 있던 것들이었소. 또 내가 세 번 부탁해서 못 얻은 적이 없었소. [그러니] 나는 '모 씨가 내게 은혜를 베풀었다.'라고 하고, 모 씨는 '내가 저이의 마음을 상하게 한 일이 없다.'라고 하오. 이 말을 듣는 세상 사람들은 '저이와 모 씨는 서로를 몹시 아낀다.'라고 하지요. 이런 상황이 완벽하지 않소? 지금, 모 씨라고 세상의 진귀한 물건들을 다 가지고 있는 것은 아닐 것이오. 지금 내가 약을 원했다가 혹시 얻지 못하면, 나는 '내게 대한 모 씨의 사랑이 변했다.'라고 할 것이고, 모 씨는 '내가 저이의 호감을 잃었다.'라고 할 것이오. 이 말을 들은 세상 사람들은 '저이와 모 씨의 사랑이 소원해졌다.'라고 할 것이오. 이런 상황은 안 좋지 않겠소? 또 평생 후대하다 죽어 갈 무렵에 박대한다면, 양쪽 모두 결함이 아니겠소? 내가 일부러 부탁하지 않는 것이오."

모 씨가 이 말을 듣고는 천 금을 들여 약을 사서 보냈다. 병은 며칠 되지 않아 나았다.

어떤 부자에게 계집종이 있었는데, 용모는 아름다웠으나 영리하지 못해 자주 잘못을 저질렀다. 부자는 그의 미색을 사랑해서 잘 대해 주었다. 한번은 실수로 촛불로 부자의 옷을 태운 적이 있었다. 부자는 책망하지 않고 "비단은 많다."라고 했다. 걷다가 솥을 건드려 아직 덜 익은 음식을 엎기도 했다. 부자는 불문에 부치며 "곡식은 쌓였다."라고 했다. 검을 내오다 떨어뜨려 부자의 발을 찔러 피가 실처럼 솟은 적도 있었다. 부자는 웃으며, "약을 바르면 낫는다."라고 했다. 그러다가 계집종의 미색이 조금 바랬다. 뜰을 지나다 흙덩어리 하나를 망가트리자 부자는 노해서 매질을 했다. 어찌 옷이나 음식, 살갗보다 흙덩어리를 더 아껴서 그러겠는가? 미색의 성쇠가 다른 것이다. [그래서] 앞에선 덮어 주었던 것이 뒤에선 문제가 되는 것이다.

한 어리석은 이가 오른손에 종기가 났다. 치료하려니 약이 의심스러웠다. 약에 대해 알려니 의학을 공부해야 했고, 의학을 공부하려니 [약]방문을 읽어야 했다. [약]방문을 읽으려니 또 글자를 몰라 걱정이었다. [그래서] 훈장에게 가서 글자를 배우려 하고 있었다. 사람들이 모두 그를 비웃었다.

어떤 송나라 사람이 기러기와 고니들이 모인 것을 보았다. 쏘려고 하니 활이 없었다. 활을 만들려고 하니 좋은 재료가 없었다. 마침내 돌아와 밭에 산뽕나무를 심었다.

한 초나라 사람이 연못에서 모시풀을 베고 있었다. 어떤 사람이 이유를 물었다. "곡치54를 만들려 하오." "곡치는 뭐 하려고요?" "누에를 기르려 하오." "누에는 길러 뭘 하려오?" "실을 삼으려 하오." "실은 삼아 어디다 쓰려오?" "비단을 짜려 하오." "비단은 짜서 어디에 바치려고요?" "묶어서 폐백으로 삼을 겁니다." "폐백은 무슨 일이오?" "스승을 모셔 오려고요." "스승께 뭘 배우려고요?" "연산連山과 귀장歸藏55의 방법을 배우려

---

54 곡치 : 누에발을 받치는 기둥이다.
55 연산(連山)과 귀장(歸藏) : 연산과 귀장은 주역(周易)과 함께 고대의 세 가지 역법이다. 모두 팔괘(八卦)를 사용하는 역법으로, 연산은 하(夏)에서, 귀장은 은(殷)에서, 주역은 주(周)에

고요." "그래서 어쩌려고요?" "우리 고을의 가뭄이 지금 한 달째요. 관리의 명이 '점을 쳐서 비 올 날짜를 알아내는 자에겐 상으로 백 금을 준다.' 하오. 내 그것이 좋아 보이오."

이 세 사람은 참으로 세상 어리석은 자들이다. 그러나 나는 어리석다고 생각하지 않는다. 글자를 배우는 것은 종기를 치료하는 것과는 사실 별 상관이 없다. [그러내] 그 때문에 글을 알게 되면 어찌 쓸모가 없겠는가? 뽕나무를 심는 일은 기러기나 고니와는 아주 먼 일이다. [그러내] 뽕나무가 자라 재목이 되면, 왜 쓸데가 없겠는가? 모시풀을 베는 것은 비를 점치는 것과는 아무 상관이 없다. [그러내] 누에 발을 엮어 누에를 올리면, 추위를 면할 수 있을 것이다. 이 세 사람이 빈둥거리며 하는 일 없이 날을 죽이는 자들보다야 낫지 않겠는가? 맹자께서 말씀하셨다. '칠 년 묵은 병에는 삼 년 묵은 약쑥을 구하는 법이니, 미리 저장해 두지 않으면 종신토록 얻지 못할 것'이라고.⁵⁶ 참으로 맞는 말씀이시다!

○ 예전에 쓴 글⁵⁷ 중, 도道를 논한 것으로는 〈명리明理〉, 〈명성明性〉, 〈명교明教〉, 〈명학明學〉 등 여러 글이 있다. 정치를 논한 것으로는 〈위정爲政〉 이하

서 행해졌다.

56 맹자께서 말씀하셨다. …… 못할 것'이라고 : 『맹자』 「이루 상(離婁上)」에 나온다. "맹자께서 말씀하셨다. ……'지금 왕 노릇을 하고자 하는 이는 칠 년 묵은 병에 삼 년 묵은 약쑥을 구하는 것과 같다. 만약 저장해 두지 않으면 종신토록 얻지 못할 것이다. 진실로 인에 뜻을 두지 않으면 종신토록 근심과 욕을 당하다가 죽음에 빠지고 말 것이다'(孟子曰. …… 今之欲王者, 猶七年之病, 求三年之艾也. 苟爲不蓄, 終身不得, 苟不志於仁, 終身憂辱, 以陷於死亡)."

57 예전에 쓴 글 : 이하에 나열되는 글들 중, 〈명리(明理)〉, 〈명성(明性)〉, 〈명교(明教)〉, 〈명학(明學)〉, 〈위정(爲政)〉, 〈복총(復聰)〉, 〈좌성(左省)〉, 〈우경(右儆)〉, 〈위언(危言)〉, 〈심려(深慮)〉, 〈광우(狂吁)〉는 『표롱을첨(縹礱乙幟)』에 실려 있고, 〈처녀부(處女賦)〉는 『현수갑고(峴首甲藁)』에 실려 있다. 나머지 〈진약(眞約)〉, 〈지언(志言)〉 3편, 〈선해(僊解)〉, 〈오자쟁능문(五子爭能文)〉, 〈초고(招古)〉, 〈송의(訟瑿)〉, 〈이호(狸虎)〉, 〈오의석(五疑釋)〉, 〈남린도(南隣盜)〉, 〈획역설(畵域說)〉, 〈담사부(覃思賦)〉는 『현수갑고』에 제목만 실려 있다.

십여 편이 있다. 자기 수양의 [글로는] 〈진약眞約〉, 〈복총復聰〉, 〈좌성左省〉【본15】, 〈우경右儆〉【본15】이 있다. 자신에 대해 서술한 것으로는 〈지언志言〉 3편, 〈선해僊解〉, 〈오자쟁능문五子爭能文〉, 〈처녀부處女賦〉가 있다. 시대에 대한 감회로는 〈초고招古〉, 〈송의訟瞖〉), 〈이호貍虎〉, 〈오의석五疑釋〉, 〈위언危言〉, 〈심려深慮〉, 〈남린도南隣盜〉, 〈획역설畵域說〉, 〈담사부覃思賦〉가 있다. 지금 모두 수록하지 않고, 〈광우狂吁〉 두 편만 수록한다. 눈 밝은 자는 오히려 그 숨겨진 뜻이 있는 곳을 엿볼는지도 모르겠다.

○○○ 〈광우 상狂吁上〉

사람들은 "세상이 퇴락했다! 영재가 늘 나오는 건 아니다."라고들 하는데, 틀렸다. 효성스럽고 우애롭고 행실이 독실한 자, 어느 세상에도 그런 사람은 있다. 충성스럽고 신의 있고 후덕한 자, 어느 세상에도 그런 사람은 있다. 특별히 위대하고 뛰어난 자, 어느 세상에도 그런 사람은 있다. 청렴과 절개로 우뚝 선 자, 어느 세상에도 그런 사람은 있다. 재주와 그릇이 크고 통달한 자, 어느 세상에도 그런 사람은 있다. 박학하고 다재다능한 자, 어느 세상에도 그런 사람은 있다. [다만] 높이 날아오르거나 깊숙이 웅크려, 모두 산굽이에서 늙어 가 드러나지 않는 것이다.

그런데 나는 오늘날의 세상엔 지혜로운 선비가 없다고 말한 적이 있다. 사람이 재주와 학문, 뜻과 행실을 갖추는 것은 백성들에게 복을 주기 위해서이다. [그러내 가능한 시대가 아니라면 그저 간직할 뿐이니, 이는 불행한 일이다. 당대에는 시행할 수 없더라도, 훗날 [그냥] 없어지지 않고 다음에 오는 사람들에게 내가 재주와 학문, 뜻과 행실을 갖추었었다는 것을 알릴 수 있다면 그래도 다행일 것이다. 공자께선 "죽을 때까지 이름이 나지 않는 것을 군자는 싫어한다."라고 하셨다.[58] 옛사람들은 스스로 묻혀 버리길 원한 적이 없으니, 명성을 좋아해서가 아니다. 오늘날 세상에도 효도하고 우애 있으며 행동이 독실한 자, 충성스럽고 신의 있으며 후덕한 자, 특별히 위대하고 뛰어난 자, 청렴과 절개로 홀로 우뚝 선 자, 재주와 그릇이 크고 통달한 자, 박학하고 다재다능한 자는 반드시 있다. 그러나 훗날 모두 묻혀 버릴 텐데도 도모할 방법을 모른다. 그래서 '지혜로운 선비가 없다.'라고 하는 것이다.

　의롭지 않은 방법으로 도모해서, 구차하고 수치스럽게 지조를 잃는다면 [이는] 안 될 일이다. [그러나] 지금은 발 한 번 들어 올리는 [작은] 노력에 불과하지만, 덕은 더욱 빛나고 뜻은 더욱 넓어지며, 지조를 무너뜨리지 않을 뿐 아니라 더욱 굳게 할 것이다. 살아서는 면복冕服과 수레59를 누릴 것이고, 죽어서는 깃발 위에 적히는 영광60을 누릴 것이다. 이런데도 도모하지 않는다면, 이것을 어찌 지혜롭다고 하겠는가! 혹자는 알지만 고려할 줄 모르고, 혹자는 고려하지만 결단하지 못한다. 아! 그 또한 운명이리라!

○○○ 〈광우 하狂吁下〉

　옛 성왕聖王의 도를 밝혀서 만백성을 보호하고 은혜를 베풀고 싶은가? 나는 그럴 힘도 없으려니와 시대도 불가능하다. 옛 성현의 말씀을 풀이해서 후세에게 길을 터 주고 은혜를 베풀고 싶은가? 이미 많이 있으니, 부질없는 헛수고일 뿐이다. 한 시대의 역사를 저술해서 정치의 잘잘못

---

58 공자께선 "죽을 …… 싫어한다."라고 하셨다 : 『논어』 「위령공(衛靈公)」에 나온다.

59 면복(冕服)과 수레 : 고관의 복장과 탈것을 말하는데, 일반적으로 높은 관작을 뜻한다.

60 죽어서는 깃발 위에 적히는 영광 : 원문은 '영어기상(榮扵旂常)'이다. 기상(旂常)은 왕과 제후를 상징하는 두 가지 깃발로, 기(旂)는 교룡을 그린 깃발이고 상(常)은 해와 달을 그린 깃발이다. 옛날엔 공신(功臣)의 업적을 여기에 기록하였다고 한다. 『주례(周禮)』 「춘관종백(春官宗伯)·사상(司常)」.

을 밝히고 충신과 역적을 구분해서 만세의 법도를 세우고 싶은가? 죄가 두려우니, 말을 감추지 않을 수 없다. [그렇다면] 장차 세월도 던져 버리고 식견을 썩히며 어물어물 늙어 갈 것인가?

충성과 신의, 재주와 덕을 갖춘 특별히 빼어난 사람은 지금 세상이라고 옛날보다 못하지 않다. 다만 드러난 것이 드물 뿐이다. [그들은] 서로 껴안고 들에서 늙으며, 자신을 드러내지 못한다. [그러니] 깊고 은밀한 곳까지 찾고 들추어서 모두 드러내 주고, 각자 자신들의 장기를 천하와 후세에 펼쳐 보이도록 해서, 시행해 볼 기회도 얻지 못했다는 노여움을 조금이라도 풀게 해 줄 수 있다면, 또한 통쾌하지 않겠는가? 이것이 어진 사람, 군자의 마음이다.

곤륜산崑崙山에는 '영지'라는 이름의 풀이 있다. 하나를 먹으면 천이백 살을 산다. 어떤 사람이 [영지] 삼만 포기를 얻었다. 큰 대광주리에 담고 베 보자기로 싸서 큰 도회지의 넓은 길가에 가서 앉아 있었다. 잘 꾸민 수레에 귀한 보물을 싣고 지나가는 사람이 하루에 백 명, 천 명이었지만, 한번 쳐다보는 이도 없었다. 그 사람도 스스로 나서서 말하려곤 하지 않았다. [발길을] 돌려 동해 바닷가에 이르렀다. 큰 배를 몰고 바다로 나가는 사람들이 줄을 이었지만, 끝내 그가 가진 것에 대해 묻는 사람은 없었다. 그 사람 역시 스스로 나서서 말하려고는 하지 않았다. 드디어는 천태산天台山·청성산靑城山[61] 등 여러 명산을 두루 거치며, 집을 버리고 구도求道 생활을 하는 사람들을 무수히 만났다. 간혹 이상한 듯 유심히 바라보기도 했지만, 끝내 자세히 묻지는 않았다. 그 사람 역시 스스로 말하지는 않았다. 아! 그 또한 운명이리라!

○ 우리나라가 문헌이 횅하니 빈 것은 몹시 한탄할 만한 일이다. '동사東史'

---

61 천태산(天台山)·청성산(靑城山) : 도교에서 신선이 산다고 전해지는 선산이다.

는 반드시 편찬해야 한다[정2]. 그 밖에 후세에 모범으로 남길 만한 옛일이나 문학의 자료가 될 만한 아름답고 운치 있는 일들도 모두 수집해야 한다. 앞사람들이 『명신록名臣錄』, 『명신주의名臣奏議』, 『자경편自警編』 등의 책들을 모방해 편찬한 것이 있으면, 가져다 정리하고 윤색해서 선본善本이 되도록 하면 아주 좋을 것이다. 기타 『성리대전性理大全』, 『근사록近思錄』, 『세설신어世說新語』, 『사문유취事文類聚』 등과 같은 책들은 모두 원서의 부문部門과 조목條目을 사용해서 우리나라의 옛말이나 고사를 수집해 각각 한 부를 만들면 매우 좋을 것이다.

○○○ 〈『동국성리대전』 서문東國性理大全序〉

『성리대전性理大全』[62]은 송宋의 큰선비들이 도道와 이理를 강론한 책으로, 명明나라 사람이 편찬한 것이다. 우리나라가 훌륭한 선비들을 배출해서, 저술로 도를 흥성하게 한 것이 송에 그다지 뒤지지 않는다. 이에 뜻있는 이들에게 고하여, 수집하고 분류해서 묶고, 부部와 목目으로 나눠 명나라 사람에 이어 편찬하게 했다.

아! 하늘에 벌여 선 별들은 만의 만 개를 헤아린다. [그러나] 모두 궤도와 이름을 지녔다. 그 궤도와 이름을 하늘이 사람에게 고한 적 없고, 별들도 스스로 말한 적 없다. 다만 사람들이 제 마음대로 이름을 붙였을 뿐이다. 마음대로 이름을 붙였지만, 만대에 이르도록 바꾸지 못한다. 만약 신성한 사람이 나타난다면 [그제야] 그 이름을 바꾸고 그 궤도를 고치는 것이 가능할 것이다.

---

62 『성리대전(性理大全)』: 명 성조(明成祖)의 명으로 호광(胡廣) 등 42명의 학자가 송의 성리학설(性理學說)을 집대성하여 편집한 책이다. 송(宋)·원(元)대의 성리학자 120여 명의 학설이 수록되었으며, 총 70권이다. 그중 25권은 송대 학자의 중요한 저술을 수록하였고, 나머지 45권은 주제별로 여러 학자의 학설을 분류, 편집하였다.

바둑판을 둘러싸고 있던 사람이 판을 마치기 전에 일어나면서, 주위 사람들에게 '어지럽히지 말라'고 주의시킨다. 그러면 사람들은 감히 어지럽히지 못하고 두 사람이 돌아와 승부가 날 때까지 기다린다. 율시律詩에서 글자를 놓을 때, 평·측이 바뀌어도 형벌을 받진 않는다. 상자 속에 넣어 두면 남들은 보지 못하는 것이다. [그래도 잘못되었다는 것을] 깨달으면 반드시 고치고 나서야 잠자리가 편안해진다. 만약 사람들이 이만큼 나라 법을 두려워한다면, 형벌刑이 없어질 수 있을 것이다.

아! 이것들이 어찌 모두 성인의 법이겠는가? 아! 성인이 나타나지 않는다면, 위대하고 특이한 입론을 해선 안 된다. 성인이 나타나지 않는다면, 분분하게 논란이 있는 여러 선비의 설을 우선 모두 보존해 두어야지 없애선 안 된다. 내가 기다리는 것은 성인이다. 끝내 나타나지 않아, 천하의 군자들이 헛되이 애만 쓰고 결판을 보지 못하게 되더라도, 그 또한 운명이다. 내가 또 어찌겠는가?

○○○ 〈『동국근사록』 서문東國近思錄序〉

주자朱子는 성인이시다. 주자는 우리 조선朝鮮의 성인이시다.

삼대三代 이후로 상庠·서序·학學·교校[63]의 교육이 폐지되었다. 성인이 나타나더라도 [합당한] 지위를 얻지 못하면 그 가르침을 시행할 방법이 없다. 주자께선 송의 말기에 태어나 『소학小學』을 편찬하셔서 어린아이들에 대한 가르침을 남기셨다. 여러 경전에 대한 해석을 집성하셔서

---

63 상(庠)·서(序)·학(學)·교(校) : 모두 고대의 교육 시설 이름이다. 맹자(孟子)는 이를 설명해서 "상·서·학·교를 설치하여 가르쳤으니, 상(庠)은 봉양한다는 뜻이고, 교(校)는 가르친다는 뜻이며, 서(序)는 활쏘기를 익힌다는 뜻이다. 하에서는 교라 하였고, 은에서는 서라 하였고, 주에서는 상이라 하였으며, 학은 삼대가 공통으로 두었으니, 이는 모두 인륜을 밝히는 것이었다(設爲庠序學校, 以教之, 庠者養也, 校者教也, 序者射也. 夏曰校, 殷曰序, 周曰庠, 學則三代共之, 皆所以明人倫也)."라고 하였다. 『맹자』 「등문공 상(滕文公上)」.

성인의 취지를 크게 밝히셨다. 『명신록名臣錄』[64]을 편찬하셔서 조정 대부의 기준이 되게 하셨다. 『근사록近思錄』[65]을 저술하셔서 학문하는 자의 시작과 끝을 궁구하셨다. 그러나 근세 중국인 중에는 『소학』으로 자제를 가르치는 이가 없다. 과거 시험에서 경전을 풀이할 때는 『집주集註』와 『장구章句』[66]를 종주로 하지만, 민간의 선비들은 종종 입술을 삐죽댄다. 『명신록』과 『근사록』에 이르면 박식하고 단정한 자라도 연구하는 이가 드물다.

　오직 우리 조선만이 이 몇 가지 책을 높이 받들어, 집집마다 이불로 덮고 양식으로 삼는다. 그리하여, 위로는 사대부들로부터 아래로는 민간의 아녀자들까지 모두 충효를 귀중히 여기고 '시詩'와 '예禮'를 높일 줄 안다. 이것은 『소학』의 가르침이다. 경전을 담론하는 자들은 사악하고 기괴한 데로 빠지지 않고, 이理를 강론하는 자들은 거칠고 아득한 데로 떨어지지 않는다. 이는 『집주』와 『장구』의 가르침이다. 조정의 높은 벼슬아치들은 모두 충성과 돈후, 청렴과 강직으로 자기 임금을 섬긴다. 이는 『명신록』의 가르침이다. 빈궁하게 사는 선비들도 모두 '거경居敬'과 '극기克己'[67]로 후진들을 이끈다. 이는 『근사록』의 가르침이다.

---

64 『명신록(名臣錄)』: 『송명신언행록(宋名臣言行錄)』을 가리킨다. 남송의 주희(朱熹)가 송 명신들의 문집과 전기를 발췌해 엮은 책이다. 전집(前集) 10권, 후집(後集) 14권이다. 뒤에 이유무(李幼武)가 속집(續集) 8권, 별집(別集) 26권, 외집(外集) 17권을 덧붙였다.

65 『근사록(近思錄)』: 남송의 성리학자 주희(朱熹)와 여조겸(呂祖謙)이 편찬한 성리학 해설서이다. 북송의 대표적인 도학자인 주돈이(周敦頤)·장재(張載)·정호(程顥)·정이(程頤)의 저술과 어록에서 뽑은 내용을 14분야로 나누어 수록했다. '근사'란 자하(子夏)가 말한 '간절하게 묻고 가까이서 생각하다(切問近思)'에서 따온 것으로, 『근사록』은 정주학의 입문서이자 기초이다.

66 『집주(集註)』와 『장구(章句)』: 주희의 『논어집주』와 『맹자집주』, 『대학장구』와 『중용장구』를 가리킨다. 주희는 『대학』, 『중용』, 『논어』, 『맹자』를 사서(四書)로 확립하고, 『논어』와 『맹자』에 대해서는 여러 학자의 주석을 취사 선택해 주해서를 만들었고, 『대학』과 『중용』에 대해선 원전인 『예기(禮記)』의 차례를 재정리하고 장구(章句)로 나누어서 주석을 붙였다. 후인들은 이것들을 합해서 『사서장구집주(四書章句集注)』라고 불렀는데, 『사서집주』로 간단히 칭하기도 한다.

아! 성인이 나타나도 [적절한] 지위를 얻지 못하면 그 가르침을 시행할 수 없다. 성인이 지위를 얻는다 해도 가르침이 시행되는 것은 한 시대에 그칠 뿐이요, 강역의 안에 그칠 뿐이다. [그런데] 자기 시대에도 시행할 수 없었는데, 6백 년 뒤에 시행되었다. 강역 안에서도 시행되지 못했는데, 만 리 밖에서 시행되었다. 성인이 아니라면 그것이 가능했겠는가? 설령 조선에서 태어나 [알아주는] 임금을 만나 [합당한] 지위를 얻어서 상·서·학·교를 일으켜 가르치셨더라도, 이보다 더 광범위하게 시행되고 오래도록 효과가 있진 않았을 것이다. 내가 그래서 '하늘이 우리 주자를 낸 것은 우리 조선을 위해서'라고 하는 것이다.

우리 조선은 수백 년 이래, 큰선비들이 찬란히도 많았다. 그들의 훌륭한 말들과 아름다운 모범은 큰 도에 맞아 어긋나지 않았으니, 주자의 가르침 때문이었다. 이에 그중 탁월하게 위대해서 문묘文廟에서 제사되는 사람들68이 강론하고 토의한 것들을 엮어 『근사록』의 속편을 만들었다. [이것으로] 후학을 계몽하여, 흐름을 거슬러 근원을 연구해서 모두 주자가 우리 조선의 성인이심을 알게 하려 한다.

---

67 '거경(居敬)'과 '극기(克己)' : '거경'은 마음의 잡념을 없애고 몸을 바르게 가지는 것을 말하는데, 주희가 강조한 '거경궁리(居敬窮理)'의 수양법 가운데 하나이다. '극기(克己)'는 인욕을 제거하고 천리(天理)를 회복하는 것, 즉 극기복례(克己復禮)를 말한다.

68 문묘(文廟)에서 제사되는 사람들 : 공자의 사당에 배향된 성현들, 여기선 특히 동방십팔현을 가리킨다. 문묘(文廟)는 공자의 사당이다. ○ 조선의 문묘 대성전(大成殿)에는 공자를 정위(正位)로 하여 안자(顏子)·증자(曾子)·자사(子思)·맹자(孟子)의 사성(四聖)을 배향하고, 공문십철(孔門十哲) 및 송조육현(宋朝六賢)과 우리나라의 동방십팔현(東方十八賢)을 종향(從享)했다. 동방십팔현은 동배향으로 설총(薛聰)·안유(安裕)·김굉필(金宏弼)·조광조(趙光祖)·이황(李滉)·이이(李珥)·김장생(金長生)·김집(金緝)·송준길(宋浚吉), 서배향으로 최치원(崔致遠)·정몽주(鄭夢周)·정여창(鄭汝昌)·이언적(李彦迪)·김인후(金麟厚)·성혼(成渾)·조헌(趙憲)·송시열(宋時烈)·박세채(朴世采)이다.

○○○ 〈『동세설東世說』[69] 서문東世說序〉

옛날 사람들이 반드시 현인이라서 전해지고 못나서 묻힌 것은 아니다. 현인이 묻혀 버리는 것을 슬퍼해서, 그래서 서적이 있게 된 것이다. 그러나 옛 서적들이 반드시 좋은 것이라서 전해지고 좋지 않아서 없어진 것은 아니다. 잊혀 버린 요순시대 사람들이 반드시 모두 도연檮戭·방항厖降[70]만 못했던 것은 아닐 터이다. 사라져 버린 삼대의 서적이 반드시 모두 〈장발長發〉[71]·「다방多方」[72]보다 못한 것은 아닐 것이다. 그러니 어찌하면 될 것인가? 하늘이 현인을 내는 것은 백성을 편안하게 하기 위해서이다. [그러니] 백성이 편안하면 그만일 뿐, 현인이 잊히거나 말거나 상관하지 않는다. 성인이 책을 쓰는 것은 사람들을 가르치기 위해서이다. 가르치되 시대에 따라 바꾸면 그만이다. 책이 사라지든지 말든지 상관하지 않는다. 요순·삼대의 제왕들이 어찌 전해지고 묻히고 하는 것에 늘 마음을 썼겠는가?

후세엔 그렇지가 않아, 한 시대의 역사가 걸핏하면 백 권, 천 권이다. 장수와 재상, 위인으로부터 한 가지 행실이나 한 가지 재주를 [가진 자에]

---

69 『동세설』 : '동국의 『세설(世說)』'이라는 제목이다. 『세설』은 『세설신어(世說新語)』를 가리킨다. 『세설신어』는 남조(南朝) 송(宋)의 유의경(劉義慶)이 편집한, 동한(東漢) 말부터 동진(東晉)까지 생존했던 명사들의 일화집이다. 제왕과 고관·귀족, 문인·학자·현자·승려·부녀자 등 7백여 명에 달하는 인물들의 일화 1,130조를 36편으로 나누어 주제별로 수록해 놓았다.

70 도연(檮戭)·방항(厖降) : 고양씨(高陽氏)의 재주 있는 여덟 아들인 팔개(八凱) 중 두 명이다. 『춘추좌씨전』 문공(文公) 18년 조에, 고양씨에게 재주 있는 여덟 아들인 창서(蒼舒)·퇴애(隤敱)·도연(檮戭)·대림(大臨)·방항(厖降)·정견(庭堅)·중용(仲容)·숙달(叔達)이 있었는데 백성들이 팔개라고 불렀다는 기록이 있다.

71 〈장발(長發)〉 : 『시경』 「상송(商頌)」에 실린 시의 편명이다. 설(契)·상토(相土)·탕(湯) 등 은(殷)의 선왕과 신하 이윤(伊尹)을 칭송하는 내용이다.

72 「다방(多方)」 : 『상서(尙書)』의 편명(篇名)으로, 성왕(成王)이 즉위한 뒤에 엄(奄)과 회이(淮夷)가 반란을 일으키자, 성왕이 엄을 정벌하고 돌아와 여러 제후국을 경계하는 내용이다.

이르기까지 모두 포괄한다. [그러고도] 옛사람을 평론하는 선비들은 여전히 빠진 것이 있지 않나 의심한다. 육경 이외에도 백가百家의 책이 각자 설을 이루니 모두 보존해서 감히 빠트리지 못한다. [그러고도] 박학을 추구하는 자는 여전히 해박하지 못함을 안타깝게 여긴다. 이에 사소한 취향에 들어맞는 일 한 가지, 작은 깨달음에 도달한 말 한마디까지, 일반 대중과 조금이라도 다른 것이 있으면 모두 서책에 나열하고 귀중하게 여기며 오랫동안 전하지 못할까 두려워한다. 이리하여 이름이 전하는 오만한 선비들이 현인과 철인을 걸러내 버린다. 세상에 전하는 이상하고 자질구레한 책들이 경전을 압도한다. [그리하여] 사대부의 마음 씀이 병든다. 이것은 옛 성인의 도가 아니다.

어떤 이가 "그대가 이미 이것을 알고 있네. [그런데] 어째서 『동세설東世說』을 편찬해서 후세에 알리려는 것인가?" 하고 물었다. "내가 아니라 하늘이 알리는 것일세. 하늘이 세상에 성인을 내려보내지 않아, 세상이 지금처럼 되게 했네. 하늘은 아래 세상下土을 지극히 사심 없이 대하네. [그러니] 어찌 자잘한 태산泰山의 돌들은 모두 갈고 빛내서 책상을 고이게 하면서, 자잘한 의무려산醫巫閭山의 돌들은 모두 구렁텅이에 버려두겠는가? 아! 자네는 유독 『세설』의 편찬만을 옛 성인의 도가 아니라고 생각해 비방하는가? 자네와 나는 기왕에 성인이 없는 시대에 태어났으니, 그저 어물어물 한세상 마치면 그만일세."

○○○ 〈『동사문유취』[73] 서문東事文類聚序〉

어째서 『성리대전性理大全』, 『근사록近思錄』, 『세설世說』, 『사문유취事文

---

73 『동사문유취』: '동국의 『사문유취(事文類聚)』'라는 제목이다. 『사문유취』는 송의 축목(祝穆) 등이 편찬한 유서(類書)이다. 총 236권이다. 전집(前集) 60권, 후집(後集) 50권, 속집(續集)

類聚』만 거론하고 마는가? 몇 부部를 들어 그 나머지도 보이는 것일 뿐이다. 이 몇 부가 반드시 다 지어질 것도 아니고, 다른 책들이 반드시 안 지어지는 것도 아니다. 그렇다면 어째서 이 몇 부에 서문을 썼는가? 이미 지어졌지만, 반드시 서문을 지을 필요가 없는 것은 『상서보전尚書補傳』【정5】 같은 것들이다. 서문이 있어도, 수록하기도 수록하지 않기도 했다. 수록한 것은 『복수쌍회福壽雙會』【정5】 같은 것들이다. 수록하지 않은 것은 『영가삼이집永嘉三怡集』【정6】 같은 것들이다. 이름을 정했으나 아직 짓지 않은 것에는 반드시 서문을 지었으니, 『정관십술靜觀十述』, 『장유팔지壯遊八志』【모두 정6】 같은 것들이다. 아직 짓지 않았고 이름도 없으며 반드시 서문을 지을 필요도 없는 것은, 장기록掌記錄이 편찬할 『택사宅史』【을9】나 진체관에서 편찬할 여러 책【갑8】이 그렇다. 위에서 말한 『명신록』 등의 책들은, 앞사람들이 이미 지은 것이 있으면 서문을 지었어도 수록하지 않아도 될 것이다. 비록 실제로 편수하지 않았더라도, 서문이 없어도 된다. 지금 말하는 몇 부는 이미 그 이름을 거론했다. 비록 실제로 완성했더라도 서문이 있을 수 있다. 하물며 반드시 완성할 것도 아님에랴? 그 밖에 반드시 안 짓지는 않을 책들은 아직 짓지 않았고 이름도 없다. 어떻게 서문을 붙일 수 있겠는가? 또 다른 책들은 모르겠지만, 『사문유취』는 반드시 완성될 것이다. 반드시 완성될 뿐 아니라, 거의 완성되었다. 거의 완성되었을 뿐 아니라, 작업이 완성된 지 이미 오래다.

항해자沆瀣子가 동계 처사東溪處士【갑10】를 방문했다가 새벽녘에 돌아온 적이 있다. 이때 가을 날씨는 살을 찌르는 듯하고, 별과 달은 뭇 눈동자들처럼 반짝반짝 빛났다. 서리는 처량하고 나무는 잎이 졌는데, 송골

28권, 별집(別集) 32권은 축목이 편찬하였고, 신집(新集) 36권, 외집(外集) 15권은 원의 부대용(富大用)이 편찬하였으며, 유집(遺集) 15권은 원의 축연(祝淵)이 보충했다. 천도·지리·인륜으로부터 초목·충어(蟲魚)·예악·문물·제도·관직·음식·기용(器用)에 이르기까지 온갖 분야를 망라한 대표적인 유서이다.

매와 두루미는 모두 무리를 지어 나르며, 획획 은하수에 닿는다. 하늘가의 산들은 깎아지른 것이 칼날처럼 날카로웠다. 시내에서 배를 타니, 냉기가 뱃골에 스몄다. 돌아와 물으니『동사문유취東事文類聚』가 열에 두셋쯤 완성되었다고 했다.

다른 날, 소요관【갑5】에서 술잔치를 했다. 꽃도 불콰하고 버들은 읍揖을 하며, 봄날의 사물들은 한창 빛났다. 손님과 벗들이 모였으니, 예禮에 맞게 나아가고 물러났다. 석 잔을 마시고, 즐거움을 다 누리고 파했다. 돌아보고 물었더니『동사문유취』가 열에 예닐곱은 완성되었다고 했다. 다른 날, 태허부【갑9】에 들어가 북산【갑9】의 여러 봉우리를 바라보니 마치 서로 끌어안고 서 있는 것 같았다. 별을 먹고 노을에서 잠들며, 만물의 근원으로 초월해 노닐었다. 돌아와 집에 이르니 종자가 무릎을 꿇고『동사문유취』가 완성되었다고 고했다.

『동사문유취』가 완성되었으니,『성리대전』이하 여러 책은 모두 앞서 이루어졌다. 아직 완성되지 않았다고 말한다면 서문이 없을 수 없다. 이미 완성되었다고 말한다면 이 역시 서문이 있어야 할 것이다. 하여 서문을 지으니, 실은『성리대전』이하 여러 책의 총서總序이다. 또한『역집설易集說』【정2】이하 여러 책의 대총서大總序이기도 하다.

○『소학小學』[74]은 하루도 눈에서 뗄 수 없다. 우리나라 현인들의 격언과 우리나라 사람들의 훌륭한 행실을 널리 수집해서, 그「외편」에 이어서 지어도 좋겠다.

74『소학(小學)』: 초학자용 수신서이다. 주희(朱熹)가 유자징(劉子澄)에게 편집하게 하고, 자신이 교열·가필하여 편찬한 책이다. 내편 4권, 외편 2권으로 총 6권이다. 내편은 입교(立敎)·명륜(明倫)·경신(敬身)·계고(稽古) 등을 내용으로 한다. 외편은 예화를 위주로 가언(嘉言)과 선행(善行)의 두 개 항목으로 구성되어 있다.

○○○ 〈『소학 속외편』 서문小學續外篇序〉

우리 조선은 바다의 정동正東에 있어, 천지의 인仁을 얻었다.[75] 떠오르는 빛을 제일 먼저 받고, 그 나머지 빛이 사방에 미친다. 은殷의 태사太師가 홍범구주洪範九疇를 가지고 동쪽을 다스리시니,[76] 백성들이 그 떳떳한 가르침을 받았다. 성스러운 우리 왕조가 천명을 받아, 예의를 돈독히 하고 인문을 빛내니, 가가호호 '시서詩書'를 익히고, 사람마다 효도하고 공경한다. [그러나] 강토의 경계가 먼 곳에 있어서, 끝내 넓은 세상에 그 명성을 드날릴 수 없었다. 하늘이 그 억울함을 슬퍼하셔서, 위인과 철인들을 태어나게 하셨다. 마음과 거처가 고요하니 문예의 효과가 널리 퍼졌다. 경전과 백가百家, 역대의 역사책, 기술과 문예의 비결들이 모두 순수한 경지에 이르렀다. 잠심해서 포괄한 것이 얕지 않아 두텁다. 가르침을 단락으로 나누고 일을 분류하여 대략 편목이 있게 되었으니, 이에 『소학』의 「외편」을 가져다 아름다운 말과 지극한 행실을 주워 모아 속편을 만들려고 한다. 그 얼개와 범례를 자제와 글하는 벗들에게 구술하여 완성하게 했다.

모두 말했다. "경전과 역사서, 백가서엔 모두 전서全書가 있습니다. 우리나라의 큰 학자나 위인들은 우리 강토 안에서야 절로 영원할 것입니다. 옛사람을 평론하는 선비들이 어렵지 않게 [자료를] 많이 모아서 더욱

---

75 정동(正東)에 있어, 천지의 인(仁)을 얻었다 : 음양오행설에 따르면 동(東)은 목(木)이며, 계절로는 봄, 색으로는 청(靑), 오상(五常)으로는 인(仁)에 해당한다.

76 은(殷)의 태사(太師)가 …… 동쪽을 다스리시니 : 은 태사(殷太師)는 기자(箕子)를 가리킨다. 은의 마지막 왕인 주(紂)의 숙부로, 은이 망한 뒤 주(周)를 섬기기를 거부했으므로 '은 태사'로 불린다. 그러자 주 무왕(周武王)은 그를 조선에 봉해서 주 땅에 살지 않고자 하는 그의 의지를 실현하도록 해 주었다고 한다. 홍범구주(洪範九疇)는 주 무왕이 천하를 다스리는 도를 묻자 기자가 그에게 전해 준 정치의 아홉 가지 큰 법칙이다. 홍범구주는 우(禹)가 치수할 때 얻은 것에서 연원했다고 한다. 『사기』「송미자세가(宋微子世家)」.

빛나게 할 것입니다. [그러니 큰 학자나 위인들의 언행을 수집하는 것은] 그 은혜가 오히려 작습니다. 저 뒷골목에 엎드려 있거나 황량한 산속에서 늙는 자들은 옛 법도를 말하고 가르침을 실천하지만, 어리석게도 스스로 후세에 고할 줄은 몰라 묻혀 버리고 맙니다. [그들의] 원한과 불만이 쌓여 요기妖氣가 됩니다. [그러나] 후세의 학자들은 널리 토론하느라 피곤하고 깊이 탐구하느라 골몰하여, 우거진 덤불 속 자잘한 보배는 찾을 겨를이 없을 것입니다. 지금 이 책 두어 권은 한번 훑어보면 썩은 흙이 보옥이 되고, 팔목 한번 뒤집으면 깊은 골짜기가 책상 앞에 드러납니다. 지나간 사람들이나 뒤에 올 후예들이 그 은총을 고루 받을 것입니다. 그 은혜가 어찌 더욱 크다 않겠습니까?"

아! 책은 아직 완성되지 않았다. 완성되어도 읽는 자들이 그 말은 좋아해도 마음을 고치지는 않고, 그들의 행실을 고상하다 여기지만 자신은 본받지는 않는다면, 찬술한 사람은 부질없이 고생한 것이고 은혜는 보람 없는 것이 될 것이다. [그러나] 이는 수혜자에게 달린 것이지 시혜자를 책망할 일은 아니다. 아! 빨리 완성해 전해 주어서, 책임을 뒷사람에게 돌리고 널리 그 책망을 받지 않도록 하라.

○시사에 대한 시비나 당대인의 잘잘못은 절대로 글에 드러내면 안 된다. 우연히 쓴 것이 있어도 상자 속에 숨겨 놓고, 남에게 보여 주어 화를 초래하지 않도록 해야 한다. 만약 훌륭한 행동이나 특별한 절개가 세상에 드러나지 않고 묻혀 버린 것이 있으면 급히 찾아내 글로 써서 드러내야 할 것이다.

第十三觀 壬. 居業念仲

3.

著述詩文之外, 可纂之書, 甚衆. 自談經修史, 以至記聞志見, 無所不可.『靜觀十述』【丁六】, 盖后學著書之總例也. 唯說性說理, 非有眞知實得, 發前未發, 不宜筆之于紙, 以貽支離架疊之譏. 志怪之書, 不可作.

○寓言小著, 可發妙悟, 可長文氣. 時或作之, 無害. 舊有小著數卷. 今鈔其若干則, 以啓後來人戶扃.

　　○○○ **眞藏經**【全 ○ 此書中數段, 實有爲『執逯念』之大關鍵者. 讀者詳之.】

至虛以爲天, 至實以爲地. 虛實之祖, 實虛之待.

至虛者氣實, 至實者炁[1]虛. 濛濛非天, 堅堅非地.

天地之轄, 隆块冲突, 以爲人. 此天地之洩.

仰而思, 所以服天, 俯而爲, 所以尊地. 聖人均天地.

一屈謂之肅, 一舒謂之暢. 一還謂之生, 一反謂之泯. 氣盈謂之盛, 氣虛謂之刻. 氣勱而理長, 謂之存.

天地恒存也, 聖人恒存也.

目名乎眠, 而存乎不眠. 耳名乎聽, 而存乎不聽. 心名乎思, 而存乎不思.

剔忻止勃, 精德翕滿. 收光沈聲, 造化凝安. 入瞽入聾, 謂之大弘, 爲枯爲偶, 謂之大成.

---

1 氣: 규장각본과 버클리본엔 '無'로, 연세대본과 동양문고본엔 '炁'로 되어 있다.

物物而不與之動, 天之久也. 笞天而不爲之除, 地之久也. 人不施其心, 能久.

當三而五損其二, 當五而十損其五, 一日而所損百. 當十而五贏其五, 當五而三贏其二, 一日而所贏百.

贏者爲眞, 凝以住固. 不腐不漏, 廣明輝照.

闔目而眠纖, 塞聰而聽遠. 天缺地缺, 吾神鷲焉.

文采泯而大眠生, 鐘皷止而大聽生. 不知其所在, 而入乎陽藏之門. 陽藏, 天地之宅.

陽藏吾室, 壽與天地並. 此自治也.

右上藏

養德爲天, 養體爲地, 循事爲人.

交物深, 傷乎天. 交氣深, 傷乎地. 滯事恒, 傷乎人.

玉琢雖精, 戕天之成. 漫流激風, 毁地之宗. 微析入神, 滅人之眞.

是故, 得天者久神, 得地者久寧, 得人者久通.

故夫所謂感者·悟者·慕者·勸者·激者·窮者·服者·親者·訕者·慕者·名者·惑者, 雖偏於善, 非德之天也.

端貌厲詞, 博辨事故, 談古謗時, 誂類以興, 賢者比之衆人希焉, 此天下之姦, 先王之所誅也. 爲其近於德, 而易以誣也.

高才奇趣, 倬英有饒, 出入無方, 靡所不涉. 假虛貪偶, 發人罕究, 師己自標, 鉗人之口. 此天下之誑, 先王之所屛也. 爲其似知而易以扇也.

絶斯二者, 天德乃全, 地體乃安, 人事乃順.

道有四勿. 勿接, 勿言, 勿動, 勿思.

德有六因. 因生, 因心, 因眠, 因聽, 因在, 因遇.

因者, 因之, 勿者, 勿焉. 毋致强於因, 毋刻慮於勿. 自因自勿, 乃自天. 天則地矣, 地則人矣.

禮所以治變, 非所以治本. 因天之本, 何假乎業? 因地之本, 何假乎慎? 因人之本, 何假乎謀? 聖人因也, 賢人覺乎因也.

大知大責, 小知小責. 無知無責. 無責則無勞, 無勞則大靜. 大靜則大圓, 大圓則大眞. 大眞則大久.

右中藏

知所當然, 何喜何怒? 應之用順, 何疑何懼? 宅命顧理, 可以無驚. 安時迪機, 可以無恐. 知莫與神, 煩憂乃除. 祛此數者, 天地康矣.

君子之治人也, 有順無勉, 有導無迫. 與其可及, 不急其所遠. 寧心處道, 天下之同可也. 藝術功能, 一人之私長也. 毋以一己之私長, 强人之所不耆. 天下之人, 安其位矣.

候春之蕃, 貌秋之嚴, 莊而惇之. 息四而職八, 天下之人, 無不得壽.

止眠之文, 以養天下之目. 殺聲之繁, 以養天下之耳. 絶旨甘, 以養天下之口. 杜華彩, 以養天下之體. 此謂息四.

食均則無寠, 貨賤則無爭, 政省則無犯, 心休則無瘥. 不言而化, 則五教篤. 不行而效, 則民俗和. 不威而畏, 則民無革. 上下相忘, 則民安而存. 此謂職八.

道無多思, 獨觀其原. 言無衆辯, 獨抽其端. 治無多務, 獨齊其因.

不勞而休, 久乃大康, 反乎混元, 得乎眞藏. 藏心藏身, 藏天藏地, 是謂'至道', 悠遠不息.

右下藏

○○○ **時言**【凡七篇萬餘言. 多妙論奇文, 不可勝選. 今節錄四十六則.】

流而無盡者, 物也. 物猶水也. 轉而不窮者, 言也. 言猶環也【「物言第四」○下同】.

楚公子有好爲微語者. 梁客見焉, 曰: "請難以微, 可乎?" 公子曰: "諾."

客曰: "蒼蒼而覆下者, 何也?" 公子曰: "雲雨施焉." 客曰: "然則角鱗者歟?" 公子曰: "否, 是在冥海." 客曰: "息以六月, 負天以南之者, 非耶?" 公子曰: "是有翼."

客曰: "臣聞之, 産以胎, 朱厥頂, 宅於靑田之幽, 鳴乎九皐之逈, 其音戞焉, 徹乎上天." 公子曰: "循先生之言, 則其色白."

客曰: "仲冬之初, 陽蟄于下, 陰結于上, 天地閉藏, 肅洹凝漾. 于斯時也, 天迺同雲, 始集濛濛, 旣而雱雱. 華屋瘞丹, 茂松韜蒼. 祥登〈信南〉之詩, 序感〈出車〉之章." 公子曰: "否. 是從天降."

客曰: "往在炎夏, 暵亦孔酷, 哀元企首, 奈哉我穀. 有風自東, 雲霓旣集, 霏濛以先, 霡霂爲洽. 旣盈爾疇, 又灌我澮. 公子之祖, 遭神姝[2]女於夕, 至臣之先君, 謝虞人於郊會." 公子曰: "是有聲."

客曰: "金石質固, 叩之則鏗. 篠簜中虛, 吹焉以鳴. 在昔帝鴻, 勑彼伶倫. 洎于伊祁, 夔融神人. 或淸悽而商, 或質濁而宮. 以雅則德, 以頌則功. 諷於邶・衛則憂, 發於溱・濮則淫. 此獨不可謂之音乎?" 公子曰: "是則用之宗廟, 登之燕饗."

客曰: "儀狄作之, 維禹惡之. 洒惟商受, 誥惟姬武. 聖人不量, 猶懼逮亂. 曠者抒憂, 庶無永歎. 用之廟而曰, '神旣醉止', 登之饗則曰, '我有旨矣.'" 公子曰: "否否. 是迷人性."

客曰: "約綽二鬢, 淸炯兩眸. 手如溫玉, 眉如纖鉤. 塗臕而赤, 御鉛則素. 寶鞶翔璗, 輕袿振霧. 獻妍王侯, 納媚豪富. 笑眩下蔡, 說魏中菁. 迷人之甚, 孰有先於是者乎?" 公子曰: "是僕之宮中所多畜也."

客曰: "臣始入宮中, 見廐閑寬廣. 僕夫圉人, 皆蒼頭而綠衣. 秉策叱呵, 流汗而蜚, 綠鬐拖雲, 烏踝蹴濤.[3] 或稱冀之駃, 或名宛之駒,[4] 或虎文而螳

2 姝: 규장각본, 버클리본, 동양문고본엔 '姝', 연세대본엔 '妹'로 되어 있다.

軀, 或一形而十景. 倂日而騖, 不息少頃. 宮中之所畜, 此寂爲盛." 公子曰: "否. 是人所御也."

客曰: "臣聞至人憑空, 泠然以善, 大塊呼氣, 無轍而轉. 蓬蓬北起, 底于南海, 衆竅偕怒, 百怪相待. 王者以雄, 庶民以雌, 蒙者以恒, 聖人則[5]時." 公子曰: "是則有炁而無形." 客曰: "然則蒼蒼以覆下者也."

夫梁客之言, 千輾而萬反, 中散無方, 而復歸于始. 言之善轉也, 若是夫!

故曰: 不求其本, 而苟循其同, 則天可以爲龍, 馬可以爲風. 況德与利, 違於銖忽, 雖有智者, 難乎明其辨者哉! 故曰'必求其本'.

或問曰: "子何所希?" 曰: "希聖人." "聖人亦有所希乎?" 曰: "有. 聖人希天." "天亦有所希乎?" 曰: "何爲其無也? 若夫天反希人." 曰: "何也?"

曰: "天之於人, 壹眠而均慈. 智者過之, 愚者不及焉. 夫天豈不欲衆人之同歸於善乎? 人之昧者, 視天蒙蒙. 若以天之命, 行人之敎, 則天下夫豈有爲不善者哉? 此天之所以反希人也."

曰: "然則誰能無希?" 曰: "夫豈有無希者? 世之相希相与尋環." 曰: "敢問其說."

曰:

魏之鄙人, 有癭而癡者, 黿蔬而夕匏, 不克給焉. 冬而衣葛, 霖雨而屋無蓋. 常乞粟於東隣之田翁. 一日就而叩焉曰: "天下之窮者莫如我然. 天之生百穀以食人也, 而我不繼糟糠. 其生絲麻枲繭以衣人也, 而我膚骼無所蔽. 其生杞梓梧檟之材, 以之爲宮室以居人也, 而我繩樞決竇而

3 烏踝躊濤: 연세대본과 동양문고본엔 '烏踝躊濤', 규장각본엔 '烏裸躊躊', 버클리본엔 '碧踝躊躊'로 되어 있다. 『현수갑고(峴首甲藁)』엔 '碧踝碎珠'로 되어 있다.

4 駒: 『현수갑고』엔 '駒'로 되어 있다.

5 則: 『현수갑고』엔 '以'로 되어 있다.

不能補. 天生萬民, 各授之才以自給. 而我不曉詩書, 無以肆於庠塾. 不辨禾黍, 無以役於薔畚. 才不能操椎鑿, 智不能通貨財. 椎莽粗嗲, 不可以爲巫醫. 何天之与人之均, 而畀我之嗇乎? 子少而服力於溝洫, 老而分産子孫. 府庫充, 畜産蕃. 未凓而裘, 未惄而殄. 天下之樂, 盡在於子矣. 我竊希焉. 若子者, 天下豈有羨乎?"

東隣翁曰: "子誠傷哉! 我豈獨無羨也? 夫我計口而給粟, 度收而爲節. 握筭者朝而盈庭, 操券者夕而滿室. 所違秒忽, 所缺以萬數. 夫馳騁聲色, 男子之所同耆也, 綺縠珍肥, 天下之所幷願也. 而我未之暇焉. 吾聞鄴之郡有游閑公子. 侍妾數百人, 食客之能舞機智審言辯者千有餘人. 莫不翹玳簪曳珠鳥. 委紈繡如麻布, 堆犀貝如瓴甋. 輿僕跨[6]屈産之駿, 臧獲饜易牙之食. 公子者, 入則聽鄭衛之音, 出則駕輕車, 樹旄旗, 從狋[7]兒, 殫麋麕. 金璧珠璣文錦之段,[8] 用之而不問其餘. 我嘗慕其富而不得. 若此人者, 豈復有所待乎? 子試嘗造而問之."

於是, 竇子者芒然若有喪. 明日, 乞飯而造公子之門, 因其下臣而見公子. 曰: "臣, 魏之鄙人也. 竊聞公子豪富顯於諸侯, 權利埒於公室. 欲無不逐, 求無不獲. 意者公子無復有待於天下矣." 公子喟然嘆曰: "吾安得無所待哉? 夫我挾千鍾之富施於人, 無不爲我使者. 然所未能致者, 儒學之士也. 吾少長於公, 不能學聖人之書. 所饕者唯弋獵, 所取者唯貨色. 談仁義說王霸之士, 恥爲我用而匿焉. 斯吾宿昔所深痛也. 且子不聞郭之西有稱先生者乎? 其人讀書萬餘卷, 著書殆百萬言, 弟子之及其門者數千人. 篤詩秩禮, 昕夕以講習之. 此吾所宿昔深企, 而不及者也."

他日, 竇子者踵門而見郭西先生曰: "鄴之公子, 天下之豪貴也. 天下

---

6 跨: 『현수갑고』엔 '騎'로 되어 있다.

7 兒: 『현수갑고』엔 '家'로 되어 있다.

8 段: 『현수갑고』엔 '屬'으로 되어 있다.

之人宜無以尙之. 而顧自以不及先生, 先生殆聖人乎? 先生其無所慕於
人矣." 先生太息而歌曰: "深林有虎, 欲觸無角, 平原有騏, 欲翔無翼. 錦
繡不可以禦雨, 薑桂不可以救飢. 天之生物, 詎能普利而均施?" 竇子曰:
"然則先生亦有所慕乎?" 先生曰: "然. 丈夫讀書, 必求得意, 君子修身, 必
欲行義, 順君惠邦, 天下之至樂也. 厚譽光親, 人子之常情也. 振纓列鼎,
袞黻朱轂, 男子之顯榮也. 而吾受『易』於商氏之門, 傳『詩』於卜子之徒,
學兵於孫武之裔, 讀『陰符』於鬼谷之室. 游天下數十年, 所說者十三國
矣, 敝吾衣, 胼吾趾, 歸而反吾圭竇. 將且敎我徒而老死焉. 吾聞魏有父
子兄弟七人爲大夫者, 月所俸數百萬, 食三十五鼎. 國有事, 相腋而登
廷, 獻謨承式, 君爲之禮焉. 若此人者, 可謂天之所篤眷也, 而吾終身艷
之."

竇子聞之, 遂入七大夫之門. 識其僕者, 而丐食月餘, 而始得見七大
夫. 以郭西先生之言告之, 曰: "凡天下之所深希願慕, 至樂而無憂者, 主
之門可謂全矣. 以主而猶有所自歉乎?" 於是, 七大夫者相顧而唏曰: "奚
其然! 夫富貴榮顯, 人之所共願也, 貧賤憂戚, 人之所共辟也. 然吾父子
七人俱居大位, 夫所以寵之者厚, 則所以責之者重, 所以貺之者優, 則所
以誅之者苛. 絳吾軫轂, 而進則畏鼎鑊之烈,[9] 粲吾裳珮, 而退則畏鑕質
之加. 生而懼謨謀之不成, 沒而懼名譽之不華, 死生榮辱交攻于內, 而危
畏禍福迭臨于外. 此吾之所大恐也. 吾聞中山有不屑去就之士, 曰'中山
子'. 中山子爲人, 貞諒恬泊, 敏而務學. 凡天下之書無不讀, 凡天下之事
無不能曉. 天子聞其名, 諸侯慕其德. 三晉之君以幣而聘者相望, 而不能
致焉. 然魏國有戰伐, 則必使之諮其籌畫,[10] 有朝聘, 則必使之謀其辭命.
有喪与祭, 則必使之諏其典禮. 君就而問者再, 卿大夫之馳冠蓋屬旈旄

9 烈: 동양문고본, 버클리본, 규장각본엔 '烈'로, 연대본엔 '列'로 되어 있다.
10 籌畫: 『현수갑고』엔 '成敗'로 되어 있다.

者相續[11]於道. 出一言, 則魏之君臣, 奉之若大寶. 君又使有司之臣, 月繼其廩, 歲周其戶, 環中山之田數百畮而邑之. 是以中山子窮居巖穴, 而妻子不知饑寒, 奴僕不事耕織之人也. 進而無懼, 退而無憂, 身安邱壑, 而名顯諸矣. 衣食瞻而榮貴賅.[12] 吾每自視欿然. 子盍往而問諸?" 於是竇子者憮然曰: "以主而猶有所企, 誠哉! 其無疆也."

明日, 之中山, 見中山子曰: "人之所樂者富貴, 而所畏者禍患也. 所憂者貧賤, 而所利者安逸也. 然欲富貴則禍患隨之, 欲安逸則貧賤從之. 此聖哲之士所未全也. 今夫子獲富貴之樂, 而絶禍患之塗, 釋貧賤之憂, 而專安逸之娛. 意天下之人無若夫子之隆德備福. 若夫子者, 可以無所希於天下矣." 中山子曰: "不然. 吾豈無所希者哉?" 竇子驚曰: "敢問夫子之所希者誰也?" 中山子曰: "吾之所希者酒子也." 於是竇子者失色吐舌, 汗流徹面, 良久而言曰: "夫子, 是何言乎?" 中山子曰: "坐. 吾語子. 夫知者身之累也, 財者家之烖[13]也. 是以嘉木必遭斧斤之厄, 美玉必受雕跡之哀. 篤行之士, 不產於千金之家. 今我之所居者, 山林也, 所安者, 蓬蓽也. 所甘者, 藜藿也, 所恒[14]者, 衣葛帶索也. 起居唯適, 不閑乎嬰束. 使吾而無所知, 則又安有呵呼於陋巷之外, 顛倒於籬樊之內, 植蓋於蘿庭, 縶駟於叢桂, 使我拘衣縛帶, 不得偃仰而肆其志乎? 且貧吾分也. 今吾婦不手杼, 子不秉耒. 安坐而食, 自以爲可恒者, 魏之餽使然也. 一朝吾死, 而子孫上不能爲士, 下不能爲農. 方且求爲丐者而不得. 使吾而無此餽, 則吾將隱居而自樂, 子孫狃於貧賤, 知所以安之. 今吾生不能全吾樂, 死而遺子孫憂者, 知與財爲之然也. 故曰, 吾之所希者子也." 竇子以是言歸以告其妻子. 遂終身不作憂戚之容.

---

11 續: 규장작본, 버클리본, 동양문고본엔 '續'으로, 연세대본에는 '屬'으로 되어 있다.

12 賅: 『현수갑고』엔 '足'으로 되어 있다.

13 烖: 『현수갑고』엔 '菑'로 되어 있다.

14 恒: 『현수갑고』엔 '恆'으로 되어 있다.

由是觀之，世豈有自足而無所希者哉？

德雖充矣，非時之適，則弗施．知雖徹矣，非師之耦，則不啓．辭雖廣矣，非人之悅，則弗聞．欲用則恥，欲意則奜【悔言第七】○下同】．

鳥之群飛也，東風至，則順風而西，西風至，則順風而東．矯乎特翔，弗與之東西者，謂之非羣．非羣則固奜矣．

游東海者，登岸以望見其浩浩焉，斯謂之觀海矣．人亦未嘗不謂之觀海也．今也造舟聚糧，凌狂浪 截危濤，敝日月更歲年，必欲窮其涯，而后自謂之觀海者，顧豈不奜歟？

獨不見夫登山者乎？前者牽后者扶，攀壁麗木，十步而八傾，遇岪嵬而坐焉．燥汗息喘，顧自以極天下之高．有人陟太山之頂，而猶自以不足．是二人者，其見豈可均哉？

知謂志曰：“胡爲不售？”志曰：“我奜矣．夫奜則雖售必辱．”“何謂奜？”曰：“仰高狎卑，情之常也．而我侮崇岳而畏丘垤．辟强輕弱，理之經也．而我犯虎狼而怵蟓螆．顧不亦大奜乎？”

遇水而舟．自古然也．南方有善游者，雖千仞之困，裸而涉焉．雖能矣，非其正也．北之人聞其術，而欲試之河．或勸其造舟者，則曰“孰能遲其久哉？”褰褲淹脚，浸浸焉入萬丈之濤．而猶倖其或不死．其諸父昆弟宗黨隣里之人，環而視之，莫不倖其或不死，而猶不以或人之言爲然．當是時，或人者已旋駕而去矣．

夫我亦旋駕以去矣．奚售之有？

世方侈以璜瑀，而我斥以瓦甓．世方睻以溟海，而我睨以潢汙．芝莢生于野，則樵叟必睽其視，麟鳳集于郊，則邑犬必猖其吠．

閑居而寡出，則驊騮棄于野．及將行萬里，然後求之，殆晚矣．行萬里而猶不求者，未有不蹶于中途也．

太山之頂，荊棘不薪．莽穢之叢，璠璵不顯．古道以才，今道以地．

良工不自售，駿馬不自鳴．秀閨不自妁，哲人不自擧．莫有知之，其已而已矣.

洪子出于途, 見浣于澗者. 仰首向天而言, 曰: "願烈日曝我浣也." 旣而遇耘乎田者. 又仰首向天而言, 曰: "願膏雨興我苗也." 趍而過之, 見旅行者. 又仰首向天而言, 曰: "雨畏濕, 晹畏汗. 願陰而毋霽, 利我行也." 洪子喟然嘆, 曰: "治天下, 其殆至難乎! 無民不澤, 堯舜之所慮乎也!"

客有以善相, 見卿大夫者. 大夫方聚財以富邦, 揖客以進, 曰: "先生相天下人, 多矣. 天下之有富相者, 幾?" 客曰: "小人之相天下人, 亦多矣. 少之時日所相數千, 中歲之后日所相數百. 今老矣, 日所相亦不縮數十. 有壽可齊錢彭者, 有貴可以埒趙魏者, 有子孫以百計者, 有生無疾疢而氣體康順者. 獨未見有富相." 大夫曰: "何也?" 對曰: "小人之鄉, 有家累千金者, 數人. 積百金者, 數十室. 蓄數十金者, 不啻百餘戶. 囷粟于庚, 縶錢于庫, 親戚僵于門而不顧也. 盜方有覬之者. 朝藏草莽, 夕結鬼魅, 乘夜踰垣而入, 羣負而出, 衆擔而走之. 明日乃覺之. 如是者旬月不息. 於是, 千金之家, 聚族而備之. 百金之家, 夜炬而不寢, 十金之家, 挈妻孥而離之去. 狂奔守死, 興息不得諡. 未幾而貨亦竭矣. 小人貧者也. 家居其間, 獨安寢甘糲飯而不動, 終亦不損其初. 夫財非一人之財也. 聚之而不散, 則今日有王公之富, 明日求爲貧丐而不可得. 今之富皆然. 故小人相天下人, 多矣, 而未見有富相."

是故, 庶人之富, 與隣保共之. 士之富, 與族黨朋友共之. 卿大夫之富, 與朝廷共之. 諸侯之富, 與邦內共之. 天子之富, 與天下共之. 夫然后謂之富也.

果園子使奴收果, 輒賞其奴半. 明年所收倍, 又明年三倍. 此子之園, 無荒歲. 治天下者若此, 則上下無不足, 而年無不熟矣.

物美非福, 物陋非灾. 是故, 明水薄茶, 不能戕人之身. 醜嫗老婢, 不能覆人之家. 卑官斗俸, 不能湛人之族. 編茨爲榮, 築埴爲墀, 不能亡人之社稷.

人有小願, 而復有大願. 小願蹈常, 大願絕衆. 不能孔·顏, 寧無學. 不能呂·管, 寧無知. 不能莊·韓, 寧無文. 明不能察千里毫末, 則寧瞎. 聰不能辨五聲諦六律, 則寧聾. 富不能累金珠齊嶽, 則寧操瓢于巷. 尊不能膝晉楚於庭, 則寧援策于槽. 力不能伸一肱以扛萬斛, 則寧擔雀羽而汗.

今夫山子之馬, 不施控勒, 超平原絕大陸, 一日而騁數千里, 曾不以為罷. 是誠快且無右矣. 卽其下者, 或一日而千里, 或一日而六七百里. 或不能二三百里, 或不能百里者, 俱其力之有極也. 馭之者責以所幾. 能千里者, 責之以數千, 能數百者, 責之以千. 於是, 韁銜加之, 鞭策及之. 滴汗如霖, 斃而后已. 是又烏得如虬隤瘠尪蹩躄其脛, 放之於平陸豐草, 以自盡其性, 以終其天年者乎?

是故, 無上則無窒, 無下則無罰. 有上而有下, 窒之府而罰之藪也. 人固不安為下愚, 則冀為有志之士. 人亦望之以有志. 旣有志, 其上有有道之士. 推以躋之, 至于聖人而后無上. 夫為賢人而止, 則日夜思為聖人之所為. 而不能得, 憂思惡戚, 自顧常慚如也. 人亦待之以聖, 而不勝, 則咎尤集焉. 唯厥至愚者則不然. 不知天下之有是, 而無戚. 人亦不責之以是, 而無誚. 無戚則泰矣, 無誚則樂矣. 故曰: 不能大願, 寧乎無願. 蹈常之願, 憂之招也.

客有與某氏善者. 嘗求百金於某氏. 某氏傾其產而予之. 又嘗求寶劍名馬, 某氏又釋其佩脫其御以歸之. 旣而客病甚, 欲服異藥. 求天下不能得. 而終不問某氏. 其人曰:"子之於某氏, 三有求而無不獲焉. 天下之愛子, 莫某氏及也. 今子病垂死, 求藥徧天下, 而不問某氏, 何也?"客曰:"吾聞之, 竭忠於人, 忠者懈. 盡助於人, 助者畔. 囊吾之所獲, 適其所有也. 且吾三求而無不獲焉. 吾則曰'某氏於我, 有恩也.'某氏則曰'吾於彼, 未嘗傷其情也.'天下之聞之者, 則曰'彼與某氏, 至相愛也.'如此者, 豈不完哉? 今某氏之藏, 固未嘗兼四海之珍瓖也. 今我求藥而或不獲焉, 吾則曰'某氏於我, 恩衰也.'某氏則曰'吾於彼, 有所失其好也.'天下之聞之者,則曰'彼與某氏, 愛之疎也.' 如此者, 豈不有歉乎哉? 且厚之於平生之時, 而薄之於危死之際, 豈不兩有缺負乎? 吾故不請也." 某氏聞之, 以千金購藥, 以致之. 病不日而痊.

富人有婢, 容美而不黠, 數犯過. 富人幸其色而優之. 嘗執燭而誤燒富人衣. 富人不責, 曰: "紈縠尙多也." 行觸鼎, 覆飧之未熟者. 富人不問, 曰: "黍粟尙積也." 進劍而墜, 刺富人之足, 血迸如縷. 富人笑, 曰: "傅之藥, 可瘳也." 旣而婢色梢渝. 嘗過庭而傷蕢, 富人怒撻之. 夫豈愛蕢甚於衣食肌肉也哉? 色盛衰殊也. 前有所蔽, 而後有所問也.

癡人有疔生於右手. 欲療而疑藥. 思知藥, 不可以不攻醫. 思攻醫, 不可以不讀其方. 思讀其方, 又患不識字. 方將從塾師, 學字焉. 人皆笑之. 宋之人, 有見鴻鵠之集也. 欲射之而無弓. 欲造弓而無美材. 遂歸而植柘于圃. 楚之人, 有刈萑于澤者. 或問其故. 曰: "將以爲曲植也." "曲植奚爲?" 曰:"養蠶也." "養蠶奚爲?" 曰:"績絲也." "績絲以奚用?" "織帛也." "織帛以奚供?" "束之以爲贄也." "奚事乎贄?" "延師也." "奚業于師?" "將學連山歸藏之術也." "且奈何?" 曰: "吾州之旱, 今朞月矣. 吏之令曰: '能卜而知雨者, 賞百金.' 吾利之也."

是三者, 固天下之愚者也. 然余以爲不愚. 學字, 固疎於治疔也. 因之以知書, 則夫豈無用乎? 植柘, 固與鴻鵠遠也. 柘長而材, 則夫豈無所須乎? 刈萑, 固不當於卜雨也. 織箔而登蠶, 可以無寒矣. 是三者, 夫豈不愈於優游無所爲以廢日者哉? 孟子曰: "七年之病, 求三年之艾, 苟爲不蓄, 終身不得." 誠哉言也!

◯ 舊著述, 論道, 則有〈明理〉·〈明性〉·〈明教〉·〈明學〉諸書. 論治, 則有〈爲政〉以下十餘篇. 自治, 則有〈眞約〉·〈復聰〉·〈左省【本十五】〉·〈右儆【本十五】〉. 自述, 則有〈志言〉三篇·〈僊解〉·〈五子爭能文〉·〈處女賦〉. 感時, 則有〈招古〉·〈訟豎〉·〈貍虎〉·〈五疑釋〉·〈危言〉·〈深慮〉·〈南隣盜〉·〈畵域說〉·

〈覃思賦〉. 今不悉錄, 只錄〈狂吁〉二篇. 善觀者, 尚或闚其微意之所存.

○○○〈狂吁上〉

人之言曰"世衰矣! 英材不常出", 謬也. 孝悌篤行, 世未嘗無其人也. 忠信惇德, 世未嘗無其人也. 奇偉儁倜, 世未嘗無其人也. 廉介特立, 世未嘗無其人也. 材器弘達, 世未嘗無其人也. 博學多藝, 世未嘗無其人也. 蓋軒翹鋒蹲, 駢老于巖阿而莫之顯也.

然吾嘗謂今世無智士也. 夫人之有才學志行, 將以祿斯民也. 旣時不可焉, 則藏之而已, 斯不幸也. 雖弗克施于當世, 尚可以不泯泯于後, 俾來者知我有才學志行, 猶幸也. 孔子曰: "君子疾沒世而名不稱焉." 古之人固未嘗欲自泯, 非好名也. 今之世, 亦必有孝悌篤行者, 忠信惇德者, 奇偉儁倜者, 廉介特立者, 材器弘達者, 博學多藝者. 而舉將泯泯于後而不知所以謀. 故曰, 無智士.

謀之而出乎非義, 苟且羞愧, 用以喪所守, 不可也. 今也不過乎一舉足之勞, 德愈光而意愈廣, 不虧其操而彌堅之. 生焉而樂於軒冕, 歿焉而榮於旂常. 夫若兹而不之謀, 是烏可以語智! 或知之而不能慮, 或慮焉而不能決. 烏虖, 其亦命也歟!

○○○〈狂吁下〉

欲明先聖王之道, 以保惠萬姓乎? 我無其具, 且時未可爾. 欲述古昔聖賢言, 以啓惠來世乎? 已賅矣, 贅之勞爾. 欲著成一代史, 昭治亂辨忠邪, 用立萬世則乎? 懼罪也, 言不可以不闕爾. 其將擲歲年朽聞識, 優游以汔于老耶?

忠信材德奇瓌卓絶之人, 今之世未或不如古也. 特于顯之罕耳. 將相抱以老于野, 而莫克自表也. 儻能搜幽抉微, 擧以章之, 俾得各列其長于天下后世, 用少洩不見施之慍, 不亦快哉! 斯仁人君子之心也.

崑崙之巓有艸焉, 名芝. 飡其一, 壽千二百歲. 客有得三萬本者. 實于大竹筐, 裹之布, 至于通邑大衢而坐焉. 飾車馬載珍寶而過者, 日千百人, 無一睨也. 客亦不肯自言. 轉而至東海畔. 遇駕舶而入海者相繼, 卒無問其有者. 客亦不肯自言. 遂徧歷天台·青城諸名山, 見棄[15]室而求道者無數. 或熟視若异之, 然竟不詰也. 客亦不肯自言. 噫嘻, 其亦命也歟!

○ 東國文獻寥寥甚可恨. 東史固宜修【丁二】. 而其餘故事之可貽後則者, 與其幽逸韻奇可資文詞之用者, 併宜蒐輯. 如『名臣錄』·『名臣奏議』·『自警編』等書, 前人有倣撰者, 取以刪潤, 俾成善本, 固好. 他如『性理大全』·『近思錄』·『世說』·『事文類聚』等書, 併以原書門目, 蒐取東國前言故事, 各成一部, 甚好.

○○○ 〈『東國性理大全』序〉

『性理大全』, 有宋諸大儒講道談理之書, 而皇明人所編纂也. 我朝儒獻輩出, 著言以昌道, 其多不讓於有宋. 玆告有志, 蒐彙以總之, 部目以分之, 俾續明人之纂. 嗚呼! 星辰之麗于天者, 萬萬數也. 莫不有躔度名號焉. 其躔度名號, 天未嘗以詔人也, 星辰未嘗自言也. 特人之以意名之耳. 以意名之, 而萬世不能易. 苟神聖人作, 則改其名, 而易其躔, 可也. 圍碁者, 未了局而起, 誡左右曰: "勿亂." 人不敢亂, 以俟夫兩人之還而勝負決. 律詩之下字, 平仄易之, 無刑責. 藏于篋, 人不見也. 悟則必改而後安其寢. 人之畏邦憲若是, 刑可措也. 嗚呼! 此豈皆聖人法耶? 嗚呼! 聖人

不作, 則不可以立偉異之論. 聖人不作, 則諸儒之說紛紜而異同者, 姑皆并存而不可廢也. 吾之所待者, 聖人也. 其竟不作而使天下之君子徒勞而不見決, 亦命也. 吾又奈何?

○○○〈『東國近思錄』序〉

朱夫子聖人也. 朱夫子吾朝鮮之聖人也. 三代以降, 庠序學校之教廢. 雖聖人作, 不得其位, 則不可以施其教. 朱夫子生於宋季, 輯『小學』, 用垂蒙訓. 集釋群經, 大彰明聖人之指. 纂『名臣錄』, 俾繩準朝大夫. 述『近思錄』, 以究爲學者終始. 然近世中國人未有以『小學』訓子弟. 科擧說經, 雖宗『集註』·『章句』, 而委佩之士, 往往反脣. 至『名臣錄』·『近思錄』, 博雅者亦罕攷.

唯吾朝鮮大崇奉此數書, 家被而戶餐. 以故, 上自士大夫, 下至閭里婦孺, 皆知貴忠孝而尊詩禮. 斯『小學』教也. 談經者, 不漏乎邪詖, 講理者, 不墜乎荒渺. 此『集註』·『章句』教也. 朝之薦紳, 莫不以忠厚淸直, 事其君. 斯『名臣錄』教也. 窮居之士, 莫不以居敬克己, 誘其後進. 斯『近思錄』教也.

嗚呼! 雖聖人作, 不得位, 則不能行其教. 雖聖人在位, 教之行, 一時而已, 疆域之內而已. 不能行乎其時, 而行乎六百年之后. 不能行乎疆域之內, 而行乎萬餘里之外. 非聖人而能之乎? 雖使其生乎朝鮮, 得君而居位, 興庠序學校而教之, 其施之徧而服之永, 不是過也. 吾故曰: 天之生吾朱夫子, 爲吾朝鮮也.

吾朝鮮自數百年來, 彬彬多大儒. 其至言嘉範, 夷諸大道而不悖, 盖朱夫子教也. 爰掇其卓乎偉偉俎豆于聖廡者所講討, 爲近思之續. 以開裔蒙, 俾泝流究源, 皆知朱夫子之爲吾朝鮮聖人云.

440

○○○ 〈『東世說』序〉

古之人未必賢而傳, 不肖而泯也. 悼其賢而泯也, 於是乎, 有書籍. 然古之書籍, 未必善而傳, 不善而泯也. 唐虞之人, 其泯者, 未必皆不如檮戭·庬降. 三代之書, 其泯者, 未必皆不如〈長發〉·「多方」. 然則如之何而可? 天之生賢人, 以安民也. 民安則已, 不卹乎賢之泯不泯. 聖人著書, 以敎人也. 敎之, 因時而易, 則已. 不卹乎書之泯不泯. 唐虞三代之帝王, 豈常費費乎傳與泯哉?

后世則不然, 一代之史動千百卷. 自將相鉅人, 以至一行一藝, 靡不括. 尙論之士猶疑其有遺也. 六經以外, 百氏之書各自爲說, 俱存而不敢缺. 博考者猶憾其未賅也. 於是乎, 有一事之契小趣, 一言之透小悟, 若微異夫凡衆人者, 皆列于筴而珍之, 思其或未遠也. 是故, 誕傲之士, 傳名者, 筴賢哲. 奇琑之書, 傳世者, 壓經典. 士大夫之心術病焉. 此非古聖人道也.

或曰: "子旣知此矣, 曷爲詔后學纂東世說?" 曰: "非我也, 天詔之也. 天不降聖人于世, 而使之至斯世也. 天之視下土也, 至無私. 豈泰山之石琑碎者, 皆磨瑩之, 以支案几, 而鼉巫閭之石琑碎者, 皆委諸溝壑耶? 噫嘻! 子獨以『世說』之纂, 爲非古聖人道而誹之耶? 吾與子旣生無聖人之時, 姑優哉游哉以卒歲而已.

○○○ 〈『東事文類聚』序〉

曷爲學『性理大全』·『近思錄』·『世說』·『事文類聚』而已也? 揭數部以見其餘耳. 此數部不必盡作, 他書不必不作. 然則曷爲而序此數部? 已作不必序, 『尙書補傳』【丁五】之類也. 有序, 或錄或不錄. 錄者, 『福壽雙會』【丁五】之類也. 不錄者, 『永嘉三怡集』【丁六】之類也. 名而未作, 必有序, 『靜觀十述』・『壯遊八志』【幷丁六】之類也. 未作而無名, 不必序, 掌記錄所脩之宅史【乙九】・津逮館所輯之群書【甲八】, 是也. 上之稱『名臣錄』等書, 前人旣有作, 雖有序可不錄也. 雖未果修, 可無序也. 今之稱數部者, 旣舉其名. 雖果成之, 可有序. 況未必成乎? 它書之不必不作者, 未作也, 無名也. 烏可得以序之? 且它書未可知已, 『事文類聚』必成也. 不惟必成, 幾乎成也. 不惟幾乎成, 業已成久矣.

沆瀣子嘗訪東溪處士【甲十】, 乘曉而歸. 是時, 秋峭寒, 星月熒熒如衆瞳子. 霜凄木脫, 鵾鶴皆群飛, 劃劃劙河漢. 天際之山, 或削落若劍尖. 船于溪, 冷氣徹筋骨. 歸而問之, 『東事文類聚』成十之二三矣.

它日, 讌飮于逍遙舘【甲五】. 花酣柳揖, 春物方熙. 賓友旣集, 進退有禮. 旣三爵, 竟懽而罷. 顧而問之, 『東事文類聚』成十之六七矣. 它日, 入太虛府【甲九】, 望北山【甲九】諸峰, 若相抱持. 星餤霞寐, 超遊於物象之祖. 返而至宅, 從者跪告『東事文類聚』成.

『東事文類聚』成, 則其『性理』已下諸書, 皆先成矣. 謂之未成, 不可以無序. 謂之已成, 斯亦可以有序. 是以爲之序, 實『性理』已下諸書之總序也. 亦『易集說』【丁二】已下諸書之大總序也.

○『小學』不可一日不在目. 博蒐東賢格言及東人懿行, 以續其外篇, 可也.

○○○〈『小學續外篇』序〉

我朝鮮處溟海正東, 得天地之仁. 首受升暘, 餘耀曁四方. 惟殷太師挾龜疇而東莅, 黎民大蒙其彝敎. 逮聖朝受命, 惇禮斐文, 戶詩書而人孝敬. 坐壤界偏遐, 遂不克昌厥聞于大宙. 天悼其鬱, 緝降偉哲. 夷居旣靖, 藝功弘施. 經傳百家, 歷代之史策, 技藝之方訣, 無不咸于粹, 覃精所燾, 不薄宜厚. 章訓類事, 略有編目, 爰取『小學』「外編」, 將蒐懿言撫至[16]行,以續之. 口授其槩例于子弟及朋友之文者, 俾底于成.

　皆曰: "經史百家, 俱有全書. 我邦之宏儒鉅人, 足以自永于疆內. 尙論之士可易以賅薈使益光. 厥惠猶小. 彼潛于委衖, 耆于荒嶇, 舌憲履準, 昧不能自詔于嗣世, 沈埋. 寃怫積爲燻沴. 后之學者, 力疲于博討, 神泪于幽搜. 蔓莽之叢, 瑣碎之珍, 無暇以索之. 今是書數卷矣, 一游目而朽壞爲寶玉, 一反腕而幽谷顯几席. 迕昔來裔, 均受厥寵. 顧其惠, 豈不滋大?"

　嗚呼! 書固未及就耳. 旣就而讀之者, 悅其言而不醫乎心, 高其行而不範乎躬, 述者徒苦, 俾惠無終. 是在受惠者, 非可咎於施惠. 嗚呼! 其遄成而昭貽之, 歸責后人, 毋弘受厥咎.

○ 時事是非, 當世人臧否, 切不宜顯諸筆墨. 雖偶有所舯, 秘之巾衍, 不可示人以招禍. 若有偉行奇節, 泯不能自見于世, 亟宜搜發著書以章之.

---

16 至: 규장각본, 버클리본, 동양문고본엔 '至'로, 연세대본엔 '之'로 되어 있다.

제14관
임王. 거업넘 숙居業念叔

4.

방기方技[1]에 관한 책은 의학과 점복占卜 두 가지 외에는 읽어선 안 된다. 관상 책은 혹 가외로 알아 두어도 좋겠다.

○ 별자리는 알아야 하겠지만, 천문현상天象을 쳐다보고 가리키면서 천체 운행의 도수를 이야기해선 절대 안 된다.

○ 풍수지리 책은 굳이 연구할 것 없다.

○ 병서兵書와 농서農書는 반드시 알아야 한다.

○ 기하술幾何術은 유학儒學에 가장 가까우니, 공부할 만하다. [그러나] 재주가 안 되는 자는 억지로 연구할 필요 없다. 일상적인 셈법인 덧셈·뺄셈 정도 알면 된다.

○ 역상曆象은 굳이 깊게 연구할 필요 없다. 태을太乙·기문奇門[2] 같은 방술方術은 엄격히 배척해야 한다.

○ 예전에 지은 기하술 책이 하나 있어, 수록해 둔다.

○○○ 『기하신설幾何新說』[3]

「쌍추억산雙推臆算」
【이 법은 허투영뉵虛套盈朒[4]과 비슷하다. 그러나 유승維乘[5]이 없고 약분約分만을 사용

---

1 방기(方技) : 의술(醫術)·복서(卜筮)·점성(占星)·상술(相術) 등 각종 기술을 지칭한다.

2 태을(太乙)·기문(奇門) : 고대 3대 점복술인 삼식(三式) 중의 두 가지이다. 삼식은 '태을신수(太乙神數)'·'기문둔갑(奇門遁甲)'·'육임신수(六壬神數)'이다. 삼식 중 태을은 하늘에 해당하고 기문은 땅에 해당해서, 태을은 천문 현상과 재해를 추측하고 기문은 땅의 지리와 환경의 유불리를 추측하는 것에 더욱 주력한다고 한다.

3 『기하신설』은 기하학 예제들과 풀이법으로 구성되어 있다. 번역문의 가독성을 위해 원문에 없는 약물과 번호를 임의로 사용해 정리하였다.

4 허투영뉵(虛套盈朒) : '영뉵'은 몫이 되는 수보다 남는 수와 모자라는 수를 가정식으로 놓고, 그것을 통해 원래의 수를 구해 내는 것이다. '이중 가정법(rule of double false position)'이다.

해 추산해 간다. 「선부線部」[6]에 있는 모든 수는 귀제歸除[7]부터 방정方程[8]까지 모두 이 방법을 대신 사용할 수 있다. 시행하기가 아주 쉽고 사용 범위가 아주 넓으니, 산술가算術家

『수리정온(數理精蘊)』「선부(線部)」 6의 '영뉵'에 대한 설명은 다음과 같다. "'영'은 남는 것이고, '뉵'은 부족한 것이다. 남는 것과 부족한 것을 가설해서 맞추는 것이니, 역시 교(較)로 인해 정수(正數)를 얻는 법이다. 이것은 비례법이다. 다만 비례는 실수로 실수를 구하지만 영뉵은 허수로 실수를 구한다. 그러나 허수는 모두 실수와의 비교로 남고 모자라는 차가 생기니 허수도 실수이다. 비례는 가지고 있는 3율로 나머지 1율을 구한다. 영뉵은 가지고 있는 것이 두 수가 되고, 두 수 사이에 각기 한 수가 감추어져 있으니, 기실 또한 3율이다(盈有餘也, 朒不足也. 設有餘不足, 以求適中, 亦爲因較而得正數之法. 此固比例法也. 但比例以實數求實數, 而盈朒則以虛數求實數. 然虛數皆與實數相較, 而生盈朒之差, 則虛數亦實數也. 比例以所有之三率, 求所餘之一率. 而盈朒則所有爲兩數, 且兩數之中各藏一數, 其實亦三率也)." ○'허투영뉵'은 다른 곳에서는 잘 보이지 않는다. 『수리정온』에서는 영뉵을 단법(單法)과 쌍투(雙套)로 나누는데, 단법의 영뉵을 가리키는 것으로 보인다.

5 유승(維乘) : 곱셈이다. 일반적인 곱셈을 뜻하는 '승(乘)'보다 구체적이어서, "어떤 수를 상대 항의 다른 성격의 수에 서로 곱하는 것으로, '호승(互乘)'과 같다." 강민정, 《구장산술》의 연구와 역주》, 성균관대학교 박사학위논문, 2015, 675쪽. 예를 들면 '분모를 분자에 엇갈려 곱하는[母互乘子]' 것 같은 경우이다. 허민 역, 『산학계몽』 하, 「개방석쇄문 서른네 문제(開方釋鎖門 三十四間)」.

6 「선부(線部)」 : 『수리정온(數理精蘊)』 하편(下編)의 「선부」를 가리킨다. ○『수리정온』은 청 강희제(康熙帝)의 명에 의해 편찬된 수학 총서이다. 정식 이름은 '어제수리정온(御製數理精蘊)'이다. 총 53권으로, 상편 5권, 하편 40권, 표 8권으로 되어 있다. 상편은 중국 고대 수학서와 마테오 리치의 『기하원본(幾何原本)』, 탕약망·서광계의 『숭정역서(崇禎曆書)』 등 한역된 서양 수학서를 싣고 있다. 하편은 「수부(首部)」, 「선부(線部)」, 「면부(面部)」, 「체부(體部)」, 「말부(末部)」 5부로 구성되어 있다. 서양 수학 이론과 중국 전통 수학이 절충되어 성립된 수학 이론과 예제들을 다루고 있다. 조선에는 영조 연간에 유입되어 관상감(觀象監) 취재 과목으로 지정되는 등 중요한 이론서로 취급되었다. 민간에서도 널리 수용되었는데, 홍길주 역시 『수리정온』에 통달해 있었고, 그가 자신의 수학적 이론을 만들어 나가는 과정에서 중요한 학습 기반이 되었던 것으로 보인다.

7 귀제(歸除) : 일반적인 나눗셈을 뜻하는 '귀법(歸法)' 중에서 나눗수가 두 자릿수 이상인 나눗셈을 귀제법(歸除法)이라고 한다. 『산학계몽 상(算學啓蒙上)』의 「구귀제법문(九歸除法門)」 29문제[二十九問]에는 나눗수가 한 자릿수인 나눗셈[九歸法]으로 해결할 수 있는 문제와 나눗수가 두 자리 이상인 나눗셈[歸除法]으로 해결할 수 있는 문제가 구분되어 실려 있다. 허민 역, 『산학계몽』, 역자 서문 참고.

8 방정(方程) : 중국 고대 산법(算法)의 하나이다. 현대의 연립일차방정식의 풀이법에 해당하지만, 방법은 전혀 다르다. '방정(方程)'은 "수들을 네모 모양으로 늘어놓고 계산하는 것"을 뜻한다. 댓가지를 이용해서 각 방정식의 계수와 상수항을 한 열(산학에서는 이를 행이라 부른다)에 나타낸다. 이렇게 수들을 배열한 다음에 한 열에 있는 모든 수에 같은 수를 곱하거나 한 열에서 다른 열을 대응하는 수끼리 빼는 과정을 반복해서 답을 얻는 방법이다.

의 지름길이자 요긴한 방법에 해당한다. 지금 [본보기로] 열세 조항을 수록해 그 나머지를 보인다.】

■ 지금 실絲 369근이 있다. 갑·을·병·정 4명이 10분의 8씩 줄어들게 나누려고 한다折分. 질문: 각각 얼마씩 갖는가?

(1) 정이 80근을 얻는다고 가정하면【병이 100근, 을이 125근, 갑이 156근과 소여小餘[9] 25이다】, 전체 실은 461.25근이 된다. 원래의 수보다 92.25근이 남는다.

(2) 다시, 정이 32근을 얻는다고 가정하면【병이 40근, 을이 50근, 갑이 62.5근이다】, 전체 실은 184.5근이다. 원래의 수보다 184.5근이 모자란다.

(3) 이에 80근과 남는 92.25근을 오른쪽 열로 [산목을] 놓고,[10] 32근과 모자란 184.5근은 왼쪽 열로 놓는다.[11]

---

9 소여(小餘) : 작은 나머지 수이다. 우수리(畸零之數)와 같은 의미이나, 소여는 산가지 계산술에서 사용하는 어휘이다. "산가지로 계산하는 법에서 나머지를 소여(小餘)라고 말한다(籌法之畸零, 謂之小餘)." 홍대용, 『담헌서』 외집, 권6, 『주해수용(籌解需用)』 외편·하. ○ 원문에서는 숫자마다 소여가 주석 형식으로 표시되어 있다.(예: 九十二斤【小餘二五】) 이하 번역에서는 이 방식 대신 소수점으로(예: 92.25) 표현하기로 한다.

10 놓고 : 『기하신설』에서는 종종 '놓다[置]'·'빌리다[借]'·'별도로 산을 하나 놓아[別置一算]'·'윗자리에서 빼다[減於上位]'·소여(小餘) 등의 단어가 등장한다. 이는 홍길주의 풀이법이 산목(算木)을 판에 펼쳐 놓고 손으로 산목을 더하거나 빼면서 답을 계산해 가는 산목 계산법을 기초로 하고 있기 때문이다. ○『기하신설』의 성격과 관련해서는 전용훈의 다음과 같은 언급이 참고가 된다. "쌍추억산법이 새롭고 간편하고 광범위한 적용성을 지닌 알고리즘이라는 사실과 함께 주목해야 할 점은 이 알고리즘의 방법적 특성이 15세기 이후 중국 수학과 구별되는 조선 수학의 독특한 방법인 산목계산법(算木計算法)을 기초로 하고 있다는 점이다." "쌍추억산법에는 기본적으로 두 개의 기정치의 이로부터 얻어지는 두 수(총합에서 남는 수와 모자라는 수)로 이루어진 2행 2열의 수치를 놓고 조작하는 방법이 사용되었다. 이 조작 과정을 산목 계산으로 옮겨 보면, 산판에 산목으로 네 개의 숫자를 펼쳐 놓고 상행과 하행의 숫자들을 조작하여 결과를 도출해 내는 것으로 쉽게 형상화할 수 있다." 전용훈, 〈19세기 조선수학의 지적 풍토: 홍길주의 수학과 그 연원〉, 『한국과학사학회지』 26권 2호, 2004, 284·285쪽.

(4) 양쪽 열의 아래 행에 속한 것을 서로 약분한다【수가 큰 것이 분모가 되고 수가 작은 것이 분자가 된다. 법대로 약분한다】. 92.25근은 약분해서 1분分¹²이 되고, 184.5근은 약분해서 2분이 된다. 합하면 3분이다【하나는 남고 하나는 모자라면 합한다. 양쪽이 모두 남거나 양쪽이 모두 모자라면 차를 구한다】.

(5) 양쪽 열의 위 행 [숫자 사이의] 차를 구하면【위 행 [경우엔] 하나가 남은 수이고 하나가 모자란 수인 [경우나], 둘 다 남는 수이거나 둘 다 모자란 수인 [경우를] 막론하고 모두 차를 구한다】 48근이 남는다.

(6) [이것이] 바로 3분의 수이다. [따라서] 32근은 2분의 수이고, 16근이 1분의 수이다.

(7) 오른쪽 위 행의 80근에서 남는 1분 16근을 빼면 나머지가 64근이니, [이것이] 바로 정丁의 [몫인] 실絲이다. 병 80근, 을 100근, 갑 125근을 모두 미루어 구할 수 있다. 왼쪽 위 행의 32근 같은 경우는 모자란 2분 32근을 더하면 역시 64근이 되니, 정의 실이다【남는 것은 빼고, 모자란 것은 더한다. 간혹 남는 것을 더하고, 모자란 것을 빼기도 해서 적당한 방식으로 변통한다. 그러나 남는 것은 빼고, 모자란 것은 더하는 것이 통상의 법이고, 모자란 것을 빼고 남는 것을 더하는 것은 변법이다. ○이것은 체절비례遞折比例¹³이다】.

---

11 전통 산학의 방정(方程)에서는 세로줄을 행(行), 가로줄을 열(列)이라고 한다. 현대 수학의 행렬에서 가로줄을 행, 세로줄을 열이라 하는 것과 반대이다. 이하 번역에서는 현대 수학 용어로 바꿔서 번역한다. (3)의 내용을 정리해 보면, 다음과 같이 놓는다는 것이다.

    32   80
    184.5   92.25

12 분(分) : 몫이다. 즉 구체적인 수가 아니라, 가정된 단위(unit)를 의미한다.

13 체절비례(遞折比例) :『수리정온(數理精蘊)』하편, 권4,「선부(線部)」2,'안분체절비례(按分遞折比例)' 세 가지 중 '체절차분(遞折差分)'을 가리킨다.

■ 지금 은銀 996정錠이 있다. 8명에게 나누어 주되, 밑에서부터 17정씩을 차례로 더해 준다遞加. 질문: 각각 얼마씩 갖게 되는가?

(1) 가령 여덟 번째 사람이 10정을 얻는다면【일곱 번째 사람은 27정, 여섯 번째 사람은 44정, 다섯 번째 사람은 61정, 네 번째 사람은 78정, 세 번째 사람은 95정, 두 번째 사람은 112정, 첫 번째 사람은 129정이다】은은 모두 556정이다. 원래의 수에 비해 440정이 모자란다.

(2) 또 만약 여덟 번째 사람이 50정을 얻는다면【일곱 번째 사람은 67정, 여섯 번째 사람은 84정, 다섯 번째 사람은 101정, 네 번째 사람은 118정, 세 번째 사람은 135정, 두 번째 사람은 152정, 첫 번째 사람은 169정이다】은은 모두 876정이다. 원래의 수에 비해 또한 120정이 모자란다.

(3) 앞에서의 방법대로 [산목을] 두 열로 벌여 놓고, 양쪽 아래 행을 서로 약분한다. 440정은 약분하면 11분이다. 120정은 약분하면 3분이다.

(4) 양쪽 변이 모두 모자라기 때문에 차를 구하면 8분이 남는다.

(5) 위 행의 [두 수의] 차를 구하면 40정이 남으니, 바로 이것이 8분 수다【1분은 5정이다】. 55정은 11분의 수이다. 오른쪽 위 행의 10정에 합해서 65정을 얻으니, 바로 여덟 번째 사람의 은이다.

(6) 차례대로 17정을 더하여 각 사람 [몫의] 은의 수를 얻는다. 만일 15정을 3분의 수로 삼으면, 왼쪽 위 행의 50정에 더해 역시 65정을 얻는다【이것은 가감차분加減差分[14]이다】.

■ 지금 어떤 사람이 길을 가는데, 날마다 6리씩 늘려서 모두 320리를 걸었다. 첫날과 마지막 날 이틀 동안 걸은 것이 합해서 160리리는 것만

---

14 가감차분(加減差分): 『수리정온(數理精蘊)』 하편, 권5, 「선부(線部)」 3, '안수가감비례(按數加減比例)' 네 가지 중 '체가체감차분(遞加遞減差分)'을 가리킨다.

안다. 질문: 모두 며칠 걸었는가?

(1) 만약 6일을 걸었다고 가정하면【첫날 65리, 다음 날 71리, 다음 날 77리, 다음 날 83리, 다음 날 89리, 마지막 날 95리이다】, 총 걸은 거리는 480리가 될 것이다. 원래의 수에 비해 160리가 남는다.

(2) 또 3일을 걸었다고 하면【첫날 74리, 다음 날 80리, 마지막 날 86리이다】 모두 240리가 된다. 원래의 수에 비하면 80리가 모자란다.

(3) 앞에서처럼 [산목을] 두 열로 늘어놓고, 아래 행의 두 [수를] 약분한다. 160리는 약분하면 2분이고 80리는 약분하면 1분이다. 합하면 3분이다. 위 층 두 [수의] 차를 구하면 3일이 남는다. 바로 3분의 수이다. 오른쪽 위 행 6일에서 남는 2분 2일을 빼면 4일이 남는다. 바로 전체 걸은 날 수이다. 왼쪽 위 행의 3일에 모자란 1분 1일을 더해도 역시 4일이 된다【위와 같음】.

■ 지금 마디가 9개인 대나무가 있다. [여기에] 쌀을 채우는데, 아래의 3마디에 모두 3되 9홉을 채우고, 위 4마디에는 모두 3되를 채웠다. 질문: 각 마디에 쌀을 얼마씩 채웠는가?

(1) 가장 아랫마디에 1되 3홉 7작을 채운다고 가정하면【그 위 마디엔 1되 3홉, 그 위는 1되 2홉 3작, 그 위는 1되 1홉 6작, 그 위는 1되 9작, 그 위는 1되 2작, 그 위는 9홉 5작, 그 위는 8홉 8작, 제일 윗마디는 8홉 1작이다】, 위의 4마디에는 모두 3되 6홉 6작을 채우게 된다. 원래의 수에 비해 6홉 6작이 남는다.

(2) 또 제일 아랫마디에 1되 4홉 1작을 채운다고 가정하면【그 위의 마디는 1되 3홉, 그 위는 1되 1홉 9작, 그 위는 1되 8작, 그 위는 9홉 7작, 그 위는 8홉 6작, 그 위는 7홉 5작, 그 위는 6홉 4작, 제일 윗마디는 5홉 3작이다】, 위 4마디에는 모

452

두 2되 7홉 8작을 담게 된다. 원래의 수에 비하면 2홉 2작이 모자란다.

(3) 앞에서처럼 [산목을] 두 열로 펼쳐 놓고 아래 행의 두 수를 약분하면 6홉 6작이 3분이 되고 2홉 2작이 1분이 된다. 합하면 4분이다. 위의 두 수의 차를 구하면 4작이다. 바로 4분의 수이다. 오른쪽 위 행 1되 3홉 7작에 남는 3분 3작을 더하여 1되 4홉을 얻는다. 바로 제일 아랫마디에 채우는 쌀의 수이다. 차례로 미루어 나가 각 마디에 채울 쌀의 수를 얻는다【그 위의 마디엔 1되 3홉이고, 그 위엔 1되 2홉이고, 그 위엔 1되 1홉이고, 그 위는 1되이고, 그 위는 9홉이고, 그 위는 8홉이고, 그 위는 7홉이고, 제일 윗마디는 6홉이다】. 만약 왼쪽 위 행 1되 4홉 1작에서 모자라는 1단위인 1작을 빼도 또한 1되 4홉이 된다【위와 같다. ○이 법은 남는 수는 더하고, 모자란 수는 뺀다】.

■ 지금 은銀 336냥이 있다. 비단 80필과 명주 120필을 샀다. 비단의 필당 가격은 명주의 필당 가격에 비해 한 배가 더 나간다. 질문: 비단과 명주의 가격은 각각 얼마인가?

(1) 명주의 필당 가격이 1냥이라고 가정하면【명주 120필 가격 120냥, 비단 80필 가격 160냥이다】, 총 가격은 280냥이 될 것이다. 원래의 수에 비해 56냥이 모자란다.

(2) 다시, 만일 명주의 필당 가격이 2냥이라고 한다면【명주 120필의 가격 240냥, 비단 80필의 값 320냥이다】, 총가격은 560냥이 될 것이다. 원래의 수에 비하면 224냥이 남는다.

(3) 앞에서처럼 [산목을] 두 열로 늘어놓고, 아래 행 두 [수를] 서로 약분한다. 56냥이 1분이 되고 224냥은 4분이 된다. 합하면 5분이다. 위행 두 [수의] 차를 구하면 나머지가 1냥이다. 바로 5분의 수이다. 1

분은 2전이다. 오른쪽 위 행에 더하여 1냥 2전을 얻으니, 바로 명주의 필당 가격이다. 2배를 하면 2냥 4전인데, 바로 비단의 필당 가격이다. 만일 8전을 4분의 수로 삼아, 왼쪽 위 행의 수에서 빼도 역시 1냥 2전이다【이는 화수비례和數比例[15]이다】.

■ 지금 어떤 사람이 길을 간다. 걸으면 30일 만에 도착할 수 있고, 말을 타면 20일 만에 도착할 수 있다. 지금 26일 만에 도착했다. 질문: 말을 탄 날과 걸은 날은 각각 며칠인가?

(1) 말을 10일 동안 탄다고 가정하면【도보로는 15일이다】, 25일 만에 도착한다. 지금 도착한 것과 비교하면 1일이 모자란다.

(2) 또 만일 말을 4일 동안 탄다면【도보로는 24일이다】, 28일 만에 도착한다. 지금 도착한 것과 비교하면 2일이 남는다.

(3) 앞에서처럼 [산목을] 두 열로 늘어놓고, 아래 행 두 [수를] 약분하면 1일이 1분이 되고, 2일이 2분이 된다. 합하면 3분이다. 위 행 두 [수의] 차를 구하면 나머지가 6일이어서 3분의 수가 된다. 오른쪽 위 행 10일에서 모자란 1분 2일을 빼면 8일이 남는데, 이것이 말을 타고 간 날의 수이다【도보로는 18일이다】. 왼쪽 위 행의 4일에 남는 2분 4일을 더해도 역시 8일이 된다【이것은 교수비례較數比例이다】.[16]

■ 지금 배가 있다. 돛대는 모두 57개이고, 상앗대는 모두 204개이다. 큰 배는 한 척당 돛대가 3개, 상앗대가 6개이고, 작은 배는 한 척당 돛대

---

15 화수비례(和數比例): 『수리정온(數理精蘊)』 하편, 권6, 「선부(線部)」 4, 화수비례(和數比例)를 가리킨다.

16 교수비례(較數比例): 『수리정온(數理精蘊)』 하편, 권6, 「선부(線部)」 4, 교수비례(較數比例)를 가리킨다.

가 1개, 상앗대가 8개이다. 질문: 큰 배와 작은 배가 각각 몇 척인가?

(1) 큰 배가 10척이라고 가정한다면【작은 배는 27척이다】, 돛대[의 숫자]는 원래의 수와 맞지만, 상앗대는 276개가 되어, 원래의 수에 비해 72개가 남는다.

(2) 또 만일 큰 배가 15척이라고 한다면【작은 배는 12척이다】, 돛대[의 숫자]는 원래의 수와 맞지만, 상앗대는 186개가 되어, 원래의 수에 비해 18개가 모자란다.

(3) 앞에서처럼 [산목을] 두 열로 늘어놓고, 아래 행 두 [수를] 약분하면 72가 4분이 되고 18이 1분이 된다. 합해서 5분이다. 위 행 두 [수의] 차를 구하면 5척이 남는다. 바로 5분의 수이다. 오른쪽 위 행의 10척에 남는 [수인] 4분 4척을 더하면 14척이니, 바로 큰 배의 숫자이다【작은 배는 15척이다】. 왼쪽 위 행의 [숫자] 15척에서 모자란 [수인] 1분 1척을 빼도 역시 14척이다【이것은 화교비례和較比例이다】.[17]

■ 지금 어떤 사람이 은을 나누려 한다. 단, 4명마다 3냥씩 나누어 주면 6냥이 남고, 6인마다 9냥씩 나누어주면 3냥이 모자란다. 질문: 사람과 은은 각기 얼마인가?

(1) 60명이라고 가정한다면【은은 51냥이다】, 남는 것은 원래 수와 맞지만, 모자라는 것은 39냥이 되어, 원래 수에 비해 36냥이 많아진다.

(2) 또 48명이라고 가정한다면【은은 42냥이다】, 남는 것은 원래의 수와 맞지만, 모자라는 것은 30냥이 되어, 원래 수에 비해 27냥이 많아

---

17 화교비례(和較比例): 『수리정온(數理精蘊)』 하편, 권7, 「선부(線部)」 5, 화교비례(和較比例)를 가리킨다.

진다.

(3) 앞에서처럼 [산목을] 두 열로 늘어놓고, 아래 행 두 [수를] 약분한다. 36냥은 4분이 되고, 27냥은 3분이 된다. 둘 다 남으므로 차를 구하면 1분이 남는다. 위 행 두 [수]의 차를 구하면 나머지가 12명이어서 1분의 수가 된다. 48명은 4분의 수가 된다. 오른쪽 위 행에서 빼면 나머지는 12명이다. 바로 사람의 수이다【은은 15냥이다】. 36명을 3분의 수로 삼아, 왼쪽 위 행에서 빼도 역시 12명이 된다【이것은 영뉵쌍투盈朒雙套[18]이다】.

■ 지금 갑·을·병·정 4명이 있다. 단, 병의 나이는 정보다 2살 많고, 을의 나이는 병의 2배에 2살을 더해야 하고, 갑의 나이는 3명을 더한 것이다. 갑의 나이는 96세이다. 질문: 을·병·정의 나이는 각각 얼마인가?

(1) 정이 20세라고 가정한다면【병은 22세, 을은 46세이다】, 갑은 88세가 되니, 현재 나이에 비해 8세가 모자란다. 또 정이 33세라고 가정한다면【병은 35세, 을은 72세이다】, 갑은 140세가 되어 현재 나이에 비해 44세가 남는다.

(2) 앞에서처럼 [산목을] 두 열로 늘어놓고, 아래 행 두 [수]를 서로 약분하면, 8세는 2분이 되고, 44세는 11분이 된다. 합하면 13분이다.

(3) 위 행 두 [수의] 차를 구하면 13세로, 13분의 숫자가 된다. 오른쪽 위 행의 20세에 모자라는 [수인] 2분 2세를 더하면 22세가 되니, 바로 정의 나이이다【병은 24세, 을은 50세이다】. 왼쪽 위 행의 33세에서 남는

---

18 영뉵쌍투(盈朒雙套): 『수리정온(數理精蘊)』 하편, 권7, 「선부(線部)」 6, 영뉵쌍투(盈朒雙套)를 가리킨다.

[수인] 11분 11세를 빼도 역시 22세가 나온다【이것은 차쇠호징借衰互徵[19]이다】.

■지금 소나무와 대나무가 동시에 났다. 소나무는 첫날 6자 자라고, 대나무는 첫날 1자 자랐다. 2일 이후로는 소나무는 날마다 [그 전날 자란 길이의] 절반만큼씩 자라나고, 대나무는 날마다 [그 전날 자란 길이의] 배만큼씩 자란다. 질문: 며칠이면 소나무와 대나무의 길이가 같아지는가?

(1) 만일 3일이라고 가정한다면, 대나무가 소나무보다 3자 5치 작다.

(2) 또 4일이라고 가정하면, 대나무가 소나무보다 3자 7치 5푼 크다.

(3) 앞에서처럼 [산목을] 두 열로 늘어놓고, 아래 행 두 [쉬]를 서로 약분하면 3자 5치는 14분이 되고, 3자 7치 5푼은 15분이 된다. 합하면 29분이다. 위 행 두 [쉬]의 차이를 구하면 1일이 남으니, 29분의 수이다. 오른쪽 위 행 3일에 14분을 더하면, $3\frac{14}{29}$일이 된다. 바로 소나무와 대나무가 같아지는 때이다【각각의 길이는 10자 8치 $6\frac{6}{29}$푼이다】. 왼쪽 위 행의 4일에서 15분을 빼도 얻는 것은 역시 같다【이것은 첩차호징疊借互徵이다】.[20]

■지금 말 4마리, 소 6마리의 총 가격은 48냥이다. 말 3마리, 소 5마리면 총 가격은 38냥이다. 질문: 말과 소 각각의 값은 얼마인가?

(1) 말 1필당 가격을 4냥 5전이라고 가정하면【소 1필당 가격은 5냥이다】,

---

19 차쇠호징(借衰互徵):『수리정온(數理精蘊)』하편, 권9, 「선부(線部)」 7, 차쇠호징(借衰互徵)을 가리킨다.
20 첩차호징(疊借互徵):『수리정온(數理精蘊)』하편, 권9, 「선부(線部)」 7, 첩차호징(疊借互徵)을 가리킨다.

말 4필, 소 6필인 경우 총가격은 원래 수에 맞는다. 그러나 말 3필, 소 5필인 경우는 총가격이 38냥 5전이 되어, 원래 수에 비해 5전이 남는다.

(2) 또 말 1필당 가격이 9냥이라고 가정하면【소 필당 가격은 2냥이다】, 말 4필, 소 6필의 경우 총가격이 원래 수와 맞는다. 그러나 말 3필, 소 5필인 경우는 총가격이 37냥이 되어, 원래 수에 비해 1냥이 모자란다.

(3) 앞에서처럼 [산목을] 두 열로 벌여 놓고, 아래쪽 행의 두 [수를] 서로 약분하면, 5전이 1분이 되고, 1냥이 2분이 된다. 합하면 3분이다. 위 행 두 [수의] 차를 구하면 나머지가 4냥 5전이어서, 3분의 수가 된다. 1냥 5전이 1분의 수이다. 오른쪽 위 행의 [수에] 더하면 6냥이 되니, 바로 말 1필당 가격이다【소 1필당 가격은 4냥이다】. 3냥을 2분의 수로 삼아, 왼쪽 위 행에서 빼도 결과는 역시 같다【이것은 방정方程[21]이다】.

■ 지금 쌀 싣는 소·말·노새가 있다. 다만 "소 2마리, 말 3마리, 노새 4마리가 총 8섬을 싣는다. 말 3마리, 노새 3마리가 싣는 것이 소 3마리가 싣는 것과 같다. 소 4마리, 말 1마리가 싣는 것은 노새 8마리가 싣는 것보다 3섬이 많다."라고만 한다. 질문: 소·말·노새는 각각 얼마씩 실을 수 있는가?

(1) 소 1마리가 1섬 4말을 싣는다고 가정하면【말 3마리, 노새 4마리는 5섬 2말을 실을 것이다. 말 3마리, 노새 3마리는 4섬 2말을 실을 것이다. [따라서] 노새 1마리는 1섬을 싣고, 말 1마리는 4말을 싣는다. 소 4마리, 말 1마리는 6섬을 싣고, 노새 8마리는 8섬을 싣는다. 이렇게 되면 소 4마리, 말 1마리[가 싣는 것]은 노새 8마

21 방정(方程): 『수리정온(數理精蘊)』 하편, 권10, 「선부(線部)」 8, 방정(方程)을 가리킨다.

리가 싣는 것보다 도리어 2섬이 적다], 소 4마리와 말 1마리가 [싣는 것이] 노새 8마리가 싣는 것보다 도리어 2섬이 적으니, 지금 3섬이 더 많은 것과 비교하면, 5섬이 모자란다.

(2) 또 소 1마리가 1섬 5말 2되를 싣는다고 가정하면【말 3마리, 노새 4마리는 4섬 9말 6되를 실을 것이다. 말 3마리, 노새 3마리는 4섬 5말 6되를 실을 것이다. 노새 1마리는 4말을 싣고, 말 1마리는 1섬 1말 2되를 실을 것이다. 소 4마리, 말 1마리는 7섬 2말을 싣고, 노새 8마리는 3섬 2말을 실을 것이다. 이것은 소 4마리, 말 1마리[가 싣는 것이] 노새 8마리가 싣는 것보다 도리어 4섬이 많은 것이다】, 소 4마리, 말 1마리[가 싣는 것이] 노새 8마리가 싣는 것보다 도리어 4섬이 많으니, 지금 3섬이 많은 것과 비교하면 1섬이 더 남는다.

(3) 이에 1섬 4말과 모자란 5섬을 오른쪽 열에 배치하고, 1섬 5말 2되와 남는 1섬을 왼쪽 열에 배치한다. 두 열의 아래 행을 서로 약분하면 5섬이 5분이 되고 1섬이 1분이 된다. 합해서 6분이다. 두 열의 위 행의 차를 구하면 나머지가 1말 2되이다. 바로 6분의 수이니, 1말은 5분이다. 오른쪽 위 행에 더하면 1섬 5말이다. 바로 소 1마리가 싣는 양이다【말 1마리는 1섬을 싣고, 노새 1마리는 5말을 싣는다】. 만약 2되를 1분으로 해서 왼쪽 위 행에서 빼도 얻는 수는 같다【위와 같음】.

■ 지금 한 성이 보이는데 그 높이를 알 수 없다. 먼저 50장丈의 푯대를 세우는데 [성 밑에서] 20장에 이르러 [눈높이=지면, 50장 푯대 끝, 성 꼭대기] 셋이 일직선이 된다. 이에 셋이 일직선을 이루는 곳에 15장의 푯대를 세우고, 뒤로 7장 물러나면 다시 [눈높이=지면, 15장 푯대 끝, 성 꼭대기] 셋이 일직선이 된다. 질문: 성의 높이는 얼마인가?

(1) 성의 높이를 60장이라 가정하면, 성 밑에서 첫 번째 일직선을 이루는 지점까지 반드시 24장이다. 성 밑에서 두 번째 일직선을 이루는

지점까지는 반드시 28장이다. 차이를 구하면 4장이 남는다. 지금 두 번째 일직선이 되는 7장보다 3장이 모자란다.

(2) 다시 성의 높이를 150장으로 가정하면, 성 밑에서 첫 번째 일직선을 이루는 지점까지 반드시 60장이 된다. 성 밑에서 두 번째 일직선이 되는 지점까지는 반드시 70장이다. 차이를 구하면 10장이니, 지금 두 번째 일직선을 이루는 지점 7장에 비해 3장이 남는다.

(3) 이에 60장과 모자란 3장을 오른쪽에 배열하고, 150장과 남는 3장을 왼쪽에 배열한다. 양쪽 아래 행의 수를 서로 약분한다. 두 수가 같으니 각기 1분으로 정한다. 합해서 2분이다. 양쪽 위 행의 차를 구하면 90장이 남아, 2분의 수가 된다. [따라서] 45장이 1분의 수이다. 오른쪽 위 행의 수에 더하거나 왼쪽 위 행의 수에서 빼면 각각 105장이다. 바로 성의 높이이다【이것은 측량測量[22]이다】.

「개방몽구開方蒙求」

【개방開方[23]·염廉·우隅로 제곱근商 구하기[24]는 본래 몹시 어렵다고 하는 것이다. 입방立方이나 삼승방三乘方[25]에 이르면 더욱 아주 번잡하고 혼란스럽다. 지금 새로 한 가지

---

22 측량(測量) : 『수리정온(數理精蘊)』 하편, 권18, 「면부(面部)」 8, 측량(測量)을 가리킨다.

23 개방(開方) : 평방근이나 입방근 등을 계산하는 것이다. "정사각형의 면적[方, 平方]을 분해하여[開] 한 변을 구하는 계산법이다. 개방술은 주어진 면적에서 큰 단위의 제곱수를 덜어내고 점차 아래 단위의 제곱수 및 '그 수와 큰 단위 수의 곱수'를 덜어 내어 면적을 소진시키는 것이다." 강민정, 《『구장산술』의 연구와 역주》, 성균관대학교 박사학위논문, 2015, 98쪽.

24 개방(開方)·염(廉)·우(隅)로 제곱근[商] 구하기 : 방(方)·염(廉)·우(隅)는 증승개방법(增乘開方法)으로 제곱근을 구하는 과정에서 사용되는 용어로, 각각 이차항·일차항·상수항을 가리키며, 상(商)은 이들을 조작하여 얻는 답, 즉 제곱근을 가리킨다. 전용훈, 〈19세기 조선수학의 지적 풍토: 홍길주의 수학과 그 연원〉, 『한국과학사학회지』 26권 2호, 2004, 290쪽 각주 40).

25 입방(立方)이나 삼승방(三乘方) : 입방은 개방법에서 3차항에, 삼승방은 4차항에 해당한다. 조태구(趙泰耈)의 『주서관견(籌書管見)』 〈개방정상법(開方定商法)〉에서는 "개입방(開立方)을 할 때는 위의 1,000을 보고 근(商)을 10으로 하고 100만을 보고 상을 100으로 하고 10억

빠른 법을 수립하니, 어리석고 아둔한 아이들이라도 모두 할 수 있을 것이다.】

■ 예를 들어 제곱 면적平方積[26] 441자를 가지고 [정사각형의] 각 변을 구한
다고 하자.

◎[27] 풀이법은 [산목으로] 441자尺를 놓고置, 1/2하여 220자 5치寸를 얻
는다.

안으로 1자를 뺀다【나머지는 219자 5치이다】.

다시 2자를 뺀다【나머지는 217자 5치이다】.

다시 3자를 뺀다【나머지는 214자 5치이다】.

다시 4자를 뺀다【나머지는 210자 5치이다】.

다시 5자를 뺀다【나머지는 205자 5치이다】.

다시 6자를 뺀다【나머지는 199자 5치이다】.

다시 7자를 뺀다【나머지는 192자 5치이다】.

다시 8자를 뺀다【나머지는 184자 5치이다】.

다시 9자를 뺀다【나머지는 175자 5치이다】.

을 보고 상을 1,000으로 하고 만억을 보고 상을 10,000으로 한다. 개삼승방(開三乘方)을 할
때는 1만을 보고 상을 10으로 하고 억을 보고 상을 100으로 하고 만억을 보고 상을 1,000
으로 한다(開立方上見千商十, 上見百萬商百, 上見十億商千, 上見萬億商萬. 開三乘方上見萬商十, 上
見億商百, 上見萬億商千, 開四乘方上見十萬商十, 上見百萬商百, 上見千萬億商千)."고 설명하고 있
어서, '개입방'은 세제곱근을 구하는 방법, '개삼승방'은 네제곱근을 구하는 방법임을 알
수 있다.

26 제곱 면적[平方積] : '평방(平方)'은 제곱이고, '적(積)'은 곱, 즉 면적이다. 따라서 평방적은
제곱 면적으로, 정사각형의 면적이다. 개방술에서는 피개방수가 된다. 평방 자체가 정사
각형의 면적이기도 하다. ○ 원문에는 평방적·평방(平方)·방적(方積) 등의 용어가 혼효되
어 있으나, 내용상으로는 모두 '정사각형의 면적'에 해당한다. 번역에서는 평방적은 '제곱
면적', 방적은 '정사각형의 면적', 평방은 '제곱'으로 번역하였다.

27 원문은 단락 구분이 없다. 번역의 문맥을 정확히 하기 위해 부호를 삽입하고 단락을 나누
었다.

다시 10자를 뺀다【나머지는 165자 5치이다】.

다시 11자를 뺀다【나머지는 154자 5치이다】.

다시 12자를 뺀다【나머지는 142자 5치이다】.

다시 13자를 뺀다【나머지는 129자 5치이다】.

다시 14자를 뺀다【나머지는 115자 5치이다】.

다시 15자를 뺀다【나머지는 100자 5치이다】.

다시 16자를 뺀다【나머지는 84자 5치이다】.

다시 17자를 뺀다【나머지는 67자 5치이다】.

다시 18자를 뺀다【나머지는 49자 5치이다】.

다시 19자를 뺀다【나머지는 30자 5치이다】.

다시 20자를 뺀다. 나머지는 10자 5치이다.

다음엔 21자를 빼야 하지만 지금 나머지가 빼야 하는 수보다 부족하다. 그러므로 나머지 10자 5치를 2배하여 21자를 얻는다. 그러면 빼야 하는 수에 딱 맞는다. [이렇게 되면] 정사각형의 변은 바로 21자이다.

이 방법은 정사각형의 면적方積의 1/2 안에서 차례로 수를 빼서, 나머지가 빼야 하는 것보다 작은 데까지 이르는 것이다. 그러면 나머지가 바로 빼야 하는 숫자의 반이고, 빼야 하는 숫자는 바로 그 정사각형의 각 변이다.

◎ 만일 제곱平方에 우수리 수奇零之數가 있다면, 나머지가 빼야 할 수의 1/2이 될 수 없다. 예를 들어 제곱 면적이 22자라면, 1/2하면 11자이다. 1·2·3·4를 누적해서 빼면 1자가 남는다. [다음에] 빼야 할 5자의 1/2이 되지 않는다. 이것은 정사각형 각 변이 4자면 남고, 5자면 조금 모자라기 때문이다. 또 나머지가 빼야 하는 수의 1/2이 넘는다면, 예를 들어 정사각형의 면적이 10자이면, 1/2하면 5자가 된다. 1·2를 차례로 빼 가면 2자가 남아서, 빼야 하는 3자의 1/2을 넘는다. 이것은 정사각형의 변

이 3자가 조금 넘기 때문이다. 또 다 떨어지고 나머지가 없는 경우, 예를 들어 정사각형의 면적이 20자이면, 1/2하면 10자이다. 1·2·3·4를 빼 가면, 나머지 수가 없다. 이것은 정사각형의 변이 4와 5의 중간에 있는 것이다. 이런 것은 모두 옛날부터 그 떨어지는 수를 얻지 못했다.

만일 조금 더 정밀한 값을 얻고자 한다면 역시 방법이 있다. 가령 정사각형의 면적이 6자라면【1/2로 나누고, 1자·2자를 빼 가면, 나머지가 없게 된다. [그러면] 각 변이 2자는 넘고 3자는 되지 않는다는 것을 알 수 있다】, 4자리 올려 60,000자로 만든 다음, 1/2해서 30,000자를 얻는다. [그리고서] 앞의 방법과 같이 여러 차례 빼서, 244자를 빼는 데까지 가면 나머지가 110자가 되어, 빼야 할 수의 1/2을 얻을 수 없게 된다. 그러면 244자와 우수리를 가지고 2자리 내려 2자 4치 4푼과 우수리로 만들고, [이것을] 정사각형의 변으로 삼는다.

만약 더욱 정밀한 값을 얻고 싶다면, 정사각형의 면적이 6자인 것을 6자리 올려 6,000,000자로 만든다. 1/2로 나누면 3,000,000자이다. 앞에서처럼 여러 차례 빼서 2,448자를 빼는 데까지 이르면 나머지가 2,424자가 되어, 빼야 할 수의 1/2이 넘는다. 그러므로 이에 빼야 할 2,449자와 우수리를 가지고 3자리 내려 2자 4치 4푼 9리와 우수리로 만들고, 정사각형의 변으로 삼는다.

만약 호毫[28] 단위의 수를 구하고 싶다면, 자尺 단위의 수를 8자리 올려서 수를 얻은 다음, 4자리 내린다. 사絲 단위의 수를 얻고 싶다면, 10자리를 올리고 5자리를 내린다. 나머지도 이렇게 한다.

자릿수를 올릴 때는 반드시 짝수로 해야 하지, 홀수로 해서는 안 된다. 1지리면 2지리 올려 100지로 만들거니 4지리 올려 10,000지로 만들

---

28 호(毫): 길이의 단위는 장(丈)-자[尺]-치[寸]-푼[分]-리(釐)-호(毫)-사(絲)이다. 자[尺]로 기준으로 삼는다면, 치는 10^{-1}, 푼은 10^{-2}, 리는 10^{-3}, 호는 10^{-4}, 사는 10^{-5}자이다.

어야지【6자리 올려 1,000,000자로 하거나, 8자리를 올려 100,000,000자로 한다. 나머지도 이것에 준한다】, 1자리 올려 10자로 하거나 3자리 올려 1,000자로 해서는 안 된다【5자리나 7자리, 이하 모든 홀수는 불가하다】. 10자라면 2자리 올려 1,000자를 만들거나 4자리 올려 100,000자로 만들어야지, 1자리 올려 100자로 하거나 3자리를 올려 10,000자로 해선 안 된다.

자리를 내릴 때는 반드시 올린 것의 1/2로 해야 한다. 2자리 올렸으면 1자리 내리고, 4자리 올렸으면 2자리 내린다. 나머지도 이와 같게 한다.

◎ 또 정사각형의 면적이 성수成數[29]에 차지 않는 경우【치寸·푼分 따위】, 비록 우수리가 아니라도 자릿수를 올리고 내리는 방법을 사용해야 한다.

예를 들어 정사각형의 면적이 4치 9푼이라면 2자리 올려 49자로 만들어 각 변이 7자인 것을 계산해 낸다. 그리고 1자리 낮추어 7치로 하면, 바로 그 정사각형의 변이다. 만약 정사각형의 면적이 9호毫라면, 4자리 올려【자尺 자리와의 거리에 비교해 올린다. 앞의 수의 경우, 푼分과 자의 거리가 2자리이므로 2자리 올렸다. 지금은 호와 자의 거리가 4자리이므로 4자리 올린다. 자와의 거리가 3자리인 경우, 3은 홀수이므로 그냥 4자리 올려 10자로 만든다】9자로 만든다. 계산하면 각 변은 3자이다. 2자리 내려 3푼을 만든다. 바로 그 정사각형의 변이다.

■ 예를 들어 세제곱 면적立方積 343자를 가지고 정사각형의 각 변을 구한다고 하자.

◎ 풀이법은 [산목으로] 343자를 놓고, 6으로 나눠 $57\frac{1}{6}$자를 얻는다.
안으로 1자를 뺀다【나머지는 $56\frac{1}{6}$자다】.
다시 1자·2자를 합한 수인 3자를 뺀다【나머지는 $53\frac{1}{6}$자이다】.

---

29 성수(成數): 정수(整數), 곧 자연수(自然數)를 말한다.

다시 1자·2자·3자를 합한 수인 6자를 뺀다【나머지는 $47\frac{1}{6}$자이다】.

다시 1자·2자·3자·4자를 합한 수인 10자를 뺀다【나머지는 $37\frac{1}{6}$자이다】.

다시 1자·2자·3자·4자·5자를 합한 수인 15자를 뺀다【나머지는 $22\frac{1}{6}$자이다】.

다시 1자·2자·3자·4자·5자·6자를 합한 수인 21자를 뺀다. 나머지는 $1\frac{1}{6}$자이다.

나머지가 빼야 할 수를 감당하지 못한다. 나머지에 6배 해서 7자를 얻으면, 빼야 할 수의 마지막 수와 꼭 맞으니【빼야 하는 것은 1·2·3·4·5·6·7을 합한 수이다. 그러므로 7자가 빼야 할 수의 마지막 수이다】, 바로 정사각형의 각 변이다.

◎ 만일 나머지의 6배가 빼야 하는 마지막 수보다 많거나, 빼야 하는 마지막 수보다 적거나, 혹은 딱 떨어져 나머지가 없다면, 이는 모두 세제곱立方에 우수리가 있는 것이다. 역시 자릿수를 올리거나 자릿수를 내리는 방법을 사용해야 한다. 자릿수를 올릴 때는 반드시 3배수로 한다. 예를 들어 1자리 수라면 3자리를 올려 1,000자리 수가 되게 하거나, 6자리를 올려 1,000,000자리 수가 되게 한다【9자리나 12자리, 이하는 이에 준한다】. 자릿수를 낮출 때는 반드시 올린 자릿수의 1/3이어야 한다. 3자리 올렸으면 1자리 낮추고, 6자리 올렸으면 2자리 낮춘다.

■ 예를 들어 네제곱 면적三乘方積 1,296자尺를 가지고, 정사각형의 각 변을 구한다고 하자.

◎ 풀이법은 [산목으로] 1,296자를 놓고, 1/2로 나누어, 648자를 얻는다. 별도로 산목算을 하나 놓아 1자라고 한다.

[1자를] 제곱해서 1자를 얻고, 6배해서 6자를 얻는다. 1자와 더해 7자를 얻어, 상위上位[30]에서 뺀다【나머지는 641자다】.

다시 2자를 제곱해 4자를 얻어, 1자의 제곱인 1자와 더해서 5자를 얻는다. 6배 해서 30자를 얻는다. 그리고 2자와 더해 32자를 얻어, 상위에서 뺀다【나머지는 609자다】.

다시 3자를 제곱해서 9자를 얻어, 앞의 수인 5자【즉 1자의 제곱과 2자의 제곱을 더한 것】와 더해서 14자를 얻는다. 6배 해서 84자를 얻는다. 그리고 3자와 더해 87자를 얻어, 상위에서 뺀다【나머지는 522자다】.

다시 4자를 제곱해서 16자를 얻어, 앞의 수인 14자【즉 1자·2자·3자를 각기 제곱하여 더한 것】와 더해서 30자를 얻는다. 6배 해서 180자를 얻는다. 그리고 4자와 더해 184자를 얻어, 상위에서 뺀다【나머지는 338자다】.

다시 5자를 제곱해서 25자를 얻어, 앞의 수인 30자【즉 1자·2자·3자·4자를 각기 제곱하여 더한 것】와 더해서 55자를 얻는다. 6배 해서 330자를 얻는다. 그런 다음 5자와 더해 335자를 얻어, 상위에서 빼면 3자가 남는다.

나머지가 빼야 할 수보다 부족하니, 나머지인 3자를 2배 해서 6자를 얻는다. 바로 다음 차례의 수와 같다【다음 차례에 6를 제곱해야 하기 때문이다】. 이렇게 되면 바로 각 변의 길이이다.

◎ 우수리 [처리] 방법은 위와 같다. 올릴 때는 반드시 4단위로 하고【4자리거나 8자리거나, 12자리·16자리·20자리와 같이】, 내릴 때는 올릴 때의 1/4【4자리 올린 것은 1자리 내리고, 8자리 올린 것은 2자리 내리는 것처럼】로 한다.

◎ 다른 방법: 개평방법開平方法을 이용해서 정사각형의 면적을 구하고, 다시 개평방법을 사용해서 정사각형 각 변을 구한다.

■ 예를 들어 다섯제곱 면적四乘方積 32,768자尺를 가지고, 정사각형의 각

---

30 상위(上位): 네제곱 면적을 $\frac{1}{2}$ 한 값을 가리킨다. 즉 첫 번째 놓은 산이다. 이 상위의 숫자에서 별도로 산을 놓아 계산된 숫자를 차례로 빼 나간다.

변을 구한다고 하자.

◎ 풀이법은, [산목으로] 본값을 놓고, 1/2로 나누어 16,384자를 얻는다. 별도로 산목算 다섯을 빌려 5자로 삼고, 1자를 곱해서 5자를 얻는다. 다시 1자를 2자에 더해서 3자를 얻어, 거기에 곱해서 15자를 얻는다. 상위上位에서 뺀다【나머지는 16,369자다】.

다시 1자・2자를 합한 3자를 5자에 곱해서 15자를 얻는다. 다시 앞의 수 3자에 2자를 2번 더해서 7자를 얻어, 거기에 곱해서 105자를 얻는다. 상위에서 뺀다【나머지는 16,264자다】.

다시 1자・2자・3자를 합한 6자를 5자에 곱해서 30자를 얻는다. 다시 앞의 수 7자에 2자를 3번 더해서 13자를 얻어, 거기에 곱해서 390자를 얻는다. 상위에서 뺀다【나머지는 15,874자다】.

다시 1자・2자・3자・4자를 합한 10자를 5자에 곱해서 50자를 얻는다. 다시 앞의 수 13자에다 2자를 4번 더해 21자를 얻어, 거기에 곱해서 1,050자를 얻는다. 상위에서 뺀다【나머지는 14,824자다】.

다시 1자・2자・3자・4자・5자를 합한 15자를 5자에 곱해서 75자를 얻는다. 다시 앞의 수 21자에 2자를 5번 더해서 31자를 얻어, 거기에 곱해서 2,325자를 얻는다. 상위에서 뺀다【나머지는 12,499자다】.

다시 1자・2자・3자・4자・5자・6자를 합한 21자를 5자에 곱해서 105자를 얻는다. 다시 앞의 수 31자에 2자를 6번 더해서 43자를 얻어, 거기에 곱해서 4,515자를 얻는다. 상위에서 뺀다【나머지는 7,984자다】.

다시 1자・2자・3자・4자・5자・6자・7자를 합한 28자를 5자에 곱해서 140자를 얻는다. 다시 앞의 수 43자에 2자를 7번 더해서 57자를 얻어, 거기에 곱해서 7,980자를 얻는다. 상위에서 빼면 나머지가 4자다.

나머지가 빼야 할 수를 감당하기에 부족하다. [그러면] 나머지 4자를 2배 해서 8자를 얻는다. 그러면 빼야 하는 다음 차례의 수와 동일하다. 이렇게 되면 바로 정사각형 각 변의 [길이]이다.

　◎ 우수리 [처리] 방법은 위와 같다. 올릴 때는 반드시 5단위로 하고【혹은 5자리, 혹은 10자리와 같이】, 내릴 때는 올릴 때의 1/5로 한다【5자리 올린 것은 1자리 내리고, 10자리를 올린 것은 2자리 내리는 것과 같이】.

■ 예를 들어, 직사각형의 면적長方積 360자尺와 세로와 가로의 차長闊較[31] 9자로, 가로와 세로를 구한다고 하자.

　◎ 풀이법은 360자를 놓고, 1/2하여 180자를 얻는다.
1/2차半較 4자 5치와 1자를 합한 5자 5치를 뺀다【나머지는 174자 5치이다】.
다시 1/2차와 2자를 합한 6자 5치를 뺀다【나머지는 168자이다】.
다시 1/2차와 3자를 합한 7자 5치를 뺀다【나머지는 160자 5치이다】.
다시 1/2차와 4자를 합한 8자 5치를 뺀다【나머지는 152자이다】.
다시 1/2차와 5자를 합한 9자 5치를 뺀다【나머지는 142자 5치이다】.
다시 1/2차와 6자를 합한 10자 5치를 뺀다【나머지는 132자이다】.
다시 1/2차와 7자를 합한 11자 5치를 뺀다【나머지는 120자 5치이다】.
다시 1/2차와 8자를 합한 12자 5치를 뺀다【나머지는 108자이다】.
다시 1/2차와 9자를 합한 13자 5치를 뺀다【나머지는 94자 5치이다】.
다시 1/2차와 10자를 합한 14자 5치를 뺀다【나머지는 80자이다】.
다시 1/2차와 11자를 합한 15자 5치를 뺀다【나머지는 64자 5치이다】.
다시 1/2차와 12자를 합한 16자 5치를 뺀다【나머지는 48자이다】.
다시 1/2차와 13자를 합한 17자 5치를 뺀다【나머지는 30자 5치이다】.

---

31 세로와 가로의 차[長闊較] : '장'은 세로 길이, '활'은 가로 길이이다. '교'는 차(較)이다. 따라서 장활교(長闊較)는 세로 길이와 가로 길이의 차이이다. 이하 '장활교의 반'을 반교(半較)로 약칭하는 경우에는 번역도 '1/2차(較)'로 한다.

다시 1/2차와 14자를 합한 18자 5치를 빼면, 나머지는 12자이다.

나머지가 빼야 할 수를 감당하기에 부족하므로, 나머지인 12자에서 1/2교인 4자 5치를 뺀다. [그러면] 나머지는 7자 5치이다. 2배 해서 15자를 얻으면, 다음번 빼야 할 수와 딱 맞으니, 15자가 바로 그 가로이다. [여기에] 가로·세로의 차 9자를 더해서 24자를 얻으니, 바로 그 세로이다.

◎ 나머지에서 1/2차를 빼고 2배 했는데 빼야 할 다음 수와 맞지 않다면, 우수리가 있다는 것을 알 수 있다. 예를 들어, 직사각형의 면적 15자와 가로·세로의 차 5자를 가지고 가로·세로를 구한다고 하자. 방법대로 계산해서, 빼야 할 것이 제2차가 되었을 때, 나머지에서 1/2차를 뺀 것에 2배 한 것은 3자가 된다. 이는 나머지에서 1/2차를 뺀 것에 2배 한 것이 빼야 할 차수를 넘은 것이니, 그 가로가 2자를 넘어 우수리가 있다는 것을 알 수 있다.

좀 더 정밀한 것을 얻고 싶다면, 본래 직사각형의 면적 15자를 2자리 올려 1,500자로 만든다. 가로·세로의 차 5자는 1자리 올려 50자로 만든다. 방법대로 계산하여, 빼기가 제20차에 이르면, 나머지가 40자이다. 여기서 1/2차를 빼고 2배 하면 30자이다. 그러면 빼야 할 제21차의 수를 넘는다. 그러면 바로 21자와 우수리를 다시 1자리 내려 2자 1치와 우수리로 만든다. 바로 그 가로이다.

더욱 정밀하게 하고 싶으면 직사각형의 면적을 4자리 올리고 차를 2자리 올려 계산한 뒤, 다시 2자리 내린다. 많이 올릴수록 결과는 더욱 정밀해진다.

또 나머지에서 1/2차를 빼고 2배 한 것이 혹 빼야 할 디음 수에 모자라거나 수가 딱 떨어져 나머지가 없는 경우, 모두 이미 뺀 회차의 수에 우수리가 있는 것이다【예를 들어, 직사각형의 면적이 5촌 2치이고 가로·세로의 차가 2자이면, 직사각형의 면적을 2자리 올려 520자로 만들고 차는 1자리를 올려 20자를 만든

다. 법대로 계산해 나가서 14차를 빼는 데 이르면 나머지는 15자이다. 1/2차를 빼고 2배
하면 10자이다. 빼야 할 제15차의 수에 모자란다. 그러면 이미 뺀 14차를 14자로 만들어,
다시 1자리를 내리고 우수리를 더해서 1자 4치와 우수리로 만든다. 바로 그 가로이다. 이
것은 빼야 할 차수에 모자라니, 이미 뺀 차수의 수에 우수리를 더한 것이다. 또 만일 직사
각형의 면적이 5자 4치이고 차가 2자이면, 방법대로 자릿수를 올려서 방법대로 계산한다.
빼는 것이 15차에 이르렀는데 나머지 수가 없다. 그러면 또한 이미 뺀 15차를 다시 자릿수
를 내리고 우수리를 더해서 1자 5치와 우수리로 만든다. 바로 그 가로이다. 이 숫자는 딱
떨어져 나머지가 없으니, 이미 뺀 차수의 수에 우수리를 더하는 것이다】.

직사각형 면적의 자릿수를 올릴 때는 반드시 짝수로 하고【2·4·6·8의
수】, 차의 자릿수를 올릴 때는 올린 직사각형 면적의 자릿수 1/2로 한다
【직사각형의 면적에서 2자리 올렸으면 차는 1자리 올리고, 직사각형의 면적에서 4자리
올렸으면 차는 2자리 올리는 것과 같다】. 다시 자리를 내릴 때는 차에서 올린 수
같이 한다【차를 1자리 올렸으면 얻은 수는 다시 1자리 내리는 것과 같다】.

■ 예를 들어, 직사각형의 면적長方積 297자尺와 세로·가로의 합長闊和[32]
38자로, 세로와 가로를 구한다고 하자.

◎ 풀이법은, [산목으로] 297자를 상위上位에 놓는다.
가로·세로의 합에서 1자를 뺀 나머지 37자를 상위에서 뺀다【나머지는
260자이다】.
다시 37자에서 2자를 뺀 나머지 35자를 상위에서 뺀다【나머지는 215자이다】.
다시 35자에서 2자를 뺀 나머지 33자를 상위에서 뺀다【나머지는 192자이다】.
다시 33자에서 2자를 뺀 나머지 31자를 상위에서 뺀다【나머지는 161자이다】.

---

32 세로·가로의 합[長闊和] : '화(和)'는 합(合)이다. 장(세로)과 활(가로)의 합을 '장활화'라고
한다. 여기선 풀어서 번역했다.

다시 31자에서 2자를 뺀 나머지 29자를 상위에서 뺀다【나머지는 132자이다】.

다시 29자에서 2자를 뺀 나머지 27자를 상위에서 뺀다【나머지는 105자이다】.

다시 27자에서 2자를 뺀 나머지 25자를 상위에서 뺀다【나머지는 80자이다】.

다시 25자에서 2자를 뺀 나머지 23자를 상위에서 뺀다【나머지는 57자이다】.

다시 23자에서 2자를 뺀 나머지 21자를 상위에서 뺀다【나머지는 36자이다】.

다시 21자에서 2자를 빼면 나머지가 19자이다. 상위에서 빼면, 나머지는 17자이다.

나머지가 빼야 할 수와 꼭 맞다면, 나머지에서 1자를 뺀 나머지 16자가 바로 가로·세로의 차長闊較이다. 합과 차의 차이를 구해 1/2로 나누면 11자이다. 바로 그 가로이다. [이것을] 차에 더하면 27자이니, 바로 세로이다. 그리고 빼기가 11차에서 끝나니, 또한 가로 11자와 같다.

◎ 만약 나머지가 빼야 할 수에 모자란다면, 역시 우수리가 있다는 것을 알 수 있다. 예를 들어, 직사각형의 면적 8자와 가로·세로의 합 7자로, 가로와 세로를 구한다고 하자. 방법대로 계산해서, 빼야 할 것이 4자인데 나머지가 2자라면, 이는 나머지가 빼야 할 수에 미치지 못하고, 빼기는 1차와 2차 사이에서 끝난 것이다. 그러면 그 가로가 1자는 넘고 우수리가 있음을 알 수 있다.

만약 좀 더 정밀한 것을 원한다면, 본래 직사각형의 면적 8자를 2자리 올려 800자로 만들고, 합 7자를 1자리 올려 70자로 만들어 방법대로 계산한다. 14차를 빼는 데 이르면, 나머지가 16자이어서 빼야 할 41자의 수에 미치지 못한다. 즉시 빼야 할 41자를 다시 1자리 내리고 우수리를 더해서 4자 1치와 우수리로 만든다. 비로 그 가로·세로의 차다. 그리고 이미 14차를 뺐으니, 또한 14자를 도로 1자리 내리고 우수리를 더해서 1자 4치와 우수리로 만든다. 바로 그 가로다【더욱 정밀하게 하고 싶다면 올리는 자릿수를 더욱 많이 한다】.

직사각형 면적의 자릿수를 올릴 때는 반드시 짝수로 한다. 합和의 자릿수를 올릴 때는 올린 직사각형 면적 자릿수의 1/2로 하고, 자릿수를 도로 내릴 때는 합의 올린 자릿수와 같게 한다.

「잡쇄수초雜碎隨鈔」

■ 지금 어떤 수가 있다. 9씩 세면 3이 남고, 31씩 세면 7이 남는다. 질문: 그 수는 얼마인가?

먼저 38이라 가설해 보자【31씩 세면, 나머지가 7이다】. 다시 30이라 가설해 보자【9씩 세면 나머지가 3이면서, 먼저 가설한 숫자보다 조금 작은 숫자이다】. 두 가지 가설 수의 차를 구하면 8이다. 다시 원래의 [나눗수 중] 큰 수인 31을 9씩 세면 나머지가 4이다. 이에 원래의 작은 수인 9를 구역의 수限數로 삼는다. 먼저 얻은 수 8을 시작하는 수起數로 하고, 뒤에 얻은 수 4를 간격의 수每數로 삼는다. 그림처럼 9개의 구역을 그린다.

제8구역에서 1의 수를 시작해서 4구역마다 1을 더한다. 마지막 구역에 오는 숫자를 보면 8이다. 마지막으로 8을 원래의 [나눗수 중] 큰 수인 31에 곱하면 248이다. [여기에] 7을 더하면 255가 되니, 질문에 맞는다.

■ 한 돈대를 바라보는데, 높이를 알 수 없다. 20장丈의 푯말을 세우고, 사람의 눈은 땅에 붙이면 [돈대·푯말·눈높이=지면] 세 개가 직선상에 있게 된다. 그다음, 앞의 푯말을 세웠던 곳에다 37장의 푯말을 세우고, 앞에서 측량했던 곳에 가서 측량한다. 사람의 눈높이가 땅에서 32장 높아지면 비로소 세 개가 일직선이 된다. 질문: 돈대의 높이는 몇 장인가?

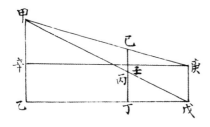

먼저 세운 푯말 20장【병정丙丁】을 사람의 눈높이인 32장에 곱하면 640장이다【경무庚戊는 또한 신을辛乙이다】. 이를 나눔수實로 삼는다. 먼저 세운 푯말과 사람의 눈높이를 더하면 52장이다. 나중에 세운 푯말 37장【기정己丁】을 빼면 나머지가 15장이다. 나눗수法로 한다. 나누면歸, $42\frac{2}{3}$장이다. 바로 돈대의 높이이다【병정丙丁과 정무丁戊의 비比는 갑을甲乙과 을무乙戊의 비와 같다. 기임己壬과 정무丁戊의 비도 갑신甲辛과 을무의 비와 같으니, 이는 기임과 병정丙丁의 비가 원래 갑신과 갑을의 비와 같은 것이다. 병정에서 기임을 뺀 것과 병정의 비는 또한 갑을에서 갑신을 뺀 것과 갑을의 비와 저절로 같다. 15장은 바로 병정에서 기임을 뺀 것이다. 그러므로 1율率로 삼고, 병정을 2율로 삼는다. 경무 혹은 신을은 모두 갑을에서 갑신을 뺀 것이다. 그러므로 3율로 삼는다. 그리하여 얻어지는 4율이 바로 갑을이다】.[33]

■ 막대기 하나로 한 선상의 두 층의 높이를 측량한다【갑이 제1층의 높이이고, 을이 제2층의 높이이다. 병정(丙丁)이 푯말이다】. 두 층의 높이【갑경甲庚·을경乙庚】와 푯말의 높이【병정丙丁】, 측량하는 두 지점 사이의 거리【무기戊己】를 안다. 측량이 행해지는 두 장소와 대상이 되는 장소 사이의 [각각의] 거리를 구하라【무경戊庚·기경己庚】.

---

33 그러므로 1율(率)로 …… 바로 갑을이다 : 1율·2율·3율·4율 등은 사율법(四率法)에서 사용되는 용어이다. 사율법은 삼각형의 비례를 이용해 미지항을 산출하는 방법이다. 기존의 조건이 둘이고 지금 구하려는 조건이 하나이므로, 이미 알고 있는 조건이 셋이고 아직 모르는 조건이 하나이다. 이런 조건에서 셋을 가지고 하나를 구하는 것이다. 기존의 두 조건을 1율, 2율로 삼고 지금 구하려는 두 조건을 3율, 4율로 삼으면, 1율과 2율의 비(比)는 3율과 4율의 비와 같다. 이 때문에 그 수를 서로 구할 수 있다.

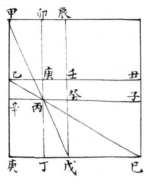

병정丙丁을 1율로 한다. 을경乙庚에서 병정을 빼서【을신乙辛】, 무기戊己에 곱하고【임계자축壬癸子丑】, 갑을甲乙로 나눈다【병묘진계丙卯辰癸 사각형과 병인자축丙寅子丑 사각형은 모두 병정경신丙丁庚辛 사각형과 같다. 그렇다면 임계자축壬癸子丑 사각형은 원래 인묘진임寅卯辰壬 사각형과 같다. 그러니 지금 인묘寅卯와 같은 갑을甲乙로 임계자축 사각형을 나누면, 나오는 것은 저절로 묘진卯辰이다】. 2율이다. 갑경甲庚을 3율로 해서, 4율을 구하면, 바로 무경戊庚이다【2율과 3율을 곱하면 바로 묘진무정卯辰戊丁 사각형이고, 3율과 4율을 곱하면 신경무계辛庚戊癸 사각형이다. 이 두 도형은 원래 서로 비슷하다】. 무기戊己를 더하면, 바로 기경己庚이 된다.

■ 한 장대를 바라보는데, 그 높이는 알 수 없다. 이전에 11장의 푯말을 세우고 사람의 눈을 땅에 붙여서 측량하니 세 개[의 꼭지점]이 일직선이 되었다. 그러나 푯말과 장대 사이의 거리는 알 수 없다. 또 눈과 푯말 사이의 거리 역시 알 수 없다. 지금 장대 끝의 9장을 잘라 버리고, 앞의 푯말을 앞에 세웠던 곳에 세우고, 앞에 측량했던 곳에 가서 측량했다. 사람의 눈높이가 땅에서 8장이 되자, 비로소 세 개가 일직선이 되었다. 질문: 장대의 본래 높이는 몇 장인가?

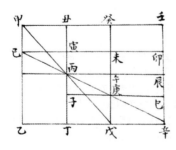

잘린 장대 9장과 눈높이 8장을 합하면 17장이다. [여기에] 푯말의 높이 11장을 곱하면 187장이다. [다시] 눈높이 8장으로 나누면, $23\frac{3}{8}$장이 된다. 바로 장대의 본래 높이다【무신戊辛에

474

장대의 높이 갑을甲乙을 곱하면 무신임계戊申壬癸의 직사각형이 된다. 정신丁辛에 잘린 장대 길이 갑기甲己를 곱하고, 다시 눈높이 무경戊庚을 곱해서, 임축인묘壬丑寅卯와 정자사신丁子巳辛, 두 단의 직사각형을 얻는다. 이 두 직사각형을 더하면 무신임계戊申壬癸의 직사각형과 같다. 무신戊辛은 바로 눈높이인 무경으로, 만들어진 무신경戊申庚 직각삼각형의 고股이다. 정신丁辛은 바로 푯말의 높이 병정丙丁으로, 만들어진 병정신丙丁辛 직각삼각형의 고股이다. 그러므로 지금 무경戊庚으로 무신戊辛을 대신해서 1율로 삼고, 병정丙丁으로 정신丁辛을 대신해서 2율로 삼는다. 그 이치는 실로 같다】.

■ 무원戊圓에 내접한 사다리꼴 갑을병정甲乙丙丁이 있다. 가로 갑을甲乙闊, 가로 병정丙丁濶, 가운데 세로 기경己庚中長을 알고 있다. 반지름을 구하라【갑무甲戊 혹은 병무丙戊】.

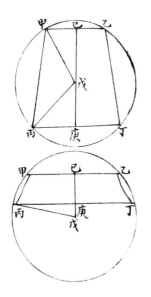

갑을을 1/2하고【갑기甲己】 병정도 1/2해서 【병경丙庚】, [두 수의] 차를 구해 수를 얻고, 다시 서로 더해서 수를 얻는다. 얻은 두 개의 수를 서로 곱해서 얻은 수를 나눔수로 삼는다. 기경己庚을 나눗수로 삼아 나누어 수를 얻는다. 기경과 더해서 1/2하면, 바로 기무己戊이다. 기경과의 차를 구해서 1/2하면 무경戊庚이다. 갑기甲己를 구勾로 삼고 기무己戊를 고股로 삼아, 현弦을 구하면[34]【갑무甲戊】, 바로 반지름이다【무경戊庚을 구로 삼고, 병경丙庚을 고로 삼아 현을 구하면 병무丙戊이니, 또한 반지

────────────

34 갑기(甲己)를 구(勾)로 …… 현(弦)을 구하면 : 직각 부등변삼각형(句股形)에서 직각을 기준으로 직각을 낀 두 변 중 짧은 변을 구(勾), 긴 변을 고(股), 빗변을 현(弦)이라고 한다.

름이다】.

■ 원에 내접한 '품品' 자형 사각형이 있다. 원의 지름을 알 때, 사각형의
변을 구하라.

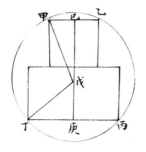

갑을甲乙을 16분으로 가정하면, 갑기甲己
는 8분이고 기경己庚은 32분이다. 갑기 8분
을 정경丁庚【갑을과 같다】 16분과 더하면 24
분이고, 차를 구하면 8분이다. 두 수를 곱하
면 192분이니, [이것을] 나눔수로 삼는다. 기
경 32분을 나눗수로 삼아 나누면, 6분을 얻
는다. [이것을] 기경과 더해 1/2하면 19분을 얻는다【바로 기무己戊이다】. 이
에 갑기 8분을 구句로 삼고, 기무 19분을 고股로 삼아 현弦 갑무甲戊의 설
정 분分을 구해서, 1율로 정한다. 갑기 8분을 2율로 한다. 지금 알고 있는
반지름을 3율로 해서 4율을 구한다. 바로 갑기의 실제 계수實數이다. 2배
하면, 바로 정사각형의 변인 갑을이다.

○ 김 씨【영泳】[35]가 말했다. 구句 병기丙己를 3분으로 설정하면, 고股 기

---

[35] 김 씨【영(泳)】: 김영(金泳, 1749-1817)은 조선 후기의 역관(曆官)이다. 당대 천문학과 수학
분야에서 자타가 인정하는 독보적인 존재였다. 천문관측기기의 제작 기술에 뛰어나고
역산(曆算)에 밝아 관상감(觀象監)의 감관으로 활동하였다. 정조대에 편찬되거나 제작된
각종 천문·역상 서적과 관측기구들은 대체로 그의 손을 거쳤다. 적도경위의(赤道經緯儀)·
지평일구(地平日晷) 등의 관측기구 제작에 참여했으며, 『신법중성기(新法中星紀)』, 『신법
누주통의(新法漏籌通義)』 등을 편찬했고, 『국조역상고(國朝曆象考)』 편찬에도 참여했다. 본
관은 김해(金海), 출신지는 진주(晉州). 자는 계함(季涵), 자호는 석천(石泉), 주역선생(周易
先生)이다. ○홍길주의 문집『표롱을첨(縹礱乙㡨)』상, 권2「잡문기(雜文紀)」2에는 〈김영전
(金泳傳)〉이 실려 있다. 김영은 홍길주의 조부인 홍낙성(洪樂性)의 주선으로 관상감에 기
용되었고, 이후 이 집안과 친밀한 관계를 맺었다. 홍길주는 자신의 어린 시절 김영과 구고
(句股)에 대한 토론을 한 적이 있다고 회상하고, 자신의 저술을 완성하게 되어 그에게 보
여 주고 싶으나 김영이 이미 죽어 보여 주지 못한다고 애도한다. 홍길주의 수학, 특히 기

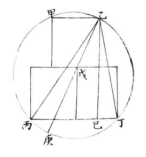

을기乙己은 4분이고, 현弦 을병乙丙은 5분이다. 다시 구 기정己丁을 1분으로 설정하면, 고 기을己乙은 4분이다. 현 을정乙丁의 설정 분을 구한다. 다음, 기을己乙 4분을 1율로 삼고, 을정의 설정 분을 2율로 삼고, 을병 5분을 3율로 삼아 4율을 구한다. 다시 그렇게 얻은 4율을 1율로 삼고, 원의 지름인 을경의 실수를 2율로 삼고, 기을의 4분을 3율로 삼아 4율을 구한다. 바로 기을의 실수이다. 1/2하면, 바로 정사각형의 한 변인 갑을이다.

■ 원에 내접한 6등변형六等邊形에서 원의 지름을 안다. 임의로 활꼴弧矢形을 만들되, 6등변형의 두 변을 자르도록 한다. 잘린 2변을 알 때【무사戊巳·무경戊庚】 현弦의 길이【병정丙丁】와 시矢의 너비【을신乙辛】를 구하라.

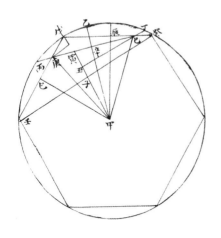

반지름을 1/2하여【무자戊子】 구勾로 삼고, 반지름【무계戊癸】을 현弦으로 해서, 고股를 구한다【계자癸子】. 무계를 1율, 계자를 2율, 잘린 무사戊巳를 3율로 삼아 4율을 구한다【사축巳丑】. 무임戊壬【무계와 같다】을 1율, 임자壬子【계자와 같다】를 2율, 잘린 무경戊庚을 3율로 해서 4율을 구한다【경묘庚卯】. 사축巳丑을 고股로 삼고, 무사를 현弦으로 삼아 구勾를 구한다

하학에서 김영의 영향을 엿볼 수 있는 대목이다.

【무축戊丑】. 경묘를 고로 삼고 무경을 현으로 삼아 구를 구한다【무묘戊卯】. 무묘와 무축戊丑의 차를 구해【나머지는 축묘丑卯이다】 구로 삼고, 사축巳丑과 경묘庚卯를 합해 고로 삼아, 현을 구한다【사경巳庚】. 무진戊辰【무자戊子와 같다】과 무사의 차를 구해【나머지는 진사辰巳이다】 구로 삼고, 갑진甲辰【계자癸子와 같다】을 고로 하여 현을 구한다【갑사甲巳】. 무기【무진戊辰과 같다】와 무경戊庚의 차를 구해【나머지는 경기庚己이다】 구로 하고, 갑기甲己【갑진甲辰과 같다】를 고로 해서, 현을 구한다【갑경甲庚】. 이에 기경己庚을 바닥면으로, 갑사甲巳·갑경甲庚을 두 빗변으로, 갑사경甲巳庚 삼각형을 만들어서, 수직이등분선中垂線【신갑辛甲】을 구한다. 반지름과의 차를 구하면【나머지는 을신乙辛이다】, 바로 시의 너비矢闊이다.

■ 원에 내접하는 팔등변형八等邊形에서 그 각 변의 길이【갑을甲乙】를 안다. 지금 원둘레 위의 한 곳에 임의로 호시弧矢를 설정하는데【예를 들면, 무기경신戊己庚辛】, 팔등변형의 갑을 변은 전체가 그 안에 들어가고, 갑정甲丁 변은 사巳에서 끊기고 을병乙丙 변은 진辰에서 끊기도록 한다. 갑사甲巳와 을진乙辰을 알 때, 시의 너비矢闊를 구하라【경신庚辛】.

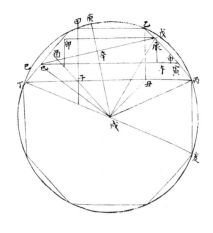

갑을을 제곱해서 1/2하고, 개방술을 통해 [제곱근]을 얻는다. 그것을 2배해서 갑을과 더한다【병정丙丁】. 그리고 갑을【즉 병해丙亥이다】을 구勾로 삼고, 병정을 고股로 삼아 현弦을 구하면, 바로 원의 지름이다. 1/2하면 반지름이다【정술丁戊】. 갑사甲巳를 제곱해서 1/2하고, 개방술을 통해 [제곱근]을 얻는다. 이것을 2배해서 갑을과 더한다【인사寅巳】. 을진乙辰을 제곱해서 1/2하고, 개방술을 통해 [제곱근]을 얻는다. 그것을 2배 해서 갑을과 더한다【진묘辰卯】. 진묘와 인사寅巳의 차를 구해 1/2해서【인오寅午는 진오辰午와 같다】, 구로 삼는다. 인사에서 인오를 빼서【나머지는 오사午巳이다】 고로 삼아, 현을 구해서 얻는다【진사辰巳】. 갑을을 1/2하여【병신丙申】 구로 삼고, 반지름【병술丙戌】을 현으로 삼아 고를 구한다【신술申戌】. 이것을 고로 삼고, 병신丙申과 같은 을신乙申에서 을진乙辰을 빼서【나머지는 진신辰申이다】 구로 삼아, 현을 구해서 얻는다【진술辰戌】. 신술申戌과 같은 유술酉戌을 고로 삼고, 갑사甲巳에서 을신乙申과 같은 갑유甲酉를 빼서【나머지는 유사酉巳이다】 구로 삼아, 현을 구해서 얻는다【사술巳戌】. 진사辰巳를 밑변으로 하고, 진술辰戌·사술巳戌을 두 빗변으로 해서, 술진사戌辰巳 삼각형을 만들어, 수직이등분선中垂線을 구해 얻는다【신술辛戌】. 반지름【경술庚戌】과의 차를 구하면【나머지는 경신庚辛이다】, 바로 시의 너비矢闊이다.

■ 원에 내접하는 십이변十二邊 도형이 있다. 각 변을 아는 경우, 원의 지름을 구하라.

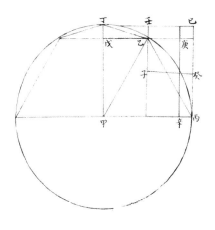

십이변형의 한 변을 제곱하고 1/2해서 개방술을 통해 [제곱근]을 얻는다. 다시 십이변형의 한 변을 제곱한 것과 제곱해서 1/2한 것을 더하고, 개방술을 통해 [세곱근을] 구한다. 얻은 두 수를 더하면, 바로 원의 반지름이다. 【먼저 원에 내접하는 육등변형을 그린다. 갑甲이 원의 중심이고, 을

병을병乙丙은 6변의 각 1변이다. 을병을 1/2하여, 을무乙戊를 얻어 구勾로 삼는다. 반지름 갑을甲乙을 현弦으로 삼아, 직각 부등변삼각형句股形 하나를 만든다. 그런 다음, 현의 제곱弦羃[36]인 정기병갑丁己丙甲에서 고의 제곱股羃인 무경신갑戊庚辛甲을 빼면, 정무경기병신丁戊庚己丙辛의 경쇠처럼 꺾인 도형이 남는다. [이것은] 구의 제곱勾羃인 임기계자壬己癸子와 같다. 그런 다음, 이 직각 부등변삼각형의 구勾인 무을戊乙을 고股로 삼고, 반지름 갑정甲丁의 잘린 나머지[반지름 갑정에서 첫 번째 직각 부등변삼각형의 고股를 뺀 나머지] 정무丁戊를 구勾로 삼고, 12변형의 각 1변인 을정乙丁을 현으로 삼아, 다시 직각 부등변삼각형 하나를 만든다. 그러면 앞의 삼각형의 구의 제곱勾羃이 바로 뒤의 삼각형의 고의 제곱股羃이다. 그리고 또한 바로 뒤의 삼각형의 4단 직각사각형의 면적直積에서 구의 제곱勾羃 하나가 모자란 것이다. 이것을 미루어, 뒤의 삼각형의 현의 제곱弦羃은 저절로 그 4단 직각사각형의 면적과 같다는 것을 알 수 있다. 다시 이것을 미루어, 차較의 제곱較羃과 두 단의 면적直積이 같다는 것을 알 수 있다. 다시 미루어, 합和의 제곱和羃과 6단의 면적이 같다는 것을 알 수 있다. 합和과 차較를 서로 더하면, 바로 두 단의 을무乙戊 고股이다. 을무는 원래 육등변형의 각 1변을 1/2한 것이니, 또한 바로 원의 반지름의 1/2이다.】

■ 직각삼각형 갑을병甲乙丙에서 구句인 갑을甲乙과 고股인 을병乙丙을 안다. 다시 임의로 직각삼각형 갑병정甲丙丁을 만드는데, 동일한 갑병甲丙 현弦을 사용한다. 고인 갑정甲丁만 알면, 구인 병정丙丁은 절로 미루어 알 수 있다. 잘린 선분截線 을무乙戊를 구하고자 한다.

먼저 구句인 갑을甲乙과 고股인 을병乙丙으로 직사각형의 면적을 구해 얻는다【갑을기병甲乙己丙】. 다음 구인 병정丙丁과 고인 갑정甲丁으로 직사각형의 면적을 구한다【갑정병경甲丁丙庚】. 두 직사각형의 면적의 차를 구해

---

36 현의 제곱(弦羃) : '멱(羃)'은 '적(積)'과 같은데, 같은 수들의 적, 즉 제곱수이다.

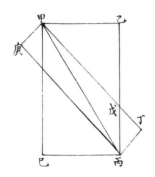

얻은 수를 나눔수로 한다. 그리고 갑을과 병정의 차를 나눗수로 해서 한편으로 을무와 정무의 합을 얻고, 갑을과 병정의 합을 나눗수로 해서 한편으로 을무와 정무의 차를 얻는다.

■ 갑을병甲乙丙 삼각형에서 그 세 변을 안다. 그 안쪽에서 임의로 갑정무甲丁戊 삼각형을 절취하되, 갑을병과 닮은꼴同式이 되지 않게 한다. 그 두 빗변을 안다고 할 때, 밑변을 구하라.

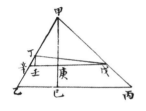

먼저 큰 삼각형의 수직이등분선中垂線을 구해서 얻는다【갑기甲己】. 큰 삼각형의 변 갑병甲丙을 1율로 삼고, 갑기甲己를 2율로 삼고, 작은 삼각형의 변 갑무甲戊를 3율로 삼아, 4율을 구한다【갑경甲庚】. 갑기를 1율로 삼고, 큰 삼각형의 변 갑을甲乙을 2율로 삼고, 갑경을 3율로 삼아, 4율을 구해 얻는다【갑신甲辛】. 갑신을 1율로 삼고, 갑경을 2율로 삼고, 갑신에서 작은 삼각형의 변 갑정甲丁을 빼서【나머지는 정신丁辛이다】 3율로 삼아, 4율을 구해 얻는다【정임丁壬】. 정임을 고로 하고, 정신을 현으로 해서, 구를 구해 얻는다【신임辛壬】. 신임과 경신의 차를 구해【나머지는 경임庚壬이다】, [그것을] 무경戊庚에 더해서【무임戊壬】 고로 삼고, 정임丁壬을 구로 삼아서 현을 구해서 얻는다【정무丁戊】. 바로 작은 삼각형의 밑변이다.

○다른 설: 이미 갑경甲庚을 얻었으면 그것으로 고를 삼고, 갑무甲戊를 현으로 삼아 구를 구한다【무경戊庚】. 갑을甲乙을 1율로 삼고 갑기甲己를 2율로 삼고 갑정甲丁을 3율로 삼아 4율을 구한다【갑신甲辛】. 갑신을 고로 삼

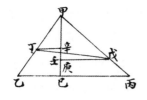

고, 갑정甲丁을 현으로 삼아, 구를 구한다
【정신丁辛】. 갑경에서 갑신을 빼서【나머지는
경신庚辛이다】 구로 삼는다. 무경과 정신을
합해서 고로 삼는다. 현을 구하면【정무丁戊】,
바로 작은 삼각형의 밑변이다.

■ 원래의 정사각형正方形이 하나 있다. 다른 정사각형을 만들되, 그 면적
  이 원래 정사각형 면적의 1/2이 되게 하라.

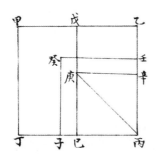

원래의 정사각형 갑을병정甲乙丙丁이
있다. 그 내부에서, 먼저 선線 갑을甲乙을
중간인 무戊에서 나누고, 선 무기戊己를
긋는다. 다음, 선 무기를 중간인 경庚에서
나누어, 선 경신庚辛을 긋는다. 경에서 병
까지 다시 선을 그어 서로 잇는다. 그리
고 선 을병乙丙에서 임병壬丙을 끊어 취하되 경병과 같은 도수가 되게 한
다. 그것을 가지고 임계자병壬癸子丙 정사각형을 만들면, 바로 구하는 것
이다.

■ 원래의 원이 있다. 다른 원을 그리되, 면적이 원래 면적의 1/2이 되게 하라.

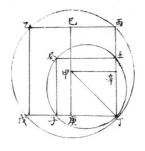

원래의 원 갑甲이 있다. 그 가운데 을병정
무乙丙丁戊의 내접 정사각형을 그린다. 앞의
방법으로 다른 정사각형을 구해서 그린다.
임계자정壬癸子丁 정사각형에서 외접원을
그리면, 바로 구하는 것이다.

■ 원래의 직사각형이 하나 있다. 다른 직사각형을 그리되, 원래 직사각형과 닮은꼴이면서, 면적은 원래 면적의 반이 되게 하라.

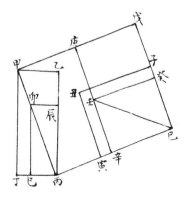

원래의 직사각형 갑을병정甲乙丙丁이 있다. 현선弦線 갑병甲丙을 그리고, 그것을 가지고 갑병기무甲丙己戊의 정사각형을 그린다. 앞의 방법처럼 다른 정사각형을 그린다【자축인기子丑寅己】. 현선 갑병에서 묘병卯丙을 잘라내되, 축인丑寅과 같게 한다. 묘卯에서 을병乙丙 선을 향해 선線 묘진卯辰을 그리되, 갑을과 평행이 되게 한다. 다시 묘에서 병정丙丁 선을 향해 선 묘사卯巳를 그리되, 갑정甲丁과 평행이 되게 한다. 직사각형 병진묘사丙辰卯巳가 만들어지면, 바로 구하는 것이다.

■ 원래의 삼각형이 하나 있다. 다른 삼각형을 그리되, 원래 삼각형과 닮은꼴이면서, 면적은 원래 면적의 반이 되게 하라.

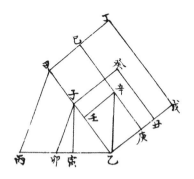

원래의 삼각형 갑을병甲乙丙이 있다. 큰 빗변인 갑을甲乙에서 정사각형 갑을무정甲乙戊丁을 그린다. 앞의 방법처럼 다른 정사각형을 구해서 그린다【계지을축癸乙丑】. 자子에서 을병乙丙 선을 향해 선 자묘子卯를 그리는데, 갑병甲丙과 평행이 되게 한다. 자을묘子乙卯의 삼각형이 만들어지면, 바로 구하는 것이다.

■ 원래의 삼각형이 하나 있다【갑을병甲乙丙】. 다른 삼각형을 그리되, 면적은 원래 면적과 같고, 한 꼭지각도 같게 하라【나머지 각과 변은 모두 다르다】.

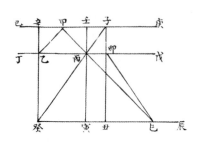

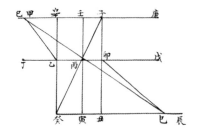

삼각형 갑을병甲乙丙의 을병乙丙 선을 좌우로 연장해서 정무丁戊를 그린다. 다시 갑각甲角의 외부에 기경己庚의 접선切線[37]을 그리는데, 정무丁戊와 평행이 되게 한다. 다시 임병壬丙·신을辛乙 두 수선垂線[38]을 그려, 직사각형 임병을신壬丙乙辛을 만들면, 삼각형 갑을병의 2배가 된다.

다음 신을辛乙을 임의로 연장해서 계癸에 이르게 한다. 계에서 병丙까지 사선斜線을 그리고, 다시 연장하여 자子에 이르게 한다. 자에서부터 선을 그리는데, 신계辛癸와 평행이면서 같은 도수로 그리면 자축子丑이 된다. 다시 임병壬丙 선을 연장해서 축계丑癸에 수직선을 그리면, 직사각형 병인축묘丙寅丑卯가 만들어지는데, 임병을신壬丙乙辛 형과 같은 면적이 된다. 다시 계축癸丑의 선을 임의로 연장해서 진辰에 이르게 한다. 갑병甲丙 선에서 연장선을 그어 축진丑辰 선에 닿으면 멈추고, [그 지점을] 사巳로 삼는다. 사巳에서 묘卯까지 다시 선을 그어 서로 연결하면, 곧 삼각형 병묘사丙卯巳이다. 삼각형 갑을병과 면적이 같고, 꼭지각 사병묘巳丙卯는 꼭지각 갑병을甲丙乙과 같다.

---

37 접선[切線] : 원문은 '절선(切線)'이다. 접선(接線)과 같다.
38 수선(垂線) : 직선이나 평면에 수직으로 만나는 직선이다.

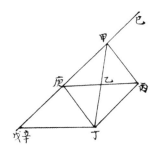

○ 다른 방법: 삼각형 갑을병의 변邊 갑을甲乙을 대략 연장해서 정丁에 이르 게 해서 삼각형 갑병정甲丙丁을 만든다. 그리고 꼭지각 갑甲 위에 무기戊己 선을 그려서, 병정丙丁과 평행이 되게 한다. 그리고 을병乙丙 선을 연장해서 무기 선 에 이르러 그치면 병경丙庚이 된다. 다시 꼭지각 정丁의 바깥에서 선 하나를 그려 병경丙庚과 평행이 되도록 하면 정신丁辛이 된다. 다시 정부터 경까지 선을 그려 서로 이으면, 바로 삼각형 을정경乙丁庚이다. [삼각형 갑을병과] 같은 면적이고, 두 삼각형의 꼭지각 을도 서로 같다.

■ 이분중말선理分中末線[39]: 수율首率을 안다면, 수율을 제곱해서 직사각형의 면적長方積을 만든다. 그리고 수율을 세로·가로의 차로長闊較로 삼고, 가로闊를 구해 얻으면 바로 중률中率이다. 이미 서양의 방법이 있다. 중률을 안다면, 중률을 제곱해서 직사각형의 면적을 만든다. 그리고 중률을 세로·가로의 차로 삼고, 가로를 구해 얻으면 바로 말률末率이다. 말률을 안다면, 말률을 제곱해서 직사각형의 면적을 만든다. 말률을 세로·가로의 차로 삼고 가로를 구해 얻으면 바로 말률과 중률의 차다.

---

39 이분중말선(理分中末線) : "'이분중말선'이라는 것은 한 선을 양분할 때 그 전체와 큰 몫의 비례가 큰 몫과 작은 몫의 비례와 같은 것이다. 갑을 선을 병에서 양분하면 갑을과 큰 몫인 갑병의 비례가 큰 몫인 갑병과 작은 몫인 병을과 같다. 이것이 이분중말선이 된다(理分中末線者, 一線丙分之, 其全與大分之比例, 若大分與小分之比例. 甲乙線丙分之于丙, 而甲乙與大分甲丙之比例, 若大分甲丙與小分丙乙. 此爲理分中末線)." 『기하원본(幾何原本)』 권6. 즉 서양 기하학의 이른바 '황금분할'이다.

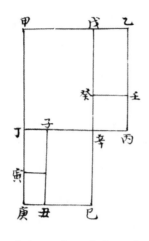

수율 갑을甲乙을 제곱하면 정사각형 갑을병정甲乙丙丁이 된다. 직사각형 갑무기경甲戊己庚으로 바꿔 그리면 [수율이 직사각형의 세로와 가로의 차가 되도록 그린다.] [직사각형의 세로·가로의] 차인 갑정甲丁은 갑을甲乙과 같다. 그 가로 기경己庚이 바로 중률이다. 중률을 제곱하면 정사각형 기경정신己庚丁辛이 된다. 직사각형 을병신무乙丙辛戊로 바꿔 그리면, 차인 을임乙壬은 기경己庚과

같다. 그 가로 병신丙辛이 바로 말률이다. 말률을 제곱하면 정사각형 병임계신丙壬癸辛이 된다. 직사각형 정경축자丁庚丑子로 바꿔 그리면【기경정신己庚丁辛과 을병신무乙丙辛戊는 같다. 지금 기경정신에서 을임계무乙壬癸戊와 같은 신기축자辛己丑子를 빼 버리면 정경축자丁庚丑子가 남으니, 절로 병임계신丙壬癸辛과 같다】, 차인 정인丁寅은 바로 병신丙辛과 같다. 그러면 그 가로闊 경축庚丑이 바로 말률과 중률을 서로 뺀 차이다.

■ 임의의 구勾를 설정하고, 정수整數인 고股와 현弦을 구하라.

하나: 임의의 구勾를 설정하고, 제곱해서 수를 구한 다음, 1을 빼고 1/2하면 고股이다. 1을 더해서 1/2하면 현弦이다【예를 들어, 구를 임의로 7이라 하면, 제곱해서 49를 얻는다. 1을 빼고 1/2하면 24이니, 고이다. 1을 더해 1/2하면 25이니, 현이다. 모두 정수이다】.

○ 둘: 임의의 구勾를 설정하고 1/2하고 제곱해서 수를 구한 다음 1을 빼면 고股이고, 1을 더하면 현弦이다【예를 들어, 구를 임의로 8이라고 하면, 1/2한 4를 제곱하면 16이다. 1을 뺀 15가 고이다. 1을 더한 17이 현이다. 모두 정수다】.

○ 셋: 임의의 구勾를 설정하고 제곱수를 구한 다음, 임의로 몇으로 나

눈다. 그 1분의 수에서 분모 수를 뺀 다음 1/2하면 고股가 된다. 분모 수를 더해 1/2하면 현弦이다【예를 들어, 구를 임의로 20이라 하면, 제곱한 400을 임의로 8분한다. 그 1분의 수인 50에서 분모 8을 빼고 1/2하면 21이니, 고이다. 분모 8을 더해 1/2하면 29이니, 현弦이다. 모두 정수이다】.

○ 넷: 임의의 구勾를 설정하고, 1/2해서 제곱수를 구한 다음, 임의로 몇으로 나눈다. 그 1분의 수에서 분모 수를 빼면 고股가 된다. 분모 수를 더하면 현弦이 된다【예를 들어, 구를 임의로 40이라 하면, 1/2해서 제곱하면 400이다. 임의로 5분한다. 그 1분의 수인 80에서 분모 5를 빼면 75이니, 고이다. 분모인 5를 더하면 85이니, 현이다. 모두 정수이다】.

○ 설정된 구勾의 수와 얻어진 고股 · 현弦의 수를 모두 같은 분모로 약분할 수 있으면, 약분한다. [더이상] 약분할 수 없을 때 정한다【예를 들어, 구를 9로 설정해서 고 12, 현 15를 얻었으면 모두 3으로 약분할 수 있다. 약분해서 구 3, 고 4, 현 5가 된 다음 정한다】.

○ 얻은 고股의 수가 설정된 구勾의 수보다 작으면, 구와 고를 바꿔 정한다【예를 들어, 구를 12로 설정했는데 얻어진 고가 5라면, 5를 구로 정하고, 12를 고로 정한다】.

5.

공부하는 틈에 가끔 기발한 문장奇文을 외워, 갑갑한 마음을 펴고 지취志趣를 넓히는 것도 괜찮을 것이다. 박연암朴燕巖[40]의 문장, 이백석李白石[41]의 과

---

40 박연암(朴燕巖) : 연암 박지원(朴趾源, 1737~1805)이다.
41 이백석(李白石) : 이정유(李正儒, 1742~1812)이다. 백석은 그의 호다. 자는 사종(士宗)이고, 김원행(金元行)의 문하에서 수학하였다. 정조 때 진사가 되었으나, 얽매이길 싫어하는 성품이라 성균관에는 한 번도 가지 않고, 산수 유람과 시주(詩酒)로 내키는 대로 살았다고

체시科體詩, 이□□의 시를 정선해 한 질로 만든다. 제목을 '일함삼보一函三寶'라 하고, 책상 곁에 놓아두고, 진기한 완상품의 대용으로 삼는다. 소설小說이나 전기傳奇 따위의 책들은 보아선 안 될 뿐 아니라 소장해서도 안 된다.

○○○ 〈『일함삼보』 서문一函三寶序〉

길 가는 사람의 목적은 목적지에 도착하는 것일 뿐이다. [그러나] 종일 길을 가도 아름다운 산 위 바위 하나, 물가 나무 하나 만나지 못한다면 고달플 것이다. 학자가 추구하는 것은 성인이 되는 것뿐이다. [그러나] 평생 공부하면서 유쾌하게 놀고 쉬는 휴식이 없다면 각박할 것이다. 그래서 요순 때도 구림球琳과 괴석怪石을 공물로 바쳤고,[42] 『주례周禮』에선 순오淳熬·삼지糝酏 같은 맛있는 음식을 언급하는 것이다.[43] 후대 배우는 이들이 옛날의 소위 노래歌·춤舞·활射·승마御와 함께 모두 폐기한다면, 어디에서 휴식을 얻겠는가?

대유자大有子가 태허 선생泰虛先生에게 물었다. "제가 젊어선 치열하게

한다. 시를 잘 지었는데, 특히 공령시(功令詩)가 절묘해서 사방의 문사들이 모두 그를 배웠다고 한다. 성해응(成海應)의 『연경재전집(硏經齋全集)』에 〈백석이공애사(白石李公哀辭)〉가 있고, 「세호록(世好錄)」에도 '이정유(李正儒)' 항이 있다.

42 요순 때도 …… 공물로 바쳤고 : 『서경(書經)』 「하서(夏書) 우공(禹貢)」에 기록된 각 지역의 공물 중에 옥의 일종인 구림(球琳)과 괴석(怪石)에 대한 기록이 있다. 구림은 옹주(雍州)의 공물로, 아름다운 옥의 이름이라고 하며, 괴석은 대산(岱山)의 공물로, 괴이하고 아름다운 옥 같은 바위라고 한다.

43 『주례(周禮)』에선 순오(淳熬) …… 언급하는 것이다 : 『주례』 「천관(天官)·선부(膳夫)」에는 선부가 왕에게 올리는 음식을 서술한 부분에 "진미로는 여덟 가지 물건을 사용한다(珍用八物)."라는 말이 나온다. 이 여덟 가지 진미에 대해 정현은 순모(淳母)·순오(淳熬)·포돈(炮豚)·포양(炮牂)·도진(擣珍)·지(漬)·오(熬)·간료(肝膋)라고 주석을 달았다. 이 중 "순오는 육젓을 달여서 육도로 지은 밥 위에 얹고 기름으로 적신 것이다(淳熬, 煎醢加於陸稻上, 沃之以膏)."『예기』 「내칙(內則)」. ○삼지(糝酏)의 정확한 내용은 찾지 못했다. 다만 『주례』 「천관총재 하(天官冢宰下)·해인(醢人)」에 "수두에는 이사와 삼사를 담는다(羞豆之實酏食糝食)."라고 했다.

488

공부했습니다. 그러나 이제는 늙고 게을러져서 오래 계속할 수가 없습니다. 『상서尙書』에선 '명구를 두드리고 거문고와 큰 거문고를 타며'라고 했고, 또 '아래에는 피리와 북이 있어 축과 어로 합주를 시작하거나 멈추며, 생과 큰북을 번갈아 울리니'라고도 했습니다.[44] 제가 음악으로 여가를 가져 볼까 합니다." 선생이 대답했다. "불가하오. '두 번 절하고 기러기를 올리며, 수레를 세 바퀴 몰고, 같은 그릇으로 먹고 같은 술잔으로 마시는'[45] 것은 인륜의 큰 근본입니다. 예쁜 얼굴에 아름답게 단장한 정鄭의 미녀와 월越의 창녀들로 뒷방에 채우고 잠자리를 모시게 하고서도 본성을 해치고 수명을 줄이지 않는 이가 드뭅니다."

대유자가 말했다. "『시詩』에 '무늬 새긴 활 단단하고, 네 화살촉 모두 고르네. 쏜 화살 다 맞고, 잘 맞힌 것으로 손님의 차례를 정한다.'[46]고 했습니다. 제가 활쏘기로 여가를 가져 볼까 합니다." 선생이 대답했다. "불가

---

44 『상서(尙書)』에선 '명구를 …… 울리니'라고도 했습니다 : 『상서』「익직(益稷)」 중에서 악을 담당한 관리인 기(夔)의 말을 편집해서 인용하고 있다. 원문은 다음과 같다. "기가 말했다. '명구를 두드리고 거문고와 비파를 타며 노래하니, 조고가 오시고 순의 손님이 자리에 서고 여러 제후가 덕으로 사양합니다. 아래에는 피리와 북이 있어 축과 어로 합주를 시작하거나 멈추며, 생과 큰북을 번갈아 울리니, 새와 짐승이 너울너울 춤추며, 〈소소〉가 아홉 번 이룸에 봉황이 거동합니다(夔曰: '戞擊鳴球, 搏拊琴瑟以詠, 祖考來格, 虞賓在位, 群后德讓. 下管鼗鼓, 合止柷敔, 笙鏞以間, 鳥獸蹌蹌, 簫韶九成, 鳳凰來儀')."

45 두 번 …… 술잔으로 마시는 : 『예기(禮記)』「혼의(昏義)」에 나오는 혼례 절차 중 일부를 편집하여 인용하고 있다. 원문은 다음과 같다. "사위는 기러기를 가지고 들어와 읍하고 사양한 다음 당에 올라, 두 번 절하고 기러기를 올리니, 부모에게 이것을 친히 받게 함이다. 내려와서 신부의 수레를 몰되 사위는 수레 고삐를 주고, 수레를 세 바퀴 몬 다음 먼저 문밖에서 기다린다. 신부가 오면 사위는 신부에게 읍하고 안으로 들어가, 같은 적틀에 차려서 먹고, 같은 술잔을 나누어 마신다. 이는 몸을 합하고 존비를 같게 하여 친하려는 까닭이다(壻執鴈入, 揖讓升堂, 再拜奠鴈, 蓋親受之於父母也. 降出, 御婦車, 而壻授綏, 御輪三周, 先俟于門外. 婦至, 壻揖婦以入, 共牢而食, 合巹而酳. 所以合體同尊卑, 以親之也)."

46 무늬 새긴 …… 차례를 정한다 : 『시경』「대아(大雅)・생민지십(生民之什)」〈항위(行葦)〉 3장의 일부를 인용했다. "무늬 새긴 활 힘 있고, 네 화살촉 모두 고르네. 쏜 화살 다 맞고, 맞힌 데 따라 손님 차례 정한다. 무늬 새긴 활 당기고, 네 화살 끼웠네. 네 화살 다 맞히니, 손님 차례를 정하되 업신여김이 없도다(敦弓旣堅, 四鍭旣鈞. 舍矢旣均, 序賓以賢. 敦弓旣句, 旣挾四鍭. 四鍭如樹, 序賓以不侮)."

하오. 현주玄酒와 단술[47]은 밝은 덕을 높이고 복을 부르지만, 맛있는 사국史麴과 송순松筍[48]은 목구멍을 넘어가면 심성을 바꾸고, 횡경막 아래로 내려가면 창자를 깎습니다."

대유자가 말했다. "『시』에 '잘 다듬은 그 무늬, 금과 옥 같은 그 바탕'[49]이라고 했으니, 군자의 덕을 비유한 것입니다. 진귀한 보물로 여가를 가져 볼까 합니다." 선생이 말했다. "불가하오. 내 들으니 기산岐山 북쪽에 좋은 나무가 나는데, 주공은 베어다 명당明堂의 서까래로 삼고, 진시황은 베어서 아방궁의 앞 전각 서까래로 쓴다고 하더이다."

대유자가 말했다. "『시』에 '저 새들을 보니, 오히려 벗을 구하는 소리로다. 하물며 저 사람이 벗을 찾지 아니할 것인가.'[50]라고 했으니, 벗으로 여가를 가져 볼까 합니다." 선생이 대답했다. "비슷합니다만 아닙니다. 제가 듣자니, 혜산惠山[51] 아래에서는 웅덩이를 파고 바위를 치우면

---

47 현주(玄酒)와 단술 : 원문은 '현주예제(玄酒醴齊)'이다. 현주는 종묘의 대제에서 사용하는 최상의 음료로, 맹물이다. 예제는 지게미를 거르지 않은 술이니 단술(甜酒)이다. 『주례』 「천관(天官) 주정(酒正)」에서는 종묘(宗廟) 등의 대제(大祭)에 사용하는 술을 맑은 정도에 따라서 다섯 등급으로 구분했는데, 맑은 술일수록 하급이다.

48 사국(史麴)과 송순(松筍) : 앞의 현주와 단술에 대비되는, 잘 만들어진 술의 이름인 듯싶으나 확인하지 못했다. 다만 송순은 송순주(松筍酒)가 있다. 쌀과 누룩, 물과 함께 부재료로 송순(松筍)을 써서 빚는 발효주이다. 『증보산림경제(增補山林經濟)』, 『규합총서(閨閤叢書)』 등에 다양하게 전한다.

49 잘 다듬은 …… 그 바탕 : 『시경』 「대아(大雅)·문왕지십(文王之什)」 〈역박(棫樸)〉을 인용했다. 문왕의 덕을 찬미하는 내용이다. "잘 다듬은 그 무늬, 금과 옥 같은 그 바탕. 힘쓰고 힘쓰시는 우리 임금, 사방의 기강이 되시도다(追琢其章, 金玉其相. 勉勉我王, 綱紀四方)."

50 저 새들을 …… 아니할 것인가 : 『시경』 「소아(小雅)·녹명지십(鹿鳴之什)」 〈벌목(伐木)〉 시 1장을 인용하였다. "나무 베는 소리가 정정, 새 울음소리는 앵앵, 깊은 골짜기에서 나와 높은 나무로 옮겨 가네. 앵앵하는 그 울음이여, 그 벗을 구하는 소리로다. 저 새들을 보니, 오히려 벗을 구하는 소리로다. 하물며 저 사람이 벗을 찾지 아니할 것인가. 신이 듣고서 마침내 화평하게 하리라(伐木丁丁, 鳥鳴嚶嚶. 出自幽谷, 遷于喬木. 嚶其鳴矣, 求其友聲. 相彼鳥矣, 猶求友聲. 矧伊人矣, 不求友生. 神之聽之, 終和且平)."

51 혜산(惠山) : 중국 강소성 무석현(無錫縣)에 있는 산이다. 이 일대는 물맛으로 유명하다. 당의 다성(茶聖)으로 불리는 육우(陸羽)가 이곳의 샘물을 '천하제이천(天下第二泉)'이라 하였기에 '육자천(陸子泉)'이라고도 한다.

어디나 달고 차가운 물이 나와, 산 주변 수십 리에 사는 백성들은 가래침도 생기지 않았답니다. [그러내] 많이 긷고 나니 맛이 변해서 지금은 모두 혼탁한 진흙탕일 뿐이라, 마신 사람들이 종종 각혈한다 합니다."

대유자가 말했다. "『시』에 '이에 말한 것을 말하며, 이에 논란에 대해 논란하시다.'[52]라고 했으니, 군자가 자기 마음을 표현하는 것입니다. 언어로 여가를 가져 볼까 합니다." 선생이 대답했다. "비슷합니다만 아닙니다. 회오리치는 바람은 초목을 기를 수 없고, 차가운 비는 벼와 곡식을 살리지 못하는 법입니다."

대유자가 말했다. "『역易』에 '인문人文을 살펴 이로써 천하를 교화한다.'[53]고 했으니, 문장으로 여가를 가져 볼까 합니다." 선생이 대답했다. "아! 가까워졌소. 그러나 숭고崇高와 태실太室이 두 개의 산이겠소?[54] 양곡暘谷과 부상扶桑이 두 개의 땅이겠소?[55] 작은 구릉으로 내려오면 낮아지고, 여기女紀를 돌면 어두워지는 법[56]이지요. 여기 보물이 있소. 그대

---

52 이에 말한 …… 대해 논란하시다 : 『시경』 「대아(大雅)·생민지십(生民之什)」 〈공류(公劉)〉 시 3장에서 인용했다. "후덕하신 공류가, 저 백천에 가셔서, 저 넓은 언덕을 보시고, 남쪽 산 능선에 오르사, 산 높은 것을 보시니, 산 높고 많은 무리가 살 만한 들판이기에, 이에 그곳에 거처하게 하며, 이에 무리를 머물게 하며, 이에 말한 것을 말하며, 이에 논란에 대해 논란하시니라(篤公劉, 逝彼百泉, 瞻彼溥原, 酒陟南岡, 乃覯于京, 京師之野, 于時處處, 于時廬旅, 于時言言, 于時語語)." '언'은 곧장 말하는 것이고, '어'는 논란하는 말이다.

53 인문(人文)을 살펴 이로써 천하를 교화한다 : 『주역(周易)』 「분괘(賁卦) 상전(彖傳)」에 나오는 말을 인용했다. "천문을 보고 때의 변화를 살피고, 인문을 살펴 이로써 천하를 교화한다(觀乎天文, 以察時變, 觀乎人文, 以化成天下)."

54 숭고(崇高)와 태실(太室)이 두 개의 산이겠소? : 숭고는 숭산(嵩山)으로, 숭산의 세 봉우리 중 동편에 있는 것을 태실봉(太室峰), 서편에 있는 것을 소실봉(小室峰)이라고 한다.

55 양곡(暘谷)과 부상(扶桑)이 두 개의 땅이겠소? : 부상은 해 뜨는 곳에 있다는 신목(神木)이다. 부상이 있는 구역을 우이(嵎夷) 또는 양곡이라고 한다.

56 여기(女紀)를 돌면 어두워지는 법 : 고대 천문학에서 태양이 운행하는 궤도를 16곳으로 나누는데, 그중 가장 서쪽에 있는 곳이 '여기'이다. 즉 태양이 여기에 도달하면 밤이 되니, 여기는 해가 지는 곳이다. 『회남자(淮南子)』 「천문훈(天文訓)」에 "태양이 조차에 이르렀을 때를 소환이라 하고, 비곡에 이르렀을 때를 포사라 하고, 여기에 이르렀을 때를 대환이라 한다(日至于鳥次, 是謂小還, 至于悲谷, 是謂餔時, 至于女紀, 是謂大還)."라고 했다.

에게 드릴 테니, 그대는 이것으로 여가를 가지시오."

상자 하나를 여니, 그 안에 세 개의 진기한 보물이 있었다. 교룡과 이룡의 뿔에 구름과 노을이 잔뜩 엉긴 듯 찬란하고, 기괴한 모습의 도깨비가 우의 솥에서 조회하는 듯[57] 괴이하고, 산길 대숲에 맑은 바람이 불어오자 모든 개천이 지줄대는 듯 유량하다. 이것으로 속박된 [마음을] 풀 뿐, 자기 공부를 버리고 탐닉하지는 않도록 조심하라.

○ 근래의 문장 중, 유저암兪著庵[58]의 〈고가요古歌謠〉, 이죽리李竹里[59]의 〈산유화사山有花詞〉, 김죽계金竹溪[60]의 〈장강음長江吟〉·〈출협시出峽詩〉, 이순계李醇溪[61]의 〈재의齋義〉, 그 아우 염재念齋[62]의 〈전설錢說〉 같은 것들은 모두 쟁그랑쟁그랑, 번쩍번쩍, 글자가 날아오르고 구절이 살아 움직이니, 세상이 다하도록 결코 괴멸되지 않을 것들이다.

연암 옹의 손자인 환재桓齋 씨[63]는 젊은 나이에 세속을 초월하는 비범한 재

---

57 도깨비가 우의 솥에서 조회하는 듯 : 우의 솥, 우정(禹鼎)은 우(禹)가 구주(九州)의 쇠를 거두어 만든 큰 솥이다. 이 솥에 만물의 형상과 잡귀들을 새겨 백성들이 선악을 알게 하고 이 솥으로 하늘에 제사를 지내니 잡귀들이 감히 범하지 못하였다고 한다.

58 유저암(兪著庵) : 유한준(兪漢雋, 1732~1811)의 호가 저암이다. 본관은 기계(杞溪), 자는 만청(曼倩)·여성(汝成), 호는 저암(著菴)·창애(蒼厓) 등이다. 젊은 시절 박지원의 친구로, 당대에 뛰어난 문장가로 손꼽혔다. 문집에 『저암집』이 있다.

59 이죽리(李竹里) : 불명.

60 김죽계(金竹溪) : 김소행(金紹行, 1765~1859)의 호가 죽계이다. 자는 평중(平仲)이고, 『삼한습유(三韓拾遺)』의 저자이다. 안동김씨 벌열 출신이나 서계였으므로 평생 불우했다. 홍길주 집안의 오랜 식객 혹은 겸객(傔客)으로 지냈다.

61 이순계(李醇溪) : 이정리(李正履, 1783~1843)의 호가 순계이다. 자는 심부(審夫)이다. 이보천(李輔天)의 손자이자, 박지원의 처남인 이재성(李在誠)의 아들이다. 홍문관전적(弘文館典籍)·사간원헌납(司諫院獻納), 홍문관수찬(弘文館修撰)·서장관(書狀官) 등을 거쳐 공조참의(工曹參議)·북청부사(北靑府使) 등을 역임했다. 문학적 명성이 높았다.

62 염재(念齋) : 이정관(李正觀, 1792~1854)의 호가 염재다. 자는 관여(盥如)이다. 이정리(李正履)의 동생이다.

63 환재(桓齋) 씨 : 박지원의 손자인 박규수(朴珪壽, 1807~1877)의 호가 환재이다. 본관은 반남(潘南), 자는 환경(桓卿) 또는 예동(禮東), 호는 환재 혹은 장암(莊菴)이다. 20세 무렵부터 효

능을 지녔다. 옛 책을 널리 보았고, 이전에 없는 뜻과 기상을 지녔다. 『상고
도설尙古圖說』몇 권을 지었는데, 그 큰 논의 몇십 조목은 자유롭고 초탈하며
기발하고 씩씩해서 끝을 알 수 없다. 참으로 옛사람이 '내가 없으면, 천하의
문장이 분명 아사阿士에게 돌아갈 것'[64]이라고 했던 바로 그런 사람이다.

『숙수념孰邃念』, 이 한 책은 크게 미혹된 사람만 아니라면 누구나 마음껏
읽게 허락했다. 그러나 읽고 알아듣는 자라고 꼭 좋아하는 것은 아니고, 읽
고 좋아하는 자라고 꼭 즐기지는 않았으며, 읽고 즐기는 자라도 꼭 책과 하
나가 되지는 않았다. 『법언法言』은 후세의 자운子雲을 기다렸고, 『황극서皇極
書』는 도로 요부堯夫에게 바쳐졌으니,[65] 고인들이 몹시 탄식했던 일이다. 다
행히 이 세상에서 한 사람 환재를 만났으니 연암 옹께서 말씀하신 '곁에 있는

명세자(孝明世子)와 교유하면서 이름을 떨쳤다. 이후 사헌부대사헌·홍문관제학·이조참
판·한성부판윤·예조판서·형조판서·대사간·우의정 등을 거치면서 정계에서 활동했
다. 흥선대원군에게 맞서 천주교 박해를 반대하고 문호 개방의 필요성을 역설했다. 이후
강화도조약을 맺는 데 주요한 역할을 하기도 했다. 젊은 양반 자제를 대상으로 실학적 학
풍을 전하고 중국에서의 견문과 국제 정세를 가르치며 개화파의 형성에 결정적인 역할을
하였다. 김옥균(金玉均)·박영효(朴泳孝)·김윤식(金允植)·유길준(兪吉濬) 등 개화운동의
선구적 인물들이 그의 문하에서 배출되었다. 저서로 『환재집(瓛齋集)』, 『환재수계(瓛齋繡
啓)』가 있고, 편저로 『거가잡복고(居家雜服攷)』가 있다. ○ 젊은 시절 홍길주 문하에 드나들
며 홍길주와 특별히 관계를 맺었던 후배 중 대표적인 인물이다. 〈숙수념행(孰邃念行)〉을
지어 『숙수념』에 대한 특별한 감상을 표현하기도 했다.

64 내가 없으면 …… 돌아갈 것 : 남북조시대 양(梁) 유효작(劉孝綽)의 어린 시절 자(字)가 아사
(阿士)이다. 일곱 살에 문장을 지었다고 한다. 외숙인 왕융(王融)이 기특해하며 "천하의 문
장은, 만약 내가 없으면 분명 아사에게 돌아갈 것이다."라고 했다고 한다. 『태평광기』「경박
(輕薄) 유효작(劉孝綽)」.

65 『법언(法言)』은 후세의 …… 요부(堯夫)에게 바쳐졌으니 : 양웅(揚雄)과 소옹(邵雍)의 일화이
다. 이들의 일화는 자신의 저작이 당대의 인정을 받지 못하더라도 후세를 기약한다는 비
극적 자부심의 관습적 표현으로 흔히 인용된다. ○ 자운은 전한(前漢) 말기의 학자인 양웅
(揚雄)의 자이다. 양웅은 『태현경(太玄經)』을 짓고서 "세상이 나를 알아주지 않아도 나쁠
것 없다. 후세에 다시 양자운이 있어서 반드시 좋아해 줄 것이다(世不我知, 無害也, 後世復有
揚子雲, 必好之矣)."라고 했다고 한다. 한유(韓愈)의 〈여풍숙논문서(與馮宿論文書)〉에 나온
다. ○ 요부는 북송의 학자 소옹(邵雍)의 자이다. 소옹은 그의 대표작인 『황극경세서(皇極
經世書)』를 완성하고서는 한 권을 봉하고 그 곁에 "이 글을 요부에게 올린다(文字上呈堯夫)."
라고 썼다고 한다. 『주자어류(朱子語類)』.

한 사람'에 가까워, '유리창 가운데 홀로 서서 방황하며 탄식하는' 것은 그래도 면했다.[66] 그러니 '형경荊卿이 기다리던 짙은 눈썹과 검은 수염의 객은 오吳·초楚·삼진三晉의 먼 땅에 있지' 않을 테고, 사마자장司馬子長은 '멀리 있어 아직 오지 않았다.'라는 쓸쓸한 말을 하지 않을 수 있을 것이고, 유영재柳泠齋는 '화려한 배의 통소와 장고, 소식 없으니畵船簫鼓無消息'라는 시구를 짓지 않아도 될 터이다.[67]

6.

운서韻書에서 늘 사용하는 쉬운 글자를 뽑고, 옛 시문에서 경치를 묘사하고 마음을 즐겁게 하는 작품들을 뽑는다. 가끔 [전체가 아닌 한두] 구절을 뽑기도 한다. 약방문은 흔한 질병과 쉽게 얻을 수 있는 약재로 뽑는다. 합해서 하나의 책으로 묶고, 제목은 '노진路珍'으로 한다. 여행할 때 소매 속에 휴대한다.

---

66 연암 옹께서 …… 그래도 면했다 : 박지원의 『열하일기(熱河日記)』「관내정사(關內程史)」 8월 4일 내용을 인용하고 있다. 이날 박지원은 혼자 유리창을 방문했는데, 유리창의 한 누각 난간에 기대 천하에 지기가 없음을 한탄하며 홀로 서 있었다고 한다. "나는 한 누대에 올라 난간에 기대어 탄식했다. '세상에 지기 하나만 얻는다면 한이 없을 것이다. …… 지금 내가 유리창 가운데 홀로 섰으니, 그 옷과 갓은 세상이 알지 못하는 것이고 그 수염과 눈썹은 세상에 처음 보는 바고, 반남 박씨는 세상이 들어 보지 못한 것이다'(余登一樓, 憑欄而嘆曰: '天下得一知己, 足以不恨. …… 今吾獨立於琉璃廠中, 而其衣笠天下之所不識也, 其鬚眉天下之所初覩也, 潘南之朴天下之所未聞也)."

67 형경(荊卿)이 기다리던 …… 될 터이다 : 이 부분은 『열하일기』「도강록(渡江錄)」 6월 24일의 내용을 편집한 것이다. 형경은 형가(荊軻)이고, 사마자장은 사마천(司馬遷)이고, 유영재는 유득공(柳得恭)이다. ○ 박지원은 압록강을 건너기 직전 구련성(九連城) 백마산성(白馬山城) 서쪽 봉우리를 바라보며, 유득공이 전에 심양(瀋陽)의 봉천(奉天)으로 들어갈 때 지은 시를 기억해 낸다. 그리고 그 시의 한 구절인 "화려한 배의 통소와 장고, 소식 없으니(畵船簫鼓無消息)"를 두고, 처음엔 "이건 국경을 넘는 이가 부질없이 무료한 정서를 읊은 것이겠지. 제가 여기서 무슨 화려한 배에 통소와 장고 따위를 얻어서 놀이를 했단 말인가."라고 생각했다고 한다. 그러다가, 무료한 마음을 거꾸로 화려한 잔치 모습으로 형상화한

○○○ 〈『노진』서문路珍序〉【학해 동자學澥童子 지음】

표롱각【갑4】의 장서는 모두 몇만 권이다. 경전에는 엄격하고 역사에
는 해박하며 시로 빛내고 문장으로 떨치며 백가百家를 빠짐없이 관통하
니, 만고의 세월을 다 갖추어 끝이 없다. 그것을 저장해 놓으매, 빛과 기
운이 한데 모여 어우러져, 엉기면 삼색 구름이 되고 펼쳐지면 긴 무지개
가 되어 하늘과 땅 사이에 서리고 북두성 별자리에 비친다. 때때로 꺼내
살펴보면, 고금의 모든 것이 늘어서고 온갖 조화가 펼쳐진다. 하늘과
땅, 산과 물, 해와 달과 별들의 상象, 꽃과 나무, 새와 짐승, 신선과 귀신의
모습狀이 그 자취를 숨기거나 실정을 감추는 일이 없다.

그 남쪽엔 용수원【갑8】이 있다. 소장한 의학 서적이 또한 몇천 권이다.
『소문素問』, 『영추靈樞』[68] 이하 여러 명의의 오묘한 논의와 좋은 처방이
다 들어 있다. 자신에게 적용하면 몸과 마음이 건강하고 편안해질 것이
고, 다른 사람에게 시행하면 사악한 기운이 그치고 질병이 일어나지 않
을 것이고, 천하에 시행하면 마을마다 팽조彭祖와 노담老聃[69]이 있고, 집

심정을 이해하고, 이런 깨달음을 통해 형가(荊軻)가 역수(易水)를 건너려 할 때 있지도 않
은 '동지 한 분을 기다려 함께 떠나려 한다'라고 하며 머뭇거리던 심정을 이해하게 되었다
고 했다. 나아가 〈형가열전〉을 지은 사마천이 형가를 위해 '그 사람이 길이 먼 탓으로 오
지 못한 것'이라고 변명하듯 부연 서술한 심정도 알 수 있게 되었다고 했다. 그러고 나서
"정말 천하에 그 사람이 있다 하면, 나는 이미 그를 보았을 것이다. 응당 그 사람의 키는 일
곱 자 두 치, 짙은 눈썹에 검은 수염, 볼이 처지고 이마가 날카로웠을 것이다. 어째서 그럴
줄 알리오마는, 이제 내 혜풍(惠風)의 이 시를 읽고 나서 안 것이다."라고 마무리했다.

68 『소문(素問)』, 『영추(靈樞)』: 둘 다 고대의 의학서이다. 황제와 기백(岐伯)의 문답 형식으로
구성되어 있다. 황제(黃帝)가 지었다고 주장되지만, 실제로는 전국시대부터 한(漢) 무렵
에 걸쳐 편찬되었을 것으로 논의된다. 『소문』은 『황제내경소문(黃帝內經素問)』이라고도
하고, 『영추』는 『황제내경영추(黃帝內經靈樞)』라고도 하며, 합쳐서 『황제내경(黃帝內經)』
을 구성한다.

69 팽조(彭祖)와 노담(老聃): 모두 장수로 유명한 전설적 인물들이다. 팽조는 8백여 년을 살
았다고 한다. 『장자』「제물론(齊物論)」. 노담 역시 160여 세 혹은 2백여 세의 수명을 누렸
다고 했다. 노담은 노자의 이름이다. 『사기』〈노자열전(老子列傳)〉.

마다 백 살 노인[70]이 살게 될 것이다. 위대하다, 책이여! 어떻게 거기에 필삭을 가할 수 있겠는가?

그러나 이것은 집에 있는 사람을 위한 것이다. 남자의 삶에는 사방으로 여행을 다녀야 할 일이 반드시 있는 법이다. 가벼운 수레를 몰고 먼 길에 올랐을 때, 아름다운 산이 우뚝 서 있거나 수려한 강이 다투어 흐르는 곳을 지나기도 하고, 신음하고 절뚝거리며 병을 지고 길에서 고생하는 사람을 만나기도 한다. 이때, 명산대천에 『장유팔지壯遊八誌』가 소장되어 있지도 않고, 시골 객점과 산골 마을에 『수민전서壽民全書』가 갖추어져 있지도 않다. 천고의 웅장한 시구를 찾아내 아름다운 경관에 응수하고 싶은들, 앞사람들의 좋은 처방을 알려 주어 널리 생명을 구제하고 싶은들, 어떻게 할 수 있겠는가? 이것이 『노진』이 만들어진 이유이다.

이 책의 구성은 옛 시문 중 풍광을 그려 내 눈을 즐겁게 하고 정신을 기쁘게 하는 것들을 골라 4성聲 106부部의 글로 집약해 합하고, 의학계의 단방單方·묘법으로 급한 병에 시행할 수 있을 만한 것들을 수집해 덧붙였다. 모두 약간 권이니, 무거울 걱정 없이 짐에 넣을 수 있고, 번거로움을 꺼릴 필요 없이 책을 펼칠 수 있을 것이다. 길 가다 아름다운 숲 골짜기, 그윽한 바위 계곡을 만나 그 곁에서 소요하노라면 멋진 운치가 바람이 일듯 일어나고 묘한 시상이 구름처럼 끓어오른다. 이럴 때 한 권을 꺼내 찾아보면, 꽃과 새의 모습이나 물과 바위의 정취를 모두 만날 수 있을 것이다. 또 심한 병으로 고통을 호소하면서도 가난해서 약을 쓰지 못하는 자와 마주치게 될 때, 이럴 때 한 권을 꺼내 찾아보면, 가물가물 거

---

70 백 살 노인 : 원문은 '이기(頤期)'이다. 백 년의 수명을 누리는 것을 말한다. 『예기』「곡례 상(曲禮上)」에 "백 년을 '기'라 하니, 봉양을 받는다(百年日期, 頤)."라고 했다. 인간 수명의 한계가 백 살이라고 생각했으므로 '기'라고 하고, 이때엔 음식과 기거에 다른 이의 봉양을 받는다는 뜻이다. 이로부터 백 세를 가리키는 말이 되었다.

의 숨이 끊어져 가던 자들도 모두 벌떡 일어날 것이다.

아! 이 책은 여행길에 소지하는 것이다. [그러니] 여행길의 광경으로 비유해 보려는데, 어떤지?

지금 여행자가 길을 가는데, 기이한 푸른 산봉우리들이 둘러서 있고, 어지러운 흰 바위들이 깔려 있다. 흩날리는 폭포와 세찬 여울은 상쾌한 바람 소리와 어우러져 일제히 울리고, 아름다운 나무와 빽빽한 숲은 비췻빛으로 뒤섞이며 펼쳐진다. 왼쪽엔 구불구불 등나무와 죽죽 뻗은 대나무가 울창하고, 오른쪽엔 맑은 시내와 옥을 쪼아 놓은 듯한 바윗돌들이 빛난다. 무성하고 높이 우뚝 솟아, 신비가 모두 드러난다. 미처 응대할 겨를도 없이, 놀라서 바라보고 귀를 세우고 듣게 되는 것, 이런 것이 산의 전체 모습이다. 표롱각과 용수원의 장서는 이런 것에 가깝다.

여기를 지나쳐 가다, 문득 한 바위 언덕이나 한 구비 여울과 마주친다. 예사롭지 않은 나무 한 그루, 깊고 텅 빈 작은 골짜기는 사람의 정신을 흩어지지 않게 집중시키고 시선을 나뉘지 않도록 한군데로 모이게 하니, 산의 별경別境이다. 이 책이 그것과 비슷하다.

아! 안으론 그 정에 융합해서 [마음에] 쌓아 둔 것을 그려 내고, 밖으론 그 자애를 넓혀 은혜가 남들에게까지 미친다. 군자의 학문은 이 두 가지에서 끝나고, 세상의 책이 몇억만 부일지라도 그 쓰임은 이것에 불과하다. [그러니] 이 책을 천하의 보배라 해도 될 것이다. 어찌 여행길에서 사용될 뿐이겠는가?

7.

유희문游戲文은 재주 넘치는 젊은이가 어쩌다 지어서 붓이 가는 길을 넓히는 것이지, 어른이 허물을 알면서도 흉내 낼 건 아니다. 연암 옹께서는 젊은

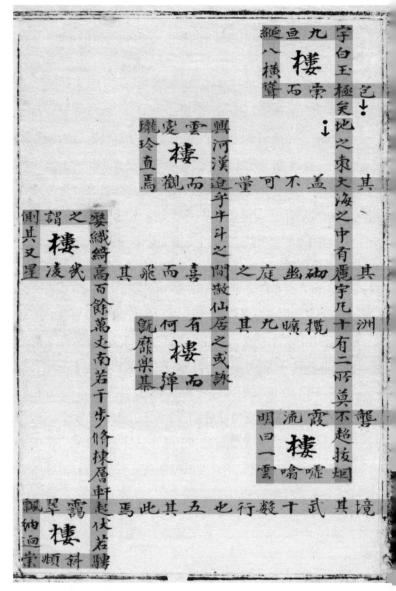

〈십이루기 주관도(十二樓記周觀圖)〉〈선은 읽는 방향)

그림 왼쪽 상단의 '地'에서 시작해서 아래 방향으로 길을 따라 읽어 나가면, 12개의 누대를 모두 돌아서 다시 '地' 위의 '矣'에 도착한다. 각각의 '樓' 주변을 둘러싸고 있는 글이 해당 누대에 대한 묘사나 설명에 해당한다.

498

薐荈而趨

偓俓樓郎　松絳

嶠負子之邀圍縣子之招往以祇循也十其天羅奮

衆也　若夫絕類離僔　至廣而

前樓绣琛　至若絲左鑱

皆业有仙　鳥樓鳳　絡于　山羅

地之息樓仙列名可不鄉縹亦花宝劳

夫所未覩　見樓瀠沉　焉

惚悅而已　由神也祥翔所期　心

朝所安印淨淨宗而艷歔宗而幽雪丹益斷

鶴翔神全別景

巧無梯級　尊礎　碧石瞶瑶　樓二曰

蘘金翠眩　香芳強　樓名　芳

시절 「방경각외전方瓊閣外傳」[71]을 지으셨고, 항해자도 젊을 적 〈십이루기十二樓記〉를 지었었다. [그러나] 나이 들어서는 둘 다 후회했다.

○○○ 〈십이루기 주관도十二樓記周觀圖〉

땅의 동쪽 큰 바다 가운데 아름다운 집 열두 곳이 있는데, 모두 세상 바깥의 신선 세계[72]이다. 안개를 뱉고 구름을 들이마시니 첫 번째는 '명류하明流霞'이다. 갈고 다듬지 않았으나 교묘하고, 사다리나 계단도 없지만 높직하다. 벽옥으로 초석을 놓고 구슬로 기와를 얹었으니 두 번째는 '방보화芳寶花'이다. 또한 아득하고 아슴푸레해서 뭐라 이름 붙일 수 없는데, 여러 신선이 사는 땅이다. 새들은 모두 거꾸로 날고 신선들은 봉황을 타고 난다. 깃들인 난새와 어린 원추[73]는 그 고운 섬돌과 고요한 뜰 사이를 날아다닌다. 기뻐 날아오르면 거의 별들의 높이에까지 닿는다. 또 그 곁은 '무직기婺織綺'라고 하는데 높이가 백여만 길이다. 남쪽으로 몇 걸음 가면 긴 서까래와 복층의 마루가 마치 일어났다 엎드렸다 달려가

---

71 「방경각외전(方瓊閣外傳)」: 박지원의 초기작 중 대표적인 작품이다. 〈마장전(馬駔傳)〉, 〈예덕선생전(穢德先生傳)〉, 〈민옹전(閔翁傳)〉, 〈광문자전(廣文者傳)〉, 〈양반전(兩班傳)〉, 〈김신선전(金神仙傳)〉, 〈우상전(虞裳傳)〉, 〈역학대도전(易學大盜傳)〉, 〈봉산학자전(鳳山學者傳)〉 등 총 아홉 편의 전(傳)으로 구성되어 있다. 뒤의 두 편은 소실되어 제목만 전한다. 젊은 시절 불면증과 우울증에 시달렸다고 하는 박지원이 이야기꾼을 불러다 여러 가지 이야기를 들으며 우울증을 달래곤 했는데, 그런 이야기들이 소재가 되어 성립된 작품들이라고 한다. 말 거간꾼, 거지, 똥 지게꾼, 날품팔이 등 하층민들과 사회적으로 소외된 사람들이 입전 대상이 된 특이한 작품들이다.
72 세상 바깥의 신선 세계: 원문은 '초발(超拔)'이다. 도가 용어로, 신선이 되어 천계로 날아오르는 것을 말한다.
73 난새와 어린 원추: 둘 다 전설 속의 새로, 봉황의 일종이다. 난새는 푸른 봉황, 원추는 노란 봉황이라고도 한다. "옛날 채형이 말하길, '봉은 다섯 종류가 있는데, 그 색이 붉고 무늬가 있는 것이 봉이고, 푸른 것이 난이고, 노란 것이 원추이고, 흰 것이 홍곡이고, 자주색이 악작이다.'라고 했다(昔蔡衡云: 鳳之類有五, 其色赤文章鳳也, 青者鸞也, 黃者鵷雛也, 白者鴻鵠也, 紫者鸑鷟也)." 『태평광기(太平廣記)』「몽휴징 상(夢休徵上)」〈장오(張鷟)〉.

는 듯하다. 비스듬히 멀리 높은 곳을 바라보면 회오리치는 푸른 아지랑이가 일어나는 것이 보인다. 이것이 그 다섯 번째이다. 몇십 걸음 걸어가면 그 땅이 더욱 그윽해지며 향기가 엄습하고 금빛과 비췻빛이 현란하다. 억지로 '단소丹宵'라고 이름을 붙인다. 깊숙하지만 실은 활짝 트였고 화려하지만 실은 깨끗하니, 부구浮邱와 안기생安期生[74]이 배회하며 거니는 곳이다. 정신은 여기서부터 어질어질 황홀해진다. 아직 보지 못한 것을 보게 되니 항해沆瀣가 그것이다. 그 크기를 측량할 수 없으니, 가까이 가서 보면 다만 영롱할 뿐이다. [천태만상으로] 변하는 구름이 은하수에서 일어나 견우성과 북두성 사이에 다가선다. 산선散仙[75]들이 거주하며 시를 읊기도 하고 바둑을 두기도 하며 즐거움이 끝이 없다. 하유거何有居가 그 아홉 번째다. 광막한 십주十洲[76]를 바라보니 정신이 편안하고 온전해진다. 별천지의 명산들이 그 앞으로 연달아 이어지니, 비단에 조각한 옥을 둔 듯, 펼쳐진 하늘에 아름답게 수를 놓은 것 같은 곳에 이르면, 그 열 번째이다. 이곳으로부터 따라가면 현포顯圃에 초대되고 원교員嶠에 가게 된다. 적송자赤松子 · 악전偓佺 · 연문자고羨門子高 · 삼모군三茅君[77]이

---

74 부구(浮邱)와 안기생(安期生) : 둘 다 신선 이름이다. ○부구는 부구공(浮丘公)이다. 주 영왕(周靈王) 때 사람으로, 숭산(嵩山)에서 수도했는데, 학을 타고 다니며 피리를 불었다고 한다. 안기생은 안기생(安其生)이라고도 한다. 낭아(琅邪)의 부향(阜鄕) 사람으로, 동해 가에서 불사약을 팔았다고 한다. 진시황이 그를 만나서 사흘 밤낮을 이야기 나누었다고 한다. 『열선전(列仙傳)』.

75 산선(散仙) : 도교 용어로, 아직 천계(天界)의 관작을 받지 못한 신선을 가리키는 말이라고 한다.

76 십주(十洲) : 도교에서 이야기하는 대해(大海) 가운데에 있는 열 곳의 명산으로, 신선이 산다고 한다. 『십주기(十洲記)』에서는 십주를 조주(祖洲) · 영주(瀛洲) · 현주(玄洲) · 염주(炎洲) · 장주(長洲) · 원주(元洲) · 유주(流洲) · 생주(生洲) · 봉린주(鳳麟洲) · 취굴주(聚窟洲)라고 했다.

77 적송자(赤松子) · 악전(偓佺) · 연문자고(羨門子高) · 삼모군(三茅君) : 모두 신선 이름이다. ○적송자는 금화산(金華山) 석실에서 40여 년을 수행하여 신선이 된 황초평(皇初平)이란 사람이라고 한다. 득도한 후 성을 적(赤)으로, 자를 송자(松子)라고 고쳐 적송자로 불린다. 『신선전(神仙傳)』〈황초평(皇初平)〉. 악전은 괴산(槐山)에서 약초를 캐는 신선인데, 솔방울[松實] 먹는 것을 좋아하고 몸에는 몇 치나 되는 털이 나 있고, 두 눈은 네모지고, 잘 달려서 달

붉은 깃발[78] 앞세운 음악 소리를 따라간다. 저 무엇과도 비교할 바 없이 지극히 넓게 감싸고 지극히 높이 솟아, 팔방의 끝에 가로 걸치고 구중천 九重天에 세로 걸친 것이라면[79] '백옥극白玉極'이다.

8.

뜻과 재능이 있는 인근 젊은이들을 힘을 다해 권장해야 한다. 가난해서 독서할 수 없는 자들은 구휼하거나, 진체관【갑8】에 불러들여 가르친다. 경전을 연구하는 자들은 매달 강講과 송誦으로 평가한다. 시와 문장에 능숙한 자는 매달 창작 시험을 본다. 정진한 자는 포상하고, 태만한 자는 처벌한다. 모두 대략의 규칙을 세워 두었다.

○○○ 〈월강의 규칙月講規〉

집안 자제들과 진체관의 학도, 인근의 독서하는 젊은이들은 열흘마

리는 말을 쫓을 수 있었다고 한다. 먹으면 몇백 년을 살 수 있는 솔방울을 요에게 주었는데 요가 먹지 않았다고 한다.『열선전(列仙傳)』〈악전(偓佺)〉. 연문자고는 진시황이 동해를 유람하였을 때 만났다고 하는 신선 중 한 명이다.『사기』〈진시황본기(秦始皇本紀)〉. 삼모군은 한 경제(漢景帝) 때의 함양 사람으로, 구곡산(句曲山)에 들어가 수도하여 득도했다는 세 명의 신선, 모영(茅盈)·모고(茅固)·모충(茅衷) 3형제를 가리킨다. 태상노군(太上老君)이 그들을 사명진군(司命眞君)·정록진군(定錄眞君)·보명진군(保命眞君)에 봉해서 세상에선 삼모군이라 칭하게 되었다고 한다.『모산지(茅山志)』「삼신기(三神紀)」.

78 붉은 깃발 : 원문은 '강절(絳節)'이다. 옥황상제 혹은 선군(仙君)들이 사용하는 의식용 깃발이라고 한다.

79 팔방의 끝에 …… 걸친 것이라면 : '팔방의 끝'과 '구중천'의 원문은 각각 '팔연(八埏)'과 '구우(九宇)'이다. '팔연'은 땅의 여덟 방향의 끝이라는 뜻이다. '구우'는 구해(九垓)로, 여기선 구중천, 즉 하늘 끝을 가리키는 말로 해석했다. 즉 '가로 방향으로 사방 끝까지, 세로 방향으로 하늘 끝까지'라는 의미이다.

다 마지막 날에 모여서 강장講長에게 나아간다【바로 진체관 관장이다. 두세 사람이 돌아가며 맡는다】. 강장은 그 열흘 동안의 과제를 가져다 평가한다【읽은 것이 50행 미만인 자는 벌한다】. 각자 한 장章을 뽑아【10행 이하로 내려가지 않는다】 외우게 하고, 글 뜻에 대해 질문한다. 또 자신들이 깨달은 것을 진술하고, 의심나는 것은 질문하도록 해서 찌[80]의 고하를 정한다.

월말이면 주인에게 올라간다. 주인은 몸소 강장이 되어【유고 시엔 장훈 가운데 한 명이 대신한다】, 장훈【을2】 세 사람, 진체관 문사 중 세 사람과 모여 앉는다. 모두 서로 읍하고 자리로 간다. 여러 강생講生들은 차례로 나와 절한다. 주인은 그달의 과제를 평가한다【150행을 채우지 못한 자는 벌한다】. 각기 한 장을 뽑아【20행 이하로 내려가지 않는다】 외우게 한다. 질문과 토론은 위와 같다. 찌를 거둬, 일등은 포상하고 꼴찌는 벌한다. 흩어지기 전에 간단한 음식을 함께 먹는다【술은 차리지 않는다】.

한 해가 끝날 때마다, 열두 번의 월강에서 받은 점수를 합산해 일등에겐 별도의 상을 주고, 꼴찌는 회초리로 친다【꼴등이지만 하下 찌가 없으면, 보통의 벌만 준다. ○'하下 찌'라는 것은 '불不'이다】. 석 달을 연달아 '불不'을 받은 자도 회초리를 친다.

○○○ 〈월시의 규칙月試規〉

열흘마다 시장試長이【강장이 겸한다】 출제한다【시·부·고문 각 문체를 돌아가며 출제한다】. 열흘의 마지막 날 취합해서 강규講規대로 평가하고【작품을 완성하지 못했으면 벌을 준다】 고하의 등수를 정한다. 월말엔 주인이 직접 시장이 되어【강규와 같다. 강하는 날에 함께 시행해도 좋다】 30일 동안 지은 깃을

---

80 찌 : 한자로 생(栍)인데, 길이 1치 반의 둥근 나무에 통(通)·약(略)·조(粗)·불(不)을 한 자씩 쓴 것이다. 강(講)의 성적이 우등인 자에게는 통 자 찌를, 그다음은 약 자 찌, 그다음은 조 자 찌, 아주 성적이 좋지 못한 자에게는 불 자 찌를 주어 평가한다.

평가한다. 첫째와 꼴찌에게 각각 상과 벌을 준다. 한 해가 끝날 때 합산해서 상과 벌을 주니, 모두 강규와 대략 같다【미완성 편이 많은 자는 회초리를 친다】. 공령문功令文을 지은 자가 있으면, 1인당 10편씩을 합해서 등수를 매기고 점수를 계산해서 상과 벌을 시행한다.

9.

이치를 연구하고窮理 마음을 보존하며存心, 행실을 수양하고修行, 일에 응대하는應事 것 같은 일들에 대해선 옛 성현들께서 천 마디, 만 마디 말로 남김없이 말씀하셨으니, 날마다 부지런히 추구해야 한다. 지금 장황하게 이야기할 것 없다.

10.

자기 한 몸만 깨끗이 지키느라 윤리를 어지럽히는 것은 의롭지 않은 일이다. 관직을 맡았으면 나아가 직분을 수행해야 한다. 다만 항상 '나아가는 것은 어렵게, 물러나는 것은 쉽게'를 신조로 한다. 옳지 않은 일을 만나면 그날로 결단하고 떠나야 한다. 털끝만큼도 미련을 두어서는 안 된다.

○ 외직을 맡았을 때 식솔들을 데리고 가선 안 된다. 재직 중에는 한 달에 두 번 문서를 정리하되, 옳지 않은 일이 있으면 즉시 도장 끈을 풀고 돌아가야 한다【녹봉이 풍족하다면 권속 한 명을 데리고 갈 수 있다. 그러나 노비를 많이 거느리고 가선 안 된다. 열다섯 달이 지나면 미리 돌아갈 채비를 한다】.

○ 지위가 높고 요직에 있어 임금께서 신임하시고 사직의 큰일을 맡기려 하신다면, 자신을 버리고 [임무를] 맡아 생사 간에 앞으로 나아가지 않을 수

없다. 그러나 반드시 자신의 재능과 역량을 스스로 헤아려 보아, 감당하기에 부족하다면 일찌감치 힘써 사직하고 물러나는 것이 옳다. 다만 나라에 어려운 일이 있을 때는 관직이 낮은 자라도 물러나선 안 된다.

第十四觀 壬. 居業念叔

4.

方技之書, 醫卜二家外, 不宜讀. 相書或可旁通.

○星宿之次, 知之可也, 切不可仰觀天象指談躔度.

○堪輿家書, 不必究.

○兵農之書, 不可不知.

○幾何之術, 最近儒, 可學. 才不逮者, 亦不必强究.[1] 只通常算加減法, 可也.

○曆象不必深究. 如太乙·奇門等方, 亟宜嚴斥.

○幾何術有舊著一書, 錄之.

○○○ 「幾何新說」

雙推臆算【此法, 與虛套盈朒, 略同. 而無維乘, 專用約分推之. 凡數之在線[2]部者, 自歸除以至於方程, 皆可以此法代用. 行之至易, 而御之至廣, 允爲算家之捷法要道. 今錄十有三條, 以見其餘.】

今有絲三百六十九斤. 令甲乙丙丁四人, 照十分之八, 折分. 問: 各得幾何?

假設丁得八十斤, 則【丙一百斤, 乙一百二十五斤, 甲一百五十六斤小餘二五】, 共

---

1 强究: 연세대본엔 '强究', 규장각본엔 '深究'로 되어 있다.
2 線: 규장각본엔 '緣'으로 되어 있다.

絲當爲四百六十一斤【小餘二五】, 比原數多九十二斤【小餘二五】. 又設丁
得三十二斤【丙四十斤, 乙五十斤, 甲六十二斤半】, 則共絲當爲一百八十四
斤半, 比原數少一百八十四斤半. 爰以八十斤·多九十二斤【小餘二五】,
列於右. 三十二斤·少一百八十四斤半, 列於左. 兩行下屬相約【數多者
爲分母, 數少者爲分子. 依法約之】, 九十二斤【小餘二五】, 約爲一分, 一百八十
四斤半, 約爲二分. 合之得三分【一多一少, 則合之. 兩邊皆多, 或兩邊皆少, 則
相減】. 兩上層相減【上層則毋論一多一少·兩多兩少, 幷用相減法】, 餘四十八斤.

　即爲三分之數. 三十二斤爲二分之數, 十六斤爲一分之數.

　右上八十斤, 減所多一分十六斤, 餘六十四斤, 卽丁絲也. 丙八十
斤, 乙一百斤, 甲一百二十五斤, 皆可推而求也. 如於左上三十二斤,
加所少二分三十二斤, 亦得六十四斤, 爲丁絲【所多者減, 所少者加. 或所多
者加, 所少者減, 隨宜變通. 而減多加少常也, 減少加多變也. ○此遞折比例】.

今有銀九百九十六錠. 分給八人, 自下依次遞加十七錠. 問: 各得幾何?

　假如第八人得十錠, 則【第七人二十七錠, 第六人四十四錠, 第五人六十一錠, 第
四人七十八錠, 第三人九十五錠, 第二人一百十二錠, 第一人一百二十九錠】共銀當
爲五百五十六錠, 比原數少四百四十錠.

　又如第八人得五十錠, 則【第七人六十七錠, 第六人八十四錠, 第五人一百零
一錠, 第四人一百十八[3]錠, 第五[4]人一百三十五錠, 第二人一百五十二錠, 第一人一百
六十九錠】共銀當爲八百七十六錠. 比原數, 又少一百二十錠.

　依前法, 布兩行, 兩下層相約. 四百四十錠, 約爲十一分, 一百二十
錠, 約爲三分.

---

3 八: 연세대본, 동양문고본엔 '七', 규장각본, 버클리본엔 '六'로 되어 있다.
4 五: 연세대본, 규장각본, 버클리본, 동양문고본 모두 '五'로 되어 있다. 내용상 '三'의 오류로
　보인다.

因兩邊皆少, 故相減餘八分.

兩上層相減, 餘四十錠, 卽爲八分之數【每分五錠】. 五十五錠爲十一分之數. 加於右上十錠, 得六十五錠, 卽第八人銀數.

遞加十七錠, 得各人銀數. 如以十五錠爲三分之數, 加於左上五十錠, 亦得六十五錠【此加減差分】.⁵

今有人行路, 日增六里, 共行三百二十里. 但知初末兩日所行, 共一百六十里. 問: 共行幾日?

假如行六日, 則【初日六十五里, 次日七十一里, 次七十七里, 次八十三里, 次八十九里, 末日九十五里】共行當爲四百八十里. 比原數, 多一百六十里.

又如行三日, 則【初日七十四里, 次日八十里, 末日八十六里】共行當爲二百四十里. 比原數, 少八十里.

依前布兩行, 兩下相約. 一百六十里約爲二分, 八十里約爲一分. 合之得三分. 兩上相減餘三日. 卽爲三分之數. 右上六日, 減所多二分二日, 餘四日. 卽共行日數. 左上三日, 加所少一分一日, 亦得四日【上同】.

今有竹九節. 盛米, 下三節共盛三升九合, 上四節共盛三升. 問: 各節盛米幾何?

假如最下節盛一升三合七勺, 則【次上節一升三合, 次上一升二合三勺, 次上一升一合六勺, 次上一升九勺, 次上一升二勺, 次上九合五勺, 次上八合八勺, 最上節八合一勺】上四節共盛當爲三升六合六勺. 比原數多六合六勺.

又如最下節盛一升四合一勺, 則【次上節一升三合, 次上一升一合九勺, 次】

---

5 【此加減差分】: 규장각본엔 이 주석이 없다.

508

上一升八勺, 次上九合七勺, 次上八合六勺, 次上七合五勺, 次上六合四勺, 最上節五合三勺】上四節共盛當爲二升七合八勺. 比原數少二合二勺.

依前布兩行, 兩下相約. 六合六勺爲三分, 二合二勺爲一分, 合之得四分. 兩上相減, 得四勺, 卽四分之數. 右上一升三合七勺加所多三分三勺, 得一升四合, 卽最下節盛米數. 遞次推得各節盛米【次上節一升三合, 次上一升二合, 次上一升一合, 次上一升, 次上九合, 次上八合, 次上七合, 最上節六合】. 如於左上一升四合一勺, 減所少一分一勺, 亦得一升四合【上同 ○此法加多減少】.

今有銀三百三十六兩. 買羅八十疋, 絹一百二十疋. 羅每疋價, 比絹每疋價, 加一倍. 問: 羅絹價各幾何?

假如絹每疋價一兩, 則【絹一百二十疋, 價一百二十兩. 羅八十疋, 價一百六十兩】共價當爲二百八十兩. 比原數, 少五十六兩.

又如絹每疋價二兩, 則【絹一百二十疋, 價二百四十兩. 羅八十疋, 價三百二十兩】共價當爲五百六十兩. 比原數, 多二百二十四兩.

依前布兩行, 兩下相約. 五十六兩爲一分, 二百二十四兩爲四分. 合之得五分. 兩上相減, 餘一兩. 卽爲五分之數. 一分卽二錢也. 加於右上, 得一兩二錢, 卽絹每疋價. 倍之, 得二兩四錢, 卽羅每疋價. 如以八錢爲四分之數, 減於左上, 亦得一兩二錢【此和數比例】.

今有人行路. 步行則三十日可到, 騎行則二十日可到. 今二十六日到. 問: 騎步各幾日?

假如騎十日, 則【步十五日】二十五日到. 比今到, 少一日. 又如騎四日, 則【步二十四日】二十八日到. 比今到多二日. 依前布兩行, 兩下相約, 一日因爲一分, 二日因爲二分, 合之得三分. 兩上相減, 餘六日, 爲三分之數. 右上十日, 減所少一分二日, 餘八日, 卽騎行日數【步十八日】. 左上四日, 加所多二分四日, 亦得八日【此較數比例】.

今有船. 桅共五十七, 槳共二百零四. 大船每隻三桅六槳, 小船每隻一桅八槳. 問: 大小船各幾隻?

假如大船十隻, 則【小船二十七隻】桅合原數, 而槳爲二百七十六, 比原數, 多七十二.

又如大船十五隻則【小船十二隻】, 桅合原數, 而槳爲一百八十六, 比原數, 小十八.

依前布兩行, 兩下相約, 七十二爲四分, 十八爲一分. 合之得五分. 兩上相減, 餘五隻, 卽五分之數. 右上十隻, 加所多四分四隻, 得十四隻, 卽大船數【小船十五隻】. 左上十五隻, 減所少一分一隻, 亦得十四隻【此和較比例】.

今有人分銀, 只云:"每四人分三兩, 則盈六兩, 每六人分九兩, 則朒三兩." 問: 人與銀各幾何?

假如六十人, 則【銀五十一兩】盈合原數, 而朒爲三十九兩, 比原數, 多三十六兩.

又如四十八人, 則【銀四十二兩】盈合原數, 而朒爲三十兩, 比原數, 又多二十七兩.

依前布兩行, 兩下相約. 三十六兩爲四分, 二十七兩爲三分. 兩多, 故相減, 餘一分. 兩上相減, 餘十二人, 爲一分之數. 四十八人爲四分之數. 減於右上, 餘十二人. 卽人數【銀十五兩】. 如以三十六人爲三分之數, 減於左上, 亦得十二人【此盈朒雙套】.

今有甲乙丙丁四人. 只云: "丙年多於丁二歲, 乙年倍於丙加二歲, 甲年兼三人, 而甲年則九十六歲." 問: 乙丙丁年, 各幾何?

假如丁二十歲, 則【丙二十二 乙四十六】甲當爲八十八, 比今年, 少八歲. 又如丁三十三歲, 則【丙三十五乙七十二】甲當爲一百四十, 比今年, 多四十四.

依前布兩行, 兩下相約, 八歲爲二分, 四十四歲爲十一分, 合之得十三分.

兩上相減, 得十三歲, 爲十三分之數. 右上二十歲, 加所少二分二歲, 得二十二歲. 卽丁年【丙二十四 乙五十】. 左上三十三歲, 減所多十一分十一歲, 亦得二十二【此借衰互徵】.

今有松竹竝生. 松初日長六尺, 竹初日長一尺. 二日以後, 松日自半, 竹日自倍. 問: 幾日而松竹之長相等?

假如三日, 則竹不及松三尺五寸.
又如四日, 則竹過松三尺七寸五分.

依前布兩行, 兩下相約, 三尺五寸爲十四分, 三尺七寸五分爲十五分. 合之得二十九分. 兩上相減, 餘一日. 卽二十九分之數. 右上三日加十四分, 得三日二十九分日之十四. 卽松竹相等之時【各長十尺八寸六分二十九分分之六】. 如於左上四日減十五分, 所得亦同【此疊借互徵】.

今有馬四牛六, 共價四十八兩. 馬三牛五, 共價三十八兩. 問: 馬牛各價, 幾何?

假如馬每匹價四兩五錢, 則【牛每匹價五兩】四牛六, 共價合於原數. 而馬三牛五, 共價當爲三十八兩五錢, 比原數, 多五錢.

又如馬每匹價九兩, 則【牛每匹價二兩】馬四牛六, 共價合於原數. 而馬三牛五, 共價當爲三十七兩, 比原數, 少一兩.

依前布兩行, 兩下相約, 五錢爲一分, 一兩爲二分. 合之得三分. 兩上相減, 餘四兩五錢, 爲三分之數. 一兩五錢爲一分之數. 加於右上, 得六兩, 卽馬每匹價【牛每匹價四兩】. 如以三兩爲二分之數, 減於左上, 所得亦同【此方程】.

今有牛馬騾載米. 只云: "牛二·馬三·騾四, 共載八石. 馬三·騾三共載, 與牛三所載, 同. 牛四·馬一共載, 比騾八所載, 多三石." 問: 牛馬騾各載幾何?

假如牛一⁶載一石四斗, 則【馬三·騾四, 當載五石二斗. 馬三·騾三, 當載四石二斗. 騾一當載一石, 而馬一當載四斗. 牛四·馬一, 當載六石, 而騾八當載八石. 是牛四·馬一, 比騾八所載, 反少二石也】牛四·馬一, 比騾八所載, 反少二石, 較今多三石, 不及五石.

又如牛一載一石五斗二升, 則【馬三·騾四, 當載四石九斗六升. 馬三·騾三, 當載四石五斗六升. 騾一當載四斗. 而馬一當載一石一斗二升. 牛四·馬一, 當載七石二斗, 而騾八, 當載三石二斗. 是牛四·馬一, 比騾八所載, 却多四石也】牛四馬一, 比騾八所載, 却多四石, 較今多三石, 更多一石.

乃以一石四斗·不及五石, 列右, 一石五斗二升·多一石, 列左. 兩下相約, 五石仍爲五分, 一石仍爲一分. 合之得六分. 兩上相減, 餘一斗二升. 卽六分之數, 一斗爲五分. 加於右上, 得一石五斗. 卽牛一所

6 一: 규장각본엔 '二'로 되어 있다.

載【馬一載一石, 騾一載五斗】. 如以二升爲一分, 減於左上, 所得亦同【上同】.

今有望見一城, 不知其高. 先立五十丈之表. 至二十丈, 參相直. 仍於參直之地, 立十五丈之表, 退至七丈, 又參直. 問: 城高幾何?

假如城高六十丈, 則自城底至前參直之地, 必爲二十四丈. 自城底至後參直之地, 必爲二十八丈. 相減, 餘四丈. 比今後參直七丈, 少三丈.

又如城高一百五十丈, 則城底至前參直之地, 必爲六十丈. 城底至後參直之地, 必爲七十丈. 相減十丈, 比今後參直七丈, 多三丈.

爰以六十丈·少三丈, 列右, 一百五十丈·多三丈, 列左. 兩下相約. 因兩數之相同, 故各命一分. 合之得二分. 兩上相減, 餘九十丈, 爲二分之數. 四十五丈爲一分之數. 加於右上, 減於左上, 各得一百零五丈. 卽城高也【此測量】.

開方蒙求【開方廉隅之商, 素稱至難. 至於立方三乘方, 尤甚煩亂. 今新立一捷法, 雖蠢兒頑童, 皆可以與能.】

如欲以平方積四百四十一尺, 求得每方邊,
則法置四百四十一尺, 自半, 得二百二十尺五寸.

內減一尺【餘二百十九尺五寸】. 又減二尺【餘二百十七尺五寸】. 又減三尺【餘二百十四尺五寸】. 又減四尺【餘二百十尺五寸】. 又減五尺【餘二百零五尺五寸】. 又減六尺【餘一百九十九尺五寸】. 又減七尺【餘一百九十二尺五寸】. 又減八尺【餘一百八十四尺五寸】. 又減九尺【餘一百七十五尺五寸】. 又減十尺【餘一百六十五尺五寸】. 又減十一尺【餘一百五十四尺五寸】. 又減十二尺【餘一百四

十二尺五寸】. 又減十三尺【餘一百二十九尺五寸】. 又減十四尺【餘一百十五尺五寸】. 又減十五尺【餘一百尺五寸】. 又減十六尺【餘八十四尺五寸】. 又減十七尺【餘六十七尺五寸】. 又減十八尺【餘四十九尺五寸】. 又減十九尺【餘三十尺五寸】. 又減二十尺, 餘十尺五寸.

次當減二十一尺, 而今所餘不足於當減之數. 故卽將所餘十尺五寸, 倍之, 得二十一尺. 卽恰足當減之數. 而每方邊卽二十一尺也.

此法, 於方積半之內, 次次減數, 至於所餘少於當減, 則所餘卽爲當減之半, 而當減卽其每方邊也.

如或平方有奇零之數, 則所餘不爲當減之半. 如平方積二十二尺, 則半之, 得十一尺. 積減一・二・三・四, 而餘一尺. 不爲當減五尺之半. 此盖其方邊四尺則有餘, 而五尺則微不足故也. 又如所餘過於當減之半, 如方積十尺, 則半之, 得五尺. 減一・二, 而餘二尺, 過於當減三尺之半. 此方邊微過三尺故也. 又如適盡無餘數, 如方積二十尺, 半之, 得十尺. 減一・二・三・四, 而無餘數. 此方邊在於四五之間者也. 此皆自古不得其適盡之數.

如欲得其稍精者, 則亦有術焉. 假如方積六尺, 則【半之, 減一尺・二尺, 而無餘. 知每邊之過二尺, 而不及三尺】升四位, 作六萬尺, 自半, 得三萬尺. 如前法屢減, 至減二百四十四尺, 而餘一百十尺, 不得爲當減之半. 乃以二百四十四尺有奇, 降二位, 作二尺四寸四分有奇, 命爲方邊.

如欲得其尤精者, 則將方積六尺, 升六位, 作六百萬尺. 自半, 得三百萬尺. 如前, 屢減. 至減二千四百四十八尺, 而餘二千四百二十四尺, 過於當減之半. 故乃以當減二千四百四十九尺添有奇, 降三位, 作二尺四寸四分九釐有奇, 命爲方邊.

如欲得毫數, 則以尺數升八位, 得數之後, 降四位. 欲得絲數, 則升十位, 而降五位. 餘倣此.

盖升位必以耦數, 而不以奇數. 如一尺, 則或升二位爲百尺, 或升四位爲萬尺【升六位爲百萬, 升八位爲億. 餘準此】, 而不可升一位爲十尺, 升三位爲千尺也【五位七位以下, 凡奇數皆不可】. 如十尺, 則或升二位爲千尺, 或升四位爲十萬尺, 而不可升一位爲百尺, 升三位爲萬尺也.

凡降位, 必視所升之半, 升二位則降一位, 升四位則降二位. 餘皆倣此.

又方積之未滿成數者【如寸·分之類】, 雖非奇零, 亦當用升位降位之法.

如方積四寸九分, 則升二位作四十九尺, 算得每邊七尺. 卽降一位作七寸, 卽爲其方邊也. 又如方積九毫, 則升四位【視距尺之位而升之. 前數分之距尺二位, 故升二位. 今則毫之距尺, 四位, 故升四位. 若距尺三位, 則三是奇數, 故直升四位, 爲十尺】, 爲九尺. 算得每邊三尺, 降二位作三分. 卽爲其方邊也.

如欲以立方積三百四十三尺, 求得每方邊,

則法置三百四十三尺, 六歸之, 得五十七尺六分尺之一. 內減一尺【餘五十六尺 六分尺之一】. 又減一尺·二尺, 相倂之數三尺【餘五十三尺六分尺之一】. 又減一尺·二尺·三尺, 相倂之數六尺【餘四十七尺 六分尺之一】. 又減一尺·二尺·三尺·四尺, 相倂之數十尺【餘三十七尺 六分尺之一】. 又減一尺·二尺·三尺·四尺·五尺, 相倂之數十五尺【餘二十二尺 六分尺之一】. 又減一尺·二尺·三尺·四尺·五尺·六尺, 相倂之數二十一尺. 餘一尺六分尺之一, 所餘不能當當減之數. 卽將所餘, 六倍之得七尺, 恰當當減之末數【當減卽一·二·三·四·五·六·七, 相倂之數. 故七尺爲當減之末數】, 而卽爲每方邊也.

如所餘六倍, 或多於當減之末數, 或少於當減之末數, 又或適盡無餘, 則此皆立方之有奇零者. 亦當用升位降位之法. 升位必以三數. 若一數, 則或升三位爲千數, 或升六位爲百萬【九位·十二位, 以下準此】, 降位必視所升三分之一. 升三位則降一位, 升六位則降二位.

如欲以三乘方積一千二百九十六尺，求得每方邊，

則法置一千二百九十六尺，自半，得六百四十八尺．別置一算爲一尺．自方得一尺，六倍之得六尺．因與一尺相加，得七尺，減於上位【餘六百四十一尺】．又以二尺自方，得四尺，與一尺之自方一尺相加，得五尺．六倍之，得三十尺．因與二尺相加，得三十二尺，減於上位【餘六百九尺】．又以三尺自方，得九尺，與前數五尺【卽一尺自方・二尺自方相加者】相加，得十四尺．六倍之，得八十四尺．因與三尺相加，得八十七尺，減於上位【餘五百二十二尺】．又以四尺自方，得十六尺，與前數十四尺【卽一尺・二尺・三尺各自方相加者】相加，得三十尺．六倍之，得一百八十尺．因與四尺相加，得一百八十四尺，減於上位【餘三百三十八尺】．又以五尺自方，得二十五尺，與前數三十尺【卽一尺・二尺・三尺・四尺各自方相加者】相加，得五十五尺．六倍之，得三百三十尺．因與五尺相加，得三百三十五尺，減於上位，餘三尺．因所餘不足當當減之數，卽將所餘三尺，倍之，得六尺．卽同於當次之數【次當以六尺自方故云】．仍卽爲每方邊也．

　奇零法同上．而升必以四【或四位，或八位・十二位・十六位・二十位之類】，降視升四分之一【升四位者，降一位，升八位者，降二位之類】．

　又法：用開平方法，求得平方積，再用開平方法，求得每方邊．

如欲以四乘方積三萬二千七百六十八尺，求得每方邊，

則法置本積，自半，得一萬六千三百八十四尺．別借五算爲五尺，以一尺乘之，仍得五尺．又一尺加二尺，得三尺，乘之，得十五尺．減於上位【餘一萬六千三百六十九尺】．又以一尺・二尺相併之三尺，乘五尺，得十五尺．又前數三尺再加二尺，得七尺，乘之，得一百五尺．減於上位【餘一萬六千二百六十四尺】．又以一尺・二尺・三尺相併之六尺，乘五尺，得三十尺．又前數七尺三加二尺，得十三尺，乘之，得三百九十尺．減於上

位【餘一萬五千八百七十四尺】. 又以一尺·二尺·三尺·四尺相併之十尺,
乘五尺, 得五十尺. 又前數十三尺, 四加二尺, 得二十一尺, 乘之, 得一
千五十尺. 減於上位【餘一萬四千八百二十四尺】. 又以一尺·二尺·三尺·四
尺·五尺相併之十五尺, 乘五尺, 得七十五尺. 又前數二十一尺, 五加
二尺, 得三十一尺, 乘之, 得二千三百二十五尺. 減於上位【餘一萬二千四
百九十九尺】. 又以一尺·二尺·三尺·四尺·五尺·六尺相併之二十一
尺, 乘五尺, 得一百五尺. 又前數三十一尺, 六加二尺, 得四十三尺, 乘
之, 得四千五百十五尺. 減於上位【餘七千九百八十四尺】. 又以一尺·二尺·
三尺·四尺·五尺·六尺· 七尺相併之二十八尺, 乘五尺, 得一百四十
尺. 又前數四十三尺, 七加二尺, 得五十七尺, 乘之, 得七千九百八十
尺. 減於上位, 餘四尺. 因所餘不足當當減之數. 卽將所餘四尺, 倍之,
得八尺. 卽同於當減之次, 而仍卽爲每方邊.

奇零法同上. 而升必以五【或五位, 或十位之類】, 降視升五分之一【升五
位者降一位, 升十位者降二位之類】.

如欲以長方積三百六十尺·長闊較九尺, 求得長闊,
則法法置三百六十尺, 自半, 得一百八十尺. 內減半較四尺五寸與一
尺相併之五尺五寸【餘一百七十四尺五寸】. 又減半較與二尺相併之六尺
五寸【餘一百六十八尺】. 又減半較與三尺相併之七尺五寸【餘一百六十尺五
寸】. 又減半較與四尺相併之八尺五寸【餘一百五十二尺】. 又減半較與五
尺相併之九尺五寸【餘一百四十二尺五寸】. 又減半較與六尺相併之十尺
五寸【餘一百三十二尺】. 又減半較與七尺相併之十一尺五寸【餘一百二十尺
五寸】. 又減半較與八尺相併之十二尺五寸【餘一百零八尺】. 又減半較與
九尺相併之十三尺五寸【餘九十四尺五寸】. 又減半較與十尺相併之十四
尺五寸【餘八十尺】. 又減半較與十一尺相併之十五尺五寸【餘六十四尺五
寸】. 又減半較與十二尺相併之十六尺五寸【餘四十八尺】. 又減半較與十

三尺相併之十七尺五寸【餘三十尺五寸】. 又減半較與十四尺相併之十八尺五寸, 餘十二尺. 因所餘不足當當減之數, 卽於所餘十二尺, 內減半較四尺五寸. 餘七尺五寸. 倍之, 得十五尺. 適合當減之次, 而十五尺卽其闊也. 加較九尺, 得二十四尺, 卽其長也.

如所餘內減半較, 倍之, 而不合當減之次, 則知其有奇零. 如以長方積十五尺, 長闊較五尺, 求得長闊. 則如法算之, 當減爲第二次, 而所餘內減半較倍之者, 爲三尺. 是所餘內減半較倍之者, 過於當減之次, 可知其闊之過二尺而有奇零.

若欲得其稍精, 則將本積十五尺, 升二位, 作一千五百尺. 將較五尺, 升一位, 作五十尺. 如法算之, 至減二十次, 而餘四十尺. 內減半較倍之, 得三十尺. 而過於當減第二十一次之數. 仍以二十一尺有奇, 還降一位, 作二尺一寸有奇. 卽其闊也.

如欲尤精, 則將積升四位, 將較升二位, 算得後還降二位. 盖所升愈多而所得愈精.

且若所餘內減半較倍之者, 或不及當減之次, 又或數適盡無餘, 則皆於已減次數添有奇【如長房積五尺二寸·較二尺, 則將積升二位作五百二十尺, 較升一位作二十尺. 如法算之, 至減十四次, 餘十五尺. 內減半較, 倍之, 得十尺. 不及當減第十五次之數. 乃將已減十四次作十四尺, 還降一位, 添有奇, 作一尺四寸有奇. 卽爲其闊. 此不及當減之次, 而於已減次數添有奇者也. 又如積五尺四寸·較二尺, 則如法升位, 如法算之. 至減十五次而無餘數. 亦將已減十五次還降位, 添有奇, 作一尺五寸有奇. 卽爲其闊. 此數適盡無餘, 而於已減次數, 添有奇者也】.

積之升位, 必以耦數【二·四·六·八之數】, 而較之升位, 視積之升位之半【積升二位, 則較升一位, 積升四位, 則較升二位之類】. 還降位, 如較所升之數【較升一位, 則所得之數亦還降一位之類】.

如欲以長方積二百九十七尺·長闊和三十八尺, 求得長闊,則法置二百九十七尺於上位. 長闊和內減一尺, 餘三十七尺, 減於上位【餘二百六十尺】. 又於三十七尺減二尺, 餘三十五尺, 減於上位【餘二百十五尺】. 又於三十五尺減二尺, 餘三十三尺, 減於上位【餘一百九十二尺】. 又於三十三尺減二尺, 餘三十一尺, 減於上位【餘一百六十一尺】. 又於三十一尺減二尺, 餘二十九尺, 減於上位【餘一百三十二尺】. 又於二十九尺減二尺, 餘二十七尺, 減於上位【餘一百零五尺】. 又於二十七尺減二尺, 餘二十五尺, 減於上位【餘八十尺】. 又於二十五尺減二尺, 餘二十三尺, 減於上位【餘五十七尺】. 又於二十三尺減二尺, 餘二十一尺, 減於上位【餘三十六尺】. 又於二十一尺減二尺, 餘十九尺. 減於上位, 餘十七尺. 所餘恰當當減之數, 卽將所餘減一尺, 餘十六尺, 卽長闊較. 和較相減, 半之, 得十一尺. 卽其闊也. 加較, 得二十七尺, 卽其長也. 而減盡爲十一次, 亦與闊十一尺, 同也.

若所餘不足於當減, 則亦知其有奇零. 如以長方積八尺·長闊和七尺, 求得長闊. 則如法算之, 當減四尺而所餘二尺, 是所餘不及當減之數, 而減盡在一次·二次之間. 則可知其闊之過一尺而有奇零.

若欲得其稍精, 則將本積八尺, 升二位, 作八百尺, 將和七尺, 升一位, 作七十尺, 如法算之. 至減十四次, 而所餘十六尺, 不及當減四十一尺之數. 卽將當減四十一尺, 還降一位, 添有奇, 作四尺一寸有奇. 卽其較. 而已減十四次, 亦將十四尺還降一位, 添有奇, 作一尺四寸有奇. 卽其闊也【如欲尤精, 則升位須益多】.

積之升位必以耦數, 和之升位視積之升位之半, 還降位如和所升之數.

雜碎隨鈔

今有一數, 以九數之, 餘三, 以三十一數之, 餘七. 問: 厥數幾何?

先設數三十八【以三十一數之, 餘七】. 又設數三十【以九數之, 餘三, 而稍小於先設數者】. 兩設數相減, 得八. 又以原大數三十一, 以九數之, 餘四. 乃以原小數九, 爲限數. 先所得數八, 爲起數. 後所得數四, 爲每數. 如圖作九區.

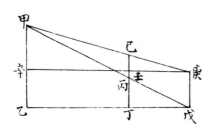

起一數於第八區, 每四區而添一. 眠終區所值之數, 得八. 遂以八乘原大數三十一, 得二百四十八. 加七, 得二百五十五. 合問.

望見一臺, 不知其高. 立二十丈之表, 人目着地, 得其參直. 仍於前表處, 立三十七丈之表, 就前測地, 測之. 人目高地三十二丈, 始參直. 問: 臺高幾何丈?

前表二十丈【丙丁】乘人目高三十二丈【庚戊亦辛乙】, 得六百四十丈. 爲實. 前表與人目高, 相併, 得五十二丈. 內減後表三十七丈【己丁】, 餘十五丈, 爲法. 歸之, 得四十二丈三分丈之二. 卽臺高【丙丁與丁戊之比, 同於甲乙與乙戊之比, 而己壬與丁戊之比, 亦同於甲辛與乙戊之比, 則是己壬與丙丁之比, 原同於甲辛與甲乙之比矣. 丙丁內減去己壬者與丙丁之比, 又自同於甲乙內減去甲辛者與甲乙之比矣. 十五丈卽丙丁內減去己壬者. 故以爲一率, 丙丁爲二率. 庚戊或辛乙, 俱是甲乙內減去甲辛者. 故以爲三率. 而所得四率, 卽甲乙也】.

520

一表測一線兩層之高【甲爲第一層高, 乙爲第二層高, 丙丁爲表】, 知兩層高【甲庚·乙庚】·表高【丙丁】·兩測地相距【戊己】, 求兩測地距所測地之遠【戊庚·己庚】.

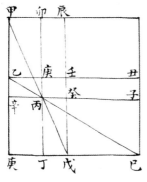

丙丁爲一率. 乙庚內減丙丁【乙辛】, 以乘戊己【壬癸子丑】, 以甲乙歸之【丙卯辰癸形·丙寅子丑形, 皆與丙丁庚辛形, 同. 則壬癸子丑形原與寅卯辰壬形, 同. 而今以寅卯相等之甲乙, 歸壬癸子丑, 則所得自是卯辰】, 爲二率. 甲庚爲三率, 求得四率, 卽戊庚【二率·三率相乘, 卽卯辰戊丁形. 三率·四率相乘, 卽辛庚戊癸形. 此兩形元是相似】. 加戊己, 卽成己庚.

望見一竿, 不知其高. 曾立十一丈之表, 人目着地測, 得參直. 而不知表距竿之遠, 又不知目[7]距表之遠. 今截去竿頭九丈, 仍立前表於前立處. 仍就前測之地, 測之. 人目高地八丈, 始參直. 問: 竿本高幾丈?

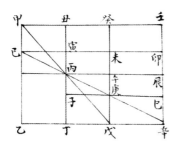

併竿截九丈·目高八丈, 得十七丈. 以表高十一丈, 乘之, 得一百八十七丈. 以目高八丈, 歸之, 得二十三丈八分丈之三. 卽竿之本高【戊辛乘甲乙竿高, 爲戊辛壬癸長方形. 丁辛乘甲己截竿, 又乘戊庚目高, 得壬丑寅卯及丁子巳辛兩段長方形. 此兩形相併, 與戊辛壬癸形, 同. 戊辛卽戊庚目高, 所成戊辛庚句股形之股. 丁辛卽丙丁表高, 所成丙丁辛句股形之股. 故今以戊庚代戊辛, 爲一率, 丙丁代丁辛, 爲二率. 其理實同】.

戊圓內容甲乙丙丁梯形. 知甲乙闊·丙丁濶·己庚中長, 求半徑【甲戊或丙戊】.

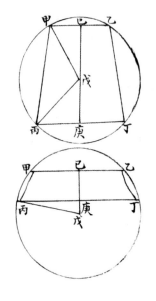

甲乙半之【甲己】, 丙丁半之【丙庚】, 相減得數, 又相併得數. 兩得數相乘, 得數, 爲實. 以己庚爲法, 除之, 得數. 與己庚相加, 折半, 卽己戊. 與己庚相減, 折半, 卽戊庚. 甲己爲勾, 己戊爲股, 求得弦【甲戊】, 卽半徑【戊庚爲勾, 丙庚爲股, 求得弦丙戊, 亦卽半徑】.

圓內容品字方形. 知圓徑, 求方邊.

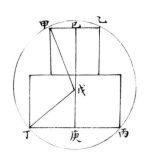

設甲乙十六分, 甲己八分, 己庚三十二分. 以甲己八分與丁庚【同甲乙】十六分, 相加, 得二十四分. 相減, 得八分. 兩數相乘, 得一百九十二分, 爲實. 以己庚三十二分, 爲法, 除之, 得六分. 與己庚相加, 半之, 得十九分【卽己戊】. 爰以甲己八分爲勾, 己戊十九分爲股, 求得甲戊弦之設分, 定爲一率. 甲己八分爲二率. 今所知半徑爲三率, 求得四率. 卽甲己實數. 倍之, 卽甲乙方邊.

○金氏【泳】曰: 設丙己勾三分, 己乙股四分, 乙丙弦五分. 又設己丁

522

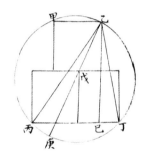

勾一分, 己乙股四分, 求得乙丁弦之設分. 爰以己乙四分爲一率, 乙丁設分爲二率, 乙丙五分爲三率, 求得四率. 仍以其所得四率爲一率, 乙庚圓徑實數爲二率, 己乙四分爲三率, 求得四率. 卽己乙實數. 半之, 卽甲乙方邊.

圓內容六等邊形, 知圓徑. 任作弧矢形, 截六等邊之二邊. 知所截二邊【戊巳·戊庚】, 求弦長【丙丁】·矢闊【乙辛】.

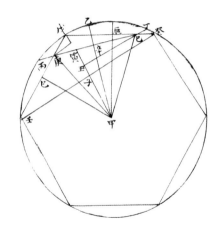

半徑半之【戊子】爲勾, 半徑【戊癸】爲弦, 求得股【癸子】. 戊癸爲一率, 癸子爲二率, 戊巳截爲三率, 求得四率【巳丑】. 戊壬【同戊癸】爲一率, 壬子【同癸子】爲二率, 戊庚截爲三率, 求得四率【庚卯】. 巳丑爲股, 戊巳爲弦, 求得勾【戊丑】. 庚卯爲股, 戊庚爲弦, 求得勾

【戊卯】. 戊卯與戊丑相減【餘丑卯】, 爲勾, 巳丑·庚卯相併, 爲股, 求得弦【巳庚】. 戊辰【同戊子】與戊巳相減【餘辰巳】, 爲勾, 甲辰【同癸子】爲股, 求得弦【甲巳】. 戊巳【同戊辰】與戊庚相減【餘庚巳】, 爲勾, 甲巳【同甲辰】爲股, 求得弦【甲庚】. 爰以巳庚爲底, 甲巳·甲庚爲兩腰, 成甲巳庚三角形, 求得中垂線【辛甲】. 與半徑相減【餘乙辛】, 卽矢闊.

圓內容八等邊形, 知其每一邊【甲乙】. 今於圓界一處, 任設弧矢【如戊巳庚辛】,

令八等邊形之甲乙邊全入其內, 而其甲丁邊則截於巳, 乙丙邊則截於辰. 知甲巳及乙辰, 求矢闊【庚辛】.

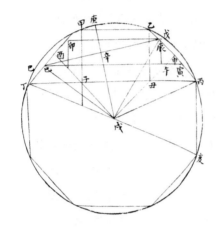

甲乙自乘, 半之, 開方得數. 倍之, 與甲乙相併【丙丁】. 以甲乙【卽丙亥】爲勾, 丙丁爲股, 求得弦, 卽圓徑. 半之卽半徑【丁戊】. 甲巳自乘, 半之, 開方得數. 倍之, 併甲乙【寅巳】. 乙辰自乘, 半之, 開方得數. 倍之, 併甲乙【辰卯】. 辰卯與寅巳相減, 半之【寅午與辰午同】, 爲勾. 寅巳內減寅午【餘午巳】, 爲股, 求得弦【辰巳】. 甲乙半之【丙申】, 爲勾, 半徑【丙戊】爲弦, 求得股【申戊】. 仍用爲股, 丙申相等之乙申內減乙辰【餘辰申】, 爲勾, 求得弦【辰戊】. 申戊相等之酉戊爲股, 甲巳內減乙申相等之甲酉【餘酉巳】爲勾. 求得弦【巳戊】. 辰巳爲底, 辰戊·巳戊爲兩腰, 成戊辰巳三角形, 求得中垂線【辛戊】. 與半徑【庚戊】相減【餘庚辛】, 卽矢闊.

圓內容十二邊. 知每邊, 求圓徑.

十二邊形之每一邊自乘, 半之, 開方得數. 又十二邊形之每一邊自乘者與自乘半之者相併, 開方得數. 兩得數相併, 卽圓半徑.【先作圓內容六邊形. 甲爲圓心, 乙丙爲六邊之每一邊. 乙丙半之, 得乙戊, 爲勾. 甲乙半徑爲弦, 成一句股形. 則丁己丙甲弦冪內減戊甲庚辛甲股冪, 餘丁戊庚己丙辛磬折形. 與壬己癸子勾冪, 同. 乃以此句股形之戊乙勾爲股, 甲丁半徑截餘丁戊爲勾, 而十二邊形之每一邊

524

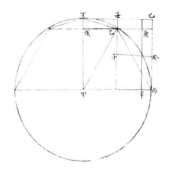

乙丁爲弦, 又成一句股形. 則前形之句冪, 卽後形之股冪. 而亦卽後形之四段直積缺一句冪者也. 推是, 而知後形之弦冪自與其四段直積同也. 又推是, 而知較冪與兩段直積同也. 又推, 而知和冪與六段直積同也. 和較相倂, 卽兩段乙戊股也. 乙戊原是六邊形之每一邊半之者, 亦卽圓半徑半之者也.】

甲乙丙句股形, 知甲乙句·乙丙股. 又任作甲丙丁句股形, 仍同用甲丙弦. 只知甲丁股, 則 自可推知丙丁句. 欲求乙戊截線.

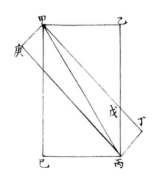

先以甲乙句·乙丙股, 求得直積【甲乙己丙】. 次以丙丁句·甲丁股, 求得直積【甲丁丙庚】. 兩積相減, 得數爲實. 乃以甲乙與丙丁之較, 爲法, 以一卽得乙戊與丁戊之和. 如以甲乙與丙丁之和, 爲法, 以一卽得乙戊與丁戊之較.

甲乙丙三角形, 知其三邊. 就其內, 任截取甲丁戊三角形, 與甲乙丙不同式. 知其兩腰, 求底邊.

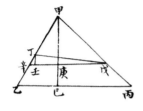

先求得大形之中垂線【甲己】. 大形之甲丙邊, 爲一率, 甲己爲二率, 小形之甲戊邊爲三率, 求得四率【甲庚】. 甲己爲一率, 大形之甲乙邊爲二率, 甲庚爲三率, 求得四率【甲辛】. 甲辛爲一率, 甲庚爲二率, 甲辛

內減小形之甲丁邊【餘丁辛】, 爲三率, 求得四率【丁壬】. 丁壬爲股, 丁辛爲弦, 求得勾【辛壬】. 辛壬與庚辛相減【餘庚壬】, 併於戊庚【戊壬】爲股, 丁壬爲勾, 求得弦【丁戊】. 卽小形底邊.

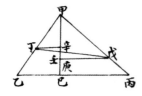

　　○一說: 旣得甲庚, 以之爲股, 甲戊爲弦, 求得勾【戊庚】. 甲乙爲一率, 甲己爲二率, 甲丁爲三率, 求得四率【甲辛】. 甲辛爲股, 甲丁爲弦, 求得勾【丁辛】. 甲庚內減甲辛【餘庚辛】, 爲勾. 戊庚與丁辛相併, 爲股. 求得弦【丁戊】, 卽小形底邊.

原有一正方形. 求作他正方形, 令其積半於原積.

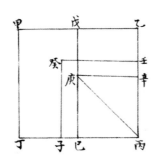

原有甲乙丙丁正方形. 內先將甲乙線, 中分於戊, 作戊己線. 次將戊己線, 中分於庚, 作庚辛線. 自庚至丙又作線, 相聯. 遂就乙丙線, 內截取壬丙, 令與庚丙同度. 因作壬癸子丙正方形, 卽所求.

原有一圜. 求作他圜, 令其積半於原積.

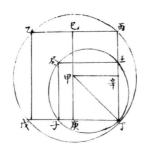

原有甲圜. 就其中, 作乙丙丁戊內容正方形. 求作他正方形如上法. 遂就壬癸子丁形, 作外切圜形, 卽所求.

526

原有一長方形. 求作他長方形, 與原形同式, 而其積半於原積.

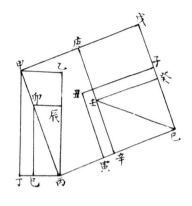

原有甲乙丙丁長方形. 作甲丙弦線, 因作甲丙己戊正方形. 求作他正方形, 如上法【子丑寅己】. 就甲丙弦線, 內截取卯丙, 令與丑寅同度. 自卯向乙丙線上, 作卯辰線, 令與甲乙平行. 又自卯向丙丁線上, 作卯巳線, 令與甲丁平行, 成丙辰卯巳長方形. 卽所求.

原有一三角形. 求作他三角形, 與原形同式, 而其積半於原積.

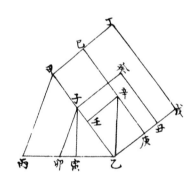

原有甲乙丙三角形. 就甲乙大腰, 作甲乙戊丁正方形. 求作他正方形, 如上法【癸子乙丑】. 自子向乙丙線上, 作子卯線, 令與甲丙平行. 成子乙卯三角形, 卽所求.

原有一三角形【甲乙丙】. 求作他三角形, 其積與原積同, 而其一角又有同者【餘角·邊皆不同】.

就甲乙丙三角形之乙丙線, 左右引長之, 作丁戊. 又於甲角界外, 作一己庚切線, 與丁戊平行. 又作壬丙·辛乙兩垂線, 成壬丙乙辛長方形, 爲甲乙丙三角形之倍. 次將辛乙任引長之, 至癸. 自癸至丙, 作斜線,

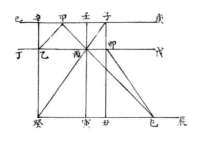

又引長之, 至子. 從子作線, 與辛
癸平行而同度, 爲子丑. 又將壬丙
線引長, 作丑癸之垂線. 成丙寅丑
卯長方形, 與壬丙乙辛形同積. 又
將癸丑線任引長之, 至辰. 從甲丙
線, 引長, 至丑辰線上而止, 爲巳.
從巳至卯, 又作線相聯, 卽丙卯巳
三角形. 與甲乙丙三角形同積, 而
巳丙卯角與甲丙乙角同矣.

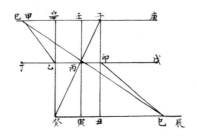

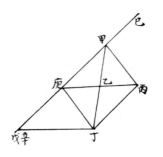

○ 一說: 就甲乙丙三角形之甲乙
邊, 略引長之, 至丁, 作甲丙丁三角
形. 因於甲角上, 作一戊巳線, 與丙
丁平行. 遂因乙丙線, 引長, 至戊巳
線上而止, 爲丙庚. 又自丁角之外,
作一線, 令與丙庚平行, 爲丁辛. 又
自丁至庚, 作線相聯, 卽乙丁庚三角

形. 同積, 而兩形之乙角亦相同矣.

理分中末線: 知首率, 則首率自乘, 作長方積. 仍用首率, 作長闊較, 求得
闊, 卽爲中率. 已有西法. 若知中率, 則中率自乘, 作長方積. 仍用中率, 作
長闊較, 求得闊, 卽爲末率. 若知末率, 則末率自乘, 作長方積. 仍用末率,
作長闊較. 求得闊, 卽爲末率中率相減之較.

528

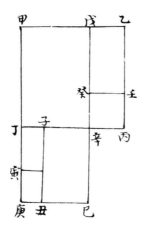

甲乙首率自乘, 爲甲乙丙丁正方. 換作
甲戊己庚長方形, 甲丁較卽與甲乙同.
而其闊己庚卽中率. 中率自乘, 爲己庚
丁辛正方. 換作乙丙辛戊長方形, 乙壬
較卽與己庚同. 而其闊丙辛卽末率. 末
率自乘, 丙壬癸辛正方. 換作丁庚丑子
長方形【己庚丁辛與乙丙辛戊同. 今於己庚丁辛,
內減去乙壬癸戊相同之辛己丑子, 餘丁庚丑子,
自與丙壬癸辛同】, 丁寅較卽與丙辛同. 而
其闊庚丑卽爲末率·中率相減之較.

任設勾, 求整數股·弦.

一曰: 任設句, 自乘得數, 減一, 半之, 爲股. 加一, 半之, 爲弦【如任設句
七, 自乘得四十九. 減一, 半之, 得二十四, 爲股. 加一, 半之, 得二十五, 爲弦. 皆整數】.

○二曰: 任設句, 半之, 自乘得數. 減一, 爲股, 加一, 爲弦【如任設句八,
半之得四, 自乘得十六. 減一得十五, 爲股. 加一得十七, 爲弦. 皆整數】.

○三曰: 任設勾, 自乘得數, 任幾分之. 就其一分之數, 減分母數, 半
之, 爲股. 加分母數, 半之, 爲弦【如任設句二十, 自乘得四百, 任八分之. 就其一分
之數五十, 減分母八, 半之, 得二十一, 爲股. 加分母八, 半之, 得二十九, 爲弦. 皆整數】.

○四曰: 任設勾, 半之, 自乘得數, 任幾分之. 就其一分之數, 減分母
數, 爲股. 加分母數, 爲弦【如任設句四十, 半之自乘, 得四百. 任五分之. 就其一
分之數八十, 減分母五, 得七十五, 爲股. 加分母五, 得八十五, 爲弦. 皆整數】.

○凡所設勾數, 與所得股·弦數, 皆可以同分約之, 則約之. 至無可
約, 然後命之【如設勾九, 而得股十二·弦十五, 皆可以三約之, 則約, 爲勾三·股四·
弦五, 然後命之】.

○凡所得股數少於所設勾數, 則句·股換命. 【如設勾十二, 而得股五, 則命五爲勾, 命十二爲股.】

5.

修業之暇, 時諷奇文, 以舒其滯鬱, 以廣其意趣, 無妨. 朴燕巖文·李白石科體詩·李□□詩[8] 精選成一裘. 題曰'一函三寶', 置之几傍, 以代珍玩. 若小說傳奇之書, 不唯不可看, 亦且不可蓄.

○○○〈『一函三寶』序〉

行路者求達乎其所之而已. 終日于途, 而弗遇一山石水樹之奇, 則憊焉. 學者求至乎聖人而已. 終身乎學, 而無游息悅豫之暇, 則迫焉. 是故, 唐虞有球琳怪石之貢, 『周禮』有淳熬糁飽之味. 后之學者幷與古所稱歌舞射御而廢焉, 何從而得其息乎?

大有子問於泰虛先生, 曰: "吾少而刻于學. 今今老且劬矣, 恐無以承其久. 『書』云'戞擊鳴球, 搏拊琴瑟', 又曰'下莞虉鼓, 合止柷敔, 笙鏞以間.' 吾將以音樂間之." 先生曰: "不可. '再拜奠雁, 御輪三周, 共牢而食, 合巹而酳', 人倫之大原也. 鄭姝越娼, 巧容妖冶, 充後房而當枕席, 尠有不蠱性而戕命."

大有子曰: "『詩』云'敦弓旣堅, 四鍭旣勻. 舍矢旣均, 序賓以賢.' 吾將以弓矢間之." 先生曰: "不可. 玄酒醴齊, 以崇明德, 以迓茀祿. 史麯松笭之旨, 踰咽而易心, 下膈而刲腸."

---

8 朴燕巖文·李白石科體詩·李□□詩: 규장각본·버클리본·동양문고본에는 "朴燕巖文·李□□詩·李白石科體詩, 精選成一裘, 曰一函三寶."로 되어 있다.

大有子曰:“『詩』云‘追琢其章, 金玉其相’, 君子之比德也. 請聞之以珍寶.”先生曰:“不可. 吾聞岐山之北有美木, 周公伐之, 以爲明堂之榱, 秦始皇伐之, 以爲阿房前殿之梲.”

大有子曰 :“『詩』云‘相彼鳥矣, 猶求友聲. 矧伊人矣, 不求友生.’ 請聞之以朋友.”先生曰:“似之矣而未也. 吾聞, 惠山之下窪土而發石者, 無不冽而甘, 環山數十里, 民無唾痰. 汲之多而味之變也, 今皆渾渾焉泥潦耳, 飮者往往咯血.”

大有子曰:“『詩』云‘于時言言, 于時語語’, 君子之所抒其情也. 請聞之以言語.”先生曰:“似之矣, 未也. 徊徊之風, 不能育草木, 湆湆之雨, 不能蘇稻粟.”

大有子曰:“『易』曰‘觀乎人文, 以化成天下’, 請聞之以文章.”先生曰 :“噫! 近之矣. 然嵩高太室兩山乎哉! 暘谷扶桑兩地乎哉! 降于培塿則庳矣, 旋于女紀則昧矣. 有寶于斯. 將以貽子, 子其以是聞之.”

發一函, 有三奇珍在中. 燦燦焉, 如蛟螭之角, 雲霞攢蔚, 詭詭焉, 如奇形殊狀之魅, 朝于禹鼎, 愍愍焉, 如山蹊竹林, 泠風至而百泉喧. 以是而寬其縛而已, 愼毋棄所學而酣焉.

○ 近世文章, 如兪著庵古歌謠, 李竹里〈山有花詞〉, 金竹溪〈長江吟〉·〈出峽詩〉, 李醇溪〈齋義〉·其弟念齋〈錢說〉之類, 皆鏗鏘煒燁, 字翔句活, 垂之窮宙, 決不壞滅.

燕巖翁之孫桓齋氏, 妙年挾邁往之才. 博觀古書, 志氣無前. 作『尙古圖說』若干卷, 其大議論數十條, 飄逸奇壯, 不可涯涘. 眞古人所謂‘天下文章, 若無我, 當歸阿士’者也.

『孰逐念』一書, 苟非大迷惑人, 皆許縱觀. 然讀而知之者未必好之, 讀而好之者未必樂之, 讀而樂之者未必與書爲一. 『法言』之待後世子雲, 『皇極書』之還呈堯夫, 古人之所大息也. 幸於斯世得一桓齋, 庶幾燕巖翁所謂傍有一人者, 尙可免琉璃廠中獨立彷徨之歎. 而莉卿所待濃眉綠鬟之客, 不在楚吳三晋之境, 司馬子長可不作'居遠未來'之無聊語, 柳冷齋可不作'畫船簫鼓無消息'之句耳.

6.

韻書選其恒用易知之字, 古詩文選其寫景悅心之作. 或以句選. 醫方選其恒有之疾·易得之藥. 合爲一書, 題曰'路珍'. 行役時携之袖中.

○○○〈『路珍』序〉【學濬童子作】

縹礱閣【甲四】之藏書凡幾萬卷. 嚴於經, 博於史, 華之以詩, 奮之以文, 貫百家而不漏, 賅萬古而無津. 其蓄而藏之也, 光氣鍾結, 凝爲靇雲, 展爲脩虹, 蟠蜒乎穹隤之間, 映發乎辰極之次. 有時乎出以考之, 則窮宙布列, 萬化舒動. 天地山川日月星辰之象, 卉木鳥獸仙靈鬼怪之狀, 無有匿其跡而秘其情者.

其南有用壽院【甲八】. 所蓄醫家書亦幾千卷. 自『素問』·『靈樞』以下, 諸名師之妙論良方靡不括. 施之于己, 則體健而心泰, 施之于人, 則邪沴息而疾病不作, 施之于天下, 則使天下之人里彭聃而家頤期. 偉哉書乎! 又何可筆削於其間哉?

然此居室者之所須也. 男子之生也, 必有四方之事焉. 方其駕輕車而攬長途也, 所過者, 或佳山麗水, 特峙而爭流也, 所遇者, 或呻吟跛躄, 負病而勞于塗也. 當是時, 名山大川, 壯遊之誌不藏, 野店山村, 壽民之峽無蓄. 雖欲搜千古之宏詞, 酬答偉觀, 證前人之良方, 普濟蒼生, 胡可得也? 此路珍之所由作也.

其爲書, 選古詩文之抒寫物色悅眼而怡神者, 約四聲百六部之文以合之, 醫家單方妙詮之可施於急病者, 蒐以附. 總若干卷, 載橐而不患其重, 披袟而不憚其煩. 道遇林壑之勝·谿巖之幽, 逍遙乎其傍, 逸韻風動, 妙思雲沸. 於是乎發一卷以求之, 而花鳥之情·水石之趣, 皆可會也. 又遇篤疾呼苦, 貧不能醫藥者, 於是乎發一卷以求之, 而殊殊垂絶之喘, 無不蹶然興矣.

噫! 是書也, 行路之所齎也. 請以行路之觀喩之, 可乎?

今夫行者之於道也, 奇峰攢碧, 亂石鋪素. 飛瀑急湍, 合爽籟而齊發, 嘉木叢林, 沓翠色而雜陳. 左則纏藤倚竹之蓊然也, 右則澄泉琢巖之瑩然也. 森森矗矗, 霧秘畢露, 駭觀聳聽, 不暇應接者, 山之全體也. 縹礱·用壽之藏, 近之矣.

過是以往, 忽遇一厓之石·一曲之灘. 獨樹離奇, 細谷窈寥, 使人神專而不散, 觀壹而不分者, 山之別境也. 是書似之矣.

嗚呼! 內而融其情以寫其蘊, 外以廣其慈而澤及于人. 君子之學盡於斯二者, 而天下之書幾億萬部, 其用不過是也. 以是書而謂之天下之珍, 可也. 豈直行路而已哉?

7.

游戲之文, 少年才高者時或作之, 以恢筆徑, 而長老不宜效尤. 燕巖翁少時作「方瓊閣外傳」, 沆瀣子少時作〈十二樓記〉, 晩皆悔之.

○○○ 〈十二樓記周觀圖〉

地之東·大海之中, 有麗宇凡十有二所, 莫不超拔. 烟噓吸雲, 一曰'明

流霞'. 不礱嶬而巧, 無梯級亦尊. 礎碧而甍瑤, 二曰'芳寶花'. 亦縹緲不可
名, 列仙棲息之地. 有鳥皆北, 有仙駕鳳. 棲鸞乳鵁, 翱翔乎其麗砌幽庭
之間. 喜而飛, 其高幾凌星. 又其側, 謂之'婺織綺', 高百餘萬丈. 南若干
步, 脩棟層軒, 起伏若騁. 斜覣崇逈, 納飄翠靄起焉. 此其五也. 行數十
武, 其境益幽, 芬香襲, 金翠眩. 强名是'丹霄'. 幽而實敞, 艶而實淨, 浮邱・
安期所翔佯也. 神由是而恍惚焉. 見夫所未覩, 沆瀣是已. 其大盖不可
量, 迫而觀焉直玲瓏. 變雲興河漢, 迫乎牛斗之間. 散仙居之, 或詠而彈
棊,[9] 樂靡旣. 何有居, 其九. 曠攬十洲, 心安神全. 別界名山, 羅絡乎其前,
至若綵左鏤璨, 繡奢羅天, 其十也. 循玆以往, 招之乎顯圃, 邀之乎員嶠.
松偓羨第而趗絳節之樂也. 若夫絶類離儕, 至廣而包, 極崇而聳, 橫八
埏, 亘九宇, '白玉極'矣.

8.

隣里少年有才志者, 宜極力勸獎. 貧不能讀書者, 或周卹, 或邀致津逮舘【甲
八】, 授業. 究經傳者, 月考其講誦. 能詩文者, 月試其製作. 精進者有賞, 怠荒
者有懲. 皆略立規例.

○○○〈月講規〉

子弟及津逮舘學徒, 隣里少年讀書者, 每旬終, 聚詣講長【卽津逮舘長. 盖
以二三人輪管】. 講長取考其旬內所課【讀未滿五十行者, 罰】. 各抽一章【無減十
行】令誦, 仍問文義. 又令陳其所得, 質其所疑, 定高下之桩.

---

9 棊: 동양문고본과 버클리본엔 '某'로 되어 있다.

月終, 升于主人. 主人自爲講長【有故則掌訓中一人代之】, 掌訓【乙二】三人‧
津逮舘文士中三人, 會坐. 皆相揖, 就席. 諸講生以次進拜. 主人取考月
內課【未滿一百五十行者, 罰】, 各抽一章【無減二十行】, 令誦. 問難同上. 收柹,
居首者有賞, 居末者有罰. 將散, 以小饌會啖【不設酒】.

每一歲終, 合計十二月講劃, 居首有別賞, 居末施榎楚【雖居末, 無下柹,
則只用平罰. ○下柹者不也】. 連三月居不者, 亦施楚.

○○○ 〈月試規〉

每旬, 試長【講長兼】出題【詩賦古文各體輪出】. 旬終, 取考如講規【未成篇, 有
罰】, 定高下之等. 月終, 主人自爲試長【如講規. 講日兼行, 亦可】. 取考三旬所
作. 居首居末皆有賞罰. 歲終, 合計賞罰, 皆略如講規【未成篇多者, 施榎楚】.
有作功令文者, 合人各十篇, 考等, 計劃賞罰.

9.

其窮理存心修行應事之類, 古聖賢千言萬語道盡無餘, 宜日孜孜求之. 今
不必絮.

10.

絜身亂倫非義也. 做官, 不得不出而供職. 但常以難進易退爲主. 遇有不
可, 卽日決去. 不宜有絲髮眷戀意.
○做外官, 不可挈眷. 在官, 月再治簿, 遇不可, 卽解綬歸【如廩俸豊裕. 可一挈

眷,而不宜多率奴婢. 過三五月,卽先治還】.

○位高官要, 君上信之, 將任之以社稷之大事, 則固不可不挺軀擔着, 生死向前. 而亦須自度其才力, 苟不足以當之, 則宜蚤自力辭而退. 惟國有難, 雖官卑者, 不可退.

제15관
임王. 거업넘 계居業念季

11.

부녀자는 물레와 길쌈, 술과 밥 이외 다른 일이 있을 수 없다. 부모를 섬기고 남편을 받들며, 집안을 다스리고 종을 부리는 방법에 대해서라면 옛 책을 강론하지 않을 수 없다. 『효경孝經』, 『소학小學』, 『내훈內訓』,[1] 『여계女戒』[2] 따위를 늘 읽고 외워야 한다. 한자를 모르는 사람은 언문으로 번역해 외워도 좋다. 언문 소설을 탐독해선 안 된다.

○ 부녀자에겐 유순하고 겸손한 것이 근본이다. 비천한 사람이라도 사납고 오만하게 대해선 안 된다.

○ 부인은 식견이 있어도 바깥일에 간여하여 의논해선 안 된다.

○ 부인은 재능과 기예가 있어도 문예文詞을 많이 지어선 안 된다. 하물며 다른 기예이겠는가? 다만 자수만은 재능 있는 자가 배우고 익힐 만하다.

12.

자제들의 강학과 수행에 대해선 선현의 교훈이 갖추어져 있으니, 굳이 일일이 열거할 것 없다. 그러나 반드시 예禮를 바탕으로, 말 한마디 행동 하나, 의복 한 가지나 음식 한 가지에도 모두 격식과 절도가 있어야 한다. 여럿이 모여서 공부할 때도 반드시 공경하기를 위주로 하고主敬, 겸양을 실천해야

---

1 『내훈(內訓)』 : 명의 인효문황후(仁孝文皇后) 서씨(徐氏)가 궁중 여성을 교육하기 위해 지은 여성 교훈서이다. 덕행(德行)·수신(修身)·신언(愼言)·근행(謹行)·근려(勤勵)·절검(節儉)·경계(警戒)·적선(積善)·천선(遷善)·숭성훈(崇聖訓)·경현범(景賢範)·사부모(事父母)·사군(事君)·사구고(事舅姑)·봉제사(奉祭祀)·모의(母儀)·목친(睦親)·자유(慈幼)·체하(逮下)·대외척(待外戚) 등의 20장으로 구성되어 있다.

2 『여계(女戒)』 : 동한(東漢)의 반소(班昭)가 지은 여성 교훈서로, 비약(卑弱)·부부(夫婦)·경순(敬順)·부행(婦行)·전심(專心)·곡종(曲從)·화숙매(和叔妹) 등 전체 7편으로 구성되어 있다.

하지, 우스갯소리나 잡담이 끼어서는 안 된다.

○ 문예문文藝은 익히지 않을 수 없다. 그러나 주객[이 전도되지 않도록] 잘 생각하고 선택해야 한다. 젊어서는 과거 응시용 문장을 익히지만, 합격할 만해지면 그만두어야 한다. 꼼짝 않고 앉아서 공령문功令文이나 송독誦讀 같은 하잘것없는 기예에 세월을 보내선 안 된다.

○ 육경六經은 모두 잘 받들어 간직해야 할 대상이지만, 무엇보다『논어』를 위주로 하고,『소학』을 보좌로 삼아야 한다. 항상 법도에 맞는 몸가짐을 하고, 뜻을 세우되 반드시 삼대三代에 도달하기를 목표로 삼고, 공자의 문하를 자기 집으로 여겨야 한다. 심성心性에 대한 담론은 고상하고 오묘한 것에만 힘쓰고 실용에는 소홀하다. [그러니] 예의를 강론하고 정치를 토론해서, 심신에 유익한 것을 연구하는 편이 낫다.

○ 문장도 반드시『시詩』와『상서尚書』에 바탕을 두고, 좌구명左丘明과 순경荀卿 · 사마천司馬遷 · 한유韓愈를 참조한다. 시는 한漢 · 위魏의 악부를 목표로 삼고, 부賦는 굴원과 사마상여를 위주로 한다. 사륙문四六文은 많이 지을 필요 없다. 그러나 짓는다면 유신庾信과 왕발王勃[3]을 표준으로 삼아야 한다. 서화 같은 작은 기예도 종요鍾繇와 왕희지王羲之[4]를 버리고 문징명文徵明과 동기

---

3 유신(庾信)과 왕발(王勃) : 사륙변려문(四六騈儷文)의 대표적 작가들이다. ○ 변려문(騈儷文)은 한(漢) · 위(魏)에서 시작되어 육조시대와 당(唐)에서 특히 유행한 문체이다. 화려한 미문을 구사하는 문체로, 네 글자와 여섯 글자를 기본으로 변주하는 율문의 형식을 채택하며 대구법(對句法)과 압운을 사용하고, 화려한 수사와 전고를 사용하는 문체이다. 육조시대 진(晋)의 유신은 극성기의 변려문 작가로, 서릉(徐陵)과 함께 서유체(徐庾體)라 일컬어지는 정점의 변려문을 구사했다. 초당(初唐)의 왕발은 육조시대 화려한 변려문을 계승한 작가로 일컬어진다. 변려문은 국가의 공식적인 외교 문체나 전장주소체(典章奏疏體)에 많이 사용되었고, 과거의 문체이기도 했다. 그러나 이 두 사람은 모두 서정적이고 문학적인 색채가 강한 변려문을 구사하였다.

4 종요(鍾繇)와 왕희지(王羲之) : 종요는 삼국시대 위(魏) 사람으로 자는 원상(元常)이다. 중국 고대의 대표적인 명필로 팔분(八分)과 해서(楷書), 행서(行書)에 두루 뛰어났다. 왕희지는 동진(東晉) 사람으로 자는 일소(逸少)이다. 우군장군(右軍將軍)을 지냈으므로 왕 우군(王右軍)이라고도 불린다. 해서 · 행서 · 초서(草書) 등 각 서체를 완성함으로써 예술로서의 서예의 지위를 확립하였다고 평가되며 후대에 서성(書聖)으로 불렸다. 특히 해서는 종요의 서

540

창董其昌[5]으로 향해선 안 된다. 매사에 모두 입각점을 높게 잡아, 당唐·송宋 이후의 세계에 자기를 두어선 안 된다.

13.

역사는 반드시 숙독해서 앞 시대의 치세와 난세, 득실에 대해 알아야 한다. 우리 조정의 옛 서적도 정밀하게 연구해야 한다.

○ 고인古人의 시비는 분명하게 분별해서 식견을 넓히지 않을 수 없다. 그러나 지나치게 천착하거나 가혹하게 비평하는 것은 절대 삼가야 한다. 다른 사람을 너무 가혹하게 논의하다 보면 자기 마음 씀씀이가 먼저 병든다. 역사를 읽어 옛일을 살피는 것은 자기 자신을 다스리려는 것이다. 마음이 병들면, 어떻게 자신을 다스릴 수 있겠는가? 호치당胡致堂이『독사관견讀史管見』을 짓자, 한漢·당唐 이래의 현인과 호걸, 위인들의 몸에 성한 살갗이 없게 됐다. 그러나 그 자신의 행실을 돌아보면 오륜五倫의 첫 조목에서부터 이미 온전하지 못하다.[6] 깊이 경계해야 한다. 예전에 쓴 〈분고지焚藁識〉가 있어, 뒷사람

법을 배워 자신의 서법으로 완성했다는 평가를 받는다. 두 사람은 흔히 종·왕(鍾王)으로 병칭된다.

5 문징명(文徵明)과 동기창(董其昌) : 모두 명(明)의 대표적인 서화가들이다. 남종화(南宗畫) 의 화풍을 중흥시키고 이론화한 인물들이다. ○ 문징명은 명 중기의 문인이자 서예가이 며 화가이다. 이름은 벽(壁), 징명(徵明)은 자이다. 글씨는 모든 체(體)에 능했으며, 그림은 가정(嘉靖) 연간 오파문인화(吳派文人畫)의 화풍을 주도하였다. 후세에 남종화 중흥(中興) 의 조(祖)라 일컬어졌다. ○ 동기창은 명 후기의 서예가이자 화가이며, 화론가이다. 자는 현상(玄常)이고 호는 사백(思白)이다. 남종선(南宗禪)과 북종선(北宗禪)의 이론을 시문·서 화의 이론에 적용해 남종화 이론을 창설하였다. 남종문인화(南宗文人畫)를 북종화보다 높 이는 상남폄북론(尙南貶北論)을 주창했다.

6 호치당(胡致堂)이『독사관견(讀史管見)』을 …… 온전하지 못하다 : 호치당은 송의 학자 호인 (胡寅)이다. 그의 호가 치당이고 자는 명중(明仲)이다. 호안국(胡安國)의 양자로, 양시(楊時) 에게서 배웠다. 관직은 휘유각직학사(徽猷閣直學士)에 이르렀다. 『독사관견』,『논어상설 (論語詳說)』,『비연집(斐然集)』등의 저술이 있다. ○『독사관견』은 사마광(司馬光)의『자치

에게 경계가 되도록 수록한다.

○○○ 〈분고지焚藁識〉[7]

옛날 자공子貢이 사람들을 비교 논평하자 중니仲尼께서는 "나라면 그럴 겨를이 없겠다만." 하고 그를 책망하셨다.[8] 자공은 명석한 사람이었으니, 당시 사람들이 모두 그보다 못했을 것이 분명하다. 그가 높이거나 낮추고, 훌륭하다거나 못났다거나 한 것도 모두 정확해서 틀리지 않았을 것이다. 그런데도 그를 책망하셨던 것은 군자란 [우선] 자신을 다스리기에 급급해야 한다는 뜻이 아니었겠는가!

후대의 학자들은 글자만 대충 알게 되면 곧바로 남의 시비를 논하기 좋아한다. 입으로 말하고 책에다 써서, 간혹 한 권이 넘고 한 질이 다 차도 그만둘 줄 모르기도 한다. 당대 사람들이 어찌 모두 그보다 못하겠는가? 그들이 높이고 낮추고, 잘났다거나 못났다거나 하는 것도 어찌 다 합당하고 틀림없겠는가? 그러니 당대 사람도 함부로 논평해서는 안 되는데, 하물며 옛사람이겠는가? 그러나 사람에 대한 선비들의 논평은 당대에 그치는 법이 없다. 옛날의 어진 군주나 명철한 재상들, 훌륭하고 능력 있는 관리, 정직하고 학문 있는 선비들을 가지고 흠을 들추고 흉을

통감(資治通鑑)』을 읽고, 주요 역사 사건마다 자신의 견해를 기록한 역사 평론집이다. 모두 30권이다. 춘추대의에 입각한 엄정한 논평을 주창하였으나, 지나치게 각박한 논의로 비판의 대상이 되었다. ○호인은 원래 호안국의 동생 호순(胡淳)의 아들인데, 생모가 거두지 않자 호안국이 아들로 입적해서 키웠고 후사로 삼았다. 호인은 생모의 상에 상복을 입지 않으려 했다고 해서 비난받았다. 오륜의 첫 조목은 부자유친(父子有親)이다. 『자치통감후편(資治通鑑後編)』, 『송명신언행록(宋名臣言行錄)』.

7 〈분고지(焚藁識)〉: 『현수갑고 상(峴首甲藁上)』 권2 「잡문기 2(雜文紀二)」에도 실려 있다.

8 자공(子貢)이 사람들을 …… 그를 책망하셨다 : 『논어(論語)』 「헌문(憲問)」에 나온다. "자공이 사람을 비교하자 공자께서는 '사는 현명한가 보구나! 나라면 그럴 겨를이 없겠다만……'이라고 하셨다(子貢方人, 子曰: '賜也賢乎哉! 夫我則不暇')."

찾아낸다. 그러면서 앞사람들이 못 본 것을 발견했다고 자부한다.

아, 슬프다! 지금 [방 안에] 앉아서 [바깥] 사정을 헤아리는 사람은 벽 하나 너머, 담장 하나 사이에도 오히려 다 알 수는 없는 법이다. 하물며 백세대, 천 세대 뒤에 태어나 아는 것이라고는 책에 서술된 것뿐인 경우이겠는가? 미묘하게 드러나지 않는 시세와 정황에 이르면, 아무리 지혜로운 선비라도 어떻게 눈으로 본 사람과 같을 수 있겠는가? 옛사람들은 눈으로 보았어도 오히려 이러했다. 어찌 그들의 식견이 지금 사람보다 못해서 그랬겠는가?

역사를 논한 옛사람 중 소씨 세 사람三蘇子과 호씨胡氏[9] 같은 이들이 가장 혁혁해서 전할 만하다. 그런데 지금 그 글들을 읽어 보면, 임금으로는 한 고조漢高祖·문제文帝·광무제光武帝 이하, 신하로는 관영管嬰·안자晏子·소하蕭何·곽광霍光·제갈량諸葛亮 이하, 한신韓信·팽월彭越·곽자의郭子儀·이광필李光弼 같은 장군들, 급암汲黯·정당시鄭當時·위징魏徵·육지陸贄 같은 간언하는 신하諫臣들, 순자荀子·동중서董仲舒·가의賈誼·유향劉向·왕통王通·한유韓愈 같은 선비들까지, 이리저리 흠과 하자를 들추고 찾아내니, 너저분해져서 온전한 사람이 없다.

[그러나] 물러나서 소씨 세 사람과 호씨의 사람 됨됨이를 살펴보면, 과연 그들이 고인을 훨씬 뛰어넘는가? 저들이 그 직책을 맡아 그 일을 처리했다면, 과연 그들은 고인들이 하지 못했던 일을 할 수 있었을까? 심지어 있지도 않은 일을 짐작하고 드러나지도 않은 일을 들춰내며 [이렇게] 말하기도 한다. '아무개가 만일 아무 때에 있었다면, 분명 아무러한

---

9 소씨 세 사람[三蘇子]과 호씨(胡氏) : 소씨 세 사람은 소순(蘇洵)·소식(蘇軾)·소철(蘇轍) 삼부자를 가리킨다. 소순은 〈손무(孫武)〉, 〈항적(項籍)〉 등 역사 인물을 논한 글과 「사론(史論)」 상·중·하가 전하며, 소식 또한 〈육국론(六國論)〉 등 많은 사론(史論)을 지었다. 특히 소철은 『춘추집전(春秋集傳)』을 짓기도 했다. 호씨는 『춘추호씨전(春秋胡氏傳)』을 지은 호안국(胡安國)을 가리킨다.

화가 생겼을 것이다. 아무개가 만일 아무 일을 처리했다면, 분명 아무러한 실수가 있었을 것이다. 아무개가 아무 일을 했을 때 분명 아무러한 마음을 품었을 것이다. 아무개가 아무개와 했던 말은 분명 아무러한 계략이었을 것이다.' 이런 것들이 이루 말할 수 없이 많다.

우리 형님 연천 선생淵泉先生은 후덕하신 분이다. 내게 이런 말씀을 하신 적이 있다. "아직 드러나지도 않은 남의 허물을 억측해서 들춰내고 폭로하는 일은 군자가 할 일이 아니다." 또 말씀하셨다. "나는 역사를 논하는 사람들이 드러나지도 않은 남의 악을 찾아내고 아무 잘못도 없는 데서 잘못을 찾아내는 것을 볼 때마다 바로 눈을 감아 버리고는 보지 않으려고 했다." 지극하신 말씀이다! 어찌 행실을 닦고 문장을 다듬는 사람들이 마땅히 본받아야 할 바가 아니겠는가?

남을 논평하는 사람은 기발한 것을 귀히 여기고, 글을 짓는 사람은 새로운 것을 숭상한다. 어진 사람에 대해 어질다고 하고 못난 자에 대해 못났다고 하는 것은, 고인들이 이미 말씀하셨고 모르는 사람도 없다. 이에 어질고 지혜로운 선비에게서 잘못을 찾아내서, 이미 정해진 논의와 다른 것을 얻으려고 한다. 천착穿鑿하는 병폐가 일어나고, 드러내고 폭로하는 풍조로 나아간다. [그러나] 비판을 당하는 사람에게는 아무런 손해 날 것도 이익이 될 것도 없다. 자기 마음이 먼저 그 피해를 입는다. 두렵지 않은가?

내 나이 스무 살에 한漢의 역사를 읽으면서, 몰래 그 사람들을 논평해서 수십 편의 사론史論을 지은 적이 있다. 상자 속에 넣어 둔 지 이미 5~6년 된다. 꺼내 읽고는 탄식하며 말했다.

"나를 돌아보면, [그때는] 덕이 아직 밝지 못했고 식견도 아직 넓지 못했고 수양도 아직 깊지 못했다. 용렬한 보통 사람들 사이에 있어도 그들보다 나을 것이 없었다. 하물며 한의 현자들이랴? 관리가 되어 일을 처리했다면, 지금 사람들만도 못했을 것이다. 하물며 장량·장평·소하·

조참·위청衛青·곽거병霍去病 같은 사람들이랴? 눈앞의 일도 짐작하지 못하는데, 하물며 2천여 년 전[의 일이랴? 이러했으니, 좋은 일이라도 감히 논할 수 없을 터인데, 하물며 그 과실에 대해서랴? 자공처럼 명민한 이도 책망을 받았는데, 하물며 나처럼 어리석은 자랴? 소씨 세 사람이나 호씨처럼 박학한 사람들도 그런 잘못을 저질렀었다. 하물며 나처럼 누추한 사람이랴? 우리 형님은 후덕하셔서 하시는 말씀이 학자들의 본보기가 될 만하다. 하물며 그 아우 된 자에게 있어서랴?"

이에 「한론漢論」 옛 원고 몇 권을 꺼내, 손을 씻고 꿇어앉아 심군心君[10]에게 고한 뒤, 한꺼번에 화로에 넣으면서 말한다. "축융祝融과 회록回祿[11]에게 나의 허물을 알리노라."

○ 옛날 역사를 읽다가 의심스러운 것은 초록해서 기록해 둔다.

○○○ 예시

형가荊軻가 진왕秦王을 찌른 일[12]을 [예로 들어 보자].

---

10 심군(心君) : 마음을 의인화한 명칭이다. 마음이 곧 몸의 주재이기에 심군이라 한다.
11 축융(祝融)과 회록(回祿) : 모두 불을 맡아본다는 전설상의 신이다. ○『산해경(山海經)』,『좌전(左傳)』 등에 등장한다. 곽박(郭璞)은『산해경』 주석에서 축융을 고신씨(高辛氏) 때 불을 맡았던 책임자로 보았다.『좌전(左傳)』소공(昭公) 18년. "현명과 회록에게 불에 대한 푸닥거리를 하다(禳火於玄冥回祿)."라고 한 기사에 대해 두예(杜預)는 회록이 불의 신(火神)이라고 주석했고, 공영달(孔穎達)은 "초(楚)의 선조인 오회(吳回)는 축융이 되었다. 어떤 사람들은 회록이 오회라고 한다."라고 해설했다.『산해경』에선 오회로 나온다. 축융의 동생이라고도 한다.
12 형가(荊軻)가 진앙(秦王)을 찌른 일 : 전국시대의 김객 형가는 연(燕)의 태자 단(丹)을 위해 진시황(秦始皇)을 살해해서 자신을 국사(國士)로 대접한 은혜를 갚기로 한다. 이에 연의 곡창 지대인 독항(督亢)의 지도와 진시황에게 반기를 들고 연으로 망명한 번오기(樊於期)의 목을 가지고 진에 들어가 시황에게 바치면서, 그 기회에 시황을 살해하는 계획을 세웠다. 진시황을 만나 살해 직전까지 갔으나 결국 실패해 죽임을 당했다.『사기』「자객열전(刺客列傳)·형가(荊軻)」.

이웃 나라에서 사신이 오면 접견하고, 객사에서 묵게 하고, 빈擯과 상相¹³을 두어 중간에 서게 한다. 무엇인가를 바치면 사람을 시켜 받는다. 독항督亢 땅이 내가 몹시 욕심내는 것이라고는 하나, 지금 바치는 것은 단지 지도일 뿐이다. 진짜로 그 산천과 성읍과 사람들을 말아 가지고 온 것은 아니다. 어찌 이방의 사신을 불러들여 반걸음 앞까지 오게 해서, 임금이 천자의 존귀함을 굽혀 친히 그와 함께 작은 무기 하나도 없는 곳에서 펼치기에 이르겠는가? 약소국의 군주라도 이런 일은 하지 않을 것이다. 하물며 의심 많고 포악하며 학정을 일삼은 진秦의 영씨嬴氏¹⁴임에랴?

진시황이 토지가 탐나서 이런 행동을 했다고 가정해 보자. [그래도] 연燕의 태자 단丹이 형가와 계획을 세울 때, 이렇게 될 줄 어떻게 꼭 짐작할 수 있었겠는가? 만약 시황이 형가를 한번 접견하고서 모시고 있던 신하에게 그 지도를 받아 보관하도록 명하고, 형가를 객관에 머물게 해서 후하게 대접하고 돌려보냈다면, 이 거사가 어찌 몹시 맹랑하고 우스운 일이 아니었을까? 또는 편전에 나와 앉아서 천천히 그 지도를 펼치다가 지도 속에서 비수를 발견하고는 그 정황을 힐문하고 그를 처형했을 수도 있다. [이렇게 되었다면] 그 죽음은 또 얼마나 열없는 것이었을까? 도리어 왼손으로 소매를 잡고 오른손으로 가슴을 찌르며 소매를 찢고 기둥을 맴돌고, 거문고 소리를 듣고 병풍을 넘는 한바탕 큰 난리¹⁵가 어찌 있었

---

13 빈(擯)과 상(相) : '빈'은 내빈을 영접하는 직책이고, '상'은 의례를 돕는 직책이다. 『주례(周禮)』「추관(秋官) 사의(司儀)」에 대한 정현(鄭玄)의 주석에 "나와서 빈을 영접하는 것을 '빈'이라 하고, 들어가서 예를 돕는 것을 '상'이라 한다(出接賓曰擯, 入贊禮曰相)."고 하였다.

14 진(秦)의 영씨(嬴氏) : 진시황의 성이 영(嬴)이다.

15 왼손으로 소매를 …… 큰 난리 : 『사기』〈형가열전(荊軻列傳)〉과 기타 전적에 묘사된, 형가가 진시황을 살해하려고 시도하는 몇 장면을 편집해서 서술해 놓았다. ○ 형가가 진으로 떠나기 전 번오기(樊於期)를 찾아가서 "왼손으로 진왕의 옷소매를 잡고, 오른손으로 그의 가슴을 찌르겠다(左手把其袖, 右手揕其胸)."라고 계획을 말하며 그의 목을 달라고 요청하는 장면이 〈형가열전〉에 있다. ○ 형가가 시황의 살해를 시도하는 장면에서 시황의 소매가 잘려 나가고 시황이 기둥을 돌며 달아나는 장면이 〈형가열전〉에 있다. "秦王驚, 自引而起,

546

겠는가?

아마도 하늘이 진의 황제를 바보로 만들어 잠시 그 사고를 멈추도록 해서, 진의 여러 신하가 이 한바탕 장관을 만나도록 하고, 사마자장司馬子長[16]이 이 한 문단의 기막힌 서술을 할 수 있도록 하시고, 후세의 문사文士와 과거 준비를 하는 사람들에게 이 한 자루 좋은 이야깃거리를 얻도록 하신 것일까? 연의 단은 우매했다 하더라도, 국무鞠武와 형경荊卿[17]은 어쩌다가 이것을 생각하지 못하고 함께 이런 계획을 했단 말인가? 고금의 일 중에 이보다 더 의심스러운 일은 없다.

○ 고인들은 비난했지만, 정황상 용서할 만하거나, 과오를 통해 그의 장점을 알게 되는 경우엔 기록한다.

○○○ 예시

정상을 참작할 만한 것으로는, 곽광霍光이 곽현霍顯을 제어하지 못했던 것[18]은 배우지 못해서 생긴 잘못이지 불충해서 그런 것은 아니었던

袖絶. …… 荊軻逐秦王, 秦王環柱而走.” ○ 거문고 소리를 듣고 병풍을 넘어 달아나는 것은 『사기정의(史記正義)』 「연단자(燕丹子)」에 나온다. “형가가 왼손으로 진왕의 소매를 잡고 오른손으로 그 가슴을 쳤다. 진왕이 '오늘 일은 그대의 계획을 좇을 뿐이다. 거문고 소리나 듣고 죽기를 비네.'라고 했다. 첩을 불러 거문고를 연주하게 했는데, 거문고 노래가 '비단 홑옷은 찢으면 끊을 수 있고, 팔 척 병풍은 뛰어서 넘을 수 있고, 녹로검은 짊어지면 뽑을 수 있으리.'라고 했다. 왕이 이에 소매를 떨쳐 내고 병풍을 넘어 달아났다(荊軻左手把秦王袖, 右手椹其胸. 秦王曰: '今日之事, 從子計耳. 乞聽琴而死.' 召姬人鼓琴, 鼓聲曰: '羅穀單衣, 可裂而絶, 八尺屏風, 可超而越, 鹿盧之劍, 可負而拔.' 王于是奮袖超屏風而走).”

16 사마자장(司馬子長) : 사마천(司馬遷)의 자가 자장(子長)이다. 〈형가열전〉의 이 장면은 박진감이 넘치는 서술로 유명하다.
17 국무(鞠武)와 형경(荊卿) : 국무는 연(燕)의 중신으로 태자 단(丹)의 스승이다. 연의 처사인 전광(田光)을 추천해서, 전광이 진시황을 제거하는 계획을 세우고 형가를 불러들인다. 형경은 형가이다. 형가가 제(齊)의 대부인 경봉(慶封)의 후예여서 경경(慶卿) 또는 형경(荊卿)으로 불렸다.

것을 예로 들 수 있다. 혜소稽紹와 조포趙苞가 충성 때문에 효를 해친 것[19]도 사리판단이 분명하지 않았기 때문이지 자기 어버이를 잊어서가 아니었다.

과오를 통해 [장점을 알 수 있는 경우는], 유공지사庾公之斯가 사적인 [인연으로] 공의公義를 해쳤으나, 맹자께선 그 장점을 취하셨던 것[20]과 같은 일이다.

형가와 섭정聶政은 부모께서 남겨 주신 몸을 가볍게 여기고 다른 사람을 위해 복수하다가 망측한 화를 당했다.[21] 『자치통감강목資治通鑑綱目』은 그를 '도둑盜'이라고 적었다.[22] 그러나 군자들은 여전히 그 열렬한 기

---

18 곽광(霍光)이 곽현(霍顯)을 제어하지 못했던 것 : 곽현은 서한(西漢)의 대장군 곽광의 아내이다. 곽현은 자신의 딸 곽성군(霍成君)을 선제(宣帝)의 황후로 삼기 위해, 어의 순우연(淳于衍)을 유인해서 해산 직후의 황후 허씨(許氏)를 독살하고 곽광에게 성군을 궁으로 들여보내 황후로 세우도록 권한다. 이후 사건이 발각될 상황이 되자 곽현은 곽광에게 알렸고, 곽광은 결국 순우연의 일을 논의하지 않도록 처리했다. 곽광 사후 곽현은 모반의 혐의로 처형된다. 『자치통감(資治通鑑)』 「한기(漢紀)」 본시(本始) 3년.

19 혜소(稽紹)와 조포(趙苞)가 …… 해친 것 : 혜소는 진(晉)의 죽림칠현(竹林七賢) 중 하나인 혜강(嵇康)의 아들이다. 혜강은 문제(文帝) 때 억울하게 사형당했다. 그러나 혜소는 무제(武帝) 때 비서승(祕書丞)이 되었고, 혜제(惠帝) 때에는 시중(侍中)에 이르렀다. 탕음(蕩陰)의 싸움에서는 무제를 몸으로 지키다 칼에 맞아 순절했다. 『진서(晉書)』〈혜소열전(嵇紹列傳)〉. ○조포는 동한(東漢) 때 사람이다. 선비족(鮮卑族)이 쳐들어왔을 때 어머니가 볼모로 잡혔다. 그는 상관 않고 공격을 감행했고, 그의 어머니는 적에게 살해되었다. 『후한서(後漢書)』〈조포전(趙苞傳)〉.

20 유공지사(庾公之斯)가 사적인 …… 취하셨던 것 : 『맹자』 「이루 하(離婁下)」에 유공지사와 자탁유자(子濯孺子)의 이야기가 나온다. 자탁유자의 제자에게서 활쏘기를 배운 유공지사가 전장에서 자탁유자를 추격하게 되었을 때, 자탁유자는 병이 들어 활을 잡을 수가 없었다. 이에 유공지사는 '선생의 활 쏘는 방법으로 선생을 해칠 수는 없으나 나랏일이니 하지 않을 수도 없다.'라고 하면서 살촉을 빼 버린 뒤 화살을 네 대 쏘고 돌아갔다는 이야기이다. 맹자는 바로 앞에서 예(羿)에게서 활쏘기를 배운 방몽(逄蒙)이 활로 예를 죽인 사건에 대해 예에게도 잘못이 있다고 했다. 그리고 그에 대비되는 이야기로 유공지사의 예를 거론하고 있으니, 맹자는 유공지사와 자탁유자를 인정한 것이다.

21 형가와 섭정(聶政)은 …… 화를 당했다 : 두 사람 모두 전국시대의 협객(俠客)이다. 형가는 연(燕)의 태자 단(丹)을 위해 진 시황제(秦始皇帝)를 살해하려다 실패해서 죽었고, 섭정은 엄수(嚴遂)를 위해 한(韓)의 대신 협루(俠累)를 죽이고 자살했다. 『사기』 「자객열전(刺客列傳)」.

백을 평가한다.

○ 쇠락한 시대의 일이지만 따라 할 수 없는 일이 있으면, 기록한다.

○○○ 예시

주운朱雲이 괴리槐里의 옛 현령으로서 상서해서 뵙기를 청한 일23을 [예로 들 수 있다.] 이때는 한의 쇠퇴기이고, 성제成帝도 어진 군주는 아니다. 후세에 어떤 전임 현령이 상서를 올린다면, 크게 미친 사람일 것이다. 임금이 즉시 불러 만난다면 몹시 지나친 행동일 것이다. [임금의] 사부師傅인 대신을 참하도록 청하고, 면전에서 천자24를 걸桀·주紂로 지목했으나 책망하고 물리쳤을 뿐 사형이나 형벌은 내리지 않은 것에 이르면, 형정刑政이 크게 잘못된 것이다. 주운에겐 미칠 수 있어도, 성제에겐 미칠 수 없다. 역사를 읽다가 이런 곳에 이르면 부러워서 나도 모르게 망연자

---

22 『자치통감강목(資治通鑑綱目)』은 그를 '도둑(盜)'이라고 적었다 : 『자치통감(資治通鑑)』 「진기(秦紀)」 시황제(始皇帝) 25년, 사마광의 의논 중에 나온다. 사마광은 형가는 사적인 은혜만 마음에 품고 자신의 칠족(七族)을 돌보지 않고 한 자짜리 비수로 연을 강하게 하고 진을 약하게 하려 했으니, 어리석다고 평가한다. 또 요리(要離)·섭정·형가를 모두 의롭다고 할 수 없다고 한 양웅(揚雄)의 말을 인용하고, 다시 "군자는 형가를 도적으로 보리라!(荊軻, 君子盜諸!)"라고 한 양웅의 말이 옳다고 하였다. ○ 다만 『자치통감강목』에는 양웅의 말이 생략되어 있다. 착오로 보인다.

23 주운(朱雲)이 괴리(槐里)의 …… 청한 일 : 주운은 서한(西漢) 성제 때의 직신(直臣)이다. 괴리의 수령을 지냈는데, 퇴임 후 성제에게 상서해서 알현을 청했다. 알현하는 자리에서 상방참마검(尙方斬馬劍)을 청하며, 성제의 스승인 안창후(安昌侯) 장우(張禹)의 목을 베어 다른 사람들을 경계하겠다고 했다. 성제가 크게 노해 끌어내게 하니, 주운이 끌려 나가다가 난간을 붙잡고 늘어져 난간이 부러졌다. 그러면서 "신은 관용방과 비간을 따라 죽어 저승에서 노닐면 그만이지만 조정을 어찌하려고 하십니까."라고 소리쳤다고 한다. 『한서(漢書)』〈주운전(朱雲傳)〉. 관용방(關龍逄)은 하 걸(夏桀)의 충신이고, 비간(比干)은 은 주(殷紂)의 충신이다. 둘 다 직간하다 주살되었다. 자신을 관용방과 비간으로 자임했으니, 상대인 성제를 걸과 주로 지목한 셈이다.

24 천자 : 원문의 '승여(乘輿)'는 천자가 타는 수레이다. 천자를 가리키는 말로 쓰인다.

실해진다.

○ 합쳐서 『독사삼초讀史三鈔』라고 제목을 붙인다. 책상머리에 두고 참고
열람에 대비한다.

○○○ 〈『독사삼초』에 쓰다讀史三鈔題〉

난쟁이가 놀이판 구경하는 것을 본 적 있는가? 남들 뒤에 서서 남들이
웃으면 [그저 따라] 웃는다. 오늘날 역사를 읽는 사람들이 이와 비슷하다.
여기 산이 있는데, 어떤 이는 '기이하고 높다奇而峻'라고 하고, 어떤 이는
'험하고 위태롭다險而危'라고 하지만, 다 헛소리는 한 글자도 없다. 옛날
역사를 서술했던 사람들도 비슷하다. 바늘허리에 실을 매서 치마를 꿰
매고, 소를 몰아 쥐구멍으로 들어갔다고 하면, 전하는 사람이 제 눈으로
봤다고 말한대도 듣는 자가 과연 믿을 수 있겠는가?

큰 벽옥과 아름다운 가래나무도 두 눈을 비비고 대낮의 햇빛에 비춰
보며 그 머리카락만 한 흠을 찾아낸다. 다행히 찾기라도 하면 펄쩍펄쩍
뛰면서 자신의 눈 밝음을 자랑한다. 아! 못생긴 조약돌도 침대를 고이려
는 자는 가져다 쓴다. 가시나무 덤불도 땔감을 하는 자는 버리지 않는
다. 다만 군자뿐이겠는가? 갈증이 심한 사람은 더러운 웅덩이에 고인 물
이라도 원한다. 천금을 가진 집안이라도 세월이 오래되면 퇴락하고, 해
마다 곡식 백 섬씩을 거둬도 먹는 것은 소금과 말린 고기에 지나지 않는
다. [그러나] 굶주린 가난한 사람은 부러워도 얻지 못한다. 아! 부러워하
느라 겨를이 없는데 하물며 퇴락했다고 깔보겠는가?

군자가 역사를 읽으면 자신을 보완해서 식견을 넓힌다. 소인이 역사
를 읽으면 남을 비판하느라 자기 마음을 스스로 해친다. 아! 말을 알아
들을 만큼知言 충분히 명석하고, 남을 용서할 만큼恕人 충분히 너그럽고,

당세를 경영할 만한 뜻이 있지 않고서는『독사삼초讀史三鈔』를 저술할 수
없다.

14.

우리 조정本朝의 법과 제도, 재정과 군대에 관련된 일들, 지방의 이해관계
는 깊이 연구해야만 한다. 씨족의 족보에 대해서도 전혀 강구하지 않을 수는
없다. 유 처사柳處士의『반계수록磻溪隧錄』[25]이나 이 도정李都正의『문헌비고文
獻備考』[26]는 늘 펼쳐 연구해야 한다.

○ 어떤 길손이 여관에서 책 한 권을 얻었는데, 그 책에는 표제나 편목이
없었다. 이것은 아마도 재주를 품고도 펼쳐 보지 못한 사람이 지은 것일 테

---

25 유 처사(柳處士)의『반계수록(磻溪隧錄)』: 유 처사는 유형원(柳馨遠)을 가리킨다. 조선 중기,
   17세기의 문인·학자이다. 그의 호가 반계이고, 자는 덕부(德夫)이다. 학행(學行)으로 천거
   되었으나 출사하지 않았고, 부안현 우반동(愚磻洞)에 정착하여 저술에 몰두하였다. ○『반
   계수록』은 국가의 운영과 제도 개편을 논의하는 책이다. 중농사상에 입각해 전제(田制)
   개편, 세제 개혁과 관료 녹봉제(祿俸制)의 확립, 과거제의 폐지와 천거제의 실시, 신분과
   직업의 세습 탈피와 기회 균등의 구현, 관제와 학제의 전면 개편 등을 주장하였다. 1770년
   (영조 46) 영조의 명으로 간행되었고, 1783년(정조 7)에 보유편(補遺編)이 경상감영에서
   간행되는 등 높이 평가되었다.
26 이 도정(李都正)의『문헌비고(文獻備考)』: 이 도정은 돈령부(敦寧府) 도정(都正)을 지낸 이만
   운(李萬運)이다. 18세기 경종 때부터 정조 때까지 생존한 문신이며 학자이다. 자는 중심
   (仲心)이다. 조선의 전고(典故)에 밝은 인물로 선발되어, 영조 연간에 편찬된『문헌비고(文
   獻備考)』의 개정 작업에 참여했고, 1790년『증보문헌비고(增補文獻備考)』의 초고를 완성했
   다. ○『문헌비고』는 영조 46년(1770)에 편찬된『동국문헌비고(東國文獻備考)』의 약칭으
   로, 동국의 문물제도를 분류, 정리한 백과전서적인 책이다. 서명응(徐命膺)·채제공(蔡濟
   恭)·서호수(徐浩修)·신경준(申景濬) 등이 주도해, 총 13고(考) 100권으로 완성되었다. 그러
   나 착오가 많고 소략하여 정조 6년(1782)에 왕명으로 재편찬에 들어갔다. 이만운을 기용
   해 진행된 이 사업은 1790년에『증정동국문헌비고(增訂東國文獻備考)』혹은『증보문헌비
   고』라고도 불리는 책이 완성됨으로써 일단락되었다. 이후로도 증보사업은 지속적으로
   이루어져서 이만운이 사망한 이후까지 계속되었다. ○ 여기서 '이 도정의『문헌비고』'라
   는 것은『증보문헌비고』를 가리킨다.

고, 그 책엔 필시 전집이 있었을 것이다. 이것이 그중 한두 편이기 때문이다. 문장에도 뭉개지고 빠진 것들이 많다. 지금 대략 짐작으로 보충했지만, 아주 많이 빠지거나 어긋난 것은 교열할 수가 없어 우선 의심나는 대로 그냥 두었다. 아! 이런 사람이 당대에 쓰이지 못하고, [게다가] 그가 저술한 책도 이처럼 모두 흩어져 없어지고 온전하지 않다. 그 전부田賦[27]와 군사제도를 논한 것에도 필시 볼만한 것이 있었을 것이다. 그러나 안타깝다! 지금은 구할 수가 없다.

○○○ '표제 없는 책無標題冊子'

태사太師·태부太傅·태보太保·소사少師·소부少傅·소보少保: 이상은 삼공三公이 겸하거나, 삼공을 지내고 퇴직한 자가 차지하기도 한다. 관官은 군이 ……【이하 수십 자가 빠졌다.】

중서부中書府

백규百揆[28]가 주재駐在하며 모든 정사를 총괄한다. 【이하 10여 자가 빠졌다.】
○ 중집정中執政·좌집정左執政·우집정右執政: 이들이 삼공三公이다. 모두 1품이다.
좌찬성左贊政·우찬성右贊政: 모두 2품이다.
좌참정左參政·우참정右參政: 모두 3품이다. 이상은 모두 삼공을 협력하여 돕는다.
집사集思·광익匡益: 각 1인.
○사인舍人: 4명, 모두 5품이다. 중집정이 2인을 부르고, 좌·우집정이 각 1인씩 부른다. 모두 정무를 의논하는 데 참여한다.

---

27 전부(田賦): 논밭에 부과하던 조세(租稅)이다.
28 백규(百揆): 모든 행정을 총괄하는 관직을 가리킨다. 주대(周代)의 총재(冢宰)와 같다고 했다.

○ 아전掾: 3인.

　사史[29]: 6인.

　모두 9품이다. 삼공의 집사들로, 서류도 관장한다.

○ 이원吏員[30] 【이하 약 10여 자가 빠졌다.】

○ 주周의 관직 제도에서는 궁궐 내의 일이나 천자의 의복·음식·기물을 모두 천관天官에게 맡겼다. 후세엔 점점 고대에 못 미치게 되었지만, 당 태종이, 방현령房玄齡이 북영北營의 공사에 관여한 것을 책망하니 위징魏徵은 '현령 등은 폐하의 팔다리이고 눈과 귀이니, 안팎의 일에 어찌 몰라도 되는 일이 있겠느냐.'고 했다.[31] 왕급선王及善은 '중서령中書令은 하루라도 천자를 뵙지 않을 수 없다.'라고 했다.[32] 이비李泌는 '천자는 사해四海를 집으로 삼으니, 천자의 집안일은 모두 재상의 책임이다.'라고 했다.[33] 재상의 직책이란 백관을 감

---

29 사(史) : 고대 관청의 비서직이다.

30 이원(吏員) : 행정을 돕는 아전직이다.

31 당 태종이 …… 있겠느냐고 했다 : 『자치통감』「당기(唐紀)」당태종(唐太宗) 정관(貞觀) 15년 기사이다. 재상인 방현령과 고사렴(高士廉)이 금군(禁軍)의 북영에서 하고 있는 공사에 대해 물었다가 태종의 노여움을 사자, 당시 간의대부(諫議大夫)였던 위징이 상주한 말 가운데 나온다. "신은 폐하께서 무엇 때문에 현령 등을 책망하시는지 모르겠고, 현령 등도 무엇을 사죄한다는 것인지 모르겠습니다. 현령 등은 폐하의 팔다리이고 눈과 귀이니, 안팎의 일로 몰라도 되는 일이 어디 있겠습니까? 공사가 옳다면 마땅히 폐하를 도와 완성해야 할 것이고, 잘못이라면 폐하께 그만두도록 청해야 할 것입니다. 담당자에게 물은 것은 도리상 옳은 일이었습니다. 그러니 무슨 죄로 책망하시고 또 무슨 죄로 사죄하는 것입니까?(臣不知陛下何以責玄齡等, 而玄齡等亦何所謝. 玄齡等爲陛下股肱耳目, 於中外事豈有不應知者? 使所營爲是, 當助陛下成之, 爲非, 當請陛下罷之. 問於有司, 理則宜然. 不知何罪而責, 亦何罪而謝也?)"

32 왕급선(王及善)은 '중서령(中書令)은 …… 없다.'라고 했다 : 『자치통감(資治通鑑)』「당기(唐紀)」 측천순성황후(則天順聖皇后) 성력(聖曆) 2년 기사이다. 왕급선은 장이(張易) 형제가 무측천(武則天)의 내연에 참여해 무람없이 굴자 이를 여러 차례 간했다. 불쾌해진 측천무후는 왕급선에게 나이가 많으니 내연에는 참석하지 말고 내각의 일만 단속하라고 대답했다. 한 달 남짓 병을 핑계로 쉬었으나 태후는 그에 대해 물어보지 않았다. 그러자 급선은 "중서령이 어찌 하루라도 천자를 뵙지 않을 수 있겠는가? 사태가 알 만하다(豈有中書令而天子可一日不見乎? 事可知矣)."라고 한탄하며 사직을 청했으나 태후는 허락하지 않았다.

33 이비(李泌)는 '천자는 …… 책임이다.'라고 했다 : 『자치통감』「당기(唐紀)」 덕종(德宗) 정원

독하고 온갖 정무를 처리하는 것만이 아니다. 임금의 말 한마디, 행동 하나, 궁중의 한 가지 사무도 참여하여 듣지 않을 수 없다. 따라서 당연히 아침저녁으로 사안에 따라 곁에서 가르침을 바쳐야지, 늙은 체하고는 병이나 핑계 대고 스스로 자신의 나이나 봉양하면서 '앉아서 아속雅俗을 진정시킨다.'[34]고 해선 안 된다. 임금은 매일 조회를 보고, 삼공은 백관을 거느리고 나아가 뵙고, 일에 대해 아뢰고 경계를 펼쳐야 한다. 정오가 되면 파하는데, 백관 중 직무가 있는 자들은 각기 자기 관서로 가서 일을 본다. 삼공은 임금이 찾아 물을 것에 대비해 궁중에서 대기하며 임금의 동정을 살피다가 날이 저물어서야 집으로 돌아가야 한다. 혹은 중서부에서 숙직을 해도 좋다.

○ 조회가 파한 뒤라도 임금은 삼공을 자주 불러들여 접견하며, 정무를 자문하고 상의해야 한다. 【이하 대략 10여 자가 빠졌다.】

상서성尙書省

○ 상서승지尙書承旨: 3인, 모두 4품으로 왕명의 출납을 맡는다.

(貞元) 3년 기사이다. 덕종이 세자를 폐하려 하자 이비는 제 가족을 담보로 태자의 무고를 보장하며 만류했다. 덕종이 '이는 짐의 집안일'인데 무엇 때문에 이렇게까지 하느냐고 물었다. 그러자 이비는 "천자는 사해를 집으로 삼습니다. 신은 지금 재상의 중한 직책을 홀로 맡고 있으니, 사해 가운데 한 물건이라도 제자리를 잃는다면 책임은 신에게 귀결될 것입니다. 하물며 태자가 원통하게 연루되는데도 좌시한다면 신의 큰 죄일 것입니다(天子以四海爲家, 臣今獨任宰相之重, 四海之內, 一物失所, 責歸於臣. 況坐視太子冤橫而言, 臣罪大矣)."라고 대답했다.

34 앉아서 아속(雅俗)을 진정시킨다: 『자치통감』「당기(唐紀)」현종(玄宗) 개원(開元) 3년 기사에 나오는 현종의 말이다. 현종 때 요숭(姚崇)과 노회신(盧懷愼)이 함께 정사를 맡고 있었다. 요숭은 정무 처리 능력이 뛰어났으나 노회신은 청렴하고 고아할 뿐 정무에는 서툴렀다. 요숭이 열흘가량 일을 하지 못하자 공무가 처결되지 못하고 잔뜩 밀렸다. 노회신이 사죄하자 현종은 "짐은 천하의 일은 요숭에게 맡기고, 경은 앉아서 아속을 진정시키게 할 뿐이다(朕以天下事委姚崇, 以卿坐鎭雅俗耳)."라고 대답했다고 한다.

기거랑起居郎: 5인, 모두 8품으로 [왕의] 말과 행동을 기록하는 일記注
을 맡는다.

비서각祕書閣)

○ 태학사太學士: 2인, 2품에서 3품까지이다.

학사學士: 2인, 4품이다.

교리校理: 2인, 5품이다.

수찬修撰: 2인, 6품이다.

대교待教: 2인, 7품에서 8품이다.

모두 내부內府의 서적을 맡는다. 학문과 관련된 일을 겸해서 [임금의]
질문에 대비한다.

홍문관弘文館

○ 태학사太學士: 1인, 2품에서 3품이다.

학사學士: 1인, 4품이다.

대교待教: 1인, 7품에서 8품이다.

모두 한 시대의 사명詞命[35]을 맡는다. 학문이 넉넉해서 임금의 정치
를 문장으로 빛내고 여러 신료의 앞머리가 될 만한 자를 엄격하
게 선발해서 그 자리에 둔다.

시강원侍講院

학사學士: 3인, 4품에서 5품이다. 날을 나눠 숙직하면서 [임금을] 모
시고 경전을 강의한다.

대교待教: 4인, 7품이다.

---

35 사명(詞命): 문신(文臣)이 왕을 대신하여 교서(教書) 및 외교 문장을 제작하는 것을 말한다.

집현원集賢院

학사: 3인, 4품에서 5품이다. 날을 나눠 숙직하면서 국가의 큰 계책을 토론한다.

공봉供奉: 4인, 7품이다.

신장각宸章閣

학사: 3인, 5품에서 6품이다. 날을 나눠 숙직하며 임금의 친필을 맡아 지킨다.

저작著作: 4인, 8품이다.

수문각修文閣

학사: 3인, 5품에서 6품이다. 날을 나눠 숙직하며 임금의 명령문誥命을 대리 편찬한다.

기거起居: 4인, 8품이다.

○ 임금의 곁에 잠시라도 학문하는 단정하고 선량한 선비가 없어선 안 된다. 상서성 이하 여기까지, 여러 관리는 모두 종일 궁중에 있으면서 돌아가며 임금을 곁에서 모시고 토론하며 임금을 보좌해야 한다.[36] 만일 잘못이 있으면 사안에 따라 경계해서 바로잡도록 한다. 밤이면 숙직관이 돌아가며 입시했다가 잠자리에 드실 때가 되어서야 물러 나와, 잠시라도 임금이 환관이나 궁인들과 함께 있지 못하게 한다.

---

36 임금을 보좌해야 한다 : 원문의 '계옥(啟沃)'은 훌륭한 도[善道]를 개진해 임금을 인도하고 보좌한다는 뜻이다. 은 고종(殷高宗)이 부열(傅說)에게 "그대의 마음을 열어 나의 마음을 적시라(啓乃心, 沃朕心)."라고 한 말에서 나왔다. 『상서』 「열명 상(說命上)」.

556

어사부御史府

○ 도어사都御史: 1인, 3품이다.

좌시어左侍御·우시어右侍御: 각 1인이다.

좌중승左中丞·우중승右中丞: 각 1인, 모두 4품이다.

감찰監察: 6인, 모두 6품이다. 【이하 대략 수십 자가 빠졌다.】

간의부諫議府

○ 도간의都諫議: 1인, 3품이다.

좌창언左昌言·우창언右昌言: 각 1인, 모두 4품이다.

좌보궐左補闕·우보궐右補闕: 각 1인, 모두 5품이다.

좌습유左拾遺·우습유右拾遺: 각 1인, 모두 6품이다.

○ 옛날에는 간관諫官이 없었으니, 누구나 간쟁할 수 있었다. 그러나 [임금과] 소원한 사람은 임금의 은밀한 일을 알 도리가 없다. 이것이 간관이 설치된 이유이다. 조회에서 물러난 다음에는 밤새도록 궁중에 있으며 돌아가면서 입시해서 임금의 곁에 잠시도 간관이 없지 않도록 해야 한다. 기타 관리는 비록 품계가 낮은 말직이라도 마음에 품은 것이 있으면 아뢰도록 허락하고, 월권이라고 혐의하지 않아야 한다.

경리청經理廳

삼공이 거느린다. 3품 이상의 6명을 뽑아 겸임하게 한다. 4품 이하의 20명을 뽑아 낭관郞官으로 삼아【문관·음관·무관에 구애되지 않는다. 혹 다른 관리가 겸임하기도 한다】 내외 여러 도道의 진곡과 징부, 그리고 세무를 나누어 관장하게 한다.

이부吏部

○ 사서司書: 1인, 2품에서 3품까지이다.

　정의正議: 1인, 4품이다.

　참평參評: 1인, 5품이다.

　사공司功: 4인, 6품이다.

　급사給事: 4인, 7품이다.

　아전椽: 1인, 9품이다.

○ 사관史館

　집간랑執簡郎: 3인, 7품에서 8품이다. 역사 수찬을 맡는다.

○ 흠약원欽若院

　장長: 1인, 4품이다.

　사력司曆: 30인, 모두 8·9품이다.

○ 상의원尙衣院

　주부主簿: 3인, 6품이다.

○ 사선시司膳寺

　주부主簿: 3인, 6품이다.

○ 태의원太醫院

　의검醫檢: 5인이다【1인은 문신, 4·5품이다. 4인은 의원, 5·6품이다】.

　태의太醫: 20인, 모두 7·8·9품이다.

　의생醫生: 20인, 품계에 들지 않는다.【이 아래 얼마나 빠졌는지 분명하지
　　않다.】

호부戶部

○ 사서司書: 1인, 2품에서 3품까지이다.

　정의正議: 1인, 4품이다.

　참평參評: 1인, 5품이다.

사공司功: 4인, 6품이다.

급사給事: 4인, 7품이다.

아전: 2인, 품계에 들지 않는다.

산생筭生: 30인이다【10인은 9품, 20인은 품계에 들지 않는다】.

○ 경조부京兆府

대윤大尹: 1인, 3품이다.

아윤亞尹: 3인, 4품이다.

승承: 3인, 5품이다.

주부主簿: 4인, 6품이다.

아전: 1인, 9품이다. 【이 아래 얼마나 빠졌는지 분명하지 않다.】

○ 사시원司市院

주부: 3인, 6품이다.

○ 광혜창廣惠倉

주부: 3인, 6품이다. 【이하 몇 글자가 빠졌다.】

예부禮部

○ 사서司書: 1인, 2품에서 3품이다.

정의正議: 1인, 4품이다.

참평參評: 1인, 5품이다.

사공司功: 4인, 6품이다.

급사給事: 4인, 7품이다.

○ 종묘宗廟

전위典衛: 4인, 9품이다.

○ 사직社稷

전위典衛: 4인, 9품이다.

○ 능침陵寢

모두 전위典衛 2인을 둔다. 9품이다.

○ 태상시太常寺

장長: 1인, 4품이다.

승丞: 2인, 5품이다.

주부主簿: 3인, 6품이다.

○ 국자감國子監

대로大老: 1인, 2품이다【임금이 국자감에 시찰 오면, 삼사삼소三師三少[37] 중 한

명이 삼로三老가 되고, 대로는 오경五更이 된다[38]】.

사교司教: 1인, 4품이다.

사회司誨: 5인, 5품이다【중·동·서·남·북 오상五庠을 분장한다】.

유장儒長: 1인이다.

사헌司憲: 1인이다.

장한掌翰: 1인이다.

도유사都有司: 2인이다.

첨유사僉有司: 6인이다.

직감直監: 8인이다.

장경적掌經籍: 2인이다.

장사향掌祀享: 2인이다.

---

37 삼사삼소(三師三少): 삼사는 태사(太師)·태부(太傅)·태보(太保)이고, 삼소는 소사(少師)·소부(少傅)·소보(少保)이다.

38 삼로(三老)가 되고, 대로는 오경(五更)이 된다: 삼로와 오경은 주(周) 태학의 사장(師長)이다. 『예기』「문왕세자(文王世子)」에는 태학에서 천자가 직접 "겉옷의 왼쪽 소매를 벗고 희생을 잡고, 장(醬)을 잡아 음식을 대접하고, 술잔을 잡아 술로 입을 헹구게 하고, 면류관을 쓰고 방패를 잡아" 삼로와 오경을 대접하는 대목이 나온다. 정현(鄭玄)은 이에 대해 "삼로(三老)와 오경(五更)은 각각 1명이니, 모두 연로하고 많은 일을 거쳐서 퇴직한 자들이다. …… 삼로와 오경으로 부르는 것은, 하늘이 그것들을 통해 천하를 밝히는 삼진(三辰)과 오성(五星)의 상징을 취한 것이다(三老五更各一人也, 皆年老更事致仕者也. …… 名以三五者, 取像三辰五星, 天所因以照明天下者)."라고 해설했다.

이상은 모두 유생이다【유장은 나이와 덕이 모두 높은 자를 택한다. 사헌은 지조와 고집이 있어 사람들이 두려워하는 자를 택한다. 장한은 문예가 여러 사람보다 뛰어난 자를 택한다. 도유사는 지위와 명망이 있는 자를 택한다. 첨유사는 국자감의 여러 가지 사무를 분장한다. 직감은 날을 나눠 숙직하면서 성묘聖廟를 수호한다】.

○【이 아래 얼마나 빠졌는지 분명하지 않다.】

○ 사악원司樂院

장長: 1인, 4품이다.

사교司敎: 15인, 모두 9품이다.

악생樂生: 70인, 품계에 들지 않는다. 【이하 약 백여 자가 빠졌다.】

○ 홍려시鴻臚寺

전인典引: 2인, 7품이다.

교인敎引: 4인, 8품이다.

학인學引: 4인, 9품이다.

○ 숭록시崇祿寺

제거提擧: 정해진 인원은 없다. 나이가 많고 품계가 높으며 직책이 없는 자를 둔다. 녹봉은 넉넉히, 일은 줄여서 우대한다.

장長: 8인, 4품이다【연로해서 사무를 볼 수 없는 자를 둔다】.

승承: 2인, 5품이다.

주부主簿: 4인, 6품이다.

○ 상서象胥: 30인, 품계에 들지 않는다.

병부兵部

○ 사서司書: 1인, 2품에서 3품이다.

정의正議: 1인, 4품이다.

참평參評: 1인, 5품이다.

사공司功: 4인, 6품이다.

급사給事: 4인, 7품이다.

○ 우림위羽林衛

도지휘都指揮: 1인, 3품이다.

부지휘副指揮: 1인, 4품이다.

교위校尉: 20인, 5·6품이다【임금의 수레를 호위하는 일을 맡는다】.

별숙위別宿衛: 40인, 4품에서 6품이다【문관·음관·무관을 섞어 차출한다. 관직이 있는 자는 그 관직과 겸임한다. 매일 10명이 임금의 좌우에 상주하면서 일한다. 밤에는 4인이 침전에서 모시며 숙직하고, 6인이 외위外衛에서 숙직한다. 환관이나 궁인들은 지존 앞에 가까이 오지 못하도록 한다】.

○ 전전위殿前衛

도지휘: 1인, 3품이다.

부지휘: 1인, 4품이다.

교위: 10인, 6품이다.

사마司馬: 2인, 7품이다. 【이하 약 10여 자가 빠졌다.】

○ 금오위金吾衛

장군將軍: 5인, 3품이다.

교위: 15인, 6품이다. 【이하 약 수십 자가 빠졌다.】

○ 중군영中軍營

도독: 1인, 2품이다.

부독: 1인, 3품이다.

교위: 30인, 6품이다【이하 모두 도독이 전결로 임명한다. 아래 여러 영졸도 모두 같다】.

찬군贊軍: 4인, 5품이다.

전군典軍: 6인, 5·6품이다.

참무參務: 2인, 7품이다.

사마: 1인, 8품이다.

○ 좌군영左軍營

　도독: 1인, 2품이다.

　부독: 1인, 3품이다.

　교위: 30인, 6품이다.

　찬군: 4인, 5품이다.

　전군: 6인, 5·6품이다.

　참무: 2인, 7품이다.

　사마: 1인, 8품이다.

우군영右軍營

　도독: 1인, 2품이다.

　부독: 1인, 3품이다.

　교위: 30인, 6품이다.

　찬군: 4인, 5품이다.

　전군: 6인, 5·6품이다.

　참무: 2인, 7품이다.

　사마: 1인, 8품이다.

전군영前軍營

　도독: 1인, 2품이다.

　부독: 1인, 3품이다.

　교위: 30인, 6품이다.

　찬군: 4인, 5품이다.

　전군: 6인, 5·6품이다.

　참무: 2인, 7품이다.

　사마: 1인, 8품이다.

○ 후군영後軍營

도독: 1인, 2품이다.

부독: 1인, 3품이다.

교위: 30인, 6품이다.

찬군: 4인, 5품이다.

전군: 6인, 5·6품이다.

참무: 2인, 7품이다.

사마: 1인, 8품이다.

보군영步軍營

도독: 1인, 3품이다.

부독: 1인, 3품이다.

교위: 30인, 6품이다.

찬군: 3인, 5품이다.

전군: 5인, 6품이다.

참무: 2인, 8품이다.

○ 유격영遊擊營

도독: 1인, 3품이다.

부독: 1인, 3품이다.

교위: 30인, 6품이다.

찬군: 3인, 5품이다.

전군: 5인, 6품이다.

참무: 2인, 8품이다.

○ 이 칠영七營【이하 약 백여 자가 빠졌다】의 제도는【이 아래 얼마나 빠졌는지 분명하지 않다.】

형부刑部

○ 사서: 1인, 2품에서 3품이다.

정의: 1인, 4품이다.

참평: 1인, 5품이다.

사공: 4인, 6품이다.

급사: 4인, 7품이다.

아전: 3인, 품계에 들지 않는다.

율생律生: 20인, 품계에 들지 않는다.

○ 대리시大理寺

대사리大司理: 1인, 3품이다.

사평司評: 10인, 5품에서 6품이다. 【이 아래 얼마나 빠졌는지 분명하지 않다.】

공부工部

○ 사서: 1인, 2품에서 3품이다.

정의: 1인, 4품이다.

참평: 1인, 5품이다.

사공: 4인, 6품이다.

급사: 4인, 7품이다. 【이 아래 얼마나 빠졌는지 분명하지 않다.】

○ 장각감將作監

감무監務: 5인, 9품이다.

세자

세자태사世子太師·세자태보世子太保: 각 1인, 모두 2품이다.

세자소사世子少師·세자소보世子少保: 각 1인, 모두 3품이다.

세자시독世子侍讀: 8인, 5품에서 8품이다.

위종衛從: 10인, 4품에서 7품이다.

봉해지기 전

사師: 1인, 3품이다.

반독伴讀: 4인, 6품에서 9품이다.

반학伴學: 2인, 유생儒生이다. 【이 아래 얼마나 빠졌는지 분명하지 않다.】

왕자 · 왕손

각기 사師: 1인, 5품이다.

장사長史: 3인, 9품이다.

강역을 몇 개 고을로 나누되 큰 고을도 사방 100리 이하, 작은 고을도 사방 50리 이상이다. 큰 것은 군郡이라고 하고【사방 80리 이상】, 작은 것은 현縣이라고 한다【사방 70리 이하】. 군·현은 모두 부府에 복속되고, 부는 주州에 복속된다. 【이 단락의 앞에도 빠진 것이 있을 것으로 의심된다.】

주州마다, 목사牧使 1인 3품, 참좌參佐 2인 6품, 막빈幕賓 10인【문관·무관·음관을 가리지 않고 전결한다. 유관儒官은 5품 이하에서 취해야 한다】, 교위 10인 6품, 아전 1인 9품, 공조功曹 3인, 주부主簿 5인을 둔다. [공조와 주부는] 모두 품계에 들지 않는다.

모든 주를 2부府로 나누고, 각 부에는 윤尹 1인 4품, 소윤小尹 1인 4품을 둔다. 윤은 막빈幕賓 2인을 둔다【전결로 임명하되, 7품 이하에서 취한다】. 두 명의 윤은 모두 아전 1인, 공조 3인, 주부 4인을 둔다. [이들은] 모두 품계에 들지 않는다.

모든 부의 부속 군·현에는 수와 상관없이 각 군에 수守 1인과 통판通判 1인을 두는데 모두 5품이다. 각 현엔 영令 1인과 승丞 1인을 두는데 모두

6품이다. 군과 현에는 모두 아전 1인, 공조 2인, 주부 2인을 두는데, 모두 품계에는 들지 않는다【외 아전外掾 이하는 모두 본읍 사람을 차출한다】. 부윤府尹·군수郡守·현령縣令은 교화와 풍속, 농정과 군무를 맡는다. 부의 소윤, 군의 통판·현승은 옥송獄訟과 재물 및 부세를 맡는다.

모든 주·부·군·현【이 아래 몇 글자나 빠졌는지 분명치 않다.】…… 군·현의 아전 중 우두머리 한 명을 이장吏長이라고 한다. 본향 사대부의 후예로서 식견이 있고 계산에 능통한 자를 [이장으로] 삼아서, 고을의 사무에 참여해 돕도록 한다.

각 부에 총병總兵 1인을 두는데 4품이다. 바다를 방위해야 하는 곳에는 수군총병水軍總兵 1인 4품을 둔다. 총병은 모두 참좌參佐 1인 7품, 교위 4인 6·7품, 막좌幕佐 8인을 둔다. 【이하 약 수십 자가 빠졌다.】

각 부에 훈사訓士 2인을 둔다. 6품이다. 군·현 중 무인이 수령인 곳에도 [훈사]를 두니, 7·8품이다. 역참驛站이 있는 곳에는 우승郵丞 1인 6품을 둔다.

성이나 보루, 요충지가 있으면 모두 수장守將을 둔다. 【이하 약 백여 자가 빠졌다.】

서울에서는 국자감의 사회 5인과 예부의 사공 4인이 나이 15세 이상으로 응시할 만한 사람을 나누어 선발하고, 책자를 만들어 예부에 올린다. 예부의 사서·정의·참평과 국자감의 사교가 시험을 분장한다. 삼경三經 중 한 경전을 배송背誦[39]하거나 시부詩賦와 고문 가운데 1편을 완성하는데, 두 가지 중 한 가지를 취해서 책자로 만들어 조정에 올리고, 부본부本은 예부와 태학에 둔다. 외읍外邑에선 군·현의 수령이 뽑아 부府에 올리고, 부에서 뽑아 주州에 올리고, 주에서 뽑아 조정에 올린다. 시험 방법은 위와 같다. 이 선발에 올라야 과거 응시를 허가한다.

3년마다 보는 대비시大比試[40]는 3장場[41]으로 선비를 시험한다. 예부의 정의가 시험을 주관한다【참시參試 8인을 스스로 택한다】. 1장은 강경講經[42]이 다. 삼경 중 각자 원하는 경전 하나를 배송한다. 사서四書 가운데서 제비 를 뽑아 한 책을 임문臨文[43]한다. 『예기』와 『춘추』【『좌씨전』으로 한다】 중 각자 원하는 책 하나를 역시 임문한다. 2장은 시책試策[44]이다. 정치의 방 법이나 당시의 폐단을 문제로 낸다. 3장은 시詩·부賦·고문古文 중 각자 원하는 대로 한 편을 지어 바친다.

○1장에 합격해야 2·3장의 응시를 허락한다. 2장과 3장 가운데 한 장 에 붙으면 회시會試에 응시하는 것을 허락한다. 3장을 '초시初試'라고 한다.

○각 주에서는 주의 목사가 시험을 주관한다. 참시 2인을 군현의 수 령 가운데서 목사가 뽑는다. 시험 규칙은 서울과 같다.

---

39 배송(背誦) : 과거의 시험 방식 중 하나이다. 책을 보지 않고 암송하며 강독하는 것이다.

40 대비시(大比試) : 『주례(周禮)』 「지관(地官) 사도(司徒)」 향대부(鄕大夫)에 "3년이면 대비를 시행, 덕행과 기예를 시험하여 현명한 사람과 유능한 사람을 선발한다(三年則大比, 考其德 行道藝, 而興賢者能者)."에서 온 말이다. 원래 향대부를 대상으로 3년마다 실시한 시험을 가 리키는 말이지만, 후대에는 3년마다 치르는 정규 시험, 식년시(式年試)를 가리키는 말이 되었다.

41 3장(場) : 과거 시험은 초장(初場)·이장(二場)·삼장(三場), 3차에 걸쳐 시행되는 3차시로 치 러진다.

42 강경(講經) : 과거의 시험 과목 중 하나로, 경서(經書) 강론을 의미한다. 시험관 앞에서 경서 중 출제된 부분을 읽고 해석한 뒤 시관의 질문에 대답하는 구술 시험이다.

43 임문(臨文) : 과거의 시험 방법 중 하나로, 배송과는 반대로 책을 펴 놓고 보면서 강독하는 것이다.

44 시책(試策) : 과거의 시험 과목 중 하나로, 경서의 의미나 정치적 식견, 시사에 대한 견해를 묻는 임금의 질문[策問]에 대해 답안을 작성하는[對策] 논술 시험이다.

회시會試는 예부의 사서가 시험을 주관한다. 국자감의 사교가 부시관副試官을 한다. 참시 7인을 스스로 뽑는다. 시험 규칙은 초시와 같다.

○ 다시 전시殿試를 실시해 등수를 정한다.[45] 장원과 회시 3장에 모두 합격한 자는 곧바로 시강원 대교를 제수한다. 제2·3인과 회시의 장원은 곧바로 집현원 공봉을 제수한다. 을과乙科는 신장각 저작을 제수하고, 병과丙科는 수문각 기거를 제수한다.

○ 전시는 하루에 대책對策만 실시한다.

○ 전시가 지난 뒤 다시 앞의 선발에서 빠진 응시생과 앞의 선발 후에야 [응시] 나이가 되고 학업이 완성된 자를 더 뽑는다.

임금은 한가한 날 내각의 여러 신하와 마루에 임해 응시 유생들을 불러 친히 그들을 시험한다. 그때 뽑힌 자를 '응지생應旨生'이라고 부른다. 때로 궁궐 정원에 불러서 경전을 강하게 하고 대책을 시험하기도 한다. 일등 한 자에겐 급제를 내리고 대비년式年을 기다려 전시에 응시토록 한다. 그 아래는 상을 주되, 반드시 강경과 시책에 모두 붙은 다음에 합격을 의논하고, 급제 하사는 한 명을 넘기지 않는다.

○ 국자감 사교는 강경과 제술로 달마다 유생들에게 과제를 낸다. 한 해가 끝나면 그중 [강경과 제술이] 모두 우수한 사람 10명을 뽑아, 초시의 정원 외로 더한다.

○ 응시생 가운데 2백 명을 뽑아 태학에 들어와 살며 성묘를 호위하고 도道와 예藝를 강하도록 한다【태학의 유임儒任은 반드시 응시생 중에서 차출해서 정한다. 원자元子의 반학伴學 유생은 응지생 가운데에서 가려 차출한다. ○응시생 선발

---

45 전시(殿試)를 실시해 등수를 정한다 : 전시는 당락이 아니라 순위를 정하는 시험이다. 전시의 성적에 따라 급제자를 갑·을·병과로 나눈다. 상위 3명은 갑과(甲科)로 분류된다. 갑과의 1위는 장원랑(壯元郞), 2위는 방안(榜眼) 혹은 아원(亞元), 3위는 탐화랑(探花郞)이라 부른다. 제4위부터 제10위까지 7명이 을과(乙科), 그 나머지 23인이 병과(丙科)이다.

에 들어가지 못한 자들은 모두 과거를 볼 수 없을 뿐 아니라 유생과 관련된 모든 일에 참여할 수 없다. 사람들도 유생으로 대접하지 않는다].

○ 응시생을 뽑아 올린 다음 임금은 간혹 제비를 뽑아 친히 재주를 시험한다. 통하지 못하면, 처음 선발한 시험관을 징계한다.

모든 관리의 인사고과는, 내직은 이부의 사서司書가 관장하고, 외직은 주목州牧이 관장한다. 고과는 9등으로 나눈다.

○ 상상上上을 받은 자는 승진한다. 연달아 두 번 상중上中을 받았거나 연달아 세 번 상하上下를 받은 자는 승진한다.

○ 직무에 맞는 자는 승진하지만 직책은 바꾸지 않는다.

○ 하하下下를 받은 자는 파직한다. 연달아 세 번 하중下中을 받은 자는 파직한다.

○ 전에 상하上下 이상을 받았던 자가 뒤에 관직을 제대로 수행하지 못하거나, 하중下中이나 하하下下의 고과를 받는 경우, 처음에 상上의 고과를 준 상관을 징계한다.

○ 품계에 들지 않는 내·외 아전이 상하上下 이상의 고과를 연달아 세 번 받으면 9품관을 제수한다.

○ 주목은 여러 읍의 이장吏長 중 현명하고 능력 있는 자를 살펴 두었다가, 한두 사람을 뽑아 조정에 보고해 9품의 관직에 보임한다.

효행과 우애가 있고 행실이 착실한 선비, 경전에 정통하고 박학한 선비, 몸가짐을 깨끗이 하고 지조를 지키는 선비, 세상을 경륜하고 백성을 다스리는 재주가 있는 자, 지모智謀와 용력勇力이 있는 자를, 중앙에선 이부와 병부가, 지방에선 주목州牧이 문벌과 지체에 상관없이 널리 찾아 정밀하게 뽑아서, 세월을 두고 그 허실을 살피고 그 장단점을 비교한다. 매 대비년大比年마다 몇 명을 조정에 천거해서 9품 관직에 보임한다. 능력과 인품이 탁월한 자가 있으면 순서와 상관없이 특채해, 곧장 6·7품 관을 제수할 수도 있다. 도덕이 탁월하게 고상한 자가 있다면 간곡하게 초빙해서 곧장 4·5품 관직에 제수한다. 과거를 거치지 않았더라도 원院이나 각閣, 그리고 여러 문관의 직책을 허락한다.

○ 태학의 도유사도 대비년大比年에 관직에 보임할 만한 유생 두세 사람을 조정에 추천한다.

○ 급제하지도 않았고 천거에도 들지 못한 자가 선대의 음덕만으로 관직에 보임되는 경우, 처음엔 9품에 【혹은 여러 아전에】 제수한다. 승진해서 7품이 되었는데 중상中上 이상의 고과를 기록하지 못한다면, 더 이상 승진하지 못한다.

○ 관직에 보임된 자에겐 과거 응시를 불허한다. 6품 이하의 관원으로, 등과하지 못했지만 학문이 있어 과거에 응시하길 원하는 자는 임금이 친히 강경과 책문을 월과月課로 부과한다. 한 해 말에 그 몫을 모두 계산해서 일등인 한 명에게 특별히 급제를 내린다. 대비시를 기다렸다가 방 끝에 붙여 [발표한다].

무과는 병서兵書를 강하고, 말타기·활쏘기, 그리고 치고 찌르는 기예를 시험한다. 선발 규정은 문과와 동일하다. 그러나 【이하 결락. 얼마나 되는지는 자세하지 않다.】

○ 우리 조정의 당론은 본말을 상세히 연구해 공정한 마음으로 분명하게 변별해야 한다. 근세 만蠻과 촉觸의 다툼[46] 같은 것에 이르면 저것이 이것보다 낫다고 비교할 거리도 못 된다. 대장부란 마땅히 천지 같은 마음과 일월

---

46 만(蠻)과 촉(觸)의 다툼 : 『장자』 「칙양(則陽)」편의 삽화에서 나왔다. 위 혜왕(魏惠王)에게 대진인(戴晉人)이 달팽이 왼쪽 뿔의 촉(觸)과 오른쪽 뿔의 만(蠻)이 서로 다투듯, 작은 나라끼리 서로 다투는 어리석음을 설파했던 고사이다.

같은 눈을 가져야 한다. 저 꿈과 현실 사이에 몸을 두고 그 몸이 다하도록 우리 밖으로 뛰쳐나올 줄 모르는 자들은 참으로 슬플 뿐이다. 우연히 느낀 바 있어 예전에 지은 〈꿈에서 깨다夢覺〉를 수록한다.

○○○ 〈꿈에서 깨다夢覺〉

장주莊周는 꿈꾸는 사람은 그것이 꿈인지 모른다고 했다.[47] 난 꿈이 많다. 꿈이 얕아지면 그것이 꿈이었음을 깨닫고 깨길 바라기도 한다. 어떤 땐 벌떡 일어나 몹시 기뻐하며 깼다고 생각하기도 한다. 그러다 진짜로 깬 뒤에는 앞서 깬 것이 아직도 꿈이었던 것을 알게 된다. 그러나 지금 말하는 '진짜로 깼다眞覺'라는 것도 '크게 깨인大覺' 관점에서 보면 여전히 꿈이 아닐지 어떻게 알겠는가?

아! 꿈꾸면서도 그것이 꿈이라는 것을 모르는 자들, 온 세상이 모두 그렇다. 그러나 또렷이 스스로 깼다고 생각하는 것도 또한 꿈속에서 깬 것이 아닐지 내 어떻게 알겠는가? 하물며 스스로 깼다고 생각하면서, 진짜 깬 사람을 꿈꾼다고 비웃는 자들임에랴? 또 하물며 스스로 깼다고 생각하면서 진짜 깬 사람을 꾀어서 함께 꿈속으로 달리게 하는 것이랴?

『시詩』에서 "저 어린 양에게서 뿔을 구하는 것은, 실은 어린 그대를 속이는 것일세."[48]라고 했으니 꿈이다. 또 "그 사람이 나를 좋아하여, 내게 큰길을 보여 주도다."[49]라고 했으니 깬 것이다.

---

47 장주(莊周)는 꿈꾸는 …… 모른다고 했다 : 『장자』 「제물론(齊物論)」에 나오는 구절이다. "막 꿈을 꿀 때는 그것이 꿈임을 알지 못해서 꿈속에서 꿈속의 꿈을 점치다가 꿈에서 깨어난 뒤에 그것이 꿈이었음을 알게 된다(方其夢也, 不知其夢也, 夢之中, 又占其夢焉, 覺而後知其夢也)."
48 저 어린 …… 속이는 것일세 : 『시경』 「대아(大雅)」 〈억(抑)〉에서 인용되었다.
49 그 사람이 …… 보여 주도다 : 『시경』 「소아(小雅)」 〈녹명(鹿鳴)〉에서 인용되었다.

15.

옛사람의 일을 보거나 동시대인의 일을 들을 때, 훌륭한 일에 대해선 칭찬만 할 것이 아니라 반드시 재빨리 자신에게 돌이켜 그러한 것이 있는지 살펴야 한다. 나쁜 점에 대해선 비난만 할 것이 아니라 반드시 재빨리 자신에게 돌이켜 그러한 것이 없는지 살펴야 한다. [그리하여] 자기의 처신에 있어 오직 내 마음에 편안한 것을 추구해야 한다. 이 두 가지는 학문에서 지극히 중요한 핵심이니, 평생 실천할 만한 것이다. 전에 글 두 편을 써서 좌우 벽에 붙여 놓았었다. 제목은 〈좌성左省〉, 〈우경右儆〉이다.

〈좌성左省〉은 대충 다음과 같다.

독서를 하는데, 변설辨說과 고증으로 남에게 잘난 체하고 그러다가 다툼에 이르는 것을 나는 하고 싶지 않을 뿐 아니라 그럴 겨를도 없다. 격렬하게 사람들을 논평해서 언론이 바람처럼 일어나 혹 그로 인해 재앙을 불러오기도 하니, 나는 하고 싶지 않을 뿐 아니라 그럴 겨를도 없다.

내가 전에 성인의 책을 읽다가 착한 일을 가르치시는 것을 만나 급히 자신을 반성해 보았는데, [그런 점이] 꼭 있지는 않았다. 나쁜 일이라고 배척하시는 것을 만나 급히 자신을 반성해 보았는데, [그런 점이] 꼭 없지는 않았다. 또 고금 역사가들의 기록을 읽다가, 그 충성스러운 신하, 지혜로운 선비, 군자의 언행을 보고 급히 자신을 반성해 보았는데, 완전히 대등하진 않았다. 비루한 사내, 우둔한 선비, 못난 자들의 계책이나 행위를 보고 급히 자신을 반성해 보았는데 아주 다르지는 않았다.

나는 지금 자신을 돌아보며 더하고 빼기에 급급하지만 아직은 잘하지 못한다. 어느 겨를에 입술을 놀리며 변설이나 고증에 힘을 쓰겠는가? 남들의 선행과 타당한 처신을 들으면, 반드시 '내가 할 수 있을까?' 물어본다. 남의 선하지 못한 행실과 부적절한 처신을 들으면, 반드시 '나는 그렇지 않을 수 있을까?' 묻는다. 그러니 의론이나 비방, 찬양하는 일에도 또한 겨를이 없다.

〈우경右儆〉은 대충 다음과 같다.

사람들이 악한 짓을 하는 것은, 자포자기한 최하의 인간下愚이 아니라면 애초에는 그것이 잘못이라는 것을 모르기 때문이다. 다만 유혹이 있어 꼭 하고 싶으면 마음에서 늘 반복하며 스스로 합리화할 방법을 찾는다. 스스로 합리화하는 자는 그 마음에 반드시 의심이 생긴다. 세상에 나처럼 나를 사랑하는 사람이 없다. [그러니] 내 마음에 의심이 든다면, 보는 남들은 그가 틀렸다는 것을 틀림없이 안다. 그러므로 군자는 행동할 때 반드시 자기 마음에 편안한 것을 추구한다. 의구심을 무릅쓰고 하는 것은 재앙을 부르는 짓이다. 세상일에는 모두 당연히 지켜야 하는 법칙들이 있다. 일마다 하나씩 추구할 겨를은 없다. 내가 이에 중심으로 삼는 것이 있다. 지키는 바는 아주 간단하지만 시행하면 언제나 적절하다. "내 마음에 편안한 것을 추구할 뿐이다."

16.

근세의 고증학은 정력을 낭비할 뿐 심신에 이로울 것이 없다. 학문하는 자들은 깊이 경계해야 한다. 예전에 〈계언戒言〉 세 편을 지어, 논변이나 고증은 급할 것 없으며 '자신에게 돌이켜 구함反求'50으로 돌아가길 위주로 할 것을 총괄적으로 논의했다. 실로 '역사 읽기讀史' 조목 중의 〈분고지焚藁識〉【본13】,

---

50 자신에게 돌이켜 구함[反求] : 『중용장구(中庸章句)』 제14장에 나오는 공자의 말이다. "활쏘기는 군자와 같은 점이 있으니, 정곡을 맞히지 못하면 자신에게 돌이켜 찾는다(射有似乎君子, 失諸正鵠, 反求諸其身)." 주희는 〈백록동서원학규(白鹿洞書院學規)〉에서 "자기가 당하고 싶지 않은 일을 남에게 하지 말라(己所不欲, 勿施於人)"와 함께 "실행하여 성공하지 못하면 자기에게 돌이켜 찾는다(行有不得, 反求諸己)."를 접물(接物)하는 요체로 게시하기도 했다. 『주자대전(朱子大全)』「잡저(雜著)」〈백록동서원게시(白鹿洞書院揭示)〉.

앞 단락의 〈좌성左省〉【본15】과 서로 조응한다. 수록해 후인들에게 보인다.

○○○ 〈계언 상戒言上〉[51]

세상의 시비란 처음부터 드러나는 것이 아니다. 처음엔 몹시 현혹되다가 마지막에 가서야 완전히 판정되는 법이다. 어떤 경우엔 끝까지 가기도 전에 이미 일이 끝나 버리기도 한다. [그렇게 되면] 후세의 논자들은 판정할 방법이 없다.

곤鮌은 능력이 있고 지혜로웠다. 사악四岳 같은 현명한 이들도 존경하고 좋아했다. 그가 시도해 보지도 못하고 죽었다면,[52] 후세는 "우禹에게 훌륭한 아버지가 있었는데, 아쉽다! 요堯가 미처 등용하지 못했다."라고 할 것이다. 이윤伊尹은 다섯 번 걸桀에게 갔었다. 탕湯에게 돌아오기 전에 죽었다면,[53] 후세는 "이윤이 가볍게 처신하며 등용되길 구했으니, 망령된 사람일 뿐이다."라고 했을 것이다. 태갑太甲이 동궁桐宮에 있다가 3년

---

51 〈계언 상(戒言上)〉: 『현수갑고 상(峴首甲藁上)』 권1, 「잡문기 1(雜文紀一)」에 〈계언(戒言)〉 상·중·하 세 편이 모두 실려 있다.

52 곤(鮌)은 능력이 …… 못하고 죽었다면: '곤'은 우(禹)의 아버지이다. 요의 재위 시 큰 홍수가 나자 사악(四嶽)이 곤을 천거했다. 요는 곤이 '명령을 어기고 종족을 해쳤다.'라는 이유로 허락하지 않았으나 사악은 극력 추천했다. 이에 곤을 등용했으나 9년이 지나도록 치수에 성공하지 못했다. 순이 등극하자 곤은 우산(羽山)으로 추방당해 거기서 죽었다. 『사기』 「하본기(夏本紀)」. ○사악은 요(堯)의 신하인 희화(羲和)의 네 아들이다. 각각 사방의 제후를 맡아보았다.

53 이윤(伊尹)은 다섯 …… 전에 죽었다면: 이윤은 은(殷)의 재상이다. 『맹자』 「고자 하(告子下)」에는 "다섯 번 탕에게 나아가고 다섯 번 걸에게 나아간 자는 이윤이다(五就湯, 五就桀者, 伊尹也)."라는 말이 있다. 이에 대해 양시(楊時)는 이윤이 걸왕에게 나아갔던 것은 탕이 시켰기 때문이라고 해석했다. 탕이 애초에는 걸을 칠 마음이 없었기 때문에 이윤을 천거해서 섬기게 하여 개관천선하기를 바란 것이고 이윤은 이러한 탕의 뜻을 받들어 걸에게 나아갔던 것이라는 해설이다. "楊氏曰: 伊尹之就湯, 以三聘之勤也, 其就桀也, 湯進之也, 湯, 豈有伐桀之意哉? 其進伊尹以事之也, 欲其悔過遷善而已. 伊尹旣就湯, 則以湯之心爲心矣." 『맹자집주』 「고자 하(告子下)」.

이 되기 전에 죽었다면[54] 후세 사람은 "태갑은 어리석은 군주다."라고 했을 것이다. 정자산鄭子産이 정치를 한 지 1년 만에 죽었다면[55] 후세는 "심했다! 자산이 백성들을 학대함이."라고 했을 것이다. 주발周勃과 진평陳平이 여후呂后 때 죽었다면[56] 후세는 "진평과 주발은 여후에게 아부해서 총애와 녹을 차지했으니, 고제高帝에게 죄인이다."라고 했을 것이다. 적인걸狄仁傑은 오왕五王을 천거해 당唐을 존속시켰는데, 당시에 그들은 모두 나이가 많았다. [그러니] 모의가 성사되기 전에 먼저 죽었다면[57] 후세는

---

54 태갑(太甲)이 동궁(桐宮)에 …… 전에 죽었다면 : 태갑은 은(殷)의 왕으로, 탕(湯)의 손자이다. 즉위 후 방탕해지자 이윤이 그를 동궁(桐宮)으로 내쫓았다. 3년 후 그가 회개하고 훌륭한 인물이 되자 다시 맞아들여 복위시켰다. 복위 후 선정을 베풀어 '태종(太宗)'으로 칭해졌다. 『사기』「은본기(殷本紀)」.

55 정자산(鄭子産)이 정치를 …… 만에 죽었다면 : 정자산은 춘추시대 정(鄭)의 대부 공손교(公孫僑)이다. 자산이라는 자(字)로 더 알려졌으므로 흔히 정자산(鄭子産)으로 불린다. ○『춘추좌씨전(春秋左氏傳)』양공(襄公) 30년에는 "자산이 국정을 처리한 지 1년 만에 사람들이 노래하기를, '내 의관을 빼앗아 솜을 누비고, 내 토지를 빼앗아 군대를 편제하네. 누가 자산을 죽여 준다면, 내가 그를 도우리라.' 하며 비난했다. 3년이 지나자 다시 노래하기를, '내게 자제가 있으니 자산이 가르치고, 내게 전지가 있으니 자산이 증식시키네. 자산이 죽으면, 누가 그 뒤를 이으리.' 하며 칭송하였다(從政一年, 輿人誦之曰: '取我衣冠而褚之, 取我田疇而伍之. 孰殺子産, 吾其與之.' 及三年, 又誦之曰: '我有子弟, 子産誨之, 我有田疇, 子産殖之. 子産而死, 誰其嗣之')."라는 기록이 있다.

56 주발(周勃)과 진평(陳平)이 여후(呂后) 때 죽었다면 : 둘 다 한(漢) 초기의 장군으로, 한 고조(漢高祖) 유방(劉邦)을 섬겨 전공을 세운 인물들이다. 고조가 죽고 여태후(呂太后)가 권력을 쥐자, 여태후는 여씨들을 왕으로 봉하려고 했다. 그때 진평과 주발은 안 될 이유가 없다고 대답했다. 이 일에 반대하다 여후의 노여움을 샀던 왕릉이 '무슨 면목으로 고조를 보겠는가.' 하고 질책하자, "지금 면전에서 끊어 내고 조정에서 다투는 건 우리가 그대보다 못하지만, 사직을 보전하고 유씨의 후손을 안정시키는 것은 그대도 우리보다 못할 것입니다(於今面折廷爭, 臣不如君, 全社稷定劉氏後, 君亦不如臣)."라고 대답했다. 『사기』「여태후본기(呂太后本紀)」. 여태후 사후 이들은 여씨 일족을 제거하고 문제(文帝)를 옹립해서 유씨의 왕실을 안정시켰다.

57 적인걸(狄仁傑)은 오왕(五王)을 …… 먼저 죽었다면 : 적인걸은 당(唐)의 재상이다. 측천무후(則天武后)가 국로(國老)로 받들며 따랐다. 적인걸은 여든 살의 장간지(張柬之)를 재상으로 천거하였는데 장간지는 환언범(桓彦範)·경휘(敬暉)·최원위(崔元暐)·원서기(袁恕己) 등과 함께 정변을 일으켜 왕위를 무씨(武氏)에게 넘기려는 측천무후의 계략을 무력화하고 왕위를 태자에게 이양하도록 했다. 이로써 당 왕조가 무씨에게 넘어가지 않게 되었다. 이들 다섯 사람은 후에 왕으로 봉해졌기에 오왕(五王)이라고 한다. 『자치통감』「당기(唐紀)」,

576

"적인걸은 당을 보존할 뜻이 없었다."라고 했을 것이다. 부견苻堅이 왕맹
王猛의 말을 듣고 모용수慕容垂를 죽였다면[58] 후세는 "영웅호걸이 곤궁해
져서 내게 귀의했는데, 그를 등용하지 않고 죽였다. 왕맹은 잔인한 사람
이다."라고 했을 것이다. 조조曹操가 헌제獻帝의 재상이 되어 사방을 경
영하다가 갑자기 죽었다면[59] 후세는 "조공이 살아 있었다면, 유씨劉氏의
천하가 잘 다스려졌을 것이건만."이라고 했을 것이다. 송宋 희령熙寧 초
기, 왕안석王安石이 참지정사參知政事에 제수되었던 그해에 왕안석이 죽
었다면, 후세는 "하늘이 송이 요순의 치세가 되는 걸 허락하지 않으셨
다."라고 했을 것이다. 또 "소순蘇洵과 여회呂誨가 현자를 질투했다."라고
도 했을 것이다.[60]

측천순성황후(則天順聖皇后) 구시(久視) 원년.

58 부견(苻堅)이 왕맹(王猛)의 …… 모용수(慕容垂)를 죽였다면 : 부견은 16국 중 하나인 전진
(前秦)의 왕이다. 왕맹은 부견의 국상(國相)으로, 부견의 세력이 확장되는 데 결정적인 기
여를 한 훌륭한 재상이다. 모용수는 전연(前燕)의 오왕(吳王)인데, 형과의 알력으로 부견
에게 망명하였다. 이때 왕맹이 부견에게 "모용수 부자는 비유하면 용과 범 같아서 길들일
수 있는 물건이 아닙니다. 만약 바람과 구름을 빌려주면 장차 다시는 제재할 수 없을 것이
니 일찍 제거하는 것만 못합니다(慕容垂父子, 譬如龍虎, 非可馴之物. 若借以風雲, 將不可復制, 不
如早除之)."라고 하였으나, 부견은 이 말을 듣지 않고 모용수를 중용하였다. 훗날 부견이
비수(淝水) 전투에서 패배했을 때 모용수는 이 틈을 타서 부견을 배반하고 중산(中山)에 도
읍하여 후연(後燕)을 세웠다. 『자치통감(資治通鑑)』 「진기(晉紀)」, 『진서(晉書)』 〈전진재기
(前秦載記)〉 부견(苻堅)조.

59 조조(曹操)가 헌제(獻帝)의 …… 갑자기 죽었다면 : 한(漢) 말기 군웅이 할거할 때, 조조는 헌
제를 옹립하여 승상(丞相)이 되었고 위국공(魏國公)에 봉해졌었다. 그가 황제가 된 것은 조
조 사후 조비(曹丕)가 헌제에게 양위를 강요해서 위(魏)를 건국하고, 그를 '태조 무황제(太
祖武皇帝)'로 추봉했을 때였다.

60 왕안석(王安石)이 참지정사(參知政事)에 …… 했을 것이다 : 왕안석은 북송의 정치가이자
문장가이다. 북송의 신종(神宗)은 즉위한 다음 해인 희령 2년에 왕안석을 참지정사에 임
명했다. 이후 그는 국정 전반을 관장하면서 한기(韓琦)·사마광(司馬光) 등 구법당(舊法黨)
인물들을 축출하고, 신진 관료들을 대거 발탁하여 신법(新法)을 단행했다. ○소순과 여회
는 이러한 왕안석의 개혁 정치를 반대한 인물이다. 소순은 〈변간론(辨姦論)〉을 지어, 왕안
석을 두고 "(천하의 간신인) 왕연(王衍)과 노기(盧杞)가 합해서 한 사람이 되었으니 …… 천
하의 우환이 될 것은 반드시 그러하여 의심의 여지가 없으니, 저 두 사람에 비할 바가 아
닐 것이다(是王衍盧杞合而爲一人也. …… 則其爲天下患, 必然而無疑者, 非特二子之比也)."라고 했

아, 세상의 시비라는 것이 과연 믿을 만한 것인가? 이들은 모두 다행히 마지막에 [시비개] 판정된 사람들이다. 혹 불행하게도 그 마지막까지 가지 못한 사람들은, 훌륭한 이가 무고를 당하고 못난 자가 [세상을] 속이는 경우가 또 얼마나 되려나? 아! 공부하는 자들은 모두 조심해서 아직 그 마지막에 다다르지 않은 것을 가지고 섣불리 남의 선악을 재단하지 마라.

○○○ 〈계언 중戒言中〉

요堯는 고신高辛의 아들이고 황제黃帝의 현손이다. 순舜은 전욱顓頊의 6세손이고 황제의 8세손이다. [그러니] 순은 요에게 일족의 현손玄孫이어서, 후세의 단문袒免[61] 관계처럼 가까운 사이이다. 요는 천자가 되자 덕을 밝혀 구족九族을 가까이하셨는데도,[62] 단문의 관계에 있는 친족에게 우물과 창고의 변고[63]가 있었어도 알지 못했다. 순은 요의 가까운 친족

다. 한편 왕안석이 집정으로 발탁된 직후 여회는 상소를 올려 "충성스러워 보이나 대단히 간사하고, 신실해 보이나 몹시 바르지 못합니다. 왕안석은 겉으론 질박해 보이나 안으로 간교함과 사악함을 감추고 있습니다.…… 천하 창생을 그르치는 것이 반드시 이 사람일 것입니다(大姦似忠, 大佞似信, 安石外示朴野, 中藏巧詐 …… 誤天下蒼生, 必斯人也)."라고 탄핵했다고 한다. 『송사(宋史)』〈여회열전(呂誨列傳)〉.

61 단문(袒免) : 상복 제도의 일종이다. 웃옷의 오른쪽 소매를 벗고, 관을 벗고 머리를 묶거나 사각건(四角巾)을 쓴다. 3개월 동안 복(服)을 입는 시마복(緦麻服) 이하에서, 구촌이나 십촌의 친족상에 입는 상복으로, 종고조부(從高祖父)·고대고(高大姑)·재종증조부(再從曾祖父)·재종증대고(再從曾大姑)·삼종조부(三從祖父)·삼종대고(三從大姑)·삼종백숙부(三從伯叔父)·삼종고(三從姑)·사종(四從)형제자매 등의 상에 입는다.

62 요는 천자가 …… 구족(九族)을 가까이하셨는데도 : 구족은 고조(高祖)·증조(曾祖)·조부(祖父)·부(父)·자기·아들·손자·증손(曾孫)·현손(玄孫)의 친속을 말한다. 『서경(書經)』「요전(堯典)」에 "빼어나신 덕을 밝히시어 구족을 가까이하셨다(克明俊德, 以親九族)."라고 했다.

63 우물과 창고의 변고 : 순의 아버지인 고수(瞽叟)와 이복동생인 상(象)이 순을 죽이려고 했던 시도들이다. 창고에 들어가게 한 다음 창고에 불을 지르고, 우물을 파게 한 다음 위에서 우물을 메워 버린 등의 일이다. 『맹자』「만장 상(萬章上)」.

으로, 성스러운 덕을 감춘 채 곤궁하게 농사를 짓고 있었어도 도요陶堯
는 알지 못했다. [그러다] 사악四岳이 천거하고 나서야 딸들을 일족의 현
손에게 시집보냈다.

우禹는 전욱의 손자로, 요와는 삼종형제가 되고 순에게는 종고조從高祖
가 된다. 그러니 곤鯀은 요의 재종숙이고, 순의 종오대조從五代祖이다. 전
욱이 죽고 고신이 서고, 다시 몇 년 있다 요가 천자가 되었고, 또 백 년 후
에 곤을 천거하였다. [그렇다면] 전욱의 아들인 곤은 그때 나이가 필시 백
살은 넘었을 것이 틀림없다.

팔원八元64은 고양高陽의 아들들이자 요의 종숙부들이고, 팔개八凱65는
고신의 아들들이자 요의 형제들이다. 형제 중에 성인이 여덟 명이나 있
는데 등용하지 못했던 것은 못 알아보았던 것일까? 친족이라 피한 것인
가?

탕湯은 설卨의 후예이고, 무왕武王은 기棄의 후예다. 모두 고신에게서
나왔으니, 그 세대를 계산해 보면 탕과 무왕은 형제가 된다. [그런데] 그
둘 사이의 거리가 6백여 년이다.

무왕은 아흔셋에 붕어했다. 여러 아들 가운데 성왕成王이 가장 연장자
였는데, 나이가 열 살이 안 됐었다. 무왕은 여든 살 이전에는 자식을 낳
지 못했던 것일까?

이런 것들은 이루 다 적을 수 없다. 역사란 이처럼 믿을 수 없다. 선비
들은 그저 책에 기록된 것에만 의지해 옛사람들의 시비를 시끄럽게 말
하고, 그것을 참고로 고증하고 변증하면서 박학하다 자부한다. 너무 지

---

64 팔원(八元) : 고신씨의 뛰어난 여덟 아들들을 당대인들이 일컫던 말이다. 백분(伯奮) · 중감
(仲堪) · 숙헌(叔獻) · 계중(季仲) · 백호(伯虎) · 중웅(仲熊) · 숙표(叔豹) · 계리(季狸)이다. 고양씨
의 자손이라고 적은 것은 착오인 듯하다.

65 팔개(八凱) : 고양씨의 뛰어난 여덟 아들들을 당대인들이 일컫던 말이다. 창서(蒼舒) · 퇴애
(隤敳) · 도인(檮戭) · 대림(大臨) · 방융(尨降) · 정견(庭堅) · 중용(仲容) · 숙달(叔達)이다. 고신씨
의 자손이라고 적은 것은 착오인 듯하다.

나치지 않은가? 우선 몇 가지 단서를 적어서 역사를 보는 사람들을 경계한다.

○○○ 〈계언 하戒言下〉

어떤 이가 말했다.

"자네 말이 그럴듯하오. 그러나 자네 말대로라면 옛 책에 실려 있는 것은 모두 믿을 수 없고, 논변과 고증 같은 일은 다 그만두어야 한단 말이오?"

홍자洪子가 말했다.

"그러나 내 참으로 믿는 바가 있소. 요와 순은 어질고 의로워 흥했고, 걸桀과 주紂는 난폭하고 잔인해서 망했으며, 공자孔子와 맹자孟子는 성인이고, 도척盜跖과 장교莊蹻[66]는 악인이오. 나는 이런 것들을 믿소. 내 정말로 변론하고 싶은 것도 있소. 순이 요를 유폐했다거나,[67] 우가 순을 추방했다거나,[68] 공자가 자공子貢을 시켜 여자를 살피게 했다거나,[69] 도척

---

[66] 도척(盜跖)과 장교(莊蹻) : 큰 도둑의 대명사처럼 불리는 사람들이다. ○ 도척은 춘추시대 노(魯) 사람이다. 유하혜(劉下惠)의 아우로, 9천 명의 졸개를 거느리고 천하를 횡행하면서 온갖 악행과 약탈을 자행하였다고 한다. '척(跖)'으로도 쓴다. 장교는 전국시대 초(楚)의 장왕(莊王) 예(裔)이다. 파촉(巴蜀)과 검중(黔中) 서쪽 지방을 공략해 전지(滇池)를 얻고 왕이 되어서는 오랑캐의 풍속대로 살았다고 한다. 후대에는 도척과 함께 천하의 대도로 일컬어졌다.

[67] 순이 요를 유폐했다거나 : 순이 요의 제위를 계승한 것에 대해 요가 순에게 선양했다고 해석하는 것이 유가의 일반적인 해석이지만, 사실은 순이 요를 유폐하고 등극했다는 반대 해석도 있다. 대표적인 것으로 『사기정의(史記正義)』「오제본기(五帝本紀)」에는 "옛날 요의 덕이 쇠하자 순에 의해 유폐되었다(昔堯德衰, 爲舜所囚也)."라는 『죽서기년(竹書紀年)』의 구절이 인용되어 있다. 이백의 〈원별리(遠別離)〉에서도 "혹은 요가 유폐되었고, 순은 들판에서 죽었다고 하는데(或言堯幽囚, 舜野死)"라는 구절이 등장한다.

[68] 우가 순을 추방했다거나 : 우가 순의 제위를 계승한 것에 대해 순이 우에게 선양하였다고 해석하는 것이 유가의 일반적인 해석이지만, 사실은 우가 순을 추방하고 왕위에 올랐으며, 순은 추방당해서 창오의 들판에서 죽었다고 해석하는 반대 견해도 존재한다. 대표적

580

을 만나 신하로 자칭했다는 것[70] 등이오. 나는 앞으로 이런 일들을 따져 논의하려 하오. 고증 같은 일은 내가 깊이 우려하는 바요. 그러나 만약 [누군가]『역전易傳』이 문왕文王의 저작이 아니라고 한다면, 나는 반드시 공자의 말로 그것을 증명할 것이오. 만일『춘추春秋』가 공자의 저작이 아니라고 한다면, 나는 반드시 맹자의 말로 그것을 증명할 것이오. 만약 민손閔損이 불효했고,[71] 사어史魚가 곧지 않았으며,[72] 백이伯夷가 주周의 곡식을 먹었고,[73] 제오륜第五倫이 장인을 때렸다고 한다면[74] 나는 반드

인 것으로 당의 유지기(劉知幾)가 지은『사통(史通)』「의고(疑古)」에서「우서(虞書)·순전(舜典)」의 "(순이) 50년에 순수를 떠났다가 돌아가셨다(五十載, 陟方乃死)."를 "순이 우에게 추방되어 객사한 것이었다(是舜爲禹所放, 不得其死)."라고 풀이한 것을 들 수 있다.

69 공자가 자공(子貢)을 …… 살피게 했다거나 :『한시외전(韓詩外傳)』,『열녀전』「변통전(辨通傳)」 등에 나오는 아곡(阿谷) 처녀 이야기를 가리키는 듯하다. 공자가 여행 중 아곡에 이르러 패옥을 차고 빨래하는 처녀를 만났는데, 자공을 보내 술잔과 거문고의 기러기발과 거친 베로 떠보게 했다는 일화이다. 아곡은 춘추시대 초(楚)의 지명이다.

70 도척을 만나 신하로 자칭했다는 것 :『남화진경(南華眞經)』「부묵(副墨)」의 〈도척(盜跖)〉편에는 공자가 도척을 만나러 간 이야기가 나온다. "공자는 잔걸음으로 재빠르게 나아가고 자리를 피하고 뒷걸음으로 물러나며 도척에게 재배했다(孔子趨進, 避席反走, 再拜盜跖)."고 하고, "장군께서 신의 말을 들으실 의향이 있으시니, 신이 청하오니……(將軍有意聽臣, 臣請……)."라고 했다고 서술되어 있다. 모두 신하가 왕을 섬기는 예절이다.

71 민손(閔損)이 불효했고 : 민손은 춘추시대 노(魯) 사람으로, 공자의 제자이다. 어릴 때 계모 밑에서 자랐는데 효행으로 유명했다. 공자는 그에 대해 "효성스럽구나, 민자건이여. 그의 부모와 형제들의 칭찬에 다른 사람들이 흠을 잡지 못하는구나(子曰: '孝哉閔子騫! 人不間於其父母昆弟之言')."라고 칭찬했다.『논어』「선진(先進)」.

72 사어(史魚)가 곧지 않았으며 : 사어는 춘추시대 위(衛)의 대부로, 이름은 추(鰌)이다. 영공(靈公)에게 현신 거백옥(蘧伯玉)을 중용하고 간신 미자하(彌子瑕)를 멀리하라고, 죽어서도 간했다는 이야기가 있다.『공자가어(孔子家語)』「곤서(困誓)」. ○ 공자는 "곧구나, 사어여! 나라에 도가 있을 때도 화살처럼 곧았고, 나라에 도가 없을 때도 화살처럼 곧았도다(直哉史魚! 邦有道如矢, 邦無道如矢)."라고 감탄했다.『논어』「위령공(衛靈公)」.

73 백이(伯夷)가 주(周)의 곡식을 먹었고 : 백이는 고죽군(孤竹君)의 아들로, 주 무왕(周武王)이 은(殷)을 치려는 것을 말리다 듣지 않자 주의 곡식을 먹기를 거부하고 수양산(首陽山)에 들어가 고사리를 캐어 먹다가 굶어 죽었다고 한다.『사기』〈백이숙제열전(伯夷叔齊列傳)〉.

74 제오륜(第五倫)이 장인을 때렸다고 한다면 : 제오륜은 후한(後漢) 사람으로, 자는 백어(伯魚)이다. 효성과 직직, 청렴과 절개로 잘 알려진 인물이다. ○ 제오륜이 장인을 때렸다는 이야기는 범엽(范曄)의『후한서(後漢書)』〈제오륜열전(第五倫列傳)〉에 나온다. "황제가 장난삼아 제오륜에게 말했다. '들으니, 자네가 관리가 되어서 장인의 볼기를 쳤고 …… 정녕

시『논어』와『좌전左傳』, 사마천司馬遷과 범엽范曄의 기록으로 그것을 증명할 것이오. 그 밖의 '무엇은 득이고 무엇은 실이며, 무엇은 참이고 무엇은 와전되었다.'라고 하는 말들에 대해선 내 참으로 알 수 없소."

어떤 이가 말했다.

"군자의 독서란 이러면 그만이오?"

"그렇지 않소. 성인이 성인인 까닭을 믿기에 내가 그것을 배우고, 악인이 악인인 까닭을 믿기에 내가 그를 경계하오. 아침에 착한 말 한마디를 얻으면 저녁에 되새기고, 아침에 착한 행동 한 가지를 들으면 저녁에 실천하오. 아침마다 저녁마다 틈틈이 부지런히 하다 보면 이른바 논변이나 고증 따위의 일은 하고 싶은들 무슨 겨를이 있겠소?"

애들아, 이것을 기억하라.

17.

남들이 따지지 못하는 것을 연구하고 남들이 풀지 못하는 것을 알아내고는 정밀하고 박학하다고 자랑하면, 자신의 마음이 먼저 그 피해를 입는다. 학자가 크게 조심해야 할 일이다.

○ 행위에서 구차히 어려운 일은 절대로 조심해야 하니, 허명을 구하고 참된 덕을 손상하므로 신이 반드시 그를 미워해 복을 덜고 수명을 깎는다. 오직 내 마음에 편안한 바를 찾아 실행할 뿐이다.

○능력이 부족한데도 일이 우연히 성사돼 명예를 얻는 경우가 있다. 지식이 넓지 않은데도 우연히 익숙하게 강론하던 것을 만나 낭패를 면할 때도 있

그런 일이 있었는가?' 제오륜이 '신이 세 번 아내를 얻었으나 모두 아비가 없었습니다. ……'라고 대답했다. 그러자 황제가 크게 웃었다(帝戱謂倫曰 : '聞卿爲吏箠婦公. …… 寧有之邪?' 倫對曰 : '臣三娶妻皆無父. ……' 帝大笑)."

다. [이런 경우들은] 모두 큰 불행이다. [그것을] 믿고 스스로 태만해질 뿐 아니라 남모르게 그 복이 줄어든다. 훌륭한 점이 있는데 남들이 알지 못하고, 허물이 있지만 실제보다 과한 비방을 들을 때, [이런 경우들은] 모두 큰 행운이다. 더욱 자신을 수양하고 고치게 될 뿐 아니라 남모르게 그 복이 더해진다.

○ 재능과 학문, 명예를 가졌다고 오만하게 큰 체하는 사람은 덕을 해칠 뿐 아니라, 깊이 생각해 보면 실로 몹시 가소로운 일이다. 지금 천하에 수레나 배로 닿을 수 있는 곳은 모두 해야 몇만 리이다. 그러나 이것은 지구의 몇십, 몇백분의 일에 불과하다. 설령 대단히 박식한 사람이 있어 몇만 리 안의 일을 모두 안다 하더라도, 하늘[의 관점]에서 보면 탄알 하나만 한 작은 구역 내의 일을 아는 것일 뿐이다. 설령 어떤 대단한 성인이 있어서 이 몇만 리 안에 그 명성이 들린다고 해도, 하늘[의 관점]에서 보면 역시 탄알 하나만 한 작은 구역 가운데서 유명한 것일 뿐이다. 지금 멀리 떨어진 시골의 외딴 모퉁이, 열 가구 정도 사는 마을에 어떤 사람이 있다고 하자. 지식이 한 마을에서 최고이고 이름이 온 마을에 알려지자, 문득 오만하게 큰체한다. 한 나라의 훌륭한 사대부의 입장에서 보면 또 얼마나 가소롭겠는가? 아! 하물며 가문이나 세도, 지위 따위로 큰체하는 자들이겠는가?

○ 어떤 이가 말했다. "이 지구 같은 세상이 한 개가 아니다. 하늘에 가득한 해·달·별들에도 크고 작은 각기 하나씩의 세계가 있다. 해만 빛이 있고, 달과 별은 멀리서 보기 때문에 해의 빛을 받아 빛이 있는 것처럼 보인다. 달과 별의 세계에서 본다면, 지구도 하나의 별처럼 하늘에 벌여 있으면서 빛난다." 이를 근거로 생각해 보면, 지금 수레와 배가 닿는 이 몇만 리 안쪽은 겨우 한 알 겨자씨일 뿐이다. 사람은 다만 그 마땅히 해야 할 바를 스스로 수행할 뿐이다. 조심해서, 작은 지혜와 능력을 자랑해 권역 바깥의 사람들에게 야유를 받지 마라.

○ 어떤 이가 말했다. "하늘도 형체가 있고 땅처럼 단단하다. 멀리서 보기 때문에 [바다처럼] 망망해 보이는 것이다. 하늘에서 땅을 봐도 마찬가지다."

이것은 따질 수 없는 일이니, 우선은 제쳐둔다.

18.

우리의 속어東諺는 비속하고 와전이 많아 박식한 이들이 탈로 여긴다. 그러나 나라마다 속어가 있게 마련이다. 자기 나라의 시각에서 보면 비속하지만, 다른 나라의 시각에서 보면 기이하고 아름답다. 또 이미 오랫동안 사용해 왔으니, 어떻게 와전이 없을 수 있겠는가?

중국의 언어에도 와전된 것이 많다. 예를 들어 '백伯·숙叔'은 형제의 순서이다. 그런데 후대에는 백부·숙부의 호칭으로 변했고, 마침내는 아버지 형제들을 '백'이라 '숙'이라 부르게 되었다. 이런 것들은 매우 많다. 전에 고인들에겐 문자와 속어의 구분이 없었다고 말한 적이 있다. 진秦·한漢 때의 언어와 호칭은 필시 요순시대나 은殷·주周의 옛날 것이 아니었을 것이다. 그렇다면 이것도 진·한의 속어이다. 진·한 사람들은 모두 그것을 문장에 사용했다. 추급해서 올라가 보면, 하夏와 은殷에서는 '아我'를 '태台'라고 했는데, 필시 창힐蒼頡 때부터 그랬던 것은 아닐 것이다. [그러니] 그것도 역시 하와 은의 속어다. 요순시대에 '사事'를 '채采'라고 한 것도 필시 복희씨 시대부터 이미 그랬던 것은 아닐 것이다. [그러니] 그것도 요순시대의 속어이다. 그런데 전典·모謨·고誥·훈訓[75]에 그것을 사용하면서도 비속하다고 여기지 않았다.

이로써 논해 본다면, 지금 누런 콩을 '태太'라 하고, 면포를 '목木'이라 하고, 수준기를 '정丁'이라 하고, 몽둥이를 '신申'이라 하는 것과, '전답田畓'의 '답畓',

---

75 전(典)·모(謨)·고(誥)·훈(訓):『상서』의 네 가지 문체이니,〈요전(堯典)〉,〈대우모(大禹謨)〉,〈탕고(湯誥)〉,〈이훈(伊訓)〉같은 것이다. '전'은 제왕의 행위와 말을 적은 것이고, '모'는 나라를 다스릴 계책 및 방침이고, '고'는 군주가 내리는 정치적 명령이고, '훈'은 신하가 군주를 훈도하는 말이다. 요는 모두 군주의 통치와 관련된 언사들이다.

'유탈有頉'[76]의 '탈頉', '남매娚妹'의 '남娚', '시가媤家'의 '시媤'로부터, '우근진右謹陳'[77]·'소지所志'[78]·'의단矣段'[79]·'사또使道'·'분부내分付內'·'사연辭緣' 등의 말들까지 모두 국가적인 중요한 문장이나 비갈碑碣, 서문이나 기記에 못 쓸 이유가 어디 있는가?

○ 우리 속어東諺에도 고금이 같지 않은 것이 있다. 지금 사람들은 용을 '미리美利'라 부르지 않는다. 그러나 어린아이들에게 글자의 뜻을 가르칠 때는 "미리 용"이라고 한다. 문을 가리켜 '오래吾來'라고 하지도 않는다. 그러나 어린아이들에게 글자의 뜻을 가르칠 때는 "오래 문"이라고 한다. 기타 '수雖【비록非鹿】', '득得【실어금實於今】', '내乃【이에伊恚】', '요聊【애올아지厓兀阿之】' 따위는 평소의 말에선 사용하지 않으면서 뜻풀이에만 쓰인다. 공부 시작하는 어린아이가 자세한 것을 물어보기라도 하면 훈장은 땀을 흘리며 땅에 구멍이라도 파고 싶어진다. 이것은 필시 전 시대[고려] 초기에 민간에 이런 말이 있었던 것일 뿐이다【국초에 언해된 책들을 본 적이 있다. 지금은 이해할 수 없는 것들이 많았다】.

○ 우리 속어엔 근거 없는 것들이 사실 많다. 또 처음엔 근거가 있었을 것이나 지금은 고찰 불가능한 것들도 많다. 그 희미하나마 연구가 가능한 것들을 대략 서술해 놓았다. 후학들이 이것을 가지고 연역한다면, 이치를 연구하고 언어를 이해하는 데 일조가 없진 않을 것이다.

---

76 유탈(有頉) : '무탈(無頉)'의 반대말로, '탈이 나다', '연고가 있다'라는 뜻의 한국식 한자어이다.
77 우근진(右謹陳) : '삼가 아뢴다'라는 뜻의, 편지에 쓰이던 상투어이다.
78 소지(所志) : 관청에 청원하는 문서를 말하던 속어이다.
79 의단(矣段) : 한반도에서 관리들이 문서에 사용하던 이두(吏讀)이다. '내딴은', '나인즉'의 의미이다.

○○○ 「동언소초東諺小鈔」【생각나는 대로 기록해서, 분류나 차례가 없다. 모두 23항목이다.】

군주를 '임군臨君'이라고 하는 것은 『상서』의 "주나라에 임금이 되어 임하다臨君周邦."[80]에서 나왔다. 혹은 "신라에서 주군을 택할 때 나이가 많은 이가 현명하다고 생각해서, 떡을 베어 물어 잇자국이 몇 개나 되는지 보았다. 방언에 잇자국을 '이금尼今'이라고 했는데, 와전되어 지금의 훈이 되었다."라고도 한다.

수도를 '서울徐筏'이라고 하는 것은, 신라의 도읍이었던 경주의 옛 이름이 '서울'이었기 때문이다.

용을 '미리美利'라고 하는 것은 「건괘乾卦」 문언文言의 "아름다운 이익이 천하를 이롭게 한다美利利天下."[81]에서 나왔다. '건乾'은 용이므로, 그것으로 용의 뜻을 풀이했다.

남자의 훈을 '사라해似羅海'라고 하기도 하는데, 나주·해주가 지방이 크고 넓으므로 그렇게 부른다고 한다. 혹은 '산아회産兒喜'라고도 한다. 두 가지 설은 모두 시비가 자세하지 않다. 내 생각으론 남자는 활발하게 움직이는 물건인지라, '살아活兒'라고 한 것 아닐는지?

---

80 주나라에 임금이 되어 임하다(臨君周邦) : 『상서』 「주서(周書)」 〈고명(顧命)〉에 나온다.
81 「건괘(乾卦)」 문언(文言)의 …… 이롭게 한다(美利利天下)." : 「건괘」 문언에 "건(乾)의 처음이 능히 아름다운 이로움으로써 천하를 이롭게 한다. 이로움을 말하지 않았으니, 위대하도다!(乾始能以美利利天下, 不言所利, 大矣哉!)"라는 말이 있다. ○문언(文言)은 공자가 지었다고 하는 『주역』 십익(十翼) 중 하나인데, 「건괘」와 「곤괘」에만 있다. 두 괘의 단전(彖傳)과 상전(象傳)을 거듭 설명한 것이다. 단전은 괘사(卦辭)에 대한 설명이고, 상전은 괘의 상하 양상(兩象)과 육효(六爻)를 설명한 것이다.

아이는 '아해阿孩'라고도 하고, '아희兒戱'라고도 한다.

○아우는 '아우阿友'라고 하고, 노비는 '종從【거성】'이라고 한다.

육십六十을 '여순如順'이라고 하니, '이순耳順'[82]의 와전일까?

상현일과 하현일은 속칭 '조금朝今'이라고 한다. 이날들에 조수가 차고 빠지기 때문에 '조음潮音'이라고 했는데, '음'이 '금'으로 바뀌었다【중국 소설에, 현일弦日에 태어나 아명이 '조음潮音'인 여자가 있다】.

전에 중국 사람의 패설稗說을 본 적이 있다. "민간에선 자유롭고 거침없는 사람을 '왕대방대王大訪戴'라고 하니, 섬계 눈 속의 고사[83]에 근원을 둔 것"이라는 말이 있었다. 우리 속어에도 '왕대방대'의 설이 있는데, '왕'이 변해서 '묘卯'가 되고, '대大'와 '대戴'는 모두 그 소리를 눌러서, '기세등등하게 거리낌 없음'의 별칭으로 만들었다. 무엇 때문에 그 본래 의미를 잃어버렸는지 모르겠다.

○'초란炒卵'의 중국 음은 우리 음으로 '차오기단遮午其丹'과 같다. '강도强盜'의 중국 음은 우리 음의 '창다외猖多畏'와 같다. 전에 이 두 단어를 나란히 거론한 적이 있었는데, 비복들이 섞어 들어서 마침내 '초란'이 '창다외'가 되었다. 여러 입이 부화뇌동하니 다시는 고칠 수 없었다. '왕대방대'의 이상한 사용도 그 시작은 천한 것들이 잘못 전한 것에서 유래했

---

82 이순(耳順) : 60세를 가리키는 이칭이다. 『논어』「위정(爲政)」에, 공자가 "60세가 되자 귀가 순해졌다(六十而耳順),"라고 한 말에서 유래했다.

83 섬계 눈 속의 고사 : 진(晉)의 왕휘지(王徽之)가 밤에 눈이 오자 불현듯 섬계(剡溪)에 사는 대규(戴逵)가 보고 싶어져 밤새 눈 속에 배를 저어 대규에게 갔다는 이야기이다. 막상 아침에 도착해서는 대규를 만나지도 않고 돌아섰다고 한다. 까닭을 물으니, 흥이 일어 왔는데 흥이 다했으니 굳이 대규를 만나야 할 이유가 없다고 했다고 한다. 『세설신어(世說新語)』「임탄(任誕)」.

을 수도 있겠다.

'호戶'는 '지게止揭'라고 한다. 『춘추전春秋傳』의 '굴탕호지屈蕩戶之'에 대해 두예杜預가 "호戶는 '지止'다."라고 주석을 달았다.[84] 아마도 여기에 근거를 둔 것 같다.

'강姜'은 '제나라 왕비齊妃'라고 풀이한다. 주周의 왕비 중 제에서 온 자는 모두 '강'이다.

활과 화살은 사람을 해치는 것이다. 그런데 화살은 '살殺'이라고 하고, 활은 '활活'이라고 한다. 아마도 무기는 부득이해야 사용하는 것이므로, "'살리는 도道로 사람을 죽인다."[85]는 의미를 두 가지 물건의 이름 상호 간에서 드러나도록 한 것일까?

'반飯'은 '묵墨'의 속칭[먹]이니, 아마도 본음이 와전된 것인 듯하다.
○ 필筆의 속칭[붓]은 혹 '불률不律'의 와전일 수도 있다.

비臂를 '팔八'이라고 하는 것은 아마도 '팔' 자가 두 팔을 벌린 것과 비슷하기 때문일까?

---

84 『춘추전(春秋傳)』의 '굴탕호지(屈蕩戶之)'에 …… 주석을 달았다 : '굴탕호지(屈蕩戶之)'는 "굴탕(屈蕩)이 그것을 멈추게 하였다."라는 뜻인데, 『춘추좌씨전』 선공(宣公) 12년조에 나온다. ○두예(杜預)는 삼국시대 위(魏)의 정치가이며 학자이다. 자는 원개(元凱)이다. 『춘추』 원문에 『좌전(左傳)』을 묶고 주석을 단 『춘추좌씨경전집해(春秋左氏經傳集解)』를 남겼다.
85 살리는 도(道)로 사람을 죽인다 : 『맹자』 「진심 상(盡心上)」에 나오는 말이다. "맹자가 말씀하시길, '편안한 도로 백성을 부리면 수고로워도 원망하지 않고, 살리는 도로 백성을 죽이면 죽어도 죽이는 자를 원망하지 않는다.'고 하셨다(孟子曰: '以佚道使民, 雖勞不怨, 以生道殺民, 雖死不怨殺者')."

지紙의 속칭[조히]은 좋다고 칭찬하는 소리와 같다. 문사가 종이를 얻고 몹시 기뻐서 이처럼 감탄하기 때문이다.

주周나라 때 해월亥月은 1년의 마지막 달이었다. 세歲를 '해亥'라고 하는 것은 아마도 기자 조선箕子朝鮮 때의 말일는지?

○해시亥時는 하루의 끝이다. 그러므로 역시 '해'라고 하는 것이다. 십이간지十二干支는 달月과 시時에만 의미가 있다. 달은 북두칠성의 자루가 가리키는 것이고, 시는 태양이 임한 곳이다. 연年과 일日을 간지에 배정해서, 멋대로 인위人爲를 따른 것은 절대 근거가 없다. 간지로 연年을 칭하는 것은 대개 중고 시대부터 시작되었다【혹자는 한 무제漢武帝 태초太初 연간부터 시작되었다고도 한다】.

환宦의 속칭[벼슬]은 '벼禾'와 '쌀米'의 두 이름을 합한 것이니, 봉록을 탐내는 자라는 비칭이다.

○'끽喫'과 '묵墨'은 속어로는 같다. 먹고 마시는 사람은 대개 탐묵貪墨[86]이 많은 법이다. 남쪽 지방 사람들은 곧장 '묵' 자의 음을 '끽' 자의 뜻으로 삼는다. [그러니] 더욱 '묵'의 속어 지칭이 본음의 와전에서 나온 것이라는 것을 증명할 수 있다.

석石의 이름이 '돌突'이니, 그것이 돌연 솟아 있기 때문이다. 혹자는 우리나라 사람들의 온돌은 돌을 모아 깔기 때문에 그렇게 말한다고도 한다. 우雨는 '비罪'라고 하고, 풍風은 '발음撥陰'이라고 한다. 음산한 그늘은 바람을 만나 흩어지기 때문이다. 뇌雷는 '우래雨來'라 하고, 전電은 '번개翻開'라고 한다. 무霧는 '안개晏開'라고 하니, 저녁이 되면 흩어지기 때문이

---

86 탐묵(貪墨) : 탐오(貪汚)와 같은 말이다. 욕심이 많고 하는 짓이 더럽다는 뜻이다.

다. 홍虹은 '무지기無地起'라고 하니, 공중에서 일어나 땅에 붙어 있지 않기 때문이다. 혹은 '무저기無底起'라고도 하니, 그 한쪽 다리가 반드시 물속에 있음을 말하는 것이다. '무지기無指氣'라고도 하는데, 『시』에 이른바 "감히 손가락으로 가리키지 마라莫之敢指."라는 것이다.[87]

심心을 '염통念通'이라고 하는데, 혹 '영통靈通'의 와전이라고도 한다.

큰 것이나 많은 것은 모두 '하夏'라고 한다. 고훈古訓에 '하夏'를 '크다大'라고 했기 때문이다.
○ 또 많은 것을 '만萬'이라고도 하는데, 만萬이 가득 찬 숫자이기 때문이다. 금金을 '쇠衰'라고 한다. 너무 강하기 때문에 그 성함을 금기시하는 것이다. 혹은 '가을은 금金에 속하니, 가을이면 양陽이 쇠한다.'라고도 한다.

처妻를 속칭 '안해安偕'라고 한다. 안에 거처하면서 함께 늙어 간다는 것이다. '내內'를 우리 속어로는 또한 '안安'이라고 한다. 내실은 편안히 기거하는 곳이다.
○ 처가를 '가시가加柴家'라고 하고, 처부모를 '가시부모加柴父母'라고 하기도 한다. 우리 풍속에 '형荊'을 '가시加柴'라고 한다. [그러니] '형처荊妻'[88]라는 말에서 나온 것일 것이다. '형荊'을 '가시加柴'라고 하는 것은 고어 '시형柴荊'[89]의 의미에서 나온 것일지도?

---

87 '무지기(無指氣)'라고도 하는데 …… 마라(莫之敢指)"라는 것이다 : 인용된 시는 『시경』 「국풍(國風) 용풍(鄘風)」의 〈체동(蝃蝀)〉 시이다. "동쪽에 뜬 무지개, 감히 손가락으로 가리키지 마라. 여자가 결혼하면, 부모 형제를 멀리 떠난다(蝃蝀在東, 莫之敢指. 女子有行, 遠父母兄弟)." ○ 무지개를 소재로 하는 시의 두 번째 구절 "감히 손가락으로 가리키지 마라."로부터 '무지기(無指氣: 기를 가리키지 마라)'라는 한국어가 유래했을 것이라는 추정이다.

88 형처(荊妻) : 자기 아내를 낮추어 일컫는 말이다. 후한 양홍(梁鴻)의 아내 맹광(孟光)이 가시나무 비녀를 꽂고 무명으로 만든 치마를 입었다는 고사에서 유래했다. 『열녀전(列女傳)』.

○ 남편의 집을 '시가媤家【음은 시柴이다】라고 하는데, 혹시 '가시加柴'의 명칭에서 그와 비슷한 것을 취한 것일까? 혹자는 "'시가媤家'라는 것은 '신가新家'이다. '신新'을 속칭 '새賽'라고 하는데, 와전되어 '시媤'가 된 것이다."라고도 한다.

고관이나 귀족 집안의 겸객傔客이나 노비의 밥을 '염초鹽酢'라고 한다. 반찬이 소금鹽과 식초酢뿐이어서 이런 이름을 얻은 것 같다.

○ 전에 우리나라 사람들의 자음字音이 중국보다 좀 더 정확하다고 말한 적이 있다. 중국은 서계書契[90] 이전에 이미 언어가 있었다. 그러므로 글자를 처음 만들던 때, 그 속칭이 그대로 글자의 음이 되었다. 우리나라는 원시시대부터 방언에 있었으나, 별도로 글자를 만들지는 않았다. 기자箕子가 동쪽으로 오셔서 처음 중국의 문자를 가르치셨다. 그러나 이미 통용되고 있던 방언을 혁파할 수는 없었다. [그리하여] 마침내 두 가지가 존재하게 되었다. 우리나라의 언어와 문자가 완전히 별개의 것이 되어 서로 소통되지 않는 것은 이로부터이다. 그런데 기자는 문자를 우리나라 사람들에게 가르치시면서, 반드시 은·주 시대의 음으로 훈을 다셨다. 우리나라엔 본래 따로 통용되던 서계書契가 없이 중국의 문자를 가져다 사용했으니, 그 음도 우선 중국에서 읽던 바를 좇았을 뿐이다. 또 어찌 따로 다른 음을 만들어 일부러 중국과 구별할 수 있었겠는가?

이런 사정으로 주나라 때의 자음은 중국과 우리가 필시 같았을 것이다. 그 뒤 중국은 몇천 년을 지나며 여러 차례 오랑캐의 변란을 겪었다. 우리나라도

---

89 시형(柴荊) : 땔감으로 쓰이는 나무를 뜻한다.
90 서계(書契) : 나무에 새겨서 썼다는 부호 문자를 말한다. 신농씨(神農氏)가 노끈을 묶는 결승문자를 만들어 사용했고, 복희씨(伏羲氏) 서계로 대체했다고 한다. 『사기』「오제본기(五帝本紀)」. 문자를 범칭하기도 한다.

몇천 년을 지나며 풍속은 쇠퇴하고 문물은 사라지고 어두워졌다. 자음은 잘 못된 것이 다시 와전되면서 각자 자기 경계 안에서 계속 변했고, 서로 의논 하지 않았다. [그러니] 오늘날의 자음이 전혀 서로 비슷하지 않은 것도 당연하 다. 그러나 중국과 우리나라의 음엔 지금도 같은 것이 많다. [그러니] 더욱 처 음엔 모두 같았을 것이라는 걸 알 수 있다.

운서韻書를 가지고 살펴보자. 중국 음 가운데 협운協韻[91]되지 않는 것은 '아 兒'와 '이二' 같은 것이다. 우리나라의 음 중 협운되지 않는 것은 '차箚'와 '액縊' 같은 것이다. 그러나 중국 사람들은 '침侵'·'담覃' 등 여러 소리를 내지 못하 고, '진眞'·'선先'에 혼입한다. 우리나라 사람들은 그것들을 구별할 수 있다. 중국 사람들은 입성入聲의 종성終聲을 내지 못하고, 모두 '지支'·'미微'·'가歌'· '마麻'에 혼입한다. 우리나라 사람들은 그것들을 구별할 수 있다. 중국은 언 어와 문자가 합치하므로, 말이 변하면 글자의 [음도] 따라 변한다. 우리나라 는 언어와 문자가 별개이므로, 말이 변해도 글자의 [음이] 반드시 함께 변하 지는 않는다. 중국은 오랑캐에 의해 여러 번 변했지만, 우리나라는 나라 안 에서 자연스럽게 와전된 것에 불과하다. [그러니] 우리나라 음이 오히려 잘못 된 것이 적은 것은 당연하다.

그러므로 말한다. 삼대의 옛 음을 알고 싶다면, 중국보다 우리나라가 가깝다.

19.

세상에 사람마다 다 문장과 학문을 하고, 경전과 역사에 통달할 수는 없는 일이다. 자손 중 글공부를 해도 성과가 없는 자들은 농업에 힘쓰고 재산을

---

91 협운(協韻) : 같은 운에 속하지 않는 운자(韻字)를 동일한 운으로 사용하는 것을 가리키는 말이다.

관리해야 한다. 결코 [남의] 문장을 빌려 과거에 응시해서는 안 된다. 또 다른 방법으로 녹봉의 이익을 추구하는 것도 불가하다. 오직 효도하고 우애하며, 충성하고 신의를 지키고, 겸손하고 근면하며, 검소하고 소박하며, 너그럽고 자애로워 사람을 사랑하고, 없는 이를 불쌍히 여기고 베풀기를 좋아하라는 훈계는 [이] 편 가운데 모두 실려 있는바, 비록 글을 배우지 않는 자라도 모두 마음을 다해 지켜 실추시키지 마라.

20.

재화는 재앙과 함께 온다. 다만 검소하고 삼가는 태도로 그것을 지니고, 자비와 은혜로 베풀면 재앙을 초래하는 데까진 이르지 않을 수 있을 것이다. 만약 열의 재물이 있다면, 그 다섯은 덜어서 빈곤한 이를 구제하라. 다시 그 두셋은 덜어서 일을 맡긴 빈객과 이예吏隷들에게 주어라. 다시 그 한둘은 덜어서 도둑들에게 주라. 그리고 자기는 그 [나머지] 하나를 받아 사용하라. 이렇게 마음을 먹으면 재물이 재앙을 부르는 일은 없을 것이다.

第十五觀 壬. 居業念季

11.

婦女紡績酒食之外, 不宜有他業. 若事親奉夫子莅家御婢僕之方, 不可不講古書. 如『孝經』·『小學』·『內訓』·『女誡』之類, 可恒誦讀. 不解文字者, 以諺繹誦, 可也. 諺小說不可耽看.

○婦女以柔順恭謙爲本. 雖於卑賤之人, 不可待之以暴傲.

○婦人雖有見識, 不可預議外事.

○婦人雖有才藝, 不可多作文詞. 況他技乎? 唯刺繡之工, 有才者, 或可學習.

12.

子弟講學修行, 先賢之訓備焉, 固不俟枚列. 而必須以禮爲本, 一言動一服食, 莫不有儀文節度. 群居修業, 亦必主敬而行謙, 不可參之以諧謔駁雜之談.

○文辭固不可不習. 而亦必審擇賓主. 應擧之文少習之, 至可以入格則止. 不宜兀兀廢光陰於功令佔畢之末藝.

○六經無非服膺之具, 而尤當以『論語』爲主, 輔以『小學』. 常置身于規矩之中, 立志必以三代自期, 視孔門爲已家. 說心談性, 騖高妙而疎實用. 不如講禮問政, 究爲有益於身心.

○文章亦必本之『詩』·『書』, 參之左邱·荀卿·司馬遷·韓愈. 詩以漢·魏樂府爲的, 賦以屈原·相如爲主. 四六不必多作. 而或作之, 當以庚信·王勃爲標準. 至筆翰小藝, 亦不可捨鍾·王而趣文·董. 每事皆高立地步, 不可自居其身於唐·宋已後世界.

13.

史不可不熟觀以知前代治亂得失. 本朝往籍, 亦宜精究.

○古人是非不可不明辨, 以廣見識. 而切忌穿鑿苛覈之論. 盖論人太苛, 則己之心術先受其病. 讀史尙古, 欲以自治其躬. 心旣受病, 何躬之可治? 胡致堂作『管見』, 漢唐以來, 賢豪偉人, 體無完膚. 而反考其行, 則五倫之首, 已不全矣. 深可戒也. 舊著有〈焚藁識〉, 錄之以儆後人.

○○○ 〈焚藁識〉

昔者子貢方人, 仲尼責之曰: "夫我則不暇." 夫以子貢之明睿, 當時之人皆宜出其下. 其所高下賢不肖, 皆宜得當而無爽. 然猶責之者, 豈非君子急自治之義歟!

后之學者粗能知文字, 便喜論人是非. 道之於口, 墨之於策, 或踰卷滿[1]帙而不知止. 當時之人, 豈盡出其下哉? 其所高下賢不肖, 又豈盡得當而無爽哉? 夫然則當時之人尙不宜妄論, 況古人乎? 然士之論人者, 又未嘗止於當時. 輒就古之賢主哲輔循能之吏·正直學問之士, 照瑕索瘢. 顧自謂發前人之未睹.

噫嘻, 悲夫! 今夫坐而料事者, 隔一壁間一牆, 猶未能盡度. 況生乎千百代之下, 所知者惟書之所述耳? 至其時勢事機之微而不著者, 雖有智

---

1 滿: 연세대본, 버클리본, 동양문고본엔 모두 '滿'으로 되어 있고, 규장각본엔 '萬'으로 되어 있다.

士, 焉能²如目見乎哉? 古之人旣目見之矣, 而猶尙如此. 豈其識出今人下而然哉?

古之論史者, 如三蘇子·胡氏之類, 最焯焯可傳. 而今讀其書, 君焉而若漢高·文帝·光武以下, 臣焉而若管·晏·蕭·霍·諸葛以下, 韓·彭·郭·李之爲將, 汲·鄭·魏·陸之爲諫臣, 苟·董·賈·劉·王·韓之爲儒者, 皆左疣右疣, 落落無全人.

退以視三蘇子·胡氏之爲人, 其果巍然出古人上乎? 俾之當其任遇其事, 其果能爲古人所未爲者乎? 甚或料之於未然, 發之於未著, 曰: "某人若在於某時, 則必有某禍. 某人若處某事, 則必有某失. 某人之爲某事, 必蓄某心. 某人之與某人說, 必是某計." 如是者, 又不勝其多.

吾兄淵泉先生, 厚德人也. 嘗謂我曰: "臆度訐揚以暴人未形之過, 君子所不爲也." 又曰: "每見論史者或探人未見之惡, 求過於無過, 輒掩目而不欲觀也." 至哉, 言乎! 豈非治行修辭者所當師乎?

論人者貴奇, 爲文辭者尙新. 就其賢者而賢之, 就其不肖者而不肖之, 則古人已言之矣, 人且莫不知之矣. 於是, 必欲刺過於賢知之士, 求異於旣定之議. 穿鑿之病興, 暴訐之風競. 被譏者無損³益, 而己之心先受其害. 不其可懼歟!

余年二十時讀漢史, 竊嘗尙⁴論其人, 著論數十篇. 藏于篋旣五六年. 出而讀之, 喟然嘆曰: "顧余, 德未明, 識未廣, 自治未精. 處庸衆人中, 猶且無足以上之. 況漢之賢者乎? 使之當官處事, 不能以蹴今之人. 況良·平·何·參·衛·霍之徒乎? 事之在目前者, 尙不能料, 況二千餘年之前乎? 夫如是, 則雖其善者尙不敢論, 況其過失乎? 子貢之睿也, 而猶見責

2 焉能: 『현수갑고(峴首甲藁)』엔 '其焉能'으로 되어 있다.

3 無損: 『현수갑고』엔 '無所損益'으로 되어 있다.

4 尙: 연세대본엔 '尙'이 빠져 있다.

焉, 況我之惛乎? 三蘇·胡氏之博也, 而猶爲其病焉. 況我之陋乎? 吾兄
之厚德, 其發於言者, 可爲學者法. 況爲其弟者乎?" 於是, 取「漢論」舊藁
若干卷, 盥手跪, 告于心君, 合以實之爐中, 曰: "使祝融·回祿知吾過."

○ 讀古史, 鈔其可疑者, 錄之.

○○○ 發例

如荊軻刺秦王事.

夫隣國有使, 接以見之, 舘以享之, 立擯相以介之. 有所獻, 則使人受
之. 督亢之地, 雖吾之所大欲, 今所獻者, 圖而已. 非眞捲其山川城邑人
物, 而至也. 何至招異邦之使, 致之咫步之前, 而人主屈萬乘之尊, 親與
之展開於尺寸兵不設之地耶? 小國弱主尙不宜有此. 況猜暴苛虐之嬴秦
耶?

設謂始皇貪土地, 而有是擧. 方燕丹荊軻之定謀計也, 安能必料其如
是耶? 使始皇一接荊軻, 命侍臣受其圖藏之, 舍荊軻于舘, 厚遇而遣之
則此擧, 豈不孟浪可笑之甚乎? 又或退坐便殿, 徐閱其圖, 得匕于圖中,
詰其情而誅之. 是其死又何如其無聊也? 顧安得有左手把其袖, 右手揕
其胸, 裂袖環柱, 聽琴超屛之一場大擧措乎?

意者, 天愚秦皇, 使之暫蔽其智慮, 使秦之群臣遇此一番壯觀, 使司馬
子長得此一段奇鋪敍, 使后世文士及功令之家得此一椿好話柄也耶? 燕
丹雖愚, 鞠武·荊卿, 寧或慮不及此, 率爾而出此計也? 古今事大可疑者,
無過於此.

○ 有古人所刺, 而情有可恕者, 或觀過而可以知其長者, 錄之.

○○○ 發例

恕情, 如霍光不能制顯, 過由不學非不忠也. 嵇紹 · 趙苞以忠傷孝, 過由見理不明, 非忘其親也.

觀過, 如庾公之斯以私害公, 而孟子特取其長. 荊軻 · 聶政輕父母之遺體, 爲他人報仇, 蹈不測之禍. 『綱目』書之以 '盜' 而君子尙有取其忍烈之氣也.

○有衰世事之不可及者, 錄之.

○○○ 發例

如朱雲以故槐里令, 上書請見. 此漢之衰世也, 成帝非賢主也. 後世有前顯令上書, 大狂人也. 人主卽召見之, 大過擧也. 至請斬師傅大臣, 面斥乘輿以桀紂, 而責退而已, 誅罰不加, 大失刑也. 朱雲可及, 成帝不可及. 讀史, 至此等處, 不覺茫然馳羨.

○合而題之曰 『讀史三鈔』. 置丌頭, 以備考閱.

○○○ 〈『讀史三鈔』題〉

曷嘗觀夫矮人之觀戲乎? 立人之後, 人笑則笑. 今之讀史者近之. 有山於此, 或曰奇而峻, 或曰嶮而危, 皆無一字謊. 古之述史者近之. 縛線於針腰, 以縫其裳, 驅牛而入于鼠穴, 傳之者雖自謂目見, 聽之者其可信之乎?

大璧文梓, 摩兩目照烈暘, 而索其絲髮疵. 幸而得之, 躍躍然自夸其

明. 唉哉! 礫石之頑, 支牀者取之. 樲棘之叢, 薪者不棄. 其唯君子乎? 潢
汗小水也, 病渴者希焉. 千金之家, 世久而圮, 歲收粟百斛, 食不過鹽鱐.
饑窮之人, 艶慕而不可得. 嗚呼! 且艶慕之不暇, 矧可侮其圮乎?

君子之讀史也, 裨于己以恢于識. 小人之讀史也, 刺人以自賊其心. 嗚
呼! 非明足以知言, 寬足以恕人, 志足以經當世, 不可以述『讀史三鈔』.

14.

本朝典制, 及金穀卒乘之務, 郡邑利病, 宜深加研究. 至氏族譜系, 亦不可
全然不講. 如柳處士『磻溪隧錄』·李都正『文獻備考』, 宜時常披究.

○客有行路者, 得一卷書于店舍, 其書無標題篇目. 意者, 是抱才不施者所
著, 而其書必有全部. 此盖其中之一二篇也. 其文又多爛缺. 今略以意補綴,
而其大有闕錯者, 不可考校, 姑存疑焉. 嗚呼! 若此人者, 旣不得見用於時, 其
所著書又皆散落不全, 若是也. 其論田賦·軍旅之制, 必有可觀. 而惜乎! 今不
可求矣.

○○○ 無標題册子

太師·太傅·太保·少師·少傅·少保: 已上或三公兼, 或曾爲三公解官
者居之. 官不必【以下數十字缺】

中書府

宅百揆, 總庶政【以下約十許字缺】.

○中執政·左執政·右執政, 是爲三公, 皆一品. 左贊政·右贊政, 皆二
品. 左參政·右參政, 皆三品. 已上皆協贊三公. 集思·匡益各一人.

○舍人四人, 皆五品. 中執政辟二人, 左右執政各辟一人. 皆與聞政事.

○掾三人, 史六人, 皆九品. 三公之執事者也, 亦掌文簿.

○吏員【以下約十數字缺】

○周官之制, 宮闈之事・天子之服食器用, 皆掌於天官. 後世, 雖浸不及古, 而唐太宗責房玄齡干預北門營繕. 魏徵以爲玄齡等爲陛下股肱耳目, 中外事豈有不應知者. 王及善之言, 曰: "中書令 不可一日不見天子." 李泌之言, 曰: "天子以四海爲家. 天子家事, 皆宰相之責." 盖宰相之職, 不獨董百官治庶政而已. 人主之一言一動, 宮中之一事一務, 無不可以與聞者. 是宜朝夕左右, 隨事納誨, 不可裝老飾病, 自養其齒德, 以爲坐鎭雅俗而已. 人君每日視朝, 三公率百官進見, 奏事陳戒. 日午乃罷, 百官之有職務者, 各詣其署視事. 三公宜在禁中待人主之顧問, 察人主之動靜, 直至日莫方可歸第. 或宿於中書府, 可也.

○雖朝罷後, 人主宜頻召接三公, 諮訪政事【以下約十數字缺】.

尙書省

○尙書承旨三人, 皆四品, 掌出納王命. 起居郎五人, 皆八品, 掌記注.

祕書閣

○太學士二人, 二品至三品. 學士二人, 四品. 校理二人, 五品. 修撰二人, 六品. 待敎二人, 七品至八品. 皆掌內府書籍. 仍兼文學之事, 以備顧問之列.

弘文館

○太學士一人, 二品至三品. 學士一人, 四品. 待敎一人, 七品至八品. 皆掌一代詞命. 極選文學宏贍可以黼黻皇猷冠冕群僚者, 居之.

侍講院

學士三人, 四品至五品. 分日直宿, 侍講經典. 待敎四人, 七品.

集賢院

學士三人, 四品至五品. 分日直宿, 討論訏謨. 供奉四人, 七品.

宸章閣

學士三人, 五品至六品. 分日直宿, 典守宸翰. 著作四人, 八品.

修文閣

學士三人, 五品至六品. 分日直宿, 代撰誥命. 起居四人, 八品.

○ 人主左右, 不可一刻無文學端良之士. 尙書省以下至此諸官, 皆終日在禁中, 輪回侍君側, 討論啓沃. 有闕失, 隨事箴規. 夜則直宿官輪回入侍, 至將寢乃退, 勿令人主晷刻與宦寺近習同處.

御史府

○ 都御史一人, 三品. 左侍御·右侍御各一人, 左中丞右中丞各一人, 皆四品. 監察六人, 皆六品. (以下約數十字缺)

諫議府

○ 都諫議一人, 三品. 左昌言·右昌言各一人, 皆四品. 左補闕·右補闕各一人, 皆五品. 左拾遺·右拾遺各一人, 皆六品.

○ 古無諫官, 人皆可得以諫. 然疏逖之人無以知人主隱微. 斯諫官所以設也. 宜於朝退之後, 終夕在禁中輪迴入侍, 勿令人主之側晷刻無諫官. 他官雖卑品末職, 有懷輒許陳達, 勿以越職爲嫌.

經理廳

三公領之. 擇三品以上六人, 兼知之. 擇四品以下二十人, 爲郎【勿拘文蔭武. 或以他官兼】, 分掌中外諸路錢穀簿書及細務.

吏部

○ 司書 一人, 二品至三品. 正議一人, 四品. 參評一人, 五品. 司功四人, 六品. 給事四人, 七品. 掾一人, 九品.

○ 史館, 執簡郎三人, 七品至八品. 掌修史.

○ 欽若院, 長一人, 四品. 司曆三十人, 皆八九品.

○ 尙衣院, 主簿三人, 六品.

○ 司膳寺, 主簿三人, 六品.

○ 太醫院, 醫檢五人【一人文, 四五品. 四人醫, 五六品】. 太醫二十人, 皆七八九品. 醫生二十人, 未入品.【此下缺未詳多少】

戶部

○ 司書一人, 二品至三品. 正議一人, 四品. 參評一人, 五品. 司功四人, 六品. 給事四人, 七品. 掾二人, 未入品. 筭生三十人.【十人九品, 二十人未入品.】

○ 京兆府, 大尹一人, 三品. 亞尹三人, 四品. 承三人, 五品. 主簿四人, 六品. 掾一人九品.【此下缺未詳多少】

○ 司市院, 主簿三人, 六品.

○ 廣惠倉, 主簿三人, 六品.【以下約許字缺】

禮部

○ 司書一人, 二品至三品. 正議一人, 四品. 參評一人, 五品. 司功四人, 六品. 給事四人, 七品.

○宗廟, 典衛四人, 九品.

○社稷, 典衛四人, 九品.

○陵寢, 皆有典衛二人, 九品.

○太常寺, 長一人, 四品. 丞二人, 五品. 主簿三人, 六品.

○國子監, 大老一人, 二品【人主視學, 則三師三少, 一人爲三老, 大老爲五更】. 司敎一人, 四品. 司誨五人, 五品【分掌中東南西北五庠】. 儒長一人, 司憲一人, 掌翰一人, 都有司二人, 僉有司六人, 直監八人, 掌經籍二人, 掌祀享二人. 已上竝儒生【儒長擇年德俱邵者, 司憲擇有操執爲人所憚者, 掌翰擇文藝超衆者, 都有司擇有地望者. 僉有司分掌監中諸務. 直監分日直宿, 守護聖廟】.

○【此下缺未詳多少】

○司樂院, 長一人, 四品. 司敎十五人, 皆九品. 樂生七十人, 未入品.

【以下約百許字缺】

○鴻臚寺, 典引二人, 七品. 敎引四人, 八品. 學引四人, 九品.

○崇祿寺, 提擧無定額, 年老品高無職者, 居之. 重祿省事, 以優養之. 長八人, 四品【年老未可任事務者, 居之】. 承二人, 五品. 主簿四人, 六品.

○象胥, 三十人, 未入品.

兵部

○司書一人, 二品至三品. 正議一人, 四品. 參評一人, 五品. 司功四人, 六品. 給事四人, 七品.

○羽林衛, 都指揮一人, 三品. 副指揮一人, 四品. 校尉二十人, 五六品【掌輿衛御乘】. 別宿衛四十人, 四品至六品【文蔭武混差. 有官者以其官秩. 每日十員常在人主左右, 任使. 夜則四人陪直于寢殿, 六人直宿于外衛. 宦寺近習毋得近于至尊之前】.

○殿前衛, 都指揮一人, 三品. 副指揮一人, 四品. 校尉十人, 六品. 司

馬二人, 七品.【以下約十數字缺】

○金吾衛, 將軍五人, 三品. 校尉十五人, 六品.【以下約數十字缺】

○中軍營, 都督一人, 二品. 副督一人, 三品. 校尉三十人, 六品.【以下並都督自署, 下諸營 並同.】贊軍四人, 五品. 典軍六人, 五六品. 參務二人, 七品. 司馬一人, 八品.

○左軍營, 都督一人, 二品. 副督一人, 三品. 校尉三十人, 六品. 贊軍四人, 五品. 典軍六人, 五六品. 參務二人, 七品. 司馬一人, 八品. 右軍營, 都督一人, 二品. 副督一人, 三品. 校尉三十人, 六品. 贊軍四人, 五品. 典軍六人, 五六品. 參務二人, 七品. 司馬一人, 八品. 前軍營, 都督一人, 二品. 副督一人, 三品. 校尉三十人, 六品. 贊軍四人, 五品. 典軍六人, 五六品. 參務二人, 七品. 司馬一人, 八品.

○後軍營, 都督一人, 二品. 副督一人, 三品. 校尉三十人, 六品. 贊軍四人, 五品. 典軍六人, 五六品. 參務二人, 七品. 司馬一人, 八品. 步軍營, 都督一人, 三品.副督一人, 三品. 校尉三十人, 六品. 贊軍三人, 五品. 典軍五人, 六品. 參務二人, 八品.

○遊擊營, 都督一人, 三品. 副督一人, 三品. 校尉三十人, 六品. 贊軍三人, 五品. 典軍五人, 六品. 參務二人, 八品.

○凡此七營【以下約百餘字缺】之制也【此下缺未詳多少】

刑部

○司書一人, 二品至三品. 正議一人, 四品. 參評一人, 五品. 司功四人, 六品. 給事四人, 七品. 掾三人, 未入品. 律生二十人, 未入品.

○大理寺; 大司理一人, 三品. 司評十人, 五品至六品.【此下缺未詳多少】

工部

○司書一人, 二品至三品. 正議一人, 四品. 參評一人, 五品. 司功四

604

人, 六品. 給事四人, 七品.【此下缺未詳多少】

○將作監, 監務五人, 九品.

世子太師·世子太保各一人, 皆二品. 世子少師·世子少保各一人, 皆三品. 世子侍讀八人, 五品至八品. 衛從十人, 四品至七品.

未封時, 師一人, 三品. 伴讀四人, 六品至九品. 伴學二人, 儒生.【此下缺未詳多少】

王子王孫, 各師一人, 五品. 長史三人, 九品.

疆域之內分爲幾邑, 而大邑無過方百里, 小邑無減方五十里. 大者曰郡【方八十里以上】, 小者曰縣【方七十里以下】. 郡縣皆統於府, 府統於州【此段之上, 亦疑有缺】.

每州, 置牧伯一人, 三品. 參佐二人, 六品. 幕賓十人【自署不拘文武蔭. 儒要取五品以下】, 校尉十人, 六品. 掾一人, 九品. 功曹三人, 主簿五人, 皆未入品.

每州分爲二府. 每府置尹一人, 四品. 小尹一人, 四品. 尹有幕賓二人【自署取七品以下】, 兩尹皆有掾一人, 功曹三人, 主簿四人, 皆未入品.

每府所統郡縣, 不拘數, 每郡置守一人, 通判一人, 皆五品. 每縣置令一人, 丞一人, 皆六品. 郡縣皆有掾一人, 功曹二人, 主簿二人, 皆未入品【外掾以下, 皆以本邑人差】. 府尹·郡守·縣令, 掌敎化禮俗農政軍務. 府少尹·郡通判·縣丞, 掌獄訟財賦.

凡州府郡縣【此下缺未詳多少】, 每郡縣吏員中, 首一員謂之吏長. 以本鄉士夫之裔, 有文識通算數者, 爲之, 俾參贊邑務.

每府置總兵一人, 四品. 有海防處, 置水軍總兵一人, 四品. 總兵皆有參佐一人, 七品, 校尉四人, 六七品, 幕佐八人.【以下約數十字缺】

每府, 置訓士二人, 六品. 郡縣武人爲宰處, 亦置之, 七八品. 有驛遞處, 置郵丞一人, 六品.

有城堡要害處, 皆置守將.【以下約百許字缺】

京師, 則國子司誨五人·禮部司功四人, 分選士民年十五以上可應擧者, 成冊, 上于禮部. 禮部司書正議參評及國子司敎, 分掌試藝. 三經中背誦一經, 詩賦古文中能成一篇, 兩藝取一藝, 成冊上于朝, 副在禮部及太學. 外邑, 則郡縣宰選上于府, 府選上于州, 州選上于朝廷. 試藝同上. 登是選然後方許赴擧.

三年大比以三場試士. 禮部正議主試【自擇參試八人】. 一場, 講經. 三經中, 自願一經, 背誦. 四書中, 抽栍一書, 臨文. 『禮記』·『春秋』【用『左氏傳』】中, 自願一書, 亦臨文. 二場, 試策. 以治道或時弊, 發問. 三場, 詩賦古文中, 從自願, 一篇製呈.
○一場入格然後, 許赴二三場. 而二三場中中一場, 則許赴會試. 三場　是名初試.
○各州, 則州牧主試. 自擇參試二人於郡縣宰中. 試規同京師.

會試, 禮部司書主試, 國子司敎副之. 自擇參試七人. 試規同初試.

○又設殿試, 定次序. 壯元及會試三場俱中者, 直授侍講院待敎. 第二三人及會元, 直授集賢院供奉. 乙科授宸章閣著作, 丙科授修文閣起居.

○殿試只設一日對策也.

○殿試過後, 又增選應擧生之見漏於前選者, 及前選後年滿業成者.

人主於暇日, 與內閣諸臣, 臨軒, 召應擧儒生, 親試之. 其入選者名曰應旨生. 時或召詣闕庭, 講經試策. 居魁者或賜第, 待大比同赴殿試. 其次施賞, 而必講策俱中, 然後以入格論. 賜第無過一人.

○國子司敎以講製月課儒生. 歲終選其俱優者十人, 補於初試之額.

○應擧生中, 選二百人, 令入居太學, 衛聖廟, 講道藝【太學儒任皆必以應擧生差定. 元子伴學儒生, 則以應旨生中擇差. ○凡不入應擧生選者, 不惟不得應擧, 凡係儒生之事皆不得與. 人亦不以儒生待之】.

○應擧生選上後, 人主或抽栍親試藝. 未通, 則拔選始選時考官, 論罪.

百官考績, 內則吏部司書掌之, 外則州牧掌之. 考績分九等.

○居上上者升秩. 連再居上中, 連三居上下者, 升秩.

○稱職者, 秩升而職不遷.

○居下下者黜. 連三居下中者黜.

○曾經上下以上者, 後或居官不職, 或居下中下下考, 則始書上考之長官, 論罪.

○內外掾屬之未入品者, 連三居上下以上考, 則授九品官.

○州牧察擧諸邑吏長之賢能者, 選一二人, 聞于朝, 補九品官.

孝友篤行之士·通經博學之士·絜身勵操之士·有經世治民之材者·有智謀勇力者, 內則吏部兵部, 外則州牧, 勿拘門地, 廣搜精掄, 以歲月考覈其虛實, 較絜其長短. 每大比之年, 錄薦若干人于朝, 補九品官. 其或有才德超衆者, 不次擢用, 或直授六七品官. 如有道德卓高者, 敦聘而延之, 直拜四五品官. 雖不由科目, 亦許院閣及諸文職.

○太學都有司, 于大比之年, 亦薦儒生可補官者二三人于朝.

○未登科未入薦學者, 只以世蔭補官, 則初授九品【或諸掾】. 升至七品, 而未經中上以上考, 則不復遷.

○補官者不許赴擧. 六品以下官, 未登科而有文學, 願赴擧者, 人主親自月課講策. 歲終總計其分, 居首者一人特賜及第. 待大比付之榜末.

武科講以兵書, 試以騎射擊刺之藝. 選規略同文科而【此下缺未詳多少】.

○本朝黨論, 不可不詳究本末, 公心以明辨之. 至近世蠻觸之爭, 不足較其彼勝於此. 大丈夫當以天地爲心, 日月爲眼. 彼置身於夢覺之間, 終其身不能跳出圈外者, 洵可哀已. 偶有所感, 錄舊著〈夢覺〉.

○○○〈夢覺〉

莊周有言, 人之夢也, 不知其爲夢. 余嘗多夢. 夢之衰, 或悟其爲夢, 而蘄其覺. 又或蹶然興, 大喜, 自以爲覺. 而及其眞覺, 然後知前之覺猶夢也. 然今之所謂眞覺者, 自大覺視之, 又安知非猶夢歟? 嗚呼! 夢而不知其夢者, 擧世皆是也. 顧其煢煢然自以爲覺者, 吾又安知非夢中之覺也? 況自以爲覺, 而笑眞覺者爲夢乎? 又況自以爲覺, 而誘眞覺者, 俾之同趨於夢乎? 『詩』云"彼童而角, 實虹小子", 夢也. 又曰"人之好我, 示我周行", 覺也.

15.

觀古人事, 聞今人事, 善者無徒譽之, 必急求諸己, 而考其有, 否者無徒非之, 必急求諸己, 而察其無. 自己處事, 惟當求吾心之所安. 此二者, 學問之至要, 可終身行之者也. 嘗著二篇文, 揭之壁左右. 題曰〈左省〉·〈右儆〉.

其〈左省〉略曰: 讀書而以辨說据證, 夸耀人, 以致爭詬, 吾不唯不欲, 不暇也. 論人激切, 言議風生, 或因以召禍災, 吾不唯不欲, 不暇也. 吾嘗讀聖人之書矣, 遇其誨以爲善者, 亟省諸己, 而未必有焉. 遇其斥以爲惡者, 亟省諸己, 而未必亡焉. 又嘗讀古今史氏之錄矣, 見其忠臣·智士·君子之所言行, 亟省諸己, 而未盡齊焉. 見其鄙夫·愚儒·不肖之所猷爲, 亟省諸己, 而未甚遠焉. 我方汲汲然反諸身以益損之, 而未能. 奚暇勞脣吻, 以致力于辯說据證乎哉? 聞人行善處事之得當, 必曰我能至乎? 聞人行不善處事之失宜, 必曰我能不然乎? 於言議誹譽, 亦有所未暇也.

其〈右儆〉略曰: 人之爲不善, 非下愚自暴棄之人, 其初未有不自慮其非也. 惟其有誘而必欲爲, 恒反覆于心, 求其可以自恕者. 夫自恕者, 其心必有疑. 天下之愛我者, 莫如我. 於吾心有疑, 則人之見之者, 決知其非矣. 故君子之於行, 必求其心之所安. 冒疑而作, 咎之招也. 天下之事, 無不有當行之則. 事事而求之, 則不暇也. 吾於是有主焉. 所守至約, 而施之無不當. 曰: 求吾心之所安而已.

16.

近世考證之學, 徒費精力, 無益於身心. 爲學者所宜深戒. 舊著「戒言」三篇, 總論論辨考證之不急, 而歸以反求爲主. 實與讀史條中〈焚藥識〉【本十三】, 前段〈左省〉【本十五】, 相發明. 錄之以示後人.

○○○〈戒言上〉

天下之是非, 不邉於初. 其始也大眩, 其終也大定. 或者未究其終而事遂已. 后之論者無得以定焉.

鮌才且智. 以四岳之明, 尚且悅焉. 其未及試而死, 后世曰: "禹有賢父, 惜乎! 堯未用也." 伊尹五就桀. 未歸湯而卒, 后世曰: "伊尹輕身以求用, 妄人耳." 太甲居桐, 未三年而薨, 后世曰: "太甲昏主也." 鄭子產爲政一年而死, 后世曰: "甚矣, 子產之虐民也!" 周勃·陳平卒于呂后時, 后世曰: "平·勃諛后以尸寵祿, 高帝之罪人也." 狄仁傑薦五王以存唐, 時皆老矣. 謀未就而先卒, 后世曰: "仁傑無存唐志也." 苻堅聽王猛殺慕容垂, 后世曰: "豪傑之困而歸我, 不用而殺之. 王猛忍人也." 曹操相獻帝, 經營四方而遽死, 后世曰: "使曹公在, 劉氏天下其庶幾乎." 宋熙寧初, 拜王安石參知政事, 其年王安石卒, 后世曰: "天不使宋堯·舜治也." 又曰: "蘇洵·呂誨, 其嫉賢者也."

嗚呼, 天下之是非, 其果信乎? 是皆幸而定乎終者也. 其或不幸而不究其終者, 賢而誣, 不肖而詆, 又幾人哉? 嗚呼! 凡百學者, 愼毋執其未終者, 而逆度人善惡乎哉.

○○○〈戒言中〉

堯, 高辛子也, 黃帝玄孫也. 舜, 顓頊六世孫, 黃帝八世孫也. 舜於堯族玄孫, 其親后世之袒免也. 堯爲天子, 明德以親九族, 袒免有井廩之變而不能知. 舜以堯近族, 潛聖德困于耕, 陶堯不能聞. 四岳擧之, 旣又以女歸族玄孫. 禹顓頊孫, 又与堯爲三從昆弟, 於舜爲從高祖. 是鮌則堯再從叔, 而舜從五代祖耳. 顓頊沒, 高辛立, 又幾年而堯爲天子, 又百年而擧鮌. 鮌, 顓頊子, 其時年必踰百, 無疑.

八元, 高陽子, 堯之從叔父, 八凱, 高辛子, 堯之昆弟也. 昆弟有聖人者八而不能用, 蔽歟? 嫌於親歟?

湯, 禼之后, 武王, 棄之后. 同出於高辛, 而計其世, 湯武爲兄弟. 其相去則六白餘秊.

武王九十三而崩. 諸子成王最長, 而年未十歲. 豈武王八十以前未生子歟?

凡此類不可勝紀. 史之不可信也如此. 士徒憑簡策之所書, 嘵嘵言古人是非, 參之以考據辨證, 自以爲宏博. 不已過歟? 姑書數端, 以戒觀史者.

○○○ 〈戒言下〉

或曰: "子之言幾矣. 然循子之言, 則古書策所載皆不可信, 而論辨考證之事皆可廢歟?"

洪子曰: "然吾誠有所信者. 堯舜仁義而興, 桀紂暴虐而亡, 孔孟聖人也, 蹠蹻惡人也. 吾信是矣. 吾誠有欲論辨者. 舜幽堯, 禹放舜, 孔子使子贛要女, 見盜蹠而稱臣. 吾將論辨是矣. 至若考證之事, 吾所深病者. 然若曰: '『易』非文王作', 則吾必以孔子之言證之. 若曰: '『春秋』非孔子作', 則吾必以孟子之言證之. 若曰: '閔損不孝, 史魚不直, 伯夷食周粟, 第五倫撾婦翁', 則吾必以『論語』・『左氏』・司馬遷・范曄之記, 證之. 其它曰: '某得某失某信某訛', 吾固不能知也."

曰: "君子之讀書如是而已乎?"

曰: "非也. 信聖之爲聖, 則吾學之, 信惡之爲惡, 則吾戒之. 朝得一善言, 夕溫焉, 朝聞一善行, 夕踐焉. 矗矗乎其朝而矻矻乎其夕, 夫所謂論辨考證之事, 雖欲之奚暇?" 小子其志之.

17.

究人之所不能詰, 知人之所未及解, 自矜爲精博, 而己之心術, 先受其病. 學者之大忌也.

○ 行事亦切忌苟難, 招虛譽, 而損實德, 神必惡之, 減祿削壽. 唯求吾心之所安者, 而行之而已.

○ 才不足而遇事偶成, 遂以得譽. 識不廣而偶遇所熟講, 得免敗綻. 皆大不幸也. 不惟恃以自怠, 亦且陰損其福. 有善而人不知, 有眚而訾毁過實, 皆大幸也. 不惟益自修自艾, 亦且陰補其祚.

○ 人之有才學名譽而傲然自大者, 不惟害德, 熟思之, 實大可笑. 今天下舟車之所通, 凡幾萬里. 而此在地毬之中, 不過幾十百分之一也. 設有大博識, 徧知此幾萬里內事, 自天視之, 特知彈丸一小區中耳. 設有大聖人, 名聞此幾萬里內者, 自天視之, 亦名聞彈丸一小區中耳. 今有遐鄉窮陬十室之里, 有人焉. 知寂于一里, 名聞于一里, 便傲然自大. 由一國之賢士大夫視之, 又如何其可笑也耶? 嗚呼! 況其以門族勢位, 自大者耶?

○ 或言: "一天下之如此地毬者又非一. 滿天日·月·星辰中, 各有一世界, 或大或小. 惟日有光, 月星遠觀, 故見其受日而有光. 自月星中世界觀之, 地亦麗天而有光, 如一星." 由是觀之, 今此舟車所通幾萬里之內, 直一芥子耳. 人唯自修其所當爲而已. 愼勿以小知小能自夸, 爲圈子外人所揶揄也.

○ 或言: "天亦有形, 而堅如地. 遠觀故茫茫. 自天而觀地, 亦如是." 此不可詰者. 姑舍之.

18.

東諺鄙俚又多轉訛, 博識者病之. 然國必有諺. 自其國視之則鄙俚, 自異邦視之則奇雅. 且承用旣久, 烏得無訛轉?

中國言語亦多轉訛者. 如'伯叔'爲兄弟之序. 而后世沿伯父叔父之稱, 遂稱諸父曰伯曰叔. 此類慕多. 嘗謂古人無文字俗諺之別. 秦漢時言語稱謂, 必非唐虞殷周之舊, 則此亦秦漢時俗諺也. 秦漢人皆用之於文章. 推而上之, 夏殷之以我爲'台', 必不自倉頡時已然. 其亦夏殷之俗諺也. 唐虞之以事爲'采', 必不自虞戲時已然. 其亦唐虞之俗諺也. 乃典謨誥訓, 用之而不以爲俚.

由是論之, 則今之以黃豆爲'太', 以棉布爲'木', 以準爲'丁', 以槌爲'申', 田畓之'畓'·有頉之'頉'·娚妹之'娚'·姻家之'媤', 以至于'右謹陳'·'所志'·'矣段'·'使道'·'分付內'·'辭緣'等語, 俱用之於高文大冊·碑碣·序·記, 何不可之有?

○ 東諺亦有古今之不同者. 今人未嘗喚龍爲'美利'. 而字義訓蒙則曰"美利龍". 未嘗指門爲'吾來'. 而字義訓蒙則曰"吾來門". 他如'雖【非鹿】·'得【實於今】·'乃【伊患】·'聊【厓兀阿之】之類, 未嘗用之於恒言, 而只用於訓義. 新學小童求問其詳, 塾師流汗, 欲鑽地孔. 此必是前朝國初, 俗有此語耳【嘗見國初諺繹諸書. 多今所不可解】.

○ 東諺固多無理. 亦多始有依据而今不可攷者. 其依俙可究者, 略錄之. 後學因以演之, 亦未必不爲窮理知言之一助.

○○○ 「東諺小鈔」【隨思輒錄, 無類彙次序. 凡二十三則.】

君曰'臨君', 出『尙書』'臨君周邦'. 或曰: "新羅擇主, 以齒多者爲賢, 嚼餠以觀齒痕之多少. 方言以齒痕爲'尼今', 轉訛爲今訓."

京曰'徐菀', 新羅都慶州古號'徐菀'.

龍曰'美利', 出「乾卦」文言, "美利利天下". 乾爲龍, 故以之訓龍.

男子之訓, 或曰'似羅海', 羅州·海州, 地方廣大, 故喩之. 或曰'産兒喜'也. 兩說皆未詳是否. 竊意, 男子是活動之物, 故謂之'活兒'耶?

兒曰'阿孩', 或曰'兒戲'.
○弟曰'阿友', 奴婢曰'從'【去聲】.

六十曰'如順', 耳順之訛歟?

上下弦日俗稱'朝今'. 盖潮信盈縮在於是日, 故稱以'潮音', 轉'音'爲'今'【中國小說, 有女子生於弦日, 小名潮音者】.

嘗見中國人稗說. 有云: "俗以人之疏放簡誕者, 謂之'王大訪戴', 盖原於剡溪雪中故事也." 東諺亦有'王大訪戴'之說, 而轉'王'爲'卯', '大'·'戴'俱壓其聲, 用作昂然無憚之別稱. 未知緣何而失其本指.
○'炒卵'華音如東音之'遮午其丹'. '强盜'華音如東音之'猖多畏'. 嘗幷擧此二語, 婢僕混聽, 遂以'炒卵'爲'猖多畏'. 衆口雷同, 不可復改. '王大訪戴'之異用, 其始也, 亦或由賤流之誤傳也.

'戶'曰'止揭'. 『春秋傳』'屈蕩戶之', 杜預注曰: "戶, 止也." 意其本此.

'姜'訓'齊妃'. 周之王妃, 自齊來者, 皆'姜'也.

弓矢所以傷人. 而矢曰'殺', 弓曰'活'. 豈兵是不得已而用之者, 故以生道殺人之意, 互見於二物之名歟?

飯墨俗稱, 恐卽本音之轉訛.

614

○筆之俗稱, 或'不律'之轉訛.

臂之稱'八', 豈以八字有似兩臂之開張故歟?

紙之俗稱, 與稱善之聲同. 盖文士得紙而喜甚, 有此呼也.

周之亥月爲一歲之終. 以歲爲'亥', 豈或箕子朝鮮時語歟?
○亥時爲一日之終. 故日亦稱'亥'. 盖十二支, 唯月與時爲有意義. 月則斗柄所指也. 時則太陽所臨也. 年日配支, 任從人爲, 絶無根據. 干支稱年, 盖自中古始【或曰自漢太初時始】.

宦之俗稱合'禾''米'二名, 懷祿者之鄙言也.
○'喫'與'墨'同諺. 飮食之人, 盖多貪墨. 南中人直以墨字之音爲喫字之義. 尤可驗墨之諺稱, 由本音轉訛.

石之名'突', 以其突然起也. 或云: 東人房堗, 聚石而鋪之, 故云.
雨曰'霏', 風曰'撥陰'. 陰翳得風而散也. 霄曰'雨來', 電曰'翻開', 霧曰'晏開', 晚則散也. 虹曰'無地起', 起於空中, 不着于地也. 或曰'無底起', 謂其一端必在水中也. 或曰'無指氣', 『詩』所謂"莫之敢指"者也.

心曰'念通', 或曰靈通之訛.

大者·多者, 皆稱夏. 盖古訓夏爲大.
○又多或稱'萬', '萬'盈數也. 金曰'衰'. 太剛故忌其盛也. 或曰: "秋屬金. 秋則陽衰."

妻俗稱‘安偕’. 居內而偕老也. 內東諺亦稱‘安’. 內室蓋起居之所安也.

○ 妻家曰‘加柴家’, 或稱妻父母曰‘加柴父母’. 東俗謂荊爲‘加柴’. 蓋出
於荊妻之稱也. 荊之稱‘加柴’, 由古語柴荊之義歟?

○ 夫家曰‘媤【音柴】家’, 或由‘加柴’之稱, 而取其相近也. 或曰: “‘媤家’者
‘新家’也. 新俗稱‘賽’, 轉訛爲‘媤’也.”

公卿貴家, 傔客奴隷之飯, 謂之‘鹽酢’. 似因其饌品之只有鹽酢, 而得
此名也.

○ 嘗謂東人字音比中華差正. 中國書契之前, 已有言語. 故造字之初, 因其
俗稱而爲字音. 東方開荒之始, 亦有方言, 而不別造字. 箕子東出, 始以中國
文字教之. 而不能革其已行之方言. 遂兩存之. 東方之言語文字判爲兩件, 而
不能相入, 蓋由是也. 然箕子之以文字教東人也, 必以殷・周之音, 訓之. 東方
本無別行之書契, 取用中國之文字. 則其音亦姑從中國之所讀而已. 又何可
別作他音, 故自異於中國耶?

是故, 周之時字音, 華東必同. 其後, 中國歷幾千年, 屢經胡夷之變亂. 東方
亦歷幾千年, 風俗貿貿, 文物湮晦. 字音之以訛承舛, 各自沿變於其方內, 而
不相謀. 宜今之字音, 絶不相近似也. 然而華東之音, 今亦多同者. 益可知厥
初之無不同也.

試以韻書攷之. 華音之不協韻者, ‘兒’・‘二’之類也. 東音之不協韻者, ‘笏’・
‘縊’之類也. 而華人則不能作‘侵’・‘覃’諸音, 皆混於‘眞’・‘先’. 東人則能別之. 華
人則不能作入聲之終音, 皆混於‘支’・‘微’・‘歌’・‘麻’. 東人則能辨之. 蓋華則言
語文字合, 故[5]語變而字隨以變. 東則言語文字別, 故語雖變而字未必俱變.
華則屢變於夷狄, 東不過自訛於邦內. 宜東音之尙爲寡過也.

---

5 故: 연대본엔 ‘古’로 되어 있고, 동양문고본, 버클리본, 규장각본엔 모두 ‘故’이다.

故曰:"欲求三代古音, 東比華爲近."

19.

天下固不能人人而有文學通經史. 子孫之學書不成者, 宜務農業治財産.
決不可侔文應擧. 又不可從他徑求祿利. 唯孝友忠信謙謹儉約寬慈愛人恤窮
好施之訓, 具載於篇中者, 雖不學書者, 俱宜敬守之, 毋失墜也.

20.

財貨與禍相隨. 唯儉謹以持之, 慈惠以施之, 庶可不至於招灾. 如有十分之
財, 須損其五分, 以濟貧困. 又損其二三分, 以予賓客吏隷之掌事者. 又損其
一二分, 以予偸竊. 而自己受用其一分. 以此爲心, 財不媒灾.

제16관
계癸. 숙수념執遂念

누구를 위해 말하며, 누구에게 읽힐까?

누구를 생각하며 쓰고, 누가 이루어 돌려줄까?

멀게는 천 년, 가깝겐 하룻밤도 안 지나리.

아!

'누구'가 '누구'인지 어찌 알며,

그가 '누구'가 아닌지는 또 어찌 알랴?

계癸. 「숙수념」을 서술하다.

1.

  공자께서는 "봉황이 오지 않고, 황하에서 하도河圖가 나오지 않으니, 나는 끝났구나!" 하셨다.[1] 아! 공자 평소의 뜻을 알 것 같다. 『역易』을 찬술하고 『시詩』를 산정하시고, 『춘추』를 지으신 것은 역시 만년의 부득이했던 일인 것이다.

  항해자도 어릴 때는 우주 끝까지 자유롭게 다니고[2] 사방 바다四海를 타 넘어 건너려는 뜻이 있었다. 자라자 그것이 불가능하다는 것을 스스로 깨달았다. 이윽고 책을 읽고 수양해서, 요·순·공자·맹자 같은 여러 성인에 필적하는 사람이 되고 싶었다. 좀 뒤에는 국가를 보좌해서 태평성대를 이루고, 이 백성들을 평화롭고 밝은 땅으로 끌어올리고 싶었다. 그 뒤에는 [출정하는 장수에게 내리는] 제사 고기를 받들고[3] [대장군의 예장용] 도끼를 세우고는 백만의 대중을 통솔해 사막을 넘어 달리면서, 이마에 문신을 하고 이를 검게 물들인[4] [오랑캐들을] 모두 감화시켜 제齊와 노魯 [같은 유교적 문명국가]가 되게 하고 싶었다. 그 뒤에는 구름을 타고 비룡을 몰며, 노을을 입고 이슬을 먹으며[5] 낭풍閬

---

1 공자께서는 "봉황이 …… 끝났구나!" 하셨다 : 『논어』 「자한(子罕)」에 나온다.
2 우주 끝까지 자유롭게 다니고 : 원문은 '휘척(揮斥)'으로, 『장자』 「전자방(田子方)」에서 나오는 말이다. "무릇 지인은 위로는 청천을 엿보고, 아래로는 황천 속에 잠기며 [우주의] 팔방 끝까지 자유롭게 돌아다니면서도 신기가 변하지 않는다(夫至人者, 上闚靑天, 下潛黃泉, 揮斥八極, 神氣不變)."
3 제사 고기를 받들고 : 원문은 '수신(受脤)'이다. 출정에 임해, 토지신[社]에게 제사를 지내고 나눠 주는 제육(祭肉)을 받는 것이다. 『춘추좌씨전』 민공(閔公) 2년조에, "군대를 거느린 자는 종묘에서 명을 받고 사(社)에서 제육(祭肉)을 받는다(師師者, 受命於廟, 受脤於社)."라는 말이 있다.
4 이마에 문신을 …… 검게 물들인 : 원문은 '조제(雕題)'와 '칠치(漆齒)'이다. 조제는 이마에 문신을 새기는 것으로, 고대 중국 남방 소수민족의 풍속이다. 칠치는 이를 검게 물들이는 것으로, 왜인들의 풍습이다. 합해서 문명에서 멀리 떨어진 오랑캐라는 의미이다.
5 구름을 타고 …… 이슬을 먹으며 : 전형적인 신선의 모습에 대한 묘사이다. 예로 『장자』 「소요유(逍遙遊)」에 나오는 막고야 선인에 대한 묘사와도 흡사하다. "막고야 산에 신인이 사는데 살결은 빙설과 같고 얌전하기가 처녀 같다. 오곡을 먹지 않고 바람을 들이쉬고 이슬

風·대여岱興[6] 어름으로 날아올라 해와 달이 [시든] 이후까지도 시들지 않고 싶었다. 얼마 뒤에는 백가의 기예를 모두 정교한 경지에까지 연구하고, 천지사방의 바깥까지 빠짐없이 널리 따져서, 위로는 혼돈의 이전까지, 아래론 끝없는 후대에 이르기까지 모두 명료하게 보고 싶었다. 얼마 되지 않아 이 모든 것이 불가능하다는 것을 다시 스스로 깨닫게 되었다.

이에 나이는 점점 많아지고 기운은 점점 나른해지고, 문장과 지식도 날로 무너져 천박해졌다. 마침내 자신을 드러낼 방법이 없어, 천지가 내게 준 아름다움을 저버릴까 두려워졌다. [해서] 붓을 잡고서 책에다 쓰니, 쌓여서 십여만 마디 말이 되었다. 적힌 것이 모두 쇠잔한 자의 뜻이니, 군자가 보고 비루하게 여길까 두렵다. 그러나 완성하고 읽어 보니, 한숨이 나오며 그것도 불가능하다는 것을 다시 스스로 깨닫는다. 아아! 이처럼 더욱 낮아진 것으로도 또 헛소리徒言가 되는 것을 면치 못할 뿐이로구나!

그렇긴 하지만 우리 스승께서 『역』을 찬술하시고 『시』를 산정하시고 『춘추』를 지으실 때, 아마도 쓸쓸히 자신을 애도하며 "누가 내게 이런 빈말을 하지 않을 수 없게 했는가?" 하셨을 것이 틀림없다. 그 뒤를 계승해서, 억만 세대가 그것을 종주로 삼고, 그것을 드러내고, 그것을 모범으로 삼고, 그것을 부연할 줄이야, [그리하여] 한 가지 사물도 그 안에 포괄되지 않는 것이 없고, 한 가지 일도 그 영역에서 벗어나는 것이 없게 될 줄이야 어찌 아셨겠는가?

성인의 저술과 비교하면 이 책은 온 세상에 비해 작은 개미구멍 하나와 같은 것일 것이다. 뒷날의 군자들이 설령 보잘것없게 여겨 채택하지 않더라도, 이 책을 살펴보고 그것을 실현해서 내 오매불망의 생각을 이루어 줄 힘 있는 호사가가 없으리라고 또 어찌 확신하겠는가? 맹자께서는 "왕자王者가 나오면 반드시 와서 그 법을 본받을 터이니, 이렇게 되면 왕자의 스승이 되는 것"

을 마시며, 구름을 타고 용을 몰아 사해의 바깥에 노닌다(邈姑射之山, 有神人居焉, 肌膚若氷雪, 綽約若處子. 不食五穀, 吸風飮露, 乘雲氣, 御飛龍, 而遊乎四海之外)."

6 낭풍(閬風)·대여(岱興) : 곤륜산(崑崙山) 꼭대기의 신선이 산다는 곳들이다.

이라고 하셨다.[7] 아! 어쩌면 이 책도 장차 힘 있는 호사자의 스승이 되려나?

매 편의 제목을 '염念'이라고 하여, 나의 생각일 뿐 실제가 없다는 것을 보인다. 대개 나의 노쇠함[8]에 대한 기록이기 때문이나. 아! 누가 내 생각을 이루어 줄 수 있을까? 누가 내 생각을 이루어 줄 수 있을까? 모두 묶어 제목을 '숙수념熟遂念'이라고 한다.

2.

항해자가 어린아이였을 적, 처음 글자를 배우기 시작하면서 터무니없는 말을 하곤 했다. "내가 어떤 보물을 감추어 놓았어." 어떤 이가 물었다. "어디에 있는데?" 그러면 터무니없는 대답을 하곤 했다. "내 '숙수념'에 있어." 또 터무니없이 말하길 "내가 어떤 책을 감추어 두었는데, 책 속에 이러저러한 말이 있어."라고 했다. 어떤 이가 물었다. "그건 어디에 있는데?" 또 터무니없는 대답을 했다. "내 '숙수념'에 있지." 다시 물었다. "'숙수념'이 어딘데?" "내 별장이야." "어디에 있는데?" 그러면 터무니없이 창문이나 지게문, 안석이나 책 선반 사이의 작은 틈을 가리키면서 말했다. "여기로 들어가면 갈 수 있어." 듣던 사람들은 크게 웃었다.

그때 항해자는 재기가 넘쳐 장차 고인古人을 능가할 듯했다. 입에서 나오

---

7 맹자께서는 "왕자(王者)가 …… 것"이라고 하셨다 : 『맹자』 「등문공 상(滕文公上)」에 나온다. 등의 문공이 정치에 대해 묻자, 맹자는 정전법(井田法)을 실시하고 학교를 정비해서 인륜을 밝히는 것이 급선무라고 대답하며, 그러면 약소국인 등이 스스로 왕도를 펼칠 수는 없더라도, 뒤에 "왕자가 나오면 반드시 와서 그 법을 본받을 터이니, 이는 왕자의 스승이 되는 것입니다(有王者起 必來取法, 是爲王者師也)."라고 대답했다.

8 나의 노쇠함 : 공자가 젊었을 때 주공의 도(道)를 행하려는 뜻이 있었으므로 꿈속에서도 주공을 가끔 보았으나, 늙도록 이를 행하지 못하게 되자 주공의 꿈조차 꾸지 못하였다. 이에 "내가 몹시도 노쇠하였구나! 오래도록 내 다시 꿈속에서 주공을 뵙지 못하였다(甚矣吾衰也! 久矣吾不復夢見周公)."라고 탄식하였다. 『논어』 「술이」(述而).

고 손으로 쓰는 것마다 종종 모두를 놀라게 했으니, 보는 이들은 모두 세상에 크게 이름을 날릴 거라고 기대했었다. 지금 나이가 마흔이 넘었건만, 한 가지도 이룬 것 없이 스산하다. 이 책에 실린 소소한 경세제민經世濟民의 [기획]조차도 재주가 모자라 부질없는 빈말에 그쳤다. 아! 어째서 처음엔 이처럼 뛰어나더니, 끝은 이처럼 피폐하단 말인가?

어떤 이가 말했다. "아이 적에 별장의 뛰어난 풍경을 이야기하면서 이름을 '숙수념'이라고 지은 건, 이러한 생각은 있지만 실현할 수 없어 다른 사람을 기다린 것이었을 것이오. 작은 틈을 가리키며 '이리로 들어간다.'라고 한 것은 그곳이 텅 비고 깜깜한 속에 있어 절대 다다를 수 없는 곳이기 때문이었을 것이오. 어린아이는 영물이니, 말이 까닭 없이 나오는 법이 없소. 이것은 아마 참언이었겠지요?"

항해자가 발끈하며 말했다. "자네는 진짜로 내가 이 생각을 실현할 수 없으리라고 생각하는가? [누구] '숙孰'이 [일찍] '숙夙'이 아닐지 자네가 어찌 알고, 끝내 작은 틈으로 들어가지 못할 줄 어찌 아는가? 실현되기 전으로 말한다면야 주공의 『주례周禮』도 의작擬作이니, 아직 시행된 적이 없었네. 부처의 극락 세계도 허풍이니, 존재한 적 없는 것일세. 어부의 무릉도원은 잠꼬대이니, 가 본 적 없는 곳이네. 페르시아⁹의 만 가지 보물 목록도 가상으로 만든 것이니, 진짜로 이런 물건이 있었던 적은 없었네.

실현된 다음으로 말하면, 공자께서 곤의袞衣를 입고 명당明堂에 앉아¹⁰ 백관과 만국의 조회를 받으시고, 은殷의 수레輅를 타고 순舜의 음악韶을 연주하고,¹¹ 안연·민자건·자유·자하가 공경대부의 자리에 가득 늘어서 있네. 진

---

9 페르시아 : 원문은 '파사(波斯)'이다. 고대 중국인들은 세상에서 가장 보물이 많은 나라라고 여겼다.

10 곤의(袞衣)를 입고 명당(明堂)에 앉아 : 곤의는 제왕이나 공경의 예복으로, 권룡(卷龍)을 수놓았다. 명당은 제왕이 정사와 교화를 펼치던 장소로서, 중요한 국가 행사를 거행하는 장소이다.

11 은(殷)의 수레[輅]를 …… 음악[韶]을 연주하고 : 은의 수레는 '노(輅)'이고, 순의 음악은 '소

시황은 만 리의 돌다리를 완성해서[12] 친히 봉래산에 이르러 안기생을 만나[13] 금광단金光丹과 강설絳雪[14]을 먹고, 지금까지 아방궁전 가운데 있네. 제갈량은 오吳와 위魏를 병탄해서 한漢의 황제를 옛 도읍으로 돌려보내 놓고 남양의 초가집에 돌아가 늙으며 소나무와 구름, 물과 학과 더불어 그 만년을 즐기네. 두보는 천만 칸의 큰 집을 짓고 천하의 곤궁한 선비 수십만 명을 모아 그곳을 채웠네.[15] 자네가 끝까지 믿을 수 없다면 나와 함께 어디에 가 보는 건 어떻겠나?'

그러고는 그 팔을 잡고 작은 틈으로 들어가자, 갑자기 넓게 트이면서 환해졌다. 한 시간도 채 걸어가지 않아 큰 시냇가에 이르렀다【갑10】. 작은 거룻배

(韶)'이다. 공자는 나라를 다스리는 일에 대한 안연(顏淵)의 질문에 "하의 책력을 시행하고, 은의 수레를 타고, 주의 면류관을 쓰며, 음악은 소무를 쓰고, 정의 음악은 추방하고, 말재주 있는 사람은 멀리해야 할 것(行夏之時, 乘殷之輅, 服周之冕, 樂則韶舞, 放鄭聲, 遠佞人)."이라고 대답한 바 있다. 『논어』「위령공(衛靈公)」.

12 진시황은 만 리의 돌다리를 완성해서 : 진시황이 바다를 건너 해가 뜨는 곳을 보고자 하자, 신인(神人)이 시황을 위해 돌을 운반해 다리를 만들어 주려고 하였다. 돌이 빨리 이동하지 않으므로 신편(神鞭)으로 치자 돌들이 피를 흘려 바위가 모두 붉은색이 되었다는 고사가 『삼제약기(三齊略記)』에 있다. 『태평어람(太平御覽)』「귀신부(神鬼部)」.

13 봉래산에 이르러 안기생을 만나 : 안기생(安期生)은 신선의 이름이다. 동해 가에서 약을 팔았는데 당시 사람들이 모두 천세옹(千歲翁)이라 했다. 진시황(秦始皇)이 동유(東遊)했을 때 그를 만나 사흘 밤낮 동안 이야기를 나누고 많은 금과 옥을 내렸으나 다 남겨 놓은 채, 붉은 옥으로 만든 신발[赤玉舄] 한 쌍과 편지를 남겨 놓고 떠났다. 편지에는 "몇 년 뒤 나를 봉래산으로 찾아오라."라고 했다. 시황제는 즉시 서불(徐市)과 노생(盧生) 등 수백 명을 보내 바다로 들어가게 했으나 봉래산에 도달하기 전에 풍파를 만나 돌아왔다고 한다. 『열선전(列仙傳)』〈안기선생(安期先生)〉.

14 금광단(金光丹)과 강설(絳雪) : 선가(仙家)에서 먹는다는 단약(丹藥)의 이름들이다. 『석약이아(石藥爾雅)』에 의하면 금광단은 일명 용주단(龍珠丹)이라고도 불리는 광물성 단약이라고 한다. '붉은 눈'이란 뜻의 '강설'은 『한무제내전(漢武帝內傳)』에 보인다. "선가의 상약(上藥)으로 현상(玄霜)과 강설(絳雪)이 있다."라고 하였다.

15 두보는 천만 …… 그곳을 채웠네 : 두보(杜甫)의 〈가을바람에 초가지붕이 망가진 것을 노래함(茅屋爲秋風所破歌)〉의 내용을 인용하고 있다. 이 시에서 그는 "어떻게 하면 천만 칸의 넓은 집을 얻어, 천하의 가난한 선비들을 크게 덮어 주어 모두 즐겁게 하고, 비바람에도 산처럼 끄떡없이 편안하게 할까? 아, 언제나 눈앞에서 우뚝한 이런 큰 집을 볼까? [그렇게만 된다면] 내 집만 부서져 얼어 죽어도 만족하리라(安得廣廈千萬間, 大庇天下寒士俱歡顏, 風雨不動安如山? 嗚呼! 何時眼前突兀見此屋? 吾廬獨破受凍死亦足)."라고 하였다.

를 가지고 기다리는 자가 있어 올라타 앉았다. 좌우의 산과 언덕, 숲의 아름다운 모습이 인간 세상의 것이 아니었다. 물결을 따라 남강【갑10】으로 향했다. 서호【갑10】를 거쳐, 몇 척이나 되는 큰 나귀를 타고 저택에 도착했다. 여러 집堂과 방室, 관館과 원院을 두루 돌아보고, 소장된 서적들도 모두 꺼내 열람했다. 책 속에 적힌 내용과 하나하나 모두 똑같았다. 가마肩輿를 타고 오로원【갑9】을 찾아가니, 그 연못과 절벽 등 아름다운 경치가 책에 기록된 것보다 나으면 나았지 하나도 다르지 않았다. 태허부【갑9】에 이르러 강소대【갑9】에 오르니, 두 개의 바위가 마주 쭈그리고 있었다. 각자 하나씩 베고 누웠다. 항해자가 말했다. "어떤가?" 그 사람은 "내 이제야 말을 가볍게 해선 안 된다는 걸 알았네." 했다. 항해자가 말했다. "말이 맞지 않는 건 지혜心知가 어둡기 때문일세. 태청선인太淸僊人[16]이 파란 얼굴의 귀신 졸개들을 보내 자네 혀를 뽑아서 바꾸고 자네의 심장을 갈라서 씻어 낼 걸세."

말이 채 끝나기도 전 갑자기 천지가 어두워지면서 대낮이 칠흑 같아지고, 천둥 번개가 산골짜기를 흔들었다. 도끼를 쥐고 검을 빼 든 귀신 졸개 십여 명이 곧장 그 사람에게 달려들었다. 그 사람은 크게 비명을 지르다 벌떡 일어났다. 항해자도 벌떡 일어났다. 한참을 바보처럼 눈을 비비고 빤히 쳐다보며 말을 하지 못했다.

항해자는 지구 세계 남섬부주 조선국 한양성 중 남부 훈도방 죽전동地毬世界 南瞻部洲 朝鮮國 漢陽城中 南部 薰陶坊 竹廛衕[17]의 작은 집, 사랑방斜廊房[18] 북쪽 창문 아래에서 자다 일어났고, 그 사람은 지구 세계 남섬부주 조선국 한양성 중 남부 훈도방 죽전동의 작은집, 사랑방 남쪽 창문 아래에서 자다가 일어났

---

16 태청선인(太淸僊人) : '태청'은 도교에서 말하는 천상의 신선 세계로, 옥청(玉淸)·상청(上淸)·태청(太淸)의 삼청(三淸) 중 태상노군(太上老君)이 거처한다는 태청천(太淸天)을 가리킨다. 태청선인은 특정한 신선의 이름이라기보다는 '태청의 신선'이라는 일반적 의미로 조어가 이루어진 것 같다.

17 지구 세계 …… 薰陶坊 竹廛衕 : 홍길주가 살던 실제 주소지이다.

18 사랑방(斜廊房) : 우리말 '사랑방'을 음차해서 썼다.

다. 좌우에 쌓인 책들은 『서전書傳』, 『시전詩傳』, 『문선文選』, 『연감유함淵鑑類函』, 『규장전운奎章全韻』 등 백여 권의 책, [그대로일] 뿐이었다. 앞에는 벼루 하나, 재떨이 하나, 담배쌈지 하나, 담뱃갑 하나, 요강 하나, 부채 하나, 창포로 만든 작은 솔 하나, 풀이 담긴 굽 깨진 접시 하나, [그대로] 있을 뿐이었다. 그 사람은 놀란 혼을 겨우 진정하곤 크게 웃으며 말했다. "내가 이제야 알겠네. [누가 생각을 이루어 줄까]의 '숙수념執遂念'이 아니고, [일찍이 이루어진 생각]의 '숙수념夙遂念'도 아니고, [누군가 잠 속의 생각]이라는 '숙수념執睡念'이군." 항해자도 크게 웃었다.

아! 이것이 과연 꿈이고 진짜가 아닌가? 아! 누가 이 꿈을 진짜로 만들어 줄 수 있을까? 아! 누가 내 생각을 이루어 줄 수 있을까? 누가 내 생각을 이루어 줄 수 있을까? 모두 묶어 제목을 '숙수념'이라고 한다.

3.

어떤 이가 말했다. 항해자가 어린아이였을 때, 입에서 나오는 대로 터무니없이 하는 말이 걸핏하면 '숙수념' 세 글자에 대한 것이었다. 그러니 이 시각에 '숙수념'의 터와 규모는 이미 개척되어 대략 정해졌다. 장년에는 당세에 뜻이 있어 '숙수념'을 생각할 겨를이 없었다. 그러나 널리 배우고 착실하게 수양하며 풍성하게 쌓고 정밀하게 강론한 것은 절로 모두 '숙수념'의 설계를 보충하는 것이었다. 근래에 한가히 지내게 되자 이 책을 저술할 마음이 들었지만 미처 착수하지는 않았다. 하루는 문득 붓을 잡고서 두루마리로 다가앉더니, 되는대로 갈겨써서 채 한 달이 안 되어 완성했다. 그것을 완성하던 날 '숙수념'의 전체 판국은 완전히 이루어졌다. 어찌 훗날을 기다려 완성하겠는가? 또 어찌 다른 사람을 기다린 다음에야 실현되겠는가?

[누구] '숙執'은 [일찍] '숙夙'으로 써야 하고, [이룰] '수遂'는 [따를] '수隨'로 써야

하고, [생각] '염念'은 [염계] '염濂'으로 써야 한다. '염濂'은 원래 도주道州의 강 이름이다. 주무숙周茂叔 선생[19]은 염계濂溪 사람인데, 만년에 여산에 거처를 정하고 그곳을 흐르는 강에 '염계'라는 이름을 붙였다. [그러니] 옮겨 가서 사는 땅에 이름을 짓는 사람은 모두 그곳을 '염'이라고 할 수 있다. 이곳은 항해자가 어릴 때부터 이미 항해자의 신변에 있었다. 항상 따라다니며 하루도 떠난 적이 없었으니, [일찍부터 염계를 따르다'라는 뜻의] '숙수렴夙隨濂'이라 하지 않을 수 있겠는가?

〈숙수렴부夙隨濂賦〉 한 편이 있으니, 그 대략적인 모습을 서술했다.

○○○ 〈숙수렴부夙遂濂賦〉

하늘에서 떨어진 한 물건이, 큰 바다 동쪽 끝에 내려와
부상의 아침 해 당겨 와, 어리석은 무리에게 밝은 빛 열었네.
산천의 맑은 영기를 육성하니, 우주의 높고 밝음에 부합했고,
어린 나이에 현오玄悟[20]를 깨우쳐, 아이 웃음소리가 궁상에 맞네.
지혜는 구하九河를 소통시키고,[21] 귀가 밝아 팔음八音[22]에 통달하니

---

19 주무숙(周茂叔) 선생 : 북송 주돈이(周敦頤)의 자가 무숙이다. 호는 염계(濂溪)이다. 호남성(湖南省) 영도(營道) 사람인 그는 만년에 여산(廬山)의 연화봉(蓮花峯) 아래로 퇴거해서 강학했다. 그는 고향 영도에 있던 시내의 이름인 '염계(濂溪)'를 가져와 여산 연화봉 밑의 시내를 염계라고 불렀다. 『송사(宋史)』「도학열전(道學列傳)」 주돈이(周敦頤).

20 현오(玄悟) : 깊은 깨달음, 현묘한 깨달음이란 말로, 묘오(妙悟)와도 같은 말이다.

21 구하(九河)를 소통시키고 : 구하는 고대 황하(黃河)의 아홉 지류(支流)이다. 우(禹)가 이 물줄기를 소통시켜 황하의 범람을 막았다. 『상서』「우공(禹貢)」에 나온다.

22 팔음(八音) : 원문은 '팔풍(八風)'이다. '팔풍'은 '팔음'이라는 것이 중설이다. 『춘추좌씨전(春秋左氏傳)』 양공(襄公) 29년에 "오성이 어울리고 팔풍이 조화되었으며, 박자에 법도가 있고 악기의 연주에 차례가 있다(五聲和, 八風平, 節有度, 守有序)."라고 하였는데, 이에 대해 왕인지(王引之)는 "옛날엔 팔음을 팔풍이라고 했다(古者八音謂之八風)."라고 했다. 『경의술문(經義述聞)』「춘추좌전 중(春秋左傳中)」. ○ 팔음은 금(金)·석(石)·사(絲)·죽(竹)·포(匏)·토(土)·혁(革)·목(木)의 재료로 만든 여덟 종의 악기에서 나는 소리이다.

텅 빈 넓은 곳에 치언巵言[23]을 펼쳐, 홍몽鴻濛[24]에 큰 거처를 가리키네.

강성康成[25]이 주해할 수 없고, 무선茂先[26]이 알 수 없으며,

『괄지지括地志』[27]에 실리지 않았고,『산해경山海經』[28]과 같은 곳 아닐세.

정신은 하늘 끝에 번쩍이고, 약속은 텅 빈 마음에 말없이 드러나

깊고 아득한 곳에 안존한 상象을 개척하고, 높고 평탄한 곳에 영원의 터를 표시했네.

문호가 대충 갖춰지자, 홀연 용마루와 지붕이 점점 솟아오르네.

세월은 달려 날 위해 멈추지 않으니, 좋은 재목이 헛되이 산속에 늙음 안타깝구나.

문득 붓을 잡고 둘러보니, 삼라만상이 불 일듯이 일어난다.

흰 비단 펼치니 우주와 맞먹고, 글자마다 풍상의 기상이 서려[29] 강산

---

23 치언(巵言) : 자연스럽게 마음 가는 대로 하는 말로,『장자』「우언(寓言)」에 나오는 말이다. "치언이 일상에서 수시로 나와 자연의 질서와 화합되지 않는다면 어떻게 오래갈 수 있겠습니까?(非巵言日出, 和以天倪, 孰得其久?)" 즉 일상에서 아무렇게나 하는 말이지만 자연의 질서에 맞는 말을 뜻한다.

24 홍몽(鴻濛) : 반고(盤古)가 천지개벽(天地開闢)을 하기 이전, 즉 천지가 나누어져 코스모스가 탄생하기 이전, 세계가 한 덩이 혼돈의 원기(元氣)인 상태, 즉 카오스의 상태를 가리킨다.

25 강성(康成) : 정현(鄭玄)의 자가 강성이다. 동한 말기의 대표적 유학자로, 금문(今文)과 고문(古文)으로 된 여러 경전에 주석을 달아, 훈고학의 개조로 평가된다.

26 무선(茂先) : 장화(張華)의 자가 무선이다. 박학다식으로 유명한 서진(西晉)의 학자 겸 문인이다. 장서가로도 유명해서 목록학에 정통했으며, 박물학 저서인『박물지(博物志)』를 남겼다.

27 『괄지지(括地志)』 : 당 태종(唐太宗)의 명령으로 이태(李泰)가 주관하여 편찬한, 전체 550권의 지리서이다.

28 『산해경(山海經)』 : 중국 고대의 지리서이다. 모두 18권으로,「오장산경(五藏山經)」·「해외사경(海外四經)」·「해내사경(海內四經)」·「대황사경(大荒四經)」·「해내경(海內經)」의 5부로 되어 있다. 2세기 이전에 만들어진 것으로 추정되는데, 작자는 알 수 없다. 동서남북의 지리·산맥·하천 등을 기록하고 풍속과 산물 등을 다루고 있지만, 신화적 장소와 동식물, 신선과 요괴 등도 다루고 있어 지리서라기보다는 신화집의 성격이 더 강하다고 할 수 있다. 중국 고대인의 상상적 지리서라고 본다면 본문의 문맥에 적합할 것이다.

29 글자마다 풍상의 기상이 서려 : 『서경잡기(西京雜記)』에 "회남왕(淮南王) 안(安)이『홍렬(鴻烈)』 21편을 짓고서 …… 스스로 '글자마다 모두 풍상의 기상을 끼고 있다.'라고 하였다(淮南王

을 껴안았네.

담황색 책갑 완성을 고하니, 흡사 고요한 집이 생각을 실현한 듯하여라.

사람은 그 뜰에 이를 수 없으니, 우선 내 우렁우렁한 열 편의 노래 들
으라.

첫 번째 노래여 신령한 빗장 뽑으니, 명산을 등지고 세 강을 향해 읍하네.

명산은 높고 세 강은 넓고 깊으며, 안개구름 높이 일고 새와 물고기 한
가하다.

우레는 폭포가 되고 눈발은 연못 되니, 하늘 피리天籟[30] 쩌렁 깊이 닫
힌 곳을 흔든다.

태허太虛[31]를 바라보니 고요하고 전일하며, 하늘의 문[32]은 멀고도 멀다.

중앙에 집을 짓고 방을 만드니, 편안해서 봄도 좋고 가을도 온화하며,

밖으론 트였고 안은 조용하니, 마음은 쾌적하고 정신은 모이네.

옥을 조탁해 집을 짓지도 않고, 계수나무로 정자를 짓지도 않았으나

둘러싼 여러 원院들 착착 늘어섰으니, 별들이 모인 천구天球를 본떴네.

두 번째 노래 버글버글 많은 사람 모으니, 구름처럼 안개처럼 손님들
이 이르네.

安著鴻烈二十一篇 …… 自云: '字中皆挾風霜').』『홍렬』은 『회남자(淮南子)』를 말한다.

30 하늘 피리[天籟] : 원문 '천뢰(天籟)'는 대자연의 소리를 의미하는 말로, 『장자(莊子)』「제물
론(齊物論)」에 나온다. 여기서는 인뢰(人籟)·지뢰(地籟)·천뢰(天籟)를 말하고 있는데, 사람
이 만든 악기가 바람을 받아 내는 소리가 인뢰이고, 땅의 구멍들이 바람을 받아 내는 소리
가 지뢰이다. 이 둘이 소리 내도록 하는 것, 바람 그 자체에 해당하는 것이 천뢰이다. 즉 무
엇인가에 의해 작동되는 것이 아니라 자기 자신이 원인인 소리, 대자연의 소리가 천뢰이다.

31 태허(太虛) : 우주의 본체 또는 기(氣)의 본체를 의미하는 단어로, 『장자』「지북유편(知北遊
篇)」에 나온다. 천지 만물의 근원으로서의 무형(無形)의 도(道)라는 뜻으로 사용된다.

32 하늘의 문 : 원문은 '천지창(天之閶)'이다. 줄여서 '천창'이란 하늘의 문이라는 말이지만, 두
개의 산봉우리가 문처럼 마주 선 곳을 가리키기도 한다.

시詩와 예禮로 단장해 옷으로 삼고, 문장을 조탁해 패옥으로 찼네.

그릇에 따라 쓰임을 정해 주니, 아름다운 재능이 본래부터 갖추인 듯.

종과 첩들까지 화목하게 모이니, 늙은인 기뻐할 뿐 하는 일 없네.

세 번째 노래 질서도 정연하게 의례가 완성되니, 변籩과 두豆[33] 아름답고, 옥은 쟁그랑 울린다.

은의 연璉이며 하의 모퇴牟追,[34] 〈청묘淸廟〉로 마무리하니 소월疏越의 바른 소릴세.[35]

효孝의 물 떠서 맑은 단술 진설하고, 덕德의 숲 사냥해 살진 희생 바치네.

나가선 온화하고 물러나선 강직하게,[36] 벽수璧水의 학사[37]에 노닐라 나를 부르네.

---

33 변(籩)과 두(豆) : 의식용 그릇으로, 죽기(竹器)와 목기(木器)이다. 안주는 변에, 과일은 두에 담는다.

34 은의 연(璉)이며 하의 모퇴(牟追) : 은의 종묘 제사에서 서직(黍稷)을 담던 제기의 이름이 연이다. 모퇴는 하(夏)의 모자 양식으로, 술잔을 엎어 놓은 모양으로 길이 7촌, 높이 4촌에 앞쪽은 높고 넓으며 뒤쪽은 낮고 뾰족한 모양으로 만들었다. 『예기』 「교특생(郊特牲)」.

35 〈청묘(淸廟)〉로 마무리하니 소월(疏越)의 바른 소릴세 : 〈청묘〉는 『시경』 「주송(周頌)」의 편명이다. 문왕(文王)을 제사하는 악가(樂歌)이다. ○ '마무리하니'의 원문은 '난(亂)'이다. '난'은 악곡의 마지막 장이다. ○ '소월'이란 비파의 밑에 구멍을 내서 낮은 소리가 나게 하는 것이다. 『예기』 「악기(樂記)」에 "〈청묘〉를 연주하는 비파는 마전한 붉은 실에 밑구멍을 뚫었다(淸廟之瑟, 朱絃而疏越)."라고 했다.

36 나가선 온화하고 물러나선 강직하게 : 원문의 '옹옹(雝雝)'은 화락한 모습이다. 『시경』 「대아(大雅)」 〈사제(思齊)〉에 "궁에서는 화락하고, 조정에선 엄숙하시다."라고 했다. 원문의 '간간(侃侃)'은 강직한 모습이다. 『논어』 「향당(鄕黨)」에 "조정에서 하대부와 말을 할 적엔 강직하게 하고, 상대부와 말을 할 적에는 부드럽게 했다(朝與下大夫言, 侃侃如也, 與上大夫言, 誾誾如也)."라고 했다.

37 벽수(璧水)의 학사 : '벽수'는 성균관이나 문묘에 있는 연못을 가리키는 말이다. 반수(泮水)라고도 한다. 따라서 '벽수의 학사'는 태학을 가리키는 말이지만, 독서강학처를 가리키는 말로도 쓰인다.

네 번째 노래 거대하게 천 년을 열람하니, 위로 태초까지 이르고 아래론 끝이 없네.

성인의 교훈 기치 되어 일월과 짝하고, 현인의 변론을 서술해 도규道揆[38]를 살핀다.

편파적인 말을 배척하고 옛 서적을 높여, 큰길을 따라가며 많은 자취 고찰하네.

질나발과 젓대 번갈아 새로운 소리 연주하니,[39] 어지러운 온갖 숨겨진 것들 종류대로 다 일어난다.

다섯 번째 노래 풍성하게 온갖 보물 나열하니, 덕으로 쌓아서 은혜로 베풀도다.

누렇게 떠[40] 윤기 없는 이 누구인가, 억조창생과 함께 모두 살리도다.

교룡의 구슬은 부서진 자갈돌, 산호 나무는 썩은 나뭇등걸일 뿐.

번여璠璵[41]는 산으로 돌아가라 고하고, 무소뿔과 조개는 발해로 돌아가게 던지네.

---

38 도규(道揆) : 법도를 지키고 규칙을 제정한다는 뜻이다. 『맹자』 「이루 상(離婁上)」에 나오는 단어이다. "위에서는 도를 헤아림이 없고 아래에서는 법을 지킴이 없다(上無道揆也, 下無法守也)." 주희는 이에 대해 "도는 의리요, 규는 헤아린다는 뜻이다. 도규는 의리로 사물을 헤아리고 그 마땅한 바를 제정하는 것이다(道, 義理也, 揆, 度也. 道揆, 謂以義理度量事物而制其宜)."라고 해설했다.

39 질나발과 젓대 …… 소리 연주하니 : '질나발과 젓대를 번갈아 연주한다'는 것은 『시경』 「소아(小雅)·절남산지십(節南山之什)」의 〈하인사(何人斯)〉에서 유래하여, 형제가 화목하게 지냄을 비유하는 말이다. "백씨가 질나발을 불면 중씨가 젓대를 분다(伯氏吹壎, 仲氏吹篪)." ○ 홍석주와 홍길주가 함께 한 작업이나 홍석주의 저술들이 「오거념(五車念)」에 많이 실려 있기에 하는 말이다.

40 누렇게 떠 : 원문은 '함함(頷頷)'이다. 굴원의 〈이소(離騷)〉에 나오는데, 배불리 먹지 못해서 얼굴이 누렇게 된 것을 말한다고 한다.

41 번여(璠璵) : 노(魯)의 보옥(寶玉) 이름이다. 공자도 "아름답도다, 번여여. 멀리서 바라보면 광채가 찬란하고, 가까이서 살펴보면 곱고도 깨끗하구나(美哉, 璠璵! 遠而望之, 煥若也, 近而視之, 瑟若也)."라고 한 적이 있다. 『일논어(逸論語)』.

백성의 일용을 돕는 게 귀하니, 덕스러운 모습 갖추도록 스스로 애쓰라.

여섯 번째 노래 규범에 맞아 엄숙하고 곧으니, 신神이 있어 보아도 드
러나지 않는 듯하네.
　'예禮'의 밭이 아니면 어디에 살며, '의義'의 길이 아니면 어디로 걸으랴?
　삼가고 어눌한 것으로 귀막이옥 삼아 빛나고, 곧고 소박함을 띠로 삼
아 땋아 늘였네.
　오음五音이 이어지며 어우러지니, 교훈과 법을 어지럽히지 않도다.

일곱 번째 노래여 즐거움이 도도하니, 오직 화락하게 노닐고 즐긴다.
　가을 저녁과 여름 한낮, 북쪽 산은 험준하고 남쪽 여울엔 바람 거세네.
　네 마음 만물 너머로 뛰어넘고, 네 잠자리를 신선의 무리로 옮겼도다.
　홀로 내려와 농사와 뽕나무 살피고,[42] 내 술을 즐기며 돼지와 어린
양[43]을 굽노라.
　구슬을 갈아 포말을 뿜고, 은하수를 쏟아 파도가 뒤집히니
　모든 시내를 터서 흐르게 하고, 교룡을 지휘해 악어와 자라 굴복시키네.
　산을 희롱하고 바다를 도모하니, 칠보가 찬란하고 구운라[44] 쟁쟁 울

---

42 홀로 내려와 농사와 뽕나무 살피고 : 『시경』 「국풍(國風)·용풍(鄘風)」의 〈정지방중(定之方
　中)〉의 제2장에서 변용해 인용했다. "내려와 뽕나무밭을 보고, 점을 치니 길하다 하네(降
　觀于桑, 卜云其吉)." ○ 『숙수념』 제10관 「식오념(式敖念)」에 감농과 관련된 의례에 대한 규정
　이 많기에 언급되는 것이다.
43 돼지와 어린 양 : 봄에 먹는 맛있는 음식으로 꼽힌 것이다. 『예기』 「내칙(內則)」에는 사계
　절의 가장 맛있는 음식 여덟 가지를 나열하고 있는데 그중 "봄에는 새끼 양과 어린 돼지가
　알맞다(春宜羔豚)."라고 했다. ○ 「식오념」이 각종 연회에 대한 의례를 포함하고 있기에 하
　는 말이다.
44 구운라 : 원문은 '구오(九璈)'이다. '오(璈)'는 고대의 악기 이름이다. 구오의 뜻은 분명하지
　않지만, 구운라(九雲鑼) 또는 운오(雲璈)라고 하는 고대의 악기가 현재도 전한다. 구리로
　둥근 접시 모양의 작은 징[小鑼] 열 개를 나무틀에 달아매고 작은 나무망치로 쳐서 연주하
　는 악기이다. 이것을 가리키는 것으로 보인다.

린다.

내 마음 내키는 대로 즐겨 문란해지지 않으며, 오직 한가한 날에 날아 오르네.

여덟 번째 노래여 펄럭이며 멀리 날아오르니, 평탄히 펼쳐진 길 구불 구불 이어진다.

내 탈 것을 꾸미니 화려한 가마, 내 탈 말로 요뇨腰褭[45]를 택하네.

내 수레바퀴를 끝없는 산맥으로 굴리고, 내 고삐를 아득한 곳을 향해 당긴다.

길을 따라서 장차 돌아오리라 했건만, 아, 어쩌다 구름 밖인가?

깊고 고요한 하늘 벌판[46] 끝까지 가서 광활한 산굽이[47]를 돌아, 내 집 아랫목 구석에 홀로 편안히 잠들었네.

아홉 번째 노래여 평온하게 저물어 가니, 도의 근원을 찾아 여러 환상 을 수렴하네.

바른 덕正德을 지녀 뜻을 굳게 하고, 아름다운 빛을 밝혀 눈을 여니,

높은 대규大圭[48]와 무늬 놓은 곤룡포, 찬란히 수놓은 무늬 서로 섞였네.

---

45 요뇨(腰褭) : 고대의 준마이다. 주둥이는 금빛이 나고 몸뚱이는 붉으며, 하루에 1만 8천 리 를 간다고 하였다.

46 어두운 하늘 벌판 : 원문은 '소조(霄霱)'이다. 맑고 고요하며 깊고 그윽한 모습을 형용하는 말이다. 『회남자(淮南子)』「원도훈(原道訓)」에는 우주 자연과 합일된 자유로운 정신적 여 행을 묘사하는 내용이 있는데, 여기에 "위로는 깊고 고요한 하늘 벌판에 노닐고 아래로는 경계가 없는 문으로 출입한다(上遊於霄霱之野, 下出於無垠之門)."는 말이 있다.

47 광활한 산굽이 : 원문은 '앙알(坱圠)'이다. '앙알(坱軋)'과 같은 말로, 끝없이 광활하다는 표 현이다. 가의(賈誼)의 〈복조부(鵩鳥賦)〉에서 자연의 끝없는 조화를 표현하여 "대자연이 만 물을 운행함이여, 광활하여 끝이 없도다(大專槃物兮, 坱軋無垠)."라고 한 표현을 이용한 것 이다. 『사기』〈가생열전(賈生列傳)〉.

48 대규(大圭) : 천자가 착용하는 패옥(佩玉)이다. 『주례(周禮)』「동관고공기(冬官考工記)」〈옥 인(玉人)〉에 의하면, "길이가 3척이고, 윗부분을 깎고 그 위를 뭉치처럼 만들어 천자가 착

온갖 자취 넉넉히 취했으니, 작은 지혜를 자랑한들 누가 업신여기랴?

노래가 장차 끝나리니 열 번째 노래, 아아, 본 마음을 장차 어이할까?

참으로 이곳이 허탄하지 않으니, 오랫동안 노을 언덕에서 너를 기다리네.

어딘들 졸졸대는 것은 샘이 아니며, 어딘들 깊숙한 곳은 산비탈 아니랴?

진실로 네 가벼운 수레와 짧은 상앗대로, 어찌 홀로 떠나서 가지 못하랴?

네 의복을 힘써 깨끗이 수선하고, 네 식량을 풍성하게 맛나게 많이 준비하라.

'누가 이룰까熟遂' 하고 얼른 사양치 말고, 공연히 생각만 하며 때를 놓치지 마라.

닭 우는 새벽에 용감히 떠나야 하니, 저물녘엔 바람과 파도 많을까 두렵도다.

진인眞人이 너를 [기다려] 머뭇대니, 때로다! 때로구나, 함부로 지나칠 수 없도다.

○ 또 긴 노래長歌 한 편이 있으니, 제목은 〈숙수렴행夙隨濂行〉이다.

○○○ 〈숙수렴행夙隨濂行〉

자허선인紫虛仙人[49]이 구름 끝에서 내려오니,

용한다(大圭長三尺, 杼上, 終葵首, 天子服之)."고 했다.

49 자허선인(紫虛仙人) : '자허'라는 이름의 신선으로 위진(魏晉) 시대의 여도사 위화존(魏華存)이 있다. 그녀는 '자허원군남악위부인(紫虛元君南嶽魏夫人)'으로 불리는 신선이 되었다고 한다. 그 밖에 『삼국지연의』에 등장하는 자허상인(紫虛上人)도 있다. 촉(蜀)의 금병산(錦屛山)에 사는 이인으로, 방통(龐統)의 죽음과 제갈량(諸葛亮)의 촉의 입성을 예언했던 인물이다. 그러나 '자허'라는 말 자체가 구름과 노을에 해가 비쳐서 붉게 물든 하늘을 의미하는 일반명사이다. 따라서 그저 신선의 대칭으로 조어된 것으로 보인다.

옥 피부에 황금 폐와 간.

내게 신령한 책 한 상자를 보여 주는데,

담황색 비단 열기도 전 빛이 찬란하다.

책머리 한 줄을 반도 읽기 전,

홀연 천둥 번개에 비바람 가득하네.

귀신의 물동이 쏼쏼 백 개 도랑 퍼붓고,

신령의 도끼가 탁탁 뭇 산들 깎아 내네.

동쪽에서 밀치고 북쪽에서 흔들어 정신없고,

함치르르한 이슬은 마르지 않고 흐른다.

긴 무지개 눈이 아롱져 바라볼 수 없고,

서늘한 폭풍 뼈에 스미니 추워 견디기 어렵네.

순식간에 밝게 개니 하늘은 옅은 푸른색,[50]

온 세상은 고운 비단 실을 교직해 놓은 듯.[51]

홀과 패옥을 깎아 세웠나 문득 놀라니,

웅덩이와 언덕의 모든 구멍이 숨을 내쉰다.[52]

만 줄기 맑은 시내는 푸른 슬슬주,

감돌아 큰 못 되니 야청빛 진주일세.

---

50 옅은 푸른색 : 원문은 '난색(卵色)'이다. 이는 푸른 오리의 알껍질 색인 담청색을 의미하는
것이다. 따라서 '난색천(卵色天)'이란 푸른 하늘을 의미한다.

51 온 세상은 …… 놓은 듯 : 원문은 '팔굉(八紘)'이다. 『회남자(淮南子)』 「추형훈(墜形訓)」에 의
하면 구주(九州) 밖에 팔인(八殥)이 있고 팔인 밖에 팔굉(八紘)이 있는데 각각 천 리라고 한
다. 그리고 그 너머가 팔극(八極)이라고 했다. 세상 혹은 천하의 대칭으로 쓰인다. '팔굉'에
대한 고유(高誘)의 주석에 "굉(紘)은 벼릿줄[維]이다. 줄이 천지를 망라하여 외면이 되므로
굉(紘)이라 하였다(紘, 維也. 維落天地而爲之表, 故曰紘也)."라고 하였다.

52 웅덩이와 언덕의 …… 숨을 내쉰다 : 바람이 분다는 표현으로, 『장자』 「제물론(齊物論)」에
나온다. "대저 대괴(大塊)가 숨을 내쉬는데, 그것을 이름 지어 바람이라고 한다. 이 바람이
움직이지 않으면 그뿐이지만, 일단 바람이 일면 온갖 구멍들이 사납게 소리를 낸다 ……
(그러다) 거센 바람이 멈추면 모든 구멍은 텅 비게 된다(夫大塊噫氣 其名爲風. 是唯無作, 作則
萬竅怒呺 …… 厲風濟則衆竅爲虛)."

누가 옥 부용을 받들어 내어 왔는가?

어여쁜 한 떨기 둥글고 곧게 솟았네.

이십팔수二十八宿[53]가 경위로 늘어섰고,

육십사괘六十四卦[54]가 경역 안에 열렸네.

하나에서 둘이 나고 넷에서 여덟이 나니,

계속 펼쳐져 십·백·천·만·억이 되네.

참으로 홍황鴻荒[55]이 처음 개벽하던 날,

편주編珠와 합벽合璧[56]이 줄줄이 나타나던 것 같고,

또 황하와 낙수洛水에서 용마와 거북이 나와,

성인이 그것으로 큰 법을 펴시던 때[57] 같네.

자천紫泉[58]의 근원엔 이룡 울고 교룡 엎드렸고,

---

53 이십팔수(二十八宿) : 천구(天球)의 적도를 따라 남북에 있는 별들을 28개로 구획하고, 각 구역의 별자리 중 대표적인 것을 그 구역의 수(宿)로 정했다. 전부 28개이므로 통칭 28수라고 부른다.

54 육십사괘(六十四卦) : 『주역(周易)』에서, 팔괘를 두 괘씩 겹쳐 얻은 64가지의 괘를 말한다. 인간과 자연의 존재 양상과 변화 체계를 상징하는 64개의 기호라고 할 수 있다.

55 홍황(鴻荒) : 혼원세계(混元世界)를 가리키는 말로, 아직 천지가 개벽하기 이전의 혼돈 상태를 말한다.

56 편주(編珠)와 합벽(合璧) : 편주는, 다섯 개의 별이 구슬을 꿴 듯이 한 방위에 일렬로 나타나는 것이다. 오성연주(五星聯珠)라고도 한다. 합벽은, 두 개의 반쪽 구슬이 하나로 합해져 완벽(完璧)해지듯이 해와 달이 동시에 올라오는 것이다. 편주와 합벽이 동시에 발생하는 것이 '연주합벽(聯珠合璧)'인데, 일·월과 금성·목성·수성·화성·토성 등 일곱 천체[七曜]가 한자리에 모이는 것을 말한다. 연(年)·월(月)·일(日)·시(時)가 모두 갑자(甲子)인 때에 연주합벽의 현상이 일어나는데, 이는 매우 상서로운 운수이며 새로운 세상이 열리는 징조라고 한다.

57 황하와 낙수(洛水)에서 …… 펴시던 때 : 복희씨(伏羲氏)는 황하에서 나온 용마의 등에 그려진 〈하도(河圖)〉를 보고 팔괘를 그렸고, 하우씨(夏禹氏)는 낙수(洛水)에서 나온 거북의 등에 새겨진 〈낙서(洛書)〉를 보고 〈홍범구주(洪範九疇)〉를 썼다고 한다.

58 자천(紫泉) : 붉은색의 샘으로, 신선이 마시는 샘물이라고 한다. 당 육구몽(陸龜蒙)의 〈습미의 태호시에 화답하다. 임옥동에 들어가며(奉和襲美太湖詩入林屋洞)〉에서 "자천의 빛으로 인해, 하늘의 술을 따른 듯 달다네(又坐紫泉光, 甘如酌天酒)."라 하였는데, 원주에 "자천은 임옥동에서 나는 것으로 신선의 음료이다(白芝, 紫泉皆此洞所出, 乃神仙之飮餌, 非常人所能得)."

단산丹山[59] 발치엔 자색 봉황 날고 원추 춤추네.

오등의 수창옥水蒼玉[60]을 쪼아 만들고,

아홉 폭의 노을빛 무늬 비단 말라 놓았네.

천 길 담장을 문으로 들어가지 않으면,

어찌 백관百官과 종묘의 아름다움을 알까?

구주九州의 장관들 솥엔 도깨비 그렸으니,[61]

맹분孟賁과 하육夏育[62]도 그 귀를 들지 못하네.

문득 명당明堂의 여덟 개 창[63]이 열리며,

규장圭璋과 면복冕服, 석舃[64]으로 연달아 들어오고,

라고 하였다.

59 단산(丹山) : 단혈(丹穴)이라고도 한다. 봉황이 산다는 산 이름이다. "단혈의 산에 …… 새가 사는데, 그 모습은 닭 같은데 오색 무늬가 있으니, 이름을 봉황이라고 한다(丹穴之山 …… 有鳥焉, 其狀如雞, 五采而文, 名曰鳳皇)." 『산해경(山海經)』 「남산경(南山經)」.

60 수창옥(水蒼玉) : 대부가 차던 패옥의 이름으로, 물빛처럼 푸른빛이 도는 옥이다. 『예기』 「옥조(玉藻)」에 "대부는 수창옥을 차고 검은 인끈을 맨다(大夫佩水蒼玉, 而純組綬)."고 했다. '오등'으로 만들었다는 것은 의미가 분명치 않다.

61 구주(九州)의 장관들 솥엔 도깨비 그렸으니 : 큰 솥[鼎]은 제왕의 권위를 상징하는 의례용 기물이다. 여기서는 우(禹)가 구주의 장관들에게 쇠를 걷어서 만들었던 솥을 말한다. 솥의 표면에 온갖 사물을 새겨 넣어 백성들이 그것을 보고 천하 사물과 귀신·도깨비·괴물까지 알 수 있게 해서 화를 입지 않도록 했다고 한다. 『춘추좌씨전(春秋左氏傳)』 선공(宣公) 3년.

62 맹분(孟賁)과 하육(夏育) : 둘 다 전국시대 사람으로, 힘이 세기로 유명한 사람들이다. 맹분은 소의 생뿔을 잡아 뽑았고, 하육은 천 균(鈞)의 무게를 들 수 있었다고 한다. 『맹자』 「공손추 상(公孫丑上)」에도 공손추가 맹자를 맹분·하육보다 용감하다고 칭송하는 부분에서 이들의 이름이 거론된다.

63 명당(明堂)의 여덟 개 창 : 명당은 제왕이 조회·제사·정사와 교화를 시행하던 장소로, 주(周)의 제도이다. 그 구조가 구실(九室)에, 실(室)마다 여덟 개의 창과 네 개의 문을 설치했다고 한다. 『예기(禮紀)』 「명당위(明堂位)」에 대한 공영달(孔穎達)의 소(疏)에서 "명당은 …… 위는 둥글고 아래는 네모지며 여덟 개의 창문과 네 개의 문이 있으니, 정사를 펴는 궁이다(明堂. …… 上圓下方, 八窓四闥, 布政之宮)."라는 순우등(淳于登)의 말을 인용하고 있다.

64 규장(圭璋)과 면복(冕服), 석(舃) : 제후나 재상의 옷차림을 가리킨다. 규장(圭璋)은 『예기』 「예기(禮器)」에 "규(圭)와 장(璋)은 한 가지만 올린다(圭璋特)."라고 하였는데, 그 주(註)에 "규장은 옥 중에서 귀한 것이다. …… 제후가 규를 들고 왕에게 조회하고, 조회하고 나서

축사祝史는 변籩을 받들어 청묘淸廟로 나아가고,[65]

고몽瞽矇은 순거簨簴를 잡고 영대에 오르는 것 같네.[66]

또 마치 화기애애하게 토론하는 칠십 명 제자,

행단杏壇은 높고도 우뚝한데,[67]

책상의 「우전虞典」에서 선기璇璣·옥형玉衡 주석하고,[68]

피리에 올린 주시周詩에서 굉觥·뇌罍 변별하는 듯하네.[69]

는 장을 든다."라고 하였다. 면복(冕服)은 천자나 제후가 입던 옷으로, 붉은색 신인 석(舄)
은 면복에 딸려 있는 것이다. 예컨대『시경』「빈풍(豳風) 낭발(狼跋)」에, "주공(周公)은 겸손
하고 크고 아름다우니, 적석(赤舄)의 걸음이 진중하다(公孫碩膚, 赤舄几几)."라고 한 데 보인다.

65 축사(祝史)는 변(籩)을 받들어 청묘(淸廟)로 나아가고 : 축사는 제사를 맡은 관리이고, 변
(籩)은 제기이다. 청묘는 원래 주 문왕(周文王)의 사당을 가리키는 말인데, 뒤에는 넓게 종
묘를 가리키는 말로도 쓰인다.

66 고몽(瞽矇)은 순거(簨簴)를 …… 것 같네 : 영대는 주 문왕이 쌓은 천문관측용 대이다. 고몽
은 주(周)의 춘관에 속하는 관명으로, 악을 담당하는 악관이다. '거'는 악기를 거는 틀로, 종·
경쇠·북 따위를 매다는 나무 시렁이다. 즉 악관인 고몽이 악기를 들고, 주 문왕이 쌓은 영
대에 올라 연주한다는 내용이다. 이 구절은『시경』「대아(大雅)·문왕지십(文王之什)」〈영
대(靈臺)〉 시의 3장과 4장 내용을 조합하고 있다. "쇠북걸이 설주에 판자와 걸이가 있고,
큰북과 쇠북으로니, 아, 질서 있게 쇠북을 침이여, 아, 즐거운 벽옹에서 하도다(虡業維樅,
賁鼓維鏞, 於論鼓鐘, 於樂辟雍)."(3장) "아, 질서 있게 쇠북을 침이여, 아, 즐거운 벽옹에서 하
도다. 악어가죽으로 만든 북이 조화를 이루니, 소경인 악사들이 음악을 연주하도다(於論
鼓鐘, 於樂辟雍, 鼉鼓逢逢, 矇瞍奏公)."(4장)

67 화기애애하게 토론하는 …… 높고도 우뚝한데 : '화기애애하게'의 원문은 '은은(誾誾)'이다.
화기애애하지만 시비를 분명히 밝히는 모습을 말한다. 『논어』「향당(鄕黨)」에 "조정에서
하대부와 말을 할 적에는 강직하게 하고, 상대부와 말을 할 적에는 부드러운 태도로 했다
(朝與下大夫言 侃侃如也 與上大夫言 誾誾如也)."라는 말이 나온다. 칠십 제자는 공자의 제자 중
특히 뛰어난 사람 72명을 가리키는 말이다. 『맹자』「공손추 상(公孫丑上)」에 "칠십 명의 제
자가 공자에게 열복하였다(七十子之服孔子也)."라는 말이 있다. 행단의 원문은 '문행지단
(文杏之壇)'이다. 문행은 은행나무다. 은행나무 곁의 단이라는 말이다. 공자가 은행나무 단
위에 앉아 제자들에게 학문을 강론하였다고 한다. 『장자』「어부(漁父)」에 "공자가 치유의
숲에 노닐고 행단의 위에 앉아 쉬면서 제자들은 글을 읽고 공자는 노래하며 금을 연주하
였다(孔子遊乎緇帷之林, 休坐乎杏壇之上, 弟子讀書, 孔子絃歌鼓琴)."라는 말이 나온다.

68 책상의 「우전(虞典)」에서 선기(璇璣)·옥형(玉衡) 주석하고 : '우전'은『상서』「우서(虞書)」
를 가리킨다. ○『상서』「순전(舜典)」에 "선기와 옥형을 살펴 칠정을 고르게 하였다(在璇璣
玉衡, 以齊七政)."라고 하였다. 선기옥형(璇璣玉衡)은 하늘의 도수를 측정하는 기구이다. 천
문(天文)을 살펴서 백성이 때를 잃지 않게 하도록 다스린다는 뜻이다.

또 마치 누선樓船70으로 바다 섬에 들어가니,

옥돌로 깎아 놓은 다섯 산이 나란히 솟고,

위엔 수은으로 지은 웅장한 집이 있고,

아래엔 금빛 고운 풀이 깔린 듯하네.

또 마치 곤륜崑崙과 공동崆峒71이,

초연히 이 세상엔 속하지 않는데,

먼지조차 씻어 낸 광활한 천지 사방,72

쉭쉭 만 리 회오리바람 타고 달리는 듯하네.

뿔 달린 날짐승과 날개 달린 길짐승,

옥풀과 진주나무 무성하게 어우러졌네.

남명南溟에 나가 신기루를 보기도 하고,

서악西嶽에 올라 연꽃 떨기를 꺾기도 하네.73

자잘한 진주와 구슬들 진귀하달 것 없고,

화려한 비단 자수 공교하다 하기 어려우니,

하늘을 기운 여와女媧의 솜씨74 얻은 게 아니면,

---

69 피리에 올린 …… 변별하는 듯하네 : '주시'는 『시경』의 「주남(周南)」을 말한다. '굉(觥)'은 뿔로 만든 술잔, '뇌(罍)'는 제주를 담는 술동이인데, 『시경』의 시어로 흔히 등장한다. 예를 들어 「주남」의 〈권이(卷耳)〉의 2장에선 '금뢰(金罍)'가, 3장에선 '시굉(兕觥)'이 쓰였다.

70 누선(樓船) : 상갑판 위에 사령탑으로 쓰이는 다락을 갖춘 고대 군선(軍船)이다.

71 곤륜(崑崙)과 공동(崆峒) : 둘 다 산 이름으로, 신선들이 사는 산으로 알려져 있다.

72 천지 사방 : 원문은 '육막(六漠)'으로, 육막(六幕) 혹은 육합(六合)과 같은 말이다. 천지 사방, 즉 온 세상이라는 말이다. 『초사(楚辭)』 〈원유(遠遊)〉의 "사방을 경영하고, 육막을 두루 돌아다녔다(經營四荒兮, 周流六漠)."에 대해 홍흥조(洪興祖)는 "한의 악가에선 육막으로 썼으니, 육합을 말한다(漢樂歌作六幕, 謂六合也)."라고 했다.

73 서악(西嶽)에 올라 …… 꺾기도 하네 : 『서악화산지(西嶽華山誌)』에 따르면 화산의 연화봉엔 옥정(玉井)이 있는데, 거기에는 천엽(千葉)의 흰 연꽃이 나고, 그것을 먹으면 우화등선(羽化登仙)한다고 했다.

74 하늘을 기운 여와(女媧)의 솜씨 : 상고시대에 공공씨(共工氏)가 축융(祝融)에게 패배하자 머리로 부주산(不周山)을 들이받아 하늘을 떠받치는 기둥이 부러지고 땅을 묶어 둔 밧줄이 망가졌다. 이에 여와씨(女媧氏)가 오색의 돌을 갈아서 하늘을 깁고 자라의 발을 잘라서 사

황하를 튼 위대한 우禹의 기술75 아니런가?

정신이 요동치고 눈이 어지러워 오래서야 겨우 진정되니,

다시 그 처음부터 길을 찾아가네.

푸른 바다 크다 한들 건널 나루가 있고,

부상에 해가 뜨면 하늘이 어둡지 않으리.

한 선자韓宣子는 『춘추』와 「역상易象」을 보았고,76

연릉계자延陵季子는 〈소소韶箾〉와 아·송雅頌 들었으니,77

당 명황唐明皇이 달 속에 노닐 때,

광한궁 선부仙府에 무지개다리 걸쳤던 일78 비할 바 아니고

어룡이 '운문雲門'에 춤추어도,79

극(四極)을 세우자 땅이 평정되고 하늘이 완전하게 되었다고 한다. 『회남자(淮南子)』「남명훈(覽冥訓)」.

75 황하를 튼 위대한 우(禹)의 기술 : 우의 치수(治水)를 말한다.

76 한 선자(韓宣子)는 『춘추』와 「역상(易象)」을 보았고 : 한 선자는 춘추시대 진(晉)의 대부 한기(韓起)이다. 선자는 그의 시호이다. 소공(昭公) 2년에 노(魯)에 갔다가 주 문왕(周文王)의 「역상」과 주공(周公)이 제정한 사관의 기록 방법에 따라 작성된 『노춘추(魯春秋)』를 보고 "주의 예가 모두 노에 있구나! 내 이제야 주공의 덕과 주가 왕자가 된 이유를 알겠도다(周禮盡在魯矣! 吾乃今知周公之德, 與周之所以王也)."라고 감탄했다고 한다. 『춘추좌씨전(春秋左氏傳)』 소공(昭公) 2년.

77 연릉계자(延陵季子)는 〈소소(韶箾)〉와 아·송(雅頌) 들었으니 : 연릉계자는 춘추시대 오(吳)의 계찰(季札)이다. 연릉(延陵)에 봉해졌으므로 연릉계자라고 한다. 『춘추좌씨전(春秋左傳)』 양공(襄公) 29년에는 계찰이 노(魯)에 사신으로 가서 노에 전해지는 주의 음악[周樂]을 청해 듣고 품평한 기사가 나온다. 『시경』「국풍」에서부터 「소아(小雅)」, 「대아(大雅)」, 「송(頌)」을 듣고, 주 문왕의 악무인 〈상소(象箾)〉와 〈남약(南籥)〉, 무왕의 악무인 〈대무(大武)〉, 탕의 〈소호(韶濩)〉, 우의 〈대하(大夏)〉, 순의 〈소소(韶箾)〉까지 모두 들었다고 한다.

78 당 명황(唐明皇)이 달 …… 걸쳤던 일 : 당 현종(唐玄宗)이 8월 보름날 밤에 달에 놀러 갔다가 '광한청허지부(廣寒淸虛之府)'라는 방(榜)이 걸린 궁전을 방문해서 선녀들을 만났다는 전설이 있다. 또 시종한 도사가 공중에 던진 지팡이가 달에까지 닿는 은색의 다리, 혹은 무지개다리로 변해 그것을 통해 달에 갔다고도 한다. 『고금사문유취(古今事文類聚)』〈유광한궁(遊廣寒宮)〉, 『벽계만지(碧雞漫志)』〈예상우의곡(霓裳羽衣曲)〉 등.

79 어룡이 '운문(雲門)'에 춤추어도 : 운문은 주(周)나라의 여섯 가지 악무(樂舞) 가운데 하나로, 황제(黃帝)의 음악이라고 한다. 지극히 완전하고 아름다운 음악에 물고기와 용도 감동해 춤을 춘다는 의미이다.

생황과 경쇠는 전혀 알지 못하는 것 비길 수 없네.

산호수 머리의 꽃을 따다가,

중주中州80의 내 벗님들께 두루 드리니,

대악大樂은 끝날 때 분명하고도 이어지며,81

희음希音은 다시 혼원混元의 처음으로 돌아가네.82

쇠·돌·박·대나무 온갖 악기 늘어놓지 않아도,

붉은 현의 느릿한 소리에 한 번 부르면 세 번 탄식하네.83

빠른 조수도 저녁이면 빠져 바다 어귀 뻐끔하고,

매운 바람도 새벽엔 자니 바위 구멍이 텅 비네.

나를 하늘의 찢어진 틈새84로 달리게 하여,

순식간에 몸이 초가집에 있게 하네.

---

80 중주(中州) : 원문은 제주(齊州)이다. 중국을 가리키는 말이다.

81 대악(大樂)은 끝날 때 분명하고도 이어지며 : 대악은 큰 음률인데, 지극한 경지의 원초적
인 음악을 가리킨다. 『예기』의 「악기(樂記)」에선 "대악은 반드시 쉽고, 대례는 반드시 간
결하다(大樂必易, 大禮必簡)."고 했고, 『도덕경』에선 "대음은 소리가 드물고, 대상은 형체가
없다(大音希聲, 大象無形)."고도 했다. 모두 지극한 경지의 원초적인 상태를 지칭하는 것이
다. ○ '분명하고도 이어지며'의 원문은 '교역여(皦繹如)'이다. 『논어』 「팔일(八佾)」에서 공
자가 음악에 대해 말하는 중에 나오는 표현이다. "공자께서 노의 태사에게 음악에 대해
말씀하셨다. '음악을 알 수 있으니, 시작할 때는 일제히 날아오르는 듯이 하고, 이어서는
가락을 조화시키고, 분명하게 하고, 끊이지 않고 계속되게 하여 마치는 것입니다'(子語魯
大師樂曰: 『樂其可知也, 始作翕如也, 從之純如也, 皦如也·繹如也以成』)."

82 희음(希音)은 다시 혼원(混元)의 처음으로 돌아가네 : 희음은 인위적으로 꾸미지 않은 자연
상태의 순수한 음을 말한다. 『도덕경(道德經)』의 "지극히 큰 소리는 잘 들리지 않는다(大音
希聲)."에서 나온 것이다. '혼원'은 원기(元氣)의 시작으로, 아직 나뉘기 이전, 하나의 혼돈
상태인 것을 가리키는 말이다.

83 붉은 현······ 세 번 탄식하네 : 『예기』 「악기(樂記)」에 나오는, 청묘에서 연주되는 비파에
대한 표현이다. 역시 최고의 음악에 대한 표현이다. 각주 35 참조.

84 하늘의 찢어진 틈새 : 원문은 '열결(列缺)'이다. 하늘의 벌어진 틈새라는 뜻인데, 섬광 혹은
번개를 가리키는 말이기도 하다. 양웅(揚雄)의 〈우렵부(羽獵賦)〉에 "벼락이 하늘 틈에서
치니(霹歷列缺)"라는 표현이 있는데, 그 주석에 "벌어진 하늘의 틈으로 번개가 비치는 것이
다(列缺天隙電照也)"라고 했다. 『한서(漢書)』 〈양웅-전(揚雄傳)〉. 그 자체로 번개 혹은 섬광이
라는 뜻으로도 쓰인다.

내게 『산해경』의 그림을 마음껏 보게 하더니,

순식간에 책을 덮어 멍하니 한숨 쉬게 하네.

영취산靈鷲山 여러 부처[85] 안개처럼 흩어지고,

요지瑤池[86]의 여러 신선 천천히 돌아갔네.

어떤 한 우아하고 담박한 사람,

붕새 깃 일산에 곁말은 사자일세.

눈앞의 왕자교王子喬 · 적송자赤松子[87]는 짝으로 치지 않고,

꿈속에도 복희伏羲와 헌원軒轅[88]의 말씀을 외우네.

빠르게 날며 남섬부주南贍部洲[89] 내려다보니,

금속여래金粟如來[90] 늙은 부처 이름을 의탁했네.

다섯 살엔 입에서 세 알 보주寶珠 뿜더니,[91]

열 살엔 육경六經을 탐구해 아름다운 맛에 젖었네.[92]

---

85 영취산(靈鷲山) 여러 부처 : 원문의 '영산(靈山)'은 석가(釋迦)가 설법하던 영취산을 가리킨
다. 석가는 여기서 『법화경』과 『무량수경』을 강(講)했다고 한다.

86 요지(瑤池) : 곤륜산(崑崙山) 꼭대기에 있다는 연못 이름으로, 서왕모(西王母)가 사는 곳이
라 한다. 서왕모와 주 목왕(周穆王)이 여러 신선을 초대해서 신선들의 잔치가 벌어지는 '요
지연(瑤池宴)'의 무대이다.

87 왕자교(王子喬) · 적송자(赤松子) : 대표적으로 인용되는 신선들의 이름이다. 일반적으로 신
선을 뜻하는 말로 쓰인다.

88 복희(伏羲)와 헌원(軒轅) : 전설상의 고대 제왕인 복희씨와 훤원씨이다. 고대의 신화적 인
물들이지만 유교적 전통에 속한다.

89 남섬부주(南贍部洲) : 불교 우주관에 나타나는 대륙의 이름으로, 염부제(閻浮提)라고도 한
다. 세계의 중심인 수미산(須彌山)의 남방, 대해에 위치한 대륙이라고 하는데, 인간 세계
전체를 의미하는 말로도 사용된다.

90 금속여래(金粟如來) : 과거불의 이름으로, 석가의 속가 제자인 유마거사(維摩居士) 유마힐
(維摩詰)의 전신이 금속여래였다는 전설이 있다.

91 입에서 세 알 보주(寶珠) 뿜더니 : 입에서 보주를 뿜는다는 것은 말솜씨가 좋고 문장이 훌
륭한 것을 형용하는 말이다. '세 알 보주'가 의미하는 것은 불분명하다. 다만 맥락으로 볼
때, '숙수념' 세 글자를 의미하는 것이 아닌가 한다.

92 아름다운 맛에 젖었네 : 원문은 '침농(沈醲)'이다. 한유 〈진학해(進學解)〉의 '진하고 향기로
운 맛에 푹 젖어서(沈浸醲郁)'에서 온 말이다. '농욱(醲郁)'은 원래 좋은 술을 가리키는 말이
지만 옛 서적을 비유하기도 한다.

스물엔 장안長安 저자에서 마음껏 놀았는데,

신풍新豐의 말술에도 취하지 않았네.[93]

서른엔 봉래굴로부터 돌아와,

신령한 빛 간직하고 깊은 못에 숨었네.

어느덧 사십, 얼굴과 머리털 변하니,

여섯 마리 용이 서쪽으로 달려감[94]이 안타깝구나.

이 사람이 본래 과감하게 세상을 잊진[95] 않았고,

세상도 일찍이 이 사람을 버린 적 없다네.

다만 유卣·찬瓚[96]에 하찮은 음식 담기 어려웠고,

또 형珩·황璜[97]의 추구가 이롭지 않음 알았을 뿐.

중니仲尼의 무덤 오래돼 시초蓍草가 나지 않고,

위엄 있는 봉황이 억지로 벼 이삭을 쪼네.

은거하여 스스로 무명공無名公이라 부르며,

천하의 봄을 들이마시고[98] 느긋이 취하더니,

---

93 신풍(新豊)의 말술에도 취하지 않았네 : 신풍은 중국 광동성의 한 지명이다. 예로부터 명주(名酒)의 산지로 유명해서 많은 문학작품에 등장한다. 한 예로, 왕유(王維)는 〈소년행(少年行)〉에서 "신풍 땅 맛 좋은 술 한 말에 만전이고, 함양 땅 유협 중엔 젊은이가 많네(新豊美酒斗十千, 咸陽遊俠多少年)."라고 하였다.

94 여섯 마리 용이 서쪽으로 달려감 : 여섯 마리 용이 끄는 수레는 시간에 대한 은유이다. 천제(天帝) 제준(帝俊)의 아내인 희화(羲和)가 열 개의 해를 낳았는데, 새벽마다 그중 하나를 여섯 용이 끄는 수레에 싣고 허공을 달려 서쪽의 우연(虞淵)에 이르러 멈추고 용들을 쉬게 한다고 한다. 『회남자(淮南子)』「천문훈(天文訓)」.

95 과감하게 세상을 잊진 : 『논어』「헌문(憲問)」에, 삼태기를 메고 공자가 머문 집 앞을 지나가던 사람이 세상일에 연연해한다며 공자를 비판하자, 공자가 그를 두고서 "[세상을 잊는데] 과감하도다! 어려울 것이 없겠구나(果哉, 末之難矣)."라고 하였다는 일화가 있다.

96 유(卣)·찬(瓚) : 둘 다 술을 담는 그릇으로, 종묘 제사에 쓰이는 제기이다.

97 형(珩)·황(璜) : 모두 패옥에 쓰이는 보석들이다. 패옥은 형(珩)·황(璜)·거(琚)·우(瑀)·충아(冲牙)를 엮어서 신분별로 다르게 만드는데, 그중 형은 위에 다는 옥, 황은 아래쪽에 꿰는 옥이다. 즉 고관의 복장을 의미하는 것으로, 높은 관직을 나타내는 말로 쓰였다.

98 천하의 봄을 들이마시고 : 소옹(邵雍)의 〈안락음(安樂吟)〉에 나오는 "천하의 봄을 거두어들여 폐부로 돌린다(收天下春, 歸之肺腑)."라는 구절에서 가져와 이용하였다.

마침내 세상에 이런 경관이 있게 했으니,

예천醴泉과 가화嘉禾의 상서[99]에 해당하리.

잡다하고 어지러운 속물들이야 어찌 견주랴,

캄캄한 긴 꿈에 불러도 깨지 않는다.

일곱 구멍 캄캄해서 '시豕'·'해亥'를 헷갈리고,[100]

두 눈 어두워서 서박鼠璞에 휘둥그레진다.[101]

기왓장과 자갈 앞에 두고 준尊·이彝인가 생각하고,[102]

속되고 음란한 소리를 가지고 치徵·각角을 논하네.[103]

---

99 예천(醴泉)과 가화(嘉禾)의 상서 : '예천'은 물맛이 단 샘이다. 『예기』「예운(禮運)」에 "하늘은 기름진 이슬을 내리고, 땅은 단 샘물을 내보낸다(天降膏露, 地出醴泉)."라고 했다. 이는 훌륭한 정치에 대한 상서로운 응험이다. '가화'는 각기 다른 밭둑에서 자란 두 줄기 이삭이 하나로 합쳐진 벼를 가리키는 것으로, 이는 곧 천하가 화동(和同)할 상서로운 징조라 한다. 『상서』「주서(周書)·미자지명(微子之命)」에 나온다.

100 일곱 구멍 …… '해(亥)'를 헷갈리고 : 일곱 구멍이 캄캄하다는 것은 『장자』「응제왕(應帝王)」에 나오는 혼돈의 이야기에서 나왔다. 중앙의 제(帝)인 혼돈이 남해(南海)의 제인 숙(儵)과 북해(北海)의 제인 홀(忽)을 융숭히 대접하자, 숙과 홀이 이에 보답하기 위하여 "사람들은 모두 일곱 구멍이 있어 보고 듣고 음식을 먹고 숨을 쉬는데 이 혼돈은 그것이 없으니, 뚫어 주어야겠다." 하고, 하루에 구멍 하나씩 뚫었다. 그렇게 하길 7일 만에 혼돈은 죽었다 한다. 일곱 구멍이란 눈·귀·입·코 등 일곱 군데의 구멍으로, 사람의 감각기관을 뜻한다. 그것이 뚫어지지 않았다는 것은 외부로부터의 영향을 일절 받지 않은 원초적 상태임을 말한다. 그러나 여기서는, 일곱 구멍이 열리지 않았다는 것을 아직 지혜가 열리지 않았다는 뜻으로 썼다. ○'시'와 '해'는 글자 모양이 비슷해서, '시'와 '해'를 헷갈린다는 말은 "낫 놓고 기역 자도 모른다."라는 뜻으로 쓰인다.

101 두 눈 어두워서 서박(鼠璞)에 휘둥그레진다 : 춘추시대 정(鄭)에서는 다듬지 않은 옥을 박(璞)이라 했고, 주(周)에서는 쥐고기를 박(璞)이라 했다. 주나라 사람이 쥐고기를 가지고 와 정의 장사꾼에게 박을 사라고 하자 정의 상인은 옥을 사라고 하는 줄 알고 사겠다고 했다가 펼쳐 보니 쥐고기였다는 고사가 있다. 여기에서 유래해서 서박(鼠璞)은 명성에 걸맞지 않은 사람이나 사물을 비유하는 말로 사용되었다. 안목이 없어서 가짜와 진짜, 가치 있는 것과 없는 것을 알아보지 못한다는 말이다.

102 기왓장과 자갈 …… 준(尊)·이(彝)인가 생각하고 : 준과 이는 고대의 예기(禮器)로, 청동으로 만든 제사용 술그릇이다. 즉 매우 귀중한 물건이다. 안목이 보잘것없어서 준·이와 기왓장이나 자갈돌을 구분하지 못한다는 뜻이다.

103 속되고 음란한 …… 치(徵)·각(角)을 논하네 : 치·각은 궁·상·각·치·우의 오음을 뜻한다. 오음이 조화롭다는 것은 좋은 음악이란 뜻이고, 유가적 전통에선 자연과 윤리의 정

이 세상에서 누구와 이곳을 이야기할까?
먼 바람 잡아타고 아득한 곳으로 찾아가고파.
간밤 비 그쳐 가을 하늘 말쑥하니,
옷을 벗어 맑은 강에서 빨아 보네.
돌아와 머리 말리며 몇 차례 읊노라니,
흰 구름 뭉게뭉게 큰 산에서 일어난다.

당함을 얻은 소리이다. 따라서 음악에 대한 감수 능력이 없이 아무 속악이나 가지고 오
음을 논한다는 뜻이다.

第十六觀 癸. 孰遂念

孰爲言之, 孰令讀之?

孰念敍之, 孰遂復之?

遠則千齡, 近不一宿.

嗚呼!

安知孰之爲孰,

又安知其非孰?

述 癸「孰遂念」.

1.

孔子曰, "鳳鳥不至, 河不出圖, 吾已矣夫!" 嗚呼! 夫子平昔之志, 可知也. 其贊『易』·删『詩』·作『春秋』, 盖亦晩年之不得已也.

沆瀣子幼時亦嘗有揮斥八極·凌跨四海之志矣. 及其壯, 而自知其不能. 旣而欲讀書修身, 爲唐虞鄒魯群聖人之匹矣. 旣而欲佐國家致太平, 躋斯民于雍熙昭明之域矣. 旣而欲受脤樹鉞, 統百萬之衆, 馳騁乎沙漠之外, 俾雕題漆齒, 咸化爲齊·魯矣. 旣而欲乘雲氣·馭飛龍, 被霞而粻露, 翶翔于閬風岱輿之間, 後兩曜而不凋矣. 旣而欲究百家之藝, 而無所不精, 詰六合之表, 而無所不博, 上窮乎混沌之前, 而下達乎無終之裔, 無有不瞭然於目矣. 居未幾, 又皆自知其不能.

於是, 年益加氣益惰, 文章知識日陵而庳. 恐遂無以自見, 負天地之畀我秀也. 援筆而書于策, 積之爲十餘萬言. 所書皆衰者之志也, 懼君子之見而鄙之也. 然旣成而讀之, 又嗒然自知其不能. 嗚呼! 以若益下者, 而又不免爲徒言而已耶!

雖然, 吾師之贊『易』·删『詩』·作『春秋』也, 意必怵然自喪, 曰: "孰使吾不得已而爲此空言也?" 夫豈知嗣厥後, 萬萬億世, 宗之·表之·範之·演之, 無一物不囿其中, 而無一事越乎其闕者乎?

是書之比聖人述作, 固八荒之於小壘空也. 後之君子, 雖鄙之而不採, 亦安知無好事有力者按是書, 而措之于實, 克遂吾癏寐之念耶? 孟子曰: "有王者起, 必來取法焉, 是爲王者師也." 噫! 是書也, 其亦將爲好事有力者師耶?

每篇題之曰'念', 以見吾念之而已, 未有實也. 盖志吾衰也. 嗚呼! 孰能遂吾之念耶? 孰能遂吾之念耶? 總而題之曰'孰遂念'.

2.

沆瀣者孩提時, 始學文字, 輒妄言曰: "吾藏有某寶." 或問: "何在?" 輒妄答, 曰 : "在吾孰遂念". 又妄言曰: "吾藏有某書, 書中有某語." 或問: "其何在?" 又妄答曰: "在吾孰遂念". 又問: "孰遂念, 何處?" 答曰: "吾別墅也." "何在?" 輒妄指牖戶几庋之間有小隙者, 曰: "由此入, 可至." 聞者皆大笑.

沆瀣子其時才氣超詣, 若將前無古人. 凡發於口畫於手, 往往驚一座. 見之者咸期以大鳴世. 今年四十有餘. 落落無一成. 至是書所載之小小經濟, 亦坐才短, 徒言而止. 噫嘻! 何兆之若是異, 何竟之若是憊也?

或曰: "兒時, 說別墅奇勝而名之曰'孰遂念', 有是念而莫之遂, 以待他人也. 指小隙曰'由此入', 其境在虛無暗昧之中, 而必不可得也. 小兒至靈, 言不虛發. 是殆讖乎?"

沆瀣子奮然曰: "子眞以吾爲不能遂此念耶? 子惡知'孰'之非'夙', 又惡知小隙之終不可入耶? 夫自其未遂而言, 則周公『周禮』擬作也, 未嘗行也. 佛氏極樂世界夸辭也, 未嘗有也. 漁子桃源夢囈也, 未嘗至也. 波斯萬寶之名目, 假造也, 未嘗眞有是物也.

自其得遂而言, 則孔子袞衣明堂, 受百官萬國之朝, 而乘殷輅·奏虞韶, 顏·閔·游·夏秩秩于公卿大夫之位矣. 秦始皇成萬里石橋, 親至蓬萊, 見安期生, 啖金光絳雪, 至今在阿房殿中矣. 諸葛亮倂吞吳·魏, 還漢帝于舊都, 歸老南陽草廬, 以松雲水鶴, 娛其晚景矣. 杜子美作千萬間廣廈, 集天下寒士數十萬人, 以充之矣. 子果不信, 試與我偕往一所, 可乎?"

遂契其腕, 入于小隙, 豁然而通明. 行未移時, 到一大溪畔【甲十】. 有具小艇待者, 駕而坐. 左右山陂·林木之勝, 非人世有. 順流向南江【甲十】. 遂歷西湖【甲十】, 爰跨大驪高數尺者, 至宅. 徧觀諸堂室館院, 盡出其蓄藏書籍而閱之, 皆一一如書中所記. 肩輿尋吾老園【甲九】, 其潭壁諸勝, 比書所記, 殆過之, 無一差也. 至太虛府【甲九】, 登絳霄臺【甲九】, 有兩石對蹲. 遂各枕其一而臥. 沆瀣子曰: "何如?" 其人曰: "吾于今, 始覺言之不可以輕發也." 沆瀣子曰: "言之不中, 繇心知之不明也. 太淸僊人將遣靑面鬼卒, 拔爾舌而易之, 刳爾心而滌之."

語未竟, 忽天地晦冥, 白晝如漆, 雷霆霹靂, 聲震山谷. 有鬼卒十餘人, 執斧挺劍, 直奔其人. 其人疾聲大號, 蹶然而起. 沆瀣子亦蹶然而起. 良久如痴, 拭目而熟視, 無言.

盖沆瀣子, 從地毬世界, 南贍部洲, 朝鮮國, 漢陽城中, 南部, 薰陶坊, 竹廛衕之小第, 斜廊房北牖下, 睡起. 其人, 從地毬世界, 南贍部洲, 朝鮮國, 漢陽城中, 南部, 薰陶坊, 竹廛衕之小第, 斜廊房[1]南牕下, 睡起也. 左右所庤書冊, 唯『書傳』·『詩傳』·『文選』·『淵鑑類函』·『奎章全韻』等百餘卷而已. 前有硯一·

---

1 房: 연세대본엔 '房'이 없다.

灰器一·煙㞷一·煙茶匣一·溺缸一·尾扇一·菖蒲小篋一·破楪蹄盛糊者一而已. 其人驚魂才定, 大笑曰: "吾乃今知之矣. 非'孰遂念', 亦非'夙遂念', 乃'孰睡念'也." 沆瀣子亦大笑.

嗚呼! 是果夢而非眞耶? 嗚呼! 孰能使是夢而爲眞耶? 嗚呼! 孰能遂吾之念耶? 孰能遂吾之念耶? 總而題之曰: '孰遂念'.

3.

或曰: 沆瀣子兒時, 信口妄語, 率爾道'孰遂念'三字. 而卽此時刻, 孰遂念基址規模已開拓, 略定矣. 及其壯歲, 志在當世, 固無暇及于'孰遂念'. 而若其學之之博·修之之篤·蓄之之贍·講之之精, 靡有不自補乎'孰遂念'之排鋪. 近歲閑居, 有意著此書而未就. 忽一日援筆臨卷, 胡寫亂艸, 不旬月而完. 盖完之日, 而'孰遂念'之全局, 大成矣. 夫豈竢他日而成之, 又豈待他人而后遂哉?

'孰'當作'夙', '遂'當作'隨', '念'當作'濂'. '濂'本道州水名. 周茂叔先生以濂溪人, 晚卜築廬山, 又名其所居水曰'濂溪'. 凡地之隨居而移, 其名者皆可謂之'濂'也. 是居也, 自沆瀣子兒時已在沆瀣子身傍. 常隨而不一日離, 可不謂之'夙隨濂'乎?

有〈夙隨濂賦〉一篇, 以抒其大略.

○○○ 〈夙隨濂賦〉

夫
惟穹隤之一物兮, 降冥海之極東,
挹扶桑之朝昕兮, 啓鮮朗於群蒙.
毓山川之淑靈兮, 孚寶宇之高融,

650

洞玄悟於稚齒兮, 聲發孩而諧宮.

疎九河而爲智兮, 達八風而爲聰.

宣庖言於曠蕩兮, 指廣居於鴻濛.

非康成之可詁兮, 非茂先之可通,

非括地之所載兮, 非海經之攸同.

神炯炯於九陔兮, 契黙相於虛沖,

拓靚象於窅漠兮, 標遐址於夷崇.

纔門戶之薄具兮, 烗棟宇之漸隆.

歲駿駿其不我駐兮, 惜杞梓之虛老于巃嵷.

忽秉管而流睇兮, 森萬象之熊熊.

展繭素而稱宇宙兮, 字風霜而擁河嵩.

欪絅裘之告完兮, 恰靖宅之成裒.

人莫得以造其庭兮, 且聽我十歌之颼颼.

一歌兮靈局[2]抽, 背名山兮揖三流.

名山嶖兮三流泓, 雲霞崛崛兮魚鳥休休.

雷爲瀑兮雪爲潭, 呿天籟兮振閜幽.

靚太虛兮靖專, 天之閟兮復且脩,

宅中央兮爲室, 憺宜春兮泠[3]秋.

羌外暢兮內恬, 心之適兮神遒,

匪雕玉兮爲堂, 匪文桂兮爲樓.

環群院兮錯錯, 象衆星兮天之球.

---

2 局: 연세대본, 동양문고본, 버클리본엔 '扃'으로, 규장각본엔 '堚'으로 되어 있다.
3 泠: 규장각본엔 '冷'으로 되어 있다. 나머지 본에는 모두 '泠'이다.

二歌繪繪兮集衆聚, 賓之至兮如雲而如霧.
節詩禮兮爲服, 琢文章兮佩璐.
抃庶器兮授用, 若嘉材兮素具.
逮僕妾兮雍會, 曳忻忻兮無作.

三歌秩秩兮儀旣成, 籩豆嘉兮玉璠鳴.
殷之璉兮夏之追, 亂以淸廟兮疏越之正聲.
酌孝水兮載淸醴, 蒐德林兮薦碩牲.
進雝雝兮退侃侃, 要我遊兮璧水之黌.

四歌閎閎兮閱千紀, 上窮太始兮下無止.
旌聖訓兮配日月, 序賢辨兮參道揆.
斥詖言兮崇往籍, 遵大路兮考衆軌.
迭簴壎兮奏新聲, 繽萬幽兮族族而咸起.

五歌洋洋兮萬寶列, 德爲蓄兮惠爲發.
疇顝頷兮不澤, 與兆胞兮偕活.
鮫之珠兮碎礫, 珊之木兮朽枅.
詔瑤璵兮返嶽, 擲犀貝兮歸渤.
敦民用兮是貴, 相德容兮自劼.

六歌雅雅兮肅以騫, 若有神兮睹不顯
匪禮圃兮孰居, 匪義路兮孰踐?
瑱謹訥兮實[4]瑩, 帶貞素兮垂辮.

---

4 實: 규장각본엔 '寶'로, 연세대본과 버클리본, 동양문고본엔 '實'로 되어 있다.

繹五音兮繁會, 羌不亂兮訓典.

七歌兮樂陶陶, 聊豈弟兮游敖.
秋之夕兮夏之晝, 北嶂巉巉兮南瀧飋飋.
超爾情兮物之表, 徙爾寢兮僾之曹.
顧降觀兮農桑, 酣余酒兮炰豚羔.
磨珠璣兮噴沫, 汨河漢兮翻濤.
決百川兮使流, 麾蛟龍兮伏鼂鼇.
山之戲兮海之圖, 燦七寶兮鏗九璈.
匪余情兮信嗜以浸淫, 聊暇日兮翱翔.

八歌兮翩然而夐矯, 道坦迤兮縈繚.
飾余乘兮華輿, 選余騎兮騕褭.
輾余軏兮別旄, 振余靮兮縹緲.
日遵途兮將返, 謇何爲兮雲之表?
窮霄霓兮匝坱圠, 靖獨寐兮我屋之奧窔.

九歌兮憺將晏, 探道根兮斂羣幻.
秉正德兮固夷,[5] 彪華光兮啓盼.
峩大圭兮藻衮, 爛文綉兮相間.
攬衆躔兮有餘, 衒小知兮孰嫚?

歌將闋兮十歌, 喟素心兮將若何?
諒斯境兮不虛, 待爾久兮霞之坡.

---

5 夷: 연대세본엔 '戁', 나머지 규장각본, 버클리본, 동양문고본엔 모두 '夷'으로 되어 있다.

孰淙淙兮非泉, 孰幽幽兮非阿?

苟爾輕軒兮短橈, 奚獨往兮不邁?[6]

勉爾服兮絜修, 豐爾粻兮旨且多.

無遽讓兮孰遂, 無徒念兮蹉跎.

勇爾邁兮晨飌, 恐向夕兮饒風波.

眞人兮爲爾躊躇, 時乎時兮不可以浪過.

○ 又有長歌一篇 題曰〈夙隨濂行〉

○○○〈夙隨濂行〉

紫虛仙人降雲端, 玉作肌膚金肺肝.

示我一函之靈書, 未開緗素光爛爛.

卷首一行讀未半, 雷電忽至風雨漫.

鬼盆漉漉傾百瀆, 神斧橐橐摧羣巒.

東排北盪慌而惚, 淋漓沆瀣流不乾.

脩虹纈目不能視, 冷飆徹骨叵耐寒.

須臾開朗天卵色, 八紘交如纖絲織.

忽驚珪瑀削以立, 窪开衆竅相吹息.

萬道澄流碧瑟瑟, 匯爲巨潭紺珠黑.

阿誰捧出玉芙蓉? 娟娟一朵團且直.

二十八宿羅經緯, 六十四卦開方域.

自一生二四生八, 演爲十百千萬億.

政如鴻荒開闢始, 編珠合璧離離起.

---

6 邁: 연세대본, 버클리본, 동양문고본엔 '遇'로 되어 있다. 규장각본만 '邁'이다.

又如河洛出驪龜, 聖人以之布綱紀.
螭吟蛟伏紫泉源, 鷲翔鵁舞丹山趾.
琢成五等水蒼玉, 裁爲九幅霞紋綺.
千仞之墻不由門, 誰知百官宗廟美.
九牧之鼎畫魑魅, 賁育莫能扛其耳.
忽若明堂八牕開, 圭璋冕鳥于于來.
祝史奉籩趨淸廟, 瞽矇執簨登靈臺.
又若闟闠七十子, 文杏之壇崇崔嵬.
在丌虞典詁璣衡, 被笓周詩辨舠罍.
又若樓船入海島, 五山蟲蟲鑱琦瑰.
上有水銀之宏構, 下有金光之嫩荄.
又若崑崙與崆峒, 超然不在寰區中.
恢恢六漠蕩纖壒, 欸欸萬里駕飄風.
有角之禽有翼獸, 琪卉珠樹紛葱蘢.
或臨南溟閱蜃市, 或登西嶽搴蓮叢.
瑣瑣珠璣不足珍, 靡靡錦繡難爲工.
得非媧皇補天巧, 無乃大禹疏河功?
神搖目眩久始定, 且從厥初尋路徑.
滄海雖大涉有津, 扶桑日出天不暝.
春秋易象韓子觀, 韶箾雅頌延州聽.
不比唐皇游月中, 廣寒瓊府虹橋亘.
不比魚龍舞雲門, 茫然未解笙與磬.
折得珊瑚樹頭華, 徧向齊州卭友贈.
大樂將終皪繹如, 希音復返混元初.
金石匏竹皆不陳, 一唱三歎朱絃[7]疎.
奔潮夕退海門空, 厲風晨濟岩竅虛.

使我馳騁列缺際, 俄頃身在茅茨廬.

使我縱觀山海圖, 須臾掩卷嗒然噓.

靈山諸佛散靄靄, 瑤池衆仙歸徐徐.

若有人兮閑且澹, 鵬羽爲葆獅爲驂.

眼底不數喬松侶, 夢中猶誦羲軒談.

翩然下觀南瞻洲, 托名金粟老瞿曇.

五歲口噴三顆珠, 十歲沈釀六經參.

二十薄遊長安市, 新豊斗酒不成酣.

三十返自蓬萊窟, 神光菀菀藏深潭.

駁駁四十顔髮異, 坐惜六螭馳西轡.

斯人本非果忘世, 世亦不曾斯人棄.

祇爲卤瓚難薦褻, 復道珩璜趨不利.

仲尼墳古不生蓍, 威鳳强啄秔稻穗.

隱居自號無名公, 吸天下春悠然醉.

遂令寰中有此觀, 聊當醴泉嘉禾瑞.

俗子紛紜那足較? 昏昏大夢呼不覺.

七竅渾沌迷豕亥, 雙瞳黔黮瞠鼠璞.

前置瓦礫疑尊彛, 爭將俚哇論徵角.

此世誰與談此境? 願馭長風尋杳邈.

前宵雨歇秋天肅, 解衣試向澄江濯.

歸來晞髮誦數回, 白雲溶溶起太岳.

---

7 絃: 연세대본엔 '弦'으로, 나머지 본엔 모두 '絃'으로 되어 있다.